TAMBORES
DE OTOÑO

DIANA GABALDON

TAMBORES DE OTOÑO

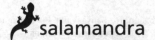

Traducción del inglés de
Alicia Dellepiane y Elisabete Fernández

Título original: *Drums of Autumn*

Ilustración de cubierta: Mónica Quintana / Arcangel

Copyright © *Diana Gabaldon, 1997*
Publicado por acuerdo con la autora c/o BAROR INTERNATIONAL, INC.,
Armonk, New York, U.S.A.
Copyright de la edición en castellano © Ediciones Salamandra, 2016

Publicaciones y Ediciones Salamandra, S.A.
Almogàvers, 56, 7º 2ª - 08018 Barcelona - Tel. 93 215 11 99
www.salamandra.info

ISBN: 978-84-9838-705-6
Depósito legal: B-113-2016

1ª edición, enero de 2016
Printed in Spain

Impresión: Romanyà-Valls, Pl. Verdaguer, 1
Capellades, Barcelona

*Este libro tiene mucho que ver con los padres
y por eso está dedicado al mío, Tony Gabaldon,
que también contaba historias*

Índice

Prólogo

Nunca he temido a los fantasmas. Después de todo, vivo con ellos cada día. Cuando me miro en un espejo, los ojos de mi madre me devuelven la mirada y mi boca se curva con la sonrisa que sedujo a mi bisabuelo para que yo tuviera mi destino.

¿Cómo voy a tener miedo del roce de esas manos que se desvanecen, que se detienen sobre mí con un amor desconocido? ¿Cómo voy a sentir temor de aquellos que moldearon mi carne, dejando su rastro para vivir mucho después de la muerte?

Menos aún puedo temer a esos fantasmas que, al pasar, rozan mis pensamientos. Todas las bibliotecas están llenas de ellos. Puedo tomar un libro de los estantes polvorientos y me atraparán los pensamientos de alguien que ha muerto hace tiempo, pero que todavía está vivo en su mortaja de palabras.

Por supuesto, no son los habituales y acostumbrados fantasmas que turban el sueño y aterran al insomne. Mire hacia atrás y encienda una linterna para iluminar los rincones que se encuentran apartados en la oscuridad. Escuche las pisadas que resuenan por detrás cuando camina solo.

Continuamente, los fantasmas revolotean y pasan a través de nosotros hasta ocultarse en el futuro. Miramos en el espejo y vemos las sombras de otros rostros que miran a través de los años; vemos la silueta de la memoria, erguida con firmeza en el umbral vacío de una puerta. Por sangre y por elección, creamos nuestros fantasmas, nos perseguimos a nosotros mismos.

Cada fantasma sale de manera espontánea de los terrenos confusos del sueño y el silencio.

Nuestra mente racional dice: «No, no es así.»

Pero, sin embargo, una parte más antigua siempre repite con calma en la oscuridad: «No, pero podría ser.»

Vamos y venimos por el misterio y, mientras tanto, tratamos de olvidar. Pero cuando una ráfaga de aire pasa por una habitación en calma y agita mi cabello con cariño de cuando en cuando, creo que es mi madre.

PRIMERA PARTE

Maravilloso Nuevo Mundo

1
Un ahorcado en Eden

Charleston, junio de 1767

Oí los tambores mucho antes de poder verlos. Los golpes resonaban en la boca de mi estómago como si yo también estuviera hueca. El sonido se trasladaba a través de la multitud; se trataba de un riguroso ritmo militar, cuyo objetivo era dominar sobre los murmullos o los disparos. Vi que las cabezas se giraban y la gente enmudecía al mirar la calle East Bay, que se extendía desde la estructura de la nueva aduana, que estaba en construcción, hasta los jardines de White Point. El día era caluroso incluso para Charleston en el mes de junio. Los mejores sitios se encontraban en el dique, donde el aire circulaba, pero aquí abajo era como cocerse vivo. Tenía la camisola empapada, y el corpiño de algodón se había adherido a mis pechos. Me pasé el pañuelo por la cara por décima vez en otros tantos minutos, y me levanté los pesados bucles de cabello con la vana esperanza de refrescarme la nuca.

En aquel momento era consciente de los cuellos de una manera morbosa. Con discreción, coloqué una mano en la base de mi garganta y dejé que mis dedos la rodearan. Pude sentir el pulso de mis arterias carótidas latiendo al mismo ritmo que los tambores y, al respirar, el aire húmedo y caliente me obstruía la garganta, ahogándome.

Bajé la mano y respiré tan profundamente como pude. Fue un error. El hombre que tenía enfrente no se había bañado en meses. El borde del corbatín que le rodeaba el cuello estaba lleno de mugre, y sus prendas desprendían un olor agrio y rancio, que resultaba fuerte incluso entre el tufo a sudor de la multitud. El olor del pan caliente y la manteca frita de cerdo de los puestos de comida superaba con creces el almizcle de las algas podridas del pantano, y sólo quedaba en cierto sentido atenuado por un soplo de brisa salada del puerto.

También había varios niños frente a mí, estirándose boquiabiertos, corriendo desde la sombra de los robles y las palmeras para mirar hacia la calle mientras sus padres, ansiosos, los llamaban. La niña más cercana a mí tenía el cuello elástico y suculento como si se tratara de la parte blanca de un tallo de hierba.

Se produjo un estremecimiento entre la muchedumbre cuando la procesión de la horca apareció al final de la calle. Los tambores sonaron con más intensidad.

—¿Dónde está? —murmuró Fergus junto a mí, estirando el cuello para poder ver—. ¡Sabía que tendría que haber ido con él!

—Debe de estar aquí. —Quise ponerme de puntillas, pero no me pareció digno del momento.

No obstante, seguí buscando alrededor. Siempre podía localizar a Jamie entre la multitud; su cabeza y sus hombros sobresalían por encima de la mayoría de los hombres y su cabello reflejaba la luz como un destello de oro rojizo. Sin embargo, todavía no había rastro de él, sólo un mar de tocas y tricornios, que protegían del calor a aquellas personas que habían llegado demasiado tarde para encontrar un lugar a la sombra.

Primero aparecieron las banderas, ondeando sobre las cabezas de la agitada multitud, con las insignias de Gran Bretaña, la Real Colonia de Carolina del Sur y el escudo de la familia del lord gobernador de la colonia. Luego llegaron los tambores, marchando de dos en dos y alternando un golpe fuerte con otro más lánguido. Era una marcha lenta, sombría e inexorable. Una marcha fúnebre, como llamaban a aquella cadencia en particular, muy adecuada para las circunstancias. El resto de los ruidos estaban mitigados por el sonido de los tambores. A continuación marchaba el pelotón de casacas rojas, en medio de los cuales se encontraban los prisioneros.

Eran tres, con las manos atadas por delante y unidos por una cadena que les sujetaba los cuellos con argollas de hierro. El primer hombre era bajito y mayor, vestía harapos y tenía mal aspecto; era un guiñapo que se sacudía y se tambaleaba, de manera que el clérigo de sotana oscura que caminaba junto a los prisioneros tuvo que agarrarlo del brazo para evitar que se cayera.

—¿Ése es Gavin Hayes? Parece enfermo —murmuré a Fergus.

—Está borracho. —La suave voz procedía de mi espalda; me di la vuelta con rapidez y vi que Jamie se encontraba detrás de mí, con los ojos clavados en la lastimosa procesión.

La falta de equilibrio del hombrecillo entorpecía el progreso de la marcha; sus traspiés obligaban a los otros dos hombres encadenados con él a zigzaguear para no caerse. La impresión que daban era la de tres borrachos que regresaban a casa desde la taberna, hecho que no se correspondía con la solemnidad de la ocasión. Podía oír las risas sofocadas por encima de los tambores, y los gritos y mofas de la multitud desde los balcones de hierro forjado de las casas de East Bay.

—¿Has sido tú? —pregunté en voz baja para no llamar la atención, aunque podría haber gritado y agitado los brazos, ya que nadie tenía ojos más que para la escena que se desarrollaba ante nosotros.

Sentí cómo Jamie se encogía de hombros mientras avanzaba para colocarse junto a mí.

—Me lo ha pedido —respondió—. Y ha sido lo mejor que podía hacer por él.

—¿Coñac o whisky? —preguntó Fergus, evaluando el aspecto de Hayes con la mirada propia de un experto.

—El hombre es escocés, pequeño Fergus. —La voz de Jamie era tan tranquila como la expresión de su rostro, pero advertí la tensión que ocultaba—. Quería whisky.

—Una elección muy sabia. Con suerte, ni siquiera se dará cuenta cuando lo ahorquen —murmuró Fergus.

El hombrecillo se liberó del clérigo y cayó de bruces sobre la calle arenosa, haciendo caer de rodillas a uno de sus compañeros. El último prisionero, un hombre alto y joven, se mantuvo de pie, pero se balanceaba de un lado a otro, intentando mantener el equilibrio desesperadamente. La multitud rugió con regocijo.

El capitán de la guardia tenía el rostro enrojecido por el sol y la furia; brillaba entre el blanco de su peluca y el metal de su gola. Ladró una orden mientras los tambores continuaban su sombrío redoble, y un soldado se apresuró a desencadenar a los prisioneros. Dos soldados levantaron a Hayes sin ceremonia alguna y la procesión continuó de un modo más ordenado.

Cuando llegaron al patíbulo, un carro con una mula bajo las ramas de un gran roble, nadie reía. Podía sentir cómo los tambores resonaban a través de las suelas de mis zapatos. Estaba algo mareada por el sol y el olor. Los tambores de repente dejaron de sonar y en el silencio me zumbaron los oídos.

—No necesitas mirar, Sassenach —susurró Jamie—. Regresa al carro. —Miraba fijamente a Hayes, que se retorcía sujeto por los soldados mientras observaba confundido.

Lo último que deseaba era mirar. Pero tampoco iba a dejar que Jamie pasara solo por ese trance. Estaba allí a causa de Gavin Hayes y yo me encontraba allí por él. Le toqué la mano.

—Me voy a quedar.

Jamie se irguió, enderezando los hombros. Dio un paso adelante para ser visible en medio de la multitud. Si Hayes todavía estaba sobrio como para ver algo, lo último que vería en este mundo sería el rostro de un amigo.

Podía ver, ya que mientras lo subían al carro torcía el cuello con desesperación, buscando de un lado a otro.

—*Gabhainn! A charaid!* —gritó de pronto Jamie.

Los ojos de Hayes lo encontraron de inmediato, y dejó de luchar.

El hombrecillo se balanceaba ligeramente mientras le leían los cargos: robo de seis libras y diez chelines. Estaba cubierto de polvo rojizo y las perlas de sudor, temblorosas, se adherían a su incipiente barba gris. El clérigo estaba inclinado sobre él, susurrándole con urgencia al oído.

Entonces los tambores comenzaron otra vez, con golpes parejos. El verdugo pasó el lazo por la cabeza calva y ajustó el nudo, colocándolo debajo de las orejas. El capitán de la guardia permaneció erguido, con el sable levantado.

De pronto, el condenado se enderezó. Fijó los ojos en Jamie y abrió la boca como si fuera a hablar.

La espada brilló con el sol de la mañana y los tambores se detuvieron con un golpe final.

Miré a Jamie; tenía el rostro pálido y los ojos muy abiertos. De reojo pude ver el balanceo de la soga y el espasmo de un montón de ropa. Un fuerte olor a orina y excrementos inundó el aire pesado.

A mi lado, Fergus observaba impávido.

—Supongo que, después de todo, se ha dado cuenta —murmuró con pena.

El cuerpo colgaba oscilando ligeramente como si se tratara de una plomada. La multitud emitió un suspiro de sobrecogimiento y alivio. Las golondrinas chillaban en el cielo ardiente, y los sonidos del puerto llegaban débiles y apagados a través del aire pesado, pero el lugar estaba en silencio. Desde donde me encontraba, podía oír las gotas que caían de la puntera del zapato del cuerpo que colgaba.

No había conocido a Gavin Hayes y no sentía dolor personal por su muerte, pero me alegraba de que hubiera sido rápida. Miré de reojo, con la extraña sensación de que era una intrusa. Era una forma muy pública de llevar a cabo un acto muy privado y me sentí en cierto modo avergonzada por mirar.

El verdugo sabía hacer su trabajo; no se había visto ningún forcejeo poco digno, ni ojos saltones, ni la lengua fuera; la pequeña y redonda cabeza de Gavin estaba torcida, y el cuello estaba grotescamente estirado, pero, de manera evidente, roto.

Fue una ruptura limpia en más de un sentido. El capitán de la guardia, satisfecho al comprobar que Hayes había muerto, hizo un gesto con la espada para que subieran al siguiente. Vi su mirada recorriendo la hilera y cómo se transformaba en una expresión ultrajada en el mismo momento en que se oía un grito entre la muchedumbre y una corriente de excitación se extendía con rapidez. Las cabezas se volvían y todos se empujaban mientras trataban de ver allá donde no había nada que ver.

—¡Se escapa!

—¡Por allí!

—¡Deténganlo!

Era el tercer prisionero, un hombre joven y alto, que aprovechó el momento de la muerte de Gavin para escapar. Los guardias que lo vigilaban no habían podido resistirse a la fascinación del linchamiento.

Advertí un ligero movimiento tras un puesto de comida, un destello de cabello trigueño. Algunos soldados también fueron conscientes de ello y corrieron en esa dirección, pero muchos más se apresuraban en el sentido contrario y, entre los choques y la confusión, no lograron nada.

El capitán de la guardia gritaba con el rostro congestionado; su voz apenas era audible en medio del escándalo. El prisionero que quedaba, muy asombrado, fue conducido de manera apresurada en dirección al cuartel; después, los soldados comenzaron a organizarse bajo las órdenes del capitán.

Jamie me pasó un brazo por la cintura y me arrastró fuera de la corriente humana. La multitud se retiró ante el avance del escuadrón de soldados, que habían formado y marchaban a paso ligero para rodear la zona, bajo las adustas y furibundas instrucciones de su sargento.

—Será mejor que busquemos a Ian —dijo Jamie, esquivando a un grupo de aprendices entusiasmados. Lanzó una mirada a Fergus y torció la cabeza hacia el patíbulo y su triste carga—. Reclama el cuerpo, ¿quieres? Nos encontraremos más tarde en la taberna del Sauce.

—¿Crees que lo atraparán? —pregunté mientras nos abríamos paso entre la gente por una calle empedrada hacia los muelles de carga.

—Eso espero. ¿Adónde podría ir? —inquirió, distraído, con una delgada línea entre sus cejas. Era evidente que seguía pensando en el muerto, y prestaba poca atención a los vivos.

—¿Hayes tenía familia? —intervine.

Jamie negó con la cabeza.

—Se lo he preguntado cuando le he llevado el whisky. Me ha dicho que era posible que un hermano suyo aún viviera, pero no tenía ni idea de dónde. Fue deportado a Virginia poco después del Alzamiento, según creía Gavin, pero nunca supo nada de él.

No era raro que no lo supiera; a un trabajador forzado no le resultaba fácil comunicarse con la familia que le quedaba en Escocia, a menos que el patrón del fiador fuera tan amable como para enviar una carta en su nombre. Y tanto si era amable como si no, era poco probable que la misiva hubiera llegado a Gavin Hayes, que había pasado diez años en la prisión de Ardsmuir antes de ser trasladado él también.

—¡Duncan! —gritó Jamie. Un hombre alto y delgado se volvió y levantó una mano al reconocerlo. Se abrió paso en espiral entre la multitud, moviendo su único brazo en un amplio arco que esquivaba a los transeúntes.

—Mac Dubh —dijo, inclinando la cabeza para saludar a Jamie—. Señora Claire.

Su rostro alargado mostraba mucha tristeza. Él también había estado preso en Ardsmuir, con Hayes y Jamie. La pérdida de un brazo a causa de una infección evitó que lo deportaran con los otros. Como no podían venderlo para trabajar, lo perdonaron y lo pusieron en libertad para que muriera de hambre, pero Jamie lo encontró antes de que esto ocurriera.

—Dios tenga en su seno al pobre Gavin —intervino Duncan, sacudiendo la cabeza con pena.

Jamie murmuró una respuesta en gaélico y se persignó. A continuación, se enderezó, deshaciéndose de la opresión del día con un esfuerzo que resultaba evidente.

—Así sea. Bien, tengo que ir al muelle para organizar lo del pasaje de Ian y luego pensaremos en el entierro de Gavin. Primero he de encontrar al muchacho.

Nos encaminamos con mucha dificultad hacia el muelle, deslizándonos entre grupos de entusiasmados chismosos y evitando las carretas y carretillas que pasaban junto a la gente, con la pesada indiferencia del comercio.

Una columna de casacas rojas marchaba con rapidez por el otro extremo abriéndose paso entre la multitud, como cuando se derrama vinagre sobre mayonesa. El sol hacía que brillaran las puntas de las bayonetas, y el ritmo de sus pasos pesados resonaba a través del ruido de la multitud como si se tratara de un tambor ahogado. Incluso los estrepitosos trineos y carretillas se detuvieron con brusquedad para dejarlos pasar.

—Ten cuidado de tu monedero, Sassenach —susurró Jamie en mi oído, al mismo tiempo que me empujaba entre un esclavo con turbante que agarraba a dos niños pequeños y un predicador callejero que se había subido a una caja. Hablaba sobre el pecado y el arrepentimiento, pero el ruido lo superaba.

—Lo tengo cosido —lo tranquilicé mientras tocaba la bolsita que colgaba en mi muslo—. ¿Y el tuyo?

Sonrió burlón y se echó el sombrero hacia delante, entornando los ojos azul oscuro ante la brillante luz del sol.

—Está donde debería estar mi zurrón, si lo tuviera. Mientras no me encuentre con una prostituta de dedos rápidos, estará a salvo.

Miré el ligero bulto de la parte delantera de sus calzones y luego lo observé. Era alto, tenía una espalda ancha, unas facciones bien definidas y el porte orgulloso de los montañeses. Atraía las miradas de todas las mujeres que pasaban, a pesar de que su brillante cabello estaba cubierto por el discreto tricornio azul. Los calzones, que eran prestados, le quedaban muy ajustados y no hacían más que mejorar su aspecto general, efecto que aumentaba por el hecho de que Jamie no era consciente de ello.

—Eres una tentación andante para las prostitutas —dije—. Quédate cerca, yo te protegeré.

Rió y me tomó del brazo mientras nos deteníamos en un pequeño espacio libre.

—¡Ian! —gritó al divisar a su sobrino entre la muchedumbre. Al instante, un muchacho alto y flaco, con aire distraído, salió de entre la gente, apartándose un mechón de cabello castaño que le tapaba los ojos y sonriendo alegremente.

—¡Creí que nunca te encontraría, tío! —exclamó—. ¡Por Júpiter! Hay más gente aquí que en el mercado de Edimburgo. —Se pasó la manga de la chaqueta por la cara alargada, dejando una mancha de suciedad sobre una mejilla.

Jamie observó a su sobrino con recelo.

—Ian, tu alegría es indecente después de ver cómo han ahorcado a un hombre.

Ian cambió su expresión en un intento de mostrarse más solemne.

23

—Ah, no, tío Jamie —comentó—. No he visto cómo lo colgaban. —Duncan levantó una ceja y el muchacho se ruborizó—. No es que tuviera miedo, pero... quería hacer otra cosa.

Jamie sonrió y palmeó la espalda de Ian.

—No te preocupes, Ian. Yo también hubiera deseado no verlo, pero Gavin era un amigo.

—Lo sé, tío. Lo lamento. —Una chispa de comprensión iluminó los grandes ojos marrones del joven, lo único realmente bonito de su cara. Se volvió hacia mí—. ¿Ha sido muy horrible, tía?

—Sí —respondí—, pero ya ha terminado. —Saqué el pañuelo húmedo de mi escote y me puse de puntillas para limpiarle la mancha de la mejilla.

Duncan Innes sacudía la cabeza con tristeza.

—Sí, pobre Gavin. En cualquier caso, es más rápido que morir de hambre, y no le quedaba mucho para llegar a ese extremo.

—Vamos —intervino Jamie, poco dispuesto a malgastar tiempo en lamentos inútiles—. El *Bonnie Mary* debe de estar al final del muelle. —Vi que Ian miraba a Jamie y se aproximaba como si fuera a hablar, pero este último ya había girado hacia el puerto y se abría paso a empujones entre la gente.

Ian se encogió de hombros, me miró y me ofreció el brazo.

Seguimos a Jamie entre los depósitos, esquivando marineros, esclavos, estibadores, pasajeros, compradores y toda clase de vendedores. Charleston era un puerto importante y los negocios debían de prosperar, a juzgar por el número de barcos que iban y volvían de Europa durante la temporada.

El *Bonnie Mary* pertenecía a un amigo del primo de Jamie, Jared Fraser, quien se había instalado en Francia para hacer fortuna con el comercio del vino y había tenido mucho éxito. Si teníamos suerte, y a modo de favor a Jared, el capitán del *Bonnie Mary* permitiría que Ian viajara hasta Edimburgo pagando su pasaje trabajando como grumete.

Ian no estaba entusiasmado con esa idea, pero Jamie tenía decidido embarcar a su sobrino para Escocia a la primera oportunidad. La noticia de la presencia del *Bonnie Mary* en Charleston fue, entre otras preocupaciones, la causa de que abandonáramos Georgia, donde habíamos llegado dos meses antes por casualidad.

Al pasar junto a una taberna, una camarera desaliñada salió con un cuenco de bazofia. Vio a Jamie y se enderezó, con el cuenco apoyado sobre la cadera. Alzó una ceja y le puso morritos. Él pasó sin mirarla, decidido. Ella dejó caer la cabeza, lanzó la porquería al cerdo que dormía junto a la escalera y se contoneó de regreso al interior.

Jamie se detuvo, protegiéndose los ojos del sol para observar la hilera de elevados mástiles, y yo me acerqué a él. Se levantó la parte frontal de los calzones de forma inconsciente para aflojarlos y lo agarré del brazo.

—¿Todavía están a salvo las joyas de la familia? —murmuré.

—Incómodas, pero seguras —me aseguró, tirando de los cordones de la bragueta con una mueca—. Creo que hubiera sido mejor que las escondiera en mi trasero.

—Mejor tú que yo, amigo mío —afirmé con una sonrisa—. Yo preferiría arriesgarme a que me las robaran.

Las joyas de la familia eran exactamente eso. Un huracán nos había arrastrado hasta la costa de Georgia; llegamos empapados, harapientos y sin recursos, y lo único que nos quedaba era un puñado de piedras preciosas de gran tamaño y valor. Confiaba en que el capitán del *Bonnie Mary* apreciara lo suficiente a Jared Fraser para aceptar a Ian como grumete, porque, de no ser así, tendría dificultades con el pasaje. En teoría, el morral de Jamie y mi bolsita contenían una fortuna considerable. Pero en la práctica, las piedras preciosas nos resultaban tan inútiles que lo mismo podrían ser guijarros. Era una forma fácil y compacta de transportar una fortuna, pero el problema era cambiarlas por dinero.

La mayor parte del comercio en las colonias del sur se realizaba mediante el trueque, y el que no, se manejaba mediante el intercambio de pagarés o recibos de un mercader o banquero rico. Y estos últimos eran muy poco numerosos en Georgia, y aquéllos dispuestos a inmovilizar su capital disponible en piedras preciosas eran más escasos aún. El próspero arrocero con el que nos habíamos quedado en Savannah nos había asegurado que él apenas podía conseguir dos libras esterlinas en efectivo; de hecho, probablemente no habría ni diez libras en oro y plata en toda la colonia.

Tampoco había existido ninguna posibilidad de vender una de las piedras en los interminables tramos de marisma de agua salobre y bosque de pinos por los que habíamos pasado de camino al norte.

Charleston era la primera ciudad con suficientes comerciantes y banqueros para poder cambiar parte de nuestra congelada fortuna.

Aunque era difícil que algo permaneciera helado durante mucho tiempo en Charleston en verano, reflexioné. Las gotas de sudor se deslizaban por mi cuello y mojaban la camisola bajo el corpiño empapado, que se arrugaba contra mi piel. Incluso a pesar de que estábamos muy cerca del puerto, no hacía nada de viento a aquella hora del día, y el olor a brea caliente, pescado y trabajadores sudorosos era casi sobrecogedor.

A pesar de que se habían negado, Jamie había insistido en entregar una de nuestras piedras al señor y la señora Olivier, la bondadosa gente que nos había alojado en su hogar cuando prácticamente naufragamos frente a su casa, en señal de agradecimiento por su hospitalidad. Nos habían proporcionado el carro, dos caballos, ropa limpia para el viaje, comida y un poco de dinero.

En la bolsa ya sólo quedaban seis chelines y tres peniques, todo nuestro capital disponible.

—Por aquí, tío Jamie —dijo Ian, volviéndose y haciendo señas, ansioso, a su tío—. Tengo algo que enseñarte.

—¿De qué se trata? —preguntó Jamie, esquivando a un grupo de sudorosos esclavos que cargaban ladrillos polvorientos de añil seco en un barco de carga que se encontraba anclado—. ¿Y cómo lo has conseguido, sea lo que sea, si no tienes dinero?

—No, no tengo dinero, ha sido con los dados. —La voz flotaba, con su cuerpo invisible, mientras rodeaba un carro de maíz.

—¡Dados! Ian, por el amor de Dios, no puedes jugar cuando no tienes ni un penique. —Agarrándome del brazo, Jamie se abrió paso entre la gente para alcanzar a su sobrino.

—Tú lo haces siempre, tío Jamie —señaló el muchacho, mientras se detenía para esperarnos—. Lo has hecho en todas las tabernas y posadas en las que hemos parado.

—Pero ¡eran cartas, Ian, no dados! ¡Y yo sé lo que hago!

—Yo también —respondió con aire presuntuoso—. He ganado, ¿no?

Jamie levantó la vista al cielo, implorando paciencia.

—Por el amor del cielo, Ian, me alegro de que no te hayan roto la cabeza hasta ahora. Prométeme que no jugarás con los marineros. En un barco no podrías escapar.

Pero Ian no le prestaba atención; había llegado hasta un bulto oscuro que estaba atado con una cuerda. Entonces se detuvo y se volvió hacia nosotros, señalando un objeto a sus pies.

—Es un perro —dijo con orgullo.

Di un pequeño paso para colocarme detrás de Jamie, y lo agarré del brazo.

—Ian —afirmé—, no es un perro. Es un lobo. Es un lobo muy grande, y creo que deberías librarte de él antes de que te muerda el trasero.

El lobo dirigió una oreja en mi dirección con aire indiferente y la dejó caer. Siguió jadeando por el calor, con los grandes ojos de color amarillo fijos en Ian, con una intensidad que podría tomar por devoción alguien que no se hubiera encontrado antes con un lobo. Yo lo había hecho.

—Esas cosas son peligrosas —intervine—. No pierden la oportunidad de morderte.

Sin preocuparse, Jamie inspeccionó al animal.

—No es exactamente un lobo, ¿verdad? —Muy interesado, extendió la mano hacia el supuesto perro para que olfateara sus nudillos. Cerré los ojos, esperando la inminente amputación de su mano. Al no oír gritos, los abrí de nuevo para verlo agachado, observando el morro del animal—. Es muy bonito, Ian —afirmó, rascando aquella cosa con familiaridad debajo del hocico. Los ojos amarillos se entornaron, quizá por el placer de la caricia o, según mi punto de vista, anticipando un mordisco en la nariz de Jamie—. Aunque es más grande que un lobo: tiene las patas más largas y la cabeza y el pecho más anchos.

—Su madre era un lebrel irlandés. —Ian estaba agachado al lado de Jamie, explicando afanoso mientras le acariciaba el enorme lomo de color castaño con tonos grisáceos—. Se escapó al bosque mientras estaba en celo y cuando regresó para parir...

—Oh, sí, ya veo. —Jamie canturreaba en gaélico, levantaba una pata del monstruo y examinaba sus pezuñas peludas. Las uñas eran curvas y medían más de cinco centímetros. Aquella cosa entornó los ojos mientras la suave brisa ondulaba el grueso pelaje de su cuello.

Miré de reojo a Duncan, quien levantó las cejas, se encogió de hombros y suspiró. A él no le interesaban los perros.

—Jamie —exclamé.

—*Balach Boidheach* —dijo Jamie al lobo—. Eres un hermoso animal.

—¿Qué comerá? —pregunté, en voz más alta de lo que hubiera querido.

Jamie dejó de acariciarlo.

—Ah —contestó. Observó al animal de ojos amarillos, un poco arrepentido—. Bueno. —Se puso de pie, meneando la cabeza de mala gana.

—Me temo que tu tía tiene razón, Ian. ¿Cómo lo vamos a alimentar?

—Eso no supone ningún problema, tío Jamie —aseguró Ian—. Caza para comer.

27

—¿Aquí? —Eché una mirada a los depósitos, y la hilera de tiendas estucadas más allá—. ¿Qué caza? ¿Niños?

—Por supuesto que no, tía —respondió, ofendido—. Peces.

Al ver tres rostros que lo observaban con escepticismo, Ian abrió el hocico del animal con las dos manos.

—¡Juro que es así, tío Jamie! Puedes oler su aliento.

Jamie lanzó una mirada vacilante a la doble hilera de impresionantes colmillos que mostraba, y se frotó la barbilla.

—Mmm... voy a aceptar tu palabra, Ian. Pero ¡de todos modos, por el amor de Dios, ten cuidado con tus dedos, muchacho!

Ian había soltado el hocico del perro, y de las fauces caía un hilo de saliva sobre el muelle de piedra.

—Estoy bien, tío —dijo alegremente Ian, secándose las manos en los calzones—. Estoy seguro de que no me va a morder. Su nombre es *Rollo*.

Jamie se pasó los nudillos por el labio superior.

—Mmfm. Bueno, no importa cómo se llame, ni lo que coma; no creo que el capitán del *Bonnie Mary* acepte que se encuentre entre su tripulación.

Ian no respondió, pero la expresión de alegría de su rostro no cambió. En realidad, aumentó. Jamie lo miró, notó su regocijo y se quedó petrificado.

—No —arguyó, horrorizado—. ¡Oh, no!

—Sí —intervino Ian. Una amplia sonrisa de satisfacción se extendió por su rostro huesudo—. Partió hace tres días, tío. Hemos llegado demasiado tarde.

Jamie dijo algo en gaélico que no entendí, pero que escandalizó a Duncan.

—¡Maldita sea! —exclamó Jamie, volviendo al inglés—. ¡Maldita sea! —se quitó el sombrero y se frotó la cara con fuerza. Parecía acalorado, desaliñado y muy contrariado. Abrió la boca, pensó mejor lo que iba a decir, la cerró y se pasó los dedos con fuerza por el pelo, soltando la cinta que lo ataba.

Ian parecía avergonzado.

—Lo siento, tío. Intentaré no causar problemas, de verdad; puedo trabajar y ganar lo necesario para sufragar mi comida.

El rostro de Jamie se dulcificó al mirar a su sobrino. Suspiró profundamente y le palmeó la espalda.

—No es que yo no quiera, Ian. Sabes que nada me gustaría más que tenerte conmigo. Pero ¿has pensado qué diablos dirá tu madre?

El brillo regresó al rostro del muchacho.

—No lo sé, tío —respondió—, pero lo dirá en Escocia y nosotros estamos aquí.

Se agachó para abrazar a *Rollo*. El lobo pareció sorprendido por el gesto, pero enseguida sacó su larga lengua rosada y lamió la oreja de Ian. «Prueba su sabor», pensé con cinismo.

—Además —añadió el muchacho—, ella sabe que estoy bien; tú le escribiste desde Georgia para hacerle saber que estaba contigo.

Jamie se permitió una sonrisa burlona.

—No creo que eso la reconforte. Me conoce hace mucho tiempo, ¿sabes?

Suspiró, se colocó el sombrero y se volvió hacia mí.

—Necesito un trago, Sassenach. Vamos a buscar esa taberna.

La taberna del Sauce era oscura, y si hubiera habido menos gente, podría haber sido fresca. En ese momento, los bancos y las mesas estaban abarrotados de espectadores del ahorcamiento y marineros de los muelles, y la atmósfera era la de un baño de sudor. Inspiré al entrar, y espiré rápidamente. Era como respirar a través de un montón de ropa sucia empapada de cerveza.

Rollo demostró de inmediato su utilidad, abriéndose paso entre la multitud como si se tratara del mar Rojo, mostrando los dientes con un leve y constante gruñido. Era evidente que conocía las tabernas, pues, tras conseguirnos una mesa en un rincón, se acurrucó bajo la misma como si fuera a dormir.

Lejos del calor del sol y con una gran jarra de peltre de cerveza negra frente a él, Jamie recuperó su aplomo con rapidez.

—Tenemos dos posibilidades —analizó, echándose hacia atrás el pelo sudado—. Podemos quedarnos en Charleston el tiempo suficiente para tratar de encontrar un comprador para una de las piedras y tal vez un pasaje para Ian en otro barco, o podemos seguir por el norte, hacia Cape Fear, y buscar un barco en Wilmington o New Bern.

—Yo digo que vayamos al norte —arguyó Duncan sin vacilar—. Tienes parientes en Cape Fear, ¿no? No me gusta la idea de quedarnos mucho tiempo entre desconocidos. Y tu pariente se ocuparía de que no nos engañaran o robaran. Aquí... —Alzó un hombro para indicar, de manera elocuente, las personas no escocesas (y, por tanto, claramente deshonestas) que nos rodeaban.

—¡Vamos al norte, tío! —intervino Ian antes de que Jamie pudiera contestar. Se limpió un pequeño bigote de espuma con la manga—. El viaje puede ser peligroso y necesitarás a un hombre más como protección, ¿no?

Jamie ocultó su expresión con la jarra, pero yo estaba sentada suficientemente cerca como para advertir que se estremecía. En realidad quería mucho a su sobrino. Lo que sucedía era que Ian era el tipo de persona a la que siempre le sucedía algo. Por lo general no era culpa suya, pero, aun así, siempre le ocurría alguna cosa.

Un año antes lo habían secuestrado los piratas, y la necesidad de rescatarlo había hecho que emprendiéramos el viaje hasta América a través de medios complicados y, a menudo, peligrosos. No le había sucedido nada desde hacía cierto tiempo, pero sabía que Jamie estaba ansioso por mandar a su sobrino, de quince años, a Escocia con su madre antes de que ocurriera cualquier otra cosa.

—Ah... claro, Ian —dijo Jamie, bajando su jarra y evitando mirarme, aunque pude detectar una sonrisa—. Serás de gran ayuda, estoy convencido de ello, pero...

—¡A lo mejor nos encontramos con los pieles rojas! —exclamó Ian con los ojos dilatados. Su rostro, ya tostado por el sol, enrojeció por la agradable anticipación—. ¡O con animales salvajes! El doctor Stern me comentó que las zonas vírgenes de Carolina estaban llenas de feroces criaturas como osos o pumas o eso que los indios llaman mofetas.

Me atraganté con la cerveza.

—¿Estás bien, tía? —Ian se inclinó, ansioso por ayudarme.

—Sí —resoplé, y me limpié la cara sudorosa con el pañuelo. Me sequé las gotas de cerveza del pecho, tirando discretamente del corpiño con la esperanza de que entrara un poco de aire. Entonces advertí una expresión de preocupación en el rostro de Jamie, que sustituyó a la de diversión—. Las mofetas no son peligrosas —murmuré, apoyando una mano sobre su rodilla. Aunque era un cazador valiente y habilidoso en sus montañas nativas, a Jamie lo preocupaba la fauna desconocida del Nuevo Mundo.

—Mmfm. —La preocupación casi se borró de su rostro, pero permaneció la estrecha línea entre sus cejas—. Puede ser. Pero ¿y los otros animales? No creo que me gustara enfrentarme a un oso o a un grupo de salvajes sólo con esto —dijo, tocando el largo cuchillo que colgaba de su cinturón.

La falta de armas había preocupado a Jamie durante nuestro viaje desde Georgia y ahora los comentarios de Ian sobre los indios y los animales salvajes habían vuelto a recordarle el tema. Además del cuchillo de Jamie, Fergus tenía una pequeña navaja que servía para cortar cuerdas y ramas para hacer fuego. En eso consistía todo nuestro arsenal; los Olivier no contaban con pistolas ni espadas de sobra.

En el viaje de Georgia a Charleston, tuvimos la compañía de un grupo de cultivadores de arroz y añil (todos ellos armados con cuchillos, pistolas y mosquetes), que llevaban sus productos al puerto para enviarlos al norte, a Pensilvania y Nueva York. Si nos dirigíamos a Cape Fear ahora, estaríamos solos, desarmados y sobre todo indefensos ante cualquier cosa que pudiera aparecer entre los densos bosques.

El viaje al norte era imprescindible, ya que no teníamos dinero. Cape Fear era el mayor asentamiento escocés de las colonias, con muchos pueblos creados por inmigrantes que habían llegado durante los últimos veinte años, a causa de las turbulencias posteriores a Culloden. Y entre aquellos emigrantes estaban los parientes de Jamie, que de buena gana nos ofrecerían refugio: un techo, una cama y tiempo para establecernos en este nuevo lugar.

Jamie bebió otro trago e hizo un gesto a Duncan.

—Debo decir que estoy de acuerdo contigo, Duncan. —Se echó hacia atrás apoyándose contra la pared y lanzó una mirada indiferente hacia el lugar—. ¿No sientes unos ojos en tu espalda?

Un escalofrío me recorrió la columna, pese al hilillo de sudor que hacía lo mismo. Los ojos de Duncan se abrieron un poco y se entornaron otra vez, pero no se volvió.

—Ah —dijo.

—¿Los ojos de quién? —pregunté, con una mirada nerviosa.

No vi que nadie en especial nos observara, aunque cualquiera podría estar haciéndolo a escondidas; la taberna hervía de humanidad empapada en alcohol, y los murmullos eran lo bastante altos como para ahogar todo sonido más allá de la conversación más cercana.

—De cualquiera, Sassenach —respondió Jamie. Me miró de reojo y sonrió—. No pongas cara de miedo. No estamos en peligro. Aquí no.

—Todavía no —intervino Innes, y se inclinó para servirse otra jarra de cerveza—. Mac Dubh ha llamado a Gavin cuando lo iban a ahorcar. Algunos tienen que haberse dado cuenta, no es tan pequeño —añadió secamente.

—Y los granjeros que vinieron con nosotros desde Georgia ya habrán vendido su mercancía y deben de estar en alguna taberna —comentó Jamie, absorto, mientras estudiaba los motivos grabados en su jarra—. Todos son hombres honrados, pero hablarán, Sassenach. Es una buena historia, ¿no? Los que aparecieron con el huracán. ¿Y cuántas son las posibilidades de que, al menos uno, se pregunte qué traíamos?

—Ya veo —murmuré.

Habíamos atraído la atención pública por nuestra relación con un criminal y ya no podíamos pasar por viajeros comunes. Era probable que nos llevara tiempo encontrar un comprador, y nos arriesgábamos a que personas sin escrúpulos nos robaran, o a que las autoridades inglesas nos escrutaran. Ninguna de las posibilidades resultaba atractiva.

Jamie levantó su jarra y bebió un buen trago, luego la dejó con un suspiro.

—No, no sería inteligente quedarnos en la ciudad. Vamos a ocuparnos de enterrar decentemente a Gavin y luego buscaremos un lugar seguro en el bosque para dormir. Mañana decidiremos si nos vamos o nos quedamos.

La idea de permanecer varias noches más en el bosque (con o sin mofetas) no era atractiva. Hacía ocho días que no me había quitado el vestido, y sólo había lavado las partes periféricas de mi anatomía cuando nos deteníamos cerca de un arroyo.

Ansiaba una cama de verdad, aunque estuviera infestada de chinches, y también la oportunidad de limpiarme la mugre del viaje de la semana anterior. No obstante, tenía razón. Suspiré, observando con tristeza el dobladillo de mi manga, que estaba gris y asqueroso.

La puerta de la taberna se abrió de golpe, haciendo que me distrajera de mis pensamientos, y cuatro casacas rojas se abrieron paso entre la gente. Llevaban el uniforme completo, y el fusil con la bayoneta calada hacía evidente que no estaban allí para tomar una cerveza o jugar a los dados.

Dos de los soldados recorrieron con rapidez la sala, mirando bajo las mesas, mientras otro desaparecía en la cocina de atrás. El cuarto se quedó vigilando la puerta, con los ojos claros recorriendo la multitud. Su mirada se posó sobre nuestra mesa y se quedó allí durante un momento, especulando. A continuación, la retiró, buscando incansablemente.

Jamie parecía tranquilo bebiendo su cerveza, en apariencia distraído, pero la mano apoyada en su muslo se tensó hasta convertirse en un puño. Duncan, con más dificultad para disimular sus sentimientos, inclinó la cabeza para ocultar su expresión. Ningún hombre se sentía cómodo ante la presencia de los casacas rojas, por muchas y buenas razones.

Nadie más parecía demasiado inquieto por la presencia de los soldados. El pequeño grupo de cantantes en la esquina de la chimenea prosiguió con una interminable versión de *Fill Every Glass*, y estalló una fuerte discusión entre la camarera y un par de aprendices.

El soldado regresó de la cocina sin haber encontrado nada. Tras pasar por encima de un juego de dados junto al fuego, volvió a reunirse con sus compañeros junto a la puerta. Cuando los soldados se dirigían hacia la salida, la delgada figura de Fergus se apretó contra la puerta para evitar que lo empujaran con los codos y las culatas de los mosquetes. Uno de los soldados observó con interés el brillo del garfio que Fergus usaba para reemplazar su mano izquierda. Lo miró de reojo, pero entonces se colocó el mosquete sobre el hombro y siguió a sus compañeros.

Fergus caminó entre la gente y se dejó caer en el banco, al lado de Ian. Estaba irritado y acalorado.

—Asqueroso *salaud* —dijo sin preámbulos.

Jamie levantó las cejas.

—El clérigo —explicó Fergus, cogiendo la jarra que Ian empujaba en su dirección para, acto seguido, vaciarla de una vez. La bajó, espiró con fuerza y se sentó parpadeando, bastante más contento. Suspiró y se limpió la boca—. Quiere diez chelines por enterrarlo en el camposanto. Es una iglesia anglicana, por supuesto, aquí no hay iglesias católicas. ¡Inmundo usurero! Sabe que no tenemos opción. El cuerpo aguantará hasta la puesta del sol. —Se metió un dedo en el corbatín para separar la sudorosa prenda de su cuello y, a continuación, golpeó varias veces la mesa para atraer la atención de la mujer que servía, que corría apresurada a causa del gran número de clientes—. Le he dicho a ese gordo seboso que tú decidirías si pagamos o no. Después de todo, podríamos enterrarlo en el bosque. Aunque tendríamos que conseguir una pala —añadió con el rostro ceñudo—. Todos esos campesinos saben que somos extranjeros y tratarán de sacarnos hasta la última moneda.

La última moneda, algo peligrosamente próximo a la verdad. Tenía dinero suficiente para sufragar una comida decente y alimentos para el viaje, tal vez incluso un par de noches en una posada. Eso era todo. Vi la mirada de Jamie recorriendo el lugar, calculando las posibilidades de obtener un poco de dinero en el juego.

Los soldados y los marineros eran los mejores candidatos para apostar, pero había pocos en la sala; tal vez la mayor parte de la guarnición seguía registrando la ciudad en busca del fugitivo. En una esquina, un pequeño grupo de hombres estaba muy animado a causa de varias jarras de coñac; dos de ellos cantaban, o lo intentaban, y con ello provocaban gran hilaridad entre sus compañeros. Jamie los señaló con un gesto casi imperceptible y se volvió hacia Fergus.

—¿Qué has hecho con Gavin? —preguntó.

Fergus movió un hombro.

—Está en el carro. He cambiado las ropas que llevaba por un sudario y la trapera ha aceptado lavar el cuerpo como parte del trato. —Sonrió ligeramente—. No te preocupes, señor, está bien. Por ahora —añadió, llevando una nueva jarra de cerveza a sus labios.

—Pobre Gavin. —Duncan Innes levantó su jarra como saludo a su camarada muerto.

—*Slàinte* —respondió Jamie, y levantó su jarra. La bajó y suspiró.

—No le gustaría que lo enterraran en el bosque.

—¿Por qué? —inquirí intrigada—. Creía que le daría lo mismo una cosa que otra.

—Oh, no, no podemos hacer eso, señora Claire. —Duncan sacudía la cabeza con énfasis. Por lo general era un hombre muy reservado, y me sorprendió semejante muestra de sentimiento.

—Tenía miedo a la oscuridad —explicó suavemente Jamie. Me volví para mirarlo y me sonrió—. Viví con Gavin Hayes casi tanto tiempo como contigo, Sassenach, y en lugares mucho más pequeños. Lo conocía bien.

—Tenía miedo de estar solo en la oscuridad —intervino Duncan—. Tenía terror a los *tannagach*, los espíritus.

Su largo rostro sombrío parecía concentrado y supe que estaba rememorando la celda que había compartido con Gavin y otros cuarenta hombres durante tres largos años.

—¿Recuerdas, Mac Dubh, lo que nos contó una noche, sobre su encuentro con el *tannasq*?

—Ya lo creo, Duncan, y desearía no hacerlo. —Jamie se estremeció pese al calor—. Estuve despierto parte de la noche, después de que terminara su historia.

—¿Y cómo fue, tío? —Ian lo observaba con los ojos muy abiertos sobre su jarra de cerveza. Sus mejillas estaban sonrojadas y húmedas, y el corbatín estaba arrugado por el sudor.

—Ah, bueno, era a finales de un frío otoño, en las montañas, justo cuando cambia la estación y el aire anuncia que helará al amanecer —comentó. Se acomodó en su asiento y se recostó, con la jarra de cerveza en la mano. Sonrió de manera irónica, tirando de su propio cuello——. No como aquí. Bueno, el hijo de Gavin encerró las vacas aquella noche, pero faltaba una; el muchacho la buscó por las colinas y laderas, pero no pudo encontrarla. Entonces Gavin lo envió a que ordeñara al resto y salió a buscarla.

——Hizo que la jarra de peltre girara entre sus manos mientras observaba la cerveza oscura, como si en ella pudiera ver los oscuros picos escoceses y la niebla que flotaba en los valles en otoño.

»Anduvo cierta distancia y la cabaña, que estaba a su espalda, desapareció; cuando se volvió, no podía ver la luz de la ventana y el único sonido era el del viento. Hacía frío, pero siguió caminando a través del barro y el brezo, oyendo cómo crujía el hielo bajo sus botas. Se metió en un bosquecillo que vio a través de la niebla pensando que la vaca podía haberse refugiado allí. Dijo que los árboles eran abedules y que no tenían hojas, pero sus ramas crecían tan juntas que tenía que agacharse para pasar a través de ellas.

»Entró en el bosquecillo y vio que, en realidad, era un círculo de árboles. Había algunos muy grandes, espaciados de manera regular a su alrededor, y otros más pequeños, retoños, crecían entre ellos para crear una pared de ramas. Y en el centro había un montículo de piedras.

Aunque en la taberna hacía calor, sentí cómo se me helaba la espalda. Había visto aquellos antiguos montículos en las montañas de Escocia y eran fantasmales aun en pleno día.

Jamie tomó un sorbo de cerveza, y se secó el hilillo de sudor que la caía por la sien.

——Gavin dijo que se sintió muy raro. Conocía el lugar; todos lo conocían y se mantenían alejados de allí. Era un sitio extraño, y parecía más lúgubre por la oscuridad y el frío. Constaba de placas de rocas rodeadas de piedras que dejaban ver la abertura negra de la tumba.

»Sabía que era un lugar donde los hombres no debían ir. No tenía ningún amuleto, tan sólo una cruz de madera colgando del cuello; se persignó con ella y se dio la vuelta para irse. ——Jamie hizo una pausa para beber——. Pero cuando Gavin se alejaba del montículo ——dijo suavemente——, oyó pasos a su espalda. ——Vi cómo se movía la nuez de Ian al tragar con dificultad. Cogió su jarra de manera mecánica, con la mirada fija sobre su tío——. No se dio la vuelta para mirar ——continuó Jamie——, sino que siguió caminando mientras los pasos resonaban detrás de él, paso a paso, siempre siguiéndole. Y cruzó la turba por donde se había filtrado agua, que se había congelado por la temperatura. Podía oír cómo crujía bajo sus pies, así como el mismo crujido del hielo detrás de él.

»Caminó y caminó a través de la noche oscura y fría, buscando la luz de la ventana donde su esposa siempre dejaba una vela encendida. Pero no aparecía, y comenzó a temer que se había perdido entre el brezo y las oscuras colinas. Y, mientras tanto los pasos seguían resonando con fuerza en sus oídos, hasta que por último no pudo soportarlo más y, sujetando el crucifijo que llevaba al cuello, se dio la vuelta con un grito, dispuesto a enfrentarse a lo que fuera.

—¿Qué es lo que vio? —Ian tenía las pupilas dilatadas, oscurecidas por el alcohol y el asombro. Jamie hizo un gesto a Duncan para que continuara el relato.

—Dijo que era la silueta de un hombre, pero sin cuerpo —explicó Duncan en voz baja—. Todo blanco, como hecho con niebla y con grandes agujeros negros en el lugar de los ojos, por donde le arrancarían el alma del cuerpo.

—Levantó la cruz ante su cara y rezó en voz alta a la santa Virgen —comentó Jamie retomando la historia e inclinándose, de manera que la luz del fuego creó un contorno dorado con su perfil—. Y aquel ser no se acercó más, sino que permaneció allí, observándolo.

»Entonces comenzó a caminar hacia atrás, sin darse la vuelta. Retrocedió, al mismo tiempo que tropezaba y resbalaba, temiendo una y otra vez que pudiera caer en un arroyo o por un acantilado y romperse el cuello, pero todavía con más temor de dar la espalda a aquella cosa helada. No sabía cuánto había caminado, pero le temblaban las piernas por la fatiga cuando finalmente divisó una luz entre la bruma; allí estaba su cabaña, con la vela en la ventana. Gritó de alegría y se dirigió a la puerta, pero aquello era más rápido y se le adelantó.

»Su esposa lo había estado esperando, y cuando lo oyó gritar, fue hasta la puerta. Gavin, a gritos, le dijo que no saliera, que por el amor de Dios buscara un talismán para alejar al *tannasq*. Rápida como el viento, sacó la olla que estaba debajo de la cama y un ramo de mirto atado con una cinta negra y roja, que tenía preparado para bendecir las vacas. Arrojó el agua contra la puerta y aquello saltó hacia arriba y se puso a horcajadas sobre el dintel. Gavin corrió y, al entrar, atrancó la puerta y permaneció abrazado a su esposa hasta el amanecer. Dejaron la vela encendida durante toda la noche y Gavin no volvió a salir de su casa después de la puesta de sol; hasta que se marchó para luchar por el príncipe *Tearlach*.

Incluso Duncan, que conocía la historia, suspiró cuando Jamie terminó de hablar. Ian se persignó y miró a su alrededor, avergonzado, pero nadie se dio cuenta.

—Ahora, Gavin ha partido hacia la oscuridad —concluyó Jamie—. Pero no lo dejaremos fuera del camposanto.

—¿Encontraron la vaca? —preguntó Fergus, con su sentido práctico. Jamie levantó una ceja para que Duncan respondiera.

—¡Ah, sí, la encontraron! A la mañana siguiente hallaron al pobre animal cubierto de barro y piedras, con la mirada enloquecida y los lomos lastimados. —Nos miró de reojo antes de continuar—. Gavin decía que parecía que hubiese regresado del infierno.

—Jesús. —Ian tomó un gran sorbo de cerveza, y yo hice lo mismo.

En la esquina, el grupo de borrachos intentaba cantar *Captain Thunder*, deteniéndose una y otra vez a causa de la risa.

—¿Qué les pasó a ellos? —preguntó Ian, preocupado, y dejó su jarra sobre la mesa—. ¿A la esposa y al hijo de Gavin?

Los ojos de Jamie se encontraron con los míos y su mano me tocó el muslo. Sabía, sin que nadie me lo hubiera dicho, lo que le había sucedido a la familia de Hayes. Sin el valor y la determinación de Jamie, lo mismo me hubiera ocurrido a mí y a nuestra hija Brianna.

—Gavin no lo sabía —contestó Jamie con calma—. Nunca supo nada de su esposa; debió de morir de hambre o de frío. Su hijo fue a la guerra con él y desapareció en Culloden. Siempre que a nuestra celda llegaba un hombre que había luchado, le preguntaba: «¿Has visto, por casualidad, a un muchacho valiente llamado Archie Hayes, que más o menos es así de alto?» Hacía un gesto para indicar la altura del muchacho, alrededor de metro y medio. «Un chico de unos catorce años», decía, «con un tartán verde y un pequeño broche dorado». Pero nunca llegó nadie que pudiera asegurar haberlo visto, ya fuera caer, o correr para ponerse a salvo.

Jamie bebió un trago de cerveza con la mirada fija en un par de oficiales británicos que estaban en un rincón. Dentro, cada vez había más oscuridad, y era evidente que no estaban de servicio. A causa del calor, se habían desatado los cuellos de piel, y sólo llevaban armas de mano, que brillaban bajo sus chaquetas, casi negras bajo la tenue luz, excepto en aquellos lugares en los que la luz del fuego iluminaba el rojo.

—A veces confiaba en que hubieran capturado y deportado al muchacho. Como a su hermano.

—¿No había nada en las listas? —pregunté—. Ellos tenían listas, ¿no?

—Ya lo creo —respondió Jamie sin dejar de mirar a los soldados. Una pequeña sonrisa de amargura apareció en su rostro—. Una de esas listas me salvó, después de Culloden, cuando me preguntaron mi nombre antes de fusilarme, para añadirlo a ella. Pero un hombre como Gavin no tenía posibilidades de ver las listas de muertos de los ingleses. —Me lanzó una mirada—. Y creo que, de haber podido, no lo hubiera hecho. ¿Preferirías enterarte, si fuera tu hijo?

Negué con la cabeza y él sonrió mientras oprimía mi mano. Después de todo, nuestra hija estaba a salvo. Alzó la jarra y la vació. A continuación, hizo un gesto a la joven camarera, quien nos trajo la comida rodeando ampliamente la mesa, para evitar tropezar con *Rollo*. La bestia estaba inmóvil bajo la mesa; su cabeza sobresalía hacia la sala, y su enorme cola peluda yacía, pesada, sobre mis pies, pero sus ojos amarillos estaban bien abiertos, observándolo todo. Siguieron a la muchacha, que, nerviosa, retrocedió, manteniendo la mirada fija en él hasta que se encontró segura, lejos de sus fauces. Al advertirlo, Jamie lanzó una mirada dubitativa al animal que llamaban perro.

—¿Tendrá hambre? ¿Tengo que pedir pescado para él?

—Ah, no, tío —aseguró Ian—. *Rollo* busca sus propios peces.

Jamie levantó las cejas, pero sólo asintió y, con una mirada a *Rollo*, se sirvió un plato de ostras cocidas.

—Qué lástima que un hombre como Gavin haya terminado así —se lamentó Duncan, ya casi borracho. Se recostó sobre la pared, con el hombro sin brazo más elevado que el otro, lo que le daba un extraño aspecto de jorobado. Meneó la cabeza, lúgubre, balanceándola de un lado a otro sobre su jarra como si se tratara del badajo de una campana fúnebre—. Sin familia que lo llore, en una tierra salvaje, ahorcado como un criminal y a punto de ser enterrado en cualquier sitio. Ni siquiera tendrá un canto de lamento... —Alzó la jarra con cierta dificultad y se la acercó a la boca. Bebió un buen trago y la dejó con un golpe amortiguado—. ¡Bueno, tendrá un *caithris*! ¿Por qué no? —preguntó, mirando desafiante a sus compañeros—. ¿Por qué no?

Jamie no estaba borracho, pero tampoco totalmente sobrio. Sonrió a Duncan y levantó su jarra.

—¿Por qué no? —dijo—. Pero tendrás que cantar tú, Duncan. El resto no conocía a Gavin y yo canto muy mal. Sin embargo, gritaré contigo.

Duncan asintió con autoridad, observándonos con los ojos inyectados en sangre y, sin previo aviso, echó la cabeza hacia atrás y emitió un horrible aullido. Salté de mi asiento y derramé un poco de cerveza sobre la falda. Ian y Fergus, que, como es normal, habían oído lamentos gaélicos antes, ni se inmutaron.

En toda la sala, los parroquianos desplazaron sus bancos, se pusieron en pie y sacaron las armas. La camarera se inclinó sobre el mostrador, con los ojos muy abiertos. *Rollo* despertó con un ruidoso gruñido y miró con ojos feroces y enseñando los dientes.

—*Tha sinn cruinn a chaoidh ar caraid, Gabhainn Hayes.*

Duncan cantó con su atronadora voz de barítono; lo poco que sabía de gaélico me permitió traducir: «Nos hemos reunido para gemir y llorar a los cielos por la pérdida de nuestro amigo, Gavin Hayes.»

—*Èisd ris!* —aportó Jamie.

—*Rugadh e do Sheumas Immanuel Hayes agus Louisa N'ic a Liallainn an am baile Chill-Mhartainn, ann an sgire Dhun Domhnuill, anns a bhliadhnaseachd ceud deug agus a haon!*

—«¡Hijo de Seaumais Emmanuel Hayes y Louisa Maclellan, del pueblo de Kilmartin, en la parroquia de Dodanil, nacido en el año de nuestro señor de 1701!»

—*Èisd ris!* —El coro repetía algo que traduje como: «¡Escuchadlo!» A Jamie se le unieron Ian y Fergus.

Rollo parecía indiferente a los cantos y se quedó con las orejas gachas pegadas al cráneo y los ojos amarillos entornados. Su dueño le acarició la cabeza para calmarlo, y el animal se recostó de nuevo, gruñendo un poco.

La gente, al ver que no existía ninguna amenaza de violencia, y sin duda aburrida de las dotes vocales inferiores del grupo de la esquina, decidió disfrutar del espectáculo. En ese momento, Duncan ya estaba llamando por su nombre a todas las ovejas que tenía Gavin Hayes antes de abandonar su rebaño para seguir a su señor a Culloden, y muchas de las mesas de alrededor acompañaban con entusiasmo al coro, gritando: «*Èisd ris!*» y golpeando las mesas con sus jarras, al ignorar, por suerte, lo que decía. Duncan, cada vez más borracho y sudando a chorros, lanzó una mirada maligna a los soldados de la mesa próxima.

—*A Shasunnaich na galladh, 's olc a thig e dhuibh fanaid air bàs gasgaich. Gun toireadh an diabhul fhein leis anns a bhàs sibh, direach do Fhirinn!!!* — «¡Malditos perros extranjeros, comedores de carne muerta, que se ríen y regocijan por el fallecimiento de un hombre bueno! ¡¡¡Que el mismo diablo os busque a la hora de la muerte para llevaros derechos al infierno!!!»

Ian palideció y Jamie lanzó una mirada a Duncan, pero siguieron cantando el estribillo con el resto de los parroquianos.

Fergus, con una súbita inspiración, se levantó y pasó el sombrero entre los clientes, quienes, alegres por la cerveza y la animación, le tiraban monedas, pagando por el privilegio de que los condenaran al infierno.

Yo tengo tan buena cabeza para la bebida como la mayoría de los hombres, pero una vejiga más pequeña. Con la cabeza tan llena de humo y ruido como de alcohol, me levanté y me alejé de la mesa para salir al aire fresco del atardecer.

Todavía hacía un calor sofocante, aunque hacía rato que se había ocultado el sol. En cualquier caso, había mucho más aire en el exterior, y mucha menos gente con quien compartirlo.

Una vez que vacié mi vejiga, me quedé sentada sobre la tabla para cortar leña con mi taza de peltre, inspirando hondo. La noche era clara, con una brillante media luna que emergía, plateada, sobre el borde del muelle. Nuestro carro esperaba al lado, y sólo se veía su contorno desde las ventanas de la taberna. Al parecer, el cuerpo amortajado de Gavin Hayes yacía en su interior. Esperaba que hubiera disfrutado de su *caithris*.

En el interior, el canto de Duncan había terminado. Una voz de tenor, dulce pero enturbiada por el alcohol, tañía una melodía familiar que se oía por encima de las conversaciones.

A Anacreonte en el cielo, donde se sentaba contento,
algunos hijos de la armonía enviaron una petición,
¡para que fuera su inspirador y patrón!
Esta respuesta envió el anciano y alegre griego:
«¡La voz, el violín y la flauta
no volverán a enmudecer!
¡Yo os prestaré mi nombre e inspiraré!»

La voz del cantante se quebró con gran dolor al decir «la voz, el violín y la flauta», pero siguió con fuerza, pese a las risas del público. Sonreí, irónica, cuando recitó los últimos versos:

«¡Y, además, os enseñaré a entrelazar
el mirto de Venus con la vid de Baco!»

Alcé mi jarra a modo de saludo al ataúd con ruedas, repitiendo en voz baja la melodía de las últimas líneas del cantante.

Oh, di, ¿sigue ondeando la bandera tachonada
de estrellas
sobre la tierra de los libres y el hogar de los valientes?

Vacié mi jarra y me quedé inmóvil, esperando a que salieran los hombres.

2
Cuando nos encontramos a un fantasma

—Diez, once, doce... y dos, y seis... una libra, ocho chelines, seis peniques y dos cuartos de penique. —Fergus dejó caer, ceremoniosamente, la última moneda en la bolsa de paño, ajustó los cordones y se la entregó a Jamie—. Y tres botones —añadió—, pero me los quedo —dijo, golpeando el costado de su chaqueta.

—¿Ya has pactado con el patrón la cuestión de nuestra comida? —me preguntó Jamie, sopesando la bolsita.

—Sí —contesté—. Me quedan cuatro chelines y seis peniques, además de lo que ha reunido Fergus. —Éste sonreía con modestia, y sus cuadrados dientes blancos brillaban en la tenue luz de la ventana de la taberna.

—Entonces tenemos el dinero necesario para el entierro —argumentó—. ¿Llevamos ahora a monsieur Hayes al clérigo, o esperamos hasta mañana?

Jamie miró el carro con el ceño fruncido, de pie y en silencio desde el borde del patio de la posada.

—No creo que esté despierto a esta hora —comentó, mirando la luna—. Sin embargo...

—Yo preferiría que no lo lleváramos con nosotros —intervine—. No quiero ser grosera —dije, con una disculpa dirigida al carro—, pero si vamos a dormir en el bosque, el olor... —No era abrumador, pero una vez alejados del tufo de la taberna, el característico olor era perceptible en los alrededores del carro. No había sido una muerte agradable, y el día había sido caluroso.

—La tía Claire tiene razón —opinó Ian, frotándose la nariz discretamente con los nudillos—. No queremos atraer a los animales salvajes.

—¡No podemos dejar a Gavin aquí! —protestó Duncan, escandalizado ante la idea—. ¿Dejarlo en la puerta de la posada, envuelto en el sudario, como un bebé abandonado? —Se balanceaba de una manera alarmante, ya que la ingesta de alcohol afectaba a su siempre precario equilibrio.

La boca de Jamie se curvó en una mueca de diversión mientras la luna se reflejaba, blanca, sobre el puente afilado de su nariz.

—No —contestó—. No lo vamos a dejar aquí. —Pasó la bolsita de una mano a otra con un ligero tintineo, y la guardó en su abrigo con un gesto decidido.

—Lo enterraremos nosotros mismos —afirmó—. Fergus, ¿puedes ir al establo a ver si consigues una pala barata?

El breve trayecto hasta la iglesia, a través de las tranquilas calles de Charleston, fue menos solemne que los habituales cortejos fúnebres, a pesar de la insistente repetición de Duncan de las partes más interesantes de su lamento cantado.

Jamie iba con lentitud, lanzando ocasionales gritos de ánimo a los caballos; Duncan se tambaleaba junto al grupo, cantando con voz ronca y agarrando a uno de los animales por la cabeza, mientras Ian sujetaba al otro para evitar que se separara. Fergus y yo íbamos en la retaguardia con un aspecto solemne. Él portaba su pala recién comprada en los brazos y murmuraba funestas predicciones sobre la probabilidad de que todos pasáramos la noche en la cárcel por alterar la paz de Charleston.

La iglesia estaba situada en una calle tranquila, a cierta distancia de la casa más cercana. Eso estaba bien para evitar que nos vieran, pero también significaba que el cementerio carecería de luz, al no contar con el resplandor de una antorcha o una vela para romper la oscuridad.

Grandes magnolias sobresalían por encima de la entrada. Tenían las hojas mustias debido al calor, y un parterre de pinos, cuyo objetivo era proporcionar sombra y alivio durante el día, cumplía la función de bloquear cualquier vestigio de luz de la luna o las estrellas por la noche, de manera que el cementerio estaba tan oscuro como... bueno, una cripta.

Caminar por allí era como atravesar cortinas de terciopelo negro, perfumadas por el aroma de los pinos recalentados por el sol. Se trataba de interminables capas suaves, acres y asfixiantes. No había nada más alejado del aire puro de las montañas de Escocia que aquella sofocante atmósfera sureña. No obstante, algunos jirones de niebla ocultaban las oscuras paredes de ladrillo y deseé no recordar con tanta vividez la historia de Jamie sobre el fantasma.

—Vamos a buscar un lugar adecuado. Quédate y ocúpate de los caballos, Duncan. —Jamie se bajó del carro y me cogió del brazo—. Podemos encontrar un buen sitio al lado del muro —afirmó, guiándome hacia la entrada—. Ian y yo cavaremos, tú sostendrás la luz y Fergus hará guardia.

—¿Y Duncan? —pregunté, mirando hacia atrás—. ¿Estará bien? —El escocés era invisible; su forma alargada y desgarbada se había desvanecido formando una mancha mayor que incluía los caballos y el carro, pero seguía siendo audible.

—Será el director de los cantos fúnebres —respondió Jamie con un toque de humor—. Cuidado con tu cabeza, Sassenach.

—Automáticamente bajé la cabeza ante una rama de magnolia; no sabía si Jamie podía ver en realidad en la oscuridad o si lo hacía por instinto, pero nunca vi que tropezara, por muy oscuro que estuviera.

—¿No crees que alguien sospechará al ver una tumba recién cavada? —Después de todo, el cementerio no estaba completamente oscuro; una vez que me alejé de las magnolias, pude divisar las formas de las lápidas, insustanciales pero siniestras en la oscuridad, y una ligera niebla se elevaba sobre la abundante hierba a sus pies.

Noté un cosquilleo en las plantas de los pies cuando nos adentramos entre las tumbas. Sentía silenciosas oleadas de reproche que se elevaban desde el suelo ante aquella indecorosa intrusión. Me golpeé la espinilla con una lápida y me mordí el labio, reprimiendo la urgencia de disculparme con su propietario.

—Puede ser. —Jamie me soltó el brazo para buscar algo en su chaqueta—. Pero si el clérigo quería dinero para enterrar a Gavin, no creo que se moleste en desenterrarlo gratis, ¿no crees?

El joven Ian apareció de pronto a mi lado, lo que hizo que me sobresaltara.

—Hay un espacio abierto al lado de la pared norte, tío Jamie —dijo, hablando en voz baja pese a que era evidente que nadie nos oía. Hizo una pausa y se acercó un poco a mí—. Está muy oscuro aquí, ¿no? —La voz del muchacho parecía insegura. Había bebido casi tanto como Jamie o Fergus, pero mientras que el alcohol había imbuido al resto de un humor sombrío, estaba claro que había tenido unos efectos mucho más deprimentes en Ian.

—Así es, pero tengo un cabo de vela que me llevé de la taberna; espera un poco. —Se oyó un ruido que indicaba que Jamie buscaba el pedernal y el yesquero.

La oscuridad que nos envolvía hacía que me sintiera incorpórea, como si fuera un fantasma. Levanté la vista y vi estrellas, apenas perceptibles a través del aire grueso, que no iluminaban el suelo, sino que producían una sensación de inmensa distancia e infinita lejanía.

—Es como la vigilia de Pascua —comentó Jamie en voz baja, acompañada por los sonidos del pedernal—. Una vez asistí al servicio, en Notre Dame de París. ¡Cuidado, Ian, hay una piedra! —Un golpe y un gruñido sofocado anunciaron que Ian había descubierto la piedra demasiado tarde—. La iglesia estaba oscura —continuó Jamie—, pero la gente que acudía al servicio compraba pequeñas velas a las ancianas en la entrada. Era algo así. —Sentí, más que vi, que hacía un gesto hacia el cielo—. Un enorme espacio arriba, con un silencio ensordecedor y la gente abarrotada a cada lado. —Pese al calor, me estremecí ante aquellas palabras, que invocaban una visión de los muertos a nuestro alrededor, amontonándose en silencio a cada lado, anticipando la inminente resurrección—. Y cuando ya creía que no iba a soportar el silencio y la gran cantidad de gente, el sacerdote empezó a cantar *Lumen Christi* desde la puerta, y los acólitos, después de encender el gran cirio, fueron prendiendo sus velas y se precipitaron por los pasillos, pasando el fuego a las velas de los fieles. —Ya podía ver sus manos gracias a los destellos del pedernal—. Entonces la iglesia revivió por las miles de velas encendidas, pero fue el cirio el que quebró la oscuridad.

Los ruidos cesaron, y apartó la mano que protegía la nueva llama. Ésta cogió fuerza e iluminó su rostro desde abajo, emitiendo un reflejo dorado sobre los planos de los pómulos elevados y la frente, y ensombreciendo las profundas órbitas de sus ojos.

Levantó la vela encendida, que iluminó las tumbas, que parecían tan escalofriantes como un círculo de piedras.

—*Lumen Christi* —dijo con calma, inclinando su cabeza hacia una columna de granito con una cruz— *et requiescat in pace, amice*. —Su voz ya no tenía un tono de burla, sino que hablaba con total seriedad, y me sentí extrañamente confortada, como si se hubiera alejado alguna presencia vigilante. Me sonrió y me entregó la vela.

—Busca un palo para hacer una antorcha, Sassenach —ordenó—. Ian y yo cavaremos por turnos.

No estaba nerviosa, pero me seguía sintiendo como una profanadora de tumbas, sosteniendo la antorcha bajo un pino mientras Ian y Jamie se alternaban para cavar con las espaldas desnudas, que brillaban por el sudor bajo la luz de la antorcha.

—Los estudiantes de Medicina pagaban para que les robaran cadáveres recientes de los cementerios —comenté, al mismo tiempo que alcanzaba mi pañoleta a Jamie mientras salía del hoyo, jadeando por el esfuerzo—. Era la única forma de poder hacer disecciones.

—¿Lo hacían o lo hacen? —Jamie se secó el sudor de la cara y me dirigió una rápida mirada burlona.

Por suerte, pese a la luz de la antorcha, estaba demasiado oscuro para que Ian notara mi rubor. No era la primera vez que me equivocaba, ni sería la última, pero tales descuidos sólo provocaban miradas inquisitivas, si es que los percibían en alguna medida. Sencillamente, la verdad no era una posibilidad que se le pudiera ocurrir a nadie.

—Me imagino que todavía lo hacen —admití. Me estremecí un poco ante la idea de enfrentarme a un cuerpo recién exhumado y no preservado, aún cubierto con la tierra de su tumba profanada. Los cadáveres embalsamados y tendidos sobre una superficie de acero inoxidable tampoco eran demasiado agradables, pero la formalidad de su presentación servía para mantener a cierta distancia las realidades corruptas de la muerte.

Espiré con fuerza por la nariz, intentando deshacerme de los olores, tanto imaginados como recordados. Al inspirar, mis fosas nasales se llenaron del olor de la tierra húmeda y el alquitrán caliente de mi antorcha de pino, y del eco más ligero y fresco del aroma vivo de los pinos que se cernían sobre nosotros.

—También usan a los pobres y a los criminales de las prisiones —intervino el joven Ian, que evidentemente había escuchado la conversación y, aunque no lo había entendido, aprovechó para tomarse un respiro y secarse las cejas mientras se inclinaba sobre la pala—. Papá me contó que una vez lo arrestaron, lo trasladaron a Edimburgo y lo tuvieron en Tolbooth. Estaba en la celda con otros tres y uno se estaba muriendo de consunción. Tenía una tos horrible, y mantenía al resto despierto día y noche. Una noche dejó de toser y creyeron que había muerto. Estaban tan cansados que rezaron una oración por su alma y se quedaron dormidos. —El muchacho hizo una pausa y se frotó la nariz—. Papá decía que se despertó cuando alguien le tiró de las piernas y otro lo levantó por los brazos. Pateaba y gritaba, y el que lo agarraba de los brazos gritó y lo soltó, de manera que se golpeó la cabeza con las piedras. Se incorporó, rascándose la coronilla, y se encontró frente a un médico y dos hombres que lo habían llevado al hospital, a la sala de disección.

Ian sonrió de oreja a oreja ante el recuerdo, mientras se apartaba de la cara el cabello húmedo debido al sudor.

—Papá decía que no sabía quién estaba más horrorizado, si él o los que habían transportado el cuerpo equivocado. Pero que el médico estaba disgustado porque decía que papá hubiera sido un espécimen más interesante por su pierna amputada.

Jamie rió mientras estiraba los brazos para que descansara su espalda. Con el rostro y el torso cubiertos de un polvo de color rojizo, y el cabello atado detrás con un pañuelo que le rodeaba la frente, parecía tan malvado como cualquier profanador de tumbas.

—Sí, conocía esa historia. Después de ese episodio, Ian decía que todos los médicos eran unos ladrones de cadáveres y que no quería saber nada de ellos.

Me sonrió; en mi tiempo, yo era médica cirujana, pero aquí no era más que una curandera con habilidad para usar las hierbas.

—Por suerte, no tengo miedo a los curanderos —afirmó, inclinándose para besarme. Sus labios estaban templados y sabían a cerveza. Podía ver las gotas de sudor atrapadas en el vello rizado de su pecho, y sus pezones eran capullos oscuros en la luz tenue. Me estremeció un temblor que nada tenía que ver con el frío ni con lo inquietante de nuestros alrededores. Lo advirtió y sus ojos se encontraron con los míos. Inspiró profundamente y, de repente, fui consciente de mi corpiño ajustado y del peso de mis pechos bajo la tela empapada por el sudor.

Jamie se movió un poco para aliviar la presión de sus pantalones.

—Caramba —exclamó en voz baja. Bajó la mirada y se dio la vuelta con una sonrisa avergonzada.

No lo esperaba pero, por supuesto, lo reconocí. Era común un súbito ataque de lujuria como respuesta a la presencia de la muerte. Los soldados lo sienten en la calma tras la batalla, lo mismo que los sanadores que lidian con la sangre y la lucha. Quizá Ian estaba más en lo cierto de lo que pensaba en cuanto a lo macabro de los doctores.

Jamie me tocó la espalda y me sobresalté, lo que hizo que agitara la antorcha. Me la quitó e hizo un gesto hacia una lápida cercana.

—Siéntate, Sassenach —dijo—. No debes permanecer tanto tiempo en pie.

Me había fracturado la tibia durante el naufragio y, aunque había sanado con rapidez, la pierna todavía me dolía.

—Estoy bien —contesté, pero me dirigí hacia la lápida, rozándolo al pasar. Aunque irradiaba calor y podía oler su sudor cuando se evaporaba, su espalda desnuda estaba fría al tacto.

Lo miré y vi la carne de gallina en aquellos lugares en los que lo había tocado. Tragué saliva mientras intentaba reprimir la repentina visión de caer en la oscuridad y aparearnos ferozmente entre la hierba pisada y la tierra fresca.

Su mano se quedó en mi codo al ayudarme a sentarme sobre la piedra. *Rollo* estaba tumbado; al jadear, caían gotas de saliva que brillaban a la luz de la antorcha. Los ojos amarillos me observaban con atención.

—Ni se te ocurra pensarlo —intervine, devolviéndole la mirada—. Si me muerdes, te meteré el zapato en la garganta hasta que te ahogues.

Me contestó con un gruñido sordo. Posó el hocico sobre sus patas, pero tenía las orejas levantadas, atentas a cualquier ruido.

Ian clavó la pala suavemente en la tierra que se encontraba a sus pies, se enderezó y se secó el sudor de la cara con la palma de la mano, que dejó manchas negras sobre su mandíbula. Dejó escapar un profundo suspiro y miró a Jamie con expresión de agotamiento, sacando la lengua.

—Está bien, espero que sea bastante profunda —respondió Jamie ante el gesto del muchacho—. Voy a traer a Gavin.

El rostro de Fergus se crispó con un gesto de preocupación bajo la luz de la antorcha.

—¿No te hace falta ayuda para traer el cuerpo? —Su disgusto era evidente, pero, no obstante, se ofreció. Jamie le sonrió con ironía.

—Me las arreglaré —dijo—. Gavin era un hombre pequeño. Pero puedes traer la antorcha para alumbrarnos.

—¡Yo también voy, tío! —Ian salió del foso con celeridad; su espalda huesuda brillaba por el sudor—. Por si necesitas ayuda —añadió, jadeante.

—¿Tienes miedo de la oscuridad? —preguntó Fergus con sarcasmo. Pensé que los alrededores debían de estar poniéndolo nervioso, aunque en algunas ocasiones tomaba el pelo a Ian, a quien consideraba un hermano menor y, por tanto, lo trataba de manera bastante cruel

—Pues sí —contestó sencillamente Ian—. ¿Tú no?

Fergus abrió la boca, con las cejas levantadas; luego la cerró, se dio la vuelta y, sin contestar, se marchó hacia la oscura abertura del pórtico por donde había desaparecido Jamie.

—¿No te parece que este lugar es terrible, tía? —murmuró Ian, incómodo a mi lado, acercándose a mí mientras nos abríamos paso entre lápidas emergentes y seguíamos el resplandor de la antorcha de Fergus—. No puedo dejar de pensar en la historia que ha contado el tío Jamie. Pienso que ahora que Gavin está muerto, tal vez la cosa helada... Quiero decir... ¿Crees que podría... venir a buscarlo?

Lo oí tragar al terminar de formular la pregunta, y sentí un dedo helado que me tocaba, justo en la base de la columna.

—No —dije en un tono más fuerte de lo normal. Me aferré a su brazo, no tanto para sostenerme como para darle confianza—. Seguro que no.

Tenía la piel húmeda por el sudor, pero la delgada musculatura del brazo bajo mi mano me resultaba reconfortante. Su presencia medio visible me recordó un poco a Jamie; era casi tan alto como su tío, y casi igual de fuerte, aunque, en su adolescencia, aún era esbelto y larguirucho.

Llegamos con bastante alivio al círculo de luz que formaba la antorcha. La luz parpadeante brillaba entre las ruedas del carro, emitiendo sombras que se asemejaban a telarañas sobre el polvo. Hacía tanto calor en el camino como en el cementerio, pero el aire era más puro y se respiraba mejor, lejos de los asfixiantes árboles.

Para mi sorpresa, Duncan seguía despierto, colgado del pescante del carro como un búho somnoliento, con las orejas hundidas entre los hombros. Canturreaba en voz baja, pero se detuvo al vernos. Parecía que la larga espera lo había despejado un poco; se bajó del pescante de manera bastante firme y se acercó a la parte posterior del carro para ayudar a Jamie. Reprimí un bostezo. Deseaba terminar con aquella triste tarea e ir a dormir, aunque fuera sobre un montón de hojas.

—*Ifrinn an Diabhuil! A Dhia, thoir cobhair!*

—*Sacrée Vierge!*

Mi corazón dio un salto. Todos gritaron al mismo tiempo y los caballos se movieron frenéticamente, sacudiendo el carro como si fuera un escarabajo borracho.

—¡*Grrr!* —*Rollo* lanzó un gruñido.

—¡Jesús! —Ian pronunció una exclamación de espanto mientras miraba hacia el carro con los ojos desorbitados—. ¡Por Jesucristo!

Cuando miré hacia donde señalaba, grité. Una pálida figura asomó del carro, balanceándose con su movimiento.

No pude ver más, porque los acontecimientos se precipitaron. *Rollo* flexionó los cuartos traseros y, con un gruñido, se lanzó a perseguir a la figura en la oscuridad, alentado por los gritos de Ian y Jamie. Luego se oyó el grito del fantasma. A mis espaldas, Fergus maldecía en francés mientras corría de regreso al cementerio a buscar su navaja, tropezando y chocando con las lápidas en la oscuridad. Jamie había dejado caer la antorcha: titiló y siseó en el camino polvoriento, amenazando con apagarse. Caí de rodillas y soplé, en un intento desesperado por conservar la luz.

El coro de gritos y aullidos siguió aumentando, y me levanté, antorcha en mano, para encontrarme con Ian peleando con *Rollo*, intentando alejarlo de las tenebrosas figuras que luchaban en una nube de polvo.

—*Arrêtes, espèce de cochon!* —Fergus surgió de la oscuridad con la navaja en la mano y, en un momento de descuido, dio un paso adelante y golpeó al intruso en la cabeza con un sonoro ¡*clang!* Luego se volvió hacia Ian y *Rollo*.

—¡Tú también, quieto! —Fergus amenazó al perro con la pala—. ¡Quieto, mala bestia, o te rompo la cabeza!

Rollo resopló, mostrando los dientes con un gesto que yo interpreté como «¿Tú y cuántos más?», pero lo detuvo Ian, quien le rodeó el cogote con un brazo y ahogó cualquier otra protesta.

—¿De dónde ha salido? —preguntó Ian, sorprendido, y estiró el cuello, tratando de mirar al caído sin soltar a *Rollo*.

—Del infierno —afirmó Fergus—. Y lo invito a que regrese allí. —Temblaba por el susto y el agotamiento; la luz brilló débilmente sobre su garfio mientras se apartaba un mechón de cabello negro de los ojos.

—Del infierno, no, de la horca. ¿No sabes quién es?

Jamie se puso en pie poco a poco mientras se limpiaba el polvo de los calzones. Respiraba con dificultad y estaba cubierto de polvo, pero no estaba herido. Recogió el pañuelo que se le había caído y miró alrededor, secándose el rostro mientras preguntaba:

—¿Dónde está Duncan?

—Aquí, Mac Dubh —dijo una voz ronca en la parte delantera del carro—. Los caballos no estaban muy contentos con la presencia de Gavin y se han molestado mucho con la perspectiva de la resurrección. Yo también me he sorprendido un poco —añadió con sinceridad. Miró la figura tirada en el suelo y palmeó a uno de los caballos con firmeza—. ¡Ah, no es más que un bribón, *luaidh*! Cierra el pico, ¿quieres?

Le había entregado la antorcha a Ian y me arrodillé para examinar las heridas de nuestro visitante. Parecían leves; el hombre ya se estaba moviendo. Jamie tenía razón, era el hombre que se había escapado para que no lo ahorcaran. Era joven; tenía unos treinta años y un cuerpo fuerte y musculoso. Su cabello estaba apelmazado por el sudor y tieso por la suciedad. Olía a prisión y al aroma almizclado e intenso del miedo prolongado, lo cual no tenía nada de raro.

Lo cogí de un brazo y lo ayudé a sentarse. Gimió y se llevó una mano a la cabeza, entornando los ojos ante la luz.

—¿Está bien? —pregunté.

—Es usted muy amable, señora, pero podría estar mejor. —Tenía un ligero acento irlandés en su voz suave y profunda.

Rollo, con el labio superior ligeramente alzado para mostrar un colmillo amenazador, metió el morro en la axila del visitante, olfateó y, a continuación, apartó la cara y estornudó de manera explosiva. Un pequeño estremecimiento de risa recorrió el círculo, y la tensión se relajó durante un instante.

—¿Cuánto hace que está en el carro? —quiso saber Duncan.

—Desde esta tarde. —El hombre se puso de rodillas, mareado por los efectos del golpe. Se volvió a tocar la cabeza y gimió—. ¡Jesús! Me he subido poco después de que el gabacho metiera al pobre Gavin.

—¿Y dónde estaba antes? —preguntó Ian.

—Escondido debajo de la carreta de la horca. Era el único lugar donde creía que no me buscarían. —Se puso en pie con dificultad, cerró los ojos para recuperar el equilibrio y los abrió de nuevo. Eran de un verde pálido a la luz de la antorcha, del color del mar poco profundo. Vi cómo pasaba la mirada por cada uno de nosotros y, por último, miró a Jamie. Hizo una reverencia, teniendo cuidado con su cabeza—. Stephen Bonnet. Para servirlo, señor. —No hizo amago de extender la mano, y Jamie, tampoco.

—Señor Bonnet... —Jamie le devolvió la inclinación de cabeza con un rostro inexpresivo. Yo no sabía cómo podía parecer tan imponente con nada más que un par de calzas húmedas y sucias, pero así era. Echó un vistazo al visitante, asimilando cada detalle de su aspecto.

Bonnet tenía lo que la gente llama «buena planta»: alto, sólo unos centímetros más bajo que Jamie, fornido, con facciones angulosas y apuesto. Estaba tranquilo. Se balanceaba sobre los talones, pero con los puños semicerrados en gesto de alerta. A juzgar por la nariz ligeramente torcida y una pequeña cicatriz en la comisura de los labios, estaba acostumbrado a pelear. Las pequeñas imperfecciones no ocultaban la impresión general de magnetismo animal; era la clase de hombre que no tenía problemas para atraer a las mujeres. A algunas mujeres, corregí mientras me lanzaba una mirada especulativa.

—¿Por qué crimen lo habían condenado, señor Bonnet? —preguntó Jamie. También parecía tranquilo, aunque tenía una expresión de alerta semejante a la de Bonnet. Eran como perros que se observaban con las orejas gachas antes de decidirse a pelear.

—Contrabando —respondió Bonnet.

Jamie no dijo nada y ladeó un poco la cabeza. Arqueó una ceja a modo de pregunta.

—Y piratería. —Un músculo de su boca se crispó en un intento de sonrisa o un involuntario rictus de miedo.

—¿Y ha matado alguna vez al cometer sus delitos?

El rostro de Jamie era inexpresivo, salvo por sus ojos atentos. «Piénsalo dos veces antes de contestar —decía simplemente su mirada—. Tal vez tres.»

—A nadie que no tratara de matarme a mí primero —respondió Bonnet. Las palabras salieron con facilidad, con un tono casi ligero, pero la mano cerrada en un puño en su costado las contradecía.

Caí en la cuenta de que Bonnet debía de sentirse como si se enfrentara a un juez y a un jurado, como casi con seguridad se habría enfrentado antes. No tenía ningún modo de saber que nosotros nos mostrábamos casi igual de reticentes que él a acercarnos a los soldados de la guarnición.

Jamie contempló a Bonnet durante un rato. Lo observó de cerca bajo la luz de la antorcha parpadeante, hasta que asintió y dio un paso atrás.

—Entonces puede irse —dijo con calma—. Nosotros no vamos a impedirlo.

Bonnet respiró aliviado y pude ver cómo se relajaba, hundiendo los hombros bajo la camisa barata de lino.

—Muchas gracias —intervino. Se pasó una mano por la cara y volvió a respirar profundamente. Sus ojos verdes se movieron con rapidez, recorriéndome a mí, a Fergus y a Duncan—. Tal vez quieran ayudarme.

Duncan, tranquilizado por las palabras de Jamie, lanzó un gruñido de sorpresa.

—¿Ayudarlo? ¿A un ladrón?

La cabeza de Bonnet giró hacia Duncan. El collar de hierro era una línea oscura alrededor de su cuello, y daba la espeluznante impresión de que su cabeza cortada flotaba varios centímetros sobre sus hombros.

—Ayudarme —repitió Bonnet—. Esta noche los soldados me van a buscar por los caminos. —Hizo un gesto hacia el carro—. Ustedes pueden esconderme si quieren. —Se volvió para mirar a Jamie y enderezó los hombros rígidos—. Les estoy pidiendo ayuda, señor, en nombre de Gavin Hayes, que fue mi amigo, como el de ustedes, y un ladrón, como yo.

Los hombres lo contemplaron en silencio, asimilando la información. Fergus miró de manera inquisitiva a Jamie. La decisión era suya.

Jamie, tras contemplar a Bonnet, se volvió hacia Duncan.

—¿Qué te parece, Duncan? —Éste lanzó a Bonnet la misma clase de mirada que había empleado Jamie y, por último, asintió.

—Por la memoria de Gavin —respondió, y se dirigió hacia la entrada.

—Muy bien —asintió Jamie. Suspiró y se apartó el pelo de la cara.

—Ayúdenos a enterrar a Gavin —dijo a nuestro nuevo huésped— y luego nos iremos.

Una hora más tarde, la tumba de Gavin era un rectángulo de tierra recién removida, austero entre los tonos grises de la hierba circundante.

—Tiene que figurar su nombre —comentó Jamie.

Con la punta de su cuchillo, marcó con cuidado las letras del nombre de Gavin y las fechas en una piedra blanca. Después la froté con hollín de la antorcha, de manera que la inscripción quedara tosca pero legible, e Ian la colocó sólidamente entre un pequeño cúmulo de guijarros. Jamie puso encima el cabo de vela que había cogido de la taberna.

Estábamos incómodos alrededor de la tumba, sin saber cómo despedirnos. Jamie y Duncan estaban de pie, codo con codo, mirando hacia abajo. Se habían despedido de muchos camaradas desde Culloden, aunque, a menudo, con menos ceremonia.

Por último, Jamie hizo un gesto a Fergus, quien encendió una ramita de pino con mi antorcha, se inclinó y prendió la mecha de la vela.

—*Requiem aeternam dona ei, et lux perpetua luceat ei...*
—pronunció Jamie con una voz pausada.

—Señor, concédele el descanso eterno y permite que la luz eterna lo ilumine —repitió en voz baja Ian, con un gesto solemne iluminado por la antorcha.

Sin una palabra más, nos volvimos y salimos del cementerio. Detrás de nosotros, la vela ardía sin parpadear en el aire estancado y pesado, como la lámpara del sagrario en una iglesia vacía.

La luna estaba alta en el cielo cuando llegamos al puesto de control militar, fuera de las murallas de la ciudad. Había una media luna, pero desprendía suficiente luz para poder ver el trazado aplastado y polvoriento del camino frente a nosotros, suficientemente amplio para que dos carros viajaran a la par.

Ya habíamos encontrado varios puestos similares en el camino, entre Savannah y Charleston, la mayoría de ellos consistentes en soldados aburridos que nos saludaban sin molestarse en controlar los pases que traíamos de Georgia. Lo que más preocupaba a los puestos de control militar era interceptar los bienes de contrabando, así como la captura de algún esclavo ocasional que hubiera escapado de su propietario.

Aunque estábamos sucios y desarrapados, pasábamos inadvertidos, ya que muy pocos viajeros tenían mejor aspecto. Fergus y Duncan no podían ser esclavos, puesto que estaban lisiados, y la presencia de Jamie trascendía más allá de su atuendo. Por muy gastada que estuviera su chaqueta, nadie lo tomaría por un sirviente.

Sin embargo, aquella noche era diferente. Había ocho soldados en el puesto de vigilancia, no dos como era habitual, y todos estaban armados y alerta. Las bayonetas brillaron a la luz de la luna mientras el grito de «¡Alto! ¡Nombre y destino!» llegaba desde la oscuridad. Un farol me iluminó la cara, cegándome durante un instante.

—James Fraser, rumbo a Wilmington, con mi familia y sirvientes. —La voz de Jamie era tranquila y sus manos sostenían las riendas con firmeza cuando me las entregó para buscar los pases, que se encontraban en su abrigo.

Mantuve la cabeza baja, tratando de parecer cansada e indiferente. Sí, estaba cansada (hubiera podido tenderme en el camino y dormirme), pero de ninguna manera indiferente. Me pregunté cuál sería la pena por ayudar a escapar a un fugitivo de la horca. Una única gota de sudor descendió, serpenteando, por mi nuca.

—¿Han visto a alguien por el camino, señor? —El «señor» fue pronunciado de mala gana, ya que su chaqueta y mi falda gastada destacaban a la luz del farol.

—Un carruaje que se cruzó con nosotros. Venía del pueblo y supongo que lo habrán visto —respondió Jamie. El sargento gruñó y revisó con cuidado los documentos. A continuación, entornó los ojos en la oscuridad para contar y asegurarse de que los cuerpos presentes concordaban.

—¿Qué es lo que llevan? —Nos devolvió los pases e hizo una seña a uno de sus subordinados para que revisara el carro. Pegué un tirón a las riendas sin darme cuenta y los caballos resoplaron y sacudieron sus cabezas. El pie de Jamie golpeó con suavidad el mío, pero no me miró.

—Cosas para la casa —respondió Jamie, siempre con calma—. Medio venado y una bolsa de sal como provisiones. Y un cadáver.

El soldado que había empezado a revisar el carro se detuvo de inmediato. El sargento levantó la cabeza bruscamente.

—¿Un qué?

Jamie me quitó las riendas y las enrolló descuidadamente alrededor de su muñeca. Con el rabillo del ojo pude ver cómo Duncan se alejaba poco a poco hacia la oscuridad del bosque. Fergus, con sus aptitudes de carterista, ya había desaparecido.

—El cuerpo del hombre que han colgado esta tarde. Lo conocía y he pedido permiso al coronel Franklin para llevárselo a sus parientes, que se encuentran en el norte. Por eso viajamos por la noche —añadió de manera sutil.

—Ya veo. —El sargento aproximó el farol y miró a Jamie, con los ojos entornados. Luego asintió—. Ya recuerdo —dijo—. Usted lo ha llamado en el último momento. ¿Un amigo, entonces?

—Lo conocí hace tiempo. Hace algunos años.

El sargento asintió sin dejar de mirar a Jamie e hizo un gesto a su subordinado.

—Echa un vistazo, Griswold.

Griswold, de unos catorce años, demostró una notable falta de entusiasmo ante la orden, pero apartó la lona y levantó el farol para mirar en el interior del carro. Tuve que hacer un esfuerzo para no darme la vuelta y mirar.

El caballo resopló y movió la cabeza. Si teníamos que salir huyendo, los caballos necesitarían varios segundos para poner el carro en marcha. Oí que Ian se movía detrás de mí y posaba una mano sobre el bastón de nogal que estaba guardado bajo el asiento.

—Sí, señor, es un cuerpo —informó Griswold—. Con una mortaja. —Dejó caer la lona con un suspiro de alivio y respiró profundamente por la nariz.

—Cala la bayoneta y pínchalo —ordenó el sargento sin apartar los ojos de Jamie. Debí de moverme, porque el sargento me miró de reojo.

—Van a ensuciar mi carro —se quejó Jamie—. El hombre estará bastante descompuesto después de un día al sol, ¿no cree?

El sargento resopló con impaciencia.

—Entonces pínchalo en la pierna. ¡Vamos, Griswold!

Con un marcado aire de disgusto, Griswold preparó su bayoneta y se puso de puntillas para cumplir su tarea en la base del carro. Detrás de mí, Ian había empezado a silbar suavemente. Una canción en gaélico cuyo título se traducía como «Moriremos en la mañana», cosa que me pareció de muy mal gusto.

—Señor, está bien muerto —informó con alivio Griswold, enderezándose sobre sus talones—. He clavado con fuerza la bayoneta y no se ha movido.

—Muy bien. —Despidió al joven soldado con un gesto y se dirigió a Jamie—. Siga adelante, señor Fraser. Pero en el futuro elija a sus amigos con más cuidado.

Los nudillos de Jamie se pusieron blancos por la tensión sobre las riendas, pero sólo se enderezó y se acomodó mejor el sombrero sobre la cabeza. Chasqueó la lengua y los caballos se pusieron en marcha de inmediato, lo que provocó nubes de polvo pálido a la luz de la antorcha.

La oscuridad parecía tragarnos después de la luz; apenas se podía ver nada, pese a la luna. La noche nos envolvía. Sentí el alivio que siente un animal al que están cazando cuando encuentra un refugio seguro y, pese al calor opresivo, respiré con más libertad.

Recorrimos una distancia bastante larga antes de que alguien hablara.

—¿Está herido, señor Bonnet? —susurró Ian de manera casi inaudible con el traqueteo del carro.

—Sí, ese maldito cachorro me ha pinchado en el muslo. —La voz de Bonnet era baja, pero tranquila—. Gracias a Dios, se ha alejado antes de ver la sangre. Los muertos no sangran.

—¿Está malherido? ¿Quiere que vaya a examinarlo? —Me di la vuelta. Bonnet había retirado la cubierta de lona y estaba sentado, formando una difusa y pálida figura en la oscuridad.

—No, muchas gracias, señora. Me he vendado con el calcetín y espero que sea suficiente. —Estaba recuperando la visión nocturna; pude ver el destello del cabello rubio mientras inclinaba la cabeza para observar su trabajo.

—¿Cree que podrá caminar? —Jamie redujo la marcha de los caballos y se volvió para mirar a nuestro huésped. Aunque su tono no era hostil, estaba claro que quería deshacerse de su peligrosa carga tan pronto como fuera posible.

—Con facilidad, no. Lo siento, señor. —Bonnet se daba cuenta del deseo de Jamie de librarse de él. Con alguna dificultad, se enderezó en el carro, levantando la rodilla de la pierna sana. En la oscuridad casi no podía verlo, pero podía oler la sangre, un olor más fuerte que el que desprendía la mortaja de Gavin.

—Una sugerencia, señor Fraser. En unos cinco kilómetros llegaremos al camino del embarcadero. Más allá del camino transversal hay otro que conduce a la costa. Éste nos llevará hasta el borde de un riachuelo con salida al mar. Unos socios míos anclarán allí esta semana. Si me dan algunas provisiones podré esperarlos con razonable seguridad, y ustedes podrán seguir su camino sin la molestia de mi compañía.

—¿Socios? ¿Quiere decir piratas? —El tono de Ian tenía algo de enojo. Después de que los piratas lo secuestraran en Escocia no los consideraba nada románticos, como hubiera sido normal a los quince años.

—Eso depende de cómo lo mires, muchacho —respondió Bonnet con humor—. Los gobernadores de Carolina seguro que nos consideran así; los comerciantes de Wilmington y Charleston tal vez nos miren de otra forma.

Jamie resopló con desprecio.

—Contrabandistas, ¿eh? ¿Y con qué comercian sus socios?

—Con cualquier cosa que tenga un precio que haga que valga la pena el riesgo. —El tono de Bonnet continuaba siendo divertido, pero ahora estaba teñido de cinismo—. ¿Desea algún premio por su ayuda? Eso puede arreglarse.

—No lo busco —respondió Jamie con frialdad—. Lo he ayudado por la memoria de Gavin y porque he querido. No voy a buscar una recompensa por ese servicio.

—No he querido ofenderle, señor. —Bonnet inclinó un poco la cabeza hacia nosotros.

—No lo ha hecho —respondió Jamie, cortante. Sacudió las riendas y se las enrolló de nuevo en la otra mano.

Después de este intercambio, la conversación terminó, aunque Bonnet siguió arrodillado en la parte de atrás, mirando por encima de mi hombro hacia el camino oscuro. Sin embargo, no encontramos más soldados, y nada se movía, ni siquiera la brisa entre las hojas de los árboles. Nada alteraba el silencio de la noche de verano, excepto el graznido ocasional de algún ave nocturna al pasar, o el ulular de un búho.

El suave y rítmico sonido de los cascos de los caballos sobre el polvo y el chirrido y el traqueteo del carro empezaron a adormecerme. Intenté mantenerme erguida, observando las sombras negras de los árboles del camino, pero me iba inclinando poco a poco hacia Jamie, y los ojos se me cerraban pese a todos mis esfuerzos.

Jamie cogió las riendas con su mano izquierda y me pasó el otro brazo para que descansara sobre su hombro. Como siempre, me sentía segura cuando lo tocaba. Me quedé tranquila, con la mejilla apoyada sobre la sarga sucia de su chaqueta, y de inmediato me amodorré, consecuencia de la combinación de profundo agotamiento y la imposibilidad de estar acostada.

Abrí los ojos en una ocasión y vi a Duncan Innes caminando al lado del carro con su incansable paso de montañés, con la cabeza inclinada, sumido en profundos pensamientos. Luego los cerré de nuevo, mezclando los sucesos del día con fragmentos de sueños dispersos. Soñé con una mofeta enorme que dormía bajo la mesa de una taberna y se despertaba para unirse al coro de *La bandera tachonada de estrellas*, y luego con un cadáver que se balanceaba y levantaba su cabeza colgante para sonreír con las cuencas de los ojos vacías... Me desperté cuando Jamie me sacudió suavemente.

—Será mejor que te vayas atrás y te acuestes, Sassenach —dijo—. Te mueves mucho y temo que termines durmiendo en el camino.

Acepté adormilada y me coloqué detrás, cambiando el sitio a Bonnet, para tumbarme en la base del carro junto a la forma dormida del joven Ian. Olía a humedad y a cosas peores. Ian tenía la cabeza apoyada en un trozo de venado envuelto con su piel. *Rollo* estaba mejor, ya que su cabeza peluda descansaba sobre el estómago de Ian. Yo elegí la bolsa de cuero con sal. El cuero me raspaba la mejilla, pero al menos no olía mal.

Las tablas tambaleantes del carro de ninguna manera podían considerarse cómodas, pero el alivio de poder estirarme del todo era tan consolador que apenas notaba los golpes y los baches. Me coloqué boca arriba y levanté la mirada hacia difusa inmensidad del cielo sureño, salpicado de estrellas centelleantes. «*Lumen*

Christi», pensé, y, reconfortada por la idea de Gavin Hayes encontrando su camino a casa mediante las luces del firmamento, me quedé dormida de nuevo.

No puedo decir cuánto tiempo dormí, envuelta en una manta de calor y agotamiento. Me desperté cuando cambió el ritmo del carro, navegando hacia la superficie de la consciencia y empapada de sudor.

Bonnet y Jamie conversaban en voz baja, con más afabilidad, después de la primera desconfianza.

—Usted ha dicho que me ha salvado por la memoria de Gavin y porque ha querido —decía Bonnet en voz baja, pero audible por encima del ruido de las ruedas—. Si me perdona la pregunta, ¿qué quería decir con eso, señor?

Jamie no contestó enseguida; casi volví a dormirme antes de que hablara, pero su respuesta llegó, finalmente, flotando incorpórea en el aire cálido y oscuro.

—Anoche no debió de dormir mucho, ¿no? Sabiendo lo que lo esperaba durante el día...

Bonnet rió por lo bajo, sin muchas ganas.

—Cierto —respondió—, dudo que lo olvide.

—Yo tampoco. —Jamie dijo algo en gaélico a los caballos, que redujeron la marcha—. En una ocasión pasé una noche así, sabiendo que me iban a colgar por la mañana. Y, sin embargo, viví, gracias a alguien que corrió un gran riesgo para salvarme.

—Ya veo —murmuró Bonnet—. Entonces usted es un *asgina ageli*.

—¿Sí? ¿Y eso qué es?

Se produjo un sonido de rasguños y roce de hojas en un lado del carro, y, de repente, aumentó el aroma acre a savia de los árboles. Algo ligero me tocó la cara: hojas que caían. Los caballos redujeron la velocidad, y el ritmo del carro cambió notablemente cuando las ruedas se encontraron con una superficie irregular. Nos habíamos adentrado en el caminillo que conducía al arroyo de Bonnet.

—*Asgina ageli* es un término que usan los pieles rojas, los cherokee de las montañas. Lo aprendí de uno que hizo de guía para mí. Quiere decir «medio fantasma», alguien que debía morir pero que sigue en la tierra: una mujer que sobrevive a una enfermedad mortal, un hombre que escapa de las manos de sus enemigos. Dicen que un *asgina ageli* tiene un pie en la tierra y el otro en el mundo de los espíritus. Puede hablar con ellos y ver a los *nunnahee*, la Gente Pequeña.

—¿Gente Pequeña? ¿Como los duendes? —Jamie parecía sorprendido.

—Algo por el estilo. —Bonet cambió el peso de lugar, y el asiento chirrió cuando se estiró—. Los indígenas dicen que los *nunnahee* viven dentro de las rocas, en las montañas, y salen para ayudar a su gente en tiempo de guerra u otras desgracias.

—¿Ah, sí? Se asemejan a los cuentos de las Highlands de Escocia, el antiguo folclore.

—En efecto —respondió divertido Bonnet—. Bueno, por lo que he oído sobre los escoceses de las Highlands, no existe demasiada diferencia entre su conducta bárbara y la de los pieles rojas.

—Tonterías —intervino Jamie, sin asomo de ofensa—. Los salvajes se comen el corazón de sus enemigos, según he oído. Yo prefiero un buen plato de gachas.

Bonnet emitió un ruido, que reprimió de inmediato.

—¿Usted es de las Highlands? Bueno, debo decir que, para ser un bárbaro, lo encuentro muy civilizado —aseguró Bonnet con voz risueña.

—Me siento sumamente agradecido por su opinión, señor —respondió Jamie con la misma amabilidad.

Sus voces se desvanecieron con el chirrido rítmico de las ruedas, y me quedé dormida de nuevo, antes de poder oír más.

Cuando nos detuvimos, la luna estaba por debajo de los árboles. Me despertaron los movimientos del joven Ian cuando saltó somnoliento del borde del carro para ayudar a Jamie con los caballos. Asomé la cabeza para ver un tramo ancho de agua que fluía sobre los bancos de barro y cieno; el arroyo era de un color negro brillante y lanzaba destellos plateados allá donde las ondas tocaban las rocas junto a la orilla. Bonnet, con la habitual sutileza del Nuevo Mundo, podía llamarlo arroyo, pero pensé que la mayoría de los barqueros lo considerarían un río decente.

Los hombres se movían entre las sombras, llevando a cabo sus tareas con apenas algún que otro murmullo ocasional. Se desplazaban con una lentitud desacostumbrada y parecía que se desvanecieran en la noche, frágiles por la fatiga.

—Busca un lugar para dormir, Sassenach —dijo Jamie mientras me ayudaba a bajar del carro—. Voy a ocuparme de las provisiones de nuestro huésped para que se ponga en camino, y de que los animales puedan pastar.

La temperatura apenas había descendido desde el anochecer, pero el aire parecía más fresco allí, junto al agua, y sentí cómo revivía un poco.

—No podré dormir hasta que me bañe —argüí, tirando del corpiño sucio y sudado de mi vestido para alejarlo de mis pechos—. Me siento horrible.

Tenía el cabello pegado por el sudor y me picaba todo el cuerpo por la suciedad. El agua, aunque oscura, parecía fría y tentadora. Jamie la miró con anhelo, tirando de su cuello arrugado.

—No puedo decir que te culpe. Pero ve con cuidado; Bonnet dice que el canal es tan profundo que puede flotar un queche; además, es un estuario y la corriente será muy fuerte.

—Me quedaré cerca de la orilla. —Señalé un recodo del río, donde un pequeño punto de tierra marcaba una curva en el cauce, y sus sauces brillaban con un color plateado oscuro a la luz de la luna—. ¿Ves ese lugar? Ahí debe de haber un remanso.

—Está bien. Ve con cuidado —dijo otra vez, y me apretó el brazo a modo de despedida. Cuando iba a marcharme, una figura grande y pálida apareció ante mí; era nuestro huésped, con una pernera manchada de sangre seca.

—Para servirla, señora —pronunció, haciendo una increíble reverencia pese a su pierna herida—. ¿Puedo decirle ahora adiós? —Estaba más cerca de mí de lo que yo hubiera querido y tuve que reprimir mi necesidad de dar un paso atrás.

—Sí, claro —comenté, y asentí, apartándome un mechón de pelo de la cara—. Buena suerte, señor Bonnet.

—Le agradezco sus buenos deseos —respondió suavemente—. Pero he descubierto que, a menudo, es el hombre el que consigue su buena suerte. Buenas noches, señora. —Se inclinó una vez más y se marchó, cojeando bastante, como el fantasma de un oso lisiado.

La corriente del arroyo atenuaba la mayoría de los sonidos nocturnos habituales. Vi cómo un murciélago pasaba con celeridad bajo un pedazo de cielo iluminado por la luna sobre el agua, persiguiendo insectos demasiado pequeños como para verlos, y después cómo se desvanecía en la noche. Si había algo más acechando en la oscuridad, lo hacía en silencio.

Jamie gruñó suavemente para sí.

—Bueno, tenía mis dudas con ese hombre —dijo como si respondiera una pregunta que yo no le había formulado—. Espero haber sido blando de corazón y no falto de juicio por ayudarle.

—Después de todo, no podías dejar que lo colgaran —concluí.

—Oh, sí. Podía —aclaró, sorprendiéndome. Vio cómo yo levantaba la vista para mirarlo y sonrió, torciendo la boca de una manera apenas perceptible en la oscuridad—. La Corona no siempre se equivoca, Sassenach. La mayoría de las veces, el hombre que termina colgado de la cuerda lo merece. Y no me gustaría pensar que he ayudado a que un maleante quedara en libertad. —Se encogió de hombros, apartándose el pelo de la cara—. Bueno, ya está hecho. Ve a bañarte, Sassenach. Iré contigo tan pronto como pueda.

Me puse de puntillas para besarlo y sentí su sonrisa. Mi lengua tocó su boca a modo de delicada invitación, y él me mordió con suavidad el labio inferior como respuesta.

—¿Podrás esperarme despierta, Sassenach?

—Todo el tiempo que sea necesario —aseguré—. Pero date prisa, ¿quieres?

Bajo los sauces había una pequeña explanada cubierta de hierba. Me quité la ropa con lentitud, disfrutando de la brisa a través del tejido húmedo de la camisa y las medias, y de la liberación final cuando las últimas prendas cayeron al suelo y me quedé desnuda en medio de la noche. Entré en el agua con cuidado. Estaba sorprendentemente fría, helada en contraste con el aire cálido de la noche. El fondo bajo mis pies era de barro, pero se transformaba en arena fina a un metro de la orilla. Pese a que era un estuario, habíamos avanzado corriente arriba y el agua era fresca y dulce. Bebí y me mojé la cara para eliminar el polvo de la garganta y la nariz.

Me adentré hasta que el agua me llegó a la mitad del muslo, consciente de las advertencias de Jamie en cuanto a los canales y las corrientes. Tras el calor abrasador del día y el abrazo asfixiante de la noche, la sensación de frescura sobre la piel desnuda resultaba un alivio abrumador. Ahuequé las manos para recoger agua fría y me salpiqué la cara y los pechos; las gotas descendían por mi abdomen y me producían un frío cosquilleo entre las piernas.

Podía sentir el suave movimiento de la corriente golpeando mis pantorrillas y empujándome hacia la orilla. Pero todavía no estaba lista para salir. No tenía jabón; me puse de rodillas, me enjuagué el cabello varias veces en el agua oscura y me froté el cuerpo con arena hasta que mi piel quedó resplandeciente.

Por último, trepé a una plataforma rocosa y me recosté como si fuera una sirena a la luz de la luna. El aire cálido y las piedras recalentadas por el sol eran un alivio para mi cuerpo helado. Me desenredé el abundante cabello rizado con los dedos, dispersando gotas de agua. La piedra mojada olía a lluvia polvorienta y hormigueante. Me sentía muy cansada y, al mismo tiempo, muy viva, en un estado de semiconsciencia en el que el pensamiento disminuye y las pequeñas sensaciones físicas se magnifican. Moví los pies descalzos lentamente sobre la roca de piedra arenisca, disfrutando de la ligera fricción, y pasé una mano con cuidado por la parte interior de mi muslo, provocando una oleada de carne de gallina a su paso.

Mis pechos se elevaron bajo la luz de la luna, como si se tratara de cúpulas blancas y frescas cubiertas de gotas transparentes. Me rocé un pezón y vi cómo se endurecía poco a poco, elevándose como por arte de magia.

El lugar parecía mágico. La noche estaba silenciosa y tranquila, pero con una atmósfera lánguida que se asemejaba a flotar en un mar cálido. Tan cerca de la costa, el cielo estaba limpio, y las estrellas brillaban como diamantes, con una luz radiante y feroz.

Un suave chapoteo hizo que mirara hacia el agua. Nada se movía en la superficie salvo los débiles resplandores de las estrellas, como si se tratara de luciérnagas atrapadas en una tela de araña.

Mientras observaba, una gran cabeza surgió del agua en medio del arroyo, con el agua deslizándose por su hocico puntiagudo. Había un pez en las fauces de *Rollo*. Vi brevemente el aleteo y el destello de sus escamas mientras el perro sacudía la cabeza y lo partía. El enorme perro nadó poco a poco hasta la orilla, sacudió su pelaje y se alejó con la cena colgando, inmóvil y brillante, en la boca. Se detuvo un momento en el extremo más alejado del arroyo, mirándome, con el pelaje oscuro del lomo formando una sombra que enmarcaba los ojos amarillos y el pescado reluciente. «Como una pintura primitiva —pensé—; algo de Rousseau, con el contraste de su profundo salvajismo y una inmovilidad total.»

El perro desapareció y en la orilla no quedaron más que los árboles, que escondían lo que estuviera oculto tras ellos. ¿Y qué podía ser?, me pregunté. Más árboles, contestó la parte lógica de mi mente.

—Y muchas cosas más —susurré, mirando hacia la misteriosa oscuridad.

La civilización (incluso la primitiva a la que me había acostumbrado) no era más que una fina media luna en el borde del continente. A trescientos veinte kilómetros de la costa, ya no había granjas ni ciudades. Y más allá, había cuatro mil ochocientos kilómetros... ¿de qué? Tierra salvaje, sin duda, y peligro. También aventura... y libertad.

Después de todo, era un mundo nuevo, libre de temores y lleno de alegría ahora que Jamie y yo estábamos juntos, con toda la vida por delante. Separación y dolor quedaban atrás. Ni siquiera pensar en Brianna me causaba pesadumbre. La echaba muchísimo de menos y pensaba en ella muy a menudo, pero sabía que se encontraba a salvo en su propio tiempo y eso convertía su ausencia en algo fácil de soportar.

Me recosté sobre la roca. El calor del día irradiaba desde su superficie a mi cuerpo, feliz de estar vivo. Veía gotas de agua secarse sobre mis pechos; se convertían en una película de humedad y, a continuación, desaparecían.

Pequeñas nubes de mosquitos planeaban sobre el agua; no podía verlos, pero sabía que estaban allí por el chapoteo ocasional de un pez que saltaba para atraparlos en el aire.

Los insectos eran una plaga constante. Examinaba la piel de Jamie cada mañana, le quitaba garrapatas voraces y pulgas, y untaba con generosidad a los hombres con jugo de poleo y hojas de tabaco machacadas. Eso impedía que fueran devorados vivos por las nubes de mosquitos, zancudos y mosquitos carnívoros que merodeaban por las sombras de los bosques, pero no repelía las hordas de insectos que hacían que enloquecieran al introducirse en orejas, ojos, narices y bocas.

Por extraño que parezca, la mayoría de los insectos me dejaban tranquila. Ian bromeaba, diciendo que el fuerte aroma de las hierbas que llevaba colgadas debía ahuyentarlos. Pero yo creía que se debía a otra cosa; aun cuando estaba recién bañada, los insectos no mostraban interés por mí.

Más bien consideraba que tenía su explicación en una particular manifestación de la evolución que, suponía, me protegía de resfriados y otras dolencias menores. Los bichos sedientos de sangre, como los microbios, evolucionaban junto con los humanos, y eran muy sensibles a las sutiles señales químicas de sus portadores. Al proceder de otra época, ya no emitía las mismas señales y, por tanto, los bichos ya no me consideraban una presa.

—O quizá Ian tenga razón —dije en voz alta. Metí los dedos en el agua y salpiqué a una libélula que descansaba sobre mi roca. No era más que una sombra transparente, sin color a causa de la oscuridad— y simplemente desprendo un olor horrible.

Deseaba que Jamie llegara pronto. Aquellos días de viaje en el carro, sentada a su lado, observando los cambios de su cuerpo mientras conducía, los ángulos de su rostro mientras hablaba y sonreía, eran suficientes para hacer que las manos me ardieran por el deseo de tocarlo. Hacía varios días que no hacíamos el amor debido a la prisa por llegar a Charleston y mis inhibiciones en cuanto a tener relaciones íntimas al alcance del oído de una docena de hombres.

Me rozó una brisa cálida, y el vello púbico me provocó un cosquilleo a su paso. No había prisas, nadie escuchaba. Deslicé una mano sobre la curva suave de mi vientre y hacia la piel más suave entre mis muslos, donde la sangre latía lenta al ritmo del corazón. Ahuequé la mano, sintiendo el dolor húmedo e inflamado del deseo urgente.

Cerré los ojos, acariciándome con suavidad, disfrutando de la sensación de creciente deseo.

—¿Dónde diablos estás, Jamie Fraser? —murmuré.

—Aquí —llegó la respuesta de su voz ronca.

Me sobresalté y abrí los ojos de par en par. Estaba inmóvil en medio de la corriente, a unos dos metros, con los muslos en el agua y los genitales rígidos, oscuros en contraste con el pálido brillo de su cuerpo. Tenía el pelo suelto sobre los hombros. Enmarcaba un rostro pálido como el hueso, con la mirada tan fija e intensa como la del perro lobo. Un profundo salvajismo y una inmovilidad total.

Entonces, decidido, se movió para acercarse. Cuando me tocó, sus muslos estaban fríos como el agua, pero en pocos segundos se calentó y aumentó su ardor. El sudor brotó de repente en aquellos lugares en los que sus manos tocaban mi piel, y la cálida humedad mojó mis senos, que se hincharon al sentir la dureza de su pecho.

Entonces, su boca se movió sobre la mía y me derretí, casi literalmente, en él. No me importaba el calor que hacía, o si la humedad sobre mi piel era mi sudor o el suyo. Incluso las nubes de insectos se tornaron insignificantes. Levanté las caderas y se deslizó dentro, suave y sólido, y el último vestigio de frescura quedó sofocado por mi calor, como el metal frío de una espada cubierta de sangre caliente.

Mis manos se deslizaban sobre una película de humedad que cubría las curvas de su espalda, y mis pechos se bamboleaban contra su pecho, mientras un hilillo de sudor se escurría entre ellos para lubricar la fricción del vientre y los muslos.

—Tu boca está salada y resbaladiza, como tu sexo —murmuró, y movió la lengua para lamer las gotitas saladas de mi cara, como aleteos de mariposa sobre las sienes y los párpados.

Notaba la dureza de la roca que tenía debajo. El calor almacenado del día se elevaba y me atravesaba, y la superficie áspera me arañaba la espalda y las nalgas, pero no me importaba.

—No puedo esperar —jadeó en mi oído.

—No lo hagas —respondí, rodeando su cintura con mis piernas, con la carne fundida en la breve locura de la desintegración—. Había oído hablar de derretirse de pasión —dije jadeando—, pero esto es ridículo.

Levantó la cabeza de mis pechos, haciendo un débil sonido al apartar su mejilla mojada. Rió y se volvió dc lado.

—¡Joder, qué calor hace! —Se apartó el pelo empapado de sudor de la frente y espiró, aún jadeando por el agotamiento—. ¿Cómo lo hace la gente con este calor?

—De la misma manera que lo hemos hecho nosotros —señalé. Yo también jadeaba.

—No pueden —dijo con seguridad—. No todo el tiempo; morirían.

—Bueno, quizá lo hagan más despacio —afirmé—. O bajo el agua. O quizá esperan al otoño.

—¿El otoño? —exclamó—. Después de todo, creo que no quiero vivir en el sur. ¿Hace calor en Boston?

—En esta época del año, sí —le aseguré—. Y hace un frío terrible en invierno. Estoy segura de que te acostumbrarás al calor. Y a los mosquitos.

Se sacudió un mosquito explorador del hombro, y desvió la mirada de mí al arroyo.

—Tal vez sí —intervino—, y tal vez no, pcro por ahora... —Me pasó los brazos alrededor y giró con la gracia pesada de un tronco; rodamos por el borde de la plataforma hasta que nos caímos al agua.

Nos tumbamos sobre la roca, frescos y húmedos, casi sin tocarnos, mientras las últimas gotas de agua se evaporaban de nuestra piel. Al otro lado del riachuelo, los sauces arrastraban sus hojas por el agua, como ondulantes coronas negras contra el ocaso de la luna. Más allá de los sauces, había un kilómetro tras otro de bosque virgen; por el momento, la civilización no era más que un espejismo en el borde del continente.

Jamie vio que miraba el bosque y adivinó mis pensamientos.

—Supongo que ya no es como la última vez que estuviste aquí.

Hizo un gesto hacia la frondosa oscuridad.

—Bueno, sí, un poco. —Enlacé nuestras manos y acaricié sus huesudos nudillos con el pulgar—. Los caminos estaban asfaltados, no empedrados, cubiertos de una materia lisa y dura, inventada por un escocés llamado MacAdam.

Gruñó y me miró con una expresión burlona.

—Entonces, ¿habrá escoceses en América? Fabuloso.

Ignoré su comentario y continué mientras miraba fijamente las sombras temblorosas, como si pudiera hacer que aparecieran las ciudades, que estaban desarrollándose y que algún día florecerían allí.

—Habrá mucha gente distinta. Todo estará ocupado, desde aquí hasta un lugar llamado California, que se encuentra en la costa oeste. Pero por ahora —me estremecí, pese al aire caliente— son cuatro mil ochocientos kilómetros de tierra virgen. No hay nada.

—Bueno, nada salvo miles de salvajes sedientos de sangre —intervino con sentido práctico—. Y sin olvidar a los extraños animales salvajes.

—Bueno, sí, supongo que también —acepté. Era una idea inquietante. Por supuesto que sabía, de forma vaga y académica, que los bosques estaban poblados por indios, osos y otros habitantes del lugar, pero a esa noción general la reemplazaba de inmediato la particular sensación de que podíamos, fácil e inesperadamente, encontrarnos cara a cara con alguno de aquellos residentes.

—¿Qué sucedió con ellos? ¿Con los indios salvajes? —preguntó Jamie con curiosidad mientras, como yo, trataba de adivinar el futuro entre las sombras—. Los derrotaron y los echaron, ¿no?

Sentí otro escalofrío y mis pies se crisparon.

—Sí, así fue —respondí—. Mataron a muchísimos y otros fueron encarcelados.

—Bueno, eso está bien.

—Supongo que depende del punto de vista —argüí en un tono cortante—. No creo que los indios pensaran lo mismo.

—No lo dudo —respondió—. Pero cuando un maldito loco intenta arrancarme el cuero cabelludo, no me preocupa mucho su punto de vista, Sassenach.

—Bueno, pero en realidad no puedes culparlos —protesté.

—Claro que puedo —me aseguró—. Si uno de esos brutos te arrancara el cuero cabelludo, por supuesto que lo culparía.

—Ah... hum —me aclaré la garganta y probé otra vez—. Bueno, ¿y si un grupo de desconocidos aparece y trata de matarte y de quitarte la tierra donde has vivido siempre?

—Lo hicieron —afirmó con dureza—. Si no lo hubieran hecho, todavía estaría en Escocia, ¿no es así?

—Bueno... —dije con cierta inseguridad—. Pero lo que quiero decir es que, en esas circunstancias, tú también lucharías. ¿O no?

Inspiró profundamente y soltó el aire por la nariz.

—Si un inglés viene a mi casa y comienza a perseguirme —argumentó con calma—, claro que pelearé contra él. Y no vacilaré en matarlo. Pero no le arrancaría el cabello, ni tampoco me comería sus partes íntimas. No soy un salvaje, Sassenach.

—Yo no he dicho que lo fueras —protesté—. Todo lo que he dicho ha sido...

—Por otra parte —añadió con una lógica inexorable—, no tengo intenciones de matar a ningún indio. Si no se meten conmigo, yo tampoco los molestaré.

—Estoy segura de que se sentirán aliviados cuando lo sepan —murmuré, cediendo por el momento.

Yacimos abrazados en el hueco de la roca, ligeramente pegados a causa del sudor, mientras observábamos las estrellas. Me sentía muy contenta y, al mismo tiempo, un poco nerviosa. ¿Sería duradero aquel estado de exaltación? Ya había dado por hecho el «para siempre» entre nosotros, pero entonces era más joven.

Dios mediante, pronto nos estableceríamos; encontraríamos un lugar para crear un hogar y una vida. No había nada que deseara más; sin embargo, me preocupaba. Sólo nos habíamos conocido durante unos meses desde mi regreso. Cada caricia, cada palabra seguía teñida de recuerdos y, a la vez, era nueva al redescubrirla. ¿Qué ocurriría cuando nos acostumbráramos el uno al otro, viviendo día a día en una rutina de tareas mundanas?

—¿Crees que te cansarás de mí cuando nos instalemos? —murmuró.

—Me estaba preguntando lo mismo sobre ti.

—No. —Y pude sentir la sonrisa en su voz—. Eso no pasará, Sassenach.

—¿Cómo lo sabes? —pregunté.

—Antes no lo sabía —hizo notar—. Pero estuvimos casados tres años y te deseé tanto el último día como el primero. Tal vez más —dijo suavemente, pensando, como yo, en la última vez que habíamos hecho el amor antes de enviarme a través de las piedras.

Me incliné para besarlo. Tenía un gusto limpio y fresco, con un leve aroma a sexo.

—Yo también.

—Entonces, no te preocupes por eso, Sassenach, yo tampoco lo haré. —Me acarició el cabello, apartando los rizos mojados de mi frente—. Aunque te conociera de toda la vida, creo que siempre te amaría. Y a pesar de todas las veces que hemos hecho el amor, todavía me sorprendes, como esta noche.

—¿Ah, sí? Pero ¿qué es lo que he hecho? —lo contemplé, sorprendida.

—Ah... bueno. Quiero decir... es que...

De repente, parecía tímido.

—¿Hum? —Besé el lóbulo de su oreja.

—Eh... cuando he llegado a tu lado... lo que estabas haciendo... quiero decir... ¿Estabas haciendo lo que pienso?

Sonreí en la oscuridad contra su hombro.

—Supongo que eso depende de lo que pienses, ¿no?

Se incorporó sobre un codo, separando su piel de la mía con un sonido de succión. El punto húmedo al que había estado adherido de repente estaba fresco. Rodó para ponerse de lado y me sonrió.

—Tú sabes bien lo que pienso, Sassenach.

Le toqué la barbilla, ensombrecida por los pelos de la barba que le empezaban a salir.

—Lo sé. Y tú sabes muy bien lo que estaba haciendo. Así que ¿para qué preguntas?

—Bueno, es que... no creía que las mujeres hicieran esas cosas.

La luna iluminaba lo suficiente como para poder ver su ceja torcida.

—Bueno, los hombres lo hacen —señalé—. O, al menos, tú lo hacías. Me contaste que, cuando estabas en prisión, tú...

—¡Eso es diferente! —Pude ver cómo torcía la boca mientras intentaba decidir qué decir—. Yo... es decir, no había remedio. Después de todo, no podía hacer otra cosa.

—¿No lo has hecho en otras ocasiones? —Me incorporé y me ahuequé el cabello húmedo mientras lo miraba de reojo por encima de mi hombro. El rubor no se veía bajo la luz de la luna, pero me pareció que se sonrosaba.

—Sí, bueno —murmuró, ruborizándose—. Supongo que sí.

—Un súbito pensamiento hizo que sus ojos se dilataran al mirarme—. ¿Lo has hecho... muchas veces? —La última parte salió en forma de graznido y tuvo que detenerse para aclararse la garganta.

—Supongo que depende de lo que quieras decir con «muchas» —respondí con un toque de aspereza—. Sabes que fui viuda durante dos años.

Se frotó la boca con los nudillos, al mismo tiempo que me examinaba con interés.

—Así que es eso. Es sólo que, bien, nunca había pensado que las mujeres... hicieran esas cosas. —La fascinación superaba con mucho su sorpresa—. ¿Puedes terminar? Quiero decir, ¿sin un hombre?

Lancé una carcajada cuyos ecos resonaron entre los árboles y el arroyo.

—Sí, pero es mucho más bonito con un hombre —aseguré. Me estiré para tocarle el pecho. Podía ver la carne de gallina en su pecho y sus hombros, y se estremeció ligeramente mientras le pasaba la yema del dedo por un pezón formando suaves círculos—. Mucho más —añadí con tranquilidad.

—¡Ah! —exclamó con alegría—. Eso está bien, ¿verdad?

Estaba caliente, más caliente que el aire líquido, y mi primer instinto fue apartarme, pero no lo seguí. El sudor brotó inmediatamente en los lugares en los que reposaban sus manos sobre mi piel, e hilillos de sudor me recorrían el cuello.

—Nunca te había hecho el amor así antes —dijo—. Como anguilas. Con tu cuerpo deslizándose entre mis manos, resbaladiza como las algas marinas.

Ambas manos me recorrieron poco a poco la espalda, y sus pulgares me presionaron el hueco de la columna, haciendo que el vello diminuto de la base de mi cuello se erizara con placer.

—Hum. Eso es porque en Escocia hace demasiado frío como para sudar como cerdos —comenté—. Y ya que estamos, ¿sudan los cerdos? Siempre me lo he preguntado.

—No sabría decirte; nunca le he hecho el amor a un cerdo. —Bajó la cabeza y su lengua rozó mi pecho—. Pero tú tienes un ligero sabor a trucha, Sassenach.

—Tengo sabor... ¿a qué?

—Fresco y dulce, con un poco de sal —explicó, levantando la cabeza durante un instante. La bajó de nuevo y continuó su camino descendente.

—Eso hace cosquillas —argumenté, temblando bajo su lengua, pero sin hacer ningún esfuerzo para escapar.

—Bueno, ésa era la idea —respondió, levantando la cara húmeda para respirar, antes de volver al trabajo—. No me gustaría pensar que puedes prescindir por completo de mí.

—No puedo —le aseguré—. ¡Oh!

—¿Ah? —dijo a modo de pregunta. Me recosté sobre la roca, arqueando la espalda mientras las estrellas giraban con rapidez sobre nosotros.

—He dicho... «oh» —exclamé débilmente. Y después no dije nada coherente durante un rato, hasta que se tumbó jadeando, apoyando la barbilla con suavidad sobre mi hueso púbico. Bajé la mano y le retiré el pelo empapado de sudor de la cara. Él giró la cabeza para besarme la palma.

—Me siento como Eva —murmuré mientras observaba cómo la luna se ponía detrás de él sobre la oscuridad del bosque—. En la orilla del Jardín del Edén.

Su risa burlona sonó cerca de mi ombligo.

—Entonces, supongo que yo soy Adán —comentó Jamie—. En las puertas del Paraíso. —Volvió la cabeza para mirar con añoranza hacia lo desconocido y luego apoyó la mejilla sobre mi vientre—. Pero desearía saber si estoy entrando o saliendo.

Me reí, sorprendiéndolo. Entonces lo cogí de las orejas para obligarlo a que cubriera mi cuerpo.

—Entrando —dije—. Y después de todo, no veo un ángel con su espada levantada.

Se dejó caer sobre mi cuerpo con su piel calenturienta y me estremecí.

—¿No? —murmuró—. Supongo que no has mirado bien.

Entonces la espada entró en mi cuerpo y me inundó con su fuego. Los dos formamos una hoguera tan brillante como las estrellas en una noche de verano. A continuación, nos hundimos, quemados y laxos, y las cenizas se disolvieron en un mar primigenio de sal caliente, mezcladas con crecientes latidos de vida.

SEGUNDA PARTE

Pretérito imperfecto

3

El gato del clérigo

Boston, Massachusetts, junio de 1969

—¿Brianna?

—¿Eh? —Se incorporó, con el corazón palpitante y el sonido de su nombre resonando en el oído—. ¿Quién... qué?

—Estabas dormida. Maldición, sabía que tenía mal la hora. Lo siento. ¿Te llamo después?

Fue el ligero acento de su voz el que consiguió, con retraso, que las conexiones confusas de su sistema nervioso adquirieran sentido. Teléfono. Teléfono que suena. Lo cogió como si se tratara de un acto reflejo, profundamente dormida.

—¡Roger! —Aunque se redujo la descarga de adrenalina producida por el súbito despertar, su corazón latía apresurado—. ¡No, no cuelgues! Ya estoy despierta. —Se frotó la cara, tratando de enderezar el cordón del teléfono y arreglar las sábanas.

—¿Estás segura? ¿Qué hora es ahí?

—No lo sé, está demasiado oscuro para ver el reloj —contestó, todavía adormilada. Le llegó una risa entrecortada como respuesta.

—Lo siento mucho; he tratado de calcular la diferencia horaria, pero lo he hecho mal. No quería despertarte.

—Está bien, de todos modos tenía que despertarme para contestar el teléfono —aseguró, y se echó a reír.

—De acuerdo. Bien...

Pudo sentir la sonrisa en su voz, y se acomodó de nuevo sobre las almohadas mientras se apartaba mechones de pelo de los ojos y se adaptaba poco a poco al momento y al lugar. El sentimiento de su sueño aún la envolvía, y era más real que las formas oscuras de su habitación.

—Me alegro de oír tu voz, Roger —dijo con suavidad. Estaba sorprendida de descubrir cuánto le gustaba. Su voz estaba lejos, y aun así parecía mucho más cercana que los gemidos lejanos de las sirenas y el sonido de las ruedas sobre el pavimento mojado en el exterior.

—La tuya también me gusta. —Parecía un poco tímido—. Mira, tengo la oportunidad de ir a una conferencia el mes que viene en Boston. He pensado en ir, si... maldición, no encuentro la forma de decírtelo. ¿Te gustaría verme?

La muchacha apretó con fuerza el teléfono mientras su corazón daba un salto.

—Lo siento —dijo de inmediato Roger antes de que respondiera—. Te estoy poniendo en un compromiso, ¿no? Mira, dime directamente si no tienes ganas.

—Por supuesto que quiero verte.

—Ah. Entonces, ¿no te molesta? Es que no contestaste mi carta. Creía que tal vez había dicho algo...

—No, no lo hiciste. Lo lamento. Es que justo...

—Está bien, no quería...

Sus frases se interrumpieron y ambos esperaron, con súbita timidez.

—No quisiera presionarte...

—No quisiera ser...

Sucedió de nuevo y, esta vez, Roger rió. Se trataba de un sonido grave de diversión escocesa en la vasta distancia del tiempo y el espacio, tan reconfortante como si la hubiera tocado.

—Está todo bien, entonces —intervino Roger con firmeza—. ¿De acuerdo?

La joven no respondió; en su lugar, cerró los ojos con una indefinible sensación de alivio. Roger Wakefield era tal vez la única persona en el mundo que podía comprender; de lo que no se había dado cuenta antes era de lo importante que era la comprensión.

—Estaba soñando cuando ha sonado el teléfono.

—¿Sí?

—Con mi padre. —Se le hizo un nudo en la garganta, como cada vez que pronunciaba esa palabra. Lo mismo le ocurría con «madre». Aún podía oler los pinos calentados por el sol de su sueño y sentir el crujido de las agujas bajo sus botas—. No podía ver su cara. Caminaba con él por un bosque, en algún lugar. Yo lo seguía por una senda y él me hablaba, pero tampoco podía oír lo que me estaba diciendo; me apresuraba, tratando de alcanzarlo para poder escuchar, pero no lo conseguía.

—Pero ¿sabías que era tu padre?

—Sí, o tal vez lo suponía, porque subía por las montañas. Solía hacer eso con papá.

—¿Ah, sí? Yo también solía hacerlo con mi padre. Si alguna vez regresas a Escocia, te llevaré a un munro.

—¿Me llevarás adónde?

Roger rió, y de pronto comenzó a recordar, echándose hacia atrás el pelo negro, que no se cortaba muy a menudo, con los ojos verde musgo entornados a causa de su sonrisa. Se dio cuenta de que se frotaba el labio con el pulgar y se contuvo. La había besado cuando se despidieron.

—Un munro es cualquier cumbre en Escocia, siempre que tenga más de novecientos metros. Hay tantas, que se trata de ver cuántas puedes trepar. Los muchachos las coleccionan, como figuritas o cajas de cerillas.

—¿Dónde estás ahora, en Escocia o en Inglaterra? —preguntó, interrumpiendo antes de que pudiera contestarle—: No, déjame ver si puedo adivinar. Estás en... Escocia. Estás en Inverness.

—Cierto. —La sorpresa era evidente en su voz—. ¿Cómo lo sabes?

Ella se estiró, cruzando lentamente sus largas piernas bajo las sábanas.

—Pronuncias más las erres cuando hablas con escoceses —infirió—. No lo haces cuando hablas con ingleses. Me di cuenta de eso cuando fuimos a Londres. —No había más que un ligero deje en su voz; se estaba volviendo más fácil, pensó.

—Y yo que había creído que tenías poderes psíquicos —dijo él, riendo.

—Desearía que estuvieras aquí ahora —intervino, impulsiva.

—¿En serio? —Pareció sorprendido y con una súbita timidez—. Ah, bueno... Eso está bien, ¿verdad?

—Roger, la causa por la que no te contesté...

—No tienes que preocuparte por eso —dijo rápidamente—. Estaré ahí dentro de un mes y entonces podremos hablar. Bree, yo...

—¿Sí?

—Me alegro de que hayas dicho que sí.

Después de cortar la comunicación no pudo volver a conciliar el sueño; inquieta, bajó de la cama y se dirigió a la cocina del pequeño apartamento para buscar un vaso de leche. Sólo después de varios minutos tras mirar sin ver, frente a la nevera abierta, se dio cuenta de que no estaba viendo una hilera de tarros de salsa de tomate y latas semivacías. Lo que veía eran piedras negras en el pálido cielo del amanecer.

Se enderezó con una pequeña exclamación de impaciencia y cerró la puerta de golpe. Se estremeció un poco y se frotó los brazos, que estaban fríos debido al aire acondicionado. Sin pensarlo, alargó la mano y lo apagó; a continuación, se acercó a la ventana y la levantó, para permitir que entrara la cálida humedad de la lluviosa noche estival. Tendría que haberle escrito. De hecho, había escrito, lo había hecho varias veces; intentos inconclusos que terminaron en la papelera a causa de la frustración.

Sabía la causa, o creía que la sabía. Explicárselo con coherencia a Roger era otra cosa.

Estaba el simple instinto del animal herido; el impulso de correr y esconderse para no ser lastimado. Lo que había sucedido el año anterior no era en absoluto culpa de Roger, pero estaba intrínsecamente ligado a todo.

Había sido muy tierno y bueno después, tratándola como si estuviera de luto, que era como se sentía. Pero ¡qué extraño luto! Su madre se había ido para siempre, aunque (era su esperanza) no había muerto. Y, sin embargo, en algunos momentos, era como cuando murió su padre; creer en una vida de dicha después de la muerte, confiando, de todo corazón, en que el ser amado estuviera seguro y contento, pero sin dejar de sufrir los tormentos de la pérdida y la soledad.

Pasó una ambulancia por el parque, con la luz roja latente en la oscuridad y la sirena atenuada por la distancia.

Se persignó como de costumbre, y murmuró «*Miserere nobis*» entre dientes. La hermana Marie Romaine le había dicho en quinto los muertos y aquellos que estaban a punto de fallecer necesitaban sus oraciones; había inculcado aquella idea en sus clases con tanta fuerza que ninguno de los niños había sido capaz de presenciar una escena de emergencia sin pronunciar una pequeña oración en silencio, para socorrer las almas de aquellos que van a ir al cielo de manera inminente.

Rezaba por ellos cada día, por su madre y su padre, sus padres. Ésa era la otra parte. Su tío Joe sabía la verdad sobre su padre, pero sólo Roger podía entender verdaderamente lo que había sucedido; sólo Roger había oído las piedras.

Nadie podía vivir una experiencia así sin quedar marcado. Ni él, ni ella. Después de que Claire se fuera, Roger quería que ella se quedara, pero no pudo.

Le había explicado que tenía cosas que hacer en Estados Unidos, como ocuparse de algunos temas, terminar sus estudios... Era verdad. Pero lo más importante era que tenía que alejarse;

marcharse de Escocia y del círculo de piedras, regresar a un lugar donde pudiera curarse y empezar a reconstruir su vida. Si permanecía con Roger, no podría olvidar, ni siquiera por un momento, lo que había sucedido. Y ésa era la última razón, la pieza final de su rompecabezas de tres piezas.

Roger la había protegido y le había dado cariño. Su madre la dejó a su cuidado y Roger había cumplido con esa tarea. Pero ¿lo había hecho para cumplir con su promesa a Claire, o porque de verdad le importaba? En cualquier caso, no era la base para un futuro compartido, con el peso abrumador de la obligación en ambos lados.

Si existiera algún futuro para ellos... y eso era lo que no podía decirle por escrito, porque ¿cómo podía decirlo sin parecer presuntuosa e idiota?

—Aléjate, así podrás regresar y hacer las cosas bien —murmuró, haciendo una mueca ante esas palabras. La lluvia seguía cayendo y refrescando el aire lo suficiente como para respirar con comodidad. Estaba a punto de amanecer, pensó, pero el aire seguía siendo tan cálido que la humedad se condensaba sobre la piel fresca de su cara; se le formaban pequeñas gotas de agua, que se deslizaban por su cuello, una a una, humedeciendo la camiseta de algodón con la que dormía.

Deseaba dejar atrás los sucesos del mes de noviembre, cortar de raíz. Cuando transcurriera el tiempo suficiente, tal vez podrían volver a encontrarse. No como actores secundarios en el drama de la vida de sus padres, sino como protagonistas de la obra que ellos mismos eligieran.

Así, si algo tenía que pasar entre ella y Roger Wakefield, decididamente sería por su propia voluntad. Ahora que parecía que iba a tener la posibilidad de elegir, la perspectiva le producía una sensación de excitación en la boca del estómago. Se pasó la mano por la cara, recogiendo las gotas de lluvia y pasándoselas por el pelo para domar los mechones flotantes; como no podía dormir, se pondría a trabajar.

Dejó la ventana abierta, sin importarle que la lluvia formara un charco en el suelo. Estaba demasiado inquieta como para permanecer encerrada y refrescándose con aire artificial.

Encendió la lámpara del escritorio y abrió los libros de cálculo. Una pequeña e inesperada gratificación por su cambio de carrera fue el descubrimiento de los efectos calmantes de las matemáticas.

Cuando regresó a Boston, sola en la universidad, la ingeniería le pareció una elección mucho más segura que la historia. Era algo sólido, inmutable, tranquilizador y ligado a los hechos de la realidad. Y, ante todo, controlable. Levantó un lápiz, lo afiló poco a poco, disfrutando del acto de preparación, y a continuación inclinó la cabeza y leyó el primer problema.

Lentamente, la lógica inexorable de los números fue urdiendo una telaraña en el interior de su cabeza, atrapando todos los pensamientos fortuitos y envolviendo las emociones turbadoras en hilos de seda como si se tratara de moscas. La lógica tejía su red en torno al eje del problema, de una manera pulcra y hermosa, como si de la confección brillante de un arácnido se tratara. Sólo un pequeño pensamiento había quedado libre, aleteando en su mente como una brillante y diminuta mariposa: me alegro de que hayas dicho que sí. Ella también.

Julio de 1969

—¿Habla como los Beatles? ¡Ay, me muero si habla como John Lennon! Ya sabes cómo. ¡A mí me vuelve loca!

—¡No tiene nada que ver con John Lennon, por el amor de Dios! —exclamó Brianna. Examinó el lugar, pero la puerta de llegadas internacionales todavía estaba vacía—. ¿No conoces la diferencia entre uno de Liverpool y un escocés?

—No —dijo con despreocupación su amiga Gayle mientras agitaba su cabello rubio—. Para mí, todos los ingleses hablan igual. ¡Los podría escuchar toda la vida!

—¡No es inglés! ¡Ya te he dicho que es escocés!

Gayle lanzó a Claire una mirada que daba a entender que, evidentemente, su amiga estaba loca.

—Escocia es parte de Inglaterra, lo he buscado en el mapa.

—Escocia es parte de Gran Bretaña, no de Inglaterra.

—¿Cuál es la diferencia? —Gayle asomó la cabeza y estiró el cuello alrededor de la columna—. ¿Por qué lo esperamos aquí? No nos verá.

Brianna se alisó el cabello. Estaban detrás de una columna porque no estaba segura de si deseaba que las viera. No obstante, no había mucho que hacer; pasajeros desaliñados comenzaban a salir poco a poco a través de las puertas dobles, cargados con su equipaje.

Dejó que Gayle la llevara hasta la zona principal de recepción mientras seguía hablando sin ton ni son. La lengua de su amiga tenía una doble vida; en clase, Gayle era capaz de elaborar un discurso frío y lógico, pero en su vida social parloteaba sin cesar. Ésa era la causa por la que Bree había pedido a Gayle que la acompañara al aeropuerto a buscar a Roger; evitaría silencios incómodos durante la conversación.

—¿Ya lo has hecho con él?

Miró a Gayle, sobresaltada.

—¿Si ya he hecho qué?

Gayle cerró los ojos.

—Jugar a meter la pelotita en el hoyo. ¡Francamente, Bree!

—No. Por supuesto que no —dijo, ruborizándose.

—Bueno, ¿y lo vas a hacer?

—¡Gayle!

—Bueno, tienes tu propio apartamento y nadie te va a...

En aquel incómodo momento apareció Roger Wakefield, vistiendo una camisa blanca y unos tejanos gastados. Brianna se puso tan rígida al verlo que Gayle volvió la cabeza para descubrir el motivo.

—Aaah —dijo, encantada—. ¿Es él? ¡Parece un pirata!

Así era; a Brianna le temblaron las rodillas. Roger era lo que su madre llamaba un celta negro, con la piel color oliva claro, el cabello negro, pestañas negras tupidas y los ojos, que uno esperaría que fueran de color azul, de un sorprendente verde profundo. Con el pelo bastante largo, despeinado y barbudo, no sólo parecía un libertino, sino también un ser peligroso.

Una sensación le recorrió la columna al verlo, y se frotó las palmas sudorosas en los lados de sus vaqueros bordados. No debía haber dejado que viniera.

Entonces Roger la vio y su rostro se iluminó. A su pesar, Brianna sintió que su cara, como respuesta, se llenaba con una gran sonrisa. Olvidando sus dudas, corrió esquivando niños y carros con equipajes.

Se encontraron a mitad del camino y casi la levantó del suelo al abrazarla con tanta fuerza como para romperle las costillas. La besó, se detuvo y la besó otra vez raspándola con la barba. Olía a jabón y a sudor y sabía a whisky escocés. Brianna no quería que se detuviera.

La soltó cuando los dos se quedaron sin aliento.

—Ejem —dijo una voz cerca de Brianna. Se apartó de Roger y descubrió a Gayle sonriendo de manera angelical bajo su flequillo rubio, y saludó con la mano con un gesto infantil.

—Hoo-laa —saludó—. Tú debes de ser Roger, porque si no fuera así, Roger sufriría una conmoción al verte, ¿no?

Lo miró de arriba abajo, con evidente aprobación.

—¿Y además tocas la guitarra?

Brianna no había reparado en el estuche que había en el suelo. Roger lo levantó para colgárselo del hombro.

—Bueno, éstas son las habichuelas de mi viaje —comentó, dirigiendo una sonrisa a Gayle, quien se apoyó una mano sobre el corazón en un simulado gesto de éxtasis.

—¡Repite eso! —dijo Gayle.

—¿Que repita qué? —Roger parecía intrigado.

—Habichuelas —intervino Brianna, colgándose del hombro una de las bolsas—. Quiere oír tu acento. Gayle tiene pasión por el acento británico. Ella es Gayle. —Señaló a su amiga con un gesto de resignación.

—Ah, ya me doy cuenta —se aclaró la garganta, mirando fijamente a Gayle, y bajó una octava el tono de su voz—. *Trrres rrrreses rrrrrumiantes rrrremaban rrrrápidamente* a la orilla del *rrrío*. ¿Está bien así?

—¿Queréis terminar con eso? —Brianna miró enfadada a su amiga, que se había desplomado de manera teatral en una de las sillas de plástico—. Ignórala —advirtió a Roger, dirigiéndose hacia la puerta. Con una mirada cautelosa a Gayle, hizo caso de su consejo y, recogiendo una enorme caja atada con un cordón, la siguió hacia el vestíbulo—. ¿Qué has querido decir con lo de las habichuelas? —preguntó, tratando de retomar una conversación más normal.

Roger rió, un poco engreído.

—Bueno, la conferencia sobre historia me paga el viaje, pero no se hacen cargo de los gastos. Así que me las arreglé para conseguir un trabajo con el que costeármelos.

—¿Tocando la guitarra?

—Durante el día, el respetable historiador Roger Wakefield es un inofensivo académico de Oxford. Pero ¡por la noche saca su tartán y se convierte en el marchoso Roger MacKenzie!

—¿Quién?

Sonrió ante su sorpresa.

—Bueno, interpreto canciones folclóricas escocesas en festivales y *ceilidhs*, Juegos de las Highlands y similares. Voy a cantar en un festival celta, en las montañas, este fin de semana. Eso es todo.

—¿Canciones escocesas? ¿Usas kilt cuando cantas? —Gayle iba al otro lado de Roger.

—Claro que sí. ¿Cómo sabrían que soy escocés si no lo usara?

—Me encantan las rodillas velludas —dijo Gayle, soñando—. Ahora dime: ¿es verdad eso que dicen de que los escoceses...?

—Ve a buscar el coche —ordenó Brianna, entregando con brusquedad las llaves a su amiga.

Gayle apoyó el mentón en la ventanilla del vehículo, observando a Roger, que entraba en el hotel.

—Caramba, espero que no se afeite antes de comer. Me encanta el aspecto de los hombres cuando están un tiempo sin afeitarse. ¿Qué será esa caja tan grande?

—Es su *bodhran* —respondió.

—¿Su qué?

—Es un tambor de guerra celta. Lo toca con alguna de sus canciones.

Gayle juntó los labios con gesto dubitativo.

—No querrás que yo lo lleve a ese festival, ¿no? Quiero decir, tú tienes muchas cosas que hacer y...

—Ja, ja. ¿Crees que te voy a dejar estar cerca de él cuando se ponga el kilt?

Gayle suspiró y metió la cabeza dentro del coche mientras Brianna arrancaba.

—Bueno, tal vez haya otros hombres con kilt.

—Es muy posible.

—No obstante, estoy segura de que no tendrán tambores de guerra celtas.

—Puede que no.

Gayle se apoyó en el respaldo y miró de reojo a su amiga.

—Entonces, ¿lo vas a hacer?

—¿Cómo voy a saberlo? —Pero la sangre bullía bajo su piel y la ropa le molestaba.

—Bueno, si no lo haces —dijo Gayle, convencida—, es que estás loca.

—El gato del clérigo es un... gato andrógino.

—El gato del clérigo es un... gato andariego.

Brianna lo miró con una ceja levantada, retirando la mirada brevemente de la carretera.

—¿Otra vez palabras extrañas?

—Es un juego escocés —explicó Roger—. Andariego: andarín o ambulante. Ahora es tu turno con la letra «b».

Entornó los ojos para mirar el estrecho camino de montaña a través del parabrisas. Tenían el sol matinal de cara, y llenaba el coche de luz.

—El gato del clérigo es un buen gato.

—El gato del clérigo es un gato bonito.

—Bueno, ésa ha sido floja para los dos. Empate. Vale, el gato del clérigo es un... —Roger pudo ver los engranajes dando vueltas en la mente de Brianna y, a continuación, el destello en sus ojos cuando le llegó la inspiración— gato coxigodinio.

Roger entornó los ojos, intentando descifrar aquello.

—¿Un gato con un amplio trasero?

Ella rió y frenó un poco cuando el vehículo llegó a una curva en horquilla.

—Un gato que es un dolor en el trasero.

—¿Esa palabra existe?

—Ajá. —Aceleró con cuidado cuando salió de la curva—. Es uno de los términos médicos de mamá. La coxigodinia es un dolor en la región del coxis. Solía llamar coxigodinios una y otra vez a todos los miembros de la administración del hospital.

—Y yo que pensaba que ése era uno de tus términos de ingeniería. Bueno, entonces... el gato del clérigo es un gato contestatario. —Sonrió ante su ceja alzada—. Combativo. Los coxigodinios son contestatarios por naturaleza.

—Está bien. Lo consideraré un empate. El gato del clérigo es...

—Espera —interrumpió Roger, señalando—. Es por allí.

Con lentitud, Brianna salió de la estrecha carretera para introducirse en un camino más angosto, con una flecha en rojo y blanco que indicaba «Festival Celta».

—Eres un encanto por haberme traído hasta aquí arriba —dijo Roger—. No sabía que estaba tan lejos, de lo contrario no te lo habría pedido.

La joven le lanzó una mirada divertida.

—No está tan lejos.

—¡Son unos trescientos kilómetros!

Brianna sonrió con un toque burlón.

—Mi padre decía que la diferencia entre un estadounidense y un inglés es que este último cree que cien kilómetros es un largo camino, y el estadounidense, que cien años es mucho tiempo.

Roger rió, sorprendido.

—Está bien. Entonces tú eres la estadounidense, supongo.

—Supongo —pero su sonrisa se desvaneció.

Lo mismo sucedió con la conversación. Continuaron en silencio durante unos minutos, sin otro ruido que el del motor y el viento. Era un hermoso día de un caluroso verano; la humedad de Boston iba quedando atrás a medida que zigzagueaban hacia arriba, hacia el aire más fresco de las montañas.

—El gato del clérigo es un gato distante —intervino finalmente Roger, con voz suave—. ¿He dicho algo malo?

Brianna le dirigió una rápida mirada triste y una leve sonrisa.

—El gato del clérigo es un gato fantasioso. No, no eres tú. —Apretó los labios y redujo la marcha detrás de otro coche; luego se relajó—. No, perdón, eres tú, pero no es culpa tuya.

Roger se puso rígido y se volvió para mirarla.

—El gato del clérigo es un gato enigmático.

—El gato del clérigo es un gato molesto; no he debido decir nada, lo siento.

Roger era lo bastante prudente como para no presionarla. Buscó debajo del asiento y sacó el termo con té caliente y limón.

—¿Quieres un poco? —Le ofreció una taza, pero ella hizo una pequeña mueca y negó con la cabeza.

—No, gracias. Odio el té.

—Entonces, definitivamente, no eres inglesa —infirió él, y deseó no haber intervenido; ella apretaba el volante con fuerza. No obstante, no dijo nada, y él se tomó el té en silencio, observándola.

Brianna no tenía aspecto de inglesa, a pesar de su origen y el color de su piel. No podía decir si la diferencia consistía en algo más que en la forma de vestir, pero lo pensaba. Los estadounidenses parecían mucho más... ¿qué? ¿Vibrantes? ¿Intensos? Sólo más. Brianna Randall era decididamente más.

El tráfico iba aumentando y ralentizándose hasta convertirse en una lenta hilera de vehículos a medida que se aproximaban a la entrada del complejo en el que se celebraba el festival.

—Mira —dijo con brusquedad Brianna. No se volvió para mirarlo, sino que clavó la vista en la matrícula de Nueva Jersey del coche de delante—. Tengo que explicártelo.

—No a mí.

Arqueó las cejas con irritación.

—¿Y a quién, entonces? —Apretó los labios y suspiró—. Sí, claro, de acuerdo, a mí también. Pero debo hacerlo.

Roger sentía el gusto amargo del té en el fondo de su garganta. ¿Sería ahora cuando le diría que era un error que él estuviera allí? Lo había pensado durante el viaje mientras cruzaba el

Atlántico, tratando de acomodarse en el pequeño asiento del avión. Luego, cuando la vio en el vestíbulo del aeropuerto, todas sus dudas se desvanecieron de una vez.

Tampoco habían vuelto a aparecer durante la semana. En aquellos días la había visto un rato cada día; incluso fueron a un partido de béisbol en Fenway Park el jueves por la tarde. El juego le resultó desconcertante, pero le encantó el entusiasmo de la joven. Sin darse cuenta, contó las horas que faltaban para que se marchara y, sin embargo, esperaba este día, el único que pasarían juntos.

Eso no significaba que ella sintiera lo mismo. Lanzó una rápida ojeada a la hilera de coches; la puerta era visible, pero aún estaba a unos cuatrocientos metros. Tenía alrededor de tres minutos para convencerla.

—En Escocia —empezó a decirle Brianna—, cuando todo... aquello sucedió con mi madre... estuviste grandioso, Roger, realmente maravilloso.

No lo miraba, pero Roger podía ver que se le humedecían los ojos debajo de las espesas pestañas rojizas.

—No fue gran cosa —respondió. Cerró las manos para evitar tocarla—. Estaba interesado.

Brianna rió.

—Sí, apuesto a que sí. —Redujo la marcha y se volvió para mirarlo de frente. Aunque estuvieran bien abiertos, sus ojos tenían algo parecido a los de los gatos—. ¿Has vuelto a ir al círculo de piedras? ¿A Craigh na Dun?

—No —dijo él, cortante. Luego tosió, y añadió como de pasada—: No voy muy a menudo a Inverness; estamos a final de curso.

—¿No será que el gato del clérigo es un gato nervioso? —preguntó ella, aunque sonriendo suavemente.

—El gato del clérigo tiene un miedo terrible a ese lugar —contestó Roger con franqueza—. No pondría un pie allí aunque estuviera lleno de sardinas.

Brianna comenzó a reír y la tensión entre ellos se relajó bastante.

—Yo tampoco —dijo, respirando hondo—. Pero recuerdo. Todo el trabajo que te tomaste y luego, cuando... cuando ella... cuando mamá pasó a través... —Se mordió el labio con fuerza y frenó con brusquedad.

—¿Te das cuenta? —preguntó él en voz baja—. Estoy contigo durante media hora y todo vuelve a empezar. Hace seis meses que no hablo de mis padres; empezamos a jugar y en menos de un minuto nombro a los dos. Esto ha sucedido durante toda la semana.

Se apartó un mechón suelto de cabello pelirrojo del hombro. Brianna adquiría un precioso tono rosado cuando estaba entusiasmada o disgustada, y ahora tenía las mejillas completamente sonrojadas.

—Cuando no contestaste mi carta, pensé que sería por algo así.

—No fue sólo por eso. —Se mordió para no hablar, pero ya lo había hecho y se ruborizó. Un rojo brillante la inundó desde el escote en «V» de su camiseta, e hizo que se tornara del color de la salsa de tomate que tanto le gustaba comer con patatas.

Roger se acercó y, con un gesto tierno, levantó el mechón que le cubría la cara.

—Estaba muy enamorada de ti —estalló ella, mirando hacia delante a través del parabrisas—. Pero no sabía si te comportabas así conmigo porque mamá te lo había pedido, o si era...

—O era... —la interrumpió Roger, sonriendo ante la tímida mirada de la joven—. Definitivamente, sí.

—¡Ah! —Brianna se relajó un poco, lo que hizo que sus manos dejaran de estar tensas sobre el volante—. Bueno. Bien.

Roger deseaba coger su mano, pero no quería retirarlas del volante y ser el culpable de un accidente, así que le pasó el brazo por detrás y le rozó el hombro.

—De todos modos, no me parecía bien; o me arrojaba en tus brazos o me iba. Es lo que hice, pero no sabía cómo explicártelo sin parecer una idiota. Y luego, cuando me escribiste, fue peor. ¡Estaba como tonta!

Roger se desabrochó el cinturón de seguridad.

—Si te beso, ¿chocarás con el coche de delante?

—No.

—Bien. —Se acercó y, tomándole la barbilla con una mano, la besó. El vehículo traqueteó por el camino embarrado hasta el estacionamiento.

Brianna respiraba con lentitud y su rubor había disminuido un poco. Aparcó en el lugar indicado, apagó el motor y permaneció mirando al frente; se quitó el cinturón de seguridad y se volvió hacia Roger.

Varios minutos más tarde, cuando bajaron del coche, a Roger se le ocurrió pensar que Brianna había mencionado más de una vez a sus padres. Pero el problema real residía en el padre que cuidadosamente no había mencionado.

«Grandioso», pensó, admirando de manera distraída el cuerpo de la joven mientras ésta se agachaba para abrir el capó. «Ella está intentando no pensar en Jamie Fraser. ¿Y dónde diablos la traes?» Miró de reojo hacia la entrada, donde se agitaban las banderas británica y escocesa. De la ladera de la montaña llegaba el sonido de las gaitas.

4

Una ráfaga del pasado

Acostumbrado como estaba a cambiarse en la parte de atrás de algún carro o en el retrete de una taberna, el cuartito trasero del escenario suponía para Roger un lujo notable. Estaba limpio, tenía ganchos para colgar su ropa de calle y no había borrachos roncando en la entrada. «Esto es Estados Unidos», pensó. Se quitó los tejanos y los dejó caer al suelo. Eran distintos estándares, al menos en lo que a comodidades naturales se refería. Se desprendió de la camisa de mangas acampanadas por la cabeza, preguntándose cuáles serían las comodidades a las que estaba acostumbrada Brianna. No sabía apreciar la ropa de las mujeres (¿cuánto podían valer un par de pantalones?), pero sabía un poco sobre coches. El de Brianna era un flamante Mustang azul que, al verlo, le hizo desear conducirlo.

Era evidente que sus padres le habían dejado medios para vivir; confiaba en que Claire Randall se hubiera ocupado de eso. Pero esperaba que no tanto como para que pudiera pensar que estaba interesado por su dinero. Al recordar a sus padres, miró el sobre de papel marrón. ¿Debía entregárselo a Brianna?

El juego del gato asustado casi resultó cierto cuando pasaron por la entrada de los artistas, porque Brianna se puso pálida al encontrarse con la banda de gaiteros 78th Fraser Highlanders, compuesta por los Fraser oriundos de Canadá, que estaban ensayando a pleno pulmón detrás de los vestuarios. Había palidecido completamente cuando le presentó a Bill Livingstone, un viejo amigo. Lo que la intimidó no fue el aspecto del gaitero mayor, sino la insignia del clan de los Fraser que llevaba en el pecho.

«*Je suis prest*», decía. «Estoy listo.» Todavía no está suficientemente preparada, pensaba Roger reprimiendo las ganas de golpearse por haberla llevado allí. Sin embargo, la joven le había asegurado que estaría bien y que daría una vuelta por el lugar mientras él se cambiaba y preparaba para el espectáculo.

Sería mejor que se concentrara, pensó mientras se abrochaba las hebillas del kilt en la cintura y la cadera y estiraba las medias de lana. Tenía que actuar al comienzo de la tarde durante cuarenta y cinco minutos, y luego, por la noche, interpretaría un breve solo durante el *ceilidh*. Tenía un gran número de canciones en su mente, pero siempre había que tener en cuenta al público. Con muchas mujeres, las baladas funcionaban bien; con mayoría de hombres, era mejor la música marcial (*Killiecrankie* y *Montrose*, *Pistolas y Tambores*). Las canciones obscenas eran bien acogidas una vez que el público entraba en calor, sobre todo después de unas cuantas cervezas.

Se arregló la parte superior de las medias con esmero y deslizó la *sgian dhu* con mango de cuerno con firmeza contra su pantorrilla derecha. Se ató los borceguíes con rapidez, con un poco de prisa. Quería encontrarse de nuevo con Brianna, tener tiempo para pasear un rato con ella, conseguirle algo de comer y controlar que tuviera un buen sitio para ver el espectáculo.

Se colgó la capa de un hombro, se ajustó el broche y se colocó el puñal y el zurrón; ya estaba listo. No del todo. Se detuvo un momento y salió en busca de Brianna.

Los antiguos calzoncillos verdes eran militares, más o menos de la época de la Segunda Guerra Mundial; eran uno de los escasos recuerdos de su padre. Por lo general no solía ponerse calzoncillos, pero a veces se ponía aquéllos con la falda como medida de defensa frente a la increíble osadía de algunas espectadoras. Otros artistas ya se lo habían advertido, y no se lo habría creído si no lo hubiera experimentado de primera mano. Las alemanas eran las peores, pero había conocido a unas cuantas estadounidenses que no les iban a la zaga en lo que a tomarse libertades se refería cuando estaban cerca.

No creía que fuera a necesitar aquellas medidas allí; la multitud parecía civilizada y había visto que el escenario estaba lejos del alcance de la gente. Además, fuera del escenario tendría a Brianna con él, y si ella decidiera tomarse alguna libertad... Volvió a meter los calzoncillos en la bolsa, encima del sobre marrón.

—Deséame suerte, papá —susurró, y salió a buscarla.

• • •

—¡Ooh! —exclamó dando vueltas a su alrededor, riendo—. ¡Roger, estás magnífico! —Sonrió con picardía—. Mi madre siempre decía que los hombres con kilt estaban irresistibles, y veo que tenía razón.

Se dio cuenta de que tragaba con dificultad y tuvo ganas de abrazarla por su valentía, pero Brianna ya se había dirigido hacia la zona donde servían comida.

—¿Tienes hambre? He estado mirando mientras te cambiabas. Podemos elegir entre pulpo, tacos, salchichas...

La cogió del brazo, atrayéndola hacia sí para verle la cara.

—¡Eh! —dijo con suavidad—, lo lamento. Si hubiera pensado que esto te iba a impresionar tanto, no te hubiera traído.

—No pasa nada. —Ella sonrió con más ganas—. Es... me alegro de haber venido.

—¿De verdad?

—Ajá. En serio. Es... —Hizo un gesto desvalido hacia el torbellino de color y ruidos que los rodeaba—. Es tan... escocés.

Roger tuvo ganas de reír; nada podía ser menos escocés que aquel montaje para turistas, con objetos y tradiciones semifalsificados. Al mismo tiempo, Brianna tenía razón: era singularmente escocés. Un ejemplo del talento de los escoceses para sobrevivir y de su habilidad para adaptarse a cualquier cosa.

La abrazó. Su cabello olía a limpio, como la hierba fresca, y podía sentir cómo latía su corazón a través de la camiseta blanca que llevaba.

—Tú también eres escocesa, lo sabes —le dijo al oído y la soltó. Le brillaban los ojos, aunque ahora por una emoción diferente.

—Supongo que tienes razón —intervino ella con una amplia sonrisa—. Eso no significa que tenga que comer *haggis*, ¿no? Lo he visto y creo que prefiero probar el pulpo.

Creyó que bromeaba, pero no era así. Uno de los vendedores les explicó que parte del negocio era respetar las costumbres.

—Los polacos bailando polcas, cantantes tiroleses... ¡Madre mía, creo que han traído diez millones de relojes de cuco! Españoles, italianos, festivales de cerezos japoneses... No creerías las cámaras que traen los japoneses, es increíble. —Meneó la cabeza divertido, deslizando dos platos de papel con hamburguesas y patatas fritas.

»Cada dos semanas todo es distinto. Nunca nos aburrimos. Pero tenemos que cambiar de comida si queremos vender, sin importar de qué clase sea. —El vendedor inspeccionó la ropa de Roger con interés—. ¿Usted es escocés o sólo le gusta ponerse faldas?

Como ya había oído muchas veces bromas semejantes, Roger le dirigió una mirada imperturbable.

—Bueno, como solía decir mi abuelo —respondió, marcando su acento—, «¡cuando te pongas tu kilt, muchacho, sabrás que eres un hombre!».

El hombre hizo un gesto de reconocimiento y Brianna abrió los ojos.

—Bromas sobre kilts —murmuró—. Por Dios, si empiezas a hacer esas bromas, te juro que me voy y te dejo solo.

Roger sonrió burlón.

—No me harías eso, ¿eh, chiquilla? ¿Irte y dejar a un hombre sólo porque ha dicho lo que tiene debajo del kilt?

Los ojos de Brianna se entornaron hasta que se formaron dos triángulos azules.

—Apuesto a que no llevas nada debajo —dijo, señalando el zurrón—. Y supongo que todo está en *perrrfectas* condiciones —continuó, exagerando el acento escocés.

Roger se atragantó con una patata frita.

—Se supone que tiene que contestar: «Dame la mano y te haré una demostración práctica» —intervino el vendedor de comida—. Muchacho, lo he oído cien veces esta semana.

—Si lo dice —respondió Brianna con tono sombrío— me iré y lo abandonaré en esta montaña. Puede quedarse comiendo pulpo, a mí no me importa.

Roger bebió un trago de Coca-Cola y, con gran sabiduría, permaneció en silencio.

Tuvieron tiempo de dar una vuelta entre los puestos de los vendedores, que tenían de todo, desde corbatas de tartán hasta flautas metálicas, joyería de plata, mapas de los clanes de Escocia, dulces de azúcar y mantequilla y galletas, abrecartas en forma de espadas escocesas, figuras de plomo de escoceses de las Highlands, libros, discos y cualquier objeto imaginable en el que se pueda imprimir el escudo o el lema de un clan.

Roger no provocaba más que alguna breve mirada de curiosidad; aunque su ropa era de mejor calidad que la de la mayoría, no era rara en aquel lugar. Aun así, la mayor parte de los asistentes eran turistas, y vestían con pantalones cortos y vaqueros. No obstante, veían pedazos de tartán aquí y allá, como si de un sarpullido se tratara.

—¿Por qué MacKenzie? —preguntó Brianna, deteniéndose ante un expositor de llaveros de clanes. Tocó uno de los discos dorados en el que ponía «*Luceo non uro*», con el lema rodeando la representación de lo que parecía un volcán—. ¿Wakefield no suena bastante escocés? ¿O crees que a la gente de Oxford no le gustaría... esto? —Y, con un gesto, señaló lo que los rodeaba.

Roger se encogió de hombros.

—En parte, sí. Pero también es mi apellido. Mis padres murieron durante la guerra, mi tío abuelo me adoptó y me dio su apellido. Pero me bautizaron Roger Jeremiah MacKenzie.

—¿Jeremiah? —No lanzó una carcajada, pero se ruborizó por el esfuerzo—. ¿Como el profeta del Antiguo Testamento?

—No te rías. —Y la cogió del brazo—. Me lo pusieron por mi padre; a él lo llamaban Jerry. Cuando era pequeño, mamá me llamaba Jemmy. Un antiguo nombre de familia. Pero, después de todo, podía haber sido peor. Podrían haberme bautizado Ambrose o Conan.

Brianna estalló en una carcajada.

—¿Conan?

—Un nombre celta muy respetable antes de que lo usaran en todas esas películas. De todos modos, parece que eligieron Jeremiah por buenos motivos.

—¿Y cuáles son?

Se volvieron y se dirigieron poco a poco hacia el escenario, donde un grupo de muchachas vestidas con solemnidad representaban un tradicional baile escocés al unísono, sin errar un solo movimiento.

—Es una de las historias que papá (siempre llamé papá al reverendo) solía contarme mientras recorría mi árbol genealógico y señalaba a mis parientes.

Ambrose MacKenzie, ése es tu abuelo, Rog. Debió de ser un constructor de barcos en Dinwall. Y luego está Mary Oliphant... yo conocí a tu bisabuela Oliphant, ¿lo sabías? Vivió hasta los noventa y siete años y nunca perdió el ingenio; era una mujer extraordinaria. Se casó seis veces. Todos sus maridos murieron por causas naturales (eso me dijo), pero aquí sólo he puesto a Jeremiah MacKenzie, puesto que fue el único con el que tuvo hijos, y me extrañaba.

Se lo pregunté, y cerró un ojo y me hizo un gesto, antes de decirme: «Is fhearr an giomach na 'bhi gun fear tighe.» *Es un viejo proverbio gaélico:* «Es mejor una langosta que no tener esposo.» *Dijo que alguno servía para el matrimonio, pero, según parece, Jeremiah era el único que la llevaba a la cama todas las noches.*

—Me pregunto qué pasaría con los otros maridos —comentó Brianna, pensativa.

—Bueno, ella no dijo que no se acostara con ellos —explicó Roger—. Pero no todas las noches.

—Con una vez es suficiente para quedarse embarazada —arguyó Brianna—. O al menos, eso era lo que mi madre aseguraba. En mi clase de salud, en secundaria, dibujaban espermatozoides en la pizarra corriendo hacia un inmenso huevo con caras maliciosas. —Se había ruborizado de nuevo, pero era evidente que esos recuerdos no eran angustiosos, sino que la divertían.

Agarrados del brazo, él podía sentir el calor de Brianna a través de la fina camiseta, así como una agitación bajo el kilt que le hizo pensar que dejar los calzoncillos había sido un error.

—Dejando a un lado la cuestión de que los espermatozoides tuvieran cara, ¿qué tiene que ver ese tema con la salud?

—Es un eufemismo estadounidense para cualquier cosa que tenga que ver con el sexo —explicó—. Imparten clases separadas. Para las chicas: «Los misterios de la vida» y «Diez formas de decir que no a un muchacho.»

—¿Y las clases de los chicos?

—Bueno, no estoy muy segura, porque no tenía hermanos que me las contaran. Aunque algunas de mis amigas sí los tenían y uno de ellos nos explicó que aprendían dieciocho sinónimos diferentes de «erección».

—Algo muy útil —dijo Roger, preguntándose para qué querían más de un nombre. Por suerte, el zurrón cubría un gran número de pecados.

—Supongo que servirá para mantener una conversación... en ciertas circunstancias.

La joven tenía las mejillas sonrojadas. Roger podía sentir aquel calor en su propia garganta y se imaginó que la gente comenzaba a mirarlos de reojo. Desde que tenía diecisiete años, ninguna chica lo había puesto en una situación tan embarazosa en público, y ella lo estaba haciendo estupendamente. Pero era muy agradable y, ya que había empezado, la dejaría terminar.

—Mmfm. Parece que no se habla mucho en ciertas circunstancias.

—Me imagino que lo sabrás. —No era una pregunta. Entonces se dio cuenta de lo que ella quería saber. La acercó más.

—Si me estás preguntando si la tuve, la respuesta es sí. Si te refieres a la actualidad, no.

—¿Si tuviste qué? —Le temblaban los labios, reprimiendo la risa.

—Me estabas preguntando si tenía una novia en Inglaterra, ¿no?

—¿Ah, sí?

—No la tengo. Bueno, casi, pero nada serio. —Estaban en la puerta de los vestuarios. Iba siendo hora de que fuera a buscar sus instrumentos. Se detuvo y la miró—. ¿Y tú? ¿Tienes alguno?

Era lo bastante alta como para mirarlo a los ojos y estaban tan cerca que sus senos le rozaron el brazo cuando se volvió para mirarlo cara a cara.

—¿Qué era lo que decía tu bisabuela? *«Is fhearr an giomach...?»*

—*«... na 'bhi gun fear tighe.»*

—Ajá. Bueno, mejor una langosta que no tener novio. Bueno, tu bisabuela se casó muchas veces antes de quedarse sola, ¿no? —Le acarició el broche del hombro—. La verdad es que salgo con algunos chicos. Pero ninguno es especialmente importante... todavía.

Le cogió los dedos y se los llevó a los labios.

—Dale tiempo al tiempo, chiquilla —dijo, y se los besó.

El público estaba sorprendentemente tranquilo, al contrario que en un festival de rock. «Por supuesto —pensó la joven— no tienen por qué ser ruidosos, ya que no hay guitarras eléctricas ni amplificadores, sólo un pequeño micrófono.» No obstante, algunas cosas no necesitaban amplificador. Su corazón, por ejemplo, latía con fuerza en sus oídos sin necesidad de amplificadores.

—Toma —le ofreció Roger, saliendo con brusquedad del vestuario con su guitarra y su tambor. Le entregó un pequeño sobre de papel marrón—. Lo encontré revisando papeles viejos de papá, en Inverness. Pensé que tal vez las querrías tener.

Sabía que eran fotos, pero no las quiso mirar enseguida. Se sentó a escuchar a Roger con el sobre en la rodilla quemándole los dedos.

Era bueno; aunque estaba distraída, podía darse cuenta de que tenía talento. Su voz de barítono era rica y profunda y sabía modularla. Además de las inflexiones y la melodía, tenía la habilidad de relacionarse con el público, mirar a la gente a los ojos y comunicarse a través de sus canciones, dejando que vieran lo que había detrás de la letra y la música.

Los había animado con *El camino a las islas*, una canción rápida y animada con un estribillo conmovedor, y cuando se apagaron, los mantuvo atentos con *Las colinas de Galloway*, y se deslizó suavemente a *La canción de boda de Lewis*, con un precioso estribillo cantarín en gaélico.

Al cantar la última nota de *Vhair Me Oh*, la miró directamente a los ojos y le sonrió.

—Y ésta es una del cuarenta y cinco —dijo—. Habla de la famosa batalla de Prestonpans, cuando el ejército de las Highlands de Escocia, con Carlos Estuardo, derrotó a las fuerzas inglesas, mucho más numerosas, bajo el mando del general Jonathan Cope.

Se produjo un murmullo de apreciación, dado que la canción era una de las más populares, pero cesó rápidamente en cuanto los dedos de Roger iniciaron la melodía.

Cope envió un reto desde Dunbar
diciendo: «Charlie, reúnete conmigo, si te atreves,
y te enseñaré el arte de la guerra,
si te reúnes conmigo en la mañana.»

Inclinó la cabeza sobre las cuerdas, haciendo un gesto al público para que se unieran al estribillo burlón.

«Ey, Johnnie Cope, ¿ya estás despierto?
¿Ya suenan tus tambores?
¡Si estuvieras marchando, esperaría
para ir hacia las brasas por la mañana!»

Brianna sintió que se le erizaba el vello, no por el cantante, sino por la letra de la canción.

Cuando Charlie vio la carta,
desenvainó su espada.
«¡Venid, seguidme, mis alegres hombres,
y nos reuniremos con Johnnie Cope por la mañana!»

—No —susurró, apretando el sobre con los dedos fríos. *Venid, seguidme, mis alegres hombres.* Habían estado allí; sus padres habían estado allí. Su padre fue el que atacó en Preston, con su sable y su escudo.

«¡... Pues será una mañana sangrienta!»

«Eh, Johnnie Cope, ¿ya estás marchando?
¿Ya suenan tus tambores?...»

Las voces se unieron a su alrededor, a modo de aprobación, formando un coro. Brianna sintió pánico durante un momento, en el que hubiera huido como Johnnie Cope, que dio paso a la conmoción tanto por la emoción como por la música.

«A fe, dijo Johnnie, que me asustan,
con sus espadas y faldas.
Cuando me enfrente a ellos otra vez, me romperán las
*   piernas,*
¡así que te deseo un buen día!»

«Eh, Johnnie Cope, ¿ya estás marchando?...»

Sí, lo estaba haciendo. Y seguiría haciéndolo mientras durara la canción. Algunas personas tratan de preservar el pasado; otras escapan de él. Y ése era el mayor abismo entre ella y Roger. ¿Por qué no lo había visto antes?

No sabía si Roger había advertido su turbación, pero abandonó el peligroso territorio de los jacobitas para cantar *El lamento de MacPherson,* con apenas unos acordes de la guitarra como acompañamiento. La mujer que estaba junto a Brianna dejó escapar un largo suspiro y miraba al escenario con ojos de cordero.

¡Fue tan vociferante, tan displicente, tan abrumador,
que tocó una canción y la bailó bajo el árbol
*   del patíbulo!*

Cogió el sobre, sopesándolo. Tal vez debería esperar a volver a casa. Pero la curiosidad luchaba contra su resistencia. Roger no estaba convencido de si debía entregarle aquellas fotos, lo había visto en su mirada.

—... un *bodhran* —decía Roger. El tambor no era más que un aro de madera de unos cuantos centímetros de ancho, con una piel tensada sobre él, de unos cuarenta y cinco centímetros. Sujetaba el tambor con los dedos de una mano, y una pequeña baqueta de dos cabezas en la otra—. Uno de los instrumentos más antiguos. Éste es el tambor con el que las tribus celtas asustaron a las tropas de Julio César en el año 52 después de Cristo. —El público rió con nerviosismo, y él tocó el tambor con la baqueta, a un ritmo suave y rápido, similar a los latidos del corazón—. Y aquí va *La batalla de Sheriffmuir*, del primer Alzamiento jacobita, en 1715.

El tambor se movió y el ritmo se ralentizó, se tornó marcial, con un estruendo detrás de las palabras. El público aún se comportaba bien, pero ahora se había incorporado e inclinado hacia delante, pendiente del canto que describía la batalla de Sheriffmuir, y todos los clanes que habían participado en ella.

*... entonces se apresuraron, y la sangre brotó, y muchos
    cayeron...
Macheteaban y golpeaban mientras las espadas
    resonaban...*

Mientras finalizaba la canción, Brianna metió los dedos en el sobre y sacó varias fotos. Viejas instantáneas en blanco y negro, algo amarillentas. Sus padres. Frank y Claire Randall, absurdamente jóvenes y contentos. Estaban en un jardín, en una escena veteada con la luz dispersa de las hojas de los árboles. Los rostros se veían con claridad, sonrientes y mirándose a los ojos mientras posaban formales, agarrados del brazo, burlándose de su propia formalidad. Claire reía, inclinándose divertida por algo que había dicho Frank, y sujetaba una falda amplia que revoloteaba por el viento, con el pelo rizado suelto. Frank ofrecía una copa a Claire y ella lo miraba a la cara mientras la tomaba, con una mirada de esperanza y confianza, que hizo que el corazón de Brianna se encogiera al verla. Entonces observó la última foto y se dio cuenta de lo que estaba contemplando. Ambos de pie frente a la mesa, con las manos juntas sobre un cuchillo, riendo mientras cortaban un pastel casero, un pastel de bodas.

—Y, por último, una antigua canción que todos conocen. Se dice que la escribió un prisionero jacobita, camino de Londres, para que lo colgaran, y que se la envió a su esposa en las montañas de Escocia...

Cubrió las fotos con las manos para evitar que alguien las viera. Se estremeció. Fotos de una boda. Del día de la boda. Por supuesto, se habían casado en Escocia. El reverendo Wakefield no pudo celebrarla porque no era católico, pero era uno de los mejores amigos de su padre; la recepción debió de realizarse en la rectoría. Sí. Observando a través de sus dedos, pudo descubrir partes conocidas de la antigua casa. Luego, de mala gana, retiró la mano y miró otra vez el joven rostro de su madre.

Dieciocho. Claire se había casado con Frank Randall a los dieciocho años. Tal vez eso lo explicara. ¿Cómo se puede saber, tan joven, lo que uno quiere?

> *Por tus hermosas orillas y por tus hermosas colinas,*
> *donde el sol brilla sobre el lago Lomond,*
> *donde mi verdadero amor y yo no volveremos a ir...*

Pero Claire estaba segura, o eso creía. La frente amplia y la boca delicada no admitían dudas; los grandes ojos luminosos estaban clavados en su marido sin dudas ni temores. Y, sin embargo...

> *Pero mi verdadero amor y yo nunca nos volveremos*
> *a ver*
> *en las hermosas orillas del lago Lomond.*

Sin fijarse dónde pisaba, Brianna salió de la fila y escapó antes de que pudieran ver sus lágrimas.

—Puedo quedarme contigo mientras llaman a los clanes —dijo Roger—. Pero al final tengo que participar, así que tendré que dejarte. ¿Estarás bien?

—Sí, por supuesto —respondió con seguridad—. Estoy bien. No te preocupes.

La miró con ansiedad, pero no insistió. Ninguno de los dos había mencionado su precipitada salida. Cuando terminó de saludar a los que lo felicitaban y pudo ir a buscarla, Brianna ya había tenido tiempo de lavarse la cara en el cuarto de baño.

Habían pasado el resto de la tarde paseando por el festival, haciendo algunas compras, saliendo para ver el concurso de gaitas y quedándose medio sordos al ver a un joven bailando entre dos espadas cruzadas sobre el suelo. Las fotografías estaban seguras y fuera de su vista en su bolso.

Había oscurecido y la gente abandonaba la zona de la comida para dirigirse a los puestos de fuera, al pie de la montaña.

Pensaba que las familias con niños pequeños se marcharían, y algunas lo hicieron, pero había cuerpos pequeños y cabezas somnolientas que colgaban entre la gente más mayor en los puestos. Una niña pequeña estaba inmóvil, completamente dormida sobre el hombro de su padre mientras se abrían camino hacia una de las hileras superiores de los puestos. Había un espacio despejado y llano frente a las gradas, donde se había apilado un enorme montón de leña.

—¿Qué es la llamada de los clanes? —preguntó una mujer a su compañero. El hombre se encogió de hombros y Brianna miró a Roger para que se lo explicara.

—Ya lo verás —dijo sonriendo.

Había anochecido y la luna todavía no había salido. La montaña era una masa oscura en el cielo estrellado. Una exclamación surgió de la muchedumbre y, entonces, las notas de una gaita atravesaron el aire, silenciando todo lo demás.

Un punto de luz apareció cerca de la cima de la montaña. Mientras miraban, se movió hacia abajo y apareció otro destello. La música se hizo más intensa y apareció otra luz en la cima de la montaña. Durante casi diez minutos la expectación aumentó, la música se hizo más fuerte y las luces se convirtieron en una cadena luminosa que bajaba por la montaña.

Al fondo de la ladera había un sendero que descendía desde los árboles de la cima. Brianna ya lo había visto antes en una exploración anterior. En aquel momento apareció un hombre entre los árboles, agitando una antorcha por encima de su cabeza. Detrás iba el gaitero; el sonido de la gaita era tan intenso que hacía que cesaran las exclamaciones de la multitud.

Mientras bajaban por el sendero hacia el claro, frente a las gradas, Brianna pudo ver una larga hilera de hombres, cada uno portando una antorcha, vestidos con la ropa de jefes de los clanes. Eran bárbaros y espléndidos, ornamentados con plumas de urogallo, con la plata de las espadas y puñales brillando con destellos rojizos a la luz de las antorchas.

Las gaitas callaron bruscamente y el primero de los hombres se detuvo ante las gradas. Levantó la antorcha por encima de su cabeza y gritó:

—¡Los Cameron están aquí!

Exclamaciones de entusiasmo recorrieron las tribunas; el hombre arrojó la antorcha en el tonel lleno de queroseno y el fuego se elevó con un rugido, en una columna que alcanzaba tres metros.

Otra vez se repitió la escena.

—¡Los MacDonald están aquí!

Gritos y aclamaciones de otros miembros del clan.

—¡Los MacLachlan están aquí!

—¡Los MacGillivray están aquí!

Estaba tan interesada en el espectáculo que casi no prestaba atención a Roger. Entonces se adelantó otro hombre.

—¡Los MacKenzie están aquí!

—*Tulach Ard!* —aulló Roger, sobresaltando a Brianna.

—¿Qué es eso?

—Eso —respondió sonriendo— es el grito de guerra del clan de los MacKenzie.

—Parece muy guerrero.

—¡Los Campbell están aquí! —Debía de haber muchos Campbell, porque la respuesta sacudió las gradas. Como si ésa fuera la señal que esperaba, Roger se puso en pie y se colocó la capa.

—¿Nos encontramos en los vestuarios?

Brianna asintió y Roger se inclinó súbitamente y la besó.

—Por si tienes dudas —dijo—. El grito de los Fraser es *Caisteal Dhuni!*

Lo observó mientras se alejaba bajando por las gradas como una cabra montés. El olor del humo invadía el aire nocturno y se mezclaba con la fragancia más ligera del tabaco de los cigarrillos de la multitud.

—¡Los MacKay están aquí!

—¡Los MacLeod están aquí!

—¡Los Farquarson están aquí!

Sentía el pecho oprimido por el humo y la emoción. ¿Habían muerto los clanes en Culloden? Sí, así era; esto no son más que recuerdos; estaban llamando a fantasmas; los que gritaban allí con entusiasmo no eran parientes ni tenían tierras ni casas, pero...

—¡Los Fraser están aquí!

El pánico se apoderó de ella y se aferró a su bolsa.

«No —pensó—. Ah, no. Yo no.»

Pasado el momento, recuperó la respiración, pero la adrenalina todavía corría por sus venas.

—¡Los Graham están aquí!

—¡Los Innes están aquí!

Los Ogilvy, los Lindsay, los Gordon... hasta que, finalmente, los ecos del último grito cesaron. Brianna sujetaba su bolsa como si temiera que fuera a escapar como el genio de la lámpara.

«¿Cómo pudo hacerlo ella?», pensó, y luego, al ver a Roger con el tambor en la mano y la cabeza iluminada por el fuego, pensó otra cosa: «¿Cómo impedirlo?»

5

Doscientos años después de ayer

—¡No llevas puesto el kilt! —La boca de Gayle se curvó en un gesto de decepción.

—Siglo equivocado —respondió Roger, sonriendo—. Muy expuesto a las corrientes de aire para un paseo por la luna.

—Tienes que enseñarme a hacer eso —dijo, y se puso de puntillas, inclinándose hacia él.

—¿A hacer qué?

—Hacer sonar las erres así. —Juntó las cejas e intentó imitarlo, produciendo un ruido parecido al motor de una lancha.

—*Perr-fecto* —pronunció él, tratando de no reírse—. Sigue así. La práctica hace al maestro.

—Bueno, al menos habrás traído la guitarra. —De puntillas, trató de mirar por encima de su hombro—. O ese fantástico tambor.

—Está en el coche —intervino Brianna, guardando las llaves mientras se acercaba a Roger—. Nos vamos al aeropuerto desde aquí.

—Ah, qué lástima, pensaba que podríamos dar una vuelta y organizar una fiesta con música, para celebrarlo. ¿Conoces *Esta tierra es tu tierra*, Roger? ¿O te gustan más las canciones protesta? Pero supongo que no, como eres inglés, quiero decir, escocés. Vosotros no tenéis nada de qué protestar, ¿no?

Brianna dirigió una mirada de exasperación a su amiga.

—¿Dónde está el tío Joe?

—En el salón, aporreando el televisor —dijo Gayle—. ¿Quieres que entretenga a Roger mientras tú lo buscas? —Agarró a Roger del brazo con familiaridad mientras movía las pestañas.

—¿Tenemos aquí a la mitad de la Facultad de Ingeniería y no hay nadie que pueda arreglar un maldito televisor? —El doctor Joseph Abernathy lanzó una mirada acusadora al grupo de jóvenes que había en el salón.

—Eso es ingeniería eléctrica, papá —dijo su hijo con orgullo—. Nosotros somos ingenieros mecánicos. Pedirle a un ingeniero mecánico que arregle tu televisor en color es como pedirle a un ginecólogo que mire una herida en tu... ¡ay!

—Lo siento —intervino su padre, mirando por encima de sus gafas de montura de oro—. ¿Era tu pie, Lenny?

Lenny saltó por la habitación, agarrándose uno de sus grandes pies enfundado en la zapatilla, con exagerados gestos de agonía mientras todos reían.

—¡Bree, querida! —El médico descubrió a la joven y abandonó el televisor con el rostro radiante. La abrazó con entusiasmo sin tener en cuenta el hecho de que ella era como diez centímetros más alta. La soltó y miró a Roger, mostrando una cautelosa cordialidad.

—¿Éste es el enamorado?

—Éste es Roger Wakefield —dijo Brianna, entornando los ojos—. Roger, Joe Abernathy.

—Doctor Abernathy.

—Llámeme Joe.

Se estrecharon las manos mientras se examinaban el uno al otro. El doctor lo observó con unos rápidos ojos marrones, astutos pese a su calidez.

—Bree, querida, ¿quieres ocuparte de ese trasto y ver si consigues resucitarlo? —Señaló con un dedo la televisión de veinticuatro pulgadas que permanecía sobre su estante en un mudo desafío—. Funcionaba bien anoche, y hoy... ¡pffff!

Brianna miró con incertidumbre el gran aparato y rebuscó en el bolsillo de sus tejanos, de donde sacó una navaja suiza.

—Bueno, supongo que puedo revisar las conexiones. —Abrió la hoja del destornillador—. ¿Cuánto tiempo tenemos?

—¡Media hora, tal vez! —gritó un estudiante desde la puerta de la cocina. Lanzó una mirada al grupo que estaba reunido junto al pequeño aparato de la mesa—. Todavía estamos con la misión de control en Houston, hora prevista, treinta y cuatro minutos. —Los comentarios del reportero de la televisión se intercalaban con las exclamaciones de los estudiantes.

—Bien, bien —dijo el doctor Abernathy, apoyando una mano en el hombro de Roger—. Tenemos tiempo de sobra para un trago. ¿Usted bebe escocés, señor Wakefield?

—Llámame Roger.

Abernathy sirvió una cantidad generosa del néctar color ámbar y se lo alcanzó.

—Me imagino que no querrás agua, Roger.

—No. —Era de la marca Lagavulin, algo asombroso en Boston. Bebió agradecido, y el doctor sonrió.

—Me lo regaló Claire. La madre de Bree. Era una mujer con buen paladar para el whisky. —Movió la cabeza con una expresión de nostalgia, y levantó su vaso a modo de brindis.

—*Slàinte* —pronunció Roger con calma y levantó su copa antes de beber.

Abernathy cerró los ojos en silenciosa aprobación; si era por la mujer o por el whisky, Roger no podía decirlo.

—Agua de vida, ¿eh? Creo que esto puede levantar a un muerto. —Colocó la botella con respeto de nuevo en la vitrina.

¿Cuánto había contado Claire a Abernathy? Bastante, suponía Roger. El doctor alzó su vaso y le lanzó una larga mirada a modo de evaluación.

—Como el padre de Bree ha muerto, supongo que tengo que hacer los honores. ¿Tenemos tiempo para un interrogatorio de tercer grado antes de que alunicen, o lo hacemos más breve? —Roger levantó una ceja—. Tus intenciones —explicó el médico.

—Oh. Estrictamente honorables.

—¿Sí? Llamé anoche a Bree para saber si venía hoy. No respondió nadie.

—Fuimos a un festival de música celta, en las montañas.

—Ajá. Llamé de nuevo a las once de la noche. Y a medianoche. Sin respuesta. —Los ojos del doctor seguían mostrándose astutos, pero mucho menos cálidos. Posó el vaso con un pequeño *clic*—. Bree está sola —dijo—. Y se siente sola, y además es adorable. No quisiera ver cómo alguien se aprovecha de eso, Wakefield.

—Tampoco yo... doctor Abernathy. —Roger vació su copa y la dejó con un golpe. El calor hacía que sus mejillas hirvieran y no era a causa del Lagavulin—. Si crees que yo...

—AQUÍ HOUSTON —tronó la televisión—. CALMA EN LA BASE. VAMOS A ALUNIZAR EN VEINTE MINUTOS.

Los ocupantes de la cocina aparecieron, brindando con sus refrescos. Brianna, ruborizada, reía sin hacer caso de las felicitaciones mientras guardaba su navaja. Abernathy puso una mano en el brazo de Roger para retenerlo.

—Hablo en serio, Wakefield —dijo Abernathy en voz baja para que no lo oyeran los demás—. No quiero enterarme de que has hecho infeliz a esta muchacha. Nunca.

Con cuidado, Roger consiguió liberar su brazo.

—¿Cree que no es feliz? —preguntó lo más educadamente posible.

—Nooo —respondió Abernathy, balanceándose sobre sus talones y mirándolo de soslayo—. Todo lo contrario. Es la forma en que la veo esta noche lo que me hace pensar que debería romperte la nariz en nombre de su padre.

Roger no pudo evitar mirarla; era verdad. Tenía bolsas oscuras bajo los ojos, mechones de pelo se escapaban de su coleta y su piel brillaba como la cera de una vela encendida. Parecía una mujer que había pasado una noche larga... y había disfrutado de ella.

Como si tuviera un radar, Brianna se giró para mirarlo por encima de la cabeza de Gayle. Mientras hablaba con ella, sus ojos seguían fijos en los de Roger.

El médico se aclaró la garganta de forma audible y Roger apartó la vista de Brianna para enfrentarse a la expresión pensativa de Abernathy.

—Oh —dijo, en tono diferente—. Así que es eso.

Roger tenía el cuello de la camisa desabotonado, pero sentía como si llevara una corbata ajustada. Miró al médico directamente a los ojos.

—Sí —contestó—. Eso es.

El doctor Abernathy buscó la botella de Lagavulin y llenó las dos copas.

—Claire dijo que le gustabas —comentó resignado. Levantó su copa—. Está bien. *Slàinte.*

—¡Gira para el otro lado, Walter Cronkite tiene un color anaranjado! —Lenny Abernathy se inclinó para mover el botón y la pantalla se volvió verdosa. Sin importarle su repentino cambio de color, Cronkite siguió hablando.

—En dos minutos aproximadamente, el comandante Neil Armstrong y la tripulación del *Apolo 11* harán historia; será la primera vez que el hombre llegue a la Luna...

El salón estaba oscuro y lleno de gente. La atención de todos estaba centrada en la enorme televisión mientras la imagen cambiaba para volver a emitir el lanzamiento del *Apolo.*

—Estoy impresionado —murmuró Roger al oído de Brianna—. ¿Cómo lo has conseguido? —Estaba detrás de ella, apoyado en un estante de la biblioteca, y la sujetaba por las caderas mientras apoyaba la barbilla en el hombro de la joven.

Los ojos de ella estaban fijos en la televisión, pero sintió que su mejilla se movía contra la de él.

—Alguien había pisado el enchufe —respondió—. Simplemente lo he vuelto a enchufar.

Roger rió y la besó en el cuello. Hacía calor en la sala, incluso con el aire acondicionado zumbando, y su piel estaba húmeda y salada.

—Tienes el trasero más respingón del mundo —susurró. La joven no respondió, pero de manera deliberada presionó su trasero contra él.

En la pantalla del televisor se oía el murmullo de las voces y se veían fotos de la bandera que los astronautas iban a plantar en la Luna.

Miró de reojo por la habitación, pero Joe Abernathy estaba tan hipnotizado como el resto.

En dos horas tenía que irse; no tenían tiempo para intimidades. La noche anterior, como sabían que jugaban con fuego, habían sido más prudentes. Se preguntó si Abernathy lo habría golpeado si hubiera admitido que Brianna había pasado la noche con él.

Había conducido en el viaje de vuelta desde las montañas, luchando por mantenerse en el lado derecho de la carretera y nervioso por tener a Brianna tan cerca. Se detuvieron para tomar café, charlaron hasta pasada la medianoche, poniendo en contacto una y otra vez manos, muslos y cabezas. Cuando llegaron a Boston, la cabeza de Brianna descansaba de manera pesada sobre su hombro.

Incapaz de seguir conduciendo por calles desconocidas hasta el apartamento de Brianna, fue directamente a su hotel, la subió a escondidas y la acostó en su cama, donde se quedó dormida al instante.

Pasó el resto de la noche acostado, castamente, en el suelo, tapado con el abrigo de lana de la joven. Al amanecer, se levantó y se sentó en una silla, inundado por su aroma, observándola en silencio mientras la luz le mostraba su rostro dormido.

Sí, fue así.

En la televisión anunciaban la llegada de la nave. El silencio de la estancia se quebró por un suspiro colectivo. Roger sintió que se le erizaba el cabello de la nuca.

—*Un... pequeño... paso para el hombre* —decía la voz—, *un salto gigante... para la humanidad*.

Hasta Brianna había olvidado todo lo demás, inclinada hacia delante, atrapada por el momento.

Era un buen día para ser estadounidense.

Roger tuvo un instante de incertidumbre al verlos a todos tan orgullosos, con tanto fervor, y a Brianna tan integrada en el tema. Era un siglo diferente, doscientos años después de ayer.

¿Habría un terreno común para ellos, un historiador y una ingeniera? ¿Él mirando hacia atrás, a los misterios del pasado; ella hacia el futuro y su brillo embriagador?

Entonces la habitación se llenó de exclamaciones de entusiasmo y Brianna se dio la vuelta para besarlo y abrazarlo. Roger pensó que tal vez no importara que sus direcciones fueran opuestas, siempre que se encontraran el uno al otro.

TERCERA PARTE

Piratas

6

Tropiezo con una hernia

Junio de 1767

—Detesto los barcos —dijo Jamie con los dientes apretados—. Los odio. Siento por ellos el más profundo desprecio.

El tío de Jamie, Hector Cameron, vivía en una plantación llamada River Run, que quedaba más allá de Cross Creek, que a su vez estaba río arriba, a cierta distancia de Wilmington; a unos trescientos kilómetros de allí. En esa época del año el viaje en barco duraba entre cuatro días y una semana, dependiendo del viento. Si decidíamos viajar por tierra, la travesía duraría como mínimo dos semanas, en función de cosas como los caminos intransitables, el barro y los ejes rotos.

—Los ríos no tienen olas —le expliqué a Jamie—. Y me repugna la idea de caminar con esfuerzo a través del barro durante los próximos trescientos kilómetros. —Ian mostró una enorme sonrisa, pero cambió rápidamente la expresión por otra de afable indiferencia cuando Jamie dirigió la mirada hacia él—. Además, si te mareas, todavía tengo mis agujas. —Palpé el bolsillo donde llevaba la caja de marfil con las agujas de oro para practicar acupuntura.

Jamie resopló con fuerza, pero no dijo nada más. Una vez decidida aquella pequeña cuestión, el mayor problema consistía en pagar el precio del pasaje.

No éramos ricos, pero teníamos un poco de dinero debido a un golpe de suerte durante el camino. Mientras viajábamos como gitanos hacia el norte de Charleston y acampábamos durante la noche, lejos del camino, descubrimos una residencia abandonada en el bosque, casi oculta por la vegetación.

Los retoños de álamo salían como lanzas a través de las vigas del tejado caído, y un arbusto de acebo brotaba a través de una enorme grieta en la chimenea. Las paredes estaban medio derrumbadas, negras a causa de la podredumbre y cubiertas de musgo verde y hongos rancios. No había manera de saber cuánto tiempo llevaba abandonado el lugar, pero estaba claro que tanto la cabaña como el claro serían engullidos por la naturaleza en unos cuantos años, y no quedaría nada que indicara su existencia, excepto un mojón derruido de piedras de la chimenea.

Entre las plantas quedaban los restos de un huerto de melocotoneros que florecían de manera incongruente, con las frutas maduras llenas de abejas. Comimos todo lo que pudimos, dormimos al resguardo de las ruinas y nos levantamos antes del amanecer para llenar el carro con la fruta dorada, jugosa y aterciopelada, que fuimos vendiendo por el camino. Como consecuencia, llegamos a Wilmington con las manos pegajosas, una bolsa de monedas (la mayoría peniques) y un penetrante olor a fermentación que nos impregnaba el pelo, la piel y la ropa como si nos hubiéramos bañado en licor de melocotón.

—Toma esto —dijo Jamie, alcanzándome la pequeña bolsa de cuero con nuestra fortuna—. Compra las provisiones que puedas... pero nada de melocotones, ¿eh? Y algunas cosas para arreglarnos y que no parezcamos unos mendigos cuando nos presentemos ante mis parientes. ¿Tal vez aguja e hilo? —Alzó una ceja e hizo un gesto hacia una enorme rasgadura en la chaqueta de Fergus, que se había producido al caerse de un melocotonero—. Duncan y yo vamos a tratar de vender el carro y los caballos y buscar un barco. Y si aquí hay alguien parecido a un orfebre, veré qué me ofrece por una de las piedras.

—Ten cuidado, tío —intervino Ian, frunciendo el ceño ante la cantidad y variedad de gente que deambulaba por el puerto—. No querrás que se aprovechen de ti o te roben en la calle. —Con expresión seria, Jamie aseguró a su sobrino que tomaría las precauciones necesarias—. Lleva a *Rollo* para que te proteja.

—Ah, bueno —Jamie lanzó una mirada al perro, que observaba vigilante la multitud con una expresión que, más que interés social, sugería un apetito apenas contenido—. Ven conmigo, entonces, perrito. —Me miró de reojo antes de irse—. Tal vez sería mejor que compraras un poco de pescado seco.

Wilmington era una ciudad pequeña que, debido a su afortunada ubicación como puerto marítimo en la desembocadura de un río navegable, se jactaba de tener no sólo un mercado de productos agrícolas, con todo lo necesario para la vida cotidiana y un embarcadero, sino también varias tiendas que almacenaban artículos de lujo importados de Europa.

—Habas, muy bien —dijo Fergus—. Me gustan las habas, incluso en grandes cantidades. —Movió el saco de arpillera sobre su hombro para equilibrar el peso, que era difícil de manejar—. Y pan, por supuesto que necesitamos pan. Y harina, sal y manteca de cerdo. Carne salada, cerezas deshidratadas y manzanas frescas; todo eso está bien. Pescado, para más seguridad. Creo que será necesario que consigamos agujas e hilo. También un cepillo —añadió, mirando mi cabello que, a causa de la humedad, hacía esfuerzos para escapar de mi sombrero de ala ancha—. Y las medicinas del boticario, naturalmente. Pero ¿encaje?

—Encaje —respondí con firmeza. Coloqué un paquete con tres metros de encaje de Bruselas en el canasto que llevaba Fergus—. Y también un metro de cinta de seda de cada color —expliqué a la acalorada joven que nos atendía—. La roja es para ti, Fergus, así que no te quejes; verde para Ian; amarilla para Duncan y la azul marino para Jamie. Y no, no es un gasto extravagante. Jamie no quiere que parezcamos unos pelagatos ante sus tíos.

—¿Tía, y tú qué? —preguntó Ian mientras sonreía burlón—. ¿No querrás que los hombres parezcamos unos petimetres y tú un pobre gorrión?

Fergus resopló, entre exasperado y divertido.

—Ésta —dijo, señalando un rollo de cinta color rosa oscuro.

—Ese color es para una niña —protesté.

—Las mujeres nunca son demasiado mayores para usar el rosa —respondió con firmeza Fergus—. He oído cómo *les mesdames* lo decían muchas veces. —Había oído las opiniones de *les mesdames* en otras ocasiones. Fergus había pasado sus primeros años en un burdel y, a juzgar por sus recuerdos, también unos cuantos de su vida posterior. Esperaba que pudiera superar ese hábito ahora que se había casado con la hijastra de Jamie, pero con Marsali aún en Jamaica, esperando el nacimiento de su primer hijo, tenía mis dudas. Después de todo, Fergus era francés.

—Supongo que las señoras saben lo que dicen —comenté—. Está bien, también la rosa.

Salimos a la calle, cargados con canastos y bolsas de provisiones. Hacía calor y mucha humedad, pero llegaba la brisa del río, y después de los confines opresivos de la tienda, el aire parecía dulce y refrescante. Miré hacia el puerto, donde sobresalían los mástiles de varios barcos pequeños, balanceándose suavemente por la corriente, y vi la alta figura de Jamie dando pasos largos entre dos edificios, con *Rollo* caminando a su lado.

Ian saludó, dio un grito y *Rollo* se le acercó veloz, agitando la cola al ver a su dueño. Había poca gente en la calle a esa hora del día. Aquellos con negocios en la estrecha calle se juntaban con prudencia a la pared más cercana para evitar el apasionado reencuentro.

—Dios mío —dijo arrastrando las palabras una voz que venía de lo alto—. Es el perro más grande que he visto en mi vida. —Me di la vuelta y vi a un caballero que se apartaba de la puerta de la taberna y levantaba el sombrero para saludarme—. Para servirla, señora. Espero, sinceramente, que no le interese la carne humana.

Alcé la vista hacia el hombre que se dirigía a mí. Me contuve de expresar la opinión de que, entre todas las personas, él apenas consideraría a *Rollo* una amenaza.

Mi interlocutor era uno de los hombres más altos que había visto en mi vida; medía un palmo más que Jamie. Larguirucho y escuálido, sus enormes manos colgaban a la altura de mis codos, y el cinturón de cuero ornamentado con cuentas que estaba sobre su vientre se encontraba a la altura de mi pecho. Hubiera podido apretar la nariz en su ombligo si hubiera sentido la necesidad, cosa que, por fortuna, no ocurrió.

—No, se alimenta de pescado —aseguré. Al ver que tenía que estirar el cuello para hablarle, se agachó con amabilidad, y las articulaciones de su rodilla sonaron como disparos de rifle al hacerlo. Al acercar su cara, observé que tenía la barba negra y una nariz incongruentemente chata, acompañada de unos ojos grandes y amables de color avellana.

—Bueno, eso me alegra. No me gustaría que me arrancaran un pedazo de pierna a estas horas de la mañana. —Se quitó el horrible sombrero con una ajada pluma de pavo enganchada al ala—. John Quincy Myers, para servirla, señora —dijo, con una inclinación que hizo que algunos mechones sueltos de cabello negro cayeran sobre sus hombros.

—Claire Fraser —respondí, ofreciéndole la mano a la vez que lo miraba fascinada. La observó un instante, cogió mis dedos y se los llevó a la nariz, los olió y me dedicó una amplia sonrisa, encantadora, pese a que le faltaba la mitad de los dientes.

—¿Es usted una mujer que, tal vez, tenga conocimientos de hierbas?

—¿Y eso?

Volvió mi mano suavemente, recorriendo las manchas de clorofila alrededor de mis cutículas.

—Una señora de dedos verdes con habilidad para la jardinería se ocupa de sus rosas, pero una dama cuyas manos huelen a raíz de sasafrás y a cascarilla tiene que saber algo más que hacer que florezcan sus plantas. ¿No estás de acuerdo? —preguntó, con una mirada amistosa a Ian, quien seguía la conversación con indudable interés.

—Oh, sí —aseguró el muchacho—. La tía Claire es una famosa sanadora. Una curandera —respondió, mirándome orgulloso.

—¿Conque es así, muchacho? Bien, entonces... —Los ojos del señor Myers me miraron con interés—. ¡Que me maten si esto no es tener suerte! Y yo que creía que iba a tener que esperar hasta llegar a las montañas para encontrar a un chamán que me atendiera.

—¿Está enfermo, señor Myers? —pregunté. No lo parecía, pero era difícil saberlo con la barba, el pelo y una fina capa de grasienta suciedad marrón que parecía que cubría todo aquello que no ocultaban sus harapientos pantalones de ante. La única excepción era su frente; aunque por lo general estaba protegida del sol con el sombrero negro de fieltro, ahora estaba expuesta a la vista, y era un pedazo ancho y plano del blanco más puro.

—Yo no diría enfermo —replicó. Se irguió y comenzó a aflojarse la camisa de ante—. No es gonorrea, ni pústulas francesas, porque ya las he visto. —Lo que yo había creído que eran pantalones en realidad eran unas mallas de ante, cubiertas por un taparrabos. Mientras hablaba, se había agarrado el cordón de cuero que lo sujetaba, y luchaba para aflojarse los calzones—. Pero esa maldita cosa que de golpe aparece justo detrás de mis pelotas... es muy incómoda, como se imaginará, aunque sólo me duele cuando monto a caballo. ¿Le importaría echar un vistazo y decirme qué es lo que puedo hacer?

—Ah... —exclamé, con una mirada desesperada hacia Fergus, que se limitó a mover su saco de habas y parecía divertido.

—¿Tendré el placer de conocer al señor John Myers? —preguntó una educada voz con acento escocés.

El señor Myers dejó de forcejear con su ropa y miró de forma inquisitiva.

—No puedo decir si es un placer para usted, señor —respondió con amabilidad—. Pero si busca a Myers, ya lo ha encontrado.

Jamie se detuvo junto a mí. Tras situarse de manera estratégica entre los dos, se inclinó de manera formal con el sombrero bajo el brazo.

—James Fraser, para servirlo, señor. Me han dicho que le mencionara el nombre de Hector Cameron como presentación.

El señor Myers observó la cabeza pelirroja de Jamie con gran interés.

—Escocés, ¿verdad? ¿De las Highlands?

—Soy escocés, sí, de las Highlands.

—¿Es pariente del viejo Hector Cameron?

—Es mi tío, por casamiento, señor, aunque no tengo el gusto de conocerlo. Me han comentado que usted lo conocía y que aceptaría guiarnos hasta su plantación.

Los dos hombres se examinaban de pies a cabeza, considerando el porte, la ropa y las armas. Los ojos de Jamie descansaban con una mirada de aprobación sobre la larga vaina del cuchillo en el cinturón del leñador mientras que las fosas nasales del señor Myers se dilataban con interés.

—*Comme deux chiens* —dijo Fergus en voz baja detrás de mí, «como dos perros»—... *aux culs.* —Antes de darse cuenta, estarían olfateándose los traseros.

El señor Myers lanzó una mirada a Fergus, y vi una chispa de diversión en las profundidades castañas antes de volver a examinar a Jamie. Puede que el leñador fuera inculto, pero era evidente que tenía algunos conocimientos de francés.

Dadas las inclinaciones olfativas del señor Myers y la falta de vergüenza, no me hubiera sorprendido verlo ponerse a cuatro patas y hacer lo que había sugerido Fergus. En todo caso, se contentó con una cuidadosa inspección que no se limitó a Jamie, sino que nos incluyó a Ian, a Fergus, a mí y a *Rollo*.

—Bonito perro —comentó, tendiendo sus enormes nudillos hacia el animal. Ante la invitación, *Rollo* realizó su propia inspección, olfateando con parsimonia desde los mocasines hasta el taparrabos mientras proseguía la conversación.

—¿Su tío, eh? ¿Y sabe él que usted va para allí?

Jamie sacudió la cabeza.

—No lo sé. Le envié una carta desde Georgia hace un mes, pero no hay forma de saber si la recibió.

—No lo creo —respondió Myers, pensativo. Sus ojos permanecieron un momento sobre el rostro de Jamie y, a continuación, pasaron con rapidez a los demás—. Ya he conocido a su esposa. ¿Es su hijo? —Hizo un gesto hacia Ian.

—Mi sobrino, Ian. Mi hijo adoptivo, Fergus. —Jamie hizo las presentaciones con un gesto de la mano—. Y un amigo, Duncan Innes, que pronto estará con nosotros.

Myers asintió con un gruñido y se decidió.

—Bien, puedo conducirlos hasta la plantación de Cameron sin problemas. Pero quería estar seguro de que era de la familia, aunque, como el muchacho, tiene un importante parecido con la viuda Cameron.

Jamie irguió la cabeza súbitamente.

—¿La viuda Cameron?

Una sonrisa astuta revoloteó entre el matorral que constituía su barba.

—El viejo Hector tuvo una enfermedad en la garganta y murió el invierno pasado. No creo que reciba correspondencia dondequiera que esté ahora.

Y dejando el tema de los Cameron por asuntos de mayor interés personal, Myers volvió a ocuparse de sus calzones.

—Una gran cosa púrpura —me explicó mientras tanteaba el cordón aflojado—. Casi tan grande como una de mis pelotas. No creerá que, de golpe, me ha salido otra, ¿no?

—Bueno, no —dije, mordiéndome el labio—. En realidad lo dudo. —Se movía muy despacio, pero ya casi había desatado el cordón y la gente se detenía para mirarnos.

—Por favor, no se moleste —le indiqué—. Creo que sé lo que tiene. Es una hernia inguinal.

Sus grandes ojos castaños se dilataron aún más.

—¿Ah, sí? —Pareció impresionado y nada disgustado con la noticia.

—Tengo que verlo para estar segura, pero no aquí —añadí apresuradamente—, aunque creo que es eso. Es fácil de solucionar con una operación, pero... —Vacilé, contemplando al coloso—. En realidad no podría... quiero decir, usted tiene que estar dormido. Inconsciente. Tengo que cortar y coserlo de nuevo. Tal vez sería mejor si usara un braguero.

Myers se rascó la barbilla, pensativo.

—No, eso no me suena bien. Cortar... ¿Ustedes se quedarán aquí descansando antes de emprender viaje hacia la plantación de Cameron?

—No demasiado —intervino Jamie con firmeza—. Quisiéramos ir río arriba, hacia la propiedad de mi tía, en cuanto consigamos un barco.

—¡Aaah! —El gigante lo pensó un momento y luego asintió con el rostro radiante—. Conozco el hombre adecuado para usted, señor. Ahora iré a buscar a Josh Freeman al Sailor's Rest. El sol todavía está alto, así que no estará tan borracho como para no poder tratar de negocios. —Me hizo una reverencia con el sombrero apoyado en el ombligo—. Y, entonces, tal vez su esposa tendrá la bondad de buscarme en aquella taberna (es algo más refinada que la de los marineros) para echar una mirada a esta... —Vi que sus labios intentaban pronunciar «hernia inguinal», para después rendirse y relajarse—. Esta molestia.

Se volvió a colocar el sombrero y, con un gesto hacia Jamie, se marchó.

Jamie observó cómo el gigante se alejaba por la calle, ralentizado por los cordiales saludos a todo aquel que pasaba.

—¿Qué pasa contigo, Sassenach? —dijo en tono familiar, con la mirada aún fija en Myers.

—¿Qué es lo que pasa conmigo?

Entonces se volvió y me lanzó una mirada con los ojos entornados.

—¿Qué es lo que hace que, cada hombre que conoces, quiera quitarse los calzones a los cinco minutos?

Fergus rió por lo bajo mientras Ian se ruborizaba. Lo miré de la manera más recatada que pude.

—Bueno, si tú no lo sabes, querido —respondí—, nadie lo sabrá. Pero parece que he conseguido un barco. Y tú, ¿qué has hecho esta mañana?

Hábil como siempre, Jamie había encontrado un posible comprador para las piedras. Y no sólo eso, sino también una invitación para cenar con el gobernador.

—El gobernador Tryon está en el pueblo —explicó—. En casa de un tal señor Lillington. Esta mañana he hablado con un comerciante llamado MacEachern, quien me presentó a un hombre llamado MacLeod, quien...

—Quien te presentó a MacNeil, que te llevó a tomar un trago con MacGregor, quien te habló sobre su sobrino Bethune, que es primo segundo del chico que limpia las botas del gobernador —sugerí, conociendo, a estas alturas, los enrevesados caminos de los negocios entre escoceses.

Junta a dos escoceses de las Highlands en una habitación, y en diez minutos conocerán los últimos doscientos años de la historia familiar del otro, y habrán descubierto un gran número de parientes y conocidos mutuos.

Jamie rió con ironía por mi burla sobre los conocidos y parentescos de los escoceses.

—Era el secretario de la esposa del gobernador —me corrigió— y se llama Murray. Es el hijo mayor de Maggie, la prima de tu padre, Ian. Su padre emigró del fiordo de Linnhe después de la insurrección. —Ian asintió descuidadamente, sin duda grabando esa información en su propia versión de la enciclopedia genética, almacenándola hasta el día en que le resultara útil.

Edwin Murray, el secretario de la esposa del gobernador, había recibido a Jamie como a un pariente (aunque fuera político), y con toda cordialidad le había conseguido una invitación para cenar aquella noche en Lillington, para poner al gobernador al día sobre los temas comerciales de las Indias. En realidad, nosotros queríamos conocer al barón Penzler, un noble alemán de buena posición que también asistiría a aquella cena. El barón era un hombre de fortuna y buen gusto, con fama de coleccionista.

—Bueno, parece una buena idea —dije, no muy convencida—. Pero creo que deberías ir solo. No puedo ir a una cena a casa del gobernador vestida así.

—Tienes buen... —Su voz se desvaneció al mirarme. Sus ojos se desplazaron poco a poco sobre mi persona, asimilando mi vestido sucio y desaliñado, mi cabello alborotado y mi sombrero andrajoso.

Frunció el ceño.

—No, te quiero allí, Sassenach; puede que necesite una distracción.

—Hablando de distracción, ¿cuántas cervezas te has tomado para agradecer la invitación? —pregunté, consciente de nuestros fondos menguantes. Jamie no pestañeó, pero me cogió del brazo para que me volviera a la hilera de tiendas.

—Seis, pero él ha pagado la mitad. Vamos, Sassenach; la cena es a las siete y tenemos que encontrar algo decente que ponernos.

—Pero no podemos gastar...

—Es una inversión —afirmó Jamie—. Y, además, el primo Edwin me ha adelantado un poco a cuenta de la venta de la piedra.

El vestido hacía dos años que había pasado de moda para el criterio cosmopolita de Jamaica, pero estaba limpio, que era lo principal.

—Está chorreando, señora. —La voz de la costurera era fría. La pequeña y sobria mujer de mediana edad era la modista más importante de Wilmington y, según entendí, estaba acostumbrada a que todo el mundo obedeciera sus dictados de la moda sin cuestionarlos. Mi rechazo al sombrero de volantes a favor del pelo recién lavado había sido recibido de mala gana y con predicciones de pleuresía, y los alfileres que sostenía en la boca se erizaban como agujas de un puercoespín ante mi insistencia en sustituir la pesada corsetería habitual por unas ligeras varillas colocadas en la parte superior para elevar los pechos sin pellizcarlos.

—Lo siento. —Me coloqué el ofensivo mechón húmedo dentro de la toalla de lino que me envolvía la cabeza.

Todos los cuartos de invitados de la casa del señor Lillington estaban ocupados debido a la fiesta; a mí me enviaron a un pequeño desván que quedaba encima de las cuadras y que utilizaba el primo Edwin, y me estaban ajustando el vestido con el acompañamiento de las pisadas amortiguadas y los ruidos que procedían de abajo, interrumpidos por los monótonos silbidos del mozo de cuadra, que limpiaba las casillas.

Pero no me quejé, porque las cuadras estaban mucho más limpias que la posada en la que habíamos dejado a nuestros compañeros. La señora Lillington, con amabilidad, se había ocupado de que me facilitaran una tina con agua caliente y jabón perfumado con lavanda. Algo más importante que el mismo vestido. Esperaba no tener que volver a ver nunca más un melocotón.

Mientras me arreglaban el vestido, traté de asomarme por la ventana para ver si Jamie aparecía. Pero las protestas de la costurera hicieron que desistiera.

El vestido no estaba mal; era de seda color crema, de media manga, muy sencillo y con aplicaciones en las caderas y un fruncido de un ribete de seda de color rosado que formaba dos hileras desde la cintura hasta el pecho. Con el encaje de Bruselas colocado en las mangas, resultaría incluso adecuado, aunque la tela no fuera de primera calidad.

Al principio me había sorprendido el precio, que era bastante bajo, pero ahora observaba que el tejido era más áspero de lo habitual, con algunas fibras de hilo grueso que atrapaban la luz formando destellos. Con curiosidad, lo froté entre los dedos. No era una experta en seda, pero un conocido chino había pasado la mayor parte de una tarde ociosa a bordo explicándome el conocimiento popular sobre los gusanos de seda y las sutiles variaciones de su producción.

—¿De dónde procede esta seda? —pregunté—. No es china. ¿Es francesa?

La costurera levantó la mirada, sustituyendo durante un momento su enfado por interés.

—No, no lo es. Es de Carolina del Sur. Una señora, de apellido Pinckney, ha dedicado la mitad de su tierra a las moreras, y ha comenzado a criar gusanos de seda. Puede que el tejido no sea tan fino como el chino —reconoció, reticente—, pero también cuesta la mitad. —Me miró de reojo, asintiendo lentamente—. Le servirá para la ocasión, y el ribete le sienta bien; resalta el color de sus mejillas. No obstante, señora, necesitará algo para que no quede descubierto el cuello. Si no tiene peluca ni toca, ¿es posible que se ponga una cinta en el pelo?

—¡Una cinta! —exclamé, recordando—. Sí, es una buena idea. Busca en esa canasta y encontrarás una que puede servir.

Entre las dos, nos las ingeniamos para levantar mi cabello y sujetarlo con la cinta rosada, dejando unos bucles sobre las orejas y la frente, ya que era imposible sujetarlos.

—No me queda bien, ¿verdad? —pregunté con preocupación. Alisé con una mano la parte frontal del corpiño, pero me quedaba ajustado y entallado alrededor de la cintura.

—¡Claro que sí, señora! —aseguró la costurera—. Muy apropiado, se lo digo yo —comentó, mirándome con rostro ceñudo—, aunque debería ponerse algo para ocultar la desnudez del pecho. ¿No tiene ninguna joya que ponerse?

—Sólo esto. —Nos volvimos sorprendidas al oír la voz de Jamie, que asomaba la cabeza por la puerta.

Ninguna de las dos lo habíamos oído llegar. Se había bañado y llevaba una camisa limpia y una corbata, y alguien le había hecho una trenza y la había sujetado con la cinta azul de seda. Su abrigo estaba cepillado y le habían cosido botones plateados con una pequeña y delicada flor grabada en el centro.

—Muy bonitos —dije, tocando uno.

—Se los alquilé al orfebre —intervino—. Pero sirven. Lo mismo que esto, espero. —Sacó un pañuelo sucio de su bolsillo, cuyos pliegues albergaban una delgada cadena de oro—. No tenía tiempo para otra cosa —confirmó, muy concentrado en poner la cadena alrededor de mi cuello—. Pero esto está bien, ¿no te parece?

El rubí colgaba justo en el hueco de mis senos, dando un tono rosado a mi piel blanca.

—Me alegro de que hayas elegido ésta —argüí, acariciando la piedra suavemente. Estaba tibia por el calor de su cuerpo—. Va mucho mejor con el vestido que el zafiro o la esmeralda. —La mandíbula de la costurera estaba ligeramente abierta. Dejó de mirarme a mí para observar a Jamie, y era evidente que su impresión de nuestra posición social había mejorado bastante.

Jamie observó el resto de mi vestido. Sus ojos me escudriñaron poco a poco, desde la cabeza a los pies, y en su rostro apareció una gran sonrisa.

—Pareces un bonito joyero, Sassenach. Una buena distracción, ¿no?

Echó un vistazo a través de la ventana, donde un color melocotón pálido teñía el cielo neblinoso del atardecer. Se dio la vuelta, hizo una reverencia y me ofreció el brazo.

—¿Tendré el placer de vuestra compañía durante la cena, señora?

7

Grandes perspectivas con mucho peligro

Aunque estaba familiarizada con la buena voluntad de la gente del siglo XVIII a la hora de comer cualquier cosa a la que pudieran vencer físicamente y arrastrar hasta la mesa, no estaba de acuerdo con la manía de presentar platos salvajes como si no hubieran pasado por los procesos de la caza y la cocina antes de servirlos.

Por eso contemplaba aquel gran esturión y sus grandes ojos con una notable falta de apetito. El pescado, que medía casi un metro, y que se servía completo, no sólo con sus ojos, sino también con sus escamas, aletas y cola, navegaba de una manera majestuosa sobre olas de gelatina de huevas, decorado con una ingente cantidad de diminutos cangrejos especiados, que habían sido hervidos enteros y que habían sido distribuidos de manera artística sobre la fuente.

Bebí otro sorbo de vino y me volví hacia mi compañero de mesa, tratando de apartar la vista de los ojos saltones del esturión, que se hallaban junto a mi codo.

—¡... tipo más impertinente! —estaba diciendo el señor Stanhope mientras describía a un caballero con el que se había encontrado en la nueva estafeta cuando iba camino de Wilmington desde du propiedad cerca de New Bern—. En medio de nuestro refrigerio comenzó a hablar de sus hemorroides y de los tormentos que le causaba el movimiento del carruaje. Y para que nadie dudara, como prueba, sacó un pañuelo manchado de sangre. Le aseguro, señora, que acabó con mi apetito —me aseguró mientras pinchaba un bocado considerable de estofado de pollo. Masticaba lentamente, al mismo tiempo que me miraba con unos ojos pálidos y saltones que recordaban de una manera incómoda a los del esturión.

Al otro lado de la mesa, Phillip Wylie hizo una mueca de diversión.

—Cuide su conversación, Stanhope, no sea que provoque un efecto similar. —Y señaló mi plato intacto—. Debo admitir que la vulgaridad de ciertos compañeros es uno de los peligros de los transportes públicos.

Stanhope resopló, limpiándose las migas de la corbata.

—No hace falta darse aires, Wylie. Es que ahora no todos pueden mantener un cochero, en especial con los nuevos impuestos. ¡Nos ponen uno nuevo cada vez que nos damos la vuelta! —Agitó, indignado, su tenedor—. Al tabaco, al vino, al coñac, muy bien. Pero ¡a los periódicos! ¿Han oído algo semejante? El hijo mayor de mi hermana se graduó en Yale el año pasado —su pecho se hinchó de manera inconsciente, hablando un poco más alto de lo habitual—, ¡y tuvo que pagar medio chelín sólo para que le sellaran el diploma de manera oficial!

—Pero ahora... —comentó con paciencia el primo Edwin— con la derogación de la ley de las pólizas...

Stanhope cogió uno de los pequeños cangrejos de la bandeja y lo agitó acusadoramente hacia Edwin.

—Te libras de un impuesto y aparece otro para ocupar su lugar. ¡Son como setas! —Se metió un cangrejo en la boca y oí cómo murmuraba algo ininteligible sobre que no le extrañaría que en breve pusieran un impuesto sobre el aire.

—Usted ha llegado hace poco de las Antillas, ¿no es así, señora Fraser? —El barón Penzler, desde el otro lado, aprovechó la oportunidad para intervenir—. Dudo que esté familiarizada con estos asuntos provincianos, o que le interesen —añadió con un gesto de benevolencia.

—Todo el mundo está interesado en los impuestos —dije, volviéndome un poco para lograr un mejor efecto con mi escote—. ¿O no cree que los impuestos son el pago por una sociedad civilizada? Aunque después de haber oído al señor Stanhope... —Hice un gesto hacia el otro lado—. Tal vez él opine que el nivel de civilización no está a la altura de la cantidad de impuestos.

—¡Ja, ja! —Stanhope se atragantó con el pan y escupía migas—. ¡Muy bueno! ¡No está a la altura de... ja, ja, no, ciertamente no!

Phillip Wylie me dirigió una mirada de reconocimiento.

—Procure no ser tan graciosa, señora Fraser —intervino—. Podría causar la muerte del pobre Stanhope.

—Ah, ¿y cuál es el porcentaje actual de impuestos? —pregunté con tacto para desviar la atención de los farfullos de Stanhope.

Wylie frunció los labios, pensativo. Siendo como era un dandi, llevaba la última peluca de moda y un pequeño parche en forma de estrella junto a la boca. No obstante, bajo el maquillaje, advertía que había un rostro apuesto y una mente astuta.

—Teniendo en cuenta los indirectos, diría que puede llegar a un dos por ciento de las rentas totales, si se incluyen los impuestos de los esclavos. Sume impuestos sobre la tierra y la cosecha y quizá un poco más.

—¡Dos por ciento! —Stanhope se atragantó; golpeándose el pecho, exclamó—: ¡Injusto! ¡Sencillamente perverso!

Con vívidos recuerdos de los últimos formularios de Hacienda que había firmado, estuve de acuerdo en que un dos por ciento constituía un verdadero ultraje; me preguntaba qué se había hecho del ardiente espíritu de los contribuyentes americanos durante aquel intermedio de doscientos años.

—Pero tal vez deberíamos cambiar de tema —dije al ver que las cabezas comenzaban a volverse en nuestra dirección desde la otra punta de la mesa—. Después de todo, hablar de impuestos en casa del gobernador es como mencionar la cuerda en casa del ahorcado, ¿no es así?

En aquel momento, Stanhope volvió a atragantarse con un cangrejo, pero por suerte no necesitó mi ayuda.

Quien se sentaba a su lado le golpeó la espalda, y enviaron a por agua al pequeño muchacho negro que había estado aplastando las moscas junto a la ventana abierta. Por si acaso, vi un cuchillo afilado y fino junto al plato de pescado, aunque esperaba no tener que realizar una traqueotomía in situ; no era la clase de atención que esperaba atraer.

Por suerte, no hizo falta tomar medidas tan drásticas; el cangrejo salió con un golpe afortunado, dejando a la víctima amoratada y jadeante pero, por lo demás, ilesa.

—Alguien ha mencionado los periódicos —comenté, una vez que Stanhope se recuperó de sus excesos—. Hace tan poco tiempo que llegamos, que no he visto ninguno. ¿Se imprime algún periódico regular en Wilmington?

Además de darle tiempo a Stanhope para que se repusiera, tenía otros motivos para hacer la pregunta. Entre las escasas posesiones de Jamie, figuraba una imprenta en depósito en Edimburgo.

Resultó que en Wilmington había dos imprentas, pero sólo una de ellas, a cargo de un tal señor Jonathan Gillette, editaba un periódico de manera regular.

—Y muy pronto puede que deje de ser regular —intervino con tono sombrío Stanhope—. He oído que el señor Gillette recibió un aviso del Comité de Seguridad que... —Lanzó una pequeña exclamación, con su rostro rechoncho arrugado por la incómoda sorpresa.

—¿Tiene un interés especial, señora Fraser? —interrogó cortésmente Wylie, lanzando una rápida mirada a su amigo—. He oído que su marido tiene alguna conexión en Edimburgo con el negocio de la imprenta.

—Bueno, sí —dije, sorprendida de que supiera tanto sobre nosotros—. Jamie era el propietario de una imprenta, pero no se dedicaba a los periódicos. Imprimía libros, folletos y cosas por el estilo.

—Entonces, ¿su marido no tenía vínculos políticos? Muy a menudo, los impresores descubren que sus herramientas terminan subordinadas a aquellos que quieren expresar sus pasiones en el papel. Aunque esas pasiones no sean necesariamente compartidas por el impresor.

Sonaron numerosas campanas de alarma. ¿Wylie sabía, en realidad, algo sobre las conexiones políticas de Jamie en Edimburgo (la mayoría de las cuales habían sido totalmente sediciosas), o sólo se trataba de una inocente conversación de sobremesa?

Jamie, en el otro extremo de la mesa, había oído su nombre y me sonrió antes de continuar su conversación con el gobernador, ya que lo habían sentado a su derecha. No sabía si esa situación se debía al señor Lillington, quien estaba a la izquierda del gobernador y seguía la conversación con la inteligente expresión de un perro, o al primo Edwin, sentado entre Phillip Wylie y Judith, la hermana de Wylie, justo frente a mí.

—Ah, un comerciante —comentó Judith con un tono significativo. Me sonrió, teniendo cuidado de no mostrar sus dientes, quizá deteriorados, pensé—. ¿Y eso? —Hizo un gesto, comparando la cinta de mi pelo con su elaborada peluca—. ¿Es la moda de Edimburgo, señora Fraser? Qué... original.

Su hermano la miró con disgusto.

—Tengo entendido que el señor Fraser es el sobrino de la señora Cameron, de River Run —dijo afablemente—. ¿Estoy bien informado, señora Fraser?

El primo Edwin, que de manera indudable había sido la fuente de aquella información, extendió mantequilla sobre su panecillo con diligente concentración. Joven alto y atractivo, con un par de ojos marrones muy vivaces (uno de los cuales me lanzaba un ligero guiño), el primo Edwin no se parecía en nada a un secretario.

El barón, tan aburrido con el tema de los periódicos como con el de los impuestos, se animó al oír el apellido Cameron.

—¿De River Run? —preguntó—. ¿Tiene parentesco con la señora Yocasta Cameron?

—Es la tía de mi marido —respondí—. ¿La conoce?

—¡En efecto! ¡Una mujer encantadora! —Una amplia sonrisa levantó las mejillas colgantes del barón—. Hace muchos años que soy un apreciado amigo de la señora Cameron y de su marido, por desgracia fallecido.

El barón se lanzó a una entusiasta descripción de las maravillas de River Run y yo aproveché para aceptar un pastel de pescado con ostras y langosta en una salsa cremosa. El señor Lillington no había escatimado esfuerzos para impresionar al gobernador.

Mientras me echaba hacia atrás para permitir que me sirvieran más salsa, advertí la mirada de Judith Wylie, quien no ocultaba su disgusto hacia mí. Le sonreí afablemente, mostrando todos mis dientes, en excelente estado, y me volví hacia el barón con renovada confianza.

La habitación de Edwin no tenía espejo, y aunque Jamie me había asegurado que tenía buen aspecto, sus estándares diferían de los de la moda vigente. Había recibido una serie de cumplidos de admiración por parte de los caballeros de la mesa, cierto, pero era posible que tan sólo se tratara del decoro habitual; la galantería extravagante era común entre los hombres de clase alta.

No obstante, la señorita Wylie tenía veinticinco años menos que yo, llevaba un vestido y joyas a la moda y, aunque no era una gran belleza, tampoco era del montón. Pensé que sus celos eran el mejor reflejo de mi aspecto antes que cualquier espejo.

—¡Qué piedra más hermosa, señora Fraser! ¿Me permite que la vea de cerca? —El barón se inclinó hacia mí, poniendo sus dedos regordetes entre mis pechos.

—Claro —dije con presteza, y desabroché la cadena, dejando caer el rubí en su palma húmeda. El barón pareció algo frustrado al no poder examinar la piedra in situ, pero levantó la mano y bizqueó con la actitud de un experto, que evidentemente era, ya que sacó de su bolsillo un pequeño objeto que consistía en una especie de lentes ópticas que incluían una lupa de joyero y unas lentes de aumento.

Al ver aquello, me relajé y acepté una ración de algo caliente que olía muy bien y que procedía de un plato de cristal que portaba el mayordomo. ¿Por qué la gente servía comida caliente cuando la temperatura de la estancia debía de rondar los treinta grados?

—Precioso —murmuró, moviendo la piedra en su mano—. *Sehr schön.*

Para muchas cosas no confiaba en Geillis Duncan, pero estaba segura de su buen gusto para las joyas. «Tiene que ser una piedra de primera calidad —me había dicho para explicarme su teoría del viaje a través del tiempo con la ayuda de piedras preciosas—. Grande y totalmente perfecta.»

El rubí era grande, es cierto. Tenía casi el mismo tamaño que los huevos de codorniz en escabeche que rodeaban al faisán emplumado que yacía en el aparador. Y en cuanto a su perfección, no tenía dudas. Si Geilie había confiado en aquella piedra para viajar hasta el futuro, era muy probable que pudiera conducirnos hasta Cross Creek. Tomé un bocado de la comida de mi plato; una especie de ragú, pensé, muy tierno y sabroso.

—Está delicioso —le comenté al señor Stanhope, y tomé otro bocado—. ¿Podría decirme qué es?

—Ah, es uno de mis platos favoritos, señora —contestó, inhalando beatíficamente el aroma de su propio plato—. Es cabeza de cerdo. Exquisita, ¿no le parece?

Cerré la puerta de la habitación del primo Edwin y me apoyé en ella, dejando que mi mandíbula se relajara, dejando de sonreír. Ahora podía quitarme el vestido pegajoso y librarme del corsé ajustado y los zapatos sudados.

Paz, soledad, desnudez y silencio. No necesitaba nada más para que mi felicidad fuera completa, salvo un poco de aire fresco. Así que me desnudé y, ataviada tan sólo con una camisola, abrí la ventana.

El aire del exterior era tan denso que se me ocurrió que podría haber salido y bajar flotando como un guijarro en un frasco de melaza. Los mosquitos se acercaron de inmediato a la llama de mi vela, atraídos por la luz y sedientos de sangre. La apagué y me senté en el asiento de la ventana a oscuras, permitiendo que aire suave y templado se desplazara a mi alrededor.

El rubí aún pendía de mi cuello, negro como una gota de sangre contra mi piel. Lo toqué, haciendo que se balanceara con suavidad entre mis pechos; la piedra estaba templada como mi propia sangre.

Fuera, los huéspedes comenzaban a retirarse; una hilera de carruajes los aguardaban en el camino de entrada. Pude oír fragmentos de despedidas, conversaciones y risas.

—... me parece muy inteligente —llegó la voz educada de Wylie.

—¡Claro que es inteligente! —Los tonos agudos de su hermana demostraban el valor que daba a la inteligencia como cualidad social.

—Bueno, la inteligencia en una mujer puede tolerarse, querida, siempre que también sea agradable a la vista. Por la misma razón, a una mujer bella se le puede perdonar la falta de inteligencia siempre que tenga bastante sentido común para cerrar la boca y ocultarlo.

Aunque la señorita Wylie no podría ser calificada de inteligente, poseía la suficiente sensibilidad como para darse cuenta de la ironía. Soltó un bufido muy poco adecuado para una dama.

—Tiene mil años —respondió—. Muy agradable para contemplarla, aunque debo decir que la bagatela que llevaba en el cuello era realmente bonita —añadió a regañadientes.

—Por supuesto —intervino una voz profunda que reconocí como de Stanhope—. Aunque, en mi opinión, lo que llamaba la atención era el engarce más que la joya.

—¿Engarce? —La señorita Wylie parecía desconcertada—. No tenía ningún engarce; la joya colgaba en su pecho y ya está.

—¿De veras? —preguntó, imperturbable, Stanhope—. No me había dado cuenta. —Wylie soltó una carcajada que cortó con brusquedad ante la aparición de otros invitados.

—Bueno, si tú no te has fijado, hay otros que sí lo han hecho —dijo con un tono travieso—. Vamos, allí está el carruaje.

Toqué otra vez el rubí mientras observaba cómo se marchaban los hermosos caballos de los Wylie. Sí, otros lo habían advertido; todavía sentía los avariciosos ojos del barón en mi pecho y pensé que sus intereses iban más allá de las piedras preciosas.

La piedra estaba tibia en mi mano; la notaba más caliente que mi piel, aunque tal vez fuera una ilusión. Por lo general no llevaba ninguna joya, excepto mis alianzas; nunca me habían llamado mucho la atención. Sería un alivio deshacernos de, al menos, una parte de nuestro peligroso tesoro. Y aun así, permanecí allí sentada, sosteniendo la piedra, meciéndola en mi mano, hasta que fui consciente de que casi podía sentir cómo latía al ritmo de mi corazón como si se tratara de un pequeño corazón independiente.

Quedaba un solo carruaje, con el conductor esperando al lado de los caballos. Unos veinte minutos más tarde, su ocupante, añadió un jovial «*Gute Nacht!*» a su despedida mientras se subía a su carruaje. Era el barón. Había esperado hasta el final, y se marchaba de buen humor; parecía una buena señal. Uno de los lacayos, ya sin su librea, estaba apagando las antorchas al pie de la entrada. Podía ver la mancha pálida de su camisa mientras caminaba de regreso a la casa en la oscuridad y el súbito destello de luz en la terraza cuando abrió la puerta para entrar. A continuación, aquel destello también desapareció y el silencio nocturno invadió el lugar.

Creí que Jamie subiría enseguida, pero los minutos transcurrían sin que oyera sus pasos por la escalera. Miré la cama, pero no tenía ganas de acostarme. Finalmente, me levanté, volví a ponerme el vestido, sin molestarme por las medias y los zapatos. Salí de la habitación, caminé por el pasillo en silencio y descalza, bajé las escaleras, atravesé la galería cubierta que conducía al edificio principal y entré por la entrada lateral del jardín. Estaba oscuro, excepto por los pálidos cuadros de luz de luna que se filtraban a través de las ventanas; la mayoría de los sirvientes debían de haberse retirado, junto con los habitantes de la casa y sus invitados. No obstante, una luz resplandecía a través de la barandilla de la escalera; los candelabros seguían iluminados en el comedor.

Podía oír el murmullo de voces masculinas mientras caminaba de puntillas; la profunda voz de Jamie, con su acento escocés, alternaba con el tono inglés del gobernador, con la íntima cadencia de una conversación privada.

Las velas se estaban consumiendo en los candelabros. El aire era dulce debido a la cera de abeja derretida, y nubes bajas de aromático humo de puro pendían pesadas fuera de las puertas del comedor.

A pasos lentos, me detuve cerca de la puerta. Desde allí podía ver al gobernador de espaldas a mí, con el cuello estirado, encendiendo un cigarro en el candelabro que se encontraba sobre la mesa.

Si Jamie me había visto, no lo demostró. Su rostro tenía su habitual expresión de tranquilidad y buen humor; sin embargo, se habían suavizado las recientes líneas de tensión alrededor de los ojos y la boca; por su postura me di cuenta de que estaba relajado y en paz. Me sentí bien al ver que había logrado lo que quería.

—Un lugar llamado River Run —le estaba diciendo al gobernador—. Arriba en las colinas, pasado Cross Creek.

—Conozco el lugar —observó el gobernador Tryon, algo sorprendido—. Mi esposa y yo pasamos varios días en Cross Creek el año pasado. Viajamos a la colonia cuando me hice cargo de su gobierno. River Run no está en el pueblo, creo que más bien se encuentra a mitad del camino de las montañas.

Jamie sonrió y apuró su coñac.

—Sí, claro, es que mi familia es de las Highlands de Escocia, por eso en ellas nos sentimos como en nuestro hogar.

—Por supuesto. —Una pequeña nube de humo se elevó sobre el hombro del gobernador. A continuación se sacó el puro de la boca y se inclinó de manera confidencial hacia Jamie—. Ya que estamos solos, señor Fraser, hay algo que quisiera proponerle. ¿Un poco más? —Sin esperar respuesta, alzó la botella y sirvió más coñac.

—Muchas gracias, señor.

El gobernador exhaló con fuerza durante un instante, creando nubes azules, y con su puro bien encendido, se recostó, y echó humo de manera descuidada.

—El joven Edwin me ha dicho que acaba de llegar a las colonias. ¿Está familiarizado con las condiciones de la zona?

Jamie se encogió de hombros.

—He tratado de informarme de todo lo que he podido, señor —respondió—. ¿A qué condiciones se refiere?

—Carolina del Norte es una tierra de considerable riqueza —contestó el gobernador—, y, sin embargo, no ha alcanzado el mismo nivel de prosperidad que nuestros vecinos. Esto se debe, sobre todo, a la falta de trabajadores que aprovechen estas oportunidades. Como verá, no tenemos un gran puerto, así que los esclavos deben traerse por tierra desde Carolina del Sur o Virginia a un elevado precio, y no podemos soñar en competir con Boston o Filadelfia en cuestión de contratos de trabajo. Es política de la Corona y también mía, señor Fraser, alentar los asentamientos en tierras de Carolina del Norte de buenas familias, trabajadoras e inteligentes, para fomentar la prosperidad y seguridad de todos. —Levantó el puro, aspiró profundamente y exhaló con tranquilidad, deteniéndose para toser—. Para ello, señor, existe un sistema establecido de concesión de tierras, por el que se puede ceder una importante extensión de terreno a un caballero de bien que trate de convencer a una serie de emigrantes para que vengan y se queden en parte del terreno bajo su patrocinio. Esta política ha sido bendecida con el éxito; durante los últimos treinta años se ha convencido a muchas familias de las Highlands y las islas de Escocia para que se afincaran aquí. Cuando llegué, me asombré al encontrar los bancos de Cape Fear River llenos de MacNeill, Buchanan, Graham y Campbell.

El gobernador dio otra calada a su puro, pero esta vez fue muy suave; quería ir al grano.

—Sin embargo, todavía queda una considerable cantidad de tierra muy fértil cerca de la montaña. Está algo alejada, pero, como usted decía, para hombres acostumbrados a las Highlands de Escocia...

—Había oído algo sobre esas donaciones de tierras, señor —interrumpió Jamie—. Pero ¿no es obligatorio que las personas sean hombres blancos, protestantes y de unos treinta años de edad? ¿No es eso lo que exige la ley?

—Ésos son los términos oficiales del Acta, sí. —El señor Tryon se volvió y vi su expresión mientras sacudía la ceniza del puro sobre un pequeño cuenco de porcelana. Torcía la comisura de los labios con anticipación; era la expresión de un pescador cuando advierte que han mordido la carnada.

—La oferta es de considerable interés —respondió con formalidad Jamie—. Sin embargo, debo señalar que no soy protestante, ni tampoco mis parientes.

El gobernador hizo un gesto de disculpa y enarcó una ceja.

—Tampoco es negro ni judío. Voy a hablarle de caballero a caballero, ¿es posible? Con toda sinceridad, señor Fraser, por un lado está la ley y por otro la trampa. —Levantó su copa con una amplia sonrisa, echando el anzuelo—. Estoy convencido de que lo comprende tan bien como yo.

—Tal vez mejor —murmuró Jamie con una sonrisa educada.

El gobernador le lanzó una mirada aguda, pero, a continuación, emitió una rápida risa. Alzó su copa de coñac en reconocimiento y tomó un sorbo.

—Los dos nos comprendemos, señor Fraser —dijo con satisfacción. Jamie inclinó ligeramente la cabeza.

—Entonces, ¿no surgirán dificultades con las condiciones de aquellos que quieran aceptar su oferta?

—En absoluto —respondió el gobernador dejando la copa con fuerza—. Lo único necesario es que sean hombres sanos y capaces de trabajar la tierra, no pido nada más. Y lo que no se pregunta no necesita decirse, ¿no? —Elevó una ceja de manera inquisitiva.

Jamie inclinó el vaso entre sus manos, como si estuviera admirando el profundo color del líquido.

—No todos los que pasaron por el Alzamiento tuvieron mi suerte, excelencia —intervino—. Mi hijo adoptivo sufrió la pérdida de una mano y otro de mis hombres perdió un brazo. Pero son personas de buen carácter y muy trabajadoras. Yo no podría aceptar una propuesta que los excluyera.

El gobernador hizo un gesto con la mano, quitando importancia al asunto.

—Siempre que puedan ganarse el pan y no sean una carga para la comunidad, serán bienvenidos. —Entonces, como si temiera haber sido poco cauto en su generosidad, se enderezó y dejó que el puro se fuera consumiendo en el borde del cuenco—. Ah, y ya que ha mencionado a los jacobitas, esos hombres deberán jurar un voto de lealtad a la Corona, si es que no lo han hecho ya. Si me permite preguntárselo, señor, como insinúa que es usted papista... usted mismo...

Aunque era posible que Jamie hubiera entornado los ojos por el humo, no creí que ése fuera el motivo. Tampoco el gobernador Tryon, que rondaba la treintena pero era capaz de juzgar a un hombre. Se giró hacia la mesa de nuevo, de manera que sólo le veía la espalda, pero podía percibir que miraba atentamente a Jamie, como si recorriera con los ojos los movimientos rápidos de una trucha bajo el agua.

—No quiero recordarle indignidades del pasado, ni ofender su honor. Pero comprenderá que tengo el deber de preguntárselo.

Jamie sonrió, aunque sin alegría.

—Y supongo que el mío es responderle. Sí, soy un jacobita perdonado. Y sí, hice el juramento, como los demás, que pagaron ese precio a cambio de sus vidas. —Con brusquedad, dejó su copa casi llena, se puso en pie y saludó con una inclinación—. Ya es muy tarde, excelencia. Debo rogarle que me perdone.

El gobernador se recostó en su asiento y se llevó el puro lentamente a los labios. Aspiró profundamente, haciendo que el extremo se iluminara mientras observaba a Jamie. A continuación, asintió, dejando que un fino hilo de humo escapara de sus labios fruncidos.

—Buenas noches, señor Fraser. ¿Considerará mi oferta?

No quise esperar la respuesta, no necesitaba hacerlo. Corrí por el pasillo en un susurro de faldas, sorprendiendo a un lacayo que dormitaba en una esquina.

Regresé a nuestra habitación prestada en los establos sin encontrarme a nadie más, y me dejé caer. Me palpitaba el corazón, no sólo por la carrera por las escaleras, sino también por lo que había oído.

Jamie iba a considerar la oferta del gobernador. ¡Y qué oferta! Recuperar lo perdido en Escocia y más aún.

Jamie no había nacido terrateniente, pero la muerte de su hermano mayor hizo que heredara Lallybroch a los ocho años, y lo habían educado para que fuera responsable de la propiedad y se ocupara de la tierra y del bienestar de sus habitantes. Luego apareció Carlos Estuardo y su loca marcha triunfal, una cruzada que llevó a sus seguidores a la muerte y a la destrucción.

Jamie nunca había hablado mal de los Estuardo; de hecho, nunca había hablado de ellos. Tampoco comentaba con frecuencia lo que aquella empresa le había costado a nivel personal.

Y ahora... recuperarlo todo. Nuevas tierras para el cultivo y la caza, y un grupo de familias bajo su protección. Era como el Libro de Job, pensé: todos aquellos hijos, camellos y casas, destruidos con tanta indiferencia, y a continuación reemplazados por semejante generosidad.

Siempre había tenido ciertas dudas con aquella parte de la Biblia. Todos los camellos eran iguales, pero los hijos eran otra cuestión. Y aunque Job hubiera considerado el recambio de hijos como mera justicia, no podía evitar pensar que era posible que la madre de los hijos muertos viera las cosas de otra manera.

Incapaz de sentarme, me aproximé de nuevo a la ventana, mirando, sin ver, el oscuro jardín.

No era la excitación, sino el miedo, el que hacía que mis manos sudaran y mi corazón latiera tan deprisa. Del modo en que estaban las cosas en Escocia (como habían estado desde el Alzamiento), no resultaría difícil encontrar emigrantes dispuestos a aceptar.

Había visto cómo los barcos que llegaban a puerto en las Indias y en Georgia se deshacían de sus cargas de emigrantes, tan consumidos y agotados por el viaje que me recordaban a las víctimas de los campos de concentración: esqueléticos como cadáveres vivientes y blancos como gusanos tras dos meses en la oscuridad bajo cubierta.

A pesar del gasto y las difíciles condiciones del viaje, así como al dolor de alejarse de los amigos, la familia y la patria para siempre, seguían llegando cientos y miles de inmigrantes, trayendo a sus hijos (aquellos que sobrevivían al viaje) y sus posesiones en pequeños y harapientos fardos, huyendo de la pobreza y la desesperanza, buscando no la fortuna, sino un pequeño punto de apoyo para seguir viviendo. Sólo una oportunidad.

Tan sólo había permanecido un breve período de tiempo en Lallybroch el invierno anterior, pero sabía que había arrendatarios que habían sobrevivido únicamente gracias a la buena voluntad de Ian y el joven Jamie, puesto que sus parcelas no producían lo suficiente para vivir. Y aunque dicha buena voluntad estaba siempre presente, no era inagotable; sabía que los escasos recursos de la finca a menudo se estiraban al máximo.

Más allá de Lallybroch, estaban los contrabandistas que Jamie había conocido en Edimburgo, y los destiladores ilegales de whisky de las Highlands; de hecho, una serie de hombres que se habían visto forzados a dedicarse a la ilegalidad para alimentar a sus familias. No, a Jamie no le iba a costar encontrar a emigrantes dispuestos a aceptar.

El problema era que, para conseguir hombres para su causa, Jamie tendría que regresar a Escocia. Y en mi mente estaba la imagen de la lápida en aquel cementerio escocés, en una colina sobre los páramos y el mar.

JAMES ALEXANDER MALCOLM MACKENZIE FRASER, decía, y debajo, mi nombre, *Amado esposo de Claire*.

Lo enterraría en Escocia. Pero cuando la vi, doscientos años después, no había ninguna fecha en la piedra.

—Todavía no —susurré, apretando los puños sobre la seda de mi enagua—. Lo he tenido muy poco tiempo. ¡Por favor, Dios mío, todavía no!

A modo de respuesta, la puerta se abrió y James Alexander Malcom MacKenzie Fraser entró portando una vela.

Me sonrió mientras se aflojaba el corbatín.

—Eres muy rápida descalza, Sassenach —dijo, sonriendo—. Algún día te enseñaré a cazar; seguro que lo harás muy bien.

No me disculpé por espiar, antes bien me apresuré a ayudarlo a quitarse la ropa. A pesar de lo tarde que era y del coñac, tenía la vista clara y alerta, y su cuerpo estaba vivo cuando lo toqué.

—Mejor apaga la vela —indiqué—. O los mosquitos te comerán vivo. —Le quité un mosquito del cuello a modo de demostración, y el frágil cuerpo se convirtió en una mancha de sangre entre mis dedos.

Con el aroma de coñac y de tabaco, podía oler la noche en su persona, así como el suave aroma almizclado de la nicotina. Había estado caminando por el jardín, entre las flores. Lo hacía cuando estaba nervioso o deprimido, y ahora no parecía deprimido.

Suspiró y se relajó cuando le quité la casaca; tenía la camisa húmeda por el sudor, y se la despegó de la piel con un suave gruñido de disgusto.

—No sé cómo pueden vestirse así con este calor. Los salvajes parecen más sensatos, vistiendo con taparrabos y delantales.

—Y, además, es mucho más barato, aunque menos estético. Imagínate al barón Penzler con un taparrabos. —El barón pesaba alrededor de ciento quince kilos y tenía una tez macilenta. Jamie rió, y el sonido quedó amortiguado por su camisa mientras se la quitaba—. Tú, en cambio... —Me senté en el borde de la ventana, admirando el paisaje mientras se quitaba los calzones sobre un solo pie para desenrollar las medias. Después de apagar la vela, la habitación estaba a oscuras, pero mis ojos se habían adaptado y aún podía ver sus pálidas extremidades en la noche aterciopelada—. Y hablando del barón...

—Trescientas libras esterlinas —respondió con suma satisfacción. Se enderezó y dejó las medias enrolladas sobre un taburete; después se inclinó para besarme—. En gran parte, se debe a ti, Sassenach.

—¿Por mi valor como un atractivo adorno? —pregunté con sequedad, recordando la conversación de los Wylie.

—No —respondió con rapidez—. Por mantener ocupados durante la cena a Wylie y a sus amigos mientras yo hablaba con el gobernador. Y en cuanto a lo de adorno... Stanhope casi deja sus ojos pegados en tu escote, el muy asqueroso; iba a decirle...

—La discreción es la mejor parte del valor —comenté, poniéndome en pie para besarlo—. Aunque no es algo que los escoceses tengan en mucha consideración.

—Ah, bueno, mi abuelo, el viejo Simon, supongo que se podría decir que fue discreto al final. —Podía oír tanto la sonrisa como la ironía en su voz. No hablaba de los jacobitas, ni de la insurrección, pero la conversación con el gobernador le había traído recuerdos.

—Diría que la discreción y el engaño no son necesariamente lo mismo. Y tu abuelo llevaba al menos cincuenta años buscándoselo —respondí con acritud. Simon Fraser, lord Lovat, había muerto decapitado en Tower Hill a la edad de setenta y ocho años, tras una vida de artimañas sin par, tanto personales como políticas. Por todo ello, no lamentaba la muerte de aquel canalla.

—Mmfm. —Jamie no me lo discutió, pero se movió para colocarse junto a mí en la ventana. Respiró hondo, como si estuviera oliendo el sofocante aroma de la noche.

Podía ver su rostro con claridad en el tenue resplandor de la luz de las estrellas. Estaba en calma y relajado, pero su mirada era de introspección, como si sus ojos no vieran lo que había frente a ellos, sino algo por completo distinto. ¿El pasado?, me pregunté. ¿O el futuro?

—¿Qué decía? —inquirí de repente—. El juramento que hiciste.

Más que verlo, sentí el movimiento sus hombros, aunque no llegó a encogerlos.

—«Yo, James Alexander Malcolm MacKenzie Fraser, juro y, por tanto, responderé ante Dios el día del juicio final, que no tengo, ni tendré, en mi posesión ninguna espada, pistola ni cualquier otro tipo de arma, y que nunca usaré un tartán, un kilt, ni ningún otro elemento del atuendo de las Highlands, y si lo hago, sea yo maldito en mis empresas, familia y propiedad.» —Inspiró profundamente y continuó hablando con precisión—. «Que no vuelva a ver a mi esposa e hijos, a mi padre, a mi madre y a mis parientes. Que muera en la batalla como un cobarde, y yazca sin entierro cristiano en tierra extraña, lejos de las tumbas de mis ancestros y parientes; que todo esto recaiga sobre mí, si rompo mi juramento.»

—¿Te importó mucho hacerlo? —pregunté, un momento después.

—No —dijo con tranquilidad mientras todavía observaba la noche en el exterior—. Entonces no. Hay cosas por las que merece la pena morir o pasar hambre, pero no por unas palabras.

—Quizá no por esas palabras.

Se volvió para mirarme, con sus rasgos borrosos bajo la luz de las estrellas, pero con una leve sonrisa visible en la boca.

—¿Conoces palabras por las que merezca la pena hacerlo?

La lápida tenía su nombre, pero no había ninguna fecha. Pensé que podría impedirle regresar a Escocia.

Me volví para mirarlo, apoyándome en el marco de la ventana.

—¿Qué hay de «te quiero»?

Extendió una mano y me tocó la cara. Nos alcanzó una corriente de aire y vi cómo se erizaba el vello de su brazo.

—Sí —susurró—. Por ésas, sí.

Se oyó el trino de un pájaro cerca. Unas cuantas notas claras, seguidas por una respuesta; un breve gorjeo y silencio. El cielo seguía estando negro en el exterior, pero las estrellas brillaban menos que antes.

Me di la vuelta, inquieta; estaba desnuda, tan sólo cubierta por una sábana de lino, pero incluso en la madrugada, el aire era tibio y sofocante, y la pequeña depresión en la que yacía estaba húmeda.

Había intentado dormir, pero no pude. Incluso hacer el amor, que por lo general conseguía relajarme hasta alcanzar un estupor de lánguida satisfacción, esta vez había hecho que estuviera inquieta y pegajosa. Entusiasmada y preocupada a la vez por las posibilidades del futuro (e incapaz de confesar mis desordenados sentimientos), me había sentido separada de Jamie; distanciada y desconectada, pese a la cercanía de nuestros cuerpos.

Me di la vuelta otra vez, en esta ocasión hacia Jamie. Estaba tumbado en su postura habitual, boca arriba, con la sábana arrugada sobre sus caderas, con las manos suavemente entrelazadas sobre su vientre plano. Tenía la cabeza un poco girada sobre la almohada, y su rostro estaba relajado. Con la amplia boca suavizada por el sueño y las largas pestañas oscuras sobre sus mejillas, en aquella penumbra parecía un muchacho de catorce años.

Quería tocarlo, aunque no estaba segura de si deseaba acariciarlo o darle un empujón. A pesar de haberme proporcionado alivio físico, se había llevado mi paz mental, y su reposo fácil me provocaba una envidia irracional.

No obstante, no hice ninguna de las dos cosas y me limité a tumbarme boca arriba, con los ojos cerrados, contando ovejas (cosa que me contrarió al ser ovejas escocesas, que correteaban alegremente por un cementerio, saltando las lápidas con un feliz abandono).

—¿Te preocupa algo, Sassenach? —preguntó una voz somnolienta junto a mi hombro.

Abrí los ojos de inmediato.

—No —contesté, intentando parecer igual de somnolienta—. Estoy bien.

Se oyó un suave bufido y el susurro del colchón relleno de paja cuando se giraba.

—Mientes fatal, Sassenach. Piensas tan alto que te puedo oír desde aquí.

—¡No puedes oír lo que piensa la gente!

—Sí que puedo. Al menos lo que tú piensas. —Se rió y extendió una mano, que se posó con pereza sobre mi muslo—. ¿Qué pasa? ¿Los cangrejos especiados te han dado flatulencia?

—¡No! —intenté apartar la pierna, pero su mano estaba pegada como una lapa.

—Bien. Entonces, ¿qué ocurre? ¿Por fin has hallado una respuesta ingeniosa para los comentarios del señor Wylie sobre las ostras?

—No —intervine, irritada—. Si quieres saberlo, estaba pensando en la oferta que te ha hecho el gobernador Tryon. ¿Me quieres soltar la pierna?

—Ah —contestó, sin soltarme, pero menos somnoliento—. Bueno, si de eso se trata, yo también estaba reflexionando sobre ese asunto.

—¿Qué piensas al respecto? —dejé de intentar despegar su mano y me apoyé sobre un codo, mirándolo. La ventana seguía oscura y las estrellas se habían atenuado de manera visible, desteñidas por la proximidad del día.

—Para empezar, me pregunto por qué me la ha hecho.

—¿En serio? Creía que te había dicho por qué.

Emitió un breve gruñido.

—Bueno, te diré que no me ofrece tierra por mis hermosos ojos azules. —Abrió los ojos en cuestión y ladeó una ceja—. Antes de hacer un trato, Sassenach, quiero conocer todo lo que implica.

—¿Crees que no te está diciendo la verdad sobre las concesiones de la Corona para colonizar la tierra? Ha dicho que llevan treinta años haciéndolo —protesté—. No puede mentir sobre algo así.

—No, eso es verdad —aceptó—. Al menos eso sí. Pero las abejas que tienen miel en la boca también tienen aguijones en la cola, ¿no? —Se rascó la cabeza y se apartó un mechón suelto de la cara, suspirando—. Pregúntate lo siguiente, Sassenach —comentó—. ¿Por qué yo?

—Bueno, porque quiere un caballero de provecho y autoridad —dije lentamente—. Necesita un buen líder, cosa que es evidente que ya le ha comunicado el primo Edwin que eres, y un hombre suficientemente rico...

—Algo que no soy.

—Pero él no lo sabe —protesté.

134

—¿No lo sabe? —preguntó con cinismo—. El primo Edwin le habrá dicho todo lo que sabe, y el gobernador tiene noticias de que fui jacobita. Cierto es que algunos recuperaron sus fortunas en las Indias tras el Alzamiento, y yo podría ser uno de ellos... pero no tiene motivos para pensarlo.

—Sabe que tienes *un poco* de dinero —señalé.

—¿Por Penzler? Sí —dijo, pensativo—. ¿Qué más sabe sobre mí?

—Hasta donde yo sé, sólo lo que le has explicado durante la cena. Y él no ha podido escuchar muchas más cosas sobre ti de nadie más; después de todo, llevas en el pueblo menos de... ¿quieres decir que se trata de eso? —Levanté un poco la voz, incrédula, y él sonrió, algo sombrío. La luz seguía lejos, pero se aproximaba, y sus rasgos estaban bien definidos en la penumbra.

—Sí, eso es. Estoy emparentado con los Cameron, que no sólo son ricos, sino que también son respetados en la colonia. Al mismo tiempo, soy un forastero, con pocos lazos y lealtades desconocidas aquí.

—Excepto, tal vez, hacia el gobernador, que te está ofreciendo una buena extensión de tierra —comenté con tranquilidad.

No respondió de inmediato, sino que se puso boca arriba, sujetándome aún la pierna. Sus ojos estaban fijos en la tenue palidez del techo de yeso que se encontraba sobre nosotros, con sus guirnaldas nubosas y sus cupidos fantasmales.

—He conocido a un alemán o dos en el pasado, Sassenach —dijo, reflexionando. Su pulgar comenzó a moverse con lentitud, adelante y atrás, sobre la carne tierna del interior de mi muslo—. No me han parecido derrochadores con el dinero, ya fueran judíos o gentiles. Y aunque estabas tan hermosa como una rosa blanca esta noche, no puedo creer que fueran tan sólo tus encantos los que han hecho que el caballero me ofreciera cien libras más que el orfebre. —Me lanzó una mirada—. Tryon es un soldado. También me ha reconocido como tal. Y se produjeron algunos problemas con los reguladores hace dos años.

Mi mente estaba tan ensimismada en su discurso por las posibilidades que existían, que apenas era consciente de la creciente familiaridad de la mano que se hallaba entre mis muslos.

—¿Quiénes?

—Lo había olvidado; no habrás oído esa parte de la conversación, ocupada como estabas con tu grupo de admiradores.

Ignoré aquello para poder averiguar más cosas sobre los reguladores. Por lo visto, se trataba de una especie de asociación de hombres, la mayoría de la zona rural de la colonia, que se habían sentido ofendidos ante lo que consideraban un comportamiento caprichoso e injusto (y de vez en cuando también ilegal) por parte de los oficiales nombrados por la Corona, los *sheriffs*, los jueces y los recaudadores de impuestos, entre otros.

Al ser conscientes de que el gobernador y la Asamblea no hacían caso de sus quejas, se habían ocupado personalmente del asunto. Habían asaltado a asistentes de *sheriff* y algunos grupos habían sacado a jueces de paz de sus casas y los habían obligado a renunciar.

Un comité de reguladores había escrito al gobernador, implorándole que se encargara de las desigualdades que sufrían, y Tryon (un hombre de acción y diplomacia) había respondido con calma, incluso sustituyendo a algunos de los *sheriffs* más corruptos y enviando una carta oficial a los oficiales de la corte acerca de la incautación de bienes.

—Stanhope dijo algo sobre un comité de seguridad —dije, con interés—. Pero parecía bastante reciente.

—El problema está sofocado, pero no resuelto —intervino Jamie, encogiéndose de hombros—. Y la pólvora húmeda puede humear durante mucho tiempo, Sassenach, pero cuando prende, estalla con fuerza.

¿Acaso Tryon creía que merecía la pena la inversión de comprar la lealtad y el compromiso de un soldado experimentado que, a su vez, exigiría lo mismo de los hombres que se encontraban bajo su protección, todos ellos asentados en una zona remota y problemática de la colonia?

Yo hubiera dicho que se trataba de una inversión económica, ya que sólo le costaba unos cientos de libras y unas míseras hectáreas de la tierra del rey. Después de todo, Su Majestad tenía mucha.

—Así que te lo estás pensando. —A estas alturas, estábamos cara a cara, y mi mano estaba sobre la suya, no para detenerla, sino a modo de reconocimiento.

Sonrió perezosamente.

—No he vivido tanto tiempo creyéndome todo lo que me cuentan, Sassenach. Así que quizá acepte la generosa oferta del gobernador, o tal vez no... pero quiero saber mucho más sobre el tema antes decidir una cosa u otra.

—Sí, resulta un poco extraño que te haga semejante oferta conociéndote tan poco.

—Me sorprendería saber que soy el único caballero al que se ha acercado —dijo Jamie—. Y no supone mucho riesgo, ¿no?

¿Has oído cómo le decía que era católico? No le ha sorprendido.

—Sí, pero no parece que eso suponga un problema.

—Diría que no lo es... a menos que el gobernador decida lo contrario.

—Dios mío. —Mi opinión sobre el gobernador Tryon estaba cambiando con rapidez, aunque ignoraba si era para mejor o para peor—. Así que si las cosas no salieran como él desea, lo único que tendría que hacer es dar a conocer que eres católico y un tribunal te quitaría toda la tierra basándose en ello. Mientras que si decide no decir nada...

—Y si yo me decanto por hacer lo que quiere, claro.

—Es mucho más astuto de lo que creía —afirmé con admiración—. Casi escocés.

Se rió al oírlo, y se retiró el pelo suelto de la cara.

Las largas cortinas de la ventana, que hasta entonces habían estado inmóviles, súbitamente cogieron volumen hacia dentro, dejando pasar una corriente de aire que olía a barro arenoso, agua de río y el aroma lejano de los pinos frescos. El amanecer se aproximaba con el viento.

Como si se tratara de una señal, Jamie ahuecó la mano y me transmitió un ligero temblor cuando el frescor le golpeó la espalda desnuda.

—Antes no me he aplicado como debía —dijo suavemente—. Pero si estás segura de que no hay nada que te preocupe ahora mismo...

—Nada —argüí, observando cómo el resplandor de la ventana tocaba su cabeza y su cuello con un brillo dorado. Su boca seguía siendo amplia y suave, pero ya no parecía un muchacho de catorce años—. Ahora mismo, absolutamente nada.

8

Hombre de fortuna

—¡Detesto los barcos!

Con esa sincera despedida resonando en mis oídos, nos alejamos poco a poco por las aguas del puerto de Wilmington.

Tras dos días de compras y preparativos, habíamos emprendido el camino hacia Cross Creek. Con el dinero que habíamos obtenido por la venta del rubí, no hubo necesidad de vender los caballos. Duncan viajaba en el carro con las cosas más pesadas y con Myers de compañero para guiarlo, y el resto éramos pasajeros del capitán Freeman a bordo del *Sally Ann*, en un viaje más rápido y confortable.

El *Sally Ann*, una embarcación singular e indescriptible, era de manga cuadrada, largo, bajo y con una proa roma. Tenía una pequeña cabina que medía alrededor de unos dos metros cuadrados, lo que apenas dejaba a los lados medio metro para pasar, y algo más de superficie de cubierta en la proa y en la popa, parcialmente oculta por bultos, bolsas y barriles.

Con una única vela montada sobre un mástil y la botavara sobre la cabina, en la distancia, el *Sally Ann* parecía un cangrejo que ondeaba una bandera de tregua sobre un guijarro. Las turbosas aguas marrones de Cape Fear mojaban unos escasos diez centímetros bajo el barandal, y las tablas del fondo estaban siempre húmedas debido a la lenta filtración.

Aunque estábamos un poco apretados, me sentía contenta. Me gustaba estar en el agua, lejos del canto de sirena del gobernador, aunque fuera durante poco tiempo.

Jamie no estaba contento. Sentía un odio profundo y perenne por los barcos, y sufría unos mareos tan agudos, que observar los remolinos del agua en un vaso hacía que se pusiera verde.

—Está muy tranquilo —comenté—. Tal vez no te marees.

Observó el agua color chocolate con aire receloso y cerró los ojos cuando otro barco levantó una ola que chocó contra nuestro costado, sacudiéndonos con violencia.

—Tal vez no —dijo con un tono que indicaba que, aunque era una sugerencia prometedora, también creía que se trataba de una posibilidad remota.

—¿Quieres las agujas? Es mejor que te las ponga antes de que vomites. —Resignada, rebusqué en el bolsillo de mi falda, donde había introducido la pequeña caja que contenía las agujas de acupuntura china que le habían salvado la vida cuando cruzamos el Atlántico.

Se estremeció y abrió los ojos.

—No —respondió—. O quizá sí. Háblame, Sassenach, aleja mi mente de mi estómago, ¿quieres?

—Está bien —contesté con actitud servicial—. ¿Cómo es tu tía Yocasta?

—No la he visto desde que tenía dos años, así que mis recuerdos no son muy fiables —contestó distraído, con la mirada fija en la enorme barcaza que descendía por el río, aparentemente dispuesta a chocar con nosotros—. ¿Crees que ese negro será capaz de pilotar el barco? Tal vez deba ayudarlo.

—Quizá no —afirmé mientras observaba la balsa que se acercaba, lo que aumentaba la preocupación de Jamie—. Parece que conoce su trabajo. —Además del capitán, un vejestorio que apestaba a tabaco, el *Sally Ann* tenía un único tripulante, un negro libre que se ocupaba de dirigir nuestra embarcación con una pértiga. Los músculos firmes del hombre se doblaban y sobresalían con un suave ritmo. La cabeza cana se inclinaba por el esfuerzo, y aunque no parecía que advirtiera la barcaza que se aproximaba, sumergía y levantaba la pértiga, lo que hacía que se asemejara a una tercera extremidad—. Déjalo tranquilo. Entonces, ¿no sabes mucho sobre tu tía? —añadí, con la esperanza de distraerlo. La barcaza se desplazaba pesada e inexorablemente hacia nosotros.

Con alrededor de doce metros de un extremo a otro, navegaba baja en el agua, hundida a causa de barriles y montones de pieles atadas bajo la red. Una ola de olor acre a almizcle, sangre y grasa rancia la precedía, y era tan fuerte que por el momento destacaba sobre el resto de los olores del río.

—No, se casó con un Cameron de Erracht y abandonó Leoch un año antes de que mis padres se casaran. —Hablaba distraído y no me miraba, puesto que seguía vigilando la balsa. Sus nudillos palidecieron; podía sentir su necesidad de saltar hacia delante, quitarle la pértiga al marinero de cubierta y redirigir la barcaza. Le puse una mano sobre el brazo para detenerlo.

—¿Y nunca fue de visita a Lallybroch?

Podía ver el reflejo del sol sobre el hierro opaco de las cornamusas que rodeaban el borde de la barcaza y las formas semidesnudas de los tres marineros, sudando incluso a esas horas de la mañana. Uno de ellos ondeó su sombrero y sonrió, gritando algo que pareció «¡Ah, tú!» mientras se acercaban.

—Bueno, John Cameron murió a causa de la gripe y ella se casó con su primo, Hugh Cameron *el Negro*, de Aberfeldy, y entonces... —Cerró los ojos como reflexionando mientras pasaba la balsa a apenas diez centímetros de la nuestra y los tripulantes nos saludaban con animados gritos. *Rollo*, con las patas delanteras sobre el techo de la cabina, ladró con fuerza hasta que Ian le dio una palmada y le ordenó que callara.

Jamie abrió un ojo, y al ver que el peligro había pasado, abrió el otro y se relajó, dejando caer la mano del tejado.

—Sí, bueno, Hugh *el Negro* (lo llamaban así por un enorme quiste negro que tenía en la rodilla) murió en una cacería y entonces ella se casó con Hector Mor Cameron, de Loch Eilean.

—Parece que tiene un gusto especial por los Cameron —comenté fascinada—. ¿Tienen algo especial, además de ser propensos a los accidentes?

—Supongo que tienen facilidad de palabra —respondió con una súbita mueca burlona—. Los Cameron son poetas y bromistas. Algunas veces, las dos cosas. Recuerdas a Lochiel, ¿verdad?

Sonreí, compartiendo su recuerdo agridulce de Donald Cameron de Lochiel, uno de los jefes del clan Cameron durante el Alzamiento. Era un hombre apuesto con una mirada conmovedora, y su comportamiento amable y sus modales elegantes ocultaban un gran talento para componer poesía vulgar con la que, *sotto voce*, me había entretenido con frecuencia en los bailes de Edimburgo durante el breve apogeo del golpe de Carlos Estuardo.

Jamie estaba apoyado sobre la cubierta de la diminuta cabina del barco, observando el tráfico del río con recelo. Aún no habíamos salido del puerto de Wilmington, y los barquitos y botes de remos nos esquivaban como chinches de agua, entrando y saliendo entre las barcazas más grandes y lentas. Estaba pálido, pero aún no estaba verde.

Apoyé los codos también sobre la cubierta de la cabina, y estiré la espalda. Aunque hacía calor, el sol reconfortaba mis músculos doloridos a causa de los arreglos improvisados para dormir; había pasado la noche anterior hecha una bola sobre el duro banco de roble de una taberna junto al río, durmiendo con la cabeza sobre la rodilla de Jamie mientras él se encargaba de los últimos detalles de nuestro viaje.

Gruñí y me estiré.

—¿Hector Cameron era un poeta o un payaso?

—Ahora ninguna de las dos cosas. Está muerto, ¿recuerdas? —Mientras hablaba, me acariciaba y masajeaba la nuca con una mano.

—Es maravilloso —dije con un suspiro de satisfacción, cuando hundió el pulgar en un punto especialmente sensible—. Lo que me estás haciendo, no el hecho de que tu tío haya muerto. No te detengas. ¿Cómo llegó a Carolina del Norte?

Jamie resopló, divertido, y se colocó detrás de mí para poder usar las dos manos en mi cuello y hombros. Apoyé el trasero contra él, y suspiré, gozosa.

—Eres una mujer muy escandalosa, Sassenach —comentó, susurrando a mi oído—. Suspiras igual cuando te masajeo la nuca que cuando... —Empujó su pelvis contra mí, en un gesto discreto, pero explícito, que no requería explicación—. ¿Hum?

—Hummm —contesté, dándole una discreta patada en el tobillo—. Bien, si alguien escucha detrás de la puerta, supondrá que me estás frotando la nuca, que es lo único que harás hasta que salgamos de aquí. Ahora, háblame de tu difunto tío.

—Ah, él. —Sus dedos seguían frotando mi espalda lentamente de arriba abajo mientras recordaba otra parte de la historia de su familia. Al menos su mente estaba lejos de su estómago.

Hector Mor Cameron, más afortunado y también más perspicaz o más cínico que su famoso pariente, se había preparado para la posibilidad del desastre de los Estuardo. Escapó ileso de Culloden y regresó a casa, donde con rapidez introdujo a su esposa, sirvientes y pertenencias en un carruaje y partieron hacia Edimburgo. Allí embarcaron hacia Carolina del Norte, escapando por muy poco de la persecución de la Corona.

Una vez en el Nuevo Mundo, Hector compró una gran cantidad de tierra, deforestó el bosque, construyó una casa y un aserradero, compró esclavos para que trabajaran, hizo que plantaran tabaco y añil y (sin duda a causa de tanto trabajo) falleció debido a una enfermedad de la garganta, a los setenta y tres años.

Evidentemente, después de decidir que tres veces era suficiente, Yocasta MacKenzie Cameron Cameron Cameron, hasta donde Myers sabía, declinó volver a casarse y permanecía soltera como señora de River Run.

—¿Crees que el recadero con tu carta llegará antes que nosotros?

—Llegará antes que nosotros, aunque vaya de rodillas —dijo Ian, apareciendo de manera súbita junto a nosotros. Lanzó una mirada de ligero disgusto al paciente marinero de cubierta que hundía y alzaba la pértiga chorreante—. Tardaremos semanas si seguimos así. Te dije que era mejor ir por tierra, tío Jamie.

—No te preocupes, Ian —lo calmó Jamie, dejando mi cuello por un momento. Sonrió a su sobrino—. Ya tendrás tiempo para ayudar. Espero que antes de la noche podamos estar en Cross Creek.

Ian le dirigió una mirada de rencor y se fue a molestar al capitán con preguntas sobre pieles rojas y animales salvajes.

—Espero que el capitán no tire a Ian por la borda —comenté, al observar cómo los hombros escuálidos de Freeman se elevaban a la defensiva hasta sus orejas a medida que Ian se acercaba. Mi cuello y mis hombros ardían por la atención recibida, lo mismo que otras partes situadas más abajo—. Gracias por el masaje —intervine, mirando a Jamie mientras le alzaba una ceja.

—Te dejaré que me devuelvas el favor, Sassenach, cuando anochezca. —Hizo un desafortunado intento de mirada lasciva. Incapaz de cerrar un solo ojo, su capacidad de guiñar el ojo con lascivia estaba seriamente afectada, pero consiguió transmitir la idea.

—Ya lo creo. —Agité mis pestañas con coquetería—. ¿Y qué tengo que masajear cuando anochezca?

—¿Cuando anochezca? —preguntó Ian, apareciendo de inmediato otra vez antes de que su tío pudiera responder—. ¿Qué sucederá entonces?

—Que te usaré como carnaza para los peces —contestó su tío—. Por el amor de Dios, ¿no puedes estarte quieto, Ian? Te agitas como un abejorro atrapado en una botella. Ve a dormir al sol, como ese animal; es un perro sensato. —Hizo un gesto hacia *Rollo*, que estaba despatarrado como una alfombra sobre la cubierta de la cabina con los ojos medio cerrados, moviendo las orejas de vez en cuando para alejar las moscas.

—¿Dormir? —Ian miró asombrado a su tío—. ¿Dormir?

—Es lo que hace la gente normal cuando está cansada —dije con un bostezo. El creciente calor y el lento movimiento del barco resultaban soporíferos después de haber dormido tan poco, puesto que nos habíamos levantado antes del amanecer. Por desgracia, los bancos estrechos y los ásperos tablones de la cubierta del *Sally Ann* no parecían más cómodos que el banco de la taberna.

—Pero ¡no estoy cansado, tía! —afirmó—. ¡Creo que no podré dormir durante algunos días!

Jamie observó a su sobrino.

—Ya veremos qué dices después de un turno con la pértiga. Mientras tanto, tal vez encuentre algo para que ocupes tu mente. Espera un poco... —concluyó desapareciendo en la cabina, donde oí que rebuscaba en el equipaje.

—¡Señor, qué calor! —exclamó Ian, abanicándose—. ¿Qué hace el tío Jamie?

—Sólo Dios lo sabe —respondí. Jamie había subido a bordo una gran canasta, pero no había dicho a nadie lo que contenía. La noche anterior mientras yo dormía, había estado jugando a las cartas. Suponía que había ganado algunos objetos que no querría mostrar, para evitar las burlas de Ian.

Ian tenía razón, hacía calor. Sólo esperaba que se levantara un poco de brisa más tarde; por el momento, la vela estaba lánguida como un trapo, y la tela de mi camisola se me pegaba, húmeda, a las piernas. Tras murmurar una palabra a Ian, me dirigí hacia la proa, donde estaba el barril de agua.

Fergus se encontraba en la proa con los brazos cruzados. Parecía un magnífico mascarón, con su apuesto perfil mirando río arriba y con su abundante cabello oscuro flotando sobre su frente.

—¡Ah, mi señora! —Me recibió con una amplia sonrisa—. ¿No es éste un país espléndido? —Lo que yo veía en ese momento no era especialmente espléndido, ya que el paisaje consistía en una extensa marisma que apestaba bajo el sol y una gran cantidad de gaviotas y aves marinas, tremendamente entusiasmadas por algo nauseabundo que habían encontrado junto a la orilla—. Milord me dijo que cualquier hombre puede reclamar unas veinte hectáreas, siempre que construya una casa y prometa que trabajará la tierra durante diez años. Imagínese, veinte hectáreas. —Hizo rodar las palabras en la boca, saboreándolas con cierto sobrecogimiento. Un campesino francés se sentiría afortunado con cinco.

—Bueno, sí —dije, un poco insegura—. Pero creo que deberás elegir tu tierra con cuidado. Algunas zonas no son muy buenas para el cultivo. —No me atreví a imaginar lo difícil que le resultaría a Fergus trabajar una granja y una casa en medio de la naturaleza con una sola mano, sin importar lo fértil que fuera la tierra.

Fergus no veía las dificultades. Sus ojos brillaban, soñadores.

—Tal vez pueda construir una pequeña casa para Hogmanay —murmuró para sí mismo—. Así enviaría a buscar a Marsali y a la criatura en primavera. —Su mano se movió automáticamente al espacio vacío que se encontraba en su pecho, donde solía colgar la medalla verdosa de san Dimas que llevaba desde la infancia.

Se había reunido con nosotros en Georgia, dejando a su joven esposa embarazada en Jamaica, al cuidado de unos amigos. No obstante, me aseguró que no temía por su seguridad, ya que la había dejado bajo la protección de su santo patrón, con estrictas instrucciones de que no se quitara la gastada medalla del cuello hasta que hubiera dado a luz.

Nunca se me hubiera ocurrido que las madres y los bebés entraran en el ámbito de influencia del santo patrón de los ladrones, pero Fergus había vivido como carterista durante toda su infancia y confiaba plenamente en Dimas.

—¿Llamarás Dimas al bebé si es niño? —pregunté en broma.

—No —dijo, serio—. Lo llamaré Germain. Germaine James Ian Aloysius Fraser: James Ian por milord y el señor —explicó, pues siempre empleaba esos nombres para Jamie y su cuñado, Ian Murray—. A Marsali le gustaba Aloysius —añadió con desdén, dejando claro que él no tenía nada que ver con la elección de un nombre tan vulgar.

—¿Y si es niña? —pregunté, con un repentino y vívido recuerdo. Más o menos veinte años atrás, cuando estaba embarazada, Jamie me había enviado de regreso a través de las piedras. Y lo último que me había dicho, convencido de que el bebé era un varón, fue: «Llámalo Brian, por mi padre.»

—Ah. —Era evidente que Fergus tampoco había considerado esa posibilidad, puesto que parecía un poco desconcertado. Entonces, sus rasgos se suavizaron—. Genevieve —afirmó con firmeza—. Por la señora —refiriéndose a Jenny Murray, la hermana de Jamie—. Genevieve Claire, creo —añadió con otra radiante sonrisa.

—Ah —dije, aturdida y extrañamente halagada—. Muchas gracias. ¿Estás seguro de que no quieres regresar a Jamaica para estar con Marsali, Fergus? —pregunté, cambiando de tema.

Negó con la cabeza con determinación.

—Milord podría necesitarme —explicó—. Y seré más útil aquí que allí. Los niños son cosa de mujeres. Además, ¿quién sabe qué peligros nos esperan en este lugar desconocido?

Como respuesta a su retórica pregunta, las gaviotas surgieron como una nube, volando sobre el río y revelando el objeto de su apetito.

Había una robusta estaca de pino clavada en el lodo de la orilla, y la parte superior estaba unos treinta centímetros por debajo de la línea oscura y cubierta de maleza que señalaba los puntos más altos que alcanzaba la marea cuando estaba alta. La marea seguía baja; apenas llegaba a la mitad de la estaca. Por encima del oleaje cenagoso flotaba la figura de un hombre, sujeto a un poste por una cadena que le rodeaba el pecho, o lo que había sido su pecho.

No sabía cuánto tiempo llevaba allí, pero, por su aspecto, parecía que bastante. Un estrecho corte blanco mostraba la curva del cráneo donde se habían separado la piel y el pelo. Era imposible saber cuál había sido su aspecto; las aves habían estado ocupadas.

Junto a mí, Fergus murmuró en francés algo muy obsceno.

—Un pirata —comentó con tranquilidad el capitán Freeman, acercándose a mí y deteniéndose lo suficiente como para lanzar al río un escupitajo de tabaco—. Cuando no los llevan a Charleston para colgarlos, los atan a una estaca con la marea baja y dejan que el río se los lleve.

—¿Hay... hay muchos? —Ian también lo había visto y, aunque ya era mayor para cogerse de mi mano, se acercó con su rostro tostado repentinamente pálido.

—Ya no hay muchos. La Marina ha hecho un buen trabajo con ellos. Pero hace algunos años, aquí se podían ver cuatro o cinco piratas a la vez. La gente pagaba para venir en barco, sentarse y ver cómo se ahogaban. Esto es precioso cuando sube la marea al atardecer —dijo, moviendo las mandíbulas a un ritmo lento y nostálgico—. El agua enrojece.

—¡Mira! —Ian, olvidando su dignidad, se colgó de mi brazo. Había movimiento cerca de la orilla y vimos lo que había asustado a los pájaros.

Una forma escamosa, de unos dos metros de largo, se deslizaba sobre el agua, abriendo un surco en el barro. En el extremo más alejado del barco, el marinero murmuró algo entre dientes, pero no dejó de remar.

—Es un cocodrilo —intervino Fergus y, con disgusto, hizo el gesto de los cuernos.

—No, no lo creo —comentó Jamie a mis espaldas. Me volví; estaba sobre el techo de la cabina, mirando la forma inmóvil del agua y la estela en forma de «V» que se movía hacia ella. Tenía un libro abierto en la mano, marcando la página con el pulgar, y entonces inclinó la cabeza para consultar el manual.

—Me parece que es un caimán. Aquí dice que comen carroña, no carne fresca. Cuando atrapan a un hombre o a una oveja, introducen a la víctima en el agua hasta ahogarla, luego la arrastran hasta su madriguera y la dejan hasta que se pudre; a ellos les gusta así. Como es lógico —añadió con una mirada sombría a la orilla—, algunos tienen la suerte de encontrar la comida preparada.

La figura de la estaca pareció temblar un poco cuando algo la golpeó por debajo, e Ian emitió un pequeño ruido junto a mí.

—¿Dónde has conseguido ese libro? —pregunté sin apartar la vista de la estaca.

La parte superior de la pértiga de madera vibraba, como si algo bajo las olas le estuviera prestando atención. Entonces, la pértiga permaneció inmóvil, y se pudo ver otra vez la estela en forma de «V», que se encaminaba de nuevo hacia la orilla del río. Me volví antes de que saliera a la superficie.

Jamie me lo alcanzó, con la mirada aún fija sobre la negra marisma y su nube de aves estridentes.

—Me lo regaló el gobernador. Dijo que podía resultar interesante para nuestro viaje.

Miré el título del libro. Encuadernado en bocací corriente, el título estaba grabado en el lomo con letras doradas: *Historia natural de Carolina del Norte.*

—¡Ah, es lo más asqueroso que he visto en mi vida! —exclamó Ian, observando horrorizado la escena de la orilla.

—Interesante —repetí, con los ojos muy fijos en el libro—. Sí, espero que lo sea.

Fergus, impermeable a cualquier clase de remilgos, observaba con interés los avances del reptil por la marisma.

—¿Un caimán? Pero es igual que un cocodrilo, ¿no?

—Sí —afirmé con un escalofrío, pese al calor. Le di la espalda a la costa. Ya había visto de cerca a un cocodrilo en las Antillas y no estaba interesada en conocer a sus parientes.

Fergus se secó el sudor del labio superior, con los ojos oscuros fijos en la espantosa criatura.

—El doctor Stern nos habló una vez a milord y a mí sobre los viajes de un francés llamado Sonnini, que visitó Egipto y escribió mucho sobre las cosas que había visto y las costumbres que le habían explicado. Dijo que, en aquel país, los cocodrilos copulan sobre las orillas cenagosas de los ríos, con la hembra boca arriba, y, en esa posición, no puede levantarse sin la ayuda del macho.

—¿Ah, sí? —Ian era todo oídos.

—Sí. Explicó que algunos hombres, movidos por los impulsos de la depravación, se aprovechaban de la situación forzada de la hembra y cazaban al macho, tras lo cual ocupaban su lugar y disfrutaban del abrazo inhumano del reptil. Se dice que es un amuleto muy poderoso para obtener posición y riqueza.

Ian lo miraba con la boca abierta.

—No hablas en serio, ¿verdad? —le preguntó a Fergus, incrédulo. Se volvió hacia Jamie—. ¿Tío?

Jamie se encogió de hombros, divertido.

—Prefiero vivir pobre pero virtuoso. —Me miró torciendo una ceja—. Además, creo que a tu tía no le gustaría que renunciara a sus abrazos por los de un reptil.

El hombre negro, al escuchar aquello desde su posición en la proa, meneó la cabeza y habló sin girarse.

—Cualquier hombre que se acueste con un caimán para enriquecerse, en mi opinión, se lo ha ganado.

—Creo que tienes razón —dije, con un recuerdo vívido de la encantadora y ancha sonrisa del gobernador.

Miré de reojo a Jamie, pero ya no estaba interesado ni en el caimán ni en el libro. Sus ojos miraban fijamente río arriba. Al menos, había olvidado el mareo.

El oleaje de la marea nos alcanzó unos dos kilómetros más arriba de Wilmington, calmando los temores de Ian sobre nuestra velocidad. Cape Fear era un río con mareas, y su corriente diaria llevaba dos tercios de su caudal casi hasta Cross Creek.

Sentí cómo el río se aceleraba bajo nosotros y la embarcación se elevaba unos cinco centímetros; a continuación, poco a poco, empezaba a tomar velocidad a medida que la fuerza de la marea la canalizaba por el puerto y hacia el estrecho canal del río. El esclavo suspiró aliviado y sacó la pértiga del agua.

No íbamos a necesitar la pértiga hasta que cesara la corriente, cinco o seis horas más tarde. Entonces podríamos anclar, pasar la noche y esperar a la siguiente marea; o usar la vela si el viento era propicio. La pértiga, me habían explicado, era necesaria sólo en caso de que nos encontráramos con bancos de arena o días sin viento.

Una sensación de pacífica somnolencia se apoderó de la embarcación. Ian y Fergus dormían en la proa mientras *Rollo* vigilaba desde el techo, con la lengua chorreando mientras jadeaba, con los ojos medio cerrados bajo el sol. El capitán y su ayudante (al que se dirigía como «tú, Troklus», pero cuyo nombre era Eutroclus) habían desaparecido en la pequeña cabina, donde sonaba el musical sonido del líquido que se servían para beber.

Jamie también estaba en su cabina buscando algo en su misteriosa canasta. Esperaba que fuera bebible; incluso sentada inmóvil sobre el travesaño de la popa con los pies colgando en el agua, y con la ligera brisa del movimiento erizando el cabello de mi nuca, podía sentir cómo se formaba el sudor en aquellos lugares en los que la piel tocaba piel.

En la cabina había murmullos ininteligibles y también risas. Jamie salió con una caja de madera en los brazos y giró hacia la popa, pisando con cuidado entre las pilas de cosas como si se tratara de un semental Clydesdale que se encontrara en un campo de ranas.

La dejó suavemente sobre mi regazo, se quitó los zapatos y las medias, y se sentó junto a mí, metiendo los pies en el agua con un suspiro de placer ante la sensación de frescura.

—¿Qué es eso? —pregunté, acariciando la caja.

—Sólo un pequeño regalo. —No me miraba, pero tenía las orejas coloradas—. Ábrela, ¿quieres?

Era una caja pesada, ancha y profunda. Estaba hecha con densa madera oscura de finas vetas, y tenía algunos golpes y arañazos que mostraban su prolongado uso, lo que no la hacía menos bella. Aunque tenía un pasador para un candado, no tenía llave, y la tapa se abrió con facilidad gracias a las bisagras de latón lubricadas, dejando escapar una ráfaga de olor a alcanfor, vaporosa como un genio.

Los instrumentos, brillantes pese a la falta de uso, resplandecían bajo el sol nublado. Cada uno tenía su propio bolsillo de terciopelo verde, adecuadamente ajustado. Una pequeña sierra de diente ancho, tijeras, tres escalpelos: uno con la hoja redonda, otro recto y el tercero con forma de cuchara; una espátula plateada; un tenáculo...

—¡Jamie! —Encantada, levanté una varilla de ébano con una bola de estambre envuelta en terciopelo apolillado. Ya había visto uno antes, en Versalles, la versión del siglo XVIII de un martillo para reflejos—. ¡Jamie! ¡Qué maravilla!

—¿Te gusta? —Se movió, encantado.

—¡Me encanta! Mira, hay más en la tapa, debajo de esta solapa... —Contemplé durante un momento los tubos, tornillos y espejos sueltos, hasta que mi mente unió las piezas—. ¡Un microscopio! —Lo toqué con reverencia—. Madre mía. Un microscopio.

—Hay más —señaló, ansioso por mostrármelo—. La parte delantera se abre y hay unas pequeñas gavetas.

Allí estaban, y contenían, entre otras cosas, una balanza en miniatura con pesas de bronce, un azulejo para hacer píldoras y un mortero de mármol envuelto en un paño para evitar que se rompiera durante el trayecto. En la parte frontal, sobre los cajones, había varias hileras de botellitas de piedra y vidrio con tapones de corcho.

—¡Son una preciosidad! —dije, cogiendo el pequeño escalpelo con reverencia. La madera lustrosa del mango se ajustaba a mi mano como si la hubieran tallado a medida, y la hoja estaba perfectamente equilibrada—. ¡Jamie, muchas gracias!

—Entonces ¿te gusta? —Sus orejas estaban rojas de placer—. Pensé que te gustarían. No sé para qué sirven, pero me di cuenta de que estaban bien hechas.

Ni yo sabía para qué servían algunas piezas, pero todas eran preciosas; hechas por o para un hombre que amaba sus herramientas y las funciones que cumplían.

—Me pregunto a quién habrá pertenecido esto. —Eché el aliento sobre la superficie redondeada de una lente y la limpié con un pliegue de mi falda hasta que brilló.

—La mujer que me lo vendió me dijo que el dueño también había dejado su cuaderno; lo cogí. Tal vez esté su nombre. —Al levantar la bandeja superior de instrumentos, apareció otra bandeja menos profunda, de donde sacó un cuaderno cuadrado y de unos veinte centímetros de ancho, forrado en cuero negro—. Como en Francia tenías uno, pensé que tal vez lo querrías —explicó—. En aquél hacías dibujos y tomabas notas de lo que veías en el hospital. Tiene algunas páginas usadas, pero hay muchas en blanco en la parte posterior.

Habían utilizado alrededor de la cuarta parte del cuaderno; las páginas estaban escritas con una fina y abigarrada letra negra, e intercalaba dibujos que me llamaron la atención con una familiaridad clínica: un dedo ulcerado, una rótula rota, la piel cuidadosamente retirada; la grotesca inflamación del bocio avanzado y una disección de los músculos de la pantorrilla, cada uno etiquetado con sumo tacto.

Lo abrí por la contraportada; en la primera página, decorado con una pequeña floritura caballeresca, se encontraba el nombre: *Doctor Daniel Rawlings.*

—¿Qué le habrá sucedido al doctor Rawlings? ¿Te dijo algo la mujer?

Jamie asintió.

—El médico se quedó en su casa una sola noche. Dijo que era de Virginia, donde vivía, y que venía a hacer algún recado con su caja. Estaba buscando a un hombre, que ella cree que se llamaba Garver. Aquella noche, el doctor salió después de cenar y ya no regresó.

Miré asombrada.

—¿No regresó? ¿Y ella no supo lo que le había sucedido?

Jamie sacudió la cabeza, alejando una nube de mosquitos. El sol se estaba poniendo y pintaba la superficie del agua con unos tonos de color oro y naranja, y los mosquitos comenzaban a reunirse a medida que la tarde refrescaba, hasta que caía la noche.

—No. Fue a ver al comisario y al juez; el alguacil lo estuvo buscando, pero no encontró ni rastro de él. Lo buscaron durante una semana y luego abandonaron la búsqueda. Como no sabían de qué pueblo de Virginia era, tampoco pudieron buscar más allá.

—Qué cosa más rara. —Me sequé una gota de humedad de la barbilla—. ¿Y cuándo desapareció?

—Hace un año. —Me miró, un poco ansioso—. ¿Te importa? Me refiero a utilizar sus instrumentos.

—Claro que no. —Cerré la tapa y la acaricié con suavidad; la madera oscura era cálida y suave bajo mis dedos—. Si fuera yo, querría que los usara otra persona.

Recordé con claridad el tacto de mi propio maletín de médico: piel de cordobán, con mis iniciales doradas impresas en el asa. Es decir, habían estado impresas en el asa al principio; no obstante, hacía tiempo que se habían borrado, y la piel se había tornado suave y brillante por el uso. Frank me regaló el maletín cuando me gradué de la Facultad de Medicina; yo se lo había entregado a mi amigo Joe Abernathy, pues quería que lo empleara alguien que lo valorara tanto como lo había hecho yo. Jamie vio la sombra que cruzaba por mi cara, y advertí cómo su reflejo oscurecía la suya, pero tomé su mano y se la apreté sonriendo.

—Es un regalo maravilloso. ¿Dónde lo has encontrado?

Entonces, me devolvió la sonrisa. El sol estaba bajo; la brillante bola naranja se atisbaba a través de las oscuras copas de los árboles.

—Vi la caja cuando fui a visitar al orfebre. La tenía su esposa. Cuando regresé ayer para comprarte alguna joya, tal vez un broche, la mujer empezó a enseñarme objetos, charlamos, me habló del médico y... —Se encogió de hombros.

—¿Por qué querías comprarme una joya? —lo miré intrigada. La venta del rubí nos había proporcionado un poco de dinero, pero la extravagancia no era propia de él, y dadas las circunstancias...—. Ah. ¿Fue por haberle enviado todo ese dinero a Laoghaire? No me importó, ya te lo dije.

De bastante mala gana, había enviado a Escocia una parte importante del dinero que obtuvimos por la venta de la piedra. Era en pago a la promesa que le había hecho a Laoghaire Mac-Kenzie (malditos sean sus ojos) Fraser, con quien Jamie había contraído matrimonio presionado por su hermana, que creía que si yo no estaba muerta, no iba a regresar nunca. Mi resurrección había causado toda clase de complicaciones y Laoghaire era una de las principales.

—Sí, es lo que dijiste —respondió con cinismo.

—Bueno, quise decir más o menos. —Y reí—. No podías dejar que esa horrible mujer se muriera de hambre, por más tentadora que sea esa posibilidad.

Sonrió un poco.

—No, no querría tenerlo sobre mi conciencia; ya cargo con suficientes cosas. Pero ése no era el motivo de que quisiera comprarte un regalo.

—¿Cuál era, entonces? —La caja era un peso agradable sobre mis rodillas, y tocar su madera, un placer. Jamie me miró a los ojos; su pelo parecía liberar llamas por el reflejo de los rayos del sol.

—Hoy hace veinticuatro años que me casé contigo, Sassenach —dijo suavemente—. Espero que no tengas ningún motivo para lamentarlo.

La orilla del río estaba rodeada de plantaciones desde Wilmington hasta Cross Creek. También había terrenos boscosos, con tan sólo atisbos de prados cuando algún claro entre los árboles mostraba plantaciones y, cada poca distancia, pequeños embarcaderos de madera medio ocultos por la vegetación.

Seguimos ascendiendo poco a poco río arriba, dejándonos llevar por la marea alta mientras duraba, y echando amarras cuando terminaba. Cenamos junto a una pequeña hoguera en la orilla, pero dormimos en el barco, ya que Eutroclus había mencionado de manera informal el gran número de unas serpientes conocidas como mocasines de agua que, según comentó, habitaban en madrigueras bajo la orilla del río, pero tenían deseos de aproximarse y calentar su sangre fría junto a los cuerpos de los incautos.

Me desperté poco antes del amanecer, rígida y dolorida por el hecho de dormir sobre la madera, oyendo el suave susurro cuando una embarcación pasaba junto a nosotros y sintiendo el empuje de su estela contra nuestro casco. Jamie, al moverme, se estiró medio dormido, se dio la vuelta y me acercó a su cuerpo.

Pude sentir cómo su cuerpo se enroscaba detrás de mí, en su paradójico estado matinal de sueño y excitación. Emitió un sonido somnoliento y se movió contra mí, inquisitivo mientras su mano buscaba a tientas el dobladillo de mi arrugada camisola.

—Detente —dije en voz baja, apartando sus manos—. ¡Recuerda dónde estamos, por el amor de Dios!

Podía oír los gritos y ladridos de Ian y *Rollo* yendo y viniendo, así como los ruidos procedentes de la cabina, que incluían lanzar esputos con fuerza, que anunciaban la inminente aparición del capitán Freeman.

—Ah —dijo Jamie, saliendo del sueño—. Ah, sí. Es una lástima. —Se incorporó, tomó mis pechos entre sus manos y se estiró voluptuosamente hacia mí con lentitud, dándome una detallada idea de lo que me estaba perdiendo.

—Bueno —comentó, relajándose con reticencia, pero sin soltarme—. *Foeda est in coitu*, ¿no?

—¿Qué?

—«*Foeda est in coitu et brevis voluptas*» —recitó amablemente—. «*Et taedat Veneris statim peractae.*» Hacerlo es un placer sucio... y breve. Y una vez hecho, nos arrepentimos inmediatamente del deporte.

Eché un vistazo hacia los tablones sucios que teníamos debajo.

—Bueno, quizá «sucio» sea la palabra apropiada —comencé—, pero...

—No es la suciedad lo que me preocupa, Sassenach —me interrumpió, frunciendo el ceño mientras miraba a Ian, que estaba en un lado del barco, animando a gritos a *Rollo* mientras éste nadaba—. Es la brevedad. —Se volvió para mirarme, cambiando el ceño por una mirada de aprobación mientras observaba lo desaliñada que estaba—. Quiero tomarme mi tiempo.

Aquel clásico inicio del día parecía que iba a tener una influencia duradera en la mente de Jamie. Podía oírlos mientras disfrutaba del sol de la tarde, hojeando el cuaderno del doctor Rawlings, repleto de notas entretenidas, instructivas y asombrosas. Podía oír la voz de Jamie con las cadencias ascendentes y descendentes del griego antiguo. Había oído ese pasaje antes: pertenecía a la *Odisea*. Se detuvo, con una entonación ascendente que indicaba que esperaba una respuesta.

—Eh... —dijo Ian.

—¿Qué sigue a continuación, Ian?

—Eh...

—Una vez más —intervino Jamie, con un ligero filo en su voz—. Presta atención, hombre. No hablo por el placer de escucharme a mí mismo, ¿de acuerdo? —Empezó de nuevo, y el verso elegante y formal cobró vida mientras hablaba.

Quizá él no disfrutaba de escucharse a sí mismo, pero yo sí. Yo no hablaba griego, pero las cadencias de las sílabas con aquella voz suave y profunda eran tan reconfortantes como los roces del agua contra el casco.

Al aceptar con reticencia la presencia de Ian, Jamie se había tomado muy en serio su cuidado y se había hecho cargo de su educación. Mientras viajábamos, buscaba los momentos de asueto para enseñarle (o intentarlo) los conocimientos básicos de la gramática griega y latina y mejorar sus conocimientos de matemáticas y francés.

Por suerte, Ian tenía la misma facilidad que su tío para las matemáticas; el lado de la pequeña cabina que se encontraba junto a mí estaba repleto de demostraciones de Euclides, realizadas con un palillo quemado. No obstante, en lo referente a idiomas no era lo mismo.

Jamie era un políglota nato; tenía una capacidad natural para aprender idiomas y dialectos sin ningún esfuerzo, recogiendo modismos igual que un perro recoge colas de zorro en un paseo por el campo. Además, había aprendido los clásicos en la Universidad de París y, aunque no siempre estaba de acuerdo con algunos de los filósofos romanos, consideraba a Homero y a Virgilio como sus amigos personales.

Ian hablaba gaélico e inglés desde que era un niño, y una especie de *patois* francés que había aprendido de Fergus, y creía que eso era más que suficiente para sus necesidades. En realidad, su repertorio de palabras malsonantes en seis o siete idiomas era impresionante. Las había adquirido hacía poco tiempo con el contacto con una serie de influencias de mala reputación, entre las cuales se encontraba su tío, pero apenas tenía una vaga noción de los misterios de la conjugación latina.

Apreciaba aún menos la necesidad de aprender lenguas que para él no estaban sólo muertas, sino que se habían deteriorado más allá de cualquier posible utilidad. Homero no podía competir con la emoción de aquel nuevo país, donde la aventura se aproximaba desde ambas orillas del río, con unas atractivas manos verdes.

Jamie terminó de leer el pasaje en griego y, con un suspiro claramente audible, indicó a Ian que cogiera el libro de latín que le había prestado el gobernador Tryon. Como no recitaban, pude concentrarme en los apuntes del cuaderno del doctor Rawling.

Al igual que yo, el doctor tenía algunos conocimientos de latín, pero prefería el inglés para la mayoría de sus notas, con lo que había dejado la lengua muerta sólo para alguna entrada formal.

Realicé una sangría al señor Beddoes. Observé una evidente reducción del humor biliar, y su tez perdió la coloración amarilla y las pústulas que lo afligían. Le administré cerveza negra para ayudar a purificar la sangre.

—Imbécil —susurré, no por primera vez—. ¿No te das cuenta de que el hombre está enfermo del hígado? Probablemente una cirrosis en su primera fase; Rawlings había advertido un ligero crecimiento y endurecimiento del hígado, aunque lo había atribuido a una producción excesiva de bilis. Lo más probable era que fuera una intoxicación etílica; las pústulas del rostro y el pecho eran las típicas de un déficit que por lo general solía asociarse al consumo excesivo de alcohol... y aquello era una epidemia.

Beddoes, si seguía vivo (que lo dudaba), tal vez bebía alrededor de un litro de alcohol de varios tipos al día, y no había olido una verdura en muchos meses. Las pústulas, de cuya desaparición se congratulaba Rawlings, quizá se habían reducido porque había usado hojas de nabo como colorante en su receta especial de «cerveza negra».

Absorta en la lectura, de tanto en tanto iba escuchando los intentos de Ian por recitar la *Virtud* de Plauto al otro lado de la cabina, las correcciones de Jamie y su creciente impaciencia.

—«*Virtus praemium est optimus...*»

—*Optimum.*

—«*... est optimum.* «*Virtus omnibus rebus...*» y... eh... y...

—*Anteit.*

—Gracias, tío. «*Virtus omnibus rebus anteit... ¿profectus?*»

—*Profecto.*

—Ah, sí, *profecto.* Hum... ¿*Virtus?*

—*Libertas.* «*Libertas salus vita res et parentes, patria et prognati...*» ¿Recuerdas lo que quiere decir «*vita*», Ian?

—Vida —dijo la voz de Ian, aprovechando, agradecido, ese objeto alegre en un mar de dificultades.

—Sí, es correcto, pero es más que la vida. En latín, significa no sólo estar vivo, sino que también es la esencia del hombre, aquello de lo que está hecho. Mira, después sigue: «*... libertas salus vita res et parentes, patria et prognati tutantur, servantur; virtus omnia in sese habet, omnia adsunt bona quem penest virtus.*» Bien, ¿qué crees que dice ahí?

—Eh... ¿Que la virtud es buena? —aventuró Ian.

Se produjo un silencio momentáneo, durante el cual casi pude oír cómo le subía la presión sanguínea a Jamie. Un susurro al inhalar y, a continuación, como si estuviera pensando mejor lo que iba a decir, una exhalación resignada.

—Mmfm. Mira, Ian. «*Tutantur, servantur.*» ¿Qué quiere decir al usar esas dos palabras juntas, en lugar de... —Mi atención se desvaneció, de nuevo atraída por el libro, donde el doctor Rawlings relataba un duelo y sus consecuencias.

> *15 de mayo. Me sacaron de la cama al amanecer, para atender a un caballero que se hospedaba en la posada del Perro Rojo. Lo encontré con una herida en la mano, causada por un fallo en el disparo de una pistola. Los dedos pulgar e índice habían reventado a causa de la explosión, el dedo corazón estaba malherido, y dos tercios de la mano se encontraba tan lacerada que apenas era reconocible como un apéndice humano.*
>
> *Tras decidir que sólo sería útil una amputación temprana, mandé llamar al posadero y le pedí una taza de coñac, lino para vendas y la ayuda de dos hombres fuertes. Me proporcionaron todo con rapidez y, con el hombre bien atado, procedí a tomar la mano (era la derecha, para desgracia del paciente) justo por encima de la muñeca. Ligué con éxito dos arterias, pero la interósea anterior se me escapó, y se retrajo dentro de la carne tras haber cortado los huesos. Me vi obligado a aflojar el torniquete para encontrarla, así que el sangrado era considerable (un accidente afortunado, pues el copioso flujo de sangre insensibilizó al paciente y acabó momentáneamente con su agonía, así como con su lucha, que estaba obstaculizando bastante mi trabajo).*
>
> *Una vez finalizada con éxito la amputación, acostaron al caballero, pero me quedé junto a él, por si recuperaba la consciencia de repente y, con un movimiento brusco, estropeaba los puntos.*

La fascinante descripción de la amputación de la mano del hombre herido por un disparo de pistola fue interrumpida de manera brusca por Jamie, que debía de haber llegado al límite de su paciencia.

—¡Ian, tu latín avergonzaría a un perro! ¡En cuanto al griego, serías incapaz de diferenciar el agua del vino!

—Si ellos lo beben, no es agua —murmuró Ian con aire de rebeldía.

Cerré el cuaderno y me apresuré a levantarme. Era probable que necesitaran mis servicios como juez. Ian emitía pequeños ruiditos escoceses de disgusto mientras yo rodeaba la cabina.

—Sí, bueno, pero no me importa mucho...

—¡Eso, no te importa! ¡Ésa es la verdadera lástima, ni siquiera tienes la gentileza de avergonzarte de tu ignorancia!

A continuación se hizo un silencio pesado, tan sólo roto por la suave salpicadura de la pértiga de Troklus en la proa.Asomé la cabeza y vi cómo Jamie ardía de indignación e Ian tenía un aire de confusión. Al verme, el joven tosió y se aclaró la garganta.

—Bueno, tío Jamie, si hubiera sabido que la vergüenza ayudaba, me habría esforzado por ruborizarme.

Tenía tal cara de arrepentimiento que no pude evitar reírme. Jamie se volvió y, al verme, se calmó un poco.

—Así no ayudas, Sassenach. Tú estudiaste latín, ¿no? Como eres médica, seguro que sí. Tal vez deberías enseñarle.

Negué con la cabeza. Aunque era más o menos cierto que podía leer latín (mal y con mucho trabajo), no me apetecía intentar meter el batiburrillo de lo que quedaba de mi educación en la cabeza de Ian.

—Todo lo que recuerdo es *Arma virumque cano.* —Miré de reojo a Ian y, sonriendo, lo traduje—: Con el arma dejé tieso al can.

Ian estalló en carcajadas y Jamie me miró con profunda desilusión.

Suspiró y se pasó la mano por el cabello. Aunque Jamie e Ian no se parecían físicamente en nada, excepto en la altura, ambos tenían un cabello abundante y el hábito de pasarse la mano por la cabeza cuando estaban inquietos o pensativos. Parecía que había sido una lección estresante; ambos tenían el aspecto de alguien que se hubiera revolcado entre arbustos.

Luego sonrió con ironía y miró a Ian meneando la cabeza.

—Siento haberte gritado, Ian. Pero tienes buena cabeza y no me gustaría que la desperdiciaras. ¡Hijo mío, a tu edad yo estaba en París estudiando en la *Université*!

Ian miró el agua que pasaba junto al costado del barco, formando suaves ondas marrones. Sus manos descansaban sobre la barandilla; eran unas manos grandes, anchas y tostadas por el sol.

—Sí —respondió—. Y a mi edad, mi padre estaba en Francia combatiendo.

Me sorprendió un poco, porque sabía que el padre de Ian había sido soldado en Francia, pero no que lo hubiera sido desde tan joven y tanto tiempo. El joven Ian tenía sólo quince años. Entonces, el Ian mayor había sido un mercenario extranjero desde esa edad hasta los veintidós años, cuando la explosión de un cañón le destrozó la pierna de tal manera a causa de la metralla que se la tuvieron que amputar por debajo de la rodilla y tuvo que regresar a casa para siempre.

Jamie miró a su sobrino durante un instante, frunciendo un poco el ceño. A continuación se puso junto a Ian, apoyándose hacia atrás, con las manos sobre la baranda para equilibrarse.

Jamie observó a su sobrino con el rostro algo ceñudo. Luego se acercó al joven.

—Eso ya lo sabía —dijo Jamie con calma—. Porque lo seguí, cuatro años más tarde, cuando me declararon fuera de la ley.

Ian levantó la vista, sorprendido.

—¿Estuvisteis juntos en Francia?

Había una ligera brisa causada por nuestro movimiento, pero seguía haciendo calor. Quizá la temperatura hizo que decidiera que era mejor dejar el tema de la educación superior durante un momento, ya que Jamie asintió, levantando su coleta de abundante cabello para refrescarse el cuello.

—En Flandes. Durante más de un año, hasta que lo hirieron y lo enviaron a casa. Peleamos en el regimiento de mercenarios escoceses, bajo las órdenes de Fergus Mac Leodhas.

Los ojos de Ian se agrandaron por el interés.

—¿Por eso Fergus tiene ese nombre?

Su tío sonrió.

—Sí, se lo puse en recuerdo de Mac Leodhas, un buen hombre y un gran soldado. Tenía buena opinión de Ian. ¿Tu padre no te ha hablado de él?

Ian meneó la cabeza, con el ceño ligeramente fruncido.

—Nunca me dijo ni una palabra. Supe que perdió la pierna luchando en Francia porque mamá me lo contó cuando se lo pregunté. Pero él no me comentó nada.

Con la descripción de la amputación del doctor Rawlings aún reciente en mi mente, me pareció que era probable que el Ian mayor no hubiera querido recordar la ocasión.

—Sí, bueno —dijo Jamie, encogiéndose de hombros y retirándose la camisa húmeda por el sudor del pecho—. Supongo que, una vez que se instaló en Lallybroch, quiso dejar atrás el pasado. Y además... —Vaciló, pero Ian insistió.

—¿Y además qué, tío Jamie?

Jamie miró de reojo a su sobrino y torció un poco la boca.

—Bueno, creo que no quería entusiasmaros con historias de batallas y soldados para que no pensarais en seguir su camino. Tu padre y tu madre querían algo mejor para ti.

Me pareció que Ian padre había hecho bien; por la expresión de su cara, estaba claro que a Ian hijo no se le ocurría una perspectiva más emocionante que la guerra y la lucha.

—Ésa es una idea de mamá —comentó con aire de disgusto—. Si fuera por ella, me tendría envuelto en lanas y atado al cordón de su delantal.

Jamie sonrió.

—Es así, ¿no? ¿Y crees que si fueras ahora a casa te envolvería en lanas y te cubriría de besos?

Ian abandonó su gesto de desdén.

—Bueno, no —aceptó—. Creo que me despellejaría.

—Vas conociendo a las mujeres, Ian —intervino Jamie, riendo—. Aunque no tanto como crees.

Ian nos miró con escepticismo.

—Y tú, supongo que lo sabes todo, ¿no, tío Jamie?

Enarqué una ceja, invitando a que le respondiera, pero Jamie se limitó a reír.

—Un hombre sabio es el que conoce los límites de su conocimiento. Aunque espero que tus límites lleguen un poco más lejos —dijo, besándome en la frente húmeda. A continuación se volvió hacia su sobrino.

Ian se encogió de hombros con aire aburrido.

—Yo no quiero ser un caballero. Después de todo, el joven Jamie y Michael no saben leer en griego y les va muy bien.

Jamie se frotó la nariz, mirando a su sobrino con aire pensativo.

—El joven Jamie tiene Lallybroch. Y el pequeño Michael está trabajando con Jared en París. Ya están colocados. Hicimos todo lo que pudimos por ellos, pero teníamos muy poco dinero para que viajaran o estudiaran cuando tenían edad para hacerlo. No había mucho para elegir, ¿no? —Se separó de la baranda y se enderezó—. Pero tus padres no querían eso para ti si podían ofrecerte algo mejor. Querían que fueras un hombre con conocimientos e influencias, tal vez un *duine uasal*.

Era una expresión en gaélico que significaba «hombre de fortuna». Era el término que se empleaba para hacendados y terratenientes, los hombres con propiedades y los seguidores que estaban inmediatamente por debajo de los jefes en los clanes de las Highlands. Era lo que había sido Jamie antes del Alzamiento. Pero no ahora.

—Mmfm. ¿E hiciste lo que tus padres querían, tío Jamie?

Ian observaba a su tío, porque se daba cuenta de que estaba en un terreno peligroso. Jamie había sido el propietario de Lallybroch por derecho propio. En un intento de salvar la propiedad de manos de la Corona, se la había entregado legalmente a su sobrino Jamie.

Jamie le miró durante un instante y, a continuación, se pasó un nudillo por el labio superior, antes de responder.

—Te he dicho que tienes inteligencia, ¿no? —respondió con sequedad—. Pero ya que preguntas... me educaron para dos cosas, Ian. Para que me ocupara de mi tierra y de mi gente y para que cuidara de mi familia. Hice esas cosas lo mejor que pude y lo seguiré haciendo lo mejor que pueda.

Ian tuvo el buen gusto de mostrarse avergonzado.

—Sí, claro, no he querido... —murmuró, agachando la cabeza.

—No te enfades, muchacho —interrumpió Jamie, palmeándole la espalda y sonriendo de manera burlona—. Por el bien de tu madre, llegarás a ser alguien aunque ambos muramos en el intento. Y ahora creo que es mi turno con la pértiga.

Miró hacia donde el marinero negro movía la pértiga. Los hombros de Troklus brillaban como el cobre lubricado, con los músculos serpenteantes por el trabajo. Jamie se desabrochó los pantalones; a diferencia del resto de los hombres, no se quitaba la camisa para remar con la pértiga, pero se despojaba de los pantalones para refrescarse, y trabajaba con la camisa anudada entre los muslos, al estilo de las Highlands. Después, miró otra vez a su sobrino.

—Piensa en ello, muchacho. Hijo menor o no, no debes desperdiciar tu vida.

Entonces me sonrió con una luminosidad que me llegó al corazón, y me entregó sus pantalones. Me cogió de la mano y, con la otra en el corazón, recitó:

> Amo, amas, amare *a una muchacha,*
> *alta y delgada como un hacha,*
> *su gracia y atractivo*
> *están en genitivo y vocativo.*

Hizo un gesto amable a Ian, que se deshizo en risitas, y levantó mi mano hasta sus labios, lanzándome una mirada traviesa con sus ojos azules.

Oh, qué bella mi puella,
la declinaré a toda ella,
y en un rincón rinconórum
la besaré in secula seculorum.

Tibi dabo *casamiento,*
dulce ninfa de mi pensamiento,
y con un poco de suerte
no te librarás de mí ni en la muerte.

Hizo una reverencia ante mí, parpadeó solemnemente para guiñarme un ojo y se alejó a zancadas.

9

Dos tercios de un fantasma

La superficie del río brillaba como el aceite, puesto que el agua estaba tranquila y sin oleaje. Estaba sentada en un banco de la cubierta delantera, observando la luz del único farol que, más que reflejarse en el agua, parecía atrapado abajo, moviéndose con el barco.

La luna formaba una suave hoz, gracias a su débil movimiento circular a través de las copas de los árboles. Más allá de los frondosos árboles que bordeaban el río, la tierra se disipaba en amplias extensiones de oscuridad sobre las plantaciones de arroz y los campos de tabaco. La tierra había absorbido el calor del día y brillaba con una energía invisible que se hallaba bajo la superficie, y las llanuras ricas y fértiles se cocían a fuego lento tras la pantalla de pinos y liquidámbares, operando la alquimia del agua y el sol atrapado.

Moverse implicaba comenzar a sudar. El aire era tangible y cada oleada de calor constituía una caricia sobre mi rostro y mis brazos.

En la oscuridad, algo crujió a mi espalda y levanté la mano sin darme la vuelta para mirar. La gran mano de Jamie se cerró sobre la mía, me la oprimió y la soltó. El leve contacto hizo que mis dedos se humedecieran a causa del sudor.

Se dejó caer a mi lado suspirando, y se abrió el cuello de la camisa.

—Creo que no he podido respirar desde que salimos de Georgia —comentó—. Cada vez que inspiro, parece que voy a ahogarme.

Me reí; sentía cómo las gotas de sudor resbalaban por mis pechos.

—Dicen que en Cross Creek el aire es más fresco. —Respiré profundamente para demostrarle que podía hacerlo—. ¿Notas ese aroma maravilloso en el aire?

La oscuridad liberaba todos los perfumes acres de los árboles y las plantas que se hallaban junto al río, y que se mezclaban con el lodo húmedo de la orilla y el aroma de la madera calentada por el sol de la cubierta del barco.

—Serías un buen perro, Sassenach. —Se apoyó en la pared de la cabina con un suspiro—. No es raro que *Rollo* te admire.

El ruido de las pezuñas sobre la cubierta anunció la llegada del perro, que avanzaba con cuidado hacia la baranda; se detuvo apenas un poco antes y se echó con mucho cuidado sobre la cubierta. Posó el hocico sobre las patas y suspiró profundamente. *Rollo* sentía el mismo disgusto por los barcos que Jamie.

—Hola, ven —dije, y extendí una mano para que la olfateara y me permitiera rascarle las orejas—. ¿Dónde está tu dueño, eh?

—En la cabina, aprendiendo nuevas formas de hacer trampas con las cartas —contestó Jamie con ironía—. Sólo Dios sabe qué será de ese muchacho. Si no le disparan o le golpean la cabeza en alguna taberna, volverá a casa con un avestruz que habrá ganado a las cartas.

—Seguramente no habrá avestruces ni juegos de cartas en las montañas, ¿verdad? Si no hay muchos pueblos, tal vez tampoco haya muchas tabernas.

—Eso creo —admitió—. Pero si un hombre está destinado a acabar en el infierno, encontrará la manera de llegar, sin que importe adónde lo lleves.

—Estoy segura de que Ian no irá al infierno —respondí con tranquilidad—. Es un buen chico —dije para calmarlo.

—Es un hombre —me corrigió. Torció la cabeza hacia la cabina, donde se podían oír risas amortiguadas y alguna obscenidad ocasional—. Pero uno muy joven e imbécil. —Me miró con una sonrisa triste bajo la luz del farol—. Si fuera un niño pequeño, podría controlarlo un poco. A estas alturas... —Se encogió de hombros—. Es suficientemente mayor como para ocuparse de sus asuntos, y no agradecerá que me meta.

—Pero siempre te escucha —protesté.

—Mmfm. Espera a que oiga algo que no quiera oír. —Echó la cabeza hacia atrás y cerró los ojos. El sudor brillaba sobre sus pómulos altos, y un hilillo corría por un lado de su cuello.

Acerqué un dedo y retiré con cuidado la minúscula gota, antes de que humedeciera aún más su camisa.

—Hace dos meses que le dices que tiene que volver a Escocia, y no creo que le guste oír eso.

Jamie abrió un ojo y me observó de una forma cínica.

—¿Está Ian en Escocia?

—Bueno...

—Mmfm —respondió, cerrando otra vez el ojo.

Me senté en silencio un rato, secando el sudor de mi rostro con un pliegue de la falda. El río se había estrechado allí; la orilla apenas se hallaba a tres metros. Advertí cierto movimiento entre los arbustos y un par de ojos rojos brillaron con el reflejo de la luz de nuestro farol.

Rollo levantó la cabeza con un gruñido y estiró las orejas. Jamie abrió los ojos, miró a la orilla y se incorporó con brusquedad.

—¡Dios! ¡Es la rata más grande que he visto en mi vida! Me reí.

—No es una rata —dije riendo—. Es una zarigüeya. ¿Ves la cría sobre su lomo?

Jamie y *Rollo* observaron a la zarigüeya con idéntica expresión, calculando su peso y velocidad. Cuatro pequeñas crías les devolvían unas miradas solemnes, retorciendo sus morros puntiagudos sobre el lomo encorvado e indiferente de su madre. Era evidente que la zarigüeya no creía que el barco fuera algo peligroso. Terminó de sacudirse el agua y se alejó entre los matorrales con la punta de su cola rosada iluminada por nuestra luz.

Los dos cazadores dejaron escapar un suspiro y se relajaron otra vez.

—Myers dice que se pueden comer —comentó Jamie con un gesto pensativo.

Con un suspiro, busqué en mi bolsillo y le entregué una bolsa.

—¿Qué es esto? —Examinó su contenido con interés y colocó en la palma de su mano unos pequeños frutos de color castaño.

—Cacahuetes tostados —expliqué—. Crecen en estas tierras. Encontré un granjero que los vendía como comida para los cerdos y la mujer de la posada los tostó. Quítales la cáscara antes de comértelos. —Le sonreí, disfrutando de la innovadora sensación de conocer, por una vez, más que él sobre nuestro alrededor.

Me lanzó una mirada algo irónica y aplastó una cáscara entre el pulgar y el índice para extraer tres cacahuetes.

—Soy un ignorante, Sassenach, no un tonto. Hay cierta diferencia. —Se metió un cacahuete en la boca y lo mordió, desconfiado. Su mirada de escepticismo se convirtió en una mirada de placer, y masticó con entusiasmo, metiéndose el resto en la boca.

—¿Te gustan? —sonreí, disfrutando de su placer—. Una vez que nos instalemos y desempaque mi nuevo mortero, haré manteca de cacahuete para untar en el pan.

Me devolvió la sonrisa y tragó, antes de abrir otra cáscara.

—Tengo que decir que, aunque sea un lugar cenagoso, al menos la tierra es fértil. Nunca he visto crecer tantas cosas con tanta facilidad.

—He estado pensando, Sassenach —dijo, comiéndose otro cacahuete y observando la palma de su mano—. ¿Qué te parecería si nos quedáramos por aquí?

La pregunta no era totalmente inesperada. Había visto cómo observaba los campos negros y los abundantes cultivos con la mirada brillante de un granjero, así como su expresión melancólica cuando admiraba los caballos del gobernador.

No podíamos regresar a Escocia por el momento. El joven Ian, sí, pero no Jamie ni yo, debido a ciertas complicaciones, una de las cuales se llamaba Laoghaire MacKenzie.

—No lo sé —respondí con lentitud—. Dejando a un lado a los indios y a los animales salvajes...

—Ah, bueno —interrumpió, algo incómodo—. Myers me dijo que no hay problemas con ellos. Tú tendrás que mantenerte alejada de las montañas.

Me abstuve de señalar que la oferta del gobernador nos conduciría justo a esas montañas.

—Sí, está bien. Pero recuerdas lo que te expliqué, ¿no? Sobre la Revolución. Estamos en 1767 y tú oíste la conversación en la cena del gobernador. Dentro de nueve años, Jamie, todo estallará. —Los dos habíamos vivido una guerra y ninguno tomábamos la cuestión a la ligera. Apoyé mi mano en su brazo, obligándolo a mirarme.

—Yo tuve razón... antes. Tú lo sabes. —Como sabía lo que iba a suceder en Culloden, le había dicho el destino que esperaba a Carlos Estuardo y a su gente. Y el hecho de que los dos lo supiéramos no sirvió para salvarnos de veinte dolorosos años de separación y el fantasma de una hija a la que nunca vería.

Asintió poco a poco y levantó la mano para tocarme la mejilla. El suave resplandor del pequeño farol que se encontraba sobre nosotros atraía nubes de diminutos mosquitos; de repente se arremolinaron, alterados por su movimiento.

—Sí, es cierto —dijo, suavemente—. Pero entonces creíamos que podíamos cambiar las cosas. O, al menos, intentarlo. Pero aquí... —Hizo un gesto, señalando la tierra que nos rodeaba, invisible tras los árboles—. Puedo pensar que no es asunto mío —comentó—. Ni para impedirlo, ni para ayudar.

Me aparté los mosquitos de la cara con un manotazo.

—Pero si vivimos aquí, será asunto nuestro.

Se frotó el labio con un gesto pensativo. Le estaba creciendo el vello facial, y la incipiente barba roja tenía un brillo plateado con la luz del farol. Era un hombre grande, apuesto y fuerte, en la plenitud de la vida, pero ya no era joven, y me di cuenta de eso con una repentina gratitud.

Los hombres de las Highlands se criaban para luchar; los niños se convertían en hombres cuando eran capaces de alzar sus espadas y marchar a la batalla. Jamie nunca había sido imprudente, pero había sido un guerrero y soldado durante la mayor parte de su vida. Cuando era un joven de veinte años, nada lo hubiera podido mantener alejado de una pelea, ya fuera suya o no. Ahora, con cuarenta y tantos, la responsabilidad podía templar la pasión... o al menos eso esperaba yo.

Y era cierto; más allá de una tía a la que no conocía, no tenía más familia allí, no tenía ataduras que pudieran obligarlo a implicarse. ¿Quizá, sabiendo lo que pasaría, podríamos conseguir mantenernos alejados de lo peor?

—Éste es un lugar muy grande, Sassenach. —Miró más allá de la proa del barco, hacia la vasta llanura negra de tierra invisible—. Con lo que hemos viajado desde Georgia, hubiéramos recorrido toda Escocia e Inglaterra juntas.

—Eso es cierto —admití. En Escocia no había forma de escapar de los estragos de la guerra. Aquí podríamos encontrar un lugar que nos permitiera vivir al margen.

Jamie me sonrió con la cabeza inclinada.

—Puedo verte como la señora de una plantación, Sassenach. Si el gobernador me encuentra un comprador para las otras piedras, creo que tendremos suficiente para enviar a Laoghaire todo el dinero que le prometí y todavía nos quedará para comprar un buen sitio, uno donde podamos prosperar.

Cogió mi mano derecha entre las suyas y frotó mi alianza.

—Tal vez algún día pueda cubrirte de sedas y joyas —dijo con suavidad—. No te he podido dar mucho, salvo un pequeño anillo de plata y las perlas de mi madre.

—Me has dado mucho más que eso —intervine, acariciando su pulgar—. Brianna, por ejemplo.

Sonrió un poco, mirando la cubierta.

—Sí, eso es cierto. Tal vez ella sea la verdadera razón para quedarnos. Éste es su sitio, ¿no? —Lo acerqué a mí y apoyó la cabeza sobre mi rodilla. Levantó la mano, señalando el río, los árboles y el cielo—. Ella nacerá aquí, vivirá aquí...

—Es cierto —respondí. Le acaricié el pelo, tan parecido al de Brianna, y alisé sus gruesos mechones—. Éste será su país.

—Suyo, de un modo que nunca lo sería de Jamie o mío por mucho tiempo que permaneciéramos aquí.

Asintió, raspando con cuidado la barba contra mi falda.

—No quiero pelear, ni ponerte jamás en peligro, Sassenach, pero si hay algo que pueda hacer... construir, tal vez, convertirla en una tierra buena y segura para ella... —Se encogió de hombros—. Me gustaría —concluyó con tranquilidad.

Permanecimos un rato en silencio, muy juntos mientras observábamos el resplandor apagado del agua y el lento avance del farol hundido.

—Le dejé las perlas —dije por último—. Me pareció lo correcto. Después de todo, es su herencia. —Pasé la mano de su anillo, curvada, por sus labios—. El anillo es todo lo que necesito.

Tomó ambas manos entre las suyas y las besó; la izquierda, en la que aún llevaba el anillo de oro de mi matrimonio con Frank, y después la derecha, con su anillo de plata.

—*Da mi basia mille* —susurró sonriendo. Dame mil besos. Era la inscripción del anillo, una cita de una canción de amor de Catulo. Me incliné para besarlo.

—*Dein mille altera* —dije. Luego mil más.

Cerca de medianoche, anclamos junto a una tupida arboleda para descansar. El tiempo había cambiado; todavía era caluroso y húmedo, aunque el aire amenazaba tormenta, y los matorrales se movían un poco, a causa de pequeñas corrientes de aire o bien provocadas por las carreras de pequeñas cosas nocturnas que se apresuraban a marcharse a casa antes de la tormenta.

La pleamar estaba en sus últimos momentos; a partir de ese instante serían necesarias la vela y la pértiga, y el capitán Freeman tenía la esperanza de que la tormenta trajera consigo una buena brisa. Nos permitiría descansar mientras pudiéramos. Me acurruqué en nuestro hueco en la popa, pero no me pude dormir de inmediato, a pesar de que era muy tarde.

Según los cálculos del capitán Freeman, llegaríamos a Cross Creek al día siguiente por la noche o, como muy tarde, al otro. Me sorprendía descubrir que estaba ansiosa por llegar; dos meses viviendo por los caminos habían forjado la necesidad de encontrar un refugio, aunque fuera temporal.

Como conocía la hospitalidad y el sentimiento de parentesco de las Highlands, nuestra llegada no me preocupaba. Jamie sencillamente no se planteaba que el hecho de que no hubiera visto a aquella tía en particular en los últimos cuarenta y tantos años pudiera impedir un recibimiento cordial, y yo estaba bastante segura de que tenía razón. Asimismo, no podía evitar sentir bastante curiosidad por Yocasta Cameron.

Había cinco hermanos MacKenzie, hijos del viejo Jacob *el Rojo*, que había construido el castillo de Leoch. La madre de Jamie, Ellen, era la mayor, y Yocasta, la pequeña. Janet, la otra hermana, había muerto, igual que Ellen, mucho antes de que yo conociera a Jamie, pero había conocido bastante bien a los dos hermanos, Colum y Dougal, y por ese motivo no podía evitar especular sobre cómo sería aquella última MacKenzie de Leoch.

Tras echar un vistazo a Jamie, que estaba pacíficamente acurrucado en la cubierta junto a mí, pensé que sería alta. Alta, y quizá pelirroja. Todos eran unos vikingos altos (incluso Colum, víctima de una enfermedad degenerativa incapacitante, antes había sido alto) y de piel clara, con un cabello rojizo que oscilaba desde el rojo intenso de Jamie al profundo castaño rojizo de Dougal. Sólo Colum había tenido el cabello verdaderamente oscuro.

Mientras recordaba a Colum y a Dougal, sentí una repentina inquietud. El primero había fallecido antes de Culloden, a causa de su enfermedad. Dougal había muerto la víspera de la batalla... a manos de Jamie. Había sido en defensa propia (la mía, de hecho), y sólo fue una de tantas muertes de aquel abril sangriento. Aun así, me preguntaba si Jamie habría pensado en lo que diría en River Run después de saludar y de la informal charla sobre los miembros de la familia.

Jamie suspiró y se estremeció en sueños. Podía dormir bien en cualquier sitio, puesto que estaba acostumbrado a hacerlo en lugares tan dispares como brezo y cavernas húmedas o las piedras frías de la prisión. La cubierta de madera del barco, en comparación, debía de ser bastante confortable.

Yo no era tan elástica ni estaba tan endurecida, pero el cansancio se apoderó de mí y ni siquiera mis pensamientos sobre el futuro pudieron mantenerme despierta.

Me desperté confundida. Todavía estaba oscuro y se oían ruidos, gritos y ladridos; la cubierta temblaba por la vibración de unos pasos. Me enderecé de un salto pensando que soñaba que nos habían abordado los piratas.

Entonces, mi mente se aclaró y una visión borrosa me hizo ver que realmente nos habían abordado los piratas. Voces desconocidas gritaban órdenes y se oían las fuertes pisadas de las botas. Jamie no estaba.

Me arrastré de rodillas, sin tan siquiera ocuparme de la ropa. Estaba a punto de amanecer. El cielo estaba oscuro, pero había suficiente luz como para divisar la cabina como una mancha oscura. Mientras luchaba para ponerme de pie, agarrándome al techo de la cabina para apoyarme, casi choqué con un grupo de gente que se lanzaba al interior. Se produjo una confusión de pelo y caras pálidas, se oyeron gritos, un disparo y un golpe terrible. Ian estaba tirado en la cubierta, sobre el cuerpo de *Rollo*. Un hombre desconocido, sin sombrero y despeinado, se puso en pie.

—¡Maldición! ¡Casi me agarra! —Alterado por el fallido mordisco, la mano del ladrón temblaba mientras intentaba sacar la otra pistola del cinturón. Apuntó al perro con una mueca horrible en el rostro.

—¡Toma ésa, imbécil!

Un hombre alto apareció de la nada y, con un gesto, le bajó el arma antes de que disparara.

—No malgastes un disparo, estúpido. —Hizo un gesto hacia el marinero negro y el capitán Freeman, que se acercaban a mí, este último visiblemente enfurecido—. ¿Cómo vas a luchar con un arma descargada?

El hombre más bajo lanzó una mirada malvada a *Rollo*, pero desvió la pistola para apuntar hacia el vientre de Freeman.

Rollo hacía un ruido extraño, un gruñido junto con gemidos de dolor, y pude ver una mancha oscura bajo su cuerpo. Ian estaba inclinado sobre el perro y le acariciaba la cabeza. Levantó la vista con los ojos llenos de lágrimas.

—¡Ayúdame, tía! —pidió—. ¡Por favor, ayúdame!

Me moví impulsivamente. Entonces, el hombre alto dio un paso y levantó un brazo para detenerme.

—Voy a ayudar al perro —aclaré.

—¿Qué? —preguntó, ofendido, el asaltante más bajo.

El hombre alto llevaba una máscara; todos las llevaban. Fui consciente de ello cuando mis ojos se acostumbraron a la escasa luz. ¿Cuántos eran? Era imposible decirlo. Tuve la sensación de que el hombre alto sonreía. No respondió pero, con un movimiento de su pistola, dejó que realizara mi tarea.

—Hola, muchacho —dije en voz baja, arrodillándome cerca del perro—. No muerdas, eres un buen perrito. ¿Dónde está herido, Ian, lo sabes?

Ian negó con la cabeza, secándose las lágrimas.

—Por aquí abajo, no puedo darle la vuelta.

Yo tampoco iba a intentar dar la vuelta al enorme cuerpo del perro. Busqué el pulso en el cuello, pero mis dedos se hundían entre la piel, palpando de manera inútil. En un arranque de inspiración, le cogí una pata delantera y la recorrí con los dedos hasta el hueco próximo a las costillas.

Y lo encontré; un pulso firme se detectaba bajo mis dedos. Como de costumbre, empecé a contar, pero abandoné rápidamente el esfuerzo, ya que no tenía ni idea de cuál era el ritmo cardíaco normal de un perro. No obstante, era estable; no había palpitaciones, ni arritmia, ni debilidad. Era una buena señal.

Otra era que *Rollo* no había perdido el sentido y la pata estaba en tensión y no floja como cuando la herida es grave. El perro emitió un prolongado y sonoro quejido, algo que se encontraba entre un gimoteo y un aullido, y comenzó a escarbar con las patas, soltando su pata de entre mis manos, en un esfuerzo por ponerse de pie.

—No creo que esté muy mal, Ian —dije, aliviada—. Mira, se está moviendo.

Rollo se incorporó, sacudiendo la cabeza con violencia y retorciéndose de arriba abajo, y dejando un reguero de sangre por la cubierta. Los grandes ojos amarillos se clavaron en el hombre de menor estatura; su intención era evidente.

—¡Cuidado! ¡O lo detienes o te juro que lo mato! —El pánico y la sinceridad resonaban en la voz del ladrón mientras el cañón de la pistola se dirigía, indeciso, del pequeño grupo de prisioneros al gruñido de *Rollo*.

Ian, quitándose con rapidez la camisa, envolvió la cabeza de *Rollo* para que no viera y así forzarlo a quedarse quieto. El animal movió la cabeza con fuerza, gruñendo bajo la mordaza. La sangre manchaba el lino amarillo; no obstante, podía ver que procedía de un corte superficial en el hombro del perro. Era evidente que la bala sólo lo había rozado.

Ian lo sujetó, serio, y lo obligó a agacharse, murmurando órdenes a la cabeza cubierta del perro.

—¿Cuántos hay a bordo? —El hombre alto dirigió la mirada hacia el capitán Freeman, que tenía la boca cerrada. Apretando los dientes bajo su barba gris, volvió la cabeza en mi dirección.

La conocía, conocía aquella voz. Esto debió de reflejarse en mi cara, porque un momento después se quitó la máscara.

—¿Cuántos? —preguntó de nuevo Stephen Bonnet.

—Seis —contesté. No había razón para no responder. Podía ver a Fergus en la orilla, con las manos levantadas mientras un tercer pirata lo obligaba a volver al barco a punta de pistola. Jamie se había materializado en la oscuridad y estaba a mi lado, con gesto torvo.

—Señor Fraser —dijo amablemente Bonnet, al verlo—. ¡Qué placer volver a verlo! Pero ¿no tenía otro compañero, señor? ¿El caballero con un solo brazo?

—No está aquí —fue la respuesta cortante de Jamie.

—Echaré un vistazo —intervino el más bajo, pero Bonnet lo detuvo con un gesto.

—¿Vas a dudar de la palabra de un caballero como el señor Fraser? No, te quedarás vigilando a esta gente, Roberts. Yo voy a hacer una inspección. —Y, con un gesto hacia su compañero, desapareció.

El hecho de ocuparme de *Rollo* había hecho que me distrajera durante un momento de lo que estaba sucediendo en el barco. Unos ruidos que provenían de la cabina me recordaron mi caja de instrumentos médicos y me puse en pie.

—¡Espere! ¿Adónde va? ¡Deténgase! ¡Voy a disparar! —La voz del asaltante tenía un cariz peligroso, pero también de inseguridad. No me detuve, sino que me lancé hacia la cabina, chocando contra un cuarto ladrón que estaba revisando mi caja.

Me tambaleé a causa de la colisión y, a continuación, lo agarré del brazo, con un grito de rabia. Había estado abriendo cajas y botellas sin ningún cuidado, revolviendo su contenido y tirándolas al suelo; había unas cuantas botellas, muchas de ellas rotas, entre los restos dispersos de la selección de medicamentos del doctor Rawlings.

—¡No se atreva a tocarla! —dije y, agarrando el vial más cercano de la caja, lo destapé y le arrojé el contenido al rostro.

Como casi todos los preparados de Rawlings, contenía una gran proporción de alcohol. El hombre jadeó y retrocedió con los ojos irritados.

Aproveché la ventaja para coger una botella de piedra y golpearlo en la cabeza. Se oyó un golpe satisfactorio, pero no le di con suficiente fuerza; se tambaleó, pero se mantuvo en pie, dando tumbos mientras me agarraba.

Levanté el brazo para darle otro golpe, pero una mano firme sujetó mi muñeca.

—Voy a pedirle que me perdone, querida señora Fraser —argumentó una voz conocida, con acento irlandés—. Pero no puedo dejar que le rompa la cabeza. No es muy bonita, lo sé, pero la necesita para ponerse el sombrero.

—¡Esa maldita perra me ha golpeado! —El hombre se agarraba la cabeza con gesto de dolor.

Bonnet me empujó hacia la cubierta, doblándome un brazo detrás de la espalda. Ya casi había amanecido y el río brillaba como la plata. Observé fijamente a nuestros asaltantes; quería reconocerlos si los veía otra vez, con o sin máscaras.

Por desgracia, la luz permitía que los asaltantes nos vieran mejor. El hombre al que había golpeado, que parecía bastante molesto, agarró mi mano y tiró de mi anillo.

—¡Voy a llevarme esto!

Retiré la mano y quise golpearlo, pero Bonnet me detuvo con una significativa tos. Se había acercado a Ian y había colocado la pistola sobre su oreja izquierda.

—Mejor que se lo dé, señora Fraser —indicó amablemente—. Me temo que el señor Roberts merece una pequeña compensación por el daño que le ha causado.

Tiré del anillo de oro con las manos temblando por la furia y el miedo. El de plata me costó más trabajo; parecía que no quería separarse de mi dedo. Los dos anillos estaban húmedos por el sudor, y el metal parecía caliente contra la frialdad de mis dedos.

—Démelos. —El hombre me empujó con rudeza y extendió una mano mugrienta. Los tenía en mi mano, y me disponía a entregárselos de mala gana, cuando, sin pensarlo, me llevé la mano a la boca.

Un golpe hizo que mi cabeza chocara contra la pared de la cabina. Los dedos callosos de aquel hombre buscaron en mi boca para sacarme los anillos. Tragué con fuerza, con saliva y también con sangre. Le mordí y dio un grito. Uno de los anillos salió de mi boca y oí el ruido metálico al caer. Después, me atraganté; tenía el otro en la garganta.

—¡Perra! ¡Voy a cortarte el cuello! ¡Irás al infierno sin los anillos, puta tramposa! —Vi el rostro de hombre completamente deformado por la furia y el súbito brillo de la hoja de un cuchillo. Entonces algo me golpeó y caí al suelo, aplastada por el cuerpo de Jamie.

Estaba demasiado aturdida para moverme, aunque tampoco hubiera podido hacerlo, ya que su pecho aprisionaba mi cabeza contra la cubierta. En medio de los gritos y la confusión, amortiguados por los pliegues de lino húmedo que me cubrían la cabeza, Jamie recibió un golpe y advertí cómo se sacudía y gemía.

«¡Dios mío, lo han apuñalado!», pensé, completamente aterrorizada. No obstante, otro golpe y otro gemido me mostraron que tan sólo se trataba de una patada en las costillas. Jamie no se movía; sólo se apretó más contra la cubierta, aplastándome como el relleno de un sándwich.

—¡Déjalo, Roberts! ¡He dicho que lo dejes! —La voz de Bonnet resonaba con autoridad, suficientemente aguda como para traspasar la tela.

—Pero ella... —empezó a decir Roberts, cuando, de manera brusca, lo interrumpió un golpe seco y duro.

—Levántese, señor Fraser. Su esposa está a salvo y no porque lo merezca. —La voz de Bonnet contenía una mezcla de burla e irritación.

El peso de Jamie se fue retirando poco a poco de mí, y me senté, algo mareada y con molestias por el golpe en la cabeza. Stephen Bonnet estaba de pie, mirándome, examinándome con cierto disgusto, como si fuera una piel de ciervo gastada que le estuvieran intentando vender. Junto a él, Roberts me miraba con malicia, tocándose una mancha de sangre en la cabeza.

Bonnet parpadeó por fin y observó a Jamie, quien se había puesto en pie.

—Está loca —dijo Bonnet, sin pasión—, pero supongo que a usted no le importa. —Hizo un gesto y sonrió—. Estoy obligado a aprovechar la oportunidad de pagar mi deuda, señor. Una vida por una vida, como dice el Santo Libro.

—¿Pagarnos? —preguntó enfadado Ian—. ¿Después de lo que hicimos por usted, nos roba y nos ataca, hieren a mi tía y a mi perro y tiene el valor de hablar de pago?

Los ojos de Bonnet se clavaron en Ian; eran verdes, del color de las uvas peladas. Tenía un hoyuelo en una mejilla, como si Dios se la hubiera apretado con el pulgar cuando lo creó, pero sus ojos eran fríos como el agua del río al amanecer.

—¿No conoces la Biblia, muchacho? —Bonnet sacudió la cabeza, chasqueando la lengua—. Una mujer virtuosa vale más que los rubíes, su valor es mayor que el de las perlas.

Abrió la mano, todavía sonriendo, y a la luz brillaron tres gemas: una esmeralda, un zafiro y el fuego oscuro del diamante.

—Estoy seguro de que el señor Fraser estará de acuerdo. —Metió la mano en su chaqueta y la sacó vacía—. Después de todo —anunció, volviendo sus ojos fríos hacia Ian otra vez—, hay distintas formas de pagar. —Sonrió, pero no era una sonrisa agradable—. Aunque supongo que eres demasiado joven para saberlo. Alégrate de que no piense darte una lección.

Se volvió hacia sus camaradas.

—Ya tenemos lo que hemos venido a buscar —dijo bruscamente—. Vamos. —Se subió a la baranda y saltó, aterrizando con un gruñido sobre la orilla cenagosa. Sus secuaces lo siguieron, y Roberts me lanzó una mirada malvada antes de saltar con torpeza a las sombras y a la orilla.

Los cuatro hombres desaparecieron entre los arbustos y oímos el relinchar de un caballo en algún lugar de la oscuridad. A bordo, todo permaneció en silencio.

El cielo era del color del carbón, y un trueno resonó en la distancia mientras un relámpago parpadeaba en el horizonte lejano.

—Bastardos. —El capitán Freeman escupió su insulto y se volvió hacia el marinero—. Busca las pértigas, Troklus —dijo, y se arrastró hacia la caña del timón, subiéndose los pantalones mientras caminaba.

Los demás se fueron recuperando poco a poco. Fergus miraba de reojo a Jamie mientras encendía el farol para desaparecer en la cabina, donde oí que comenzaba a ordenar las cosas. Ian permanecía sentado en la cubierta, con la cabeza inclinada sobre *Rollo* mientras pasaba su camisa enrollada sobre el cuello del perro.

No quería mirar a Jamie, así que me arrodillé y me arrastré con tranquilidad hacia Ian. *Rollo* me observó con sus recelosos ojos amarillos, pero no se opuso a mi presencia.

—¿Cómo está? —pregunté con voz ronca. Podía sentir el anillo en mi garganta; me molestaba y tragué varias veces.

El joven Ian levantó la vista. Tenía el rostro pálido, pero sus ojos estaban atentos.

—Creo que está bien —contestó suavemente—. Tía... ¿estás bien? ¿No estás herida?

—No —respondí, y traté de sonreír para tranquilizarlo—. Estoy bien.

Tenía un golpe en la parte posterior del cráneo y aún me pitaban un poco los oídos; el halo amarillo de luz alrededor del farol parecía que oscilara, hinchándose y encogiéndose al ritmo de los latidos de mi corazón. Tenía un arañazo en la mejilla, un codo amoratado y una astilla enorme en una mano, pero parecía que estaba bastante bien físicamente. En cuanto a lo demás, tenía mis dudas.

No miré a Jamie, pero podía advertir su presencia, amenazadora como una tormenta. Ian podía verlo por encima de mi hombro, y parecía algo nervioso.

Se oyó un ligero crujido sobre la cubierta, y la expresión de Ian se relajó. Oí la voz de Jamie dentro de la cabina, aparentemente relajado mientras hacía una pregunta a Fergus. A continuación, se desvaneció entre los sonidos de golpes y movimientos mientras los hombres colocaban los muebles y recogían los bienes, que se encontraban dispersos. Espiré lentamente.

—No te molestes, tía —dijo Ian, intentando consolarme—. Tío Jamie no es de los que golpean.

No estaba tan segura, por las vibraciones que provenían de Jamie, pero esperaba que Ian tuviera razón.

—Está muy enfadado, ¿no crees? —pregunté en voz baja.

Ian se encogió de hombros.

—Bueno, la última vez que me miró de esa manera, me llevó a la parte de atrás de la casa y me dio una paliza. Pero estoy seguro de que no hará lo mismo contigo —se apresuró a decir.

—Me imagino que no —argüí con un tono sombrío. No estaba segura de si prefería que lo hiciera.

—Tampoco son agradables las broncas del tío Jamie —intervino Ian, sacudiendo la cabeza con simpatía—. Yo prefiero que me pegue una paliza.

Le lancé una mirada de reprobación y me incliné hacia el perro.

—Ya hemos tenido bastante por hoy. ¿Ha dejado de sangrar?

Por debajo del pelo ensangrentado, la herida aparecía sorprendentemente pequeña: un corte en la piel y en el músculo cerca del lomo. *Rollo* agachó las orejas y me enseñó los dientes mientras lo examinaba, pero no protestó.

—Buen perro —murmuré. Si hubiera tenido alguna manera de anestesiar la piel, le hubiera cosido la herida, pero tendríamos que pasar sin semejantes exquisiteces—. Hay que ponerle un poco de ungüento para ahuyentar a las moscas.

—Voy a buscarlo, tía, sé dónde está tu caja. —Ian levantó el hocico de *Rollo* apoyado en su rodilla y se puso en pie—. ¿Es ese verde que le pusiste a Fergus en el dedo del pie?

Asentí, y el muchacho desapareció en la cabina, dejándome a solas con el estómago revuelto, la garganta congestionada y dolor de cabeza. Tragué varias veces, sin mucho éxito. Me toqué la garganta con cuidado, preguntándome cuál era el anillo que había conservado.

Eutroclus apareció por un lado de la cabina, transportando una larga y gruesa pértiga de madera blanca con el extremo muy manchado, que indicaba la frecuencia con que se había usado. Hundiendo firmemente la pértiga en un costado, apoyó su peso sobre ella, empujando con un prolongado y sostenido esfuerzo.

Di un pequeño salto cuando Jamie apareció entre las sombras con una pértiga similar en la mano. No lo había oído venir con los distintos golpes y ruidos. No me miró y, en cambio, se quitó la camisa y, con un gesto de marinero, hundió su propia pértiga.

Al cuarto intento, noté la vibración del casco, una pequeña sacudida mientras algo se desplazaba. Animados, Jamie y el marinero empujaron con más fuerza y, de repente, el casco se deslizó con libertad con un golpe amortiguado en la madera, que hizo que *Rollo* levantara la cabeza con un ladrido inquieto.

Eutroclus hizo un gesto a Jamie, con el rostro cubierto con una brillante capa de sudor, y le quitó la pértiga. Jamie le devolvió el gesto, sonriente, y después de recoger su camisa del suelo de la cubierta, se volvió hacia mí.

Me puse rígida y *Rollo* movió las orejas en posición de alerta, pero Jamie no manifestó ninguna intención de regañarme ni de arrojarme por la borda. Por el contrario, se inclinó para examinarme con rostro ceñudo bajo la luz temblorosa del farol.

—¿Cómo te sientes, Sassenach? No sé si estás verde o si es la luz.

—Estoy bien. Un poco temblorosa, quizá. —Más que un poco. Mis manos no podían estar quietas y sabía que mis rodillas no me sostendrían si intentaba ponerme en pie. Tragué con fuerza, tosí y me di unos golpes en el pecho.

—Es probable que sea mi imaginación, pero noto como si tuviera el anillo en la garganta.

Me miró pensativo y luego se volvió hacia Fergus, que acababa de salir de la cabina y daba vueltas por allí.

—Pregúntale al capitán si me presta su pipa un momento, Fergus. —Se dio la vuelta, pasándose la camisa por la cabeza, y se alejó, regresando con una jarra llena de agua.

Quise cogerla, agradecida, pero la apartó.

—Todavía no, Sassenach —dijo—. ¿La has conseguido? Sí, gracias, Fergus. Busca un balde vacío, ¿quieres?

Cogió la pipa de manos del intrigado Fergus, metió el pulgar en el cuenco manchado y comenzó a rascar el residuo quemado y gomoso que lo cubría. Le dio la vuelta a la pipa y vació su contenido en la jarra de agua, haciendo que se produjera una pequeña llovizna de cortezas marrones y migajas húmedas de tabaco medio quemado, que removió en el agua con su pulgar ennegrecido. Al terminar con esa tarea, me miró de forma maligna sobre el borde de la jarra.

—No —intervine—. ¡Oh, no!

—Oh, sí —respondió—. Vamos, Sassenach, esto terminará con tus molestias.

—Yo... esperaré —expliqué. Me crucé de brazos—. Gracias de todos modos.

Fergus había regresado con el balde y nos miraba con las cejas levantadas. Jamie colocó el balde a mi lado.

—Yo ya lo he hecho así, Sassenach —me informó—, y es mucho más asqueroso de lo que crees. Tampoco es agradable hacerlo en un barco, entre tanta gente, ¿no? —Me puso la mano en la parte posterior de la cabeza y empujó la taza contra mi labio inferior—. Será rápido. Vamos, sólo es un sorbito.

Apreté los labios; el olor de la jarra era suficiente para revolverme el estómago, ya que mezclaba el olor rancio del tabaco, la imagen de la desagradable superficie marrón del líquido con las migajas flotando bajo la superficie y el recuerdo de los esputos marrones del capitán Freeman deslizándose por la cubierta.

No se molestó en tratar de convencerme con argumentos. Se limitó a soltarme la cabeza, apretarme la nariz y, cuando abrí la boca para respirar, me volcó el apestoso contenido de la jarra.

—Traga —ordenó, tapando mi boca e ignorando mis frenéticos movimientos y mis protestas amortiguadas. Era mucho más fuerte que yo y no iba a dejarme. Tenía que tragar o ahogarme.

Tragué.

· · ·

—Ha quedado como nuevo. —Jamie terminó de lustrar el anillo de plata con su camisa y lo levantó para admirarlo a la luz del farol.

—Eso es más de lo que se puede decir de mí —respondí con frialdad. Estaba recostada en la cubierta y, aunque la corriente era apacible, todavía me sentía mareada—. ¡Eres un maldito y sádico torturador, Jamie Fraser!

Se inclinó apartándome los mechones de pelo que me tapaban la cara.

—Eso espero. Ya tienes fuerza para insultarme, Sassenach, eso quiere decir que estás mejor. Descansa un poco, ¿quieres?

Me besó en la frente y se sentó.

Una vez que había pasado la excitación y después de ordenarlo todo en la asolada cubierta, los hombres habían ido a la cabina para recuperarse con la ayuda de una botella de aguardiente de manzana que el capitán Freeman había salvado de los piratas escondiéndola en el barril de agua. Una pequeña jarra con esa bebida esperaba cerca de mi cabeza. Todavía no me sentía con fuerzas para tragar nada, pero el olor a fruta era reconfortante.

Navegábamos impulsados por el viento, ansiosos por alejarnos, como si el peligro todavía rondara por aquel lugar. Nos desplazábamos con más rapidez, y la habitual nubecilla de insectos que revoloteaba junto a los faroles se había dispersado, reducida a apenas unas cuantas crisopas que descansaban sobre la viga; sus delicados cuerpos verdes proyectaban unas diminutas sombras. En la cabina resonaban algunas risas y *Rollo* respondía con un gruñido desde la cubierta; todo estaba volviendo a la normalidad.

Una suave brisa en cubierta acarició mi rostro, secándome el sudor y agitando los cabellos de Jamie sobre su cara. Las líneas de su frente y el gesto de sus cejas me indicaban que estaba sumido en profundos pensamientos.

No era muy difícil saber en qué estaba pensando. De inmediato, habíamos pasado de ricos (o, al menos, potencialmente ricos) a pobres. Nuestro equipo se había reducido a un saco de judías y una caja con instrumental médico. Pese a nuestro deseo de no llegar como mendigos a la puerta de Yocasta Cameron, nos habíamos convertido en poco más que eso.

La tristeza había reemplazado a la irritación, y tenía un nudo en la garganta. Más allá de la cuestión de su orgullo inmediato, había un vacío terrorífico en aquel territorio desconocido denominado «futuro». Nos lo habíamos cuestionado antes, pero la reconfortante certeza de que tendríamos dinero para cumplir nuestros objetivos, fueran los que fueran, había pulido los bordes afilados de todas aquellas preguntas.

Incluso nuestro penoso viaje al norte había parecido una aventura, con la evidencia de que poseíamos una fortuna, pudiéramos gastarla o no. Nunca me había considerado una persona que valorara en exceso el dinero, pero esta forma violenta de arrancarnos la seguridad me producía una sensación de vértigo, como si sufriera una inevitable caída a un enorme y oscuro pozo.

¿Cómo afectaría a Jamie, que no sólo sentía su peligro y el mío, sino también la responsabilidad de muchas otras vidas? Ian, Fergus, Marsali, Duncan, los habitantes de Lallybroch e incluso aquella maldita Laoghaire. No sabía si reír o llorar al pensar en el dinero que Jamie le había enviado; aquella criatura vengativa estaba ahora mucho mejor que nosotros.

Al pensar en la venganza, sentí otra punzada que apagó el resto de mis temores. Jamie no era vengativo para ser escocés, pero ningún hombre de las Highlands soportaría semejante pérdida con silenciosa resignación; no sólo la pérdida de la fortuna, sino también del honor. ¿Qué se sentiría impulsado a hacer ahora?

Jamie contemplaba fijamente el agua oscura con la boca tensa. ¿Veía, tal vez, la tumba donde influido por el sentimentalismo alcohólico de Duncan, había aceptado ayudar a Bonnet a escapar?

Se me ocurrió más tarde que Jamie aún no había asimilado los aspectos económicos del desastre... Estaba ocupado con reflexiones más amargas; era él quien había ayudado a que Bonnet escapara de la horca, y lo había liberado para que siguiera atacando a inocentes. Además de nosotros, ¿cuántos más sufrirían a causa de aquello?

—No debes culparte —dije, tocando su rodilla.

—¿Y a quién culpo, si no? —preguntó tranquilamente, sin mirarme—. Conocí al hombre por lo que era. Pude dejar que tuviera el destino que merecía, pero no lo hice. Fui un tonto.

—Eres bueno, que no es lo mismo.

—Es parecido.

Inspiró profundamente. El aire se estaba refrescando con el aroma del ozono; la lluvia se acercaba. Bebió aguardiente de sidra de la jarra con un profundo suspiro. Luego me la ofreció y acepté.

—Sí, gracias. —Luché para enderezarme, pero Jamie me tomó de los hombros y me levantó para apoyarme contra él.

Sostuvo la jarra para que bebiera; el líquido tibio se deslizó con suavidad por mi lengua y después se incendió al descender por mi garganta, quemando los restos de vómito y tabaco, y reemplazándolos por el prolongado sabor del azúcar de caña quemado del ron.

—¿Mejor?

Asentí. Cogió mi mano derecha y me deslizó el anillo en un dedo, con el metal todavía caliente por el contacto con su mano. A continuación, me dobló los dedos, me apretó el puño con fuerza y lo sostuvo con firmeza.

—¿Nos habrán seguido desde Charleston? —pregunté en voz alta.

Jamie negó con la cabeza. Su cabello, todavía suelto, caía en mechones tapando parte de su cara.

—No creo. Si hubiera sabido que teníamos joyas, nos habría detenido en el camino, antes de llegar a Wilmington. No, supongo que se enteró por alguno de los sirvientes de Lillington. Creí que estábamos a salvo al alejarnos hacia Cross Creek antes de que nadie oyera hablar de las piedras preciosas. Pero alguien debió de hablar: un criado, la costurera que te arregló el vestido...

Su rostro estaba tranquilo, pero siempre era así cuando ocultaba una fuerte emoción. Una repentina ráfaga de aire caliente recorrió un lado de la cubierta; estaba a punto de llover. Agitó los mechones sueltos de su cabello contra su mejilla y se los apartó, pasándose los dedos por la abundante mata de pelo.

—Lo siento por tu otro anillo —comentó.

—Oh, no... —Iba a decir «no importa», pero las palabras se detuvieron en mi garganta después de ser consciente de la pérdida.

Usaba aquel anillo de oro desde hacía treinta años; era el símbolo de los votos pronunciados, olvidados, renovados y por último eximidos. Un símbolo del matrimonio, de la familia; de una gran parte de mi vida. Y el último recuerdo de Frank, a quien, pese a todo, yo había amado.

Jamie no dijo nada. Cogió mi mano izquierda, la sostuvo y me frotó con suavidad los nudillos con el pulgar. Yo tampoco hablé. Suspiré profundamente y volví mi rostro hacia popa; los árboles de la orilla se estremecían con el viento y las hojas susurraban con el ruido suficiente como para acallar el sonido al pasar la embarcación.

Una gota me cayó en la mejilla, pero no me moví. Mi mano flácida parecía blanca en la de Jamie, con un aspecto frágil que no era nada habitual; era impresionante verla así.

Estaba acostumbrada a prestar mucha atención a mis manos. Eran mis herramientas, mi canal de tacto que aunaba delicadeza y fuerza para curar. Tenían cierta belleza que yo admiraba con algo de indiferencia, pero lo que las hacía admirables era la hermosura de la fuerza y la competencia, la seguridad de poder.

Ahora era la misma mano, pálida y de dedos largos con nudillos algo huesudos. Estaba por completo desnuda sin mi anillo, pero era claramente mi mano. No obstante, se encontraba sobre una mano tan grande y áspera que, en comparación, parecía pequeña y frágil.

Me oprimió la otra mano, apretando el anillo de plata en mi carne para recordarme lo que significaba.

Cogí su mano y la presioné contra mi corazón. Comenzaron a caer grandes gotas de lluvia, pero ninguno de los dos nos movimos.

La tormenta llegó con rapidez, dejando caer un velo de agua sobre la embarcación y la orilla, tamborileando de manera ruidosa sobre las hojas, la cubierta y el agua, y causando una ilusión provisional de ocultamiento. La lluvia caía fresca y suave sobre mi piel, como un bálsamo temporal para las heridas del miedo y la pérdida.

Me sentía muy vulnerable y, a la vez, del todo segura. Pero siempre me sucedía lo mismo con Jamie Fraser...

CUARTA PARTE

River Run

10

Yocasta

Cross Creek, Carolina del Norte, junio de 1767

River Run se hallaba en la orilla de Cape Fear, por encima de la confluencia que daba su nombre a Cross Creek. El lugar ocupaba una superficie considerable y tenía un puerto lleno de gente y grandes tinglados alineados al borde del agua. Mientras el *Sally Ann* avanzaba con lentitud por vía marítima, nos invadió un intenso olor a resina procedente del pueblo y del río, envuelto en una masa de aire caliente y húmedo.

—Dios mío, es como respirar trementina —dijo Ian jadeando, cuando nos invadió una nueva oleada de ese atrofiante hedor.

—Es que es lo que estás respirando, hombre —intervino el negro con una sonrisa blanca, y desapareció. Hizo un gesto hacia una barcaza amarrada a un pilote junto a uno de los embarcaderos. Estaba llena de barriles, algunos de los cuales mostraban un grueso flujo negro a través de las grietas. Otros más grandes tenían marcas impresas de sus propietarios, con una enorme «T» quemada sobre la madera de pino.

—Así es —comentó el capitán Freeman. Entornó los ojos debido a luz del sol, agitando una mano lentamente frente a su nariz, como si aquello dispersara el tufo—. En esta época del año vienen los vendedores del interior con alquitrán y trementina; los traen en embarcaciones desde Wilmington y los envían al sur, a los astilleros de Charleston.

—No creo que todo sea trementina —añadió Jamie. Se pasó un pañuelo por la nuca e hizo un gesto hacia el almacén más grande, flanqueado por casacas rojas—. ¿No lo hueles, Sassenach?

Inspiré con cuidado. Había algo más en el aire, un aroma cálido y familiar.

—¿Ron? —pregunté.

—Y coñac. Y también un poco de oporto. —La larga nariz de Jamie se arrugó, sensible como la de una mangosta. Lo miré divertida.

—No has perdido tu olfato de catador, ¿verdad? —Veinte años antes había regentado un negocio de vinos en París, propiedad de su primo Jared, y tanto su nariz como su paladar habían sido el asombro de las bodegas parisinas.

Me sonrió burlón.

—Espero poder distinguir un mosela de la orina de caballo si los pones debajo de mi nariz. Pero diferenciar el ron y la trementina no es ninguna tontería, ¿no?

Ian inspiró hondo y dejó salir el aire en forma de tos.

—Para mí tienen el mismo olor —dijo, moviendo la cabeza.

—Bien, la próxima vez que quieras un trago, te daré trementina —argumentó Jamie—. Resultará mucho más barato. Y eso es todo lo que puedo pagar ahora —añadió, entre las risas que había provocado el comentario. Se enderezó, arreglándose la camisa y la casaca—. Llegaremos pronto. ¿Parezco un mendigo, Sassenach?

Al observarlo con el sol brillando sobre su cabello bien recogido y su perfil oscuro como una moneda contra la luz, pensé que tenía un aspecto deslumbrante, pero había advertido el ligero deje de ansiedad en su voz, y sabía a qué se refería. Puede que no tuviera un centavo, pero no quería que se notara.

Era consciente de que la idea de aparecer ante su tía como un pordiosero hería en gran medida su orgullo, y el hecho de que las circunstancias lo hubieran forzado a adoptar ese papel no lo hacía más soportable.

Lo examiné con cuidado. La chaqueta y el chaleco, cortesía del primo Edwin, no eran espectaculares, pero sí bastante aceptables; estaban confeccionados con un fino paño gris, la hechura era buena y le quedaban a la perfección. Los botones no eran de plata, pero tampoco eran de madera ni de hueso; eran de un sobrio peltre, como los de un próspero cuáquero.

No es que se pareciera lo más mínimo a un cuáquero, pensé. La camisa de lino estaba bastante sucia, pero mientras llevara la chaqueta puesta, nadie se daría cuenta, y el botón que le faltaba al chaleco estaba oculto por la graciosa caída de las chorreras de encaje, la única extravagancia que se había permitido a la hora de vestir.

Las medias estaban en buen estado. Eran de un color azul pálido y no se veían agujeros. Los pantalones de lino blanco le quedaban ajustados, pero no resultaban indecentes, y estaban bastante limpios.

Los zapatos eran lo único que fallaba en su conjunto; no había habido tiempo de hacerle unos nuevos. Los suyos eran sólidos, y yo había hecho todo lo posible para ocultar las rozaduras con una mezcla de hollín y grasa, pero era evidente que eran los zapatos de un granjero, y no de un caballero, con una suela gruesa, hechos con piel áspera y hebillas de humilde hueso. No obstante, dudaba que sus pies fueran lo primero que mirara su tía Yocasta.

Me puse de puntillas, le levanté el cuello de encaje y le quité una pelusa de la espalda.

—Estás muy bien —susurré, sonriéndole—. Estás muy guapo.

Me contempló sorprendido y su expresión de burlona indiferencia se convirtió en una sonrisa.

—Eres hermosa, Sassenach. —Se inclinó y me besó en la frente—. Estás colorada como una manzana, muy guapa. —Se enderezó, miró de reojo a Ian y suspiró—. En cuanto a Ian, quizá pueda hacerlo pasar por un trabajador al que he contratado para que atienda a los cerdos.

Ian era del tipo de persona que conseguía que sus ropas, con independencia de la calidad original y de lo viejas que fueran, parecieran sacadas de un cubo de basura. Se le salía la mitad del cabello de su cinta verde, y un codo huesudo sobresalía de un desgarrón en su camisa nueva, cuyos puños ya estaban bastante grises.

—¡El capitán Freeman dice que llegaremos en cualquier momento! —exclamó Ian, con los ojos brillantes por la excitación mientras se inclinaba hacia un lado, mirando río arriba para ser el primero en vislumbrar nuestro destino—. ¿Qué creéis que nos darán de comer?

Jamie miró a su sobrino con disgusto.

—Espero que te den las sobras, como a los perros. ¿No tienes casaca, Ian? ¿Ni peine?

—Sí —respondió Ian, mirando alrededor como si esperara que los objetos se materializaran frente a él—. Tenía una casaca. Debe de estar por aquí.

La casaca estaba debajo de un banco y la cogió, no sin cierta dificultad, ya que *Rollo* se había apoderado de ella para dormir más cómodo. Tras cepillarla con rapidez para eliminar, como mínimo, parte del pelo de perro de la prenda, Ian se la puso con esfuerzo, y se sentó para que le peinara y trenzara el cabello mientras Jamie le daba una rápida lección de modales que consistía, sobre todo, en que mantuviera la boca cerrada tanto como pudiera.

Ian asintió afablemente.

—¿Le contarás a la tía abuela Yocasta lo de los piratas? —preguntó.

Jamie miró la espalda del capitán Freeman. Era ingenuo pensar que no contaría la historia en todas las tabernas de Cross Creek tan pronto como se librara de nosotros. Y en cuestión de días, o tal vez de horas, la noticia llegaría a la plantación de River Run.

—Sí, se lo contaré —respondió Jamie—. Pero no de inmediato, Ian. Esperaremos a que se acostumbre a nosotros.

El embarcadero de River Run se encontraba a cierta distancia de Cross Creek, alejado del ruido y del aire fétido de la ciudad por varios kilómetros de río y bosque.

Después de ocuparme de que Jamie, Ian y Fergus quedaran lo mejor posible, con la ayuda de agua, peines y cintas, me retiré a la cabina, me quité la ropa mugrienta, me lavé con celeridad y me puse el vestido de seda que había llevado en la cena del gobernador.

La suave tela era ligera y fresca sobre mi piel. Quizá algo más formal de lo que era habitual para la tarde, pero para Jamie era importante que tuviéramos un aspecto decente (sobre todo ahora, tras nuestro encuentro con los piratas), y mis únicas alternativas era una mugrienta muselina o un harapiento vestido de camlet con el que había viajado desde Georgia.

No podía hacer gran cosa con mi pelo, así que lo peiné con rapidez con el cepillo y me lo sujeté en la parte de atrás, dejando que las puntas se enrollaran. No necesitaba preocuparme por las joyas, pensé con tristeza, frotando el anillo de plata para que brillara. Evitaba mirar la mano izquierda, tan desnuda; si no lo hacía, aún podía sentir el peso imaginario del oro en ella.

Cuando salí de la cabina, el embarcadero estaba a la vista. A diferencia de otros muelles por los que habíamos pasado, el de River Run era de madera, sólido. Un muchacho negro estaba sentado, moviendo con aburrimiento sus piernas desnudas. Cuando vio que se aproximaba el *Sally Ann*, se puso en pie de un salto y salió corriendo, quizá para anunciar nuestra llegada.

La sencilla embarcación se detuvo en el muelle. Junto a la línea de árboles que bordeaba el río se extendía un sendero de ladrillo que ascendía a través de un conjunto de jardines y prados, dividiéndose para rodear un par de estatuas de mármol con macizos de flores. Luego se volvía a unir hasta llegar a una gran plaza, frente a una imponente casa de dos plantas con columnas y chimeneas. A un lado de los macizos de flores había un edificio en miniatura de mármol blanco. Pensé que podía tratarse de alguna clase de mausoleo. Me toqué el pelo y reconsideré mi opinión sobre el vestido que llevaba.

La reconocí de inmediato entre la gente que salía de la casa y bajaba corriendo por el sendero. Aun sin saber quién era, me habría dado cuenta de que estaba ante una MacKenzie. Tenía las mejillas huesudas, el aire vigoroso y la frente alta de sus hermanos Colum y Dougal. Como su sobrino y su sobrina nieta, tenía la extraordinaria estatura que los identificaba a todos como descendientes de la misma sangre.

Sacando una cabeza al grupo de criados negros que la rodeaban, flotó por el camino de la entrada con la mano sobre el brazo de su mayordomo, aunque no había visto a ninguna mujer que necesitara menos ayuda que ella.

Era alta y ágil, y andaba con una seguridad que no se adecuaba al blanco de sus cabellos. Debía de haber sido tan pelirroja como Jamie, porque todavía le quedaban restos de aquel tinte rojizo especial, pero la mayor parte de su cabello tenía aquel blanco suave que solían tener los pelirrojos, con esa mantecosa pátina de una vieja cuchara de oro.

Los niños de la avanzadilla lanzaron un grito, y dos de ellos se soltaron y corretearon por el camino hacia el embarcadero, donde nos rodearon, ladrando como cachorritos. Al principio no podía entender ni una palabra; sólo cuando Ian les respondió, divertido, me di cuenta de que gritaban en gaélico.

No sabía lo que Jamie pensaba hacer o decir en el primer encuentro. Llegado el momento, dio un paso hacia Yocasta MacKenzie y la abrazó, diciendo:

—Tía... soy Jamie.

Cuando la soltó y dio un paso atrás, vi que su rostro tenía una expresión que nunca había visto antes: una mezcla de ansiedad, alegría y temor. Entonces pensé, con cierta conmoción, que Yocasta MacKenzie debía de ser muy parecida a su hermana mayor, la madre de Jamie.

Imaginé que tenía sus mismos ojos color azul profundo, aunque no podía asegurarlo, porque estaban empañados por las lágrimas y cerrados por la risa. Tenía a Jamie sujeto por la manga y le tocaba la mejilla, para retirarle de la cara unos mechones de pelo inexistentes.

—¡Jamie! —decía una y otra vez—. ¡Jamie, pequeño Jamie! ¡Estoy muy contenta de que hayas venido, muchacho! —Extendió la mano una vez más y le tocó el cabello con una expresión de sorpresa—. ¡Dios bendito, pero si eres un gigante! ¡Debes de ser tan alto como mi hermano Dougal!

La expresión de alegría del rostro de Jamie se atenuó un poco, pero mantuvo su sonrisa cuando se volvió para presentarme.

—Tía, ¿puedo presentarte a mi esposa? Ella es Claire.

Radiante, extendió la mano de inmediato; la tomé reconociendo aquellos dedos largos y fuertes; sus nudillos estaban un poco deformados por la edad, pero su piel era suave y, al tacto, era sorprendentemente parecida a la de Brianna.

—Estoy muy contenta de conocerte, querida —dijo, acercándome para besarme en la mejilla. Su vestido desprendía un intenso olor a menta y verbena, y me sentí conmovida de una manera extraña, como si de repente hubiera caído bajo la protección de una benévola deidad—. ¡Eres muy hermosa! —comentó con admiración mientras sus largos dedos cogían la manga de mi vestido.

—Muchas gracias —contesté, pero había que presentar a Ian y a Fergus. Recibió a los dos con cariñosos abrazos y rió cuando Fergus le besó la mano haciendo gala de su mejor educación francesa.

—Venid —dijo, soltándose finalmente, secándose las mejillas húmedas con el dorso de la mano—. Venid a tomar una taza de té y a comer algo. Debéis de estar hambrientos después del viaje. ¡Ulises! —Se volvió mientras su mayordomo se adelantaba y hacía una reverencia.

A mí me llamó *lady*, y a Jamie, *sir*.

—Todo está preparado, señorita Yo —indicó con suavidad a su patrona y le ofreció el brazo.

Cuando comenzaron a subir por el sendero, Fergus se volvió hacia Ian y le hizo una reverencia, imitando los modales refinados del mayordomo; a continuación, le ofreció el brazo, burlón. Ian le pateó el trasero, y caminó por el sendero, volviendo la cabeza de un lado a otro para asimilarlo todo. Se le había soltado el lazo verde, y le colgaba a medio camino por la espalda.

Jamie resopló ante aquellas payasadas, pero sonrió.

—*Madame?* —Me extendió el brazo, lo tomé y los seguimos hacia las puertas de River Run, abiertas de par en par para recibirnos.

La casa era enorme y ventilada, con altos techos y puertas vidrieras anchas en todas las estancias de la planta baja. Advertí destellos de plata y cristal mientras pasábamos por un comedor grande y convencional, que hacía patente que Hector Cameron había tenido mucho éxito como propietario de la plantación.

Yocasta nos condujo hasta su sala privada, una estancia más pequeña e íntima, bien amueblada, pero con detalles hogareños entre el brillo de los muebles pulidos y el destello de los ornamentos. Había una enorme cesta llena de ovillos de lana sobre la pequeña mesa de madera pulida, junto a un jarrón de cristal con flores de verano y una pequeña campana ornamentada de plata; una rueca giraba poco a poco debido a la brisa que penetraba a través de las puertas dobles.

El mayordomo nos escoltó hasta la sala, instaló a su señora y se volvió hacia un aparador, donde tenía una colección de jarras y botellas.

—Tomaremos un trago para celebrar tu llegada, Jamie. —Yocasta agitó una mano larga y delgada en dirección al aparador—. Seguro que no has probado un whisky decente desde que saliste de Escocia.

Jamie rió mientras se sentaba frente a ella.

—En realidad, no, tía. ¿Cómo lo has conseguido?

Yocasta se encogió de hombros y rió con alegría.

—Tu tío tuvo la suerte de conseguir bastante hace unos años. Compró la mitad de la carga de vino y whisky de un barco a cambio de tabaco con el propósito de venderlo, pero en aquel momento el Parlamento dictó un decreto según el cual se prohibía comercializar bebidas más fuertes que la cerveza, ya que este derecho se reservaba a la Corona. ¡Así fue como terminamos con doscientas botellas en la bodega!

Sin molestarse en mirar, estiró la mano hacia la mesa que se encontraba junto a su silla. No necesitaba hacerlo, puesto que el mayordomo acercó el vaso a sus dedos. Su mano se cerró y lo levantó, pasándoselo por la nariz para olerlo, con los ojos cerrados en un sensual deleite.

—Aún queda bastante. ¡Más de lo que me puedo beber yo sola! —Abrió los ojos y sonrió, alzando el vaso hacia nosotros—. Por ti, sobrino, y por tu querida esposa, que encontréis un hogar en esta casa. *Slàinte!*

—*Slàinte mhar!* —respondió Jamie, y todos bebimos.

Era un buen whisky, suave como la seda y reconfortante como el brillo del sol.

Pude sentir cómo descendía hasta la boca de mi estómago, se asentaba y se extendía por mi columna vertebral.

Según parece, tuvo un efecto similar en Jamie; podía ver cómo su entrecejo fruncido se suavizaba a medida que su rostro se relajaba.

—Voy a hacer que Ulises escriba esta noche a tu hermana anunciándole vuestra llegada sanos y salvos —intervino Yocasta—. Debe de estar muy preocupada por su hijo, pensando en todas las desgracias que le podían haber sucedido durante el viaje.

Jamie dejó su vaso y se aclaró la garganta, preparándose para la tarea de la confesión.

—En cuanto a desgracias, tía, me temo que debo decirte...

Miré para otro lado, para no aumentar su incomodidad mientras explicaba la pérdida de nuestra fortuna. Yocasta escuchaba con atención, dejando escapar sonidos de desconsuelo cuando le contaba el encuentro con los piratas.

—¡Qué ser más perverso! —exclamó—. ¡Pagarte el favor de esa forma! ¡Ese hombre debería ser ahorcado!

—Bueno, eso sólo es culpa mía, tía —respondió Jamie con pesar—. Si no hubiera sido por mí, lo habrían colgado. Y puesto que sabía desde el principio que era un villano, no me sorprendió ver cómo cometía una fechoría.

—Mmfm. —Yocasta se enderezó en su silla, mirando un poco por encima del hombro izquierdo de Jamie mientras hablaba—. Sea como sea, sobrino. Pero quiero que consideres River Run como tu hogar; lo digo en serio. Tú y los tuyos sois bienvenidos aquí. Y estoy segura de que encontraremos la manera de reparar esas pérdidas.

—Te lo agradezco, tía —murmuró Jamie, pero él tampoco quería mirarla a los ojos. Bajó la vista al suelo, y vi que apretaba tanto el vaso entre sus dedos, que tenía los nudillos blancos.

La conversación, por suerte, se centró en Jenny y en la familia de Lallybroch, y la incomodidad de Jamie fue atenuándose poco a poco. Yocasta había pedido la cena; podía oler los tentadores aromas de la carne asada procedentes de la cocina, transportados por la brisa del atardecer que flotaba a través del césped y los parterres.

Fergus se puso en pie y, con diplomacia, se disculpó mientras Ian daba vueltas por la estancia, cogiendo objetos y volviéndolos a dejar. *Rollo*, aburrido en el interior, olfateaba laboriosamente el umbral, observado con profundo disgusto por el remilgado mayordomo.

La casa y los muebles eran sencillos, pero estaban bien hechos y eran hermosos, y el lugar estaba decorado con algo más que gusto. Mientras apreciaba la gracia y la elegancia del ambiente, Ian se detuvo con brusquedad ante un cuadro de gran tamaño.

—¡Tía Yocasta! —exclamó, volviéndose ansioso hacia ella—. ¿Lo has pintado tú? Está firmado con tu nombre.

Pareció que su rostro se ensombrecía antes de volver a sonreír.

—¿Un paisaje montañoso? Sí, es algo que siempre he amado. Solía ir con Hector, cuando viajaba al campo para comerciar con cueros. Acampábamos en las montañas y encendíamos una gran hoguera que los sirvientes mantenían noche y día, como una señal. A los pocos días, los salvajes pieles rojas salían del bosque y se sentaban alrededor de la fogata para hablar, beber whisky y comerciar con nosotros. Yo me sentaba con el cuaderno y el carboncillo y dibujaba todo lo que veía.

Hizo un gesto hacia el otro extremo de la sala.

—Mira el que está en la esquina. Trata de descubrir al indio que pinté mientras estaba oculto entre los árboles.

Yocasta terminó su whisky y dejó el vaso, rechazando el ofrecimiento del mayordomo sin mirar. Él dejó la botella y desapareció en silencio por el pasillo.

—Sí, adoraba el paisaje de esas montañas —repitió Yocasta con tranquilidad—. No son tan oscuras y áridas como las de Escocia, pero el sol en las rocas y la niebla entre los árboles a veces me recuerdan a Leoch.

Sacudió la cabeza y sonrió a Jamie, quizá forzándose a ello.

—Pero éste ha sido mi hogar durante mucho tiempo, sobrino, y espero que tú también desees considerarlo así.

No teníamos muchas opciones; Jamie inclinó la cabeza y murmuró un agradecimiento como respuesta. Pero *Rollo* se enderezó y lo interrumpió con un gruñido.

—¿Qué ocurre, perro? —preguntó Ian, aproximándose al perro lobo—. ¿Estás oliendo algo?

Rollo gimoteaba mientras observaba el oscuro camino de flores y sacudía su piel gruesa, inquieto.

Yocasta volvió la cabeza hacia la puerta abierta y olfateó de manera audible, con las fosas nasales dilatadas.

—Es una mofeta —dijo.

—¡Una mofeta! —Ian la contempló asombrado—. ¿Se acercan tanto a la casa?

Jamie se levantó y salió a mirar.

—Aún no he visto ninguna —comentó. Se llevó la mano automáticamente al cinturón, pero era evidente que no llevaba su daga con el traje bueno. Se volvió hacia Yocasta—. ¿Tienes armas en la casa, tía?

—Sí —respondió, boquiabierta—. Muchísimas. Pero...

—Jamie —intervine—. Las mofetas no son...

Antes de que pudiéramos terminar las frases, se produjo un repentino alboroto entre las bocas de dragón del borde del sendero, y los largos tallos se movieron de un lado a otro. *Rollo* empezó a gruñir a un macizo de flores.

—¡*Rollo*! —Ian buscó algún arma y cogió el atizador de la chimenea. Blandiéndolo sobre su cabeza, caminó hacia la puerta.

—Espera, Ian —dijo Jamie, sujetándolo del brazo—. Mira. —Con una gran sonrisa, señaló hacia el cantero. Las bocas de dragón se separaron y apareció una rechoncha mofeta con rayas blancas y negras, en principio muy confiada ante las circunstancias.

—¿Eso es una mofeta? —preguntó Ian, incrédulo—. Pero ¡si es muy pequeña! —Arrugó la nariz, con una expresión a medio camino entre la diversión y la decepción—. ¡Puf! ¡Y yo que creía que era un animal enorme y peligroso!

La satisfecha indiferencia de la mofeta fue excesiva para *Rollo*, que saltó hacia delante con un breve y agudo ladrido. Fue de un lado a otro en la terraza, ladrando y lanzando breves embestidas hacia la mofeta, que parecía molesta ante el barullo.

—Ian —exclamé, refugiándome detrás de Jamie—. Llama a *Rollo*. Las mofetas son peligrosas.

—¿Ah, sí? —Jamie me miró intrigado—. Pero ¿qué...?

—Los hurones sólo apestan —expliqué—. Las mofetas... ¡Ian, no! ¡Déjalo y ven aquí! —Ian, curioso, había salido y pinchaba a la mofeta con el atizador. El animal, ofendido ante unas confianzas injustificadas, apoyó las patas en el suelo y levantó la cola.

Oí el crujido de una silla, me volví y vi que Yocasta se había puesto en pie y miraba alarmada, pero no intentó aproximarse a la puerta.

—¿Qué ocurre? ¿Qué estáis haciendo? —Para mi sorpresa, miraba a la estancia y movía la cabeza de un lado a otro, como tratando de localizar algo en la oscuridad.

De pronto, descubrí la verdad: su mano en el brazo del mayordomo, su forma de tocar el rostro de Jamie al recibirlo, el vaso colocado para que ella lo agarrara y la sombra que cubrió su rostro cuando Ian habló de sus cuadros. Yocasta Cameron era ciega.

Un grito y un penetrante aullido hicieron que volviera a ocuparme de lo que sucedía fuera. Un olor ácido invadió la estancia, entró en contacto con el suelo y nos envolvió a todos en una especie de hongo nuclear.

Tosiendo y jadeando, y con los ojos llorosos por el hedor, busqué a ciegas a Jamie, que hacía comentarios ahogados en gaélico. Entre la cacofonía de gruñidos y quejidos, apenas oí la campanilla de Yocasta.

—¿Ulises? —preguntó, con resignación—. Avisa en la cocina que cenaremos más tarde.

—Por suerte estamos en verano —comentó Yocasta mientras desayunábamos al día siguiente—. ¿Os imagináis en invierno, con todas las puertas cerradas? —Sonrió, enseñando unos dientes en sorprendente buen estado para su edad.

—Sí —murmuró Ian—. Por favor, ¿puedo comer más tostadas?

Tanto a él como a *Rollo* los habían bañado en el río y los habían frotado con tomates de las ramas que crecían detrás de la casa, ya que tenían una sustancia que atenuaba el mal olor del aceite de mofeta y los hedores humanos menores, aunque no consiguieron neutralizarlos por completo. Ian se sentaba solo en un extremo de la larga mesa, junto a una puerta abierta que comunicaba con el jardín, pero vi que la criada que le traía el pan arrugaba la nariz de manera discreta mientras le ponía el plato delante.

Tal vez inspirada por la proximidad de Ian y el deseo de aire fresco, Yocasta sugirió que podíamos ir a ver la extracción de trementina que se realizaba en el bosque sobre River Run.

—Es un día de viaje, ida y vuelta, pero creo que el tiempo seguirá siendo bueno. —Se giró hacia la ventana, donde las abejas zumbaban sobre el parterre de varas de San José y polemonio—. ¿Oís las abejas? —preguntó, volviendo su sonrisa ligeramente torcida hacia Jamie—. Ellas nos dicen que el tiempo será bueno y caluroso.

—Tiene usted muy buen oído, señora Cameron —dijo con cortesía Fergus—. Pero si me permite coger un caballo de la cuadra, preferiría ir hasta el pueblo. —Sabía que deseaba enviar una carta a Marsali para relatarle nuestras aventuras y nuestra llegada, ya que la noche anterior lo había ayudado a escribirla. En lugar de esperar a que un esclavo se la llevara con el correo semanal, prefería enviarla con sus propias manos.

—Por supuesto que sí, Fergus —respondió con una amable sonrisa—. Como ya os dije, quiero que consideréis River Run como vuestra casa.

Yocasta pensaba acompañarnos en el paseo; bajó vestida con una túnica de muselina verde oscura. Una criada llamada Fedra que bajaba detrás de ella llevaba un sombrero a juego con una cinta de terciopelo. Yocasta se detuvo en el vestíbulo y permaneció inmóvil mientras la criada le colocaba una tela blanca sobre los ojos, antes de calarle el sombrero.

—No puedo ver más que un resplandor —nos explicó—. No distingo los objetos, pero la luz del sol me hace daño, por eso me protejo los ojos para salir al exterior. ¿Estáis listos, queridos?

Aquello respondía a algunas de mis especulaciones en cuanto a su ceguera, aunque no del todo. «¿Retinosis pigmentaria?», me pregunté con interés mientras la seguía por el amplio vestíbulo. O quizá degeneración macular, aunque el glaucoma era lo más probable. No era la primera vez (ni sería la última, estaba segura) que mis dedos se curvaban alrededor del mango de un oftalmoscopio, anhelando ver lo que no era visible tan sólo con los ojos.

Para mi sorpresa, cuando salimos al establo, un caballo ensillado, y no un carruaje, como suponía, esperaba a Yocasta. El don de comunicarse con los caballos era una cualidad de los MacKenzie; la yegua levantó la cabeza al reconocer a su ama. Yocasta acarició al animal y le ofreció una manzana verde, que fue aceptada con placer.

—*Ciamar a tha tu?* —preguntó, acariciando su suave hocico—. Es mi dulce *Corinna*. ¿No es preciosa? —explicó—. ¿Cómo está tu pata, *mo chridhe*? —Se agachó y, con dedos expertos, tocó la paletilla y la pata hasta la altura de la rodilla, buscando y examinando una cicatriz—. ¿Qué te parece, sobrino? ¿Está sana? ¿Aguantará un día de marcha?

Jamie chasqueó la lengua y *Corinna* dio un paso hacia él, al reconocer a alguien que hablaba su lenguaje. La examinó, tomó la brida y, con un par de suaves palabras en gaélico, hizo que caminara. A continuación la detuvo, se subió a la montura y trotó suavemente dos veces alrededor del establo para detenerse junto a una expectante Yocasta.

—Ajá —dijo mientras se bajaba—. Está bien. ¿Cómo se hirió?

—Parece que fue una serpiente, señor —contestó el mozo, un joven negro que se había quedado atrás mientras observaba a Jamie y al caballo con interés.

—Pero ¿es una mordedura de serpiente? —inquirí, sorprendida—. Parece un desgarrón, como si la pata hubiera quedado atrapada.

Me miró con las cejas levantadas y asintió con respeto.

—Sí, señora, así fue. Hace un mes oí unos ruidos en el establo, como si se fuera a derrumbar sobre mi cabeza. Entré para ver qué pasaba y encontré el cadáver de una gran serpiente venenosa aplastada bajo el pesebre. El pesebre estaba destrozado y la pobre temblaba en una esquina. *Corinna* tenía la pata ensangrentada por las astillas. ¡Es una yegua muy valiente! —comentó, mirando a la yegua con orgullo.

—Creo que la «gran serpiente venenosa» medía treinta centímetros —me comentó Yocasta secamente—. O tal vez era sólo una lombriz, pero a *Corinna* le aterrorizan las serpientes. Con sólo verlas enloquece. —Hizo un gesto hacia el mozo de cuadra y sonrió—. El pequeño Josh tampoco las tiene en mucha estima.

El mozo sonrió.

—No, señora. Al igual que a la yegua, a mí tampoco me gustan.

Ian, que había estado escuchando la conversación, no pudo contener su curiosidad.

—¿De dónde vienes? —preguntó, observando al joven negro con fascinación.

Josh frunció el entrecejo.

—¿Que de dónde vengo? No vengo. Ah, ya entiendo. Nací río arriba, en la finca del señor George Burnett. La señorita Yo me compró hace dos años, por Pascua.

—Y creo que podemos suponer que el señor Burnett fue concebido cerca de Aberdeen —me comentó Jamie suavemente—. ¿Verdad?

River Run ocupaba un extenso territorio, constituido no sólo por la parte situada frente al río, sino también por un gran bosque de pinos que abarcaba una tercera parte de la colonia. Además, Hector Cameron había adquirido, de manera astuta, unas tierras por las cuales fluía un ancho arroyo, uno de los muchos que desembocan en el Cape Fear.

Así tenía a su disposición no sólo brea y trementina, unos valiosos productos derivados de la madera, sino también los medios adecuados para transportarlos hasta el mercado. No era raro que River Run prosperara. Yocasta nos dijo que producían pequeñas cantidades de añil y tabaco, aunque los fragantes tabacales por los que pasábamos me parecieron algo más que modestos.

—Hay un pequeño aserradero en el río —explicaba Yocasta—, justo encima de la desembocadura del arroyo. Allí sierran y dan forma a las tablas, construyen toneles y los envían río abajo en barcazas, hasta Wilmington. Por el río, la distancia entre la casa y el aserradero no es mucha si se rema corriente arriba, pero he preferido enseñaros algo más de River Run. —Aspiró con placer el aroma de los pinos—. Hacía tiempo que no salía.

Era un lugar agradable. En el bosque de pinos, el aire era mucho más fresco y las agujas que se hallaban sobre nuestras cabezas bloqueaban el sol. Más allá, los troncos de los árboles se elevaban entre seis y nueve metros antes de extender sus ramas; no me sorprendía que la mayor parte de la producción del aserradero fueran mástiles y palos de barco para la Marina Real.

Parecía que River Run tenía muchos negocios con la Marina, a juzgar por la conversación de Yocasta sobre mástiles, pértigas, vigas, listones, brea y trementina. Jamie cabalgaba cerca de su tía, escuchando sus detalladas explicaciones mientras que Ian y yo los seguíamos. Era evidente que había trabajado, junto con su marido, en la construcción de River Run. Me preguntaba cómo lo haría, ahora que estaba sola.

—¡Mira! —señaló Ian—. ¿Qué es eso?

Obligué a mi caballo a que lo siguiera hasta el árbol que señalaba. Le habían quitado una gruesa lámina de la corteza, de manera que quedaba a la vista un trozo de madera de algo más de un metro en un lado. En esa superficie, la madera amarillenta estaba oscurecida con una especie de patrón de espiguilla, como si la hubieran rajado con un cuchillo.

—Estamos cerca —dijo Yocasta. Jamie había visto cómo nos deteníamos y había regresado para unirse a nosotros—. Ese árbol que estáis mirando debe de ser un terebinto, puedo oler la trementina.

Todos podíamos olerla; el aroma a madera cortada y a resina era tan intenso que incluso yo hubiera podido encontrar el árbol con los ojos vendados. Ahora que nos habíamos detenido, podía oír ruidos en la distancia: el estrépito y los golpes de los hombres trabajando, la caída de un hacha y las voces que gritaban de un lado a otro. Al aspirar, también sentí el olor de algo que se quemaba.

Yocasta acercó a *Corinna* al árbol.

—Mirad —dijo, tocando el fondo del corte, donde había un hueco—. Lo llamamos la caja; aquí se juntan la trementina y la savia. Está casi llena, así que muy pronto vendrá un esclavo para sacarla.

Mientras hablaba, un hombre apareció entre los árboles; se trataba de un esclavo ataviado con un taparrabos que llevaba una mula blanca con una correa ancha de cuyo lomo colgaban dos toneles, uno a cada lado. La mula se detuvo al vernos, echó la cabeza atrás y rebuznó.

—Ésa tiene que ser *Clarence* —dijo Yocasta en voz alta para que la pudiéramos oír por encima del ruido—. Le gusta ver gente. ¿Quién está con la mula? ¿Eres tú, Pompey?

—Ajá, señora, soy yo. —El esclavo agarró a la mula por el morro y se lo retorció—. ¡Largo, desgraciada! —Y se alejó, diciendo algo que supuse que era un insulto a la mula. Entonces vi que hablaba con dificultad porque le faltaba la mitad de la mandíbula; bajo el pómulo, su cara era una profunda depresión cubierta de blanco tejido cicatrizal.

Yocasta debió de advertir mi impresión, o simplemente la esperaba, porque se volvió hacia mí.

—Fue una explosión de brea; por suerte, no murió. Vamos, estamos cerca del aserradero. —Sin esperar a su mozo, giró la cabeza del caballo con destreza y se encaminó entre los árboles hacia el olor a quemado.

El contraste entre la actividad desplegada para extraer la trementina y la quietud del bosque era sorprendente. Había un enorme claro repleto de gente; la mayoría, esclavos semidesnudos que trabajaban con ahínco.

—¿Hay alguien en las barracas? —Yocasta giró su cabeza hacia mí.

Me alcé en los estribos para mirar; cerca de una hilera de barracas ruinosas destacaba una nota de color: tres hombres con el uniforme de la Marina británica y otro con una casaca de color verde botella.

—Ése debe de ser mi buen amigo Farquard Campbell —inquirió Yocasta, sonriendo satisfecha tras mi descripción—. Ven, sobrino, me gustaría presentártelo.

De cerca, Campbell era un hombre de unos scsenta años, de altura media, pero con la particular marca de dureza corrcosa que algunos escoceses muestran a esa edad. Más que envejecimiento, era un proceso de bronceado que conllevaba una superficie similar a un escudo de piel, capaz de estropear la cuchilla más afilada.

Campbell recibió a Yocasta con placer, se inclinó con cortesía ante mi persona, saludó a Ian con un movimiento de cejas y dirigió toda la energía de sus astutos ojos grises a Jamie.

—Estoy muy contento de que esté aquí, señor Fraser —dijo, extendiendo su mano—. Realmente contento. He oído hablar mucho de usted desde que su tía se enteró de su intención de visitar River Run.

Su alegría parecía tan sincera que me extrañó. No es que la mayoría de la gente no se alegrara de conocer a Jamie (era un hombre bastante atractivo), pero el saludo efusivo de Campbell revelaba una especie de alivio, algo que parecía extraño para una persona cuyo aspecto exterior era reservado y taciturno.

Si Jamie advirtió algo raro, lo ocultó tras una apariencia cortés.

—Me siento halagado de que haya invertido un momento de su tiempo en pensar en mí, señor Campbell. —Jamie sonrió con simpatía y se inclinó ante los oficiales de la Marina—. Caballeros, también estoy encantado de conocerlos.

Aprovechando la ocasión, uno de ellos, un teniente rechoncho y de rostro ceñudo, llamado Wolff, hizo las presentaciones de sus dos subtenientes, y después de las inclinaciones de cabeza, nos borraron a Yocasta y a mí de su mente, y su conversación se centró en una discusión sobre medidas de tablones y galones.

Jamie me miró alzando una ceja, con un pequeño gesto hacia Yocasta, sugiriendo en clave marital que me llevara a su tía mientras ellos se ocupaban de sus asuntos.

Sin embargo, Yocasta no mostró la más mínima intención de permanecer al margen.

—Ve con Josh, querida —me instó—. Él te lo enseñará todo. Voy a quedarme a la sombra mientras estos caballeros se ocupan de sus negocios. Me temo que este calor es demasiado para mí.

Los hombres se habían sentado a discutir el negocio dentro de un cobertizo abierto donde había una tosca mesa con una serie de taburetes. Aparentemente, era allí donde los esclavos comían, un lugar donde incluso las moscas sufrían por conseguir un poco de aire. Había otro cobertizo para almacén, y el tercero, que estaba cerrado, deduje que era para dormir.

Más allá de las barracas, hacia el centro del claro, había dos o tres grandes hogueras, y sobre ellas, suspendidas por unos trípodes, unas enormes ollas que humeaban al sol.

—Hierven la trementina para obtener brea —explicó Josh mientras me conducía hasta una de las ollas—. Una parte se aplica a los toneles en ese estado —hizo un gesto hacia las barracas, donde había un carretón repleto de toneles—, pero el resto se convierte en brea. Los caballeros de la Marina nos hacen los pedidos de lo que van a necesitar.

Había un niño de unos siete u ocho años sobre un elevado y tambaleante taburete, removiendo la olla con un palo largo; un joven más alto se encontraba junto a él con un enorme cucharón, con el que removía la parte superior de la caldera, donde se hallaba la capa más ligera de trementina purificada, y la ponía en un barril que estaba a su lado.

Mientras observaba, un esclavo salió del bosque tirando de una mula y se dirigió hacia las ollas. Otro hombre se acercó para ayudar, y juntos bajaron los pesados toneles y los vaciaron, de uno en uno, en la olla, con un enorme zumbido de savia amarillenta de pino.

—Apártese un poco, señora —intervino Josh, tirándome del brazo para que me alejara del fuego—. Salpica y, si se prende, podría quemarse.

Después de haber visto al hombre del bosque, lo cierto era que no quería que me quemaran. Me alejé mirando las barracas. Jamie, el señor Campbell y los de la Marina estaban sentados en los taburetes alrededor de una mesa dentro de una barraca, compartiendo el líquido que quedaba de una botella y dando golpecitos a unos cuantos papeles que se encontraban sobre la mesa.

En pie, junto a una pared, fuera de la vista de los hombres, estaba Yocasta Cameron. Había abandonado su actitud de premeditado cansancio y era evidente que estaba escuchando todo lo que le interesaba.

Josh vio la expresión de sorpresa en mi rostro, y se volvió para saber qué era lo que miraba.

—La señorita Yo detesta no poder encargarse de las cosas —murmuró con pesar—. Yo nunca la he visto, pero la joven Fedra me ha contado lo que ocurre cuando el ama no puede dirigir algo: reniega como un carretero y golpea y patea todo lo que se le pone por delante.

—Debe de ser un espectáculo impresionante —murmuré—. Pero ¿qué es lo que no puede controlar? —Daba la impresión de que, ciega o no, Yocasta Cameron manejaba a su gente, su casa y sus campos sin ningún problema.

Ahora el que se sorprendía era él.

—Es la maldita Marina. ¿No les ha explicado por qué ha venido hoy aquí?

Antes de que pudiera adentrarme en la fascinante cuestión de por qué Yocasta Cameron quería manejar a la Marina británica, nos interrumpió un grito de alarma desde el otro extremo del claro. Me volví para mirar y casi choqué con un grupo de hombres medio desnudos, que corrían aterrados hacia las barracas.

En el extremo más alejado del claro, un curioso montículo se elevaba del suelo; lo había visto antes, pero aún no había tenido ocasión de preguntar por él. Mientras que la mayor parte del suelo del claro era tierra, el montículo estaba cubierto de hierba, pero era una hierba rara e irregular: una parte era verde, otra se había vuelto amarilla, y en algunos puntos se veían rectángulos marrones oscuros de hierba.

Mientras era consciente de que aquel efecto era el resultado de cubrir el montículo con pedazos de césped, todo estalló. No se produjo ningún sonido de explosión, sólo una especie de ruido amortiguado similar a un prolongado estornudo y una suave ola de conmoción en el aire que me acarició la mejilla.

Si no era una explosión, lo parecía; llovían trozos de madera quemada por todo el claro en medio de un tremendo griterío. Jamie y sus compañeros salieron con rapidez de la barraca como un grupo de campesinos agitados.

—¿Estás bien, Sassenach? —Me cogió del brazo, observándome con ansiedad.

—Sí, estoy bien —respondí confundida—. ¿Qué ha sucedido?

—No lo sé —contestó, y siguió mirando alrededor—. ¿Dónde está Ian?

—No lo sé. No pensarás que ha tenido algo que ver con esto, ¿verdad? —Me limpié las partículas de carbón que habían caído sobre mi pecho y adornaban mi vestido con manchas negras, y seguí a Jamie hasta el grupo de esclavos. Hablaban una mezcla de gaélico, inglés y varios dialectos africanos.

Encontramos a Ian con uno de los jóvenes subtenientes. Miraban con interés el agujero ennegrecido que ahora ocupaba el lugar en el que había estado el montículo.

—Tengo entendido que esto sucede a menudo —decía el subteniente cuando llegábamos—. Aunque yo no lo había visto antes. Qué sorprendente explosión, ¿verdad?

—¿Qué es lo que sucede a menudo? —pregunté mientras observaba alrededor de Ian. El hoyo estaba lleno de unos cuantos troncos entrecruzados y ennegrecidos de pino, todos revueltos por la fuerza de la explosión. La base del montículo seguía allí, elevándose alrededor del hoyo como el borde de una tarta.

—La explosión de la brea —explicó el joven, dirigiéndose a mí. Era bajo, con unas mejillas sonrosadas y de la edad de Ian—. Hacen fuego con carbón de leña debajo de una gran olla de brea y lo cubren con tierra y turba para conservar el calor, pero dejando que el aire penetre por unas grietas para que el fuego no se apague. La brea se reduce al hervir y fluye a través de un tronco hueco hasta el tonel. ¿Ve? —Señaló. Un tronco partido colgaba sobre los restos de un barril destrozado que supuraba una pegajosa sustancia negra. El hedor a madera quemada y a gruesa brea inundaba el aire, e intenté respirar tan sólo por la boca.

—La dificultad consiste en regular la corriente de aire —continuó el pequeño subteniente, pavoneándose un poco por su conocimiento—. Si el aire es escaso, el fuego se apaga; si es excesivo, arde con tal energía que no se puede controlar y hace que estallen los vapores del alquitrán y reviente, tal como puede ver, señora. —Hizo un gesto hacia un árbol cercano, donde uno de los pedazos de césped había salido volando con tanta fuerza, que había envuelto el tronco como un hongo amarillo—. Es una cuestión de mesura —afirmó, y se puso de puntillas, mirando con interés—. ¿Dónde estará el esclavo que debía ocuparse del fuego? Espero que el pobre no esté muerto.

No lo estaba. Yo había controlado a los que nos rodeaban y habían salido ilesos, al menos por esta vez.

—¡Tía! —exclamó Jamie, recordando de pronto a Yocasta. Se volvió apresuradamente hacia las barracas, pero se detuvo aliviado. Estaba allí, rígida y en pie, visible por su vestido verde.

Cuando nos acercamos, descubrí que estaba furiosa. Tras la explosión, todos la habían olvidado; incapaz de moverse, tuvo que esperar, indefensa, oyendo el tumulto pero sin poder hacer nada.

Recordé lo que me había explicado Josh sobre el carácter de Yocasta, pero era toda una señora y no iba a hacer una escena en público, por más indignada que estuviera.

Josh se disculpó una y otra vez con su fuerte acento de Aberdeen por no haber estado con ella, pero Yocasta le quitó importancia, con brusquedad e impaciencia.

—Cierra el pico, muchacho; has hecho lo que te había pedido. —Giró la cabeza, inquieta, de un lado a otro, como si estuviera intentando ver a través de una venda que le cubriera los ojos.

—Farquard, ¿dónde estás?

El señor Campbell se acercó y puso la mano de Yocasta en su brazo, dándole unas palmaditas.

—No ha habido daños, querida —la tranquilizó—. No hay heridos, sólo un tonel de brea destruido.

—Bien —respondió, relajándose un poco—. ¿Dónde está Byrnes? —preguntó—. No he oído su voz.

—¿El contramaestre? —preguntó el teniente Wolff, secándose el sudor del rostro con un enorme pañuelo de lino—. Me estaba preguntando lo mismo. No nos ha recibido nadie esta mañana. Por suerte, el señor Campbell ha llegado poco después.

Farquard Campbell emitió un ruidito a través de su garganta, quitando importancia a su propia implicación.

—Espero que esté en el molino —respondió Campbell—. Un esclavo me ha dicho que tenían problemas con la hoja principal de la sierra. Sin duda, se está ocupando de ello.

Wolff resopló, como si considerara que hojas de sierra defectuosas no son excusa para no salir a recibirlos de la manera apropiada. A juzgar por la fina línea que formaban los labios de Yocasta, ella creía lo mismo.

Jamie tosió, extendió una mano y me quitó un pequeño puñado de hierba del pelo.

—Creo que hay una cesta con el almuerzo, ¿no es así, tía? —intervino Jamie—. Tal vez sirva para que el teniente se refresque un poco mientras yo me ocupo de esto.

Era la sugerencia adecuada para calmar a Yocasta, y el teniente Wolff se mostró satisfecho ante la posibilidad de almorzar.

—De acuerdo, sobrino. —Se enderezó y, con aire autoritario, hizo un gesto en dirección a la voz de Wolff—. Teniente, ¿sería tan amable de acompañarme?

Durante el almuerzo me enteré de que las visitas del teniente eran periódicas, ya que estaban redactando un contrato para la compra y entrega de provisiones navales. La tarea de Wolff consistía en firmar y controlar este tipo de acuerdos con los propietarios de las plantaciones, desde Cross Creek hasta la frontera de Virginia. El teniente Wolff decidía la plantación más adecuada.

—Si en algo debo reconocer la excelencia escocesa —proclamaba con pomposidad tras tomar un buen trago de su tercer vaso de whisky— es en la producción de bebida.

Farquard Campbell, que había estado tomando sorbos de su propia jarra de peltre, mostró una pequeña y seca sonrisa, pero no dijo nada. Yocasta estaba sentada junto a él, en un banco desvencijado. Los dedos de ella descansaban suavemente sobre el brazo de él, sensibles como un sismógrafo, buscando pistas subterráneas.

Wolff hizo un infructuoso intento de reprimir un eructo y se volvió hacia mí, convencido de sus encantos.

—En muchos otros aspectos —continuó en tono confidencial— son lentos y tercos, un par de rasgos que los hace inadecuados para... —En aquel momento, el más joven de los subtenientes, rojo de vergüenza, volcó una fuente con manzanas, lo que sirvió para que su jefe no terminara la frase, aunque por desgracia, no para que dejara de hablar.

El teniente se secó un hilillo de sudor que procedía de debajo de su peluca, y me miró con los ojos inyectados en sangre.

—Me parece que usted, pese a sus alianzas, no es escocesa, ¿no, señora? Su voz es más melodiosa y culta, sin rastro de ese acento bárbaro, si me permite decirlo.

—Ah... gracias —murmuré, preguntándome qué ardid de la incompetencia administrativa había enviado al teniente a ocuparse de los negocios de la Marina en el valle del río Cape Fear, tal vez el lugar del Nuevo Mundo donde había más escoceses de las montañas. Empezaba a entender lo que había querido decir Josh con eso de la maldita Marina.

La sonrisa no abandonaba el rostro de Yocasta. El señor Campbell, junto a ella, torció un poco su ceja gris con una expresión austera. Evidentemente, apuñalar en el corazón al teniente con un cuchillo para la fruta no era una opción (al menos hasta que hubiera firmado la orden de requerimiento), así que hice la segunda mejor cosa que se me ocurrió: levanté la botella de whisky y le rellené el vaso hasta el borde.

—Es buenísimo, ¿verdad? ¿No quiere un poco más, teniente?

Era muy bueno; suave y tibio. Y también muy caro. Me volví hacia el alférez más joven, le sonreí cálidamente y dejé que el teniente se terminara la botella.

La conversación continuó a trompicones, pero sin mayores incidentes, gracias a que los dos subtenientes vigilaban la borrachera de su jefe. Tenían que ocuparse de que llegara sano y salvo a Cross Creek. No me extraña que necesitara dos ayudantes.

—Parece que el señor Fraser lo ha solucionado todo —murmuró el mayor de los ayudantes, e hizo un gesto hacia el exterior, en un débil intento de reiniciar la conversación que se había estancado—. ¿No le parece, señor?

—¿Qué? Ah, sí, sin duda. —Wolff había perdido interés por todo lo que no fuera whisky, pero parecía cierto. Mientras los demás comíamos, Jamie, con la ayuda de Ian, había puesto orden en el claro, había vuelto a poner en marcha las calderas de alquitrán y los recolectores de savia y había recogido los escombros de la explosión. En aquel momento estaba en el otro extremo del claro, en camisa y pantalones, ayudando a introducir de nuevo los troncos medio quemados en el hoyo de brea. Lo envidiaba; era preferible trabajar que almorzar con el teniente Wolff.

—Sí, lo ha hecho muy bien. —Los ojos astutos de Farquard Campbell recorrieron el lugar y luego volvieron a la mesa. Observó el estado de Wolff y presionó la mano de Yocasta.

Sin volver la cabeza, ella se dirigió a Josh, que aguardaba en un rincón.

—Pon esa botella en la alforja del teniente, muchacho —le dijo, dirigiendo una encantadora sonrisa a Wolff.

Campbell se aclaró la garganta.

—Como tiene que marcharse pronto, señor, tal vez podríamos ocuparnos ahora de sus requerimientos.

Wolff pareció algo sorprendido al oír que debía marcharse, pero sus ayudantes se pusieron en pie con rapidez y comenzaron a preparar papeles y alforjas. Uno de ellos sacó el tintero de viaje y una pluma afilada, y los colocó frente al teniente; el señor Campbell sacó unos pliegues de papel de su chaqueta y los puso sobre la mesa, listos para firmar.

Wolff miró con rostro ceñudo el papel que le ponían delante.

—Aquí, señor —murmuró el ayudante mayor, colocando la pluma en la mano flácida de su superior y señalando la hoja.

El teniente alzó su jarra, echó la cabeza hacia atrás y apuró su bebida. Dejó la jarra con un golpe y sonrió un poco con la mirada perdida. El más joven de los ayudantes cerró los ojos con resignación.

—Bueno, ¿y por qué no? —dijo el teniente con temeridad, y mojó la pluma para firmar.

—¿No deseas lavarte y cambiarte de ropa, sobrino? —Yocasta frunció delicadamente la nariz—. Apestas a brea y carbón de leña.

Yo pensé exactamente lo mismo, aunque ella no podía ver por qué. Iba mucho más allá del olor; tenía las manos negras, su camisa nueva había quedado reducida a un simple harapo y la casaca estaba tan sucia que parecía que hubiera estado limpiando chimeneas. Aquellas partes de él que no estaban negras estaban rojas. Se había quitado el sombrero mientras trabajaba bajo el sol del mediodía, y el puente de su nariz tenía el color de una langosta cocida. No obstante, no creía que el color se debiera tan sólo al sol.

—Mi higiene puede esperar —contestó—. Primero, desearía conocer el significado de esta pequeña comedia. —Clavó los ojos en el señor Campbell—. Me habéis llevado al bosque con el pretexto de que oliera la trementina y antes de que me diera cuenta de dónde estaba, me encuentro sentado con la Marina británica, opinando sobre temas que no conozco mientras me patean por debajo de la mesa como si fuera un mono amaestrado.

Yocasta sonrió y Campbell dejó escapar un suspiro. A pesar del trabajo excesivo del día, su chaqueta limpia no mostraba signos de polvo, y su peluca anticuada estaba bien colocada sobre su cabeza.

—Acepte mis disculpas, señor Fraser, por lo que parece un gran engaño para su buena voluntad. Ante su llegada tan repentina no tuvimos tiempo de hablar. Estuve en Averasboro hasta ayer por la noche; cuando me avisaron de su llegada ya era demasiado tarde para cabalgar hasta aquí y ponerlo al corriente de las circunstancias.

—Bueno, como parece que en estos momentos disponemos de un poco de tiempo, lo invito a que lo haga ahora —dijo Jamie, con un pequeño clic, al cerrar los dientes sobre la palabra «ahora».

—¿Por qué no nos sentamos primero, sobrino? —indicó Yocasta, haciendo un elegante gesto con la mano—. Nos llevará un poco de tiempo explicarlo todo y hoy ha sido un día agotador. —Ulysses había aparecido de la nada con una sábana de lino sobre su brazo; la extendió sobre una silla con una floritura, y, con un gesto, indicó a Jamie que se sentara.

Jamie observó fijamente al mayordomo, pero había sido un día agotador; podía ver las ampollas bajo el hollín de sus manos, y el sudor había dejado marcas claras en la suciedad de su cara y cuello. Se hundió poco a poco en la silla que le ofrecía y permitió que le pusieran una copa plateada en la mano.

Como por arte de magia, apareció una copa similar en mi mano, y sonreí al mayordomo, agradecida; no había estado levantando troncos, pero la larga y calurosa travesía había hecho que me sintiera agotada. Tomé un buen trago; era una agradable y áspera sidra fresca que hacía que escociera la lengua y aplacaba la sed al instante.

Jamie tomó un buen trago y pareció algo más tranquilo.

—Cuando quiera, señor Campbell.

—Es un negocio con la Marina —comenzó Campbell.

—Es un negocio con el teniente Wolff, querrás decir —corrigió Yocasta, resoplando con indignación.

—Para nuestro objetivo es lo mismo, Yo, lo sabes bien —dijo Campbell en un tono cortante. Se volvió hacia Jamie para explicárselo.

—La mayor parte de los ingresos de River Run provienen, tal como ha comentado Yocasta, de la venta de madera y trementina, y el mejor cliente es la Marina británica. Pero la Marina ya no es lo que era —explicó Campbell, moviendo la cabeza con pesadumbre—. Durante la guerra contra los franceses, cualquier hombre que tuviera un aserradero era rico. Pero en los últimos diez años se ha mantenido la paz y han dejado que se pudrieran los barcos... El Almirantazgo no ha construido un barco nuevo desde hace cinco años.

Suspiró ante las desagradables consecuencias económicas que la paz había tenido para ellos.

La Marina seguía necesitando brea, trementina y mástiles... con una flota agujereada que mantener a flote; el alquitrán siempre tendría mercado. No obstante, éste se había reducido notablemente, y ahora la Marina podía elegir a quién se lo compraba.

Como la Marina necesitaba ante todo fiabilidad, los contratos se renovaban cada tres meses y debían ser controlados y aprobados por un oficial, en este caso Wolff. El oficial no era fácil de tratar y Hector Cameron se había encargado de él hasta su muerte.

—Hector bebía con él —explicó Yocasta con brusquedad—. Y cuando se marchaba, le metía una botella en las alforjas. Por desgracia, la muerte de Hector ha influido en los negocios.

—Y no porque haya menos para sobornar —intervino Campbell, mirando de soslayo a Yocasta. Se aclaró la garganta con remilgo.

Después de la muerte de Cameron, el teniente Wolff fue a presentarle sus condolencias a la viuda, adecuadamente uniformado, junto con sus ayudantes. Y al día siguiente regresó solo, con una propuesta de matrimonio.

Jamie, que estaba tragando en ese momento, se atragantó con la bebida.

—Yo no era lo que le interesaba —dijo Yocasta con rapidez, al oírlo—. Era mi tierra.

Jamie decidió, con inteligencia, no hacer comentarios, pero observó a su tía con un renovado interés.

Tras escuchar los antecedentes, creía que estaba en lo cierto: a Wolff le interesaba adquirir una plantación rentable que pudiera resultarle aún más rentable gracias a los contratos navales que su influencia podía asegurar. Al mismo tiempo, la persona de Yocasta Cameron también era un buen aliciente.

Ciega o no, era una mujer sorprendente. Más allá de la belleza del cuerpo, emanaba una sensual vitalidad que hacía que alguien tan seco como Farquard Campbell se encendiera cuando estaba cerca.

—Supongo que eso explica la conducta ofensiva del teniente durante el almuerzo —intervine—. No hay furia como la de la mujer despechada, pero la de los hombres no es muy distinta.

Yocasta volvió la cabeza, sorprendida (creo que había olvidado que yo estaba allí), pero Farquard Campbell rió.

—Tiene razón, señora Fraser —aseguró, con ojos chispeantes—. Los hombres somos muy frágiles cuando juegan con nuestros sentimientos.

Yocasta lanzó un resoplido muy poco femenino.

—¡Sentimientos! Ese hombre no tiene sentimientos más que para el contenido dc una botella.

Jamie observaba a Campbell con mayor interés.

—Ya que hablamos de sentimientos, tía —dijo con perspicacia—, ¿puedo preguntar por los intereses de tu amigo?

Campbell le devolvió la mirada.

—Tengo una esposa en casa, señor —intervino con sequedad— y ocho hijos; el mayor tal vez sea mayor que usted. Conocí a Hector Cameron hace más de treinta años y haré todo lo que pueda por su esposa, por la amistad que me unía a él y la que me une a ella.

Yocasta puso su mano sobre el brazo de él y se volvió hacia su persona. Aunque ya no pudiera usar sus ojos para impresionar, conocía el efecto que la caída de sus pestañas causaba todavía.

—Farquard ha sido una gran ayuda para mí, Jamie —comentó con cierto cariz de reproche—. No hubiera podido salir adelante sin su ayuda tras la muerte del pobre Hector.

—Claro —dijo Jamic, con un toque de escepticismo—. Y estoy seguro dc que debo estar tan agradecido como lo está mi tía. Pero sigo preguntándome cuál es mi parte en este asunto.

Campbell tosió con discreción y continuó con su historia.

Yocasta se había alejado de Wolff, fingiendo un desmayo por el estrés de la pérdida, y no salió de su dormitorio hasta que el teniente terminó sus asuntos en Cross Creek y se marchó a Wilmington.

—Aquella vez, Byrnes preparó los contratos y los complicó mucho —señaló Yocasta.

—Ah, Byrnes, el capataz invisible. ¿Y dónde estaba esta mañana?

Una criada había aparecido con una palangana de agua tibia y perfumada y una toalla. Sin preguntar, se arrodilló junto a la silla de Jamie, le tomó una mano, y comenzó a limpiarle con cuidado el hollín. Jamie se extrañó un poco por la atención, pero estaba demasiado ocupado con la conversación como para decirle que se marchara.

Una sonrisa burlona apareció en el rostro de Campbell.

—Me temo que el señor Byrnes, aunque por lo general es un capataz competente, comparte la misma debilidad que el teniente Wolff. He mandado que lo buscaran en el aserradero, pero el esclavo ha regresado para decirme que estaba borracho y no lo podían despertar.

Yocasta resopló de nuevo y Campbell la miró con afecto antes de volverse hacia Jamie.

—Su tía sólo necesita que Ulises la ayude con los documentos para poder llevar sus propios asuntos. Sin embargo, como habrá observado —señaló delicadamente la palangana de agua, que ahora parecía un tintero—, hay problemas físicos que son importantes.

—Eso fue lo que me indicó el teniente Wolff —intervino Yocasta, haciendo una mueca al recordarlo—. Que no podía pensar en ocuparme de mi propiedad siendo sólo una mujer, y además ciega. No podía depender de Byrnes si no era capaz de ir al bosque para controlar lo que el hombre hacía o dejaba de hacer. —Cerró con fuerza la boca.

—Lo cual es bastante cierto —intervino Campbell con pesadumbre—. Entre nosotros hay un proverbio: «La felicidad es tener un hijo lo bastante mayor para que pueda responsabilizarse de las cosas.» Cuando se trata de dinero o esclavos, no puedes confiar en nadie que no sea de tu sangre.

Inhalé profundamente y miré a Jamie, que asintió. Por fin habíamos llegado al meollo de la cuestión.

—Y ahí es donde aparece Jamie —dije—. ¿Tengo razón?

Yocasta ya había reclutado a Farquard Campbell para que lidiara con el teniente Wolff en su próxima visita, con el objetivo de que Campbell evitara que Byrnes hiciera alguna estupidez con los contratos. No obstante, con nuestra oportuna llegada, Yocasta ideó un plan mejor.

—Hice que Farquard informara a Wolff de que mi sobrino había llegado para ocuparse de River Run. Eso haría que obrara con cautela —explicó—. No se atrevería a presionarme con un pariente en casa, protegiéndome.

—Ya veo. —Aun a su pesar, Jamie comenzaba a divertirse—. Entonces el teniente pensará que sus intentos de instalarse aquí se irán al traste con mi llegada. No es raro que le haya caído tan mal. Por lo que ha dicho, creía que se estaba metiendo con los escoceses en general.

—Me imagino que ahora será así —dijo Campbell, limpiándose los labios de manera circunspecta con su servilleta.

Yocasta estiró la mano buscando la de Jamie, y él estrechó la suya de manera instintiva.

—¿Me perdonas, sobrino? —preguntó. Con la mano de él para guiarla, ella podía mirarlo a la cara; nadie hubiera adivinado que estaba ciega, a juzgar por la expresión de súplica en sus hermosos ojos azules—. Antes de que llegaras no conocía tu carácter. No podía arriesgarme a que te negaras si te lo decía antes. Dime que no me guardas rencor, Jamie, aunque sea por la memoria de la dulce Ellen.

Jamie oprimió su mano con cariño, asegurándole al mismo tiempo que no le guardaba ningún rencor. De hecho, se alegraba de poder ayudarla, y su tía podía contar con él para lo que hiciera falta.

El señor Campbell resplandecía de alegría y tocó la campanilla para que Ulises trajera el whisky especial, con una bandeja de copas de cristal y un plato de aperitivos salados, y bebimos, desconcertados, por la Marina británica.

Al mirar aquel rostro, bello y lleno de expresividad a pesar de la ceguera, recordé lo que una vez, hacía tiempo, Jamie me había dicho sobre las cualidades de su familia: «Los Fraser son tercos como rocas y los MacKenzie encantadores como las alondras del campo, pero también astutos como los zorros.»

—¿Dónde has estado? —preguntó Jamie, mirando a Fergus de arriba abajo con enorme severidad—. No creo que hayas tenido el dinero suficiente para hacer lo que parece que han estado haciendo.

Fergus se alisó el cabello desaliñado y se sentó, irradiando una dignidad ofendida.

—Me he encontrado con un par de franceses en el pueblo, comerciantes de pieles. Hablaban muy poco inglés y yo lo hablo bien, así que les he ayudado en sus negocios. Luego han querido invitarme a compartir una comida en su posada... —Hizo un gesto para restarle importancia y buscó una carta que guardaba en su camisa—. Llegó a Cross Creek para ti —comentó, entregándosela a Jamie—. El cartero me ha pedido que te la trajera.

Era un sobre grueso de papel con un sello maltrecho, y apenas tenía mejor aspecto que Fergus. El rostro de Jamie se iluminó al verla y la abrió con cierta ansiedad. Había tres cartas: en una reconocí la letra de su hermana; las otras dos pertenecían a otra persona.

Jamie levantó la carta de su hermana, la examinó como si pudiera contener algo explosivo y la colocó con cuidado junto al cuenco de fruta sobre la mesa.

—Voy a comenzar con Ian —dijo, cogiendo la segunda carta con una mueca irónica—. No estoy seguro de querer leer lo que me escribe Jenny sin un vaso de whisky en la mano.

Levantó el sello con la punta del cuchillo de plata para la fruta y abrió la carta, revisando la primera página.

—Me pregunto si... —Su voz se desvaneció en cuanto empezó a leer.

Curiosa, me puse en pie y me coloqué detrás de su silla para mirar por encima del hombro. La letra de Ian Murray era clara y grande, fácil de leer aun a cierta distancia.

Querido hermano:

Aquí estamos todos bien y damos gracias a Dios por las noticias de vuestra llegada a las colonias. Envío esta carta a nombre de Yocasta Cameron, esperando que estéis en su compañía. Jenny te pide que saludes afectuosamente a la tía. Te habrás dado cuenta de que ya has recuperado el afecto de mi esposa, pues ha dejado de mencionarte cada vez que habla del demonio y de hacer referencias a la castración, lo cual debe de ser un gran alivio para ti.

Dejando a un lado las bromas, la alivió mucho saber que el joven Ian estaba a salvo, al igual que a mí. Imagino que sabrás cuán agradecidos te estamos por haberlo liberado, así que no te aburriré repitiéndotelo, aunque, para serte sincero, podría escribir largo y tendido al respecto.

Nos las arreglamos para alimentar a todos, aunque la cebada sufrió mucho por el granizo y dos niños han muerto este mes en la aldea a causa de la disentería, para aflicción de sus padres. Los que hemos perdido son Annie Fraser y Alasdair Kirby, que Dios tenga piedad de su inocencia.

Una nota alegre: noticias de Michael desde París. Los negocios prosperan y piensa casarse pronto. Y también el nacimiento de mi último nieto, Anthony Brian Montgomery Lyle. Me limitaré a anunciar su nacimiento, y dejaré que Jenny te haga una descripción más completa; está embobada con él, al igual que todos nosotros, ya que es un niño precioso.

Su padre, Paul (el marido de Maggie), es soldado y está en Francia. Rezamos cada noche para que lo mantengan allí, en relativa paz, y no lo envíen a los peligros de las colonias ni a las tierras salvajes de Canadá. Maggie y el niño están con nosotros.

Vino a visitarnos Simon, lord Lovat, junto con sus compañeros. Otra vez está reclutando soldados para el regimiento de las Highlands que comanda. Probablemente habrás oído hablar de ellos en las colonias, donde tengo entendido que se han granjeado cierta reputación. Simon nos contó historias sobre la fama que adquirieron en las colonias por su valentía en la lucha contra los indios y los malvados franceses, aunque dudo mucho de la veracidad de todo lo que narra.

Jamie rió burlón y dio la vuelta a la hoja.

Cautivó a Henry y a Matthew con sus historias, y también a las niñas. Josephine [la mayor de Kitty, me comentó Jamie aparte] se sintió tan inspirada, que organizó una redada en el corral de las gallinas, de donde ella y sus primos salieron cubiertos de plumas, y con barro del huerto a modo de pintura de guerra.

Como todos querían ser los salvajes, el joven Jamie, el marido de Kitty Geordie y yo nos vimos obligados a prestar servicio al regimiento de las Highlands, y tuvimos que sufrir un ataque con tomahawks (cucharas y cucharones de la cocina) y otros tipos de asaltos entusiastas mientras intentábamos una valiente defensa con nuestros espadones (pedazos de listones y ramas de sauce).

Rechacé la sugerencia de incendiar el tejado del palomar con flechas encendidas, pero, finalmente, me vi obligado a dejar que me arrancaran la cabellera. Me alegra decir que sobreviví a aquella operación con mejor suerte que las gallinas.

La carta continuaba en el mismo tono, con noticias diversas de la familia, toda clase de informaciones sobre la granja y también asuntos de la comarca. La emigración, escribía Ian, se había vuelto una verdadera epidemia en la zona, y casi todos los habitantes del pueblo de Shewglie se habían decidido por aquel recurso.

Jamie terminó la carta y la dejó. Sonreía con ojos algo soñadores, como si pudiera ver las nieblas frescas y las piedras de Lallybroch, en lugar de la jungla húmeda y vívida que nos rodeaba.

La segunda carta también estaba escrita por Ian, pero ponía «Personal» debajo del sello azul.

—¿Y esto qué será? —murmuró Jamie, rompiendo el sello. La carta comenzaba sin introducción y, evidentemente, era una continuación de la carta más larga.

Ahora, hermano, un asunto que me preocupa. Te escribo por separado para que puedas compartir con Ian la carta larga sin enseñarle ésta.

En tu última carta, hablabas de enviar a Ian en un barco desde Charleston. Si eso ya ha sucedido, por supuesto que lo recibiremos con alegría. Sin embargo, si no fuera así, nuestro deseo es que permanezca contigo, si no es una molestia para ti y para Claire.

—Molestia para mí —murmuró Jamie, con las fosas nasales algo dilatadas mientras levantaba la vista de la carta y contemplaba a Ian por la ventana, jugando y revolcándose por la hierba junto a *Rollo* y dos jóvenes esclavos en una maraña de extremidades, tejido y una cola que se meneaba—. Mmfm. —Le dio la espalda a la ventana y siguió leyendo.

He mencionado a Simon Fraser y la causa de su presencia aquí. Los reclutadores del regimiento han sido una causa de preocupación para nosotros durante algún tiempo, aunque el asunto no ha sido tan apremiante, dada nuestra ubicación por suerte remota y la dificultad del viaje.

No le resulta difícil reclutar a jóvenes que acepten los chelines del rey. ¿Qué otra posibilidad hay aquí para ellos? Pobreza y necesidad, sin esperanza de mejorar. ¿Para qué van a permanecer aquí, donde no tienen nada que heredar y les prohíben el uso de la ropa escocesa o el derecho a tener armas? ¿Por qué no iban a aprovechar la oportunidad de recuperar la idea de la hombría, aunque suponga ponerse un tartán y recibir una espada para luchar al servicio de un usurpador alemán?

A veces creo que eso es lo peor; no sólo que hayan desatado de manera desenfrenada el asesinato y la injusticia, sin esperanza de que se solucione, sino que nuestros jóvenes, nuestra esperanza y futuro, nos sean arrebatados, sean malgastados para el beneficio del conquistador, y les paguen con la escasa moneda de su orgullo.

Jamie levantó la vista y me miró con una ceja levantada.

—No creías que Ian podía ser tan poético, ¿verdad?

En este punto, había una pausa en el texto. Hacia el final de la página, la escritura, que arriba se extendía en garabatos furiosos con manchas y tachones frecuentes, volvía a ser más controlada y limpia.

Disculpa la pasión de mis palabras. No era mi intención decir tanto, pero la tentación de abrirte mi corazón, tal y como he hecho siempre, es sobrecogedora. Son cosas que nunca le diría Jenny, aunque imagino que las sabe.

Iré al grano, pues me vuelvo hablador. El joven Jamie y Michael están bien; al menos a ninguno de los dos les tienta la vida de soldado. Pero Ian es diferente; ya conoces al muchacho y su espíritu de aventura, tan similar al tuyo. Aquí no hay trabajo para él, y tampoco tiene mente de erudito ni cabeza para los negocios. ¿Y qué haría en un mundo que le ofrece la posibilidad de elegir entre ser mendigo o soldado? No hay mucho más donde escoger.

Por eso, preferimos que se quede contigo, si tú lo aceptas. En el Nuevo Mundo tendrá más oportunidades de las que hay aquí, y, aunque no fuera así, al menos su madre se evitará el dolor de ver partir a su hijo con el regimiento.

No puedo pedir mejor tutor o ejemplo para él que tú mismo. Sé que te estoy pidiendo un gran favor. Sin embargo, espero que la situación también sea beneficiosa para ti, aparte, por supuesto del «gran placer» de gozar de la compañía de Ian.

—No es sólo un poeta, también es un humorista —advirtió Jamie, lanzando otra mirada a los chicos en el patio.

Había otra pausa en el texto, antes de terminar la carta, esta vez con una pluma recién afilada y unas palabras cuidadosamente escritas que reflejaban el pensamiento que subyacía.

Espero, hermano, que mis pensamientos te resulten claros y no te haya cansado al expresarte esta preocupación. De hecho, he tomado y dejado la pluma una docena de veces, sin saber cómo expresarme, ya que temo ofenderte al pedir este favor. No obstante, debo hacerlo.

Antes te he escrito sobre Simon Fraser. Es un hombre de honor, pese a ser hijo de su padre... pero es un hombre sanguinario. Lo conozco desde que éramos niños (a veces parece que era ayer y, sin embargo, han transcurrido muchos años), y ahora hay dureza en él, un destello de acero tras sus ojos, que no estaba ahí antes de Culloden.

Lo que me preocupa es que (y es la certeza que tienes de mi amor hacia ti lo que me anima a decir esto), pese al afecto que nos une, he visto en tus ojos la misma frialdad de acero que tienen los ojos de Simon, hermano.

Conozco bien las imágenes que hielan el corazón de un hombre, que endurecen sus ojos de esa manera. Confío en que perdones mi franqueza, pero he temido muchas veces por tu alma desde Culloden.

No he hablado con Jenny de eso, pero ella también lo ha visto. Es una mujer y, además, te conoce mejor que yo. Creo que ésa fue la causa de que te pusiera en el camino a Laoghaire. No creí que saliera mal, pero [había una larga tachadura]. Tienes suerte de tener a Claire.

—Mmfm —soltó Jamie, mirándome.

Le apreté el hombro y me incliné hacia delante para leer el resto.

Es tarde y divago. Te he hablado de Simon; su único lazo con la humanidad, ahora, es ocuparse de sus hombres. No tiene mujer ni hijos, vive sin raíces ni hogar y su patrimonio ha sido secuestrado por el conquistador al que sirve. Ese hombre tiene fuego en su interior, pero no tiene corazón. Espero que nunca tenga que decir eso de ti o del joven Ian.

Así pues, os entrego el uno al otro, y que Dios nos bendiga a todos. Escribe tan pronto como puedas. Deseamos tener noticias tuyas y de las exóticas regiones que ahora habitas.

Tu cariñoso hermano,
Ian Murray

Con cuidado, Jamie dobló la carta y se la guardó en el bolsillo.

—Mmfm —fue su comentario.

11

La ley del derramamiento de sangre

Julio de 1767

Poco a poco, me fui acostumbrando al ritmo de vida de River Run. La presencia de los esclavos me turbaba, pero era muy poco lo que podía hacer al respecto, salvo utilizar lo mínimo posible sus servicios, ocupándome de mis cosas.

En River Run se jactaban de tener un pequeño lugar donde se secaban las hierbas y guardaban las medicinas. No había gran cosa: no más que unos cuantos frascos de raíz de diente de león y corteza de sauce, y algunas cataplasmas, llenas de polvo debido a la falta de uso. A Yocasta le encantó que yo quisiera utilizarlo. Ella no tenía talento para las medicinas, explicó encogiéndose de hombros, y los esclavos tampoco.

—Hay una mujer nueva que puede tener cierta habilidad en ese tema —dijo mientras sus largos dedos seguían la línea de lana desde el huso, a medida que la rueca rodaba—. No es una esclava de la casa; vino directamente de África hace un par de meses y no tiene modales, ni sabe hablar. Había pensado en enseñarle, pero ya que estás tú aquí... Ah, ahora el hilo es demasiado fino, ¿lo ves?

Mientras yo pasaba parte del día charlando con Yocasta e intentando aprender de ella el arte de hilar lana, Jamie estaba con el mayordomo, Ulises, que, además de ser los ojos de Yocasta y el mayordomo de la casa, llevaba las cuentas de la plantación desde la muerte de Hector Cameron.

—Ha hecho muy buen trabajo —me dijo Jamie en privado después de una de aquellas sesiones—. Si fuera un hombre blanco, mi tía no habría tenido problemas en que fuera él quien se encargara de sus asuntos. Pero siendo así... —Se encogió de hombros.

—Pero siendo así, es una suerte para ella que tú estés aquí —señalé, acercándome para olfatearlo. Había pasado el día en Cross Creek, encargándose de un complicado intercambio que implicaba bloques de añil, madera, tres pares de mulas, cinco toneladas de arroz y un vale del almacén para un reloj chapado en oro. Por tanto, su chaqueta y su cabello desprendían una fascinante variedad de aromas.

215

—Es lo mínimo que puedo hacer —respondió con los ojos clavados en las botas que lustraba. Sus labios se endurecieron un momento—. Además, tampoco tengo nada más que hacer, ¿verdad?

—Una cena —declaró Yocasta, pocos días después—. Tengo que dar una fiesta para presentaros a la gente del condado.

—No hace falta, tía —aclaró suavemente Jamie, levantando la vista de su libro—. Creo que ya conocí a la mayoría la semana pasada en la compra de maderos. O al menos a la parte masculina —añadió con una sonrisa—. No obstante, ahora que lo pienso, quizá sería adecuado que Claire conociera a las damas del distrito.

—No me importaría conocer a alguien más —admití—. No es que no tenga muchas ocupaciones aquí —aseguré—, pero...

—Pero no de las que te interesan —respondió con una sonrisa que suavizó el comentario—. Creo que no te gusta mucho el trabajo con las agujas. —Su mano se dirigió al enorme cesto de lanas coloreadas y sacó un ovillo verde, para añadirlo al chal que estaba tejiendo.

Cada mañana, una criada colocaba con cuidado los ovillos de lana en un espectro en espiral, de manera que, contando, Yocasta pudiera tomar un ovillo del color correcto.

—Claro que le gustan las agujas —señaló Jamie, cerrando su libro y sonriéndome—. Pero a Claire le gusta más coser heridas. Supongo que ha estado inquieta estos días porque sólo ha tenido una cabeza golpeada y un caso de hemorroides.

—Ja, ja —dije, aunque en realidad tenía razón.

Si bien me alegraba descubrir que los habitantes de River Run estaban, en general, sanos y bien alimentados, un médico no tenía mucho que hacer allí. A pesar de que no le deseaba mal a nadie, no podía negar que empezaba a sentirme un poco inquieta. Jamie también, aunque pensé que sería mejor no comentarlo por el momento.

—Espero que Marsali esté bien —mencioné para cambiar de tema. Fergus, convencido al fin de que Jamie no lo necesitaría durante un tiempo, se había ido río abajo, hacia Wilmington, donde embarcaría rumbo a Jamaica. Si todo salía bien, regresaría en primavera con Marsali y, si Dios quería, la criatura.

—Yo también —respondió Jamie—. Le dije a Fergus...

Yocasta volvió la cabeza con brusquedad hacia la puerta.

—¿Qué sucede, Ulises?

Absorta en la conversación, no había notado los pasos en el pasillo. De nuevo, me asombró la agudeza del oído de Yocasta.

—El señor Farquard Campbell —dijo con calma el mayordomo, y dio un paso atrás, contra la pared.

La familiaridad de Campbell con la casa quedó demostrada, pensé, porque no esperó a que Ulises lo invitara a entrar. Entró en la sala de estar, pisándole los talones al mayordomo y con el sombrero metido bajo el brazo con descuido.

—Yo, señora Fraser —afirmó con una leve inclinación para saludarnos—. Para servirlo, señor —dijo dirigiéndose a Jamie. El señor Campbell había estado cabalgando, y lo había hecho con prisa; los faldones de su chaqueta estaban llenos de polvo y el sudor le cubría la cara bajo una peluca torcida.

—¿Qué sucede, Farquard? ¿Ha ocurrido algo? —Yocasta se sentó en el borde de su silla y se inclinó con el rostro lleno de ansiedad.

—Sí —respondió con brusquedad—. Un accidente en el aserradero. He venido a pedirle a la señora Fraser...

—Sí, por supuesto. Deje que busque mi caja. Ulises, ¿puedes hacer que alguien me traiga un caballo? —Me puse en pie con rapidez, en busca de los zapatos que me había quitado de una patada, pero, a juzgar por la expresión de Campbell, no había tiempo para cambiarme—. ¿Es grave? —Campbell me detuvo con un gesto, cuando me agachaba para calzarme.

—Sí, bastante grave. No es necesario que venga, señora Fraser. Si su marido puede traer algunas de sus medicinas, creo que...

—Claro que voy a ir —afirmé.

—¡No! —exclamó bruscamente y todos lo miramos. Sus ojos buscaron los de Jamie e hizo una mueca—. No es cosa para señoras. Pero agradecería mucho su compañía, señor Fraser.

Yocasta se había puesto en pie antes de que yo pudiera protestar, aferrándose al brazo de Campbell.

—¿Qué ha pasado? —preguntó—. ¿Es uno de mis negros? ¿Byrnes ha hecho algo?

Ella le sacaba unos cuantos centímetros; Campbell tenía que levantar la cabeza para responderle. Podía ver las líneas de tensión en su rostro, y estaba claro que ella también lo advertía; sus dedos se cerraron sobre la sarga gris de la manga de su chaqueta.

Campbell miró de reojo a Ulises y luego a Yocasta. Como si hubiera recibido una orden, el criado abandonó la estancia, de una manera tan silenciosa como siempre.

—Es un tema de derramamiento de sangre, Yo —dijo con calma—. No sé de quién, ni cómo ha sucedido, ni siquiera la seriedad de la herida. El muchacho de MacNeill ha venido a buscarme. En cuanto a lo otro... —Se encogió de hombros, vacilando—. Es la ley.

—¡Y tú eres el juez! —estalló—. Por el amor de Dios, ¿no puedes hacer nada? —Movía la cabeza, nerviosa, intentando cambiarlo, torcerlo a su voluntad con sus ojos ciegos.

—¡No! —dijo con brusquedad, y luego, con más amabilidad, repitió—: No. —Le cogió la mano y la sostuvo con fuerza—. Sabes que no puedo. Si pudiera...

—Si pudieras, no lo harías —afirmó ella con amargura. Liberó su mano y dio un paso atrás con los puños crispados—. Ve, entonces. Te han llamado para que seas el juez. Ve y dales el juicio que quieren. —Giró sobre sus talones y abandonó la estancia agitando su falda con furia.

Fue a seguirla, pero lo detuvo el ruido de un portazo. Dejó escapar un suspiro y se volvió hacia Jamie.

—He vacilado antes de pedirle este favor, señor Fraser, ya que nos conocemos poco. Pero le agradecería que me acompañara. Como la señora Cameron no podrá estar presente, usted podría representarla en este asunto...

—Pero ¿cuál es el asunto, señor Campbell? —interrumpió Jamie.

Campbell me lanzó una mirada, deseando claramente que me marchara. Como no hice movimiento alguno para irme, se encogió de hombros y, sacando un pañuelo de su bolsillo, se secó la cara.

—Es la ley de esta colonia, señor. Si un negro ataca a una persona blanca y hace que sangre, debe morir por su delito. —Hizo una pausa de mala gana—. Por suerte, estas circunstancias son poco habituales. Pero cuando ocurren... —Se detuvo con los labios juntos. De inmediato suspiró y, con un último golpecito sobre sus mejillas sonrosadas, guardó el pañuelo—. Debo ir. ¿Quiere venir, señor Fraser?

Jamie permaneció allí un poco más, buscando el rostro de Campbell con la mirada.

—Iré —respondió con brusquedad. Se dirigió al aparador y abrió el cajón donde estaban guardadas las pistolas de duelo del difunto Hector Cameron.

Al ver aquello, me volví hacia Campbell.

—¿Hay algún peligro? —pregunté a Campbell.

—No puedo decírselo, señora Fraser —dijo Campbell, encogiéndose de hombros—. Donald MacNeill sólo me ha dicho que ha habido un altercado en el aserradero y que se trataba de un tema relacionado con la ley de derramamiento de sangre. Me ha pedido que fuera enseguida para juzgar y presenciar la ejecución y se ha ido a buscar a los otros propietarios antes de que pudiera sacarle más información.

Parecía disgustado, pero resignado.

—¿Ejecución? ¿Quiere decir que tienen la intención de ejecutar a un hombre sin saber lo que ha hecho? —En mi nerviosismo, había empujado y tirado el cesto de lana. Pequeños ovillos de lana de colores se dispersaron por todas partes, rebotando sobre la alfombra.

—¡Yo sé lo que hizo, señora Fraser! —Campbell levantó la mandíbula, tragando con dificultad en un esfuerzo por controlarse—. Le pido perdón, señora. Sé que usted es nueva aquí y encontrará nuestros métodos duros, e incluso inhumanos, pero...

—¡Claro que los encuentro inhumanos! ¿Qué clase de ley es la que condena a un hombre...?

—Un esclavo.

—¡Un hombre! Condenarlo sin un juicio, sin una investigación. ¿Qué clase de ley es ésa?

—¡Una mala ley, señora! —respondió furioso—. Pero es la que hay y yo soy el encargado de que se cumpla. Señor Fraser, ¿está listo? —Se puso el sombrero y se volvió hacia Jamie.

—Sí, lo estoy. —Jamie terminó de guardar las pistolas y las municiones en los bolsillos de su abrigo y se enderezó—. Sassenach, voy a ir y...

Había cruzado la sala hasta él y lo había agarrado del brazo antes de que pudiera terminar.

—¡Jamie, por favor! ¡No vayas, no puedes formar parte de esto!

—Calma. —Posó su mano sobre la mía y la apretó con fuerza. Sus ojos me sostenían la mirada y me impedían seguir hablando—. Ya soy parte de esto —afirmó en voz baja—. Es la propiedad de mi tía y sus hombres están involucrados. El señor Campbell tiene razón, soy su pariente. Es mi deber ir, al menos para ver lo que sucede. Estar allí... —Vaciló, como si fuera a decir algo más, pero me oprimió la mano y la soltó.

—Entonces, voy contigo —dije con tranquilidad, con esa espeluznante sensación de desapego que acaece con la certeza del desastre inminente.

Durante un instante, torció su ancha boca.

—Esperaba que lo hicieras, Sassenach. Ve a buscar tu caja, ¿quieres? Voy a ocuparme de los caballos.

No me quedé a escuchar las protestas del señor Campbell; en lugar de eso, me apresuré hacia la despensa, con el tamborileo de mis zapatos sobre las baldosas, como si fuera el latido de un corazón ansioso.

Nos encontramos con Andrew MacNeill en el camino. Estaba con su caballo a la sombra de un castaño. Nos había estado esperando; salió de entre las sombras al oír el sonido de los cascos. Hizo un gesto a Campbell cuando nos detuvimos junto a él, pero sus ojos estaban fijos en mí, con el ceño fruncido.

—¿No se lo ha dicho Campbell? —preguntó, mirando con disgusto a Jamie—. Esto no es un asunto para mujeres, señor Fraser.

—Ustedes lo llaman asunto de derramamiento de sangre, ¿no? —preguntó Jamie, con un marcado filo en su voz—. Mi esposa es *ban-lighiche*, ha visto la guerra y cosas peores. Si desean que yo vaya, ella vendrá conmigo.

MacNeill apretó los labios, pero no discutió más. Se volvió con brusquedad y tomó impulso para subirse a su montura.

—MacNeill, infórmanos de este desgraciado incidente. —Campbell adelantó su caballo, colocándose entre Jamie y MacNeill—. El señor Fraser acaba de llegar, como ya sabes, y tu muchacho sólo me ha dicho que era un asunto de derramamiento de sangre. No conozco más detalles.

Los hombros fornidos de MacNeill se elevaron ligeramente, encogiéndose hacia el cordón gris que le dividía el cuello. Tenía el sombrero bien encajado sobre la cabeza, alineado con los hombros, como si hubiera usado el nivel de un carpintero para que estuvieran emparejados. MacNeill era un hombre franco y directo, tanto en palabras como en aspecto.

Nos explicó la historia con brevedad mientras estábamos cabalgando: era bastante sencilla. Byrnes, el capataz del aserradero, había tenido un altercado con uno de los esclavos que trabajaban con la trementina. Este último, armado con el largo cuchillo que utilizaba en su tarea, había intentado zanjar el asunto cortando la cabeza de Byrnes, pero sólo consiguió rebanarle una oreja.

—Fue como si descortezara un pino —dijo MacNeill con cierta complacencia en su voz—. Le ha cortado la oreja y parte de la cara. Lo cierto es que no ha empeorado mucho la bolsa de pus que tiene por cara.

Le lancé una mirada a Jamie, quien a su vez alzó una ceja en respuesta. Era evidente que los propietarios de las plantaciones locales no tenían en muy buena consideración a Byrnes.

El capataz había pedido ayuda lanzando alaridos. Entre dos clientes y varios esclavos habían podido someter al atacante. Una vez restañada la herida y encerrado en una cabaña el esclavo, enviaron de inmediato al joven Donald MacNeill (que había ido a buscar una sierra y se había encontrado, de manera inesperada, en medio del drama) a que diera la noticia en las plantaciones vecinas.

—Usted no debe saber —explicó Campbell, volviéndose en su montura para dirigirse a Jamie— que, cuando ejecutan a un esclavo, se avisa a las plantaciones vecinas para que todos los esclavos asistan a la ejecución. Es una buena manera de impedir futuras desgracias.

—Ya entiendo —dijo con amabilidad Jamie—. Creo que ésa era la teoría de la Corona cuando ejecutó a mi abuelo en Tower Hill, después de la insurrección. Y, sin duda, es muy efectivo, ya que todos mis parientes se portan bien desde entonces.

Había vivido suficiente tiempo entre escoceses como para ser consciente de los efectos de aquella pequeña pulla. Puede que Jamie hubiera acudido por petición de Campbell, pero el nieto del Viejo Zorro no se sometía a la voluntad de nadie a la ligera, ni tenía en gran estima la ley inglesa.

MacNeill captó el mensaje y su nuca enrojeció hasta que se asemejó al cogote de un pavo. Campbell lanzó una risa corta y seca antes de darse la vuelta.

—¿Qué esclavo ha sido?

—El joven Donald no lo ha dicho. Pero debes saber tan bien como yo que tiene que haber sido ese bribón de Rufus.

Campbell agachó la cabeza al enterarse.

—Yo lo sentirá mucho cuando se entere —murmuró, meneando la cabeza con pesar.

—La culpa es suya —intervino MacNeill, espantando de manera brusca un tábano que se había posado sobre su bota—. Yon Byrnes no es capaz de ocuparse ni de los cerdos, y mucho menos de dirigir negros. Os lo he dicho muchas veces.

—Sí, pero Hector lo contrató —protestó Campbell suavemente—. Y ella no podía echarlo. ¿Qué iba a hacer, dirigir ella sola el lugar?

La respuesta fue un gruñido mientras MacNeill movía sus amplias posaderas sobre la montura. Eché un vistazo a Jamie, y vi que ponía cara de póquer, con la mirada oculta bajo la sombra del ala de su sombrero.

—Hay pocas cosas peores que una mujer testaruda —comentó MacNeill, en voz un poco más alta de lo necesario—. No pueden culpar a nadie, salvo a sí mismas, si ocurre algo.

—Pero —intervine, alzando la voz para hacerme oír por encima del ruido de los caballos— si les ocurre algo a causa de algún hombre, ¿la satisfacción de culparlo a él es la compensación adecuada?

Jamie resopló divertido; Campbell lanzó una risa entrecortada y golpeó a MacNeill en las costillas con la empuñadura del látigo.

—¡Qué dices a eso, Andrew! —exclamó.

MacNeill no respondió, pero su cuello se puso aún más rojo. Después de esto, continuamos en silencio. MacNeill había hundido la cabeza entre sus hombros.

Aunque en cierto sentido satisfactorio, aquel intercambio no sirvió para calmar mis nervios; tenía un nudo en el estómago a causa del temor que me provocaba lo que podría ocurrir cuando llegáramos al aserradero. Pese al desagrado que les provocaba Byrnes y la evidente asunción de que, fuera lo que fuera lo que había ocurrido, tal vez era culpa del capataz, no había ni el más mínimo indicio de que aquello fuera a alterar el destino del esclavo de ninguna de las maneras.

«Una mala ley», la había llamado Campbell, pero a pesar de todo, la ley. Sin embargo, mis manos temblaban y sudaban sobre las riendas de cuero, no por la rabia y el horror que me provocaba pensar en la atrocidad judicial, sino por el hecho de preguntarme qué haría Jamie.

No podía leer nada en su rostro. Cabalgaba relajado, con la mano izquierda en las riendas y la derecha sobre el muslo, cerca del bulto del arma que guardaba bajo su abrigo. Ni siquiera estaba segura de que me consolara que me hubiera permitido acompañarlo. Podía significar que no esperaba tener que cometer ninguna acción violenta. Entonces, ¿permitiría que siguieran adelante con la ejecución?

¿Y si lo hacía...? Tenía la boca seca, y mi nariz y mi garganta llenas del suave polvo marrón que se elevaba a modo de nubes a causa de los cascos de los caballos.

«Ya soy parte de esto.» Pero ¿parte de qué? Del clan y de la familia, sí... pero ¿de esto? Los escoceses de las Highlands luchaban a muerte por cualquier causa que estuviera relacionada con su honor o les calentara la sangre, pero, solían mostrase indiferentes con respecto a temas ajenos. Siglos de aislamiento en sus fortalezas de las Highlands habían hecho que evitaran inmiscuirse en los asuntos de los demás... pero ¡pobre del que se metiera en los suyos!

Era evidente que tanto Campbell como MacNeill consideraban que esto era problema de Jamie. Pero ¿y él? ¿Lo consideraba así? Jamie no era un escocés cerrado, me dije, era un hombre culto, bien educado, que había viajado y sabía muy bien lo que yo pensaba sobre aquel tema. Sin embargo, tenía la terrible sensación de que mi opinión iba a contar muy poco en lo que fuera que pensaba hacer.

Era una tarde calurosa y sin viento, y las cigarras zumbaban con fuerza en los matorrales que bordeaban el camino, pero yo tenía los dedos fríos y rígidos sobre las riendas. Nos habíamos cruzado con un par de partidas, pequeños grupos de esclavos que caminaban hacia el aserradero. No levantaban la vista cuando pasábamos y, en cambio, se hacían a un lado y se fundían con los matorrales, dejándonos espacio mientras pasábamos a medio galope.

El sombrero de Jamie se enganchó en una rama y salió volando. Pude ver su rostro, al descubierto durante un momento, antes de que lo rescatara para cubrirse otra vez. Estaba tenso y la ansiedad le marcaba las líneas de la cara. Pensé, con cierta sorpresa, que tampoco él sabía qué iba a hacer; eso fue lo que más me asustó. Entonces llegamos al bosque de pinos; el parpadeo amarillo verdoso de las hojas de las pacanas y los alisos dio paso con brusquedad al resplandor más oscuro de un fresco verde profundo, y fue como sumergirse en las profundidades de un mar verde y tranquilo.

Estiré el brazo hacia atrás para tocar la caja de madera amarrada tras mi montura, intentando evitar pensar en lo que nos esperaría más adelante, preparándome mentalmente para el único papel que yo podía tener en aquel desastre incipiente. Tal vez no podría evitar los daños, pero podía intentar reparar lo que ya había ocurrido. Desinfección y limpieza: tenía una botella de alcohol destilado y un preparado elaborado con jugo de ajo y menta. A continuación, cubrir la herida: sí, tenía vendas de hilo, pero ¿necesitaría coser antes?

Mientras me preguntaba qué habrían hecho con la oreja de Byrnes, me sorprendió un zumbido que no se debía a las cigarras. Campbell, que iba a la cabeza, se detuvo de inmediato a escuchar, y el resto lo imitamos.

Eran voces que llegaban de lejos, muchísimas voces formando un zumbido profundo y enfurecido, como un enjambre de abejas al que le hubieran dado la vuelta y sacudido. Entonces se oyeron algunos gritos y el sonido repentino de un disparo.

Galopamos por la última ladera, esquivando los árboles para llegar hasta el claro del aserradero. El terreno abierto estaba repleto de gente: esclavos, empleados, mujeres y niños, arremolinándose asustados entre las maderas, como termitas expuestas tras el golpe de un hacha.

Entonces perdí la conciencia de la multitud y toda mi atención se dirigió hacia un lado del aserradero, donde habían instalado una especie de grúa con poleas, con un enorme gancho curvado para levantar los troncos.

El cuerpo de un hombre negro estaba empalado en el gancho agitándose como un gusano. Había un charco en la plataforma y su olor, dulce y cálido, se extendía por el aire.

Mi caballo se detuvo, inquieto, incapaz de moverse a causa de la multitud. Los gritos se habían desvanecido hasta convertirse en gemidos y en pequeños gritos inconexos de las mujeres de la multitud. Vi cómo Jamie se deslizaba frente a mí y cómo se abría paso entre los cuerpos hacia la plataforma. Campbell y MacNeill estaban con él, intentando pasar entre la gente a codazos. A MacNeill se le cayó el sombrero, que la multitud pisoteó.

Me quedé petrificada, incapaz de moverme. Había otros hombres en la plataforma cercana, entre ellos uno pequeño, con la cabeza grotescamente vendada y manchas de sangre en un lado, rodeado por blancos y mulatos armados con palos y mosquetes que amenazaban a la muchedumbre.

No era porque desearan acercarse a la plataforma, sino todo lo contrario; parecía que existiera una urgencia general por alejarse de allí. Las expresiones de los rostros iban del miedo a la desesperación, pasando por la ira... ¿o era satisfacción?

Farquard Campbell surgió de entre la multitud y se aproximó a la plataforma, seguido por MacNeill, que agitaba las manos y gritaba algo que no entendía a los hombres armados con palos, pese a que los gritos y gemidos a mi alrededor se estaban desvaneciendo hasta convertirse en un silencio fruto del pavor. Jamie llegó hasta la plataforma y subió tras Campbell, deteniéndose a ayudar a MacNeill.

Campbell se situó frente a Byrnes, con sus esbeltas mejillas sufriendo convulsiones a causa de la furia.

—¡... una brutalidad incalificable! —gritaba. Sus palabras llegaban entrecortadas, medio sofocadas por los movimientos y murmullos de mi alrededor, pero vi cómo señalaba enfáticamente el gancho. El esclavo había dejado de debatirse y pendía inerte.

El rostro del capataz era invisible, pero su cuerpo estaba rígido por la rabia y el desafío. Uno o dos de sus amigos se movieron con lentitud hacia él, para ofrecerle su apoyo.

Observé a Jamie que, tras evaluar los hechos, sacó las dos pistolas, comprobó que estuvieran cargadas, dio un paso hacia delante y apoyó una en la cabeza vendada de Byrnes. El capataz se quedó rígido por la sorpresa.

—Bájalo —ordenó Jamie al matón más cercano, con una voz lo bastante fuerte como para hacerse oír por encima del tumulto—. Si no lo haces, volaré lo que queda de la cara de tu amigo. Y luego... —Levantó la segunda pistola y apuntó al pecho del hombre. La expresión en el rostro de Jamie hacía innecesaria cualquier otra amenaza.

El hombre se movió de mala gana, con los ojos clavados en la pistola. Cogió la palanca que controlaba el mecanismo y lo accionó. El gancho descendió poco a poco con el cable tenso por el peso de su carga y, cuando el cuerpo llegó al suelo, se oyó un suspiro colectivo entre la gente.

Había conseguido que el caballo avanzara entre la multitud, hasta encontrarme a apenas medio metro del extremo de la plataforma. El caballo se asustó y pateó, sacudiendo la cabeza y resoplando a causa del intenso olor a sangre, pero estaba entrenado para no echar a correr. Me bajé y le ordené a un hombre que estaba cerca que me trajera la caja.

Los tablones de la plataforma se sentían extraños bajo mis pies, arqueándose como lo hace la tierra seca cuando desciendes de un barco. Apenas había unos cuantos pasos de distancia hasta el lugar donde yacía el esclavo; cuando llegué, ya me había invadido aquella fría claridad mental que constituye el principal recurso de un cirujano. No prestaba atención a las acaloradas discusiones detrás de mí, ni a la presencia del resto de los espectadores.

Estaba vivo y su pecho se movía con cortos jadeos. El gancho le había atravesado el estómago, pasando a través de la parte baja de la caja torácica y saliendo por la parte trasera, a la altura de los riñones. Su piel había adquirido un aterrador tono azul grisáceo, y los labios, un color arcilloso.

—Shh —dije suavemente, aunque el esclavo no emitía sonido alguno, más allá del suave susurro de su respiración. Sus ojos, oscuros y con las pupilas dilatadas, delataban una profunda incomprensión.

No había sangre en su boca, lo que indicaba que los pulmones no habían sido dañados. La respiración era jadeante, pero rítmica, y el diafragma también estaba intacto. Mis manos lo recorrieron con suavidad mientras mi mente trataba de evaluar los daños. La sangre fluía de ambas heridas como una grasienta sustancia oscura sobre los músculos rugosos de la espalda y el estómago, y brillaba roja como el rubí sobre el acero pulido. No había chorro; de algún modo, habían esquivado la aorta abdominal y la arteria renal.

Detrás de mí se había desatado una discusión; una pequeña parte de mi cerebro registró que los compañeros de Byrnes, capataces de dos plantaciones vecinas, censuraban, tanto como podían, a Campbell.

—¡... una flagrante violación de la ley! ¡Tendrán que dar cuenta de esto ante la corte, caballeros, pueden estar seguros de que será así!

—¿Cuál es el problema? —preguntó una voz grave y malhumorada—. ¡Hay derramamiento de sangre... y mutilación! ¡Byrnes tiene sus derechos!

—No para tomar esta decisión —intervino MacNeill—. Canallas, eso es lo que sois, no sois mejores que...

—Y tú, viejo, ¿por qué metes tu enorme nariz escocesa donde nadie te llama?

—¿Necesitas algo, Sassenach?

No lo había oído llegar, pero ahí estaba. Jamie se había arrodillado junto a mí, y mi caja estaba abierta sobre los tablones junto a él. Aún sostenía una pistola cargada en una mano, con la atención centrada, sobre todo, en el grupo que se hallaba detrás de mí.

—No lo sé —dije. Oía las discusiones detrás, pero las palabras se enturbiaban hasta perder su significado. La única realidad se encontraba bajo mis manos.

Poco a poco, comencé a darme cuenta de que era posible que el hombre al que estaba tocando no estuviera mortalmente herido, pese a su horrible lesión. Por todo lo que podía percibir y sentir, creía que la curva del gancho había salido hacia arriba a través del hígado. Era probable que el riñón derecho estuviera dañado y que el yeyuno o la vesícula estuvieran afectados, pero nada de aquello lo mataría de inmediato.

De morir rápido, sería el *shock* lo que lo mataría. No obstante, podía advertir cómo latía el pulso en el abdomen sudoroso, justo encima de la perforación del acero. Era rápido, pero estable como un redoble de tambor; podía sentir cómo resonaba en las yemas de mis dedos cuando coloqué la mano sobre él. Había perdido sangre (su olor era tan intenso que predominaba sobre el del sudor y el miedo), pero no tanta como para estar condenado.

Un pensamiento nubló mi mente; no era seguro que pudiera mantener a aquel hombre con vida. Empecé a pensar todo lo que podía salir mal: lo más inmediato era una hemorragia al extraer el gancho, además de hemorragias internas, el intestino perforado, peritonitis y varias posibilidades más.

En Prestonpans había visto a un hombre al que habían atravesado con una espada, y la ubicación de la herida era muy similar. No había recibido tratamiento más allá de una venda que le rodeaba el cuerpo y, sin embargo, se había recuperado.

—¡Ilegalidad! —decía Campbell; su voz aumentaba de tono con la discusión—. No se puede tolerar, no importa cuál sea la provocación. ¡Pueden estar seguros de que todos ustedes tendrán que rendir cuentas sobre esto!

Nadie prestaba atención al verdadero objeto de la discusión. Sólo habían transcurrido unos segundos y tenía pocos más para actuar. Coloqué una mano sobre el brazo de Jamie, alejando su atención del debate.

—Si consigo salvarlo, ¿dejarán que viva? —pregunté en un susurro.

Su mirada recorrió a los hombres que tenía a mis espaldas, calculando las posibilidades.

—No —dijo, suavemente. Sus ojos se encontraron con los míos, oscuros al comprender. Enderezó poco a poco los hombros y colocó la pistola sobre su muslo. No podía ayudarle a tomar su decisión; él no podía ayudarme con la mía... pero me defendería, decidiera lo que decidiese.

—Dame la tercera botella de la izquierda de la hilera superior —ordené, señalando la tapa de mi caja, donde tres hileras de botellas transparentes de cristal con firmes corchos contenían diversos medicamentos.

Tenía dos botellas de alcohol puro y otra de coñac. Vertí una dosis generosa de raíz en polvo en el coñac y lo agité. Luego me arrastré hasta la cabeza del hombre y apreté la botella contra sus labios.

Aunque sus ojos estaban vidriosos, traté de mirarme en ellos para que me viera. ¿Para qué?, me preguntaba mientras lo llamaba por su nombre. No podía preguntarle si ése era su deseo, pues ya había decidido por él. Una vez tomada la decisión ya no podía pedir aprobación o perdón.

Tragó. Una vez. Dos.

Los músculos que rodeaban su boca se estremecieron y gotas de licor se deslizaron por su piel. Otro trago profundo y convulso, y su cuello se relajó, dejando caer de manera pesada su cabeza sobre mi brazo.

Permanecí sentada, con los ojos cerrados, sosteniendo su cabeza y tomándole el pulso por debajo de la oreja. Se aceleraba, se calmaba y volvía a acelerarse. Un escalofrío le recorrió el cuerpo, y la piel manchada se estremeció como si hubiera mil hormigas sobre él.

La descripción del libro de texto apareció en mi mente:

Entumecimiento. Hormigueo. Una sensación en la piel, como
si fuera picada por insectos. Náuseas, dolor epigástrico. Respiración dificultosa, piel fría y húmeda, palidez. Pulso débil
e irregular, aunque la mente permanece lúcida.

Ninguno de los síntomas visibles era distinguible de aquellos que ya había mostrado: el dolor epigástrico.

Una quincuagésima parte mataría a un gorrión en unos segundos. Una décima parte, a un conejo en cinco minutos. Se decía que el acónito era el veneno que Medea había puesto en el vaso que preparó para Teseo.

Intenté no escuchar, no sentir nada, salvo el latido bajo mis dedos. Traté con todas mis fuerzas de acallar las voces y los murmullos, el calor, el polvo y el olor de la sangre; quise olvidar dónde estaba y lo que hacía.

«Aunque la mente permanece lúcida.»

«Maldita sea —pensé—. Es cierto.»

12

El regreso de John Quincy Myers

Yocasta, profundamente afectada por los acontecimientos del aserradero, había declarado que, a pesar de todo, tenía la intención de seguir adelante con la fiesta que había planeado.

—Hará que olvidemos tanta tristeza —dijo con firmeza. Se volvió hacia mí, extendió la mano y palpó de manera crítica el tejido de muselina de mi manga—. Mandaré que Fedra te haga un vestido nuevo. Es muy buena modista.

Pensé que necesitaría algo más que un vestido nuevo y una cena para distraer mi mente, pero callé y me guardé mis palabras al ver la mirada de aviso de Jamie.

Dada la falta de tiempo y de tela adecuada, Yocasta decidió que me arreglaran uno de sus vestidos.

—¿Cómo le queda, Fedra? —Yocasta me miró con el rostro ceñudo, como si pudiera recuperar la vista por pura voluntad—. ¿Resultará?

—Le quedará bien —respondió la criada, con un montón de alfileres en la boca.

Clavó tres en una rápida sucesión, me miró de reojo, agarró un pliegue de tela en la cintura y volvió a poner otros dos.

—Está muy bien —comentó, ya con la boca despejada—. Ella es más baja que usted, señorita Yo, y tiene algo menos de cintura. Pero su busto es mayor —añadió en tono más bajo, sonriéndome.

—Sí, eso ya lo sé —dijo ásperamente Yocasta, que había oído el comentario—. Corta el corpiño, podemos agrandarlo con encaje de Valencia sobre seda verde. Coge un pedazo de esa vieja bata de mi marido; es del color adecuado. —Tocó la manga, con sus brillantes tiras verdes—. Cose también el corte con seda verde; resaltará el pecho. —Los largos y pálidos dedos indicaban la línea de la modificación, moviéndose a la deriva por la parte superior de mis pechos, casi sin prestar atención. Su tacto era frío, impersonal y apenas perceptible, pero apenas conseguí evitar echarme hacia atrás.

—Tienes una memoria notable de los colores —dije, sorprendida y algo desconcertada.

—Recuerdo muy bien ese vestido —respondió, tocando con suavidad la manga—. Un caballero me dijo una vez que con él puesto le recordaba a Perséfone; la primavera personificada, me comentó. —Una suave sonrisa provocada por el recuerdo le iluminó el rostro y, a continuación, desapareció cuando levantó la cabeza hacia mí—. ¿De qué color es tu cabello, querida? No te lo había preguntado. Me imagino que debe de ser rubio o algo parecido, pero en realidad no lo sé. Por favor, no me digas que tienes el pelo moreno y la piel cetrina. —Sonrió, pero su broma sonó como una orden.

—Es castaño —intervine, algo cohibida, tocándome el cabello—. Aunque está algo descolorido; tengo algunos mechones más claros.

Frunció el entrecejo, como si considerara si podía ser aceptable o no. Se volvió hacia la sirvienta buscando ayuda.

—¿Qué aspecto tiene, Fedra?

La mujer dio un paso atrás y me miró con los ojos entornados. Me di cuenta de que debía estar acostumbrada, al igual que el resto de los criados, a darle descripciones cuidadosas a su señora. Los ojos oscuros me recorrieron con rapidez, deteniéndose durante un buen rato para evaluarme. Se sacó dos alfileres de la boca antes de responder.

—Está muy bien, señorita Yo —dijo Fedra, asintiendo una vez, con tranquilidad—. Muy bien. Tiene la piel blanca, blanca como la leche y el verde brillante le favorece.

—Hum. Pero las enaguas son de color marfil. Si es demasiado pálido, ¿no parecerá demacrada?

No me gustaba que hablasen de mí como si yo fuera un adorno en cierto sentido defectuoso, pero me tragué las objeciones.

Fedra meneaba la cabeza con convicción.

—No, señora —intervino—. No está demacrada. Tiene los pómulos altos y los ojos castaños, pero no crea que tienen el color del barro. ¿Recuerda ese libro que tiene con fotos de animales extraños?

—Si te refieres al *Informe de una exploración a las Indias Occidentales* —dijo Yocasta—, sí, lo recuerdo. Ulises me lo leyó el mes pasado. ¿Quieres decir que la señora Fraser te recuerda a una de las ilustraciones? —rió divertida.

—Hum. —Fedra no había apartado los ojos de mí—. Se parece al gran gato —dijo mirándome fijamente—. Al tigre que miraba entre la maleza.

Por un instante, el rostro de Yocasta demostró sorpresa.

—Vaya —dijo riéndose. Pero no volvió a tocarme.

Me quedé en el vestíbulo arreglando el adorno de seda verde que había sobre mi pecho. La reputación de Fedra como modista quedó demostrada; el vestido me quedaba como un guante, y las franjas de satén color esmeralda brillaban sobre las más pálidas de color marfil.

Orgullosa de su abundante cabellera, Yocasta no llevaba pelucas, así que, por suerte, no sugirieron que me pusiera una. En su lugar, Fedra había intentado empolvarme el cabello con harina de arroz, pero yo me resistí de manera firme a su intento. Ocultando a duras penas su opinión respecto a mi falta de instinto a la hora de vestir, se conformó con atar la mata de rizos con una cinta de seda blanca y recogerlos en un moño alto, en la parte posterior de la cabeza.

No estaba segura de por qué me había resistido a ponerme las baratijas con las que había intentado adornarme; quizá se trataba de un mero disgusto hacia lo recargado. O tal vez era una sutil objeción a que me convirtieran en un objeto, me adornaran y me exhibieran para los propósitos de Yocasta. En cualquier caso, me había negado. No llevaba más adorno que mi anillo de boda, un pequeño par de pendientes de perlas y una cinta de terciopelo verde alrededor del cuello.

Ulises bajaba por la escalera con su librea impecable. Me moví y volvió la cabeza observando el movimiento de mis faldas. Sus ojos se dilataron con una expresión de admiración sincera. Bajé la vista y sonreí. Entonces oí cómo jadeaba. Levanté la cabeza y descubrí que sus ojos seguían muy abiertos y demostraban miedo. Su mano se aferraba con tanta fuerza al pasamanos que sus nudillos brillaban.

—Perdóneme, señora —dijo con una voz sofocada, y pasó con rapidez a mi lado con la cabeza baja, dejando la puerta que daba al pasillo de la cocina oscilando tras de sí.

—¿Qué diablos...? —exclamé en voz alta. Entonces recordé el lugar y el tiempo en que estábamos.

Después de tanto tiempo solo en una casa con una señora ciega y sin amo, se había vuelto descuidado. Había olvidado su protección básica y fundamental, la única que tenía un esclavo: un rostro inexpresivo que no manifestara nunca sus pensamientos.

No era raro que se hubiera asustado al darse cuenta de cómo me había mirado. Si hubiera sido cualquier otra mujer la que hubiera advertido aquella mirada descuidada... Tenía las manos frías y sudorosas, y tragué con el aroma de la sangre y la trementina aún vivo en mi garganta.

Sin embargo, había sido yo, recordé, y no lo había visto nadie más. El mayordomo tenía miedo, aunque conmigo estaba seguro, ya que me comportaría como si nada hubiera ocurrido (nada había pasado) y las cosas seguirían como siempre. El sonido de unos pasos en la galería interrumpió mis pensamientos. Miré hacia arriba y me quedé boquiabierta, olvidando de inmediato todos aquellos pensamientos.

Un escocés de las Highlands luciendo todas sus galas es algo impresionante: cualquiera, sin importar si es mayor, feo o si tiene mal aspecto. Pero uno alto, apuesto, nada feo y en la plenitud de la vida corta la respiración.

No usaba el kilt desde la época de Culloden, pero su cuerpo no había olvidado cómo llevarlo.

—¡Oh! —exclamé.

Entonces me miró, y sus dientes blancos resplandecieron mientras me hacía una reverencia, con sus brillantes hebillas de plata. Se enderezó y se dio la vuelta, haciendo que su capa volara, y bajó poco a poco, con la mirada fija en mí.

Por un momento lo vi como la mañana en que nos casamos. El color del tartán era casi el mismo, cuadros negros sobre un fondo carmesí y sujeto a su espalda con un broche de plata, bajando hasta la pantorrilla de unas piernas cubiertas con medias. La camisa era más elegante, lo mismo que la casaca y la daga, con incrustaciones de oro en la empuñadura que llevaba en la cintura. *Duine uasal* era lo que parecía, un hombre de fortuna.

Sin embargo, el rostro audaz era el mismo; mayor, y por ello más sabio. Aun así, la inclinación de su brillante cabeza y el gesto de su amplia y firme boca, y la mirada felina fija sobre la mía eran los mismos. He aquí un hombre que siempre había sido consciente de su valía.

—Para servirla, señora —pronunció. Y descendió el último tramo de la escalera con una sonrisa radiante.

—Estás estupendo —comenté con un nudo en la garganta.

—No está mal —aceptó sin falsa modestia. Se arregló un pliegue sobre el hombro con cuidado—. Está claro que ésa es la ventaja del tartán... no supone un problema ajustarlo.

—¿Es de Hector Cameron? —Me sentí ridículamente tímida al tocarlo, tan bien vestido. En cambio, toqué la empuñadura del cuchillo; estaba coronado con un pequeño nudo de oro con la forma de un pájaro volando.

Jamie inspiró hondo.

—Ahora es mío. Me lo dio Ulises con los mejores deseos de mi tía. —Capté algo raro en el tono de su voz, y levanté la mirada. Pese al obvio placer de volverse a vestir así, algo le turbaba. Le toqué la mano.

—¿Qué anda mal?

Me lanzó una ligera sonrisa, pero sus cejas estaban fruncidas con preocupación.

—Yo no diría que nada vaya mal. Es sólo que...

Se interrumpió por el sonido de unos pasos en la escalera y me apartó para dejar pasar a una esclava con un montón de ropa blanca. La casa bullía con los preparativos de última hora; incluso ahora, podía oír el sonido de las ruedas sobre la gravilla en la parte posterior de la casa y los sabrosos olores que flotaban en el aire a medida que traían a toda prisa las bandejas desde la cocina.

—No podemos hablar aquí —susurró—. Sassenach, ¿podrías hacerme un favor durante la cena? ¿Si te hago una señal —y se tiró del lóbulo de la oreja—, podrás distraerlos? No importa lo que hagas, desmáyate, vuelca el vino, pincha a tu compañero de mesa con el tenedor... —Me hizo una mueca burlona y eso me tranquilizó. Lo que lo preocupaba no era una cuestión de vida o muerte.

—Puedo hacerlo —le aseguré—. Pero qué...

Se abrió una puerta en la galería, y la voz de Yocasta dando las últimas indicaciones a Fedra llegó hasta nosotros. Al oírla, Jamie me besó y se alejó con rapidez con el revoloteo de la capa carmesí y las hebillas plateadas. Desapareció entre dos esclavos que llevaban bandejas de copas de cristal a la sala. Lo observé, aturdida, apartándome justo a tiempo para evitar que me aplastaran los criados.

—¿Eres tú, querida Claire? —Yocasta se detuvo en el último escalón, con la cabeza vuelta hacia mí, y la mirada justo por encima de mi hombro. Era sorprendente.

—Así es —respondí, y le toqué el brazo para que supiera dónde estaba.

—He notado el olor a alcanfor del vestido —dijo en respuesta a mi pregunta no formulada mientras me cogía del codo—. Me ha parecido oír la voz de Jamie. ¿Está por aquí?

—No —contesté con convicción—. Creo que ha ido a recibir a los invitados.

—¡Ah! —Su mano apretó mi brazo y suspiró con una mezcla de satisfacción e impaciencia—. No soy de las que se lamentan ante lo irreparable, pero ¡juro que daría uno de mis ojos si consiguiera ver con el otro a Jamie con el tartán esta noche!

Sacudió la cabeza, descartándolo, y los diamantes de sus orejas reflejaron la luz. Llevaba un vestido de seda azul marino que contrastaba con su brillante cabello blanco. El tejido estaba bordado con libélulas que parecía que iban a salir disparadas entre los pliegues mientras se movía bajo las luces de los candelabros de la pared y las arañas llenas de velas.

—¡Ah, bien! ¿Dónde está Ulises?

—Aquí, señora. —Había aparecido tan rápido junto a ella que no lo oí llegar.

—Vamos, pues —dijo cogiéndose de su brazo. No sabía si la orden era para él o para mí, pero seguí su brillante estela, obediente, esquivando a un par de mozos de cocina que transportaban el centro de mesa: un jabalí asado entero, con la cabeza y los colmillos intactos, con un aspecto amenazador, y el suculento lomo brillante, listo para ser servido. Su aroma era divino.

Me arreglé el cabello y me preparé para conocer a los invitados de Yocasta. Tenía la sensación de que me presentarían en una bandeja de plata, con una manzana en la boca.

La lista de invitados podía leerse como el *Quién es quién* de Cape Fear, si es que existía aquel libro. Campbell, Maxwell, Buchanan, MacNeill, MacEachern... apellidos de las Highlands, apellidos de las islas. MacNeill de Barra Meadows, MacLeod de Islay... muchos de los apellidos de los propietarios de plantaciones tenían el aroma de sus orígenes, lo mismo que su acento. El gaélico resonaba en los altos techos.

Muchos de los hombres llevaban faldas o tartanes sobre sus chaquetas y pantalones de seda, pero no vi a nadie tan impresionante como Jamie... que brillaba por su ausencia. Oí que Yocasta murmuraba algo a Ulises, quien llamó a una pequeña criada con una palmada, y la envió con rapidez a la oscuridad medio iluminada de los jardines, aparentemente, a buscarlo.

Eran muy pocos los invitados que no eran escoceses: un cuáquero, corpulento y sonriente, con el pintoresco nombre de Hermon Husband; un caballero alto y enjuto llamado Hunter y, para mi sorpresa, Phillip Wylie, vestido de una manera inmaculada, con peluca y empolvado.

—Así que volvemos a encontrarnos, señora Fraser —advirtió, reteniendo mi mano mucho más tiempo de lo socialmente correcto—. ¡Confieso que estoy encantado de volver a verla!

—¿Qué está haciendo aquí? —pregunté, casi con grosería.

Sonrió con descaro.

—Me ha traído mi anfitrión, el noble y poderoso señor MacNeill de Barra Meadows, a quien acabo de comprar un excelente par de tordos. Por cierto, los caballos salvajes no me hubieran impedido asistir esta noche, sabiendo que este evento se celebra en su honor. —Sus ojos me recorrieron poco a poco, con ese aire de desapego de un experto que aprecia una extraña obra de arte—. ¿Me permite decirle, señora, lo bien que le sienta el color verde?

—Supongo que no podría evitarlo.

—Eso por no hablar del efecto de las luces en su piel. «Su cuello es una torre de marfil» —citó, tocando la palma de mi mano con su pulgar de forma insinuante—. «Sus ojos son como los estanques de peces de Hesbón».

—«Su nariz es como la torre del Líbano, que mira hacia Damasco» —respondí, con una mirada significativa hacia su nariz aristocráticamente pronunciada.

Lanzó una carcajada, pero no me soltó. Le lancé una mirada a Yocasta, que apenas estaba a algunos pasos de distancia: parecía absorta en la conversación con un recién llegado, pero la experiencia me había enseñado lo agudo que era su sentido del oído.

—¿Cuántos años tiene? —pregunté, mirándolo con seriedad y tratando de que me soltara la mano con indecoroso esfuerzo.

—Veinticinco, señora —respondió, sorprendido. Se dio una palmadita con un dedo de su mano libre en el lunar con forma de estrella que tenía junto a la boca—. ¿Estoy indecentemente ojeroso?

—No, sólo deseaba estar segura de que iba a decirle la verdad al informarlo de que tengo edad para ser su madre.

La noticia no pareció turbarlo lo más mínimo. En cambio, levantó mi mano hasta sus labios y la oprimió con fervor.

—Estoy encantado —jadeó—. ¿Puedo llamarla *maman*?

Ulises estaba detrás de Yocasta, con sus ojos oscuros fijos en los invitados que se aproximaban por el camino iluminado desde el río, y se inclinaba de vez en cuando para susurrarle al oído. Liberé mi mano de la de Wylie y di un golpe en el hombro al mayordomo.

—Ulises —dije, sonriendo con encanto a Wylie—, ¿serías tan amable de asegurarte de que el señor Wylie se siente cerca de mí en la cena?

—Claro que sí, señora, me ocuparé de ello —aseguró, y volvió de inmediato a su vigilancia.

El señor Wylie hizo una extravagante reverencia para demostrar su gratitud, y permitió que un lacayo le acompañara a la casa. Le hice un gesto con la mano, pensando en cómo iba a disfrutar cuando llegara el momento de clavarle el tenedor.

No sé si fue suerte o fruto de un plan, pero estaba sentada entre el señor Wylie y el cuáquero, el señor Husband, y frente al señor

Hunter, que tampoco hablaba gaélico. Formábamos una pequeña isla de ingleses en medio de un mar de turbulentos escoceses.

Jamie apareció en el último momento y se sentó en la cabecera, con Yocasta a su derecha. Una vez más, volví a preguntarme qué estaba ocurriendo. Mantuve la mirada fija en él y un tenedor listo para la acción, pero llegamos al tercer plato sin que ocurriera nada.

—Me sorprende encontrar a un caballero como usted en un evento como éste, señor Husband. ¿No lo ofende semejante frivolidad? —Al no haber conseguido dirigir mi atención hacia él durante los dos primeros platos, Wylie se inclinó hacia mí y la acción provocó que su muslo entrara casualmente en contacto con el mío.

Hermon Husband sonrió.

—Incluso los cuáqueros deben comer, amigo Wylie. Y he tenido el honor de disfrutar de la hospitalidad de la señora Cameron en diversas ocasiones; no se me ocurriría rechazarla ahora sólo porque la extienda a otros. —Centró su atención en mí, para continuar con nuestra conversación interrumpida.

—¿Preguntaba usted por los reguladores, señora Fraser? —Husband hizo un gesto con la cabeza—. Debo recomendarle que pregunte al señor Hunter, pues los reguladores disfrutan de los beneficios de su dirección.

El señor Hunter inclinó la cabeza ante el cumplido. Al tratarse de un individuo alto y de rostro alargado, vestía de una manera más sencilla que el resto de los asistentes, pero no era un cuáquero. El señor Husband y él viajaban juntos, ya que ambos regresaban desde Wilmington a sus hogares en el campo. Con la oferta del gobernador Tryon en mente, quería averiguar todo lo que pudiera sobre la vida en aquella zona.

—No somos más que un grupo —dijo con modestia, dejando su copa de vino—. En realidad, debería negarme a cualquier título. Pero tengo la suerte de que mi propiedad se encuentra en el lugar idóneo para reunirnos.

—Hemos oído que los reguladores son sólo una chusma turbulenta —intervino Wylie—. Sin ley e inclinados a la violencia contra los diputados de la Corona, que están legalmente autorizados.

—En realidad no es así. —Señaló el señor Husband, todavía con mansedumbre. Me sorprendió oír que aceptara su relación con los reguladores; tal vez el movimiento no era tan violento y anárquico como afirmaba Wylie—. Nosotros sólo buscamos justicia, y eso no es algo que pueda conseguirse con la violencia; porque donde aparece la violencia, con toda seguridad la justicia se escapa.

Wylie emitió una risa sorprendentemente profunda y masculina, dada su afectación.

—¡La justicia parece que se haya escapado! O ésa es la impresión que me dio el juez Dodgson cuando hablé con él la semana pasada. ¿O es que se equivocó, señor, al identificar a los rufianes que invadieron su despacho, golpeándolo y arrastrándolo hasta la calle?

Wylie sonrió de manera graciosa a Hunter, que se sonrojó muchísimo bajo su curtido bronceado. Sus dedos se tensaron alrededor del pie de su copa de vino. Lancé una mirada de esperanza a Jamie. Ninguna señal.

—El juez Dodgson —dijo con claridad Hunter— es un usurero, un ladrón, una desgracia para la ley y...

Hacía un rato que oía ruidos fuera, pero pensé que era alguna discusión en la cocina, que se encontraba separada de la casa principal. Pero ahora los ruidos eran más claros y una voz familiar me distrajo de las denuncias del señor Hunter.

—¡Duncan! —Me incorporé para levantarme y las cabezas de los que me rodeaban se volvieron.

Se produjo una repentina confusión de movimiento en la terraza, con sombras que se sacudían al otro lado de las ventanas dobles abiertas y voces que llamaban, discutían y exhortaban.

Las conversaciones cesaron y todos prestaron atención a lo que sucedía. Vi que Jamie echaba su silla hacia atrás, pero antes de que pudiera levantarse, alguien apareció en la puerta.

Era el gigantesco John Quincy Myers, el montañés. Ocupaba todo el umbral de la doble puerta abierta de arriba abajo y de lado a lado, resplandeciente con el mismo atuendo con el que lo vi por primera vez, y se inclinaba bajo el marco, observando la reunión con los ojos inyectados en sangre. Estaba sonrojado, su respiración era estentórea y sostenía una botella de vidrio en una mano. Al verme, hizo una mueca de temeroso agradecimiento.

—Está usted aquí —dijo con profunda satisfacción—. Lo sabía. Duncan decía que no. Yo le he respondido que sí. Ella dijo que debía estar borracho antes de que me cortara. Así que ya estoy borracho. —Hizo una pausa balanceándose de manera peligrosa mientras levantaba la botella—. ¡Como una MOFETA! —terminó en un tono triunfal. Dio un paso para entrar en la habitación, se desplomó de cara contra el suelo y no se movió.

Duncan apareció en la puerta, también con bastante mal aspecto. Tenía la camisa rota, la chaqueta le colgaba del hombro y tenía lo que parecía el inicio de un ojo morado.

Miró la figura postrada en el suelo, y luego, con aire de disculpa, se dirigió a Jamie:

—He intentado detenerlo, Mac Dubh.

Me levanté de mi asiento y llegué hasta el hombre al mismo tiempo que Jamie. Nos seguía una ola de invitados curiosos. Jamie me observó con las cejas enarcadas.

—Bueno, dijiste que debía estar inconsciente —observó. Se inclinó sobre el gigante y le abrió un ojo, mostrando una porción de la esclerótica—. Creo que él ya ha hecho su parte.

—Sí, pero ¡no con un coma etílico! —Me agaché junto a la forma insensible y puse dos dedos cautelosos sobre el pulso de la carótida. Estable y fuerte. Aun así...—. El alcohol no es un buen anestésico —dije, sacudiendo la cabeza—. Es un veneno. Deprime el sistema nervioso central y añade al peligro de la operación la intoxicación etílica, lo que puede causarle la muerte.

—No sería una gran pérdida —comentó alguien, pero acallaron con tono reprochador aquella cáustica opinión.

—Qué lástima malgastar tanto coñac —intervino otro, provocando la hilaridad general. Era Phillip Wylie; vi su rostro empolvado asomando por encima del hombro de Jamie y sonriendo con malicia—. Hemos oído hablar de su habilidad, señora Fraser. ¡Ahora tiene la oportunidad de demostrarlo ante testigos! —Hizo un gesto elegante hacia los invitados.

—¡Deje de fastidiar! —exclamé, enfadada.

—¡Ahí, ahí! —pronunció alguien, sin ocultar su admiración. Wylie parpadeó, sorprendido, y amplió la sonrisa.

—Sus deseos son órdenes para mí, señora —murmuró, retirándose.

Me incorporé agobiada por las dudas. Podía funcionar. Técnicamente, era una operación sencilla y no tardaría más que unos pocos minutos si no aparecían complicaciones. Era una incisión pequeña, pero implicaba acceder al peritoneo, con el consiguiente riesgo de infección que ello conllevaba.

Aun así, era poco probable que encontrara condiciones mejores que las que tenía allí: suficiente alcohol para la desinfección y más asistentes dispuestos a ayudar de los que necesitaba. No había otros medios de anestesia disponibles, y bajo ninguna circunstancia podría hacerlo con un paciente consciente. Por encima de todo, Myers me había pedido que lo hiciera.

Observé el rostro de Jamie para buscar consejo. Estaba allí, detrás de mí, y vio la pregunta en mis ojos. Bueno, qué demonios, él quería una distracción.

—Mejor que lo hagas, Sassenach. —Jamie miró el cuerpo postrado—. Tal vez no vuelva a tener el valor o el dinero para emborracharse de ese modo otra vez. —Me agaché y comprobé su pulso otra vez: era fuerte y estable como un caballo de tiro.

La cabeza de Yocasta apareció entre las caras curiosas sobre la espalda de MacNeill.

—Llevadlo al salón —dijo rápidamente. Retiró la cabeza: ya había tomado la decisión por mí.

Antes había operado en condiciones extrañas, pensé mientras me frotaba las manos con vinagre que me habían traído de la cocina, pero no más extrañas que ésta.

Tras quitarle los pantalones, Myers yacía cómodamente sobre la mesa de caoba, flácido como un faisán asado y casi igual de ornamental. En lugar de un plato, estaba tumbado sobre una manta del establo; se trataba de un centro de mesa bastante chabacano, con su camisa de flecos y su collar de pezuñas de oso, rodeado por una serie de botellas, paños y vendas.

No había tiempo para cambiarme de ropa, así que me dieron un delantal de carnicero, confeccionado en cuero, para que cubriera mi vestido, y Fedra me levantó las mangas para dejarme los brazos descubiertos.

Para que tuviera más luz, trajeron candelabros y velas. El candelabro resplandecía desde el aparador, al igual que la araña, en un gasto imprudente de fragante cera de abeja. El salón se llenó de un olor a cera que no conseguía ocultar la fragancia del mismo Myers. Sin vacilar, cogí la garrafa del aparador y rocié su entrepierna, cubierta por un oscuro vello rizado, con unos cuantos chelines de coñac de calidad.

—Qué manera más cara de matar piojos —dijo alguien de manera crítica, al observar el éxodo de pequeñas formas con vida que caían arrastradas por el líquido.

—Ah, pero morirán contentos —intervino una voz, que reconocí como la de Ian—. Te he traído la caja, tía. —La abrió y la colocó a mi lado.

Saqué mi valiosa botella azul de alcohol destilado y el escalpelo de hoja recta. Sostuve la hoja sobre un recipiente y le vertí alcohol mientras examinaba la concurrencia buscando ayudantes. No iba a tener problemas para encontrar voluntarios. Todos habían olvidado la cena y hacían comentarios jocosos con un sentimiento de anticipación.

De la cocina llamaron a dos corpulentos conductores de carruajes para que sostuvieran las piernas del paciente. Andrew

MacNeill y Farquard Campbell se ofrecieron para sujetar los brazos, y el joven Ian se colocó a un lado sosteniendo una palmatoria para tener luz suficiente. Jamie ocupó su posición, como jefe anestesista, al lado de la cabeza del paciente con un vaso lleno de whisky junto a la boca floja que roncaba.

Controlé que todo estuviera allí y que las agujas para suturar estuvieran preparadas, respiré profundamente e hice un gesto a mi tropa.

—Vamos a empezar.

El pene de Myers, avergonzado por la atención, ya se había retraído, asomando de manera tímida entre el matorral. El paciente tenía las largas piernas levantadas y abiertas, y Ulises sostenía con cuidado el escroto. Pude ver con claridad la hernia: era una suave protuberancia del tamaño de un huevo de gallina, y la curva era de un morado profundo, allá donde presionaba la tensa piel inguinal.

—¡Por el amor de Dios! —dijo uno de los conductores, con los ojos saltones al verlo—. Es verdad, ¡tiene tres huevos! Se sucedieron un jadeo y unas risitas colectivas de los espectadores, pero yo estaba demasiado ocupada como para corregir malentendidos. Le froté el perineo con alcohol puro, introduje el escalpelo en el líquido, pasé la hoja por la llama de la vela, como última esterilización, e hice un corte. Ni muy profundo ni muy largo, lo suficiente para abrir la piel y dejar a la vista la trayectoria circular del brillante intestino, de un color gris rosáceo, que sobresalía a través de la rasgadura en la capa del músculo. La sangre brotó en un hilillo fino y oscuro, y goteó, manchando la manta.

Aumenté la incisión, lavé mis dedos en el recipiente desinfectante y los coloqué en el corte, empujando con cuidado hacia arriba. Myers se movió con una súbita convulsión y casi me hizo caer, pero se relajó de inmediato. Se tensó otra vez, levantó las nalgas y a mis asistentes casi se les escaparon las piernas.

—¡Se está despertando! —grité a Jamie, por encima de los diversos gritos de alarma—. ¡Dale más, rápido! —Todas mis dudas sobre el uso del alcohol como anestésico estaban presentes, pero era tarde para cambiar de idea.

Jamie agarró la mandíbula del montañés y, abriéndole la boca, dejó caer el whisky en su interior. Myers se atragantó, tosió y emitió sonidos similares a los de un búfalo que se ahogaba, pero le llegó suficiente alcohol a la garganta y el enorme cuerpo se relajó. El montañés se sosegó hasta quedarse inmóvil, balbuceando, y comenzó a emitir largos y húmedos ronquidos.

Mantuve mis dedos en la incisión. Había más sangre de la que hubiera deseado, pero sus movimientos no habían expulsado la hernia de nuevo. Así que limpié la zona con un trapo mojado en coñac. Sí, podía ver el borde del músculo; aunque Myers era flacucho, había una fina capa de grasa amarilla bajo la piel, separándolo de las fibras de color rojo oscuro.

Podía sentir el movimiento de sus intestinos mientras respiraba, y la oscura y húmeda calidez de su cuerpo rodeaba mis dedos desnudos en esa extraña intimidad unilateral que constituye el reino del cirujano. Cerré los ojos y dejé que desapareciera todo el sentido de urgencia, toda la conciencia de la multitud que me observaba.

Inspiré poco a poco, aunando mi ritmo con los audibles ronquidos. Por encima del tufo a coñac y los aromas en cierto sentido nauseabundos de la comida, podía oler los aromas humanos de su cuerpo: sudor rancio, piel sucia, un intenso olor a orina y el aroma cuproso de la sangre. Para otras personas, hubieran resultado ofensivos, pero no para mí, no ahora.

El cuerpo *era*. No bueno, ni malo, simplemente era. Lo sabía; era mío.

Todos eran míos: el cuerpo inconsciente en mis manos y sus secretos abiertos a mi persona; los hombres que lo sostenían con sus ojos fijos en mí. No ocurría siempre, pero cuando lo hacía, la sensación era inolvidable; una síntesis de mentes en un solo organismo. Y mientras tomaba el control de aquel organismo, me convertía en parte de él y me perdía.

El tiempo se detuvo. Mis manos no me pertenecían, aunque era del todo consciente de cada movimiento, de cada respiración y del tirar y empujar de la aguja mientras presionaba el anillo inguinal. Mi voz era alta y clara al dar órdenes, que eran obedecidas de inmediato. Desde algún lugar de mi cerebro, un pequeño observador controlaba los progresos de la operación. Hasta que todo estuvo listo y el tiempo comenzó a transcurrir otra vez. Di un paso atrás, cortando el lazo que me unía al paciente, y me sentí mareada, con una desacostumbrada sensación de soledad.

—Hecho —dije, y el murmullo se convirtió en aplausos. Tenía la sensación de que estaba intoxicada, ¿me habría emborrachado por ósmosis, gracias al contacto con Myers? Me di la vuelta e hice una extravagante reverencia a los invitados.

Una hora más tarde me había emborrachado por méritos propios, víctima de una docena de brindis en mi honor. Me las ingenié para escaparme un rato con la excusa de examinar al paciente y subí al cuarto de invitados. Me detuve en la galería y me apoyé en la barandilla para tranquilizarme. Había un fuerte zumbido de conversación y risas que procedía de abajo; la fiesta seguía, pero se había disuelto en pequeños grupos dispersos por el pavimento de madera del vestíbulo y el salón. Desde aquella perspectiva, parecía un panal, con borrosas cabezas cubiertas con pelucas y vestidos de gasa que se balanceaban de un lado a otro sobre las baldosas hexagonales, zumbando con afán sobre sus copas llenas del néctar del coñac y el oporto.

Si Jamie había querido una distracción, pensé algo atontada, no podía haber pedido nada mejor. Lo que fuera que tenía que suceder, había sucedido. Pero ¿qué era? ¿Y durante cuánto tiempo podía prevenirse? Menée la cabeza para aclararla, con pocos resultados, y entré para ver a mi paciente.

Myers estaba profundamente dormido, emitiendo lentas y prolongadas exhalaciones que hacían temblar las cortinas de algodón de la cama. La esclava Betty movió la cabeza, sonriendo.

—Está bien, señora Claire —susurró—. No lo despertarían ni con un revólver.

No necesitaba comprobar su corazón; tenía la cabeza girada, y podía ver la enorme vena que le recorría el lado del cuello, que latía con un pulso lento y pesado, como el golpe de un martillo. Lo toqué, y sentí su piel fresca y húmeda. No tenía fiebre, ni señales de *shock*. Toda su enorme persona irradiaba paz y bienestar.

—¿Cómo está? —preguntó una voz. De haber estado menos borracha me habría sobresaltado. Pero en mi estado me limité a darme la vuelta... y descubrí a Jamie detrás de mí.

—Está bien —respondí—. No podrías matarlo ni con un cañón. Es como tú. —Me arrojé en sus brazos, le rodeé la cintura y oculté mi rostro sonrojado en los pliegues frescos de su camisa—. Indestructible.

Me besó en la cabeza y me recogió los bucles que se habían despeinado durante la operación.

—Lo has hecho muy bien, Sassenach —susurró—. Muy bien hecho, preciosa.

Olía a vino y cera de abejas, a hierbas y a lana de las Highlands. Deslicé las manos hacia abajo y palpé las curvas de sus nalgas, suaves y libres bajo el kilt.

Se movió con cuidado, presionando su muslo contra el mío.

—Necesitas un poco de aire, Sassenach... y tenemos que hablar. ¿Puedes dejarlo un rato?

Eché una mirada a la cama y a su dormido ocupante.

—Sí. Si Betty accede a quedarse con él para asegurarnos de que no vomita y se ahoga. —Miré a la esclava que, acostumbrada a las órdenes y sorprendida por mi forma de pedírselo, aceptó con gusto.

—Espérame en el jardín y procura no caerte por las escaleras y romperte el cuello, ¿quieres? —Me cogió la barbilla y me besó, rápida y profundamente, lo que me hizo sentir al mismo tiempo más sobria y más mareada.

13

Un examen de conciencia

Algo oscuro cayó en el sendero frente a nosotros, con un golpe suave. Me detuve con brusquedad y me aferré al brazo de Jamie.

—Una rana —dijo, imperturbable—. ¿No las oyes cantar?

«Cantar» no era la palabra que yo elegiría para el coro que croaba en el cañaveral cercano al río. Por otra parte, Jamie no tenía oído musical, y no lo ocultaba.

Estiró el pie y rozó la oscura figura agazapada.

—*Brequequex, cro-ac, cro-ac* —recitó—. *Brequequex, cro-ac!* —La rana saltó, desapareciendo entre las plantas húmedas junto al sendero.

—Siempre supe que tenías un don para los idiomas —comenté, divertida—. Aunque no sabía que también hablabas el lenguaje de las ranas.

—Bueno, no lo hablo demasiado bien —contestó con modestia—. Pero tengo un buen acento.

Reí, me apretó la mano y la soltó. El instante de buen humor pasó, se transformó en una viva conversación y seguimos caminando juntos, aunque con las mentes separadas por miles de kilómetros.

Tendría que haber estado agotada, pero la adrenalina seguía fluyendo por mis venas. Sentía el júbilo que sigue a una cirugía exitosa, por no hablar de la pequeña intoxicación etílica. La consecuencia de todo ello era que caminaba algo insegura, pero con una conciencia aguda y vívida de todo lo que me rodeaba.

Había un banco ornamental bajo los árboles cercanos al muelle, entre las sombras, y Jamie me condujo hasta él. Se sentó en el banco de mármol con un profundo suspiro que me recordó que no era la única que había pasado una velada llena de acontecimientos.

Miré alrededor con una atención exagerada y me senté junto a él.

—Estamos solos y nadie nos observa —dije—. ¿Quieres decirme qué diablos ocurre?

—¡Oh, sí! —Se enderezó y estiró la espalda—. Debí decírtelo antes, pero no esperaba que ella hiciera eso. —Buscó mi mano en la oscuridad—. No es nada malo, como ya te comenté. Pero cuando Ulises me ha llevado la ropa, el broche y el puñal, me ha dicho que Yocasta haría un anuncio durante la cena, diría a todos que me iba a hacer heredero de... todo esto.

Su gesto abarcó la casa, los terrenos y todo lo demás: el embarcadero del río, el huerto, los jardines, los establos, las hectáreas interminables de pinos resinosos, el aserradero y el campamento de trementina... y los cuarenta esclavos que los trabajaban.

Pude ver todo desarrollándose como, sin duda, Yocasta lo había imaginado: Jamie sentado a la cabecera con el tartán, el puñal y el broche de Hector Cameron (el broche con el juramento del clan de los Cameron: «¡Unir!») rodeado por los viejos colegas y camaradas de Hector, deseosos de que el joven pariente de su amigo ocupara su lugar.

Si dejaba que anunciara aquello, los leales escoceses, bien lubricados por el buen whisky del difunto, lo aclamarían como el señor de River Run, lo ungirían con grasa de jabalí y lo coronarían con velas de cera de abejas. Era un minucioso plan estilo MacKenzie, pensé: audaz, teatral y sin tener en cuenta los deseos de las personas involucradas.

—Y si lo hubiera hecho —dijo Jamie, haciéndose eco de mis pensamientos con misteriosa exactitud—, me habría costado mucho declinar tal honor.

—Sí, mucho.

Se puso en pie de inmediato, demasiado inquieto para permanecer sentado. Sin decir ninguna palabra, me extendió una mano; me levanté junto a él y regresamos al sendero del huerto, rodeando los jardines formales. Ya habían retirado los faroles que habían encendido para la fiesta y también habían apagado sus velas para ahorrar y usarlas más adelante.

—¿Por qué te lo ha explicado Ulises? —pregunté en voz alta.

—Pregúntatelo a ti misma, Sassenach —respondió—. ¿Quién es el amo ahora en River Run?

—¿Ah? —dije y luego—: ¡Ah!

—¡Sí, en efecto! —intervino con sequedad—. Mi tía está ciega, pero ¿quién se ocupa de las cuentas y de gobernar la casa? Ella puede decidir lo que hay que hacer... pero ¿quién dice cuándo hay que hacerlo? ¿Quién está siempre a su lado para decirle lo que sucede, a quién debe escuchar y en qué opiniones debe confiar?

—Me doy cuenta —concluí. Bajé la vista al suelo, pensativa—. ¿No pensarás que está falseando las cuentas o algo así? —Esperaba que no fuera así, ya que me gustaba mucho el mayordomo de Yocasta, y creía que había cariño y respeto entre ellos; no quería creer que la estuviera engañando a sangre fría.

Jamie negó con la cabeza.

—No. He revisado las cuentas y todo está en orden; en realidad, todo está muy bien. Estoy seguro de que es un hombre honrado y un sirviente leal, pero no sería humano si aceptara con alegría que lo reemplace un extraño. —Soltó un bufido—. Mi tía puede estar ciega, pero su hombre negro ve con toda claridad. No ha dicho una palabra para prevenirme ni para convencerme de algo, sólo me ha comentado lo que mi tía iba a hacer y luego ha dejado que yo decidiera qué hacer. O no hacer.

—¿Crees que él sabía que no ibas a...? —Me detuve, porque no estaba segura de lo que él deseaba. El orgullo, la cautela, o ambos, podían haber provocado que quisiera frustrar el plan de Yocasta, pero eso no significaba que quisiera rechazar la oferta.

No respondió. Un frío helado hizo que me estremeciera. Temblé, pese al tibio aire estival, y me cogí de su brazo mientras caminábamos, buscando consuelo en el tacto sólido de su carne bajo mis dedos.

Estábamos a finales de julio, y el aroma de la fruta madura procedente del huerto era tan dulce y tan pesado en el aire que casi podía saborear el sabor limpio y fresco de las manzanas nuevas. Pensé en la tentación y en el gusano que se encuentra oculto bajo una piel brillante. La tentación no era sólo para él, sino también para mí. Para él, la posibilidad de ser lo que era por naturaleza, lo que el destino le había negado. Había nacido y se había criado para eso: la administración de una gran propiedad, el cuidado de la gente y de un lugar respetable entre hombres de valor, sus pares. Y lo más importante: la restauración del clan y la familia. «Ya formo parte de esto», había dicho.

No le importaba la riqueza en sí misma; eso lo sabía. Tampoco creía que quisiera poder; si lo deseaba, sabiendo lo que yo sabía sobre el futuro, hubiera elegido ir al norte, a buscar un lugar entre los fundadores de una nación.

Pero ya había sido terrateniente. Me había hablado poco de su paso por prisión, pero algo resonaba en mi memoria. De los hombres que compartían su confinamiento, me había comentado: «Ellos eran míos. Y tenerlos es lo que me mantenía con vida.» Y recordé lo que Ian había dicho de Simon Fraser: «El cuidado de sus hombres es ahora su único lazo con la humanidad.»

Sí, Jamie necesitaba a sus hombres. Hombres para dirigir, para cuidar, para defenderse y luchar con ellos. Pero no para ser su dueño.

Pasamos el huerto, aún en silencio, y seguimos caminando por el largo sendero bordeado de hierbas, con los aromas de los lirios y la lavanda, de las anémonas y las rosas, tan pungentes y embriagadores, que el mero hecho de caminar en ese ambiente cálido y pesado era como lanzarse de cabeza sobre una cama de fragantes pétalos.

De acuerdo, River Run era el jardín de las delicias... pero yo había llamado amigo a un hombre negro y había dejado a mi hija a su cuidado.

Al pensar en Joe Abernathy y en Brianna, tuve la extraña sensación de una doble visión desencajada, de que existían en dos lugares a la vez. Podía ver sus rostros en mi mente y oír sus voces en mi interior. Y, sin embargo, la realidad era el hombre que estaba a mi lado, con el kilt moviéndose a su paso, con la cabeza inclinada y sumido en sus pensamientos. Ésa era mi tentación: Jamie. Él y no las camas blandas y las lujosas habitaciones, los vestidos de seda o la posición social. Era Jamie.

Si no aceptaba la proposición de Yocasta, debería hacer alguna otra cosa. Y «alguna otra cosa» podía ser la peligrosa tentación de William Tryon. Desde su punto de vista, era mejor que la generosa oferta de Yocasta; lo que hiciera sería totalmente suyo, la herencia que quería dejar a Brianna. Si vivía para conseguirlo.

Yo seguía viviendo en dos planos diferentes. En el primero, oía el susurro de su kilt rozando mi falda; sentía la cálida humedad de su cuerpo, aún más cálido que el aire caliente; olía el aroma a almizcle que me hacía desear sacarlo de sus pensamientos y empujarlo al parterre, soltarle el cinturón y dejar que el tartán cayera de sus hombros, bajarme el corpiño y presionar mi pecho contra el suyo, tirarlo semidesnudo y excitado entre las plantas y obligarlo a que olvidara sus pensamientos y a transmitirle los míos.

Pero en el otro plano, el de la memoria, olía los tejos y el viento del mar y acariciaba, no a un hombre vivo y cálido, sino el granito frío y suave de una tumba con su nombre.

No hablé. Ninguno lo hizo.

Habíamos dado una vuelta completa y estábamos en la orilla del río, donde los escalones de piedra gris descendían y desaparecían bajo la brillante agua. Incluso allí, corriente arriba, se podían oír los suaves ecos de la marea. Allí había un pequeño bote con remos para un pescador solitario o para dar un paseo.

—¿Quieres que demos una vuelta?

—Sí, ¿por qué no? —Pensé que debía de tener el mismo deseo que yo; alejarse de Yocasta, poner cierta distancia para pensar con claridad y sin peligro de interrupciones.

Bajé, poniendo la mano sobre su brazo para mantener el equilibrio. Antes de que pudiera bajar al bote se volvió hacia mí, me atrajo y me besó suavemente, luego me abrazó con fuerza, apoyando su barbilla en mi cabeza.

—No sé qué hacer —dijo en respuesta a mis preguntas no pronunciadas. Subió al bote y me ofreció la mano.

Permaneció en silencio mientras avanzábamos por el río. Era una noche oscura y sin luna, pero los reflejos de la luz de las estrellas desde la superficie del agua proporcionaban suficiente luz para ver, una vez que mis ojos se adaptaron al destello cambiante y las sombras de los árboles.

—¿No vas a decir nada? —preguntó, por fin, con brusquedad.

—No soy yo la que tiene que elegir —respondí, sintiendo que se me oprimía el pecho.

—¿No?

—Ella es tu tía. Es tu vida. La elección es tuya.

—¿Y tú serás una espectadora? —gruñó más que habló mientras remaba río arriba—. ¿O no es tu vida? ¿O, después de todo, no piensas seguir conmigo?

—¿Qué quieres decir con «seguir contigo»? —Me enderecé, sorprendida.

—Tal vez sea demasiado para ti. —Tenía la cabeza inclinada sobre los remos y no podía ver su rostro.

—Si te refieres a lo que sucedió en el aserradero...

—No, eso no. —Se enderezó sobre los remos, extendió los hombros bajo su camisa, y me dirigió una sonrisa torcida—. Muertes y desastres no te preocupan tanto, Sassenach. Pero las cosas pequeñas, día tras día... Veo cómo te echas hacia atrás cuando la criada negra te peina o cuando el muchacho se lleva tus zapatos para limpiarlos, y veo tu actitud con los esclavos que trabajan en el campo. Eso te preocupa, ¿no?

—Sí... no puedo ser dueña de esclavos. Ya te dije...

—Sí, lo hiciste. —Se apoyó sobre los remos durante un instante, y se apartó un mechón de pelo de la cara. Sus ojos se encontraron directamente con los míos—. Y si elijo hacer esto, Sassenach, ¿serías capaz de quedarte sin hacer nada? Porque nada se puede hacer hasta que mi tía muera. Y tal vez entonces tampoco.

—¿Qué quieres decir?

—Ella no liberará a sus esclavos. ¿Por qué iba a hacerlo? Y yo no podré hacerlo mientras ella viva.

—Pero una vez que heredes el lugar... —dudé. Más allá de los aspectos morbosos de discutir la muerte de Yocasta, estaba la consideración más concreta de que era poco probable que aquello ocurriera en breve. Yocasta apenas tenía sesenta años y, excepto por su ceguera, tenía muy buena salud.

De pronto lo entendí. ¿Podría vivir, día tras día, mes tras mes, año tras año, teniendo esclavos? Ya no podría pretender refugiarme en la idea de que era sólo una invitada, alguien de fuera.

Me mordí los labios para no gritar mi negativa.

—Y aun entonces —siguió, respondiendo a mi argumento parcial—, ¿sabes que un propietario de esclavos no puede liberarlos sin permiso de la Asamblea?

—¿Cómo? —Lo miré, perpleja—. ¿Por qué no?

—Los propietarios de las plantaciones tienen miedo a una insurrección armada de los negros —dijo—. ¿Los culparías? —añadió con sorna—. Los esclavos no pueden llevar armas, sólo cuchillos para trabajar, y está la ley del derramamiento de sangre para prevenir su uso. —Sacudió la cabeza—. No, lo último que permitiría la Asamblea es un grupo de negros libres sueltos por la región. Si un hombre quiere liberar a un esclavo y le dan el permiso, el esclavo libre deberá abandonar la colonia en un breve período de tiempo. De lo contrario, pueden capturarlo y hacer que se convierta en esclavo otra vez.

—Lo has estado pensando —comenté lentamente.

—¿Tú no?

No respondí. Moví la mano en el agua, y una pequeña ola subió por mi muñeca. No, no había pensado en esa perspectiva. No lo había hecho de manera consciente porque no deseaba enfrentarme a esa elección.

—Supongo que sería una gran oportunidad —dije con una voz que parecía forzada y artificial en mis oídos—. Estarías a cargo de todo...

—Mi tía no es tonta —interrumpió con voz cortante—. Me nombrará su heredero, pero no ocuparé su lugar. Me utilizará para hacer las cosas que ella no puede, pero no sería más que su zarpa de gato. Es cierto que me pedirá mi opinión y escuchará mis consejos, pero no se hará nada que ella no quiera.

Negó con la cabeza.

—Su marido está muerto. Lo quisiera mucho o poco ahora es la dueña y no tiene que dar cuentas a nadie. Disfruta demasiado del poder como para despreciarlo.

Sus aseveraciones sobre el carácter de Yocasta eran totalmente correctas. Ahí estaba la clave de su plan. Necesitaba un hombre; alguien que pudiera ir a aquellos lugares a los que ella no podía ir, que lidiara con la Marina, que se ocupara de las tareas de una finca grande que no podría manejar por su ceguera.

Al mismo tiempo, era evidente que no quería un marido, alguien que le usurpara el poder y le diera órdenes. Si no hubiera sido un esclavo, Ulises hubiera podido actuar en su nombre... pero aunque podía ser sus ojos y oídos, no podía ser sus manos.

No, Jamie era la elección perfecta: un hombre fuerte, competente, capaz de conseguir el respeto de sus pares y la obediencia de sus subordinados. Un hombre fiable para llevar las tierras y mandar a los hombres. Además, era un hombre ligado a ella por la sangre, pero sin poder y con la obligación de cumplir sus órdenes... pero sobre todo sin poder. Sería esclavo porque dependía de su generosidad y por el soborno que suponía River Run; una deuda que no tendría que pagar hasta que el asunto no constituyera una preocupación terrenal para Yocasta Cameron.

Sentía un nudo en la garganta mientras luchaba por hablar. No podía aceptar aquello, pero tampoco la alternativa que quedaba e impulsarlo a que rechazara la oferta de Yocasta sabiendo que eso lo enviaría a Escocia, a una muerte desconocida.

—No te puedo decir lo que has de hacer —dije por fin, con mi voz apenas audible con el movimiento regular de los remos.

Había un remolino en el lugar donde había caído un árbol enorme, y sus ramas formaban una trampa para todos los desechos que flotaban corriente abajo. Soltó los remos y se pasó la manga por la frente, respirando con pesadez a causa del cansancio. La noche estaba silenciosa a nuestro alrededor y no se oía mucho más que el agua y los arañazos ocasionales de las ramas sumergidas contra el casco.

—Tu rostro es mi corazón, Sassenach —comentó acariciándome la barbilla—, y tu amor es mi alma. Pero tienes razón, no puedes ser mi conciencia.

Pese a todo, sentí que se aligeraba mi espíritu, como si me hubiera librado de un peso indefinido.

—Me alegro —intervine de una manera impulsiva—, sería una terrible carga.

—¿Ah, sí? —Me contempló algo sobresaltado—. ¿Crees que soy malvado?

—Eres el mejor hombre que he conocido en mi vida —contesté—. Sólo quería decir... que es un gran esfuerzo tratar de vivir por dos personas, intentar hacer que acepten tus ideas de lo que es correcto... como haces con los niños. Con ellos, naturalmente, lo tienes que hacer, pero incluso entonces, es un trabajo muy duro. Yo no podría opinar por ti... estaría mal siquiera intentarlo.

Permaneció inmóvil durante un instante, con la cara medio girada.

—¿En realidad crees que soy un buen hombre? —preguntó finalmente. Había una nota en su voz que no pude descifrar.

—Sí —respondí sin vacilar. Y añadí bromeando—: ¿Tú no?

Respondió después de una larga pausa.

—No, no lo creo.

Lo miré boquiabierta; sin duda, me había dejado sin palabras.

—Soy un hombre violento y lo sé bien —dijo en voz baja. Extendió sobre las rodillas sus manos grandes y fuertes, unas manos que podían blandir una espada y una daga con facilidad, o estrangular a un hombre hasta la muerte—. Y tú lo sabes o deberías saberlo.

—¡Nunca has hecho nada si no te han obligado!

—¿No?

—No lo creo —intervine, pero una nube de dudas ensombreció mis palabras. Incluso si se hacían desde la necesidad más imperante, ¿dejaban aquellas cosas una marca en el alma?

—¿Me situarías al mismo nivel que a un hombre como Stephen Bonnet? Él diría que actuó por necesidad.

—Si crees que tienes algo en común con Stephen Bonnet estás del todo equivocado —afirmé con rotundidad.

Se encogió de hombros con impaciencia y se movió inquieto sobre el estrecho banco.

—No hay mucha diferencia entre Bonnet y yo, salvo que yo tengo un sentido del honor que a él le falta. ¿Qué otra cosa me separa de convertirme en un ladrón? —quiso saber—. ¿De saquear a aquellos a quienes puedo robar? Está en mi persona hacerlo: uno de mis abuelos construyó Leoch con el oro que robó en los pasos de las Highlands; el otro amasó su fortuna sobre los cuerpos de las mujeres a las que violó por su riqueza y sus títulos.

—Se estiró, y sus fuertes hombros se elevaron, oscuros, contra el resplandor del agua que se encontraba detrás de él. De repente, tomó los remos que estaban sobre sus rodillas y los metió en el fondo del bote, con un golpe que me hizo saltar—. ¡Tengo más de cuarenta y cinco años! Un hombre debe asentarse a esa edad, ¿no? Debe tener una casa, tierra para cultivar y alimentarse y un poco de dinero que guardar para la vejez.

Respiró profundamente; podía ver cómo la pechera blanca de la camisa se elevaba con su pecho.

—Y yo no tengo ni casa, ni tierra, ni dinero. No tengo una parcela, ni un cultivo de patatas. ¡Ni siquiera una vaca, una oveja, un cerdo o una cabra! ¡No tengo un techo, ni una cama, ni un recipiente para orinar!

Dio un golpe con el puño cerrado sobre la bancada, haciendo que el asiento de madera vibrara debajo de mí.

—¡Ni siquiera soy dueño de la ropa que uso!

Se produjo un largo silencio, interrumpido por el débil canto de los grillos.

—Me tienes a mí —dije en voz baja. No parecía mucho.

Su garganta dejó escapar un ruido que podría ser una risa o un sollozo.

—Sí, te tengo —comentó con una voz algo temblorosa, aunque no sé si por pasión o por diversión—. Y eso es un infierno, ¿no?

—¿Lo es?

Extendió la mano en un gesto de impaciencia.

—Si se tratara sólo de mí, ¿qué importancia tendría? Podría vivir como Myers; ir al bosque, cazar y pescar para vivir y, cuando fuera viejo, tumbarme bajo un árbol tranquilo y morir, y dejar que los zorros royeran mis huesos. ¿A quién le importaría? —Se encogió de hombros con brusquedad, como si la camisa le quedara estrecha—. Pero no sólo soy yo —dijo con irritación—. Estás tú, están Ian y Duncan, Fergus y Marsali... ¡Que Dios me ayude, si hasta tengo que ocuparme de Laoghaire!

—No lo hagas.

—¿No lo entiendes? —preguntó casi con desesperación—. ¡Pondría el mundo a tus pies, Claire, y no tengo nada que ofrecerte!

Jamie pensaba sinceramente que eso era importante. Lo observé mientras buscaba las palabras adecuadas. Estaba casi de espaldas, con los hombros hundidos por la desesperación.

En una hora, había pasado de la angustia ante la idea de perderlo en Escocia, a un fuerte deseo de acostarme con él en los parterres, y de ahí una profunda necesidad de golpearle la cabeza con un remo. Ahora había vuelto a la ternura.

Finalmente, cogí una de sus manos grandes y callosas, me deslicé, y me arrodillé sobre los tablones entre sus rodillas. Apoyé la cabeza sobre su pecho y sentí cómo su aliento agitaba mi cabello. No me salían las palabras, pero había tomado una decisión.

—Donde vayas, iré; donde vivas, viviré; tu pueblo será mi pueblo y tu Dios mi Dios. Cuando mueras, yo moriré y allí seré enterrada. En una colina de Escocia o en los bosques del sur. Harás lo que tengas que hacer y yo estaré ahí.

El agua fluía con rapidez y de manera superficial junto al centro del arroyo; podía ver las piedras negras, justo debajo de la brillante superficie. Jamie también las vio y remó con fuerza hacia el otro extremo, hasta alcanzar un banco de gravilla en un estanque formado por las raíces de un sauce llorón. Me incliné, agarré una rama del sauce y até la amarra a su alrededor.

Creía que regresaríamos a River Run, pero era evidente que aquella expedición constituía algo más que un descanso. Continuamos río arriba. Jamie remaba con fuerza contra la corriente.

A solas con mis pensamientos, podía oír su respiración y preguntarme qué haría. Si decidía quedarse... bueno, no sería tan difícil como él pensaba. No iba a subestimar a Yocasta Cameron, pero tampoco a Jamie Fraser. Tanto Colum como Dougal MacKenzie trataron de doblegarlo y no lo consiguieron.

Sentí cierta aprensión por el recuerdo de mi última visión de Dougal MacKenzie, profiriendo mudas maldiciones mientras se ahogaba en su propia sangre, con la daga de Jamie clavada en la base de su garganta. «Soy un hombre violento —había dicho—, lo sabes.»

Pero seguía estando equivocado; existía una diferencia entre aquel hombre y Stephen Bonnet, pensé mientras observaba cómo flexionaba su cuerpo sobre los remos, y la elegancia y la fuerza del movimiento de sus brazos. Tenía otras cosas más allá del honor que él mencionaba: bondad, valentía... y conciencia.

Me di cuenta de hacia dónde nos dirigíamos cuando Jamie giró con un remo y cruzamos la corriente hacia la boca de un ancho arroyo, bajo un álamo temblón. Nunca había llegado hasta allí por el río, pero Yocasta había comentado que no se encontraba lejos.

No debía sorprenderme. Si pensaba enfrentarse con sus demonios, estábamos en el lugar más apropiado.

Un poco más arriba de la boca del arroyo, el aserradero permanecía oscuro y silencioso. Había un tenue resplandor detrás: la luz de las cabañas de los esclavos junto al bosque. Estábamos rodeados por los ruidos nocturnos habituales, pero el lugar parecía extrañamente silencioso, pese al bullicio de los árboles, las ranas y el agua. A pesar de que era de noche, parecía que el enorme edificio proyectara una sombra, aunque era evidente que no se trataba de nada más que de mi imaginación.

—Los lugares muy concurridos durante el día siempre parecen fantasmales durante la noche —dije, en un esfuerzo por romper el silencio del aserradero.

—¿Sí? —Jamie parecía abstraído—. Éste tampoco me gusta mucho durante el día.

Me estremecí ante el recuerdo.

—A mí tampoco. Sólo quería decir...

—Byrnes ha muerto —comentó sin mirarme. Había girado la cabeza hacia el aserradero, medio oculto por la sombra del sauce.

Dejé caer el extremo de la amarra.

—¿El capataz? ¿Cuándo? —quise saber, más sacudida por la brusquedad que por la revelación—. ¿Cuándo?

—Esta tarde. El más joven de los Campbell ha traído la noticia poco antes de que se pusiera el sol.

—¿Cómo? —volví a preguntar. Me agarré las rodillas, con el doblez de seda marfil arrugado entre mis dedos.

—Tétanos. —Su voz era despreocupada, sin énfasis—. Una forma muy fea de morir.

En eso tenía razón. Nunca había visto morir a nadie de tétanos, pero conocía bien los síntomas: nerviosismo y dificultad para tragar y rigidez progresiva a medida que los músculos de los brazos, las piernas y el cuello comenzaban a contraerse. Los espasmos aumentaban de intensidad y duración hasta que el cuerpo del paciente estaba duro como la madera, arqueado en una agonía que venía y se iba, que volvía y se marchaba otra vez y, finalmente, regresaba en una interminable letanía que sólo cesaba en el momento de la muerte.

—Ronnie Campbell dice que ha muerto sonriendo. No obstante, dudo mucho que haya sido una muerte feliz. —Era un mal chiste, aunque había poco humor en su voz.

Me enderecé mientras sentía el frío que me recorría la columna, en lugar del calor de la noche.

—Tampoco es una muerte rápida —comenté. La sospecha se apoderó de mí—. Morir de tétanos lleva varios días.

—A Byrnes le ha llevado cinco días. —Si lo había habido al principio, ya no había rastro de humor en su voz.

—Fuiste a verlo —exclamé con un toque de irritación, comenzando a derretir el frío interno—. ¡Lo viste! ¿Y no me lo dijiste?

Yo había vendado la herida de Byrnes, que era fea, pero no mortal, y me habían informado de que estaba recuperándose en un lugar «seguro» hasta que pasaran los disturbios por el linchamiento. Disgustada por el asunto, no me había preocupado por saber nada más sobre el paradero ni el bienestar del capataz; lo que me enojaba era la culpa que sentía por haberlo abandonado, y lo sabía... pero eso no me ayudaba.

—¿Qué hubieras podido hacer? Pensaba que me habías dicho que el tétanos era algo que ni siquiera en tu época se podía curar —preguntó sin mirarme. Podía ver su perfil mirando hacia el aserradero, con el rostro oscuro contra la sombra más clara de las hojas pálidas.

Me obligué a soltarme la falda. Alisé las zonas arrugadas de las rodillas, pensando remotamente que a Fedra le costaría mucho plancharlo.

—No —contesté con cierto esfuerzo—. No, no lo hubiera podido salvar. Pero debería haberlo visitado; podría haber facilitado las cosas.

Entonces me miró; vi cómo volvía la cabeza y sentí el cambio de su peso en el barco.

—Hubieras podido —intervino tranquilamente.

—Y tú no me dejaste... —Me detuve recordando sus ausencias durante la semana y sus respuestas con evasivas cuando le preguntaba adónde había ido. Imaginaba el lugar demasiado bien; el ático diminuto y asfixiante de la casa de Farquard Campbell donde había vendado la herida de Byrnes. La figura que se retorcía de dolor en la cama, muriendo poco a poco bajo la mirada fría de aquellos a quienes la ley había convertido en aliados involuntarios, sabiendo que había muerto sintiéndose despreciado. La sensación de frío regresó, provocándome carne de gallina en los brazos.

—No, no permití que Campbell te mandara a buscar —dijo suavemente—. Está la ley, Sassenach, y está la justicia. Conozco bien la diferencia.

—También existe la misericordia. —Si alguien me hubiera preguntado, habría dicho que Jamie Fraser era un hombre compasivo. Lo había sido. Pero los años que habían transcurrido habían sido duros y la compasión es una emoción que se gasta con facilidad en según qué circunstancias. No obstante, creía que aún conservaba su bondad, y sentí un extraño dolor ante la idea de su pérdida. «No lo creo, no.» ¿Aquello no había sido más que honestidad?

El bote había girado, así que la rama colgaba ahora entre nosotros. Se oyó un pequeño resoplido en la oscuridad, detrás de las hojas.

—Benditos sean los misericordiosos —dijo—, porque ellos encontrarán misericordia. Byrnes no lo era y no la encontró. Y en cuanto a mí, una vez que Dios ha dado su opinión sobre el hombre, no me parece correcto interferir.

—¿Crees que Dios le causó el tétanos?

—No se me ocurre otro ser que tenga ese poder. Por otra parte —prosiguió de manera lógica—, ¿en qué otro lugar buscarías justicia?

No obtuve respuesta. Después de rendirme, recurrí al único argumento posible. Me sentí un poco mareada.

—Debiste decírmelo. Aunque creyeras que no podía ayudar, no eras tú quien tenía que decidir...

—No quería que fueras. —Su voz era baja, pero había cierta dureza en ella.

—¡Ya sé que no! Pero no importa que tú creas que Byrnes merecía sufrir o...

—¡No por él! —El barco se balanceó súbitamente cuando se movió, y me agarré a los lados para mantener el equilibrio. Habló con violencia—. ¡No me importaba si Byrnes moría bien o mal, pero no soy un monstruo cruel! No te alejé para hacerle sufrir, sino para protegerte.

Me alivió oírlo, pero mi furia aumentó cuando me di cuenta de lo que había hecho en realidad.

—No era asunto tuyo decidirlo. ¡Si yo no soy tu conciencia, tampoco tú debes ser la mía! —Aparté, enfadada, la pantalla de hojas de sauce que había entre nosotros, intentando verlo.

De pronto, una mano surgió entre las hojas y me sujetó una muñeca.

—¡Me corresponde a mí cuidar de ti!

Traté de soltarme, pero me sujetó con fuerza y no pude.

—No soy una niña que necesite protección, ni tampoco una idiota. Si existe alguna razón para que no fuera, dímela y te escucharé. Pero no puedes decidir qué tengo que hacer y adónde tengo que ir sin consultarme. ¡Eso no lo soporto y tú lo sabes!

El bote se balanceó, y con un fuerte crujido de hojas, sacó la cabeza entre las ramas del sauce, fulminándome con la mirada.

—No quiero decirte adónde puedes ir.

—Ya decidiste adónde no podía ir y eso es lo mismo. —Las hojas del sauce volvieron a deslizarse sobre sus hombros mientras el bote se movía, impulsado por su violencia, y giramos poco a poco, saliendo de la sombra del árbol.

Se alzó amenazador frente a mí, inmenso como el aserradero, y con su cabeza y sus hombros ocultó buena parte de lo que se encontraba detrás de él. La nariz larga y recta estaba a tres centímetros de la mía, y había entornado los ojos. Eran de un tono azul tan oscuro que parecían negros bajo esa luz, y mirarlos tan de cerca resultaba perturbador.

Parpadeé. Él no lo hizo.

Me había soltado la muñeca cuando atravesó las hojas. Me cogió de los brazos. Podía sentir el calor de sus manos bajo la tela. Eran muy grandes y fuertes, y, como contraste, pude sentir la fragilidad de mis huesos. «Soy un hombre violento.»

Me había sacudido antes un par de veces y no me había gustado. Para advertirlo, en caso de que pensara hacer lo mismo, coloqué un pie entre sus piernas y me preparé para levantar la rodilla y golpear en el lugar más efectivo.

—Estaba equivocado —comentó.

Nerviosa ante aquella actitud violenta, había empezado a levantar el pie cuando oí lo que decía. Antes de que pudiera detenerme, apretó los muslos para sujetarlo.

—He dicho que estaba equivocado, Sassenach —repitió con cierto tono de impaciencia en su voz—. ¿Te importa?

—Ah... no —dije.

Sentí vergüenza y traté de mover mi rodilla, pero Jamie no separó sus piernas.

—¿No estarás pensando en librarte de mí? —pregunté con amabilidad. El corazón seguía latiéndome con fuerza.

—No. ¿Vas a escucharme ahora?

—Supongo que sí —aclaré, con el mismo tono cortés—. Creo que no puedo hacer otra cosa.

Estaba lo bastante cerca para ver cómo su boca se crispaba, luego aflojó la presión de sus muslos.

—Ésta es una pelea muy tonta y tú lo sabes tan bien como yo.

—No, no lo sé. —No estaba tan furiosa, pero no iba a dejar que le quitara importancia—. Tal vez no sea importante para ti, pero para mí lo es. No es una tontería y tú lo sabes; de lo contrario, no habrías admitido que estabas equivocado.

Esta vez la crispación de su boca fue más pronunciada. Respiró profundamente y soltó mis hombros, dejando caer las manos.

—Bien. Debí decirte lo de Byrnes, lo admito. Pero si lo hubiera hecho, habrías ido a verlo aunque te hubiera dicho que era tétanos, y sé que lo era porque lo he visto antes. Aunque no pudieras hacer nada, habrías ido de todos modos, ¿verdad?

—Sí. Aunque... sí, hubiera ido.

De hecho, tampoco habría podido hacer nada por Byrnes. La anestesia de Myers no hubiera servido en un caso de tétanos. Nada que no fuera inyectable hubiera curado aquellos espasmos. Tan sólo hubiera podido proporcionarle el consuelo de mi presencia, y dudo mucho que la hubiera apreciado... o advertido siquiera. Aun así, me hubiera sentido obligada a ofrecerla.

—Tendría que haber ido —dije de un modo más amable—. Soy médica. ¿No te das cuenta?

—Por supuesto que sí —intervino con aspereza—. ¿Crees que no te conozco, Sassenach? —Y, sin esperar una respuesta, continuó—. Se habló sobre lo que sucedió en el aserradero. Con el hombre moribundo como estaba, nadie anunció directamente que tú lo habías matado a propósito, aunque estoy seguro de que lo pensaron. No que lo habías matado, sino que tal vez lo dejaste morir para salvarlo de la horca.

Me contemplé las manos, extendidas sobre las rodillas, casi tan pálidas como el satén de mi vestido.

—No lo había pensado.

—Lo sé —arguyó secamente—. Vi tu cara, Sassenach.

Inspiré hondo, aunque sólo fuera para asegurarme de que el aire ya no apestaba a sangre. No se olía nada más que el aroma a trementina del bosque de pinos, limpio y astringente en mis fosas nasales. Me vino un repentino y vívido recuerdo del hospital, del olor del desinfectante con aroma a pino que flotaba en el aire, que lo cubría todo, pero que, sin embargo, no podía hacer que desapareciera el olor a enfermedad.

Inhalé otra bocanada de aire purificado, y levanté la cabeza para mirar a Jamie.

—¿Y tú, te lo preguntaste?

Me miró en cierto sentido sorprendido.

—Hiciste lo que creías que era lo mejor. —Dejó a un lado el tema de la muerte del hombre para insistir en el punto que le interesaba—. Pero no era prudente que estuvieras presente en dos muertes, no sé si te das cuenta.

Me daba cuenta, y no por primera vez era consciente de las sutiles redes de las que Jamie formaba parte de una forma en que a mí me resultaría imposible. Este lugar era tan extraño para él como para mí y, sin embargo, Jamie no sólo sabía lo que la gente decía, pues cualquiera podía enterarse en la taberna o en el mercado, sino también lo que pensaban. Y lo más irritante era que sabía lo que yo estaba pensando.

—Así que ya lo sabes —dijo mirándome—. Sabía que Byrnes iba a morir y que tú no podías hacer nada por él. No obstante, si te hubieras enterado habrías querido ir a verlo. Y tras su muerte tal vez la gente no hubiera comentado nada sobre que dos hombres habían muerto en tus brazos, pero...

—Pero lo hubieran pensado —terminé por él.

El gesto se amplió hasta convertirse en una sonrisa torcida.

—La gente se fija en ti, Sassenach.

Me mordí el labio. Para bien o para mal, lo hacían, y eso había estado a punto de acabar conmigo más de una vez.

Se levantó, se agarró a una rama para mantener el equilibrio y saltó sobre la gravilla, tirando del tartán sobre su hombro.

—Le dije a la señora Byrnes que le llevaría las cosas que su marido tenía en el aserradero —comentó—. Si no quieres, no es necesario que vengas.

El aserradero se alzaba, amenazador, contra el cielo salpicado de estrellas. Ni a propósito hubiera podido tener un aspecto más siniestro.

Ahora sabía lo que estaba haciendo. Deseaba verlo todo antes de decidirse; verlo todo sabiendo que podía ser suyo. Caminar por los jardines y los huertos, remar a través de las diversas hectáreas de abundantes pinos, visitar el aserradero... Estaba inspeccionando el dominio que le ofrecían, estaba sopesando y evaluando, decidiendo las complicaciones con las que había que lidiar y si sería capaz o querría aceptar el desafío.

Después de todo, pensé con amargura, el diablo había insistido en enseñárselo todo a Jesús. Lo había conducido hasta la cima del Templo para que viera todas las ciudades del mundo. El único problema era que si Jamie decidía arrojarse, no habría una legión de ángeles para impedir que se estrellara contra una losa de granito en Escocia. Sólo estaría yo.

—Espera —dije saltando del bote—. Yo también voy.

La madera todavía estaba amontonada; nadie había tocado nada desde la última vez que estuve allí. La oscuridad había acabado con cualquier sentido de perspectiva; los montones de madera constituían rectángulos pálidos que parecía que flotaban sobre un suelo invisible, primero distante y, de repente, suficientemente cerca como para rozarme la falda. El aire olía a savia de pino y serrín.

No podía ver el terreno bajo mis pies, oculto por la oscuridad y por mi ondulante falda de color marfil. Jamie me cogía del brazo para evitar que tropezara. Él nunca lo hacía, claro. Quizá el hecho de haber vivido toda su vida con la oscuridad después de la puesta de sol le había proporcionado una especie de radar, como si se tratara de un murciélago.

Había una fogata entre las barracas de los esclavos. Era muy tarde y la mayoría debían de estar durmiendo. En las Antillas hubiera habido sonido de tambores y lamentaciones por el compañero muerto, un duelo que duraría una semana. Allí, el silencio era absoluto. Ningún sonido, excepto por el susurro de los pinos; ningún movimiento, a excepción de la tenue luz en el borde del bosque.

—Tienen miedo —dijo Jamie en voz baja mientras se detenía para escuchar el silencio, igual que yo.

—No me extraña —afirmé, casi en un susurro—. Yo también.

Emitió un pequeño jadeo, que pudo ser de diversión.

—Y yo —murmuró—, pero no a los fantasmas. —Cogió mi brazo y empujó una pequeña puerta, situada en el lado del aserradero, antes de que pudiera preguntarle qué es lo que temía.

El silencio del interior era absoluto. Al principio, pensé que se asemejaba a la misteriosa quietud de las mariposas muertas, pero luego me di cuenta de la diferencia. Era un silencio vivo, y lo que fuera que vivía en él no estaba inmóvil. Pensé que olía a sangre y que ese olor hacía espeso el aire.

Entonces respiré profundamente y, con un frío horroroso recorriendo mi espalda, pude oler la sangre, sangre fresca.

Me aferré al brazo de Jamie. Él también lo había olido y sus músculos se tensaron bajo mi mano. Sin una palabra, se liberó de ella y desapareció.

Por un momento creí que se había desvanecido y sentí pánico. Agité las manos en el vacío donde se encontraba él, y entonces me di cuenta de que se había tapado la cabeza con la capa, ocultando así la palidez de su cara y el color blanco de la camisa. Oí sus pisadas rápidas y ligeras sobre el suelo sucio, y me quedé sola.

El aire seguía siendo cálido y no se movía; además, había un hedor a sangre. Era un olor rancio y dulce, con un regusto metálico en la parte posterior de la lengua. Justo igual que una semana atrás, conjurando la alucinación. Todavía helada, me volví y me esforcé por ver el otro extremo de la cavernosa estancia, casi esperando vislumbrar cómo se materializaba de nuevo en la oscuridad la escena que se encontraba grabada en mi memoria. La cuerda tensa de la grúa, el enorme gancho balanceándose con su llorosa carga...

Un gemido rasgó el aire y casi me herí el labio al mordérmelo. Mi garganta se inflamó con un grito ahogado; sólo el miedo de atraer algo me mantenía en silencio.

¿Dónde estaba Jamie? Deseaba llamarlo, pero no me atrevía. Mis ojos se habían acostumbrado lo suficiente a la oscuridad como para distinguir la sombra de la hoja de la sierra, una mancha amorfa a unos tres metros de distancia, pero el extremo de la estancia era una pared negra. Forcé mis ojos para tratar de ver y me di cuenta de que con mi vestido claro era visible para cualquiera que estuviera allí.

Otra vez llegó el gemido y me sobresalté. Me sudaban las manos. «No puede ser —me dije, furiosa—. No lo es, ¡no puede ser!»

Estaba paralizada por el terror y tardé unos instantes en darme cuenta de lo que oía. El gemido no provenía de la oscuridad al otro lado de la habitación, donde se encontraba la grúa con su gancho. Procedía de algún lugar detrás de mí.

Me giré. La puerta por la que habíamos entrado seguía abierta; era un rectángulo pálido en la más absoluta oscuridad. Nada se veía, nada se movía entre el lugar en el que estaba y la puerta. Di un paso rápido hacia ella y me detuve. Cada uno de los músculos de mis piernas luchaba por echar a correr, pero no podía abandonar a Jamie.

Volví a oír el sonido, el mismo jadeo sollozante que expresaba angustia física, un dolor tan grande que iba más allá del grito. Con él, se me ocurrió otra cosa: ¿y si era Jamie quien emitía aquel sonido?

Como estaba demasiado asustada para tomar precauciones, me volví hacia el sonido y grité su nombre, lo que provocó que el elevado techo que me cubría hiciera eco.

—¡Jamie! —grité—. ¿Dónde estás?

—Aquí, Sassenach. —La voz amortiguada de Jamie me llegó de algún lugar a mi izquierda, tranquila, pero con cierta urgencia—. Ven.

No era él quien gemía. Aliviada al oír su voz, me lancé hacia la oscuridad sin importarme quién había emitido aquel sonido. Choqué con una pared de madera y busqué hasta encontrar una puerta abierta. Jamie había entrado en la barraca del capataz.

Entré y sentí el cambio de inmediato. El aire era más pesado y cálido que en el aserradero. Aunque el pavimento era de madera, mis pasos no resonaban; el aire estaba estancado, era asfixiante. Y el olor a sangre todavía era más intenso.

—¿Dónde estás? —llamé de nuevo en voz baja.

—Aquí —respondió, sorprendentemente cerca—, al lado de la cama. Ven a ayudarme, es una muchacha.

Estaba en un pequeño dormitorio sin ventanas y sin luz. Los encontré gracias al tacto: Jamie se había arrodillado al lado de una cama estrecha en la que había un cuerpo. Al tocarla supe que era una mujer, tal y como me había dicho, y que se estaba desangrando. La mejilla que toqué estaba fresca y pegajosa. Todo lo demás estaba tibio y húmedo: su ropa, sus sábanas y el colchón que había bajo su cuerpo. Podía sentir la humedad que empapaba mi falda en el lugar donde estaba arrodillada.

Busqué el pulso en la garganta y no lo encontré. Su único signo de vida era un leve movimiento del pecho bajo mi mano.

—Está bien —me oí decir, y mi voz fue reconfortante, sin asomo de pánico, aunque tenía razones para sentirlo—. Estamos aquí, no estás sola. ¿Qué te ha pasado? ¿Puedes explicármelo?

Mis manos pasaban con rapidez de la cabeza y la garganta al pecho y al estómago, apartando las prendas empapadas, buscando a ciegas, frenética, una herida que curar. Nada, ninguna arteria manaba a borbotones, ningún corte. Y una y otra vez había un ligero pero constante repiqueteo, como el sonido de diminutos pies corriendo.

—Eh... —Fue un suspiro seguido de un jadeo, un sollozo.

—¿Quién te ha hecho esto? —La voz incorpórea de Jamie era baja, pero mostraba urgencia—. Dime, ¿quién?

—Eh...

Palpé todos los lugares donde los principales vasos sanguíneos estaban cerca de la piel, y los encontré intactos. La agarré de un brazo flácido, lo levanté e introduje la mano por detrás, para palparle la espalda. El calor de su cuerpo estaba allí; su corpiño estaba empapado de sudor, pero no de sangre.

—Todo está bien —dije otra vez—, no estás sola. Jamie, cógele la mano. —La desesperación se apoderó de mí al darme cuenta de lo que sucedía.

—Ya la tengo —me comentó—. No te preocupes —se dirigió a ella—. Todo irá bien, ¿me oyes?

Aquel repiqueteo, aquellos pies diminutos continuaban, pero a un ritmo más lento.

—Eh...

No podía ayudarla. Introduje de nuevo la mano en su falda, pero esta vez dejé que mis dedos se deslizaran entre sus muslos separados. Aún estaba caliente, muy caliente. La sangre continuaba brotando hacia mi mano y entre mis dedos, caliente y húmeda como el aire a nuestro alrededor, imparable.

—Yo... muero...

—Creo que te han matado, muchacha —le dijo Jamie muy suavemente—. ¿No nos vas a decir quién ha sido?

Su respiración se hizo más fuerte, como un suave repiqueteo en su garganta. Los pies caminaban de puntillas.

—Sar... gento...

Saqué la mano de entre sus muslos y tomé la suya, a pesar de la sangre. Después de todo, ya no importaba.

—... diga... a él... —dijo con repentina intensidad, y después se hizo el silencio. Un prolongado silencio y, a continuación, otro largo jadeo. Un silencio aún mayor. Y una exhalación.

La sangre seguía goteando.

—Lo haré —dijo Jamie. Su voz era un susurro en la oscuridad—. Te prometo que lo haré.

En las Highlands lo llamaban «el goteo de la muerte», y consistía en el sonido del agua que goteaba y que se oía en una casa donde uno de sus habitantes estaba a punto de fallecer. Aquí no era agua, pero era una señal segura.

Ya no había ningún sonido. No veía a Jamie, pero advertí el ligero movimiento de la cama contra mis muslos cuando se inclinó.

—Dios te perdonará —susurró al silencio—. Descansa en paz.

• • •

La mañana siguiente, pude oír el zumbido al entrar en la barraca del capataz. En el enorme y polvoriento silencio del aserradero, todo había quedado amortiguado en el espacio y el serrín. Pero en aquella pequeña zona separada, las paredes tomaban cada sonido y hacían que resonara; nuestros pasos hacían eco desde el pavimento de madera hasta el techo, también de madera. Me sentía como una mosca encerrada dentro de una caja, y sufrí una claustrofobia momentánea, atrapada como estaba en el estrecho pasillo entre los dos hombres.

Eran sólo dos estancias, separadas por un corto pasillo que nos conducía desde el exterior hasta el mismo aserradero. A nuestra derecha se encontraba el cuarto más grande, que Byrnes había utilizado para vivir y cocinar, y a la izquierda se hallaba el pequeño dormitorio del que habían salido los gemidos. Jamie respiró hondo, se tapó la cara con la capa y empujó la puerta.

Lo que vimos parecía una colcha de color azul metalizado con salpicaduras verdes que cubría la cama. Cuando Jamie dio un paso, las moscas se elevaron zumbando y abandonaron su alimento, protestando con glotonería. Di un grito de asco y agité mis manos para espantarlas. Cuerpos hinchados y lentos me golpearon la cara y los brazos, y rebotaron, volando perezosamente en círculos en el aire pesado. Farquard Campbell lanzó un bufido de disgusto, bajó la cabeza y me empujó para poder entrar, con los ojos entornados, los labios apretados y la nariz tapada.

La pequeña estancia apenas era más grande que el ataúd en el que se había convertido. Carecía de ventanas y la tenue e incierta luz penetraba tan sólo a través de las grietas de las tablas. El ambiente era húmedo y caluroso, semejante a un invernadero tropical, y pesado por el dulce olor a putrefacción propio de la muerte. Podía sentir el sudor que me recorría los costados y me hacía cosquillas como las patas de las moscas, e intenté respirar tan sólo por la nariz.

No había sido una muchacha alta; su cuerpo, por respeto, estaba tapado con la manta con la que lo cubrimos la noche anterior. Su cabeza parecía grande en comparación con el cuerpo encogido, como un muñeco infantil realizado con una pelota redonda con extremidades de palillos. Jamie espantó varias moscas demasiado abotargadas para moverse, y le quitó la manta manchada de sangre, empapada, para dejarla en el suelo. El cuerpo humano contiene, como media, unos seis litros de sangre, aunque parece mucho más cuando se derrama.

Apenas había visto su rostro la noche anterior; además, los rasgos de la muerte proporcionaban un resplandor artificial a la luz de la antorcha de pino que Jamie sostenía sobre ella. Ahora estaba pálida y húmeda como una seta, y los rasgos emergían de una maraña de fino cabello castaño. Era imposible saber su edad, salvo que no era vieja, ni tampoco si era atractiva; no había belleza en los huesos, pero la vida podría haberle sonrojado las redondas mejillas y proporcionado una chispa a su mirada hundida, de modo que los hombres la encontraran bonita. Al menos para un hombre debió de serlo.

Los hombres murmuraban sin cesar entre ellos, inclinados sobre el cadáver. El señor Campbell se volvió hacia mí con rostro preocupado.

—¿Está razonablemente segura, señora Fraser, de la causa de la muerte?

—Sí —contesté. Intentando no respirar el aire fétido, levanté el borde de la manta y la retiré para mostrar las piernas del cadáver. Los pies estaban azulados y comenzaban a hincharse—. Le bajé la falda, pero dejé lo demás como estaba —expliqué, tapándola de nuevo.

Los músculos de mi estómago se tensaron de nuevo al tocarla. Había visto cadáveres antes, y éste no era el peor, pero el clima cálido y el ambiente cerrado habían impedido que el cuerpo se enfriara demasiado. La piel de su muslo estaba tan tibia como la mía, pero desagradablemente flácida.

La había dejado donde la encontramos. Entre sus piernas había una brocheta de cocina de más de treinta centímetros de largo, cubierta de sangre seca, pero del todo visible.

—No... encontré heridas en el cuerpo —dije de la manera más delicada que pude.

—Sí, ya veo. —El rostro de Campell se relajó un poco—. Ah, bueno, al menos no es un caso de asesinato deliberado.

Abrí la boca para contestar, pero Jamie me previno con la mirada. Sin darse cuenta, Campbell continuó hablando.

—La cuestión es si esta pobre mujer se lo hizo ella sola o la ayudó otra persona. ¿Usted qué piensa, señora Fraser?

Jamie me miró con los ojos entornados por encima del hombro de Campbell. El aviso era innecesario, puesto que ya lo habíamos discutido la noche anterior y habíamos sacado nuestras propias conclusiones. También habíamos decidido no compartirlas con las fuerzas de la ley y el orden de Cross Creek. Todavía no. Me tapé un poco la nariz con el pretexto del olor, para ocultar cualquier cambio delatador de mi expresión. Mentía muy mal.

—Estoy segura de que se lo hizo ella —afirmé con firmeza—. Lleva poco tiempo morir desangrada de esta manera y, como Jamie le explicó, todavía estaba viva cuando la encontramos. Estábamos charlando fuera del aserradero cuando oímos los gemidos. Nadie hubiera podido salir sin que lo viéramos.

Lo cierto era que una persona podía haberse escondido fácilmente en la otra estancia y salir mientras estábamos ocupados en atender a la mujer. Si esa posibilidad no se le ocurría al señor Campbell, no veía razón para que yo le abriera los ojos.

Jamie había adoptado una expresión apropiada para la ocasión y lo bastante seria para enfrentarse a Campbell, que, afligido, movía la cabeza.

—¡Ah, infortunada muchacha! Pero supongo que debemos sentirnos aliviados, ya que nadie ha compartido su pecado.

—¿Y qué ocurre con el padre del niño del que quiso desprenderse? —pregunté en un tono agrio.

El señor Campbell se sobresaltó, pero se recompuso enseguida.

—Hum... —dijo, sorprendido, y tosió—. Como no sabemos si estaba casada...

—Entonces, ¿no conocen a esta mujer? —intervino Jamie antes de que yo pudiera hacer más comentarios imprudentes.

Campbell negó con la cabeza.

—No era sirvienta del señor Buchanan ni de los MacNeill, de eso estoy seguro. Ni del juez Alderdyce. Ésas son las plantaciones más cercanas de donde pudo venir. Aunque no entiendo por qué vino hasta este lugar para cometer este acto desesperado...

A Jamie y a mí también se nos había ocurrido pensarlo. Para evitar que Campbell diera otro paso en esa línea de investigación, Jamie intervino otra vez.

—Ella habló muy poco, pero mencionó a un «sargento». «Dígale al sargento», fueron sus palabras. Tal vez usted tenga idea de lo que quiso decir.

—Creo que hay un sargento del ejército a cargo de la guardia del depósito real. Sí, seguro. —El rostro del señor Campbell se iluminó un poco—. ¡Ah! Sin duda, la mujer estaba relacionada de alguna forma con ese establecimiento militar. Ésa es una explicación. Sin embargo, todavía me pregunto por qué ella...

—Señor Campbell, perdóneme, pero me temo que me estoy mareando —interrumpí, apoyando una mano en su brazo.

No era mentira; no había dormido ni comido. Me sentía mareada por el calor y el olor, y sabía que debía de estar pálida.

—¿Podría acompañar a mi esposa fuera? —preguntó Jamie. Hizo un gesto hacia la cama y a su patética carga—. Yo me ocuparé de la pobre muchacha.

—Le ruego que no se preocupe, señor Fraser —protestó Campbell, listo para acompañarme—. Mi sirviente puede ocuparse del cuerpo.

—Es el aserradero de mi tía y, por lo tanto, es mi problema —dijo amablemente, pero con absoluta firmeza—. Debo hacerme cargo yo.

Fedra esperaba al lado del carro.

—Le dije que este lugar era malo —anunció con cierta maliciosa satisfacción—. Está blanca como una sábana, señora. —Me alcanzó el recipiente de vino con especias frunciendo la nariz—. Tiene peor olor que anoche y se la ve mal, como si viniera de una matanza. Siéntese aquí, a la sombra, y tómese esto; la ayudará.

Miró por encima de mi hombro. Yo también lo hice, y vi que Campbell estaba bajo la sombra de los sicomoros, junto a la orilla del arroyo, y que hablaba con su sirviente.

—He encontrado a la que la ayudó —dijo Fedra en voz baja. Sus ojos miraron hacia un lado, hacia el pequeño grupo de cabañas de esclavos, apenas visible desde aquel lado del aserradero.

—¿Estás segura? No has tenido mucho tiempo. —Tomé un trago de vino y lo mantuve en mi boca, satisfecha con el intenso buqué que se hacía patente en la parte posterior de mi garganta y eliminaba el sabor de la muerte de mi paladar.

Fedra asintió, y dirigió la mirada hacia los hombres que estaban bajo los árboles.

—No he necesitado mucho tiempo. Caminando entre las casas he visto una puerta abierta y cosas tiradas, como si alguien hubiera salido corriendo. He preguntado quién vivía allí y me han dicho que Pollyanne, pero que no sabían adónde se había marchado. Quería saber cuándo se había ido y me han dicho que anoche estaba allí durante la cena, y desde entonces nadie la ha visto. —Sus ojos, llenos de preguntas, se encontraron con los míos—. ¿Ahora sabe lo que hay que hacer?

Una maldita pregunta para la que no tenía respuesta. Me tragué el vino y, con él, la creciente sensación de pánico.

—Todos los esclavos deben de saber que se ha marchado. ¿Cuánto tiempo pasará antes de que los demás lo sepan? ¿Quién se ocupa de esas cosas, ahora que Byrnes ha muerto?

Fedra se encogió de hombros con elegancia.

—Cualquiera que pregunte lo descubrirá. Pero el que tiene que ocuparse... —Hizo un gesto hacia el aserradero. Habíamos dejado abierta la portezuela que daba a los cuartos; Jamie salía con un bulto envuelto con una manta en sus brazos—. Supongo que es él.

«Ya soy parte de esto.» Lo sabía incluso antes de la cena interrumpida. Sin ningún anuncio formal, sin ninguna invitación o aceptación de su papel, Jamie ocupaba el lugar, el papel, como la pieza de un puzle. Ya era el señor de River Run... si quería serlo.

El sirviente de Campbell fue a ayudar con el cadáver; Jamie se apoyó en una rodilla junto al saetín del aserradero y dejó el cuerpo en el suelo. Le devolví la botella a Fedra, con un gesto de agradecimiento.

—¿Puedes traer las cosas del carro? —le pregunté a Fedra.

Sin una palabra, Fedra fue a buscar las cosas que yo había cogido: una manta, un balde, trapos limpios y un frasco con hierbas. Yo fui a reunirme con Jamie.

Estaba de rodillas junto al arroyo, lavándose las manos, un poco más arriba del lugar donde yacía el cuerpo. Era una tontería lavarme como preparativo para lo que tenía que hacer, pero la costumbre dominaba; me arrodillé junto a él y hundí mis manos, dejando que la corriente de agua fría se llevara la sensación de la piel pegajosa.

—Tenía razón —le dije en voz baja—. La mujer que la ayudó se llamaba Pollyanne y escapó durante la noche.

Hizo una mueca frotándose las manos mientras miraba por encima de su hombro. Campbell observaba el cuerpo con un gesto de disgusto.

Jamie frunció el ceño con concentración, con la mirada centrada en sus manos.

—Bueno, eso aclara las cosas, ¿no? —Se inclinó y se mojó la cara; a continuación, sacudió la cabeza con violencia, lanzando gotas como un perro mojado. Después, asintió y se levantó, secándose la cara con el extremo de su tartán manchado—. Ocúpate de la muchacha, ¿quieres, Sassenach? —Con decisión, fue en busca de Campbell, con un revoloteo de tartán.

• • •

No tenía sentido conservar su ropa, así que la corté para quitársela. Una vez desnuda, parecía tener unos veinte años; estaba mal alimentada, se le marcaban las costillas y los brazos, y las piernas eran delgadas y pálidas como ramas. Pese a todo, pesaba muchísimo y el rigor mortis dificultaba su manejo. Fedra y yo sudábamos bastante antes de concluir la tarea; a mí se me escapaban mechones de pelo del moño que tenía en la nuca, y se me pegaban en las mejillas sonrojadas.

Al menos, el trabajo evitaba cualquier conversación y me dejaba en paz con mis pensamientos, que no eran particularmente tranquilizadores: una mujer que quisiera «desprenderse» de una criatura, como había dicho Jamie, si lo iba a hacer sola, lo haría en su propia habitación y en su propia cama. La única razón para que una desconocida llegara hasta este remoto lugar era encontrarse con la persona que la ayudaría, alguien que no podía ir donde ella vivía. Teníamos que buscar a una esclava en las barracas del aserradero, alguna con reputación de comadrona que las mujeres se recomendaran.

El hecho de haber demostrado que estaba en lo cierto no me satisfacía lo más mínimo. La abortista había huido, temiendo que la mujer nos hubiera dicho quién lo había hecho. Si se hubiera quedado sin decir nada, Farquard Campbell me hubiera creído cuando le dije que se lo había hecho sola... no podía probar lo contrario. No obstante, si alguien más descubría que la esclava Pollyanne había escapado (¡y es evidente que lo harían!), la atraparían y la interrogarían, y todo el asunto saldría, sin duda, a la luz. Y entonces, ¿qué?

Me estremecí pese al calor. ¿Se aplicaría la ley de derramamiento de sangre en este caso? Era posible, reflexioné mientras vertía, sombría, otro cubo de agua sobre las pálidas extremidades extendidas.

Maldita mujer, pensé, mostrando irritación para ocultar una piedad inútil. Ya no podía hacer nada por ella, salvo tratar de maquillar el desastre que había dejado (en todos los sentidos) y, tal vez, tratar de salvar a la otra actriz del drama: la infortunada mujer que había cometido, sin querer, un asesinato tratando de ayudar y que ahora podía pagar el error con su propia vida.

Jamie había cogido la jarra de vino y se la intercambiaba con Campbell; los dos hablaban de manera acalorada, y, de tanto en tanto, hacían gestos hacia el aserradero o hacia el río y el pueblo.

—¿Tiene algo con lo que la pueda cepillar, señora? —La pregunta de Fedra volvió a centrar mi atención en el trabajo que estaba realizando. Estaba agachada junto al cuerpo, tocando de manera crítica su cabello enredado—. No me gustaría enterrarla con este aspecto, pobrecilla —dijo, moviendo la cabeza.

Pensé que tal vez Fedra no era mucho mayor que la fallecida; en cualquier caso, poco importaba que el cadáver fuera enterrado con un buen peinado. Aun así, rebusqué en mi bolsillo y saque un pequeño cepillo de marfil. Fedra se puso manos a la obra, tarareando en voz baja.

El señor Campbell estaba a punto de marcharse. Oí el crujido de los arneses de su tiro, y los pequeños pateos de anticipación de los animales mientras el mozo terminaba. Me vio y me dirigió un saludo, retirándose el sombrero; yo le respondí con una reverencia y, aliviada, vi cómo se alejaba.

Fedra también se había detenido y observaba el carruaje. Dijo algo entre dientes, y escupió al suelo. Lo hizo sin malicia aparente; un amuleto contra el mal que ya había visto antes. Luego me miró.

—Será mejor que el señor Jamie encuentre a esa Pollyanne antes de que caiga el sol. Hay animales salvajes en el pinar, y el señor Ulises dice que esa mujer valía doscientas libras cuando la señorita Yocasta la compró. No conoce los bosques. Pollyanne llegó directamente de África hace menos de un año.

Sin más comentarios, se inclinó para seguir con su tarea, moviendo los dedos, oscuros y rápidos como una araña, entre la fina seda del cabello de nuestro cadáver.

Yo también me incliné sobre mi trabajo, y advertí, con cierta sorpresa, que las circunstancias que involucraban a Jamie también me habían incluido a mí. No me había quedado fuera, como había pensado, y no hubiera podido hacerlo aunque quisiera.

Fedra me había ayudado a descubrir a Pollyanne no porque confiara en mí o le gustara, sino porque yo era la esposa del amo. Debíamos encontrar a Pollyanne y ocultarla. Y era evidente, pensaba ella, que Jamie lo haría; era de su propiedad o de la de Yocasta, lo que a ojos de Fedra significaba exactamente lo mismo.

La extraña por fin estaba limpia sobre la gastada sábana de lino que había traído para usarla como sudario. Fedra le había cepillado y trenzado el cabello; yo cogí el enorme frasco de piedra de las hierbas. Las había traído por costumbre y por sentido común, pero me alegraba de haberlo hecho, no tanto por la ayuda que suponían contra el avance de la descomposición, sino por el único y necesario toque de ceremonia.

Era difícil reconciliar aquel bulto burdo y apestoso de arcilla con la pequeña y fría mano que había agarrado la mía, con el susurro angustiado que había dicho «Díganle...» en la asfixiante oscuridad. Y, no obstante, ahí estaba su recuerdo, el de su última sangre viva derramada en mi mano, más latente en mi mente que aquella imagen de su carne vacía, desnuda en las manos de extraños.

El sacerdote más cercano se encontraba en Halifax, así que la enterrarían sin ceremonias. ¿Para qué necesitaba los ritos? Los funerales eran para consuelo de los deudos y no parecía que hubiera nadie que la llorara, pensé, porque de haber tenido familia, marido o un amante, ahora no estaría muerta.

No la había conocido, no la iba a echar de menos... pero lloré su muerte; la suya y la de su hijo. Y más por mí que por ella, me arrodillé junto a su cuerpo y esparcí las hierbas: fragantes y amargas, hojas de ruda y flores de hisopo, romero, tomillo y lavanda. Un ramo de los vivos a la muerta... un pequeño símbolo de respeto. Fedra observaba en silencio, de rodillas. A continuación, estiró una mano y, con delicadeza, extendió el sudario sobre el rostro de la fallecida. Jamie se había acercado a nosotras. Sin una palabra, levantó el cuerpo de la muchacha muerta y lo colocó en el carro. No habló hasta que yo me senté a su lado. Agitó las riendas y chasqueó la lengua.

—Vamos y busquemos al sargento —dijo.

Teníamos algunos asuntos de los que ocuparnos antes. Regresamos a River Run para dejar a Fedra, y Jamie desapareció para buscar a Duncan y cambiarse de ropa mientras yo iba a examinar a mi paciente y a informar a Yocasta de los acontecimientos de la mañana.

No debí preocuparme: Farquard Campbell estaba sentado tomando el té con Yocasta y John Myers; éste, envuelto en un tartán de los Cameron, estaba tirado en un sillón de terciopelo verde comiendo panecillos. A juzgar por la desacostumbrada limpieza de sus piernas desnudas y sus pies, que sobresalían bajo la tela, alguien había aprovechado su temporal inconsciencia para darle un baño.

—Querida. —Yocasta volvió la cabeza al oír mis pasos y sonrió, aunque vi unas líneas de preocupación entre sus cejas—. Siéntate, criatura, y come algo, que no has descansado en toda la noche y creo que has pasado una mañana horrible.

En otro momento me habría resultado divertido o insultante que me llamaran «criatura», pero en aquellas circunstancias era extrañamente reconfortante. Me dejé caer, agradecida, en un sillón, y dejé que Ulises me sirviera una taza de té, preguntándome qué le habría contado Farquard a Yocasta y qué más sabría.

—¿Cómo se encuentra esta mañana? —pregunté a mi paciente. Parecía que estaba muy bien, teniendo en cuenta el alcohol que había ingerido la noche anterior. Tenía buen color y buen apetito, a juzgar por la cantidad de migas que había en el plato que tenía a su lado.

Me hizo un cordial gesto de asentimiento mientras masticaba, y tragó con cierto esfuerzo.

—Increíblemente bien, señora, muchas gracias. La zona afectada está un poco dolorida —dio una suave palmadita a la zona en cuestión—, pero nunca había visto un trabajo de costura mejor. El señor Ulises me ha traído un espejo —explicó. Meneó la cabeza, impresionado—. Nunca antes me había visto el trasero. ¡Tengo tanto pelo ahí detrás que cualquiera pensaría que mi padre era un oso!

Se rió con entusiasmo, y Farquard Campbell enterró una sonrisa en su taza. Ulises se dio la vuelta con la bandeja, pero vi cómo torcía la boca.

Yocasta rió con ganas, arrugando los ojos ciegos con diversión.

—Dicen que es un niño listo aquel que reconoce a su padre, John Quincy. Sin embargo, yo conocí bien a tu madre y te diré que es poco probable.

Myers meneó la cabeza, pero sus ojos brillaron sobre su abundante barba.

—Bueno, a mi madre le gustaban los hombres peludos. Decía que resultaban reconfortantes en una fría noche de invierno. —Miró por el interior de la abertura de su camisa y observó la maleza con cierta satisfacción—. Puede que así sea. A las muchachas indias parece que les gusta, aunque... ahora que lo pienso, puede que sólo sea la novedad. Sus hombres apenas tienen pelo en las pelotas, y mucho menos en el trasero.

El señor Campbell olía un pedazo de panecillo y tosió con fuerza en su servilleta. Sonreí para mí y tomé un buen trago de té. Se trataba de una fuerte y fragante mezcla india y, pese al calor sofocante de la mañana, era más que gratificante. Mi rostro se cubrió de una fina capa de sudor mientras bebía, pero el calor se asentaba de manera reconfortante en mi estómago inquieto, y el aroma del té alejaba de mi nariz el hedor a sangre y secreciones, al mismo tiempo que la animada conversación ahuyentaba de mi mente las morbosas imágenes de la mañana.

Observé la alfombra frente a la chimenea con un sentimiento de melancolía. Tenía la sensación de que podría dormir una semana entera. Pero no había descanso para nosotros. Jamie apareció afeitado, peinado y con la casaca y la camisa limpias. Saludó a Campbell sin sorpresa, puesto que debió de oír su voz desde el pasillo.

—Tía —dijo besando la mejilla de Yocasta, y luego sonrió a Myers—. ¿Cómo va todo, *a charaid*? O más bien, ¿cómo están?

—Perfecto —aseguró Myers. Ahuecó una mano, pensativo, entre sus piernas—. Aunque creo que tendré que esperar un día o dos antes de volver a montar a caballo.

—Lo creo —afirmó Jamie. Luego se volvió a Yocasta—. ¿Has visto a Duncan esta mañana, tía?

—Sí. Ha ido con Ian a hacer un recado para mí. —Sonrió y cogió a Jamie de la muñeca, presionándola con fuerza entre sus dedos—. Es un hombre encantador, el señor Innes, además de sagaz y astuto. Una gran ayuda y un verdadero placer hablar con él. ¿No lo crees así, sobrino?

Jamie la miró con curiosidad y luego se fijó en Campbell, que evitó su mirada. Él sorbía su té mientras fingía que examinaba el enorme cuadro que colgaba sobre la chimenea.

—Pues sí —respondió Jamie con sequedad—. Duncan es un hombre muy capaz. ¿Y el joven Ian se ha ido con él?

—Sí, para hacerse cargo de unos fardos —respondió plácidamente Yocasta—. ¿Necesitas a Duncan ahora?

—No —respondió Jamie, mirándola con calma—. Puede esperar.

Sus dedos soltaron su manga, y extendió la mano para coger su taza. La delicada asa estaba girada precisamente hacia ella, para que pudiera agarrarla.

—Bien —intervino la tía—. ¿Desayunarás, entonces? Farquard, ¿quieres otro panecillo?

—Ah, no, *Cha ghabh mi'n còrr, tapa leibh*. Tengo cosas que hacer en el pueblo, lo mejor será que me vaya. —Campbell dejó su taza, se puso en pie y nos saludó a Yocasta y a mí con una inclinación—. Para servirlas, señoras. Señor Fraser —añadió, arqueando la ceja, y siguió a Ulises.

Jamie se sentó con las cejas alzadas y tomó una tostada.

—Tía, ¿encargaste a Duncan que fuera a buscar a la esclava?

272

—Así es. —Volvió el rostro ceñudo con su ciega expresión—. No te importa, ¿verdad, Jamie? Ya sé que Duncan es uno de tus hombres, pero me pareció un asunto urgente y no estaba segura de cuándo ibas a regresar.

—¿Qué te ha dicho Campbell?

Yo sabía lo que estaba pensando Jamie; el rígido y recto juez del distrito no movería un dedo para evitar un linchamiento ni conspiraría para proteger a una esclava acusada de practicar abortos. No obstante, quizá se trataba de una compensación por lo que no había podido evitar antes.

Los elegantes hombros se encogieron un poco, y un músculo se hundió cerca de la comisura de sus labios.

—Conozco a Farquard Campbell desde hace veinte años, *a mhic mo pheathar*. Oigo mejor lo que no dice que lo que dice.

Myers había seguido la conversación con interés.

—No puedo decir que mis oídos sean tan finos —advirtió apaciblemente—. Todo lo que he oído es que una pobre mujer se ha matado en el aserradero a causa de un accidente por tratar de librarse de su carga. También ha dicho que no la conocía. —Me sonrió dulcemente.

—De eso deduzco que la muchacha era una desconocida —observó Yocasta—. Farquard conoce a toda la gente del pueblo y del río tan bien como yo conozco a mi propia gente. No era la hija ni la sirvienta de nadie.

Dejó la taza y se apoyó en la silla con un suspiro.

—Todo va a salir bien —dijo—. Come, que debes de estar muerto de hambre.

Jamie la contemplaba con la tostada en la mano. La dejó en el plato sin probarla.

—No puedo decir que tenga mucho apetito, tía. Las chicas muertas me afectan el estómago.

Se levantó y se puso la casaca.

—Tal vez no sea la hija ni la sirvienta de nadie, pero está tirada en el patio cubierta por las moscas. Debo averiguar su nombre antes de enterrarla. —Se giró y salió.

Me tomé el resto del té y dejé la taza con un ligero tintineo de la porcelana fina.

—Lo siento —me disculpé—. Creo que yo tampoco tengo hambre.

Yocasta no se movió ni cambió de expresión. Al salir de la estancia, vi cómo Myers se inclinaba sobre el sofá y tomaba el último de los panecillos.

Era cerca del mediodía cuando llegamos al depósito de la Corona, al final de la calle Hay. Se encontraba en el lado norte del río y tenía su propio muelle de carga, un poco más arriba del pueblo. En aquel momento, no parecía que existiera una gran necesidad de guardias; nada se movía cerca del edificio, excepto unas cuantas mariposas *Colia* que, inmunes al calor sofocante, laboraban con diligencia entre los arbustos florecientes que crecían, abundantes, en la orilla.

—¿Qué guardan ahí? —pregunté a Jamie, mirando con curiosidad el sólido edificio. Las enormes puertas dobles estaban cerradas con llave y el único casaca roja permanecía inmóvil, como un soldadito de plomo, frente a ellas. Un edificio más pequeño junto al almacén tenía una bandera inglesa, que ondeaba, lacia, bajo el calor. Según parecía, se trataba de la guarida del sargento al que buscábamos.

Jamie se encogió de hombros mientras ahuyentaba a una mosca que se le había posado en la frente. A pesar del movimiento del carro, habíamos atraído cada vez a más de ellas a medida que aumentaba el calor del día. Olfateé con discreción, pero apenas pude oler un poco de tomillo.

—Todo lo que la Corona considera valioso. Pieles del interior, abastecimientos navales, brea y trementina. Pero el puesto de guardia se debe al licor que tienen almacenado.

Aunque todas las posadas elaboraban su propia cerveza y todas las casas tenían su propia receta de aguardiente de sidra y jerez, las bebidas más fuertes eran competencia de la Corona: importaban coñac, whisky y ron a la colonia bajo una fuerte vigilancia, y lo vendían a un precio muy elevado bajo el sello de la Corona.

—Se diría que ahora no tienen mucho —dije, señalando al único guardia.

—Claro, los embarques de licor llegan desde Wilmington una vez al mes. Campbell me dijo que eligen un día diferente cada mes para evitar los robos —informó con aire de preocupación y el entrecejo ligeramente fruncido.

—¿Piensas que Campbell no cree que fuera ella quien se lo hizo? —Sin querer, miré hacia la parte trasera del carro.

Jamie emitió un bufido burlón desde la parte posterior de su garganta.

—Por supuesto que no, Sassenach, ese hombre no es tonto, pero es un buen amigo de mi tía y no causará problemas si no tiene necesidad. Confiemos en que la mujer no tenga a nadie próximo que quiera armar escándalo.

—Te muestras muy insensible —dije en voz baja—. En la sala de estar de tu tía, has dado a entender que pensabas de forma diferente. Aunque probablemente tengas razón: si hubiera tenido a alguien, ahora no estaría muerta.

Fue consciente de la amargura en mi voz y me miró.

—No he querido ser tan duro, Sassenach —aclaró con amabilidad—. Pero la pobre muchacha está muerta. Lo único que puedo hacer es ocuparme de que sea enterrada decentemente. Es la otra de quien debo ocuparme, ¿no te parece?

Suspiré y le apreté con suavidad el brazo. Mis sentimientos eran demasiado complejos como para intentar explicarlos; había conocido a la chica apenas unos minutos antes de su muerte y no hubiera podido impedirla... pero había fallecido en mis brazos y sentía la inútil rabia del médico en aquellas circunstancias; el sentimiento de que, de alguna manera, había fracasado, de que el Ángel de la Muerte se había burlado de mí. Y más allá de la rabia y la lástima, había un eco de culpa tácita; la muchacha tendría la edad de Brianna... Brianna, que, en circunstancias similares, tampoco tendría a nadie.

—Lo sé. Es que... supongo que me siento, de alguna manera, responsable de ella.

—Yo también —respondió—. No temas, Sassenach, haremos lo correcto. —Ató los caballos bajo un castaño y bajó del carro ofreciéndome la mano. No había barracas; Campbell le había dicho a Jamie que los diez hombres de la guardia del almacén estaban alojados en diversas casas del pueblo. Tras preguntar al empleado que trabajaba en la oficina, nos indicó que el sargento estaba almorzando en la taberna de enfrente, en el Ganso de Oro. Lo vi en cuanto entramos, sentado ante una mesa cerca de la ventana, con la camisa desabrochada y aire relajado ante una jarra de cerveza y los restos de un pastel. Jamie me seguía y su sombra tapó durante un instante la luz de la puerta. El sargento levantó la vista en aquel momento y, pese a la oscuridad del lugar, era evidente que palideció por la impresión. Jamie se detuvo de manera brusca detrás de mí. Murmuró algo que reconocí como una blasfemia en gaélico, pero, a continuación, pasó frente a mí, sin ningún tipo de vacilación.

—Sargento Murchison —dijo Jamie con un gesto de amable sorpresa, como si saludara a un conocido—. No creí que volvería a verlo otra vez, al menos en este mundo.

La expresión del sargento indicaba que el sentimiento era mutuo. También que cualquier encuentro en este mundo era demasiado temprano. La sangre invadió sus carnosas y picadas mejillas, y se levantó de su banco con un chirrido de madera sobre el suelo de arena.

—¡Usted! —exclamó.

Jamie se quitó el sombrero e inclinó la cabeza con cortesía.

—Para servirlo, señor —intervino. Ahora podía verle el rostro, aparentemente agradable, pero con un recelo que hacía que se arrugaran los ángulos de sus ojos. Era mucho menos evidente, pero el sargento no era el único sorprendido.

Murchison se iba recuperando de la impresión y en su cara apareció un aire despectivo.

—Fraser. Perdón, ahora es señor Fraser, ¿no?

—Así es —respondió Jamie con voz neutra, pese al tono insultante del sargento. Fuera cual fuese el conflicto que hubieran tenido en el pasado, lo último que quería ahora eran problemas. No con lo que había en el carro que estaba fuera. Me limpié las palmas sudorosas discretamente sobre la falda. El sargento comenzó a abrocharse la camisa sin dejar de mirar a Jamie.

—Había oído que un hombre llamado Fraser había venido a pegarse como una sanguijuela a la señora Cameron de River Run —anunció con un gesto desagradable en los labios—. Ése debe de ser usted, ¿no?

Los ojos de Jamie parecían de hielo azul, aunque sus labios mostraban una agradable sonrisa.

—La señora Cameron es pariente mía y estoy aquí en su nombre.

El sargento echó hacia atrás la cabeza y se rascó la garganta con ganas. Había un profundo pliegue rojo sobre la grasienta y pálida piel, como si alguien hubiera intentado estrangular al hombre sin éxito.

—Pariente suya. Bueno, es fácil de decir, ¿no? La señora está más ciega que un murciélago, o eso dicen. No tiene marido ni hijos. Es una buena presa para cualquier estafador que se haga pasar por alguien de la familia. —El sargento bajó la cabeza y me observó sonriendo, una vez más, dueño de sí mismo—. Ésta debe de ser su amante, ¿no? —Era una maldad gratuita, un tiro al azar; el hombre casi no me había mirado.

—Es mi esposa, la señora Fraser.

Pude ver cómo los dos dedos rígidos de la mano derecha de Jamie se agarraban a los faldones de la casaca como única señal

276

de sus emociones. Inclinó la cabeza y levantó las cejas observando al sargento con desapasionado interés.

—¿Y cuál de los dos es usted, señor? Le pido perdón por mi mala memoria, pero le confieso que no lo distingo de su hermano.

El sargento se crispó como si le hubieran disparado; se quedó inmóvil mientras se ataba el corbatín.

—¡Maldito sea! —exclamó, atragantándose con las palabras. Su rostro había adquirido un preocupante tono ciruela, y pensé que tendría que vigilar su presión sanguínea. Sin embargo, no se lo dije.

En aquel momento pareció que se daba cuenta de que todos nos observaban con interés. Con una mirada furibunda, cogió el sombrero y se dirigió hacia la puerta, empujándome al pasar y haciendo que me tambaleara.

Jamie me sujetó de un brazo para que conservara el equilibrio, y lo siguió bajo el umbral. Fui tras él, a tiempo de ver cómo llamaba al sargento.

—¡Murchison! ¡Tengo que hablar con usted!

El soldado se volvió, con los puños cerrados contra los faldones de su chaqueta roja. Era un hombre de un tamaño considerable, con un torso y unos hombros gruesos, y el uniforme le sentaba bien. Sus ojos brillaban amenazadores, pero, sin embargo, se había recompuesto.

—¿Hablar, eh? ¿Y qué tiene que decirme, señor Fraser?

—Quiero hablar de su capacidad profesional, sargento —respondió Jamie con frialdad. Hizo un gesto hacia el carro que habíamos dejado bajo un árbol cercano—. Le hemos traído un cadáver.

Durante un segundo, el rostro del sargento permaneció inexpresivo; luego miró el carro lleno de moscas, que habían empezado a formar pequeñas nubes, volando con pereza sobre la cama abierta.

—Vaya. —Era un profesional. Aunque la hostilidad no había menguado, palideció y relajó sus puños crispados—. ¿Un cadáver? ¿De quién?

—No tengo ni idea, señor. Tenía la esperanza de que usted nos lo dijera. ¿Quiere mirar? —Hizo un gesto hacia el carro, y tras un momento de vacilación, el sargento asintió brevemente y se dirigió hacia él.

Me apresuré detrás de Jamie, y llegué a tiempo de ver el rostro del sargento mientras retiraba una esquina del improvisado sudario.

El sargento no ocultó sus sentimientos. Tal vez en su profesión no era necesario hacerlo. La impresión se veía en su rostro y Jamie pudo advertirlo tan bien como yo.

—Entonces, ¿la conocía?

—Yo... ella... es... sí, la conocía. —Cerró la boca, como si temiera hablar más de la cuenta. Siguió observando el rostro de la muchacha muerta mientras el suyo se tensaba y ocultaba cualquier sentimiento.

Unos cuantos hombres nos habían seguido desde la taberna. Aunque todos habían permanecido a una distancia discreta, dos o tres estiraban sus cuellos con curiosidad. Pronto todos sabrían lo que había ocurrido en el aserradero. Esperaba que Duncan e Ian estuvieran de camino.

—¿Qué le ha pasado? —preguntó el sargento, mirando otra vez la cara de la muerta. También él presentaba una palidez mortal.

Jamie lo miraba con atención, y no pretendía ocultarlo.

—Entonces, ¿la conocía? —inquirió de nuevo Jamie.

—Ella es... ella era... una lavandera. Lissa... Lissa Garver era su nombre. —El sargento hablaba de manera mecánica, incapaz de alejar la vista del carro. Su rostro carecía de expresión, pero sus labios estaban blancos, y tenía las manos apretadas en los costados—. ¿Qué le ha pasado?

—¿Tenía familia en el pueblo? ¿Un marido, tal vez?

Era una pregunta razonable, pero Murchison levantó la cabeza como si Jamie lo hubiera apuñalado con ella.

—Ése no es su problema, ¿no? —dijo, mirando fijamente a Jamie, con un fino borde blanco visible alrededor del iris de su ojo. Mostró los dientes en lo que podría parecer amabilidad, aunque en realidad no lo era—. Dígame qué le sucedió.

Jamie lo miró sin parpadear.

—Quiso desprenderse de la criatura y le salió mal —dijo con tranquilidad—. Si tenía marido, hay que decírselo; si no tenía familia, me ocuparé de que sea enterrada de manera decente.

Murchison volvió la cabeza para mirar el carro una vez más.

—Tenía a alguien —afirmó cortante—. No necesita ocuparse usted. —Se giró y se frotó la cara con violencia, como queriendo alejar cualquier sentimiento—. Vaya a mi oficina —comentó, con la voz medio amortiguada—, tendrá que hacer una declaración... Vaya con el secretario. ¡Vaya!

• • •

La oficina estaba vacía. Sin duda, el empleado había ido a buscar su almuerzo. Me senté a esperar mientras Jamie se paseaba con impaciencia, dirigiendo su mirada de los estandartes del regimiento, que se encontraban en la pared, al armario con cajones, que se hallaba en la esquina tras el escritorio.

—Maldita suerte —dijo para sí—. Tenía que ser Murchison.

—Lo conoces bien, ¿no?

Me miró con una mueca de ironía.

—Bastante bien. Estaba en la guarnición de la prisión de Ardsmuir.

—Ya veo. —No podía existir afecto entre ellos. La oficina era muy pequeña; me sequé un hilillo de sudor que descendía entre mis pechos—. ¿Qué crees que hace aquí?

—Por lo que sé, vino con los prisioneros cuando los trajeron para venderlos. Me imagino que la Corona no creyó necesario que regresara a Inglaterra, ya que aquí hacían falta soldados. Debió de ocurrir durante la guerra con Francia.

—¿Y qué decías sobre su hermano?

Dejó escapar una risa sin ningún humor.

—Eran gemelos. Los llamaban pequeño Billy y pequeño Bobby. Idénticos, y no sólo en lo físico.

Hizo una pausa ordenando sus recuerdos. No hablaba con demasiada frecuencia del tiempo que permaneció en Ardsmuir, y pude ver las sombras que cruzaban su rostro.

—Tal vez conozcas a esa clase de hombres que pueden ser decentes cuando están solos, pero que cuando los juntas con otros como ellos se vuelven lobos.

—Eres un poco cruel con los lobos —dije sonriendo—. Piensa en *Rollo*. Pero sé lo que quieres decir.

—Cerdos, entonces. Unos que cuando están juntos se convierten en animales. En todos los ejércitos hay hombres así, porque es así como funcionan los ejércitos. Los hombres hacen cosas terribles cuando están en grupo, cosas que ni soñarían cuando están solos.

—¿Y los Murchison nunca estaban solos? —pregunté con calma.

Hizo un gesto de asentimiento.

—Siempre estaban juntos. Si uno tenía escrúpulos por algo, el otro no. Y cuando había problemas, no se sabía a quién culpar.

Mientras hablaba se paseaba inquieto como una pantera enjaulada. Se detuvo junto a la ventana y miró al exterior.

—Yo... los prisioneros podíamos quejarnos de malos tratos, pero los oficiales no podían castigar a los dos por culpa de uno y nadie sabía cuál era el que lo había golpeado en las costillas o cuál lo había colgado de los grilletes y lo había dejado así hasta que se había cagado para diversión de la guarnición.

Su mirada estaba fija en algo que se encontraba en el exterior, y no ocultaba su expresión. Había hablado de bestias, y era posible ver que los recuerdos habían despertado a una de ellas. Sus ojos, de un azul zafiro e imperturbables, reflejaban la luz de la ventana.

—¿Están los dos aquí? —pregunté, para romper aquella inquietante mirada, y también por curiosidad.

Funcionó; se alejó de inmediato de la ventana.

—No —contestó con brusquedad—. Éste es Billy. El pequeño Bobby murió en Ardsmuir. —Sus dos dedos rígidos se retorcieron en la tela de su kilt.

Me había preguntado por qué se había puesto el kilt en lugar de los pantalones; el tartán carmesí, para un soldado inglés, como para un toro, podía convertirse literalmente en un capote rojo. Ahora ya lo sabía.

Se lo habían quitado antes, creyendo que sin él lo despojaban del orgullo y la hombría. Habían fracasado, y él pretendía enfatizar aquel fracaso, tanto si tenía sentido, como si no. El sentido poco tenía que ver con la clase de orgullo obstinado que podía sobrevivir a años de insulto... y aunque él ya había tenido mucho de ambos, podía ver que en aquel momento predominaba el orgullo.

—Por su reacción, supongo que no fue por causas naturales, ¿no? —pregunté.

—No. —Suspiró y se encogió ligeramente de hombros, relajándolos en el interior de la chaqueta ajustada—. Nos llevaban cada mañana a la cantera y regresábamos al anochecer. En cada carro iban dos o tres guardias. Un día, el pequeño Bobby Murchison era el encargado. Salió con nosotros por la mañana, pero no regresó por la noche. —Miró de nuevo por la ventana—. Había un pozo muy profundo en el fondo de la cantera.

Su tono prosaico era tan aterrador como el contenido de la historia. Pese al calor, sentí un escalofrío.

—¿Tú...? —comencé, pero me puso un dedo en los labios y miró hacia la puerta. Un momento después, oí los pasos que él ya había percibido.

Era el sargento, no su empleado. Había estado sudando mucho; hilillos de sudor le recorrían el rostro bajo la peluca, y su semblante había adquirido el enfermizo color del hígado de una vaca.

Lanzó una mirada al escritorio vacío y emitió un ruidito salvaje. Sentí aprensión por el secretario ausente. El sargento retiró todo lo que había en el escritorio con un movimiento de su brazo, e hizo que los papeles cayeran en cascada al suelo. Buscó una hoja de papel y un tintero, y, con un golpe, los dejó sobre la mesa.

—Escriba —ordenó—. Dónde la encontró y qué sucedió. —Le entregó a Jamie una pluma de ganso manchada—. Fírmelo y anote la fecha.

Jamie lo contempló con los ojos entornados, pero no hizo ningún movimiento para coger la pluma. Sentí un repentino nudo en el estómago.

Era zurdo, pero lo habían forzado a escribir con la mano derecha, y después tuvo el problema en los dedos. Para él, escribir era una tarea lenta y difícil, que hacía que las páginas quedaran manchadas, sudadas y arrugadas. Por nada del mundo iba a humillarse así ante el sargento.

—Escriba —volvió a ordenar, murmurando la palabra con un tono amenazador.

Los ojos de Jamie empequeñecieron un poco más. Antes de que pudiera responder, me levanté y cogí la pluma de manos del sargento.

—Yo estuve allí, deje que lo haga yo.

La mano de Jamie se cerró sobre la mía antes de que pudiera mojar la pluma en el tintero. Me la arrancó de las manos y la dejó caer en el centro del escritorio.

—Su empleado podrá verme más tarde, en casa de mi tía —dijo a Murchison—. Ven conmigo, Claire.

Sin esperar ninguna respuesta del sargento, me cogió del codo y me levantó. Estábamos en la calle antes de que supiera lo que había sucedido. El carro seguía bajo el árbol, pero ya estaba vacío.

—Está a salvo de momento, Mac Dubh, pero ¿qué diablos vamos a hacer con ella? —Duncan se rascó la barba. Ian y él habían permanecido tres días en el bosque hasta que encontraron a la esclava Pollyanne.

—No es fácil hacer que se mueva —explicó Ian mientras cogía y cortaba un pedazo de jamón de la mesa del desayuno para dárselo a *Rollo*—. La pobre mujer casi se muere de miedo cuando *Rollo* la olfateó; tardamos muchísimo en conseguir que se levantara. Tampoco pudimos subirla al caballo. Tuve que sostenerla para que no se cayera.

—Tenemos que alejarla de algún modo —comentó Yocasta con aire pensativo—. Ayer Murchison estuvo preguntando de nuevo en el aserradero. Farquard Campbell me mandó decir que había estado diciendo que había sido un asesinato y que iba a pedir hombres para buscar a la esclava que lo había hecho. Farquard dice que estaba tan rojo que creía que la cabeza le iba a estallar.

—¿Pudo hacerlo ella? —Ian mientras masticaba, nos miró a Jamie y a mí—. Quiero decir por accidente.

Me estremecí pese al calor de la mañana al recordar la firme rigidez de la vara de metal en mi mano.

—Hay tres posibilidades: accidente, asesinato o suicidio —concluí—. Pero hay formas mucho más fáciles de suicidarse, puedes creerme. Y no existe motivo para el asesinato, al menos que nosotros sepamos.

—Sea lo que sea —intervino Jamie, zanjando la conversación—, si Murchison atrapa a la esclava hará que la cuelguen o la azoten hasta que muera, y para eso necesita un juicio. Ya he pactado con nuestro amigo Myers la forma de sacarla del distrito.

—¿Has pactado qué con Myers? —preguntó Yocasta, con un tono agudo, por encima del murmullo de exclamaciones y comentarios que había provocado aquel anuncio.

Jamie terminó de untar manteca en una tostada y se la entregó a Duncan antes de contestar.

—Nosotros llevaremos a la mujer hasta las montañas —explicó—. Myers dice que los indios la acogerán. Conoce un buen lugar para ella, donde estará a salvo del pequeño Billy Murchison.

—¿Nosotros? —pregunté con amabilidad—. ¿Quiénes son «nosotros»?

Me sonrió con ironía.

—Myers y yo, Sassenach. Necesito conocer esa zona antes de que llegue el invierno y ésta es una buena oportunidad. Myers es el mejor guía que puedo encontrar.

Se abstuvo de comentar que también le serviría para alejarse temporalmente de la esfera de influencia del sargento Murchison, pero a mí no se me pasó por alto.

—Me llevarás contigo, ¿verdad, tío? —Ian se retiró el pelo apelmazado de la cara y lo miró con ansiedad—. Necesitarás ayuda con esa mujer, créeme... parece un tonel.

Jamie sonrió a su sobrino.

—Sí, Ian. Supongo que podremos llevar a otro hombre.

—Ejem —dije con expresión maligna.

—Aunque sea para que vigiles a tu tía, Ian —continuó Jamie devolviéndome la mirada—. Saldremos en tres días, Sassenach... si Myers puede montar para entonces.

Tres días no era mucho tiempo, pero con la ayuda de Myers y Fedra pude realizar mis preparativos sin problemas. Llevaba una pequeña caja con medicinas e instrumentos, y las alforjas estaban llenas de alimentos, mantas y utensilios de cocina. El único tema pendiente era el de la indumentaria. Había cruzado los extremos de una larga faja de seda por mi pecho y los había atado con un nudo entre mis senos. A continuación, procedí a observar el resultado ante el espejo.

No estaba mal. Extendí los brazos y moví el torso de un lado a otro para probar. Sí, serviría. Aunque, quizá, si le daba una vuelta más alrededor del pecho antes de cruzar los extremos...

—¿Qué es exactamente lo que estás haciendo, Sassenach? ¿Qué es eso, en nombre de Dios?

Jamie, con los brazos cruzados, estaba apoyado en la puerta contemplándome con las cejas levantadas.

—Me estoy haciendo un sujetador —dije con dignidad—. No tengo intención de cabalgar por las montañas llevando un vestido, y tampoco quiero ir con los pechos colgando. Es muy incómodo.

—Lo supongo. —Entró en la habitación y dio una vuelta a mi alrededor manteniendo cierta distancia y observando mis piernas—. ¿Qué es eso?

—¿Te gustan? —Puse las manos en mis caderas para ajustarme los pantalones de cuero. El material lo había conseguido de uno de los amigos de Myers en Cross Creek, y Fedra los había confeccionado para mí riendo histéricamente mientras los cosía.

—No —dijo con brusquedad—. No vas a ir con... con... —Hizo un gesto sin poder pronunciar la palabra.

—Pantalones —terminé—. Por supuesto que puedo, siempre usaba pantalones en Boston. Son muy prácticos.

Me miró en silencio durante un instante. A continuación, con mucha tranquilidad, caminó a mi alrededor. Por último, su voz surgió detrás de mí.

—¿Los usabas por la calle? —inquirió con incredulidad—. ¿Donde la gente podía verte?

—Por supuesto —contesté con enfado—. Como la mayoría de las mujeres. ¿Por qué no?

—¡¿Por qué no?! —preguntó escandalizado—. ¡Puedo ver la forma de tus nalgas, maldita sea, y la hendidura que hay entre ellas!

—Yo también puedo ver las tuyas —señalé, volviéndome para mirarlo a la cara—. He visto tu trasero con pantalones cada día, durante meses, pero al verlo sólo de vez en cuando, he avanzado indecentemente sobre tu persona.

Su boca se crispó sin saber si reír o no. Aprovechando su indecisión, me acerqué, le abracé la cintura, y le agarré el trasero con firmeza.

—En realidad, es tu kilt el que me hace desear tirarte al suelo y violarte —le dije—. Pero no te sientan mal los pantalones.

Entonces rió, se inclinó y me besó con entusiasmo, examinando con detenimiento las formas de mi trasero, cómodamente enfundado en cuero. Apretó con suavidad, haciendo que me retorciera contra él.

—Quítatelos —ordenó, deteniéndose para respirar.

—Pero...

—Quítatelos —repitió con firmeza. Dio un paso atrás y soltó sus propios cordones—. Puedes ponértelos después, Sassenach, pero si hay que violar a alguien, soy yo el que debe hacerlo, ¿no?

QUINTA PARTE

Campos de fresas para siempre

14

Huir de la furia venidera

Agosto de 1767

Habían ocultado a la mujer en una barraca en la parte más alejada de los campos de tabaco de Farquard Campbell. Era poco
probable que alguien lo advirtiera, salvo los esclavos de Campbell
que lo sabían, pero tuvimos cuidado en llegar después de que se
pusiera el sol, cuando el cielo lavanda se había tornado casi gris,
perfilando, a duras penas, la mole oscura de la barraca de secado.

La mujer, encapuchada, se había deslizado al exterior de la
cabaña como si se tratara de un fantasma y la habían subido al
caballo de reserva, envuelta como si fuera un paquete de contrabando, que es lo que en realidad era. Levantó las piernas y trató
de subir al caballo agarrándose con ambas manos, doblada como
una bola y dominada por el pánico. Era evidente que no había
montado en su vida.

Myers intentó darle las riendas, pero ella no le hizo caso.
Sólo juntaba las manos y gemía, aterrorizada. Los hombres se
estaban poniendo nerviosos y miraban a todas partes, esperando
ver aparecer de un momento a otro al sargento Murchison y a sus
subalternos.

—Que monte conmigo —sugerí—. Quizá así se sienta más
segura.

Entre todos la desmontaron con cierta dificultad y la insta-
laron en la grupa de mi caballo tras mi montura. Olía a hojas
frescas de tabaco, a narcóticos y a algo más, a alguna cosa semejante al almizcle. Se agarró a mi cintura como si luchara por su
vida. Le di una palmada en las manos, que rodeaban mi cintura,
y apretó con más fuerza, pero no se movió ni dejó escapar ningún
sonido.

No era raro que estuviera aterrorizada, pensé, haciendo avanzar a mi caballo para seguir a Myers. Era posible que no supiera
nada sobre el escándalo que Murchison había desatado en el dis-

trito, pero debía de tener bastante claro lo que le sucedería si la atrapaban; con seguridad había estado en el aserradero dos semanas antes.

Como alternativa a una muerte segura, era preferible escapar y caer en brazos de los pieles rojas, pero no lo tenía demasiado claro a juzgar por sus estremecimientos. La mujer tiritaba, aunque no hacía frío.

Casi me ahoga al apretarme cuando *Rollo* apareció entre los arbustos como un demonio del bosque. A mi caballo tampoco le gustó su aspecto, y retrocedió mientras resoplaba y pateaba, intentando que soltara las riendas.

Tenía que admitir que *Rollo* daba bastante miedo, incluso cuando tenía una actitud amistosa, como ahora, ya que le encantaban las expediciones. No obstante, seguía teniendo un aspecto siniestro; mostraba sus dientes en una sonrisa de deleite, y tenía los ojos entornados mientras olfateaba el aire. Si a eso se le añadía la manera en la que las manchas grises y negras de su pelaje se fundían con las sombras, uno tenía la extraña e inquietante impresión de que se había materializado de la nada y era el apetito personificado.

Pasó trotando a escasos centímetros de distancia. La mujer jadeó y noté su cálida respiración en mi cuello. Le toqué las manos y le hablé, pero no me respondió. Duncan había dicho que había nacido en África y hablaba muy poco inglés, aunque lo más seguro es que entendiera algunas palabras.

—Todo saldrá bien —dije—. No tengas miedo.

Como estaba ocupada con el caballo y la pasajera, no había visto a Jamie, que apareció de pronto junto a mi estribo, tan silencioso como *Rollo*.

—¿Estás bien, Sassenach? —preguntó suavemente, colocando una mano sobre mi muslo.

—Creo que sí —respondí. Hice un gesto hacia las manos que se aferraban a mi cintura—. Si no muero ahogada.

Jamie miró y sonrió.

—Bueno, al menos no hay peligro de que se caiga.

—Me gustaría poder decirle algo, pobrecita. Está tan asustada... ¿Crees que sabe adónde la llevamos?

—No lo creo... ni siquiera yo sé adónde vamos.

Llevaba pantalones para cabalgar, pero se había puesto el tartán encima, con el extremo suelto colgando sobre el hombro de su chaqueta. El tartán oscuro se fundía en las sombras del bosque, del mismo modo que lo había hecho con las sombras del brezo escocés; lo único que veía de Jamie era la mancha blanca de su camisa y el óvalo pálido de su rostro.

—¿No conoces algún dialecto para hablarle? —pregunté—. Claro que, si no la trajeron de las Antillas, es posible que no lo conozca.

Observó a mi pasajera sopesando la situación.

—Ah —exclamó—. Bien, hay una cosa que todos conocen, vengan de donde vengan—. Se inclinó y oprimió el pie de la mujer.

—Libertad —dijo, e hizo una pausa—. *Saorsa.* ¿Sabes lo que te digo?

La mujer no aflojó la presión, pero su respiración se convirtió en un suspiro y me pareció que asentía con la cabeza.

Los caballos iban en hilera, con Myers a la cabeza. El angosto sendero no era ni siquiera un camino para carros, pero al menos nos permitía pasar entre los árboles.

Dudaba que el sargento Murchison, ciego por la sed de venganza, nos siguiera tan lejos, si es que nos perseguía, pero la sensación de huida era demasiado intensa para ignorarla. Todos compartíamos, sin nombrarla, la penetrante sensación de urgencia, y sin discutirlo, estábamos de acuerdo en cabalgar lo máximo posible.

Mi compañera había perdido el miedo, o simplemente estaba demasiado cansada para preocuparse. Después de detenernos a medianoche para refrescarnos, permitió que Ian y Myers la colocaran sobre el caballo sin protestar. Y aunque no aflojó la presión sobre mi cintura, pareció que dormitaba con la frente apoyada en mi espalda.

La fatiga de la larga travesía también se apoderó de mí, algo que se potenció con el suave e hipnótico golpeteo de los cascos de los caballos y el susurro interminable de los pinos que se alzaban sobre nosotros. Seguíamos en el bosque de abetos; los altísimos troncos rectos nos rodeaban como mástiles de barcos hundidos mucho tiempo atrás.

A mi mente acudieron los versos de una antigua canción escocesa («¿Cuántas fresas crecen en la mar salada? ¿Cuántos barcos navegan en el bosque?»), y me pregunté, confusa, si el compositor habría caminado por un lugar semejante a aquél, un sitio sobrenatural, ubicado bajo la luna menguante y la luz de las estrellas, tan irreal que los límites entre los elementos se perdían;

bien podríamos estar flotando o sobre tierra firme, el movimiento del caballo podría ser el entarimado de un barco y el susurro de los pinos el viento en nuestras velas.

Nos detuvimos al amanecer, desensillamos los caballos, los maneamos y dejamos que comieran en un prado. Me acomodé junto a Jamie sobre la hierba y me quedé dormida. Lo último que oí fueron los caballos, que pastaban tranquilamente.

Dormimos con dificultad mientras duró el calor del día y despertamos cuando estaba a punto de ponerse el sol, sedientos y cubiertos de garrapatas. Estaba muy agradecida por el hecho de que las garrapatas compartieran con los mosquitos su disgusto por mi sangre; sin embargo, en nuestro viaje al norte había aprendido a examinar tanto a Jamie como a los demás cada vez que dormíamos, ya que siempre se despertaban con intrusos.

—¡Puaj! —exclamé al examinar a un espécimen del tamaño de una uva y particularmente jugoso que anidaba en el vello del brazo de Jamie—. Maldición, me da miedo tirar de ésta, parece que vaya a reventar.

Jamie se encogió de hombros mientras se exploraba el cuero cabelludo, buscando otros parásitos.

—Déjala; tal vez caiga sola mientras te ocupas del resto.

—Supongo que será lo mejor —admití, reticente. No tenía ninguna objeción a que la garrapata explotara, pero no quería que ocurriera mientras sus mandíbulas permanecían incrustadas en la carne de Jamie. Había visto infecciones causadas por garrapatas a las que habían extraído a la fuerza, y no eran algo con lo que quisiera lidiar en medio del bosque. Sólo llevaba un equipo médico básico, aunque, por suerte, incluía el par de pequeños fórceps con punta en pinza de la caja del doctor Rawlings.

Myers e Ian parecían arreglárselas bien ayudándose el uno al otro. Desnudos hasta la cintura, Myers estaba agachado sobre el muchacho como un enorme babuino negro, con los dedos ocupados en el cabello de Ian.

—Aquí hay una pequeña —dijo Jamie, que se inclinó, separándose el pelo, y me enseñó una que tenía debajo de la oreja. Estaba tratando de quitársela cuando advertí una presencia cerca de mi codo.

Cuando acampamos estaba demasiado cansada para ocuparme de nuestra fugitiva. Aunque había supuesto que no se alejaría, había ido a un arroyo cercano y regresaba con un balde de agua. Lo dejó en el suelo, tomó un trago y masticó con fuerza durante un instante, con las mejillas hinchadas. A continuación, me apartó y, levantado el brazo de un sorprendido Jamie, escupió profusamente en su axila.

Extendió la mano hacia el hueco chorreante y, con sus dedos delicados, parecía que hiciera cosquillas al parásito. Sin duda alguna, se las hizo a Jamie, que era muy sensible justo en aquella zona en particular. Se sonrojó y se encogió ante su tacto, haciendo que todos los músculos de su torso temblaran.

No obstante, le agarró la muñeca con fuerza y, unos segundos después, sacó el parásito con dedos ágiles, lo dejó caer en la palma de su mano, lo arrojó con desprecio y se volvió hacia mí con aire de satisfacción.

La imagen que tenía de ella era la de una bola hinchada por la ropa. Sin embargo, sin ella, seguía pareciéndolo. Era muy bajita, ya que apenas medía más de un metro, y era casi igual de ancha, con la cabeza rapada y semejante a un cañón. Además, las mejillas eran tan redondas que tenía los ojos rasgados.

Me recordaba a una de las imágenes de la fertilidad que había visto en las Antillas: pecho amplio, caderas anchas y el color café oscuro de una congoleña, con una piel tan impecable que, bajo la fina capa de sudor, parecía una piedra pulida. Extendió la mano y me enseñó unos pequeños objetos del mismo tamaño y forma que las judías secas de lima.

—Paw-paw —exclamó con una voz tan profunda y resonante que Myers la contempló asombrado. Al ver mi reacción, ella sonrió con timidez y dijo algo que no entendí, aunque supe que era gaélico.

—Dice que no debes tragar las semillas porque son venenosas —tradujo Jamie, que la observaba con cautela mientras se secaba la axila con el extremo de su capa.

—Sí —asintió con intensidad Pollyanne—. Ve-ni-no. —Se detuvo frente al cubo para tomar más agua, se enjuagó otra vez la boca y escupió en una roca con un ruido que sonó como un disparo.

—Podrías resultar peligrosa con eso —le comenté. No sabía si me entendía, pero, por mi sonrisa, comprendió que quería ser cordial. Me devolvió la sonrisa y se dirigió hacia Myers, emitiendo pequeños ruiditos mientras masticaba otras dos semillas.

Una vez que comimos y estuvimos listos para partir, Pollyanne aceptó, nerviosa, que la montaran en su propio caballo. Jamie la convenció de que se acercara al caballo y le enseñó cómo debía dejar que la bestia la oliera. Tembló cuando el enorme hocico le dio un empujoncito, pero entonces el caballo resopló; ella saltó, rió dulcemente y permitió que Jamie e Ian la ayudaran a montar.

Seguía mostrándose tímida con los hombres, pero pronto recuperó la confianza para hablar conmigo en una mezcla de gaélico, inglés y su propio idioma. Aunque no podía traducirlo, su cara y su cuerpo eran tan expresivos que, a menudo, podía comprender el sentido de lo que decía, aunque sólo entendiera una palabra de cada diez. Sólo lamentaba que yo misma no fuera tan fluida en expresión corporal. Como ella no comprendía la mayoría de mis preguntas y comentarios, tenía que esperar hasta que acampábamos para convencer a Jamie o a Ian de que me ayudaran con un poco de gaélico.

Al sentirse libre, como mínimo de momento, del terror y encontrarse bastante segura en nuestra compañía, emergió su personalidad efervescente y charló hasta por los codos mientras cabalgábamos, riendo de vez en cuando y sin preocuparse de si la entendía. Cuando reía, parecía que ululaba como el viento cuando atraviesa una cueva.

Sólo en una ocasión se mostró triste: cuando pasamos por un gran claro, donde la hierba crecía en una extraña forma ondulada, como si debajo hubiera una enorme serpiente. Al ver el lugar, Pollyanne permaneció en silencio, tiró de las riendas y detuvo al caballo. Me acerqué para ayudarla.

—*Droch àite* —murmuró, mirando de reojo los silenciosos montículos. Un mal lugar—. *Djudju.* —Frunció el entrecejo e hizo un gesto con la mano, algo contra el diablo, pensé.

—¿Es un cementerio? —pregunté a Myers, que se había acercado para ver el motivo de nuestra parada. Los montículos no estaban espaciados de manera regular, sino que se encontraban distribuidos alrededor del borde de un claro en un patrón que no parecía una formación natural. No obstante, parecían demasiado grandes para ser tumbas... a menos que fueran túmulos, como los que construían los antiguos escoceses, o fosas comunes, pensé, inquieta ante el recuerdo de Culloden.

—Yo no diría que es un cementerio —respondió, empujando hacia atrás su sombrero—. Creo que había sido una aldea tuscarora. Allí —señaló— estaban las casas derruidas. La grande de aquel lado tal vez fuera la del jefe. Las zarzas posiblemente no tardaron en cubrirla. Sin embargo, parece que ésta quedó sepultada hace mucho tiempo.

—¿Qué sucedió? —Ian y Jamie también se habían detenido para observar el lugar.

Myers, pensativo, se rascó la barba.

—No lo sé con seguridad. Pudo ser una enfermedad que acabara con todos ellos, o que los derrotaran los cherokee o los muscogui, aunque estamos un poco más al norte de las tierras cherokee. Lo más probable es que la causa de la desaparición haya sido una guerra. —Se frotó la barba con fuerza, la retorció y lanzó los restos de una garrapata con un movimiento rápido—. No es un sitio en el que me gustaría quedarme durante mucho tiempo.

Era evidente que Pollyanne pensaba lo mismo, así que proseguimos.

Al anochecer ya habíamos dejado atrás los pinos y los robles de las colinas. Como ahora ascendíamos, los árboles empezaron a cambiar: un verde frondoso de pequeñas arboledas de castaños, grandes áreas de robles y pacanas, además de cornejos y caquis dispersos, chinkapines y álamos.

A medida que ascendíamos, el aire y el olor también comenzaron a ser diferentes. El olor pesado de la resina de los pinos dio paso a otros más livianos y variados. Las hojas de los árboles se mezclaban con los arbustos y las flores crecían entre las grietas de las rocas. Todavía había mucha humedad, pero el ambiente no era tan cálido. El aire ya no parecía una manta asfixiante, sino que nos permitía respirar... y lo hacíamos con placer, repleto como estaba de los aromas del mantillo, las hojas caldeadas por el sol y el musgo húmedo.

A la puesta del sol del sexto día, ya estábamos en las montañas y el aire estaba dominado por el sonido del agua que fluía. Los arroyos se cruzaban por los valles escurriéndose entre las rocas, arrastrando el musgo, con el que formaban un delicado borde verde. Cuando doblamos por la ladera de una colina me detuve sorprendida; desde una montaña distante, una cascada saltaba, para caer en un lugar desconocido.

—Estás viendo eso, ¿no? —preguntó Ian, boquiabierto por el asombro.

—Es preciosa —asintió Myers con la satisfacción de un propietario—. No es la catarata más grande que he visto, pero es impresionante.

Ian volvió la cabeza con los ojos bien abiertos.

—¿Las hay más grandes?

Myers rió con apenas un suspiro, la risa breve de los montañeses.

—Muchacho, todavía no has visto nada.

Acampamos para pasar la noche en una hondonada, cerca de un riachuelo con la corriente suficiente para que hubiera truchas. Jamie e Ian se lanzaron hacia él con entusiasmo, molestando a los peces con varillas de sauce. Esperaba que tuvieran suerte, ya que nuestras provisiones frescas eran escasas, aunque todavía nos quedaba mucha harina de maíz.

Pollyanne se tambaleaba con un balde de agua que transportó desde el río para hacer tortillas de maíz. Se trataba de pequeños rectángulos de tosca galleta que se preparaban para viajar; cuando estaban recién hechas y calientes eran sabrosas, y todavía comestibles al día siguiente. Sin embargo, con el tiempo cada vez eran menos apetitosas, y al cuarto día se asemejaban a pequeños pedazos de cemento. Aun así, se podían transportar y no enmohecían, por lo que eran bastante populares para viajar, junto con la carne seca y el cerdo salado.

La vitalidad natural de Pollyanne estaba un poco apagada y tenía el rostro sombrío. Sus cejas eran tan escasas que casi se podría decir que eran inexistentes, lo que tenía el efecto paradójico de que aumentaba la expresividad de su rostro en movimiento y borraba cualquier expresión en reposo. Cuando quería, podía ser tan impasible como un cojinete, una habilidad muy útil para una esclava.

Me imaginé que sus preocupaciones se debían, al menos en parte, a que era la última noche que pasaríamos juntos. Habíamos llegado al límite de las tierras del rey; al día siguiente, Myers partiría hacia el norte para llevarla hasta la tierra de los indios, donde vería la vida que la esperaba.

Su redonda y oscura cabeza estaba inclinada sobre el cuenco de madera, y sus dedos pequeños y regordetes mezclaban la harina de maíz con agua y manteca. Me agaché frente a ella para poner pequeñas ramitas en el fuego, con la plancha negra de hierro engrasada al lado. Myers se había alejado para fumar en su pipa. Pude oír cómo Jamie llamaba a Ian desde algún lugar corriente abajo y una pequeña risa a modo de respuesta.

Era la hora del ocaso; nuestra hondonada estaba rodeada de montañas siniestras y la oscuridad llenaba el hueco poco profundo que ocupábamos, ascendiendo por los troncos de los árboles que se encontraban a nuestro alrededor. Aunque no tenía ni idea de dónde procedía Pollyanne, si del bosque o de la jungla, de la costa o del desierto, pensé que era poco probable que se pareciera a este hábitat.

¿Qué pensaría? Había sobrevivido al viaje desde África y a la esclavitud; me imaginaba que nada de lo que la esperaba podía ser peor. Sin embargo, el futuro era incierto: adentrarse en una tierra salvaje tan vasta y absoluta que una y otra vez hacía que sintieras que te desvanecías en ella, consumida sin dejar rastro. Nuestro fuego parecía el único destello frente a la inmensidad de la noche.

Rollo apareció ante la luz del fuego sacudiéndose el agua en todas direcciones y haciendo que el fuego oscilara. Me di cuenta de que se había unido a la pesca.

—Vete, perro horrible —dije. Era evidente que no me hacía caso, y se acercó para olfatearme groseramente, asegurándose de que yo era quien creía; luego se volvió para dar el mismo tratamiento a Pollyanne.

Sin cambiar de expresión, la mujer le escupió en un ojo. *Rollo* retrocedió y sacudió la cabeza, mirándola sorprendido. Pollyanne me miró y sonrió burlona mostrando sus dientes blancos.

Reí y decidí que no debía preocuparme. Alguien capaz de escupir en un ojo a un lobo podría enfrentarse a los indios, a la vida salvaje y a cualquier cosa.

El cuenco estaba casi vacío y había una hilera ordenada de tortillas de maíz sobre la plancha. Pollyanne se limpió los dedos en la hierba mientras observaba cómo comenzaba a sisear y a tostarse la harina de maíz a medida que la manteca se derretía. Un olor tibio y reconfortante ascendió del fuego, junto con el aroma de la madera quemada, y mi estómago rugió un poco. El fuego parecía más intenso y el aroma de la comida extendía el calor en un círculo más amplio, manteniendo la noche a raya.

¿Era así en el lugar de donde procedía? ¿Eran las hogueras y la comida lo que controlaba la oscuridad de la jungla? ¿A los leopardos en lugar de a los osos? ¿La luz y la compañía le habían proporcionado consuelo y una ilusión de seguridad? Pues debía haber sido una ilusión: el fuego no constituía una protección contra los hombres, ni contra la oscuridad. No disponía de palabras para preguntarle.

—Nunca había visto tal cantidad de peces —repetía Jamie, entusiasmado, por cuarta vez mientras dividía su trucha frita envuelta en una tortilla—. Saltaban por el agua. ¿Verdad, Ian?

Ian asintió con el mismo entusiasmo en su rostro.

—Mi padre daría la pierna por ver esto —dijo—. ¡Saltaban al anzuelo, tía, de verdad!

—Los indios, por lo general, no se molestan en usar hilo y anzuelo —indicó Myers mientras pinchaba limpiamente su ración de pescado con el cuchillo—. Hacen trampas o colocan palos y basura en el río para que se detengan y después los pescan en el agua ensartándolos en un palo afilado.

Eso fue suficiente para Ian. Cualquier mención a los indios provocaba una serie de preguntas ansiosas. Cuando terminó de averiguar todo sobre sus métodos de pesca, insistió en la aldea abandonada que habíamos visto durante el viaje.

—Usted dijo que podía haber sido a causa de la guerra —comentó mientras sacaba las espinas de un trozo de pescado, lo sacudía con los dedos para que se enfriara y se lo daba a *Rollo*, que se lo tragó sin esperar a que estuviera menos caliente—. ¿Fue en la guerra con los franceses? No sabía que habían llegado tan al sur.

—No. —Myers negó con la cabeza, y masticó y tragó antes de responder—. Yo me refería a la guerra de Tuscarora, como la llamábamos los blancos.

Nos explicó que la guerra había consistido en un breve pero brutal conflicto, acaecido unos cuarenta años atrás a causa del ataque contra unos colonos. El entonces gobernador de la colonia, como represalia, envió tropas contra las aldeas tuscarora y el resultado fue que los colonos, mucho mejor armados, devastaron esta nación india.

Myers asintió hacia la oscuridad.

—Ahora sólo quedan siete aldeas, y únicamente en la más grande la población alcanza los cien habitantes. —Hizo un gesto de tristeza y nos explicó que, al ser tan pocos, muy pronto fueron presa de las tribus cercanas, pero que no se extinguieron, porque los mohawk los habían adoptado formalmente y ahora formaban parte de la poderosa liga iroquesa.

Jamie volvió a la hoguera con una botella que había sacado de sus alforjas. Era whisky escocés, un regalo de despedida de Yocasta. Se sirvió una pequeña taza y le ofreció la botella medio llena a Myers.

—¿No está la nación mohawk muy lejos, al norte de aquí? —preguntó—. ¿Cómo pueden ofrecer protección a sus compañeros de este lugar, con todas las tribus hostiles alrededor?

Myers tomó un sorbo de whisky y lo saboreó con deleite antes de responder.

—Mmm. Esto es muy bueno, James. Oh, los mohawk están muy lejos, sí. Pero las naciones iroquesas son un nombre que hay que tener en cuenta... De las seis naciones, los mohawk son los más feroces. No hay nadie, rojo ni blanco, que agreda a los mohawk si no es con un buen motivo.

Estaba fascinada. También me alegraba oír que el territorio mohawk estaba a gran distancia de nosotros.

—Entonces, ¿por qué los adoptaron los mohawk? —preguntó Jamie, alzando una ceja—. Si son tan fieros como dicen, no creo que necesitaran aliados.

Los ojos castaños de Myers se habían convertido en hendiduras soñadoras bajo la influencia del buen whisky.

—Son feroces, pero también son mortales. Los indios son hombres sanguinarios, y ninguno lo es más que los mohawk, pero también son hombres de honor —dijo, y alzó un grueso dedo amonestador—; hay muchísimas cosas por las que matarían, algunas razonables y otras no tanto. Matan por venganza, y la única forma de detener la venganza de un mohawk es acabar con él. E incluso entonces, su hermano, su hijo o su sobrino te perseguirán. —Meditabundo, se pasó la lengua por los labios mientras saboreaba el whisky—. Algunas veces, los indios no matan por razones que nosotros consideramos importantes, sobre todo cuando hay licor de por medio.

—Parecen escoceses —susurré a Jamie, quien me devolvió una mirada llena de frialdad.

Myers levantó la botella de whisky y la hizo girar entre sus manos.

—En ocasiones, cualquiera puede tomar un trago de más y convertirse en el peor de los hombres, pero con los indios, el primer trago ya es suficiente. He oído relatos de masacres a causa de hombres enloquecidos por la bebida. —Movió la cabeza para volver en sí—. Sea como sea, es una vida dura y sangrienta. Algunas tribus son prácticamente aniquiladas y se quedan sin hombres. Entonces adoptan a otros para reemplazar a los que mataron o murieron víctima de enfermedades. Otras veces cogen prisioneros, pero terminan por integrarlos en sus familias, tratándolos como a iguales. Es lo que harán con ella —dijo, señalando a Pollyanne, que estaba sentada junto al fuego sin prestar atención a su charla—. Eso ocurrió hace cincuenta años. Los mohawk tomaron y adoptaron a toda la tribu de los tuscarora. Muchas tribus no hablan exactamente la misma lengua —explicó Myers—, pero algunas son más cercanas que otras. Los tuscarora se parecen más a los mohawk que a los muscoguis o los cherokee.

—¿Usted habla mohawk, señor Myers? —preguntó Ian. Sus orejas habían estado aleteando durante toda la explicación. Fascinado por cada roca, árbol y pájaro durante nuestro viaje, a Ian le fascinaba aún más cualquier mención a los indios.

—Un poco. —Myers se encogió de hombros con modestia—. Cualquier comerciante aprende unas pocas palabras aquí y allá. ¡Fuera, perro!

Rollo, que se había acercado lo suficiente como para olfatear la última trucha de Myers, retorció las orejas ante la reprimenda, pero no retiró el hocico.

—¿Y a Pollyanne piensa llevarla con los tuscarora? —preguntó Jamie mientras cortaba una tortilla de maíz.

Myers asintió, masticando con cuidado; como le quedaban muy pocos dientes propios, incluso las tortillas recién hechas constituían una tarea peligrosa.

—Ajá. Son cuatro o cinco días a caballo —explicó. Se volvió hacia mí y me sonrió para darme confianza—. Me ocuparé de dejarla en el lugar adecuado, señora Claire, no se preocupe por ella.

—Me pregunto qué pensarán los indios cuando la vean —inquirió Ian, mirando de reojo a la mujer—. ¿Habrán visto antes a una mujer negra?

Myers rió ante la pregunta.

—Muchacho, hay muchos tuscarora que no han visto antes a una persona blanca. Pollyanne no causará más impresión de la que podría causar tu tía. —Tomó un buen sorbo de agua y lo saboreó mientras observaba a Pollyanne, pensativo. La mujer sintió sus ojos sobre ella, y le devolvió la mirada sin pestañear—. Creo que la encontrarán muy agraciada, porque les gustan las mujeres regordetas.

Era evidente que Myers compartía esa admiración, ya que sus ojos la observaban con una inocente lujuria. Ella también se dio cuenta y se produjo un cambio extraordinario. Casi sin moverse, centró toda su atención en Myers. Tenía las pupilas dilatadas; eran negras e insondables, y brillaban a la luz del fuego. Seguía siendo bajita y pesada, pero con un mínimo cambio de postura, enfatizó su profundo busto y el ancho de sus caderas, que se curvaron de manera repentina en una promesa de lujuriosa abundancia.

Myers tragaba saliva ruidosamente.

Aparté la vista de la escena y descubrí que Jamie también miraba, entre preocupado y risueño. Le di un codazo y lo miré con una expresión que indicaba: «¡Debes hacer algo!»

Entornó un ojo.

Yo abrí aún más los míos y le lancé una larga mirada que quería decir: «¡No sé qué, pero haz algo!»

—Mmfm.

Entonces Jamie se aclaró la garganta, se inclinó hacia delante y sacudió el brazo de Myers para sacarlo de su trance.

—No me gustaría pensar que van a tener una conducta impropia con esta mujer —dijo con amabilidad, pero subrayando la palabra «impropia», de manera que implicaba la posibilidad de una impropiedad ilimitada. Apretó un poco—. Usted garantizará su seguridad, ¿verdad, señor Myers?

Myers movió la cabeza sin comprender hasta que se dio cuenta de lo que le estaba diciendo Jamie. El montañés tiró poco a poco del brazo para liberarse, tomó su taza, se bebió el último trago de whisky, tosió y se secó la boca. Puede que se estuviera sonrojando, pero era imposible saberlo detrás de aquella barba tan tupida.

—¡No! Es decir, sí. Los mohawk y los tuscarora dejan que sus mujeres elijan con quién acostarse, incluso con quién casarse. Entre ellos, no existe la violación. No, señor, nadie la tratará de forma impropia, puedo prometérselo.

—Me alegra oír eso. —Jamie se sentó, relajado, y me dirigió una mirada que decía: «Espero que estés satisfecha.» Le sonreí con modestia.

Puede que Ian aún no hubiera cumplido dieciséis años, pero era demasiado observador como para no haber comprendido aquellos intercambios. Tosió de una manera significativa.

—Tío, el señor Myers ha tenido la amabilidad de invitarme a que vaya con él y la señora Polly a la aldea india. Así me aseguraré de que la traten bien.

—Tú... —comenzó Jamie, y se detuvo. Lo miró de tal forma desde el otro lado del fuego, que podía leer sus pensamientos.

Ian no había pedido permiso para ir; había anunciado directamente que iba. Si Jamie se lo prohibía tendría que ser por un motivo de peso; si le decía que era muy peligroso, significaría admitir que mandaba a la esclava hacia el peligro y que no confiaba en Myers y sus relaciones con los indios locales. Jamie estaba atrapado; Ian había sabido actuar muy bien.

Respiró ruidosamente e Ian sonrió.

Miré al otro lado del fuego. Pollyanne seguía allí, con los ojos clavados en Myers. Con una sonrisa de invitación, con aire ausente, subió poco a poco una mano hasta uno de sus grandes senos.

Myers la contemplaba mareado, como un ciervo encandilado por el cazador.

¿Yo habría obrado de forma diferente?, pensé más tarde mientras escuchaba los discretos ruidos que provenían de las mantas de Myers. Si supiera que mi vida dependía de un hombre, ¿no haría cualquier cosa para asegurarme su protección frente a un peligro desconocido?

De los arbustos cercanos llegaron un chasquido y un crujido. Sonaron fuerte, y me puse tensa. También Jamie. Sacó la mano de debajo de mi camisa para alcanzar su daga y después se relajó, cuando el tranquilizador olor de la mofeta alcanzó nuestras fosas nasales.

Jamie volvió a meter la mano bajo mi camisa, me apretó un pecho y volvió a quedarse dormido, con su aliento tibio en mi nuca. Quizá no había gran diferencia. ¿Era mi futuro más seguro que el de Pollyanne? ¿Acaso mi vida no dependía de un hombre ligado a mí, al menos en parte, por el deseo de mi cuerpo?

Un suave viento atravesó los árboles y me tapé un poco más. El fuego se había consumido hasta convertirse en brasas y, a semejante altura, la noche era fresca. La luna se había puesto, pero era una noche clara; las estrellas brillaban cerca, creando una red de luz que iluminaba los picos de las montañas.

No, no era lo mismo, había diferencias. Por más desconocido que fuera mi futuro, sería compartido, ya que los lazos entre Jamie y yo eran mucho más profundos que los de la carne. Había otra gran diferencia: yo había elegido estar allí.

15

Nobles salvajes

Nos separamos por la mañana. Jamie y Myers acordaron cómo reencontrarnos diez días después. Al observar la asombrosa inmensidad de aquellos bosques y montañas no pude imaginar cómo alguien podía encontrar un lugar determinado; sólo podía confiar en el sentido de la orientación de Jamie.

Se dirigieron hacia el norte y nosotros hacia el sudoeste, siguiendo el curso del arroyo junto al que habíamos acampado. Al principio, al estar los dos solos, todo parecía muy tranquilo y extrañamente solitario. Sin embargo, en poco tiempo me acostumbré a la soledad y comencé a relajarme y a interesarme por lo que nos rodeaba. Después de todo, éste podría ser nuestro hogar.

La idea era abrumadora; se trataba de un lugar de increíble belleza y abundancia, pero era tan salvaje que no parecía que se pudiera vivir allí. No obstante, no expresé el pensamiento; sólo seguía al caballo de Jamie mientras nos adentrábamos cada vez más en las montañas. Por último, nos detuvimos al atardecer para acampar y pescar para la cena.

La luz se desvanecía poco a poco, retrocediendo entre los árboles. Los gruesos troncos repletos de musgo se tornaban más tupidos con las sombras, con las copas aún bordeadas por una luz fugitiva que se ocultaba entre las hojas, verdes sombras cambiantes con la brisa del atardecer.

Un pequeño y brillante resplandor iluminó de repente la hierba a unos centímetros de distancia. Vi otro, y otro más y, de repente, el borde del bosque estaba lleno de chispas brillantes y parpadeantes que flotaban en la creciente oscuridad.

—¿Sabes que no había visto una luciérnaga hasta que fui a vivir a Boston? —dije, entusiasmada, al verlas brillar como esmeraldas en la hierba—. No hay luciérnagas en Escocia, ¿verdad?

Jamie negó con la cabeza reclinándose con pereza sobre la hierba, con un brazo doblado bajo su cabeza.

—Bonitas y pequeñas —observó y suspiró de felicidad—. Éste es mi momento favorito del día. Cuando vivía en la cueva, después de Culloden, salía cuando estaba a punto de anochecer y me sentaba en una piedra a esperar que oscureciera.

Tenía los ojos entornados, observando las luciérnagas. Las sombras se iban desvaneciendo hacia arriba a medida que la noche se elevaba de la tierra al cielo. Un momento antes, la luz entre las hojas de los árboles lo habían moteado como un cervatillo; ahora, el resplandor había desaparecido, así que yacía en una especie de tenue brillo verde, y las líneas de su cuerpo eran, a la vez, sólidas e irreales.

—Ahora salen todos los pequeños insectos: las polillas y los mosquitos; todas las cosas pequeñas que vuelan en nubes sobre el agua. Se pueden ver las golondrinas que vienen a por ellos, y después los murciélagos, que caen en picado. Y los salmones que ascienden para desovar y crean anillos en el agua.

Tenía los ojos abiertos, fijos en el ondulante mar de hierba al pie de la colina, pero sabía que, en su lugar, veía la superficie del pequeño lago junto a Lallybroch, vivo y con ondas fugaces.

—Es sólo un momento, pero parece como si fuera a durar siempre. ¿Es raro, no? —comentó pensativo—. Casi puedes ver la luz que desaparece y, sin embargo, no hay un momento en que puedas mirar y decir: ¡Ahora! ¡Ya es de noche! —Hizo un gesto hacia el claro que se abría entre los robles, y hacia el valle que se encontraba más abajo y cuyas hondonadas se estaban llenando de oscuridad.

—No. —Me tumbé en la hierba junto a él, sintiendo cómo la tibia humedad moldeaba el cuero contra mi cuerpo. El aire era espeso y fresco bajo los árboles, como el de una iglesia, suave y fragante como el incienso.

—¿Te acuerdas del padre Anselmo de la abadía? —Levanté la vista y vi que el color de las hojas de los robles se iba convirtiendo en un suave plateado como el de un ratón—. Decía que siempre hay un momento del día en que el tiempo parece detenerse, pero que es diferente para cada persona. Él creía que podía ser la hora en la que uno había nacido.

Volví la cabeza.

—¿Sabes cuándo naciste? —pregunté—. Me refiero a la hora del día.

Sonrió y se dio la vuelta para mirarme a la cara.

—Sí, lo sé. Tal vez tenga razón, porque nací a la hora de la cena, justo en el crepúsculo del primero de mayo. —Ahuyentó una luciérnaga que flotaba y me sonrió—. ¿Nunca te he contado esa historia? Mi madre había puesto una olla de gachas de avena al fuego y los dolores comenzaron tan rápido que no tuvo tiempo ni de pensar. Nadie se acordó tampoco hasta que olieron a quemado, y ya se habían estropeado la cena y la olla. No había nada más para comer en la casa, excepto una tarta de grosellas. Así que todos comieron aquello, pero había una nueva criada en la cocina y las grosellas estaban verdes. Todos ellos, excepto mi madre y yo, naturalmente, pasaron la noche retorciéndose a causa de la indigestión. —Sacudió la cabeza, aún sonriendo—. Mi padre decía que pasaron meses antes de que pudiera mirarme sin que le doliera el estómago. —Me reí y extendió la mano para quitarme una hoja del pelo—. ¿A qué hora naciste tú, Sassenach?

—No lo sé —respondí, sintiendo el dolor por mi familia perdida—. No constaba en mi certificado de nacimiento, y si el tío Lamb lo sabía, no me lo dijo. Pero sé cuándo nació Brianna —añadí con alegría—. Nació a las tres y tres minutos de la madrugada. Había un gran reloj en la pared de la sala de partos y me fijé.

Pese a la escasa luz, pude ver su cara de sorpresa.

—¿Estabas despierta? Creía que me habías dicho que a las mujeres las drogan para que no sientan dolor.

—Casi siempre, pero yo no quise que me dieran nada. —Levanté la vista. Las sombras habían aumentado, pero el cielo seguía claro e iluminado, con un suave y brillante tono azul.

—¿Por qué? —quiso saber, incrédulo—. Nunca he visto a una mujer dar a luz, pero las he oído en más de una ocasión. Y maldita sea si entiendo por qué alguien en su sano juicio quiere pasar por eso.

—Bueno... —Hice una pausa porque no deseaba ponerme dramática. Pero era la verdad—. Creía que iba a morir y no quería que ocurriera mientras dormía.

No se impresionó. Levantó una ceja y resopló divertido.

—¿No querías?

—No. ¿Tú hubieras querido? —Moví la cabeza para mirarlo. Se rascó la nariz, todavía divertido por la pregunta.

—Bueno, quizá. Cuando me iban a colgar, estuve cerca de la muerte y no me gustó la espera. Y casi me matan un par de veces en la batalla, pero entonces no me preocupaba demasiado la forma de morir; estaba demasiado ocupado. Y, finalmente, casi muero por las heridas y la fiebre, y entonces lo deseaba. Pero si me dan a elegir, creo que no me importaría morir mientras duermo. —Me besó con cariño—. Si es posible en la cama, a tu lado y a una edad muy avanzada.

Me tocó los labios con su lengua y luego se puso en pie limpiándose las hojas secas de los calzones.

—Vamos a preparar la hoguera ahora que todavía hay luz para encender el pedernal. ¿Quieres traer el pescado?

Dejé que él se ocupara del pedernal y del fuego mientras descendía por la pequeña colina hacia el arroyo, donde habíamos dejado la trucha recién pescada colgando de una cuerda en la corriente helada. Mientras ascendía la colina, había oscurecido bastante, y sólo podía ver su contorno, agachado sobre un pequeño montón de astillas ardientes. Una voluta de humo se elevó como el incienso, pálida entre sus manos.

Coloqué el pescado eviscerado y mojado sobre la hierba y me senté sobre mis talones observando a Jamie mientras ponía nuevas astillas en el fuego y lo construía con paciencia, como una barricada contra la noche que se aproximaba.

—¿Cómo crees que será? —pregunté de pronto—. Morir, me refiero.

Miró al fuego, pensativo. Una rama crujió por el calor, lanzando al aire chispas, que cayeron flotando y se apagaron antes de tocar el suelo.

—«El hombre es como la hierba que se marchita y es arrojada al fuego, es como las chispas que vuelan hacia arriba... y su hogar ya no lo reconocerá» —cité suavemente—. ¿Crees que habrá algo después?

Meneó la cabeza mientras miraba el fuego. Vi que sus ojos se desplazaban hacia el lugar donde las chispas brillantes de las luciérnagas parpadeaban entre los tallos oscuros.

—No sé —dijo finalmente en voz baja. Su hombro tocó el mío e incliné la cabeza hacia él—. Por un lado está lo que dice la Iglesia, pero... —Sus ojos seguían fijos en las luciérnagas, que parpadeaban entre los tallos, con una luz inextinguible—. No, no puedo decirlo, pero podría estar bien. —Movió la cabeza, apretó su mejilla en mi cabeza durante un instante y luego se levantó para alcanzar su daga—. El fuego ya está encendido.

El aire pesado de la tarde se había aligerado con el crepúsculo y una suave brisa nocturna retiraba los mechones húmedos de mi cara.

Me senté con la cara hacia arriba y los ojos cerrados, disfrutando del frescor después del calor húmedo del día.

Podía oír cómo Jamie se movía alrededor del fuego, y también el suave susurro del cuchillo mientras pelaba ramas verdes de roble para asar el pescado.

Yo también creía que podría estar bien. No sabíamos lo que había después de la vida, pero me había sentado muchas veces durante una hora en la que el tiempo se detenía, con la mente en blanco y el alma tranquila, para mirar... pero ¿qué? Para mirar algo que no tenía nombre ni rostro, pero que me parecía bueno y lleno de paz. Si la muerte era eso...

Jamie rozó mi hombro con su mano y sonreí sin abrir los ojos.

—¡Ay! —murmuró él al otro lado del fuego—. Me he cortado, soy un torpe.

Abrí los ojos. Estaba a un metro y medio de distancia con la cabeza inclinada chupándose el pulgar que se había cortado. Se me puso la carne de gallina.

—Jamie —dije. Mi voz me pareció rara incluso a mí. Sentí un pequeño punto frío como una diana en la nuca.

—¿Sí?

—¿Hay...? —Tragué saliva y el vello de los brazos se me erizó—. Jamie, ¿hay alguien... algo... detrás de mí?

Sus ojos se fijaron en las sombras y se abrieron sorprendidos. No quería mirar por encima de mi hombro y me aplasté contra el suelo en un gesto que salvó mi vida.

Se produjo un fuerte rugido y un repentino e intenso olor a amoníaco y a pescado. Algo me golpeó en la espalda con un impacto que me dejó sin aliento y pisó mi cabeza, enterrándome la cara en la tierra.

Me levanté, jadeando, y me sacudí el musgo de los ojos. Un gran oso negro se tambaleaba por el claro y sus patas esparcían las pequeñas ramas de la hoguera.

Durante un instante, medio cegada por la tierra, no podía ver a Jamie. Entonces conseguí verlo bajo el oso, que le rodeaba el cogote con una pata. Jamie tenía la cabeza bajo las fauces e intentaba frenéticamente apoyar un pie en el suelo para lograr tracción. Se había quitado las botas y las medias cuando acampamos y dejé escapar un gemido cuando vi que un pie descalzo pisaba los restos del fuego, levantando las ascuas.

Su antebrazo estaba tenso por el esfuerzo, casi oculto por el grueso pelaje. Su brazo libre empujaba y golpeaba; al menos había conseguido conservar su daga. Al mismo tiempo, tiraba del cuello del oso hacia abajo con todas sus fuerzas.

El animal arremetía con sus garras, tratando de librarse del peso que le colgaba del cuello. Perdió el equilibrio y cayó con fuerza hacia delante, con un pequeño chillido de rabia. Oí una exclamación ahogada, que no provenía del oso, mientras buscaba enloquecida algo que pudiera utilizar como arma.

El oso se puso en pie agitándose con violencia y vi el rostro de Jamie deformado por el esfuerzo. Un ojo saltón se abrió aún más al verme, y sacudió la cabeza para escupir el pelaje.

—¡Corre! —gritó. El oso cayó otra vez sobre él, que desapareció bajo ciento cincuenta kilos de pelo y músculos.

Con vagos recuerdos de Mowgli y la Flor Roja, busqué en el suelo húmedo del claro, sin encontrar nada más que ramitas chamuscadas y ascuas ardientes, que me causaban ampollas en los dedos, pero que eran demasiado pequeñas para cogerlas.

Siempre había pensado que los osos rugían cuando estaban molestos. Éste hacía mucho ruido, pero se asemejaba más a un cerdo enorme, con quejidos y ruidos intercalados con gruñidos estremecedores. Jamie también hacía mucho ruido, hecho que era reconfortante, dadas las circunstancias.

Entonces, mi mano se detuvo sobre algo frío y viscoso: el pescado abandonado a un lado del claro de la hoguera.

—Al diablo con Flor Roja —murmuré. Cogí una de las truchas por la cola, corrí y golpeé al oso en el hocico con todas mis fuerzas; éste cerró la boca sorprendido, torció la cabeza y se lanzó sobre mí a una velocidad que no había creído posible. Me caí, golpeándome el trasero, e intenté darle un último y valiente golpe con el pescado antes de que el oso cargara contra mí, con el peso muerto de Jamie todavía colgando de su cogote.

Fue como quedar atrapada en un molino de carne; durante un breve instante de caos total, sólo sentía algunos golpes ocasionales en el cuerpo y la sensación de que me ahogaba una enorme manta peluda. Luego se separó, dejándome tirada de espaldas, impregnada de olor a orina de oso y parpadeando bajo el lucero de la tarde que brillaba con serenidad sobre mi cabeza.

Las cosas eran mucho menos serenas en el suelo. Me giré y me puse a cuatro patas, gritando el nombre de Jamie a los árboles, donde una enorme y amorfa masa rodaba de un lado a otro, aplastando los retoños de roble y emitiendo una cacofonía de gruñidos y gritos en gaélico.

Estaba oscuro, pero había suficiente luz en el firmamento para ver lo que sucedía. El oso había caído otra vez, pero en lugar de levantarse rodaba con el lomo tratando de sujetarse con las patas. Una de las garras delanteras aterrizó con un golpe estremecedor, oí un gruñido que no pertenecía al oso y pude oler el aroma de la sangre.

—¡Jamie! —chillé.

No recibí respuesta. La masa que se contorsionaba continuaba rodando hacia los árboles. La mezcla de sonidos se redujo hasta convertirse en unos gruñidos pesados y jadeos, interrumpidos por pequeños gemidos.

—¡JAMIE!

Los golpes y los chasquidos de las ramas se convirtieron en susurros más suaves. Algo se movía bajo las ramas, balanceándose pesadamente de lado a lado, a cuatro patas.

Poco a poco, respirando de forma entrecortada y entre gruñidos, Jamie salió gateando hacia el claro.

Sin preocuparme por los golpes recibidos, corrí hacia él y caí de rodillas.

—¡Jamie! ¿Estás bien?

—No —dijo, desplomándose en tierra entre suaves jadeos.

Su rostro no era más que una mancha pálida bajo la luz de las estrellas; el resto de su cuerpo estaba tan oscuro que era casi invisible. Descubrí el motivo al pasar rápidamente las manos sobre su cuerpo. Sus prendas estaban tan empapadas de sangre que se le habían pegado al cuerpo, y su camisa de caza se separó de su pecho con un desagradable ruido cuando tiré de ella.

—Hueles a matadero —comenté mientras le buscaba el pulso en el cuello. Estaba acelerado, pero era fuerte. Una ola de alivio me inundó—. ¿La sangre es tuya o del oso?

—Si fuera mía, Sassenach, ya estaría muerto —intervino, malhumorado, abriendo los ojos—. Aunque si no lo estoy, no es gracias a ti. —Rodó con dolor hasta ponerse de costado, y, poco a poco, con un gruñido, se apoyó como pudo con la ayuda de sus manos y rodillas—. ¿Por qué me has golpeado con la trucha mientras luchaba por mi vida?

—¡Estate quieto, caramba! —No podía estar muy malherido si trataba de moverse. Lo agarré de las caderas para que no se moviera y, arrodillada detrás de él, le palpé con cuidado los costados—. ¿Costillas rotas? —pregunté.

—No. Pero si me haces cosquillas, Sassenach, no me va a gustar —dijo jadeando.

—No lo haré —le aseguré. Pasé mis manos con cuidado por el arco de sus costillas, presionando un poco. No tenía extremos astillados que atravesaran la piel, ni depresiones siniestras, ni puntos blandos; era posible que tuviera alguna fisura, pero tenía razón, no había nada roto. Chilló y se retorció bajo mi mano—. ¿Algún punto malo?

—Sí —dijo entre dientes. Estaba comenzando a temblar, y corrí a coger su capa, para echársela alrededor de los hombros—. Estoy bien, Sassenach —gruñó mientras rechazaba mis intentos para ayudarle a sentarse—. Vete a ver a los caballos, deben de estar inquietos. —Lo estaban. Habíamos dejado los animales a cierta distancia del claro; se habían alejado bastante más a causa del terror, a juzgar por los pateos sofocados y los gemidos que oía en la distancia.

Aún había algunos jadeos procedentes de las profundas sombras bajo los árboles; el sonido era tan humano, que se me erizó el pelo de la nuca. Rodeando con cuidado los sonidos, fui a buscar a los caballos, que estaban encogidos de miedo en un bosquecillo de abedules a unos cuantos metros.

Al olerme, relincharon encantados, pese a mi olor a orina de oso. Desde las sombras llegaban unos gemidos casi humanos que me erizaban el vello de la nuca. Cuando terminé de calmar a los caballos, los gemidos ya habían cesado. Los llevé al claro del bosque, donde había un pequeño resplandor; Jamie había encendido de nuevo el fuego.

Estaba agachado junto a la pequeña llama, aún temblando bajo su capa. Puse suficientes ramas para asegurarme de que no se apagara, y volví a centrar mi atención en él.

—¿De verdad que no estás malherido? —pregunté, todavía preocupada.

Me dirigió una sonrisa torcida.

—Estaré bien. Me ha golpeado en la espalda, pero no creo que sea muy grave. ¿Quieres examinarlo? —Se enderezó, estremeciéndose por el dolor, y se palpó el costado con cuidado mientras me colocaba detrás de él—. Me pregunto por qué lo habrá hecho —dijo, moviendo la cabeza hacia el cadáver del oso—. Myers dijo que los osos negros no atacan si no son provocados.

—Tal vez alguien lo ha hecho —sugerí—. Y ha tenido el buen sentido de escaparse. —Examiné su espalda y dejé escapar un silbido al ver las marcas que le habían dejado las garras del oso.

La parte posterior de la camisa estaba hecha trizas, además de manchada de tierra y ceniza, y salpicada de sangre. Esta vez era su sangre, no la del oso, pero, por suerte, no había mucha. Separé con cuidado los pedazos de camisa, dejando a la vista el largo arco de su espalda. Cuatro prolongadas marcas de pezuñas atravesaban su espalda desde el omóplato hasta la axila; eran heridas profundas que se estrechaban hasta convertirse en cardenales superficiales.

—¡Ohh! —exclamé con compasión.

—Bueno, tampoco es que mi espalda fuera muy bonita —bromeó—. ¿Tan mal está? —Jamie trató de verla, pero se detuvo con un gruñido de dolor, puesto que el movimiento hizo que estirara las costillas lastimadas.

—No, pero está muy sucia, tendré que lavarte. —La sangre ya había comenzado a coagularse; no era necesario limpiar las heridas de inmediato. Coloqué una olla con agua en el fuego, pensando qué otra cosa podía usar—. Voy a buscar una planta de sagitaria. Creo que encontraré alguna en el arroyo. —Le alcancé la botella de cerveza y cogí su cuchillo—. ¿Estarás bien?

Me detuve para mirarlo. Estaba muy pálido y todavía temblaba. El fuego reflejaba un destello rojo en sus cejas y las líneas de su rostro mostraban un fuerte alivio.

—Sí. —Sonrió un poco—. No te preocupes, Sassenach, la idea de morir durmiendo en mi cama me parece más dulce ahora que hace una hora.

La luna brillaba sobre los árboles, lo que me permitió encontrar sin ningún problema el lugar que todavía recordaba. La corriente fría y plateada bajo la luz de la luna refrescaba mis manos mientras buscaba la planta, metida, como estaba, en el agua hasta las rodillas.

Pequeñas ranas croaban a mi alrededor y las hojas rígidas de totora susurraban suavemente en la brisa nocturna. Aunque todo estaba muy tranquilo, de repente comencé a temblar tanto que tuve que sentarme en la orilla del río.

En cualquier momento. Podía ocurrir en cualquier instante y con mucha rapidez. No sabía qué parecía más irreal, el ataque del oso, o esto, la suave noche estival, repleta de promesas.

Apoyé la cabeza sobre las rodillas, para que el mareo y el *shock* desaparecieran. No importa, me dije. No sólo podía acaecer en cualquier momento, sino también en cualquier lugar. Enfermedad, accidente, bala perdida. No existía un verdadero refugio para nadie, aunque, al igual que la mayoría, conseguía no pensar en ello la mayor parte del tiempo.

Me estremecí mientras recordaba las marcas de las garras en la espalda de Jamie. Si no hubiera reaccionado con tanta rapidez y con tanta fuerza... si las heridas hubieran sido un poco más profundas... la infección seguía siendo una amenaza importante. No obstante, podía luchar contra aquel peligro.

La idea hizo que regresara a mi ser y aplasté las hojas y las raíces frescas y mojadas en mi mano. Me lavé la cara y regresé al fuego sintiéndome algo mejor.

Podía ver a Jamie a través de la delgada pantalla de brotes, sentado muy erguido y delineado contra el fuego, en una postura que debía de resultar dolorosa para sus heridas. Me detuve de pronto, al escuchar su voz.

—¿Claire? —No volvió la cabeza; su voz era tranquila y no esperó mi respuesta para continuar hablando, con una voz fría y tranquila—. Acércate, Sassenach, coloca el cuchillo en mi mano izquierda y quédate detrás de mí.

Con el corazón acelerado, di los tres pasos que me permitían ver por encima de Jamie. Al otro lado del claro, dentro del radio de luz del fuego, tres indios bien armados permanecían inmóviles. Era evidente que habían provocado al oso.

Los indios nos contemplaban con el mismo interés que nosotros a ellos. Eran tres, uno mayor, cuyo tocado emplumado estaba manchado de gris de manera deliberada, y dos más jóvenes, de unos veinte años. Un padre con sus hijos, pensé, por el parecido que había entre ellos, más en el cuerpo que en el rostro. Los tres eran bastante bajitos, con los hombros anchos, las piernas arqueadas y los brazos largos y fuertes.

Observé sus armas con disimulo. El mayor llevaba un arma en la curva de su brazo; era un antiguo fusil francés, con el barril hexagonal cubierto de óxido. Probablemente le explotaría en la cara si disparaba, pero confié en que no lo hiciera.

Uno de los jóvenes llevaba un arco con flechas y los tres tenían hachas de guerra de aspecto siniestro y largos cuchillos en el cinturón. En comparación, el de Jamie parecía de juguete.

Seguramente Jamie llegó a la misma conclusión que yo, porque se inclinó hacia delante y dejó el cuchillo en el suelo, a sus pies. Luego extendió las manos vacías y se encogió de hombros.

Los indios lanzaron unas risitas nerviosas. El ruido era tan inofensivo que sonreí a modo de respuesta, pese a que mi estómago seguía encogido por los nervios. Cuando vi que los hombros de Jamie se relajaban me sentí más segura.

—*Bonsoir, messieurs* —dijo—. *Parlez-vous français?*

Los indios rieron otra vez, mirándose entre ellos con timidez. El mayor avanzó un paso e inclinó la cabeza, de manera que las cuentas de su cabello se balancearon.

—No... *francs* —comentó.

—¿Inglés? —pregunté, esperanzada. Me miró interesado, pero negó con la cabeza. Dijo algo ininteligible a uno de los jóvenes, que le respondió en el mismo idioma. Luego se dirigió a Jamie y le preguntó algo levantando las cejas.

Jamie movió la cabeza sin entender y uno de los jóvenes se acercó al fuego. Echó la cabeza hacia delante, al mismo tiempo que flexionaba las rodillas y dejaba caer los hombros, y la balanceó de un lado a otro, imitando de un modo tan perfecto al oso que Jamie se echó a reír. El resto de los indios sonrieron.

Entonces uno de los jóvenes señaló la manga de la camisa manchada de sangre a modo de pregunta.

—Sí, está allí —dijo Jamie, señalando la oscuridad bajo los árboles.

Sin más preguntas, desaparecieron en la oscuridad, desde donde pudimos oír sus exclamaciones de excitación.

—No pasa nada, Sassenach. No nos harán daño, son cazadores. —Cerró los ojos y vi cómo el sudor le cubría el rostro—. Es una suerte, porque creo que voy a desmayarme.

—Ni lo pienses. ¡No te atrevas a desmayarte y dejarme sola con ellos!

Las posibles intenciones de los salvajes no me importaban; la idea de enfrentarme a ellos junto al cuerpo inconsciente de Jamie era suficiente para hacer que se me revolviera el estómago con un ataque de pánico. Hice que bajara la cabeza y respirara profundamente.

—Respira —dije mientras escurría el agua fría de mi pañuelo sobre su nuca—. Puedes desmayarte después.

—¿Puedo vomitar? —preguntó, con la voz amortiguada por su kilt. Reconocí el tono jocoso, y espiré con alivio.

—No —contesté—. Ahora enderézate, que vuelven.

Regresaron arrastrando el cadáver del oso. Jamie se secó el sudor con un pañuelo. Seguía temblando a pesar de la calidez de la noche, pero se mostraba bastante firme.

El indio mayor se acercó a nosotros y, con las cejas alzadas, señaló primero el cuchillo a los pies de Jamie y luego el oso muerto. Jamie asintió con modestia.

—No ha sido fácil —intervino.

El indio alzó las cejas aún más. A continuación, inclinó la cabeza y extendió las manos en un gesto de respeto. Llamó a uno de los jóvenes, que se acercó sacando una bolsita de su cinturón mientras me apartaba sin ceremonias, abría el cuello de la camisa de Jamie y se la quitaba para ver sus heridas. Volcó la bolsa, que contenía un polvo grumoso, en la palma de su mano, escupió copiosamente, mezcló la apestosa pasta y se la aplicó en las heridas.

—Ahora voy a vomitar de verdad —murmuró Jamie, haciendo muecas de dolor ante los bruscos cuidados—. ¿Qué es?

—Creo que es trilio seco, mezclado con una grasa muy rancia de oso —concluí, intentando no inhalar el fuerte aroma—. No creo que te mate; al menos, eso espero.

—Ya somos dos —dijo entre dientes—. No, creo que es suficiente, gracias—. Rechazó con un gesto la ayuda, sonriendo con amabilidad al pseudodoctor.

Bromeara o no, tenía los labios blancos, incluso en la penumbra de la luz de la hoguera. Le puse una mano sobre su hombro sano y sentí los músculos tensos.

—Trae el whisky, Sassenach. Me hace mucha falta.

Uno de los indios trató de agarrar la botella cuando la sacaba de la bolsa, pero lo empujé con brusquedad. Gruñó sorprendido, pero no me siguió. En cambio, recogió la bolsa y comenzó a rebuscar como un cerdo buscando trufas. No intenté detenerlo; en cambio, me apresuré a llevarle a Jamie el whisky.

Tomó un pequeño sorbo, luego otro mayor, se estremeció una vez y abrió los ojos. Inspiró profundamente una o dos veces,

311

bebió otra vez, se secó la boca y extendió la botella a modo de invitación al hombre mayor.

—¿Te parece prudente? —murmuré, recordado las escabrosas historias de Myers sobre masacres y los efectos del aguardiente en los indios.

—Puedo dárselo o dejar que lo cojan, Sassenach —dijo, algo irritado—. Son tres, ¿no?

El mayor pasó la boca de la botella por debajo de su nariz y sus fosas nasales aletearon, apreciando el extraordinario buqué. Podía oler el alcohol desde el lugar en el que me encontraba y me sorprendió que no le abrasara los tejidos nasales.

Una sonrisa de satisfacción iluminó el rostro arrugado del hombre. Dijo algo que sonó a «*Haroo!*» a sus hijos, y el que había estado revisando nuestra bolsa se aproximó de inmediato a su hermano con un par de tortillas de maíz en la mano.

El hombre mayor estaba de pie con la botella en la mano, pero en lugar de beber, la llevó al lugar donde estaba el cadáver del oso, negro como una mancha de tinta en el suelo. Con gran deliberación, vertió una pequeña cantidad de whisky en la palma de su mano, se inclinó y derramó el líquido en la boca semiabierta del oso. A continuación, dio una vuelta lentamente, sacudiendo las gotas de whisky de sus dedos con gran ceremonia. Las gotas volaban con tonos dorados y ámbar allá donde atrapaban la luz, tocando el fuego con pequeños siseos.

Jamie se enderezó, interesado, olvidando su mareo.

—Mira eso —dijo.

—¿Qué? —pregunté, pero no respondió, absorto por el comportamiento de los indios.

Uno de los hombres más jóvenes había sacado una pequeña bolsita decorada que contenía tabaco. Después de llenar con cuidado el cuenco de una pequeña pipa de piedra, la encendió con un palillo seco que prendió en las llamas de nuestra hoguera y le dio una fuerte calada. La hoja de tabaco chispeó y humeó, y su intenso aroma se extendió por el claro.

Jamie estaba apoyado en mí, con su espalda en mis muslos. Yo tenía la mano sobre su hombro sano otra vez, y podía sentir cómo el temblor de su cuerpo comenzaba a calmarse a medida que el calor del whisky comenzaba a entibiarle el estómago. No estaba malherido, pero la tensión de la lucha y el esfuerzo constante para mantenerse alerta le estaban pasando factura.

El hombre mayor agarró la pipa y succionó con fuerza varias veces, exhalando con evidente placer. A continuación se arrodilló y, después de aspirar el humo de nuevo, lo exhaló con cuidado por las fosas nasales del oso muerto. Repitió el proceso varias veces, murmurando algo mientras expulsaba el humo.

Después se levantó, sin signos de rigidez, y le ofreció la pipa a Jamie.

Jamie fumó una o dos ceremoniosas caladas, tal y como lo habían hecho los indios, levantó la pipa y se dio la vuelta para entregármela.

Alcé la pipa y di una calada con cautela. De inmediato, mis ojos y mi nariz se llenaron de humo ardiente, y mi garganta se estrechó con una necesidad sobrecogedora de toser. La reprimí y le di la pipa rápidamente a Jamie, sintiendo que me sonrojaba a medida que el humo flotaba con pereza por mi pecho, cosquilleando y ardiendo mientras buscaba la salida a través de mis pulmones.

—No se respira, Sassenach —murmuró—. Sólo deja que ascienda por la parte posterior de la nariz.

—Y me... lo dices... ahora —dije, intentando no asfixiarme.

Los indios me observaban con interés. El hombre mayor inclinó la cabeza, frunciendo el ceño mientras intentaba decidir algo. Se puso de pie de un salto, rodeó la hoguera y se agachó para observarme con curiosidad, suficientemente cerca como para que pudiera ser consciente del extraño olor ahumado de su piel. Sólo llevaba un taparrabos y una especie de delantal de piel, aunque su pecho estaba cubierto con un gran collar decorado con conchas marinas, piedras y los dientes de algún gran animal.

Sin advertencia previa, de repente, extendió la mano y me apretó un pecho. No había nada lascivo en el gesto, pero di un respingo. También Jamie, que se apresuró a tomar su cuchillo.

El indio se sentó con tranquilidad sobre sus talones, haciendo un gesto para restarle importancia. Se dio una palmada en el pecho y, a continuación, ahuecó la mano y me señaló. No iba a hacer nada; sólo quería asegurarse de que era una mujer. Me señaló a mí y después a Jamie, y alzó una ceja.

—Sí, es mía. —Jamie asintió y bajó la daga, pero siguió sosteniéndola, frunciendo el ceño al indio—. Cuida tus modales, ¿quieres?

Ignorando aquello, uno de los jóvenes dijo algo e hizo un gesto impaciente al cadáver que yacía en el suelo. El hombre mayor, que no había prestado atención a la incomodidad de Jamie, respondió y mientras se volvía, sacó de su cinturón su cuchillo para despellejar.

—Espera... eso me corresponde a mí.

Los indios se volvieron, sorprendidos, cuando Jamie se puso de pie. Hizo un gesto hacia el oso con su daga y se señaló el pecho firmemente con la punta.

Sin esperar respuesta, se arrodilló junto al cuerpo, se persignó y dijo algo en gaélico, con el cuchillo aún elevado sobre el cuerpo inmóvil. Yo no conocía todas las palabras, pero lo había visto hacerlo antes, cuando mató un ciervo en el trayecto desde Georgia.

Era una oración que le habían enseñado cuando todavía era un niño, cuando estaba aprendiendo a cazar en las Highlands de Escocia. Me había dicho que era antigua, tanto, que algunas de las palabras ya no se usaban, así que sonaba rara. No obstante, había que recitarla antes de abrir la garganta o el vientre a cualquier animal que fuera más grande que una liebre.

Sin vacilar, realizó un corte superficial sobre el pecho, ya que no era necesario desangrar el cadáver, puesto que hacía tiempo que el corazón se había detenido, y arrancó la piel entre las piernas, de manera que la pálida curva de los intestinos sobresalió del estrecho corte, brillante bajo la luz.

Precisó fuerza y bastante habilidad para cortar y despellejar la pesada piel sin penetrar la membrana mesentérica que contenía el saco visceral. Yo, que había abierto cuerpos humanos más blandos, reconocía la competencia quirúrgica cuando la veía. También lo hacían los indios, que observaban el procedimiento con un interés crítico.

No obstante, no era la habilidad de despellejar de Jamie lo que llamaba su atención, ya que tal vez se trataba de algo común allí. No, era la oración; el hombre mayor había abierto mucho los ojos y había mirado a sus ojos mientras Jamie se arrodillaba sobre el cadáver. Quizá no supieran lo que decía, pero por sus expresiones, era evidente que sabían lo que estaba haciendo. Ambos estaban sorprendidos y gratamente impresionados.

Un hilillo de sudor descendía tras la oreja de Jamie, roja a la luz del fuego. Despellejar a un animal de grandes dimensiones es un trabajo arduo, y tenía pequeñas y nuevas manchas de sangre sobre la tela sucia de su camisa.

Sin embargo, antes de ofrecerme el cuchillo se sentó sobre sus talones y le dio la daga por el mango a uno de los indios más jóvenes.

—Adelante —dijo, señalando el bulto medio eviscerado a modo de invitación—. Espero que no creáis que me lo voy a comer todo yo solo.

El hombre tomó el cuchillo sin vacilar, se arrodilló y comenzó a trabajar. Los otros dos miraron a Jamie, y al ver su gesto de asentimiento, se unieron al mayor.

Me dejó que lo sentara sobre el tronco una vez más, y que le limpiara y vendara el hombro a escondidas mientras él observaba cómo los indios despellejaban y destripaban al oso.

—¿Qué ha hecho con el whisky? —pregunté en voz baja—. ¿Lo sabes?

Asintió, con la mirada perdida en el sanguinolento trabajo que estaban realizando junto al fuego.

—Es un amuleto. Viertes agua bendita a los cuatro aires de la tierra para protegerte del mal. Y supongo que en estas circunstancias el whisky es un sustitutivo muy razonable del agua bendita.

Observé a los indios, manchados hasta los codos con la sangre del oso, hablando de manera informal entre ellos. Uno estaba erigiendo una pequeña plataforma junto al fuego, que consistía en una tosca capa de ramas sobre unas rocas dispuestas en un cuadrado. Otro cortaba pedazos de carne y los insertaba en una rama pelada para cocinarlos.

—¿Del mal? ¿Quieres decir que nos temen?

Sonrió.

—No creo que seamos tan temibles, Sassenach; no, a los espíritus.

Asustada como había estado por la aparición de los indios, nunca se me habría ocurrido que ellos también podrían haberse inquietado. No obstante, al mirar a Jamie, pensé que podría perdonarles la inquietud.

Como estaba acostumbrada a él, ya casi no era consciente del aspecto que tenía para los demás. A pesar de que estaba cansado y herido, era formidable; tenía una espalda recta y unos hombros anchos, además de unos ojos felinos que atrapaban el fuego en un destello azul como el del corazón de una llama.

Ahora estaba relajado, con sus enormes manos flácidas entre los muslos. No obstante, era la inmovilidad de un gran felino, con los ojos vigilantes tras la calma. Más allá del tamaño y la velocidad, tenía un innegable aire de brutalidad; estaba tan cómodo en aquellos bosques como lo había estado el oso.

Los ingleses siempre habían considerado bárbaros a los escoceses de las Highlands; yo nunca había pensado en la posibilidad de que otros sintieran lo mismo. Pero aquellos hombres habían visto a un feroz salvaje y se habían acercado a él con la cautela correspondiente, preparados con armas. Y Jamie, horrorizado de antemano ante la idea de los indios salvajes, había visto sus rituales (parecidos a los suyos) y los había reconocido como cazadores, hombres civilizados.

Incluso ahora hablaba con ellos con naturalidad y les explicaba con grandes gestos cómo se nos había acercado el oso y lo había matado. Le escuchaban con gran atención, exclamando con admiración en los momentos adecuados. Cuando recogió los restos del pescado destrozado y comentó el papel que yo había desempeñado, todos me miraron y rieron con ganas.

Fulminé con la mirada a los cuatro.

—La cena está lista —dije en voz alta.

Compartimos una comida de carne medio asada, tortillas de maíz y whisky, vigilada por la cabeza del oso, que estaba colocada con ceremonia sobre su plataforma, con los ojos opacos y gomosos.

Como me sentía algo atontada, me apoyé en el tronco caído mientras escuchaba a medias la conversación. Tampoco comprendía mucho de lo que decían. Uno de los hijos, un experto de la mímica, estaba haciendo una animada interpretación de las grandes cacerías del pasado, representando los papeles de cazador y presa de manera alterna. Lo hacía tan bien que ni yo tenía problemas para distinguir al ciervo de la pantera.

Finalmente, intercambiamos nombres. En su lengua, el mío sonaba como «Klah», lo cual les parecía muy gracioso. «Klah», decían, señalándome. «¡Klah, Klah, Klah, Klah, Klah!» Todos reían con entusiasmo, calentados por el whisky. Me hubiera gustado responderles de la misma manera, sólo que no estaba segura de poder pronunciar «Nacognaweto» una sola vez, y mucho menos repetirlo varias veces.

Eran, o eso me comentó Jamie, tuscarora. Con su don para las lenguas, ya estaba señalando objetos y repitiendo los nombres indios. Para el anochecer, no había duda de que estaría intercambiando historias inapropiadas con ellos, pensé, adormilada; ya les estaban contando chistes.

—Toma —dije, tirando del extremo de la capa de Jamie—. ¿Estás bien? Porque puedo quedarme despierta para cuidarte. ¿Te vas a desmayar y caer de cabeza al fuego?

Jamie me dio una palmadita ausente en la cabeza.

—Estaré bien, Sassenach —comentó. Recuperado gracias a la comida y al whisky, parecía que no sufría las secuelas de su batalla con el oso. Cómo se sentiría por la mañana sería otra cuestión, pensé.

No obstante, yo ya había pasado el punto de la preocupación por aquello o por cualquier otra cosa; la cabeza me daba vueltas por los efectos de la adrenalina, el whisky y el tabaco, y gateé para recoger mi manta. Enroscada a los pies de Jamie, me fui quedando dormida, rodeada de los sagrados aromas del humo y el alcohol, y observada por los ojos opacos y pegajosos del oso.

—Sé cómo te sientes —le dije, y me dormí.

16

La primera ley de la termodinámica

Me desperté bruscamente después de amanecer, con picores en la cabeza. Sin abrir los ojos investigué con la mano. El movimiento asustó a un grajo que había estado arrancándome algunos cabellos, y salió volando a un pino cercano, graznando histérico.

—Tú te lo has buscado —murmuré. Me rasqué y no pude evitar una sonrisa recordando las veces que me habían dicho que, cuando me levantaba, mi cabeza parecía un nido de pájaros.

Los indios habían desaparecido, y con ellos la cabeza del oso. Me toqué el cabello con dedos cautelosos, pero más allá de las pequeñas picaduras del grajo, parecía intacto. O había sido un whisky muy bueno, o mi sensación de intoxicación se había debido más a los efectos de la adrenalina y el tabaco que al alcohol.

Mi peine estaba en la bolsita de piel de ante donde tenía mis objetos personales y algunas medicinas de primera necesidad. Pensé que me resultaría útil en el viaje. Me senté con cuidado para no despertar a Jamie. Estaba acostado boca arriba, con las manos cruzadas, tan pacífico como la efigie de un sarcófago.

No obstante, era mucho más colorido. Estaba tumbado en la sombra y se le acercaba un pequeño rayo de sol, rozando apenas las puntas de su cabello. A la luz fresca de la mañana, se parecía a Adán, tocado otra vez por la mano del Creador.

Aunque se trataba de un Adán malherido; si se miraba atentamente, era una imagen posterior a la Caída. No era la frágil perfección de un niño hecho de arcilla, ni la belleza intacta de la juventud que amaba Dios. No, aquel era un hombre bien formado y fuerte; cada línea de su cara y cuerpo estaba marcada por la fuerza y la lucha, creadas para que se apropiara del mundo en el que se levantaría y después lo dominara.

Me moví en silencio para coger mi bolsita. No quería despertarlo. La oportunidad de verlo dormir no era muy frecuente. Dormía como un gato, listo para saltar ante cualquier amenaza. Por lo general se levantaba al amanecer mientras yo todavía flotaba en sueños. O había bebido más de lo que creía la noche anterior, o se encontraba en el profundo sueño de la curación, dejando que su cuerpo se repusiera mientras permanecía inmóvil.

El cepillo de hueso se deslizó de manera reconfortante en mi cabello. Por una vez no tenía prisa. No tenía que alimentar a un niño, ni vestir y mandar a la escuela a una criatura, ni me esperaban en el trabajo pacientes o informes que escribir.

Nada podía encontrarse más lejos de los confines estériles de un hospital que aquel lugar, pensé. Las aves madrugadoras que buscaban gusanos armaban un alegre bullicio en el bosque, y una brisa suave y fresca cruzaba el claro. Me llegó un ligero aroma a sangre seca y a las cenizas rancias de la hoguera de la noche anterior.

Quizá era el olor a sangre lo que había hecho que recordara el hospital. Desde el momento en el que entré en uno por primera vez, supe que pertenecía a él, que era mi lugar natural. Y, no obstante, allí, en tierra salvaje, no estaba fuera de lugar. Me pareció extraño.

Mis cabellos rozaban mi espalda desnuda con un agradable cosquilleo, y el aire era suficientemente fresco como para ponerme la carne de gallina y hacer que mis pezones se erigieran en pequeños montículos. Sonriendo, me di cuenta de que no lo había imaginado. Estaba segura de que no me había quitado la ropa al acostarme. Levanté la manta y vi marcas de sangre seca en mis muslos y en el vientre. Sentía humedad entre mis piernas. Me pasé un dedo y encontré algo lechoso, con un olor que no era el mío. Eso fue suficiente para recordar lo que creía que había sido un sueño. Un enorme oso sobre mi cuerpo, más oscuro que la noche y apestando a sangre, el terror, la inmovilidad. Permanecer inmóvil, para fingir que estaba muerta, y las suaves caricias, el aliento cálido sobre mi piel, la piel suave sobre mis pechos, una dulzura muy extraña para que fuera la de un animal. Y luego, en un momento de conciencia, el frío, el calor, una piel desnuda, aunque no la de un oso, tocando la mía. Después, volver a dormirme medio ebria, el acoplamiento lento y enérgico hasta alcanzar el clímax, para finalmente deslizarme hacia el mundo de los sueños con un suave ronquido escocés en mis oídos. Bajé la vista y vi la media luna rosada de una mordedura sobre mi hombro.

—Es normal que todavía duermas —dije con tono acusador.

El sol tocaba la curva de su mejilla, e iluminaba la ceja en aquel costado como una cerilla al encender una hoguera. No abrió los ojos, pero una suave y lenta sonrisa cruzó su cara como respuesta.

Los indios habían dejado una parte de la carne del oso envuelta en su piel aceitosa y colgada de las ramas de un árbol para que no peligrara ante las mofetas y los mapaches. Después del desayuno y de un apresurado baño en el arroyo, Jamie estudió el rumbo que debíamos seguir.

—Nos dirigiremos hacia allí —dijo, señalando un distante pico azulado—. ¿Ves cómo se marca un desfiladero? Al otro lado está la tierra de los indios; la nueva línea del tratado sigue esa cordillera.

—¿Realmente alguien hizo un reconocimiento del terreno?

Examiné con incredulidad las montañas que se elevaban ante nosotros desde los valles. Entre la niebla de la mañana surgían como una serie interminable de espejismos, con colores que oscilaban del negro verdoso al azul y al púrpura; los picos más lejanos se asemejaban a agujas negras atravesando un cielo de cristal.

—Sí. —Hizo que su caballo se volviera para que el sol le diera en la espalda—. Tienen que haberlo hecho para poder decir con seguridad cuál es la tierra que puede utilizarse. Me informé de los límites antes de que saliéramos de Wilmington y Myers me dijo lo mismo: «El territorio que se sitúa a este lado de la cresta más alta.» También se lo pregunté a los muchachos que cenaron con nosotros anoche, sólo para estar seguro de que ellos también lo sabían. —Me sonrió—. ¿Lista, Sassenach?

—Más que nunca —le aseguré, e hice que mi caballo se girara para seguirlo.

Había lavado su camisa o lo que quedaba de ella en el arroyo y ahora se secaba bajo su silla de montar. Iba semidesnudo, con los pantalones de cuero y la capa atada a la cintura; las largas cicatrices que le había causado el oso no estaban inflamadas y, por la forma en que se movía, las heridas no debían de dolerle.

Hasta donde yo podía ver, no tenía ninguna molestia más. Aún tenía aquella expresión de cautela que era habitual en él; había formado parte de su persona desde que era niño, pero se había quitado un peso de encima la noche anterior. Pensé que quizá había sido nuestro encuentro con los tres cazadores, el primero con los salvajes, que, además, había sido muy reconfortante para ambos, y parecía que había aliviado en gran medida las visiones de Jamie de caníbales con tomahawks detrás de cada árbol.

Quizá fueran los árboles... o las montañas. Su ánimo mejoraba mientras nos alejábamos de la planicie de la costa. No podía dejar de compartir su alegría, pero al mismo tiempo sentía un terror creciente por lo que aquello podía significar.

A media mañana llegamos a las laderas. Estaban tan pobladas de árboles que no se podía avanzar. Hacia arriba se veía una roca casi vertical, y ante ella un laberinto de ramas moteadas doradas, verdes y castañas. Pensé que los caballos eran afortunados por poder quedarse abajo. Los atamos cerca de un arroyo con la orilla cubierta de hierba, y seguimos a pie hacia delante y hacia arriba, adentrándonos en aquel maldito bosque primitivo.

Pinos enormes y... ¿tsugas?, pensé mientras trepaba sobre los nudos de un árbol caído. Los monstruosos troncos se elevaban tanto que las ramas más bajas se encontraban a seis metros sobre mi cabeza.

El aire era húmedo y fresco, pero también gratificante, y mis mocasines se hundían, sin emitir ningún sonido, en siglos de mantillo negro. Mis propias huellas sobre el suave barro de la orilla de un río parecían tan extrañas y repentinas como las de un dinosaurio.

Alcanzamos la cima de un cerro y encontramos otro ante nosotros, y otro más allá. No sabía qué estábamos buscando, ni cómo sabríamos que lo era si lo encontrábamos. Jamie abarcaba kilómetros con su incansable paso de montañés, asimilándolo todo. Yo iba detrás, disfrutando del paisaje y deteniéndome de vez en cuando para recoger alguna planta o raíz fascinante y guardar mis tesoros en una bolsa que llevaba en la cintura. Seguimos por el camino hasta que el paso quedó bloqueado por un bosquecillo de laureles silvestres que, a cierta distancia, parecía un claro brillante entre las coníferas oscuras, aunque de cerca albergaba una maleza impenetrable, con sus ramas mullidas entretejidas como una cesta.

Retrocedimos y bajamos. Salimos de debajo de los enormes y fragantes abetos, cruzamos laderas de hierba triguera, que había adquirido un color amarillo brillante al estar expuesta al sol y, por fin, volvimos al verde reconfortante de los robles y los castaños, sobre un risco arbolado que daba a un pequeño río sin nombre.

Bajo la sombra de los árboles corría un aire fresco y suspiré aliviada. Me levanté el cabello de la nuca para refrescarme. Jamie me oyó y se volvió sonriendo mientras sujetaba una rama para dejarme pasar.

No hablábamos mucho; además del aire que necesitábamos para ascender, la misma montaña parecía que evitara la conversación: los numerosos lugares verdes y secretos se convertían en una viva imagen de las antiguas montañas escocesas, con bosques frondosos y áridos, y negros peñascos, aunque el doble de altos. Aun así, el ambiente exigía el mismo silencio y prometía idéntico hechizo.

El terreno estaba cubierto de una gruesa capa de hojas, que resultaban suaves y esponjosas al caminar. Los espacios entre los árboles tenían un aire fantástico, como si pasar entre los enormes troncos pudiera transportarnos, de repente, a otra dimensión de la realidad.

El cabello de Jamie brillaba con los ocasionales rayos de sol, como una antorcha que me iluminaba para seguirlo a través de las sombras del bosque. Se había oscurecido un poco con los años, hasta tornarse de un intenso castaño rojizo, aunque los largos días de cabalgatas y caminatas bajo el sol le habían aclarado la coronilla, que había adquirido un tono cobrizo. Había perdido el cordón que le recogía el cabello; se detuvo y se retiró los gruesos y húmedos mechones de la cara lo que me permitió ver la llamativa mancha blanca justo sobre la sien. Por lo general estaba oculta bajo el cabello rojo. Se trataba de un recuerdo de la bala que había recibido en la cueva de Abandawe.

Pese al calor del día, me estremecí un poco al recordarlo. Me hubiera encantado olvidar Haití y todos sus misterios salvajes, pero era poco probable que lo hiciera. A veces, cuando estaba a punto de dormirme, podía oír la voz del viento de la cueva y el molesto eco que la acompañaba: ¿Dónde si no?

Trepamos por un saliente de granito cubierto de musgo y liquen, húmedo con el omnipresente flujo del agua, y seguimos el curso de un arroyo que descendía, apartando las hierbas altas que se enredaban en nuestras piernas y esquivando las ramas de laureles silvestres y de rododendros. A nuestro paso surgían maravillas: pequeñas orquídeas y hongos brillantes como medusas, rojos y negros, entre los troncos caídos. Las libélulas revoloteaban sobre el agua como joyas que se desvanecían en la niebla.

Me sentí mareada por la abundancia y cautivada por la belleza. El rostro de Jamie tenía la expresión de un hombre que sabe que está soñando y que no desea despertar. Paradójicamente, cuanto mejor me sentía, peor estaba; muy contenta y también muy asustada. Éste era el sitio de Jamie y seguro que él era tan consciente como yo de ello.

Por la tarde nos detuvimos temprano para descansar y beber de un pequeño arroyo que atravesaba un claro del bosque. La tierra bajo los arces estaba cubierta por una gruesa capa de hojas de color verde oscuro, entre las que divisé un súbito destello rojo.

—¡Fresas salvajes! —exclamé encantada.

Eran pequeñas y de color rojo oscuro, y tenían el tamaño de la yema de mi pulgar. Para los estándares de la horticultura moderna resultaban demasiado agrias, casi amargas; pero después de la carne fría de oso y las duras tortillas de maíz, resultaban deliciosas; una fresca explosión de sabor en mi boca y dulces punzadas en mi lengua.

Guardé unos cuantos puñados en mi capa, sin preocuparme por la manchas. ¿Qué era un poco de jugo de fresas entre las manchas de resina de pino, hollín, manchas de hojas y suciedad general? Cuando terminé, tenía los dedos pegajosos y perfumados por el jugo, el estómago agradablemente lleno y la sensación de que me hubieran lijado el interior de la boca, debido al sabor áspero y ácido de las fresas. No obstante, no pude resistirme a coger una más.

Jamie apoyó su espalda en un sicomoro y cerró los ojos ante el resplandor del sol de la tarde. El pequeño claro retenía la luz como una copa, límpida y tranquila.

—¿Qué te parece este lugar, Sassenach? —preguntó.

—Creo que es bellísimo. ¿No te parece?

Asintió, mirando entre los árboles, donde una suave ladera llena de heno salvaje y hierba triguera se ondulaba en una línea de sauces que bordeaban el río lejano.

—He estado pensando —dijo Jamie, un poco incómodo—. Hay un arroyo aquí en el bosque. Esa pradera de ahí abajo... —Señaló la cortina de alisos que protegían la cresta de la verde ladera—. Al principio serviría para unos cuantos animales, y luego la tierra cercana al río podría prepararse para el cultivo. La elevación del terreno es adecuada para un buen drenaje. Y allí... —Atrapado por sus visiones, se puso en pie señalando algo.

Miré con cuidado; para mí, el lugar se diferenciaba muy poco de otras empinadas laderas arboladas y caletas herbosas por las que habíamos pasado en los últimos días. Pero para Jamie, con sus ojos de granjero, las casas, los corrales y los campos sembrados surgían como los duendes de los hongos a la sombra de los árboles.

Desprendía felicidad por los cuatro costados y el corazón me pesaba como si tuviera plomo en el pecho.

—¿Estás pensando en que podríamos establecernos aquí? ¿Aceptar la oferta del gobernador?

Me miró, deteniendo bruscamente sus especulaciones.

—Podríamos —respondió—. Sí...

Se interrumpió y me miró de soslayo. Estaba rojo, pero en aquel momento no hubiera podido decir si se debía al sol o al rubor causado por la timidez.

—¿Crees en los signos, Sassenach?

—¿Qué clase de signos? —pregunté con cautela.

Como respuesta se inclinó, recogió una planta y la depositó en mi mano: las hojas eran verdes como pequeños abanicos chinos, la flor, blanca con el tallo delgado, y había una fresa a punto de madurar, con el lomo de un rosado pálido y un rojo intenso en el extremo.

—Éstos. ¿Son los nuestros, lo ves?

—¿Nuestros?

—Quiero decir de los Fraser —explicó. Un dedo grande y basto tocó la fresa con cuidado—. Las fresas siempre han sido el emblema del clan. Es lo que significa el nombre desde que monsieur Fréselière llegó de Francia con el rey Guillermo y recibió, por su labor, las tierras en las montañas de Escocia.

El rey Guillermo. Guillermo el Conquistador. Quizá no fuera el clan más antiguo de las Highlands, pero los Fraser tenían un linaje distinguido.

—Entonces, ¿habéis sido guerreros desde el principio?

—Y también granjeros. —La duda de sus ojos se transformó en una sonrisa.

No dije lo que estaba pensando, pero le conocía lo suficiente para saber la idea que pasaba por su mente. Ya no había clan Fraser, sino tan sólo fragmentos diseminados, aquellos que habían sobrevivido escapando con estratagemas o por suerte. Los clanes habían sido aplastados en Culloden, y sus jefes, sacrificados en la batalla o posteriormente ajusticiados.

No obstante, ahí estaba, alto y derecho, con su capa, y con el acero oscuro de una daga escocesa en el costado. Guerrero y granjero. Y aunque el suelo bajo sus pies no fuera el de Escocia, respiraba aire libre, y un viento de montaña le agitaba el cabello, levantando los mechones cobrizos hacia el sol estival.

Le sonreí luchando contra mi creciente desaliento.

—¿Fréselière, eh? ¿Señor Strawberry? ¿Las cultivó o solamente le gustaba comérselas?

—Lo uno, lo otro o ambas cosas —respondió con sequedad—. O tal vez era pelirrojo.

Reí y se puso en cuclillas junto a mí, soltándose la capa.

—Es una planta extraordinaria —dijo, tocando el retoño sobre mi mano abierta—. Flores, frutos y hojas, todo junto al mismo tiempo. Las flores blancas son por el honor, la fruta roja por el valor y las hojas verdes por la fidelidad.

Lo miré con un nudo en la garganta.

—Acertaron de pleno —comenté.

Tomó mi mano en la suya, y apretó mis dedos alrededor del diminuto pedúnculo.

—El fruto tiene la forma de un corazón —dijo suavemente, y me besó.

Las lágrimas estaban a punto de aflorar; al menos tenía una buena excusa para la que comenzó a rodar por mi mejilla. Jamie la secó, se levantó y se soltó el cinturón, dejando caer la capa en pliegues alrededor de sus pies. Se quitó la camisa y los pantalones y me sonrió, totalmente desnudo.

—No hay nadie aquí —comentó—. Nadie salvo nosotros.

Podría haberle dicho que eso no era una razón, pero sabía lo que quería decirme. Llevábamos días rodeados de inmensidad y amenazas, con la tierra salvaje más allá del pálido círculo de nuestra hoguera. No obstante, allí estábamos solos como parte integral del lugar, sin necesidad de mantener a raya la naturaleza a plena luz del día.

—En el pasado, los hombres lo hacían para fertilizar los campos —intervino, ofreciéndome la mano para que me levantara.

—No veo sembrados. —Y no estaba segura de desear que los hubiera alguna vez. De todos modos me quité la camisa, y solté el nudo de mi improvisado sujetador mientras Jamie me miraba con deleite.

—Bueno, no hay duda de que primero tendré que talar unos pocos árboles. Pero eso puede esperar, ¿no?

Hicimos una cama con la capa y el manto y nos acostamos desnudos entre las hierbas amarillas y el aroma de las fresas silvestres.

Nos tocamos durante lo que pudo ser mucho tiempo o tan sólo un instante, juntos en un jardín de placer terrenal. Me obligué a ignorar los pensamientos que me habían invadido mientras ascendíamos la montaña, decidida a compartir su alegría mientras durara. Le agarré el miembro con fuerza; él inspiró profundamente y se apretó con fuerza contra mi mano.

—¿Y qué sería del Edén sin la serpiente? —murmuré, acariciándolo con los dedos.

Sus ojos eran unos triángulos azules, tan próximos que podía ver el negro de sus pupilas.

—¿Querrías comer conmigo, *mo chridhe*? ¿El fruto del árbol del Bien y del Mal?

Saqué la lengua y pasé la punta por sus labios. Se estremeció bajo mis dedos, aunque el aire era tibio y dulce.

—*Je suis prest, monsieur Fréselière* —dije.

Inclinó la cabeza y su boca se apoderó de uno de mis pezones, como si fuera una de las fresas.

—*Madame Fréselière* —susurró—. *Je suis à votre service.*

Y entonces compartimos la fruta y las flores, y las hojas verdes lo cubrieron todo. Permanecimos adormecidos, moviéndonos sólo para ahuyentar a los insectos curiosos, hasta que las primeras sombras tocaron nuestros pies. Jamie se incorporó despacio y me tapó con la capa creyendo que estaba dormida. Oí el sigiloso susurro mientras se vestía y, a continuación, su paso suave sobre la hierba.

Me volví y lo vi a escasa distancia de allí, en el límite del bosque, examinando el terreno en declive que se dirigía al río. Su única vestimenta era la capa, arrugada y manchada de sangre, sujeta a la cintura. Con el cabello suelto sobre los hombros, lucía como el salvaje de las Highlands que era. Lo que había pensado que era una trampa para él, su familia y su clan, constituía su fuerza. Y lo que había creído que era mi fuerza, mi soledad y mi falta de lazos, era mi debilidad.

Después de haber conocido la intimidad, lo bueno y lo malo, había tenido la fuerza de abandonarla, de alejarse de todas las ideas de seguridad y se había aventurado solo. Y yo, que una vez había estado tan orgullosa de mi autosuficiencia, no podía soportar la idea de volver a esta sola.

Había resuelto que no diría nada, que viviría el momento y aceptaría lo que tuviera que venir. Pero el momento era éste y no podía aceptarlo. Vi que bajaba la cabeza con determinación, al mismo tiempo que vi su nombre grabado en la fría lápida. El terror y la desesperación se apoderaron de mí.

Como si hubiera oído el eco de mi pensamiento, volvió la cabeza hacia mí. Lo que fuera que vio en mi rostro hizo que se aproximara con rapidez.

—¿Qué ocurre, Sassenach?

No tenía sentido mentir, no cuando podía verme.

—Tengo miedo —estallé.

Miró para detectar el peligro mientras su mano buscaba el cuchillo, pero le sujeté el brazo.

—No es eso, Jamie. Abrázame, por favor.

Me abrazó con fuerza, y me envolvió con la capa. Estaba temblando, aunque el aire seguía siendo tibio.

—Todo está bien, *a nighean donn* —murmuró—. Estoy aquí. ¿Qué es lo que te asusta?

—Tú —dije, y me apreté con más fuerza. Su corazón resonaba bajo mi oído, fuerte y constante—. Me da miedo pensar en ti, aquí, en nosotros viviendo...

—¿Miedo? —preguntó—. ¿De qué, Sassenach? —Sus brazos me sostuvieron con fuerza—. Cuando nos casamos te dije que siempre cuidaría de ti. Te di tres cosas aquel día —comentó con tranquilidad, apretando mi cabeza contra su hombro—. Mi nombre, mi familia y la protección de mi cuerpo. Tendrás esas tres cosas siempre, Sassenach mientras los dos estemos con vida. No importa dónde. No dejaré que pases hambre, ni frío, ni dejaré que nada te haga daño nunca.

—No tengo miedo de nada de eso —intervine bruscamente—. Tengo miedo de que mueras, no podré soportarlo, Jamie. ¡No podré!

Se echó hacia atrás sorprendido y me miró a la cara.

—Bueno, haré lo que pueda, Sassenach —contestó—, pero ya sabes que no todo depende de mí en este tema. —Su rostro estaba serio, pero un lado de su boca se curvaba sin poder reprimirlo.

Aquello me enfureció.

—¡No te rías! —exclamé furiosa—. ¡No te atrevas a reírte!

—No, no lo hago —me aseguró, tratando de ponerse serio.

—¡Lo estás haciendo! —Lo golpeé en el pecho. Entonces empezó a reír y yo le golpeé otra vez con más fuerza. Antes de darme cuenta, le estaba golpeando con los puños cerrados en su capa. Intentó agarrarme la mano, pero yo bajé la cabeza y le mordí el pulgar. Dejó escapar un grito y retiró la mano.

Examinó las marcas de los dientes durante un instante, y me miró con las cejas alzadas. Sus ojos aún reflejaban humor, pero como mínimo había dejado de reírse.

—Sassenach, me has visto cerca de la muerte una docena de veces y ni siquiera te inmutaste. ¿Por qué estás así ahora, cuando ni siquiera estoy enfermo?

—¿Nunca me inmuté? —Lo observé con sorpresa y furia—. ¿Creías que no me importaba?

Se frotó un nudillo en el labio superior, observándome algo divertido.

—Ah, bueno, por supuesto que sé que te importaba. Pero nunca lo pensé de esa manera, lo admito.

—¡Por supuesto que no! Y si lo hubieras hecho no habría habido diferencia. ¡Eres un... un... escocés! —Era la peor cosa que podía pensar en decirle. Al no encontrar más palabras, me aparté furiosa.

Pero, por desgracia, marcharse airada tiene poco efecto cuando se hace descalza en un prado cubierto de hierba. Me clavé algo en el pie descalzo, emití un pequeño grito y cojeé unos cuantos pasos antes de tener que detenerme.

Había pisado alguna especie de cardo; tenía media docena de terribles espinas clavadas en la planta del pie y las gotas de sangre manaban de las diminutas heridas. Maldiciendo, me balanceé precariamente sobre un pie y casi me caí al tratar de quitarme una espina. Una mano fuerte me sujetó el codo y me mantuvo firme. Apreté los dientes y terminé de sacarme las espinas. Me solté de la mano que me sujetaba, me di media vuelta y caminé, con bastante más cuidado, hacia el lugar donde había dejado mi ropa.

Dejé la capa en el suelo y con gran dignidad comencé a vestirme mientras Jamie me observaba con los brazos cruzados, sin hacer comentarios.

—Cuando Dios expulsó a Adán del Paraíso, al menos Eva se fue con él —dije, hablando conmigo misma mientras me ataba el cordón de los pantalones.

—Ajá, eso es cierto —comentó tras una pausa cautelosa. Me miró de soslayo, para ver si iba a pegarle otra vez—. Eh, no habrás comido alguna de las plantas que has recogido esta mañana, ¿no? Supongo que no —añadió al ver mi expresión—. Sólo me lo preguntaba. Myers dijo que algunas provocan pesadillas terribles.

—No tengo pesadillas —anuncié con más firmeza de la necesaria, si hubiera dicho la verdad. Las tenía, aunque las plantas alucinógenas no tenían nada que ver con ellas.

Jamie suspiró.

—¿Quieres decirme de qué estás hablando, Sassenach, o prefieres hacerme sufrir un poco?

Lo fulminé con la mirada, atrapada, como siempre, entre la necesidad de reír y la de pegarle con un objeto contundente.

Entonces, una oleada de desesperación superó la risa y la ira. Derrotada, hundí los hombros.

—Estoy hablando de ti —dije.

—¿De mí? ¿Por qué?

—Porque eres un maldito escocés de las Highlands con todas esas ideas sobre el honor, el valor y la fidelidad; sé que no puedes evitarlo y yo tampoco quiero que lo hagas. Sólo que, maldición, eso te va a llevar a Escocia, donde morirás y no podré hacer nada para evitarlo.

Me lanzó una mirada de incredulidad.

—¿Escocia? —preguntó, como si hubiera dicho una locura.

—¡Escocia! ¡Donde está tu maldita tumba!

Se pasó una mano lentamente por el cabello, mirándome por encima del puente de su nariz.

—¡Ah! —exclamó—. Ya veo. Crees que si voy a Escocia, moriré, ya que allí está mi tumba. ¿Es eso?

Asentí, demasiado turbada para hablar.

—Mmfm. ¿Y por qué piensas que voy a ir a Escocia? —preguntó con cautela.

Lo miré, exasperada, y extendí el brazo para abarcar la naturaleza que nos rodeaba.

—¿Y de dónde diablos vas a sacar colonos para estas tierras? ¡Por supuesto que irás a Escocia!

Me miró. Esta vez el enfadado era él.

—¿Cómo piensas que lo haré, Sassenach? Pude hacerlo cuando tenía las piedras preciosas. Pero ¿ahora? Tal vez tenga diez libras a mi nombre y son prestadas. ¿Iré volando como un pájaro? ¿Traeré a la gente caminando sobre el agua?

—Ya pensarás en algo —contesté, sintiéndome una desgraciada—. Siempre lo haces.

Me lanzó una mirada extraña. Entonces, apartó la vista y se detuvo unos instantes antes de responder.

—No me había dado cuenta de que creías que yo era Dios Todopoderoso, Sassenach.

—No, hombre. Moisés, en todo caso. —Las palabras eran jocosas, pero ninguno de los dos bromeaba.

Jamie, con las manos en la espalda, empezó a pasear.

—Cuidado con los abrojos —le dije, al ver que se dirigía hacia el lugar donde me había herido yo. En respuesta, tomó otra dirección, pero no dijo nada. Caminó de un lado a otro por el claro, con la cabeza inclinada a modo de reflexión. Por último, regresó y se puso frente a mí.

—No puedo hacerlo solo —anunció con calma—. En eso tienes razón. Pero no creo que tenga que ir a Escocia para buscar colonos.

—¿Y a qué otro lugar?

—Mis hombres... los hombres que estuvieron conmigo en Ardsmuir. Todos están aquí.

—Pero no tienes ni idea de dónde —protesté—. ¡Y, además, los trajeron hace años! Ya deben de estar asentados. ¡No van a dejarlo todo para venir al fin del mundo contigo!

Me sonrió con ironía.

—Tú lo hiciste, Sassenach.

Respiré profundamente. Había desaparecido el peso del temor que había ocupado mi corazón durante aquellas semanas. No obstante, tras haber acabado con esa preocupación, ahora había lugar en mi mente para contemplar la enorme dificultad de la tarea que se imponía. Rastrear hombres dispersos por tres colonias, convencerlos de que vinieran con él y, a la vez, encontrar suficiente capital para financiar la limpieza del terreno y la plantación de los cultivos. Por no hablar de la inmensidad del trabajo que implicaba establecerse en aquella naturaleza virgen.

—Pensaré en algo —dijo sonriendo al ver las dudas e incertidumbres en mi rostro—. Siempre lo hago, ¿no?

Dejé escapar un largo suspiro.

—Lo haces —comenté—. Jamie, ¿estás seguro? Tu tía Yocasta...

Descartó la posibilidad haciendo un gesto con la mano.

—No —respondió—. Nunca.

Vacilé, sintiéndome culpable.

—¿No lo harás...? ¿Es por mí? ¿Es por lo que dije sobre los esclavos?

—No —respondió. Hizo una pausa y vi cómo se crispaban los dos dedos torcidos de su mano derecha. Él también lo vio, y detuvo el movimiento de inmediato.

—Yo viví como esclavo, Claire —aclaró con la cabeza gacha—. Y no podría vivir sabiendo que hay un hombre en la tierra que siente hacia mí lo que yo sentí hacia mis dueños.

Estiré el brazo y cubrí su mano lesionada con la mía. Las lágrimas corrían por mis mejillas, cálidas y reconfortantes como una lluvia de verano.

—¿No vas a dejarme? —pregunté, finalmente—. ¿No vas a morir?

Negó con la cabeza y me oprimió la mano.

—Tú eres mi valor, del mismo modo que yo soy tu conciencia —susurró—. Tú eres mi corazón, y yo, tu compasión. Solos no somos nada. ¿No lo sabes, Sassenach?

—Lo sé —contesté con voz temblorosa—. Por eso tengo tanto miedo. No quiero volver a ser media persona, no podría soportarlo.

Me apartó un mechón de pelo de mi mejilla mojada y me cogió entre sus brazos, con tanta fuerza que pude sentir cómo subía y bajaba su pecho al respirar. Era sólido, estaba vivo, y su cabello rojizo se tornaba dorado contra mi piel desnuda. Aun así, lo había abrazado de la misma manera antes... y lo había perdido.

Su mano acarició mi mejilla, que todavía estaba tibia a pesar de la humedad de mi piel.

—Pero ¿no te das cuenta de que la noción de la muerte entre nosotros es muy poca cosa, Claire? —susurró.

Mis manos se cerraron contra su pecho. No, no creía que fuera poca cosa.

—Todo el tiempo, cuando me dejaste después de Culloden, estuve muerto, ¿no es así?

—Creí que estabas muerto. Por eso... —Suspiré profundamente, temblorosa, y Jamie asintió.

—Dentro de doscientos años seguro que estaré muerto, Sassenach —dijo sonriendo—. A causa de los indios, los animales salvajes, una plaga, la cuerda de la horca o sólo por la bendición de una edad avanzada, pero estaré muerto.

—Sí.

—Y mientras tú estabas allí, en tu propio tiempo... yo estaba muerto, ¿no?

Asentí sin palabras. Incluso ahora puedo mirar hacia atrás y ver el abismo de desesperación en el que aquella partida me sumió y del que salí trepando con dificultad centímetro a centímetro.

Ahora estaba de nuevo con él en la plenitud de la vida y no podía pensar en la caída. Estiró el brazo y arrancó un puñado de hierba, dejando caer las hebras verdes y suaves entre sus dedos.

—«El hombre es como la hierba del campo» —citó, frotando el tallo esbelto contra mis manos, apoyadas contra su pecho—. «Hoy florece; mañana se seca y se quema en el horno.»

Levantó el penacho verde y se lo llevó a los labios, para luego pasarlo por mi boca.

—Estaba muerto, Sassenach, y, sin embargo, todo ese tiempo te amé.

Cerré los ojos sintiendo la leve picazón de la hierba en mis labios, suave como el tacto del sol y el aire.

—Yo también te amaba —susurré—. Siempre lo haré.

La hierba cayó. Con los ojos aún cerrados, sentí cómo se inclinaba sobre mí, y su boca sobre la mía, caliente como el sol, ligera como el aire.

—Mientras mi cuerpo y el tuyo vivan, seremos una sola carne —susurró. Sus dedos me tocaron el pelo, la barbilla, el cuello y los pechos; respiré su aliento y lo sentí sólido en mis manos. Después, me recosté con la cabeza sobre su hombro, sosteniéndome con su fuerza y las palabras profundas y suaves en su pecho—. Y cuando mi cuerpo termine, mi alma todavía será tuya, Claire. Juro por mi esperanza de ganarme el cielo que no me separaré de ti. —El viento agitaba las hojas de los castaños cercanos y los aromas del final del verano nos inundaban: pino, hierba y fresas, piedras calentadas por el sol y agua fresca, y el olor fuerte y almizclado de su cuerpo junto al mío—. Nada se pierde, Sassenach; sólo se transforma.

—Eso es la primera ley de la termodinámica —dije secándome la nariz.

—No —respondió—. Eso es fe.

SEXTA PARTE

Je t'aime

17

En casa para las fiestas

Inverness, Escocia, 23 de diciembre de 1969

Examinó el horario de los trenes por décima vez y continuó dando vueltas por el vestíbulo de la rectoría, demasiado inquieto para sentarse. Todavía debía esperar una hora.

La habitación estaba semivacía, con montones de cajas de cartón por todas partes y sin ningún orden. Había prometido que dejaría el lugar vacío para Año Nuevo, salvo las cosas que Fiona quería quedarse.

Deambuló por el pasillo y mientras se dirigía a la cocina, se quedó mirando el viejo frigorífico durante un instante. Decidió que no tenía hambre y cerró la puerta.

Deseaba que la señora Graham y el reverendo hubieran conocido a Brianna, lo mismo que la joven a ellos. Sonrió ante la mesa de la cocina, recordando una conversación en su adolescencia con las dos personas mayores, cuando él, presa de un loco deseo no correspondido por la hija del propietario del estanco, les había preguntado cómo se sabía si uno estaba realmente enamorado.

—Si tienes que preguntarte si estás enamorado, muchacho, entonces es que no lo estás —le aseguró la señora Graham, golpeando la cuchara con el borde de su cuenco para hacer más énfasis—. Y mantén tus garras lejos de la pequeña Mavis o su padre te matará.

—Cuando estás enamorado, Roger, lo sabes sin que te lo digan —terció el reverendo, metiendo un dedo en la pasta de la torta y retrocediendo, burlón, cuando la señora Graham lo amenazó con la cuchara—. Y ten cuidado con la joven Mavis, muchacho, soy demasiado joven para ser abuelo.

Tenían razón. Lo sabía desde que conoció a Brianna Randall. Lo que no sabía con seguridad era si Brianna sentía lo mismo.

No podía esperar más. Se tocó el bolsillo para verificar que tenía las llaves, bajó las escaleras y salió a enfrentarse con la lluvia de invierno, que había comenzado justo después del desayuno. Decían que una ducha fría era el mejor remedio. Pero con Mavis no había funcionado.

24 de diciembre de 1969

—El pastel de ciruelas está en el horno caliente y la salsa en la olla de ahí detrás. —Fiona le dio las instrucciones, colocándose su sombrero de lana de color rojo. Fiona era baja y a su lado parecía una enana de jardín—. No subas demasiado el fuego. Ni lo apagues del todo, o no conseguirás encenderlo de nuevo. Aquí están las instrucciones para cocinar las aves mañana. Están rellenas en la olla y ya he cortado las verduras para la guarnición y las he dejado en un gran cuenco amarillo en el frigorífico... —Rebuscó en el bolsillo de sus vaqueros y sacó un pedazo de papel manuscrito, que le puso en la mano.

Él le dio una palmadita en la cabeza.

—No te preocupes, Fiona —la tranquilizó—. No vamos a quemar la casa. Ni tampoco nos moriremos de hambre.

Ella arqueó las cejas vacilando ante la puerta. Su novio la esperaba fuera, sentado en el coche con el motor en marcha, impaciente.

—Ah, bueno. ¿Estás seguro de que no queréis venir con nosotros? A la madre de Ernie no le importará. Estoy segura de que no le parecerá bien que os quedéis solos en Navidad...

—No te preocupes, Fiona —dijo, empujándola hacia la puerta—. Nos las arreglaremos. Pasa unas buenas fiestas con Ernie y no te preocupes por nosotros.

Ella suspiró y se rindió, reticente.

—Sí, supongo que estaréis bien. —El sonido de la bocina hizo que mirara el coche con indignación—. ¡Vale, ya voy, ¿no?! —gritó. Se volvió a Roger y, con una sonrisa radiante, le puso los brazos al cuello y, de puntillas, lo besó en los labios.

Dio un paso atrás y le guiñó un ojo, arrugando su pequeño y redondo rostro.

—Eso le dará una lección a Ernie —susurró—. ¡Felices Pascuas, Rog! —exclamó en voz alta, despidiéndose con la mano. Saltó del porche y se marchó contoneándose con estilo hasta el automóvil.

El motor rugió a modo de protesta, y el coche salió disparado con un chirrido de los neumáticos antes de que Fiona hubiera terminado de cerrar la puerta.

Roger permaneció en el porche agitando la mano, dando las gracias por el hecho de que Ernie no fuera un tipo demasiado grande. Se abrió la puerta y Brianna sacó la cabeza.

—¿Qué estás haciendo fuera sin abrigo? ¡Está helando!

Vaciló con la tentación de contárselo. Después de todo, era evidente que la relación de Fiona y Ernie iba viento en popa. Pero era víspera de Navidad, se recordó a sí mismo. Pese al cielo oscuro y la temperatura baja, sentía calor. Le sonrió.

—Estaba despidiéndome de Fiona —dijo—. ¿Intentamos preparar el almuerzo sin quemar la cocina?

Prepararon unos emparedados sin ningún problema y regresaron al estudio después del almuerzo. La habitación ya estaba casi vacía, sólo quedaban unos pocos estantes con libros para embalar.

Por una parte, Roger se sentía muy aliviado de que el trabajo estuviera casi terminado. Además, era triste ver el cálido y abarrotado estudio reducido a un mero esqueleto de lo que había sido.

El gran escritorio del reverendo había sido vaciado y transportado al garaje, los estantes también estaban prácticamente vacíos, y el panel de corcho de la pared, sin ningún papel. Aquel proceso le recordaba, de una manera incómoda, a desplumar pollos, ya que el resultado era una desnudez escueta y patética que hacía que deseara retirar la vista.

Sólo había quedado un cuadrado de papel en el corcho. Lo había dejado para el final.

—¿Qué pasa con ésos? —Brianna señaló un montón de libros que había sobre la mesa con el plumero. A sus pies, en el suelo, había una pila de cajas que estaban llenas de libros con diversos destinos: bibliotecas, sociedades de anticuarios, amigos del reverendo y el uso personal de Roger—. Están firmados pero no dedicados —dijo, entregándole el primero de la pila—. Tienes la serie que le dedicó a tu padre. ¿También quieres éstos? Son primeras ediciones.

Roger cogió uno de los libros. Era la obra de Frank Randall; libros tan elegantemente escritos como presentados.

—Debes tenerlos tú, ¿no te parece? —preguntó. Sin esperar respuesta, colocó uno en una caja que descansaba en el asiento de un sillón—. Después de todo, es la obra de tu padre.

—Ya los tengo —protestó—. Toneladas. Cajas y cajas.

—Pero supongo que no estarán firmados.

—Bueno, no. —Cogió otro libro y lo abrió por la guarda, donde había escrito «*Tempora mutantur nos et mutamur in illis*, F. W. Randall», con una letra fuerte e inclinada. Pasó un dedo con cuidado sobre la firma y su boca ancha se suavizó—. «Los tiempos están cambiando, y nosotros cambiamos con ellos.» ¿Estás segura de que no los quieres, Roger?

—Claro —respondió sonriendo. Hizo un gesto que abarcaba el lugar lleno de volúmenes—. No te preocupes, no me faltan libros.

Brianna lanzó una carcajada y guardó los tomos en su caja. Luego continuó con su tarea de limpiarlos antes de embalarlos. Nadie había limpiado la mayoría de ellos en cuarenta años, lo que hacía que ella a esas alturas ya se hubiera ensuciado. Sus largos dedos estaban mugrientos, y los puños de su camisa blanca, casi negros.

—¿No vas a echar de menos este lugar? —preguntó. Se apartó un mechón de pelo de los ojos y señaló la enorme habitación—. Creciste aquí, ¿no?

—Sí y sí —respondió él, colocando otra caja sobre el montón que iban a enviar a la biblioteca de la universidad—. Pero no tengo elección.

—Supongo que no puedes vivir aquí —aceptó con pena—. Como estás en Oxford la mayoría del tiempo... Pero ¿era necesario venderla?

—No puedo venderla. Esta casa no es mía. —Se agachó para coger una caja muy grande, y se puso de pie poco a poco, gruñendo por el esfuerzo. Se tambaleó por la habitación y la dejó sobre la pila con un golpe que levantó una nube de polvo de las cajas que había debajo.

—¡Vaya! —exclamó, y le lanzó una sonrisa—. Qué el Señor ayude a los anticuarios cuando levanten ésta.

—¿Qué quieres decir con que no es tuya?

—Lo que he dicho —respondió distraídamente—. No es mía. La casa y el terreno pertenecen a la Iglesia. Papá vivió aquí cerca de cincuenta años, pero no era el propietario. Pertenece a la administración de la parroquia. El nuevo ministro no la quiere. Tiene dinero y una esposa a la que le gustan las casas modernas, así que la han puesto en venta. Fiona y su Ernie la van a comprar, que el cielo los ayude.

—¿Para ellos dos solos?

—Es barata y tienen una buena razón —añadió con ironía—. Ella quiere tener muchos hijos y aquí hay lugar para un ejército, puedo asegurártelo. —Diseñada en la época victoriana para ministros con familias numerosas, la casa parroquial tenía doce habitaciones... sin contar el anticuado e incómodo baño—. La boda será en febrero, por eso debo terminar la mudanza ya, para que los pintores y los de la limpieza tengan tiempo. Aunque es una vergüenza que te haga trabajar durante las fiestas. Tal vez podríamos ir a Fort William el lunes.

Brianna cogió otro libro, pero no lo colocó en la caja.

—Entonces te has quedado sin casa —dijo poco a poco—. No me parece justo, aunque me alegro de que se la quede Fiona.

Roger se encogió de hombros.

—No pensaba instalarme en Inverness, ni era la casa de mis antepasados. —Hizo un gesto hacia el linóleo agrietado, la mugrienta pintura esmaltada y la antigua lámpara redonda de cristal del techo—. Tampoco la podía registrar en la Fundación Nacional para Lugares Históricos y cobrar dos libras de entrada por las visitas guiadas.

Brianna sonrió y siguió clasificando libros. Sin embargo, parecía pensativa, con el ceño ligeramente fruncido entre sus gruesas cejas rojas. Por fin introdujo el último libro en la caja, se estiró y suspiró.

—El reverendo tenía casi tantos libros como mis padres —comentó—. Entre los libros de medicina de mamá y los de historia de papá se podría abastecer una biblioteca. Es probable que me lleve seis meses, cuando vuelva a ca.... cuando regrese. —Se mordió un poco el labio, se volvió para recoger un rollo de cinta de embalar, e intentó soltarlo con una uña—. Le dije a la inmobiliaria que podía poner la casa en venta para el verano.

—¿Eso es lo que te molestaba? —preguntó lentamente mientras observaba su rostro—. ¿Estabas pensando en deshacerte de la casa donde creciste, abandonar tu hogar para siempre?

Levantó un poco un hombro, con la mirada aún fija en la recalcitrante cinta.

—Si tú puedes hacerlo, supongo que yo también podré. Por otra parte —continuó—, no es tan terrible. Mamá se ocupó de casi todo, encontró un inquilino y alquiló la casa durante un año, así me dejaba tiempo para decidir lo que haría sin preocuparme por tener la casa vacía. Pero es una tontería que me la quede, es demasiado grande para vivir yo sola en ella.

—Podrías casarte —dejó escapar sin pensarlo.

—Supongo que podría —respondió, y lo miró de reojo, con una especie de sonrisa—. Algún día. Pero ¿y si mi esposo no quiere vivir en Boston?

De pronto se le ocurrió que la preocupación de Brianna por la pérdida de la casa parroquial podía ser porque ella se había visto viviendo allí.

—¿Quieres tener hijos? —preguntó él bruscamente. Nunca se le había ocurrido preguntárselo, pero esperaba que sí los quisiera.

Miró sorprendida y luego rió.

—Por lo general, los hijos únicos suelen querer tener familias numerosas, ¿no?

—No sabría decírtelo. Pero sé que yo sí quiero. —Se acercó entre las cajas y de repente la besó.

—Yo también —dijo ella. Tenía la mirada sesgada cuando sonreía. No apartó los ojos, pero el suave sonrojo le daba el aspecto de un albaricoque maduro. Él quería hijos, aunque en aquel momento le apetecía mucho más hacer lo que los producía—. Será mejor que primero terminemos de limpiar esto.

—¿Qué? —Tardó en comprender el sentido de sus palabras—. Bueno, sí. Claro, supongo que sí.

Inclinó la cabeza y la volvió a besar, esta vez con tranquilidad. Tenía una boca maravillosa; amplia y con unos labios gruesos, casi demasiado grandes para su cara, sin llegar a serlo.

Le había pasado un brazo por la cintura, y con la otra mano le acariciaba el sedoso cabello. Su piel era suave y tibia bajo su mano; la agarró de la nuca y ella se estremeció un poco, abriendo la boca en una pequeña señal de sumisión que le hacía desear apoyarla sobre la alfombra y...

Un breve golpe hizo que levantara la cabeza y que se separara sobresaltado.

—¿Quién es? —exclamó Brianna, con una mano apoyada en el pecho.

Una pared del estudio era un inmenso ventanal, ya que el reverendo había sido pintor y necesitaba abundante luz; una cara cuadrada con bigote se aplastaba contra uno de los vidrios, mirando con gran interés.

—Ése es el cartero —dijo Roger entre dientes—, MacBeth. ¿Qué diablos está haciendo aquí ese viejo sinvergüenza?

Como si hubiera oído su pregunta, el señor MacBeth dio un paso atrás, sacó una carta de su bolsa y la agitó con jovialidad ante ellos.

—Una carta —anunció mirando a Brianna. A continuación, miró a Roger y torció las cejas con una mirada lasciva.

Cuando Roger llegó a la puerta, el señor MacBeth estaba de pie en el porche, sosteniendo la carta.

—¿Por qué no la ha dejado en el buzón? —quiso saber Roger—. Tráigala aquí.

El señor MacBeth entregó la carta con aspecto de dignidad ofendida mientras intentaba ver a Brianna tras la espalda de Roger.

—Podría ser importante, ¿no? De Estados Unidos. Y es para la señorita, no para ti, muchacho. —Arrugó el rostro en un guiño enorme y poco sutil, esquivó a Roger y extendió el brazo hacia Brianna.

—Señorita —dijo, sonriendo de manera afectada bajo su bigote—. Con los saludos del Correo de Su Majestad.

—Muchas gracias —contestó Brianna. Todavía estaba ruborizada, pero se atusó el cabello y sonrió a MacBeth con serenidad. Cogió la carta y la miró sin abrirla. Roger vio que estaba escrita a mano con marcas rojas de reenvío, pero se encontraba demasiado lejos como para distinguir la dirección del remitente.

—De visita, ¿no? —preguntó con entusiasmo—. Los dos solitos aquí, ¿no? —Miró a Brianna de arriba abajo con franco interés.

—No —respondió Brianna, con expresión seria. Dobló la carta y la guardó en el bolsillo de los tejanos—. El tío Angus está con nosotros, durmiendo arriba.

Roger se mordió el labio para no reírse. El tío Angus era un juguete de paño apolillado, un recuerdo de su juventud que Brianna había encontrado durante la limpieza de la casa. Brianna, entusiasmada con él, lo había limpiado y colocado sobre su cama en el cuarto de huéspedes, junto a su gorra escocesa.

El cartero levantó las cejas.

—Ah, ya veo. ¿Su tío Angus también es estadounidense?

No, es de Aberdeen. —Excepto por la punta de su nariz, que estaba ligeramente sonrosada, el rostro de Brianna no mostraba más que la más abierta ingenuidad.

El señor MacBeth estaba encantado.

—Tiene una parte escocesa en la familia. Bueno, debí imaginarlo al ver su cabello. Es usted una chica muy guapa. —Movió la cabeza con admiración y la lascivia fue reemplazada por un aire pseudopaternal, algo menos ofensivo a los ojos de Roger.

—Sí, bueno. —Roger se aclaró la garganta—. No queremos distraerlo de su trabajo, señor MacBeth.

—No hay problema, ningún problema —le aseguró el cartero, estirando la cabeza para ver a Brianna por última vez antes de marcharse—. No hay descanso para los cansados, ¿verdad, querida?

—La expresión es «no hay descanso para los impíos» —aclaró Roger, abriendo la puerta—. Que tenga un buen día, señor MacBeth —añadió con cierto énfasis.

MacBeth lo miró, con la sombra de la lascivia de nuevo en su rostro.

—Usted también, señor Wakefield. —Se aproximó a él, le dio un codazo en las costillas y le susurró con voz ronca—: ¡Y mejor noche, si su tío tiene el sueño profundo!

—¿Vas a leer la carta? —La recogió de la mesa donde ella la había dejado y se la entregó.

Brianna se ruborizó al cogerla.

—No es importante. La leeré luego.

—Si es privada, me iré a la cocina.

Brianna se ruborizó aún más.

—No lo es. No es nada.

Roger enarcó una ceja. Brianna se encogió de hombros y abrió el sobre, sacando una hoja de papel.

—Ya te lo he dicho, no es nada importante. Si quieres, léela tú mismo.

«¿No lo es?», pensó él, pero no dijo nada en voz alta. Tomó la hoja que le ofrecía y le echó un vistazo. No era mucho, una información de la biblioteca de su universidad para decirle que lo que ella había pedido no podía obtenerlo por ese medio, pero que podía buscar en la colección privada de los Estuardo, en el anexo real de la Universidad de Edimburgo.

Cuando levantó la mirada, ella lo estaba observando con los brazos cruzados, los ojos brillantes y los labios apretados, retándolo a que dijera alguna cosa.

—Debiste decirme lo que buscabas —dijo con calma—. Podría haberte ayudado.

Se encogió de hombros levemente y él vio cómo se movía su garganta al tragar.

—Sé cómo hacer una investigación histórica. Solía ayudar a mi pa... —se interrumpió, mordiéndose el labio.

—Sí, ya veo —intervino, y la cogió del brazo para llevarla a la cocina, donde la hizo sentar en una silla frente a la mesa maltratada—. Voy a preparar el té.

—No me gusta el té —protestó.

—Necesitas una taza de té —dijo Roger con firmeza, y encendió el gas con un feroz chirrido. Se volvió hacia el armario y tomó las tazas, los platos y, tras pensarlo un momento, una botella de whisky del estante superior.

—Y tampoco me gusta el whisky —comentó Brianna al verlo. Comenzó a apartarse de la mesa, pero Roger la detuvo poniendo una mano sobre su brazo.

—A mí sí que me gusta el whisky —aclaró—. Pero detesto beber solo. ¿Me harás compañía? —Le sonrió, deseando que ella también lo hiciera. Finalmente, lo hizo a regañadientes, y se relajó en su asiento.

Se sentó frente a ella y llenó su copa hasta la mitad con el fuerte líquido ámbar. Él aspiró los vapores con placer y sorbió poco a poco, dejando que la fuerte sustancia se deslizara por su garganta.

—Ah. Glen Morangie. ¿Seguro que no quieres acompañarme? ¿Un chorrito en tu té?

Negó con la cabeza; cuando el agua comenzó a hervir se levantó para apartarla del fuego y verterla en la tetera. Roger se acercó y le pasó los brazos por la cintura.

—No es algo de lo que debas avergonzarte —dijo con cariño—. Tienes derecho a saberlo todo. Al fin y al cabo, Jamie Fraser era tu padre.

—Pero no lo es... en realidad no. —Tenía la cabeza gacha; él podía ver la espiral de un remolino en su coronilla, el clon del que tenía en el centro de la frente y le levantaba y retiraba el cabello de la cara en una suave onda—. Yo tuve un padre —dijo, con voz algo entrecortada—. Papá... Frank Randall, él era mi padre y yo lo quiero, lo quería. No me parece correcto buscar a otro, como si él no fuera suficiente, como...

—No es eso, y lo sabes. —Él la giró y le levantó la barbilla con un dedo—. No tiene nada que ver con Frank Randall ni con lo que sientas por él; era tu padre y nada podrá cambiar eso. Pero es natural sentir curiosidad, querer saber.

—¿Alguna vez tú quisiste saber? —Levantó la mano y le apartó la suya... pero se aferró a sus dedos.

Roger respiró profundamente buscando consuelo en el whisky.

—Sí, sí, lo hice. Y creo que tú también lo necesitas. —Estrechó sus dedos entre los de ella y tiró de ella hacia la mesa—. Vamos a sentarnos y te contaré.

Sabía lo que se sentía al haber perdido a un padre, un padre desconocido. Durante un tiempo, justo después de empezar la escuela, había examinado de manera obsesiva las medallas de su padre, llevaba la pequeña caja de terciopelo en su bolsillo y presumía sobre el heroísmo de su padre ante sus amigos.

—Inventaba historias —afirmó mientras observaba las profundidades de su taza—. Me pegaban por ser un pesado y me abofeteaban en el colegio por mentir. —La miró y sonrió con cierto dolor—. Pero necesitaba que fuera real. ¿Te das cuenta? —Ella asintió, con los ojos oscuros llenos de comprensión. Tomó otro sorbo de whisky, sin molestarse en saborearlo—. Por suerte, papá, el reverendo, entendió el problema. Comenzó a explicarme cosas sobre mi padre; historias reales. Nada especial, nada heroico. Jerry MacKenzie fue un héroe, de acuerdo, y lo mataron. Pero lo que lo hacía real para mí eran las cosas simples, lo que hacía de niño: cómo hizo una caseta para un vencejo, pero le hizo un agujero demasiado grande y se metió un cuco; lo que le gustaba comer cuando venía de vacaciones e iban al pueblo a comprar dulces; cómo se llenaba los bolsillos con los bígaros de las rocas, se olvidaba de ellos y estropeaba los pantalones con el olor. —Se detuvo y le sonrió, con un nudo en la garganta debido al recuerdo—. Hizo que fuera real. Eso permitió que lo echara de menos más que nunca, porque entonces conocí un poco más lo que había perdido; pero tenía que saber.

—Algunas personas dicen que no puedes extrañar lo que nunca has tenido y que por eso es mejor no saber nada —intervino Brianna, levantando su taza de té con los ojos fijos en el borde.

—Algunas personas son tontas. O cobardes.

Sirvió un poco más de whisky en su taza y le ofreció la botella con la ceja enarcada. Ella extendió la taza sin hacer ningún comentario y él le sirvió whisky. Ella bebió y bajó la taza.

—¿Y tu madre?

—Tengo algunos recuerdos de ella; tenía cinco años cuando murió. En el garaje guardo algunas cajas con sus cosas, sus cartas. —Movió la cabeza hacia la ventana—. Es como decía papá: «Todos necesitamos una historia.» La mía está allí y sé que si la necesito puedo encontrarla. —La contempló durante un momento—. ¿La echas mucho de menos? —preguntó—. A Claire.

Brianna le lanzó una mirada, asintió brevemente y bebió. Después, sostuvo su taza vacía para pedirle más.

—Yo... yo tengo miedo de saber —dijo, con la mirada fija en el chorro de whisky—. No es sólo él, es ella también. Quiero decir, conozco la historia de Jamie Fraser, ya que ella me hablaba mucho de él. Mucho más de lo que encontraría en archivos históricos —añadió con una débil sonrisa. Inspiró profundamente—. Pero mamá... al principio traté de pensar que se había ido, como si fuera un viaje. Cuando no pude más, traté de creer que estaba muerta. —Su nariz moqueaba, ya fuera por la emoción, el whisky o el calor del té. Roger le alcanzó una servilleta que colgaba de la cocina y se la pasó por encima de la mesa para que se sonara—. Pero no es así. —Levantó la servilleta y se secó la nariz con enojo—. ¡Ése es el problema! ¡La echo de menos una y otra vez y sé que no la veré nunca más, pero ni siquiera está muerta! ¿Cómo puedo llorarla como muerta, cuando creo y espero que sea feliz donde yo la obligué a ir?

Apuró el contenido de su taza, tosió un poco y recuperó el aliento. Le lanzó una oscura mirada azul a Roger, como si fuera el culpable de la situación.

—Por eso quiero saber, ¿entiendes? Quiero encontrarla, encontrarlos a los dos. Saber si ella está bien. Pero también pienso que tal vez lo mejor sería no saber. Porque ¿y si descubro que no está bien? ¿Y si me entero de algo horrible? ¿Y si ella está muerta o él...?, bueno eso no importaría tanto, porque de todos modos ahora ya está muerto... Pero ¡tengo que saber, sé que tengo que hacerlo!

Dejó su taza sobre la mesa con un golpe para que le sirviera whisky.

—Más.

Él abrió la boca para decirle que ya había tomado más de lo necesario, pero una mirada a su rostro hizo que cambiara de idea. Cerró la boca y le sirvió. Ella no esperó a que le añadiera té. Tomó un largo trago y después otro más. Tosió, escupió y dejó la taza con los ojos llorosos.

—Así que estuve buscando. Cuando he visto los libros de papá y su firma, entonces todo me ha parecido mal. ¿Crees que estoy equivocada? —preguntó, mirándole con tristeza a través de las pestañas empapadas.

—No, mujer —dijo cariñosamente—. No está mal. Tienes razón, debes saber. Te ayudará. —Se puso en pie y, tomándola entre sus brazos, la levantó—. Pero ahora creo que deberías descansar un rato.

La ayudó a subir las escaleras, y cuando llegaron arriba, Brianna se soltó y corrió al cuarto de baño. Él se apoyó en la pared exterior, esperando con paciencia hasta que ella salió tambaleándose, con la cara del color del viejo yeso que cubría el revestimiento de madera.

—Qué desperdicio de Glen Morangie —dijo, tomándola de los hombros y dirigiéndola a su habitación—. Si lo hubiera sabido, te hubiera dado uno más barato.

Brianna se derrumbó en la cama y permitió que le quitara los zapatos y los calcetines. Se puso de lado, con el tío Angus en los brazos.

—Te he dicho que no me gustaba el té —murmuró, y se quedó dormida.

Roger trabajó solo un par de horas, guardando libros y cerrando cajas. Era una tarde tranquila y oscura, sin más ruido que el suave golpeteo de la lluvia y el sonido ocasional de los neumáticos en la calle. Cuando la luz comenzó a desvanecerse, encendió las lámparas y cruzó el pasillo hacia la cocina, para quitarse la mugre de los libros de las manos.

Había una olla enorme de sopa de puerro burbujeando en la parte posterior del fogón. ¿Qué le había dicho Fiona? ¿Subirlo? ¿Apagarlo? ¿Echarle cosas? Observó la olla, dudoso, y decidió dejarla como estaba.

Luego se ocupó de los restos del té, lavando y secando las tazas, y dejándolas con cuidado en sus ganchos en el armario; restos del viejo juego de porcelana propiedad del reverendo desde que Roger tenía uso de razón, con árboles y pagodas en blanco y azul, al que había añadido diversas piezas de vajilla adquiridas en ventas del vecindario.

Fiona lo tendría todo nuevo. Los había obligado a mirar revistas de porcelanas, cristalerías y cuberterías. Brianna había expresado admiración, y a Roger se le había puesto la mirada vidriosa por el aburrimiento. Suponía que los cacharros viejos acabarían en una venta del vecindario... al menos le serían útiles a alguien.

En un impulso, cogió las dos tazas que habían usado, las envolvió en una servilleta limpia y las llevó al estudio para guardarlas con sus cosas. Se sintió bastante tonto y, al mismo tiempo, mucho mejor. Miró a su alrededor; el estudio estaba vacío, salvo por la hoja de papel clavada en la pared de corcho.

«¿Así que te quedas sin tu casa?» Bueno, había abandonado su casa hacía tiempo, ¿no?

Pero le fastidiaba. Mucho más de lo que había demostrado a Brianna. Tenía que recocer que justo por ese motivo había tardado tanto en terminar de limpiar la rectoría. Es cierto que era una tarea monumental, que él tenía su propio trabajo en Oxford y que los miles de libros que tenía en su haber tenían que clasificarse con cuidado... pero podía haberlo hecho con más rapidez. Si hubiera querido.

Con la casa libre, nunca hubiera terminado el trabajo. Sin embargo, con el ímpetu de Fiona por detrás y la tentación de Brianna delante... sonrió ante la idea de las dos: una muchacha bajita de cabello oscuro y rizado, y una vikinga con pelo de fuego. Estaba claro que las mujeres eran necesarias para conseguir que los hombres hicieran algo.

No obstante, era hora de terminar.

Con una sensación de ceremonia lúgubre, arrancó la hoja amarillenta de la pared de corcho. Era su árbol genealógico, trazado por el propio reverendo.

Generaciones y más generaciones de MacKenzie. Últimamente había estado considerando la idea de recuperar el nombre de manera permanente y no sólo para cantar. Sin papá, no pensaba volver mucho más a Inverness, donde la gente lo conocería como Wakefield. Después de todo, ése había sido el objetivo de la genealogía, que Roger no olvidara quién era.

El reverendo conocía pocas historias individuales; la mayoría de la gente de la lista sólo eran nombres. Y la más importante de la lista, ni siquiera eso; la mujer cuyos ojos verdes Roger veía cada mañana en el espejo no se encontraba en ninguna parte de aquella lista, por buenas razones.

Los dedos de Roger se detuvieron cerca de la parte superior del árbol. Allí estaba él, el suplantado: William Buccleigh MacKenzie. Lo habían entregado a unos padres adoptivos. Había sido el fruto ilegítimo, durante la guerra, del caudillo del clan MacKenzie y de una bruja condenada a la hoguera. Dougal MacKenzie y la bruja Geillis Duncan. No era una bruja, por supuesto, pero era tanto o más peligrosa. Él tenía sus ojos, o al menos eso decía Claire. ¿Habría heredado algo más de ella? ¿La aterradora capacidad de viajar a través de las piedras pasaría a través de generaciones de respetables ganaderos y marinos?

Pensaba en ello cada vez que observaba el árbol, y por eso intentaba no mirarlo. Apreciaba la ambivalencia de Brianna; comprendía demasiado bien la delgada línea que existía entre el miedo y la curiosidad, el tira y afloja entre la necesidad de saber y el miedo a averiguar.

Bueno, podía ayudar a Brianna en su búsqueda. Y en cuanto a él...

Roger colocó la hoja en una carpeta y la guardó en una caja. Cerró la tapa de cartón e hizo una X con papel engomado sobre la solapa.

—Eso es todo —dijo en voz alta, y salió de la habitación vacía.

Se detuvo en lo alto de la escalera, sorprendido. Brianna se había bañado, desafiando al antiguo calentador con su esmalte agrietado y su estrepitosa llama. Ahora estaba en el pasillo, sólo con una toalla.

Giró por el pasillo, sin verlo. Roger permaneció inmóvil, escuchando el aleteo de su corazón, sintiendo su palma resbaladiza sobre la baranda pulida.

Estaba cubierta modestamente; aunque había visto más de ella en verano, con sus pantalones cortos y camisetas, la fragilidad de lo que la cubría excitaba a Roger. El hecho de saber que podía desnudarla con un simple gesto y que estaban los dos solos en la casa...

Dinamita.

Dio un paso hacia ella y se detuvo. Ella lo había oído. Aunque también se detuvo, pasó un rato antes de que se volviera. Estaba descalza y sus pies tenían una curva pronunciada y unos dedos largos; las curvas esbeltas de sus huellas mojadas eran oscuras sobre la alfombra gastada que cubría el suelo del pasillo.

No dijo nada. Se limitó a mirarlo, entornando los ojos oscuros. Permaneció de pie frente a la enorme ventana al final del pasillo, con su figura envuelta negra frente a la pálida luz gris del día lluvioso.

Sabía cómo sería su tacto, en el caso de que la tocara. Su piel seguiría caliente por el baño, húmeda en las corvas de las rodillas, el muslo y el codo. Podía olerla: la mezcla del champú, el jabón y el talco; el olor de su piel enmascarado por los fantasmas de las flores.

Las huellas sobre la alfombra se estrechaban frente a él; constituían una frágil cadena de pasos que los unía. Él se quitó las sandalias y puso un pie descalzo sobre una de las huellas que ella había dejado; la notaba todavía fresca.

Había gotas de agua sobre sus hombros, a juego con las de la ventana que tenía detrás, como si hubiera estado bajo la lluvia y hubiera entrado a través de ella.

Brianna levantó la cabeza mientras Roger se aproximaba y, con un gesto, se quitó la toalla de la cabeza. Sus cabellos brillaban como serpientes de bronce y acariciaban su mejilla con la humedad. No era la belleza de una gorgona, sino la de un espíritu de las aguas, que cambiaba su forma de caballo con crines de serpiente por la de una mujer mágica.

—*Kelpie* —susurró en la ruborizada mejilla—. Parece que hubieras salido de un arroyo de las Highlands.

Brianna le pasó los brazos por el cuello, soltando la toalla, que quedó sujeta entre sus cuerpos.

Tenía la espalda desnuda. El aire frío de la ventana erizó el vello del antebrazo de Roger, pese a que la piel de ella le calentaba la palma. Roger deseaba envolverla con la toalla, protegerla, cubrirla del frío, desnudarse, tomar el calor de ella y darle su calor, allí mismo, en aquel ventoso pasillo.

—Vapor —susurró—. Emanas vapor.

La boca de Brianna se curvó en una sonrisa.

—Tú también, Roger, y eso que no te has bañado.

Su mano fría estaba en el cuello de él. Abrió la boca para decir algo más, pero él la besó, sintiendo un calor húmedo a través de su camisa.

Sus pechos se elevaron contra él y abrió la boca bajo la suya. El grueso tejido de la toalla ocultaba el contorno de sus pechos bajo sus manos, pero no su imaginación; podía verlos en su mente, redondos y suaves, con el suave y hechizante bamboleo de la carne plena.

Roger bajó la mano, apretando la curva de su trasero. Brianna se sobresaltó, perdió el equilibrio y los dos cayeron, torpemente, en un esfuerzo por mantenerse en pie.

Las rodillas de Roger golpearon el suelo y arrastró a Brianna con él. La joven se ladeó y cayó riendo boca arriba.

—¡Eh! — Iba a coger su toalla, pero la abandonó mientras Roger volvía a besarla.

Tenía razón sobre sus pechos. Le acarició un seno desnudo, lleno y suave, con el pezón duro en el centro de su palma.

Dinamita, y la mecha estaba encendida.

Su otra mano descansaba en la parte superior de su muslo bajo la toalla, suficientemente cerca como para sentir los rizos húmedos rozando su dedo. ¿De qué color sería su vello? ¿Castaño rojizo como lo imaginaba? ¿O cobre y bronce como su cabello?

Muy a su pesar, alejó la mano mientras se moría por tocar la suave y resbaladiza plenitud que sentía tan cerca. Con un esfuerzo que lo mareó, se detuvo. La mano de ella estaba sobre su brazo, instándole a que bajara otra vez.

—Por favor —susurró la joven—. Por favor, quiero que sigas.

Se sentía hueco como una campana; los latidos de su corazón resonaban en su cabeza, su pecho y entre sus piernas con dolorosa fuerza. Cerró los ojos, respirando, apoyando las manos en la fibra áspera de la alfombra, intentando borrar el tacto de su piel, por temor a aprovecharse de ella otra vez.

—No —dijo con voz ronca—. No, aquí no. No así.

Brianna se incorporó y se cubrió con la toalla azul marino que se amontonaba alrededor de sus caderas, como una sirena entre las olas. Se había enfriado; tenía la piel pálida como el mármol bajo la luz gris, pero la carne de gallina granulaba la suavidad de sus brazos, pechos y hombros.

Roger le tocó la piel, áspera y suave, y le acarició los labios y la boca ancha. Su sabor permanecía en los labios de él: piel limpia, pasta de dientes... y una lengua dulce y suave.

—Debe ser mejor —susurró—. Quiero hacerlo mejor... la primera vez.

Se arrodillaron frente a frente mientras el aire que corría entre ellos susurraba las cosas que no se habían dicho. La mecha seguía prendida, pero ahora ardía poco a poco. Roger se sentía pegado al suelo; después de todo, quizá fuera la Gorgona.

Entonces, el olor a sopa quemada ascendió por la escalera y los dos se sobresaltaron.

—¡Algo se quema! —dijo Brianna, y quiso bajar, con la toalla de nuevo en su lugar. Pero él la agarró del brazo cuando pasaba junto a él. Estaba helada a causa de las corrientes del pasillo.

—Yo lo haré —contestó—. Ve a vestirte.

Le echó una rápida mirada azul y desapareció por la habitación de invitados. La puerta se cerró detrás de ella y él corrió por el pasillo y escaleras abajo hacia el olor del desastre mientras sentía que la palma de la mano con la que la había tocado le ardía.

Abajo, Roger luchaba con la sopa derramada mientras se reprendía a sí mismo: ¿qué había pensado que iba a hacer, arremetiendo contra ella como un salmón en celo de camino al lugar de desove? ¡Arrancarle la toalla y tirarla al suelo, diablos, ella debía de pensar que era un violador!

Al mismo tiempo, el calor que sentía en el pecho no se debía a la vergüenza o al calor de la cocina. Era el calor de la piel de Brianna, que todavía sentía como suyo. «Quiero que sigas», le había dicho, y lo decía en serio.

Conocía suficiente el lenguaje corporal como para reconocer el deseo y la entrega cuando los tocaba. Pero lo que había sentido en aquel breve instante en el que el cuerpo de ella había tomado vida junto con el suyo era algo mucho mayor. El universo había cambiado con un pequeño y decisivo *clic*; aún podía oír su eco en sus huesos.

La deseaba. Quería todo de ella, no sólo la cama, no sólo su cuerpo. Quería todo, para siempre. De pronto, la frase bíblica «una sola carne» le parecía algo inmediato y muy real. Casi se habían convertido en eso en el suelo del pasillo, y el hecho de que se detuvieran había hecho que se sitiera repentina y peculiarmente vulnerable... ya no era una persona completa, sino la mitad de algo que no se había construido aún.

Tiró los restos de la sopa en el fregadero. No importaba, comerían en el bar. Sería mejor salir de casa y alejarse de la tentación.

Una cena, una conversación informal y tal vez una caminata por la orilla del río. Brianna quería ir a los servicios de Nochebuena. Después de eso... Después de eso, se lo pediría, de manera formal. Y ella lo aceptaría, sabía que diría que sí. Y entonces...

Bueno, entonces podrían regresar a casa, un lugar oscuro y privado. A solas, una noche de sacramento y secreto, donde un amor nuevo aparecería en el mundo. Y la tomaría en sus brazos y la llevaría arriba, en una noche en la que el sacrificio de la virginidad no suponía la pérdida de la pureza, sino el nacimiento del deleite eterno.

Roger apagó la luz y salió de la cocina. Detrás de él, olvidada, la llama del gas ardía azul y amarilla en la oscuridad, firme y constante como los fuegos del amor.

18

Lujuria impropia

El reverendo Wakefield había sido un hombre bondadoso y ecuménico, tolerante con todas las opciones religiosas y deseoso de albergar doctrinas que su congregación podía considerar ultrajantes o directamente blasfemas.

Sin embargo, toda una vida expuesto a la rigidez del presbiterianismo escocés y sus permanentes recelos hacia todo lo «apostólico romano» había dejado en Roger cierta inseguridad a la hora de entrar en una iglesia católica, como si temiera que le atacaran por la espalda estrafalarios secuaces de la Vera Cruz para bautizarlo por la fuerza.

Pero nada de eso ocurrió mientras seguía a Brianna al interior de la pequeña iglesia de piedra. Había un muchacho con una larga túnica blanca en el otro extremo de la nave, pero estaba encendiendo con tranquilidad dos pares de grandes cirios blancos que decoraban el altar. Un suave y desconocido aroma flotaba en el aire. Roger inhaló, intentando ser discreto. ¿Incienso?

Al entrar junto a él, Brianna sacó de la bolsa un pequeño velo negro de encaje y se lo puso en la cabeza con unas horquillas.

—¿Qué es eso? —preguntó.

—No sé cómo lo llaman —respondió—; se usa en la iglesia si no llevas sombrero o velo. En realidad, ya no existe la obligación de llevarlo, pero crecí con esta costumbre. Las mujeres no podían entrar a una iglesia católica con la cabeza descubierta, ya sabes.

—No, no lo sabía —dijo Roger, cada vez más interesado—. ¿Por qué no?

—Según san Pablo, creo —contestó, sacando un cepillo del bolso, para arreglarse las puntas—, las mujeres debían cubrirse el cabello para no ser objeto de lujuria impropia. Un viejo chiflado —añadió, devolviendo el cepillo al bolso—. Mamá siempre decía que tenía ojeriza a las mujeres. Pensaba que eran peligrosas —comentó con una sonrisa burlona.

—Lo son. —De manera impulsiva, se inclinó y la besó, sin hacer caso de las miradas de la gente que se encontraba más cerca de ellos.

Ella lo miró sorprendida, pero luego le devolvió el beso, suave y rápidamente. Roger sintió un murmullo de censura, pero no le prestó atención.

—¡En la iglesia y en Nochebuena! —dijo alguien con voz ronca.

—Bueno, Annie, no es exactamente la iglesia, es sólo la entrada.

—¡Y él es el hijo del ministro!

—Bueno, ya conoces el dicho, Annie: en casa del herrero, cuchillo de palo. Me atrevería a decir que lo mismo ha ocurrido con el hijo del ministro, que se ha ido al infierno. Vamos.

Las voces se desvanecieron en la iglesia, junto con el remilgado golpeteo de unos tacones altos y un susurro más suave del hombre que le acompañaba. Brianna se hizo a un lado y lo miró, con la boca temblando de risa.

—¿Te has ido al infierno?

Roger le devolvió la sonrisa y tocó su rostro radiante. En Navidad, llevaba el collar de su abuela y su piel reflejaba el brillo de las perlas de agua dulce.

—Si el diablo me acepta...

Antes de que pudiera responder, una ráfaga de aire nublado los interrumpió al abrirse la puerta de la iglesia.

—Señor Wakefield, ¿es usted? —Se volvió y se encontró con dos pares de ojos inquisitivos, dos ancianas de baja estatura, cogidas del brazo, ataviadas con abrigos de invierno y el cabello ahuecado bajo sus pequeños sombreros de felpa semejantes a un juego de topes para puertas.

—¡Señora McMurdo, señora Hayes! ¡Felices Pascuas! —saludó sonriendo. La señora McMurdo vivía a dos puertas de la rectoría y caminaba hasta la iglesia cada domingo con su amiga, la señora Hayes. Las conocía de toda la vida.

—Entonces, ¿se va a Roma, señor Wakefield? —preguntó Chrissie McMurdo mientras su amiga reía y un par de cerezas rojas se mecían en su sombrero.

—Aún no —respondió Roger, todavía sonriendo—. Estoy acompañando a una amiga. ¿Conocen a la señorita Randall? —Empujó a Brianna hacia delante y procedió a las presentaciones, sonriendo por dentro mientras las dos ancianas la observaban con franca curiosidad.

Para ambas, su presencia allí era una declaración de sus intenciones tan clara como si lo hubiera publicado en el periódico. Qué lástima que Brianna no se diera cuenta.

¿O sí que lo hacía? La joven lo miró de reojo, con una sonrisa especial, y le apretó el brazo durante un instante.

—¡Ay, mira, ahí viene el muchachito con el incensario! —chilló la señora Hayes, al ver a otro muchacho con túnica blanca que salía del santuario—. ¡Será mejor que entremos ya, Chrissie, o será imposible sentarse!

—Es un placer conocerte, querida —dijo la señora McMurdo con la cabeza tan estirada para mirarla que a punto estuvo de perder el sombrero—. ¡Qué muchacha más guapa y alta! —Miró a Roger con picardía—. Qué suerte que hayas encontrado a un muchacho para hacer pareja, ¿no?

—¡Chrissie!

—Ya voy, Jessie, ya voy. No te apures, hay tiempo. —La señora McMurdo se volvió sin prisa, para unirse a su amiga mientras enderezaba su sombrero, que estaba decorado con un puñado de plumas de urogallo.

La campana comenzó a tañer y Roger cogió a Brianna del brazo. Frente a ellos, Jessie Hayes se volvió con una mirada inquisitiva para dirigirles una sonrisa pícara.

Brianna se humedeció los dedos en la pila de piedra y se santiguó. A Roger, el gesto le resultó extrañamente familiar, pese a que se trataba de un rito católico.

Años atrás mientras hacía senderismo con el reverendo, llegaron al estanque de un santo, oculto en una arboleda. En un extremo, había una roca lisa, junto a un pequeño manantial. El grabado se había erosionado, de manera que tan apenas quedaba la sombra de una figura humana.

Una sensación de misterio flotaba en el pequeño y oscuro estanque. El reverendo y él permanecieron de pie un rato, sin pronunciar ninguna palabra. Entonces, el reverendo se inclinó, tomó un poco de agua y la derramó al pie de la roca en una ceremonia silenciosa; tomó un poco más y se la vertió en la cara. Sólo entonces se arrodillaron junto al manantial, para beber el agua fría y dulce.

Por encima de la espalda arqueada del reverendo, Roger pudo ver los nudos harapientos de tela atados a las ramas del árbol que se cernía sobre el manantial. Promesas, recordatorios de oración que habían dejado aquellos que aún visitaban el antiguo santuario.

¿Durante cuántos milenios se habían bendecido los hombres con agua, antes de perseguir los anhelos de sus corazones? Roger metió los dedos y, de manera incómoda, se tocó la cabeza y el pecho, como si se tratara de una oración.

Se colocaron en el transepto oriental, junto a una familia que trataba de organizar sus cosas y los niños somnolientos, pasando abrigos, bolsos y biberones de un lado a otro mientras alguien tocaba un villancico en el pequeño órgano invisible. Luego la música se detuvo, se produjo un silencio expectante y comenzó a sonar un nuevo villancico.

Roger y todos se pusieron en pie mientras la procesión entraba por el pasillo central. Había varios monaguillos con túnicas blancas, y uno de ellos ondeaba un incensario que desprendía nubes de aromático humo a la multitud. Otro portaba un libro, y un tercero llevaba un gran crucifijo con una horripilante figura pintarrajeada de rojo, cuyos sangrientos ecos resplandecían en las vestiduras doradas y rojas del sacerdote.

A su pesar, Roger sintió un ligero rechazo por la mezcla de bárbara ostentación y los modulados cánticos en latín, puesto que le resultaban extraños si pensaba en lo que de manera subconsciente le parecía apropiado en una iglesia.

Sin embargo, al comenzar la misa, todo le pareció más normal: lecturas conocidas de la Biblia y el acostumbrado sermón, agradablemente aburrido, en el que los inevitables deseos navideños de «paz», «buena voluntad» y «amor» le venían a la mente, serenos como lirios blancos flotando en un estanque de palabras.

Cuando los fieles se pusieron de nuevo en pie, Roger había perdido cualquier impresión de extrañeza. Apenas percibía el olor dulce y almizclado del incienso, al encontrarse rodeado de un cálido y conocido ambiente constituido por abrillantador de suelos, lana húmeda, vapores de naftalina y un ligero aroma de whisky con el que algunos feligreses se habían fortalecido para la larga ceremonia. Al inspirar profundamente, incluso tuvo la impresión de que notaba un toque a hierba fresca en el cabello de Brianna. Brillaba bajo la tenue luz del transepto, suave y abundante si se comparaba con el violeta oscuro de su jersey. Con los destellos cobrizos apagados por la penumbra, tenía el color rojizo de la piel de un ciervo, y le provocaba la misma sensación de anhelo que había sentido cuando lo sorprendió uno en un sendero de las Highlands: una intensa necesidad de tocarlo, de acariciar al animal salvaje y conservarlo de alguna manera, junto con la certeza absoluta de que el más mínimo movimiento de un dedo haría que huyera.

Pensó que, pese a lo que la gente pensara de san Pablo, el hombre había sabido lo que decía respecto al cabello de las mujeres. ¿Lujuria impropia? Tuvo un repentino recuerdo del pasillo vacío y el vapor que emitía el cuerpo dc Brianna, así como las serpientes húmedas y frías dc su cabello sobre su piel. Apartó la vista e intentó concentrarse en lo que tenía lugar en el altar, donde el sacerdote alzaba la hostia mientras que un niño pequeño agitaba unas campanas, enloquecido.

Observó a Brianna cuando iba a comulgar y se dio cuenta de que había comenzado a rezar.

Se relajó un poco cuando fue consciente de su oración; no era el innoble «permite que pueda poseerla». Era el más humilde, y esperaba que aceptable, «permite que la merezca, permite que la ame como corresponde, permite que la cuide». Hizo un gesto hacia el altar, lo que llamó la atención del hombre que se encontraba junto a él, se enderezó y se aclaró la garganta como si lo hubieran sorprendido en una conversación privada.

Brianna regresó con los ojos muy abiertos, y concentrada en algo profundo, con una sonrisa soñadora. Se arrodilló y él la imitó.

En ese momento, tenía una mirada tierna, pero no era una expresión dulce. Tenía una nariz recta y severa, con cejas gruesas y rojas que sólo estaban mitigadas por la gracia de su arco. La pureza de su mandíbula y su pómulo hacía pensar que estaban hechos de mármol blanco. La boca podía cambiar en cualquier momento: de una suave generosidad, a la boca de una abadesa medieval, con los labios sellados con la castidad de la fría piedra.

La voz grave con acento de Glasgow que cantaba otro villancico junto a él hizo que volviera a la realidad. Vio cómo el sacerdote se retiraba con sus monaguillos, en medio de nubes triunfales de incienso.

Brianna canturreaba un villancico mientras iban camino del río.

—Has apagado el gas, ¿no?

—Sí —aseguró Roger—. No te preocupes. Entre la cocina y el calentador, que la rectoría no se haya incendiado hasta ahora es una prueba de la protección divina.

Brianna rió.

—¿Los presbiterianos creen en los ángeles de la guarda?

—Por supuesto que no. Es una superstición papista, ¿no?

—Bueno, espero no haberte condenado a la perdición al haber hecho que vinieras a misa conmigo. ¿Los presbiterianos creen en el infierno?

—En eso sí —le aseguró—. Igual que en el cielo, o incluso más.

Había aún más niebla junto al río. Roger estaba contento de no haber llevado el coche: apenas se podía ver a causa de la gruesa niebla blanca.

Caminaron del brazo junto al río Ness, con pasos amortiguados. Envueltos por la niebla, la ciudad invisible a su alrededor parecía que no existiera. Habían dejado atrás a otros feligreses; estaban solos.

Roger se sentía curiosamente expuesto, frío y vulnerable, como si hubiera perdido el calor y la seguridad que tenía en la iglesia. «Sólo nervios», pensó, y apretó el brazo de Brianna con más fuerza. Era el momento. Inspiró profundamente y la niebla fría le inundó el pecho.

—Brianna. —La tenía agarrada del brazo y la giró para tenerla frente a frente, antes de detenerse. Su cabello se agitó, brillando bajo las luces de la calle.

Gotas de agua centelleaban en una suave llovizna sobre su piel y brillaban como perlas y diamantes sobre su pelo. A través del relleno de su chaqueta, sintió el recuerdo de su piel desnuda, fría como la neblina para sus dedos, y la carne caliente en su mano.

Brianna tenía los ojos muy abiertos y oscuros como un lago, con secretos que se movían, medio visibles, medio sentidos, bajo el agua ondulante. Era verdaderamente una *kilpe*. *Each urisge*, un caballo de mar, con la crin al aire y un brillo intenso en la piel. Y el hombre que toca semejante criatura está perdido, ligado a ella para siempre, atrapado y ahogado en el lago que le sirve de hogar.

De repente, sintió miedo; no por sí mismo, sino por ella; como si algo de aquel mundo marino pudiera materializarse y llevársela de nuevo, alejándola de él. La agarró de la mano, como para impedírselo. Sus dedos estaban fríos y húmedos, en contraste con la calidez de la palma de Roger.

—Te deseo, Brianna —dijo suavemente—. No hay manera más sencilla de decirlo. Te amo. ¿Quieres casarte conmigo?

No respondió, pero su rostro cambió como el agua cuando se le arroja una piedra. Pudo verlo claramente, como su propio reflejo en el vacío de un lago de montaña.

—No querías que te dijera eso. —La niebla se había asentado en su pecho. Sentía que respiraba hielo y éste se clavaba en su corazón y sus pulmones—. No querías oír eso, ¿no?

Ella movió la cabeza, sin decir nada.

—Ah, bueno. —Con un esfuerzo, le soltó la mano—. Está bien —dijo, sorprendido por la tranquilidad de su voz—. No tienes que preocuparte.

Iba a seguir caminando cuando Brianna lo detuvo, sujetándolo del brazo.

—Roger.

Tuvo que hacer un gran esfuerzo para mirarla; no quería consuelo, ni deseaba oír la oferta de «ser amigos». Con semejante sentimiento de pérdida, no creía que pudiera soportar ni tan siquiera mirarla. Pero se volvió y Brianna se giró y se apretó contra él. Le tomó la cabeza, poniendo sus manos frías sobre sus orejas, y lo besó con frenesí y desesperación.

Roger la cogió de las manos y se las apartó, alejándola de él.

—¿A qué estás jugando? —La furia era mejor que la sensación de vacío, y le gritó en la calle desierta.

—¡No estoy jugando! Has dicho que me deseabas. —Tragó aire—. Yo también te deseo. ¿No lo sabes? ¿No te lo he dicho esta tarde?

—Creía que así era. —La miró fijamente—. ¿Qué diablos quieres decir?

—Quiero decir que... ¡que quiero acostarme contigo! —estalló.

—Pero ¿no quieres casarte conmigo?

Negó con el rostro blanco como una sábana. Algo que se encontraba a medio camino entre la náusea y la furia le revolvió el estómago, y luego estalló.

—Entonces, ¿no te casarás conmigo, pero quieres joder conmigo? ¿Cómo puedes decir algo así?

—¡No uses ese lenguaje conmigo!

—¿Lenguaje? ¿Tú puedes sugerirlo, pero yo no puedo pronunciar la palabra? ¡Nunca me han ofendido tanto, nunca!

Brianna temblaba y los mechones del cabello le caían por la cara.

—No quería insultarte. Yo creía que deseabas, que...

La cogió de los brazos y la atrajo hacia él.

—¡Si todo lo que quisiera fuera acostarme contigo, lo habría hecho una docena de veces el verano pasado!

—¡Eso es lo que tú te crees! —Se soltó un brazo y le dio una bofetada, cogiéndolo por sorpresa. Roger le sujetó la mano y la besó, con un beso mucho más largo e intenso que antes. Ella era alta y fuerte, y estaba enfadada... pero él era más alto, más fuerte, y estaba mucho más enfadado. Ella lo pateó y peleó, y él la besó hasta que se sintió preparado para dejarla.

—Eso es lo que creo —dijo, soltándola para respirar. Se secó la boca y dio un paso atrás, temblando. Había sangre en su mano; lo había mordido y no había sentido nada. Ella también temblaba. Tenía la cara pálida y los labios tan apretados que en su rostro sólo se veían sus ojos oscuros, llameantes—. Pero no lo hice —comentó, respirando con más calma—. Eso no era lo que quería y no es lo que quiero ahora. —Se limpió la sangre de la mano con la camisa—. Pero ¡si no te importo lo suficiente para casarte conmigo, entonces tampoco me importas lo suficiente como para meterte en mi cama!

—¡Claro que me importas!

—Ya lo veo.

—¡Me importas demasiado para casarme contigo, maldición!

—¿Que tú qué?

—Porque cuando me case contigo, cuando me case con cualquiera, tiene que durar. ¿Me oyes? ¡Si hago un juramento así, lo mantendré, no importa cuánto me cueste!

Las lágrimas rodaban por sus mejillas. Roger sacó un pañuelo del bolsillo y se lo dio.

—Suénate la nariz, límpiate la cara y luego me dices de qué diablos estás hablando.

Hizo lo que él le decía mientras resollaba y se apartaba el cabello mojado con una mano. Se le había caído el pequeño velo, que estaba colgando de una horquilla. Él se lo quitó y lo arrugó en su mano.

—Tu acento escocés aparece cuando te enfadas —afirmó ella con un tímido intento de sonrisa mientras le devolvía el pañuelo.

—No me extraña —dijo Roger, con exasperación—. Ahora dime lo que quieres decir y hazlo con claridad, antes de que me hagas hablar en gaélico.

—¿Sabes hablar gaélico? —Brianna iba recuperándose.

—Sé, y si no quieres aprender una buena cantidad de expresiones groseras... habla. ¿Cómo puede hacerme semejante oferta una buena chica católica recién salida de misa? Creí que eras virgen.

—¡Lo soy! ¿Y eso qué tiene que ver?

Antes de que pudiera contestar a semejante atrocidad, la joven siguió adelante.

—¿No me dijiste que no habías estado con chicas? ¡Yo sé que has estado!

—¡Sí, estuve! No quería casarme con ellas y ellas no querían casarse conmigo. No las amaba y ellas no me amaban. ¡Es a ti a quien amo, maldición!

Se apoyó en el farol de la calle, con las manos en la espalda, y la miró a los ojos.

—Creo que yo también te amo.

Roger no se había dado cuenta de que estaba conteniendo la respiración hasta que espiró.

—Ah. Me amas. —El agua se había condensado en su pelo, e hilillos helados descendían por el cuello—. Mmfm. Y dime, ¿cuál es el verbo principal «creer» o «amar»?

Se relajó un poco y tragó saliva.

—Ambos.

Levantó una mano antes de que Roger empezara a hablar.

—Te amo... creo. Pero... pero no puedo dejar de pensar en lo que le sucedió a mi madre. No quiero que me ocurra lo mismo.

—¿Tu madre? —El simple asombro dio paso a una sensación de ofensa—. ¿Qué? ¿Estás pensando en el maldito Jamie Fraser? ¿Te parece que no vas a sentirte satisfecha con un aburrido historiador... que vas a necesitar una gran pasión, como ella tuvo por él, y crees que tal vez yo no pueda ofrecértela?

—¡No! ¡No estoy pensando en Jamie Fraser! ¡Estoy pensando en mi padre! —Se metió las manos en los bolsillos de la chaqueta y tragó con fuerza. Había dejado de llorar, pero tenía lágrimas en las pestañas, y éstas se unían formando picos—. Ella lo quería cuando se casó con él... lo vi en las fotos que me diste. Ella dijo en la pobreza y en la riqueza, en la salud y en la enfermedad, y lo decía en serio. Y luego... luego conoció a Jamie Fraser y ya no lo pensó más.

Permaneció en silencio, buscando las palabras.

—No la culpo, de verdad que no, no después de haberlo sabido. No podía evitarlo. Cuando hablaba de él, era consciente de cómo lo amaba. Pero ¿no te das cuenta, Roger? Ella también quería a mi padre, pero algo sucedió. No lo esperaba y no fue por su culpa, pero hizo que faltara a su palabra. No quiero hacer eso bajo ningún motivo.

Se secó la nariz con la mano y Roger le devolvió el pañuelo en silencio. Ella se secó las lágrimas y lo miró.

—Pasará más de un año antes de que podamos estar juntos. Tú no puedes abandonar Oxford y yo no puedo marcharme de Boston hasta que obtenga mi título.

Deseaba decirle que iba a renunciar o que ella podía dejar sus estudios, pero no lo hizo. Brianna tenía razón: ninguno estaría contento con aquella solución.

—¿Y si ahora digo sí y luego sucede algo? ¿Y si conozco a otra persona o tú a otra? —Las lágrimas volvieron a correr por sus mejillas—. No voy a arriesgarme a hacerte daño. No lo haré.

—Pero ¿me amas ahora? —Le acarició la mejilla—. Bree, ¿me amas?

Ella dio un paso atrás y, sin hablar, se quitó el abrigo.

—¿Qué diablos estás haciendo? —El asombro se sumaba a una serie de emociones mientras los pálidos dedos de la joven le bajaban el cierre de la chaqueta.

El súbito frío desapareció ante el calor del cuerpo de la joven que se apretaba contra el suyo.

Sus brazos, como en un acto reflejo, le rodearon la espalda acolchada; ella lo abrazaba con fuerza bajo su chaqueta. Su cabello olía a frío y a dulce, con los restos del incienso atrapados entre los pesados mechones, mezclándose con la fragancia de la hierba y las flores de jazmín. Él captó el destello de una horquilla de color bronce en los bucles cobrizos de su pelo.

Brianna no dijo nada y él tampoco. Podía sentir el cuerpo de la joven y una corriente de deseo que lo estremecía, como una corriente eléctrica. Él le levantó la barbilla y posó su boca sobre la de ella.

—... ¿Has visto a Jackie Martin con el nuevo cuello de piel de su abrigo?

—¿Y de dónde habrá sacado el dinero para algo así cuando su marido lleva seis meses sin trabajar? Jessie, te digo que esa mujer... ¡Oh!

El ruido de unos tacones altos resonó en el pavimento y una carraspera sonó tan fuerte que podría haber despertado a un muerto.

Roger apretó más a Brianna y no se movió. En respuesta, la joven lo abrazó con más fuerza y acercó su boca.

—¡MMFM!

—Chrissie —se oyó un susurro detrás de él—. Déjalos en paz, ¿quieres? ¿No ves que se van a comprometer?

—Mmfm —se oyó otra vez, pero en voz más baja—. Hum. Van a tener otro tipo de compromiso, uno que les durará mucho más. Aun así... —emitió un largo suspiro teñido de nostalgia— es bonito ser joven, ¿verdad?

El sonido de los tacones se aproximó, mucho más lento, los sobrepasó y se desvaneció de manera inaudible en la niebla.

Roger permaneció así durante un minuto, intentando convencerse de que debía soltarla. Pero una vez que un hombre toca la crin de un caballo marino, no es fácil dejar que se vaya. Un antiguo poema sobre *kelpies* le vino a la mente:

> *Y siéntate bien, Janetie,*
> *y móntate bien, Davie.*
> *Y vuestra primera parada será*
> *el fondo del lago Cavie.*

—Esperaré —concluyó Roger, y la soltó. Le cogió las manos y la miró a los ojos, ahora suaves y claros—. Pero escúchame. Te tendré toda o no te tendré.

«Permíteme que la ame como es debido», dijo en una silenciosa oración. ¿No se lo había dicho muchas veces la señora Graham? «Ten cuidado con lo que pides, muchacho, porque puedes conseguirlo.»

Ahuecó la mano con delicadeza sobre un pecho, suave a través de su jersey.

—No es sólo tu cuerpo lo que quiero, aunque Dios sabe cómo lo deseo. Quiero tenerte como mi esposa... o no te tendré. Tú eliges.

Ella extendió la mano y lo tocó; le apartó el pelo de la frente con unos dedos tan fríos que quemaban como si se tratara de hielo seco.

—Entiendo —susurró.

El viento del río era frío. Le cerró el abrigo y, al hacerlo, su mano rozó su propio bolsillo y tocó un paquete. Había pensado dárselo durante la cena.

—Toma —dijo, entregándoselo—. Feliz Navidad. Lo compré en verano —aclaró mientras ella trataba de abrirlo—. Ahora parece que hubiera adivinado el futuro, ¿no?

Sacó una pulsera de plata, una banda plana, con unas palabras grabadas. Roger la tomó y se la colocó en la muñeca. Brianna le dio la vuelta para leer la inscripción.

Je t'aime... un peu... beaucoup... passionnément... pas du tout. Te amo... un poco... mucho... apasionadamente... para nada.

Roger hizo girar la pulsera, completando el círculo.

—*Je t'aime* —dijo y, con un movimiento de sus dedos, la hizo girar sobre su muñeca. Ella puso una mano encima para detenerla.

—*Moi aussi* —concluyó Brianna dulcemente, mirándolo a él, y no a la pulsera—. *Joyeux Noël.*

SÉPTIMA PARTE

En la montaña

19

Bendecir el hogar

Lo más romántico que hay es dormir bajo la luna y las estrellas en los brazos de tu amante desnudo, los dos acurrucados entre pieles y hojas suaves, arrullados por el suave susurro de los castaños y el murmullo distante de una catarata. Algo del todo distinto era dormir bajo un tosco techo, estrujada en una masa empapada entre un enorme marido mojado y un sobrino igualmente grande y mojado, oyendo la lluvia que se cuela entre las ramas y tratando de rechazar las impertinencias de un inmenso perro, también mojado.

—Aire —dije, luchando un poco para incorporarme y apartando la cola de *Rollo* de mi cara por centésima vez—. No puedo respirar. —El olor de los hombres que se encontraban allí confinados era sobrecogedor: se trataba de un olor almizclado y rancio, con cierto toque de lana mojada y pescado.

Me puse de rodillas y traté de salir sin despertar a nadie. Jamie gruñó entre sueños y para compensar la pérdida de mi calor corporal se enroscó en forma de bola envuelto con un tartán. Ian y *Rollo* seguían juntos, formando un barullo de pelos y ropa, y sus exhalaciones mezcladas creaban una suave neblina a su alrededor en el frío previo al amanecer.

Fuera hacía frío y el aire era tan fresco que casi me hizo toser cuando inspiré con fuerza. Había dejado de llover, pero los árboles seguían goteando y el aire estaba compuesto a partes iguales por vapor de agua y oxígeno puro, sazonado con los aromas pungentes de cada una de las plantas de la ladera de la montaña.

Había estado durmiendo con la otra camisa de Jamie y había dejado mis pantalones en una alforja para evitar que se mojaran. Tenía la carne de gallina y temblaba en el momento en el que me los puse, pero la piel rígida se caldeó lo suficiente como para amoldarse a mi cuerpo en unos minutos.

Descalza y con los pies helados, bajé con cuidado hacia el arroyo con una olla bajo el brazo. Todavía no había amanecido y el bosque estaba cubierto por la niebla y la luz azul grisácea del crepúsculo, la misteriosa media luz que aparece en los dos extremos del día, cuando las pequeñas criaturas salen para alimentarse.

Se oía algún gorjeo vacilante en la copa del árbol sobre mi cabeza, pero nada parecido al estridente coro habitual. Los pájaros todavía no habían empezado a cantar a causa de la lluvia; el cielo seguía nublado, con nubes que iban del negro en el oeste al pálido azul pizarra del amanecer en el este. Sentí un pequeño estremecimiento de placer al ser consciente de que ya sabía la hora a la que debían cantar los pájaros y conocía la diferencia.

Jamie tenía razón al sugerir que permaneciéramos en la montaña en lugar de regresar a Cross Creek. Era principios de septiembre; según los cálculos de Myers, y después de mirar las nubes, íbamos a tener dos meses de tiempo más o menos bueno, antes de que el frío nos obligara a construir un refugio. Tendríamos tiempo suficiente para erigir una pequeña cabaña, cazar y prepararnos para pasar el invierno.

—Vamos a tener que trabajar duro —había dicho Jamie. Yo me encontraba entre sus rodillas mientras él estaba sentado y se apoyaba sobre una roca enorme, mirando al valle, que se hallaba más abajo—. Será peligroso si la nieve llega antes de tiempo o si no puedo cazar lo suficiente. No nos quedaremos si dices que no, Sassenach. ¿Tienes miedo?

«Miedo» era una forma suave de decirlo, ya que sólo de pensarlo mi estómago se retorcía. Cuando acepté que nos instaláramos en el cerro, creía que regresaríamos a Cross Creek para pasar el invierno.

Hubiéramos podido regresar a la montaña en primavera, con provisiones y colonos para despejar el terreno y construir casas. En su lugar, estábamos completamente solos y a varios días de viaje del asentamiento de europeos más cercano. Solos durante todo el invierno.

No teníamos casi nada en lo que a herramientas o provisiones se refería, excepto un hacha para talar, un par de cuchillos, una tetera y una plancha, y mi caja más pequeña de medicamentos. ¿Y si ocurría algo? ¿Y si Jamie o Ian enfermaban o tenían un accidente? ¿Y si nos moríamos de hambre o frío? Y aunque Jamie estaba convencido de que a nuestros amigos indios no les suponía ningún problema que nos instaláramos allí, yo no estaba tan segura de que otros que pasaran por allí pensaran lo mismo.

Sí, tenía miedo. Por otra parte, había vivido lo suficiente para darme cuenta de que, por lo general, el miedo no era fatal, al menos por sí mismo. Aunque si se le añadía un oso o un salvaje, la cosa cambiaba.

Por primera vez recordé River Run con cierta nostalgia: el agua caliente, las camas abrigadas, la comida abundante, el orden, la limpieza... y la seguridad.

Conocía el motivo por el cual Jamie no deseaba regresar. Vivir de la generosidad de Yocasta durante varios meses lo ataría mucho más y sería más difícil rechazar su oferta.

Sabía mejor que yo que Yocasta Cameron era una MacKenzie. Había conocido bastante a sus hermanos, Dougal y Colum, como para ser muy cauteloso ante semejante legado; los MacKenzie de Leoch no abandonan con facilidad sus propósitos y no vacilan en conspirar para conseguir sus fines. Una araña ciega podía tejer sus redes con más seguridad, dependiendo exclusivamente de su sentido del tacto.

También tenía excelentes razones para mantenernos alejados del sargento Murchison, que parecía un hombre rencoroso. Y luego estaba Farquard Campbell y el tema de los plantadores y reguladores, los esclavos y la política... No, entendía los motivos por los que Jamie no quería regresar a semejantes enredos y complicaciones, por no hablar de la amenaza de la guerra venidera. Al mismo tiempo, estaba bastante segura de que ninguna de aquellas razones había pesado en su decisión.

—No es sólo por lo que hay en River Run por lo que no quieres regresar, ¿verdad? —Me apoyé en él, sintiendo su calor frente a la brisa nocturna. Aún no habíamos cambiado de estación; estábamos a finales de verano y el aire tenía un intenso olor a hojas y bayas, avivado por el sol. No obstante, en las montañas, las noches eran frías.

Sentí el pequeño murmullo de una risa en su pecho y su aliento cálido me acarició la oreja.

—¿Es tan evidente?

—Bastante. —Me giré en sus brazos y apoyé mi frente sobre la suya, de manera que nuestros ojos apenas se encontraban a unos centímetros de distancia. Los suyos eran de un azul muy oscuro, del mismo color del cielo nocturno en la montaña—. Búho —dije.

Se echó a reír, sorprendido, y parpadeó al echarse atrás, bajando un poco las largas pestañas rojizas.

—¿Qué?

—Tú pierdes —expliqué—. Es un juego llamado búho. La primera persona que habla pierde.

—Ah. —Me agarró de los lóbulos de las orejas y me acercó con cuidado hasta que estuvimos frente con frente—. Entonces, búho. Tus ojos son como los de un búho, ¿te has dado cuenta?

—No —respodí—. No lo había advertido.

—Claros y dorados... y muy sabios.

No parpadeé.

—Entonces, dime —insistí—, ¿por qué nos quedamos?

Él tampoco parpadeó, pero sentí cómo se hinchaba su pecho bajo mi mano al inspirar.

—¿Cómo puedo explicarte lo que significa la necesidad de espacio? —inquirió suavemente—. ¿La necesidad de sentir la nieve y el aire de las montañas al respirar, como cuando Dios sopló sobre Adán? ¿De trepar sintiendo las rocas en mis manos y viendo los líquenes soportando el viento y el sol? —Su aliento había desaparecido, e inspiró de nuevo, tomando el mío. Sus manos estaban unidas detrás de mi cabeza, sosteniéndome, cara a cara—. Para vivir como un hombre, debo tener una montaña —dijo con simplicidad. Tenía los ojos muy abiertos y buscaban comprensión en los míos—. ¿Confías en mí, Sassenach? —preguntó. Presionó su nariz contra la mía pero no parpadeó. Y yo tampoco.

—Con mi vida —fue mi respuesta.

Sentí que sus labios sonreían a un centímetro de los míos.

—¿Y con tu corazón?

—Siempre —susurré y, cerrando los ojos, lo besé.

Todo estaba acordado. Myers regresaría a Cross Creek y daría las instrucciones de Jamie a Duncan, informaría a Yocasta de nuestro bienestar y procuraría comprar todo lo que pudiera con el resto de nuestro dinero. Si tenía tiempo, antes de la primera nevada regresaría con las provisiones; de lo contrario, lo haría en primavera. Ian se quedaría, ya que su ayuda sería necesaria para la construcción de la cabaña, así como para cazar.

«Danos hoy nuestro pan de cada día —pensé mientras empujaba los arbustos húmedos que bordeaban el arroyo—, y no nos dejes caer en la tentación.»

Sin embargo, estábamos razonablemente a salvo de la tentación; para bien o para mal, no volveríamos a ver River Run en al menos un año. En cuanto al pan de cada día, hasta ahora, nos había llegado en abundancia; en aquella época del año, había muchas nueces, frutas y bayas maduras que yo recogía con la laboriosidad de una ardilla. No obstante, en dos meses, cuando los árboles estuvieran desnudos y los riachuelos se helaran, esperaba que Dios siguiera oyéndonos a pesar del aullido del viento invernal.

El arroyo había aumentado su caudal a causa de las lluvias, y sería unos treinta centímetros más profundo que el día anterior. Me arrodillé, sintiendo un crujido en mi espalda. Dormir sobre la tierra aumentaba la rigidez habitual de las mañanas. Me lavé la cara con agua fría, me enjuagué la boca y bebí un trago. Cuando levanté la cabeza vi dos ciervos bebiendo al otro lado, un poco más arriba de donde me encontraba. Permanecí inmóvil para no asustarlos, aunque no parecían alarmados por mi presencia. A la sombra de los abedules, eran del mismo color azul suave de las rocas y los árboles, poco más que sombras, pero con cada línea de sus cuerpos grabada con perfecta delicadeza, como una pintura japonesa realizada con tinta.

De repente, desaparecieron. Parpadeé un par de veces. No había visto cómo se daban la vuelta y echaban a correr. Pese a su belleza etérea, estaba segura de que no los había imaginado, ya que quedaban las huellas oscuras en el barro de la orilla. Pero ya se habían ido.

No vi ni oí nada, pero sentí cómo se me erizaba el vello del cuerpo, cómo tenía carne de gallina en los brazos y el cuello como si de una corriente eléctrica se tratara. Me quedé paralizada; lo único que podía mover eran los ojos. ¿Dónde estaba, qué ocurría?

El sol había salido, el verde de las copas de los árboles era apreciable y las rocas comenzaban a brillar, a medida que sus colores volvían a la vida. Pero los pájaros estaban silenciosos y nada se movía salvo el agua.

Estaba a menos de dos metros de mí, apenas visible detrás de un arbusto. El sonido de sus lengüetazos al beber agua se perdía entre el ruido de la corriente. En aquel momento levantó la ancha cabeza y torció una oreja en dirección a mí, pese a que no había hecho ruido. ¿Podría oír mi respiración?

El sol lo había alcanzado, lo había iluminado y brillaba en unos ojos dorados que miraban los míos con una calma sobrenatural. La brisa había cambiado; ahora podía olerlo; era un suave olor acre a gato, con un aroma más intenso a sangre. Ignorándome, alzó una pata oscura y se la lamió con mucho cuidado, con los ojos entornados en higiénica preocupación.

¡Debía medir casi dos metros! Se pasó la gran pata sobre la oreja varias veces, se estiró indulgentemente bajo el nuevo sol y se marchó con un paso tranquilo, balanceando su repleto vientre.

No era un miedo consciente, sino puro instinto y un total asombro lo que me había inmovilizado ante la belleza del puma y su proximidad. Al marcharse me dejó con el sistema nervioso destrozado y temblando; tardé varios minutos en poder mover las rodillas y levantarme. Las manos me temblaban tanto que, antes de poder llenarla, volqué la olla tres veces.

Me había dicho que confiara en él. ¿Lo hacía? Sí, confiaba y tenía mucha suerte de poder hacerlo, pero esperaba que la próxima vez estuviera a mi lado. Por esta vez estaba viva. Me quedé de pie, con los ojos cerrados, respirando el aire puro de la mañana. Podía sentir cada átomo de mi cuerpo y la sangre acelerada para transportar la sustancia dulce y fresca a cada célula y fibra muscular. El sol me tocaba el rostro y me caldeó la piel fría hasta que adquirió un hermoso resplandor.

Cuando abrí los ojos, vi unos espléndidos verdes, amarillos y azules; había amanecido. Los pájaros cantaban de nuevo.

Ascendí por el sendero en dirección al claro mientras resistía el impulso de volver la vista atrás.

Jamie e Ian habían talado varios pinos altos y esbeltos el día anterior, los habían cortado en trozos de tres metros y medio y los habían hecho rodar cuesta abajo. Ahora estaban apilados al borde de un pequeño claro, brillando a causa de la humedad.

Cuando regresé con la olla llena de agua, Jamie aplastaba la hierba mojada mientras medía con una cuerda. Ian había preparado el fuego sobre una gran piedra plana; había adquirido de Jamie la costumbre de guardar un poco de leña seca en el zurrón, junto al pedernal y al eslabón.

—Haremos un pequeño cobertizo —estaba diciendo Jamie, con aire concentrado—. Lo construiremos primero para poder dormir allí si vuelve a llover; pero es necesario que sea tan seguro como la cabaña. Eso nos proporcionará cierta práctica, ¿eh, Ian?

—¿Para qué es... aparte de la práctica? —pregunté.

Levantó la vista y me sonrió.

—Buenos días, Sassenach. ¿Has dormido bien?

—Por supuesto que no —dije—. ¿Para qué es el cobertizo?

—Carne —respondió—. Cavaremos un foso poco profundo y lo llenaremos de brasas para ahumar todo lo que podamos conservar. También haremos un enrejado para utilizarlo de secadero. Ian vio cómo lo hacían los indios para preparar lo que ellos llaman *charqui*. Debemos disponer de un lugar seguro para que los animales no nos roben la comida.

Parecía una buena idea, teniendo en cuenta la clase de animales que vagaban por el lugar. Mis únicas dudas se centraban en el proceso de ahumado. Había visto el procedimiento en Escocia y sabía que la carne ahumada necesita bastante atención; tenía que haber alguien cerca para evitar que el fuego se avivara o se apagara, para dar la vuelta a la carne de manera regular, y para untarla con grasa, para evitar que se quemara y se secara.

No me resultó difícil adivinar quién sería la encargada de esa tarea. El único problema era que, si no conseguía hacerlo bien, todos moriríamos de envenenamiento por tomaína.

—De acuerdo —dije sin entusiasmo. Jamie captó mi tono y me sonrió burlón.

—Éste es el primer cobertizo, Sassenach. El segundo será tuyo.

—¿Mío? —Me animé un poco.

—Para tus hierbas y plantas. Ocupan espacio, si mal no recuerdo. —Señaló hacia el otro extremo del claro con el brillo de la manía constructora en sus ojos—. Y justo allí estará la cabaña donde viviremos durante el invierno.

Para mi sorpresa, acabaron las paredes del cobertizo al final del segundo día y lo cubrieron toscamente con ramas, hasta que pudieran hacerlo con tejas de madera. Las paredes estaban hechas con troncos delgados que aún conservaban la corteza y entre los que quedaban resquicios y hendiduras. Sin embargo, era lo bastante grande como para que durmiéramos con comodidad los tres y también *Rollo*. En un extremo había un hoyo rodeado de piedras donde se podía encender una fogata, que hacía que el lugar fuera más agradable. Habían sacado la cantidad suficiente de ramas del tejado para dejar un hueco para el humo. Por él podía ver el lucero de la tarde cuando me acurrucaba sobre Jamie y le escuchaba criticar su destreza en el trabajo.

—Mira eso —dijo malhumorado, levantando la barbilla hacia el rincón más alejado—. Ese tronco está torcido; tendré que enderezar toda la línea.

—No creo que les importe a los ciervos muertos —murmuré—. Vamos, déjame ver esa mano.

—Y el techo es quince centímetros más bajo de un lado que del otro —siguió diciendo, ignorándome, pero dándome su mano izquierda. Sus manos siempre habían tenido callos, pero podía sentir nuevas rugosidades ocasionadas por cortes y raspaduras. Tenía tantas astillas clavadas, que sus palmas pinchaban al tocarlas.

—Pareces un puercoespín —afirmé, pasando mi mano sobre sus dedos—. Ven, acércate al fuego, así podré ver bien para sacártelas.

Pasó por encima de Ian, que dormía con la cabeza apoyada en el lomo de *Rollo*. Desgraciadamente, el cambio de posición hizo evidentes nuevos defectos ante los ojos críticos de Jamie.

—Nunca habías construido un cobertizo de troncos, ¿no? —Interrumpí su discurso en la entrada mientras, con las pinzas, le sacaba una larga espina del pulgar.

—¡Ah! No, pero...

—Y has construido éste en dos días, con un hacha y un cuchillo. ¡No hay un solo clavo! ¿Por qué esperabas que pareciera el palacio de Buckingham?

—No llegué a ver el palacio de Buckingham —dijo mansamente—. Pero acepto lo que me dices, Sassenach.

—Bien —concluí, y seguí examinando su palma para sacarle más espinas oscuras atrapadas bajo su piel.

—Supongo que, al menos, no se derrumbará —dijo tras una larga pausa.

—No creo. —Unté un paño con un poco de coñac y le froté la mano con él.

Permanecimos en silencio, escuchando el suave crepitar del fuego, que se avivaba de vez en cuando, justo en el momento en que lo alcanzaba la corriente que pasaba entre los troncos. Una vez que terminé con su mano izquierda, me ocupé de la derecha.

—La casa estará sobre el cerro —dijo súbitamente—. Donde crecen las fresas silvestres.

—¿Sí? —murmuré—. ¿Te refieres a la cabaña? Creí que iba a estar al lado del claro.

—No, no la cabaña. Una bonita casa —explicó suavemente. Se reclinó sobre los toscos troncos, mirando a la oscuridad más allá del fuego a través de los resquicios—. Con escalera y ventanas con cristales.

—Eso será magnífico. —Guardé la pinza en la caja.

—Con techos altos y puertas lo bastante altas para que pueda entrar sin golpearme la cabeza.

—Eso será maravilloso —comenté, recostando mi cuerpo junto al suyo y apoyando la cabeza sobre su hombro. A lo lejos, un lobo aulló y *Rollo* levantó la cabeza, escuchó y dejó escapar un suave suspiro.

—Con un cuarto para mí y un estudio con estantes para los libros para ti.

—Hum. —En aquel momento tenía un solo libro que utilizábamos como guía: *Historia natural de Carolina del Norte*, publicado en 1733. El fuego caldeaba poco otra vez, pero ninguno de nosotros se movió para añadir más madera. Las ascuas nos darían calor durante la noche, hasta avivarlas al amanecer. Jamie me pasó un brazo sobre los hombros e, inclinándose hacia un lado, me recostó con él sobre la gruesa capa de hojas caídas que constituía nuestro sofá—. Y una cama —dije—. Podrás hacer una cama, ¿verdad?

—Tan buena como cualquiera del palacio de Buckingham.

Myers, bendito sea su corazón bondadoso y su naturaleza leal, regresó aquel mismo mes trayendo consigo tres mulas cargadas con herramientas, pequeños muebles, productos necesarios, como la sal, y también a Duncan Innes.

—¿Aquí? —Innes miró con interés hacia la pequeña casa que había comenzado a tomar forma sobre la loma cubierta de fresas. Ya teníamos dos cobertizos y un corral donde guardar los caballos y otros animales.

En ese momento, nuestro ganado consistía en una pequeña cerda blanca, que Jamie había conseguido en un asentamiento de moravos, a unos cincuenta kilómetros de allí, cambiándola por una bolsa de boniatos que yo había recogido y escobas de ramitas de sauce hechas por mí. Como era muy pequeño para el corral, había vivido con nosotros en el cobertizo, donde se había hecho amigo de *Rollo*. Yo no estaba tan encariñada con el animal.

—Sí. Es una tierra fértil, con mucha agua. Hay arroyos en el bosque y el riachuelo lo cruza de un extremo al otro.

Jamie guió a Duncan a un lugar desde donde se podían ver las laderas occidentales bajo el cerro; había claros naturales, o «ensenadas» en el bosque, ahora cubiertos de hierba salvaje, pero adecuados para el cultivo.

—¿Lo ves? —Hizo un gesto hacia la ladera, que descendía suavemente desde el cerro hasta un pequeño risco, donde una hilera de sicomoros marcaba el borde distante del río—. Para empezar, hay espacio suficiente para al menos treinta casas. Tendríamos que despejar parte del bosque. Con una tierra tan fértil, cualquier granjero con experiencia podría alimentar a su familia tan sólo con lo que cultivara en su huerto.

Duncan había sido pescador, no granjero, pero asintió con los ojos fijos en el paisaje que Jamie llenaba de futuras casas.

—Lo he medido con pasos —decía Jamie—, aunque debemos hacerlo de forma adecuada tan pronto como se pueda. Pero tengo la descripción en mi cabeza. ¿Por casualidad habéis traído papel y tinta?

—Sí, y también otras cosas más —dijo Duncan. Su cara larga y melancólica se iluminó con una sonrisa—. La señorita Yo me dio un colchón de plumas, pensó que no os vendría mal.

—¿Un colchón de plumas? ¡Qué maravilla! —De inmediato rechacé cualquier pensamiento poco generoso que hubiera tenido sobre Yocasta Cameron. Jamie había hecho una excelente cama con madera de roble. Asimismo, había construido un somier, que había trenzado ingeniosamente con cuerdas, pero no teníamos más que ramas de cedro como colchón, muy fragantes pero repletas de bultos desagradables.

Mis pensamientos de lujuriosos revolcones fueron interrumpidos por los gritos de Ian y Myers. Procedían del bosque y Myers llevaba una ristra de ardillas colgada de su cinturón. Ian me presentó con orgullo un enorme bulto negro, que, una vez examinado de cerca, resultó ser un pavo gordo que se había atiborrado con los granos otoñales.

—El muchacho tiene buen ojo, señora Claire —dijo Myers con gestos de aprobación—. Los pavos son animales muy taimados. Ni siquiera los indios los atrapan con facilidad.

Era pronto para el día de Acción de Gracias, pero estaba encantada con el ave, que sería el primer elemento sustancial en nuestra despensa. Lo mismo le sucedía a Jamie, aunque su placer venía motivado por la cola, que le proporcionaría una buena provisión de plumas para escribir.

—Debo escribir al gobernador —explicó durante la comida—, para decirle que voy a aceptar su oferta y hacerle una descripción del terreno. —Cogió un trozo de torta y lo masticó distraído.

—Ten cuidado con las nueces —dije, un poco nerviosa—. No querrás romperte un diente.

La cena consistía en trucha a la parrilla, boniatos cocinados al fuego, ciruelas silvestres y una tarta muy tosca elaborada con harina de pacanas, molidas en mi mortero. Habíamos estado alimentándonos principalmente a base de pescado y de toda la vegetación comestible que había podido encontrar, puesto que Ian y Jamie no habían podido cazar, ya que habían estado muy atareados construyendo. Esperaba que Myers decidiera quedarse un poco... lo suficiente como para conseguir un ciervo o alguna otra buena y abundante fuente de proteínas. Un invierno a base de pescado seco resultaba poco halagüeño.

—No te preocupes, Sassenach —murmuró Jamie mientras masticaba su tarta, y me sonrió—. Está muy buena. —Y centró su atención en Duncan—. Una vez que terminemos de comer, Duncan, ¿podríamos caminar hasta el río para que elijas tu terreno?

El rostro de Innes palideció y luego se ruborizó con una mezcla de placer y desconsuelo.

—¿Mi terreno? ¿Quieres decir mi tierra, Mac Dubh? —Con un movimiento involuntario, encorvó el hombro del lado que le faltaba el brazo.

—Sí, tu tierra. —Sin mirarlo, Jamie pinchó un boniato caliente y comenzó a pelarlo con cuidado—. Te necesitaré para que actúes como mi agente, Duncan, si lo deseas. Y recibirás tu pago. Ahora, lo que había pensado, si tú lo consideras justo, es solicitar un pedazo de tierra a tu nombre y, como no vas a estar aquí para trabajarla, Ian y yo nos encargaríamos de sembrar trigo y de construir un pequeño cercado. Cuando llegue el momento, tendrás, si quieres, un lugar para establecerte. ¿Crees que te conviene?

Mientras Jamie hablaba, el rostro de Duncan expresaba toda una serie de emociones, que iban desde la sorpresa a una especie de cauteloso entusiasmo. Lo último que se le hubiera ocurrido era ser propietario de un terreno. Sin un centavo e incapaz de trabajar con sus manos, en Escocia hubiera vivido como mendigo... de poder hacerlo.

—Pero... —comenzó, y luego se detuvo, tragando saliva y haciendo oscilar su protuberante nuez—. Sí, Mac Dubh. Claro que me conviene. —Desde que Jamie había comenzado a hablar, la sonrisa de incredulidad de Innes no se borraba—. Agente. —Tragó saliva otra vez mientras cogía una de las botellas de cerveza que había traído—. ¿Y qué tengo que hacer, Mac Dubh?

—Dos cosas, Duncan. Primero, buscar colonos. —Jamie hizo un gesto hacia lo que sería nuestra nueva cabaña, que hasta el momento consistía en unos cimientos de piedra, el encuadre del suelo y una amplia losa de pizarra oscura seleccionada para la chimenea, que en aquellos momentos estaba apoyada en los cimientos—. Ahora no puedo irme de aquí. Y quiero que encuentres a todos los hombres de Ardsmuir que puedas. Estarán dispersos, pero todos entraron por Wilmington. Muchos deben de estar en Carolina del Norte o del Sur. Búscalos, diles que estoy aquí, y ven con todos los que puedas para la primavera.

Duncan asentía lentamente, frunciendo los labios bajo su bigote colgante. Pocos hombres llevaban semejante adorno facial, pero a él le quedaba bien, ya que hacía que tuviera el aspecto de una morsa delgada, pero benevolente.

—Muy bien —respondió Duncan—. ¿Y cuál es la segunda?

Jamie dirigió su mirada primero a mí y luego a Duncan.

—Mi tía —dijo—. ¿Podrías ayudarla, Duncan? Necesita a un hombre honrado, que pueda tratar con esos bastardos de la Marina y que hable por ella en los negocios.

Duncan no había vacilado en aceptar registrar varios cientos de kilómetros de colonia en busca de colonos para nuestra empresa, pero la idea de lidiar con los bastardos de la Marina le provocó un profundo desasosiego.

—¿Negocios? Pero yo no conozco...

—No te preocupes —intervino Jamie y sonrió a su amigo. La súplica pareció funcionar tan bien con Duncan como conmigo; podía ver cómo la creciente ansiedad en sus ojos comenzaba a esfumarse. Me pregunté por millonésima vez cómo lo hacía Jamie—. No te supondrá mucho problema —comentó suavemente—. Mi tía sabe muy bien lo que hay que hacer. Ella te dirá lo que hay que decir y cómo hacerlo, pero necesita a un hombre que lo haga por ella. Voy a escribirle una carta para que se la entregues, explicándole que aceptas ocuparte de eso.

Mientras conversaban, Ian había estado examinando los fardos que habían descargado de las mulas. Entonces, sacó una plancha lisa de metal y la inspeccionó con curiosidad.

—¿Qué es esto? —preguntó, a nadie en particular. Nos mostró una pieza de metal oscuro, terminada en punta y con rudimentarios travesaños. Parecía una pequeña daga que hubiera sido aplastada por una apisonadora.

—Hierro para el hogar. —Duncan cogió la pieza y se la entregó a Jamie—. Fue idea de la señorita Yo.

—¿Ah, sí? Eso está muy bien. —El rostro de Jamie estaba bronceado por haber permanecido tantos días al aire libre y, a pesar de todo, el rubor se extendió desde el cuello. Acarició la superficie suave del hierro con el pulgar y me lo entregó—. Guárdalo, Sassenach. Bendeciremos nuestro hogar antes de que Duncan se vaya.

Pude ver que estaba profundamente emocionado por el regalo, pero no lo entendí hasta que Ian me lo explicó. Había que enterrar una pieza de hierro debajo de un nuevo hogar para asegurar bendiciones y prosperidad en la nueva casa.

Era la bendición de Yocasta para nuestra empresa. Aceptaba lo que Jamie había decidido y le perdonaba por lo que podía haber parecido un abandono. Era un acto de generosidad. Envolví la pieza de hierro en mi pañuelo y la guardé en el bolsillo.

Dos días más tarde bendecimos el hogar, todavía sin paredes. Myers se había quitado el sombrero por respeto e Ian se había lavado la cara. *Rollo* también estaba presente, igual que la pequeña cerda blanca en representación de nuestro «rebaño», pese a sus objeciones, pues no le encontraba sentido a que la alejaran de sus bellotas para participar en un ritual en el que era evidente la falta de comida.

Jamie, ignorando los desgarradores gritos de fastidio de la cerda, empuñó el pequeño cuchillo de hierro, trazó una cruz y dijo con calma:

> *Señor, bendice el mundo y todo lo que contiene.*
> *Señor, bendice a mi esposa y a mis hijos.*
> *Señor, bendice el ojo que hay en mi cabeza,*
> *y bendice, Señor, el uso de mis manos.*
> *Bendíceme cuando me levanto temprano por la*
> *   mañana*
> *y cuando me acuesto por la noche.*

Estiró el brazo y me tocó con el hierro, luego a Ian y, con una sonrisa, a *Rollo* y a la cerdita, antes de continuar:

> *Señor, protege la casa y la familia.*
> *Señor, consagra a los niños de la maternidad,*
> *Señor, abarca a los rebaños y a los jóvenes.*
> *Cuídalos y atiéndelos,*
> *cuando los rebaños suben a las colinas y los riscos,*
> *cuando me acuesto para dormir.*
> *Cuando los rebaños suben a las colinas y los riscos,*
> *cuando me acuesto en paz para dormir.*
>
> *Permite, Señor, que el fuego de tu bendición arda*
> *   para siempre entre nosotros.*

Jamie se arrodilló al lado del hogar y colocó el hierro en el pequeño agujero realizado para tal efecto. Lo tapó, pisó la tierra y, entre los dos, cogimos la piedra sobre la que encenderíamos el fuego y la colocamos cuidadosamente en su lugar.

Tendría que haberme sentido bastante ridícula en una casa sin paredes, con la presencia de un lobo y una cerda y rodeados por la soledad y las burlas de un pájaro bobo, en un ritual más bien pagano. Pero no era así.

Jamie permaneció frente al nuevo hogar y estiró una mano para acercarme tanto a él como al hogar. Mientras observaba la pizarra que teníamos frente a nosotros, recordé una casa abandonada que habíamos visto en nuestro viaje al norte; el tejado derrumbado de madera y la piedra resquebrajada del hogar, sobre la que había florecido una planta de acebo. ¿Los propietarios de aquel lugar habrían bendecido también el hogar y, de todos modos, habrían fracasado? La mano de Jamie oprimió la mía en una forma inconsciente de darme seguridad.

En una roca plana, fuera de la cabaña, Duncan encendió un pequeño fuego con la ayuda de Myers, que sostenía el pedernal. Una vez prendió, el fuego adquirió fuerza y tomaron un hierro para marcar. Luego cogió un tizón y caminó alrededor de los cimientos de la cabaña cantando en gaélico. Jamie me traducía lo que Duncan cantaba.

> *Que Fionn mac Cumhall te guarde,*
> *que Cormac te guarde,*
> *que Conn y Cumhall te guarden*
> *de los lobos y las bandadas de pájaros,*
> *de los lobos y las bandadas de pájaros.*

Se detenía en cada punto cardinal para saludar a los cuatro *airts*, y balanceaba el tizón, que echaba chispas en un arco ardiente frente a él. *Rollo* desaprobaba esos efectos incendiarios con algunos bufidos, pero Ian lo hizo callar.

> *Que el rey de Fiann te proteja,*
> *que el rey del sol te proteja,*
> *que el rey de las estrellas te proteja,*
> *del peligro y el sufrimiento,*
> *del peligro y el sufrimiento.*

Duncan dio la vuelta tres veces, porque eran muchos los versos. Cuando llegó al final, cerca del nuevo hogar, me di cuenta de que Jamie había orientado la cabaña de forma que la chimenea mirara al norte; el sol de la mañana calentaba mi hombro izquierdo y nuestras sombras se extendían hacia el oeste.

Que el rey de reyes te proteja,
que Jesucristo te proteja,
que el espíritu de la Sanación te proteja
del mal y de las disputas,
del perro malo y del perro rojo.

Bajando la vista hacia *Rollo*, Duncan se detuvo ante la futura chimenea y entregó el tizón a Jamie para que encendiera la pira de leña. Ian lanzó una exclamación en gaélico al elevarse la llama y se produjo un aplauso general.

Más tarde, vimos la partida de Duncan y Myers. No se dirigían a Cross Creek, sino a monte Helicon, donde los escoceses de la región tenían una reunión anual en otoño para dar gracias por las buenas cosechas, intercambiar noticias, hacer negocios, celebrar matrimonios y bautismos y mantener vivos los lazos entre clanes y familias.

Yocasta y la gente de su casa estarían allí; lo mismo que Farquard Campbell y Andrew MacNeill. Era el mejor lugar para que Duncan comenzara a buscar a los hombres de Ardsmuir: el de monte Helicon era el mayor de los encuentros de escoceses, que llegaban desde Carolina del Sur y Virginia.

—Estaré aquí para la primavera, Mac Dubh —prometió Duncan a Jamie mientras montaba—. Con todos los hombres que pueda encontrar. Entregaré tus cartas. —Dio un golpe al morral que le colgaba de la silla y se colocó el sombrero para protegerse del intenso sol de septiembre—. ¿Le digo algo a tu tía?

Jamie pensó un momento. Ya había escrito una carta a Yocasta, ¿qué más podía añadir?

—Dile que no la veré en la reunión de este año, ni tal vez en la del próximo. Pero el siguiente, estaré allí sin falta y mi gente me acompañará. ¡Buen viaje, Duncan!

Palmeó la grupa del caballo de Duncan y se quedó junto a mí diciendo adiós con la mano mientras los dos caballos bajaban por el borde del cerro y desaparecían.

La partida me dejó una extraña sensación de desolación. Duncan era nuestro último lazo con la civilización. Ahora estábamos realmente solos.

Bueno, no del todo solos, rectifiqué. Teníamos a Ian, por no hablar de *Rollo*, la cerda, tres caballos y dos mulas que Duncan nos había dejado para arar en primavera. De hecho, era un pequeño asentamiento. La contemplación de la escena me levantó el ánimo. En un mes, la cabaña estaría terminada y tendríamos un techo sólido sobre nuestras cabezas. Y luego...

—Malas noticias, tía —me dijo Ian al oído—. La cerda se ha comido lo que quedaba de tu tarta de nueces.

20

El cuervo blanco

Octubre de 1767

—«Cuerpo, alma y mente» —dijo Jamie, traduciendo mientras se inclinaba para coger el extremo de otro tronco—. «El cuerpo para las sensaciones, el alma para la acción y la mente para los principios. Sin embargo, la capacidad para la sensación también la tiene el buey, no hay animal salvaje que no obedezca sus impulsos, incluso los hombres que son ateos y traidores a su patria, o...» ¡Cuidado, hombre!

Ian, ante el aviso, dio un paso atrás con el hacha y se volvió hacia la izquierda, guiando con cuidado el extremo de la carga por la esquina de la pared de madera a medio construir.

—«... o llegan a perpetrar toda clase de vilezas detrás de puertas cerradas, tienen mentes para guiarles por el claro sendero del deber» —resumió Jamie de las *Meditaciones* de Marco Aurelio—. «Al ver»... cuidado. Bien, eso está bien... «Por lo tanto, si lo restante es común a los seres mencionados, resta como peculiar del hombre excelente amar y abrazar lo que le sobreviene y se entrelaza con él. Y no confundir ni perturbar jamás al Dios que tiene la morada dentro de su pecho con una multitud de imágenes...» De acuerdo, uno, dos y... ¡argh!

Enrojeció por el esfuerzo mientras lo colocaban en la posición adecuada y, en sintonía, levantaron el tronco a la altura del hombro. Demasiado ocupado como para seguir con las *Meditaciones* de Marco Aurelio, Jamie dirigió los movimientos de su sobrino con gestos y órdenes sofocadas de una sola palabra mientras orientaban el poco manejable trozo de madera hacia las muescas de los travesaños que había debajo.

—¿Los impulsos? —Ian se apartó un mechón de pelo de su rostro sudado—. Yo siento unos impulsos en mi barriga —dijo Ian—. ¿Eso es malo?

—Creo que es una sensación normal a estas horas —aceptó Jamie, gruñendo por el esfuerzo que suponía colocar el tronco en su lugar—. Un poco a la izquierda, Ian.

El tronco encajó en la muesca y los dos hombres dieron un paso atrás, lanzando un suspiro de alivio. Ian sonrió a su tío.

—Eso quiere decir que tú también tienes hambre, ¿eh?

Jamie le devolvió la sonrisa burlona, pero antes de que pudiera contestar, *Rollo* levantó la cabeza con las orejas erguidas y un gruñido sordo. Ian volvió la cabeza para mirar y se detuvo antes de secarse la cara con el faldón de la camisa.

—Tenemos compañía, tío —dijo señalando el bosque. Jamie se puso rígido. No obstante, antes de que se pudiera dar la vuelta o tomar un arma, yo ya había descubierto qué era lo que *Rollo* e Ian habían visto entre las luces cambiantes de las hojas.

—No os preocupéis —intervine, divertida—. Es tu antiguo compañero de cacerías, que viene con el traje de visita. Supongo que los telares del destino lo habrán tejido para que te dé la bienvenida.

Nacognaweto, el indio de los tuscarora que había perseguido al oso que Jamie mató, esperó cortésmente a la sombra de un castaño hasta que se cercioró de que lo habíamos visto. Entonces, salió poco a poco del bosque, esta vez acompañado, no por sus hijos, sino por tres mujeres, dos de ellas con grandes fardos sobre la espalda.

Una, la más joven, no tenía más de trece años, y la otra, de unos treinta, era sin lugar a dudas la madre de la niña. La tercera era mucho mayor; no debía de ser la abuela, pensé al ver su cabello blanco y su cuerpo encorvado, sino por lo menos la bisabuela.

Habían venido especialmente ataviados para la visita; Nacognaweto tenía las piernas desnudas, calzaba borceguíes de cuero y vestía calzones hasta las rodillas y una camisa de lienzo rosado ceñida con una espléndida faja adornada con cuero de puercoespín y conchitas blancas y celestes. Encima llevaba un chaleco de cuero ornamentado con cuentas de colores y una especie de turbante suelto de color azul sobre su cabello despeinado, con dos plumas de cuervo colgando detrás de una oreja. Esta imagen se completaba con joyas de plata y conchas: un aro, varios collares, una hebilla y pequeños adornos en su cabello.

Las mujeres iban algo menos adornadas, pero era evidente que era su mejor ropa: vestidos sueltos hasta las rodillas, botas de cuero y leotardos. Llevaban unos delantales de piel de ciervo con patrones pintados, y las dos más jóvenes también llevaban chalecos decorativos. Avanzaron en hilera y se detuvieron a mitad de camino.

—Dios mío —murmuró Jamie—, parece una embajada. —Se pasó la manga por la cara y dio un codazo a Ian—. Encárgate de saludar, Ian, vuelvo enseguida.

Ian, algo perplejo, avanzó para recibir a los indios, agitando una mano en un ceremonial gesto de bienvenida. Jamie me cogió del brazo y me empujó al interior de la casa a medio construir.

—¿Qué...? —comencé, confundida.

—Vístete —interrumpió, empujando la caja de la ropa hacia mí—. Ponte tu ropa más llamativa. Tenemos que ser respetuosos.

«Llamativa» era algo que no figuraba en mi vestuario, pero hice lo que pude. Me puse un vestido amarillo y reemplacé la pañoleta blanca por una bordada con cerezas que me había enviado Yocasta. Pensé que aquello serviría; después de todo, estaba claro que los que se exhibían allí eran los machos de la especie.

Tras arrojar los pantalones y atarse el tartán carmesí en tiempo record, sujetándolo con un pequeño broche de bronce, Jamie sacó una botella de debajo de la cama y salió por la parte abierta de la casa antes de que hubiera terminado de arreglarme el pelo. Me rendí ante la causa perdida y me apresuré a salir detrás de él.

Las mujeres me observaron con la misma fascinación que yo a ellas, pero se quedaron atrás mientras Jamie y Nacognaweto se ocupaban del ceremonial de servir y tomar el coñac, ritual en el que Ian estaba incluido. Sólo entonces Nacognaweto hizo un gesto y la segunda mujer se aproximó, inclinando la cabeza en un tímido saludo.

—*Bonjour, messieurs, madame* —dijo suavemente, mirándonos a todos. Sus ojos se fijaron en mí con franca curiosidad, observando cada detalle de mi vestuario, por lo que me sentí con derecho a hacer lo mismo. ¿Mezcla de sangre? ¿Francesa?

—*Je suis sa femme* —prosiguió con una graciosa inclinación de cabeza hacia Nacognaweto. Sus palabras confirmaron mi suposición sobre su origen—. *Je m'appelle Gabrielle.*

—Hum... *je m'appelle Claire* —intervine con un gesto un poco menos gracioso—. *S'il vous plaît...* —señalé los troncos para que se sentaran, preguntándome si habría suficiente guiso de ardilla.

Mientras tanto, Jamie observaba a Nacognaweto entre irritado y divertido.

—«No francés», ¿no? —dijo—. ¡Ni una palabra, me imagino! —El indio le dirigió una mirada muy seria e indicó a su esposa por señas que continuara las presentaciones.

La mujer mayor era Nayawenne. No era la abuela de Gabrielle, como había pensado, sino la de Nacognaweto. Era delgada, con los pequeños huesos deformados por el reumatismo y ojos brillantes como los de un gorrión, al que se parecía mucho. Llevaba una bolsita de cuero colgando del cuello, adornada con una piedra verde agujereada para poder ensartarla y con las plumas de la cola de un pájaro carpintero. Tenía una bolsa más grande atada a la cintura. Vio que yo observaba las manchas verdes de la bolsa y sonrió, mostrando dos grandes dientes amarillos.

La niña era, como había supuesto, la hija de Gabrielle, pero no de Nacognaweto, pensé; no se parecían en nada y se comportaba tímidamente con él. Su nombre era Berta y los efectos de la mezcla de sangre eran más evidentes en ella que en su madre: su cabello era oscuro y sedoso, castaño oscuro más que negro y su cara era redonda y fresca, con el cutis de una europea, aunque sus ojos tenían la forma de los de los indios.

Una vez terminadas las presentaciones oficiales, Nacognaweto hizo un gesto a Berta, quien, obedientemente, tomó el bulto que cargaba y lo abrió ante mis pies, dejando ver una gran canasta con calabazas anaranjadas con rayas verdes, una ristra de pescados secos, una canasta más pequeña con boniatos y un gran puñado de mazorcas de maíz.

—¡Madre mía! —murmuré—. ¡Qué magnífica extravagancia!

Todos me miraron sin comprender; tuve que sonreír y dejar escapar exclamaciones de placer y alegría por los regalos. No nos serviría para pasar todo el invierno, pero ayudaría a mejorar nuestra dieta durante un par de meses.

Nacognaweto nos explicó, a través de Gabrielle, que era un pequeño e insignificante presente por el regalo del oso, que había sido recibido con gran deleite en su aldea, donde el valor de Jamie (en este punto, las mujeres dejaron de mirarme y rieron entre dientes, lo que hacía patente que conocían el episodio del pescado y el oso) había sido centro de admiración.

Jamie, muy acostumbrado a aquella clase de intercambio diplomático, renegó modestamente de cualquier pretensión de coraje, descartando el encuentro como un mero accidente.

Mientras Gabrielle hacía de traductora, la anciana, ignorando los mutuos cumplidos, se acercó a mí de manera furtiva. Sin ninguna intención de ofenderme, me palmeó con familiaridad, tocando mis ropas, levantando el borde de mi vestido para examinar mis zapatos y haciendo comentarios para sí misma en un suave y ronco murmullo, que fue aumentando, hasta alcanzar un tono de asombro cuando llegó a mi cabello. Me quité las horquillas y lo dejé suelto. La anciana cogió un bucle, lo estiró, lo soltó y comenzó a reír hasta quedar agotada.

Los hombres miraron en nuestra dirección. Jamie estaba mostrando a Nacognaweto la construcción de la casa. La chimenea, erigida con piedra, como los cimientos, estaba terminada, y el suelo estaba listo, pero las paredes, a base de troncos cuadrados sólidos de unos veinte centímetros de diámetro, sólo alcanzaban al hombro. Jamie instaba a Ian a que mostrara cómo quitaba la corteza de los troncos: un proceso por el que la retiraba uniformemente mientras caminaba sobre el tronco, casi cortándose los dedos de los pies con cada golpe.

Para este tipo de conversación masculina no necesitaban traducción, así que Gabrielle pudo charlar conmigo. Su francés tenía un acento extraño y estaba lleno de giros, pero no tuvimos problemas para entendernos.

En poco tiempo, descubrí que Gabrielle era la hija de un francés que comerciaba con pieles y de una mujer de la tribu de los hurones; era la segunda esposa de Nacognaweto que, a su vez, era su segundo esposo. El primero, y padre de Berta, era otro francés que había muerto en la guerra entre indios y franceses, diez años atrás.

Vivían en una aldea llamada Anna Ooka (me mordí la parte interior de las mejillas para no reír; sin duda «Nueva Berna» les habría parecido muy peculiar) a dos días de viaje hacia el noroeste. Gabrielle indicó la dirección con una graciosa inclinación de cabeza.

Mientras hablaba con Gabrielle y Berta, ayudándome con gestos, me fui dando cuenta de que se estaba produciendo una comunicación con la anciana. No me dijo nada directamente, aunque murmuraba de vez en cuando a Berta, exigiendo saber qué había dicho yo, pero me miraba con curiosidad con sus brillantes y oscuros ojos, y yo era bastante consciente de su atención.

Tenía la extraña sensación de que hablaba conmigo y yo con ella, sin tener que pronunciar una sola palabra.

Vi que Jamie, al otro lado del claro, ofrecía a Nacognaweto el resto de la botella de coñac; era evidente que había llegado el momento de ofrecer regalos a cambio de los recibidos. Entregué a Gabrielle la pañoleta bordada y a Berta una horquilla con adornos de colores; las dos lanzaron exclamaciones de placer. Para Nayawenne, sin embargo, tenía algo diferente.

Había tenido la suerte de encontrar la semana anterior cuatro grandes raíces de ginseng. Las busqué en mi caja de medicinas y las coloqué entre sus manos con una sonrisa. Me miró, sonrió y, desatando la bolsita de su cintura, me la entregó. No necesitaba abrirla; podía sentir las cuatro formas, largas y toscas. Entonces yo también reí. Decididamente, hablábamos el mismo idioma.

Por curiosidad y por un impulso que no podría describir, pregunté a Gabrielle sobre la bolsita que llevaba la anciana como amuleto, confiando en que no fuera una falta de educación.

—*Grandmère est...* —vaciló, buscando la palabra correcta en francés, pero yo ya la conocía.

—*Pas docteur, et pas sorcière, magicienne. Elle est...* —yo también vacilé; después de todo, no había una palabra adecuada en francés.

—Nosotros decimos que ella es una cantante —dijo Berta tímidamente en francés—. La llamamos *shaman*; su nombre significa «puede ser», «puede suceder».

La anciana dijo algo, haciendo un gesto hacia mí. Las dos mujeres más jóvenes miraron asombradas. Nayawenne inclinó la cabeza, se quitó la correa de cuero y colocó la bolsita en mi mano.

Era tan pesada, que se me aflojó la muñeca y casi la dejé caer. Asombrada, cerré la mano. El cuero gastado conservaba el calor de su cuerpo, y sus contornos redondeados se adaptaban perfectamente a mi palma. Por un momento, tuve la impresión de que en la bolsa había algo vivo.

Mi rostro debió de mostrar mi asombro, pues la anciana se desternillaba de risa. Extendió la mano y le devolví el amuleto con rapidez. Gabrielle intervino con cortesía, diciéndome que la abuela de su marido estaría encantada de enseñarme las plantas útiles que crecían en los alrededores, si quería acompañarla.

Acepté la invitación y la anciana emprendió el camino, con una agilidad increíble para sus años. Observaba sus pies, diminutos en sus suaves botas de piel, y esperaba ser capaz de andar durante dos días por el bosque y luego querer ir a explorar cuando tuviera su edad.

Durante un rato caminamos paralelas al arroyo, seguidas a una respetuosa distancia por Gabrielle y Berta, que se acercaban cuando las necesitábamos como intérpretes.

—Cada planta contiene la cura para una enfermedad —explicó la anciana a través de Gabrielle. Arrancó una rama de un arbusto que bordeaba el sendero y me la entregó con una mirada irónica—. ¡Ojalá supiéramos para qué sirven todas!

La mayor parte del tiempo nos entendimos muy bien con gestos. Cuando llegamos al gran estanque en el que habían pescado truchas Ian y Jamie, Nayawenne se detuvo e hizo un gesto para que Gabrielle se acercara, le dijo algo y se volvió hacia mí con aire de sorpresa.

—La abuela de mi marido dice que soñó contigo durante la luna llena de hace dos meses.

—¿Conmigo?

Gabrielle asintió. Nayawenne apoyó su mano en mi brazo y miró fijamente mi cara para comprobar el impacto de las palabras de Gabrielle.

—Ella nos habló del sueño: había visto a una mujer con... —Sus labios se crisparon, recompuso su expresión y se tocó las puntas de su largo cabello lacio—. Tres días más tarde, mi esposo y su hijo regresaron y nos explicaron que se habían encontrado en el bosque contigo y con el Mataosos.

Berta me observaba con gran interés, enroscando un mechón oscuro de su cabello alrededor de su dedo índice.

—Ella, que se dedica a curar, dijo de inmediato que tenía que verte, así que cuando supimos que estabas aquí...

Aquello me sobresaltó un poco; no había tenido la sensación de que nos observaran, pero era evidente que alguien había tomado nota de nuestra presencia en la montaña y le había transmitido la noticia a Nacognaweto.

Impaciente por esas cosas sin importancia, Nayawenne le dio un toquecito a su nieta, dijo algo y señaló con firmeza el agua.

—La abuela de mi marido dice que el sueño ocurrió aquí. —Gabrielle señaló el estanque y me miró con gran seriedad—. Se encontró contigo por la noche. La luna estaba en el agua y tú te convertiste en un cuervo blanco, volaste por el agua y te tragaste la luna.

—¿De veras? —Confié en que no fuera nada siniestro.

—El cuervo blanco regresó volando y le dejó un huevo en la palma de la mano. El huevo se abrió y dentro había una preciosa piedra brillante. La abuela de mi marido supo que era un hecho mágico, que la piedra podía curar enfermedades. —Nayawenne inclinó la cabeza varias veces y buscó en el interior de la bolsa—. El día después del sueño, la abuela de mi marido fue a buscar raíces de *kinnea* y, en el camino, vio algo azul entre el barro, a la orilla del río.

Nayawenne sacó un pequeño y tosco objeto y lo dejó caer en mi mano. Era cristal de roca, tosco, pero indudablemente una piedra preciosa. Tenía pedazos de piedra pegados, pero el corazón de la roca era de un color azul intenso.

—Dios mío... Es un zafiro, ¿verdad?

—¿Zafiro? —Gabrielle paladeó la palabra, saboreándola—. Nosotros la llamamos... —vaciló, buscando la traducción correcta en francés— *pierre sans peur*.

—*Pierre sans peur?* ¿Una piedra valiente?

Nayawenne asintió y habló. Berta empezó a traducir antes de que su madre pudiera hablar.

—La abuela de mi padre dice que una piedra así evita que la gente tenga miedo, fortalece el espíritu y hace que sanen con más rapidez. Hasta ahora, la piedra ha hecho que sanaran dos personas con fiebre y ha curado un problema en los ojos que tenía mi hermano pequeño.

—La abuela de mi marido desea darte las gracias por tu regalo. —Gabrielle intervino en la conversación.

—¡Ah...!, dile que me alegro de que le guste. —Saludé a la anciana y le devolví la piedra azul. La guardó en la bolsa y se ajustó el cordón alrededor del cuello. Entonces, me miró de cerca con mucho detenimiento, extendió una mano y tomó un rizo de mi cabello, sin dejar de hablar mientras frotaba el mechón entre sus dedos.

—La abuela de mi marido dice que ahora tienes poderes curativos, pero que tendrás más. Cuando tu cabello sea blanco como el de ella, alcanzarás todo tu poder.

La anciana dejó caer el mechón de pelo y me miró a los ojos por un momento. Me pareció ver una expresión de tremenda tristeza en sus borrosas profundidades y extendí la mano de manera involuntaria para tocarla. Ella retrocedió y dijo algo más. Gabrielle me miró de un modo extraño.

—Dice que no debes preocuparte; la enfermedad es enviada por los dioses. No será culpa tuya.

Observé asombrada a la anciana, pero ya se había dado la vuelta.

—¿Qué es lo que no será culpa mía? —pregunté, pero se negó a decir nada más.

21

La noche en una montaña nevada

Diciembre de 1767

El invierno se retrasaba. Finalmente, la noche del 28 de noviembre comenzó a nevar y cuando nos despertamos encontramos el mundo transformado. Las agujas del gran abeto azul que se encontraba detrás de la cabaña estaban congeladas, y flecos irregulares de hielo goteaban de la maraña de tallos del frambueso.

A pesar de que no había mucha nieve, su llegada hizo que cambiara nuestra vida cotidiana. Ya no salía a buscar comida durante el día, excepto los breves trayectos al arroyo para recoger agua y los restos de berro que se habían salvado del aguanieve de las orillas. Jamie e Ian dejaron de talar árboles y despejar el prado, y comenzaron a cubrir el tejado. El invierno cayó sobre nosotros, y nosotros, a su vez, nos replegamos para alejarnos del frío.

No teníamos velas de cera, tan sólo lámparas de grasa, velas de junco y la luz del fuego, que ardía constantemente en el hogar y ennegrecía las vigas del techo. Nos levantábamos con las primeras luces y nos acostábamos después de la cena, igual que las criaturas del bosque que nos rodeaba.

Todavía no teníamos ovejas y, por consiguiente, no había lana para cardar e hilar, ni ropa que tejer. Tampoco disponíamos de colmenas ni de cera para hervir y hacer velas. No había ganado al que cuidar, salvo los caballos, las mulas y la pequeña cerda, que había crecido bastante, tanto en cuanto a tamaño como en irritabilidad, y, por tanto, había sido desterrada a un compartimento privado en un rincón de las cuadras que Jamie había construido, unas cuadras que no eran más que un enorme refugio con la parte frontal abierta y una cubierta de ramas.

Myers nos había dejado una pequeña, pero útil, selección de herramientas. A las piezas de hierro debíamos colocarles los mangos hechos con madera del bosque. Había un hacha para descortezar y otra para cortar, una reja de arado para sembrar, taladros, cepillos, formones, una pequeña guadaña, dos martillos y una sierra, una peculiar hacha de doble filo que según Jamie servía para escoplear, una sierra, una «desbastadora» (una hoja curva con un asa en cada extremo, que se usaba para alisar y rebajar madera), dos cuchillos pequeños bien afilados, una azada, algo que parecía un aparato de tortura medieval, pero que en realidad era un rastrillo, y una cuña para cortar leña.

Jamie e Ian habían logrado terminar el techo de la cabaña antes de que empezara a nevar; los cobertizos eran menos importantes. Siempre había troncos de madera cerca del fuego, junto a la cuña, para que cualquiera que tuviera tiempo cortara más leños. De hecho, la esquina del hogar estaba reservada para cortar madera. Ian había construido un tosco pero útil taburete que estaba bajo una de las ventanas para tener más luz, y las virutas se echaban al fuego, que estaba encendido día y noche.

Myers también me había traído cosas: un gran canasto de costura con agujas, alfileres, tijeras, ovillos de hilo y trozos de lino, muselina y lana. Aunque coser no era mi actividad favorita, me encantó ver todo aquello, puesto que, como Jamie e Ian siempre estaban entre los matorrales y gateando sobre los tejados, se rompían las rodillas, los codos y los hombros de todas sus prendas.

—¡Otra más! —Jamie se sentó en la cama, a mi lado.

—¿Otra qué? —pregunté medio dormida, abriendo un ojo. La cabaña estaba muy oscura, ya que el fuego se había convertido en ascuas.

—¡Otra maldita gotera! ¡Me ha caído en la oreja, maldición! —Salió de la cama, fue hasta el fuego y encendió una varilla para tener luz. Una vez que prendió, la tomó y se subió sobre la cama. Levantó su antorcha buscando en el techo la perversa gotera.

—¿Mmm? —Ian, que dormía en una tarima baja de madera, se dio la vuelta con un gruñido.

Rollo, que insistía en compartir la cama con su amo, emitió un breve bufido, se dejó caer como si fuera un bulto de pelo gris y siguió roncando.

—Una gotera —informé a Ian, vigilando a Jamie, puesto que no pensaba permitir que quemara mi precioso colchón de plumas.

—¿Sí? —dijo Ian, con un brazo sobre su rostro—. ¿Otra vez ha nevado?

—Parece que sí. —Las ventanas estaban cubiertas con cueros de ciervo untados con aceite y sujetos con tachuelas, y no se oían los ruidos del exterior, pero el aire tenía esa característica especial que aparece con la nieve.

La nieve llegaba en silencio y se acumulaba en el tejado; a continuación, cuando comenzaba a derretirse por el calor de las tejas que había debajo, goteaba por la pendiente del tejado, dejando un brillante rastro de carámbanos en los aleros. No obstante, de vez en cuando, el agua encontraba una grieta en una teja, o una junta en la que los bordes superpuestos se habían combado, y las gotas se dejaban caer, heladas, a través del techo.

Jamie consideraba las goteras como una afrenta personal y no se demoraba en lidiar con ellas.

—¡Mira! —exclamó—. Allí está. ¿La ves?

Aparté la mirada de los peludos tobillos que tenía frente a mi nariz y la dirigí hacia el techo. La luz de la antorcha mostraba la línea negra de una teja partida, con una mancha de humedad en la parte inferior. En ese momento cayó una gota de color rojo, que se formó a causa de la antorcha.

—Podemos correr un poco la cama —sugerí sin muchas esperanzas. Ya había pasado por esto otras veces. Cualquier sugerencia de dejar las reparaciones para la luz del día era recibida con un sorprendido rechazo; me dio a entender que ningún hombre competente permitiría aquello.

Jamie se bajó de la cama y, con un pie, le dio a Ian un toque en las costillas.

—Levántate y golpea donde está la gotera. Yo subiré arriba. —Buscó una teja nueva, el martillo, la bolsa de clavos y un hacha, y se dirigió a la puerta.

—¡No subas al techo así! —exclamé, incorporándome bruscamente—. ¡Es tu mejor camisa de lana!

Se detuvo junto a la puerta, me miró con la expresión de resignación de un mártir cristiano, dejó sus herramientas, se quitó la camisa y la dejó en el suelo. Recogió las herramientas y salió con toda majestuosidad para enfrentarse a la gotera, con las nalgas apretadas con decidido fervor.

Me froté la cara hinchada por el sueño y gemí suavemente para mí.

—Estará bien, tía —aseguró Ian con un bostezo, sin molestarse en cubrirse la boca. De mala gana, salió de su cama tibia.

Los fuertes golpes en el tejado hacían patente que Jamie ya se encontraba arriba. Rodé en la cama y me levanté resignada mientras Ian se subía a ella y golpeaba la mancha húmeda con un pedazo de leña, moviendo las tejas lo suficiente como para que Jamie localizara la gotera en el exterior.

Después de una serie de golpes, sustituyó la teja defectuosa y la gotera no dejó más prueba de su existencia que un pequeño montón de nieve que había caído a través del agujero de la teja que había retirado. De vuelta en la cama, Jamie enroscó su cuerpo alrededor del mío, me apretó contra su pecho helado y se quedó dormido con la satisfacción de un hombre que ha defendido su hogar contra cualquier amenaza.

Nuestra situación en la montaña era frágil, pero al menos disponíamos de un techo. No teníamos mucha carne, ya que había habido poco tiempo para cazar algo más que conejos y ardillas, y aquellos útiles roedores ya se habían retirado a hibernar, pero sí bastantes vegetales secos, entre los que se encontraban boniatos, calabacines, cebollas silvestres, ajo, nueces y una pequeña provisión de hierbas que yo había recogido y secado. Eran útiles para una dieta escasa, pero si se distribuían con cuidado, podríamos sobrevivir hasta la primavera.

Teníamos pocas actividades que realizar en el exterior y nos quedaba mucho tiempo libre para charlar, explicar historias y dormir. Además de objetos útiles como cucharas y cuencos, Jamie se dedicó a tallar las piezas de un ajedrez y trataba de convencernos a Ian y a mí de que jugáramos con él.

Ian y *Rollo* sufrían la fiebre del encierro y visitaban Anna Ooka con frecuencia para salir de caza con los jóvenes de la tribu, quienes agradecían los beneficios de la compañía de *Rollo*.

—El muchacho habla el idioma de los indios mucho mejor que el griego o el latín —comentó Jamie, algo enojado mientras observaba cómo se intercambiaba cordiales insultos con uno de sus compañeros de caza.

—Bueno, si Marco Aurelio hubiera escrito sobre la caza de los puercoespines, estoy segura de que habría encontrado un público más atento —respondí para calmarle.

Aunque quería mucho a Ian, no me disgustaban sus frecuentes ausencias, puesto que había momentos en que, decididamente, tres eran multitud.

No había nada mejor en la vida que una cama de plumas y una chimenea... excepto una cama de plumas con un amante tibio y tierno en su interior. Cuando Ian no estaba, no nos molestábamos en encender velas y nos acostábamos al anochecer. Nos enroscábamos para compartir el calor y nos quedábamos charlando, riendo y contando historias, compartiendo nuestros pasados, planificando nuestro futuro y, en algún momento en medio de la conversación, deteniéndonos a disfrutar de los placeres silenciosos del presente.

—Háblame de Brianna. —Uno de los temas favoritos de Jamie eran las historias sobre la infancia de Brianna. Lo que decía, vestía y hacía; su aspecto, todos sus logros y sus gustos.

—¿Te he hablado sobre aquella vez que fui a su escuela a hablar de lo que significaba ser médico?

—No —dijo, acomodándose a mi lado—. ¿Por qué tuviste que hacerlo?

—Era el Día de los Oficios. Los maestros invitan a gente de distintas profesiones para que los niños aprendan en qué consisten. Por ejemplo, un abogado o un bombero...

—Creía que esa última era bastante obvia.

—Calla. O un veterinario, que es un médico de animales, o un dentista, que cuida los dientes...

—¿Los dientes? ¿Qué otra cosa se puede hacer, además de sacarlos?

—Te sorprenderías. —Me aparté el cabello de la cara y me lo retiré de la nuca—. Bueno, no importa, lo cierto es que me invitaban porque entonces no era muy común que una mujer fuera médica.

—¿Y ahora lo es? —Jamie rió, y le di una suave patada.

—Bueno, después fue mucho más normal. Pero en aquel momento, no lo era. Mientras estaba con los niños, les pregunté si querían preguntarme algo, y un muchachito odioso abrió la boca y dijo que su madre decía que las mujeres que trabajaban no eran mejores que las prostitutas; que su deber era quedarse en casa en lugar de quitarles el trabajo a los hombres.

—Supongo que su madre no conocería muchas prostitutas.

—Me imagino que no. Ni tampoco muchas mujeres que trabajaran. Entonces Brianna se levantó y le dijo en voz bien alta: «¡Te vas a alegrar de que mi madre sea médica, porque vas a necesitar una!» Le pegó en la cabeza con un libro de aritmética y, cuando el niño perdió el equilibrio y se cayó, se tiró encima y comenzó a darle puñetazos en la boca.

Podía sentir cómo su pecho y su estómago temblaban contra mi espalda.

—¡Qué niña más valiente! ¿Y el maestro le pegó?

—En la escuela no pegan a los niños. Tuvo que escribir una carta disculpándose con el pequeño animal y él tuvo que escribirme otra a mí. Brianna pensó que era justo. La parte más incómoda fue descubrir que el padre del chico era médico, uno de mis colegas del hospital.

—Y supongo que tenías el puesto que él quería.

—¿Cómo lo has adivinado?

—Mira. —Noté su aliento cálido y espeso en el cuello. Estiré el brazo y acaricié el muslo largo y peludo, disfrutando de las formas del músculo—. Me dijiste que ella estudiaba Historia, como Frank Randall. ¿Nunca quiso ser médica, como tú? —Una mano enorme se posó sobre mi trasero y comenzó a amasarlo suavemente.

—Sí, cuando era pequeña. Solía llevarla al hospital y le encantaba todo el equipo; jugaba con mi estetoscopio y el otoscopio, un aparato para ver el interior de los oídos, pero luego cambió de idea. Lo hizo muchas veces, como la mayoría de los chicos.

—¿Hacen eso? —Era una novedad para Jamie. La mayoría de los chicos de su época se limitaban a seguir la profesión de sus padres o éstos elegían por ellos lo que debían aprender.

—Sí. Déjame ver... durante un tiempo quiso ser bailarina de ballet, como la mayoría de las niñas. Se trata de una bailarina que baila de puntillas —le expliqué, y rió sorprendido—. Después quiso ser basurera, justo cuando nuestro basurero la llevó a dar una vuelta en su camión, y luego buzo de gran profundidad, y...

—¿Qué demonios es un buzo de gran profundidad? ¿Y un basurero?

Cuando terminé mi lista de todas las profesiones del siglo XX, estábamos frente a frente con las piernas entrelazadas. Yo admiraba la forma en la que su pezón se convertía en un bulto diminuto bajo mi pulgar.

—Nunca supe si en realidad quería estudiar Historia o si lo hizo por complacer a Frank. Lo quería mucho y él estaba muy orgulloso de ella. —Hice una pausa; su mano recorría mi espalda.

—Comenzó a asistir a clases de Historia en la universidad cuando aún estaba en el instituto... ¿Te he explicado cómo funciona el sistema educativo? Y cuando Frank murió... Creo que siguió estudiando Historia porque pensaba que era lo que él habría querido.

—Muy leal.

—Sí. —Pasé una mano por su cabello y pude sentir los huesos sólidos y redondeados de su cráneo y su cuero cabelludo bajo mis dedos—. No se me ocurre de quién ha sacado ese rasgo en particular.

Emitió un pequeño bufido y me acercó aún más a él.

—¿No? —Sin esperar mi respuesta, siguió diciendo—: Si ella sigue con la historia, ¿crees que nos encontrará? Me refiero a si hallará algo en algún libro.

Esa idea no se me había ocurrido. Por un momento me quedé inmóvil. Después me estiré un poco, y apoyé la cabeza en su hombro con una pequeña risa, no muy divertida.

—No lo creo. No, a menos que hagamos algo notable. —Señalé con vaguedad la pared de la cabaña y la naturaleza interminable del exterior—. Pero no tenemos muchas posibilidades aquí. Y, de todos modos, tendría que buscar de manera deliberada.

—¿Lo hará?

—Espero que no —dije finalmente—. Debe tener su propia vida y no malgastar el tiempo en mirar hacia el pasado.

No respondió de manera directa, sino que me tomó la mano y la deslizó entre nosotros, suspirando cuando lo agarré.

—Eres una mujer muy inteligente, Sassenach, pero te falta perspicacia. Aunque quizá sea sólo modestia.

—¿Y qué te hace decir eso? —pregunté, algo molesta.

—Has dicho que la muchacha es leal. Amaba tanto a su padre como para hacer lo que a él le gustaba, incluso después de su muerte. ¿Crees que te quería menos a ti?

Volví la cabeza y dejé que el cabello amontonado cayera sobre mi cara.

—No —contesté por último contra la almohada, con una voz apagada.

—Bueno, entonces... —Me cogió de las caderas, me dio la vuelta y suavemente se colocó sobre mí. No hablamos más y los límites de nuestros cuerpos desaparecieron.

Fue algo lento y lleno de paz; su cuerpo era tan mío como el mío era suyo. Enrosqué mi pie alrededor de su pierna; con la suave planta, sentí la espinilla peluda, así como la planta callosa y la carne tierna. Era cuchillo y vaina en uno y el ritmo de nuestro movimiento era el del latido de un solo corazón.

El fuego crepitaba suavemente y emitía rayos rojos y amarillos que se reflejaban en las paredes de madera de nuestro acogedor refugio, y yacimos en silenciosa calma, sin molestarnos en dilucidar a quién correspondía cada extremidad. Cuando estábamos a punto de dormirnos sentí el cálido aliento de Jamie en mi cuello.

—Ella buscará —dijo con seguridad.

Dos días más tarde aumentó un poco la temperatura y Jamie, poseído por la fiebre del encierro, decidió salir a cazar. Todavía había nieve en el suelo, pero era una capa muy fina y creía que sería fácil andar por las laderas.

Yo no estaba tan segura, pensaba mientras juntaba nieve para derretirla más tarde, a lo largo de la mañana. La nieve seguía siendo gruesa bajo los matorrales, aunque ya se había derretido en el terreno que no estaba al resguardo. Sin embargo, confiaba en que tuviera razón, ya que nuestras provisiones disminuían y no teníamos carne desde hacía una semana; incluso las trampas que Jamie había colocado estaban enterradas bajo la nieve.

Llevé la nieve y la eché en el gran caldero, sintiéndome, como siempre que lo hacía, como una bruja.

Tenía un único caldero grande, lleno de agua, que hervía en el fuego. No era sólo la herramienta principal para lavar, sino también el medio para cocinar todo aquello que no se podía cocer a la parrilla, freír o asar. Los estofados y los ingredientes que se tenían que cocer los envasaba en calabazas huecas o frascos de piedra, los sellaba y los bajaba a las burbujeantes profundidades, atados con cordeles, alzándolos a intervalos para comprobar su nivel de cocción. Así podía cocinar una comida entera en un solo caldero y tener agua caliente para lavar después.

Eché una segunda cesta de nieve en un cuenco de madera y dejé que se derritiera más lentamente: sería agua para beber durante el día. Después, sin nada urgente que hacer, me senté a leer el cuaderno de Daniel Rawlings y a remendar medias, con los dedos de los pies cómodamente churruscados junto al fuego.

Al principio no me preocupé cuando Jamie no regresó. Es decir, lo estaba como siempre cuando salía durante tanto tiempo, aunque trataba de ocultarlo y de engañarme a mí misma. Sin embargo, cuando las sombras sobre la nieve se tornaron violetas y el sol comenzó a ocultarse, empecé a prestar atención a todos los ruidos que pudieran anunciar su llegada.

Seguí trabajando mientras esperaba oír el crujido de sus pisadas o un grito, lista para salir corriendo y echarle una mano si había traído un pavo para desplumar o algo más o menos comestible que hubiera que limpiar. Alimenté y di de beber a las mulas y a los caballos, mirando siempre la montaña. No obstante, a medida que la tarde fue cayendo, la expectativa se convirtió en esperanza.

Hacía frío en la cabaña y salí a buscar más leña. Pensé que no podían ser más de las cuatro y, aun así, las sombras bajo los arbustos de arándanos ya eran frías y azules. En una hora más, habría anochecido. En un par de horas, la oscuridad sería total.

La pila de leña estaba cubierta de nieve y los troncos superiores estaban húmedos. Sin embargo, si sacaba un pedazo de nogal de un lado, podía meter la mano y extraer leña seca... siempre teniendo presentes las serpientes, las mofetas y cualquier otro animal que hubiera podido buscar refugio en aquel hueco.

Olfateé, me incliné, miré cuidadosamente en el interior y, como precaución final, metí un palillo largo y lo moví un poco dentro. Al no oír movimientos, deslizamientos ni otros sonidos de alarma, metí la mano con seguridad y rebusqué hasta que mis dedos encontraron el tacto áspero de un pedazo de pino. Quería tener un buen fuego para la noche. Jamie volvería helado después de un día de caza en medio de la nieve.

Así, cogí pino para el centro del fuego y tres pedazos pequeños de nogal, que ardía con más lentitud, de la capa exterior húmeda de la pila. Podía meterlos dentro de la chimenea para que se secaran mientras terminaba de preparar la cena; después, cuando nos fuéramos a la cama, taparía el fuego con el nogal húmedo, que ardería de forma más lenta y aguantaría hasta la mañana siguiente.

Las sombras se tornaron añiles y grises en el crepúsculo invernal. El cielo tenía el color de la lavanda con nubes gruesas, nubes que eran de nieve. Podía respirar la fría humedad en el aire; cuando descendiera la temperatura al anochecer, también nevaría.

—Maldito hombre —dije en voz alta—. ¿Qué has hecho? ¿Cazar un alce?

Mi voz sonaba baja en el aire sordo, pero hizo que me sintiera mejor. Si había conseguido atrapar algo grande hacia el final del día, era posible que hubiera decidido acampar junto al cuerpo; descuartizar a un animal grande era un trabajo largo y agotador, y era muy difícil conseguir encontrar carne como para dejarla a merced de los depredadores.

Preparé la sopa y la cabaña se llenó de olor a cebollas y ajo, pero yo no tenía apetito. Coloqué la tetera en su gancho en la parte posterior de la chimenea; sería fácil calentarla cuando llegara. Un diminuto destello verde me llamó la atención y me detuve a mirar. Era una pequeña salamandra que había salido de su refugio invernal en una grieta de la madera.

Era verde y negra, brillante como una pequeña joya; la recogí antes de que tuviera miedo y se dirigiera al fuego, y llevé al exterior al pequeño animalito húmedo, que se retorcía como un loco contra mi palma. La coloqué de nuevo en la leñera, cerca del fondo.

—Ten cuidado —le dije—. ¡Quizá no tengas tanta suerte la próxima vez!

Me detuve antes de entrar otra vez. Aunque ya había oscurecido, aún podía distinguir los troncos de los árboles alrededor del claro, negros y grises frente a la amenazante masa de la montaña que se encontraba detrás. Nada se movía entre los árboles, pero unos cuantos copos húmedos comenzaron a caer del cielo rosa pálido, e inmediatamente se derritieron sobre el suelo del umbral.

Cerré la puerta, comí un poco, preparé el fuego con el nogal húmedo y me acosté para dormir. Tal vez Jamie se hubiera encontrado con los hombres de Anna Ooka y habría acampado con ellos.

El aroma del humo del nogal flotaba en el aire, y volutas blancas se curvaban sobre el hogar. Las vigas superiores ya estaban negras por el hollín, aunque apenas llevábamos dos meses encendiendo el fuego. La madera que estaba encima de mi cabeza aún rezumaba resina fresca a modo de pequeñas gotas doradas que brillaban como el oro y que tenían un olor intenso y limpio a trementina. A la luz del fuego, se veían los golpes del hacha en la madera, y tuve un súbito y vívido recuerdo de la espalda ancha de Jamie, brillante por el sudor mientras levantaba el hacha una y otra vez con golpes al ritmo de un reloj. La hoja del hacha caía con un destello metálico a unos pocos centímetros de su pie mientras trabajaba la madera tosca.

Era muy fácil calcular mal el golpe de un hacha. Podía haber cortado madera para hacer una hoguera, calcular mal el golpe y haberse cortado en un brazo o en una pierna. Mi imaginación, siempre dispuesta a ayudar, enseguida me proporcionó una imagen clarísima de la sangre arterial saliendo a chorros y ensuciando la nieve blanca.

Rodé sobre un costado. Sabía vivir al aire libre. ¡Había pasado varios años en una cueva de Escocia!, me contestaba yo misma con cinismo, ¡donde la fiera más feroz es un gato montés del tamaño de un gato doméstico, y la peor amenaza humana, los soldados ingleses!

—¡Tonterías! —dije, y me di la vuelta en la cama—. ¡Es un hombre grande, está armado hasta los dientes y sabe muy bien lo que tiene que hacer si nieva!

¿Qué haría?, me pregunté. Buscar o construir un lugar para protegerse. Recordé el tosco refugio que erigió para nosotros cuando acampamos por primera vez en el cerro, y me tranquilicé un poco. Si no estaba herido, tal vez no moriría congelado.

Si no estaba herido, si no lo habían herido. Se suponía que los osos dormían profundamente; pero los lobos cazaban en invierno y los pumas también. Al recordar mi encuentro en la orilla del arroyo, me estremecí a pesar de la cama de plumas.

Me coloqué boca abajo, con las mantas hasta los hombros. En la cabaña hacía calor, y más en la cama, pero de repente mis pies y mis manos se helaron. Anhelaba a Jamie de una manera visceral que nada tenía que ver con el pensamiento ni la razón. Estar sola con Jamie suponía dicha, aventura y ensimismamiento. Estar sola sin él era... estar sola.

Casi podía oír el susurro de la nieve en la piel engrasada que cubría la ventana junto a mi cabeza. Si seguía así, sus huellas estarían cubiertas por la mañana. Si le había sucedido algo...

Aparté las mantas, me levanté y me vestí con rapidez sin pensar en lo que estaba haciendo. Ya había pensado demasiado. Me puse mi camisola de lana a modo de aislante bajo mis pantalones, y dos pares de medias. Di gracias a Dios por mis botas recién engrasadas que, aunque olían mucho a pescado, me protegerían de la humedad durante un buen rato.

Jamie se había llevado el hacha, así que tuve que cortar un trozo de pino con una cuña y un mazo, maldiciendo por mi lentitud mientras lo hacía. Una vez decidida a actuar, cualquier retraso me irritaba. No obstante, la madera de veta larga se rompió con facilidad; tenía cinco barras largas, cuatro de las cuales até con un cordón de cuero. Introduje el extremo de la quinta entre las ascuas humeantes de la chimenea, y esperé hasta que prendió bien.

Me até a la cintura una bolsita con medicinas, comprobé que llevaba la bolsa de pedernales y astillas, me puse la capa, cogí la antorcha y mis cosas, y salí al exterior, a la nieve.

No hacía tanto frío como temía. Una vez en movimiento, y con mis prendas, me sentía abrigada. Todo estaba muy silencioso; no había viento y el susurro de la nieve ahogaba los ruidos habituales de la noche.

Sabía que su intención era recorrer su hilera de trampas. Sin embargo, si hubiera encontrado alguna señal prometedora en el camino, la habría seguido. La nieve anterior permanecía fina e irregular en el terreno, pero la tierra estaba empapada y Jamie era un hombre corpulento, así que estaba segura de que podría seguir sus huellas cuando las encontrara. Y si lo hallaba resguardado para pasar la noche junto a su pieza, mucho mejor. Dos dormían mucho mejor que uno en el frío.

Pasé los castaños que circundaban nuestro claro hacia el oeste y seguí cuesta arriba. No tenía un buen sentido de la orientación, pero podía distinguir si subía o bajaba. Jamie me había enseñado a buscar mojones, grandes y fijos. Miré en dirección a las cascadas. No podía oírlas, ya que el viento debía de soplar en otra dirección y eran como una mancha blanca en la distancia.

Jamie me había explicado que, cuando se iba a cazar, el viento tenía que soplar hacia el cazador, para que la presa no pudiera olerlo. Me preguntaba con disgusto quién podría olerme en la oscuridad. No tenía armas, salvo mi antorcha. La luz producía unos destellos rojos sobre la capa de nieve apilada y se reflejaba a causa del hielo que cubría cada rama. Si me acercaba a cuatrocientos metros de él, me vería.

La primera trampa estaba colocada en una pequeña cañada, a unos doscientos metros de la cabaña cuesta arriba, en medio de una arboleda de píceas y tsugas. Estuve con Jamie cuando la colocó, pero era de día. Por la noche, incluso con la antorcha, todo parecía extraño y desconocido.

Miré a un lado y a otro, inclinándome, para acercar la luz al suelo. Recorrí varias veces el lugar hasta que encontré lo que buscaba, la marca oscura de unas pisadas sobre un pedazo de nieve entre dos píceas. Miré un poco más y hallé la trampa, aún en activo. O no había atrapado nada, o había retirado la pieza y la había preparado otra vez.

Las huellas procedían del claro y ascendían otra vez; después, desaparecían en un trozo de tierra con hojas muertas. Me asusté durante un momento al cruzar la zona, buscando el vestigio de una huella. No se veía nada; las hojas creaban una gruesa capa, esponjosa y resistente. ¡Allí! Sí, había un tronco volcado; podía ver el surco oscuro y mojado donde había estado, y el musgo arañado en el costado. Ian me había dicho que, a veces, las ardillas hibernaban en las cavidades bajo los troncos.

Con mucha lentitud, y después de perder constantemente el rastro y de tener que dar vueltas para hallarlo otra vez, fui siguiendo sus huellas de una trampa a otra. La nieve caía con más intensidad, lo que hizo que me sintiera insegura. Si la nieve tapaba las huellas antes de alcanzarlo, ¿cómo encontraría el camino para regresar a la cabaña?

Eché la vista atrás, pero no podía ver nada detrás de mí más que una prolongada y engañosa ladera de nieve virgen que caía hasta la línea oscura de un desconocido riachuelo que se encontraba más abajo, con sus rocas apuntando hacia arriba como si se tratara de dientes. No había señales de la alegre columna de humo y chispas de nuestra chimenea. Di la vuelta poco a poco en un círculo, pero tampoco podía ver ya las cascadas.

—Bien —murmuré—. Estás perdida. ¿Y ahora qué? —Contuve un ataque de pánico y me quedé inmóvil para pensar. No estaba del todo perdida. No sabía dónde estaba, pero no era lo mismo. Todavía tenía las huellas de Jamie para guiarme, al menos hasta que la nieve las ocultara. Y si lo encontraba podríamos regresar a la cabaña.

Podía sentir el calor de la antorcha, que ardía peligrosamente cerca de mi mano. Saqué otra de las ramas secas y la encendí, tirando la brasa antes de que me quemara los dedos.

Me preguntaba si me estaba alejando de la cabaña o si estaba caminando en paralelo a ella. Sabía que la hilera de trampas formaba un tosco círculo, pero no sabía el número exacto de trampas. Hasta entonces sólo había encontrado tres, vacías y expectantes.

La cuarta trampa no estaba vacía. La antorcha iluminó el cristal helado que cubría el pelaje de una liebre grande, estirada bajo un arbusto helado. La toqué, la recogí y le quité la soga del cuello. Su rigidez podía ser causa del frío o del rigor mortis. Llevaba muerta un rato, entonces... ¿y qué me decía aquello sobre el paradero de Jamie?

Traté de pensar con lógica, ignorando el frío que se colaba por mis botas y que entumecía mis dedos y mi cara. No había huellas de Jamie y la liebre estaba en la trampa. Podía ver las marcas de sus pezuñas y el frenesí de su lucha contra la muerte. Muy bien, entonces no había llegado hasta allí.

Me quedé inmóvil. Mi aliento formaba pequeñas nubes blancas sobre mi cabeza. Podía sentir cómo se formaba hielo en mis fosas nasales, puesto que cada vez hacía más frío. Por tanto, entre la última trampa y ésta, Jamie había abandonado su camino. ¿Dónde había ido? ¿Dónde?

Con urgencia, retrocedí buscando las últimas pisadas que había visto. Me llevó un tiempo encontrarlas; la nieve había cubierto casi todo el terreno con una fina capa de brillante polvo. Mi segunda antorcha estaba por la mitad cuando las vi. Ahí estaban: era una mancha borrosa en el lodo, en el borde de un arroyo. Había encontrado la trampa con la liebre siguiendo la dirección en la que me había parecido que apuntaba su huella... pero estaba claro de que no era así. Se había detenido y... ¿adónde había ido?

—¡Jamie! —grité. Llamé varias veces, pero la nieve parecía apagar mi voz. Escuché, pero no oí nada, excepto el borboteo del agua helada junto a mis pies.

Jamie no estaba detrás, ni frente a mí. ¿A la izquierda entonces, o a la derecha?

—Pinto, pinto, gorgorito —murmuré, y me volví colina abajo porque era más fácil caminar, gritando de vez en cuando.

Me detuve a escuchar. ¿Era un grito de respuesta? Grité otra vez, pero nadie contestó. Comenzaba a levantarse viento, que agitaba las ramas de los árboles que había sobre mí.

Di otro paso y una roca helada hizo que resbalara y patinara. Caí por una pequeña ladera llena de barro y choqué contra una pantalla de leucotes. La atravesé y me agarré a unas cuantas ramas heladas. El corazón se me aceleró.

A mis pies se encontraba el borde de un afloramiento rocoso, que terminaba en la nada. Agarrándome al arbusto para evitar resbalar, me acerqué un poco y miré.

No era un precipicio como había pensado, y la altura no era más que de un metro y medio. Pero no era eso lo que hacía que mi corazón se agitara, sino lo que veían mis ojos abajo, en la hondonada. Las señales de algo grande que había aplastado los arbustos y había seguido cayendo me recordaron las desagradables marcas dejadas por la liebre que colgaba de mi cinturón. Algo grande había luchado sobre el terreno... y luego había sido arrastrado. Un gran surco se abría paso entre las hojas y desaparecía en la oscuridad más allá.

Sin preocuparme por los puntos de apoyo, descendí por el lado del afloramiento y corrí hacia el surco, siguiéndolo bajo las ramas bajas de las tsugas y los abetos balsámicos. Con la incierta luz de mi antorcha, seguí un camino entre unas rocas, a través de un grupo de flores de invierno y... lo encontré tirado al pie de una gran piedra, medio cubierto por las hojas, como si alguien hubiera querido taparlo. No estaba encogido para calentarse, sino que yacía con la cara aplastada contra el suelo, con una inmovilidad mortal. Había una gruesa capa de nieve sobre los pliegues de su capa y sobre los talones de sus botas llenas de lodo.

Dejé caer mi antorcha y con un grito de horror me tiré sobre él.

Jamie gruñó y se agitó bajo mi cuerpo. Me aparté, con una mezcla de alivio y terror. No estaba muerto, pero estaba herido. ¿Dónde? ¿Cuán grave era?

—¿Dónde? —pregunté, tirando de su capa enroscada alrededor del cuerpo—. ¿Dónde te has herido? ¿Estás sangrando, te has roto algo?

No podía ver manchas de sangre, puesto que había tirado mi antorcha y se había apagado en las hojas húmedas que lo cubrían. El cielo rosa y la nieve emitían un luminoso resplandor sobre todas las coas, pero la luz era demasiado tenue como para distinguir los detalles.

Jamie estaba frío; su tacto lo notaban frío incluso mis manos entumecidas por la nieve, se movía con dificultad y casi no podía hablar. Pero oí cómo pronunciaba «espalda»; le quité la capa y le rasgué la camisa, sacándosela sin piedad de los pantalones, lo que hizo que gruñera. Metí las manos entre la ropa buscando el orificio de la bala. Debieron de dispararle por la espalda, pensé, aunque no veía la sangre. ¿Dónde estaba la bala? ¿Por dónde había salido? ¿Lo había atravesado limpiamente? Una pequeña parte de mi mente encontraba placer en preguntarse quién le habría disparado y si seguía cerca.

Nada. No encontraba nada; mis manos no hallaban nada más que piel desnuda y limpia. Tenía la espalda helada como un trozo de mármol cubierto con viejas cicatrices, pero no había heridas. Busqué otra vez, examinando con más tranquilidad; palpaba con la mente y con los dedos, recorría poco a poco su espalda con las palmas, desde la nuca hasta la parte baja. Nada.

¿Más abajo? Había manchas oscuras en las nalgas de sus pantalones. Creí que eran lodo. Metí una mano debajo y busqué los cordones. Los solté y le bajé los pantalones.

Era lodo; sus nalgas resplandecían, blancas, firmes y perfectas en su redondez, sin marcas bajo el vello plateado. Le agarré un poco de carne, incrédula.

—¿Eres tú, Sassenach? —preguntó con voz somnolienta.

—¡Sí, soy yo! ¿Qué te ha pasado? —quise saber mientras mi miedo daba paso a la indignación—. ¡Has dicho que te habían disparado por la espalda!

—No, no lo he dicho. Porque no es así —señaló con lógica. Parecía tranquilo y casi adormilado—. Me da el aire en la espalda. ¿Podrías cubrirla, Sassenach?

Le coloqué la ropa haciendo que gimiera de nuevo.

—¿Qué diablos te ha pasado? —pregunté.

Se estaba despertando un poco; giró la cabeza con esfuerzo para mirarme.

—Ah, bueno. No es nada serio. Pero no puedo moverme.

Lo miré fijamente.

—¿Por qué? ¿Te has torcido el pie? ¿Te has roto una pierna?

—Ah... no —parecía avergonzado—. Yo... ah... me he dislocado la columna.

—¿Que tú qué?

—Ya me ha pasado otra vez —me aseguró—. Dura un par de días.

—Supongo que no pensarías aguantar dos días tirado aquí y cubierto por la nieve.

—Se me había ocurrido, pero no podía hacer nada.

Entonces me di cuenta de que yo tampoco podía hacer mucho. Pesaba alrededor de treinta kilos más que yo y no podía transportarlo. Ni si quiera podía arrastrarlo muy lejos por las laderas, las rocas y los barrancos. Era demasiado empinado para un caballo; quizá pudiera convencer a una mula para que subiera hasta allí... si primero conseguía volver a la cabaña en medio de la oscuridad y después volver a encontrar el camino a la montaña, también en la oscuridad... y en medio de lo que parecía estar convirtiéndose en una ventisca. O tal vez pudiera construir un tobogán de ramas y bajar deslizándonos por las laderas heladas, conmigo a horcajadas sobre él.

—¡Cálmate, Beauchamp! —dije en voz alta. Me sequé la nariz con un pliegue de mi capa, y, a continuación, intenté pensar qué podía hacer.

Me di cuenta de que era un lugar al resguardo. Miré arriba y pude ver cómo la nieve caía más allá de la enorme roca a cuyo pie nos encontrábamos; además, no hacía viento y sólo unos cuantos copos pesados flotaban hasta caer sobre mi rostro.

El cabello y los hombros de Jamie tenían una ligera capa de nieve, y los copos se estaban posando en la parte posterior expuesta de sus piernas. Bajé el borde de su capa y le retiré la nieve de la cara. Su mejilla era casi del mismo color que los enormes copos, y su piel parecía rígida al tacto.

Me asusté cuando noté que podía estar a punto de congelarse. Tenía los ojos medio cerrados y, a pesar del frío, no parecía que temblara demasiado. Era muy peligroso; sin movimiento, sus músculos no generaban calor, y el que le quedaba se escapaba lentamente de su cuerpo. Su capa ya estaba muy húmeda; si permitía que su ropa se empapara, podría morir de hipotermia frente a mí.

—¡Despierta! —exclamé, sacudiéndole el hombro con urgencia. Abrió los ojos y me sonrió—. ¡Muévete! ¡Jamie, tienes que moverte!

—No puedo —dijo con calma—. Ya te he dicho que no puedo. —Cerró los ojos otra vez.

Le cogí una oreja y le clavé las uñas. Gruñó y movió la cabeza.

—Despierta —le ordené en tono imperioso—. ¿No me oyes? ¡Despierta ahora mismo! ¡Muévete, maldición! Dame tu mano.

No esperé a que cumpliera la orden y, en cambio, metí la mano bajo la capa y le agarré la mano, que froté como una loca entre las mías. Abrió los ojos otra vez y frunció el ceño.

—Estoy bien, sólo muy cansado —contestó.

—Mueve los brazos —le pedí, dejando su mano libre—. ¿Puedes mover las piernas?

Suspiró, como si se estuviera arrastrando por un lodazal, y murmuró algo en gaélico. Muy lentamente comenzó a mover los brazos. Le costó mover las piernas, porque tenía pinchazos en la espalda y, de muy mala gana, agitó los pies.

Parecía una rana intentando volar, pero no estaba de humor para reírme. No sabía si corría de verdad riesgo de congelación o no, pero no quería arriesgarme. Exhortándolo una y otra vez, y ayudada por golpes, le obligué a que hiciera ejercicio hasta que se despertó del todo y comenzó a temblar. También estaba de muy mal humor, pero no me importaba.

—Sigue moviéndote —le advertí. Me incorporé con cierta dificultad, puesto que yo también estaba bastante rígida tras agacharme junto a él durante tanto tiempo—. Sigue moviéndote —añadí ásperamente, cuando empezó a mostrar signos de decaimiento. Si te detienes, te juro que te piso la espalda.

Miré alrededor, algo amodorrada. Seguía nevando y era difícil ver muy lejos. Necesitábamos refugio... por lo menos, más que el que una roca nos podía ofrecer.

—Coge el hacha —dijo entre dientes. Lo miré y señaló un grupo de árboles cercanos con la cabeza—. Ramas... grandes, de dos metros. Corta cuatro. —Respiraba con dificultad, pero, pese a la tenue luz, había color en su rostro. Había dejado de moverse a pesar de mis amenazas y tenía la mandíbula apretada porque le castañeteaban los dientes. Eran buenas señales y me alegré.

Me agaché y palpé bajo su capa otra vez, esta vez buscando el hacha alrededor de su cintura. No pude evitar deslizar una mano debajo de él, dentro del cuello de su camisa de cazar de lana. ¡Tibio! Gracias a Dios, seguía tibio; su pecho estaba algo fresco por el contacto con el suelo mojado, pero estaba más tibio que mis dedos.

—Bien —dije, sacando la mano y poniéndome de pie—. Ramas grandes, ¿no? —Cogí el hacha.

Asintió estremeciéndose con violencia, y me dirigí de inmediato a los árboles que señalaba.

En el interior de la silenciosa arboleda, la fragancia de la tsuga y el cedro me envolvieron de repente en una nube de resina y trementina, con un olor frío e intenso, limpio y vigorizante. Muchos de los árboles eran enormes, y sus ramas más bajas se encontraban a bastante distancia de mi cabeza; sin embargo, otras, que estaban dispersas, eran más accesibles. Inmediatamente fui consciente de las virtudes de aquel árbol en particular... no había nieve debajo, ya que las ramas en forma de abanico atrapaban la nieve como si se tratara de un paraguas.

Escogí las ramas más bajas, y me vi obligada a elegir entre la necesidad de apresurarme y el temor real a cortarme unos cuantos dedos por accidente. El trabajo fue arduo, puesto que tenía las manos entumecidas por el frío y la madera estaba verde y elástica. Finalmente corté cuatro ramas largas y llenas de hojas. Parecían suaves y negras, si se comparaban con la nieve virgen, semejantes a grandes abanicos de plumas; fue casi una sorpresa tocarlas y sentir el pinchazo duro y frío de las agujas.

Las arrastré hasta la roca y encontré a Jamie, que había conseguido juntar más hojas; era casi invisible, metido como estaba entre las hojas negras y grises junto al pie de la piedra, para protegerse del frío. Él me decía cómo tenía que apoyar las ramas en la roca y clavar en la tierra los extremos cortados en ángulo para crear un pequeño refugio triangular. Luego cogí otra vez el hacha y corté ramas de pino y las coloqué junto con manojos de hierba seca en la parte superior de la pantalla de tsuga. Y, por último, jadeando por el cansancio, me arrastré al lado de Jamie.

Me acurruqué en las hojas entre su cuerpo y la roca, nos cubrimos con la capa y, con fuerza, le pasé los brazos por el cuerpo. Luego comencé a temblar. No por el frío... aún no... sino por una mezcla de alivio y miedo.

—Todo va a salir bien, Sassenach —dijo Jamie al advertir cómo temblaba—. Si estamos juntos, todo saldrá bien.

—Lo sé —comenté, y apoyé mi cabeza sobre su espalda. No obstante, pasó mucho tiempo hasta que dejé de temblar—. ¿Cuánto tiempo hace que estás aquí? —pregunté finalmente—. En el suelo, quiero decir.

Iba a encogerse de hombros, pero el gesto le arrancó un gemido de dolor.

—Un buen rato. Había pasado el mediodía cuando me he caído desde una roca. No era muy alta, pero al apoyar el pie, la espalda ha hecho *crac* y lo siguiente que recuerdo es estar en el barro, con la sensación de que me habían clavado un cuchillo.

Nuestro refugio no estaba nada tibio; la humedad de las hojas se filtraba y la roca que se encontraba detrás de mí parecía que desprendiera frío, como una especie de caldera revertida. Aun así, hacía bastante menos frío que fuera. Comencé a temblar de nuevo, por razones puramente físicas.

Jamie se dio cuenta y comenzó a tocarse el cuello.

—¿Puedes soltarme la capa, Sassenach? Colócatela encima.

Nos llevó bastantes maniobras y unos cuantos juramentos ahogados de Jamie mientras él intentaba mover su peso, pero por fin conseguí soltarla y colocarla sobre los dos. Extendí el brazo y, con mucho cuidado, puse una mano sobre su espalda, levantando suavemente su camisa para colocarla sobre su carne fresca y desnuda.

—Dime dónde te duele —dije, confiando en que no se le hubiera descolocado una vértebra.

Por mi mente pasó la espantosa posibilidad de que quedara inválido para siempre, junto con las consideraciones prácticas sobre qué haría para sacarlo de allí, aun si no lo estaba. ¿Tendría que dejarlo y alimentarlo hasta que se recuperase?

—Aquí —indicó con un gemido—. Sí, es aquí. Es un pinchazo justo ahí, y si me muevo, el dolor se desplaza a la parte posterior de la pierna, como si pasara un alambre ardiendo.

Lo toqué con cuidado, con ambas manos, presionando y haciendo que levantara una pierna y luego la otra... ¿No?

—No —me aseguró—. No te preocupes, Sassenach. Es como las otras veces. Mejorará.

—Has dicho que te había sucedido antes. ¿Cuándo?

Se movió un poco y se acomodó, empujando su cuerpo en mis palmas con un pequeño gruñido.

—¡Ay! Maldición, ahí duele. En la prisión.

—¿El dolor era en el mismo lugar?

—Sí.

Noté un nudo en el músculo de la parte derecha, justo debajo del riñón, y una contractura en los extensores, los músculos largos que hay al lado de la espina dorsal. Por su descripción del episodio anterior, estaba segura de que sólo era un severo espasmo muscular. Y para eso, el tratamiento adecuado era calor, reposo y un antiinflamatorio.

Pensé, algo sombría, que no podía hacer mucho en aquellas condiciones.

—Supongo que podría intentarlo con acupuntura —dije, pensando en voz alta—. Tengo las agujas del señor Willoughby en mi bolsa y...

—Sassenach —dijo con calma—, puedo soportar el dolor, el frío y el hambre. Pero no voy a dejar que mi propia esposa me clave agujas en la espalda. ¿No podrías ofrecerme un poco de simpatía, en lugar de eso?

Reí, deslicé un brazo a su alrededor y me apreté contra su cuerpo. Dejé que mi mano descendiera y se posara de manera sugerente bajo su ombligo.

—Eh... ¿qué clase de simpatía se te ha ocurrido?

Me sujetó la mano para evitar posteriores avances.

—No es eso —respondió.

—Podría alejar tu mente del dolor. —Quise mover los dedos y Jamie los sujetó con más fuerza.

—No lo dudo, Sassenach —dijo secamente—. Una vez que regresemos a casa y tenga una cama para acostarme y una sopa caliente en mi estómago, la idea me parecerá tentadora. Pero ahora, sólo de pensarlo... Mujer, ¿tienes idea de lo frías que están tus manos?

Apoyé mi mejilla en su espalda y reí. Podía sentir el temblor de su risa, aunque no podía reírse con ganas sin lastimarse la espalda.

Hasta que, por último, quedamos en silencio escuchando el sonido de la nieve. Estaba oscuro bajo las ramas de tsuga, pero mis ojos se habían adaptado lo suficiente como para ver el extraño resplandor de la nieve a través de la pantalla de agujas. Diminutos copos de nieve atravesaban los huecos; podía verlos en algunos lugares, semejantes a una fina nube de rocío blanco, y podía sentir el frío cosquilleo cuando caían en mi cara.

El mismo Jamie no era más que una oscura forma agazapada frente a mí, aunque, a medida que mis ojos se acostumbraban, pude distinguir su cabeza, que emergía de su camisa, su pelo recogido y su cuello. La coleta estaba fría y suave en mi cara; si movía un poco la cabeza, incluso podía acariciarla con los labios.

—¿Qué hora crees que es? —pregunté. Yo no tenía ni idea. Había salido de casa cuando ya había oscurecido, y había pasado lo que me pareció una eternidad buscándolo en la montaña.

—Tarde —respondió—. Aunque falta bastante para el amanecer —añadió, adivinando lo que quería preguntarle—. Acabamos de pasar el solsticio. Ésta es una de las noches más largas del año.

—¡Qué suerte! —dije con desaliento.

No hacía nada de calor. Había dejado de temblar, pero todavía no sentía los dedos de los pies. Me estaba empezando a invadir un terrible letargo, y mis músculos se empezaban a rendir a la fatiga y el frío. Tenía visiones de los dos congelándonos pacíficamente juntos, enroscados como erizos en las hojas. Decían que era una muerte cómoda, pero eso no lo convertía en una perspectiva más atractiva.

La respiración de Jamie se hizo más lenta y más profunda.

—¡No te duermas! —ordené ansiosa, apretándole la axila.

—¡Ay! —Juntó su brazo con fuerza a su costado, reculando—. ¿Por qué no?

—Si nos dormimos podríamos congelarnos y morir.

—No, no nos sucederá. Fuera está nevando y pronto estaremos cubiertos.

—Ya lo sé —comenté, algo molesta—. ¿Y eso qué tiene que ver?

Intentó girar la cabeza para mirarme, pero no podía.

—La nieve está fría al tocarla —explicó con impaciencia—, pero conserva el frío fuera, actúa como una manta. Resulta mucho más cálida una casa cubierta de nieve que una limpia y expuesta al viento. ¿Cómo crees que es posible que los osos duerman durante el invierno y no se congelen?

—Tienen gran cantidad de grasa —protesté—. Creía que eso los mantenía calientes.

—Ja, ja —respondió, y extendiendo el brazo con cierto esfuerzo, me agarró con fuerza del trasero—. Bueno, no necesitas preocuparte, ¿eh?

Tras pensarlo bien, le bajé el cuello de la camisa, estiré la cabeza y le lamí el cuello, desde la nuca hasta la línea del pelo.

—¡Aaah!

Se estremeció con violencia, haciendo que un poco de nieve cayera de las ramas que había sobre nosotros. Me soltó el trasero para frotarse la nuca.

—¡Eso ha sido terrible! —dijo en tono de reproche—. Y yo aquí, ¡indefenso como un tronco!

—Patrañas —contesté. Me acurruqué, sintiéndome algo más tranquila—. ¿Estás seguro de que no vamos a morir congelados?

—No —comentó—. No me parece probable.

—Hum —intervine, menos tranquila—. Bueno, tal vez sería mejor permanecer despiertos un rato. Sólo por si las moscas, ¿eh?

—Pero no voy a seguir agitando los brazos —dijo con determinación—. Y si me pones las manos heladas en el trasero, te juro que te estrangulo, con dolor de espalda o sin él.

—Está bien, está bien. ¿Y si en lugar de eso te narro un cuento?

A los escoceses de las Highlands les gustaban las historias y Jamie no era una excepción.

—Sí —respondió con alegría—. ¿Qué clase de cuento?

—Un cuento de Navidad —dije, acomodándome en la curva de su cuerpo—. Sobre un señor llamado Ebenezer Scrooge.

—Un inglés, supongo.

—Sí —indiqué—. Quédate quieto y escucha.

Podía ver mi propio aliento mientras hablaba, blanco en el tenue y frío aire. La nieve caía con fuerza en el exterior de nuestro refugio; cuando me detenía, podía oír el susurro de los copos que caían en las ramas de cicuta, y el gemido distante del viento en los árboles.

Conocía muy bien el cuento porque formaba parte de nuestro ritual navideño, de Frank, de Brianna y mío. Desde que Bree tenía cinco o seis años, cada año leíamos por turnos, antes de acostarnos, el *Cuento de Navidad* de Dickens, empezando una o dos semanas antes de las fechas navideñas.

—Y el espectro dijo: «Soy el fantasma de las Navidades pasadas...»

Puede que no me estuviera congelando, pero el frío tenía un efecto extraño e hipnótico. Había superado la fase del malestar severo, y ahora me sentía en cierto sentido incorpórea. Sabía que mis manos y mis pies estaban helados, y mi cuerpo estaba muy frío, pero ya no me importaba. Flotaba en una pacífica neblina blanca, viendo cómo al pronunciar las palabras, éstas se arremolinaban alrededor de mi cabeza, semejantes a copos de nieve.

—Y allí estaba el querido señor Fezziwig, entre las luces y la música...

Era incapaz de distinguir si me estaba descongelando o helando aún más. Era consciente de un sentimiento general de relajación y de una peculiar sensación de *déjà vu*, como si ya me hubieran sepultado antes, aislada en la nieve, cómoda pese a la desolación del exterior.

Igual que cuando Bob Cratchit compró su pavo, recordé. Seguí hablando automáticamente; el ritmo de la historia procedía de algún lugar bajo el nivel de la consciencia, ya que mi memoria se encontraba en el asiento delantero de un Oldsmobile de 1956 calado, con el parabrisas cubierto de nieve.

Íbamos a visitar a un pariente mayor de Frank, en algún lugar al norte de Nueva York. La nieve empezó a caer con fuerza a medio camino, aullando sobre las carreteras heladas con ráfagas de viento. Antes de saber dónde nos encontrábamos, habíamos derrapado, nos habíamos salido de la carretera y estábamos en medio de una zanja, con los limpiaparabrisas azotando la nieve inútilmente.

No podíamos hacer nada más que esperar a la mañana y el rescate. Teníamos una cesta de picnic y unas mantas viejas; colocamos a Brianna en el asiento delantero entre nosotros y nos acurrucamos bajo los abrigos y las mantas, tomando chocolate templado de los termos y contando chistes para evitar que se asustara.

A medida que avanzaban las horas y empezaba a hacer más frío, nos apretamos aún más y, para distraer a Brianna, Frank comenzó a contar la historia de Dickens de memoria, contando conmigo para que aportara las partes que faltaban. Ninguno de los dos hubiera podido hacerlo solo, pero juntos nos las arreglamos. Para cuando apareció el fantasma de las Navidades futuras, Brianna estaba acurrucada y profundamente dormida bajo los abrigos, y era un peso tibio y blando junto a mi costado.

No había necesidad de terminar la historia, pero lo hicimos, hablándonos bajo las palabras y tocándonos las manos bajo las capas de mantas. Recordé las manos de Frank, tibias y fuertes, sobre las mías, y su pulgar acariciando mi palma, recorriendo mis dedos. A Frank siempre le habían encantado mis manos.

El coche se había empañado con la neblina de nuestro aliento, y las gotas de agua descendían por el interior de las ventanillas blancas. La cabeza de Frank era un camafeo oscuro, borroso frente al blanco. Al final, se inclinó hacia mí, con la nariz y las mejillas frías, y los labios tibios sobre los míos mientras susurraba las últimas palabras de la historia.

—«Dios nos bendiga a todos» —terminé, y permanecimos en silencio mientras una pequeña aguja de dolor, una astilla helada, me atravesaba el corazón. El interior del refugio estaba mudo, y la oscuridad era mayor porque la nieve había cubierto todas las aberturas.

Jamie estiró el brazo y me tocó la pierna.

—Pon tus manos dentro de mi camisa, Sassenach —dijo suavemente.

Deslicé una mano bajo su camisa por la parte delantera, posándola sobre su pecho, y la otra por la espalda. Las marcas de los látigos parecían hilos bajo su piel. Posó su mano sobre la mía, y la oprimió contra su pecho. Ahora estaba caliente y su corazón latía con fuerza bajo mis dedos.

—Duerme, *a nighean donn*, no voy a dejar que te congeles —comentó.

Me desperté bruscamente con la mano de Jamie apretando mi muslo.

—Chist, quieta —ordenó en voz baja.

Nuestro diminuto refugio seguía sombrío, pero la luz había cambiado. Ya era de día. Estábamos cubiertos por una gruesa capa de nieve que bloqueaba la luz del día; sin embargo, se había desvanecido la característica sobrenatural de la oscuridad de la noche.

El silencio también había desaparecido. De fuera, provenían sonidos apagados, que, en el interior, resultaban audibles. Oí un débil eco de voces que Jamie debió de haber oído antes y me agité nerviosa.

—¡Quieta! —dijo otra vez con un feroz susurro, y me apretó la pierna con más fuerza. Las voces se aproximaban y casi era posible entender las palabras. Tensa como estaba, no podía captar el sentido de lo que estaban diciendo. Entonces me di cuenta de que se debía a que hablaban una lengua que no conocía.

Eran indios. Era una lengua india, pero hablaban un dialecto diferente al tuscarora. Aunque aún no entendía las palabras, la cadencia era similar, pero el ritmo era diferente.

Me aparté el pelo de los ojos, con sentimientos opuestos. Por un lado había llegado la ayuda que tanto necesitábamos. A juzgar por los sonidos eran varios hombres, suficientes para transportar a Jamie con seguridad. Y, por otro lado, ¿debíamos atraer la atención de un grupo de indios desconocidos que podían ser enemigos?

A juzgar por la actitud de Jamie, parecía que no debíamos. Se había apoyado sobre un codo y tenía el cuchillo en la mano derecha. Pensativo, se rascó la barbilla con la punta del cuchillo mientras inclinaba la cabeza y trataba de oír las voces que se aproximaban.

Un puñado de nieve cayó del armazón de nuestro refugio y me golpeó la cabeza, lo que me sobresaltó. El movimiento aflojó más nieve, que cayó hacia dentro en una brillante cascada, cubriendo la cabeza y los hombros de Jamie con un fino polvo blanco.

Sus dedos me apretaban la pierna con la fuerza suficiente como para dejar hematomas, pero no me moví ni emití ningún sonido. Había caído un poco de nieve de la celosía que formaban las ramas de tsuga, y había dejado numerosos pequeños espacios a través de los cuales podía ver el exterior siempre y cuando observara por encima del hombro de Jamie.

El terreno se inclinaba ligeramente cerca de nosotros, hasta caer algunos metros al nivel del claro donde había cortado las ramas la noche anterior. Todo estaba cubierto de nieve; debían de haber caído unos diez centímetros durante la noche. Acababa de amanecer y el sol naciente pintaba los árboles negros con destellos rojos y dorados, que reflejaban el resplandor blanco de la nieve que había debajo. Se había levantado el viento tras la tormenta; la nieve suelta salía flotando de las ramas en nubes a la deriva, como si se tratara de humo.

Los indios estaban al otro lado de la arboleda. Ya podía distinguir las voces y parecía que discutían por algo. Una idea me puso la carne de gallina. Si venían del claro, debían de haber visto las ramas cortadas de tsuga. No habían sido cortes limpios; habría agujas y pedazos de corteza dispersos por el suelo. ¿Habría nevado lo suficiente para cubrir mis huellas hasta nuestro refugio?

Se produjeron movimientos entre los árboles y, de pronto, aparecieron del claro como dientes de dragón emergiendo de la nieve. Estaban ataviados con ropa de viaje de invierno, con cuero y pieles, y algunos con capas o mantas, además de sus polainas y botas. Llevaban bultos con mantas y provisiones, así como sombreros de piel, y la mayoría tenía el calzado para la nieve colgando de la espalda. Era evidente que la nieve no era tan espesa como para que lo necesitaran.

Iban armados con unos cuantos fusiles, y de sus cinturones colgaban hachas de guerra. Seis, siete, ocho... conté en silencio mientras aparecían en fila, cada hombre pisando sobre las huellas del anterior. Uno de los de detrás dijo algo riendo, y el de delante respondió, pero sus palabras se perdieron en el viento.

Inspiré profundamente. Podía percibir el olor de Jamie, un toque fuerte de sudor fresco sobre su aroma almizclado habitual cuando despertaba. Yo también sudaba pese al frío. ¿Tenían perros? ¿Podían olfatearnos, ocultos como estábamos bajo el intenso olor de las píceas y las tsugas?

Entonces me di cuenta de que el viento debía soplar en nuestra dirección, trayendo el sonido de sus voces. No, ni siquiera los perros podrían olernos. Pero ¿verían las ramas de nuestro refugio? Mientras me hacía esa pregunta, un buen montón de nieve se deslizó con rapidez, cayendo con un golpe suave en el exterior.

Jamie inspiró con fuerza, y me incliné sobre su hombro para observar. El último hombre apareció ante nosotros, con un brazo sobre su rostro para protegerlo de la nieve.

Era un jesuita. Portaba una capa corta de piel de oso sobre su sotana, medias de cuero y mocasines... pero llevaba faldas negras, que estaban recogidas para caminar por la nieve, y un amplio sombrero plano de sacerdote, que sujetaba con una mano para hacer frente al viento. Su rostro, cuando lo mostró, estaba cubierto de una barba rubia, y tenía la piel tan clara que podía ver el rubor de sus mejillas y su nariz incluso desde donde estábamos.

—¡Llámalos! —susurré, acercándome al oído de Jamie—. Son cristianos, tienen que serlo para llevar con ellos a un sacerdote. No nos harán daño.

Movió la cabeza poco a poco, sin retirar la mirada de la hilera de hombres que ahora desaparecían de nuestra vista, detrás de un afloramiento cubierto de nieve.

—No —respondió—. No, puede que sean cristianos, pero... —Movió la cabeza, con mayor decisión—. No.

No tenía sentido discutir con él. Hice un gesto que mezclaba frustración y resignación.

—¿Cómo está tu espalda?

Se estiró y se detuvo a medio movimiento, ahogando un grito como si lo hubieran atravesado.

—No muy bien, ¿eh? —dije, con una mezcla de simpatía y sarcasmo. Me miró insultante y se deslizó en su cama de hojas cerrando los ojos con un suspiro—. Me imagino que ya habrás pensado en una forma ingeniosa de bajar de la montaña, ¿no? —pregunté con amabilidad.

Abrió un ojo.

—No —contestó, cerrándolo de nuevo. Respiraba sin hacer ruido, y su pecho subía y bajaba suavemente bajo su arrugada camisa de cazar, lo que daba la fantástica impresión de que se trataba de un hombre sin nada en la cabeza, excepto pelo.

Era un día frío, pero brillante. El sol introducía refulgentes dedos de luz en nuestro primitivo santuario y hacía que la nieve de los árboles cayera en forma de copos a nuestro alrededor. Cogí uno y lo metí dentro de su camisa. Dejó que saliera el aire entre sus dientes, abrió los ojos y me miró con frialdad.

—Estaba pensando —me informó.

—Siento interrumpirte. —Me moví junto a él, levantando las mantas enmarañadas sobre nosotros. El viento comenzaba a introducirse por los agujeros de nuestro refugio y se me ocurrió que había tenido razón en cuanto a los efectos protectores de la nieve. Sólo que no creía que fuera a nevar aquella noche.

Luego estaba la cuestión de la comida. Mi estómago llevaba un rato protestando. El de Jamie ya había protestado antes de forma contundente. Entornó los ojos en una mirada de censura por encima de su larga y recta nariz hacia el culpable.

—Quieta —dijo, ofendido, en gaélico, y levantó la vista. Finalmente, suspiró y me miró—. Bueno —continuó—, esperarás un poco para asegurarte de que tus salvajes estén lejos y entonces irás a la cabaña y...

—No sé dónde está.

Soltó un pequeño bufido de impaciencia.

—¿Cómo me encontraste?

—Seguí tus huellas —confesé con cierto orgullo. Observé el viento del exterior a través de las agujas—. Pero no creo que pueda hacerlo de nuevo.

—¡Ah! —Pareció impresionado—. Bueno, muy ingenioso por tu parte, Sassenach. Pero no te preocupes, puedo decirte cómo encontrar el camino.

—Bien. ¿Y después qué?

Encogió un hombro. La nieve se había derretido y descendía por su pecho, mojando su camisa y dejando un pequeño charco de agua clara en el hueco de su garganta.

—Traerás un poco de comida y una manta. En pocos días podré volver a moverme.

—¿Dejarte aquí? —Lo miré enfadada.

—Estaré bien —dijo suavemente.

—¡Te comerán los lobos!

—Ya lo he pensado —comentó sin darle importancia—. Lo más probable es que estén ocupados con el alce.

—¿Qué alce?

Señaló hacia el claro de tsugas.

—El que maté ayer. Le disparé en la nuca, pero no murió de inmediato. Corrió hacia allí. Lo estaba siguiendo cuando me caí. —Se pasó una mano sobre los pelos cobrizos y plateados de la barbilla—. No creo que haya ido muy lejos. Supongo que la nieve cubrió el cuerpo, ya que de lo contrario nuestros amigos lo habrían visto, al venir de aquella dirección.

—Mataste un alce que atraerá a los lobos como moscas y propones que puedes quedarte aquí congelándote, esperando a que lleguen. Me imagino que pensarás que cuando vuelvan por segunda vez estarás tan congelado que no te darás cuenta si empiezan a comerte por los pies.

—No grites. Los salvajes pueden estar cerca.

Iba a hacer otros comentarios cuando Jamie me detuvo acariciando mi mejilla.

—Claire —dijo con afecto—, tú no puedes moverme. No se puede hacer otra cosa.

—Sí que se puede —intervine, reprimiendo un temblor en mi voz—. Me quedo contigo. Traeré mantas y comida, pero no voy a dejarte solo. Voy a traer leña y encenderé un fuego.

—No hay necesidad. Puedo arreglármelas yo solo —insistió.

—Pero yo no puedo —murmuré, recordando con demasiada claridad las asfixiantes horas vacías de espera en la cabaña. Congelarme el trasero en la nieve durante varios días no resultaba una idea atractiva, pero era mejor que la alternativa.

Jamie se dio cuenta de que lo decía en serio y sonrió.

—Bueno, entonces también podrías traer whisky si es que queda algo.

—Hay media botella —aclaré con alegría—. La traeré.

Me rodeó con un brazo y me apoyó sobre su hombro. Pese al viento huracanado del exterior, estaba razonablemente caliente bajo las capas, apretada contra él. Su piel tenía un olor cálido y salado y no pude resistirme a poner mis labios en el hueco de su garganta.

—¡Ah! —exclamó, estremecido—. ¡No hagas eso!

—¿No te gusta?

—¡No, no me gusta! ¿Cómo iba a gustarme? Me hace sentir un hormigueo en la piel.

—Bueno, pues a mí me gusta— protesté.

Me miró, divertido.

—¿Te gusta?

—Sí —le aseguré—. Me encantaría que me mordieras el cuello.

Entornó los ojos con un gesto de duda. Luego, extendió la mano, me tomó suavemente de la oreja, me movió la cabeza a un lado, me pasó la lengua con cuidado por la base de la garganta, levantó su cabeza y, poco a poco, me mordisqueó el cuello.

—¡Ah! —dije, y temblé sin control.

Me soltó y me miró con sorpresa.

—Maldita sea —exclamó—. Te gusta; se te ha puesto la carne de gallina y tus pezones están duros como las cerezas en primavera. —Me pasó la mano por el pecho suavemente; no me había molestado en ponerme mi improvisado sujetador cuando me vestí para mi espontánea expedición.

—Te lo he dicho —comenté, sonrojándome un poco—. Supongo que una de mis ancestros fue mordida por un vampiro o algo similar.

—¿Un qué? —preguntó, inexpresivo.

Teníamos tiempo de sobra, así que le narré un breve esbozo de la vida y milagros del conde Drácula. Parecía perplejo y horrorizado, pero su mano seguía con sus maquinaciones, y ahora se había metido bajo mi camisa y se había abierto paso bajo mi camisola. Tenía los dedos fríos, pero no me importaba.

—A algunas personas les resulta muy erótico —concluí.

—¡Es la cosa más repulsiva que he oído jamás!

—No me importa —intervine, estirándome por completo junto a él y echando la cabeza hacia atrás, para mostrar mi garganta a modo de invitación—. Hazlo un poco más.

Murmuró algo en gaélico, pero consiguió apoyarse sobre un codo y rodar hacia mí.

Su boca era cálida y suave y, aprobara o no lo que estaba haciendo, lo hacía muy bien.

—¡Oooh! —exclamé, y me estremecí de placer mientras sus dientes se hundían con cuidado en el lóbulo de mi oreja.

—Bueno, si son así las cosas —dijo con resignación y, tomando mi mano, la apretó con firmeza contra su entrepierna.

—Por Dios —dije—. Y yo que pensaba que el frío...

—Pronto hará calor —me aseguró—. Quítamelos, ¿quieres?

Dado el espacio reducido, era difícil mantenernos cubiertos para no congelarnos las partes desnudas, y Jamie sólo podía proporcionar la asistencia más básica, pero nos arreglamos de manera bastante satisfactoria.

Entre una cosa y otra, estaba bastante absorta, y sólo en un momento de calma en nuestras actividades tuve la extraña sensación de que alguien nos vigilaba. Me incorporé apoyada sobre las manos y miré a través de la pantalla de hojas. No vi nada más allá de la arboleda y la ladera cubierta de nieve más abajo.

Jamie gruñó.

—¿Qué sucede? —murmuró con los ojos entornados—. ¿Por qué paras?

—Me ha parecido oír algo —contesté, descendiendo sobre su pecho otra vez, y entonces oí una risa justo encima de mi cabeza.

Me di la vuelta entre las capas y las prendas de piel mientras Jamie maldecía y buscaba su pistola.

Apartó las ramas con un golpe, apuntando con la pistola hacia arriba.

Desde la cima de la roca varias cabezas sonrientes nos espiaban. Eran Ian y cuatro compañeros de Anna Ooka. Los indios murmuraban y reían como si hubieran visto algo increíblemente gracioso.

Jamie bajó la pistola, frunciendo el ceño a su sobrino.

—¿Qué diablos estás haciendo aquí, Ian?

—Volvía a casa para pasar la Navidad con vosotros —dijo Ian con una sonrisa burlona.

Jamie miró a su sobrino con marcado disgusto.

—Navidad —repitió—. Bah, farsante.

El alce se había congelado durante la noche. Sus ojos cristalizados me produjeron escalofríos, no por su muerte, puesto que el animal era bastante hermoso, con el enorme cuerpo oscuro inmóvil y cubierto de nieve, sino por la idea de que, si no hubiera cedido a mi sentimiento de desasosiego y no hubiera salido por la noche a buscar a Jamie, él también habría podido morir del mismo modo. Entonces este episodio se hubiera titulado «Escocés muerto en la nieve», en lugar de «Alce congelado entre indios discutiendo».

La discusión terminó de forma satisfactoria. Ian me informó de que habían decidido regresar a Anna Ooka, pero que nos ayudarían a llegar hasta casa a cambio de compartir la carne del alce.

El cuerpo no se había congelado del todo; le sacaron las vísceras, dejando las entrañas en una pila de espirales azules grisáceas, manchadas con sangre negra. Le cortaron la cabeza para aligerar el peso y dos de los hombres colgaron el cuerpo boca abajo con las patas atadas. Jamie los observaba sombrío; era evidente que pensaba que le iban a dar el mismo tratamiento. Pero Ian le aseguró que lo llevarían en una rastra. Viajaban a pie, pero tenían una mula para cargar las pieles.

El tiempo había mejorado; la nieve se había derretido por completo en el terreno que se encontraba expuesto y, aunque el aire seguía siendo frío y vigorizante, el cielo era de un azul cegador, y el bosque tenía un intenso olor a pícea y a abeto balsámico.

Al cruzar una arboleda, el olor a tsuga hizo que recordara el inicio de aquella hégira y el misterioso grupo de indios, y me acerqué a Ian.

—Ian, justo antes de que tú y tus amigos nos encontrarais, hemos visto a unos indios con un sacerdote jesuita. Creo que no eran de Anna Ooka. ¿Tienes idea de quiénes son?

—Sí, tía. Lo sé todo sobre ellos. —Se pasó una mano enguantada bajo la punta roja de la nariz—. Los estábamos siguiendo cuando os hemos encontrado.

Aquellos indios, me dijo, eran mohawk que venían del norte. Los tuscarora habían sido adoptados por los iroqueses unos cincuenta años atrás, tenían una buena relación con los mohawk y se visitaban periódicamente, tanto de manera formal como informal. La visita actual tenía un poco de cada cosa: se trataba de una partida de jóvenes mohawk que iba en busca de esposas. Como en su propio pueblo escaseaban las jóvenes casaderas, habían decidido venir al sur, para ver si podían encontrar compañeras adecuadas entre las tuscarora.

—Una mujer debe pertenecer al clan adecuado —explicó Ian—. Si está en el clan equivocado no puede casarse.

—¿Como los MacDonald y los Campbell? —intervino Jamie, interesado.

—Ajá, algo parecido —dijo Ian con una sonrisa—. Por eso llevan al sacerdote con ellos. Si encuentran mujeres, se casarán de inmediato y no tendrán que dormir en una cama fría durante el regreso.

—Entonces, ¿son cristianos?

Ian se encogió de hombros.

—Algunos. El jesuita está con ellos desde hace bastante tiempo y muchos hurones se convirtieron. Pero no tantos mohawk.

—¿Estuvieron en Anna Ooka? —pregunté con curiosidad—. ¿Por qué los seguíais tú y tus amigos?

Ian resopló con desprecio y se ajustó la bufanda de pieles de ardilla alrededor del cuello.

—Pueden ser aliados, tía, pero eso no significa que Nacognaweto y sus hombres confíen en ellos. Incluso las otras naciones de la liga iroquesa tienen miedo de los mohawk, cristianos o no.

Estaba a punto de ponerse el sol cuando avistamos la cabaña. Tenía frío y estaba cansada, pero mi corazón se animó al ver nuestra pequeña propiedad. Una de las mulas, una pequeña criatura gris llamada *Clarence*, nos vio y rebuznó entusiasmada, contagiando a los caballos, ansiosos de recibir su alimento.

—Los caballos están bien —dijo Jamie con ojos de ganadero, más preocupado por el bienestar de los animales que yo, que estaba más interesada por el nuestro, y sólo deseaba entrar para recibir un poco de calor y comida lo más rápido posible.

Invitamos a los amigos de Ian, pero no aceptaron; dejaron a Jamie en la puerta y se desvanecieron con rapidez para continuar la persecución de los mohawk.

—No les gusta quedarse en casa de personas blancas —explicó Ian—. Dicen que olemos mal.

—¿De veras? —pregunté, recordando aquel anciano que había conocido en Anna Ooka, que olía como si se hubiera untado grasa de oso y se hubiera cosido al cuerpo las prendas para el invierno. Era como decir que el muerto se asustaba del degollado.

Más tarde, ya con unos tragos de whisky en el cuerpo para celebrar la Navidad y en nuestra propia cama, escuchaba los ronquidos pacíficos de Ian y observaba las llamas del fuego.

—Es bueno estar en casa otra vez —dije en voz baja.

—Lo es —suspiró Jamie, y me acercó más a él, encajando mi cabeza en la curva de su hombro—. Tuve unos sueños muy extraños mientras dormía con aquel frío.

—¿Sí? ¿Qué soñaste? —Me estiré, deleitándome en la suave blandura del colchón relleno de plumas.

—Toda clase de cosas. —Parecía algo avergonzado—. Soñé con Brianna una y otra vez.

—¿En serio? —pregunté con asombro, pues yo también había soñado con Brianna en nuestro refugio helado, y era algo que raramente hacía.

—Me estaba preguntando... —Jamie vaciló un momento—. ¿Tiene alguna marca de nacimiento? Y si la tiene, ¿me lo habías dicho?

—La tiene, pero no es visible —comenté poco a poco mientras pensaba—. No creo que te lo haya dicho. Pasaron años hasta que yo se la noté. Es...

Su mano me apretó el hombro para que me callara.

—Es una pequeña marca color castaño, del tamaño de un diamante y justo debajo de su oreja izquierda. ¿Es así?

—Sí. —En la cama hacía calor, pero un escalofrío en la nuca hizo que me estremeciera—. ¿La has visto en tu sueño?

—Le di un beso en ella —respondió suavemente.

22

El resplandor de una antigua llama

Oxford, septiembre de 1970

—¡Jesús!

Roger estuvo con aquella página hasta que las letras perdieron su significado y se convirtieron en dibujos ininteligibles. Aquello no iba a borrar el significado de las palabras, puesto que ya se encontraban grabadas en su mente.

—¡Maldita sea! —exclamó. La muchacha del siguiente cubículo se movió irritada a causa del sonido, arañando las patas de su silla contra el suelo.

Se inclinó sobre el libro, cubriéndolo con los antebrazos y con los ojos cerrados. Se sentía descompuesto, y las palmas de sus manos estaban frías y sudadas.

Permaneció así durante varios minutos, luchando contra la verdad. No obstante, no iba a desaparecer. Por Dios, ya había ocurrido, ¿no? Mucho tiempo atrás. Y no se podía cambiar el pasado.

Por último, después de tragar el sabor amargo que sentía en su garganta, miró otra vez. Todavía estaba allí. Una pequeña noticia que había aparecido en un periódico impreso el 13 de febrero de 1776 en la colonia estadounidense de Carolina del Norte, en la villa de Wilmington.

Con dolor recibimos la noticia de la muerte de James Mac-Kenzie Fraser y su esposa, Claire Fraser, a consecuencia de un incendio que destruyó su casa en el Cerro de Fraser la noche del 21 de enero pasado. El señor Fraser, sobrino del difunto Hector Cameron, de la plantación de River Run, había nacido en Broch Tuarach, Escocia. Era muy conocido y profundamente respetado en la colonia; no deja hijos.

Pero los hubo. Roger trató de aferrarse a la tenue esperanza de que no fueran ellos. Después de todo, había varios James Fraser; era un nombre muy común. Pero no James MacKenzie Fraser, con una esposa llamada Claire y nacidos en Broch Tuarach, Escocia.

Así pues, Claire lo había encontrado. Había encontrado a su galán de las Highlands y disfrutado, al menos, unos años con él. Esperaba que hubieran sido buenos. Claire Randall le había gustado mucho; no, eso era poco; para ser sincero, tenía que decir que la había querido y le había deseado tanto bien como a su hija.

Más que eso. Había deseado que encontrara a Jamie Fraser y que fuera feliz con él. Saberlo, o más exactamente, la esperanza de que así hubiera sido, era un pequeño talismán para él, un testimonio de que el amor duradero era posible, un amor tan fuerte como para soportar separación y penurias, lo bastante intenso para sobrevivir al tiempo. Pero toda carne es mortal y ningún amor puede superar ese hecho.

Se sujetó al borde de la mesa tratando de recuperar el control. Tonto, se dijo. Más que tonto. Se sentía tan desvalido como tras la muerte del reverendo, como si se hubiera quedado de nuevo huérfano.

No podía decírselo a Bree, no podía. Esto suponía para él un nuevo golpe. Ella conocía el riesgo, por supuesto, pero... no, nunca se hubiera imaginado algo así.

Fue pura casualidad lo que le llevó a encontrarlo. Había estado buscando letras de viejas baladas para añadir a su repertorio, hojeando un libro de canciones regionales. Una ilustración mostraba la página original del periódico en la que se había publicado una balada por primera vez, y Roger mientras la examinaba distraídamente, había visto las noticias antiguas de la misma página de periódico. El nombre «Fraser» captó su atención.

La impresión comenzaba a atenuarse un poco, pero el dolor se había instalado en el fondo de su estómago como una úlcera. Era un intelectual e hijo de un erudito. Había crecido rodeado de libros y, desde su niñez, estaba convencido de que la letra escrita era sagrada. Se sintió como un asesino cuando sacó el cortaplumas y lo abrió, mirando dc rcojo para asegurarse de que nadie lo observaba.

Actuaba por instinto; como el hombre que cubre pudorosamente los cuerpos tras un accidente para ocultar los rastros visibles del desastre, aunque la tragedia sea imposible de tapar. Con la hoja arrancada oculta en su bolsillo como si fuera un pulgar cortado, salió de la biblioteca y caminó bajo la lluvia por las calles de Oxford.

El paseo lo tranquilizó y pudo pensar de manera racional otra vez, dejar sus propios sentimientos a un lado y planear lo que debía hacer para proteger a Brianna y evitarle un dolor mucho más profundo del que sentía él.

Había controlado la información bibliográfica del libro. Publicado en 1906 por una pequeña editorial inglesa, no era fácil de conseguir, aunque Brianna podía encontrarlo por sus propios medios. Tampoco era una fuente lógica donde consultar la clase de información que ella buscaba, ya que se titulaba *Cantos y baladas del siglo XVIII*. Pero sabía bien que la curiosidad del historiador puede conducir a lugares inesperados. Y ella sabría lo suficiente como para hallarlo. Más aún, él conocía el anhelo de conocimiento de la muchacha (de cualquier tipo), que podría llevarla a buscar cualquier cosa relacionada con el período en un esfuerzo por imaginar el ambiente de sus padres, de construir una visión de las vidas que no podía ver ni compartir.

Las probabilidades eran escasas, pero existían. Alguien lo empujó al pasar, y se dio cuenta de que se había estado apoyando sobre la baranda del puente durante varios minutos, observando sin ver cómo caían las gotas de agua sobre la superficie del río. Poco a poco, bajo la calle, ajeno a las tiendas y a los numerosos paraguas.

No había forma de asegurarse de que Brianna no llegara a ver un ejemplar del libro; podía ser el único que quedaba o podían existir cientos de ejemplares distribuidos por bibliotecas de Estados Unidos, actuando como bombas de relojería.

El dolor de su estómago empeoraba. Ya estaba empapado y congelado. En su interior, un nuevo pensamiento le produjo un intenso escalofrío. Si Brianna lo descubría, ¿qué haría?

Se sentiría destrozada, sacudida por el dolor. Pero ¿y después? Él estaba convencido de que las cosas del pasado no podían cambiarse; todo lo que Claire le había explicado lo había hecho convencerse de ello. Claire y Jamie Fraser trataron de evitar la matanza de Culloden sin ningún resultado. Ella había tratado de salvar a su futuro marido, Frank, salvando a su antepasado Jack Randall, y había fracasado, pero descubrió que Jack no había sido el antepasado de Frank; sólo se había casado con la joven embarazada de su hermano para legitimar así a la criatura tras su muerte.

No, el pasado podía retorcerse como una serpiente, pero no podía cambiarse. Sin embargo, no estaba seguro de que Brianna compartiera su convicción.

«¿Cómo se puede estar de luto por un viajero del tiempo?», le había preguntado Brianna. Si le mostraba la noticia del libro podría llorar por ellos. El hecho de saberlo le dolería muchísimo, pero se curaría y podría dejar atrás el pasado. Si no fuera... si no fuera por las piedras de Craigh na Dun. El círculo de piedras y la aterradora posibilidad que representaba. Claire había pasado a través de ellas hacía dos años, en la antigua fiesta del fuego de Samhain, el primer día de noviembre.

Roger se estremeció, y no por el frío. Cada vez que pensaba en ello, el vello de la nuca se le erizaba. Había sido una mañana clara de un otoño apacible. Era la madrugada de la fiesta de Todos los Santos y nada turbaba la paz de la colina cubierta de hierba, donde el círculo de piedras permanecía vigilante. Nada hasta que Claire tocó la gran piedra agrietada y se desvaneció hacia el pasado. Aquel día, la tierra pareció que se desintegrara bajo sus pies y el aire lo arrastró con un rugido que resonó en su cabeza como un cañonazo. Lo había cegado una ráfaga de luz a la que siguió una profunda oscuridad. Sólo los recuerdos de la última vez impidieron que le entrara pánico.

En un acto reflejo, había cogido la mano de Brianna y la había apretado mientras el resto de sus sentidos desaparecían. Fue como si lo lanzaran al agua helada desde trescientos metros de altura; el vértigo fue tan terrible y la impresión tan intensa que no pudo sentir otra cosa. Ciego y sordo, privado de sus sentidos, tuvo dos últimos pensamientos, restos de su consciencia, parpadeando como la llama de una vela en un huracán: «Me estoy muriendo —pensó con calma, y luego—: No la sueltes.»

El sol del amanecer había trazado un brillante camino a través de la grieta por la que había pasado Claire. Cuando, por último, Roger levantó la cabeza, el sol del atardecer brillaba con tonos dorados y lavanda detrás de la piedra, ahora negra frente al cielo brillante.

Estaba encima de Brianna, protegiéndola con su cuerpo. La joven estaba inconsciente, pero respiraba, con el rostro terriblemente pálido en contraste con el rojo oscuro de su cabello. Al estar tan débil, era inútil intentar arrastrarla hasta el coche. Brianna, digna hija de su padre, medía casi metro ochenta, unos pocos centímetros menos que Roger.

Se quedó con la cabeza de la joven apoyada sobre sus piernas, tiritando y acariciándole la cara hasta que, a la puesta del sol, Brianna abrió los ojos azules y oscuros como el cielo y susurró:

—¿Se ha ido?

—Todo ha ido bien —había dicho Roger en voz baja como respuesta mientras le besaba la frente—. Todo ha ido bien; yo te cuidaré.

Y lo decía en serio. Pero ¿cómo?

Ya había oscurecido cuando regresó a su habitación. Pudo oír el estrépito del comedor al pasar, y olió el jamón cocido y las judías, pero la cena era lo último en lo que pensaba en aquel momento.

Subió chorreando a su habitación, se quitó la ropa mojada y la dejó en un montón en el suelo. Se secó y se quedó desnudo sobre la cama, con la toalla en la mano, contemplando su escritorio y la caja de madera donde guardaba las cartas de Brianna. Haría cualquier cosa para evitarle ese dolor. Y haría mucho más para salvarla de la amenaza de las piedras.

Claire había vuelto atrás, esperaba, desde 1968 a 1766, y había muerto en 1776. Ahora estaban en 1970. Una persona que viajara ahora llegaría en 1768. Habría tiempo. Eso era lo peor de todo: que habría tiempo.

Si Brianna pensara como él, o si la pudiera convencer de que el pasado no podía cambiarse, ¿podría vivir durante los próximos siete años, sabiendo que la ventana de la oportunidad se estaba cerrando, que su única posibilidad de conocer a su padre y de ver de nuevo a su madre desaparecía día tras día? Una cosa era dejar que se marchara sin saber dónde estaba o qué le había sucedido y otra muy distinta era saberlo explícitamente y no hacer nada por evitarlo.

Conocía a Brianna desde hacía más de dos años, aunque habían estado juntos sólo unos cuantos meses. Sin embargo, se conocían mucho en algunos aspectos. ¿Cómo no iba a ser así, después de compartir esa experiencia? También estaban las docenas de cartas, dos, tres o cuatro por semana, y las breves vacaciones que le dejaban con una mezcla de encantamiento y frustración, así como con un doloroso anhelo.

Sí, conocía a Brianna. Era tranquila, pero poseía una feroz determinación que no la dejaría rendirse ante el dolor sin antes luchar. Y, aunque era cautelosa, una vez que había decidido algo, actuaba con una horrible diligencia. Si pensaba arriesgarse a hacer el viaje, no podría detenerla.

Sus manos apretaron la toalla y el estómago le dio un vuelco al recordar el abismo del círculo y el vacío que casi los había tragado. Lo único que le aterrorizaba aún más era pensar que podía perder a Brianna antes de haberla tenido de verdad. Nunca le había mentido. Pero mientras la impresión y el dolor se aplacaban poco a poco, en su mente se iba formando un plan. Se puso en pie y se colocó la toalla alrededor de la cintura.

Una carta no serviría. Tendría que ser un proceso lento de sugestión y amable disuasión. Pensó que no sería difícil; aparte del informe sobre el incendio de la imprenta de Fraser en Edimburgo, no había encontrado nada en un año de búsqueda en Escocia. Al pensar en las llamas se estremeció de manera involuntaria. Ahora sabía por qué habían emigrado poco después, aunque no había encontrado rastros suyos en los registros de los barcos que había investigado.

Podría sugerirle que ya era hora de abandonar. Dejar que el pasado descansara y que los vivos entierren a los muertos. Seguir buscando podría convertirse en una obsesión. Con mucha sutileza podría sugerirle que no era saludable mirar tanto hacia el pasado, que había llegado el momento de mirar hacia el futuro. Que ninguno de sus padres estaría de acuerdo en que desperdiciara su vida en una búsqueda inútil.

Aunque hacía frío en la habitación, él apenas era consciente de ello.

«Yo te cuidaré», le había dicho, y así lo pensaba hacer. ¿Ocultar una verdad peligrosa era lo mismo que mentir? Bueno, si era así, entonces mentiría. Cuando era niño, había oído que dar el consentimiento para hacer algo malo era un pecado. Estaba dispuesto a arriesgar su alma por ella y lo haría de buena gana.

Buscó una pluma en un cajón. Luego se detuvo, se inclinó y metió dos dedos en el bolsillo de los pantalones mojados. La hoja estaba arrugada y empapada, casi destruida. Con mano firme la rompió en pedacitos, sin importarle el frío sudor que corría por su cara.

23
La calavera debajo de la corteza

Le había dicho a Jamie que no me importaba vivir lejos de la civilización. Donde hubiera gente habría trabajo para una sanadora.

Duncan había cumplido con su encargo y regresó en la primavera de 1768 con ocho hombres que habían estado en Ardsmuir. Habían llegado con sus familias, listos para instalarse en el Cerro de Fraser, como ahora llamaban al lugar. El asentamiento contaba ya con unas treinta personas, por lo que la necesidad de mis servicios se hizo inmediata para suturar heridas y curar fiebres, abrir forúnculos y raspar encías infectadas. Dos mujeres estaban embarazadas y tuve la alegría de ayudar a nacer a dos saludables criaturas, un niño y una niña, ambos a comienzos de primavera.

Mi fama (si se puede llamar así) como sanadora se extendió muy pronto más allá de nuestra pequeña colonia y me requerían desde lugares cada vez más lejanos. Atendí enfermedades en granjas aisladas, diseminadas en cincuenta kilómetros a la redonda de un terreno montañoso. También iba alguna vez con Ian hasta Anna Ooka, para ver a Nayawenne y regresar con canastas y botes llenos de hierbas que me podían resultar útiles.

Al principio, Jamie había insistido en que él o Ian me acompañarían a los lugares más alejados, pero muy pronto resultó evidente que ninguno de los dos podía alejarse de las tareas de la granja. Era época de siembra, y había que arar y sembrar maíz y cebada, por no hablar de las tareas habituales necesarias para que pudiera funcionar una pequeña explotación. Además de los caballos y las mulas, habíamos adquirido unas cuantas gallinas, un jabalí negro de aspecto depravado para que se hiciera cargo de las necesidades sociales de la cerda y, lujo entre los lujos, una cabra lechera. Había que dar de comer y beber a todos y, en general, evitar que se mataran entre ellos o que fueran atacados por los osos o los pumas.

Así que cada vez más a menudo me iba sola cuando algún desconocido aparecía súbitamente en el patio de entrada preguntando por una sanadora o una partera. El cuaderno de Daniel Rawlings comenzó a recoger nuevas entradas, y la despensa comenzó a llenarse con boniatos y patas de venado, cereales y manzanas, con los que los pacientes pagaban mis atenciones. Nunca pedía que me pagaran, pero siempre me ofrecían algo y, como éramos pobres, todo nos venía bien.

Mis pacientes procedían de diversos lugares y muchos no hablaban ni inglés ni francés. Me encontraba con alemanes luteranos, cuáqueros, escoceses e irlandeses y un gran asentamiento de nativos de Moravia en Salem, que hablaban un peculiar dialecto de lo que yo creía que era checoslovaco. En general, me las arreglaba con un intérprete y, en el peor de los casos, utilizaba el lenguaje de los gestos y el cuerpo: «¿Dónde le duele?» es fácil de comprender en cualquier lengua.

Agosto de 1768

Estaba congelada hasta los huesos. Pese a mis esfuerzos por conservar la capa bien ajustada, el viento la alejaba de mi cuerpo y hacía que revoloteara, castigando la cabeza del muchacho que caminaba a mi lado y obligándome a inclinarme en mi montura por la fuerza del vendaval. La lluvia se colaba entre los pliegues como agujas heladas y, antes de llegar al arroyo de Mueller, ya tenía el vestido y la enagua empapados.

El mismo arroyo fluía con fuerza, y los retoños arrancados, las rocas y las ramas hundidas se elevaban ligeramente a la superficie.

Tommy Mueller fijó la vista en el arroyo. Los hombros encorvados casi tocaban el ala del sombrero que llevaba calado hasta las orejas. Pude ver la duda en la actitud de su cuerpo y me incliné gritándole en la oreja:

—¡Quédate aquí! —exclamé, elevando mi voz por encima de los aullidos del viento.

Meneó la cabeza diciéndome algo que no pude oír. Moví la cabeza con fuerza y señalé hacia la orilla; la tierra cenagosa se desmenuzaba; mientras miraba, pude advertir cómo se deshacían pedazos de tierra negra.

—¡Vuelve! —grité.

El muchacho señaló con decisión la granja y estiró la mano para coger las riendas de mi caballo. Era evidente que creía que era demasiado peligroso y pretendía que regresara a su casa y esperara a que cesara la tormenta.

Sus argumentos eran sólidos. Por otra parte, podía ver cómo se ensanchaba el arroyo mientras miraba; el agua engullía pedazos de la blanda orilla. Si esperaba mucho más, nadie podría cruzar... y tampoco sería seguro durante los siguientes días; inundaciones como aquélla hacían que el caudal fuera elevado durante una semana, ya que las lluvias de la parte alta de la montaña descendían para alimentar a los torrentes.

La idea de permanecer atrapada durante una semana en una casa con cuatro habitaciones y los diez Mueller en ella fue suficiente para impulsarme a la imprudencia. Arranqué las riendas de las manos de Tommy y me di la vuelta; el caballo movía la cabeza de un lado a otro, molesto por la lluvia, y pisaba con cuidado en el barro resbaladizo.

Me dirigí hacia la parte más alta de la orilla, donde una capa de gruesas hojas facilitaba el camino. Obligué al caballo a girar, hice una seña a Tommy para que se alejara del camino y me incliné como una jinete de carreras de obstáculos, hundiendo los codos en la bolsa de cebada que portaba en la silla frente a mí como pago por los servicios prestados. El cambio de mi peso fue suficiente. El caballo estaba tan nervioso como yo. Sentí un golpe fuerte cuando los cuartos traseros se dejaron caer y se plegaron, y salimos como si nos tiráramos por un tobogán. Una sacudida y un momento de caída libre, un enorme salpicón y, de repente, el agua helada me cubría los muslos.

Tenía las manos tan frías, que bien podrían haber estado soldadas a las riendas, aunque no tenía nada útil que ofrecer en cuanto a dirección. Dejé los brazos muertos, para que el caballo fuera solo. Podía sentir cómo los enormes músculos se movían rítmicamente bajo mis piernas mientras nadaba, y el empujón aún más fuerte del agua que fluía a nuestro alrededor. Me levanté las faldas, que amenazaban con arrastrarme con la corriente.

A continuación, llegó la sacudida y los arañazos de los cascos contra el fondo del arroyo, y por último conseguimos salir, chorreando agua como un colador. Miré hacia atrás y vi a Tommy Mueller al otro lado con la boca abierta bajo su sombrero. No podía soltar las riendas para saludarlo, así que le hice una educada inclinación de cabeza, apreté los talones y puse rumbo a casa.

Se me había caído la capucha de la capa al saltar, pero no había gran diferencia; no me podía mojar mucho más. Me aparté un mechón mojado de los ojos y giré la cabeza del caballo hacia un sendero ascendente, aliviada de encontrarme de camino a casa, con o sin lluvia.

Había permanecido en la cabaña de los Mueller durante tres días, ocupándome de Petronella, que con dieciocho años estaba a punto de dar a luz por primera y última vez, según la joven. Freddy, su marido de diecisiete años, había intentado entrar en la habitación al segundo día, pero recibió tal serie de invectivas en alemán por parte de Petronella que tuvo que regresar al refugio de los hombres, con las orejas coloradas por la mortificación. Sin embargo, pocas horas más tarde lo encontré con un aspecto rejuvenecido, arrodillado al lado de la cama de su esposa, con un rostro blanquísimo mientras apartaba con un dedo vacilante la sábana que cubría a su hija recién nacida.

Contemplaba la cabecita cubierta de suave vello negro y miraba a su esposa, como si necesitara que le dieran pie para hablar.

—*Ist sie nicht wunderschön?* —preguntó con tranquilidad Petronella.

Freddy asintió y luego apoyó la cabeza en su regazo y comenzó a llorar. Todas las mujeres sonrieron con benevolencia y se marcharon a preparar la cena.

Fue una buena cena. Era una de las gratificaciones de las visitas a los Mueller. Incluso ahora, mi estómago seguía satisfecho tras los bollos y el *Blutwurst* frito, y el sabor persistente de los huevos con mantequilla en mi boca me proporcionaba cierta distracción frente a la incomodidad general de mi situación.

Esperaba que Jamie e Ian, en mi ausencia, se hubieran preparado algo adecuado para comer. Estábamos a finales de verano, pero todavía no había llegado el tiempo de la cosecha. Las estanterías de la despensa no estaban, de ninguna manera, al nivel al que esperaba que estuvieran para el otoño, pero todavía teníamos queso, un recipiente enorme de pescado en salmuera en el suelo y bolsas de harina, maíz, arroz, avena, alubias y cebada.

Jamie podía cocinar lo que cazaba, o, como mínimo, condimentar y asar las piezas. Yo había dedicado mis mejores esfuerzos a iniciar a Ian en los misterios de la elaboración de las gachas, pero como eran hombres sospechaba que no se iban a molestar y decidirían sobrevivir a base de carne seca y cebollas crudas.

No sabía si se debía simplemente a que después de un día de tareas masculinas como talar árboles, sembrar campos y cargar con cadáveres de ciervos por las montañas estaban demasiado cansados como para pensar en preparar una comida en condiciones, o si lo hacían a propósito para que me sintiera necesaria.

El viento se había calmado al resguardo del cerro, pero la lluvia me golpeaba con intensidad y el camino era traicionero, ya que el lodo se había vuelto líquido, dejando encima una capa de hojas caídas que flotaban y hacían que fuera tan engañoso como las arenas movedizas. Notaba la incomodidad del caballo y cómo sus patas resbalaban a cada paso.

—Buen chico —dije en tono conciliador—. Sigue así, eres un buen muchacho. —Las orejas del caballo apenas se movieron y siguió con la cabeza gacha y pisando con cuidado—. *Pies prudentes*. ¿Qué te parece?

El caballo no tenía nombre; bueno, en realidad sí que lo tenía, pero yo no lo conocía. El hombre que se lo había vendido a Jamie le había dado un nombre alemán que, según Jamie, no era apropiado para el caballo de una dama. Cuando le pedí que tradujera la palabra, apretó los labios y mostró una expresión adusta, por lo que pensé que debía de ser bastante malo. Quería haberle preguntado a la vieja señora Mueller lo que significaba, pero con las prisas se me había olvidado.

En cualquier caso, Jamie creía que su verdadero nombre se revelaría con el tiempo, así que todos observábamos al animal con la esperanza de discernir su personalidad. Tras dar una vuelta de prueba, Ian había sugerido *Pardillo*, pero Jamie se había limitado a mover la cabeza y decir que no, que ése no era su nombre.

—¿*Twinkletoes*? —sugerí—. ¿*Pies ligeros*? ¡Maldita sea!

Poco después se detuvo por razones obvias. Una corriente de agua que bajaba por la colina cubría el sendero, de un lado al otro, con gran abandono. Era preciosa, ya que el agua fluía clara como el cristal sobre las rocas oscuras y las hojas verdes. Pero por desgracia, también cubría el resto del sendero que, no apto para la fuerza de los acontecimientos, se había deslizado por la ladera de la colina hacia el valle. Permanecí inmóvil y chorreando agua. No había ningún camino. A mi derecha, la colina se elevaba casi en perpendicular, con arbustos y retoños que sobresalían de la pared rocosa, y, a la izquierda, se inclinaba de forma tan escarpada que descender hubiera sido un suicidio. Maldiciendo por lo bajo, hice que retrocediera el caballo sin nombre.

Si no hubiera sido por la crecida del arroyo, habría regresado con los Mueller, dejando que Jamie e Ian se las arreglaran solos durante algún tiempo. Pero ahora no tenía elección: o encontraba otro camino para regresar a casa o me quedaba aquí y me ahogaba.

Cansados, retrocedimos. No obstante, a menos de cuatrocientos metros de la erosión, encontré un lugar donde la ladera de la colina dejaba un pequeño paso, una depresión entre dos «cuernos» de granito. Formaciones como aquélla eran comunes; había una grande en una montaña cercana, que se había ganado el nombre de Pico del Diablo. Si conseguía llevar mi montura al otro lado de la ladera y seguir el camino desde allí, con el tiempo volvería al sendero donde cruzaba el cerro hacia el sur.

Desde donde estaba podía ver las estribaciones y el hueco azul del valle. Al otro lado, las nubes ocultaban las cimas de las montañas; la lluvia y la oscuridad se interrumpían debido a ocasionales relámpagos.

El viento se había reducido justo en el momento en que la tormenta había pasado. La lluvia caía con más fuerza, si era posible, y me detuve lo suficiente como para soltar mis dedos helados de las riendas y ponerme la capucha de la capa.

El paso por este lado de la colina era bueno, y aunque era rocoso, no era en exceso empinado. Seguimos avanzando a través de pequeñas arboledas de fresnos de bayas rojas y áreas más grandes de roble. Tomé nota de la ubicación de un gran arbusto de moras, como referencia para el futuro, pero no me detuve. Si tenía suerte, estaría en casa al anochecer.

Para distraerme de las gotas frías que me descendían por el cuello, comencé a hacer un inventario mental de mi despensa. ¿Qué haría para cenar cuando llegara a casa?

Algo rápido, pero también caliente, pensé, temblando. Un estofado implicaba demasiado tiempo, lo mismo que la sopa. Si había ardilla o conejo, podíamos freírlo, empanado en huevo y avena. Si no, tal vez pudiera preparar gachas con un poco de tocino para darles sabor y un par de huevos revueltos con cebolletas.

Me sobresalté; pese a la capucha y mi cabello abundante, las gotas de lluvia me golpeaban como piedras. Entonces me di cuenta de que granizaba. Pequeñas esferas blancas golpeaban el lomo del caballo y repiqueteaban a través de las hojas de roble. En unos segundos, las piedras eran más grandes, del tamaño de canicas, y granizaba con fuerza suficiente como para que el sonido fuera similar al de una ametralladora contra las alfombras húmedas de hojas en los claros.

El caballo sacudió la cabeza en un esfuerzo por escapar de las piedras. Tiré de las riendas apresuradamente y lo llevé bajo un gran castaño. Allí se oía mucho ruido, pero el granizo se deslizaba sobre la copa del árbol. Las hojas nos protegerían.

—Bien. —Con cierta dificultad di una palmada al caballo para tranquilizarlo—. Despacio. Estaremos bien siempre que no nos caiga un rayo.

Esa frase debió de haber refrescado la memoria de alguien. Una silenciosa horquilla de luz recorrió el cielo oscuro desde más allá de Roan Mountain. Pocos segundos después, el sonido de un trueno agitó las hojas que nos protegían. Otros rayos atravesaron el cielo en zonas más alejadas, seguidos del retumbar de los truenos. La tormenta de granizo cesó, y siguió lloviendo con tanta fuerza como antes. El valle que se hallaba más abajo había desaparecido entre las nubes y la neblina, pero el rayo iluminó los oscuros cerros de la montaña como huesos en una radiografía.

—Un hipopótamo, dos hipopótamos, tres hipopótamos, cuatro hipopótamos... —¡BUM! El caballo sacudió la cabeza y pateó inquieto—. Sé cómo te sientes —le dije, mirando al valle—. Pero tranquilo, tranquilo.

Trataba de calmar al caballo cuando se repitió otra vez. Un rayo iluminó el cerro oscuro y me dejó ver la silueta de sus orejas erguidas.

—Un hipopótamo, dos hipo... —Juraría que la tierra tembló cuando el caballo dejó escapar un agudo relincho y tiró de las riendas, pateando los cascos contra las hojas. El aire apestaba a ozono.

Un fogonazo.

—Uno —murmuré—. ¡Maldita sea! Un hipo...

Un fogonazo.

—Un...

Un fogonazo.

No fui consciente de la caída. Pasé de estar tirando de las riendas, con media tonelada de caballo aterrado y tratando de escapar, a verme tirada de espaldas, parpadeando hacia un cielo negro, tratando de respirar.

Los ecos del impacto recorrieron mi cuerpo, e intenté frenéticamente recuperar mi ser. Jadeaba y temblaba mientras el *shock* se convertía en los primeros indicios de dolor. Traté de permanecer inmóvil con los ojos cerrados, concentrándome en la respiración y tratando de hacer un inventario de mis males.

La lluvia caía sobre mi cara, inundando las cuencas de mis ojos y descendiendo hasta mis orejas. Mi cara estaba tan entumecida como mis manos. Pero mis brazos se movían y podía respirar un poco mejor.

Las piernas. La pierna izquierda me dolía, pero no parecía nada serio, tan sólo una raspadura en la rodilla. Rodé hacia un lado, con dificultad debido al peso del agua que había absorbido mi ropa, que por su grosor me había salvado de males mayores.

Entonces oí un relincho que resultó reconocible por encima del rugido del trueno. Miré hacia arriba, aturdida, y vi la cabeza del caballo por encima de un gran arbusto a unos nueve metros. Bajo el arbusto, caía una empinada pendiente rocosa; una enorme rozadura al final mostraba dónde había caído y rodado antes de acabar en mi posición actual.

Nos habíamos detenido al borde de un pequeño precipicio sin que fuera consciente de ello, ya que estaba oculto por los matorrales. El pánico había conducido al caballo hasta el borde, pero sintió el peligro y se detuvo, no sin antes dejarme caer.

—¡Maldito sinvergüenza! —dije. Me pregunté si el nombre en alemán no querría decir eso—. ¡Me podía haber roto el cuello! —Me limpié el barro de la cara con una mano aún temblorosa y miré buscando una manera de subir.

No había ningún camino. Detrás de mí, el acantilado rocoso proseguía y se fusionaba en uno de los cuernos de granito. Ante mí, terminaba bruscamente en una caída directa a una pequeña hondonada. La ladera en la que me encontraba descendía hacia la misma hondonada, entre matas de cladrastis y zumaques, hacia las orillas de un pequeño arroyo, unos dieciocho metros más abajo.

Permanecí casi inmóvil tratando de pensar. Nadie sabía dónde estaba, ni siquiera yo misma, y nadie me buscaría hasta que hubiera transcurrido cierto tiempo. Jamie creería que todavía estaba con los Mueller a causa de la lluvia, éstos no tenían motivos para dudar de mi llegada a casa y, si los tenían, tampoco podían buscarme a causa de las inundaciones. Cuando alguien pudiera hacerlo, todas mis huellas estarían borradas.

No estaba herida, lo que ya era algo. Pero estaba sin caballo, sola, sin comida, perdida y empapada. De lo único que estaba segura era de que no moriría de sed.

Los rayos proseguían de un lado a otro como horquillas en el cielo, aunque los truenos se habían desvanecido hasta convertirse en un apagado murmullo en la distancia. Ahora no temía especialmente que me cayera un rayo, por lo menos no con tantos candidatos mejores alrededor en forma de árboles gigantes; no obstante, parecía buena idea encontrar refugio.

Todavía llovía, y las gotas rodaban por mi nariz con una regularidad monótona. Cojeando a causa de mi rodilla golpeada y maldiciendo, descendí por la ladera hasta el borde del arroyo.

Aquel arroyo también estaba crecido por la lluvia. Podía ver cómo sobresalían del agua las copas de los arbustos sumergidos y cómo las hojas flotaban suavemente en la corriente. No había orilla; me abrí camino agarrándome al acebo y al cedro rojo hacia la ladera rocosa del sur; quizá allí hubiera alguna cueva u hondonada que pudiera ofrecerme algún tipo de refugio.

No había más que rocas mojadas, difíciles de sortear. Sin embargo, a cierta distancia, vi algo que podía ofrecerme alguna posibilidad de refugio.

Un gran cedro rojo había caído al otro lado del arroyo y era visible la enorme maraña de sus raíces, ya que el agua se había llevado la tierra que lo sujetaba. Al caer, había golpeado el risco, de manera que la frondosa copa se extendía en el agua y sobre las rocas, con el tronco inclinado en un ángulo superficial sobre el arroyo; a mi lado podía ver una enorme maraña de raíces, un parapeto de tierra agrietada y pequeños arbustos a su alrededor. La cavidad que había dejado no constituiría una protección absoluta, pero parecía mejor que estar a cielo abierto o agachada entre los arbustos. No me paré a pensar que aquel refugio también podía atraer a osos, pumas y otros animales salvajes. Por suerte no fue así.

Era un espacio de metro y medio de largo por lo mismo de ancho, además de oscuro, mojado y frío. El techo lo formaban las grandes raíces mezcladas con la tierra arenosa. Parecía sólido y en el suelo la tierra estaba húmeda, pero no se había formado barro, y por primera vez en horas, la lluvia no tamborileaba sobre mi cráneo.

Agotada, me arrastré hasta el fondo, coloqué mis zapatos mojados a un lado y me eché a dormir. El frío de la ropa mojada hizo que tuviera unos sueños vívidos con visiones desordenadas de sangre y partos, árboles, rocas y lluvia, y me desperté muchas veces, de esa manera semiinconsciente de completo agotamiento, durmiéndome otra vez a los pocos segundos.

Soñé que estaba dando a luz. No sentía dolor. Veía cómo salía la cabeza como si estuviera entre mis propios muslos; partera y madre al mismo tiempo. Cogí a la criatura desnuda entre mis brazos, todavía manchada con la sangre de las dos y se la entregué a su padre. Se la di a Frank, pero fue Jamie quien la recibió y dijo «es preciosa».

Entonces me desperté y me volví a dormir, buscando mi camino entre peñascos y cascadas, intentando hallar algo que había perdido. Despierta y dormida, perseguida a través de los bosques por alguien desconocido y temible. Despierta y dormida, con un cuchillo en mi mano, rojo por la sangre, pero sin saber a quién pertenecía.

Me despertó un olor a quemado y me senté de inmediato. La lluvia se había detenido y supuse que me había despertado el silencio. El olor a humo persistía en mi nariz, así que no era parte del sueño.

Asomé la cabeza con cautela, como un caracol saliendo de su concha. El cielo era de un color gris púrpura, con rayas anaranjadas sobre las montañas. Los bosques a mi alrededor estaban inmóviles y empapados. La caída del sol estaba próxima y la oscuridad llegaba a los valles.

Salí gateando y miré alrededor. El riachuelo había crecido y el ruido de la corriente era el único sonido. Frente a mí había un pequeño cerro con un gran álamo balsámico en la cima, el origen del humo. Había caído un rayo en el árbol. Una mitad tenía todavía las hojas verdes y la copa era frondosa frente al cielo pálido, pero la otra mitad tenía el enorme tronco ennegrecido. Jirones de humo blanco ascendían como fantasmas que huyen del cautiverio de un hechicero, y rojas líneas de fuego brillaban detrás de la corteza negra.

Busqué mis zapatos, pero no los pude encontrar en la oscuridad. Sin molestarme, me aproximé al árbol a través del risco, jadeando por el esfuerzo. Todos mis músculos estaban rígidos a causa del sueño y el frío; me sentía como un árbol que recupera torpemente la vida, subiendo con dificultad, con raíces enmarañadas y desgarbadas.

El árbol desprendía un maravilloso calor. El aire olía a ceniza y a hollín quemado, pero estaba caliente. Me coloqué tan cerca como me atreví, extendí mi capa y me quedé inmóvil, cociéndome al vapor.

Durante un rato ni siquiera intenté pensar, simplemente permanecí allí, sintiendo que mi piel helada se caldeaba y se ablandaba otra vez hasta algo parecido a la humanidad. Pero cuando la sangre comenzó a circular, empezaron a dolerme los golpes y también apareció el hambre. Hacía mucho que había desayunado.

Pensé, sombría, que aún pasaría mucho más hasta la cena. La oscuridad aumentaba desde la hondonada, y seguía perdida. Miré hacia el cerro opuesto; no había rastro del maldito caballo.

—Traidor —masculló—. Probablemente se ha ido con una manada de alces.

Me froté las manos. Mis ropas estaban bastantes secas, pero la temperatura descendía; iba a ser una noche fría. ¿Qué sería mejor: pasar la noche cerca del árbol quemado o regresar a mi escondite mientras todavía se pudiera ver?

Un ruido a mis espaldas hizo que me decidiera. Ahora el árbol se había enfriado. Aunque la madera chamuscada seguía estando demasiado caliente para tocarla, el fuego se había extinguido. Ya no disuadiría a los cazadores nocturnos que merodearan. Sin fuego y sin armas, mi única defensa era la de la presa: permanecer oculta durante la noche, como los conejos y los ratones. De todos modos tenía que volver a buscar mis zapatos.

Sin muchas ganas de alejarme de los últimos restos de calor, regresé hasta el árbol caído. Al agacharme vi una mancha pálida en la tierra oscura del rincón. Estiré la mano y no encontré el tacto del cuero de mis mocasines, sino algo duro y suave.

Mi instinto había advertido la realidad de aquel objeto antes de que mi cerebro encontrara la palabra y aparté la mano. Me senté con el corazón acelerado. Entonces la curiosidad pudo más que el temor atávico y comencé a excavar.

Era una calavera completa, con la mandíbula inferior todavía sujeta por restos de ligamentos. Conservaba también un fragmento de vértebra rota en el agujero magno.

—¿Cuánto tiempo puede permanecer un hombre en la tierra antes de pudrirse? —me dije, girando el cráneo entre mis manos. El hueso estaba frío y húmedo, ligeramente áspero por la exposición a la humedad. La luz era demasiado tenue para ver los detalles, pero podía palpar las rugosidades sobre las cejas y el suave esmalte de los caninos. Probablemente era un hombre joven; la mayoría de los dientes estaban intactos, y no estaban demasiado estropeados... al menos por lo que podía distinguir con el pulgar.

¿Cuánto tiempo? Ocho o nueve años, le había dicho el sepulturero a Hamlet. No tenía idea de si Shakespeare sabía algo sobre ciencias forenses, pero a mí me parecía un cálculo razonable. Más de nueve años, entonces.

¿Cómo había llegado hasta allí? Mi instinto respondió: violencia, aunque mi cerebro no estaba muy lejos de aquella idea. Un explorador podía morir de una enfermedad, de hambre o por múltiples peligros (reprimí aquel pensamiento, tratando de ignorar los ruidos de mi estómago y las prendas mojadas), pero no terminaría enterrado bajo un árbol.

Los cherokee y los tuscarora enterraban a sus muertos, pero no en un simple hueco y en trozos. Los bordes comprimidos de la vértebra rota revelaban la triste historia de su propietario; el rostro roto tenía cortes limpios, no estaba desmenuzado.

—Alguien te tenía antipatía, ¿no? —pregunté—. No se conformó con la cabellera. Te arrancó la cabeza.

Me preguntaba si el resto estaría también allí. Me pasé una mano por la cara, pensando; después de todo no tenía nada mejor que hacer, no iba a ir a ningún sitio antes del amanecer y no tenía ganas de dormir tras descubrir a mi compañero. Dejé la calavera a un lado y comencé a cavar.

Ya era de noche, pero incluso en las noches más oscuras en el exterior hay un poco de luz. El cielo seguía nublado, lo que reflejaba una luz considerable, incluso en mi madriguera poco profunda.

La tierra arenosa era suave y resultaba fácil escarbar en ella, pero después de unos pocos minutos, los dedos y los nudillos se me despellejaron; me arrastré buscando un palo para continuar, pero choqué con algo duro; pensé que no podía ser un hueso, ni tampoco algo metálico. Una piedra, decidí, tocando aquella forma ovalada. ¿Una piedra del río? No, la superficie era muy suave, pero con algún relieve, una especie de glifo, aunque al tacto no podía saber qué era.

Seguí cavando sin éxito. O el resto de Yorick no estaba allí, o estaba enterrado tan profundo que no había probabilidades de que lo encontrara. Me guardé la piedra en el bolsillo, me senté sobre los talones y me froté las manos en la falda. Como mínimo el ejercicio había hecho que entrara en calor. Cogí la calavera. Aunque fuera horrible, me hacía compañía, una distracción para tan difícil situación. Era consciente de que todas mis acciones de la última hora habían sido distracciones, pensadas para luchar contra el pánico que podía sentir imbuida bajo la superficie de mi mente, esperando a saltar como el extremo afilado de una rama sumergida. Iba a ser una noche larga.

—Bien —le dije en voz alta a la calavera—. ¿Has leído algún buen libro últimamente? No, supongo que ya no tienes tiempo para ello. ¿Poesía tal vez? —Me aclaré la garganta y empecé con Keats, calentando con el «Escrito en rechazo a las supersticiones vulgares», y seguí con «Oda a una urna griega».

—... «¡Serás su amante siempre, y ella por siempre bella!» —declamé—. Hay más, pero se me ha olvidado. Pero no está mal, ¿verdad? ¿Quieres probar con un poco de Shelley? «Oda al viento del oeste» está bien... Creo que te gustaría.

Me preguntaba por qué había pensado que la calavera pertenecía a un indio y no a un europeo; quizá se debía a la piedra. Me encogí de hombros, confiando en que el efecto repelente de la gran poesía inglesa sería el equivalente a un fuego de campamento, en lo que a osos y panteras se refería.

Tu lira sea cual selva umbría,
y, si caen mis hojas cual las suyas,
su poderosa y mágica armonía
de ambos recabará un canto otoñal,
dulce, aun en la tristeza. Que tu espíritu
sea el mío. ¡Oh, Espíritu Vital!

Mis pensamientos llevan al Universo
—¡también fecundan las marchitas hojas!—
y, por la dulce magia de este verso,

dispersa —cual la lumbre extinguida
centellas y cenizas— mis palabras
y sean a la tierra adormecida,

profético clarín, que, ¡oh, Viento!, espera...

La última estrofa murió en mis labios. Había una luz en la cima. Un pequeño resplandor que iba aumentando. Al principio pensé que era el árbol, alguna brasa que se había reavivado, pero en aquel momento comenzó a desplazarse y fue descendiendo poco a poco hacia mí, flotando justo por encima de los arbustos.

Me levanté y advertí que no llevaba los zapatos. Los busqué con desesperación, examinando el pequeño espacio una y otra vez, pero no estaban allí. Cogí la calavera y permanecí descalza, frente a la luz.

Observé cómo se acercaba, flotando por la colina como si se tratara de un algodoncillo. Un pensamiento flotaba en mi mente paralizada... un verso de Shelley: «¡Diablo, te desafío con una mente tranquila e inalterable!» En algún lugar entre los recovecos más recónditos de mi conciencia, algo indicaba que Shelley tenía más temple que yo. Me aferré a la calavera. No era exactamente un arma, pero tampoco tenía muy claro que lo que se aproximaba pudiera ser detenido con cuchillos o pistolas.

No era tan sólo el tiempo lo que hacía en gran medida improbable que alguien saliera a pasear por el bosque con una antorcha encendida. La luz no ardía como una antorcha de pino o una linterna de aceite. No titilaba, sino que tenía un brillo firme y constante.

Flotaba a un par de metros sobre el suelo, justo a la altura a la que alguien llevaría una antorcha. Se aproximaba poco a poco, a la velocidad de alguien que camina. Podía ver cómo oscilaba un poco, al ritmo de un paso constante.

Me encogí de miedo en mi madriguera, medio escondida tras el banco de tierra y las raíces cortadas. A pesar de que estaba helada, el sudor descendía por los costados y podía oler mi propio miedo. Los dedos de mis pies entumecidos se encogieron en la tierra, ante la urgencia de correr.

Yo había visto antes el fuego de San Telmo, en el mar. Aunque también era misterioso, su chisporroteo azul acuoso no se parecía en absoluto a la pálida luz que se acercaba. No tenía color ni destellos, tan sólo era un brillo espectral. Cuando los habitantes de Cross Creek mencionaban las luces de la montaña, las llamaban gas del pantano.

«¡Ja! —me dije—. ¡Gas del pantano!»

La luz se movió entre unos arbustos y apareció ante mí. No era gas del pantano.

Era un hombre alto, e iba desnudo, ataviado tan sólo con un taparrabos. Tenía rayas rojas pintadas en el pecho, en los brazos y en las piernas y el rostro todo de negro, desde la barbilla hasta la frente. Su pelo estaba engrasado y peinado en un penacho del que salían dos plumas de pavo.

No me podía ver, oculta, como estaba, en la oscuridad de mi refugio. La antorcha que portaba lo iluminaba con una suave luz, lo mismo que su pecho y espalda sin pelo, y ensombrecía las órbitas de sus ojos. Pero él sabía que yo estaba allí. No me atreví a moverme. Yo misma oía mi respiración intensa. Permaneció a unos cuatro metros y miró directamente a la oscuridad donde me encontraba, como si fuera pleno día. Y la luz de su antorcha ardía constante y muda, pálida como una vela de funeral cuya madera todavía no se ha consumido.

No sé cuánto tiempo permanecí así, hasta que me di cuenta de que ya no tenía miedo. Aún tenía frío, pero mi corazón había recuperado su ritmo habitual, y los dedos descalzos de mis pies se habían relajado.

—¿Qué quiere? —dije, al advertir que habíamos entablado una especie de comunicación sin palabras. Fuera lo que fuese, no necesitaba hablar. Nada coherente ocurría entre nosotros, pero era evidente que algo pasaba.

Las nubes se habían levantado, gracias a un viento ligero, y aparecieron manchas oscuras en el cielo estrellado. El bosque estaba tranquilo, pero como era habitual en un bosque mojado durante la noche: los crujidos y suspiros de los altos árboles moviéndose, el susurro de los arbustos acariciados por el viento inquieto y, de fondo, el flujo constante del agua invisible, que resonaba frente a la turbulencia del aire.

Respiré profundamente, y de pronto sentí una gran vitalidad. El aire era denso y dulce debido al perfume de las plantas verdes, las hierbas y el almizcle de las hojas muertas, mezclado con los aromas de la tormenta: roca mojada, tierra húmeda y la neblina, que poco a poco iba aumentando, junto con un intenso toque a ozono, repentino como el rayo que había golpeado el árbol.

Tierra y aire, pensé de pronto, y también fuego y aire. Y allí estaba yo, entre todos los elementos y a su merced.

—¿Qué quiere? —pregunté otra vez, sintiéndome indefensa—. No puedo hacer nada por usted. Sé que está ahí, puedo verlo. Pero eso es todo.

Nada se movió ni se oyó, pero el pensamiento se formó claramente en mi mente, con una voz que no era la mía.

«Esto es suficiente», dijo.

Sin prisa, se dio la vuelta y se marchó. Tras dar unos cuantos pasos, la luz de su antorcha desapareció como si no hubiera existido nunca, como el resplandor final del crepúsculo antes de la noche.

—Oh —exclamé un poco desconcertada—. Dios mío. —Me temblaban las piernas y me senté, protegiendo con la falda la casi olvidada calavera. Permanecí así durante un buen rato, pero no sucedió nada más. Estaba rodeada de montañas, oscuras e impenetrables. Quizá a lo largo de la mañana pudiera encontrar el camino al sendero, pero por ahora caminar en la oscuridad sólo me conduciría al desastre.

Ya no tenía miedo, ya que me había abandonado durante mi encuentro con... quien fuera. No obstante, aún tenía frío, y muchísima hambre. Dejé el cráneo y me acurruqué junto a él, tapándome con la capa. Me llevó mucho tiempo dormirme, y me quedé en mi fría madriguera, observando las estrellas a través de las grietas en las nubes.

Trataba de encontrar un sentido a lo que había sucedido, pero no había nada que entender, porque en realidad no había acaecido nada. Sin embargo, estaba segura de que él había estado aquí. La sensación de su presencia me ofrecía cierto consuelo, hasta que, por último, me quedé dormida sobre las hojas.

Tuve un sueño inquieto a causa del frío y el hambre, una procesión de imágenes desarticuladas: árboles quemados, ardiendo como antorchas, árboles arrancados de la tierra, caminando con sus raíces con temibles bandazos.

Permanecí bajo la lluvia con un nudo en la garganta, y la sangre caliente latiendo en mi pecho representaba un extraño consuelo para mi carne helada. Mis dedos estaban entumecidos y no eran capaces de moverse. La lluvia me golpeaba la cara como si se tratara de granizo, y cada gota fría era como un martillazo. Después, el agua me pareció tibia y suave sobre mi cara. Al permanecer como si estuviera enterrada viva, la tierra negra me caía sobre los ojos abiertos.

Me despertaron los latidos de mi corazón. Yací en silencio. Ya era de noche; el cielo estaba despejado y parecía interminable, y yo estaba en un cuenco de oscuridad. Después de un rato me dormí otra vez y proseguí con mis sueños.

Los lobos aullaban cada vez más cerca. Presa del pánico, huía a través de un bosque de aspen blanco cubierto de nieve, con la savia roja de los árboles centelleando como joyas sangrientas sobre troncos blancos como el papel. Un hombre estaba en pie al lado de un árbol sangrante, y sobre su cabeza pelada se erguía una cresta de pelo negro grasiento. Tenía unos ojos profundos y una sonrisa fragmentada; la sangre que manaba de su pecho brillaba más que la del árbol. Los lobos continuaban acercándose, aullando y gimiendo. El olor a sangre era intenso. Corría con la manada, huía de la manada. Corría. Con unos pies ligeros, unos dientes blancos y un ligero gusto a sangre en mi boca, un cosquilleo en la nariz. Hambre. Persecución y caza, muerte y sangre. Corazón martilleante, sangre acelerada, puro pánico de la presa.

Sentí que mi brazo chocaba con una rama rota y noté un sabor tibio y salado, resbaladizo en mi lengua. Algo me frotó la cara. Abrí los ojos. Unos grandes ojos amarillos me contemplaban desde el pelaje oscuro de un lobo de dientes blancos, grité y di un golpe. El animal retrocedió con un bufido.

Me caí de rodillas y me agaché, farfullando. Me desperté temblando. Ya había amanecido y la luz, nueva y tierna, me permitió ver la silueta grande y negra de... de *Rollo*.

—¿Dios mío, qué diablos haces aquí, bestia horrible y... asquerosa? —Con el tiempo hubiera recuperado el autocontrol, pero Jamie llegó antes.

Las grandes manos de Jamie me sacaron de mi escondite y me palparon con ansiedad, buscando heridas. La lana de su tartán era suave en mi cara; olía a humedad y a jabón de sosa cáustica, así como a su propio aroma masculino, y lo inspiré como si se tratara de oxígeno.

—¿Estás bien? Maldita sea, Sassenach, ¿estás bien?

—No —dije—. Sí. —Y comencé a llorar.

No duró mucho; fue la impresión del alivio. Traté de explicárselo, pero no me oía. Me cogió en sus brazos, sucia como estaba, para llevarme hasta el arroyo.

—Vamos, cálmate —pronunció, abrazándome con fuerza—. Vale, *mo chridhe*, todo va bien, ya estás a salvo.

Todavía estaba confundida por el sueño y el frío. Después de pasar tanto tiempo sola con ninguna otra voz más que la mía, su voz me parecía extraña, irreal y difícil de entender. Pero su cálido abrazo era algo real.

—Espera —dije, tirando débilmente de su camisa—. Espera, me había olvidado. Tengo que...

—¡Por Dios, tío Jamie, mira esto!

Jamie se volvió sin dejar de sujetarme. Ian se encontraba en la entrada del refugio, definida con raíces colgantes, con la calavera levantada.

Sentí que Jamie se ponía rígido.

—Sassenach, ¿qué es eso?

—Quién, deberías decir —aclaré—. No lo sé. Pero es un buen tipo. No dejes que *Rollo* la coja, no le gustaría. —*Rollo* olía la calavera con una gran concentración, con las fosas nasales aleteando, húmedas y negras, con interés.

Jamie me miró frunciendo ligeramente las cejas.

—¿Estás segura de que estás bien, Sassenach?

—No —dije, aunque estaba empezando a espabilarme a medida que me despertaba del todo—. Tengo frío y estoy muerta de hambre. No habréis traído algo para comer, ¿no? —pregunté, ansiosa—. Mataría por unos huevos.

—No —respondió mientras buscaba en su morral—. No he tenido tiempo de preocuparme por la comida, pero tengo un poco de coñac. Toma, Sassenach, te irá bien. —Levantando una ceja añadió—: ¿Podrías decirme qué diablos hacías en medio de la nada?

Me senté en una roca y bebí agradecida. La petaca temblaba en mis manos, pero el temblor desapareció a medida que la sustancia de color ámbar oscuro se abría camino directamente a través de las paredes de mi estómago vacío hasta mi torrente sanguíneo. Jamie permaneció con una mano apoyada sobre mi hombro.

—¿Cuánto tiempo llevas aquí, Sassenach? —preguntó con voz suave.

—Toda la noche —respondí, temblando otra vez—. Desde antes del mediodía, cuando ese maldito caballo, cuyo nombre debería ser *Judas*, me tiró desde esa roca. —Hice un gesto hacia la roca. Pensé que en medio de la nada constituía una buena descripción del lugar. Podía haber sido cualquiera de las miles de hondonadas anónimas de aquellas colinas. Se me ocurrió algo... algo que debería haber pensado mucho antes si no hubiera estado tan helada y atontada—. Pero ¿cómo diablos me has encontrado? —pregunté—. ¿Alguno de los Mueller me siguió y...? No me digas que ese maldito caballo os ha traído hasta aquí, como si fuera *Rin-tin-tin* o *Lassie*.

—¿*Rin-tin-tin*? ¿*Lassie*? Perecen nombres de vacas —dijo Ian—, pero ha sido *Rollo*, no el caballo, quien nos ha traído hasta aquí. —Señaló al perro con orgullo y éste le devolvió la mirada con dignidad, como si todos los días hiciera cosas semejantes.

—Pero si no habéis visto el caballo —pregunté confundida—, ¿cómo habéis sabido que me había ido de casa de los Mueller? ¿Y cómo ha podido *Rollo*...? —Me detuve al ver que los dos hombres se miraban.

Ian se encogió de hombros y asintió mirando a Jamie. Éste se agachó y levantó el borde de mis faldas para tocar mis pies descalzos con sus grandes manos.

—Tienes los pies helados, Sassenach —dijo con calma—. ¿Dónde has perdido tus zapatos?

—Por allí —contesté, señalando el árbol caído—. Todavía deben estar. Me los quité para cruzar el arroyo, luego los puse allí y no los pude encontrar en la oscuridad.

—No están, tía —aclaró Ian. Su tono era tan raro que lo miré sorprendida. Aún sostenía el cráneo, girándolo con cuidado entre sus manos.

—No, no están —comentó Jamie con la cabeza inclinada mientras me frotaba los pies. Sólo podía ver los destellos cobrizos de su cabello, que estaba suelto sobre sus hombros, desaliñado como si acabara de levantarse. Y comenzó a explicarme cómo habían conseguido encontrarme—: Estaba dormido cuando enloqueció de pronto. —Sin levantar la vista hizo un gesto hacia *Rollo*—. Ladraba y aullaba mientras golpeaba la puerta como si el diablo estuviera fuera.

—Le grité, lo agarré y traté de calmarlo —intervino Ian—, pero no podía detenerlo de ninguna manera.

—Llegó un momento en el que hasta escupía. Estaba convencido de que había enloquecido y tenía miedo de que nos atacara, así que le dije a Ian que abriera la puerta para que saliera. —Jamie se sentó sobre los talones y miró mis pies con rostro preocupado mientras retiraba una hoja muerta de mi empeine.

—Bueno, ¿y estaba el diablo fuera? —pregunté con impertinencia.

Jamie sacudió la cabeza.

—Buscamos en el claro por todas partes y no encontramos nada, salvo esto. —Buscó en su zurrón y sacó mis zapatos. Levantó la vista y me miró—. Estaban en el escalón de la puerta.

Se me erizó el vello del cuerpo. Levanté la botella y bebí el último trago.

—*Rollo* salió corriendo como un galgo —dijo Ian, continuando la historia, ansioso—. Pero al instante regresó y comenzó a olfatear tus zapatos y a gemir.

—Yo quería hacer lo mismo. —Jamie torció un poco la boca mientras me colocaba los zapatos, pero pude ver el miedo en sus ojos. Los zapatos estaban húmedos, pero tibios por su cuerpo.

Tragué, pero tenía la boca demasiado seca para hablar, a pesar del coñac.

—Creía que podías estar muerta, Cenicienta —comentó suavemente, inclinando la cabeza para ocultar su rostro.

Ian continuó, entusiasmado con la historia.

—Mi inteligente perro estaba igual que cuando huele un conejo, así que nos pusimos la ropa, encendimos una antorcha, apagamos el fuego y lo seguimos. Nos ha hecho correr, ¿verdad, muchacho? —Acarició las orejas de *Rollo* con orgulloso afecto—. ¡Y estabas aquí!

El coñac hacía que me zumbaran los oídos y que me mareara, pero conservaba el suficiente sentido como para darme cuenta de que si *Rollo* había seguido mis huellas... alguien había caminado con mis zapatos.

Para entonces ya había recuperado un poco la voz, y conseguí hablar con una voz ligeramente ronca.

—¿Habéis visto a alguien por el camino? —pregunté.

—No tía —dijo Ian, poniéndose serio—. ¿Tú has visto algo?

Jamie levantó la cabeza y pude ver las huellas de la preocupación y el agotamiento en su rostro, que marcaban sus pómulos bajo la piel. No era la única que había tenido una noche larga y difícil.

—Sí —respondí—, pero os lo diré más tarde. Ahora creo que me convertiré en calabaza. Regresemos a casa.

Jamie había traído caballos, pero era imposible hacer que bajaran hasta la hondonada, así que nos vimos forzados a pasar por la orilla del arroyo y chapotear por las partes poco profundas, para luego trepar con mucha dificultad por una cuesta rocosa hasta el saliente donde se encontraban atados los caballos. Con las piernas temblorosas y endebles tras mi calvario, no servía de gran ayuda en tal empresa, pero Jamie e Ian se las arreglaron con calma, empujándome por encima de los obstáculos y transportándome como si fuera un paquete enorme y poco manejable.

—Se supone que no hay que dar alcohol a personas que tengan hipotermia —me quejé con una voz tan apenas audible en una de las paradas para descansar.

—No me importa lo que tengas; será menos patente con la sustancia en el estómago —dijo. A pesar de que aún hacía frío debido a la lluvia, estaba colorado por el esfuerzo—. Además —añadió, secándose la frente con un pliegue de su capa—, si te desmayas, será más sencillo cargar contigo. Es como sacar a un ternero de un pantano.

—Lo siento —respondí. Me quedé tirada en el suelo con los ojos cerrados y con la esperanza de no tener que vomitar. El cielo se movía en una dirección y mi estómago en la otra.

—¡Fuera, perro! —exclamó Ian.

Abrí un ojo para ver lo que sucedía y vi a Ian apartando a *Rollo* de la calavera, que yo había insistido que llevaran con ellos.

A la luz del día, no era nada atractiva. Manchada y decolorada por la tierra en la que había estado enterrada, a lo lejos parecía piedra pulida, excavada y erosionada por el viento y el tiempo. Tenía varios dientes astillados o rotos, aunque el cráneo no mostraba ningún otro daño.

—¿Qué piensas hacer con el Príncipe Encantado? —preguntó Jamie, lanzando una mirada crítica a mi adquisición. Ya no estaba sonrojado y había recuperado el aliento. Luego me miró, y extendió el brazo para apartarme el pelo de los ojos, sonriendo—. ¿Cómo te encuentras, Sassenach?

—Mejor —aseguré, incorporándome. Todavía estaba algo mareada, pero el coñac me proporcionaba una sensación placentera, como el reconfortante susurro de las hojas de los árboles al rozar la ventanilla de un vagón de tren.

—Supongo que deberíamos llevarlo a casa y darle cristiana sepultura, ¿no? —Ian contempló la calavera con dudas.

—No creo que nos lo agradeciera; no debe de ser cristiano —dije con el vívido recuerdo del hombre que había visto en la hondonada. Aunque era cierto que algunos indios se habían convertido gracias a la labor de los misioneros, aquel caballero en particular, desnudo, con el rostro pintado y el pelo lleno de plumas, me había dado la impresión de que era tan pagano como su aspecto sugería.

Busqué en mi bolsillo con los dedos entumecidos.

—Esto estaba enterrado con él —comenté cuando conseguí sacar la piedra. Era de color marrón, tenía una forma ovalada irregular y era de la mitad del tamaño de la palma de mi mano. Una cara era redondeada, y la otra, plana; era tan suave que parecía sacada de la orilla de un arroyo. Le di la vuelta en mi palma y jadeé.

En el lado plano tenía grabado un glifo en forma de espiral enroscada, tal y como me había parecido. Pero no fue eso lo que llamó la atención de Jamie e Ian, y les hizo juntar las cabezas hasta casi chocarlas.

Allá donde la suave superficie se había descascarillado, la roca resplandecía con un fuego centelleante; eran pequeñas llamas verdes, naranjas y rojas que luchaban con fuerza por competir por la luz.

—¿Qué es eso? —preguntó Ian con temor.

—Es un ópalo endiabladamente grande —comentó Jamie. Tocó la piedra con un dedo enorme y tosco, como para asegurarse de que era de verdad. Lo era. Se pasó la mano por el pelo, pensativo, y luego me miró—. Dicen que los ópalos son piedras de mala suerte, Sassenach.

Pensé que bromeaba, pero parecía seguro. A pesar de ser un hombre cultivado y que había viajado mucho, continuaba teniendo el espíritu de un escocés de las Highlands cargado de supersticiones, aunque no lo demostrara a menudo. «Ja —me dije—, ¿tú has pasado la noche con un fantasma y crees que él es supersticioso?»

—Tonterías —dije con más convicción de la que sentía—. No es más que una roca.

—Bueno, no siempre dan mala suerte, tío Jamie —señaló Ian—. Mi madre tiene un anillo con un pequeño ópalo que le dejó su madre, ¡mucho más pequeño que éste! —Ian tocó la piedra con respeto—. Decía que el ópalo tomaba algo de su dueño. Cuando un ópalo había pertenecido a una buena persona, todo iba bien y daba buena suerte. Pero si no... —Se encogió de hombros.

—Ah, bueno —intervino Jamie, y miró la calavera—. Si perteneció a este tipo no le dio mucha suerte.

—Al menos —señalé— sabemos que nadie lo mató por esa piedra.

—Tal vez no la quisieron porque sabían que les traería mala suerte —sugirió Ian. Tenía el ceño fruncido, formando una línea de preocupación entre sus ojos—. Quizá deberíamos dejarla, tía.

Me froté la nariz y miré a Jamie.

—Es probable que tenga valor —afirmé.

—Ah. —Los dos se miraron un momento, luchando entre la superstición y el pragmatismo.

—Bueno —sentenció, finalmente, Jamie—. Supongo que no nos pasará nada por guardarla durante un tiempo. —Sonrió—. Déjame llevarla, Sassenach; si me cae un rayo de camino a casa, puedes tirarla.

Me puse de pie con torpeza, agarrando el brazo de Jamie para mantener el equilibrio. Parpadeé y me balanceé, pero me mantuve erguida. Jamie me quitó la piedra de la mano y la metió en su zurrón.

—Se la enseñaré a Nayawenne —dije—. Al menos sabrá lo que significa el grabado.

—Buena idea, Sassenach —aprobó Jamie—. Y si el destino final del Príncipe Encantado ha tenido algo que ver con ella, puede guardársela con mis bendiciones. —Señaló a un grupo de arces de hojas ligeramente amarillentas a unos cien metros de distancia—. Los caballos están allí. ¿Puedes caminar, Sassenach?

Me miré los pies, sopesándolo. Parecía que se encontraran mucho más lejos de lo que era habitual.

—No estoy segura. Me parece que estoy algo borracha.

—No, tía —dijo Ian con amabilidad—. Mi padre dice que nunca estás borracho mientras puedas tenerte en pie.

Jamie rió y se colocó la capa en el hombro.

—Mi padre solía decir que uno no estaba borracho si podía encontrarse el trasero con las dos manos. —Miró mi trasero con la ceja enarcada, pero lo pensó mejor y no dijo nada más.

Ian lanzó una carcajada, luego tosió y se puso serio.

—Ah, bueno. No está muy lejos, tía. ¿Estás segura de que no puedes caminar?

—Yo no voy a llevarla de nuevo, eso te lo aseguro —se apresuró a responder Jamie—. No quiero romperme la espalda. —Cogió la calavera con la punta de los dedos y la colocó sobre mi falda—. Espera aquí con tu amigo, Sassenach. Ian y yo vamos a buscar a los caballos.

Llegamos al Cerro de Fraser a primera hora de la tarde. Había pasado frío, me había mojado y no había comido desde hacía casi dos días; me sentía mareada, estado que había aumentado por el coñac y los esfuerzos por explicar los sucesos de la noche anterior a Jamie y a Ian. A la luz del día y en mi estado, todo aquello parecía irreal, sobre todo visto desde la perspectiva del agotamiento, el hambre y la ligera borrachera. Por tanto, cuando llegamos al claro, creí que el humo de la chimenea era una alucinación, hasta que el aroma de madera quemada llegó a mi nariz.

—Creí que habías dicho que apagaste el fuego —le comenté a Jamie—. Por suerte no has quemado la casa. —Aquel tipo de accidentes eran comunes; había oído hablar de múltiples cabañas quemadas a causa de una chimenea mal atendida.

—Lo hice —respondió brevemente, bajando de su montura—. Hay alguien. ¿Conoces el caballo, Ian?

Ian se izó en los estribos para mirar.

—¡Caramba, es el malvado animal de la tía! —dijo sorprendido—. ¡Y un gran moteado está con él!

El recién bautizado *Judas* estaba en el corral, desensillado y espantando moscas en compañía de otro caballo.

—¿Sabes de quién es? —pregunté. Aún no había desmontado; cada pocos minutos, me recorrían pequeñas oleadas de mareo que me obligaban a aferrarme a la montura. El suelo bajo el caballo parecía que se balanceara con suavidad, como las olas del mar.

—No, pero es un amigo —comentó Jamie—. Ha dado de comer a los animales y ha ordeñado a la cabra. —Hizo un gesto desde el pesebre lleno de heno de los caballos a la puerta, donde había un balde de leche sobre el banco, cubierto con una tela para evitar que las moscas cayeran dentro—. Vamos, Sassenach. —Extendió el brazo y me tomó de la cintura—. Te meteremos en la cama y te tomarás un té.

Habían oído nuestra llegada. Se abrió la puerta de la cabaña y salió Duncan Innes.

—¡Ah! Estás aquí, Mac Dubh. ¿Qué ha pasado? He llegado esta mañana y la cabra estaba como loca, a punto de reventar. —Entonces me vio y se puso pálido por la sorpresa—. ¡Claire! —dijo, examinando mi aspecto sucio y maltratado—. ¿Has tenido un accidente? Me he preocupado cuando he encontrado el caballo en la ladera de la montaña con la caja en la silla. Te he buscado y te he llamado, pero no he podido hallarte, así que he traído a la bestia hasta la casa.

—Sí, tuve un accidente, pero estoy bien —comenté, tratando de mantenerme derecha con poco éxito. No estaba segura de estar bien; sentía que mi cabeza era tres veces más grande de lo normal.

—A la cama —ordenó Jamie con firmeza, sosteniéndome por los brazos antes de que me cayera—. Ahora.

—Primero un baño —respondí.

Volvió la vista hacia el arroyo.

—Te congelarás o te ahogarás. O las dos cosas. Por el amor de Dios, Sassenach, come y vete a la cama. Puedes bañarte mañana.

—No. Quiero agua caliente. Una olla. —No tenía fuerzas para discutir, pero estaba decidida. No iba a acostarme sucia para tener que lavar las sábanas después.

Jamie me miró con furia e hizo un gesto de resignación.

—Entonces, agua caliente y una olla —dijo—. Ian, trae leña y se la das a Duncan, y ocúpate de los cerdos. Voy a restregar a tu tía.

—¡Puedo restregarme sola!

—Eso es lo que tú te crees.

Tenía razón. Mis dedos estaban tan rígidos que no podía soltarme el corpiño y tuvo que desnudarme como si fuera una niña pequeña. Lanzó sin ningún cuidado a una esquina la falda rota y las enaguas sucias. Me quitó la camisola y el corsé. Los había llevado durante tanto tiempo que habían dejado profundas marcas en mi piel. Gruñí con una voluptuosa combinación de dolor y placer, frotando las marcas rojas mientras la sangre volvía a fluir por mi torso constreñido.

—Siéntate —me ordenó, empujando un taburete detrás de mí mientras yo me dejaba caer. Me envolvió los hombros con un tartán, puso un plato con panecillos medio rancios frente a mí y se dirigió al armario en busca de jabón, un paño y toallas de lino.

—Busca la botella verde, por favor —dije, picoteando el panecillo seco—. La necesitaré para lavarme el pelo.

—Mmfm.

Más tintineo y apareció por fin con las manos llenas de cosas, incluidas una toalla y una botella llena de champú que yo había elaborado (ya que no quería lavarme el pelo con jabón de sosa cáustica) con jabonera, aceite de altramuz, hojas de nogal y flores de caléndula. Las colocó sobre la mesa, junto con mi cuenco más grande, y lo llenó con cuidado con agua caliente de la olla.

Después de dejarla enfriar un poco, Jamie metió el paño en el agua y se arrodilló para lavarme los pies.

Sentir el agua caliente en mis pies lastimados fue algo maravilloso. Cansada y medio borracha como estaba, me derretía mientras Jamie me lavaba de la cabeza a los pies.

—¿Dónde te has hecho eso, Sassenach? —En un estado de semiinconsciencia, me miré la rodilla izquierda, algo confusa. Estaba hinchada, y la parte interior tenía el color azul morado de la genciana.

—Bueno... eso fue cuando me caí del caballo.

—Eso fue una imprudencia —dijo con aspereza—. ¿Cuántas veces te he dicho que tengas cuidado, sobre todo con un caballo nuevo? No puedes confiar en ellos hasta que los conoces bien. Y tú no tienes la fuerza para lidiar con uno obstinado o asustadizo.

—No era cuestión de confianza —afirmé. Admiré con vaguedad sus anchos hombros suavemente flexionados bajo su camisa de lino mientras me frotaba la rodilla amoratada—. El rayo lo asustó, y me caí de un risco a unos diez metros de altura.

—¡Podrías haberte roto el cuello!

—Eso pensé —comenté, cerrando los ojos y balanceándome un poco.

—Tendrías que haber pensado mejor, Sassenach, y no haber estado en aquel lado del cerro sola...

—No pude evitarlo —interrumpí, abriendo los ojos—. El camino estaba inundado, tuve que dar la vuelta.

Me miró con furia, con los ojos como oscuras grietas azules.

—¡En primer lugar, no debiste abandonar la casa de los Mueller con esa lluvia! ¿No tienes bastante sentido común para saber cómo ibas a encontrar el terreno?

Me enderecé con cierto esfuerzo, sosteniendo la manta en mis pechos. Con cierta sorpresa, se me ocurrió que estaba bastante molesto.

—Bueno... no —dije, intentando pensar—. ¿Cómo lo iba a saber? Además...

Me interrumpió lanzando el paño en el cuenco, lo que provocó que salpicara toda la mesa.

—¡Estate quieta! —ordenó—. ¡No quiero discutir contigo!

Levanté la vista para mirarlo.

—¿Qué diablos quieres? ¿Por qué me gritas? ¡Yo no he hecho nada malo!

Inspiró con fuerza por la nariz. A continuación, se levantó, recogió el paño del cuenco y lo escurrió con cuidado. Espiró, se arrodilló frente a mí y me frotó con habilidad la cara.

—No, no lo has hecho —aceptó. Torció un poco la boca irónicamente—. Pero me has asustado mucho, Sassenach, y tengo ganas de regañarte, lo merezcas o no.

—Ah —exclamé. Al principio quise reír, pero luego sentí cierto remordimiento al ver su cara. La manga de su camisa estaba manchada de lodo, y tenía espigas en la medias, consecuencia de una noche de búsqueda entre las oscuras montañas sin saber dónde estaba, o si estaba viva o muerta. Lo quisiera o no, lo había asustado muchísimo.

Busqué algunas fórmulas de disculpa, pero mi lengua estaba tan espesa como mi mente. Por último, extendí la mano y le quité una candelilla amarilla del pelo.

—¿Por qué no me reprendes en gaélico? —pregunté—. Te calmará y yo no entenderé casi nada.

Soltó un bufido de desprecio y me sumergió la cabeza en el agua, con una mano firme sobre mi cuello. No obstante, cuando emergí chorreando, dejó caer una toalla sobre mi cabeza y se puso manos a la obra, frotando mi pelo con unas manos grandes y firmes, y hablando en el tono amenazador de un ministro de la Iglesia que condena el pecado desde el púlpito.

—Tonta —dijo en gaélico—. ¡Tienes el cerebro de una mosca! —Capté las palabras «estúpida» y «torpe» en los siguientes comentarios, pero de inmediato dejé de escuchar. Cerré los ojos y me perdí en el placer de que me secaran y cepillaran el pelo.

Tenía un tacto seguro y suave, casi con seguridad adquirido con los caballos. Lo había visto hablar a los caballos mientras los cepillaba de la misma manera en la que me estaba hablando a mí, con una entonación reconfortante al ritmo del cepillo. No obstante, me pareció que era más amable con los equinos.

Mientras trabajaba, sus manos me tocaban el cuello, la espalda desnuda y los hombros; toques breves que hacían que mi piel recién descongelada recuperara la vida. Me estremecí, pero dejé que la manta cayera sobre mi regazo. El fuego seguía ardiendo con fuerza, las llamas bailaban a un lado de la olla y la habitación estaba bastante tibia.

En aquel momento describía, en un tono agradablemente conversacional, las diversas cosas que le hubiera gustado hacerme, empezando por apalearme. El gaélico es una lengua rica, y Jamie era muy imaginativo en lo que a violencia y sexo se refería. Tanto si hablaba en serio como si no, me pareció bueno no poder entender todo lo que decía.

Podía sentir el calor del fuego sobre mis pechos y el de Jamie en mi espalda. La tela suelta de su camisa acarició mi piel al inclinarse para alcanzar una botella de la estantería, y me estremecí otra vez. Se dio cuenta, e interrumpió su diatriba un momento.

—¿Tienes frío?

—No.

—Bien. —El intenso olor del alcanfor hizo que me ardiera la nariz y, antes de poder moverme, una mano enorme me agarró del hombro y me sostuvo mientras la otra me frotaba aceite en el pecho.

—¡Para! ¡Me haces cosquillas! ¡Te digo que pares!

No se detuvo. Me retorcí como una loca, intentando escapar, pero era mucho más grande que yo.

—Quédate quieta —dijo mientras sus dedos inexorables me frotaban con fuerza las sensibles costillas, la clavícula, el contorno y la parte inferior de mis pechos, engrasándome con cuidado como si fuera un lechón listo para asar.

—¡Bastardo! —exclamé cuando me soltó, sin aliento por la lucha y la risa. Apestaba a menta y a alcanfor, y mi piel resplandecía desde la barbilla hasta el vientre a causa del calor.

Me sonrió, vengado y contumaz.

—Tú me lo haces a mí cuando tengo fiebre —señaló, secándose las manos con la toalla—. Donde las dan, las toman, ¿no?

—¡No tengo fiebre! ¡No estoy resfriada!

—Espero que no enfermes por dormir a la intemperie con la ropa mojada. —Chasqueó la lengua en tono de desaprobación como si se tratara de un ama de casa escocesa.

—Y tú nunca has hecho eso, ¿verdad? ¿Cuántas veces te has resfriado por dormir a la intemperie? —exigí—. Por el amor de Dios, ¡viviste en una cueva durante siete años!

—Y pasé tres estornudando. Además, soy un hombre —añadió de una manera completamente ilógica—. ¿No es mejor que te pongas el camisón, Sassenach? Estás desnuda.

—Ya me he dado cuenta. La ropa mojada y el frío no causan enfermedades —le informé, buscando el tartán bajo la mesa.

Levantó las cejas.

—¿Ah, no?

—No. —Salí de debajo de la mesa, agarrando el tartán—. Ya te lo he dicho antes. Son los gérmenes los que causan la enfermedad. Si no estuve expuesta a ningún germen, no me pondré enferma.

—Ah, *gérrrrmenes* —dijo con voz afectada—. ¡Dios mío, tienes un bonito trasero! Entonces, ¿por qué hay más enfermedades en invierno que en primavera? ¿Los gérmenes se producen por el frío?

—No exactamente. —Al sentirme cohibida de una manera absurda, cogí la colcha para cubrirme, pero antes de envolverme con ella, Jamie me agarró del brazo y tiró de mí hacia él.

—Ven —ordenó sin ninguna necesidad. Antes de que pudiera decir nada, me había dado una palmada en el trasero desnudo, me daba la vuelta y me estaba besando con frenesí.

Cuando me soltó casi me desplomé. Lo rodeé con los brazos y me agarró de la cintura para sujetarme.

—No me importa si son los gérmenes, el aire nocturno o lo que sea —dijo con seriedad—. No quiero que te pongas enferma y punto. Ahora, ¡ponte el camisón y métete en la cama!

Me sentía muy bien entre sus brazos. El lino suave de la pechera de su camisa estaba fresco comparado con el calor de mis pechos resbaladizos, y aunque la lana de su falda era mucho más áspera en mis muslos y el vientre desnudos, la sensación no era nada desagradable. Me froté poco a poco contra él, como un gato contra un poste.

—A la cama —ordenó otra vez, con un tono algo menos firme.

—Hum —respondí, demostrándole que no pensaba ir sola.

—No —dijo tratando de alejarse, pero no lo solté, y el movimiento sólo agravó la situación entre nosotros.

—Hum —contesté, agarrándolo con fuerza. Intoxicada como estaba, no se me olvidaba que Duncan pasaría la noche frente al fuego, e Ian en la hamaca. Y aunque yo me sentía algo desinhibida en aquel momento, no lo estaba del todo.

—Mi padre me dijo que nunca me aprovechara de una mujer que está mal a causa de la bebida —argumentó. Había dejado de retorcerse, pero empezó otra vez, con más tranquilidad, como si no pudiera evitarlo.

—Pero yo no estoy mal, estoy mejor —aseguré—. Además... —Ejecuté una lenta contorsión—. Creo que has dicho que si uno podía tocarse el trasero con las manos no estaba borracho.

Me miró sorprendido.

—Siento tener que decírtelo, Sassenach, pero no es tu trasero el que estás tocando, sino el mío.

—Es igual —le aseguré—. Estamos casados. Una misma carne, lo dijo el sacerdote.

—Quizá haya sido un error aplicarte el aceite —murmuró en voz baja—. ¡A mí nunca me provoca esto!

—Bueno, tú eres un hombre.

Hizo un último intento de galantería.

—¿No deberías comer algo? Debes de estar muerta de hambre.

—Hum —intervine. Oculté mi rostro en su camisa y lo mordí suavemente—. Famélica.

Hay una historia del conde de Montrose. Después de una batalla, una joven lo encontró tendido en el campo, medio muerto de frío y hambre. La joven se quitó el zapato, mezcló cebada con agua fría y le ofreció la preparación resultante al conde prostrado, salvándole la vida.

La taza que ahora tenía bajo mi nariz parecía que contenía una porción de la misma sustancia, con la única diferencia de que la mía estaba caliente.

—¿Qué es eso? —pregunté, observando los pálidos granos que flotaban en la superficie del líquido. Parecía un jarro lleno de gusanos ahogados.

—Cebada —contestó Ian, mirando con orgullo como si fuera su primer hijo recién nacido—. La he preparado yo; la saqué de la bolsa que trajiste de los Mueller.

—Muchas gracias —dije, y tomé un trago con cuidado. Pese al aroma rancio, no creía que lo hubiera preparado en su zapato—. Muy bueno. Muy amable, Ian.

Se puso colorado de satisfacción.

—No es nada. Y hay mucho más, tía. ¿O prefieres un pedazo de queso? Puedo quitar los trozos verdes.

—No, no, así está bien —contesté rápidamente—. Ah... ¿por qué no sales y tratas de cazar ardillas o conejos? Estoy segura de que estaré bien para preparar la cena.

Sonrió y su cara se iluminó.

—Me alegro de oírlo, tía —comentó—. ¡Deberías haber visto lo que comíamos mientras tú no estabas!

Me dejó recostada sobre las almohadas, pensando en qué podía hacer con el contenido del jarro. No quería bebérmelo, pero me sentía como un charco de mantequilla derretida, es decir, suave y cremosa, casi líquida, y levantarme me resultaba muy difícil.

Jamie me había llevado a la cama sin mayores protestas. Allí había finalizado la tarea de descongelarme con minuciosidad y celeridad. Me pareció bien que no fuera a cazar con Ian. Apestaba a alcanfor tanto como yo; los animales lo olerían a kilómetros de distancia.

Tras arroparme con cuidado, me había dejado dormir para ir a saludar con más tranquilidad a Duncan y ofrecerle la hospitalidad de la casa. Podía oír el murmullo de sus voces en el exterior; estaban sentados en el banco junto a la puerta, disfrutando del final de la tarde: los rayos largos y pálidos atravesaban en ángulo la ventana, iluminando suavemente el peltre y la madera del interior.

El sol también tocaba la calavera, que estaba sobre mi escritorio al otro lado de la habitación, lo que creaba un bodegón, junto con un jarrón con flores y mi cuaderno.

Fue la imagen del cuaderno la que me espabiló. El parto que había atendido en la granja de Mueller me parecía algo vago y lejano; pensé que era mejor que anotara los detalles mientras pudiera recordarlos.

Impulsada por el deber profesional, me estiré, gruñí y me incorporé. Aún estaba algo mareada y me zumbaban los oídos por los efectos del coñac. Aunque tenía casi todo el cuerpo dolorido (algunas partes más que otras), en general, estaba bien. Pero empezaba a tener hambre.

Esperaba que Ian volviera con carne para la cazuela; sabía que no debía atiborrar mi estómago reseco con queso y pescado salado. Lo ideal sería un buen caldo fortalecedor de ardilla, aromatizado con cebollas y setas secas.

Hablando de caldo, salí de la cama con reticencia, y, tambaleándome, llegué hasta la chimenea, donde volqué en la olla el contenido frío del jarro. Ian había preparado lo suficiente para alimentar a un regimiento, siempre que fuera de escoceses. Al vivir en un país por lo general yermo para casi cualquier producto comestible, eran capaces de deleitarse con grandes cantidades de pegajoso cereal, sin ningún tipo de especia o sabor. Sin embargo, como yo venía de una raza más débil, me sentía incapaz de alimentarme con eso.

La bolsa de cebada estaba abierta junto al hogar, aún visiblemente húmeda. Tenía que poner el grano a secar o se pudriría. Mi rodilla protestó un poco mientras iba a buscar una gran canasta de juncos trenzados y me arrodillaba para esparcir el grano húmedo.

—Entonces, ¿es fácil de manejar, Duncan? —La voz de Jamie me llegaba con claridad a través de la ventana. La tela que la cubría estaba levantada para dejar pasar el aire, y pude advertir un leve aroma a tabaco procedente de la pipa de Duncan—. Es un bruto grande y fuerte, pero tiene ojos de bueno.

—Es un buen muchacho —dijo Duncan, con una inconfundible nota de orgullo en su voz—. Y muy obediente. La señorita Yo hizo que su caballerizo lo escogiera en el mercado de Wilmington; le comentó que quería un caballo que se manejara con una sola mano.

—Mmfm. Sí, bueno, es una criatura adorable. —El banco de madera crujió cuando uno de los hombres se movió. Comprendía la equivocación tras el cumplido de Jamie y me pregunté si Duncan también la había entendido.

En parte era simple condescendencia. Jamie había nacido sobre un caballo y era un jinete nato; podía manejarlos sin usar las manos. Había visto cómo dirigía un caballo tan sólo cambiando la presión de sus rodillas y sus muslos, o cómo galopaba con su montura en un campo abarrotado con las riendas atadas al cuello del caballo, dejando libres sus manos para usar la espada y la pistola.

Pero Duncan no era ni jinete ni soldado. Había sido pescador en la zona de Ardrossan hasta que el Alzamiento lo arrancó, como a tantos otros, de sus redes y sus barcos y lo envió a Culloden y al desastre.

Jamie no le mostraría su inexperiencia, pues Duncan ya era plenamente consciente de ella. Debía de ser una forma de señalar algo más. ¿Duncan lo captaría?

—Es de ti de quien ella espera ayuda, Mac Dubh, y lo sabes bien. —El tono de Duncan era seco. Había captado la insinuación de Jamie.

—No he dicho lo contrario, Duncan. —La voz de Jamie era tranquila.

—Mmfm.

Sonreí, pese al ambiente de crispación entre ellos. Duncan era tan bueno como Jamie en el arte escocés de la elocuencia silenciosa. Un sonido particular que indicaba que había entendido el insulto de Jamie al reprocharle que aceptara el caballo de Yocasta. Y el deseo de aceptar la disculpa por el insulto.

—¿Lo has pensado, entonces? —El banco crujió cuando Duncan cambió bruscamente de tema—. ¿Será Sinclair o Geordie Chisholm? —Sin darle tiempo a contestar, continuó hablando de una forma que dejaba claro que ya lo había dicho antes. Me pregunté si estaba intentando convencer a Jamie o a sí mismo... o si sólo intentaba ayudar a tomar una decisión mediante la repetición de los hechos—. Es cierto que Sinclair es tonelero, pero Geordie es un buen muchacho, muy trabajador y tiene dos hijos pequeños. Sinclair es soltero, así que no necesitará mucho para instalarse, pero...

—Precisará tornos y herramientas, hierro y madera —interrumpió Jamie—. Puede dormir en su taller, es cierto, pero deberá tener un taller. Y creo que costará mucho comprar todo lo que necesita. Geordie precisará un poco de comida para su familia, pero eso podemos dárselo. Y para empezar no necesitará más que unas pocas herramientas. Tiene un hacha, ¿no?

—Así es, está en el contrato. Pero ahora es la temporada de la siembra, Mac Dubh. Con la limpieza...

—Ya lo sé —respondió Jamie, un poco irritado—. Fui yo el que sembró varias hectáreas de grano hace un mes. Y primero tuve que limpiar el terreno. —Mientras Duncan lo pasaba bien en River Run, charlando en las tabernas y paseando en su caballo nuevo. Lo oí y lo mismo sucedió con Duncan. El silencio hablaba más alto que las palabras.

Un crujido del banco, y Duncan habló otra vez en voz baja.

—Tu tía Yo te ha enviado un regalito.

—¿Ah, sí? —El filo de su voz era aún más perceptible. Esperaba que Duncan tuviera suficiente sentido común como para captarlo.

—Una botella de whisky. —Había una sonrisa en la voz de Duncan, a la que Jamie respondió con una risa desganada.

—¿Ah, sí? —repitió con tono diferente—. Es muy amable.

—Eso intenta. —Se produjo un fuerte crujido cuando Duncan se puso en pie—. Vamos a buscarla. Un traguito no te hará daño.

—No, claro —dijo Jamie, arrepentido—. No dormí anoche y no me encuentro bien. Debes disculpar mis modales, Duncan.

—No hablemos de eso.

Oí un sonido, como si una mano palmeara un hombro, y luego cruzaron el patio juntos. Me acerqué a la ventana y los observé; el cabello de Jamie tenía el color del bronce oscuro bajo el sol del atardecer, cuando inclinó la cabeza para escuchar lo que Duncan le contaba, acompañando la explicación con gestos. Los movimientos del único brazo de Duncan desestabilizaban el ritmo de su paso, así que caminaba a bandazos, como una marioneta enorme.

¿Qué hubiera sido de Duncan si Jamie no lo hubiera encontrado y buscado un sitio para él? En Escocia no había nada para un pescador sin brazo. Sólo le hubiera quedado la mendicidad. Probablemente hubiera muerto de hambre. O hubiera tenido que robar para vivir, y morir en la horca como Gavin Hayes.

Pero éste era el Nuevo Mundo y, aunque había riesgos, también había nuevas posibilidades para vivir. No era raro que Jamie se preocupara sobre quién tendría las mejores oportunidades. ¿Sinclair, el tonelero, o Chisholm, el granjero?

Sería útil tener un tonelero a mano; ahorraría a los hombres del cerro tener que ir a Cross Creek o a Averasboro para recoger los barriles que necesitaban para el alquitrán y la trementina, para la carne salada y la sidra. Pero sería caro montar el taller de un tonelero, incluso con los rudimentos más básicos que el negocio requería. Y luego había que considerar a la esposa y los hijos de Chisholm: ¿cómo estaban viviendo ahora? ¿Qué sería de ellos sin ayuda?

Duncan ya había encontrado treinta de los hombres de Ardsmuir. Gavin Hayes había sido el primero, y habíamos hecho todo lo posible por él; ayudarlo a viajar al otro mundo. Sabíamos que habían muerto otros dos: uno de fiebre y otro ahogado. Tres habían concluido sus condenas y, cargados con un hacha y un puñado de prendas como última paga, habían conseguido encontrar un hogar, reclamando tierras rurales y construyendo pequeñas casas allí.

Del resto, nos habíamos quedado con veinte, colocándolos en tierras fértiles cerca del río, bajo el apadrinamiento de Jamie. Otro era un poco lento, pero trabajaba para otro como empleado, para ganarse el sustento.

Cuando se acabaron todos nuestros recursos (nuestra escasa cantidad de efectivo y notas por el valor de nuestros cultivos aún inexistentes), y tras una espeluznante visita a Cross Creek, Jamie pidió dinero prestado a todos sus conocidos y fue con él a las tabernas, al lado del río. Estuvo jugando durante tres noches, cuadriplicó su dinero y evitó que lo apuñalaran, como supe más tarde. Me quedé muda al ver el largo corte que cruzaba la pechera de su abrigo cuando regresó.

—¿Qué...? —grazné por fin.

—Se encogió brevemente de hombros, muy cansado.

—No importa —dijo—. Se acabó.

Después de afeitarse y lavarse, fue a devolver el dinero a los propietarios de las plantaciones vecinas, añadiendo a su agradecimiento el pago de los intereses. Y aún nos quedó suficiente para comprar semillas, otra mula, una cabra y algunos cerdos.

No le pregunté; remendé su abrigo y lo contemplé mientras dormía después de devolver el dinero. No obstante, me senté junto a él un buen rato, observando cómo las líneas de agotamiento de su rostro se relajaban un poco con el sueño.

Sólo un poco. Le cogí una mano, flácida y pesada por el sueño, y recorrí una y otra vez las líneas profundas de la palma suave y callosa. Las líneas de la cabeza y el corazón eran largas y profundas. ¿Cuántas vidas se encontraban en aquellos pliegues?

La mía. La de sus colonos. La de Fergus y Marsali, que habían llegado de Jamaica con Germaine, gordo, rubio y encantador, y que tenía a su padre en la palma de su gorda manita.

Al pensar en ellos miré involuntariamente por la ventana. Ian y Jamie los habían ayudado a construir una pequeña cabaña a menos de dos kilómetros de la nuestra. Algunas veces, Marsali venía caminando a visitarme con el niño. Me apetecía verlos, pensé con melancolía. Como sentía añoranza por Bree, el pequeño Germaine representaba el sustitutivo del nieto que nunca vería.

Suspiré y traté de alejar aquellos pensamientos de mi mente.

Jamie y Duncan habían regresado con el whisky. Podía oír cómo hablaban junto al prado con voces relajadas, sin tensión alguna entre ellos... por el momento.

Terminé de extender una fina capa de granos húmedos, los puse en una esquina de la chimenea para que se secaran y me dirigí a mi escritorio. Abrí el tintero y mi cuaderno forrado de cuero y comencé a anotar los detalles del parto de los Mueller, cosa que no me llevó mucho tiempo. Fue un trabajo largo, pero normal. Sin complicaciones en el nacimiento, la única cosa inusual había sido la membrana...

Dejé de escribir y meneé la cabeza. Aún distraída pensando en Jamie, había dejado que mi atención vagara. La hija de Petronella no había nacido con la membrana que envuelve al feto.

Tenía un recuerdo claro del cráneo coronando; sus partes pudendas eran un anillo rojo brillante estirado alrededor de un pequeño parche de pelo negro. Lo había tocado, había sentido el diminuto pulso latiendo allí, justo debajo de la piel. Recordé con claridad la sensación de humedad en mis dedos, como la piel húmeda de un pollito recién nacido. Fue en el sueño, pensé; había soñado en mi madriguera, mezclando los dos partos. Era Brianna la que había nacido con la membrana.

Los escoceses la llamaban «capucha de la suerte». Era un buen presagio, ya que decían que ofrecía protección para no ahogarse. Y algunos niños eran bendecidos con una segunda visión. No obstante, tras haber conocido a un par de aquellas personas que veían con el tercer ojo, dudaba de que aquello fuera una bendición.

Pero fuera suerte o no, Brianna nunca había manifestado signos de aquel extraño «conocimiento» céltico, y me parecía bien. Sabía lo que representaba mi forma peculiar de segunda visión, el conocimiento de ciertas cosas que van a suceder, como para desearle a otra persona sus complicaciones.

Miré la página. Sin darme cuenta, había dibujado la cabeza de una niña, el cabello y los trazos de una nariz larga. Aparte de eso, no tenía rostro. No era una artista. Había aprendido a hacer dibujos clínicos claros, dibujos precisos de extremidades y cuerpos, pero no tenía el don de Brianna para el dibujo. El esbozo no era más que un recuerdo; podía verlo y dibujar su cara de memoria. Intentar hacer más, tratar de dar vida al papel sería arruinarlo y arriesgarme a perder su imagen, que se encontraba en mi corazón.

¿Y la haría aparecer si pudiera? No. No lo haría; prefería mil veces pensar en ella en la seguridad y la comodidad de su propio tiempo, que aquí, en la dureza y los peligros de éste. Pero eso no quería decir que no la echara de menos.

Por primera vez sentí cierta simpatía por Yocasta Cameron y su deseo de un heredero: alguien que quedara para ocupar su lugar y dar testimonio de que su vida no había sido en vano.

El crepúsculo avanzaba más allá de la ventana, en el campo, el bosque y el río. La gente hablaba de la caída de la noche, pero en realidad se levantaba la oscuridad, llenando primero los huecos, extendiendo sombras sobre las laderas, ascendiendo de manera imperceptible por los troncos de los árboles y los postes mientras la noche engullía la tierra y se alzaba para unirse a la oscuridad del cielo estrellado.

Me quedé sentada mirando por la ventana, observando el cambio de la luz sobre los caballos del prado; no se desvanecía, sino que se alteraba, y todo (cuellos arqueados, grupas redondeadas, incluso briznas de hierba) estaba desnudo y limpio, liberado durante un instante de las ilusiones de sol y sombra del día.

Sin ver, tracé la línea del dibujo con el dedo una y otra vez mientras la oscuridad se elevaba a mi alrededor y las realidades de mi corazón se mostraban claras en la tenue luz. No, no deseaba que Brianna estuviera aquí, pero eso no significaba que no la echara de menos.

Terminé mis notas y me quedé sentada durante un momento. Sabía que tenía que ir a preparar la cena, pero el cansancio de mi experiencia aún me pesaba y hacía que fuera incapaz de moverme. Me dolían todos los músculos y el moratón de la rodilla. Lo que en realidad deseaba era volver a la cama. Pero en lugar de eso, cogí la calavera que había dejado sobre la mesa junto a mi cuaderno y acaricié el cráneo redondeado. Tenía que admitir que era un adorno macabro en el escritorio, pero me sentía unida a él. Los huesos siempre me habían parecido hermosos, ya fueran de hombre o de animal; eran huellas desnudas y elegantes de la vida reducida a su base.

De repente me vino a la mente algo que hacía años que no recordaba, un pequeño armario oscuro en una habitación de París, oculto detrás de la tienda de un boticario. Las paredes estaban cubiertas de un panal de estanterías, y cada celda contenía un cráneo pulido: animales de muchos tipos, que iban desde las musarañas hasta los lobos, pasando por ratones y osos.

Y con la mano sobre la cabeza de mi desconocido amigo, recordé la voz del maestro Raymond en París, clara como si estuviera junto a mí.

—¿Simpatía? —había dicho, tocando la curva de una calavera de alce—. Es una emoción inusual para sentirla por un hueso, *madonna*.

Pero sabía lo que yo quería decir, porque cuando le pregunté por aquellas calaveras, sonrió al contestarme que eran una especie de compañía.

Ahora también lo entendía, porque el caballero de la calavera había sido una compañía para mí en un lugar oscuro y solitario. De nuevo me pregunté si tendría algo que ver con la aparición que vi en la montaña, el indio con la cara pintada de negro.

El fantasma, si es que lo era, no había sonreído ni hablado en voz alta. No había visto sus dientes, lo que hubiera sido mi único punto de comparación con la calavera que tenía entre mis manos. Me di cuenta de que la estaba sosteniendo y que, con el pulgar, estaba frotando el borde dentado de un incisivo partido. La levanté para examinarla a la luz suave del atardecer.

Los dientes de un lado estaban partidos; rajados y astillados como si le hubieran golpeado con fuerza en la boca, quizá con una piedra o una porra... ¿o la culata de una pistola? El otro lado estaba completo; de hecho, en muy buenas condiciones. Yo no era una experta, pero pensé que la calavera pertenecía a un hombre maduro, de treinta y muchos o cuarenta y pocos. Un hombre de esa edad debía de tener los dientes gastados, dada la dieta india de maíz molido que, puesto que se preparaba machacándolo entre piedras planas, también contenía bastante piedra molida.

Sin embargo, los incisivos y los caninos del lado bueno apenas estaban gastados. Le di la vuelta para examinar la abrasión de los molares y me quedé helada. Pese al calor del fuego tuve frío, el mismo que cuando estaba perdida en la oscuridad, sola en la montaña con la cabeza del hombre muerto. La luz del sol hacía que mis manos brillaran: desde la alianza de mi mano hasta el empaste de plata de mi difunto compañero. La miré fijamente, le di la vuelta y la dejé con cuidado sobre el escritorio, como si estuviera hecha de cristal.

—Dios mío —dije, olvidando el cansancio—. Dios mío —comenté a los ojos vacíos y a la sonrisa torcida—. ¿Quién fuiste?

—¿Quién crees que pudo ser? —Jamie tocó la calavera con cuidado. Sólo teníamos un momento. Duncan había ido al retrete e Ian estaba con los cerdos. Yo me sentía incapaz de esperar, así que aproveché aquel momento para explicárselo.

—No tengo ni idea. Salvo, por supuesto, que tuvo que ser alguien... como yo. —Me estremecí y Jamie me miró preocupado.

—No te habrás resfriado, ¿verdad, Sassenach?

—No. —Sonreí débilmente—. Pero es como si alguien hubiera pisado mi tumba.

Jamie cogió la pañoleta colgada en la puerta y me la puso. Dejó las manos sobre mis hombros, cálidas y consoladoras.

—Eso significa algo, ¿no? —preguntó con calma—. Significa que hay otro... lugar. Tal vez cerca.

Otro círculo de piedras o algo parecido. También había pensado eso y me estremecí otra vez. Jamie miró la calavera con aire pensativo, luego sacó un pañuelo y lo colocó sobre los ojos vacíos.

—Lo enterraré después de la cena —dijo.

—Ya, la cena. —Me puse un mechón de pelo detrás de la oreja y traté de centrar mis pensamientos en la comida—. Sí, voy a ver si encuentro huevos. Estarán listos en un santiamén.

—No te preocupes, Sassenach. —Jamie examinó la olla que estaba puesta en el hogar—. Podemos comer eso.

Esta vez, el estremecimiento fue de puro fastidio.

—¡Uf! —dije, y Jamie me sonrió burlón.

—No hay nada malo en esa sopa de cebada, ¿no?

—Suponiendo que lo sea —respondí, mirando con disgusto la olla. Elaborada con cereal mojado, poco cocinada y abandonada, la sopa fría y asquerosa ya estaba empezando a fermentar—. Y hablando de cebada —comenté, empujando con un dedo del pie el saco abierto de cebada húmeda—, hay que sacarla de esa bolsa para que se seque antes de que se pudra, si no ha empezado a hacerlo ya.

Jamie observaba la sopa asquerosa con el ceño fruncido con concentración.

—¿Sí? —preguntó distraído, volviendo en sí—. Sí, lo haré. —Cerró la bolsa y se la cargó a la espalda. Se detuvo en la puerta mirando la calavera—. Dijiste que no creías que fuera cristiano. —Me miró con curiosidad—. ¿Por qué crees eso, Sassenach?

Vacilé, pero no había tiempo de contarle mi sueño, si es que había sido eso. Podía oír la conversación de Ian y Duncan acercándose a la casa.

—No hay una razón especial —comenté, encogiendo los hombros.

—Ah, bueno. Entonces, vamos a darle el beneficio de la duda.

24

Escribir cartas: el gran arte del amor

Oxford, marzo de 1971

Roger suponía que en Inverness llovería tanto como en Oxford, pero nunca le había importado la lluvia del norte. El frío viento de Escocia, soplando en el Moray Firth, era estimulante, y la lluvia vivificaba y refrescaba el espíritu.

Pero eso era en Escocia, cuando Brianna estaba con él. Ahora que ella se encontraba en Estados Unidos y él en Inglaterra, Oxford era frío y opaco, con calles y edificios grises como cenizas de fuegos apagados. La lluvia chorreaba por los hombros de su toga de profesor mientras cruzaba el patio, protegiendo un montón de papeles bajo los pliegues de popelín. Se detuvo buscando la protección de la casita del portero para sacudirse la ropa como un perro, esparciendo gotas por el pasadizo de piedra.

—¿Hay cartas? —preguntó.

—Eso creo, señor Wakefield. Espere un segundo. —Martin desapareció en su santuario interior dejando a Roger ocupado en leer los nombres de los miembros de la facultad fallecidos durante la guerra, colocados en una placa.

«Sr. George Vanlandingham. El Honorable Phillip Menzies. Joseph William Roscoe.» No era la primera vez que Roger se preguntaba por todos aquellos héroes muertos y cómo habían sido. Desde que había conocido a Brianna y a su madre había descubierto que el pasado, con demasiada frecuencia, tiene un rostro turbadoramente humano.

—Aquí tiene, señor Wakefield. —Martin se inclinó por encima del mostrador con un puñado de cartas—. Ha llegado una de Estados Unidos —añadió con un guiño.

Roger sonrió como respuesta mientras un calor se extendía por su cuerpo, acabando con el frío de aquel día lluvioso.

—¿Vamos a ver pronto a su novia, señor Wakefield? —Martin estiró el cuello espiando abiertamente el sobre con sellos de Estados Unidos. El portero había conocido a Brianna cuando estuvo allí con Roger, justo antes de Navidad, y había caído prendado de su encanto.

—Eso espero. Tal vez en verano. ¡Gracias!

Se volvió hacia la escalera, sosteniendo las cartas con cuidado debajo de la manga de su túnica mientras buscaba la llave. Al pensar en el verano, tenía una sensación que constituía una mezcla de júbilo y desaliento. Brianna había dicho que regresaría en julio, pero para julio faltaban cuatro meses. Cuando estaba de mal humor no creía que pudiera aguantar ni cuatro días.

Roger dobló la carta otra vez y la guardó en un bolsillo cerca de su corazón. Brianna le escribía varias veces a la semana, desde notas breves a largas cartas, y todas le dejaban un cálido fulgor que le duraba hasta que llegaba la siguiente.

Al mismo tiempo, en aquella época, sus cartas eran de alguna manera insatisfactorias. Seguían siendo cálidamente afectuosas, siempre firmaba «con amor» y decía que lo echaba de menos y quería estar con él. No obstante, ya no eran la clase de cosas que hacían que la página ardiera.

Tal vez fuera natural, una progresión normal, a medida que se iban conociendo cada vez más. No se podían escribir cartas apasionadas todos los días y ser sinceros.

Sin duda, era su imaginación la que le hacía pensar que Brianna estaba distante en sus cartas. Le sobraban excesos como los de la novia de un amigo, que se había cortado mechones de vello púbico y los había enviado por carta... aunque admiraba el sentimiento que se encontraba detrás del gesto.

Mordió el bocadillo y lo masticó distraído, pensando en los últimos artículos que Fiona le había enseñado. Ahora que era una mujer casada, se consideraba una experta en temas matrimoniales y ponía un fraternal interés en el desigual curso del romance de Roger. Le enviaba una y otra vez recortes de revistas femeninas. La última era un artículo del *My Weekly* titulado: «Cómo intrigar a un hombre.» «Funciona igual con las mujeres», había escrito Fiona en el margen.

En otro aconsejaba: «comparta sus intereses». «Si a él le gusta el fútbol y a usted le aburre, siéntese y pregúntele por las posibilidades del Arsenal esta semana. Piense que él no es aburrido y hable del tema.»

Roger sonrió con un tono un poco sombrío. Había compartido los intereses de Brianna. Si seguir las huellas de sus padres a través de su historia escalofriante se consideraba un pasatiempo, había cumplido. Sin embargo, era poco lo que podía compartir con ella.

«Sea esquiva —decía otro de los consejos de la revista—. Nada despierta más el interés de un hombre que un aire de reserva. No deje que se acerque demasiado, demasiado pronto.»

Se preguntó si Brianna leería artículos semejantes en revistas estadounidenses, pero descartó la idea. No es que no fuera el tipo de chica que no leía revistas de moda (había visto cómo lo hacía en algunas ocasiones), pero Brianna Randall era incapaz de jugar a aquellos juegos tontos, igual que él.

No, ella no iba a tratarlo de otra forma para aumentar su interés. ¿Qué sentido tendría? Seguro que ella sabía cuánto le importaba. Pero ¿lo sabría? Inseguro, Roger recordó otro de los consejos de la revista: «No suponga que él puede leer su mente. Dele una pista de cómo se siente.»

Roger dio otro mordisco al bocadillo y lo masticó, ignorando el contenido. Bueno, él le había dado una señal. Había desnudado su alma y ella se había metido en un avión para irse a Boston.

—No seas demasiado agresivo —murmuró, citando el consejo n.º 14 y soltando un bufido. La mujer que estaba a su lado lo miró y se alejó un poco.

Roger suspiró y dejó el resto del bocadillo sobre la bandeja de plástico. Buscó una taza de lo que en el comedor llamaban café, pero no bebió. Se volvió a sentar con la taza entre las manos, absorbiendo su calor.

El problema era que mientras creía que había triunfado en alejar la atención de Brianna del pasado, era incapaz de hacerlo él. Claire y aquel maldito escocés de las Highlands lo obsesionaban; por la fascinación que le provocaban, parecían su propia familia.

«Siempre debes ser sincero», decía el consejo n.º 3. Si lo hubiera sido, si la hubiera ayudado a descubrir todo, tal vez el fantasma de Jamie Fraser ahora estaría tranquilo y Roger también.

—¡Vete al infierno! —murmuró para sí mismo.

La mujer sentada a su lado dejó la taza en la bandeja y se levantó.

—¡Váyase usted al infierno! —dijo secamente, y se alejó.

Roger la contempló durante un momento.

—No tema —comentó—. Creo que ya estoy en él.

25

Aparece una serpiente

Octubre de 1768

En principio no tenía nada contra las serpientes. Comen ratas, lo que es algo loable, algunas son decorativas y la mayoría son lo bastante astutas como para mantenerse fuera del camino. Mi lema era «vive y deja vivir».

Pero ésa era la teoría. En la práctica, tenía toda clase de objeciones contra la enorme serpiente que se encontraba enrollada en el asiento del retrete. Aparte del hecho de que en aquel momento me molestaba muchísimo, no era útil comiendo ratas y estéticamente tampoco era agradable, ya que era gris con manchas oscuras.

Pero mi mayor objeción era el hecho de que se trataba de una serpiente de cascabel. Supongo que era una suerte que lo fuera, porque el ruido de los cascabeles impidió que me sentara sobre ella en la tenue luz del amanecer.

El primer sonido me dejó helada; parada en el pequeño retrete, extendí un pie hacia atrás buscando el umbral. A la serpiente eso no le gustó; me quedé inmóvil mientras su zumbido aumentaba. Podía ver cómo vibraba la punta de su cola, moviéndose como un grueso dedo amarillo, apuntando de manera grosera desde el cuerpo enroscado.

Se me secó la boca; me mordí el interior de la mejilla, intentando reunir un poco de saliva.

¿Cuánto medía? Me pareció recordar que Brianna me había dicho mientras leía su manual de las *girl scouts,* que las serpientes de cascabel eran capaces de alzarse a una distancia de un tercio de la longitud de su propio cuerpo. Apenas había medio metro entre mis muslos cubiertos por el camisón y la asquerosa cabeza con sus ojos sin párpados.

¿Medía metro y medio? Era imposible saberlo, pero el cuerpo redondeando con músculos escamados parecía enorme. Era una serpiente muy grande, y el miedo de que me mordiera en la entrepierna si me movía era suficiente para que me mantuviera inmóvil.

Sin embargo, no podía permanecer allí para siempre. Dejando a un lado otras consideraciones, la impresión de ver a la serpiente no había disminuido la urgencia de mis funciones corporales.

Tenía la vaga noción de que las serpientes eran sordas; tal vez podría gritar pidiendo auxilio. Pero ¿y si no era así? Había una historia de Sherlock Holmes donde una serpiente respondía a un silbido. Puede que el silbido le pareciese inofensivo. Con precaución, fruncí los labios y soplé. No salió otra cosa que una débil corriente de aire.

—¿Claire? —dijo una voz intrigada a mis espaldas—. ¿Qué diablos estás haciendo?

Salté ante la voz y lo mismo hizo la serpiente, o al menos se movió súbitamente en lo que pareció un inminente ataque.

Me quedé inmóvil en el umbral y la serpiente dejó de moverse, excepto por el zumbido crónico de sus cascabeles, como un molesto despertador que no se apaga.

—Hay una maldita serpiente —argumenté entre dientes, tratando de no mover los labios.

—Bueno, ¿por qué te quedas parada? Hazte a un lado y la sacaré. —Los pasos de Jamie se acercaron. La serpiente también lo oyó; era evidente que no era sorda, y aumentó sus cascabeleos.

—¡Ah! —exclamó Jamie en un tono diferente. Oí un susurro cuando se agachó detrás de mí—. Quédate quieta, Sassenach.

No tuve tiempo de responder a su advertencia porque una piedra grande pasó rozando mi cadera y golpeó a la serpiente, ésta se retorció y cayó en el excusado con un *¡plaf!*

No felicité al victorioso guerrero, sino que salí corriendo hacia el bosque más cercano, con el bajo mojado de mi camisón golpeándome los tobillos.

A los pocos minutos regresé más tranquila y encontré a Jamie y a Ian juntos en el retrete, apretados considerando el tamaño, el menor en cuclillas en el banco, con una antorcha, y el tío inclinándose sobre el agujero examinando las profundidades.

—¿Pueden nadar? —preguntaba Ian, intentando ver más allá de la cabeza de Jamie sin incendiar el pelo de su tío.

—No lo sé —respondió Jamie con recelo—. Puede que sí. Lo que yo quiero saber es si pueden saltar.

Ian dio un salto atrás y rió nervioso, sin saber con seguridad si Jamie estaba bromeando.

—Aquí no puedo ver nada, acerca la luz. —Jamie se incorporó para quitarle la antorcha a Ian y la bajó con cuidado hacia el agujero.

—Si la peste no apaga la llama, probablemente quemaremos todo el retrete —murmuró, inclinándose más—. Bueno, dónde demonios...

—¡Ahí está! ¡La veo! —gritó Ian.

Las dos cabezas se juntaron y chocaron con el ruido de melones partidos. Jamie bajó la antorcha hasta que cayó en el agujero y se apagó. Ascendió un poco de humo, como si se tratara de incienso.

Jamie salió tambaleándose del retrete, agarrándose la frente y con los ojos cerrados por el dolor. El joven Ian se apoyó en la pared interior, apretándose con fuerza la coronilla y haciendo comentarios bruscos en gaélico.

—¿Todavía está viva? —pregunté con nerviosismo, echando un vistazo al retrete.

Jamie abrió un ojo y me miró entre los dedos con los que se sujetaba la cabeza.

—Mi cabeza está bien, gracias —contestó—. Espero que mis oídos dejen de zumbar la próxima semana.

—Vamos, vamos —exclamé, conciliadora—. Haría falta un martillo especial para romper tu cráneo. Déjame ver.

Le aparté los dedos y le bajé la cabeza, para palpar suavemente entre el abundante cabello. Tenía un chichón debajo del nacimiento del pelo, pero no había sangre. Besé el chichón y le di una palmada en la cabeza.

—No vas a morir —dije—. No por esto.

—Ah, bien —intervino con sequedad—. Tal vez muera por la picadura de la serpiente la próxima vez que me siente a hacer mis necesidades.

—Es una serpiente ponzoñosa, ¿verdad? —preguntó Ian, soltándose la cabeza y saliendo del retrete. Inspiró profundamente, llenando su pecho delgado con aire fresco.

—Venenosa —lo corrigió Jamie—. Si muerde y enfermas, es venenosa; si tú la muerdes y hace que enfermes, es ponzoñosa.

—Bueno —aclaró Ian, desestimando la pedantería—. Es una serpiente malvada, ¿verdad?

—Muy malvada —comenté, con un ligero estremecimiento—. ¿Qué vas a hacer? —pregunté, volviéndome hacia Jamie.

Levantó una ceja.

—¿Yo? ¿Por qué tengo que hacer algo? —quiso saber.

—¡No puedes dejar que se quede ahí!

—¿Por qué no? —dijo, levantando la otra ceja.

Ian se rascaba la cabeza con aire ausente, hasta que encontró el chichón y se sobresaltó.

—Bueno, no sé, tío Jamie —intervino, dubitativo—. Si quieres dejar tus pelotas colgando sobre una serpiente es tu problema, pero sólo de pensarlo se me ponen los pelos de punta. ¿Cómo es de grande?

—Bastante grande, debo admitirlo. —Jamie flexionó la muñeca mostrando su antebrazo para darle una idea.

—¡Eh! —exclamó Ian.

—No sabes si saltan —colaboré.

—Sí, lo sé. —Me miró con cinismo—. Aun así, te garantizo que la sola idea es suficiente para provocar estreñimiento. ¿Y cómo quieres sacarla?

—Puedo dispararle con tu pistola —ofreció Ian, fascinado por la posibilidad de poder usar las apreciadas pistolas de Jamie—. No necesitamos sacarla si podemos matarla.

—¿Se puede... ah... ver? —pregunté con prudencia.

Jamie se frotó la barbilla con recelo. Aún no se había afeitado, y la barba roja le raspaba el pulgar.

—No mucho. Hay unos centímetros de inmundicia en el hoyo; no creo que se vea bien para apuntar y detestaría perder un disparo.

—Podemos invitar a todos los Hansen a cenar, servir cerveza y ahogar a la serpiente —sugerí, mencionando a la amplia familia cuáquera que teníamos de vecinos.

Ian se ahogó con la risa y Jamie me miró con seriedad y se dirigió al bosque.

—Pensaré algo —concluyó—. Después de desayunar.

Por suerte, el desayuno no fue un gran problema, ya que las gallinas habían puesto nueve huevos y el pan se había horneado bien. La manteca todavía estaba confinada en el fondo de la despensa, bajo la custodia de una cerdita recién nacida, pero Ian se las ingenió para sacar un bote de mermelada del estante mientras yo trataba de detenerla con la escoba cada vez que intentaba cargar contra las piernas de Ian.

—Necesito una escoba nueva —comenté mientras preparaba los huevos—. A lo mejor bajo esta mañana hasta los sauces del arroyo.

—Mmfm. —Jamie extendió la mano, ausente, para buscar la bandeja con pan. Toda su atención se centraba en el libro que estaba leyendo: *Historia natural de Carolina del Norte*, de Bricknell.

—Aquí está —dijo—. Sabía que había visto algo sobre las serpientes de cascabel. —Encontró cl pan a ciegas y lo usó para acompañar una porción dc huevo. Después de tragar, leyó en voz alta, sosteniendo el libro con una mano mientras rebuscaba sobre la mesa con la otra—: «Los indios con frecuencia arrancan los dientes de las serpientes para que no puedan hacer daño al morder. La operación se realiza con facilidad: atando un trapo rojo en la punta de una caña larga y hueca, provocando así a la serpiente, hasta que lo muerde. Los dientes se clavan con rapidez en el trapo y son visibles para los presentes.»

—¿Tienes algún trapo rojo, tía? —preguntó Ian, tragando un trozo de huevo con café de achicoria.

Negué con la cabeza, y pinché la última salchicha antes de que la mano de Jamie la encontrara.

—Azul, verde, amarillo, verde oliva, blanco y marrón. Rojo no.

—Ése es un buen libro, tío Jamie —dijo Ian con aprobación—. ¿Dice algo más sobre las serpientes? —Lanzó una mirada hambrienta a la mesa, buscando más comida. Sin hacer comentarios, metí una mano en el aparador y saqué un plato de pudin que coloqué frente a él. Suspiró de felicidad cuando metió la cuchara mientras Jamie pasaba la página.

—Bueno, aquí hay algo sobre cómo las serpientes encantan a las ardillas y los conejos. —Jamie tocó su plato y lo encontró vacío. Le acerqué la fuente con bollos.

—«Es sorprendente observar cómo seducen y hechizan a ardillas, conejos, perdices y otras pequeñas bestias y aves, que devoran con rapidez. La atracción es tan intensa, que verá a la ardilla o la perdiz (que ya ha visto a la serpiente) saltar o volar de rama en rama, hasta que por fin corre o salta directamente a su boca, incapaz de evitar a su enemigo, que nunca cambia de postura hasta que obtiene a su presa.»

Su mano, que buscaba sustento a ciegas, encontró los bollos. Levantó uno y me miró.

—Nunca he visto eso. ¿Te parece probable?

—No —dije, apartándome los rizos de la frente—. ¿Y no dice nada sobre cómo tratar a cerdos viciosos?

Me hizo un gesto ausente con los restos de su bollo.

—No te preocupes. Yo me ocuparé de los cerdos —murmuró. Levantó la vista del libro lo suficiente para echar un vistazo a los platos vacíos de la mesa—. ¿No hay más huevos?

—Hay, pero son para nuestro huésped del granero. —Puse dos rebanadas de pan en la pequeña cesta que estaba preparando y cogí la botella con la infusión que había dejado reposar durante la noche. La mezcla de vara de oro, monarda y bergamota silvestre había adquirido un color verde negruzco y olía a campo quemado, pero podía ayudarle y no le haría daño. En un impulso, me llevé el amuleto que me había regalado la anciana Nayawenne; tal vez eso daría confianza al enfermo. Como la infusión, no le haría daño.

Nuestro inesperado huésped era un forastero, un tuscarora de una aldea del norte. Había llegado a la granja varios días atrás como miembro de una partida de caza desde Anna Ooka, siguiendo las huellas de un oso.

Les habíamos ofrecido comida y bebida; algunos de los cazadores del grupo eran amigos de Ian. Durante la comida, advertí que aquel hombre tenía una mirada especial, sin brillo. Al examinarlo de cerca, llegué a la conclusión de que tenía sarampión, una enfermedad alarmante en la época.

Insistió en marcharse con sus compañeros, pero dos de ellos lo trajeron de vuelta pocas horas más tarde, confuso y delirante. Era alarmantemente contagioso. Le hice una cama en el nuevo granero y obligué a sus compañeros a que se lavaran en el arroyo, antes de partir, lo que tal vez consideraron una tontería, pero lo hicieron para que dejara de molestarlos antes de marcharse, dejando a su camarada en mis manos.

El indio estaba de lado y ni se movió para mirarme, enroscado bajo su manta, aunque debió de oír mis pasos por el sendero. Yo podía oírlo bien; no necesitaba mi estetoscopio improvisado, dado que sus pulmones eran bastante audibles en la distancia.

—*Comment ça va?* —pregunté, arrodillándome junto a él. No me contestó, no era necesario. Por su respiración podía diagnosticar neumonía, cosa que confirmé nada más verlo. Tenía los ojos hundidos y apagados, su cara estaba demacrada, consumida hasta los huesos por la terrible fiebre.

Traté de convencerle para que comiera, pues lo necesitaba con urgencia, pero ni se molestó en mover la cara. La botella con agua que le había dejado estaba vacía. Antes de reponérsela, intenté darle a beber la infusión, pensando que bebería por pura sed. Tragó un poco y se detuvo, dejando que el líquido verduzco cayera por los bordes de su boca. Intenté convencerlo en francés, pero no había manera; ni siquiera reconocía mi presencia, sólo miraba al cielo matutino por encima de mi hombro.

Su cuerpo delgado decaía poco a poco; estaba claro que creía que lo habían abandonado, que lo habían dejado allí para que muriera en manos de extraños. Sentía una constante ansiedad por la posibilidad de que tuviera razón; moriría si no tomaba nada.

Entonces le di agua y bebió sediento hasta que acabó con el contenido de la botella.

Fui al arroyo para llenarla de nuevo. Cuando regresé, en un arranque de inspiración, cogí el amuleto de mi cesta y lo sostuve frente a mi rostro. Me pareció ver un atisbo de sorpresa tras sus párpados entornados... nada parecido a la esperanza, pero al menos mostró plena consciencia de mi presencia allí.

Me arrodillé. No sabía cuál era la ceremonia adecuada, pero había sido médica el tiempo suficiente para conocer el poder de la sugestión. No era mejor que los antibióticos, pero sin duda era mejor que nada.

Levanté el amuleto de plumas de cuervo, volví la cara al cielo y recité con solemnidad lo primero que me vino a la mente, que resultó ser el tratamiento para la sífilis en latín del doctor Rawlings.

Vertí un poco de aceite de lavanda en mi mano, mojé la pluma y le ungí las sienes y la garganta mientras cantaba en voz baja y siniestra. Quizá le ayudara con el dolor de cabeza. Sus ojos seguían el movimiento de la pluma; me sentía como una serpiente de cascabel esperando a que la ardilla entrara corriendo en mi garganta.

Levanté su mano, coloqué el amuleto mojado en aceite sobre su palma y le cerré los dedos a su alrededor. A continuación, tomé el frasco de grasa mentolada de oso y pinté patrones místicos sobre su pecho, frotándola bien con mis pulgares. El hedor me despejó las fosas nasales; sólo esperaba que ayudara a aliviar la fuerte congestión del paciente.

Completé mi ritual bendiciendo la botella con la infusión con *In nomine Patri, et Filii, et Spiritu Sancti, amen,* y luego se la acerqué al paciente. Casi hipnotizado, abrió la boca y bebió.

Le tapé con la manta, dejé la comida a un lado y me marché con una mezcla de esperanza y sensación de fraude.

Caminé con lentitud junto al arroyo, alerta a cualquier cosa que pudiera resultarme útil. Era una época del año demasiado temprana para encontrar muchas plantas medicinales. Las mejores eran las plantas fuertes y viejas, ya que, al haber estado durante muchas estaciones lidiando contra insectos, aseguraban una mayor concentración de principios activos en sus raíces y tallos.

Pero también estaban las flores y los frutos o las semillas que tenían sustancias útiles, y aunque había visto matas de cabezas de tortuga y lobelia floreciendo en el lodo del sendero, aquéllas ya habían echado semillas. Memoricé las ubicaciones cuidadosamente para futuras referencias, y seguí recolectando.

Me metí con cuidado en el arroyo, con el cuchillo y la cesta en la mano, para extraer una hermosa cola de caballo que flotaba entre las rocas en la orilla, así como una tentadora mata de hojas verdes aromáticas. ¡También una mata de juncos! Había venido descalza, sabiendo que me acabaría metiendo en el agua, pero, al entrar, el frío me quitó el aliento.

Mis pies perdieron cualquier tipo de sensibilidad en cuestión de minutos, pero no me importaba. Olvidé la serpiente del retrete, el cerdo de la despensa y el indio del cobertizo, absorta en la corriente de agua que discurría entre mis piernas, el tacto mojado y frío de los tallos y el aroma de las hojas aromáticas.

Las libélulas revoloteaban sobre los huecos iluminados por el sol, los piscardos nadaban a toda velocidad y los mosquitos eran demasiado pequeños para resultar visibles. Un martín pescador cantaba con fuerza desde algún lugar corriente arriba, pero buscaba una presa mayor. Los piscardos se dispersaron con mi intrusión, pero se volvieron a amontonar, grises y plateados, verdes y dorados, negros con blanco, todos insustanciales como las sombras de las hojas del año pasado flotando sobre el agua. Movimiento browniano, pensé, viendo cómo se levantaban nubes de cieno y se movían alrededor de mis tobillos, oscureciendo los peces.

Todo, incluso la molécula más nimia, no dejaba de moverse, pero en su desplazamiento, daba una paradójica impresión de quietud, pues el pequeño caos local creaba la ilusión de un orden general mayor.

Yo también me moví, participando en el brillante baile del arroyo, sintiéndome ligera y advirtiendo cómo las sombras cambiaban sobre mis hombros. Los dedos de mis pies buscaban puntos de apoyo entre las rocas resbaladizas y semiinvisibles. Tenía las manos y los pies entumecidos por el agua; me sentía como si estuviera hecha de madera y, a la vez, muy viva, como el abedul plateado que resplandecía sobre mí, o los sauces que dejaban caer hojas húmedas en el estanque natural que tenían debajo.

Quizá fuera así como empezaron las leyendas de los hombres verdes y los mitos de las ninfas transformadas; no con árboles que cobran vida y caminan, ni con mujeres que se vuelven de madera, sino con la inmersión de la tibia carne humana en las sensaciones más frías de las plantas.

Sentía que mi corazón latía con más lentitud, y también las pulsaciones un poco dolorosas de la sangre en mis dedos. Savia que emerge. Me moví con los ritmos del agua y el viento, sin prisa ni consciencia, pasando a ser parte del lento y perfecto orden del universo.

Se me había olvidado un poco el pequeño caos local.

Al llegar al recodo de los sauces oí un chillido más allá de los árboles. Había oído ruidos similares producidos por animales, desde pumas hasta águilas cazadoras, pero podía reconocer la voz humana cuando la oía.

Dando tumbos, me abrí camino entre las ramas hasta llegar a un claro. Un niño saltaba en la orilla, golpeándose enloquecido en las piernas y chillando.

—¿Qué...? —empecé a decir. Levantó la vista y me miró con sus ojos azules sorprendidos por mi aparición.

No estaba más sorprendido que yo. Debía de tener once o doce años, y era alto y delgado, con una mata de pelo castaño rojizo. Sus ojos azules me miraban a ambos lados de una nariz recta, tan familiar como la palma de mi mano, aunque sabía que nunca había visto antes a aquel niño.

Tenía el corazón en la garganta, y el frío había salido disparado desde mis pies hasta la boca de mi estómago. Entrenada para reaccionar a pesar del *shock*, conseguí ignorar su aspecto: camisa y pantalones de buena calidad, aunque mojados, y espinillas largas y pálidas con unas manchas negras que parecían barro.

—Sanguijuelas —dije. La calma profesional había superado mi conmoción personal. «No puede ser», me decía a mí misma, y al mismo tiempo sabía que era posible—. Son sanguijuelas, no te harán daño.

—¡Sé lo que son! —exclamó—. ¡Quítamelas! —Se golpeó la pantorrilla, estremeciéndose de asco—. ¡Son odiosas!

—No tan odiosas. Tienen su utilidad —comenté, comenzando a recuperarme de la impresión.

—¡No me importa la utilidad que tengan! —aulló, pateando con frustración—. ¡Las odio, quítamelas!

—Bueno, deja de pelear con ellas —lo insté, cortante—. Siéntate y yo me ocuparé de todo.

Vaciló, mirándome con recelo hasta que de mala gana se sentó en una roca y extendió sus piernas ante mí.

—¡Quítalas ya! —ordenó.

—A su debido tiempo —respondí—. ¿De dónde vienes?

Me miró desconcertado.

—Tú no vives por aquí —dije con total seguridad—. ¿De dónde vienes?

Hizo un evidente esfuerzo para recuperar la compostura.

—Ah... dormimos en un lugar llamado Salem, hace tres noches. Ésa fue la última ciudad que vi. —Agitó las piernas—. ¡Te he dicho que me las quites!

Había varios métodos para quitarlas, la mayoría más dolorosos que las propias sanguijuelas. Eché un vistazo. Tenía tres en una pierna y cuatro en la otra. Uno de los pequeños animales estaba gordo y brillante, a punto de explotar. Le apreté la cabeza con la uña del pulgar y se soltó en mi mano, redondo como una canica y lleno de sangre.

El muchacho la contempló pálido y tembloroso.

—No quiero desaprovecharla —expliqué.

Fui a buscar la canasta que había dejado bajo las ramas mientras me abría paso entre los árboles, y vi su casaca, los zapatos y las medias en el suelo. Las sencillas hebillas de los zapatos eran de plata, no de peltre, y la casaca era de buena calidad y estaba bien cortada, con un estilo nada habitual al norte de Charleston. No necesitaba más confirmación.

Metí la sanguijuela en un puñado de barro y la envolví con hojas húmedas. Me di cuenta de que las manos me temblaban. ¡El idiota! Despreciable malvado... ¿Qué diablos le había inducido a traerlo aquí? ¿Y qué haría Jamie?

Me acerqué al muchacho, que estaba doblado mirándose el resto de las sanguijuelas con asco. Había otra a punto de caerse, y cuando me estaba arrodillando, se cayó, rebotando con cuidado en la tierra húmeda.

—¡Ah! —exclamó.

—¿Dónde está tu padrastro? —pregunté bruscamente. Pocas cosas podían distraer su atención de sus piernas, pero esto lo hizo. Su cabeza se levantó de golpe y me contempló asombrado.

Era un día fresco, pero su cara brillaba con una ligera capa de sudor. Pensé que tenía los pómulos y las sienes más estrechas, y la boca era diferente; quizá el parecido no era tan evidente como creía.

—¿Me conoces? —preguntó con un aire de arrogancia que en otras circunstancias habría sido divertido.

—Todo lo que sé sobre ti es que tu nombre de pila es William. ¿Tengo razón? —Mis manos se crisparon y tuve la esperanza de haberme equivocado. Si era William, eso no era todo lo que sabía sobre él, pero era bastante para empezar.

Sus mejillas se ruborizaron y sus ojos se apartaron de las sanguijuelas para observar a quien le trataba con tanta familiaridad, y que parecía una bruja desgreñada y con las faldas levantadas alrededor de los muslos. O tenía buenos modales, o la falta de coherencia entre mi voz y mi aspecto hacía que tuviera cautela, porque se tragó la respuesta que con rapidez le vino a los labios.

—Sí, así es —dijo brevemente—. William, vizconde Ashness, noveno conde de Ellesmere.

—¿Todo eso? —pregunté amablemente—. Qué agradable. —Cogí una sanguijuela entre el pulgar y el índice, y tiré suavemente. La cosa se estiró como una goma, pero no la pude arrancar. También se estiró la piel del muchacho, y éste dejó escapar un grito.

—¡Déjala! —ordenó—. ¡Se va a partir! ¡La vas a partir!

—Puede ser —admití. Me puse en pie y me bajé las faldas—. Ven —dije, ofreciéndole la mano—. Te llevaré a casa. Si les pongo sal, caerán de inmediato.

No aceptó la mano y se puso en pie, algo tembloroso. Miró como si buscara a alguien.

—Papá —explicó al ver mi expresión—. Nos hemos perdido y me ha dicho que lo esperara en el arroyo. Iba a asegurarse de que seguíamos la dirección correcta. No quiero que se alarme si vuelve y no me encuentra.

—No te preocupes. Me imagino que habrá encontrado la casa; no está lejos. —Era la única casa que había en aquella zona y estaba al final de un sendero bien señalizado. Era evidente que lord John había dejado al niño para ver primero a Jamie y prevenirlo. Muy considerado. Mis labios se crisparon de manera involuntaria.

—¿Sois los Fraser? —preguntó el muchacho. Dio un paso con cautela con las piernas abiertas, para que no entraran en contacto—. Hemos venido a ver a James Fraser.

—Yo soy la señora Fraser —dije, y le sonreí. «Tu madrastra», pude haber añadido, pero no lo hice—. Ven.

Me siguió apresuradamente a través de los árboles, casi pisándome los talones en dirección a la casa. Tropezaba una y otra vez con las raíces y las piedras semienterradas, sin ver adónde iba, luchando contra la sobrecogedora necesidad de volverme y mirarlo. Si William, vizconde Ashness, noveno conde de Ellesmere, no era la última persona que esperaba ver en los bosques de Carolina del Norte, era desde luego la penúltima: suponía que era algo menos probable que el rey Jorge apareciera en mi puerta.

¿En qué estaba pensando ese... ese...? Abandoné la búsqueda de epítetos adecuados para insultar a lord John Grey y traté de pensar qué hacer, pero me rendí: no había nada que pudiera hacer.

William, vizconde Ashness, noveno conde de Ellesmere. O lo que él creía que era. «¿Y qué te propones hacer —pensé, enfurecida con lord John Grey— cuando descubra que es el hijo bastardo de un criminal escocés indultado? Y lo más importante, ¿qué iba a hacer o sentir el escocés?»

Me detuve y el muchacho se tambaleó al intentar no tropezar conmigo.

—Lo siento —murmuré—. Me ha parecido ver una serpiente. —Proseguí con los pensamientos que habían hecho que me detuviera en seco y que aún me provocaban un nudo en el estómago. ¿Lo habría traído para revelarle su parentesco? ¿Querría dejarlo aquí, con Jamie... con nosotros?

Aunque la idea me alarmaba, no encajaba con la personalidad del hombre que había conocido en Jamaica. Podía tener motivos razonables para que no me gustara John Grey; siempre es difícil mostrar buenos sentimientos hacia el hombre que tiene una pasión homosexual por el marido de una, pero debo admitir que no conocía señales de maldad o crueldad en su carácter. Por el contrario, me había parecido un hombre honorable, sensible y bondadoso, al menos hasta que conocí su debilidad por Jamie.

¿Habría pasado algo? ¿Alguna amenaza para el muchacho que había hecho que lord John temiera por su seguridad? No creía que nadie se hubiera enterado de la verdad sobre William; nadie lo sabía, excepto lord John y Jamie. Y yo, por supuesto, pensé después. Sin pruebas del parecido (reprimí una vez más la necesidad de volverme y mirarlo), no había motivos para que nadie sospechara.

Pero si los veían juntos... bueno, pronto, yo los vería juntos. La idea me provocó un extraño vacío bajo el esternón: era una mezcla de miedo y anticipación. ¿Tanto se parecían?

De manera deliberada, tomé un rápido desvío a través de una mata de cornejos de ramas bajas, y lo usé como excusa para volverme y esperarlo. Llegó detrás de mí, agachándose torpemente para recoger un zapato de hebilla plateada que se le había caído.

No, me tranquilicé. Lo miré a escondidas mientras se enderezaba con la cara sonrojada por el esfuerzo. No se parecían tanto como había creído al principio. Insinuaba la estructura ósea de Jamie, pero aún no le había alcanzado: tenía los contornos, pero no la sustancia. Sería alto (eso era obvio), pero ahora todavía era tan alto como yo. Sus extremidades eran muy largas y suficientemente delgadas como parecer casi delicadas.

Su pelo era más oscuro que el de Jamie. Aunque su cabello tenía destellos rojos bajo la luz del sol que atravesaba las ramas, era de un castaño profundo, nada parecido al pelirrojo brillante de Jamie. Su piel era de un suave color dorado tostado por el sol, no como el bronce medio quemado de Jamie.

Tenía los ojos de los Fraser y algo en la forma de su cabeza y en los hombros erguidos que me hacía pensar en... Bree. Fue como una corriente eléctrica. Se parecía mucho a Jamie, pero era mi recuerdo de Brianna lo que había hecho que lo reconociera de inmediato. Era diez años menor, pero sus facciones eran mucho más parecidas a las de ella que a las de Jamie.

Se había detenido para soltar un largo mechón de pelo de una rama de cornejo; luego me alcanzó, enarcando una ceja de manera inquisitiva.

—¿Está lejos? —preguntó. El color había vuelto a su rostro por el esfuerzo de la caminata, pero aún parecía algo enfermo, y evitaba mirarse las piernas.

—No —dije. Hice un gesto hacia la arboleda de castaños—. Justo ahí. Mira; puedes ver el humo de la chimenea.

No quería que lo dirigiera, así que echó a caminar con rapidez, ansioso por deshacerse de las sanguijuelas.

Me apresuré porque no quería que llegara a la cabaña antes que yo. Sentía una serie de inquietantes sensaciones: sobre todo, ansiedad por Jamie y furia contra John Grey, pero básicamente una gran curiosidad y, en el fondo, una punzada de nostalgia por mi hija, demasiado profunda para fingir que no existía, cuyo rostro no volvería a ver.

Jamie y lord John estaban sentados en un banco al lado de la puerta. Al oír nuestros pasos, Jamie se levantó y miró hacia el bosque. Había tenido tiempo de prepararse. Su mirada pasó con indiferencia por el muchacho y se volvió hacia mí.

—Vamos, Claire. Has encontrado a otro de nuestros visitantes. He enviado a Ian para que lo buscara. ¿Recuerdas a lord John?

—¿Cómo iba a olvidarlo? —dije, dedicándole una sonrisa luminosa.

Su boca tembló, pero mantuvo el semblante serio e hizo una profunda inclinación. ¿Cómo era posible que un hombre mantuviera un aspecto tan impecable después de varios días a caballo, durmiendo en el bosque?

—Para servirla, señora Fraser. —Miró al muchacho con el ceño fruncido debido al aspecto que mostraba—. ¿Puedo presentarle a mi hijastro, lord Ellesmere? William, veo que ya has conocido a nuestra encantadora anfitriona, ¿quieres saludar a nuestro anfitrión, el capitán Fraser?

El muchacho casi bailoteaba, saltando de puntillas, pero al oír aquello se enderezó e hizo una rápida reverencia.

—Para servirlo, capitán —dijo, y me lanzó una mirada de sufrimiento. Lo único en lo que podía pensar era en que cada vez le estaban chupando más sangre.

—¿Podéis disculparnos? —pregunté amablemente. Cogiendo al muchacho del brazo, entré con él en la cabaña y cerré la puerta ante el rostro asombrado de los hombres. William se sentó en el banco que le señalé y estiró las piernas.

—¡Rápido! —ordenó—. ¡Por favor, rápido!

No había sal molida, así que con el cuchillo corté con rapidez una pieza del bloque y la coloqué en el mortero, machacándola hasta conseguir los granos deseados, que puse sobre las sanguijuelas.

—Es muy duro para las pobres —expliqué al ver cómo la primera se convertía poco a poco en una bola—. Pero funciona.

—La sanguijuela se soltó y cayó de la pierna de William, seguida por sus compañeras, y se retorció en lenta agonía en el suelo.

Recogí aquellos pequeños bichos y los tiré al fuego, luego me arrodillé con la cabeza inclinada, dándole tiempo para que recompusiera su rostro.

—Ahora, deja que me ocupe de las picaduras. —Pequeños hilillos de sangre descendían por las piernas. Limpié la sangre y le lavé las heridas con vinagre e hipérico para detener las hemorragias.

Dejó escapar un trémulo suspiro de alivio mientras le secaba las espinillas.

—No es que tenga miedo de... de la sangre —aclaró con un tono jactancioso que hizo evidente cuál era su temor—. Es que son unas criaturas asquerosas.

—Son unas cositas detestables —dije. Me incorporé, cogí un trapo limpio, lo mojé en el agua y sin formalidades le lavé la cara. Luego, sin preguntar, cogí mi cepillo y comencé a peinarlo.

Parecía muy sorprendido ante aquella familiaridad, pero más allá de la rigidez inicial de su columna, no emitió protesta alguna, y cuando empecé a arreglarle el pelo, dejó escapar otro pequeño suspiro y hundió un poco los hombros.

Su piel emitía un agradable calor, y mis dedos, aún fríos por el arroyo, se fueron calentando mientras le arreglaba los suaves mechones de sedoso pelo castaño. Era muy abundante y un poco ondulado. Tenía un remolino en la coronilla; sentí cierto vértigo al comprobar que era igual que el de Jamie y que se encontraba en el mismo lugar.

—He perdido mi cinta —dijo, mirando alrededor como si pudiera materializarse en la panera o en el tintero.

—No pasa nada. Yo te prestaré una. —Cuando terminé de trenzarle el cabello, le até una cinta amarilla y tuve la extraña sensación de que estaba protegiéndole.

Había conocido su existencia pocos años antes y, si había pensado en él, había sido con curiosidad y cierto resentimiento. Pero ahora, alguna cosa, ya fuera el parecido con mi hija y con

Jamie, o el simple hecho de haberme ocupado de él, me producía la extraña sensación de una preocupación casi posesiva por él.

Podía oír el murmullo de las voces en el exterior; escuché el sonido de una risa repentina, y mi disgusto hacia John Grey hizo acto de presencia de inmediato. ¿Cómo se atrevía a poner en riesgo a Jamie y a William? ¿Y para qué? ¿Por qué estaba aquel maldito hombre allí, en medio de un lugar tan poco apropiado para un hombre como él?

Se abrió la puerta y Jamie asomó la cabeza.

—¿Va todo bien? —preguntó. Sus ojos se posaron en el niño con amable preocupación, pero pude ver la tensión en la mano que sujetaba la puerta, así como en la pierna y el hombro. Estaba tenso como un arpa; si lo hubiera tocado, hubiera emitido un sonido vibrante.

—Sí —dije con amabilidad—. ¿Crees que lord John querrá tomar algo?

Puse la olla al fuego para hacer té y, con un suspiro, saqué la última hogaza de pan que pensaba usar para mis experimentos para obtener penicilina. Como creía que la situación lo justificaba, también saqué nuestra última botella de coñac. Luego puse la mermelada en la mesa, explicando que la manteca estaba, por desgracia, bajo la custodia de la cerda.

—¿Cerda? —preguntó William, confundido.

—En la despensa —comenté señalando la puerta cerrada.

—¿Por qué guarda...? —comenzó a decir, pero cerró la boca. Era evidente que su padrastro le había dado una patada por debajo de la mesa mientras sonreía amablemente ante su taza de té.

—Es muy amable por habernos recibido, señora Fraser —dijo lord John, lanzando una mirada de advertencia al niño—. Debo disculparme por nuestra llegada inesperada; espero no molestarla mucho.

—De ninguna manera —respondí mientras pensaba dónde iban a dormir. William podía hacerlo con Ian en el cobertizo. No sería peor que dormir a la intemperie, tal y como había hecho hasta entonces, pero la idea de dormir con Jamie y con lord John en el mismo cuarto a tan poca distancia...

Entonces apareció Ian, con su habitual instinto para las comidas. Fue presentado con una serie de confusas explicaciones e inclinaciones de cabeza, que, en un lugar tan pequeño, hicieron que se volcara la tetera.

Usando esto como excusa, mandé a Ian a que enseñara a William las curiosidades del bosque y el arroyo y les di unos emparedados y una botella de sidra. Ya sin su presencia, serví el coñac, me senté de nuevo y miré a John Grey.

—¿Qué está haciendo aquí? —dije sin más preámbulos.

Sorprendido, abrió sus ojos azul claro, dejó caer sus largas pestañas y las batió de manera deliberada.

—No he venido con la intención de seducir a su marido, puedo asegurárselo.

—¡John! —El puño de Jamie golpeó la mesa e hizo temblar las tazas. Sus mejillas estaban coloradas, y fruncía el ceño con furia.

—Perdón —dijo John Grey con el rostro blanco, pero por lo demás, sereno. Por primera vez se me ocurrió que él podía estar tan nervioso como Jamie por aquel encuentro—. Le pido disculpas, señora —comentó, con un gesto seco de cabeza—. Ha sido imperdonable. Sin embargo, debo señalar que desde el primer momento me mira como si me hubiera encontrado acostado con un conocido marica. —Ahora él también mostraba un ligero rubor.

—Lo lamento —suspiré—. La próxima vez, avíseme antes para poder cambiar de expresión.

Se puso en pie de repente y se dirigió hacia la ventana, donde se quedó de espaldas a la habitación, con las manos apoyadas en el alféizar. Se hizo un silencio muy incómodo. Yo no quería mirar a Jamie; en cambio, mostré un enorme interés por el frasco de semillas de hinojo que se hallaba sobre la mesa.

—Mi esposa murió —comentó con brusquedad—. En el barco, entre Inglaterra y Jamaica. Venía a reunirse conmigo.

—Lo siento mucho —dijo Jamie en voz baja—. ¿El niño iba con ella?

—Sí. —Lord John se volvió, se apoyó en el alféizar y la luz del sol iluminó su cabeza, creando un halo resplandeciente a su alrededor—. Willie estaba... muy encariñado con Isobel. Era la única madre que había conocido.

La verdadera madre de Willie, Geneva Dunsany, había muerto en el parto. Su supuesto padre, el conde de Ellesmere, falleció el mismo día en un accidente. Eso era lo que Jamie me había explicado. También que Isobel, la hermana de Geneva, se había hecho cargo del niño y que John Grey se había casado con ella cuando el niño tenía seis años; fue entonces cuando Jamie dejó su trabajo con los Dunsany.

—Lo siento mucho —afirmé con sinceridad, y no lo decía tan sólo por la muerte de su esposa.

Grey me miró e hizo un leve gesto de reconocimiento.

—Mi período como gobernador estaba a punto de terminar; tenía la intención de instalarme en la isla si el clima resultaba favorable para mi familia. Pero... —Se encogió de hombros—. Willie se quedó muy triste tras la muerte de su madre y me pareció oportuno tratar de distraerlo. Se presentó una ocasión casi de inmediato. Las posesiones de mi esposa incluían una gran propiedad en Virginia que ahora es de William y recibí noticias del comisionado de la plantación pidiendo instrucciones.

Se alejó de la ventana y se acercó a la mesa, donde ocupó su asiento y prosiguió:

—No podía decidir nada sin ver la propiedad y evaluar las condiciones. Así que decidí que navegaríamos hasta Charleston y desde allí viajaríamos por tierra hasta Virginia. Confiaba en que la experiencia podría alejar a William de su dolor y creo que está dando resultado. En estas últimas semanas he tenido el placer de verlo más contento.

Abrí la boca para decir que el Cerro de Fraser se encontraba fuera de su camino, pero lo pensé mejor y callé.

Como si me hubiera adivinado el pensamiento me sonrió con ironía. Creí que tenía que hacer algo con mi cara. Que Jamie me leyera los pensamientos era una cosa, en general no del todo desagradable. Pero que completos extraños entraran y salieran de mi mente era algo del todo distinto.

—¿Dónde está la plantación? —preguntó Jamie, con algo más de tacto, pero la misma implicación.

—La ciudad más cercana se llama Lynchburg, en el río James —contestó lord John, mirándome burlón, pero aparentemente de buen humor otra vez—. En realidad, no son más que unos cuantos días los que perdemos por el hecho de venir aquí, pese a lo remoto que se encuentra este lugar. —Fijó su atención en Jamie, frunciendo un poco el ceño—. Le dije a Willie que eras un viejo amigo de mi época de soldado. Espero que no te moleste el engaño.

Jamie movió la cabeza con una mueca.

—¿Es un engaño? En estas circunstancias no puedo pensar en molestarme y no es del todo falso.

—¿Crees que te recordará? —pregunté a Jamie. Había trabajado en la cuadra de la propiedad de la familia de Willie como prisionero de guerra tras el Alzamiento jacobita.

Vaciló, pero, a continuación, meneó la cabeza.

—No lo creo. Tenía seis años cuando me fui de Helwater, lo que para un niño es mucho tiempo. Y no hay razón para que me relacione con un mozo de cuadra llamado MacKenzie.

Willie no había reconocido a Jamie al verlo, desde luego, pero había estado demasiado preocupado con las sanguijuelas como para darse cuenta de nada. Se me ocurrió algo, y me volví hacia lord John, que estaba manipulando la tabaquera que había sacado de su bolsillo.

—Dígame —dije con un súbito impulso—. No quiero molestar, pero... ¿sabe de qué murió su esposa?

—¿Cómo? —Pareció asombrado, pero se recuperó inmediatamente—. Su criada me dijo que murió de flujo sangriento. —Torció un poco la boca—. Creo que no fue... una muerte fácil.

Flujo sangriento. Aquella descripción abarcaba desde la disentería hasta el cólera.

—¿Había algún médico? ¿Alguien a bordo que se ocupara de ella?

—Sí —comentó con cierta aspereza—. ¿Dónde quiere ir a parar, señora?

—No es nada. Me preguntaba si es posible que Willie viera cómo usaban sanguijuelas.

Un brillo de comprensión cruzó su rostro.

—Ya veo. No lo había pensado...

En aquel momento vi cómo Ian hacía señas desde la puerta, obviamente sin querer interrumpir, pero con un gesto de clara urgencia en el rostro.

—¿Quieres algo, Ian? —pregunté, interrumpiendo a lord John.

Sacudió la cabeza, haciendo que volara su cabello castaño.

—No, gracias, tía. Es sólo que... —Miró con desesperación a Jamie—. Lo siento tío, sé que no he debido dejarlo, pero...

—¿Qué? —Alarmado por el tono de voz de Ian, Jamie se puso en pie—. ¿Qué has hecho?

El muchacho se frotó las manos, avergonzado, haciendo que crujieran los nudillos.

—Bueno, verás, su señoría me preguntó por el retrete y le he contado lo de la serpiente y que sería mejor que fuera al bosque. Eso ha hecho, pero quería ver la serpiente y... y...

—¿No le habrá picado? —preguntó Jamie, nervioso. Lord John, que obviamente iba a preguntar lo mismo, le lanzó una mirada.

—No. —Ian pareció sorprendido—. No veíamos nada porque estaba muy oscuro, así que hemos levantado la tapa. Entonces hemos podido ver a la serpiente y la hemos pinchado con una rama larga; se movía como pone en el libro, pero no parecía que fuera a morder. Y... y... —Miró de reojo a lord John y tragó ruidosamente—. Ha sido culpa mía —dijo, levantando de manera noble los hombros y aceptando la culpa—. Le he contado que yo había pensado en dispararle, pero no queríamos malgastar la pólvora, y su señoría ha comentado que podía sacar la pistola de su padre de la alforja y ocuparse de ella de una vez. Y entonces...

—Ian —intervino Jamie en un murmullo—, deja de farfullar y dime ya qué le has hecho al muchacho. ¿No le habrás disparado por error?

Ian pareció ofendido ante aquel insulto a su puntería.

—¡Por supuesto que no! —exclamó.

Lord John tosió con educación, anticipándose a las posteriores recriminaciones.

—¿Serías tan amable de decirme dónde está mi hijo? —intervino lord John.

—Está en el fondo del retrete —concluyó con un profundo suspiro, encomendando su alma a Dios—. ¿Tienes una cuerda, tío Jamie?

Con una admirable economía de palabras y movimientos, Jamie llegó hasta la puerta y desapareció, seguido por lord John.

—¿Está allí con la serpiente? —pregunté mientras buscaba algo que me sirviera de torniquete, por si fuera necesario.

—No, tía —contestó Ian—. ¿Cómo lo iba a dejar con la serpiente? Mejor voy a ayudar —añadió y desapareció.

Corrí tras él y encontré a Jamie y lord John espalda contra espalda en la puerta del retrete conversando con las profundidades. Me puse de puntillas para mirar por encima del hombro de lord John. Vi una rama rota de pacana que sobresalía unos centímetros del agujero rectangular. Contuve la respiración. Lord Ellesmere había hecho que saliera parte del contenido y el hedor era insoportable.

—Dice que no está herido —comentó Jamie, alejándose del agujero y desenrollando una cuerda que llevaba al hombro.

—Bien —dije—. ¿Y dónde está la serpiente? —Miré con nerviosismo la letrina, pero no podía ver nada más allá de las tablas de cedro y los recovecos oscuros del hoyo.

—Se ha ido hacia ese lado —confirmó Ian, señalando el camino por el que había venido yo—. No ha logrado alcanzarla con el arma, yo le he pegado con la rama y la condenada se ha enrollado en ella y ha avanzado. Me he asustado, así que he chillado y la he soltado; entonces he chocado con él y... bueno, así ha sucedido —terminó con una voz débil.

Tratando de evitar la mirada de Jamie, se inclinó para gritar:

—¡Eh! ¡Me alegro de que no te hayas roto el cuello!

Jamie le dirigió una mirada que indicaba qué cuello habría que romper, pero evitó mayores comentarios para apresurarse a sacar a William de su mazmorra. Ian se apartó prudentemente a un lado.

Por suerte, el agua del fondo había reducido el golpe. Según parecía, el noveno conde de Ellesmere había caído boca abajo. Lo sacaron sin problemas y lo colocaron en el sendero. Lord John se secaba las manos en los pantalones y lo contemplaba tratando de ocultar una sonrisa, hasta que sus hombros comenzaron a sacudirse.

—¿Qué noticias traes de los infiernos, Perséfone? —dijo, incapaz de contener la risa.

Cubierto de suciedad, sus ojos azules tenían una expresión asesina. Era una expresión de los Fraser, y me estremecí al verlo. A mi lado, Ian se sobresaltó de manera repentina. Su mirada iba del conde a Jamie, luego se cruzó con la mía y su rostro se tornó del todo inexpresivo.

Jamie y lord John se citaban frases en griego y reían como locos. Intentando ignorar a Ian, lancé una mirada a Jamie. Aún sacudiéndose a causa de la risa reprimida, le pareció apropiado ponerme al corriente.

—Epicarmo —explicó—. En el Oráculo de Delfos, los buscadores de entendimiento lanzaban una pitón muerta al agujero y luego se quedaban por allí, aspirando los vapores de su descomposición.

Lord John declamaba con grandes gestos.

—«El espíritu al cielo, el cuerpo a la tierra.»

William bufaba, igual que lo hacía Jamie cuando no aguantaba más mientras Ian se movía inquieto. Por el amor de Dios, pensé, nerviosa otra vez. ¿Es que este niño no tiene nada de su madre?

—¿Has conseguido algún entendimiento espiritual como resultado de tu reciente experiencia mística, William? —preguntó lord John, con un pobre intento de autocontrol. Tanto él como Jamie estaban sonrojados, con una risa que pensé que se debía tanto al alivio de la tensión, como al coñac o la diversión.

Su señoría, echando chispas, se quitó el pañuelo y lo lanzó al sendero. Ahora Ian también reía con nerviosismo, incapaz de contenerse. Los músculos de mi propio vientre se estremecían por la tensión, pero podía ver que las partes expuestas del cuello de William tenían el color de los tomates maduros por el retrete.

Como conocía lo que solía ocurrirle a un Fraser cuando llegaba a semejante nivel de incandescencia, pensé que ya era hora de terminar la fiesta.

—Ejem —dije, aclarando mi garganta—. Si me permiten, caballeros, aunque no sé filosofía griega, hay un pequeño epigrama que sé de memoria.

Entregué a William el bote con jabón líquido que había traído en lugar del torniquete.

—Píndaro —comenté—. El agua es lo mejor.

Un breve destello de gratitud apareció entre la mugre. Su señoría me hizo una correcta inclinación, se dio la vuelta, miró dudoso a Ian y corrió hacia el arroyo, chorreando. Parecía que había perdido los zapatos.

—Pobre —intervino Ian, sacudiendo la cabeza con tristeza—. Tardará días en desprenderse de ese olor.

—Sin duda —contestó lord John, abandonando la poesía griega por preocupaciones más materiales—. A propósito, ¿sabes qué ha pasado con mi pistola? La que ha usado William antes del infortunado accidente.

—Ah. —Ian miró incómodo. Levantó la barbilla en dirección al retrete—. Yo... bueno, me temo...

—Ya veo. —Lord John se frotó la barbilla impecablemente afeitada. Jamie clavó la mirada en Ian.

—Ah... —dijo éste, retrocediendo un paso o dos.

—Ve —ordenó Jamie en un tono que no admitía discusión.

—Pero... —añadió Ian.

—Ya —intervino, dejando la cuerda sucia a sus pies.

La nuez del muchacho se movió. Me miró con los ojos asustados de un conejo.

—Primero quítate la ropa —dije, servicial—. No queremos tener que quemarla, ¿no?

26

Plaga y pestilencia

Salí de casa poco antes de la puesta de sol para examinar a mi paciente del granero. No estaba mejor, pero tampoco había empeorado: la misma respiración dificultosa y fiebre alta. Esta vez, sin embargo, sus ojos buscaron los míos cuando entré y se quedaron fijos en mi cara mientras lo examinaba.

Todavía tenía el amuleto apretado en la mano. Lo toqué y le sonreí, y le di algo de beber. Aún no aceptaba la comida, pero tomaba un poco de leche, y tragó sin protestar otra dosis de mi antipirético. Se quedó inmóvil mientras le examinaba y le alimentaba, pero cuando estaba escurriendo un paño caliente para ponerle una cataplasma en el pecho, extendió la mano y me agarró del brazo.

Se golpeó el pecho con la otra mano, lo que hizo que produjera un extraño zumbido. Me sorprendió, hasta que entendí.

—¿En serio? —pregunté. Agarré la bolsa de las hierbas para la cataplasma y las puse dentro del paño—. Bueno, déjame pensar.

Comencé con *Adelante, soldados cristianos*; pareció que le gustaba y tuve que cantarla tres veces para que quedara satisfecho y se hundiera en su manta con un pequeño ataque de tos, envuelto en vapores de alcanfor.

Antes de entrar en la cabaña me lavé las manos con alcohol. Estaba segura de que no podía contagiarme, puesto que había tenido el sarampión de pequeña, pero no quería correr el riesgo de contagiar a otro.

—Dicen que hay un brote de sarampión en Cross Creek —dijo lord John tras escuchar mi informe sobre el estado de nuestro enfermo—. ¿Es cierto, señora Fraser, que los salvajes son congénitamente más débiles ante las infecciones que los europeos mientras que los esclavos africanos son más fuertes que sus amos?

—Depende de la infección —contesté sin perder de vista el guiso del caldero—. Los indios son mucho más resistentes a las enfermedades parasitarias como la malaria, causadas por organismos de aquí; los africanos soportan mejor las fiebres como el dengue, que vino con ellos desde África. Pero los indios no tienen mucha resistencia ante las plagas europeas, como la viruela y la sífilis.

Lord John parecía un poco desconcertado, lo que me produjo una pequeña satisfacción; era evidente que sólo había preguntado por cortesía, no esperaba que supiera nada.

—Es fascinante —afirmó, un poco sorprendido, pero claramente interesado—. ¿Se refiere a los organismos? ¿Entonces suscribe la teoría del señor Evan Hunter sobre las criaturas miasmáticas?

Entonces me tocó a mí mostrarme perpleja.

—Eh... no del todo, no —dije, y cambié de tema.

Pasamos una velada bastante agradable. Jamie y lord John intercambiaron anécdotas de caza y pesca, comentando la sorprendente abundancia de la región mientras yo remendaba medias. Willie e Ian jugaron una partida de ajedrez, que ganó este último con evidente satisfacción. Su señoría bostezaba sin disimulo y su padre le indicó con la mirada que se tapara la boca. Tenía una adormilada sonrisa de plenitud después de haber devorado junto a Ian una tarta entera de grosellas, como colofón de la abundante cena.

Jamie lo vio e hizo un gesto a Ian, quien se levantó y lo condujo al cobertizo donde compartirían la cama. Dos se han ido, pensé, evitando mirar la cama, quedamos tres. El delicado asunto se resolvió con mi retirada. Jamie y lord John se colocaron ante el tablero de ajedrez para beber el resto del coñac junto a la luz del fuego. Lord John debía de jugar mucho mejor que yo, ya que la partida duró más de una hora. Por lo general, Jamie me derrotaba en veinte minutos. La mayor parte del juego transcurrió en silencio, con breves momentos de conversación.

Lord John por fin realizó un movimiento, se recostó y se estiró, como si estuviera concluyendo alguna cosa.

—Entiendo que no ves muchos disturbios políticos aquí, en tu refugio de montaña, ¿verdad? —dijo en tono informal. Miró de reojo el tablero, pensativo—. Te envidio, Jamie, tan alejado de dificultades tan insignificantes como las que afligen a los mercaderes y a la alta burguesía de las tierras bajas. Tendrás tus dificultades, como todos, pero tienes el consuelo nada desdeñable de saber que tus esfuerzos tienen un significado y son heroicos.

Jamie resopló.

—Sí. Muy heroico. Por el momento, mi lucha más heroica es con la cerda de la despensa. —Señaló el tablero, enarcando una ceja—. ¿Realmente vas a hacer ese movimiento?

Grey entornó los ojos y bajó la vista para estudiar el tablero con los labios fruncidos.

—Sí, lo haré —respondió con firmeza.

—Maldición —exclamó Jamie con una mueca de resignación. Extendió la mano y dejó caer su rey.

Grey rió y buscó la botella de coñac.

—¡Maldición! —dijo, a su vez, al descubrir que estaba vacía. Jamie rió y se levantó para buscar algo en el aparador.

—Prueba un poco de esto —ofreció, y oí el sonido musical del líquido que servía.

Grey levantó la jarra y olió, lo que le provocó un ruidoso estornudo, que dispersó gotas por toda la mesa.

—No es vino, John —observó Jamie suavemente—. Es para beberlo, no para saborear su buqué.

—Ya lo veo. ¿Qué es? —Grey olfateó otra vez con más cuidado y le dio un sorbito. Se atragantó un poco, pero tragó con valentía—. Por Dios —farfulló otra vez con voz ronca—. No, no me lo digas. —Tosió, se aclaró la garganta y dejó el vaso con cuidado sobre la mesa, como si fuera a explotar—. Déjame adivinar. ¿Es whisky escocés?

—Dentro de diez años puede que lo sea —respondió Jamie, sirviéndose un poco para sí mismo. Tomó un sorbito, lo saboreó y tragó, meneando la cabeza—. Por ahora es alcohol, es todo lo que puedo decir.

—Sí, así es —aseveró Grey, tomando otro sorbito—. ¿Dónde lo has conseguido?

—Lo he hecho yo —respondió Jamie con el modesto orgullo de un maestro cervecero—. Tengo doce barriles más.

Grey alzó sus cejas rubias.

—Suponiendo que no quieras lavarte las botas con este mejunje, ¿puedo preguntarte qué intentas hacer con doce barriles de esto?

Jamie soltó una carcajada.

—Comerciar. Venderlo cuando sea posible. Ni los impuestos ni la licencia para elaborar bebidas alcohólicas me preocupan estando tan lejos —añadió con ironía.

Lord John gruñó, probó otro sorbito y dejó el vaso.

—Bueno, puedes escapar de los impuestos; te garantizo que el agente más cercano se halla en Cross Creek. Pero no puedo decir que sea una práctica segura. ¿Y a quién, si puedo preguntar, le vendes esta notable mezcla? Confío en que no será a los salvajes.

Jamie se encogió de hombros.

—Sólo en pequeñas cantidades, como regalo o como trueque. Nunca lo suficiente para que puedan emborracharse.

—Muy prudente. Ya habrás oído las historias, supongo. Hablé con un hombre que sobrevivió a la masacre de Michilimackinac, durante la guerra con los franceses. Aquello ocurrió, en parte, al menos, porque una gran cantidad de alcohol cayó en manos de muchos indios que estaban en el fuerte.

—Sí, las he oído —aseguró secamente Jamie—. Pero nosotros tenemos buenas relaciones con los indios y tampoco son tantos. Procuro ser cuidadoso.

—Hum. —Probó otro pequeño trago, e hizo una mueca—. Supongo que arriesgas más envenenando a uno de ellos que intoxicando a la multitud. —Dejó el vaso y cambió de tema.

—En Wilmington hablaban de un grupo de rebeldes llamados reguladores, que aterrorizan las zonas más alejadas y provocan motines. ¿Has encontrado algo semejante por aquí?

Jamie bufó.

—¿Aterrorizar a quién? ¿A las ardillas? Está la zona rural, John, y luego está la selva. Esto se encuentra muy alejado, John, esto es terreno virgen. Seguro que habrás advertido la falta de habitantes mientras venías hasta aquí.

—Sí, lo he notado —dijo Grey—. Y, sin embargo, he oído ciertos rumores sobre tu presencia aquí y tu influencia para controlar la creciente rebeldía.

Jamie rió.

—Creo que pasará tiempo antes de que haya muchos rebeldes que reprimir. Todo lo que hice fue golpear a un viejo granjero alemán que intentaba estafar a una joven en el molino junto al río. Él pensó que le había dado menos de lo que le correspondía, cosa que no era así, y no conseguía convencerlo. Ése fue mi único intento de mantener el orden público.

Grey rió y cogió el rey.

—Me alegro de oír eso. ¿Me harías el honor de jugar otra partida? Supongo que no puedo pensar en ganarte de nuevo con el mismo truco.

Me di la vuelta en la cama sin poder dormir, y me quedé mirando al techo. La luz del fuego se reflejaba en las marcas en forma de ala que había dejado el hacha, recorriendo la longitud de cada tronco, de una manera regular como si se tratara de ondas de arena en una playa.

Intenté ignorar la conversación que tenía lugar detrás de mí y me perdí en el recuerdo de Jamie retirando la corteza y cuadrando troncos, así como en el hecho de dormir entre sus brazos bajo el refugio de una pared a medio construir, sintiendo cómo la casa se elevaba a mi alrededor, envolviéndome de calor y seguridad como la materialización permanente de su abrazo. Siempre me sentía segura y reconfortada con su imagen, incluso cuando estaba sola en la montaña, sabiendo que estaba protegida por la casa que había construido para mí. No obstante, aquella noche no estaba funcionando en absoluto.

Me quedé inmóvil, tratando de saber qué me pasaba. O mejor, por qué. Aunque sabía que eran celos.

Era indudable que estaba celosa, una emoción que no sentía desde hacía años, y me asombraba por sentirla ahora. Me coloqué boca abajo y cerré los ojos, intentando ignorar el murmullo de la conversación.

Lord John había sido todo un caballero conmigo. Más que eso; había sido inteligente, considerado... en resumen, encantador. Y escuchar su conversación inteligente, considerada y encantadora con Jamie me retorcía las entrañas y hacía que apretara los puños bajo la manta.

«Eres idiota —me dije, furiosa—. ¿Qué te pasa?» Traté de relajarme respirando despacio por la nariz, con los ojos cerrados.

En parte era por Willie, por supuesto. Jamie era cuidadoso, pero había visto su expresión cuando miraba al muchacho sin que lo observaran. Todo su cuerpo irradiaba una tímida alegría, orgullo mezclado con inseguridad, y eso me destrozaba.

Nunca miraría a Brianna, su primera hija, de esa manera. Nunca la vería. No era culpa suya, pero parecía tan injusto... Al mismo tiempo, no iba a reprocharle que se alegrara de ver a su hijo, y tampoco lo hacía, me dije firmemente a mí misma. El hecho era que ver al muchacho me producía una terrible nostalgia. Su rostro firme y apuesto era la viva imagen del de su hermana, ése era mi problema. No tenía nada que ver con Jamie, con Willie o con John Grey, que había traído al niño aquí.

¿Para qué? Eso es lo que había estado pensando desde que me recuperé de la impresión de su aparición, y continuaba haciéndolo. ¿Qué diablos quería aquel hombre?

La historia sobre la propiedad de Virginia podía ser verdad o sólo una excusa. Incluso si era verdad, venir al Cerro de Fraser constituía un considerable desvío. ¿Por qué se había tomado tantas molestias en traer al muchacho? ¿Y por qué había corrido tantos riesgos? Willie no era consciente de un parecido que incluso Ian había advertido. Pero ¿y si no fuera así? ¿Era tan importante para Grey reafirmar la obligación de Jamie para con él?

Me puse de lado y abrí un poco un párpado, para observar sus cabezas pelirroja y rubia inclinadas sobre el tablero, absortas. Grey movió un caballo y se recostó, frotándose la nuca y sonriendo para sí por el efecto que había causado su movimiento. Era un hombre apuesto; menudo y de huesos finos, pero con un rostro fuerte y hermoso, y una boca que, sin duda, muchas mujeres envidiarían.

Grey era incluso mejor que Jamie a la hora de ocultar sus pensamientos; aún no le había visto una sola mirada acusadora. No obstante, había advertido una en Jamaica, y no tenía duda alguna de la naturaleza de sus sentimientos hacia Jamie.

Por otra parte, tampoco dudaba de los sentimientos de Jamie en ese sentido. El nudo que se encontraba bajo mi corazón se aflojó un poco, e inspiré profundamente. No importaba cuánto tiempo permanecieran frente al tablero, bebiendo y hablando, ya que Jamie acabaría en mi cama.

Relajé los puños, y fue entonces mientras me frotaba las palmas contra los muslos, cuando me di cuenta con sorpresa del motivo por el que lord John me afectaba tanto.

Las uñas me habían dejado una pequeña hilera de pequeñas y punzantes medias lunas en las palmas. Durante años, me había frotado aquellas medias lunas después de cada cena, cada madrugada en la que Frank había «trabajado hasta tarde». Durante años, me había tumbado en la cama de matrimonio, despierta en la oscuridad, clavándome las uñas en las manos, esperando a que regresara. Y lo hacía. Hay que decir en su favor que siempre volvía antes del amanecer. A veces a una espalda fría de reproche, y otras al furioso desafío de un cuerpo que se lanzaba contra él, exigente, instándole, sin palabras, a que lo negara, a que probara su inocencia con su cuerpo. La mayoría de las veces aceptaba el desafío. Pero no ayudaba.

Sin embargo, ninguno de los dos hablaba de esas cosas a la luz del día. Yo no podía; no tenía derecho. Frank no lo hacía; le correspondía la venganza.

A veces pasaban meses, e incluso un año o más, entre estos episodios, y vivíamos juntos en paz. Pero entonces ocurría otra vez; las llamadas de teléfono en voz baja, las ausencias justificadas, las tardanzas. Nunca nada tan evidente como el perfume de otra mujer, o lápiz de labios en el cuello de la camisa. Era discreto. Pero siempre sentía el fantasma de otra mujer, quienquiera que fuera; una mujer sin rostro, indistinguible.

Sabía que no importaba quién fuera; había varias. Lo único importante era que no se trataba de mí. Y estaba despierta apretando los puños, con las marcas de las uñas como una pequeña crucifixión.

El murmullo de la conversación casi había cesado, tan sólo se oían los ruidos de las piezas de ajedrez al moverse.

—¿Te sientes satisfecho con tu vida? —preguntó súbitamente lord John.

Jamie hizo una pausa.

—Tengo todo lo que un hombre puede desear —contestó con calma—. Un hogar, un trabajo honrado, a mi esposa conmigo y sé que mi hijo está a salvo y bien cuidado. —Levantó la vista y miró a Grey—. Y un buen amigo. —Se estiró y palmeó la mano de lord John—. No deseo nada más.

Cerré mis ojos con determinación y comencé a contar ovejas.

Me despertó Ian poco antes del amanecer, agachado al lado de mi cama.

—Tía —dijo suavemente con una mano en mi hombro—. Será mejor que vengas, el hombre del granero está muy mal.

De manera automática me puse en pie, me envolví en la capa y salí descalza detrás de Ian mientras mi mente comenzaba a funcionar. No hacían falta grandes diagnósticos. De lejos se oía la respiración entrecortada del indio.

El conde estaba en la puerta con el rostro pálido y atemorizado bajo la luz gris.

—Vete —ordené cortante—. No debes estar cerca de él, ni tú tampoco, Ian. Marchaos los dos a casa, sacad agua caliente del caldero y traédmela junto con mi caja y trapos limpios.

Willie se apresuró a obedecer, ansioso por alejarse de aquellos sonidos atemorizantes que provenían del granero. Pero Ian se quedó con el rostro preocupado.

—No creo que puedas ayudarlo, tía —argumentó Ian. Me miró fijamente a los ojos, con la profundidad adulta del entendimiento.

—Es muy probable —le respondí en los mismos términos—. Pero no puedo quedarme sin hacer nada.

Inspiró hondo y asintió.

—Sí. Pero creo... —Vaciló y continuó a pesar de mi gesto—. Creo que no deberías atormentarlo con medicinas. Está condenado a morir, tía. Anoche escuchamos a la lechuza y él también tiene que haberla oído. Para ellos es señal de muerte.

Lancé una mirada al rectángulo oscuro de la puerta, mordiéndome el labio. Su respiración era superficial y sibilante, con pausas alarmantemente largas. Volví a mirar a Ian.

—¿Qué hacen los indios cuando alguien va a morir? ¿Lo sabes?

—Cantan —dijo con rapidez—. La chamán se pinta la cara y canta para que el alma pueda marcharse sin que se la lleven los demonios.

Vacilé; mis instintos por hacer algo luchaban con la convicción de que cualquier acción sería inútil. ¿Tenía derecho a privar a aquel hombre de la paz en su muerte? Peor aún, ¿de provocarle el miedo de que su alma se perdería por mi interferencia?

Ian no esperó a que resolviera mis dudas. Se agachó, recogió tierra, escupió para humedecerla y la convirtió en barro. Sin hablar, untó un dedo y trazó una línea sobre mi frente hasta el puente de la nariz.

—¡Ian!

—Chist —murmuró, concentrado—. Creo que es así. —Añadió dos rayas en mis mejillas y otra en zigzag en la parte izquierda de la mandíbula—. Es lo más aproximado a lo que recuerdo. Sólo lo he visto una vez, y de lejos.

—Ian, esto no es...

—Chist —dijo otra vez, poniendo una mano en mi brazo para acallar mis protestas—. Ve, tía. No lo vas a asustar, ya está acostumbrado, ¿no?

Me sequé una gota de la punta de la nariz, sintiéndome idiota. Sin embargo, no había tiempo para discutir. Ian me dio un pequeño empujón y abrí la puerta. Me adentré en la oscuridad del granero, me incliné y coloqué una mano sobre el hombre. Tenía la piel caliente y seca, y su mano estaba blanda como el cuero gastado.

—Ian, ¿puedes hablar con él? ¿Decirle su nombre y que va bien?

—No debes decir su nombre, tía, llamarías a los demonios.

Ian se aclaró la garganta y le dijo unas cuantas palabras con suaves sonidos guturales. La mano que sostenía se movió un poco. Mis ojos se habían acostumbrado a la oscuridad y pude ver el rostro del hombre que me miraba con cierta sorpresa.

—Canta, tía —me apuró Ian en voz baja—. Tal vez *Tantum ergo* suene parecido.

Después de todo no podía hacer otra cosa. Comencé a cantar.

—*Tantum ergo, sacramentum...*

En unos segundos, mi voz se estabilizó y me senté sobre mis talones desnudos, cantando poco a poco mientras sostenía su mano. Sus cejas gruesas se relajaron y algo similar a la calma se instaló en sus ojos hundidos.

En mi vida había visto muchísimas muertes, por accidente, por enfermedad o por causas naturales. Había visto aceptarla con filosofía o con protestas violentas. Pero nunca había visto morir a alguien de aquella manera.

Esperó con sus ojos clavados en los míos hasta que terminé la canción. Luego volvió su rostro hacia la puerta y mientras el sol que salía lo iluminaba, abandonó su cuerpo sin el más mínimo movimiento ni una última exhalación.

Permanecí inmóvil sosteniendo su mano flácida hasta que me di cuenta de que también estaba conteniendo la respiración. El aire parecía estático y el tiempo parecía que se hubiera detenido durante un instante, y me obligué a espirar. Para él se había detenido para siempre.

—¿Qué vamos a hacer con él?

Ya no había nada que pudiéramos hacer por nuestro huésped; el problema eran sus restos mortales.

Yo había hablado un momento con lord John, que se había llevado a Willie al cerro a recoger fresas tardías. Aunque la muerte del indio no había sido especialmente horrorosa, no quería que Willie la viera. No era una imagen apropiada para un niño que había visto morir a su madre apenas unos meses antes. Lord John también parecía apenado... quizá un poco de sol y aire fresco los ayudaría.

Jamie frunció el ceño y se frotó la cara sin afeitar.

—Supongo que debemos darle una sepultura decente.

—Bueno, no creo que podamos dejarlo en el granero. Pero ¿qué pensará su gente si lo enterramos aquí? ¿Sabes cómo entierran a sus muertos, Ian?

Ian seguía algo pálido, pero sorprendentemente sereno. Negó con la cabeza y tomó un sorbo de leche.

—No sé mucho, tía. Pero vi morir a un hombre, como te he dicho. Lo envuelven en piel de alce y hacen una procesión por la aldea, cantando. Luego colocan el cuerpo sobre una plataforma y lo dejan en el bosque para que se seque.

Jamie no parecía entusiasmado con la idea de tener cuerpos momificados colgados de los árboles de nuestro bosque.

—Creo que será mejor envolver el cuerpo con decencia y llevarlo a la aldea para que su gente se encargue de él.

—No, no puedes hacer eso. —Saqué del horno la bandeja de magdalenas recién hechas, arranqué una ramita y la clavé en un pastelillo esponjoso. Salió limpia, así que puse la bandeja en la mesa y me senté. Fruncí el ceño abstraída en el frasco de miel, que tenía un resplandor dorado bajo el sol de la mañana—. El problema es que el cuerpo todavía es infeccioso. ¿No lo habrás tocado, Ian?

Le lancé una mirada y sacudió la cabeza con sobriedad.

—No, tía. No, después de que cayera enfermo aquí. Antes no me acuerdo. Estábamos cazando todos juntos.

—Y no has pasado el sarampión. Maldita sea. —Me pasé la mano por el pelo—. ¿Y tú? —pregunté a Jamie. Para mi alivio, asintió.

—Sí, tenía unos cinco años. Dijiste que no se puede tener dos veces, así que no me pasará nada por tocar el cuerpo, ¿no?

—No y a mí tampoco, yo también enfermé de sarampión. El problema es que no podemos llevarlo a la aldea. No sé cuánto tiempo sobrevive el virus en el cuerpo y en las ropas, es una especie de germen. Pero ¿cómo le explicamos a su gente que no lo pueden tocar? No podemos arriesgarnos a que se contagien.

—Lo que me preocupa —dijo Ian de manera inesperada— es que no es de Anna Ooka, sino de una aldea del norte. Si lo enterramos aquí de la manera habitual, su gente se enterará y creerá que lo matamos y lo enterramos para ocultarlo.

Ésa era una siniestra posibilidad que no se me había ocurrido. Sentí como si una mano helada se apoyara en mi nuca.

—¿Tú crees?

Ian se encogió de hombros, abrió una magdalena caliente y le puso miel en el interior.

—La gente de Nacognaweto confía en nosotros, pero Myers dijo que había muchos que no lo harían. Tienen motivos para sospechar, ¿no?

Teniendo en cuenta que la mayoría de los tuscarora habían sido exterminados en una terrible guerra con los colonos de Carolina del Norte apenas cincuenta años antes, pensé que sus argumentos eran válidos. Aunque no nos ayudaba en la situación actual.

Jamie se tragó el último pedazo de magdalena y se recostó con un suspiro.

—Bueno —dijo Jamie—. Lo mejor será envolver al pobre hombre en una mortaja e introducirlo en la pequeña cueva de la colina, encima de la casa. Coloqué postes para construir una cuadra y eso alejará a los animales salvajes. Ian o yo iremos hasta Anna Ooka y se lo contaremos todo a Nacognaweto. Tal vez envíe a alguien para que vea el cuerpo y pueda asegurar a su gente que no ha sido víctima de ningún tipo de violencia; entonces podremos enterrarlo.

Antes de que pudiera responder a su sugerencia oí unos pasos que se acercaban. Había dejado la puerta entreabierta para que entrara luz y aire. Al volverme me encontré con el rostro de Willie, pálido y turbado.

—¡Señora Fraser! Por favor, ¿quiere venir? Papá está enfermo.

—¿Se habrá contagiado del indio? —Jamie miraba a lord John, a quien habíamos metido en la cama. Su rostro palidecía y se ruborizaba; eran los síntomas que yo había atribuido antes a la angustia.

—No, no ha podido. El período de incubación es de una a dos semanas. ¿Dónde ha estado...? —Me volví hacia Willie, y me encogí de hombros sin terminar la pregunta.

Habían estado viajando; no había manera de saber dónde o cuándo había entrado Grey en contacto con el virus. Por lo general, los viajeros dormían en posadas y casi nunca cambiaban las mantas. Era fácil tumbarse en una y levantarse por la mañana con gérmenes que podían ir del sarampión a la hepatitis.

—Dijo que había una epidemia de sarampión en Cross Creek. —Toqué la frente de Grey y noté que tenía bastante fiebre.

—Sí —dijo con voz ronca, y tosió—. ¿Tengo sarampión? Debéis alejar a Willie.

—Ian, lleva a Willie fuera. —Mojé un trapo en agua de flores y lo pasé por el rostro y el cuello de Grey. Aún no tenía sarpullidos en la cara, pero cuando le dije que abriera la boca, pude ver con claridad las pequeñas manchas de Koplik en la mucosa—. Sí, tiene sarampión —contesté—. ¿Cuánto hace que se encuentra mal?

—Anoche, al acostarme, sentí un mareo —dijo, y tosió otra vez—, y me desperté con dolor de cabeza durante la noche, pero creí que era el resultado de eso que Jamie llama whisky. —Sonrió un poco a Jamie—. Luego, esta mañana... —Estornudó, y busqué con rapidez un pañuelo limpio.

—Sí, bueno. Ahora trate de descansar. Voy a preparar algo con corteza de sauce que le ayudará con el dolor de cabeza. —Me levanté, hice un gesto a Jamie y salimos.

—No podemos dejar a Willie cerca de él —comenté en voz baja para que no me oyeran. Willie e Ian estaban poniendo heno en el pesebre de los caballos—. Ni a Ian. Es muy contagioso.

Jamie frunció el ceño.

—Sí, eso que dijiste de la incubación...

—Sí, Ian podría haberse contagiado del indio muerto, y Willie, de la misma fuente que lord John. Pero por ahora no tienen los síntomas.

Me volví a mirar a los dos muchachos, ambos aparentemente tan saludables como los caballos que estaban alimentando.

—Creo —dije, vacilando mientras pensaba en un plan— que tal vez deberías acampar fuera con los muchachos esta noche. Tenéis que dormir en el cobertizo o acampar en el bosquecillo. Esperaremos un día o dos. Si Willie está infectado, si se contagió igual que lord John, aparecerán los síntomas. Si no es así, si está bien, entonces él y tú podréis ir hasta Anna Ooka para avisar a Nacognaweto sobre el hombre muerto. Eso mantendrá a Willie lejos del peligro.

—¿Ian se quedará para cuidarte? —Consideró la idea con el ceño fruncido y asintió—. Sí, supongo que puede ser.

Se volvió mirando a Willie. Podía mostrarse impasible, pero lo conocía demasiado bien como para no advertir el destello de emoción en su rostro.

Estaba preocupado: por John Grey, y quizá por Ian o por mí. Pero había algo más... interés, unido a la aprensión, pensé, ante la idea de pasar varios días a solas con el muchacho.

—Si no se ha dado cuenta ya, no lo hará —dije, apoyando mi mano en su brazo.

—No —murmuró, dando la espalda al muchacho—. Supongo que estará a salvo.

—Vas a poder hablar con él sin que parezca extraño. —Hice una pausa—. Sólo una cosa más antes de que te vayas.

Puso su mano sobre la mía y me sonrió.

—Sí, ¿qué?

—No dejes a esa cerda dentro de la despensa, por favor.

27

Pescar truchas en Norteamérica

La travesía comenzó de una manera nada favorable. En primer lugar, llovía. En segundo lugar, no le gustaba dejar a Claire, en especial en circunstancias tan difíciles. Y en tercer lugar, estaba muy preocupado por John; no le gustó su aspecto cuando se despidió de él: semiinconsciente y respirando con mucha dificultad, con las facciones irreconocibles por las ronchas.

Y, como último problema, el noveno conde de Ellesmere le había pegado en la mandíbula. Había agarrado el cuello del pequeño, sacudiéndolo hasta que le chocaron los dientes.

—Basta —le dijo, soltándolo. El muchacho se tambaleó y se cayó súbitamente al perder el equilibrio. Lanzó una mirada al chico, que estaba sentado en el lodo. Habían estado discutiendo de manera continua durante las últimas veinticuatro horas, y ya estaba cansado—. Sé muy bien lo que estás diciendo. Pero yo digo que vienes conmigo, eso es todo, ya conoces la causa.

El muchacho frunció el entrecejo. No se dejaba intimidar con facilidad, pero Jamie suponía que los condes tampoco estaban acostumbrados a que intentaran intimidarlos.

—¡No voy a ir! —repetía el muchacho—. ¡No puedes obligarme! —Se puso de pie apretando los dientes, dio media vuelta y se dirigió hacia la cabaña.

Jamie estiró un brazo y cogió al muchacho por el cuello haciendo que se volviera. Al ver que el chico iba a darle una patada, cerró el puño y le golpeó en la boca del estómago. William abrió los ojos y se dobló, echándose las manos al vientre.

—Deja de dar patadas —dijo Jamie suavemente—. Es de muy mala educación. Y en cuanto a lo de obligarte, por supuesto que puedo.

El rostro del conde brillaba, y boqueaba como si fuera un pez. Se le había caído el sombrero y la lluvia le oscurecía los mechones de pelo.

—Es un signo de lealtad que quieras quedarte con tu padrastro —continuó Jamie, secándose la cara—. Pero no puedes ayudarlo y corres riesgo de contagiarte. Por eso vendrás. —Percibió el leve movimiento de la piel engrasada de la ventana que se levantaba y caía otra vez. Claire, sin duda, se preguntaba por qué no se habían marchado ya. Jamie cogió al conde del brazo y lo llevó hasta uno de los caballos ensillados, y tuvo la satisfacción de ver cómo el chico colocaba un pie en el estribo y montaba sobre él. Jamie le lanzó el sombrero, se puso el suyo y montó. No obstante, a modo de precaución, tomó las riendas de ambos caballos antes de partir.

—¡Patán! —dijo Willie con voz enfurecida mientras intentaba desmontar del caballo. Jamie se sentía dividido entre la irritación y la necesidad de reír, pero no cedió a ninguno de los dos sentimientos mientras lo miraba por encima del hombro.

—No lo intentes —avisó al muchacho; éste se enderezó con brusquedad y lo miró furioso—. No me gustaría tener que atarte los pies a los estribos, pero lo haré si es necesario.

Los ojos del pequeño se entrecerraron formando dos triángulos azules, pero acató las palabras de Jamie. Seguía apretando la mandíbula, pero sus hombros se hundieron un poco a modo de derrota temporal.

Cabalgaron casi toda la mañana en silencio mientras la lluvia caía sobre sus cabezas y mojaba la capa que cubría sus hombros. Willie era capaz de aceptar una derrota. Aunque todavía estaba malhumorado cuando desmontaron para comer, fue a buscar agua sin protestar y guardó los restos de la comida mientras Jamie se ocupaba de los caballos.

Jamie lo observó con discreción, pero no había huellas de sarampión. El conde fruncía el ceño, pero no tenía sarpullidos, y aunque moqueaba, parecía que tan sólo se debía a los efectos del tiempo.

—¿Está muy lejos? —A mitad de la tarde, la curiosidad de William pudo más que su obstinación. Jamie hacía tiempo que le había devuelto las riendas... no había peligro de que el muchacho intentara volver a casa solo.

—A unos dos días. —En aquellos terrenos montañosos entre el cerro y Anna Ooka, no era más rápido ir a caballo que a pie. No obstante, tener caballos les permitía llevar algunas pequeñas comodidades, como una olla, más comida y un par de cañas de pescar. También transportaban una serie de pequeños regalos para los indios, incluido un tonel de whisky casero para digerir mejor las malas noticias.

Pero no había razón para darse prisa y sí para tomarse las cosas con tranquilidad. Claire le había dicho con firmeza que no debía traer a Willie antes de seis días. Para entonces, John no representaría un peligro de contagio. O se estaría recuperando... o habría muerto.

Claire había asegurado a Willie que su padrastro se iba a curar, pero Jamie vio la preocupación en sus ojos, lo que le provocó una sensación de vacío en el hueco del estómago. Lo mejor era marcharse: no podía ayudar y las enfermedades siempre le dejaban una sensación de impotencia que le producía miedo y furia a la vez.

—¿Esos indios son pacíficos? —Pudo advertir el tono de duda en la voz de Willie.

—Sí. —Se dio cuenta de que el chico esperaba que añadiera «milord», y tuvo la perversa satisfacción de no hacerlo. Giró la cabeza del caballo a un lado y redujo el paso, invitando a Willie a que cabalgara junto a él. Sonrió cuando el muchacho se puso a su altura—. Los conocemos desde hace más de un año y hemos estado alojados en sus casas. Los habitantes de Anna Ooka son más amables y hospitalarios que muchas personas que conocí en Inglaterra.

—¿Has vivido en Inglaterra? —El muchacho le dirigió una mirada de sorpresa y Jamie se maldijo por su descuido, pero, por suerte, Willie estaba más interesado en los indios que en la historia personal de James Fraser y la pregunta pasó con una vaga respuesta.

Lo alegraba ver que el muchacho abandonaba su sombría preocupación y comenzaba a mostrar interés por sus alrededores. Hizo todo lo que pudo para fomentárselo, contando historias de los indios y señalando cada rastro de animal que veían. Lo complació ver cómo el chico recuperaba su civismo mientras cabalgaban.

Él también agradeció la distracción de la conversación; su mente estaba demasiado ocupada para crear un silencio cómodo. Si ocurría lo peor, si John moría, ¿qué sería de Willie? Sin duda alguna, regresaría a Inglaterra con su abuela... y Jamie no volvería a tener noticias de él.

John era el único, sin ningún tipo de dudas, aparte de Claire, que sabía la verdad sobre la paternidad de Willie. Era posible que su abuela sospechara la verdad, pero bajo ninguna circunstancia admitiría que su nieto era el bastardo de un traidor jacobita en lugar del legítimo heredero del difunto conde.

Rezó una breve oración a santa Bride por la mejoría de John Grey y trató de alejar la preocupación de su mente. Pese a sus dudas comenzaba a disfrutar del viaje. La lluvia había ido disminuyendo hasta convertirse en una suave llovizna, y el bosque olía a hojas frescas y a moho.

—¿Ves esos arañazos en el tronco del árbol? —Señaló con la barbilla la enorme pacana cuya corteza estaba hecha trizas y mostraba una serie de arañazos blancos largos y paralelos a unos dos metros del suelo.

—Sí. —Willie se quitó el sombrero y lo golpeó en su muslo para sacudir el agua. A continuación, se inclinó hacia delante para mirar de cerca—. ¿Lo ha hecho un animal?

—Un oso —dijo Jamie—. Es reciente. La savia no se ha secado todavía en los cortes.

—¿Está cerca? —Willie echó un vistazo alrededor, más por curiosidad que por miedo.

—No demasiado —confirmó Jamie—, o los caballos no querrían continuar. Pero sí que está cerca. Estate atento; es probable que veamos sus heces o sus huellas.

Pero si John moría, su tenue lazo con William se rompería. Hacía mucho tiempo que había aceptado con resignación aquella situación, y no se quejaba, pero se sentiría realmente despojado si el sarampión le quitaba no sólo a su mejor amigo, sino también cualquier vínculo con su hijo.

Había dejado de llover.

Después de rodear una montaña, aparecieron en un valle; Willie lanzó una exclamación de sorprendido deleite y se enderezó sobre su montura. Contra un fondo de nubes oscurecidas por la lluvia, el arco iris surgía desde la ladera de una montaña distante y caía en un lejano valle.

—¡Es maravilloso! —exclamó Willie. Se volvió hacia Jamie con una amplia sonrisa, una vez olvidadas sus diferencias—. ¿Alguna vez habías visto algo semejante?

—Nunca —respondió Jamie, sonriéndole. Con cierta sorpresa, se le ocurrió que aquellos días en la naturaleza podían ser la última vez que viera o tuviera noticias de William. Esperaba no tener que volver a golpear al muchacho.

En el bosque, siempre había tenido el sueño ligero, y cualquier sonido lo despertaba de inmediato. Permaneció inmóvil un momento, inseguro de lo que lo había producido. Entonces, escuchó un pequeño ruido ahogado y reconoció un llanto contenido. Controló sus deseos de darse la vuelta y consolar al muchacho. Estaba haciendo esfuerzos para que no lo oyera y se merecía conservar su orgullo. Permaneció inmóvil, observando el vasto cielo nocturno que se cernía sobre él, y escuchando.

No era miedo. William no estaba asustado por dormir en los bosques oscuros, y si hubiera algún animal grande cerca, el muchacho no se quedaría callado. ¿Estaría enfermo? Los sonidos eran poco más que una respiración trabajosa, atrapada en la garganta. Tal vez le dolía algo y era demasiado orgulloso para admitirlo. Fue el miedo lo que le impulsó a hablar; si tenía sarampión, no había tiempo que perder; debía llevar el muchacho a Claire de inmediato.

—¿Milord? —dijo suavemente.

Los sollozos cesaron bruscamente. Le oyó tragar y el sonido del paño sobre la piel cuando el chico se pasó una manga por el rostro.

—¿Sí? —dijo el conde intentando mostrar una frialdad sólo alterada por su voz.

—¿Estás enfermo? —Sabía que no era eso, pero era un buen pretexto—. ¿Tienes retortijones? A veces las manzanas secas son traicioneras.

Desde el otro lado del fuego, lo oyó suspirar y sorberse los mocos. El fuego se había apagado hasta convertirse en brasas; aun así, podía ver la forma oscura que se retorcía hasta enderezarse, agazapada al otro lado.

—Yo... ah... sí, creo que tal vez tengo... algo por el estilo.

Jamie se incorporó, dejando que la capa cayera de sus hombros.

—No es muy serio —dijo con calma—. Tengo una poción que cura todos los males de estómago. Descansa, voy a buscar agua.

Se levantó y se alejó, teniendo cuidado de no mirar al muchacho. Cuando regresó del arroyo con la olla llena de agua, Willie se había sonado la nariz y secado las lágrimas, y estaba sentado con la cabeza apoyada sobre las rodillas. No pudo evitar tocarle la cabeza al pasar. Aunque debía evitar esas familiaridades. Su cabello era muy suave y estaba tibio y ligeramente húmedo a causa del sudor.

—Como si te tiraran de las tripas, ¿no? —preguntó mientras llevaba el agua a ebullición.

—Hum.

—Eso pasa pronto. —Buscó en su zurrón y, entre un montón de objetos pequeños, sacó una mezcla de flores y hojas secas que Claire le había dado. No sabía cómo había supuesto que iba a necesitarlas, pero hacía mucho que había dejado de cuestionar sus métodos de curación, ya fueran para enfermedades del espíritu o del cuerpo. Sintió una apasionada gratitud por ella. Sabía lo que había sentido al ver al muchacho. Una cosa era conocer su existencia y otra muy distinta ver la prueba viva de que su marido había compartido la cama con otra mujer. No era de extrañar que se sintiera inclinada a atacar a John, que había venido a restregarle al muchacho por las narices.

—Sólo llevará un momento —le aseguró mientras desmenuzaba la fragante mezcla en una taza de madera, tal y como había visto que lo hacía Claire.

No se lo había reprochado. Al menos, eso pensó, al recordar súbitamente que cuando Claire se enteró de lo de Laoghaire se había puesto hecha una fiera. Tal vez con Geneva Dunsany fue diferente, porque la madre del muchacho ya estaba muerta.

Al darse cuenta de eso, sintió como si le clavaran una estaca. La madre de Willie había fallecido. No su verdadera madre, la que murió en el parto, sino a la que llamó madre durante toda su vida. Y ahora su padre, o el hombre al que llamaba padre. Jamie sintió un involuntario rictus en su boca; su padre estaba enfermo de un mal que había matado a un indio ante los ojos del muchacho unos días antes.

No, no era raro que Willie sufriera en la oscuridad. Era un dolor que él conocía bien desde que perdió a su madre durante la infancia. Debería haberlo reconocido desde el principio.

No era testarudez, ni siquiera lealtad lo que hacía que Willie hubiera insistido en quedarse en el cerro. Era amor por John Grey y miedo por su pérdida. Y era ese mismo amor lo que hacía que el muchacho llorara aquella noche, desesperadamente preocupado por su padre.

Una ráfaga de celos golpeó el corazón de Jamie. Con firmeza los rechazó; tenía la suerte de saber que su hijo disfrutaba de una afectuosa relación con su padrastro. He ahí la realidad. No obstante, la realidad parecía que le había dejado un moratón en el corazón; podía sentirlo cuando respiraba.

Cuando el agua comenzó a hervir, la vertió sobre la mezcla y un aroma dulce ascendió con el humo. Valeriana y menta gatuna, le había dicho ella. Raíz de pasiflora empapada en miel, finamente molida. Y, de fondo, el olor dulce y semialmizclado de la lavanda.

—No te lo tomes tú —le había dicho de manera informal cuando se lo entregó—. Lleva lavanda.

De hecho, no lo molestaba si estaba avisado. Tan sólo cuando el olor lo pillaba desprevenido le entraban unas náuseas repentinas. Claire había visto los efectos que le provocaba demasiadas veces como para ignorarlo.

—Ya está —dijo alcanzándole la jarra al muchacho, y preguntándose si, en el futuro, al chico le molestaría el aroma a lavanda, o si le parecería un recuerdo reconfortante. Supuso que aquello dependería de si John Grey vivía o moría. La pausa había permitido que Willie recuperara la compostura exterior, pero su rostro seguía marcado por el dolor. Jamie sonrió al muchacho, ocultando su propia preocupación. Conociendo como conocía a John y a Claire, él tenía menos miedo que el muchacho, pero el temor seguía ahí, persistente como una espina en la planta del pie—. Esto lo alivia todo —comentó, haciendo un gesto a la jarra—. Lo ha preparado mi esposa, que es una buena sanadora.

—¿Lo es? —El muchacho inhaló el vapor, tembloroso, y tocó con la lengua el líquido—. La he visto... hacer cosas. Con el indio que murió. —La acusación era clara; ella lo había cuidado y el hombre había muerto.

Ni Claire ni Ian habían hablado mucho del tema, ni él había sido capaz de preguntarle qué había ocurrido. Ella había enarcado una ceja y le había lanzado una mirada para advertirle que no debía hablar de ello delante de Willie, que había venido del granero con ella, pálido y pegajoso.

—¿Sí? —preguntó con curiosidad, ya que Claire no había tenido tiempo de explicarle nada—. ¿Qué clase de cosas?

¿Qué diablos habría hecho?, se preguntó. Nada que causara la muerte del hombre, eso lo habría notado al verla. Tampoco se había sentido culpable, ni desamparada. La había sostenido entre sus brazos más de una vez, para reconfortarla mientras sollozaba por lo que no podía salvar. Esta vez parecía callada, y tan apagada como Ian, pero no disgustada. Parecía algo perpleja.

—Tenía barro en la cara. Y cantaba. Creo que era una canción papista, era en latín y tenía algo que ver con los sacramentos.

—¿Cómo? —Jamie ocultó su propia sorpresa ante esa descripción—. Sí, bien. Tal vez quiso darle al hombre un poco de consuelo al ver que no podía salvarlo. Los indios son mucho más sensibles a los efectos del sarampión. Una infección que matara a uno de ellos no haría nada en un hombre blanco. Yo tuve sarampión cuando era un niño y no me ocurrió nada. —Sonrió y se estiró, mostrando su evidente salud.

La tensión del muchacho se relajó un poco y tomó un sorbo del té caliente.

—Eso es lo que dijo la señora Fraser. Dijo que papá se iba a poner bien. Ella... ella me dio su palabra.

—Entonces, puedes estar tranquilo —aseguró Jamie—. La señora Fraser es una mujer de palabra. —Tosió y se colocó la capa sobre los hombros. No era una noche fría, pero pequeñas ráfagas de viento descendían de la colina—. ¿Te está sentando bien?

Willie lo miró, desconcertado, y después miró la jarra que tenía en la mano.

—¿Eh? Sí, sí, gracias. Está muy bueno. Me siento mucho mejor. Tal vez no ha sido la comida.

—Quizá no —dijo Jamie, ocultando una sonrisa—. Pero creo que mañana mejoraremos nuestra dieta. Si la suerte nos acompaña tendremos truchas.

Su intento de distracción tuvo éxito. Willie levantó la cabeza, con una expresión de profundo interés.

—¿Truchas? ¿Pescaremos?

—¿Has pescado en Inglaterra? No creo que pueda compararse con estos arroyos, pero tu padre me contó que hay buena pesca en el lago de vuestra comarca.

Contuvo la respiración. ¿Por qué había preguntado eso? Había llevado a William a pescar cuando tenía cinco años al lago que había cerca de Ellesmere. ¿Quería que el muchacho recordara?

—Oh, sí. Es muy buena en los lagos, pero nada es como esto. Nunca he visto algo así. ¡No se parece en nada a Inglaterra! —Willie hizo un gesto vago hacia el arroyo. Las líneas de su rostro se habían suavizado, y una pequeña chispa de vida había vuelto a sus ojos.

—No, claro —Jamie estuvo de acuerdo—. ¿No echas de menos Inglaterra?

William pensó durante un momento mientras terminaba su té.

—No lo creo —contestó, con gesto decidido—. Algunas veces extraño a mi abuela y a mis caballos, pero nada más. Todo lo demás son tutores, lecciones de baile, de latín y de griego. ¡Uf! —Frunció la nariz y Jamie rió.

—Entonces, ¿no te interesa el baile?

—No, hay que bailar con chicas. —Lanzó una mirada a Jamie bajo sus cejas finas y oscuras—. ¿Te gusta la música?

—No —respondió sonriendo—. Pero me gustan las muchachas.

Y a las muchachas les gustará él, pensó, con unos hombros anchos, piernas largas y pestañas largas y oscuras que ocultaban sus lindos ojos azules.

—Sí, bueno, la señora Fraser es muy guapa —dijo el conde con amabilidad. Su boca se curvó de manera repentina—. Aunque estaba muy graciosa con el barro en la cara.

—Me lo imagino. ¿Quieres otra taza, milord?

Claire le había dicho que esa mezcla era sedante y parecía que funcionaba. Mientras hablaban de manera informal sobre los indios y sus extrañas creencias, William bostezaba y se le cerraban los ojos. Al final, Jamie estiró el brazo y tomó la jarra vacía de sus manos, sin que éste se opusiera.

—La noche está fría. ¿Quieres acostarte a mi lado para compartir las mantas?

Aunque la noche no estaba tan fría, Willie aprovechó la excusa con celeridad. Jamie no podía abrazar a un lord para reconfortarlo, y un joven conde tampoco podía admitir que deseaba ese consuelo. No obstante, dos hombres podían dormir juntos sin vergüenza para darse calor.

506

Willie se quedó dormido de inmediato, acurrucado junto a él. Jamie permaneció despierto durante bastante tiempo, con un brazo suavemente apoyado sobre el cuerpo dormido de su hijo.

—Ahora el moteado. Justo encima, y sujétalo con el dedo. —Enrolló el hilo alrededor del diminuto ovillo de lana blanca, hasta alcanzar el extremo de la pluma del pájaro carpintero, de manera que las plumillas se elevaban, temblorosas, en el aire—. ¿Ves? Parece un pequeño insecto que echa a volar.

Willie asintió, atento a la mosca. Había dos pequeñas plumas amarillas de la cola bajo la pluma posterior, que simulaban las alas de un escarabajo.

—Ya veo. Pero ¿qué es lo más importante? ¿El color o la forma?

—Aunque lo son ambos, creo que tiene más valor la forma. —Jamie sonrió al muchacho—. Lo que más importancia tiene es el hambre que tienen los peces. Elige bien el momento y picarán con cualquier cosa... incluso con el anzuelo vacío. Elige mal y será indistinto con qué pesques. Pero no le digas eso a un pescador con mosca, ya que se llevará todo el mérito y no le concederá ninguno a los peces.

Willie, como era habitual, no rió, pero sonrió y tomó la caña de sauce con su nueva mosca.

—¿Ahora es el momento adecuado? —El muchacho miró hacia el agua, protegiéndose la vista con la mano. Estaban bajo la fría sombra de un grupo de sauces negros, pero el sol todavía estaba encima del horizonte y el agua del arroyo brillaba como el metal.

—Sí, las truchas se alimentan cuando se pone el sol. ¿Ves esas ondas en el agua? Están despiertas.

La superficie del agua estaba inquieta; el agua estaba tranquila, pero se formaban decenas de ondas, anillos de luces y sombras que se extendían y se rompían con profusión.

—¿Los anillos? Sí. ¿Son los peces?

—Aún no. Es la eclosión; pequeños mosquitos que salen del cascarón y atraviesan la superficie para salir al aire. La trucha los ve y se acerca a comer.

Sin aviso, una línea plateada saltó en el aire y cayó salpicando agua. Willie jadeó.

—Es un pez —indicó Jamie innecesariamente. Enhebró con rapidez su hilo, ató la mosca y dio un paso adelante—. Ahora mira.

Echó el brazo atrás y movió la muñeca, hacia atrás y hacia delante, sacando más sedal con cada círculo de su antebrazo, hasta que, con un movimiento de muñeca, hizo que el hilo volara en un enorme bucle, y la mosca flotó como un mosquito. Sintió la mirada del muchacho sobre él y se alegró de haber lanzado bien.

Dejó que la mosca flotara durante un instante mientras observaba, a pesar de que era difícil ver con el brillo del agua, y comenzó a tirar poco a poco del sedal. La mosca se hundió con rapidez. El anillo de su desaparición ni siquiera había comenzado a extenderse, antes de tirar con fuerza el hilo y sentir el fuerte tirón como respuesta.

—¡Lo has atrapado! ¡Lo has atrapado! —Podía oír los gritos de Willie bailando excitado, pero era incapaz de alejar su atención del pez.

No tenía carrete, tan sólo la vara que sostenía el sedal. Tiró el extremo de la caña hacia atrás, dejó que cayera suavemente hacia delante y recogió el sedal suelto con un manotazo. Una vez más, tomó el sedal y, de repente, un tirón se llevó todo el hilo ganado y más.

No podía ver otra cosa que los destellos de luz, pero sentía los tirones como si tuviera la trucha entre sus manos, luchando y retorciéndose.

Y entonces...

Libre. El sedal se aflojó y él sintió las vibraciones del esfuerzo en sus músculos mientras recuperaba el aliento.

—¡Se ha escapado! ¡Mala suerte! —Willie salió corriendo por la orilla, con la caña en la mano, y lo miró con simpatía.

—Buena suerte para la trucha. —Aún entusiasmado por la lucha, Jamie hizo una mueca burlona y se secó la cara—. ¿Quieres probar? —Demasiado tarde, recordó que debía llamarlo «lord», pero Willie estaba tan ansioso que no lo advirtió.

Con una expresión decidida, Willie miró de reojo el agua, estiró el brazo y arrojó el sedal. La vara se deslizó entre sus dedos y cayó con elegancia en el agua.

El muchacho dirigió una mirada de profunda desesperación a Jamie, que no ocultó la risa. El joven lord, sorprendido y no muy contento, tardó un momento en recuperarse y devolverle la sonrisa. Hizo un gesto hacia la caña que flotaba a unos tres metros de la orilla.

—Si voy a buscarla, ¿asustaré a los peces?

—Sí. Toma la mía. La recogeré más tarde.

Willie se humedeció los labios y se concentró mientras sostenía con fuerza la nueva caña, probándola con pequeños movimientos y sacudidas. Volviéndose hacia el río, movió el brazo hacia atrás y hacia delante y arrojó el sedal. Se quedó inmóvil; el extremo de su caña extendida formaba una línea perfecta con su brazo. El sedal colgaba sobre la cabeza de William.

—Bien lanzada, milord —dijo Jamie, frotándose la boca con un nudillo—. Pero creo que debemos poner primero otra mosca.

—¿Sí? —Willie aflojó su rígida postura y miró avergonzado a Jamie—. No había pensado en eso.

Después de esas desgracias, el conde permitió que Jamie le colocara una nueva mosca y lo cogiera de la muñeca para enseñarle la forma adecuada de lanzar el sedal. En pie tras el muchacho, cogió la muñeca derecha de Willie, maravillándose de la elasticidad del brazo y del tamaño de los huesos, que ya prometían grandeza y fuerza. La piel del muchacho estaba fresca por el sudor, y el movimiento de su brazo se parecía al de la trucha en el sedal, vivo y muscular, vigoroso al tacto. Cuando la muñeca de William se liberó, Jamie tuvo un momento de confusión y una curiosa sensación de pérdida al romperse el contacto.

—Esto no está bien —dijo Willie, volviéndose para mirarlo—. Tú lanzas con la mano izquierda.

—Pero yo soy zurdo, milord. La mayoría de los hombres lanzan con la derecha.

—¿Zurdo? —La boca de Willie se curvó otra vez.

—Mi mano izquierda es más conveniente para la mayoría de las cosas que la derecha.

—Es lo que he pensado que significaba. Yo también. —Willie parecía complacido y algo avergonzado por su declaración—. Mi... mi madre decía que no era correcto y que debía aprender a usar la otra, como deben hacerlo los caballeros. Pero papá dijo que no, e hizo que me dejaran escribir con la mano izquierda. Dijo que no importaba si parecía torpe con la pluma, puesto que cuando se tratara de pelear con espada sería una ventaja.

—Tu padre es un hombre inteligente. —Su corazón se debatió entre la gratitud y los celos, pero el primer sentimiento era mucho mayor.

—Papá era soldado. —Willie se enderezó un poco e irguió sus hombros con orgullo—. Peleó en Escocia, en... bueno, ejem. —Tosió y su rostro se puso morado al ver la capa de Jamie y darse cuenta de que, posiblemente, estaba hablando con un guerrero derrotado en aquella guerra. Jugó con nerviosismo con la caña sin saber dónde mirar.

—Sí, lo sé. Allí fue donde lo conocí. —Se cuidó bien de mantener un tono indiferente. Recordar las circunstancias de aquel primer encuentro sería injusto para John, quien le permitía pasar aquellos valiosos días con su hijo—. Era un soldado muy gallardo —añadió Jamie con un rostro serio—. Y tenía razón sobre las manos. ¿Ya has empezado a aprender con la espada?

—Sólo un poco. —Willie olvidó su incomodidad entusiasmado por el nuevo tema—. Tengo una espada pequeña desde que tenía ocho años, y aprendí a hacer fintas y a parar. Papá dice que tendré una espada adecuada cuando lleguemos a Virginia. Ya soy lo bastante alto para estocadas y paradas.

—Ah, bien, si coges la espada con la mano izquierda, no creo que haya problema en que lo hagas con la caña. Vamos a intentarlo de nuevo o no tendremos comida.

Al tercer intento, la mosca cayó para flotar apenas un segundo, antes de que una trucha pequeña, pero hambrienta, saliera a la superficie y se la tragara. Willie soltó un grito de entusiasmo y tiró de la caña con tanta fuerza, que la aturdida trucha salió volando por encima de su cabeza, para aterrizar con un golpe en la orilla.

—¡Lo he conseguido! ¡Lo he conseguido! ¡He pescado un pez! —Willie agitó su caña y empezó a correr en pequeños círculos. Comenzó a saltar, olvidando su dignidad y su título.

—Claro. —Jamie recogió la trucha, que medía alrededor de quince centímetros, y dio una palmada en la espalda al saltarín conde para felicitarlo—. ¡Bien hecho, muchacho! Parece que hay pique, vamos a intentar sacar un par más, ¿eh?

Las truchas estaban picando muy bien. Para cuando el sol se ocultaba por las lejanas montañas negras y el agua plateada adquirió el color del peltre apagado, tenían una respetable cantidad de truchas. Los dos estaban empapados, agotados, medio cegados por el resplandor y muy contentos.

—Nunca he probado nada tan delicioso —dijo Willie con voz de sueño—. Nunca. —Estaba desnudo, envuelto en una manta y había tendido la ropa en un árbol. Se echó hacia atrás con un suspiro de felicidad y un leve eructo.

Jamie puso su capa húmeda sobre un arbusto y añadió otro pedazo de madera en la hoguera. Gracias a Dios, el tiempo era bueno, pero había refrescado al anochecer, a causa del viento nocturno. Se quedó cerca de la hoguera y dejó que el aire caliente se elevara por el interior de su camisa. El calor le recorría los muslos y le tocaba el pecho y el vientre, reconfortante como las manos de Claire sobre la piel fresca de su entrepierna.

Permaneció en silencio un rato, observando al muchacho sin parecer que lo miraba. Dejando la vanidad a un lado y siendo justo, William le parecía un niño apuesto. Más delgado de lo que debería, ya que se le veían todas las costillas, pero, en general, con unos músculos enjutos y bien formados.

El chico había vuelto la cabeza para observar el fuego y podía mirarlo con más libertad. La savia de pino crujió y reflejó durante un momento una luz dorada sobre el rostro de Willie.

Jamie permaneció inmóvil, sintiendo el latido de su corazón mientras lo observaba. Era uno de esos extraños momentos que en raras ocasiones ocurrían, pero que cuando lo hacían, nunca se olvidaban. Instantes que grababa en su corazón y su mente y que recordaría con todos sus detalles durante toda su vida.

No había manera de saber qué era lo que hacía que estos momentos fueran distintos del resto, aunque los reconocía cuando surgían. Había visto cosas mucho más espantosas y hermosas, y apenas las recordaba. Pero aquellos momentos tranquilos llegaban sin aviso, e imprimían en su mente una imagen aleatoria e indeleble de las cosas más comunes. Eran como las fotografías que le había traído Claire, excepto que los momentos duraban más que las imágenes.

Tenía un recuerdo así de su padre: manchado y embarrado, sentado en la pared de la cuadra, con el frío viento de Escocia agitando su cabello oscuro. Podía evocarlo y oler el aroma de la paja seca y el estiércol, sentir sus propios dedos helados por el viento y su corazón caldeado por la luz de los ojos de su padre.

Tenía breves visiones de Claire, de su hermana, de Ian... pequeños momentos recortados del tiempo y muy bien conservados por una extraña alquimia de la memoria, fijados en su mente como un insecto en ámbar. Y ahora tenía otro. Durante toda su vida podría recordar este momento. Podría recordar el viento frío en su rostro y el tacto del vello de sus muslos, medio chamuscado por el fuego. Podría oler la trucha frita con harina de maíz y sentir el pinchazo de una finísima espina en su garganta.

Podría oír la calma oscura del bosque detrás de él y el suave ajetreo del arroyo cercano. Recordaría para siempre la dorada luz del fuego en el dulce rostro de su hijo.

—*Deo gratias* —murmuró, y se dio cuenta de que lo había dicho en voz alta cuando el muchacho se volvió, sorprendido.

—¿Cómo?

—Nada. —Para ocultar el momento, se volvió y tomó la capa medio seca que había dejado en el arbusto. Incluso empapada, la lana de las Highlands conservaba el calor y protegía del frío—. Debes dormir —dijo, sentándose y colocándose los pliegues húmedos la capa—. Mañana será un largo día.

—No tengo sueño. —Para demostrarlo, Willie se sentó y se pasó las manos por la cabeza, frotándose con fuerza el cabello y dejándoselo en punta.

Jamie sintió un sobresalto al reconocer aquel gesto como propio. De hecho, iba a hacer exactamente lo mismo y tuvo que contenerse con gran esfuerzo.

Trató de sosegarse, y echó mano de su zurrón. No. Al muchacho nunca se le ocurriría... un chico de aquella edad prestaba poca atención a nada que sus mayores dijeran o hicieran. Tampoco se les ocurría observarlos con detenimiento. Aun así, habían corrido un riesgo muy grande; el rostro de Claire había sido suficiente para hacerle entender lo mucho que se parecían.

Respiró hondo y comenzó a preparar las moscas para los anzuelos. Las habían usado todas, y si quería pescar para el desayuno necesitaba reponerlas.

—¿Puedo ayudar? —Willie no esperó el permiso, rodeó la hoguera y se sentó al lado de Jamie. Sin comentarios, éste empujó la caja de madera con plumas de pájaros hacia el muchacho y cogió un anzuelo del corcho donde colgaban.

Durante un rato trabajaron en silencio, tan sólo deteniéndose de vez en cuando para que Jamie le diera un consejo o lo ayudara. Willie se cansó del trabajo, dejó a un lado un anzuelo a medio hacer y empezó a hacer preguntas a Jamie sobre la pesca, la caza, el bosque, los indios y el lugar al que se dirigían.

—No —respondió Jamie a una de esas preguntas—. Nunca he visto un cuero cabelludo en la aldea. Son buena gente, ahora bien, si les haces algún daño, no tardan en vengarse. —Sonrió con ironía—. En ese aspecto, me recuerdan un poco a los escoceses de las Highlands.

—La abuela dice que los escoceses tienen hijos... —terminó bruscamente su comentario, con el rostro ruborizado y la vista concentrada en su trabajo.

—¿Como conejos? —Jamie dejó ver la ironía y la sonrisa.

Willie miró con cautela.

—Algunas veces las familias escocesas son muy grandes, es cierto. —Jamie sacó una pluma de chochín de la cajita y la colocó con cuidado sobre su anzuelo—. Consideramos que los hijos son una bendición.

Willie se enderezó un poco más mientras su rubor desaparecía.

—Entiendo. ¿Tú tienes muchos hijos?

Jamie dejó caer la pluma.

—No, no muchos —contestó, con los ojos clavados en el suelo.

—Lo siento... no pensaba, es que...

Jamie levantó la vista y vio que Willie se había ruborizado otra vez, y despanzurraba una mosca a medio terminar.

—¿No pensabas qué? —preguntó intrigado.

Willie tragó aire.

—Bueno, la... la... enfermedad, el sarampión. No he visto chicos, pero no lo he pensado cuando lo he dicho... quiero decir... que tal vez tenías alguno, pero...

—Oh, no. —Jamie sonrió para tranquilizarlo—. Mi hija ya es mayor y hace tiempo que vive en Boston.

—Ya. —Willie dejó escapar el aire con gran alivio—. ¿Eso es todo?

La pluma que se había caído al suelo se movió con el viento, traicionando su presencia en las sombras. Jamie la agarró con el pulgar y el índice, y la levantó del suelo.

—No, también tengo un hijo —dijo mientras el anzuelo se clavaba en la punta de su pulgar y una gota de sangre caía sobre la superficie de metal—. Un buen muchacho al que quiero mucho, aunque ahora no está en casa.

28

Conversación acalorada

Al final de la tarde, Ian tenía los ojos vidriosos y la frente caliente. Se sentó en su camastro para saludarme en medio de alarmantes balanceos y con los ojos desenfocados. No tenía la más mínima duda; no obstante, le examiné la boca para confirmarlo; las pequeñas manchas blancas de Koplik en la membrana mucosa rosa oscura confirmaban con toda seguridad el diagnóstico. Aunque la piel del cuello seguía siendo clara e infantil bajo su cabello, comenzaban a apreciarse unas pequeñas manchas rosadas aparentemente inofensivas.

—Bien —dije resignada—. Lo tienes. Lo mejor es que te vengas conmigo a casa y así podré cuidarte con más comodidad.

—¿Tengo el sarampión? ¿Voy a morirme? —preguntó. No parecía demasiado interesado; su atención se centraba en alguna visión interior.

—No —respondí, decidida, esperando tener razón—. Te encuentras muy mal, ¿no?

—Me duele un poco la cabeza —respondió.

Podía verlo; tenía el ceño fruncido y bizqueaba incluso ante la luz tenue de mi vela.

Por suerte todavía podía caminar, pensé mientras lo veía descender, tambaleante, por la escalera. Aunque parecía flaco y desgarbado, me sacaba más de veinte centímetros y al menos quince kilos de peso.

No había más de veinte metros hasta la cabaña, pero al llegar, Ian temblaba por el agotamiento. Cuando entramos, lord John se sentó e hizo un gesto para levantarse de la cama, pero se lo impedí.

—Quédese —dije mientras colocaba a Ian en un taburete—. Puedo arreglármelas.

Yo había dormido en la hamaca; tenía almohada, sábanas y una manta. Ayudé a Ian a quitarse los calzones y las medias y lo metí en la cama. Tenía fiebre y aspecto de que se encontraba mucho más enfermo de lo que parecía a la luz de su cobertizo.

La infusión de corteza de sauce que había dejado reposando estaba oscura y aromática, lista para beber. La serví con cuidado, mirando a lord John.

—La he preparado para usted. Pero si puede esperar...

—Por supuesto, désela al muchacho —dijo, haciendo un gesto—. Esperaré. ¿Puedo ayudar en algo?

Pensé en sugerirle que, si realmente quería ayudarme, podía ir hasta el retrete en lugar de usar la bacinilla que yo tenía que vaciar, pero podía ver que todavía no estaba en condiciones de salir solo durante la noche. No quería tener que explicarle al joven William que había permitido que el padre que le quedaba, o, como mínimo, el que él conocía, fuera devorado por osos, y mucho menos por la neumonía.

Así que me limité a negar con la cabeza y me arrodillé para darle la medicina a Ian. Se sentía suficientemente bien como para hacer muecas y quejarse del sabor, lo que me pareció tranquilizador. Aun así, era evidente que le dolía mucho la cabeza; la arruga de su entrecejo era tan profunda que parecía que se la hubieran tallado con un cuchillo.

Luego me senté en la cama y puse la cabeza del muchacho en mi regazo para darle un masaje en las sienes. Coloqué los pulgares sobre sus cejas y presioné hacia arriba; dejó escapar un gemido de disgusto, pero luego se relajó dejando caer la cabeza sobre mi falda.

—Respira —le ordené—. No importa si está un poco sensible al principio; significa que he encontrado el punto exacto.

—Está bien —susurró. Su mano, grande y caliente, se cerró apretando mi muñeca—. Es lo que hacía el chino, ¿no?

—Así es. Se refiere a Yi Tien Cho, el señor Willoughby —expliqué a lord John, que observaba el procedimiento con gesto asombrado—. Es una forma de aliviar el dolor que consiste en aplicar presión en ciertos puntos del cuerpo. Esto en concreto es bueno para el dolor de cabeza. Me lo enseñó el chino.

Vacilé al mencionar al pequeño chino ante lord John, ya que la última vez que nos encontramos en Jamaica, lord John tenía cuatrocientos hombres, entre soldados y marineros, recorriendo la isla para capturar al señor Willoughby como sospechoso de un crimen particularmente atroz.

—Él no lo hizo, ¿sabe? —Me sentí forzada a decir.

Lord John levantó una ceja.

—Eso está bien —intervino con sequedad—, ya que nunca conseguimos atraparlo.

—Me alegro. —Miré a Ian y moví mis pulgares hacia fuera presionando otra vez.

Aún tenía el gesto rígido por el dolor, pero me pareció que las comisuras de sus labios ya no estaban tan blancas.

—Eh... ¿Debo suponer que sabe quién mató a la señora Alcott? —La voz de lord John era informal. Le lancé una mirada, pero su rostro no mostraba nada más allá de la mera curiosidad y una generosa cantidad de manchas.

—Sí, lo sé —dije vacilando—, pero...

—¿Lo sabes? ¿Un asesino? ¿Quién fue? ¿Qué sucedió, tía? ¡Ay! —Los ojos de Ian se abrieron con interés bajo la presión de mis dedos y se cerraron por el dolor que le producía la luz del fuego.

—Quédate quieto —ordené mientras masajeaba los músculos de delante de sus orejas—. Estás enfermo.

—¡Aaah! —exclamó, pero volvió a quedarse inmóvil mientras el colchón de cáscaras de maíz crujía bajo su cuerpo delgado—. Está bien, tía. Pero ¿quién fue? No puedes empezar a contar cosas como ésta y dejarlas a la mitad, esperando que me duerma sin conocer el resto. ¿Puede hacerlo? —Abrió un ojo pidiendo ayuda a lord John, quien le sonrió.

—No quiero responsabilidades en el asunto —aseguró—. Sin embargo —continuó con firmeza, dirigiéndose a Ian—, debes pensar que tal vez la historia incrimine a alguien que tu tía prefiere proteger. En ese caso, sería una desconsideración insistir en los detalles.

—No, nada de eso —le aseguró Ian con los ojos cerrados—. El tío Jamie no mataría a nadie salvo que tuviera una buena razón.

Con el rabillo del ojo vio cómo lord John se sobresaltaba. Era evidente que no se le había ocurrido que podría haber sido Jamie.

—No —aseguré, viendo su entrecejo fruncido—. No fue él.

—Bueno, si yo tampoco fui —afirmó Ian con petulancia—, ¿a quién más ibas a proteger, tía Claire?

—Te estás haciendo ilusiones, Ian —dije secamente—. Pero ya que insistes...

De hecho, mi vacilación se debía a mis deseos de proteger al joven Ian. Nadie más podía salir perjudicado por la historia: el asesino estaba muerto y, por lo que yo sabía, el señor Willoughby también había perecido en las junglas de las colinas de Jamaica, aunque esperaba de todo corazón que no fuera así.

La historia involucraba a alguien más: la mujer que primero conocí como Geillis Duncan y más tarde como Geillis Abernathy, la misma que ordenó que secuestraran a Ian en Escocia, lo tuvo prisionero en Jamaica y le hizo pasar por cosas que mucho tiempo después pudo empezar a explicarnos.

Aun así, parecía que no tenía escapatoria. Ian estaba malhumorado como un niño que insiste en que le cuenten un cuento para dormir, y lord John estaba sentado en la cama como una ardilla esperando nueces, con los ojos brillantes por el interés.

Los dos enfermos estaban esperando mi historia, así que, reprimiendo la macabra necesidad de comenzar con el «érase una vez...», me apoyé en la pared y, con la cabeza de Ian todavía sobre mi falda, comencé la historia de Rose Hall y su señora, la bruja Geillis Duncan, el reverendo Archibald Campbell y su extraña hermana Margaret, el diablo de Edimburgo y la profecía de Fraser y la noche de fuego y sangre de cocodrilo, cuando los esclavos de seis plantaciones a lo largo del río Yallahs se rebelaron y mataron a sus amos, animados por el *houngan* Ishmael.

De los acontecimientos posteriores en la cueva de Abandawe, en Haití, no comenté nada. Después de todo, Ian había estado allí. Y esos hechos no tenían nada que ver con el asesinato de Mina Alcott.

—Un cocodrilo —murmuró Ian. Tenía los ojos cerrados y su cara se había relajado con la presión de mis dedos, pese a la naturaleza horripilante de mi historia—. ¿Lo viste, tía?

—No sólo lo vi, sino que lo pisé —aseguré—. O más bien, primero lo pisé y luego lo vi. Si lo hubiera visto antes habría salido corriendo.

Se oyó una risa desde la cama. Lord John se rascaba un brazo sonriendo.

—Debe encontrar la vida muy aburrida aquí después de sus aventuras en las Antillas.

—Puedo soportar un poco de aburrimiento —comenté con sabiduría.

Miré involuntariamente la puerta cerrada, donde había apoyado el mosquete de Ian, que había traído del almacén cuando había ido a buscarlo. Jamie se había llevado su propia arma, pero sus pistolas estaban en el aparador, cargadas y preparadas, tal y como me las había dejado, con la cartuchera y la pólvora junto a ellas.

La cabaña estaba caliente, con el fuego emitiendo destellos dorados y rojos sobre las paredes, y el aire repleto de los aromas reconfortantes del estofado de ardilla y el pan de calabaza, y el olor intenso y amargo de la infusión de sauce. Acaricié la mandíbula de Ian. Aún no había sarpullido, pero tenía la piel tirante y caliente... aún muy caliente, a pesar de la corteza de sauce.

Hablar de Jamaica me había distraído un poco de mis preocupaciones por Ian. El dolor de cabeza no era un síntoma extraño para alguien con sarampión, pero el dolor severo y prolongado sí. La meningitis y la encefalitis eran peligrosas y posibles derivaciones de la enfermedad.

—¿Cómo está tu cabeza? —pregunté.

—Un poco mejor —respondió, tosiendo con los ojos cerrados. Luego los abrió con cuidado. Las oscuras hendiduras brillaban por la fiebre—. Tengo mucho calor, tía.

Me levanté del camastro, mojé un trapo en agua fría y se lo pasé por la cara haciendo que se estremeciera. Tenía los ojos cerrados otra vez.

—La señora Abernathy me dio a beber amatista para el dolor de cabeza —murmuró.

—¿Amatista? —Estaba asombrada, pero seguí hablando con suavidad—. ¿Bebiste amatista?

—Disuelta en vinagre. Y perlas en vino dulce, pero eso era para la cama —dijo. Tenía la cara roja e hinchada, y volvió la mejilla hacia la almohada fresca, buscando alivio—. Era muy buena para las piedras preciosas. Quemó polvo de esmeraldas en la llama de una vela negra y frotó mi pene con el diamante. Dijo que era para mantenerlo duro.

Oí un débil sonido desde la otra cama, levanté la vista y vi a lord John apoyado en un hombro con los ojos muy abiertos.

—¿Y funcionaron las amatistas? —Sequé la cara de Ian con el trapo.

—El diamante, sí. —Intentó reír con picardía adolescente, pero sólo pudo toser.

—Me temo que aquí no tenemos amatistas —comenté—, pero hay vino si quieres. —Quería, y lo ayudé a beber un poco rebajado con agua, luego se volvió a acostar con el rostro enrojecido y los ojos hinchados. Lord John también se había acostado y observaba, dejando su pelo rubio suelto sobre la almohada.

—Para eso es para lo que ella quería a los muchachos. —Tenía los ojos cerrados por la luz, pero estaba claro que podía ver algo, aunque fuera en la neblina de su memoria. Se mojó los labios, que comenzaban a agrietársele. Empezaba a moquear de nuevo—. Decía que la piedra crecía en las entrañas del muchacho que elegía. Éste no tenía que haber estado nunca con una muchacha, eso era importante. Si no era así la piedra no funcionaría. Si el muchacho ya había conocido mujer... —Hizo una pausa para toser y se quedó sin aliento, con la nariz goteando. Le alcancé el pañuelo.

—¿Para qué quería ella la piedra? —El rostro de lord John estaba lleno de simpatía. Sabía demasiado bien cómo se sentía Ian en ese momento, pero la curiosidad lo impulsaba a preguntar. No me opuse, yo también tenía ansias de saber.

Ian comenzó a negar con la cabeza, pero se detuvo con un gemido.

—¡Ah! ¡Mi cabeza parece que vaya a reventar! No lo sé. No me lo dijo. Sólo que era necesario, que tenía que tenerla para estar se... gura. —Casi no pudo terminar por un ataque de tos. Era el peor hasta entonces; sonaba como el ladrido de un perro.

—Mejor no hables... —comencé, cuando me interrumpió un suave golpe en la puerta.

Me quedé inmóvil con el paño aún en la mano mientras lord John salía de la cama y sacaba la pistola de una de sus largas botas. Se llevó el dedo a los labios para pedir silencio, e hizo un gesto hacia las pistolas de Jamie. Me moví silenciosa hacia el aparador y cogí una, reconfortada por el peso suave y sólido en mi mano.

—¿Quién anda ahí? —preguntó lord John con una voz sorprendentemente fuerte.

La respuesta fue una serie de rasguños y un débil gemido. Suspiré y bajé la pistola, dividida entre la irritación, el alivio y la diversión.

—Es tu maldito perro, Ian —dije.

—¿Está segura? —preguntó lord John en voz baja, todavía empuñando la pistola—. Podría ser una trampa de los indios.

Ian se volvió hacia la puerta con esfuerzo.

—¡*Rollo*! —gritó con voz ronca y entrecortada.

Rollo conocía la voz de su amo, ronca o no; se oyó un profundo y alegre ladrido, seguido de una serie de frenéticos saltos y rasguños.

—Odioso perro —comenté, apresurándome a abrir la puerta—. Deja de hacer ruido o te convertiré en una alfombra, una chaqueta o algo parecido.

Mi amenaza recibió la atención que merecía. *Rollo* entró enloquecido de alegría y lanzó sus setenta kilos sobre la cama de Ian, haciendo que se balanceara y crujiera peligrosamente. Ignorando los gritos de protesta de su ocupante, procedió a lamerle la cara y los brazos, que había levantado para protegerse del ataque de babas.

—Perro malo —dijo Ian, tratando de apartarlo y riendo pese a su incomodidad—. Perro malo, abajo, te he dicho.

—¡Abajo! —repitió lord John, con un tono helado.

Rollo, interrumpido en sus demostraciones de afecto, se volvió hacia lord John con las orejas hacia atrás. Levantó el labio y le mostró los dientes. Lord John se sobresaltó y levantó su pistola con un gesto convulsivo.

—¡Abajo, *a dhiobhuil*! —ordenó Ian, empujando los cuartos traseros de *Rollo*—. ¡Aparta el trasero peludo de mi cara, animal malvado!

Rollo olvidó de inmediato a lord John, dio unas vueltas alrededor de la cama, giró tres veces, frotó la ropa de cama con las pezuñas y se desplomó cerca del cuerpo de su amo. Lamió la oreja de Ian y, con un gran suspiro, se colocó sobre la almohada con el hocico entre las patas.

—¿Quieres que lo saque, Ian? —me ofrecí, observando las pezuñas, aunque no sabía cómo con un perro del tamaño y el temperamento de *Rollo*, si no era disparándole con la pistola de Jamie y arrastrando el cuerpo de la cama. Por eso, me sentí aliviada cuando Ian negó con la cabeza.

—No, déjalo —dijo tosiendo—. Es un buen muchacho. ¿Verdad, *a charaid*? —Apoyó una mano en el pescuezo del perro y su mejilla sobre el cuerpo peludo.

—Muy bien, entonces a dormir. —Moviéndome despacio, le toqué la frente, mirando los ojos amarillos que me vigilaban. La fiebre había bajado un poco, aunque seguía caliente. Si le subía durante la noche, era probable que fuera sucedida por violentos temblores, e Ian encontraría consuelo en la masa peluda de *Rollo*.

—*Oidhche mhath.* —Ya estaba medio dormido, deslizándose en los vívidos sueños de la fiebre, y su «buenas noches» no fue más que un murmullo.

Me moví por la habitación sin hacer ruido, ocupándome de guardar los resultados del trabajo del día en la despensa: una cesta de cacahuetes recién recogidos para lavar, secar y guardar; una bandeja de juncos cubiertos con una capa de grasa de tocino para hacer velas. Removí la cebada que fermentaba en la tina, estrujé la cuajada del suave queso que estaba elaborando y perforé el pan, listo para hacer hogazas y hornearlo por la mañana, cuando el pequeño horno construido en un lado del fuego estuviera caliente después de toda la noche.

Cuando regresé, Ian dormía profundamente y *Rollo*, que también tenía los ojos cerrados, apenas abrió un ojo al oírme. Miré hacia lord John, que todavía estaba despierto, pero él no me miró.

Me senté al lado del fuego y cogí la gran canasta de la lana. Tenía un diseño indio verde y negro; Gabrielle había dicho que aquella imagen se llamaba devorador del sol.

Habían transcurrido dos días desde que Jamie y Willie se habían marchado. Dos días de camino hasta la aldea tuscarora y otros dos días para regresar, si no sucedía nada que los detuviera.

—Tonterías —murmuré. Nada los iba a detener. Pronto estarían de vuelta en casa.

La canasta estaba llena de madejas de lana y de hilo. Algunas me las había regalado Yocasta y otras las había hilado yo. La diferencia era obvia, pero utilizaría mis toscas hebras para algo, no para medias o casacas, pero sí para cubrir la tetera, algo que no tuviera mucha forma para ocultar todas mis deficiencias.

Jamie se había mostrado impresionado y divertido en Lallybroch, cuando descubrió que yo no sabía tejer. La cuestión nunca había surgido en Lallybroch, donde Jenny y las sirvientas se ocupaban del tejido y yo realizaba otras tareas en la despensa y el jardín, y nunca tomaba la aguja, excepto para algún remiendo sencillo.

—¿No sabes tejer? —preguntó, incrédulo—. ¿Y cómo conseguías medias para el invierno en Boston?

—Las compraba —contesté.

Miró con intención el claro en el que estábamos sentados, admirando la cabaña a medio terminar.

—Puesto que no veo ninguna tienda por aquí, supongo que será mejor que aprendas, ¿no?

—Supongo. —Observé con recelo la canasta que me había dado Yocasta. Estaba bien equipada, con tres agujas circulares de diferentes tamaños y un siniestro juego de cuatro agujas de marfil de doble punta, esbeltas como estiletes, que sabía que se usaban de alguna misteriosa manera para tejer la curva de los talones de las medias—. Le pediré a Yocasta que me enseñe, la próxima vez que bajemos a River Run. El año que viene, tal vez.

Jamie resoplo, y alzó una aguja y un ovillo de hilo.

—No es tan difícil, Sassenach. Mira, se hace así. —Sacando el hilo de su puño cerrado, lo enrolló alrededor de su pulgar, lo deslizó sobre la aguja y, con rapidez, formó una larga hilera de puntos en cuestión de segundos. A continuación, me entregó la otra aguja y otro ovillo—. Ahora inténtalo tú.

Pero ahora que debía aprender, la sorprendida era yo, al enterarme de que Jamie sí que sabía tejer.

—Por supuesto que sé —me había dicho, contemplándome intrigado—. Me enseñaron cuando tenía siete años. ¿En tu época no les enseñan de todo a los chicos?

—Bueno —me sentí medio tonta—, algunas veces les enseñan a las niñas, pero a los chicos no.

—A ti no te enseñaron, ¿verdad? Además, tampoco es bordado, Sassenach, es simple punto. Mira, toma tu pulgar y húndelo...

Así descubrí que Ian también sabía tejer, y se moría de risa ante mi desconocimiento. Él me enseñó a tejer y a hacer punto del revés, explicándome, entre bufidos de mofa ante mis esfuerzos, que todos los niños aprendían a tejer en las Highlands, lo que era una ocupación muy útil para las largas horas al cuidado de las ovejas o las vacas.

—Una vez el hombre se casa y tiene una esposa que lo haga por él y un hijo que se ocupe de las ovejas, quizá ya no tenga que confeccionarse sus propias medias —había dicho Ian, ejecutando hábilmente un talón antes de devolverme la media—, pero hasta los niños pequeños saben hacerlo, tía.

Eché un vistazo a mi proyecto actual: unos veinticinco centímetros de un chal de lana que permanecía en el fondo de la cesta. Yo había aprendido lo básico, pero tejer seguía siendo una batalla, con los nudos del hilo y las agujas resbaladizas, en lugar de esa actividad que resultaba tan relajante para Jamie e Ian, con las agujas chocando en sus enormes manos junto al fuego, reconfortantes como el sonido de grillos en la chimenea..

Aquella noche no, pensé. No podía. Algo mecánico, como enrollar los ovillos. Eso sí. Aparté las medias de rayas, para presumir, y a medio terminar, que Jamie estaba confeccionando y saqué una pesada madeja de lana azul recién teñida, aún perfumada por el tinte.

Por lo general me gustaba el olor a hilo nuevo, con su suave aroma a oveja, el olor terroso del añil y el intenso aroma del vinagre que se usaba para fijar el tinte. Aquella noche me resultaba sofocante, puesto que se mezclaba con el humo, la cera de las velas, los olores acres de los cuerpos masculinos y la enfermedad (un aroma a sábanas sudadas y bacinillas usadas), y todos los olores estaban atrapados en el aire viciado de la estancia.

Dejé el tejido sobre mi falda y cerré los ojos un instante. Sólo quería desnudarme y lavarme con una esponja y agua fría, antes de deslizarme entre las sábanas limpias de mi cama y permanecer inmóvil, dejando que el aire fresco penetrara por la ventana abierta y me diera en la cara mientras yo flotaba hasta el olvido.

Pero había un inglés sudoroso en una de mis camas y un perro asqueroso en la otra, por no hablar del adolescente que estaba claro que iba a pasar una mala noche. Hacía días que no lavaba las sábanas, y cuando lo hiciera, sería un laborioso trabajo de hervir, levantar y escurrir. Aquella noche, mi cama, si es que conseguía dormir, sería un catre hecho con una manta plegada y un saco de lana cardada a modo de almohada. Respiraría oveja toda la noche.

Cuidar enfermos era una tarea pesada y estaba muy cansada. Por un instante, deseé que todos se fueran. Abrí los ojos y miré a lord John con resentimiento, pero el ataque de autocompasión se desvaneció al verlo. Estaba tumbado boca arriba, con un brazo detrás de la cabeza y mirando sombrío hacia el techo. Los ojos ensombrecidos hacían que su rostro pareciera marcado por la ansiedad y el dolor. Tal vez fuera efecto del fuego, pero me sentí avergonzada. Era cierto que no había querido que permaneciera allí, que estaba molesta por su intrusión en mi vida y el peso de las obligaciones que me había traído su enfermedad. Su presencia, por no hablar de la de William, me causaba inseguridad. Pero pronto se marcharían, Jamie volvería a casa, Ian mejoraría y tendría de nuevo mi paz, mi felicidad y mis sábanas limpias. Lo que le había sucedido a él era para siempre.

John Grey había perdido a su esposa, como él la consideraba. Hacía falta valor para traer aquí a William y dejar que fuera con Jamie. Yo no quería hacerme a la idea de que aquel maldito hombre no había podido evitar el sarampión.

Dejé la lana a un lado por un momento y me levanté para poner una olla en el fuego. Una buena taza de té me parecía lo más apropiado. Cuando me levanté, vi que lord John volvía la cabeza, ya que mi movimiento lo había distraído de sus pensamientos.

—¿Té? —pregunté, incómoda tras mis poco caritativos pensamientos. Hice un pequeño e incómodo gesto de interrogación hacia la olla.

Sonrió débilmente y asintió.

—Lo agradecería, señora Fraser.

Saqué la caja de té, dos tazas, las cucharas y el azucarero; esa noche no pondría melaza. Una vez que estuvo todo preparado, me senté cerca de la cama y lo tomamos en silencio durante unos instantes; a ambos nos invadía una extraña timidez.

Por último, dejé mi taza y me aclaré la garganta.

—Lo lamento —dije con formalidad, una vez que dejé mi taza—. Tenía la intención de darle mis condolencias por la muerte de su esposa.

Me miró sorprendido durante un instante, e inclinó la cabeza en reconocimiento, correspondiendo a mi formalidad.

—Es una coincidencia que me lo diga en este momento —respondió—. Estaba pensando en ella.

Como estaba acostumbrada a que todo el mundo adivinara mis pensamientos con sólo mirarme a la cara, el cambio me resultó gratificante.

—¿La echa mucho de menos...? —Vacilé un poco, pero la pregunta no le pareció indiscreta. Incluso pensé que él mismo se lo había estado preguntando, ya que respondió de inmediato, aunque de un modo reflexivo.

—En realidad, no lo sé —contestó. Me lanzó una mirada, enarcando una ceja—. ¿Le parece una insensibilidad?

—No puedo decirlo —respondí, un poco cáustica—. Con seguridad, sabe mejor que nadie cómo lo afectó.

—Sí, me afectó. —Dejó caer la cabeza sobre la almohada, con su abundante cabello rubio suelto sobre sus hombros—. O me afecta. Por eso he venido, ¿entiende?

—No, no lo comprendo.

Ian tosió y me levanté para verlo, pero sólo se había dado la vuelta en la cama. Estaba boca abajo, y una mano le colgaba fuera de la cama; todavía estaba caliente, pero la fiebre ya no representaba un peligro; se la levanté y se la coloqué sobre la almohada junto a la cara. Tenía el pelo sobre los ojos, y se lo retiré con suavidad.

—Es muy buena con él. ¿Tiene hijos?

Asombrada, levanté la vista y lo miré. Me observaba con la barbilla apoyada en el puño.

—Yo... nosotros tenemos una hija.

Abrió los ojos.

—¿Nosotros? —preguntó cortante—. ¿La chica es de Jamie?

—No la llame «la chica» —dije, enfadada sin ningún motivo—. Su nombre es Brianna, y sí, es de Jamie.

—Mis disculpas —dijo con educación—. No he querido ofenderla —añadió poco después, en un tono más suave—. Estaba sorprendido.

Lo miré directamente, demasiado cansada para ser diplomática.

—¿Y un poco celoso, quizá?

Su rostro no dejaba traslucir nada tras la fachada de amabilidad. Pero lo seguí mirando hasta que dejó caer la máscara y un destello de comprensión iluminó sus ojos azules.

—Entonces, una cosa más que tenemos en común. —Me asombró su agudeza, aunque no debería. Siempre era desconcertante descubrir que los pensamientos que tú crees ocultos en realidad están a la vista para que todo el mundo los pueda conocer.

—No me diga que no lo pensó cuando decidió venir aquí. —El té se había terminado; dejé a un lado la taza y retomé mi madeja de lana.

Me estudió con los ojos entornados.

—Lo pensé, sí —dijo finalmente. Dejó caer la cabeza sobre la almohada, con la mirada fija en el techo bajo—. Sin embargo, aun en el caso de que yo fuera lo bastante humano o mezquino para pensar que la ofendería al traer a William aquí, debo pedirle que crea que tal ofensa no fue el motivo de mi viaje.

Dejé el ovillo de hilo terminado en la cesta y tomé otra madeja para estirarla sobre el respaldo de una silla de madera.

—Lo creo —comenté, con la mirada fija en la madeja—. Aunque sólo sea porque parece demasiado trabajo. Lo que ocurre es que no entiendo cuál fue la razón de este viaje.

No lo miré, pero sentí que se encogía de hombros con el susurro de las sábanas.

—El obvio... permitir que Jamie viera al muchacho.

—Y el otro obvio... ver a Jamie.

Se produjo un marcado silencio. Centré la vista en el hilo, girando el ovillo mientras enrollaba la hebra, por arriba y por abajo, delante y detrás, en un intrincado zigzag que acabaría convirtiéndose en una esfera perfecta.

—Es usted una mujer notable —dijo por último.

—Sin duda. ¿En qué sentido? —pregunté sin levantar la vista.

Se recostó; pude oír el crujido de sus sábanas.

—No es ni cautelosa ni sinuosa. De hecho, creo que no he conocido a nadie, ya sea hombre o mujer, tan crudamente sincero.

—Bueno, no ha sido una elección —afirmé. Llegué al final del hilo y lo metí en la pelota—. Nací así.

—Lo mismo que yo —comentó con voz muy baja.

No respondí, no creía que lo hubiera dicho para que yo lo oyera.

Me levanté y me dirigí hasta el aparador. Cogí tres botes: hierbabuena, valeriana y jengibre silvestre, y machaqué las hojas y las raíces secas en el mortero mientras el agua de la olla comenzaba a hervir.

—¿Qué está haciendo? —preguntó lord John.

—Preparando una infusión para Ian —dije, haciendo un gesto hacia el camastro—. La misma que le di a usted hace cuatro días.

—Ah. Oímos hablar de usted mientras viajábamos desde Wilmington —prosiguió Grey. Su tono era el de una conversación normal—. Parece que es muy conocida en la zona gracias a sus habilidades.

—Hum. —Golpeé y molí, y el olor intenso y almizclado del jengibre silvestre llenó la estancia.

—Dicen que es una mujer con poderes. ¿Qué quieren decir, lo sabe?

—Cualquier cosa, desde comadrona hasta médica y desde adivina hasta hechicera. Depende de quién lo diga.

Hizo un sonido que podía ser una pequeña carcajada y luego permaneció en silencio.

—Usted cree que están a salvo. —Aunque tenía la apariencia de una afirmación, en realidad me lo estaba preguntando.

—Sí. Jamie no hubiera llevado al muchacho si existiera algún peligro. Si conoce a Jamie, seguro que lo sabe, ¿no? —añadí, mirándolo.

—Lo conozco.

—Lo conoce bien.

Permaneció en silencio un instante, excepto por el sonido que producía al rascarse.

—Lo conozco lo bastante bien, o creo conocerlo, para arriesgarme a dejar a William solo con él. Y para estar seguro de que no le dirá la verdad.

Vertí el polvo verde y amarillo en una pequeña gasa cuadrada de algodón y la até en forma de bolsita.

—No, no lo hará, tiene razón en eso.

—¿Usted lo haría?

Levanté la vista, sorprendida.

—¿Realmente cree que lo haría?

Estudió mi rostro con cuidado y sonrió.

—No —contestó con calma—. Y le doy las gracias.

Resoplé y dejé caer la preparación en la tetera. Guardé los botes y me volví a sentar para continuar tejiendo.

—Fue muy generoso por su parte dejar que Willie fuera con Jamie. Y valiente —añadí un tanto irritada. Levante la vista; estaba observando el rectángulo oscuro de la ventana cubierta, como si pudiera mirar a través y ver las dos figuras, la una junto a la otra en el bosque.

—Jamie tuvo mi vida en sus manos durante muchos años —respondió en voz baja—. Confío que sea igual con William.

—¿Y si Willie recuerda a un mozo de cuadra llamado Mac-Kenzie más de lo que usted creía? ¿O se le ocurre mirar detenidamente su propia cara y la de Jamie?

—Los muchachos de doce años no destacan por su aguda percepción —dijo secamente—. Y creo que para un muchacho que ha vivido toda su vida en la creencia de que es el noveno conde de Ellesmere, la idea de que podría ser el hijo ilegítimo de un mozo de cuadra escocés es algo que no entraría en su cabeza, o que, de ser así, alejaría de inmediato.

Enrollé lana en silencio, escuchando el crujido del fuego. Ian tosía, pero seguía dormido. El perro se había movido y estaba enroscado sobre sus piernas como una manta de piel.

Terminé el segundo ovillo de hilo y empecé otro. Uno más, y la infusión estaría lista. Si Ian ya no me necesitaba, me recostaría.

Grey estuvo tanto tiempo en silencio que me sorprendió cuando habló de nuevo. Cuando lo miré, él no me miraba. En cambio, miraba hacia arriba, buscando de nuevo visiones entre las vigas manchadas por el humo.

—Le dije que sentía algo por mi esposa —dijo suavemente—. Es así. Afecto. Confianza. Lealtad. Nos conocíamos de toda la vida; nuestros padres eran amigos y yo conocía a su hermano. Podría haber sido mi hermana.

—¿Y ella estaba satisfecha con eso...? ¿Con ser su hermana?

Me lanzó una mirada entre interesada y furiosa.

—Usted no es una mujer con la que se pueda vivir con comodidad. —Cerró la boca, pero no podía dejar las cosas así. Se encogió de hombros con impaciencia—. Sí, creo que ella estaba satisfecha con la vida que llevaba. Nunca dijo lo contrario.

Mi respuesta fue un suspiro demasiado fuerte. Se encogió de hombros, incómodo, y se rascó el cuello.

—Fui un esposo adecuado para ella —dijo a la defensiva—. Que no tuviéramos hijos no fue por mi...

—¡No quiero oír eso!

—¿No quiere? —Su voz era baja para no despertar a Ian, pero había perdido el tono diplomático, había enfado en ella—. Me ha preguntado por qué he venido, ha cuestionado mis motivos y me ha acusado de tener celos. Tal vez no quiera saber, porque si lo hace no podrá seguir pensando de mí lo que decidió pensar desde el principio.

—¿Y cómo diablos sabe lo que decidí pensar sobre usted?

Su boca se torció en una expresión que bien hubiera podido ser una mueca en un rostro menos apuesto.

—¿No es así?

Lo miré a la cara durante un minuto sin preocuparme por ocultar nada.

—Ha mencionado los celos —dijo Grey en voz baja un momento después.

—Lo he hecho. Y usted también.

Miró hacia otro lado y después de un momento continuó.

—Cuando supe que Isobel había muerto... no significó nada para mí. Habíamos vivido juntos durante años, aunque no nos veíamos desde hacía dos. Pensé que habíamos compartido una cama y una vida, que debería importarme. Pero no era así. —Respiró profundamente y vi cómo se movían las sábanas mientras se acomodaba—. Ha mencionado la generosidad. No fue eso. He venido para ver... para saber si todavía podía sentir... —continuó.

Aún tenía la cabeza vuelta hacia la ventana cubierta, oscura por la noche—. Si eran mis propios sentimientos los que habían muerto o sólo Isobel.

—¿Sólo Isobel? —repetí.

Permaneció inmóvil mirando a lo lejos.

—Al menos puedo sentir vergüenza —comentó muy suavemente.

Me di cuenta de que ya era muy tarde, el fuego había ido bajando de intensidad y el dolor de mis músculos me decía que hacía rato que debería haberme ido a la cama.

Ian estaba inquieto; se agitaba y gemía, y *Rollo* se levantó y lo acarició con el hocico, sollozando. Fui a lavarle la cara, le ahuequé la almohada y le arreglé las sábanas con pequeños murmullos de consuelo. Estaba medio despierto; le levanté la cabeza y le di una taza de la infusión, sorbo a sorbo.

—Te sentirás mejor por la mañana. —Tenía unas cuantas manchas en el cuello, aunque todavía pocas, la fiebre había bajado y había relajado el ceño.

Le lavé la cara otra vez y lo coloqué sobre la almohada, donde posó la mejilla sobre el lino fresco y se quedó dormido otra vez al instante.

Como quedaba una cantidad generosa de la infusión, serví otra taza y se la alcancé a lord John. Sorprendido, se sentó en la cama y cogió la taza.

—Y ahora que ha venido y lo ha visto... ¿todavía le afecta?

Me miró fijamente durante un instante bajo la luz de las velas.

—Oh, sí. —Con mano firme bebió de la taza—. Que Dios me ayude —añadió, de una manera tan trivial, que casi parecía informal.

Ian pasó una mala noche, y cuando logró sumirse en un sueño reparador, cerca de la madrugada, aproveché para descansar y disfrutar en el suelo de unas pocas horas de sueño, hasta que me despertó el rebuzno de *Clarence*, la mula.

Era una criatura muy sociable que se alegraba profundamente de la presencia de cualquiera que considerara amigo, categoría que abarcaba casi a todo lo que andara sobre cuatro patas. Expresaba su alegría con una voz que resonaba en la ladera de la montaña. *Rollo*, ofendido por haber sido reemplazado en su puesto de perro guardián, saltó de la cama de Ian, me pasó por encima y salió por la ventana abierta aullando como un lobo.

Me desperté de inmediato y me puse en pie, tambaleándome. Lord John, que estaba sentado a la mesa con la camisa puesta, también parecía sobresaltado, aunque yo no sabía si era por el barullo o por mi aspecto. Salí, pasándome con prisa los dedos por los mechones desaliñados, y con el corazón latiendo con más rapidez con la esperanza de que fuera Jamie, que regresaba.

Mi corazón dejó de saltar cuando vi que no eran Jamie y Willie, y mi desilusión se transformó en asombro cuando vi quién era el visitante: el pastor Gottfried, jefe de la Iglesia luterana de Salem. Había visto al pastor en las casas de mis enfermos, pero encontrarlo tan lejos era algo insólito.

Se tardaba casi dos días a caballo desde Salem, y el alemán luterano más próximo a nuestra propiedad se hallaba a más de veinticinco kilómetros, en tierra salvaje. Podía ver el lodo y el polvo en la chaqueta negra del pastor, fruto de sus repetidas caídas, y como no era un hombre acostumbrado a cabalgar, pensé que tenía que ser algo muy urgente lo que le traía a un lugar tan alejado.

—¡Fuera, perro malvado! —dije a *Rollo*, que mostraba los dientes y rugía al visitante, para disgusto del caballo del pastor—. ¡Quieto, he dicho!

Rollo me lanzó una mirada y se tranquilizó con un aire de ofendida dignidad, como si sugiriera que, si quería dar la bienvenida a casa a obvios malhechores, él no se haría responsable de las consecuencias.

El pastor era un hombrecito rechoncho, con una barba gris y rizada que cubría su rostro como una nube de tormenta, aunque éste solía ser luminoso y sonriente. Aunque ahora no sonreía; estaba pálido y tenía los ojos rojos a causa del agotamiento.

—*Meine Dame* —saludó, quitándose el sombrero e inclinando la cabeza—. *Ist Euer Mann hier?*

Yo hablaba un poco de alemán y me di cuenta de que buscaba a Jamie; señalé el bosque con la cabeza para indicarle que no estaba.

El pastor parecía aún más consternado, y agitaba las manos angustiado. Dijo varias cosas con urgencia en alemán y, al ver que no lo comprendía, las repitió más despacio y más alto, empleando su cuerpo pequeño y regordete para expresarse, e intentando hacerme comprender por pura fuerza de voluntad.

Seguí haciendo gestos hasta que una voz habló cortante.

—*Was ist los?* —quiso saber lord John, saliendo a la puerta—. *Was habt Ihr gesagt?* —Me alegró ver que se había puesto los calzones, aunque seguía descalzo y con el cabello suelto sobre los hombros.

El pastor me dirigió una mirada escandalizada, pensando lo peor, pero cambió de expresión ante las rápidas explicaciones de lord John. El pastor me dirigió una inclinación de disculpa y habló nervioso con Grey, agitando los brazos y tartamudeando en sus prisas por explicar la historia.

—¿Qué? —pregunté, incapaz de comprender más que un par de palabras de aquel torrente de alemán—. ¿Qué es lo que está diciendo?

Grey me miró con un gesto sombrío.

—¿Conoce a una familia llamada Mueller?

—Sí —respondí, alarmándome de inmediato—. Hace tres semanas ayudé a nacer a la hija de Petronella Mueller.

—¡Ah! —Grey se humedeció los labios y miró al suelo; no quería contármelo—. Me temo que... la niña ha muerto. Y también la madre.

—No, no. —Me dejé caer en el banco al lado de la puerta, invadida por una sensación de total negación—. No. No puede ser.

Grey se pasó una mano por la boca, asintiendo mientras el pastor seguía hablando con nerviosismo con sus manos pequeñas y regordetas.

—Dice que tenían *Masern*, supongo que será sarampión. *Flecken, so ähnlich wie diese?* —le preguntó al pastor, señalando las huellas aún visibles del sarpullido en su rostro.

El pastor asintió enérgicamente, repitiendo «*Flecken, Masern, ja!*», y palmeándose las mejillas.

—Pero ¿para qué quiere a Jamie? —pregunté, sumando el desconcierto a la angustia.

—Cree que Jamie hará que Herr Mueller entre en razón. ¿Son amigos?

—No, no exactamente. Jamie golpeó a Gerhard Mueller en la boca y lo tiró al suelo la primavera pasada frente al molino.

Lord John torció un músculo de su mejilla aún cubierta de costras.

—Ya veo. Supongo que el término «razonar» no es el adecuado.

—Con Mueller no se puede razonar con nada que sea más sofisticado que un hacha. Pero ¿en qué está siendo poco razonable?

Grey frunció el entrecejo y me di cuenta de que no entendía lo de sofisticado, aunque captaba el sentido. Vaciló, se volvió, preguntó algo más al pastor y luego escuchó el consiguiente torrente de alemán.

Poco a poco, con constantes interrupciones y mucha gesticulación, explicó la historia.

Había una epidemia de sarampión en Cross Creek, tal como había dicho lord John. Era evidente que se había extendido por las zonas rurales; había varias casas afectadas en Salem, pero los Mueller, que vivían aislados, habían contraído la enfermedad hacía muy poco tiempo.

No obstante, el día antes de que aparecieran las primeras señales de sarampión, pasaron unos indios que pedían comida y bebida. Mueller, cuyas opiniones respecto a los indios conocía bien, los trató mal. Los indios, ofendidos, hicieron signos misteriosos antes de marcharse.

Cuando el sarampión apareció en la familia al día siguiente, Mueller estaba convencido de que la enfermedad era un maleficio de los indios. Pintó símbolos en las paredes y mandó llamar al pastor para que realizara un exorcismo.

—Creo que es eso lo que ha dicho —añadió lord John, dudoso—. Aunque no estoy seguro de lo que quiere decir...

—No importa —dije con impaciencia—. ¡Siga!

Pero aquellas precauciones no sirvieron para nada. Cuando Petronella y la recién nacida murieron, el anciano perdió el poco juicio que tenía, juró venganza contra los salvajes y obligó a sus hijos y a sus yernos a acompañarlo a los bosques.

Habían regresado tres días atrás, los hijos pálidos y silenciosos, y el anciano, pletórico de fría satisfacción.

—*Ich war dort. Ich habe ihn geschen* —argumentó Herr Gottfried, con el sudor corriéndole por las mejillas al recordar. Yo estuve allí. Lo vi.

Instado por un mensaje histérico de las mujeres, el pastor cabalgó hasta allí. En la cuadra le habían enseñado dos largas colas de pelo negro que colgaban de la puerta, con la palabra «*Rache*» pintada al lado.

—Eso quiere decir «venganza» —tradujo lord John.

—Lo sé —dije con la boca tan seca que apenas podía hablar—. He leído a Sherlock Holmes. Quiere decir que él...

—Es evidente.

El pastor seguía hablando y me sacudía el brazo tratando de transmitirme su urgencia.

El rostro de Grey se volvió más severo ante lo que decía, y le interrumpió con una pregunta brusca, que fue respondida con gestos frenéticos de asentimiento.

—Mueller viene para acá. —Grey me miró alarmado.

Impresionado por los cueros cabelludos, el pastor había ido a buscar a Herr Mueller, pero descubrió que el patriarca había clavado sus espeluznantes trofeos en el granero y había partido hacia el Cerro de Fraser para verme a mí.

Si no hubiera estado sentada me habría desmayado. Sentí que la sangre abandonaba mis mejillas, y estaba segura de que estaba tan pálida como el pastor Gottfried.

—¿Por qué? —pregunté—. ¿Pensará que...? ¡No puede ser! No puede creer que yo tuviera algo que ver con la muerte de Petronella y de la niña. ¿Puede ser? —Me volví hacia el pastor, que se pasó una mano temblorosa por el pelo gris, desordenando los mechones cuidadosamente engrasados.

—El pastor dice que no sabe lo que pensaba Mueller o lo que se proponía al venir hasta aquí —comentó lord John. Lanzó una mirada al pastor—. A su favor, salió detrás de Mueller y lo encontró dos horas después, desmayado a un lado del camino.

El corpulento granjero había pasado varios días sin comer en su búsqueda de venganza. La embriaguez no era común entre los luteranos, pero bajo el estímulo de la fatiga y la emoción, al volver había bebido demasiada cerveza y eso había sido demasiado para él. Abrumado, había planeado manear su mula, pero entonces se puso la chaqueta y se quedó dormido entre los madroños en el borde del camino.

El pastor no había intentado levantarlo, ya que conocía su temperamento y sabía que sería aún peor por la bebida. En cambio, se había subido a su caballo y había corrido a prevenirnos, confiando en que llegaría a tiempo para advertirnos.

No tenía dudas de que mi *Mann* podría enfrentarse a Mueller, fueran cuales fueran su estado o sus intenciones, pero si Jamie no estaba...

El pastor nos miraba a lord John y a mí una y otra vez, con impotencia.

—*Vielleicht solten Sie gehen?* —sugirió, dejando claro el significado al señalar con la cabeza hacia el prado.

—No puedo marcharme —dije, haciendo un gesto hacia la casa—. *Mein...* por Dios, ¿cómo se dice sobrino? *Mein junger Mann ist nicht gut.*

—*Ihr Neffe ist krank* —corrigió con rapidez lord John—. *Haben Sie jemals Masern gehabt?*

El pastor movió la cabeza, y la angustia se convirtió en verdadera alarma.

—Él no ha pasado el sarampión —comentó lord John volviéndose hacia mí—. No debe quedarse aquí o correrá peligro de contagiarse. ¿No es así?

—Sí. —El *shock* comenzaba a desaparecer, y yo empezaba a recuperarme—. Sí, debe irse de inmediato. Se puede acercar a usted porque usted ya no es contagioso. Pero Ian sí. —Intenté arreglarme el cabello, que lo tenía de punta, y no era de extrañar, horrorizada por el recuerdo de los cueros cabelludos del granero de Mueller.

Lord John hablaba con autoridad al pequeño pastor para que se marchara pronto, tirándole de la manga. Gottfried protestaba, pero cada vez menos. Volvió a mirarme con un gesto de preocupación. Yo le sonreí tratando de tranquilizarle, aunque estaba tan angustiada como él.

—*Danke* —dije—. Dígale que estaré bien, ¿quiere? O no se irá —me dirigí a lord John.

Éste asintió brevemente.

—Lo he hecho. Le he dicho que soy un soldado y que no voy a dejar que le pase nada.

El pastor se quedó allí un momento, con la mano en la brida, hablando seriamente con lord John. Después, dejó caer la brida, se volvió con decisión, se acercó a mí, y desde el caballo apoyó una mano sobre mi cabeza.

—*Seid gesegnet* —comentó—. *Benedicite.*

—Dice... —comenzó lord John.

—Lo he entendido.

Permanecimos en silencio observando cómo se alejaba por la arboleda de castaños. Todo parecía incongruentemente tranquilo, con el suave sol otoñal sobre mis hombros y los pájaros realizando su cometido en las copas de los árboles. Oí el golpeteo lejano de un pájaro carpintero y el dueto líquido de los ruiseñores que vivían en la enorme pícea azul. No había lechuzas, pero, claro, no podía haber lechuzas a media mañana.

Me pregunté quién habría sido el blanco de la ciega venganza de Mueller. Su granja estaba lejos de la línea que separaba el territorio indio de los asentamientos, pero podía haber llegado hasta algunas aldeas de tuscarora o cherokee, en función de la dirección que hubiera tomado.

¿Habría entrado en alguna aldea? Y si era así, ¿qué matanza habría dejado tras de sí? O peor, ¿qué matanza seguiría?

Me estremecí pese al calor del sol. Mueller no era el único hombre que creía en la venganza. La familia, el clan o la aldea del que hubiera matado también buscarían venganza y no se detendrían con los Mueller, si es que conocían la identidad de los asesinos. Y si no era así, si sólo sabían que los asesinos eran blancos... Me estremecí otra vez. Había escuchado suficientes historias de masacres para darme cuenta de que las víctimas casi nunca hacían nada para provocar su destino; sólo tenían la mala fortuna de encontrarse en el lugar equivocado en el momento equivocado. El Cerro de Fraser estaba justo entre la granja de los Mueller y los poblados indios... lo que en este momento parecía ser el lugar equivocado.

—Cuánto me gustaría que Jamie estuviera aquí. —No me di cuenta de que había hablado en voz alta hasta que lord John contestó.

—Yo también. Aunque empiezo a pensar que William estará más seguro fuera, y no sólo por la enfermedad.

Lo miré, dándome cuenta de repente de lo débil que seguía estando; era la primera vez que salía de la cama en una semana. Estaba pálido con las huellas de su sarpullido, y se agarraba a la jamba de la puerta para apoyarse, para evitar caerse.

—¡No debería estar levantado! —exclamé, y lo cogí del brazo—. Vaya a acostarse de inmediato.

—Estoy bastante bien —dijo, irritado, pero no protestó cuando insistí en que volviera a la cama.

Me arrodillé para examinar a Ian; estaba inquieto y con mucha fiebre. Tenía los ojos cerrados, la cara hinchada y desfigurada por las ronchas y los ganglios del cuello inflamados y duros.

Rollo metió el hocico bajo mi codo, oliendo a su amo y gimiendo.

—Se pondrá bien —comenté con firmeza—. ¿Por qué no vas fuera a vigilar si vienen visitas?

Rollo ignoró mi sugerencia y se sentó con paciencia observando cómo mojaba el paño en agua fría y lavaba a Ian. Lo animé para que se despertara, le cepillé el cabello, le di la bacinilla y lo obligué a que tomara sirope de bálsamo de abejas mientras esperaba el alegre anuncio de *Clarence* de que se acercaban visitas.

Fue un día largo. Después de varias horas sobresaltándome ante cada ruido y mirando hacia atrás con cada paso, cumplí con la rutina. Me ocupé de Ian, que tenía fiebre y se sentía muy mal, de los animales, del jardín, de recoger pepinos para ponerlos en salmuera y de poner a lord John, que quería ayudarme, a desgranar judías.

Miré hacia el bosque con nostalgia, en el camino desde el retrete al corral de las cabras. Hubiera dado cualquier cosa por adentrarme en aquellas profundidades verdes y frescas. No sería la primera vez que tenía ese impulso. Pero el sol otoñal caía sobre el cerro y las horas transcurrían con tranquilidad sin señales de Gerhard Mueller.

—Hábleme sobre ese Mueller —dijo lord John. Había recuperado el apetito y terminó su plato de gachas fritas, pero dejó a un lado la ensalada de diente de león y guaba.

Tomé un tallo tierno de guaba del cuenco y lo mordisqueé, disfrutando del intenso sabor.

—Es el jefe de una gran familia de alemanes luteranos, como ya habrá advertido. Viven a unos veinticinco kilómetros de aquí, abajo, en el valle del río.

—¿Sí?

—Gerhard es corpulento y testarudo, como ya habrá adivinado. Habla un poco de inglés, pero no mucho. Es viejo. Pero ¡es fuerte! —Aún podía ver al anciano, con los hombros fibrosos, echando sacos de veinticinco kilos de harina en su carreta como si fueran sacos de plumas.

—Esa pelea que tuvo con Jamie... ¿puede guardarle rencor?

—Es una persona vengativa, pero no creo que por eso le guarde rencor. No fue exactamente una pelea. Fue... —Meneé la cabeza, buscando la manera de describirlo—. ¿Sabe algo sobre mulas?

Sonrió y levantó las cejas.

—Un poco.

—Bueno, Gerhard Mueller es una mula. No es que tenga mal carácter o que sea estúpido, pero no presta atención a nada que no sea lo que está en su cabeza y cuesta mucho trabajo sacarlo de ahí.

No había estado presente en el altercado del molino, pero Ian me lo había descrito. El anciano se había empeñado en que Felicia Woolam, una de las tres hijas del molinero, le había dado una cantidad menor, y que le debía otro saco de harina.

En vano, Felicia dijo que le había traído cinco sacos de trigo, los había molido y había llenado cuatro sacos con la harina resultante. Insistió en que la diferencia se debía a las cascarillas y a las vainas que se retiraban del cereal. Cinco sacos de trigo equivalían a cuatro sacos de harina.

«*Fünf!* —decía Mueller, agitando la mano abierta frente a su cara—. *Es gibt fünf!*» No había manera de convencerlo, y comenzó a jurar en alemán, mirando de manera amenazadora y arrinconando a la muchacha.

Ian, que había intentado sin éxito distraer al anciano, había salido a buscar a Jamie, que estaba fuera hablando con el señor Woolam. Ambos hombres entraron apresuradamente, pero no tuvieron más éxito que Ian a la hora de intentar convencer a Mueller de que no lo habían engañado.

Ignorando sus exhortaciones, había avanzado hacia Felicia, dispuesto a tomar a la fuerza el saco extra de harina de la pila que tenía detrás.

—En ese punto, Jamie dejó de intentar razonar con él y le pegó —dije.

Al principio, se había mostrado reticente a hacerlo, ya que Mueller tenía casi setenta años, pero cambió con rapidez de idea cuando el primer golpe rebotó en la mandíbula de Mueller, como si estuviera hecha de roble.

El anciano se había vuelto contra él como un jabalí acorralado, con lo cual Jamie le golpeó primero en el estómago y después en la boca con tanta fuerza como pudo, derribando a Mueller y rompiéndose los nudillos contra los dientes del hombre.

Con una palabra a Woolam, que era cuáquero y, por tanto, se oponía a la violencia, agarró a Mueller de las piernas y arrastró al aturdido granjero al exterior, donde uno de los hijos Mueller esperaba con paciencia en la carreta. Levantando al hombre por el cuello de la camisa, Jamie lo sujetó contra la carreta y lo sostuvo allí, hablándole con tranquilidad en alemán, hasta que el señor Woolam, que había redistribuido con rapidez la harina, salió y cargó cinco sacos en la carreta, bajo la mirada penetrante del anciano.

Mueller los contó dos veces con cuidado, se volvió hacia Jamie y dijo con dignidad: «*Danke, mein Herr*». A continuación, se subió a la carreta junto a su desconcertado hijo, y se marchó.

Grey se rascó los restos del sarpullido, sonriente.

—Ya veo. Entonces, ¿no tiene mala voluntad?

Negué con la cabeza, masticando, y tragué.

—En absoluto. Fue muy amable conmigo cuando fui a la granja para ayudar en el nacimiento de la niña. —Se me hizo un nudo en la garganta al recordar que ya no estaban, y me atraganté con las hojas de diente de león, haciendo que la bilis ascendiera hasta la garganta.

—Tome —dijo Grey, y empujó la jarra con cerveza hacia mí.

Bebí, y la frescura del líquido calmó durante un instante su sabor amargo. Dejé la jarra y me quedé un minuto con los ojos cerrados. Entraba una brisa suave por la ventana, y noté que la mesa estaba caliente debido al sol. Todos los pequeños placeres de la existencia física seguían siendo míos, y yo en aquel momento era más consciente de ellos, porque sabía que se los habían arrebatado bruscamente a otros, a otros que apenas los habían saboreado.

—Gracias —intervine, abriendo los ojos.

Grey me observaba con una expresión de profunda simpatía.

—No es que no haya sucedido antes —comenté, con la súbita necesidad de dar una explicación—. Aquí mueren con facilidad, en especial los jóvenes, y casi no puedo hacer nada.

Sentí algo cálido en mi mejilla y me sorprendió tocar una lágrima. Grey sacó un pañuelo de la manga y me lo alcanzó. No estaba demasiado limpio, pero no me importó.

—Me he preguntado qué es lo que él vio en usted —afirmó en un tono deliberadamente ligero—. Jamie.

—¿Ah, sí? Qué halagador. —Me soné la nariz.

—Cuando comenzó a hablarme de usted, ambos creíamos que estaba muerta —señaló—. Y aunque es evidente que es una mujer hermosa, nunca habló de su aspecto. —Para mi sorpresa me cogió la mano y la apretó—. Usted tiene su valor —dijo.

Eso me hizo reír un poco.

—Si supiera —contesté.

No dijo nada, pero sonrió un poco y pasó un dedo, suave y cálido, por los nudillos de mi mano.

—Él nunca se detiene por temor a lastimarse. Creo que usted tampoco.

—No puedo. —Suspiré y me soné la nariz; había dejado de llorar—. Soy médica.

—Sí —afirmó en voz baja, y se detuvo—. Y no le he agradecido que me haya salvado la vida.

—No he sido yo. No hay mucho que pueda hacer ante una enfermedad. Todo lo que puedo hacer es... estar ahí.

—Un poco más que eso —dijo secamente, y soltó mi mano—. ¿Tiene más cerveza?

Comenzaba a ver con claridad lo que había visto Jamie en John Grey.

La tarde transcurrió con tranquilidad. Ian tosía y se quejaba, pero al anochecer se desarrolló la erupción y la fiebre bajó un poco. No quería comer y se me ocurrió que podría darle leche. Eso me hizo recordar que ya era la hora de ir a ordeñar. Dejé mi costura, murmuré algo a lord John y fui hasta la puerta. Al abrirla me encontré frente a Gerhard Mueller en el patio de la entrada.

Los ojos de Mueller eran de un color castaño rojizo y siempre parecía que ardían con una intensidad interior. Ahora brillaban aún más, a causa de la fragilidad de la piel que los rodeaba. Me miraba fijamente, y asintió una vez, y luego otra.

Había encogido desde la última vez que lo había visto. Estaba completamente demacrado; aunque seguía siendo un hombre grande, ahora era más hueso que músculo. Su rostro era la calavera de un anciano. Sus ojos se clavaron en mí con la única chispa de vida que quedaba en su cuerpo.

—Herr Mueller —dije con una voz que sonó tranquila a mis oídos; esperaba que a él le sonara igual—. *Wie geht es Euch?*

El anciano se balanceaba frente a mí, como si la brisa nocturna fuera a derribarlo. No sabía si había perdido su montura, o si la había dejado más abajo, pero no había señales de ningún caballo o mula.

Dio un paso hacia mí, y de manera involuntaria retrocedí.

—Frau Klara —dijo en tono de súplica.

Me detuve. Quería llamar a lord John, pero vacilé. No iba a llamarme por mi nombre de pila si deseara hacerme daño.

—Están muertas —explicó—. *Mein Mädchen. Mein Kind.* —Las lágrimas salieron de sus ojos inyectados en sangre y descendieron por sus mejillas demacradas. La miseria de sus ojos era tan aguda, que extendí el brazo y tomé su mano enorme y marcada por el trabajo entre la mía.

—Lo sé —contesté—. Lo siento.

Asintió otra vez y dejó que lo llevara hasta el banco, donde se sentó súbitamente, como si toda la fuerza de las piernas le hubiera abandonado, y me obligó a sentarme con él.

La puerta se abrió y John Grey salió. Llevaba la pistola en la mano, pero cuando le hice un gesto con la cabeza, se la introdujo de inmediato en la camisa.

—*Gnädige Frau* —comentó. Con rapidez se volvió y me abrazó apretándome contra su casaca sucia. Se sacudía a causa de los sollozos y, aun sabiendo lo que había hecho, le pasé los brazos por el cuello.

Olía fatal, a edad y a dolor, a cerveza, a sudor y a suciedad, y debajo de todos aquellos olores, estaba el hedor a sangre seca. Me estremecí con una mezcla de lástima, horror y repulsión, pero no podía soltarme.

Por fin me soltó y, de repente, vio a lord John, quien no sabía si debía intervenir o no. El anciano se sobresaltó al verlo.

—*Mein Gott!* —exclamó, horrorizado—. *Er hat Masern!* —El sol se estaba poniendo con rapidez, bañando la entrada con una luz sangrienta, e incidía en el rostro de lord John iluminando sus ronchas y haciendo que se ruborizara.

Mueller se volvió hacia mí y me agarró con fuerza la cara con sus enormes manos toscas. Sus pulgares me rasparon las mejillas, y una expresión de alivio apareció en sus ojos hundidos al ver que mi piel estaba limpia.

—*Gott sei dank* —dijo, y me soltó la cara. El anciano comenzó a buscar algo en su abrigo, diciendo cosas en alemán que no pude entender.

—Dice que tenía miedo de haber llegado tarde y se alegra de que no sea así —explicó Grey mientras contemplaba al anciano granjero con disgusto—. Dice que le ha traído algo, un talismán que la mantendrá a salvo de la enfermedad y la protegerá de las maldiciones.

El anciano sacó de su chaqueta algo envuelto en tela y lo dejó sobre mi falda, aún farfullando en alemán.

—Le agradece toda la ayuda que ofreció a su familia y considera que es una mujer muy buena, tan querida para él como una de sus nueras. Dice que...

Mueller abrió el trozo de tela con manos temblorosas y Grey no pudo continuar.

Abrí la boca, pero no salió ningún sonido. Debí de hacer algún movimiento involuntario, porque cayó al suelo con la bolsita de cuero, dejando al descubierto un manojo de pelo entrecano en el que todavía había un pequeño adorno de plata y las plumas de pájaro carpintero empapadas en sangre.

Mueller continuaba hablando y Grey trataba de traducir, pero yo sólo entendía a medias. En mis oídos resonaban las palabras que había escuchado un año antes, al lado del arroyo, en la voz suave de Gabrielle traduciendo a Nayawenne.

Su nombre significa: «Puede ser, puede suceder.» Ahora, todo lo que me quedaba como consuelo eran sus palabras: «Ella dice que no debes preocuparte; la enfermedad es enviada por los dioses. No será por tu culpa.»

29

Sepulturas

Jamie olió el humo mucho antes de que pudieran ver la aldea. Willie vio cómo se ponía rígido y se tensaba en la silla mirando con cautela alrededor.

—¿Qué ocurre? —susurró el muchacho—. ¿Qué hay?

—No lo sé. —Mantuvo la voz baja, aunque no había posibilidad de que nadie los oyera. Descendió del caballo, entregó las riendas a Willie y señaló un risco en cuyo pie había unos arbustos.

—Lleva los caballos detrás del risco —dijo—. Allí hay un sendero trazado por los venados que conduce hasta un bosque. Quédate entre los árboles y espérame allí. —Vaciló porque no quería asustar al muchacho, pero no quedaba otro remedio—. Si al oscurecer no he vuelto, vete inmediatamente, no esperes a la mañana. Regresa por el arroyo que acabamos de cruzar, gira a tu izquierda y continúa hasta que oigas una cascada; detrás de ella verás una cueva que usan los indios en sus cacerías.

Un pequeño borde blanco apareció alrededor del iris azul del muchacho. Jamie le apretó la pierna, justo encima de la rodilla para enfatizar las instrucciones y sintió el estremecimiento que le recorría el músculo del muslo.

—Quédate allí hasta que amanezca —ordenó—, y si no he regresado para entonces, vuelve a casa. El sol debe estar a tu izquierda durante la mañana y a tu derecha después del mediodía. Después de dos días de viaje, deja las riendas del caballo sueltas, ya que estarás lo bastante cerca como para que encuentre solo el camino.

Respiró profundamente preguntándose qué más podía decirle, pero no quedaba nada más.

—Que Dios te acompañe, muchacho. —Le lanzó una sonrisa para infundirle confianza; dio una palmada al caballo para que comenzara a andar y se volvió hacia el olor a quemado.

No era el olor característico de las fogatas que se hacían en las aldeas; ni siquiera el de los grandes fuegos de las ceremonias que Ian le había explicado, cuando quemaban árboles en el centro de la aldea. Aquéllas eran del tamaño de las hogueras de Beltane, le había dicho Ian, y conocía el crujido y el tamaño de aquellas llamas. El olor provenía de un fuego mucho mayor.

Con gran cuidado, realizó un amplio círculo y se acercó hasta una pequeña colina desde donde sabía que tendría una vista panorámica de la aldea. Tan pronto como salió de la protección del bosque pudo ver las nubes de humo gris que ascendían desde el lugar donde se encontraban las viviendas indias.

Había una gruesa columna de humo marrón sobre el bosque hasta donde le alcanzaba la vista. Inspiró, tosió, y con rapidez se llevó el pliegue de la capa a la nariz y a la boca, mientras se persignaba con la mano libre. Había olido la carne quemada antes, y sintió un repentino sudor frío al recordar las piras funerarias de Culloden.

Encontrarse ante tal desolación lo llenó de recelo. Observó con cuidado buscando alguna señal de vida entre las ruinas. Nada se movía, salvo el humo agitado por el viento que golpeaba las casas ennegrecidas. ¿Habrían sido los cherokee, que habían atacado desde el sur? ¿O los últimos habitantes de alguna de las tribus algonquinas del norte, los nanticokes o los tuteloes?

Una bocanada de humo acompañada de olor a carne quemada le golpeó la cara. Se inclinó para vomitar, intentando ignorar los cultivos quemados y las familias asesinadas, y al enderezarse mientras se limpiaba la boca, oyó un ladrido lejano. Eso le tranquilizó, ya que sabía que los pobladores de la zona no llevaban perros para atacar. Se dio la vuelta y descendió con rapidez en esa dirección con el corazón latiendo aceleradamente. Si había supervivientes de la masacre los perros estarían con ellos.

Al llegar a la aldea continuó en silencio, sin atreverse a gritar. El fuego se había iniciado hacía menos de un día, puesto que la mitad de las paredes todavía se mantenían en pie. Quienquiera que lo hubiera iniciado, seguía cerca, sin duda.

El perro lo descubrió primero; era un gran perro cruzado amarillo. Jamie lo conocía, ya que pertenecía a Onakara, uno de los indios que salía de caza con Ian. Fuera de su territorio habitual, el perro no ladró ni corrió, sino que se quedó esperando a la sombra de un pino con las orejas gachas y gimiendo un poco. Jamie se aproximó poco a poco extendiendo la mano.

—*Balach math* —murmuró—. ¿Dónde está tu gente?

El perro estiró el hocico, todavía gruñendo, y le olfateó la mano. Arrugó las fosas nasales, y al reconocerlo se relajó un poco.

Sintió entonces una presencia humana, levantó la vista y se encontró con el rostro del propietario del perro. La cara de Onakara estaba pintada con rayas blancas desde el cabello hasta la barbilla, pero, bajo la pintura, sus ojos no tenían vida.

—¿Quién ha hecho esto? —preguntó Jamie en su vacilante tuscarora—. ¿Sigue vivo tu tío?

Onakara no respondió, se volvió y se adentró en el bosque seguido por su perro. Jamie caminó tras ellos. Al cabo de media hora salieron a un claro donde los supervivientes habían instalado el campamento.

Mientras lo atravesaban vio rostros conocidos. En unos vio que lo reconocían, y en otros distinguió aquella mirada de dolor y desesperación que él conocía tan bien: la perspectiva infinita de dolor y desesperación. Faltaban muchos.

Había visto antes escenas como aquélla. Mientras caminaba, los fantasmas de la guerra y la muerte aparecían a sus pies. Había visto a una joven, en las Highlands, sentada en el escalón de la puerta de su casa humeante con el cuerpo de su marido a sus pies; tenía el mismo gesto perplejo de la joven india que se encontraba junto al sicomoro.

Sin embargo, poco a poco, advirtió algo diferente a sus recuerdos de guerras anteriores. Tiendas indias moteaban el claro; había bultos apilados en los bordes y los caballos y los ponis estaban atados entre los árboles. No se trataba de un éxodo de gente a la que habían saqueado y huía para salvar su vida. Era una retirada ordenada, con la mayoría de sus bienes terrenales bien empaquetados y cargados. ¿Qué había ocurrido en Anna Ooka?

Nacognaweto estaba en una tienda, en el lado más alejado del claro. Onakara levantó la tela que tapaba la entrada e hizo un gesto a Jamie para que entrara.

Un destello apareció en los ojos del anciano, pero se desvaneció al verlo, y lo sustituyó por una sombra de dolor. El cacique cerró los ojos para recuperarse y después los abrió.

—¿No se ha encontrado con la mujer que cura, ni con la mujer que vive en mi casa?

Habituado a la costumbre india que consideraba de mala educación pronunciar el nombre de la persona, salvo en una ceremonia, Jamie supo que se refería a Gabrielle y a la anciana Nayawenne. Negó con la cabeza, a sabiendas de que aquel gesto iba a acabar con la última chispa de esperanza que le quedaba. No sería un consuelo, pero sacó el frasco con coñac y se lo ofreció a modo de disculpa por no traer buenas noticias.

Nacognaweto lo aceptó y, con un gesto, llamó a una mujer, que rebuscó entre los bultos junto a la pared y le dio una jarra.

El anciano sirvió una cantidad que hubiera tumbado a un escocés y después de beber se lo alcanzó a Jamie.

Tomó un sorbo por cortesía y le devolvió la jarra. No era ético para las costumbres indias tratar inmediatamente el tema de la visita, pero no tenía tiempo para charlas y el anciano tampoco tenía ganas de oírlas.

—¿Qué ha pasado? —preguntó con brusquedad.

—Enfermedad —respondió con tranquilidad Nacognaweto. Sus ojos se humedecieron y lagrimearon a causa de los vapores del coñac—. Estamos malditos.

La historia fue surgiendo interrumpida por tragos de coñac. El sarampión había aparecido en la aldea extendiéndose como el fuego. Durante la primera semana murió un cuarto de los habitantes de la tribu; ahora ya sólo quedaba una cuarta parte con vida.

Cuando comenzó la enfermedad, Nayawenne cantó sobre las víctimas. Pero cuando continuó extendiéndose se fue al bosque en busca de... Jamie no conocía tantas palabras, pero pensó que debía de ser un talismán o una planta. O tal vez esperaba una visión que le dijera lo que tenía que hacer. Como llegar a un acuerdo con el diablo que les había traído esa enfermedad o el nombre del enemigo que los había maldecido. Gabrielle y Berta la habían acompañado, porque era vieja y no debía andar sola; ninguna de las tres había regresado.

Nacognaweto se balanceaba un poco, aferrado a la jarra. La mujer se inclinó para quitársela, pero él la apartó y ella obedeció.

Habían buscado a las mujeres y no habían conseguido encontrar su rastro. Tal vez las habían atacado otros indios o habían enfermado y muerto en el bosque. Pero la aldea no tenía chamán que hablara por ellos y los dioses no los escuchaban.

—Estamos malditos.

El cacique hablaba arrastrando las palabras y la jarra se balanceaba peligrosamente entre sus manos. La mujer se arrodilló y le puso las manos en los hombros para sujetarlo.

—Dejamos a los muertos en las casas y les prendimos fuego —explicó la mujer. Sus ojos estaban oscuros por el dolor, pero aún había algo de vida en ellos—. Ahora nos iremos al norte, a Oglanethaka. —Sus manos apretaron los hombros del cacique mientras hacía un gesto a Jamie—. Tú irte ahora.

Salió impregnado por el dolor del lugar, de la misma manera que el humo había impregnado sus prendas y su pelo. Y mientras abandonaba el campamento, dentro de su corazón chamuscado brotó un pequeño rayo de egoísmo, y sintió un enorme alivio porque esta vez no había caído sobre él. Su mujer estaba viva y su hijo estaba a salvo.

Miró hacia el cielo y vio el pálido resplandor del sol al ponerse. Apuró el paso. No le quedaba mucho tiempo, puesto que la noche llegaría en poco tiempo.

OCTAVA PARTE

Beaucoup

30

En el aire tenue

Oxford, abril de 1971

—No —dijo con firmeza. Roger se dio la vuelta con el teléfono en la mano. Miraba el cielo lluvioso a través de la ventana—. No hay ninguna posibilidad. Me voy de Escocia la semana que viene, ya te lo dije.

—Vamos, Rog. —Trataba de convencerlo la voz de la decana—. Es justo lo que puedes hacer y no te retrasaría demasiado. Podrías estar en las Highlands dentro de un mes, y me habías dicho que tu chica no viene hasta julio. —Roger apretó los dientes al escuchar el acento escocés que había empleado la decana, y abrió la boca para volver a decir que no, pero no fue suficientemente rápido—. Rog, vienen desde Estados Unidos y tengo entendido que se te dan muy bien las estadounidenses —añadió con una risita.

—Mira, Edwina —afirmó tratando de ser paciente—, tengo muchas cosas que hacer durante las vacaciones y entre ellas no está guiar a turistas norteamericanos por los museos de Londres.

—No, no —le aseguró—. Ya tenemos a quienes se ocuparán de las visitas turísticas. Sólo te necesitamos para las conferencias.

—Sí, pero...

—Dinero, Rog —ronroneó en el teléfono, utilizando su arma secreta—. Son estadounidenses, ya te lo he dicho, y sabes lo que eso significa. —Hizo una pausa para permitir que considerara la cantidad que iba a recibir por ocuparse de la semana de conferencias. El encargado oficial del grupo de visitantes universitarios estadounidenses se había puesto enfermo. En comparación con su sueldo normal, parecía una suma astronómica.

—Ah... —Sintió que su resistencia se debilitaba.

—Sé que piensas casarte, Rog. Podrías comprarte algunas cosas para la boda, ¿no crees?

—¿Alguna vez te han dicho que eres muy sutil, Edwina? —preguntó.

—Nunca. —Lanzó otra risita y luego siguió con tono de ejecutivo—: Bien, entonces te veré el lunes para planificar las reuniones. —Y cortó la comunicación.

Roger contuvo el impulso de arrojar el teléfono y lo colocó en su lugar.

Tal vez no fuera mala idea después de todo, pensó, sombrío. En realidad no le importaba el dinero, y el hecho de tener que preparar las conferencias mantendría su mente ocupada. Cogió la carta arrugada que estaba junto al teléfono, la alisó y dejó que la vista se deslizara por los párrafos de disculpa sin leerlos con atención.

«Lo siento muchísimo», decía. Una invitación especial para una conferencia de ingenieros en Sri Lanka. ¿Todos los estadounidenses asisten a cursos de verano? Contactos valiosos, entrevistas de trabajo que no podía dejar pasar. ¿Entrevistas de trabajo? ¡Diablos, lo sabía, nunca volvería! Lo sentía muchísimo. «Te veré en septiembre. Te escribiré. Con amor.»

—Sí, claro —dijo—. Amor.

Arrugó la carta y la lanzó sobre el tocador; alcanzó el marco de plata y cayó a la alfombra.

—Podrías haberme dicho directamente que has encontrado a otro —comentó en voz alta—. Entonces tenías razón, ¿no? Tú eres la inteligente y yo el tonto. Pero ¿no podías ser sincera y no mentirme como una puta?

Estaba tratando de enfurecerse y así llenar el vacío que sentía. Pero no funcionaba. Cogió la fotografía con marco de plata con la intención de romperla, de apretarla contra su corazón, pero se quedó mirándola durante mucho tiempo y la volvió a colocar en su lugar.

—Lo sientes mucho —dijo—. Sí, yo también.

Mayo de 1971

Las cajas lo esperaban en la portería cuando regresó de la facultad, cansado y harto de los estadounidenses, el último día de las conferencias. Eran cinco grandes cajas de madera, embaladas y con las brillantes etiquetas de vía marítima internacional.

—¿Qué es esto? —Roger cogió con una mano el recibo que le entregaban mientras con la otra buscaba la propina para el mensajero.

—No sé —contestó el hombre, sudoroso y malhumorado después de atravesar el patio y dejar la última caja encima de las otras en la portería—. Son suyas, compañero.

Roger levantó una caja para probar. Si no eran libros sería plomo. Había un sobre pegado en una caja. Con esfuerzo lo despegó y lo abrió.

«Una vez me dijiste que tu padre decía que todos necesitan una historia. Ésta es la mía. ¿Quieres guardarla con la tuya?» No había saludo ni despedida, solamente la letra B escrita con un trazo firme y angular.

Después de contemplarla un momento, la dobló y la guardó en el bolsillo de la camisa. Con cuidado, levantó la caja de arriba y la cargó.

—¡Debe de pesar treinta kilos!

Sudando, Roger dejó las cajas en la sala y cruzó la diminuta estancia, para rebuscar en un cajón. Con un destornillador y una botella de cerveza en la mano, se dedicó a abrir el embalaje. Trató de calmarse, pero no pudo. «¿Quieres guardarla con la tuya?» ¿Una muchacha envía sus cosas a alguien a quien piensa abandonar?

—Tu historia, ¿eh? —murmuró—. Por la forma en que lo has embalado parecen piezas de museo. —Una caja dentro de otra, luego una capa de virutas y otra caja que, una vez abierta, reveló un gran número de cajitas y objetos envueltos en papel de diario.

Sacó una caja de zapatos y miró su interior. Fotografías antiguas con bordes ondulados y otras nuevas en color. Sobresalía el borde de un gran retrato y lo sacó.

Era Claire Randall, muy parecida a como él la había conocido: ojos de color ámbar, cálidos y sorprendentes; una mata de sedosos rizos color castaño y una leve sonrisa en la boca delicada. La volvió a guardar en la caja sintiéndose como un asesino.

Entre las hojas de periódico salió una muñeca de trapo con la cara desteñida en la que sólo quedaban los ojos hechos de botones, fijos en una mirada desafiante. Tenía el vestido roto pero cuidadosamente limpio; la suave tela estaba manchada, pero limpia.

En otro paquete había una careta del ratón Mickey con una gomita para sujetarla detrás de las orejas. Una caja de música en la que, al abrirla, sonaba la canción de *El Mago de Oz*. Un perro de peluche con el pelo sintético gastado. Un jersey rojo desteñido de hombre, de talla mediana. Era posible que fuera la talla de Brianna, pero de alguna manera, Roger sabía que debió de ser de Frank. Una gastada bata de seda acolchada granate, que en un impulso se aproximó a la nariz. Claire. Su aroma hizo que volviera a la vida con un ligero olor a almizcle y hierbas, y dejó caer la prenda con un estremecimiento.

Debajo de una capa de cacharros había objetos más importantes. El peso de la caja se debía sobre todo a tres largos cofres con cubiertos de plata envueltos con cuidado en un paño gris especial para evitar que se deslustraran.

Una cubertería de plata francesa, con bordes en forma de nudos, de la marca DG, adquirida por William S. Randall en 1842. Una preciosa cubertería Jorge III, adquirida en 1776 por Edward K. Randall. Una cubertería de Charles Boyton, adquirida en 1903 por Quentin Lambert Beauchamp, y entregada como regalo de boda a Franklin Randall y Claire Beauchamp. La plata de la familia.

Con una curiosidad creciente, Roger continuó sacando y dejando en el suelo los objetos que constituían la historia de Brianna Randall. Historia. ¿Por qué la había llamado así?

Se sentía intrigado y se le ocurrió buscar las etiquetas con la dirección con cierta alarma. Oxford. Sí, las había enviado allí. ¿Por qué allí, cuando ella creía que iba a estar en Escocia durante el verano? Es donde debería haber estado si no hubiera sido por la conferencia de última hora, y no le había dicho nada sobre ella.

En un rincón del fondo había un joyero pequeño, pero valioso. Contenía varios anillos, broches y juegos de pendientes. El broche de cuarzo que le había regalado para su cumpleaños. Collares y cadenas. Faltaban dos cosas: la pulsera de plata que él le había regalado y el collar de perlas de su abuela.

—¡Por todos los santos! —Miró otra vez para cerciorarse y vació el brillante contenido del joyero sobre la colcha. No había perlas. Un collar de barrocas perlas escocesas engarzadas con antiguas argollas de oro.

No se las llevaría a una conferencia de ingenieros en Sri Lanka. Para ella, las perlas eran una reliquia, no un adorno. No las usaba. Eran su vínculo con...

—¡No lo habrás hecho! —dijo en voz alta—. ¡Dime que no lo has hecho!

Tiró el joyero sobre la cama y bajó corriendo las escaleras para dirigirse a la cabina telefónica.

Tardó siglos en conseguir la conferencia internacional y, tras una serie de ruidos y retrasos, logró comunicación, seguida de un suave tono de llamada. El teléfono sonó tres veces y su corazón saltó al oír que lo iban a atender. ¡Ella estaba en casa!

«Lo lamentamos —dijo una voz de mujer, agradable pero impersonal—, este número ha sido desconectado o está fuera de servicio.»

¡No ha podido hacerlo! ¿No? ¡Sí, claro que podía, maldita temeraria! ¿Dónde diablos estará?

Estaba enfadado y tamborileaba, inquieto, con los dedos en su muslo mientras esperaba la conexión a través de telefonistas y secretarias del hospital, hasta que por fin le llegó una voz conocida, profunda y resonante.

—Habla Joseph Abernathy.

—¿Doctor Abernathy? Aquí Roger Wakefield. ¿Sabes dónde está Brianna? —preguntó sin preámbulos.

La voz profunda se agudizó levemente por la sorpresa.

—Contigo. ¿No está ahí?

Un escalofrío recorrió a Roger, que agarró con más fuerza el auricular, como si pudiera obligarlo a darle la respuesta que deseaba.

—No está —respondió con toda la calma que pudo, aunque un estremecimiento lo llenó de temor—. Iba a venir en otoño, después de graduarse y asistir a una conferencia.

—No. No, no es así. Terminó su trabajo de curso a finales de abril, la llevé a cenar para celebrarlo y me dijo que se iba directamente a Escocia sin esperar la ceremonia de graduación. Espera, déjame pensar... Sí, eso es; mi hijo Lenny la llevó al aeropuerto... ¿Cuándo? El martes... El 27. ¿Quieres decir que no ha llegado? —La voz del doctor Abernathy aumentaba de tono a causa de la agitación.

—No lo sé. —La mano libre de Roger estaba crispada—. No me dijo que iba a venir. —Se obligó a respirar profundamente—. ¿Dónde iba el vuelo, a qué ciudad, lo sabe? ¿Londres? ¿Edimburgo? —Si lo que quería era sorprenderlo con una llegada inesperada, lo había conseguido, pero dudaba de que esa fuera su intención.

Visiones de secuestros, asaltos o bombas del IRA pasaron por su mente. A una chica que viajaba sola por una gran ciudad le podía ocurrir cualquier cosa. Cualquier cosa era mejor que lo que le decían sus entrañas. ¡Maldita mujer!

—Inverness —decía la voz del doctor Abernathy en su oído—. De Boston a Edimburgo y luego en tren hasta Inverness.

—¡Por los clavos de Cristo! —Era una blasfemia y una súplica. Si había salido de Boston el martes, podría haber llegado a Inverness en algún momento del jueves. Y el viernes había sido 30 de abril, víspera de Beltane, la antigua fiesta del fuego, cuando las cimas de las colinas de la antigua Escocia resplandecían con las llamas de purificación y fertilidad, momento en que la puerta de la colina mágica de Craigh na Dun se abriría.

La voz de Abernathy graznaba y le exigía respuestas. Se obligó a concentrarse.

—No —respondió con cierta dificultad—. No ha llegado, pero yo todavía estoy en Oxford. No tengo ni idea.

El silencio entre ambos se llenó de temor. Tenía que preguntarle. Con mucho esfuerzo, inspiró otra vez y cambió el auricular de mano, secándose la mano agarrotada y sudorosa en la pernera de sus pantalones.

—Doctor Abernathy —dijo con cuidado—, es posible que Brianna haya ido a buscar a su madre, a Claire. ¿Tienes idea de dónde está?

Esta vez el silencio se llenó de precaución.

—Ah... no. —La voz llegó lenta, cautelosa y vacilante—. No, me temo que no. No exactamente.

No exactamente. Una buena forma de decirlo. Roger se pasó una mano por la cara, y sintió cómo la barba le raspaba la palma.

—Deja que te pregunte algo —dijo Roger con mucho tacto—. ¿Alguna vez has oído el nombre de Jamie Fraser?

La línea permaneció en silencio. Luego llegó un profundo suspiro.

—Por todos los demonios —continuó el doctor Abernathy—. Lo ha hecho.

«¿Tú no lo harías?»

Eso fue lo que le había dicho Joe Abernathy como conclusión a su larga charla. La pregunta flotaba en su mente mientras conducía hacia el norte, casi sin ver las señales de la carretera por la que transitaba a toda velocidad y que estaban borrosas a causa de la lluvia.

«¿Tú no lo harías?»

—Yo lo haría —había dicho Abernathy—. Si no conocieras a tu padre, si nunca lo hubieras conocido y de repente descubrieras dónde está, ¿no querrías conocerlo, saber cómo es realmente? Yo sentiría curiosidad.

—Tú no lo entiendes —fue la respuesta de Roger, frotándose la frente en un gesto de frustración—. No es como si una persona que ha sido adoptada descubre el nombre de su verdadero padre y se presenta en la puerta de su casa.

—Creo que es exactamente así. —La voz profunda se había vuelto fría—. Bree era adoptada, ¿no? Creo que lo habría hecho antes de no haber tenido ese sentido de la lealtad hacia Frank.

Roger negaba con la cabeza sin tener en cuenta que Abernathy no podía verlo.

—No es así, el camino hasta la puerta de la casa. Eso... la forma de ir a través... ¿Claire te lo contó?

—Sí, lo hizo —había contestado con tono reflexivo—. Dijo que no era como pasar por una puerta giratoria.

—Por decirlo de forma suave. —El hecho de pensar en el círculo de piedras de Craigh na Dun hizo que Roger se estremeciera.

—Por decirlo de forma suave. ¿Sabes cómo es? —La voz lejana se elevó mostrando interés.

—¡Sí, maldición, lo sé! —Inspiró profundamente—. Lo siento, no es... no puedo explicarlo ni creo que nadie pueda. Esas piedras... es evidente que no todos las oyen. Pero Claire lo hizo. Y Bree y yo también. Y para nosotros...

Claire había pasado a través de las piedras de Craigh na Dun dos años y medio antes, en la fiesta de Samhain, el uno de noviembre. A Roger se le erizó el vello de la nuca al pensarlo, y no era por el frío.

—Entonces, no todo el mundo puede pasar, pero tú sí. —La voz de Abernathy denotaba curiosidad y algo que sonaba a envidia.

—No lo sé. —Roger se pasó una mano por el pelo. Le ardían los ojos, como si hubiera pasado la noche en vela—. Puede que sí. El caso es... —Trató de controlar su voz y, con ella, su miedo—. Aunque hubiera podido pasar no hay forma de saber si lo ha logrado, ni dónde ha salido.

—Ya veo. —La profunda voz del estadounidense había perdido su desenfado—. ¿No sabes nada de Claire, entonces? ¿No sabes si lo ha logrado?

Negó con la cabeza con una visión tan clara de Joe Abernathy que olvidó otra vez que el hombre no podía verlo. El doctor Abernathy era de estatura media, un hombre negro regordete con gafas de montura de oro, pero con semejante aire de autoridad que su mera presencia hacía que uno tuviera seguridad y calma forzada. A Roger le sorprendió saber que su presencia se transmitía a través de las líneas telefónicas, y le estaba más que agradecido.

—No —dijo en voz alta. Era mejor dejarlo así por el momento. No quiso profundizar más por teléfono con casi un desconocido—. Es una mujer y no hay muchas referencias sobre lo que hacían individualmente las mujeres. Salvo que hicieran algo espectacular, como que fueran quemadas por ser brujas o ahorcadas por ser asesinas. O que las asesinaran.

—Ajá —asintió Abernathy—. Pero ella lo hizo, al menos, una vez. Fue... y regresó.

—Sí, lo hizo. —Roger había intentado consolarse con ese hecho, pero le venían a la mente una multitud de diversas posibilidades—. Pero no sabemos si Brianna pudo llegar hasta allí, ni si sobrevivió a las piedras y salió en la época correcta. ¿Tienes idea de lo peligroso que puede llegar a ser el siglo XVIII?

—No —había contestado con sequedad Abernathy—. Aunque creo que tú sí. Pero sé que Claire se adaptó bien.

—Sobrevivió —comentó Roger—. No es mucho para promocionar unas vacaciones. Si tiene suerte regresará con vida. Una vez, al menos.

Los nervios hicieron que Abernathy riera. Después tosió y se aclaró la garganta.

—Sí. Bien. El hecho es que Bree partió a algún sitio y creo que probablemente tengas razón. Quiero decir que si fuera yo, lo habría hecho. ¿Tú no hubieras ido?

«¿Tú no hubieras ido?» Dobló a la izquierda, pasó una camioneta con los focos encendidos y siguió abriéndose camino entre la niebla..

«Yo lo habría hecho.» La voz segura de Abernathy resonaba en sus oídos.

INVERNESS 30, decía la señal. Torció con brusquedad hacia la derecha y el pequeño Morris derrapó sobre el pavimento mojado. La lluvia caía con fuerza suficiente como para provocar una neblina sobre la hierba del arcén.

«¿Tú no hubieras ido?» Palpó el bolsillo de su camisa, donde guardaba sobre su corazón una fotografía de Brianna. Sus dedos tocaron el relicario de su madre, que había guardado en el último momento para que le diera suerte.

—Sí, tal vez lo haría —murmuró, intentando ver a través de la lluvia que golpeaba el parabrisas—. Pero te lo hubiera dicho. Por el amor de Dios, Brianna... ¿Por qué no me lo has dicho?

31

Regreso a Inverness

Ni las emanaciones de los muebles recién lustrados, ni la cera del piso, ni la pintura fresca, ni el aire renovado que flotaba en el vestíbulo, ni ninguna de las pruebas aromáticas del fervor doméstico de Fiona podía competir con el delicioso aroma que salía de la cocina.

—Trágate el corazón, Tom Wolfe —murmuró Roger mientras inspiraba profundamente y dejaba su maleta en la entrada. Era evidente que la vieja casa parroquial había tomado una nueva dirección. Pero su transformación en posada no había podido alterar su carácter básico.

Recibido con entusiasmo por Fiona, y un poco menos por Ernie, se instaló en su antigua habitación, situada en la primera planta, y se dedicó de inmediato a investigar los pasos de Brianna. No era difícil, ya que, más allá de la curiosidad habitual de las Highlands por los extraños, una mujer de un metro ochenta y con cabello rojizo llamaba mucho la atención.

Había llegado a Inverness desde Edimburgo. De eso estaba seguro porque la habían visto en la estación. También sabía que una mujer pelirroja había alquilado un coche y había pedido que la llevaran al campo. El conductor no sabía adónde se dirigían hasta que de pronto la mujer le dijo: «¡Aquí, déjeme aquí!»

—Comentó que iba a encontrarse con sus amigos para una excursión por los páramos —explicó el conductor, encogiéndose de hombros—. Llevaba una mochila e iba vestida para una excursión, de eso estaba seguro. Era un día muy húmedo para caminar por el páramo, pero ya sabe cómo son esos turistas estadounidenses.

Bueno, como mínimo, él sabía qué clase de turista era ella. Maldita cabezota y maldita fuera su tozudez. Si creía que debía hacerlo, ¿por qué demonios no se lo había dicho? «Porque no quería que lo supieras, chaval», pensó, sombrío. Y no quería pensar en el motivo.

Hasta ahí había llegado. Y sólo había una manera de seguirla.

Claire había deducido que el paso se abría durante las antiguas fiestas del sol y del fuego. Todo hacía pensar que era así. Claire había pasado la primera vez en la fiesta de Beltane, el primero de mayo, y la segunda vez en Samhain, el primero de noviembre. Parecía que Brianna había seguido los pasos de su madre en Beltane.

Bueno, él no esperaría hasta noviembre. ¡Sólo Dios sabía lo que podía sucederle en cinco meses! Beltane y Samhain eran fiestas del fuego; sin embargo, en medio, había una fiesta del sol.

El solsticio de verano era la próxima fiesta. Todavía faltaban cuatro semanas para el 20 de junio. Apretó los dientes al pensar en la espera; sentía la necesidad de irse ya, olvidando el peligro, pero no ayudaría en nada a Brianna si seguía su caballeroso impulso y moría en el intento. No se hacía ilusiones respecto a la naturaleza del círculo de piedras; no después de lo que había visto y oído hasta entonces.

Con calma comenzó a hacer sus preparativos. Por las tardes, cuando la niebla cubría el río, se distraía de sus pensamientos jugando a las damas con Fiona, yendo a la taberna con Ernie o, como último recurso, examinando las cajas que estaban guardadas en el garaje.

El garaje tenía un aspecto de milagro siniestro; las cajas parecía que se multiplicaran como los panes y los peces... cada vez que abría la puerta, aparecían más. Era probable que la clasificación de los efectos de su difunto padre acabara con él, pensó. Aun así, por el momento, el tedioso trabajo era una bendición, ya que le abotargaba la mente lo suficiente para evitar pensar durante la espera.

Y algunas noches incluso conseguía dormir.

—Tienes una foto en tu escritorio. —Fiona no lo miró, sino que siguió atenta a su tarea de recoger los platos.

—Muchísimas. —Roger tomó un cauteloso trago de té muy caliente, pero no hirviendo. ¿Cómo lo hacía?—. ¿La quieres? Sé que hay algunas de tu abuela. Coge las que quieras, sólo hay una que quiero guardar.

Lo miró algo sorprendida.

—¿De la abuelita? Sí, a papá le gustaban. Pero me refiero a la grande.

—¿La grande? —Roger trató de pensar a cuál se referiría Fiona. La mayoría eran instantáneas en blanco y negro tomadas con la antigua cámara del reverendo, pero había un par de fotos más grandes: una de sus padres y otra de la abuela del reverendo, que parecía un pterodáctilo vestido de seda negra. La fotografía se había tomado en el cumpleaños número cien de la dama. Fiona no podía referirse a ésas.

—Es de aquella que mató a su marido y se marchó. —Fiona frunció la boca.

—Aquella que... —Roger tomó un buen trago de té—. ¿Te refieres a Gillian Edgars?

—Sí —repitió Fiona con terquedad—. ¿Por qué tienes una foto suya?

Roger dejó la taza y tomó el periódico matutino, fingiendo naturalidad mientras pensaba qué decir.

—Bueno... alguien me la dio.

—¿Quién?

Fiona solía ser insistente, pero nunca tan directa. ¿Qué sería lo que la molestaba?

—La señora Randall. La doctora Randall, quiero decir. ¿Por qué?

Fiona no contestó y apretó los labios con fuerza.

Roger había perdido todo su interés por el periódico. Lo dejó poco a poco.

—¿Tú conocías a Gillian Edgars?

Fiona no le contestó directamente; en cambio, se giró para juguetear con la funda de la tetera.

—Has estado en las piedras de Craigh na Dun. Joycie me dijo que su Albert le había contado que te vio el jueves, cuando se dirigía a Drumnadrochit.

—Sí. No es un crimen, ¿no? —Trató de bromear, pero Fiona no lo siguió.

—Sabes que es un lugar extraño. Todos los círculos lo son, y no me digas que fuiste a admirar el paisaje.

—No te lo diría.

Se sentó en la silla y la miró. Su oscuro cabello rizado estaba de punta; se pasaba las manos por el pelo cuando estaba nerviosa, y ahora lo estaba.

—Tú la conoces. Claire me dijo que la conocías. —El chispazo de curiosidad que había sentido al oír mencionar a Gillian Edgars se había convertido en una llamarada de excitación.

—No puedo conocerla, puesto que está muerta. ¿No es así? —Fiona tomó la huevera vacía, mirando fijamente los restos de la cáscara.

Roger la cogió de un brazo y la detuvo.

—¿Está muerta?

—Es lo que todos piensan. La policía no encontró rastro de ella —dijo con su suave acento de las Highlands.

—Tal vez no buscaron en el lugar correcto.

Toda la sangre abandonó su rostro ruborizado. Roger la sostuvo con fuerza, aunque ella no intentaba soltarse. Sabía algo. Pero ¿qué era lo que sabía?

—Dime, Fiona. Por favor, dime, ¿qué sabes sobre Gillian Edgars y esas piedras?

Se liberó de su mano, pero no se marchó. Le dio la vuelta a la huevera una y otra vez en sus manos, como si se tratara de un reloj de arena en miniatura. Permaneció allí, mirándolo asustada.

—Hagamos un trato —comentó, tratando de hablar con calma para no asustarla—. Si me dices lo que sabes, yo te diré por qué la doctora Randall me dio esa foto y por qué he ido a Craigh na Dun.

—Tengo que pensarlo. —Se inclinó para coger la bandeja con los platos sucios y salió por la puerta antes de que pudiera decir una palabra para detenerla.

Volvió a sentarse lentamente. Había sido un buen desayuno, como todos los de Fiona, pero ahora le pesaba en el estómago como si se hubiera tragado un saco de canicas.

No debería estar tan nervioso, se dijo. Era llamar a la desilusión. Después de todo, ¿qué podía saber Fiona? Aun así, cualquier mención a la mujer que se había hecho llamar Gillian (y después Geillis) era suficiente para captar su atención.

Tomó su taza de té y se lo tomó sin saborearlo. ¿Y si cumplía el trato y se lo contaba todo? No sobre Claire Randall y Gillian, sino sobre él y Brianna.

Pensó en Bree. Era como una roca lanzada al estanque de su corazón, enviando olas de miedo en todas direcciones. «Ella está muerta.» Fiona había dicho eso de Gillian. «¿No es así?»

«¿Ella está muerta?», había respondido él, con la fotografía de la mujer vívida en su memoria, con los ojos grandes y verdes y el cabello flotando por el viento cálido que procedía del fuego, decidida a volar a través de las puertas del tiempo. No, ella no había muerto.

Al menos no entonces, porque Claire la había encontrado. ¿Antes? ¿Después? No había muerto, pero ¿estaba muerta? Debía estarlo, ¿no? ¡Maldita confusión! ¿Cómo podía pensar en todo eso con coherencia?

No podía quedarse sentado. Salió al vestíbulo y se detuvo en la puerta de la cocina. Fiona estaba al lado del fregadero mirando por la ventana. Lo oyó y se volvió, con un trapo limpio en la mano.

Su rostro estaba encendido y en él se veía un gesto de decisión.

—No debería contarlo, pero lo haré, tengo que hacerlo. —Inspiró profundamente y cuadró la barbilla, con el aspecto de un pequinés que se enfrenta a un león—. La madre de Bree, la encantadora doctora Randall, me preguntó sobre mi abuela. Sabía que había sido una... una druida.

—¿Druida? ¿Te refieres a las de las piedras?

Roger estaba asombrado. Claire se lo había dicho cuando la conoció por primera vez, pero nunca lo creyó. No podía creer que la señora Graham realizara ceremonias arcanas en cimas de colinas verdes a principios de mayo.

Fiona dejó escapar un largo suspiro.

—Entonces lo sabes. Es lo que pensaba.

—No, no lo sé. Todo lo que sé es lo que Claire, la doctora Randall, me dijo. Ella y su marido vieron a unas mujeres bailando de madrugada en el círculo de piedras en Beltane, y tu abuela era una de ellas.

Fiona movió la cabeza.

—No sólo una de ellas. Mi abuela era la llamadora.

Roger se adentró en la cocina y le quitó el trapo de las manos, sin que ella opusiera resistencia.

—Ven y siéntate —dijo mientras la conducía a la mesa—. Cuéntame, ¿qué es una llamadora?

—La que llama al caer el sol. —Fiona se sentó sin oponer resistencia. Se dio cuenta de que se lo iba a contar—. Es la canción del sol. Se canta en lengua antigua; algunas palabras son parecidas al gaélico, pero no todas. Primero bailamos en el círculo, luego la llamadora se detiene frente a la piedra y... no es exactamente un canto, son versos que se recitan, como hace el ministro en la iglesia. Hay que empezar justo en el momento adecuado, cuando la primera luz aparece sobre el mar, ya que de esta forma, cuando se termina, los rayos del sol atraviesan la piedra.

—¿Recuerdas algunas palabras? —El estudioso que había en Roger sentía curiosidad entre tanta confusión.

—Las sé todas —respondió Fiona. No se parecía mucho a su abuela, pero la mirada que le lanzó le recordó a la señora Graham en su franqueza—. Ahora yo soy la llamadora.

Roger se dio cuenta de que estaba boquiabierto y cerró la boca. Fiona estiró el brazo para alcanzar la caja de galletas y la abrió frente a él.

—Eso no necesitas saberlo —dijo Fiona con sentido práctico— y no te lo diré. Tú quieres información sobre la señora Edgars.

Fiona había conocido a Gillian Edgars. Era una de las nuevas bailarinas. Gillian hacía preguntas a las mujeres mayores en su afán por aprenderlo todo. Quería aprender la canción del sol, pero era secreta: sólo la llamadora y su sucesora podían conocerla. Algunas de las mujeres mayores sabían un poco (aquellas que la habían escuchado durante muchos años), pero no la conocían entera, y tampoco sabían cuándo empezar y cómo hacer los cálculos para que la canción coincidiera con la salida del sol.

Fiona hizo una pausa y se miró las manos.

—Es un ritual de mujeres, sólo de mujeres. Los hombres no pueden formar parte y nosotras no les decimos nada. Nunca.

Puso una mano sobre la de ella.

—Haces bien en decírmelo a mí, Fiona —afirmó con cariño—. Cuéntame el resto, por favor. Tengo que saberlo.

Inspiró hondo, temblorosa, y retiró su mano de la de él. Lo miró directamente a los ojos.

—¿Sabes adónde ha ido Brianna?

—Eso creo. Se fue por donde lo hizo Gillian, ¿no es así?

Fiona continuaba mirándolo sin contestar. Lo irreal de la situación de repente lo sacudió. No podía estar sentado allí, en la cómoda cocina que conocía desde su niñez, tomando té con una taza que tenía pintada la cara de la reina y discutiendo sobre piedras sagradas y viajes por el tiempo con Fiona. Con Fiona, cuyos intereses se limitaban a Ernie y a la economía doméstica.

O eso era lo que él creía. Tomó la taza, la vació y la dejó con un golpe suave.

—Tengo que ir tras ella, Fiona... si puedo. ¿Podré?

Fiona sacudió la cabeza con evidente miedo.

—No puedo decírtelo. Sólo conozco casos de mujeres que lo han conseguido, tal vez sólo ellas puedan hacerlo.

Roger apretó el salero entre sus manos. Eso era lo que lo preocupaba, o una de las cosas a las que temía.

—Sólo hay una forma de descubrirlo, ¿no? —preguntó, tratando de parecer despreocupado. Sin embargo, en su mente, sin buscarlo, apareció una enorme piedra negra como si se tratara de una amenaza contra el claro cielo del amanecer.

—Yo tengo su cuaderno —intervino Fiona.

—¿Qué... cómo? ¿El de Gillian? ¿Escribió algo?

—Sí, lo hizo. Hay un sitio donde... —Lo miró de reojo y se mojó los labios—. Nosotras dejamos nuestras cosas allí, preparadas con antelación. Ella dejó su cuaderno y... y yo lo cogí después... —«Después de que encontraran muerto en el círculo al esposo de Gillian», pensó Roger que quiso decir Fiona.

—Sabía que la policía lo quería —continuó Fiona—, pero... bueno, no quería entregárselo a ellos. Sin embargo, pensaba: ¿y si tiene algo que ver con el asesinato? No podía guardarlo si era importante y... —Miró a Roger, rogando que la comprendiera—. Era su cuaderno, lo que ella había escrito, y lo había dejado en aquel lugar...

—Que era secreto —concluyó Roger.

Fiona asintió y respiró profundamente.

—Así que lo leí.

—Por eso sabes cómo se fue —dijo con tranquilidad Roger.

Fiona se estremeció y le dirigió una sonrisa.

—El cuaderno no habría ayudado a la policía, puedes estar seguro.

—¿Puede ayudarme a mí?

—Eso espero —comentó con sencillez. Abrió el cajón del aparador y sacó un cuaderno envuelto en tela verde.

32

Grimorio

Éste es el grimorio de la bruja Geillis. Es un nombre de bruja y lo adopto como propio; con el que nací no importa, no importa qué era cuando nací, sólo qué haré de mí misma, en qué me convertiré.

¿Qué es? No puedo decirlo, sólo cuando lo lleve a la práctica descubriré qué tengo que hacer. El mío es el camino del poder.

El poder absoluto corrompe. ¿Cómo? Bueno, de hecho, la presunción de que el poder puede ser absoluto, porque nunca lo es. Porque tú y yo somos mortales. Observa cómo se encoge y se marchita la piel sobre tus huesos, siente cómo las líneas de tu cráneo presionan tu piel, y tus dientes tras unos labios que sonríen en sombrío reconocimiento.

Y, sin embargo, dentro de los límites de la carne, muchas cosas son posibles. Si esas cosas son posibles más allá de esos límites, ése es el reino de otros, no el mío. Y ésa es la diferencia entre ellos y yo, esos otros que han partido antes para explorar el Reino Negro, aquellos que buscan poder en la magia e invocando a los demonios.

Yo voy con el cuerpo, no con el alma. Y al negar mi alma, no doy poder a ninguna fuerza, sólo a las que puedo contro-lar. No pido favores ni a Dios ni al diablo, reniego de ambos. Porque si no hay alma ni muerte que considerar, entonces ni Dios ni el demonio mandan, sus batallas no tienen consecuencias para alguien que vive solamente en la carne.

Nosotros decidimos en un instante y, sin embargo, las consecuencias son para siempre. Una frágil red tejida para atrapar la tierra y el espacio. Sólo nos dan una vida y, no obstante, sus años pueden vivirse en muchas épocas, ¿en cuántas?

Si quieres ejercer el poder, debes elegir tu época y tu lugar, porque sólo cuando la sombra de la piedra cae a tus pies, la puerta del destino se abre.

—Un caso de locura —murmuró Roger—. Y una prosa horrible.

La cocina estaba vacía y hablaba para infundirse confianza. Pero eso no lo ayudaba. Pasó las páginas con cuidado siguiendo las líneas de letra redonda y clara. Después de la primera parte, había una sección titulada: «Fiestas del sol y fiestas del fuego». Incluía una lista (Imbolc, Alban Eilir, Beltane, Litha, Lughnassadh, Alban Elfed, Samhain, Alban Arthuan) con un párrafo con notas después de cada nombre y una serie de pequeñas cruces al margen. ¿Para qué era aquello?

Le llamó la atención Samhain, con seis cruces al lado.

Ésta es la primera de las festividades de los muertos. Mucho antes de Cristo y su resurrección, en la noche de Samhain, las almas de los héroes salen de sus tumbas. Esos héroes son escasos. ¿Quién nace cuando las estrellas se alinean? No todos los que nacen entonces tienen la valentía de hacerse con el poder que les corresponde por derecho propio.

En medio de lo que era una evidente locura, existía método y organización, una rara mezcla de fría observación y vuelo poético. La parte central se titulaba «Casos estudiados», y si la primera sección le había puesto la carne de gallina, ésta le helaba la sangre.

Era una lista cuidadosa, con fechas y lugares, de los cuerpos hallados en la proximidad de los círculos de piedras. La apariencia de cada uno estaba anotada; debajo, unas pocas palabras especulaban sobre las posibles causas.

14 de agosto de 1931. Sur-le-Meine, Gran Bretaña. Cuerpo de un hombre sin identificar. Edad cuarenta años aprox. Encontrado cerca de un círculo de piedras. Sin causa evidente de muerte, quemaduras en brazos y piernas. Descripción de la ropa «harapos». No hay foto.

Causas posibles del fracaso: 1) hombre; 2) fecha equivocada, veintitrés días hasta la siguiente fiesta del sol.

2 de abril de 1950. Castlerigg, Escocia. Cuerpo de una mujer sin identificar. Edad: unos quince años. Bastante mutilada; es posible que los lobos la arrastraran del círculo. No se describe la vestimenta.

Causas posibles del fracaso: 1) fecha equivocada, veintiocho días antes de la fiesta de fuego, 2) falta de preparación.

5 de febrero de 1953. Callanish, isla de Lewis. Cuerpo de hombre, identificado como John MacLeod, pescador de langostas, veintiséis años. Causa de la muerte: una hemorragia cerebral masiva, según la investigación del forense cuando apareció el cuerpo: quemaduras de segundo grado en la piel de la cara y las extremidades, y la ropa quemada. Opinión del forense: muerte a causa de un rayo (posible, pero no probable). Causas posibles del fracaso: 1) hombre; 2) muy cerca de Imbolc pero ¿quizá no lo suficiente?; 3) mala preparación — La fotografía del periódico muestra a la víctima con la camisa abierta; tiene una quemadura en el pecho que parece que tiene la forma de la cruz de Bridhe, pero es difícil de asegurar.

1 de mayo de 1963. Tomnahurich, Escocia. Cuerpo de mujer, identificado como Mary Walker Willis. Según el informe forense, considerables quemaduras en el cuerpo y la ropa. Muerte debida a un infarto, rotura de la aorta. Informe sobre el «extraño» estado de sus ropas.

Fallo: esta persona sabía lo que estaba haciendo, pero no lo consiguió. Debido tal vez a la omisión de un adecuado sacrificio.

La lista continuaba, y Roger estaba aterrado con cada nombre. Había encontrado veintidós en un período que iba desde mediados de 1600 a mediados de 1900, en diversos lugares de Escocia, norte de Inglaterra y Bretaña, todos ellos lugares con piedras prehistóricas. Algunos eran accidentes, pensó Roger, gente que caminaba por allí y que no sabía nada.

Pero unos pocos, dos o tres, parecía que sabían algo. Se apreciaba cierta preparación en sus ropas; tal vez habían pasado antes y lo intentaban de nuevo, pero en ese último caso fracasaron. Su estómago se curvó como una fría serpiente. Claire tenía razón: no era como pasar por una puerta giratoria.

Luego estaban las desapariciones... Se encontraban en una sección aparte, con edad, sexo, fecha y las circunstancias en que se produjeron. Unas cruces indicaban el número de personas que había desaparecido en cada fiesta. Había más desaparecidos que muertos, pero existían menos datos. La mayoría tenía signos de interrogación. Roger supuso que se debía a que no se podía saber si una desaparición cerca de un círculo estaba necesariamente relacionada con él.

Dio la vuelta a la página y se detuvo como si le hubieran dado una patada en el estómago.

1 de mayo de 1945. Craigh na Dun, Inverness, Escocia. Claire Randall, veintisiete años, ama de casa. Vista por última vez por la mañana temprano, dijo que iba a visitar el círculo de piedras en busca de una planta especial, no regresó al anochecer. El coche estaba estacionado al pie de la colina. No había huellas en el círculo. No hay signos de violencia.

Dio la vuelta a la página con cuidado, como si esperara que estallara en su mano. Así que Claire, sin darse cuenta, había proporcionado pruebas a Gillian para su experimento. ¿Habría encontrado los informes del regreso de Claire, tres años después?

No, evidentemente no, decidió Roger después de revisar las otras páginas, o, si lo había hecho, no lo había anotado.

Fiona le había traído más té y un plato de galletas de jengibre y nueces recién hechas, pero no las había tocado desde que había empezado a leer. Un sentimiento de obligación, más que de hambre, hizo que tomara una galleta y que la mordiera, pero las sabrosas migas se le quedaron en la garganta y empezó a toser.

La última sección se titulaba «Técnicas y preparaciones». Y comenzaba así:

Algo hay aquí más antiguo que el hombre, y las piedras guardan su poder. Los antiguos conjuros hablan de «las líneas de la tierra» y del poder que fluye a través de ellas. El propósito de las piedras tiene que ver con esas líneas, estoy segura. Pero ¿las piedras desvían las líneas de poder o son sólo señales?

El pedazo de galleta parecía permanentemente atrapado en su garganta, sin importar cuánto té tomara. Comenzó a leer cada vez más rápido, a leer por encima, a saltarse páginas, hasta que por último se recostó y cerró el cuaderno. Leería el resto más tarde, y más de una vez. Ahora tenía que salir a tomar el aire. No era raro que el cuaderno hubiera alterado a Fiona.

Caminó con rapidez calle abajo, encaminándose hacia el río sin preocuparse de la lluvia. Era tarde, la campana de una iglesia señalaba vísperas y muchas personas cruzaban los puentes en dirección a las tabernas. Pero por encima de la campana, las pisadas y las voces, escuchaba las últimas palabras que había leído como si estuvieran dirigidas a él.

¿Debo besarte, niño? ¿Debo besarte, hombre? Cuando lo haga, siente los dientes debajo de mis labios. Puedo matarte con tanta facilidad como te abrazo. El sabor del poder es el sabor de la sangre, hierro en mi boca, hierro en mi corazón. Es necesario el sacrificio.

33

Víspera del solsticio de verano

20 de junio de 1971

En Escocia, en la víspera del solsticio de verano, el sol está en el cielo con la luna. Solsticio de verano, la fiesta de Litha, Alban Eilir. Era cerca de medianoche y la luz era tenue y lechosa, pero era luz.

Podía sentir las piedras mucho antes de verlas. Claire y Geillis tenían razón, pensó, la fecha era importante. En sus visitas anteriores le habían parecido mágicas, pero silenciosas. Ahora podía oírlas, no con los oídos, sino con la piel; era un zumbido bajo, semejante al de las gaitas.

Llegaron al otro lado de la cresta de la colina y se detuvieron a unos nueve metros del círculo. Hacia abajo había un valle oscuro y misterioso bajo la luna ascendente. Oyó el jadeo de una respiración y se le ocurrió que Fiona podía estar realmente atemorizada.

—No es necesario que te quedes —le dijo—. Si tienes miedo deberías irte, yo estaré bien.

—No tengo miedo por mí, tonto —susurró, metiendo las manos en los bolsillos. Se giró, bajando la cabeza como un pequeño toro al comenzar a subir el sendero—. Vamos.

Los alisos susurraban junto a sus hombros y, de repente, se estremeció. Sintió frío pese a su ropa de abrigo. Su traje parecía súbitamente ridículo: casaca de faldones largos, medias tejidas, chaleco de lana y calzones haciendo juego. Una obra de teatro en la facultad, había explicado al sastre.

—Tonto, sí —murmuró para sí.

Fiona entró primero en el círculo; no quería que la observara. Obediente, permaneció de espaldas, dejando que hiciera lo que tenía que hacer. Llevaba una bolsa de plástico, casi con seguridad con objetos para su ceremonia. Le había preguntado qué contenía y la respuesta fue que se ocupara de sus propios asuntos. Fiona estaba casi tan nerviosa como él.

El constante zumbido lo molestaba. No era en sus oídos, sino en todo su cuerpo, bajo su piel, en sus huesos. Hacía que los huesos largos de sus brazos y piernas vibraran como las cuerdas de un instrumento, y le picaba en la sangre, lo que hacía que tuviera ganas de rascarse una y otra vez. Fiona no podía oírlo; se lo había preguntado, para asegurarse de que estaba segura antes de dejar que lo ayudara.

Esperaba que fuera así, que sólo los que oían las piedras pudieran pasar a través de ellas. Nunca se perdonaría que le sucediera algo a Fiona, aunque ella le había dicho que había estado muchísimas veces en el círculo durante las fiestas sin que le ocurriera nada. Miró por encima de su hombro y vio una tenue llama en la base de la gran piedra y volvió la cabeza.

Fiona cantaba con una voz suave y aguda. No podía entender las palabras. Las otras viajeras que conocía eran mujeres. ¿Funcionaría con él? Creía que sí. Si la habilidad era genética (algo como la capacidad de enrollar la lengua o el daltonismo), ¿por qué no? Claire había viajado y también Brianna. Esta última era la hija de Claire. Y él era el descendiente de la otra viajera del tiempo que conocía, Geillis, la bruja.

Pisó con fuerza y se sacudió como un caballo con moscas, intentando deshacerse del zumbido. Por Dios, ¡parecía que le estaban comiendo las hormigas! ¿Los cánticos de Fiona lo empeoraban, o era sólo su imaginación?

Se rascó con fuerza el pecho para aliviar la irritación y sintió el tacto del relicario de su madre, que llevaba para que le diera suerte, así como por sus granates. Tenía sus dudas sobre las especulaciones de Geillis: no pensaba intentarlo con sangre. Fiona intentaría reemplazarla por fuego, pero después de todo, las piedras preciosas no harían daño y, si ayudaban... ¿No podría darse prisa Fiona? Se retorció y estiró dentro de sus prendas, intentando quitarse no sólo la ropa, sino también la piel.

Para distraerse se tocó el bolsillo del pecho donde guardaba el relicario. Si podía... si funcionaba... Era algo que se le había ocurrido hacía poco mientras que la posibilidad que proponían las piedras maduraba hasta convertirse en un plan. Pero si era posible... Tocó la pequeña forma redonda y vio el rostro de Jerry MacKenzie en la oscura superficie de su mente.

Brianna había ido a encontrar a su padre, ¿podría él hacer lo mismo? ¡Fiona! Aquello era cada vez peor. Le temblaban los dientes y la piel parecía que le ardiera. Sacudió con violencia la cabeza, y se detuvo, mareado; la piel de su cráneo estaba tan tensa que parecía que se iba a rasgar.

Entonces Fiona se acercó, le cogió la mano y le dijo algo con nerviosismo mientras lo conducía dentro del círculo. No podía oírla por el ruido, que cada vez era más intenso; ahora estaba en sus oídos, en su cabeza, lo cegaba y le enviaba olas de dolor a las vértebras.

Apretó los dientes, parpadeó en la oscuridad y miró el rostro aterrado de Fiona; se inclinó y la besó en los labios.

—No se lo digas a Ernie —dijo. Se dio la vuelta y caminó a través de la grieta de la piedra.

Un leve olor a quemado le llegó con el viento de verano. Volvió la cabeza tratando de saber de dónde procedía. Allí. Una llama en la colina cercana, una rosa de fuego del solsticio de verano.

Se veían algunas estrellas, un poco ensombrecidas por una nube. No tenía que moverse, ni pensar. Se sentía incorpóreo, abrazado por el cielo. Su mente era libre y reflejaba imágenes iluminadas por las estrellas como la boya de cristal de un bote, a la deriva entre las olas. A su alrededor había un zumbido suave y musical, el canto lejano de sirenas y un ligero aroma a café.

Una vaga sensación de que algo iba mal interrumpió su paz. Este sentimiento se introdujo en su mente, provocando pequeñas y dolorosas chispas de confusión. Lo rechazó mientras deseaba seguir flotando bajo la luz de las estrellas, pero el acto de resistencia lo despertó. De golpe sentía su cuerpo y le dolía.

—¡ROGER! —La voz estalló en su oído y se sacudió. Un dolor recorrió su pecho y se tocó con la mano. Algo lo agarró de la muñeca y tiro de él. Sintió humedad y la aspereza de la ceniza en su pecho, y creyó que estaba sangrando.

—¡Ya has despertado, por fin! Eres un buen muchacho. Espera, despacio. —Era la nube la que hablaba, no la estrella. Parpadeó, confundido, y la sombra se convirtió en la silueta de la cabeza de Fiona, oscura contra el cielo. Se enderezó, más con una convulsión que con un movimiento consciente.

Su cuerpo había vuelto para vengarse. Se sentía muy enfermo y con un espantoso olor a café y a carne quemada. Trató de incorporarse, pero se derrumbó sobre la hierba. Estaba húmeda y eso resultó agradable en su rostro chamuscado.

Las manos de Fiona le secaban la cara y la boca.

—¿Estás bien? —dijo por millonésima vez. Pero en esta ocasión tuvo fuerzas para responder.

—Sí —susurró—. Estoy bien. ¿Por qué...?

Movió la cabeza adelante y atrás, borrando la mitad de un cielo de estrellas.

—No lo sé. Has desaparecido, ya no estabas, luego se ha producido un estallido de fuego y has aparecido tirado dentro del círculo con el abrigo ardiendo. He tenido que apagarlo con el termo de café.

De ahí el olor a café y la humedad que sentía en el pecho. Levantó una mano, buscando, y esta vez, ella lo dejó. Había una quemadura en la tela mojada de su casaca. La piel de su pecho estaba chamuscada; podía sentir el extraño entumecimiento de las ampollas a través del agujero de la tela y el molesto dolor de una quemadura. El relicario de su madre se había derretido por completo.

—¿Qué ha sucedido, Roger?

Fiona estaba agachada junto a él, y su rostro estaba en penumbra, pero era visible; tenía la cara manchada de lágrimas. Lo que había creído que era una hoguera del solsticio de verano en realidad era la llama de su vela, de la que sólo quedaba el último centímetro. ¿Cuánto tiempo había estado inconsciente?

—Yo... —iba a empezar a decir que no lo sabía, pero se interrumpió—. Déjame pensar un poco, ¿quieres? —Puso la cabeza sobre las rodillas, respirando el olor a hierba húmeda y ropa chamuscada.

Se concentró en respirar, en volver a hacerlo. No tenía una necesidad real de pensar; todo estaba ahí, claro en su mente. Pero ¿cómo describir algo así? No había visión, pero tenía la imagen de su padre. No había sonido, ni tacto, pero sí oído y sentido. El cuerpo parecía que sacaba sus conclusiones, traduciendo en concreciones los fenómenos luminosos del tiempo.

Levantó la cabeza y respiró profundamente, para volver a acomodarse poco a poco en su cuerpo.

—Estaba pensando en mi padre —dijo—. En cuanto he pasado a través de la piedra estaba pensando si podría encontrarlo y... lo he hecho.

—¿Lo has hecho? ¿Tu padre? ¿Era un fantasma, eso quieres decir? —Sintió, más que vio, el sonido de sus dedos haciendo cuernos contra el diablo.

—No. No exactamente. No... no puedo explicarlo, Fiona. Pero lo he encontrado. Lo he conocido. —La sensación de paz todavía estaba presente en su persona, flotaba lentamente en la parte posterior de su mente—. Entonces se ha producido una especie de explosión. Algo me ha golpeado aquí. —Sus dedos tocaron la quemadura de su pecho—. Y una fuerza me ha empujado... hacia fuera, y eso es todo lo que sé, hasta que he despertado. —Le acarició el rostro con suavidad—. Gracias Fee, me has salvado de quemarme vivo.

La muchacha hizo un gesto de impaciencia quitándole importancia y se sentó en cuclillas, frotándose la barbilla, pensativa.

—Estaba pensando, Roger, sobre lo que ella decía en el cuaderno de tener cierta protección si se lleva una piedra preciosa. Había piedras en el relicario de tu madre, ¿no? —Pudo oír que Fiona tragaba con dificultad—. Tal vez... si no hubieras llevado eso... quizá no estarías vivo. Ella hablaba del hombre que no tenía protección y se quemó, y tú te has quemado donde estaba el relicario.

—Sí, puede ser. —Roger comenzaba a recuperarse. Miró a Fiona con curiosidad.

—Siempre dices «ella». ¿Por qué nunca dices su nombre?

Los rizos de Fiona revolotearon con el viento del amanecer mientras se volvía para mirarlo. Había suficiente luz como para ver su rostro, con su expresión de desconcertante franqueza.

—Uno no nombra a alguien a menos que quiera que venga —respondió—. Tienes que saberlo. Tu padre era ministro.

Se le erizó el vello de los antebrazos, pese a la camisa y el abrigo.

—Ahora que lo mencionas —dijo, bromeando sin conseguirlo—, yo no pronunciaba el nombre de mi padre, pero tal vez... la doctora Randall dijo que pensó en su marido cuando regresó.

Fiona asintió con el rostro ceñudo. Podía verle la cara con claridad, y se dio cuenta, sorprendido, de que cada vez había más luz. Casi había amanecido; al este, el cielo brillaba en una escala de tonos salmones.

—¡Ya casi es de día! ¡Tengo que ir!

—¿Irte? —Fiona abrió los ojos con horror—. ¿Vas a intentarlo otra vez?

—Lo haré, tengo que ir. —Tenía la boca seca, y lamentaba que Fiona hubiera usado todo el café para apagar el fuego. Luchó contra sus sentimientos y se puso en pie. Le temblaban las rodillas, pero podía caminar.

—¿Estás loco, Rog? ¡Morirás, estoy segura!

Movió la cabeza con la mirada fija en la piedra grande.

—No —dijo, y confió en que eso fuera verdad—. No, sé lo que ha salido mal. No sucederá otra vez.

—¡No puedes saberlo, no con seguridad!

—Sí, lo sé. —Tomó su mano, pequeña y fría, entre las suyas. Le sonrió, aunque sintió su rostro extrañamente entumecido—. Espero que Ernie no haya regresado o hará que la policía te busque; será mejor que regreses.

Se encogió de hombros con impaciencia.

—Está pescando con su primo Neil; no volverá hasta el martes. ¿Qué quieres decir con que no sucederá de nuevo, por qué no?

Eso era lo más difícil de explicar, pero se lo debía.

—Cuando te he dicho que pensaba en mi padre estaba pensando en lo poco que conocía de él, las fotos con uniforme o con mi madre. El caso es... que he ido a su época. ¿Te das cuenta?

—La miró y vio que parpadeaba poco a poco mientras empezaba a comprender. Espiró con un pequeño suspiro que mezclaba el miedo y la sorpresa.

—¿No has encontrado sólo a tu padre? —preguntó.

Negó con la cabeza sin poder hablar. No había vista, sonido, olor ni tacto. No había imágenes para transmitir lo que había supuesto encontrarse consigo mismo.

—Tengo que irme —repitió despacio. Le apretó la mano—. Fiona, no sabes cómo te lo agradezco.

Lo contempló durante un momento con los labios fruncidos y los ojos húmedos. Luego se soltó y, después de quitarse el anillo de compromiso, se lo colocó en la mano.

—Es una piedra pequeña, pero es un diamante de verdad —dijo—. Tal vez te ayude.

—¡No puedo llevármelo! —Quiso devolvérselo, pero Fiona dio un paso atrás y escondió las manos detrás de la espalda.

—No te preocupes, está asegurado —comentó—. Ernie es muy bueno con los seguros. —Trató de sonreírle, aunque las lágrimas descendían por sus mejillas—. Yo también.

No tenían nada más que decirse. Guardó el anillo en el bolsillo de su chaqueta y miró de reojo a la gran piedra oscura, cuyos lados negros comenzaban a brillar por los fragmentos de mica y cuarzo que captaban la luz del amanecer. Podía oír el zumbido que parecía como el pulso de su sangre, como si resonara en su interior.

No necesitaban palabras. Le tocó la cara como despedida y caminó hacia la piedra mientras vacilaba un poco. Entró en la grieta.

Fiona no oyó nada, pero el aire claro del día del solsticio de verano se estremeció con el eco de un nombre.

Fiona esperó durante mucho tiempo, hasta que el sol alcanzó el extremo de la piedra.

—*Slan leat, a charaid chòir* —dijo suavemente—. Suerte, querido amigo.

Descendió lentamente por la colina y no miró hacia atrás.

34

Lallybroch

Escocia, junio de 1769

El nombre del alazán era *Bruto*, pero, por suerte, no describía su carácter. Era fuerte y robusto, y parecía que ofrecía seguridad, aunque sólo fuera por resignación del animal. La había llevado por los verdes valles y los desfiladeros sin ningún problema. Habían ascendido cada vez a mayor altura a través de los buenos caminos construidos cincuenta años atrás por el general inglés Wade, y por los malos fuera del alcance del general, atravesando los campos tupidos y subiendo a lugares donde los caminos se desvanecían hasta convertirse en senderos de ciervos que atravesaban los páramos.

Brianna soltó las riendas y dejó que descansara después de la subida. Desde arriba, contempló el pequeño valle y la granja pintada de blanco, situada en medio de los campos de avena y cebada de color verde pálido. Las ventanas y las chimeneas eran de piedra gris, y la casa estaba rodeada de un huerto amurallado y numerosos edificios, como si se tratara de pollitos que se encontraran alrededor de una enorme gallina blanca.

Nunca la había visto antes, pero estaba segura de que era Lallybroch. Había oído demasiadas veces las descripciones de su madre sobre aquel lugar. Por otra parte, era la única casa importante en muchos kilómetros a la redonda; no había visto nada parecido en los últimos tres días, salvo pequeñas casas de campo abandonadas y en ruinas, algunas quemadas.

Había alguien en casa, puesto que salía humo de la chimenea. Faltaba poco para el mediodía y tal vez todos estarían comiendo.

Tragó con la boca seca por la excitación y el recelo. ¿Quién habría? ¿A quién vería primero? ¿A Ian? ¿A Jenny? ¿Cómo se tomarían su aparición? ¿Y qué les iba a explicar?

Había decidido que iba a decirles la verdad sobre quién era ella y lo que estaba haciendo allí. Su madre le había dicho que se parecía mucho a su padre y esperaba que eso la ayudara a convencerlos. Los escoceses de las Highlands que había conocido hasta entonces se habían mostrado cautelosos ante su aspecto y su forma de hablar. Tal vez los Murray no la creyeran. Entonces recordó y se tocó el bolsillo de su casaca. Si no la creían, utilizaría la única prueba que poseía.

Un súbito pensamiento hizo que se estremeciera. ¿Era posible que Jamie Fraser y su madre estuvieran allí? Esa idea no se le había ocurrido antes, convencida como estaba de que se habían ido a Norteamérica, pero no tenía por qué ser así. Lo único que sabía era que estarían en Norteamérica en 1776, pero no dónde se encontraban en aquel momento.

Bruto levantó la cabeza y relinchó. Llegó una respuesta por detrás y Brianna cogió las riendas mientras el caballo se daba la vuelta con interés para observar a un hermoso bayo sobre el que iba un jinete alto y vestido de marrón.

El hombre detuvo su montura un instante al verlos y luego la espoleó para acercarse. Era joven y tenía la cara morena a pesar del sombrero; debía pasar mucho tiempo en el exterior. Los faldones de su chaqueta estaban arrugados, y sus medias estaban cubiertas de polvo y espigas.

Al aproximarse y darse cuenta de que se encontraba ante una mujer, en su rostro apareció una expresión de sorpresa que no le impidió quitarse el sombrero y saludar. Las prendas de hombre que llevaba Brianna no engañarían a nadie de cerca; «aniñado» sería la última palabra para describir su figura. No obstante, cumplían su cometido: eran cómodas para montar y, debido a su altura, hacían que en la distancia pareciera un hombre a caballo.

No era exactamente un buen mozo, pero tenía un rostro fuerte y agradable, con unas cejas tupidas, y enarcadas en aquel momento, los ojos castaños y el pelo oscuro y rizado, brillante por su buena salud.

—Señora —dijo—, ¿puedo ayudarla?

Brianna se quitó el sombrero y sonrió.

—Eso espero. ¿Esto es Lallybroch?

Asintió asombrado al oír su extraño acento.

—Sí, así es. ¿Tiene negocios por aquí?

—Sí —dijo con firmeza—. Los tengo. —Se estiró y respiró hondo—. Soy Brianna Fraser. —Le resultaba raro decirlo en voz alta, ya que nunca antes había usado su apellido. Pero de manera extraña le parecía lo correcto.

El recelo en el rostro del hombre disminuyó, pero no la confusión. Asintió, cauteloso.

—Para servirla, señora. Jamie Fraser Murray —añadió con formalidad con una inclinación—, de Broch Tuarach.

—¡El joven Jamie! —exclamó la mujer, sobresaltándolo por su ansiedad—. ¡Tú eres el joven Jamie!

—Mi familia me llama así —dijo ceremoniosamente para dar a entender que no le gustaba que lo hiciera una desconocida ataviada con ropas inadecuadas.

—Me alegro de conocerte —prosiguió, y le extendió la mano, impertérrita, inclinándose desde su montura—. Soy tu prima. —Las cejas, que durante las presentaciones habían recuperado su posición habitual, se alzaron de nuevo. Miró con incredulidad la mano extendida y el rostro de la joven—. Jamie Fraser es mi padre —añadió.

Él abrió la boca y se la quedó mirando durante un momento. La observó de arriba abajo hasta que una amplia sonrisa apareció poco a poco en su cara.

—¡Vaya si lo eres! —exclamó, y le estrechó la mano con suficiente fuerza como para pulverizarle los huesos—. Eres igual que él. —Rió y el humor transformó su cara—. ¡Mi madre se va a quedar de piedra!

El gran rosal silvestre que adornaba la puerta tenía hojas nuevas y cientos de pequeños capullos verdes que comenzaban a brotar. Mientras seguía al joven Jamie, Brianna levantó la vista y miró el dintel. En la gastada madera se había grabado «Fraser, 1716». Se sintió turbada al verlo y se quedó mirándolo con la mano apoyada en la sólida madera.

—¿Estás bien, prima? —El joven Jamie se volvió para mirarla.

—Sí. —Se apresuró a seguirlo, bajando, aunque no era necesario, la cabeza para entrar.

—Salvo mamá y la pequeña Kitty, todos somos altos —explicó con una sonrisa al ver cómo agachaba la cabeza—. Mi abuelo, y tuyo también, construyó esta casa para su esposa, que era una mujer muy alta. Es la única casa de las Highlands donde puedes pasar por la puerta sin bajar la cabeza.

«... tuyo también.» Esas palabras hicieron que sintiera un súbito calor pese a la fría entrada. Frank Randall, igual que Claire, era hijo único. Los parientes que tenía eran lejanos. Sólo tenía un par de tías abuelas mayores en Inglaterra y algunos primos segundos en Australia. Había venido a buscar a su padre sin ser consciente de que también encontraría a toda una familia.

Una gran familia. Al entrar en el vestíbulo, con sus paneles marcados, se abrió una puerta, y cuatro niños entraron corriendo; tras ellos iba una mujer joven, alta y con el cabello castaño y rizado.

—¡Ah, corred, corred, pescaditos! —gritó, extendiendo las manos como pinzas—. ¡El malvado cangrejo os comerá!

Los niños pasaron corriendo entre risas y gritos, y mirando por encima del hombro con aterrorizado deleite. Uno de ellos, de unos cuatro años, vio a Brianna y al joven Jamie en la entrada y cambió de dirección, corriendo como una locomotora y gritando: «¡Papi, papi, papi!»

El niño se lanzó de manera temeraria al vientre del joven Jamie. Éste agarró con destreza al radiante chiquillo y lo levantó en sus brazos.

—Vamos, pequeño Matthew —dijo—. ¿Qué clase de modales te enseña tu tía Janet? ¿Qué pensará tu prima al verte corriendo como una gallina loca?

El niño rió con más entusiasmo, nada amedrentado por la reprimenda. Observó a Brianna, captó su atención y escondió con rapidez el rostro en el hombro de su padre. Poco a poco, levantó la cabeza y miró otra vez, con sus enormes ojos azules.

—¡Papá! —exclamó—. ¿Es una señora?

—Por supuesto, ya te he dicho que es tu prima.

—Pero ¡lleva calzones! —Matthew la miraba sorprendido—. Las señoras no usan calzones. —Matthew la contempló asombrado.

La joven parecía opinar lo mismo, pero lo interrumpió con firmeza cogiendo al niño.

—Estoy segura de que tendrá buenas razones para llevarlos, pero no es de buena educación decir estas cosas a la gente. Ahora ve a lavarte. —Lo dejó en el suelo y le dio un pequeño empujón hacia la puerta al final del pasillo. No se movió y, en cambio, se volvió para mirar a Brianna.

—¿Dónde está la abuela, Matt? —preguntó el padre.

—En la sala de atrás, con el abuelo. Han venido una señora y un hombre —respondió el niño con celeridad—. Hay dos ollas de café, una bandeja de panecillos y toda una torta Dundee; mamá dice que esperan que les dé de comer, pero maldición... —Y se tapó la boca, lanzando una mirada de culpabilidad a su padre—. De ninguna manera piensa darles la tarta de grosellas, por mucho tiempo que se queden.

El joven Jamie miró con seriedad a su hijo y en tono inquisitivo a su hermana Janet.

—¿Una señora y un hombre?

Janet hizo una mueca de disgusto.

—La Grizzler y su hermano.

El joven Jamie miró de reojo a Brianna.

—Me imagino que mamá estará encantada de tener una excusa para dejarlos. —Hizo una seña a Matthew—. Ve a buscar a tu abuela, muchacho. Dile que hay una visita que le gustará ver. Y cuida tu lenguaje, ¿eh?

Envió a Matthew a la parte posterior de la casa y le dio una palmadita en el trasero a modo de despedida.

El chiquillo se marchó, pero, poco a poco mientras se iba, y por encima del hombro, lanzaba miradas de intensa fascinación a Brianna.

El joven Jamie se volvió hacia Brianna sonriendo.

—Es mi primogénito. Y ella —señaló a la joven— es mi hermana Janet Murray. Janet... la señorita Brianna Fraser.

Brianna no sabía si darle la mano o no, así que se contentó con una sonrisa y una inclinación de cabeza.

—Estoy muy contenta de conocerte —dijo afectuosamente.

Janet la observó con asombro. Brianna no sabía si era por el acento o por lo que había dicho.

El joven Jamie sonrió ante la sorpresa de su hermana.

—Nunca adivinarás quién es, Jen —intervino—. ¡Ni en mil años!

Janet levantó una ceja y miró a Brianna con los ojos entornados.

—Prima —murmuró mirándola de arriba abajo—. Tiene el aire de los MacKenzie, eso sin duda. Pero has dicho que era una Fraser... —Sus ojos se abrieron más—. ¡Ah, no puede ser! —dijo a Brianna con una amplia sonrisa que iluminaba su cara y resaltaba el parecido familiar con su hermano—. ¡No puede ser!

La risa alegre de su hermano fue interrumpida por el ruido de una puerta y de unos pasos ligeros en el pasillo.

—¿Sí? Mattie me ha dicho que tenemos una invitada... —La voz se detuvo y Brianna levantó la vista con el corazón acelerado.

Jenny Murray era pequeña, ya que apenas medía metro y medio, y delgada como un gorrión. Contempló a Brianna con la boca abierta. Sus ojos eran del azul profundo de la genciana, pero resaltaban aún más en su rostro pálido como el papel.

—Señor, señor —exclamó en voz baja.

Brianna sonrió a su tía a modo de saludo, la amiga de su madre, la única y querida hermana de su padre. «Por favor, por favor, que le guste, que se alegre de verme», deseó súbitamente.

El joven Jamie hizo una profunda reverencia a su madre, radiante.

—Mamá, ¿puedo tener el honor de presentarte...?

—¡Jamie Fraser! ¡Sabía que había vuelto, te lo dije, Jenny Murray!

La voz, con tonos agudos de acusación, procedía del fondo del pasillo. Asombrada, Brianna vio a una mujer que surgía de las sombras avanzando con indignación.

—¡Amyas Kettrick me ha dicho que había visto a tu hermano cabalgando cerca de Balriggan! Pero ¡no, no me lo ibas a decir, Jenny, me has llamado tonta, has dicho que Amyas es ciego y que Jamie estaba en América! ¡Todos mentís para proteger al malvado cobarde! ¡Hobart! —gritó, volviéndose hacia la parte posterior de la casa—. ¡Hobart! ¡Ven aquí inmediatamente!

—¡Tranquila! —dijo Jenny con impaciencia—. ¡Tú eres tonta, Laoghaire! —Cogió a la mujer del brazo y la obligó a darse la vuelta—. Y en cuanto a la ceguera, ¡mírala! ¿No puedes ver la diferencia entre un hombre crecido y una muchacha con calzones? —Miraba fijamente a Brianna, con los ojos dominados por la especulación.

—¿Una muchacha?

La mujer miró sorprendida a Brianna, frunciendo el ceño. Entonces, parpadeó una vez, y la furia se borró de su rostro. Jadeó y se persignó.

—¡Jesús, María y José! ¿Quién eres tú, en nombre de Dios?

Brianna respiró profundamente, mirando a una y a otra, y tratando de mantener la firmeza de la voz mientras contestaba.

—Me llamo Brianna. Soy hija de Jamie Fraser.

Las dos mujeres abrieron mucho los ojos. La mujer llamada Laoghaire se fue poniendo roja y comenzó a hincharse; abría y cerraba la boca como si se ahogara, en un intento inútil de buscar palabras. Jenny dio un paso para coger las manos de Brianna y la miró a la cara. Sus mejillas se ruborizaron, lo que le confería un aspecto juvenil.

—¿De Jamie? ¿De verdad eres hija de Jamie? —Le oprimió las manos entre las suyas.

—Es lo que dice mi madre.

Brianna sonrió ante su propia respuesta. Las manos de Jenny estaban frías, pero Brianna sintió una corriente de calor que se extendió desde sus manos hasta su pecho. Captó el suave y especiado aroma del horno en los pliegues del vestido de Jenny, y algo más, algo terroso e intenso, que pensó que debía ser el olor de la lana de oveja.

—Eso dice, ¿eh? —Laoghaire había recobrado la voz y los bríos. Dio un paso adelante con los ojos entrecerrados—. Si Jamie Fraser es tu padre, ¿quién es tu madre?

Brianna se puso rígida.

—Su esposa. ¿Quién iba a ser?

La mujer lanzó una carcajada. No fue una risa alegre.

—¿Quién iba a ser? —preguntó burlándose—. ¿Y quién es esa esposa?

Brianna sintió cómo palidecía y se le ponían las manos rígidas, y de inmediato comprendió. Idiota, pensó. ¡Estúpida! En veinte años pudo volverse a casar. Claro. No importaba lo mucho que amara a su madre.

Tras ese pensamiento, apareció otro mucho más terrible: «¿Lo había encontrado? Dios mío, ¿lo había encontrado con una nueva esposa y él la había enviado de vuelta? Por Dios, ¿dónde está?»

Tenía deseos de correr, de salir de allí de inmediato, sin saber adónde ir o qué hacer. Deseaba correr en busca de su madre.

—Ven a sentarte en la sala, ¿quieres? —La voz del joven Jamie era firme, como el brazo que la guiaba a través del vestíbulo hacia una de las puertas. No distinguía las voces entre la confusión de acusaciones y explicaciones que resonaban como mechas de petardos.

Cuando entraron en la sala, vio a un hombrecillo con cara de conejo junto a otro mucho más alto que se puso en pie, con un rostro de preocupación.

Fue éste quien calmó el barullo e impuso orden, y, a partir de una mezcla confusa de voces, pudo conseguir una explicación de su presencia.

—¿La hija de Jamie? —La miró con interés, pero menos sorprendido que los demás—. ¿Cuál es tu nombre, *a leannan*?

—Brianna. —Estaba demasiado nerviosa para sonreírle, pero a él no pareció importarle.

—Brianna. —Se sentó en un escabel y le hizo un gesto para que se sentara. Entonces vio que tenía una prótesis en la pierna, que sobresalía, rígida, a un lado. Le tomó la mano y le sonrió, y la luz cálida de sus ojos marrones claros hizo que se sintiera durante un momento más segura—. Soy tu tío Ian, muchacha. Bienvenida. —Se apropió de la mano de manera involuntaria, aferrándose al refugio que parecía que le ofrecía. No se encogió ni retiró, sino que observó, divertido, su ropa—. ¿Has dormido a la intemperie? —preguntó, al ver la suciedad y las manchas de las plantas en su vestimenta—. Has tenido que andar bastante para encontrarnos, sobrina.

—Dice que es tu sobrina —dijo Laoghaire. Recuperada de la sorpresa, miró por encima del hombro de Ian, con un gesto de disgusto—. Ha venido para ver qué puede conseguir.

—Yo que tú no diría eso, Laoghaire —afirmó Ian suavemente. Se giró para mirarla—. ¿O vosotros no habéis intentado sacarme quinientas libras durante la última media hora?

Ella apretó los labios, lo que hizo que se marcaran las líneas que le rodeaban la boca.

—Ese dinero es mío —aclaró, furiosa— y lo sabes. Tú fuiste testigo y firmaste aquel papel.

Ian suspiró; estaba claro que no era la primera vez que trataban el tema aquel día.

—Lo hice —contestó con paciencia—. Y tendrás tu dinero tan pronto como Jamie pueda enviarlo. Lo prometió y es un hombre de honor. Pero...

—De honor, ¿eh? —Laoghaire emitió un bufido muy poco refinado—. ¿Es honorable cometer bigamia? ¿Abandonar a su mujer y a sus hijos? ¿Robarme a mi hija para arruinar su vida? ¡Honorable! —Miró a Brianna con los ojos brillantes, y en tono amenazador le dijo—: Te preguntaré otra vez el nombre de tu madre.

Brianna se limitó a mirarla, sobrecogida. El corbatín que llevaba la estaba ahogando, y tenía las manos heladas, pese a que Ian se las estaba sosteniendo.

—Tu madre —repitió Laoghaire, impaciente—. ¿Quién es?

—No importa... —comenzó Jenny, pero Laoghaire la interrumpió, sonrojada por la furia.

—¡Ah, claro que importa! Si la tuvo con una prostituta del ejército o una criada cuando estaba en Inglaterra es una cosa, pero si es...

—¡Laoghaire!

—¡Hermana!

—¡Víbora!

Brianna se levantó y aquello detuvo los gritos. Era tan alta como cualquiera de los hombres y superaba a las mujeres. Laoghaire dio un pequeño paso atrás. Todos los rostros de la estancia la estaban mirando, y mostraban hostilidad, simpatía o mera curiosidad.

Haciendo gala de una tranquilidad que no sentía, Brianna introdujo la mano en el bolsillo interior de su chaqueta, el que había cosido dentro de la costura apenas una semana antes. Parecía que hubiera pasado un siglo.

—El nombre de mi madre es Claire —dijo, y dejó el collar de perlas sobre la mesa.

Se hizo un completo silencio, excepto por el suave susurro del fuego, que ardía bajo en la chimenea. El collar de perlas resplandecía, y el sol primaveral que penetraba por la ventana se reflejaba en los aros de oro, emitiendo destellos.

Jenny fue la primera en hablar. Moviéndose como una sonámbula, extendió un dedo esbelto y tocó una de las perlas. Perlas de agua dulce, conocidas como barrocas por su peculiar forma irregular e inconfundible.

—Ay, señor, señor... —exclamó suavemente Jenny. Levantó la cabeza y miró a Brianna con los ojos felinos llenos de lo que parecían lágrimas—. Estoy tan contenta de verte... sobrina.

—¿Dónde está mi madre? ¿Lo sabéis? —Brianna pasó la vista por todos ellos mientras el corazón le latía con fuerza. Laoghaire no la miraba; su vista estaba fija en las perlas y tenía un gesto frío e inmóvil.

Ian y Jenny intercambiaron una rápida mirada y, a continuación, Ian se puso en pie, equilibrándose con la pierna de madera.

—Está con tu padre —dijo, tocando el brazo de Brianna—. No te preocupes, muchacha, los dos están bien.

Brianna resistió el impulso de desplomarse a causa del alivio. En cambio, espiró muy lentamente mientras sentía que el nudo de ansiedad se deshacía poco a poco en su vientre.

—Muchas gracias —respondió. Trató de sonreír a Ian, pero notaba la cara flácida y correosa. «A salvo y juntos», pensó con silenciosa gratitud.

—Son mías, tengo derecho. —Laoghaire señaló las perlas. Ya no estaba enfadada, sino fríamente serena. Sin la deformación provocada por la furia, Brianna pudo observar que había sido muy bella, y aún era una mujer hermosa. Era alta para ser escocesa y elegante en sus movimientos. Tenía la clase de piel clara y delicada que se desvanece con rapidez, y estaba algo rechoncha, pero su postura seguía siendo firme y su rostro mostraba el orgullo de una mujer que sabe que ha sido hermosa.

—¡No, no lo son! —exclamó Jenny, furiosa—. Eran de mi madre, mi padre se las dio a Jamie para su esposa y...

—Y su esposa soy yo —interrumpió Laoghaire, mirando a Brianna con frialdad—. Yo soy su esposa —repitió—. Me casé con él de buena fe y prometió que repararía el daño que me hizo. —Volvió su mirada fría a Jenny—. Ha pasado más de un año desde la última vez que recibí un penique. ¿Tengo que vender mis zapatos para alimentar a mi hija? ¿A la que me ha dejado? —Levantó la barbilla y miró a Brianna—. Si realmente eres su hija, sus deudas son las tuyas. ¡Díselo, Hobart!

Hobart parecía un poco avergonzado.

—Ah, vamos, hermana —dijo, tratando de calmarla—. No pienso que...

—No, tú nunca piensas, ¡y no lo has hecho desde que naciste! —Se soltó, irritada, y estiró una mano hacia las perlas—. ¡Son mías!

Por puro reflejo, Brianna cerró la mano sobre ellas, antes de que Laoghaire se decidiera a cogerlas. Los círculos de oro estaban fríos, pero las perlas estaban tibias... lo que indicaba que eran buenas, según le había explicado su madre.

—Un momento —intervino Brianna, con una calma y una frialdad que la sorprendieron a ella misma—. No sé quién es usted y no sé qué pasó entre usted y mi padre, pero...

—Soy Laoghaire MacKenzie, y el bastardo de tu padre se casó conmigo hace cuatro años, bajo falsas promesas, debo añadir. —La ira de Laoghaire no había desaparecido, sino que se había atenuado; su rostro estaba tenso, pero no gritaba, y sus mejillas ya no estaban sonrojadas.

Brianna inspiró profundamente, luchando por calmarse.

—¿Sí? Pero mi madre ahora está con él...

—Me abandonó. —Pronunció las palabras sin ira, pero cayeron con el peso de piedras en el agua tranquila, extendiendo ondas interminables de dolor y traición. El joven Jamie estaba abriendo la boca para hablar, pero la cerró de nuevo al observar a Laoghaire—. Dijo que no podía vivir en la misma casa conmigo, ni compartir la cama —comentó tranquila, como si recitara una poesía que se hubiera aprendido de memoria, con la mirada fija en el punto donde habían estado las perlas—. Así que se fue y regresó con la bruja. Me la restregó en la cara; se acostó con ella frente a mis narices. —Poco a poco, fijó la vista en los ojos de Brianna y la examinó con minuciosidad mientras estudiaba los misterios de su rostro. Asintió lentamente—. Fue ella —afirmó, con una certeza algo espeluznante en su calma—. Ella lo hechizó a él, y a mí. Desde el día que llegó a Leoch hizo que yo fuera invisible. Jamie no podía verme.

Brianna sintió un escalofrío que le recorrió la espalda, pese al susurrante fuego de turba de la chimenea.

—Entonces ella desapareció. Dijeron que la habían matado en el Alzamiento. Él consiguió la libertad y regresó de Inglaterra. —Movió la cabeza un poco; aún tenía la mirada fija en el rostro de Brianna, pero ésta sabía que Laoghaire ya no la veía—. Pero no era cierto: ni ella estaba muerta, ni él estaba libre —dijo en voz baja—. Yo lo sabía, no se puede matar a una bruja con acero, hay que quemarla.

Los ojos de Laoghaire se volvieron hacia Jenny.

—Tú la viste en mi boda. Una aparición. Estaba entre los dos. La viste, pero no me lo dijiste. Más tarde supe que la habías visto cuando se lo dijiste a Maisri, la vidente. Deberías habérmelo dicho. —Más que una acusación, era una declaración.

Jenny había palidecido otra vez, y sus felinos ojos azules estaban oscuros a causa de algo... tal vez miedo. Se mojó los labios y comenzó a responder, pero Laoghaire dirigía ahora su atención a Ian.

—Ten cuidado, Ian Murray —dijo, de manera escueta. Hizo un gesto hacia Brianna—. Mírala bien, hombre. ¿Son así las mujeres decentes? Más alta que la mayoría de los hombres, vestida como un hombre, con unas manos enormes, adecuadas, si quisiera, para estrangular a uno de tus hijos.

Ian no respondió, aunque su rostro alargado y hogareño parecía afligido. No obstante, el joven Jamie apretó los puños y tensó la mandíbula. Laoghaire lo vio, y sonrió un poco.

—¡Ella es la hija de la bruja! ¡Y vosotros lo sabéis! —Miró a todos los presentes, desafiando a cada rostro incómodo—. Debisteis quemar a la madre en Cranesmuir para salvar a Jamie Fraser del hechizo. ¡Os dije que tuvierais cuidado con lo que traía a casa!

Brianna dejó caer la palma de la mano sobre la mesa con un golpe, que sobresaltó a todos.

—Bazofia —dijo Brianna en voz alta dirigiéndose a Laoghaire ante la sorpresa de todos. Podía sentir la sangre que se arremolinaba en su rostro, pero no le importó. Todos estaban boquiabiertos—. Bazofia —exclamó otra vez, y señaló a la mujer—. ¡Si hay que protegerse de alguien es de usted, maldita asesina!

Laoghaire se había quedado con la boca abierta y era incapaz de hablar.

—No lo has contado todo sobre Cranesmuir, ¿verdad? —continuó Brianna—. Mi madre debió haberlo hecho, pero pensó que eras demasiado joven para saber lo que hacías. Y no era así.

—¿Qué...? —dijo Jenny con un hilo de voz.

El joven Jamie miraba perplejo a su padre, que, a su vez, miraba a Brianna, sorprendido.

—Trató de matar a mi madre. —Brianna casi no podía controlar su voz, pero siguió hablando—. Lo hiciste, ¿no? Le dijiste a mi madre que Geillis Duncan estaba enferma y la llamaba. Sabías que iría, puesto que siempre iba a ver a los enfermos. ¡Es médica! Sabías que iban a arrestar a Geillis Duncan por bruja, y si mi madre estaba allí también se la llevarían a ella para quemarla. De ese modo podrías tenerlo a él, a Jamie Fraser.

Laoghaire estaba muy pálida, y su rostro parecía esculpido en piedra. Incluso sus ojos parecía que no tenían vida; estaban apagados como canicas.

—Podía sentir la mano de ella sobre él —susurró—. En nuestra cama. Tumbada entre nosotros, con su cuerpo sobre él, de manera que se tensaba y gritaba su nombre mientras dormía. Era una bruja. Lo he sabido siempre.

La estancia estaba en silencio, excepto por el crepitar del fuego y el canto suave de un pajarillo en la ventana. Hobart se aproximó y agarró a su hermana por el brazo.

—Vamos, *a leannan* —dijo con calma—. Te llevaré a casa. —Saludó a Ian, quien le hizo un gesto que indicaba simpatía y lástima.

Laoghaire permitió que su hermano la sacara de allí sin oponer resistencia alguna, pero en la puerta se detuvo y se volvió. Brianna se quedó inmóvil; aunque quisiera, no creía que pudiera moverse.

—Si eres la hija de Jamie Fraser —afirmó Laoghaire con voz fría y clara—, y debes de serlo por tu aspecto, entérate de esto. Tu padre es un mentiroso y un alcahuete, un estafador y un sinvergüenza. Os deseo lo mejor. —Entonces se rindió a los tirones de Hobart, y la puerta se cerró detrás de ella.

Brianna sintió que la furia se evaporaba dejándola sin fuerzas y se echó hacia delante, apoyando su peso sobre las palmas de las manos, con el collar duro bajo su mano. Se le había soltado el pelo y le cayó un mechón sobre la cara.

Tenía los ojos cerrados ante el mareo que amenazaba con manifestarse; más que verla, sintió la mano que la tocó y le retiró con cuidado el cabello de la cara.

—Él siguió amándola —susurró, más para sí misma que para los demás—. Nunca la olvidó.

—Por supuesto que no la olvidó. —Abrió los ojos y, a unos quince centímetros, se encontró con el rostro de Ian y su expresión de bondad—. Y nosotros tampoco —dijo mientras apoyaba una de sus grandes manos, más grandes incluso que las suyas, sobre las de ella.

—¿No quieres un poco más, prima Brianna? —Joan, la esposa del joven Jamie, le sonreía desde el otro lado de la mesa, levantando el cucharón, a modo de invitación, sobre los restos de una enorme tarta de grosellas.

—No, muchas gracias. No puedo comer nada más —dijo Brianna, sonriendo—. ¡Estoy llena!

Eso hizo reír a Matthew y a su hermanito Henry hasta que una mirada de su abuela hizo que se callaran. No obstante, al mirar a su alrededor, Brianna advirtió que había una alegría especial; cada uno de sus comentarios resultaba divertidísimo tanto a adultos como a niños.

No se debía a su vestimenta poco ortodoxa ni a la novedad de ver a una extraña, pensó, aunque fuera más extraña que la mayoría. Había algo más, una corriente de alegría que recorría a los miembros de la familia, invisible, pero viva como la electricidad.

No se dio cuenta de la causa hasta que Ian hizo un comentario.

—No creíamos que Jamie llegara a tener un hijo propio. —La sonrisa de Ian era lo bastante cálida como para derretir el hielo—. ¿Pudiste conocerlo?

Negó con la cabeza mientras tragaba los restos del último bocado y sonreía, pese a tener la boca llena. Eso era, pensó, estaban encantados con ella, y no por ella misma, sino por Jamie. Lo querían y se alegraban por él.

Al darse cuenta se le llenaron los ojos de lágrimas. Las salvajes acusaciones de Laoghaire la habían alterado, y le resultaba muy reconfortante conocer que, para toda aquella gente que lo conocía bien, Jamie Fraser no era un mentiroso ni un mal hombre; era el hombre que su madre le había descrito.

Como creía que se estaba atragantando, el joven Jamie le golpeó la espalda, de manera que hizo que se atragantara de verdad.

—¿Has escrito al tío Jamie para avisarlo de que venías a vernos? —preguntó el joven Jamie, ignorando su tos y su rostro enrojecido.

—No —respondió con la voz ronca por la emoción—. No sé dónde está.

Jenny enarcó sus cejas.

—Cierto. Lo habías dicho y lo había olvidado.

—¿Sabéis dónde están él y mi madre? —Brianna se inclinó con ansiedad, sacudiéndose migas de tarta de las chorreras.

Jenny sonrió y se levantó de la mesa.

—Sí, más o menos. Cuando termines ven conmigo y te enseñaré su última carta.

Brianna se levantó para seguir a Jenny, pero se detuvo con brusquedad cerca de la puerta. Había visto los cuadros de las paredes de la sala, pero no los había mirado con atención a causa de la emoción. Sin embargo, contempló aquél.

Dos muchachitos con el cabello cobrizo, rígidamente solemnes con sus faldas y chaquetas, y camisas blancas con volantes brillantes frente al pelaje oscuro de un perro sentado junto a ellos, sacando la lengua con paciente aburrimiento.

El muchacho mayor era alto y de rasgos finos; se sentaba recto y orgulloso, con la barbilla levantada y una mano apoyada sobre la cabeza del perro, y la otra de manera protectora sobre el hombro de su hermano pequeño, que se encontraba entre sus rodillas.

No obstante, Brianna miraba al pequeño. Tenía la cara redonda y la nariz respingona, y unas mejillas translúcidas y rojizas como si se tratara de manzanas. Con enormes ojos azules y sesgados, miraba desde una mata de pelo brillante bien peinado. La pose era formal, del estilo clásico del siglo XVIII, pero había algo en la figura robusta y fornida que hizo que sonriera y estirara un dedo para tocarle la cara.

—Qué monada —dijo en voz baja.

—Jamie era un muchacho muy dulce, pero muy terco —la voz de Jenny en su oído la sobresaltó—. No servía golpearlo ni convencerlo; si quería una cosa, no había manera de hacer que cambiara de idea. Ven conmigo; hay otro cuadro que creo que te gustará ver.

El segundo retrato se encontraba en el rellano de las escaleras y parecía fuera de lugar. Desde abajo podía ver el marco dorado ornamentado; el tallado barroco contrastaba con la comodidad sólida y maltratada del resto del mobiliario de la casa. Le recordaba a los cuadros de los museos, y aquel escenario hogareño le resultaba incongruente.

Mientras seguía a Jenny al rellano, fue desapareciendo el reflejo de luz de la ventana, de manera que la superficie de la pintura era plana y clara.

Brianna jadeó y sintió que se le ponía la carne de gallina, bajo el lino de su camisa.

—El parecido es notable. —Jenny miraba a Brianna y al retrato con una mezcla de orgullo y temor.

—Notable —repitió Brianna, tragando saliva.

—Ahora sabes por qué te conocimos de inmediato —continuó su tía, colocando una mano cariñosa sobre el marco tallado.

—Sí, lo sé.

—Era mi madre, ¿sabes? Tu abuela, Ellen MacKenzie.

—Sí —dijo Brianna—. Lo sé. —Las motas de polvo agitadas por sus pasos flotaban perezosas en la luz vespertina que entraba por la ventana. Brianna se sentía como si flotara con ellas, como si ya no estuviera anclada a la realidad.

Doscientos años después, había estado frente al mismo cuadro en la Galería Nacional de Retratos, negando furiosamente la verdad que le mostraba.

Ellen MacKenzie la miraba ahora de la misma manera que lo había hecho entonces; con su cuello largo y regio, y unos ojos sesgados que mostraban un humor que no llegaba a su tierna boca. No eran, de ninguna manera, idénticas; la frente de Ellen era alta, más estrecha que la de Brianna, y la barbilla era redonda, no afilada. Su rostro, en general, era un poco más suave en sus rasgos.

Pero el parecido estaba allí y era suficientemente evidente como para hacer que se sobresaltara; los amplios pómulos y el exuberante cabello rojo eran idénticos. En su cuello se encontraba el collar de perlas, con las argollas de oro, brillantes bajo la luz suave del sol primaveral.

—¿Quién lo pintó? —preguntó Brianna, aunque no necesitaba la respuesta. La tarjeta del museo decía «autor desconocido» pero después de contemplar el retrato de los dos chiquillos en la planta inferior, Brianna ya lo conocía. A pesar de que este cuadro era más tosco (era anterior), aquel cabello y aquella piel procedían de la misma mano.

—Mi madre —respondió Jenny con orgullo—. Tenía gran habilidad para el dibujo y la pintura. Muchas veces he deseado tener ese don.

Brianna sentía que cerraba los dedos de manera inconsciente, con una imagen del pincel tan viva entre los dedos, que hubiera jurado que podía sentir la madera suave.

«Es de ella de quien lo heredé», pensó con un leve estremecimiento, y oyó un *clic* tan apenas audible de reconocimiento cuando la última pieza encajó en su lugar.

Frank Randall bromeaba diciendo que no podía dibujar una línea recta. Y Claire ni siquiera eso. Pero Brianna tenía el don de las líneas y las curvas, de las luces y las sombras; ahora conocía el origen de ese don.

«¿Qué más habré heredado?», se preguntó de repente. ¿Qué más tenía de la mujer del cuadro, del muchacho que inclinaba la cabeza tercamente?

—Ned Gowan me lo trajo de Leoch —dijo Jenny, tocando el marco con respeto—. Lo salvó de los ingleses cuando destruyeron el castillo después de la insurrección. —Sonrió un poco—.

Ned es un buen amigo de la familia. Es de Edimburgo, de las Lowlands, y no tiene familia propia, así que se integró en el clan de los MacKenzie, aunque ahora ya no hay clan, ni castillo.

—¿No hay? ¿Están todos muertos? —soltó abruptamente. El horror de su tono hizo que Jenny la mirara sorprendida.

—No. Pero Leoch no existe —añadió con un tono más suave—. Los últimos jefes, Colum y su hermano Dougal, murieron a manos de los Estuardo.

Ya lo sabía, naturalmente; Claire se lo había dicho. Lo sorprendente fue la repentina ráfaga de dolor inesperado, dolor por aquellos extraños de su sangre recién hallada. Con esfuerzo, se tragó el nudo de su garganta y se dio la vuelta para seguir a Jenny por las escaleras.

—¿Leoch era un gran castillo? —preguntó. Su tía hizo una pausa, con la mano en la barandilla.

—No lo sé —contestó. Jenny volvió a mirar el cuadro de Ellen, con un sentimiento semejante al arrepentimiento en los ojos—, nunca llegué a verlo y ahora ya no existe.

Entrar en el dormitorio de la planta superior fue como penetrar en una caverna submarina. Como las demás habitaciones, era pequeña, con las vigas bajas ennegrecidas por el fuego de turba, las paredes blancas y con una luz verdosa y temblorosa, que penetraba por dos grandes ventanas, que se filtraba a través de las hojas de los oscilantes rosales silvestres.

Algo brillaba o resplandecía en algunos rincones como si se tratara de peces de arrecife bajo un suave resplandor: una muñeca pintada en la alfombra de la chimenea, abandonada por un nieto, un cesto chino con una moneda perforada y atada a la tapa como ornamento, un candelabro de latón sobre la mesa, una pintura pequeña en la pared, con colores intensos, que resaltaban frente a las paredes blanqueadas.

Jenny caminó rápidamente hasta el enorme armario que se encontraba a un lado de la habitación, y se puso de puntillas para bajar una caja cubierta de cuero, con los bordes gastados por el tiempo. Al levantar la tapa, Brianna captó el destello del metal y un pequeño centelleo, como la luz del sol sobre las joyas.

—Aquí está —dijo, sacando un fajo de hojas dobladas y arrugadas que entregó a Brianna. El fajo había estado sellado; aún había una mancha de cera grasienta en el extremo de una hoja—. Sabemos que están en Carolina del Norte y que no viven cerca de ningún pueblo —explicó Jenny—. A Jamie le cuesta escribir desde que hace un tiempo se rompió la mano, pero lo hace todas las noches que puede. Para enviarnos las cartas tiene que esperar la llegada de algún viajero o a que él o Fergus vayan hasta Cross Creek.

Brianna se sobresaltó ante la referencia casual, pero la cara tranquila de su tía no mostraba especial conocimiento.

—Siéntate, criatura —ordenó Jenny. Hizo un gesto con la mano, para ofrecer a Brianna la opción de sentarse en un taburete o en la cama.

—Gracias —murmuró Brianna; eligió una banqueta y abrió la carta con rapidez. Se dio cuenta de que Jenny no sabía nada acerca del episodio con Jack Randall *el Negro*. Era una extraña sensación saber cosas sobre un hombre que nunca había visto y que incluso su amada hermana desconocía.

Las letras garabateadas surgieron negras y vívidas frente a ella. Había visto aquella letra antes; las letras abigarradas y difíciles con grandes bucles, pero pertenecía a un documento de doscientos años de antigüedad, en el que la tinta marrón se había desvanecido y la escritura estaba dominada por el cuidado pensamiento y la formalidad. En esta carta se había sentido libre; la escritura se extendía por la página con garabatos bruscos y las líneas se torcían en los extremos. La letra era descuidada, pero legible.

Lunes 19 de septiembre, Cerro de Fraser

Mi queridísima Jenny:

Todos gozamos de buena salud y ánimo, y confiamos en que en tu hogar todos estéis bien.

Tu hijo Ian envía recuerdos a su padre, hermanos y hermanas. Me pide que le digas a Matthew y a Henry que les manda de regalo el objeto adjunto, que es el cráneo de un animal llamado puercoespín por sus prodigiosas espinas (aunque no es como el pequeño erizo que conocéis, ya que es mucho más grande y vive en las copas de los árboles, donde come brotes tiernos). Diles a Matthew y a Henry que no sé por qué los dientes son naranja. Son decorativos, sin duda alguna.

También te envío un regalo para ti. El diseño consta de púas de ese mismo animal. Los indios las tiñen con los jugos de distintas plantas, antes de prepararlas de esa forma tan ingeniosa que podrás ver.

Claire ha tenido interesantes conversaciones, si puede llamarse así a la serie de gestos y muecas que utilizan para entenderse (insiste en que te diga que no hace muecas, a lo que le digo que seré yo quien lo juzgue, ya que soy yo quien veo la cara en cuestión), con una anciana india muy bien considerada como curandera, quien le ha facilitado muchas plantas curativas. Por consiguiente, sus dedos están morados en este momento, lo que resulta muy decorativo.

Martes, 20 de septiembre

Hoy he estado muy ocupado reparando y reforzando el corral que durante la noche protege a nuestras escasas vacas, cerdos, etc., del gran número de osos que hay por aquí. Esta mañana, de camino al retrete, he visto una enorme huella en el lodo, que medía más o menos lo mismo que mi pie. El ganado parecía nervioso, pero no puedo culparlo. Te ruego que no temas. Los osos negros de esta zona tienen miedo de los humanos, y, por lo tanto, no se acercan a la gente. Asimismo, nuestra casa es firme y le he prohibido a Ian que salga después del anochecer, a menos que vaya bien armado.

En materia de armamento, nuestra situación ha mejorado mucho. Fergus compró un rifle nuevo y varios cuchillos excelentes en High Point.

También una olla, cuya adquisición hemos celebrado con una gran cantidad de estofado elaborado con venado, cebollas silvestres, judías secas y tomates secados al sol. Ninguno de nosotros ha muerto ni enfermado tras comer este estofado, así que probablemente Claire tenga razón: los tomates no son venenosos.

Miércoles, 21 de septiembre

El oso ha vuelto. He encontrado sus huellas y arañazos en la tierra recién arada del jardín de Claire. La bestia se estará alimentando para hibernar y está claro que está buscando comida en la tierra fresca.

He metido a la cerda en nuestra despensa, ya que está a punto de parir cochinillos. Ni Claire ni la cerda están muy contentas con el arreglo, pero el animal tiene mucho valor, puesto que tuve que pagarle tres libras al señor Quillan.

Luego llegaron cuatro indios tuscarora. Son muy amables. Estaban decididos a cazar a nuestro oso; les regalé tabaco y un cuchillo y parecieron muy agradecidos.

Se sentaron bajo los aleros de la casa durante la mayor parte de la mañana, fumando y hablando entre ellos, pero hacia el mediodía se marcharon tras su presa. Como al oso parece que le gusta nuestro asentamiento, me pregunto si no sería mejor que los cazadores se escondieran cerca, con la esperanza de que el animal regresara.

Me indicaron, con toda amabilidad mediante palabras y gestos, que las heces mostraban sin duda alguna que el oso había abandonado la zona y se dirigía al oeste.

No iba a cuestionar a semejantes expertos, así que les deseé suerte y buen viaje. No pude acompañarlos, puesto que aún tengo tareas urgentes que llevar a cabo aquí, pero Ian y Rollo han ido con ellos, como otras veces.

Por precaución dejé mi rifle preparado a mano, no sea que nuestros amigos estén equivocados.

Jueves, 22 de septiembre

Anoche me despertó un ruido terrible. Resonó a través de los troncos de madera de la pared, acompañado por tales golpes y gemidos que salté de la cama, convencido de que nuestra casa estaba a punto de derrumbarse.

La cerda, ante la cercanía del enemigo, cruzó la puerta de la despensa (tengo que decir que era muy débil) y se refugió bajo nuestra cama, chillando de manera ensordecedora. Al advertir que el oso estaba cerca, agarré mi rifle nuevo y salí corriendo.

La luna brillaba, aunque la noche era brumosa, y podía ver con claridad a mi adversario: una enorme forma negra que se estiraba sobre sus patas traseras y parecía casi tan alta como yo. Al estar tan cerca, me parecía casi tres veces más ancha.

Le disparé, con lo que se puso a cuatro patas y corrió a gran velocidad por el bosque, desapareciendo antes de que pudiera dispararle otra vez.

Por la mañana he explorado el terreno en busca de sangre, pero no he encontrado nada, así que parece que no acerté en mi disparo. La pared de mi casa está decorada con largos arañazos parecidos a los que harías con una azada o un cincel afilado, que muestran el blanco de la madera.

Desde entonces nos ha costado un poco convencer a la cerda (es una cerda blanca de un tamaño prodigioso, con un temperamento terco y con dientes) de que salga de debajo de nuestra cama y regrese a la tranquilidad de su santuario en la despensa. Era reticente, pero al final la hemos convencido con una hilera de maíz, y yo detrás, armado con una escoba.

Lunes, 26 de septiembre

Ian y sus amigos indios han vuelto de la cacería, pero se les ha escapado su presa en el bosque. Les he enseñado los arañazos en la pared de la casa y se han entusiasmado y conversado a tal velocidad que era incapaz de seguir lo que decían.

Entonces, un hombre ha soltado un diente enorme de su collar y me lo ha regalado, diciendo que me serviría para localizar al espíritu del oso y, así, protegerme del mal. He aceptado el regalo con la debida solemnidad y me he visto obligado a gratificarle con un pedazo de panal, para observar las costumbres.

Claire ha traído el panal y, con su habitual capacidad para identificar las enfermedades, ha reparado en que uno de nuestros huéspedes no estaba bien, ya que tenía los ojos hinchados, tosía y parecía distraído. También ha comentado que tenía mucha fiebre, aunque no fuera evidente al verlo. Como estaba demasiado enfermo para seguir con sus compañeros, ha terminado hospedado en nuestro granero.

La cerda ha parido en la despensa. Hay una docena de cochinillos, todos saludables y con mucho apetito, gracias a Dios. A su vez, parece que nuestro apetito va a sufrir un poco, ya que la cerda ataca a cualquiera que abre la puerta de la despensa mientras ruge y rechina los dientes. Sólo he comido un huevo para cenar y me han dicho que no comeré más hasta que encuentre una solución a este problema.

Sábado, 1 de octubre

Una gran sorpresa en el día de hoy. Han llegado dos huéspedes...

—Tiene que ser un lugar salvaje —dijo Jenny, haciendo un gesto hacia la carta, con la mirada centrada en Brianna—. Indios, osos y puercoespines. Jamie me ha dicho que viven en una pequeña cabaña. Y muy solitarios en lo alto de las montañas. —Miró a Brianna con ansiedad—. Pero querrás ir, ¿no?

Brianna se dio cuenta de repente de que Jenny temía que no lo hiciera, que tuviera miedo ante la idea del largo viaje y el lugar salvaje al final del mismo. Un lugar salvaje, repentinamente real a través de las palabras garabateadas en la hoja que sostenía... pero no tanto como el hombre que las había escrito.

—Iré tan pronto como pueda —aseguró a su tía.

El rostro de Jenny se relajó.

—Ah, bueno —dijo, mostrando una bolsa de cuero decorada con púas de puercoespín teñidas en tonos rojos y negros, con unas cuantas en el tono grisáceo natural a modo de contraste—. Es el regalo que me envió.

Brianna lo tomó, admirando el diseño intrincado y la suavidad del cuero pálido del ciervo.

—Es precioso.

—Sí que lo es. —Jenny se volvió y comenzó a ordenar de manera innecesaria los pequeños adornos que había en la estantería.

Brianna volvió a la carta, pero Jenny siguió preguntando.

—¿Te quedarás durante un tiempo?

Brianna levantó la vista, sorprendida.

—¿Quedarme?

—Sólo un par de días. —Jenny se dio la vuelta y la luz de la ventana creó un halo a su alrededor, ensombreciendo su rostro—. Sé que deseas irte, pero me gustaría mucho poder charlar contigo.

Brianna la miró, confundida, pero no pudo leer nada en los rasgos pálidos y los ojos sesgados tan parecidos a los suyos.

—Sí —dijo suavemente—. Por supuesto que me quedaré.

Jenny sonrió un poco. Su cabello era de un color negro oscuro, manchado con mechones blancos como una urraca.

—Eso está bien —comentó con una sonrisa, y miró a su sobrina con alegría—. ¡Eres igual que mi hermano!

Una vez sola, Brianna continuó leyendo la carta. Releyó poco a poco el principio y dejó que la habitación en silencio se desvaneciera a su alrededor, desapareciendo mientras Jamie Fraser volvía a la vida en sus manos, con su voz tan vívida en su oído que podría haber estado frente a ella, con el sol de la ventana reflejado en su pelo rojo.

Sábado, 1 de octubre

Hoy hemos tenido una gran sorpresa. Han llegado dos huéspedes de Cross Creek. Creo que recordarás a lord John Grey, a quien conocí en Ardsmuir. Lo volví a ver en Jamaica, donde era gobernador de la Corona.

Quizá sea la última persona que esperaba ver en un lugar tan remoto, tan lejos de cualquier vestigio de civilización y tan alejado de las lujosas oficinas y la pompa a las que está acostumbrado. Nos hemos sorprendido mucho al verlo aparecer en nuestro umbral, aunque le hemos dado la bienvenida de inmediato.

Me temo que es un acontecimiento trágico lo que lo ha traído hasta aquí. Su esposa, embarcada desde Inglaterra con su hijo, contrajo unas fiebres durante el viaje y falleció en el océano. Al temer que el ambiente cargado de los trópicos resultara fatal para el muchacho como lo había sido para su madre, lord John decidió acompañar al chico a Virginia para que viera sus propiedades y distraerlo del dolor por la muerte de su madre.

Le he expresado mi sorpresa y mi agradecimiento ante el hecho de que decidieran desviarse tanto en su viaje para visitar un lugar tan remoto, pero su señoría le ha quitado importancia, diciendo que así el muchacho vería algo distinto de las colonias y podría apreciar la riqueza y la variedad de su tierra.

El chico se llama William y lord John es su padrastro. Su interés por los indios me recuerda al Ian de no hace mucho tiempo. Tiene unos doce años y es un hermoso muchacho. Aún está algo triste por la muerte de su madre, pero tiene una conversación agradable y educada, ya que es un conde (su padre era el conde de Ellesmere).

Brianna dio la vuelta a la página, esperando que continuara, pero el párrafo terminaba así, con lo que se encontró con una laguna que llegaba hasta el 4 de octubre.

Martes, 4 de octubre

El indio del granero ha muerto a causa del sarampión esta mañana, pese a todos los esfuerzos de Claire por salvarlo. Su rostro, su cuerpo y sus extremidades mostraban un sarpullido terrible, que le daba un aspecto espantoso y moteado.

Claire está muy preocupada, ya que se trata de una enfermedad muy grave que se contagia y se extiende con rapidez. No quiere que ninguno de nosotros nos acerquemos al cuerpo, excepto ella (dice que ella está a salvo gracias a algún encantamiento), pero nos hemos reunido hacia el mediodía para leer un fragmento de las Escrituras apropiado para la ocasión y rezar una oración por el reposo de su alma, puesto que creo que incluso los salvajes sin bautizar pueden encontrar descanso en la piedad de Dios.

No sabemos cómo enterrarlo. En un caso normal, enviaría a Ian a buscar a sus amigos, para que éstos lo enterraran entre los indios.

Sin embargo, Claire dice que no debemos hacerlo, puesto que el mismo cuerpo puede extender la enfermedad entre su gente, un desastre que él no querría para sus amigos. Ella aboga por que enterremos o quememos el cuerpo nosotros mismos. Sin embargo, yo me muestro reticente a hacerlo, ya que no quiero ofender las costumbres de los indios ni que crean que fuimos los causantes de su muerte.

No he confesado mi preocupación a nuestros invitados. Si el peligro se vuelve inminente, tendré que pedirles que se marchen. Aun así, detestaría que se fueran, ya que estamos muy aislados. Por ahora, hemos dejado el cuerpo en una pequeña cueva seca en la colina sobre nuestra casa, donde había pensado construir un establo o un almacén.

Perdóname por descargar mi mente a expensas de tu propia paz. Creo que todo irá bien, pero por el momento, te confieso que siento cierta preocupación por la amenaza que representan los indios y la enfermedad. Te enviaré esta carta con nuestros huéspedes, para asegurarme de que te llega.

Si todo va bien, te escribiré pronto.

Tu hermano que más te quiere,

Jamie Fraser

Brianna sintió la boca seca y tragó saliva.

Aún quedaban otras dos páginas de carta. Estuvieron pegadas un momento, resistiéndose a sus esfuerzos por separarlas, y por fin cedieron.

Post scriptum: 20 de octubre

Estamos todos bien, aunque tristes. Te lo explicaré después, ya que ahora no tengo el suficiente ánimo para hacerlo. Ian ha estado enfermo de sarampión, igual que lord John, pero los dos se recuperan bien. Claire dice que Ian está muy bien y que no debes temer por él. Te escribe él mismo, para que veas que es verdad.

J.

En la última página la letra era diferente, más cuidada y escolar, pero con manchones de tinta, quizá por la enfermedad del autor o por una pluma defectuosa.

Querida mamá:

Estuve enfermo pero ya estoy bien. Tuve fiebre y sueños extraños. Había un gran lobo que me hablaba con voz de hombre, pero la tía Claire dice que debió de ser *Rollo*, que no se movió de mi lado durante todo el tiempo que estuve enfermo; es un buen perro y no muerde muy a menudo.

El sarampión apareció con pequeños bultos bajo mi piel, y me picaba todo el cuerpo, como si me hubiera sentado sobre un hormiguero o si me hubiera metido en un avispero. La cabeza me dolía mucho por la fiebre y tosía como un loco. Pero hoy me he comido tres huevos y gachas para desayunar y he ido sólo dos veces al retrete, así que ya estoy bien. Al principio creí que la enfermedad me había dejado ciego (no podía ver nada, excepto un gran rayo de luz cuando salía), pero la tía Claire me dijo que se me pasaría y así fue. Más adelante te escribiré más... Fergus me está esperando para llevarse la carta.

Tu hijo devoto y obediente,

Ian Murray

P.S.: El cráneo de puercoespín es para Henry y Mattie, espero que les guste.

Brianna se quedó sentada en el taburete durante un rato, con la pared fresca a sus espaldas, alisando las páginas de la carta y mirando, ausente, la estantería, con su hilera ordenada de encuadernaciones de cuero. *Robinson Crusoe* le llamó la atención, con el título dorado en el lomo.

Un lugar salvaje, había dicho Jenny. También era un lugar peligroso, donde la vida podía cambiar en un instante, pasando del gracioso inconveniente de un cerdo en la despensa a la amenaza inminente de muerte por violencia.

—Y yo creía que éste era un lugar primitivo —murmuró Brianna mientras doblaba las hojas.

No tan primitivo, después de todo, pensó mientras seguía a Ian por el patio de la granja y pasaban a las otras construcciones. Todo estaba bien cuidado. Las paredes y edificios de piedra estaban en buenas condiciones, aunque algo gastados. Las gallinas estaban cuidadosamente encerradas en su propio patio, y una nube de moscas detrás del granero anunciaba la presencia de un discreto hoyo de estiércol, alejado de la casa.

La única diferencia real con una de las granjas modernas que había visitado era la ausencia de equipamiento. Había una pala apoyada en el granero y dos o tres rejas de arado maltrechas en un cobertizo por el que habían pasado, pero no había tractores, marañas de alambre, ni restos de metal.

Los animales eran saludables, aunque tal vez un poco más pequeños que los del siglo XX.

Un fuerte balido anunció la presencia de un pequeño rebaño de ovejas rechonchas en un prado en la ladera de la colina, que trotaban, ansiosas, al pasar, con sus lomos lanudos bamboleándose y los ojos amarillos brillando con anticipación.

—Bastardos malcriados —dijo Ian con una sonrisa—. Creéis que todo aquél que sube hasta aquí viene a alimentaros, ¿verdad? Son de mi esposa —añadió, volviéndose hacia Brianna—. Les da todos los desperdicios del huerto. Cualquier día de éstos revientan.

El carnero, una criatura majestuosa con unos enormes cuernos enrollados, levantó la cabeza por encima de la valla y emitió un fuerte balido, que recibió el eco inmediato de su fiel rebaño.

—Que te den, *Hughie* —dijo Ian, con tolerante despecho—. Aún no te has convertido en chuletas, pero te llegará el día. —Hizo un gesto despectivo al carnero y se volvió hacia la colina, con la falda ondeando al viento.

Brianna se quedó un paso por detrás observando sus andares con fascinación. Ian usaba su kilt con la naturalidad de quien no lo considera un uniforme, con la conciencia de que no se trata de una prenda, sino de parte de su cuerpo.

Sin embargo, Brianna sabía que no era habitual usarlo, porque Jenny lo había mirado primero con asombro y luego había inclinado la cabeza y había ocultado la sonrisa en su taza cuando bajó a desayunar. El joven Jamie había enarcado una ceja, había recibido una mirada insulsa como respuesta y había seguido comiéndose su salchicha mientras se encogía de hombros y emitía uno de esos pequeños ruiditos escoceses.

La tela era vieja y estaba gastada (podía ver las zonas desteñidas y el bajo gastado), pero era evidente que se había conservado con cuidado. Debieron de ocultarlo después de Culloden, junto con las pistolas, las espadas, las gaitas y sus boquillas, los símbolos del orgullo conquistado.

No, no exactamente conquistado, pensó, con un pequeño estremecimiento al recordar a Roger Wakefield, sentado junto a ella bajo el cielo gris en el campo de batalla de Culloden, con su rostro esbelto y oscuro, y los ojos ensombrecidos al saber que había tantos muertos cerca.

«Los escoceses tienen mucha memoria —le había dicho—, y no son gente que perdone con facilidad. Hay una lápida con el nombre MacKenzie. Muchos de mis parientes yacen allí —sonrió, pero sin humor—. No siento algo demasiado personal, pero tampoco he perdonado.»

No, no conquistados. No después de mil años de conflicto y traición, no ahora. Vencidos, dispersos, pero vivos. Como Ian: cojo, pero en pie. Como su padre: desterrado, pero todavía de las Highlands.

Con un esfuerzo, alejó a Roger de su mente y se apresuró a seguir el paso largo y renqueante de Ian.

Su rostro alargado se había iluminado de placer cuando Brianna le pidió que le enseñara Lallybroch. Habían acordado que el joven Jamie la llevaría la semana siguiente a Inverness, donde podría encontrar una embarcación que la llevara hasta las colonias con cierta seguridad, y pensaba aprovechar su tiempo allí.

Fue una larga caminata, a buen ritmo, pese a la pierna de Ian, por los campos hacia las pequeñas laderas que bordeaban el valle al norte y que se alzaban hacia el paso a través de los peñascos negros. Le pareció un lugar precioso. Los campos de avena y cebada de color verde pálido ondeaban bajo la luz cambiante, y las sombras de las nubes se desplazaban con rapidez bajo la luz del sol primaveral, impulsadas por la brisa que hacía que se inclinaran los tallos de la hierba incipiente.

Había un campo con surcos largos y oscuros donde la tierra estaba levantada y desnuda. A un lado, se encontraba un gran montículo de piedras bien amontonadas.

—¿Es un túmulo? —le preguntó a Ian en voz baja por respeto. Los túmulos eran monumentos a los muertos, según le había dicho su madre, algunas veces, de muertos de mucho tiempo atrás, y cada visitante añadía nuevas rocas al montículo.

Él la miró sorprendido, captando la dirección de su mirada, y sonrió.

—No, muchacha. Son las piedras que levantamos con el arado en primavera. Las sacamos cada año, y cada año aparecen más. No sé de dónde vienen —explicó, moviendo la cabeza con resignación—. Creo que las hadas de las piedras las traen por las noches.

No sabía si era una broma o no. Sin saber si reír, hizo otra pregunta.

—¿Qué plantaréis aquí?

—Ya está plantado. —Ian se protegió los ojos con la mano mientras los entornaba hacia el campo con orgullo—. Éste es el campo de patatas. Los nuevos tallos saldrán a finales de mes.

—¡Patatas! —Miró el campo con renovado interés—. Mamá me lo contó.

—Sí, fue idea de Claire, y fue una buena idea. Las patatas nos han salvado de morir de hambre más de una vez.

Sonrió un poco, pero no dijo nada más, y se dirigió hacia las colinas silvestres más allá de los campos.

Fue una larga caminata. Hacía viento, pero el día era caluroso y Brianna sudaba cuando se detuvieron a medio camino en un tosco sendero entre el brezo. El angosto camino parecía que pendiera de manera precaria entre una colina empinada y un acantilado de piedra todavía más empinado que daba a un riachuelo.

Ian se detuvo, secándose las cejas con la manga, y se sentaron sobre unas grandes piedras de granito. Desde aquel punto, con el valle a sus pies, la casa parecía pequeña y una intrusión de la civilización en el salvaje entorno de riscos y brezos.

Ian sacó una botella de piedra de su zurrón y le quitó el corcho con los dientes.

—Esto también se debe a tu madre —dijo con una sonrisa mientras le ofrecía la botella—. Me refiero a mis dientes. La mitad de los hombres sólo comen gachas. —Se pasó la lengua por los incisivos, con un gesto pensativo y moviendo la cabeza—. Es muy buena con las hierbas.

—Cuando era pequeña siempre me decía que comiera verdura y que me lavara los dientes. —Brianna tomó la botella y se la llevó a la boca. La cerveza era fuerte y amarga, pero resultaba muy refrescante después de la caminata.

—Cuando eras pequeña, ¿eh? —Ian la miró divertido—. Nunca he visto a una muchacha más sana. Tu madre supo hacer bien las cosas, ¿no?

Brianna le sonrió, devolviéndole la botella.

—Al menos supo elegir un hombre alto —dijo, irónica.

Ian rió y se pasó el dorso de la mano por la boca. La miró con afecto, con sus cálidos ojos marrones.

—Qué agradable es verte, muchacha. Te pareces mucho a él. ¡Cuánto me gustaría estar cuando Jamie te vea!

Bajó la vista al suelo y se mordió el labio. La tierra estaba cubierta de helechos y el sendero que ascendía estaba llano. Las hojas de helecho que habían cubierto el sendero estaban pisadas y apartadas.

—No sé qué sabrá sobre mí —comentó la joven, mirándolo—. ¿No te dijo nada?

Ian se echó un poco hacia atrás y frunció el entrecejo.

—No —respondió lentamente—. Pero tal vez no tuvo tiempo de decirme nada, incluso si lo sabía. No estuvo mucho tiempo cuando volvió Claire. Y luego, con lo que ocurrió, todo se complicó. —Se detuvo mordiéndose el labio y la miró—. Tu tía estaba preocupada. Pensaba que podías culparla.

—Culparla, ¿por qué? —Miró intrigada.

—Por Laoghaire. —Mantuvo sus ojos marrones fijos sobre los de ella.

Brianna sintió un ligero escalofrío al recordar aquellos ojos claros, fríos como canicas, y las palabras llenas de odio de la mujer. Ella había creído que se trataba de simple malicia, pero el eco de sus palabras resonaba de manera desagradable en sus oídos.

—¿Qué tiene que ver la tía Jenny con Laoghaire?

Ian suspiró y se retiró un grueso mechón de cabello castaño que le había caído sobre el rostro.

—Fue ella quien presionó a Jamie para que se casara con Laoghaire. Lo hacía por su bien —intervino en tono de advertencia—. Entonces creíamos que Claire había muerto.

Su tono reservaba una pregunta, pero Brianna se limitó a asentir mirando hacia el suelo y alisándose la tela de la rodilla. Era terreno peligroso y lo mejor era no decir nada para que Ian continuara.

—Fue cuando volvió a casa desde Inglaterra, donde estuvo prisionero varios años...

—Lo sé.

Ian la miró, sorprendido, pero no dijo nada y movió la cabeza.

—Bueno, cuando volvió había cambiado. Pero es normal, ¿no? —Sonrió un poco y bajó la vista para plisar la tela del kilt con los dedos—. Era como hablar con un fantasma —dijo en voz baja—. Me miraba, hablaba, sonreía, pero no estaba aquí. —Respiró profundamente, y ella pudo ver su ceño fruncido por la concentración—. Antes... Después de la derrota de Culloden era diferente. Estaba herido y había perdido a Claire. —Miró de reojo a Brianna, pero ésta continuó inmóvil y él prosiguió—: Era una época de desesperación, había muerto mucha gente, tanto en la batalla como más tarde, a causa de las enfermedades o del hambre. Los soldados ingleses continuaban asolándolo todo y matando. En casos así no puedes pensar en morir, porque la lucha por tu vida y por la de tu familia hace que estés ocupado todo el tiempo.

Algún recuerdo de aquella época hizo que apareciera una sonrisa en los labios de Ian.

—Jamie se escondió allí. —Señaló con un gesto brusco hacia la colina que se cernía sobre ellos—. Hay una cueva detrás de ese gran arbusto. Por eso te he traído aquí.

Miró hacia donde le indicaba, en la ladera cubierta de roca, brezo y flores diminutas. No había señales de ninguna cueva, pero el arbusto de aliaga sobresalía en una llamarada de flores amarillas, brillantes como una antorcha.

—Venía a traerle comida cuando estaba enfermo. Le aconsejé que volviera a casa, que Jenny tenía miedo de que se muriera allí, solo. Abrió un ojo, brillante por la fiebre, y con una voz tan ronca que casi era inaudible, me dijo que Jenny no debía preocuparse; aunque todo en el mundo estuviera empeñado en matarlo, no se lo iba a poner fácil a los ingleses, puesto que no pensaba morir. Luego se quedó dormido.

La miró con ironía.

—Yo no estaba tan seguro de que vivir o morir estuviera en sus manos, así que me quedé toda la noche con él, pero el muy testarudo tenía razón. —Su voz tenía un tono de suave disculpa.

Brianna asintió, pero tenía la garganta demasiado seca para hablar, y se levantó de golpe para ascender por la colina. Ian no protestó y se quedó observándola.

Era una cuesta empinada, y las pequeñas plantas con espinas se le enganchaban en las medias. Cerca de la cueva tenía que arrastrarse a cuatro patas para mantener el equilibrio en la empinada cuesta de granito.

La boca de la cueva era pequeña, pero una vez atravesada, el espacio se ensanchaba hasta formar un pequeño triángulo en el fondo. Se arrodilló y metió la cabeza; el frío fue inmediato y pudo sentir cómo la humedad se condensaba en sus mejillas. Le llevó un tiempo que la vista se acostumbrara a la oscuridad, pero penetraba la suficiente luz por encima de sus hombros como para poder ver.

Medía cerca de dos metros y medio de alto y dos de ancho; era una cavidad sombría con el suelo sucio y un techo tan bajo que sólo se podía estar de pie junto a la entrada. Permanecer durante algún tiempo en su interior sería como estar sepultado. Sacó la cabeza con rapidez para respirar el aire fresco de la primavera. El corazón le latía con fuerza.

¡Siete años! Siete años viviendo allí, pasando hambre y frío. «Yo no aguantaría ni siete días», pensó. «¿No lo harías?», dijo otra parte de su mente. Entonces sintió otra vez la misma sensación de conocimiento que cuando vio el retrato de Ellen, y apretó los dedos alrededor de un pincel invisible.

Se dio la vuelta poco a poco y se sentó, con la cueva detrás de ella. Aquella zona de la montaña era muy silenciosa, pero se trataba de un silencio propio de las colinas y los bosques: un silencio constituido por constantes sonidos diminutos.

Se oían pequeños zumbidos en la pequeña aliaga que se encontraba al lado: las abejas estaban libando en las flores amarillas. Más abajo se oía el susurro del riachuelo, con un tono bajo que simulaba el sonido del viento, agitando las hojas y las ramas, y suspirando por encima de las rocas.

Permaneció inmóvil, escuchando, y creyó que sabía lo que Jamie Fraser había encontrado allí: no aislamiento, sino soledad; no sufrimiento, sino resignación. Allí descubrió un irónico parentesco con las rocas y el cielo, una paz que trascendía la incomodidad física y curaba las heridas del alma. No había visto la cueva como una tumba, sino como un refugio; había sacado fuerza de sus rocas, como Anteo cuando fue lanzado a la tierra. Aquel lugar era parte de él, que había nacido allí, al igual que de ella, que nunca lo había visto antes.

Ian estaba sentado con tranquilidad más abajo. Se agarraba las rodillas con las manos y miraba hacia el valle. Estiró la mano y cortó con cuidado un poco de aliaga, teniendo precaución con las espinas. La colocó en la entrada de la cueva, con una pequeña piedra encima, se puso de pie y descendió la colina con cuidado.

Ian debió de oírla cuando regresaba, pero no se volvió. Brianna se sentó a su lado.

—¿Es seguro usarlo ahora? —preguntó bruscamente, señalando el kilt.

—Sí —contestó. Miró hacia abajo y frotó la lana suave y gastada con los dedos—. Han pasado años desde la última vez que vinieron los soldados. Después de todo, ¿qué ha quedado? —Hizo un gesto hacia el valle—. Se llevaron todo lo de valor que encontraron y destrozaron todo aquello que no pudieron llevarse. No queda mucho, excepto la tierra, ¿no? Y creo que eso no les interesa demasiado. —Ella se dio cuenta de que estaba un poco alterado; el suyo no era un rostro que ocultara los sentimientos.

Lo observó durante un instante, y dijo en voz baja:

—Tú estás aquí. Y Jenny.

Su mano se quedó inmóvil sobre el kilt. Tenía los párpados cerrados y su rostro curtido mirando hacia el sol.

—Sí, eso es verdad —afirmó finalmente. Abrió los ojos otra vez y se volvió para mirarla—. Y ahora estás tú también. Tu tía y yo estuvimos hablando anoche: queremos que cuando veas a Jamie y todo esté bien entre vosotros le preguntes qué quiere que hagamos.

—¿Hacer? ¿Con qué?

—Con Lallybroch. —Hizo un gesto que abarcaba el valle y la casa. Se volvió hacia ella, con aire preocupado—. Tal vez no lo sepas, pero tu padre hizo una escritura después de Culloden en la que cedía Lallybroch al joven Jamie, por si lo mataban o lo condenaban por traidor. Pero eso fue antes de que tú nacieras, antes de que supiera que tenía una hija propia.

—Sí, lo sabía. —Supo lo que quería decirle y le puso la mano en el brazo, sorprendiéndolo—. No he venido por eso, tío —dijo suavemente—. Lallybroch no es mío y no lo quiero. Todo lo que quiero es ver a mis padres.

El rostro alargado de Ian se relajó y puso su mano sobre la de ella. No dijo nada durante un rato y, después, le apretó la mano con cuidado y la soltó.

—Sí, bueno. De todos modos debes decírselo, si él desea...

—No, no lo hará —lo interrumpió con firmeza.

Ian la miró con ojos sonrientes.

—Sabes mucho sobre lo que hará para no haberlo visto nunca.

Brianna le devolvió la sonrisa mientras el sol le calentaba los hombros

—Quizá sí.

Ian sonrió.

—Supongo que tu madre te lo contaría. Ella lo conocía, por muy *sassenach* que fuera. Pero bueno, ella siempre fue... especial.

—Sí —vaciló. Deseaba saber más sobre Laoghaire y no sabía cómo preguntárselo. Antes de que se le ocurriera algo, él se levantó, se alisó el kilt y comenzó a descender por el sendero, obligándola a levantarse y seguirlo—. ¿Qué era eso de la aparición, tío Ian? —le preguntó a su nuca. Atento a las dificultades de la bajada, no se volvió; en cambio, vio cómo se tambaleaba un poco cuando la pata de madera se hundió en la tierra suelta. Él la esperó al pie de la colina, apoyado en su bastón.

—¿Estás pensando en lo que dijo Laoghaire? —Sin esperar respuesta, se dio la vuelta y empezó a bajar hacia el arroyo que fluía entre las rocas—. Es la visión de una persona cuando ésta está lejos. Algunas veces ocurre cuando alguien muere lejos de su hogar. Da mala suerte tener una aparición, pero es peor encontrarse con tu propia imagen, ya que indica que vas a morir.

Fue el tono sencillo de su voz lo que hizo que se estremeciera.

—Espero que no. Pero ella dijo... Laoghaire. —Se trabó con el nombre.

—*L'heery* —corrigió Ian—. Sí, bueno. Es cierto que Jenny vio a tu madre en la boda de Jamie. Entonces se dio cuenta de que no eran una buena pareja, pero ya era demasiado tarde.

Se agachó frente al arroyo y se mojó la cara. Brianna lo imitó y bebió el agua fresca y turbosa. Como no tenía toalla se secó con los faldones de la camisa, dejando al descubierto la cintura ante la mirada escandalizada de Ian. Dejó caer los faldones bruscamente y se sonrojó.

—Ibas a contarme por qué mi padre se casó con ella —dijo para disimular su vergüenza.

Ian se había ruborizado, y se volvió con rapidez, hablando para ocultar su confusión.

—Sí, te había dicho que cuando Jamie regresó de Inglaterra estaba como sin vida, y no había manera de animarlo. No sé qué, pero algo le sucedió allí, de eso estoy seguro. —Se encogió de hombros y su nuca recuperó su color tostado habitual—. Después de Culloden, estaba muy malherido, pero aún había que luchar, y aquello lo mantuvo con vida. Cuando regresó a casa desde Inglaterra, aquí no había nada para él. —Hablaba en voz baja y con la mirada gacha, cuidando su paso sobre el terreno—. Entonces Jenny organizó el matrimonio con Laoghaire. —La miró con ojos brillantes y astutos—. Tal vez ya seas lo bastante mayor para saber lo que una mujer puede hacer por un hombre, o él por ella. Me refiero a consolarlo y a llenar sus vacíos. —Se tocó la pierna mutilada con una mirada ausente—. Pero creo que Jamie se casó con Laoghaire por lástima, y si ella lo hubiera necesitado de verdad... —Se encogió de hombros y sonrió—. Bueno. No tiene sentido pensar lo que hubiera podido suceder, ¿no? Pero debes saber que había abandonado la casa de Laoghaire bastante tiempo antes de que tu madre regresara.

Brianna sintió una oleada de alivio.

—Bueno. Me alegro de saberlo. ¿Y mi madre... cuando regresó...?

—Jamie se alegró muchísimo de volver a verla —dijo Ian con sencillez. Esta vez la sonrisa le iluminó la cara—. Y yo también.

35

Buen viaje

Le recordaba la perrera de la ciudad de Boston: un espacio grande cuyas vigas aullaban, un poco oscuro y con un ambiente denso debido al olor a animales. El gran edificio del mercado de Inverness albergaba un gran número de empresas: venta de comida, venta de ganado bovino y porcino, agentes de seguros, abastecedores de buques, reclutamiento de personal para la Marina Real... Pero era el grupo de hombres, mujeres y niños amontonados en un rincón lo que daba más fuerza a aquella desagradable visión.

De vez en cuando, algún hombre o mujer salía del grupo y enseñaba los hombros y la barbilla para demostrar su buena salud y su ánimo mientras daba un paso adelante. La mayor parte de los que se ofrecían a sí mismos para la venta miraban a los paseantes con expresiones que iban de la esperanza al temor, semejantes a las de los perros enjaulados que había visto cuando su padre la llevó a adoptar un cachorro.

También había varias familias con niños agarrados a las faldas de sus madres o de pie, pálidos, junto a sus padres. Intentaba no mirarlos. Eran siempre los pequeños los que le rompían el corazón.

El joven Jamie pasaba lentamente entre el grupo con el sombrero sobre el pecho para que no se lo aplastaran y con los ojos entornados, observando lo que se ofrecía. Ian había ido a la oficina para ocuparse del pasaje a América, dejando a Brianna con su primo para que eligiera a un sirviente para que la acompañara durante el viaje. En vano había protestado diciendo que no necesitaba a ningún acompañante; después de todo había viajado sola desde Francia a Escocia, sana y salva.

Los hombres habían asentido y sonreído con amabilidad, y allí estaba, siguiendo de manera obediente al joven Jamie entre la multitud, como una de las ovejas de su tía Jenny. Ahora comenzaba a comprender lo que su madre quería decir al describir a los Fraser como «personas testarudas como rocas».

Pese al alboroto que había a su alrededor y lo molesta que estaba con sus parientes masculinos, su corazón dio un pequeño vuelco al pensar en su madre. Sólo ahora, al saber con seguridad que Claire estaba a salvo, podía admitir lo mucho que la echaba de menos. Y a su padre... ese escocés de las Highlands desconocido que había tomado vida de una manera tan repentina y real al leer sus cartas. Un océano en medio apenas parecía un pequeño inconveniente.

Su primo Jamie interrumpió sus prometedores pensamientos tomándola del brazo y acercándose para gritarle al oído.

—El joven con el parche —dijo con un bramido apagado, señalando con la barbilla a un hombre en concreto—. ¿Qué te parece ése, Brianna?

—Parece el Estrangulador de Boston —murmuró, gritando luego al oído de su primo—: ¡No! ¡Parece un buey!

—Es fuerte y parece honrado.

Brianna pensó que parecía demasiado estúpido para no ser sincero, pero evitó expresarlo, y se limitó a sacudir la cabeza con fuerza.

El joven Jamie se encogió de hombros con filosofía y siguió examinando a los peones, caminando alrededor de aquellos que llamaban especialmente su atención y observándolos con detenimiento, de una manera que le hubiera parecido muy grosera si no hubiera otros muchos posibles empleadores actuando del mismo modo.

—¡Empanadillas! ¡Empanadillas calientes!

Un chillido interrumpió el barullo del lugar, y cuando Brianna se dio la vuelta, vio a una anciana que se abría paso entre la multitud, con una bandeja humeante colgando del cuello y una espátula de madera en la mano.

El aroma celestial de la masa caliente y la carne especiada eliminaba el resto de los olores, ya que era tan patente como los gritos de la anciana. Había transcurrido mucho tiempo desde el desayuno, y Brianna rebuscó en su bolsillo mientras salivaba.

Ian se había llevado su monedero para pagar el pasaje, pero tenía dos o tres monedas sueltas; levantó una y la movió de un lado a otro. La vendedora de empanadillas advirtió el destello de la plata y cambió de inmediato su rumbo, desviándose entre la multitud que parloteaba. Se puso frente a Brianna y estiró la mano para agarrar la moneda.

—¡Dios mío, una gigante! —dijo, mostrando sus fuertes dientes amarillos mientras sonreía, al mismo tiempo que levantaba la cabeza para mirar a Brianna—. Será mejor que te lleves dos. ¡Una no será suficiente para una muchacha tan alta como tú!

Algunas cabezas se volvieron y sonrieron. Era media cabeza más alta que la mayoría de los hombres que había alrededor. Un poco avergonzada por la atención que le prestaban, Brianna lanzó una mirada fría al más cercano. Aquello divirtió mucho al joven; se tambaleó contra su amigo y se agarró el pecho, fingiendo que se encontraba sobrecogido.

—¡Dios mío! —dijo—. ¡Me ha mirado! ¡Estoy enamorado!

—Venga ya —se burló su amigo, dándole un empujón—. Me miraba a mí; ¿quién te miraría a ti si tuviera una alternativa?

—Ni hablar —protestó el primero con seguridad—. Ha sido a mí, ¿verdad, hermosa? —Languideció, poniendo ojos de cordero degollado a Brianna con un aspecto tan ridículo que la hizo reír, lo mismo que la multitud que se encontraba alrededor.

—¿Y qué harías con ella si la tuvieras? Acabaría contigo. Ahora largo, muchacho —protestó la vendedora, dando un golpe al joven en el trasero con la espátula—. Tengo trabajo. Y la joven se morirá de hambre si no dejáis de hacer el tonto y puede comprar la comida, ¿de acuerdo?

—A mí me parece que está bien, señora. —El admirador de Brianna, ignorando la reprimenda, se la comió con los ojos descaradamente—. Y en cuanto al resto... ve a buscarme una escalera, Bobby, ¡no me dan miedo las alturas!

Sus amigos lo arrastraron entre risotadas, imitando fuertes ruidos de besos por encima de su hombro mientras se retiraba con reticencia. Brianna cogió el cambio y se retiró a una esquina para comerse dos empanadillas de carne calientes, todavía ruborizada por la risa y la vergüenza.

No había sido tan consciente de su altura desde que estaba en séptimo grado y sobrepasaba a todos sus compañeros de clase. Se había sentido muy cómoda entre sus altos primos, pero era cierto: allí llamaba mucho la atención, pese a haber cedido ante la insistencia de Jenny y haber cambiado la ropa de hombre por un vestido de su prima Janet, que le arreglaron con rapidez.

El hecho de que no llevara ropa interior bajo su vestido, excepto una camisola, no ayudó a su timidez. Aquello no le parecía raro a nadie, pero ella era consciente de la nada habitual ventilación en sus partes bajas y de la extraña sensación que le provocaba el roce de sus muslos desnudos al caminar, dado que las medias de seda sólo le llegaban por encima de la rodilla.

Olvidó la vergüenza y las corrientes de aire en cuanto dio un mordisco a la primera empanadilla caliente. Era una torta caliente en forma de media luna, rellena de carne picada y aderezada con cebolla. Un chorro de jugo caliente y masa hojaldrada inundaron su boca, y cerró los ojos, extasiada. Al describir sus aventuras en el pasado, Claire le había dicho que la comida podía ser muy mala o increíblemente buena, ya que no había manera de conservar los alimentos. Todo lo que se comía solía estar salado o conservarse en manteca, si no estaba medio rancio, aunque también había alimentos que se comían frescos, recién recolectados, en cuyo caso eran una auténtica maravilla.

Y lo que había comprado era maravilloso, pensaba Brianna, aunque no dejaban de caerle migas por la parte superior del corpiño. Se sacudió la pechera, intentando ser discreta, pero la gente ya no le prestaba atención. Nadie la miraba. O casi nadie. Mientras comía, advirtió que un hombre rubio con una casaca andrajosa había aparecido junto a ella, haciendo pequeños movimientos nerviosos, como si quisiera tirarle de la manga pero no se atreviera. Como no estaba segura de si se trataba de un mendigo o de otro pretendiente insistente, lo miró con desconfianza.

—¿Sí?

—¿Necesita un sirviente, señora?

Dejó de lado su indiferencia al darse cuenta de que debía de ser un criado.

—Bueno, yo no diría que lo necesito, pero de todas maneras voy a tener que aceptar uno.

Lanzó una mirada al joven Jamie, que interrogaba a un individuo bajito de cejas espesas con los hombros anchos. La idea del joven Jamie del sirviente ideal parecía limitarse a los músculos. Volvió a mirar al hombre que tenía frente a ella. No era mucho según los estándares del joven Jamie, pero según los suyos...

—¿Está interesado? —preguntó.

La expresión de demacrado nerviosismo no abandonó su rostro, pero apareció un fugaz destello de esperanza en sus ojos.

—Es... yo... es decir, no soy yo. Pero ¿podría considerar tomar a mi hija? —preguntó con brusquedad—. ¡Por favor!

—¿Su hija? —Brianna lo miró asombrada, olvidando su empanada a medio comer.

—¡Se lo suplico, señora! —Sorprendida, vio cómo los ojos del hombre se llenaban de lágrimas—. No sabe lo urgente que es ni la gratitud que le guardaré si acepta.

—Bueno... pero... —Brianna se sacudió las migas de la boca, sintiéndose tremendamente extraña.

—Es una chica fuerte, pese a su aspecto, y con mucha voluntad. Estará encantada de servirla, y usted, de ese modo, comprará su contrato.

—Pero ¿por qué... cuál es el problema? —quiso saber, sustituyendo la extrañeza por la curiosidad y la lástima ante su evidente angustia. Lo agarró del brazo y lo acercó a la esquina, donde no había tanto barullo—. ¿Por qué quiere que contrate a su hija?

Vio cómo se movían los músculos de la garganta del hombre al tragar con nerviosismo.

—Hay un hombre. Él... él la desea. No como sirvienta, sino como... como concubina.

Las palabras le salían con dificultad y su rostro se estaba poniendo morado.

—Mmfm. —Brianna descubrió la utilidad de esa ambigua expresión—. Ya veo. Pero no tiene por qué dejar que su hija vaya con él, ¿cierto?

—No tengo elección. —Su agonía era muy evidente—. El contrato de mi hija está en posesión del señor Ransom, el corredor. —Echó la cabeza hacia atrás, haciendo un gesto hacia un hombre de aspecto duro con peluca, que hablaba con el joven Jamie—. Puede vendérselo a quien quiera, y la venderá sin vacilar a ese... ese... —Se atragantó, sobrecogido por la desesperación.

—Tome. —Brianna se sacó con rapidez un pañuelo grande del corpiño y se lo entregó. Parecía una emergencia.

Desde luego, para él lo era. Se pasó el pañuelo a ciegas por la cara, lo dejó caer y le agarró la mano libre entre las suyas.

—Es un pastor; ha ido al mercado a vender sus bestias. Cuando termine, volverá con el dinero para su contrato y se la llevará a su casa en Aberdeen. Cuando se lo oí decir a Ransom, me sentí muy desesperado. Recé al Señor por su liberación. Y entonces... —Tragó—. La he visto con un aspecto tan noble y orgulloso que creí que mis ruegos habían sido escuchados. Ah, señora, no se niegue ante la súplica de un padre. ¡Tómela!

—Pero ¡me voy a América! Nunca... —se mordió el labio—, quiero decir, no podrá verla en mucho tiempo.

El padre, desesperado, palideció. Cerró los ojos. Parecía que se balanceara un poco al flexionar las rodillas.

—¿América? —susurró. Entonces, abrió los ojos y afirmó la mandíbula—. Prefiero que se vaya a un lugar salvaje y lejos de mí que ver cómo la deshonran ante mis ojos.

Brianna no sabía qué decirle. Lanzó una mirada impotente al mar de cabezas, por encima del hombre.

—¿Y... cuál... su hija, cuál es?

El destello de esperanza de sus ojos se convirtió en una llamarada sorprendente debido a su intensidad.

—¡Dios la bendiga! ¡Voy a buscarla!

Le oprimió la mano con fuerza y desapareció entre la muchedumbre mientras ella lo observaba. Un momento después se encogió de hombros y se inclinó para recoger su pañuelo. ¿Cómo había ocurrido aquello? Por el amor de Dios, qué dirían su tío y su primo si...

—Ésta es Elizabeth —anunció una voz agitada—. Saluda a la señora, Lizzie.

Brianna la miró y en aquel momento supo que la decisión ya estaba tomada.

—Ay, querida —murmuró al ver la pequeña cabeza rubia que se inclinaba en una reverencia—, un cachorrito.

La cabeza se levantó para mostrar un rostro delgado y hambriento, así como unos aterrados ojos grises que ocupaban casi toda la cara.

—Para servirla, señora —exclamó la boquita de labios blancos. O al menos eso es lo que pareció; la muchacha hablaba en voz tan baja que no se oía lo que decía en medio del barullo que los rodeaba.

—La ayudará mucho, señora, ¡ya lo verá! —La voz nerviosa del padre era mucho más audible. Lo miró. Existía un gran parecido entre el padre y la hija, ambos con el mismo cabello rubio y lacio, e idénticos rostros delgados y nerviosos. Tenían casi la misma altura, aunque la muchacha era tan frágil que parecía la sombra de su padre.

—Eh... hola. —Sonrió a la muchacha, intentando parecer tranquilizadora. La chica echó la cabeza atrás y la miró, temerosa. Tragó de manera visible y se mojó los labios—. Ah... ¿cuántos años tienes, Lizzie? ¿Puedo llamarte Lizzie? La cabecita se movió sobre un cuello parecido al pie de una seta silvestre: largo, pálido y muy frágil. La joven susurró algo que Brianna no oyó y miró a su padre, que contestó ansioso:

—Catorce, señora. Pero tiene buena mano para la cocina y la costura. Y es muy limpia. ¡Y no encontrará a nadie más obediente y servicial!

Permaneció con las manos apoyadas sobre los hombros de su hija, agarrándola con tanta fuerza que tenía los nudillos blancos. Sus ojos azules claros, suplicantes, se encontraron con los de Brianna. Sus labios se movieron sin emitir ningún sonido, pero Brianna oyó claramente cómo decían «por favor».

Más allá veía a su tío hablando con el joven Jamie. Sus cabezas estaban inclinadas, en íntima conversación. De un momento a otro vendrían a buscarla.

Respiró hondo y se irguió. Bueno, pensándolo bien, ella era mucho más Fraser que su primo. A ver si también podía ser tan testaruda como una roca.

Sonrió a la joven, le ofreció la mano y el pedazo de torta que todavía no había probado.

—Es un trato, Lizzie. ¿Quieres morder para sellarlo?

—Ella ha comido de mi comida —dijo Brianna con toda la seguridad que pudo—. Por tanto, es mía.

Sorprendida, vio cómo esa declaración ponía fin a la discusión. Parecía que su primo iba a protestar, pero su tío puso la mano sobre su brazo para que callara. La mirada de sorpresa en el rostro de Ian se convirtió en una especie de divertido respeto.

—¿Ah, sí? —Miró a Lizzie, oculta tras Brianna, y sonrió—. Mmfm. Bueno, entonces no hay mucho más que decir, ¿verdad?

Estaba claro que el joven Jamie no compartía la idea de su padre. Él tenía mucho más que decir.

—Pero ¿de qué te servirá una muchacha? —preguntó el joven Jamie, haciendo un gesto de desdén y frunciendo el ceño—. No tiene fuerza ni para llevar el equipaje.

—Soy lo bastante fuerte para llevar mi propio equipaje, gracias —señaló Brianna. Bajó las cejas y frunció el ceño, enderezándose para enfatizar su altura.

Él enarcó una ceja como asentimiento, pero no se rindió.

—Pero una mujer no debería viajar sola.

—No estaré sola, tendré a Lizzie.

—¡Y menos a un lugar como América!

—Parece el fin del mundo por la forma en que hablas, pero tengo entendido que nunca has estado allí —puntualizó Brianna con exasperación—. ¡Yo, en cambio, nací en América!

El tío y el primo la miraron con idénticas expresiones de asombro. Entonces vio una oportunidad de tomar cierta ventaja en la discusión, aprovechando el desconcierto de ambos.

—Es mi dinero, mi sirvienta y mi viaje. Le he dado mi palabra y la mantendré.

Ian se frotó el labio para evitar sonreír. Movió la cabeza.

—Creo que no hay lugar a dudas sobre quién es tu padre, querida. Ese rostro y ese pelo rojo pueden ser de cualquiera, pero esa testarudez es de Jamie Fraser.

Brianna se sonrojó, avergonzada, pero sintió un extraño aleteo de algo similar al placer.

Irritado por la discusión, el joven Jamie hizo un último intento.

—Es muy poco común que una mujer exprese libremente sus opiniones, aunque tenga hombres que cuiden de ella —puntualizó con rigidez.

—¿Crees que las mujeres no deben tener opiniones? —preguntó Brianna con dulzura.

—Eso creo.

Ian miró a su hijo.

—Has estado casado, ¿cuánto tiempo? ¿Ocho años? —Meneó la cabeza—. Ah, bueno, tu Joan es una mujer con tacto. —Ignorando la mirada sombría del joven Jamie, se volvió hacia Lizzie—. Muy bien, ve a despedirte de tu padre y yo iré a buscar los papeles. —Observó cómo la pequeña se alejaba con los hombros hundidos entre la multitud y, con un gesto de duda, se volvió hacia Brianna—. Tal vez sea mejor compañía que la de un hombre, pero tu primo tiene razón en una cosa: no te servirá de protección. Más bien, serás tú quien tenga que cuidarla.

Brianna enderezó los hombros y levantó la barbilla, reuniendo tanta autoconfianza como pudo, a pesar del repentino sentimiento de vacío que la asaltó.

—Puedo arreglármelas —dijo.

Ejerció presión en la piedra que tenía en la palma de su mano. De este modo se daba fuerzas mientras veía cómo el fiordo de Moray se adentraba en el mar y la costa de Escocia se alejaba.

¿Por qué se sentía tan apegada a un lugar que apenas conocía? Lizzie, que había nacido y se había criado en Escocia, apenas había mirado atrás y había bajado de inmediato para reclamar su espacio y organizar las escasas pertenencias que habían subido a bordo.

Brianna nunca se había considerado escocesa; de hecho, no había sabido que lo era hasta hacía poco, pero sentía algo extraño al separarse de aquella gente y aquellos lugares que había conocido hacía tan poco tiempo, similar a la sensación que le habían provocado la marcha de su madre y la muerte de su padre. Tal vez se contagiaba de la emoción del resto de pasajeros. Muchos se encontraban en la cubierta como ella, algunos llorando abiertamente. O quizá era el miedo por el largo viaje que la esperaba. Aunque tenía la certeza de que no era ninguna de esas cosas.

—Eso es todo, espero. —Era Lizzie, que se unió a ella para ver las últimas imágenes de Escocia. Su rostro pálido permanecía inexpresivo, pero Brianna no lo interpretaba como una falta de sentimientos.

—Sí, ya estamos en camino.

En un impulso, Brianna sacó una mano y cogió a la joven para colocarla frente a ella en la barandilla y protegerla del viento y de los otros pasajeros y marineros. Lizzie era treinta centímetros más baja que Brianna y tenía unos huesos finos como los de las golondrinas negras que sobrevolaban los mástiles y graznaban sobre su cabeza.

En esa época del año, el sol no se ponía, sino que se encontraba bajo, sobre las colinas oscuras, y el aire era frío en el fiordo. La muchacha llevaba un vestido fino; se estremeció y se acurrucó de manera inconsciente en Brianna para entrar en calor. Brianna tenía un chal azul de lana que le había regalado Jenny. Envolvió a la muchacha con los brazos y con el chal y, en el abrazo, encontró el mismo consuelo que ella.

—Todo va a ir bien —dijo tanto para Lizzie como para sí misma.

La cabeza rubia se movió un poco; no sabía si era un gesto de asentimiento o sólo el intento de Lizzie de apartarse de los ojos los mechones de pelo, que se habían soltado de su trenza y revoloteaban en la brisa marina, imitando los tirones de las enormes velas que tenían encima. Pese a sus dudas, sintió que su ánimo mejoraba con el viento. Había sobrevivido a muchas despedidas y también lo haría a ésta. Lo que la hacía más dura era que ya había perdido a su padre, a su madre, el amor, la casa y los amigos. Estaba sola por necesidad, pero también por elección, ya que de manera inesperada había encontrado de nuevo un hogar y una familia en Lallybroch. Habría dado cualquier cosa por quedarse más tiempo, pero antes tenía que cumplir su promesa; ya regresaría a Escocia y junto a Roger.

Movió el brazo y, bajo el chal, sintió la estrecha banda de plata templada sobre su muñeca, con el metal caliente debido a su propia piel. *Un peu... beaucoup...* La otra mano agarraba la tela, expuesta al viento y al húmedo salitre. Si no hiciera tanto frío, no se hubiera dado cuenta de la repentina calidez de la gota que cayó en la palma de su mano.

Lizzie permaneció rígida como un palo, rodeándose con los brazos. Sus orejas eran largas y transparentes bajo la suave luz del anochecer, y sobresalían, tiernas y frágiles, de su cabello fino y lacio como las de un ratón. Brianna estiró una mano y le secó las lágrimas. Sus ojos permanecían secos y su boca firme mientras miraba a tierra por encima de la cabeza de Lizzie. Pero aquel rostro frío, de labios temblorosos, bien podría haber sido el suyo.

Permanecieron en silencio hasta que la tierra desapareció.

36
No puedes regresar a casa otra vez

Inverness, julio de 1769

Roger caminó poco a poco por la ciudad, mirando a su alrededor con una mezcla de fascinación y deleite. Inverness había cambiado un poco en doscientos años; de eso no había duda. Sin embargo, era posible reconocer la ciudad, más pequeña y con la mitad de sus embarradas calles sin pavimentar, unas calles por las que había caminado cientos de veces.

Era la calle Huntly, y, aunque la mayoría de las pequeñas tiendas y edificios le resultaban desconocidos, al otro lado del río se encontraba la iglesia, no tan vieja todavía, con su pequeña torre tan afilada como siempre. Seguramente, si entraba, la señora Dunvegan, la esposa del ministro, estaría arreglando las flores en el presbiterio para el servicio dominical. Pero no podía estar... la señora Dunvegan, con sus jerséis de lana gruesa y las terribles cacerolas con las que atormentaba a los feligreses de su marido, puesto que todavía no había nacido. Aun así, la pequeña iglesia de piedra se alzaba sólida y familiar, aunque a cargo de un extraño.

La iglesia de su padre no estaba; se había construido... ¿se construiría? en 1837. Asimismo, la casa parroquial, que siempre le había parecido vieja y decrépita, no se había erigido hasta principios del siglo XX. Había pasado por el lugar de camino. Ahora no había nada, excepto una maraña de potentilla y retama negra, y un pequeño serbal que brotaba entre la maleza y cuyas hojas se movían con el viento suave.

Se notaba la misma humedad fría en el aire fresco, pero el molesto olor de los motores había sido reemplazado por una distante pestilencia a aguas residuales. La diferencia más notable se encontraba en las márgenes del río. Donde un día se erigirían una noble profusión de agujas y campanarios de iglesias, ahora no había más que pequeñas edificaciones.

Existía un único puente de piedra, pero el río Ness era, naturalmente, el mismo de siempre. El caudal era bajo y las gaviotas se hacían compañía unas a otras, graznando mientras pescaban pececillos entre las piedras, justo debajo de la superficie del agua.

—Buena suerte, amiga —le dijo a una gaviota gorda que se había posado en el puente mientras cruzaba el río hacia el pueblo.

Aquí y allá, cómodas residencias se aislaban con amplios jardines, como una gran dama que extiende sus faldas ignorando la presencia del populacho vecino. Allí estaba Mountgerald, la gran casa, luciendo exactamente como siempre la había conocido, salvo que las grandes hayas que rodearían la casa todavía no habían sido plantadas y, en su lugar, contra la pared del jardín, había unos cipreses italianos que parecían sentir nostalgia por su soleado país de origen.

Con toda su elegancia, Mountgerald tenía la reputación de haber sido construida a la antigua, con los pilares sobre el cuerpo de un sacrificio humano. Según se decía, habían atraído a un obrero al agujero del sótano y le habían lanzado una piedra enorme desde la parte superior de una pared recién levantada, lo que lo habría aplastado y acabado con su vida. La historia local decía que había sido enterrado en aquel sótano y que su sangre había servido para calmar a los espíritus hambrientos de la tierra que, satisfechos, habían permitido que el edificio se alzara próspero y tranquilo a lo largo de los años.

La casa no podía tener más de veinte o treinta años en ese momento, pensó Roger. Era posible que hubiera gente en el pueblo que hubiera trabajado en su construcción y que supiera exactamente qué había ocurrido en aquel sótano, a quién y por qué.

Pero tenía otras cosas que hacer: Mountgerald y sus fantasmas tendrían que guardarse sus secretos. Con cierta pesadumbre, dejó atrás la gran casa y volvió su nariz de estudioso hacia la calle que conducía a los muelles.

Con una sensación que sólo podía calificarse de *déjà vu,* empujó la puerta de la taberna y entró. Era el mismo ambiente que había visto una semana atrás, doscientos años después. El aroma familiar de la levadura de cerveza reconfortó su espíritu. El nombre había cambiado, pero no el olor de la cerveza.

Roger tomó un trago de su jarra de madera y casi se ahogó.

—¿Todo bien? —El cantinero se detuvo con un cubo de arena en la mano mientras observaba a Roger.

—Bien —respondió él con voz ronca—. Estoy bien.

El cantinero asintió y continuó desparramando arena sin perder de vista a Roger, por si se le ocurría vomitar en el suelo. Roger se aclaró la garganta e intentó tragar un sorbo. El sabor era bueno, en realidad muy bueno. Lo inesperado era la proporción de alcohol. Era mucho más fuerte que cualquier cerveza moderna que Roger hubiera probado. Claire le había dicho que el alcoholismo era endémico en aquella época y Roger se dio cuenta fácilmente de la razón. Sin embargo, si la borrachera era el peor riesgo al que se enfrentaba, podía correrlo.

Permaneció tranquilo junto al fuego, saboreando la cerveza oscura y amarga, escuchando y mirando.

Era una taberna del puerto en el fiordo de Moray, muy concurrida por capitanes de barcos y comerciantes, así como por marineros de los barcos y trabajadores de los almacenes cercanos. Allí se realizaban negocios y transacciones sobre las superficies manchadas de cerveza de las pequeñas mesas.

Roger podía oír de lejos cómo se acordaba un contrato para transportar trescientos rollos de paño barato desde Aberdeen a las colonias, que se intercambiarían por una carga de arroz y añil de las Carolinas. Cien cabezas de ganado de Galloway, seiscientos kilos de cobre laminado, toneles de azufre, melaza y vino. Cantidades y precios, fechas de entrega y condiciones flotaban entre los murmullos y los vapores de la cerveza del pub, como las densas nubes azules de humo de tabaco que flotaban cerca de las vigas bajas del techo.

Pero no sólo se comerciaba con mercancías. En un rincón estaba sentado un capitán de barco que destacaba por el corte de su casaca y el tricornio negro que se encontraba en la mesa junto a su codo. Un escribiente con un libro de cuentas y una alcancía lo ayudaba a entrevistar a una serie de emigrantes que buscaban pasajes para las colonias.

Roger observó los procedimientos de manera encubierta. El barco se dirigía a Virginia y, después de escuchar durante cierto tiempo, dedujo que el coste del pasaje para un pasajero masculino era de diez libras y ocho chelines. Aquellos que estaban dispuestos a viajar en tercera clase, amontonados como el ganado en las bodegas inferiores, debían pagar cuatro libras y dos chelines, y llevar su propia comida para un viaje de seis semanas. Dio por sentado que les proporcionaban agua fresca. Los que no tenían medios para pagar los pasajes tenían otras posibilidades.

—¿Servidumbre para ti, tu esposa y tus dos hijos mayores? —El capitán torció la cabeza, pensativo mientras observaba a la familia que tenía delante: un hombre pequeño y enjuto que tenía treinta y pocos, pero que parecía mucho mayor, y que estaba agotado y encorvado por el trabajo, y su mujer, quizá algo más joven, detrás de su marido, con la mirada fija en el suelo y agarrando con fuerza las manos de dos niñas pequeñas. Una de las niñas agarraba a su hermano pequeño, un niño de tres o cuatro años. Los hijos mayores estaban de pie junto a su padre, intentando parecer hombres. Roger pensó que tendrían diez y doce años, pese a lo delgados que estaban debido a la malnutrición.

—Los muchachos y tú podéis tener posibilidades —dijo el capitán. Miró a la mujer, que no levantaba la vista y fruncía el entrecejo—. Pero nadie comprará a una mujer con tantos hijos. Tal vez pueda quedarse con alguno. Pero tendrá que vender a las niñas.

El hombre miró a su familia. Su esposa mantenía la cabeza baja sin mirar a nadie. Una de las niñas se movió, quejándose en voz baja porque le habían apretado la mano. El hombre se dio la vuelta.

—Muy bien —comentó en voz baja—. ¿Pueden... podrían ir juntas?

El capitán se frotó la boca y asintió con indiferencia.

—No sería extraño.

Roger no quiso presenciar los detalles de la transacción. Se levantó bruscamente y abandonó el local; la cerveza negra había perdido su sabor.

Se detuvo en la calle, tocando las monedas en su bolsillo. Era todo lo que había podido reunir en el tiempo que había tenido. No obstante, le había parecido suficiente; tenía buen tamaño y confiaba bastante en sus capacidades. Aun así, la escenita que había presenciado en el pub le había revuelto el estómago.

Había crecido oyendo la historia de las Highlands. Conocía demasiado bien la clase de cosas que había llevado a las familias a tal estado de desesperación, obligándolas a aceptar separaciones permanentes y situaciones de semiesclavitud como precio por la supervivencia.

Lo sabía todo sobre la venta de propiedades que había forzado a los pequeños agricultores a abandonar las tierras que habían cultivado durante siglos, las terribles condiciones de penuria y hambruna de las ciudades, la insoportable vida en las Highlands en aquella época. Pero todos aquellos años de lectura y estudio no lo habían preparado para ver el rostro de aquella mujer, con la vista fija en el suelo recién enarenado y agarrando con fuerza las manos de sus hijas.

Diez libras y ocho chelines. O cuatro libras y dos chelines. Más lo que costara la comida. Tenía exactamente catorce chelines y tres peniques en el bolsillo, junto con un puñado de monedas de cobre y un par de cuartos de penique.

Caminó poco a poco por el camino junto al mar mientras observaba los barcos que se encontraban anclados en los muelles de madera. Muchos eran queches de pesca, galeras pequeñas y bergantines que comerciaban por el fiordo o, como mucho, cruzaban el Canal, transportando carga y pasajeros a Francia. Sólo había tres barcos grandes anclados en el fiordo, con el tamaño suficiente para capear los vientos del viaje transatlántico.

Podía cruzar a Francia, por supuesto, y embarcar allí. O viajar por tierra hasta Edimburgo, un puerto mucho más importante que el de Inverness. Pero ya sería tarde para embarcar ese año. Brianna le llevaba seis semanas de ventaja y no podía desperdiciar el tiempo. Sólo Dios sabía qué podía pasarle a una mujer sola.

Cuatro libras y dos chelines. Bueno, podía trabajar. Sin hijos ni esposa a los que mantener, podía ahorrar la mayor parte de lo que ganara. Pero puesto que un oficinista normal ganaba unas doce libras al año, y que era mucho más probable que encontrara trabajo limpiando establos que llevando cuentas, las probabilidades de ahorrar para el pasaje en un tiempo razonable eran bastante escasas.

—Lo primero es lo primero —se dijo—. Pero debería asegurarme de adónde ha ido, antes de preocuparme por el viaje.

Sacó la mano del bolsillo y se dirigió hacia la derecha por el angosto espacio que dejaban dos grandes almacenes. Su espíritu animoso de la mañana se había desvanecido; sin embargo, se recuperó un poco al ver que estaba frente a lo que buscaba: la oficina del capitán de puerto estaba situada en el mismo edificio de piedra donde se encontraría doscientos años después. Roger sonrió con ironía. Los escoceses no solían hacer cambios sólo por el gusto de cambiar.

El lugar estaba lleno y había mucho ajetreo, con cuatro oficinistas agobiados detrás de un gastado mostrador de madera, escribiendo y sellando, cargando fardos de papeles de un lado a otro, tomando dinero y guardándolo con cuidado en una oficina interior, de donde salían momentos después con recibos colocados sobre brillantes bandejas de latón.

Había un gran número de hombres apretados contra el mostrador, todos esforzándose por indicar mediante gritos y gestos que su caso era mucho más urgente que el del hombre que se hallaba junto a ellos. Cuando Roger consiguió captar la atención de uno de los empleados, no le resultó muy difícil conseguir los registros de los barcos que habían zarpado de Inverness en los últimos meses.

—Espere —dijo Roger al joven empleado que le entregaba un gran libro forrado de cuero.

—¿Sí? —El oficinista estaba sonrojado por las prisas y tenía una mancha en la nariz, pero se detuvo educadamente.

—¿Cuánto le pagan por trabajar aquí?

El empleado levantó las cejas, pero tenía demasiada prisa para hacer preguntas u ofenderse por la consulta.

—Seis chelines por semana —contestó, y desapareció en dirección al grito irritado de «¡Munro!» que salió de la otra oficina, situada detrás del mostrador.

—Mmfm. —Roger se abrió paso entre la multitud y llevó el libro de registros hasta una pequeña mesa, al lado de la ventana, alejándose del barullo.

Después de ver las condiciones en las que trabajaban los oficinistas, a Roger le impresionaba la legibilidad de los registros escritos a mano. Estaba acostumbrado a la ortografía arcaica y la puntuación excéntrica, aunque aquellos registros que solía ver estaban siempre amarillentos y frágiles, al borde de la desintegración. Sintió un pequeño estremecimiento de historiador al ver la página nueva y blanca y, justo detrás, el oficinista sentado en una mesa, copiando tan rápido como se lo permitía la pluma, con los hombros encorvados ante el barullo de la sala.

En su cabeza resonó una voz fría y tranquila que le decía: «Eres tonto. Ella estará aquí o no estará, tener miedo a mirar no cambiará nada. Empieza.»

Roger respiró hondo y abrió el enorme libro del registro. Los nombres de los barcos estaban limpiamente escritos en la parte superior de las hojas, seguidos de los nombres de sus capitanes y marineros, las cargas y las fechas de salida. *Arianna, Polyphemus, Merry Widow, Tiburon.* Pese a sus recelos, no podía evitar admirar los nombres de los barcos mientras ojeaba el libro.

Media hora más tarde, había dejado de maravillarse de lo poético y pintoresco de los nombres de los barcos y recorría los renglones con creciente desesperación, sin apenas ver el nombre de cada barco. No estaba, no estaba allí.

Pero tenía que estar, se dijo, tenía que haber embarcado hacia las colonias. ¿A qué otro maldito lugar podía haberse dirigido? Salvo que, después de todo, no hubiera encontrado la noticia... pero el nudo de su estómago le aseguraba que ninguna otra cosa hubiera hecho que se arriesgara a pasar a través de las piedras.

Respiró profundamente y cerró los ojos, que estaban empezando a sentir los efectos de las páginas escritas. Luego los volvió a abrir, volvió al primer registro relevante y comenzó a leer de nuevo, repitiendo todos los nombres para asegurarse de que no dejaba pasar ninguno.

Sr. Phineas Forbes, caballero.
Sra. Wilhelmina Forbes.
Maestro Joshua Forbes.
Sra. Josephine Forbes.
Sra. Eglantine Forbes.
Sra. Charlotte Forbes...

Sonrió para sí al pensar en el señor Phineas Forbes, rodeado de sus mujeres. Incluso sabiendo que «Sra.» en aquella época era una abreviatura de «señora» y, por tanto, se usaba tanto para mujeres casadas como solteras y niñas, se encontró con una irresistible imagen mental de Phineas subiendo a bordo delante de una hilera de cuatro esposas, con el maestro Joshua al final.

Sr. William Talbot, mercader.
Sr. Peter Talbot, mercader.
Sr. Jonathan Bicknell, médico.
Sr. Robert MacLeod, granjero.
Sr. Gordon MacLeod, granjero.
Sr. Martin MacLeod...

Pero no había Randalls en aquellos barcos. Ni en el *Persephone*, ni en el *Queen's Revenge*, ni en el *Phoebe*. Se frotó los ojos, cansados de descifrar aquella letra, y comenzó con el registro del *Phillip Alonzo*. Un nombre español, pero estaba bajo registro escocés. Salía de Inverness, comandado por el capitán Patrick O'Brian. No había abandonado la búsqueda, pero se preguntó qué haría si no la encontraba. Lallybroch, por supuesto. Había estado en las ruinas de la finca en una ocasión en su propio tiempo. ¿Podría encontrarla de nuevo, sin la orientación de carreteras y señales?

Sus pensamientos se detuvieron con una sacudida ante un nombre, casi al final de la página. No era Brianna Randall, el nombre que él buscaba. Pero sí un nombre conocido: *Fraser,* decía la inclinada letra negra, *Sr. Brian Fraser.* Al mirar más de cerca, vio que tampoco era Brian, ni señor. Se inclinó más, bizqueando para leer la abigarrada letra negra.

Cerró los ojos, sintiendo que el corazón le golpeaba en el pecho, y lo invadió un profundo alivio, que lo intoxicó como la cerveza especial del pub. Ponía Sra., no Sr., y lo que al principio le había parecido la exuberante cola en la «n» de Brian, al verla de cerca era una «a» descuidada.

¡Era ella, tenía que ser ella! Era un nombre poco común. No había visto ninguna otra Brianna o Briana en el registro. Y tenía sentido que usara el apellido Fraser. Iba en busca de su padre y ese apellido le correspondía por derecho de nacimiento.

Cerró el registro de golpe, como para evitar que escapara de las páginas, y se quedó sentado un momento, respirando. ¡La tenía! Vio la cabeza rubia del oficinista examinándolo desde el mostrador y, sonrojado, abrió de nuevo el libro.

El barco era el *Phillip Alonzo* y había salido de Inverness el 4 de julio del año del Señor de 1769, hacia Charleston, Carolina del Sur.

Frunció el entrecejo, súbitamente inseguro. Carolina del Sur. ¿Era ése su destino real o lo más cerca que podía llegar? Una rápida mirada al resto de los barcos registrados le reveló que no había ninguno hacia Carolina del Norte. Tal vez sólo había tomado el primer barco para las colonias del sur con la intención de hacer el resto del viaje por tierra.

O quizá estaba equivocado. Lo recorrió un escalofrío que nada tenía nada que ver con el viento del río que se colaba por las grietas de la ventana junto a él. Volvió a mirar la página y se sintió más tranquilo. No, no figuraba la profesión, como en el caso de todos los hombres. Estaba claro que ponía «Sra.» y, por tanto, también tenía que ser «Briana». Y si era «Briana», sabía que debía ser «Brianna».

Se levantó y fue a devolver el libro al hombre rubio del mostrador.

—Gracias —dijo con su acento suave—. ¿Podría decirme si hay algún barco que salga pronto para las colonias?

—Sí —contestó, cogiendo el registro con una mano y aceptando una factura de un cliente con la otra—. El *Gloriana* sale pasado mañana para las Carolinas. —Miró a Roger de arriba abajo—. ¿Emigrante o marinero? —preguntó.

—Marinero —respondió con rapidez. Ignorando las cejas levantadas por la sorpresa, hizo un gesto hacia la maraña de mástiles que se veían a través de las ventanillas—. ¿Dónde tengo que ir a firmar?

Con las cejas enarcadas, el empleado señaló la puerta.

—Su capitán, el capitán Bonnet, trabaja en la taberna cuando está en el puerto. Probablemente estará allí ahora. —No añadió lo que su expresión hacía evidente: si Roger era marinero, él, el escribiente, era un loro africano.

—Bien, *mo ghille*. Gracias. —Con un saludo, Roger se volvió, pero se giró de nuevo en la puerta, para encontrarse al oficinista observándolo todavía, ignorando la presión de los clientes impacientes—. ¡Deséeme suerte! —gritó Roger, con una sonrisa burlona.

La sonrisa del oficinista estaba teñida de algo que podía haber sido admiración o melancolía.

—¡Que tenga suerte! —Y agitó la mano. Cuando se cerró la puerta, ya estaba hablando con el siguiente cliente, con la pluma lista.

Encontró al capitán Bonnet en la taberna, tal como le habían dicho. Estaba en un rincón, envuelto en una nube de humo, al que se sumaba el humo del cigarro del marino.

—¿Su nombre?

—MacKenzie —dijo Roger en un súbito impulso. Si Brianna lo había hecho, él también podía.

—MacKenzie. ¿Alguna experiencia, señor MacKenzie?

Un rayo de sol iluminaba el rostro del capitán, haciendo que bizqueara. Bonnet se retiró a la sombra y relajó las líneas de los ojos, de manera que Roger quedó expuesto a una penetrante e incómoda mirada.

—La pesca de arenques en el Minch.

No era mentira; durante su adolescencia había pescado arenques en verano con un conocido del reverendo. La experiencia le había dejado una buena musculatura, oído para la cadencia del lenguaje de las islas y un marcado disgusto por los arenques. Pero al menos sabía lo que era sostener un cabo entre las manos.

—Ah, bueno, eres un muchacho grande. Pero ser pescador no es lo mismo que ser marinero. —El suave acento irlandés dejaba abierta la posibilidad de que fuera una pregunta, una afirmación o una provocación.

—No creía que esa ocupación requiriera grandes habilidades.

Sin ninguna razón aparente, el capitán Bonnet le ponía los pelos de punta.

Le lanzó una afilada mirada verde.

—Tal vez más de lo que crees, aunque nada que un hombre con voluntad no pueda aprender. Pero ¿a qué se debe que un muchacho como tú decida convertirse en marinero?

Sus ojos brillaron en las sombras de la taberna, abarcándolo. «Como tú.» ¿Qué significaba eso?, se preguntó Roger. No era su acento; había tenido mucho cuidado a la hora de suprimir cualquier evidencia del acento de Oxford, tomando la entonación de las islas. ¿Iba demasiado bien vestido para ser un aspirante a marinero? ¿O era el cuello chamuscado o la quemadura en la pechera de su chaqueta?

—Creo que eso no es asunto suyo —respondió tranquilamente. Y, con cierto esfuerzo, mantuvo las manos inmóviles en los costados.

Los pálidos ojos verdes de Bonnet lo estudiaron desapasionadamente, sin parpadear. Como un leopardo que observa a un ñu al pasar, pensó Roger, preguntándose si merece la pena perseguirlo.

Dejó caer los párpados, pesados; no merecía la pena... por el momento.

—Estarás embarcado a la caída del sol —dijo Bonnet—. Cinco chelines al mes, carne tres días a la semana y pudin de ciruelas los domingos. Tendrás una hamaca, pero la ropa es cosa tuya. Tendrás libertad para abandonar el barco una vez que la carga esté desembarcada, no antes. ¿Estamos de acuerdo, señor?

—Estoy de acuerdo —contestó Roger, y, de pronto, sintió la boca seca. Hubiera dado cualquier cosa por una cerveza, pero no ahora, no ante aquellos fríos ojos verdes.

—Pregunta por el señor Dixon cuando subas a bordo. Es el pagador. —Bonnet se echó hacia atrás, sacó un librito de cuero del bolsillo y lo abrió. Audiencia concluida.

Roger se marchó sin mirar atrás. Sentía un frío helado en la nuca. Sabía que si se daba la vuelta encontraría aquella mirada fija por encima del libro, tomando nota de todas sus debilidades.

El frío se localizaba donde se encontraban los dientes.

37

Gloriana

Antes de embarcarse en el *Gloriana*, Roger se consideraba en un estado físico razonablemente bueno. De hecho, si se comparaba con la mayoría de los especímenes mal alimentados que constituían el resto de la tripulación, se consideraba en buena forma. Tan sólo necesitó catorce horas, la duración de una jornada laboral, para descubrir su error.

Tenía ampollas y los músculos doloridos. A pesar de que levantar cajas y tirar de cuerdas para él era un trabajo conocido, no lo había realizado en mucho tiempo.

Había olvidado la intensa fatiga que le provocaba la ropa mojada y fría, lo mismo que el trabajo. Recibía con agrado la pesada labor de cargar, porque hacía que entrara en calor durante cierto tiempo, aunque sabía que aquel calor no duraría, ya que al salir a cubierta el viento helado congelaría su ropa mojada.

Le dolían las manos raspadas y arañadas por el cáñamo, aunque era lo normal. Al final del primer día, tenía las palmas negras debido al alquitrán, y la piel de los dedos estaba agrietada y le sangraban las articulaciones, ya que las tenía en carne viva. Pero el dolor prolongado del hambre le resultó una sorpresa. No había creído posible que alguna vez pudiera tener tanta hambre.

El bulto humano que trabajaba junto a él (que se llamaba Duff) también estaba mojado, pero, sin embargo, parecía que no le afectara. La nariz larga y puntiaguda, que salía, como un hurón, del cuello vuelto de una chaqueta desgastada, tenía la punta azul y goteaba de manera regular como una estalactita, pero los ojos pálidos eran inteligentes y la boca mostraba una enorme sonrisa, gracias a la cual podían verse unos dientes del color del agua del fiordo.

—Ánimo, hombre. Pronto comeremos. —Duff le dio un amistoso codazo en las costillas y desapareció con agilidad por la escotilla, desde donde se oían blasfemias y unos golpes fuertes.

Roger siguió descargando el cargamento, animado ante la perspectiva de la cena.

La bodega trasera ya estaba medio llena. Cargaron los toneles de agua de madera, hilera sobre hilera, bajo un tenue resplandor. Cada uno de ellos, de cuatrocientos cincuenta litros, pesaba más de trescientos kilos. Pero la bodega delantera aún estaba vacía y había una constante procesión de estibadores y trabajadores que recorrían la cubierta como si se tratara de hormigas, apilando tales montañas de cajas y barriles, rollos y bultos, que parecía inconcebible que se pudiera comprimir todo lo suficiente como para que cupiera en el barco.

En dos días terminaron de cargar los barriles de sal, los rollos de tela y los pesados embalajes de quincallería que, debido a su peso, había que levantar con cuerdas, y para ello el tamaño de Roger resultó muy útil. Al final de la cuerda se hallaba el cabrestante; se apoyó contra el peso de una caja suspendida en el otro extremo y, con unos músculos que sobresalían por el esfuerzo, la bajó poco a poco para que los dos hombres de abajo pudieran cogerla y colocarla bien en una bodega cada vez más llena.

Los pasajeros subieron a bordo al anochecer: una hilera de emigrantes cargados con bultos de todo tipo, jaulas con gallinas y niños. Eran los pasajeros de tercera clase. Se encontraban en un espacio creado con un mamparo en la bodega delantera y resultaban tan rentables como la mercancía de la bodega trasera.

—Son siervos y redentores —explicó su compañero Duff, mirando con ojo práctico—. Cada uno vale quince libras en las plantaciones, y los niños, tres o cuatro. Los lactantes van gratis con sus madres. —El marinero tosió con fuerza como un motor viejo al arrancar, y escupió una flema que apenas esquivó la borda. Meneó la cabeza mientras observaba la hilera—. Algunos pueden pagar así, pero la mayoría no. Tienen que conseguir comida para su familia durante el viaje.

—¿El capitán no les proporciona alimentos?

—Sí. —Duff tosió otra vez y escupió—. Pero a cambio de un precio. —Sonrió burlón y se secó la boca. Hizo un gesto con la cabeza hacia la rampa—. Ve a echarles una mano, muchacho. No queremos que las ganancias del capitán caigan al agua, ¿verdad?

Sorprendido por la cantidad de ropa que llevaba una niña a la que subió a bordo, se dedicó a observar de cerca a las demás mujeres y se dio cuenta de que todas parecían más robustas de lo que eran, ya que llevaban un vestido sobre otro, como si se hubieran puesto todas sus posesiones, además de pequeños bultos de posesiones personales, cajas de comida para el viaje... y niños flacuchos por quienes daban aquel paso desesperado.

Roger se agachó y sonrió a un pequeño, que estaba aferrado a las faldas de su madre. No debía de tener más de dos años. Aún llevaba un blusón, tenía rizos rubios y un gesto de temerosa desaprobación de todo lo que veía.

—Ven, hombre —dijo Roger con cariño, extendiendo una mano para animarlo. Ya no necesitaba controlar su acento de Oxbridge, ya que le salía de forma natural el de las Highlands que había hablado durante su niñez—. Tu madre no puede subirte, anda, ven conmigo.

Muy desconfiado, el pequeño husmeó y le frunció el ceño, pero permitió que Roger lo arrancara de las faldas de su madre y lo llevara por la cubierta mientras la mujer los seguía en silencio. Cuando le entregó al niño, ella lo miró fijamente a los ojos mientras su rostro desaparecía en la oscuridad, como una pequeña piedra blanca lanzada en un pozo, y Roger se alejó con cierta inseguridad, como si la hubiera abandonado para que se ahogara.

Cuando regresaba a su trabajo vio a una muchacha joven que venía del muelle. Era una chica bonita; no bella, pero sí vivaz y con buen talle: tenía algo que le llamaba la atención.

Quizá fuera su postura. Iba derecha como el tallo de un lirio, algo que contrastaba con las espaldas encorvadas que había a su alrededor. O tal vez fuera su rostro, que mostraba recelo e incertidumbre, pero aún tenía el brillo de la curiosidad. Pensó que era una aventurera, y su corazón, oprimido por tantos rostros tristes entre los emigrantes, se alegró al verla.

Vaciló al ver el barco y a la multitud que lo rodeaba. Iba con un joven alto y apuesto, y un niño en brazos. Él le tocó el hombro para tranquilizarla, y ella le devolvió la mirada con una sonrisa que le iluminó el rostro como si se tratara de una cerilla. Al verlos, Roger sintió algo comparable a la envidia.

—¡Tú, MacKenzie! —El grito lo sacó de su contemplación. El contramaestre hizo un gesto con la cabeza, señalando la popa—. ¡Hay una carga esperando y no va a subir sola a bordo!

Una vez que embarcaron y se hicieron a la mar, el viaje transcurrió con la misma tónica durante algunas semanas. El tiempo tormentoso que tenían en Escocia rápidamente degeneró en intensos vientos y grandes olas, lo que provocó de inmediato mareos y vómitos. Pero aquello también cesó, y el olor a vómito de tercera clase se desvaneció, hasta convertirse tan sólo en un aroma menor de la sinfonía de hedores a bordo del *Gloriana*.

Roger había nacido con un agudo sentido del olfato, una capacidad que resultaba una debilidad en los espacios reducidos. Aun así, incluso la nariz más sensible se acostumbra con el tiempo, y en un día o dos ya había dejado de percibir cualquier cosa, excepto los nuevos olores.

Roger tuvo la suerte de no marearse. Su experiencia en la pesca de arenques había sido suficiente para adquirir un buen juicio de las condiciones meteorológicas, junto con la inquietante conciencia de que su vida podía depender de si el sol brillaba ese día o no.

Sus compañeros no eran amistosos, pero tampoco hostiles. Ya fuera por su acento de las islas (ya que la mayoría de los marineros del *Gloriana* eran angloparlantes de Dingwall o Peterhead), por las cosas extrañas que decía de vez en cuando, o simplemente por su tamaño, lo mantenían a distancia. No existía un antagonismo abierto (su tamaño lo evitaba), pero sí que había distancia.

A Roger no lo preocupaba esa frialdad; le gustaba que lo dejaran solo con sus pensamientos, así tenía su mente libre mientras su cuerpo se ocupaba de las obligaciones diarias del barco. Tenía mucho en que pensar.

No había prestado atención a la reputación del *Gloriana* ni a la de su capitán antes de formar parte de la tripulación. De hecho, hubiera navegado con el capitán Ahab, si el caballero se hubiera dirigido a Carolina del Norte. Aun así, por lo que había escuchado entre la tripulación, Stephen Bonnet era un buen capitán; duro, pero justo, y un hombre cuyos viajes siempre reportaban beneficios. Para los marineros, muchos de los cuales navegaban por una participación en la carga, en lugar de por un salario, esta última cualidad compensaba cualquier otro defecto de su personalidad o su trato.

No es que Roger hubiera visto evidencias claras de dichos defectos. Pero sí que observaba que Bonnet siempre parecía tener un círculo invisible a su alrededor, uno que pocas personas se atrevían a cruzar. Sólo el primer oficial y el contramaestre le hablaban directamente; la tripulación bajaba la cabeza cuando pasaba. Roger recordó los felinos ojos verdes que lo habían observado, lo que hizo que pensara que era normal que nadie quisiera llamar su atención.

Estaba más interesado en los pasajeros que en la tripulación o el capitán. Los veía muy poco, ya que sólo podían subir a cubierta dos veces al día para tomar el aire, vaciar sus bacinillas, puesto que las letrinas del barco no estaban preparadas para tanta gente, y recoger las pequeñas cantidades de agua, racionada cuidadosamente para cada familia. Roger esperaba aquellas breves apariciones y trataba de estar trabajando cerca del lugar donde aparecían.

Su interés era profesional y personal; su instinto de historiador se despertaba con la presencia de aquella gente y su melancólica soledad se calmaba al oírlos hablar. En ellos se encontraba la semilla de un nuevo país, la herencia de lo antiguo. Todo lo que aquellos pobres emigrantes sabían y valoraban permanecería para que otros lo conservaran.

Si tuviera que elegir entre los elementos que constituirían la cultura escocesa, no incluiría cosas como la receta para las verrugas con la que una mujer mayor estaba regañando a su nuera («ya te lo dije, Katie Mac, y tú decidiste dejar mi sapo seco, para meter todos estos trastos con los que tropezarás día y noche...»), aunque aquello también perduraría, junto con las canciones y las oraciones, la lana tejida y los modelos celtas de su arte.

Echó un vistazo a su mano; recordaba con claridad a la señora Graham frotando una enorme verruga de su dedo corazón con lo que ella decía que era un sapo seco. Sonrió mientras se frotaba el pulgar. Debió de funcionar, ya que nunca había vuelto a tener otra.

—Señor —dijo una vocecita a su lado—. Señor, ¿podemos tocar el hierro?

Miró hacia abajo y sonrió a una pequeña niña con sus dos hermanitos cogidos de las manos.

—Sí, *a leannan* —contestó—. Adelante, pero cuidado con los hombres.

La niña asintió y los tres pasaron con cuidado, mirando con nerviosismo a un lado y a otro, sin molestar a nadie, para trepar y tocar la herradura que se encontraba clavada en el mástil a modo de amuleto. El hierro era protección y curación; las madres enviaban a menudo a sus pequeños a tocar la herradura.

Roger creía que hubiera sido mejor que el hierro tuviera efectos internos, al ver el sarpullido y la palidez de los rostros y las quejas por forúnculos, fiebre y dientes que se caían. Continuó con su trabajo, midiendo el agua que entregaba a los emigrantes en cubos y platos que éstos le tendían. La mayoría sobrevivía a base de gachas de avena y ocasionalmente arvejas secas y bizcochos duros, lo que constituía el total de las «provisiones» que les proporcionaban durante el viaje.

Pero no había oído quejas; el agua era limpia, los bizcochos no estaban mohosos y si la ración de cereal no podía considerarse generosa, tampoco era mezquina. La tripulación estaba mejor alimentada gracias a las ocasionales cebollas, pero seguía basándose en carne y almidón. Se pasó la lengua por los dientes, como hacía de vez en cuando. Ahora, el suave regusto a hierro en su boca era casi permanente; las encías empezaban a sangrarle a causa de la falta de verduras frescas.

Sin embargo, sus dientes tenían unas raíces fuertes y no tenía las articulaciones hinchadas o las uñas amoratadas, como sí que tenían otros miembros de la tripulación. Lo había comprobado durante sus semanas de espera.

Un adulto normal con buena salud tendría que aguantar entre tres y seis meses de un déficit severo de vitaminas antes de sufrir ningún síntoma real. Si seguía haciendo buen tiempo, cruzarían en sólo dos.

—Mañana hará buen tiempo, ¿no? —preguntó una joven muy guapa de cabello castaño claro que conocía desde el muelle de Inverness y a la que llamaban Morag. Parecía que le hubiera leído los pensamientos.

—Espero que así sea —respondió mientras le recogía el balde para el agua y le sonreía—. ¿Por qué lo dices?

La joven asintió señalando con la barbilla por encima de su hombro.

—Hay luna nueva en los brazos de la vieja, y eso en tierra significa buen tiempo. Supongo que será lo mismo en el mar, ¿no?

Echó la vista atrás para ver la curva pálida de una luna plateada que sostenía un orbe resplandeciente en su copa. Se alzaba alta y perfecta en un interminable cielo nocturno de un color violeta pálido, y el mar añil se tragaba su reflejo.

—No pierdas el tiempo charlando, muchacha, y pregúntaselo. —Roger se volvió y vio a una mujer de mediana edad hablando con Morag. Ésta la fulminó con la mirada.

—¿Quieres callarte? —susurró la joven—. ¡No lo haré, ya he dicho que no!

—Eres una muchacha testaruda, Morag —declaró la mujer mayor mientras se adelantaba—. ¡Si no lo haces tú, lo haré yo!

La mujer apoyó una mano en el brazo de Roger y le dedicó una encantadora sonrisa.

—¿Cuál es tu nombre, joven?

—MacKenzie, señora —contestó respetuosamente Roger, ocultando una sonrisa.

—¡Ah, es MacKenzie! Bueno, ya ves, Morag, podría ser pariente de tu hombre y seguro que le agradará hacerte ese favor. —La mujer se volvió con aire triunfal hacia la joven y luego hacia Roger con toda la fuerza de su personalidad—. Está amamantando a una criatura y se muere de sed. Una mujer necesita beber más cuando da de mamar o se le seca la leche, todo el mundo lo sabe. Pero es tan tonta que no se atreve a pedir un poco más de agua. Aquí nadie le tendrá envidia, ¿no? —dirigió la pregunta, con cara de enfado, a las otras mujeres de la fila. Como era de esperar, todas las cabezas se movieron al mismo tiempo como muñecos mecánicos, aceptando lo que la mujer quería.

Aunque ya había oscurecido, el rostro de Morag estaba visiblemente ruborizado. Con los labios apretados, aceptó el balde lleno de agua e hizo una pequeña inclinación con la cabeza.

—Se lo agradezco, señor MacKenzie —murmuró. No levantó la vista hasta que llegó a la escotilla... pero entonces se detuvo y lo miró por encima del hombro con una sonrisa de semejante gratitud que él sintió que entraba en calor, pese al intenso viento nocturno que traspasaba la camisa y la chaqueta.

Lamentó ver cómo se terminaba la hilera de espera para el agua, cómo bajaban los emigrantes y cómo cerraban la escotilla para la vigilancia nocturna. Sabía que contaban historias y cantaban canciones para pasar el tiempo, y le hubiera encantado escucharlas. No sólo por curiosidad, sino también por anhelo... lo que lo conmovía no era la lástima por su pobreza ni su futuro incierto, sino la envidia por la conexión que había entre ellos.

El capitán, la tripulación, los pasajeros, e incluso la cuestión tan importante del tiempo, no ocupaban más que un fragmento de los pensamientos de Roger. Día y noche, mojado o seco, con hambre o saciado, pensaba en Brianna.

Bajó al comedor cuando se llamó para la cena y comió sin ser consciente del contenido de su plato. Le tocaba el segundo turno de vigilancia; bajó a su hamaca después de comer y eligió la soledad antes que la posibilidad de tener compañía en el castillo de proa.

Naturalmente, la soledad era una ilusión. Mientras se mecía en su hamaca, podía sentir cada movimiento del hombre que se encontraba junto a él, el calor de la carne pegajosa contra la suya a través de la gruesa red de algodón. Cada hombre disponía de cuarenta y cinco centímetros de espacio para dormir, y Roger era consciente de que, cuando se colocaba boca arriba, sus hombros sobresalían un par de centímetros a cada lado.

Después de dos noches de sueño interrumpido por las sacudidas y los insultos murmurados por sus compañeros, se cambió de lugar y acabó en el espacio junto al mamparo, donde sólo tendría a un compañero a quien incomodar. Aprendió a tumbarse de lado, con la cara a un par de centímetros de la división de madera y la espalda hacia sus compañeros, y se acostumbró a los sonidos del barco, que atenuaban los ruidos de los hombres que tenía a su alrededor.

Un barco era un objeto muy musical: cuerdas y amarras al viento, madera que crujía con cada subida y bajada, los suaves golpes y murmullos al otro lado del mamparo en los oscuros recovecos de la bodega de tercera clase. Miró la madera oscura, iluminada por las sombras del farol, y comenzó a recrearla, a imaginar las líneas de su rostro, su cabello y su cuerpo, vívidos en la oscuridad. Demasiado vívidos.

Podía evocar su rostro sin dificultad. Lo que subyacía era mucho más duro.

El resto era también una ilusión. Cuando ella se fue, atravesando las piedras, se llevó consigo toda su paz mental. Vivía en una mezcla de miedo y furia, sazonada por el dolor de la traición como si le pusieran pimienta en las heridas. Las mismas preguntas daban vueltas en su mente sin hallar respuestas, como una serpiente que se muerde la cola.

«¿Por qué se había ido?»

«¿Qué estaba haciendo?»

«¿Por qué no se lo había dicho?»

El esfuerzo para encontrar una respuesta a la primera pregunta hacía que repitiera todo una y otra vez, como si esa respuesta fuera la clave de todo el misterio de Brianna.

Sí, se sentía solo. Sabía demasiado bien cómo se sentía uno cuando no se tenía a nadie en el mundo, ni nadie te tenía a ti. Con seguridad, ésa era una razón por la que Brianna y él estaban juntos.

Claire también lo sabía, pensó de pronto. Se había quedado huérfana después de perder a su tío y, aunque se casó, estuvo separada de su marido durante la guerra... sí, ella sabía mucho sobre lo que era estar sola. Por eso se había preocupado de no dejar a Bree sola, sin nadie que la amase.

Él había intentado amarla como es debido; aún lo intentaba, pensó con ironía, moviéndose inquieto en su hamaca. Durante el día, el esfuerzo del trabajo aplacaba las exigencias de su cuerpo. Pero por la noche... la Brianna de sus recuerdos era demasiado real.

No había vacilado. Desde el primer momento supo que la seguiría. Algunas veces, sin embargo, no estaba seguro de si iba a salvarla o a atacarla salvajemente; cualquier cosa, siempre que aclarara la situación entre ellos. Había dicho que esperaría, pero había esperado demasiado.

Lo peor de todo no era la soledad, pensó mientras se movía inquieto, sino la duda. Dudaba de los sentimientos de ella y de los de él. Tenía pánico de no conocerla verdaderamente.

Por primera vez desde que pasó entre las piedras, se dio cuenta de lo que había significado su negativa y también de que su vacilación era sabiduría. Pero ¿había sido sabiduría o sólo miedo?

Si ella no hubiera atravesado las piedras, ¿se habría entregado con todo su corazón? ¿O se habría alejado buscando algo más?

Era un acto de fe: lanzar tu corazón y confiar en que alguien lo cogiera. El suyo aún volaba en el vacío, sin certeza alguna de que fuera a aterrizar. Pero seguía volando.

Los sonidos del otro lado del mamparo se habían desvanecido, pero comenzaron otra vez de una manera rítmica que ya le resultaba familiar. Ya estaban otra vez, fueran quienes fueran.

Lo hacían casi cada noche, cuando los demás ya se habían dormido. Al principio, los sonidos hicieron que se sintiera aislado, solo con el fantasma ardiente de Brianna. No parecía que existiera ninguna posibilidad de una verdadera calidez humana, de una unión de corazón o mente, más allá del simple consuelo animal de un cuerpo al que aferrarse. ¿Había algo más que aquello para un hombre?

Entonces comenzó a oír algo más entre los ruidos, palabras de ternura, pequeños sonidos furtivos de afirmación que, en cierta manera, lo hicieron sentir no como un mirón, sino como si participara en su unión.

No podía saberlo, naturalmente. Podía haber sido cualquier pareja, o un apareamiento ocasional... y, no obstante, puso rostros a esa pareja desconocida; en su mente, veía al hombre alto y rubio y a la mujer de cabello castaño mirándose como se habían mirado en el muelle, y hubiera vendido su alma por saberlo con certeza.

38

Por los que se arriesgan en el mar

Una súbita tormenta impidió que los pasajeros pudieran salir a cubierta durante tres días. Mientras tanto, los marineros permanecían en sus puestos sin apenas tiempo para comer y descansar. Cuando todo terminó, cuando el *Gloriana* superó la tormenta y el cielo del amanecer se llenó de cirros, Roger se dejó caer en su hamaca, demasiado cansado para quitarse la ropa mojada.

Agotado y empapado, con el cuerpo lleno de sal y con ganas de darse un baño caliente y pasar una semana durmiendo, tuvo que responder a la llamada de la tarde para cumplir sus tareas después de sólo cuatro horas de descanso.

Cuando se ponía el sol, estaba tan exhausto que los músculos le temblaban mientras ayudaba a colocar un barril de agua fresca. Rompió la tapa con un hacha, pensando que así conseguiría servir las raciones de agua sin caerse de cabeza en el barril. O tal vez no. Se echó un poco de agua fresca en la cara, con la esperanza de que calmara el ardor de sus ojos, y tomó un buen trago, ignorando por una vez las restricciones impuestas por la constante contradicción del mar: siempre demasiada agua y, a la vez, muy poca.

Las personas que traían sus jarras y cubos parecían sentirse peor que él. Estaban verdes como el moho y amoratados tras haberse tambaleado de un lado a otro en la bodega como bolas de billar, apestando a vómito y bacinillas llenas.

En un marcado contraste con el ambiente general de pálido malestar, uno de sus antiguos conocidos saltaba a su alrededor, cantando una canción monótona que comenzaba a irritarlo.

> *Siete arenques sacian a un salmón,*
> *siete salmones sacian a una foca,*

siete focas sacian a una ballena,
¡y siete ballenas sacian a un Cirein Croin*!*

Una niña, que rebosaba alegría por haber salido de la bodega, corría y saltaba como una loca, haciendo que Roger sonriera
a pesar de su cansancio. La niña se apoyó en la borda de puntillas
mientras observaba con cautela.

—¿Crees que un *Cirein Croin* ha causado la tormenta? El
abuelo dice que es posible. Con sus colas levantan las olas —lo
informó la niña—. Eso es lo que hace que las olas sean tan grandes.

—No se me había ocurrido pensarlo. ¿Dónde están tus hermanitos, *a leannan*?

—Con fiebre —respondió con indiferencia. No era nada extraño; la mitad de los emigrantes tosían y estornudaban. Tres días
en la oscuridad con ropa mojada no habían ayudado a su precario
estado de salud—. ¿Ha visto a algún *Cirein Croin*? —preguntó,
apoyándose en la barandilla y protegiéndose los ojos con una
mano—. ¿Son suficientemente grandes como para comerse el
barco?

—Yo no he visto a ninguno. —Roger dejó el cucharón y la
agarró del cordón del delantal, para que se alejara de la borda—.
Ten cuidado, ¿quieres?

—¡Mira! —gritó, inclinándose aún más pese a que la sujetaba—. ¡Mira, está ahí!

El terror en la voz de la niña hizo que Roger se inclinara de
manera involuntaria para mirar. Una silueta oscura, que medía la
mitad que el barco, apareció en la superficie, suave y negra, elegante como una bala... Durante unos instantes se mantuvo al
lado del navío y luego quedó atrás.

—Un tiburón —dijo Roger, estremeciéndose involuntariamente y calmando a la niña—. Es sólo un tiburón. Sabes lo que
es un tiburón, ¿no? ¡Nos comimos uno la semana pasada!

La niña había dejado de chillar, pero estaba pálida, tenía los
ojos muy abiertos y le temblaba la boca.

—¿Estás seguro? —preguntó—. ¿No era un *Cirein Croin*?

—No —contestó Roger con amabilidad, y le dio agua para
que bebiera—. Es sólo un tiburón.

Era el tiburón más grande que había visto jamás, con un aire
de ferocidad que le erizaba el vello de los antebrazos... pero sólo
era un tiburón. Aparecían alrededor del barco cuando reducían la
velocidad, en busca de los desperdicios y los restos que se lanzaban por la borda.

—¡Isobeàil! —Un grito indignado hizo que la niña regresara para ayudar en las tareas familiares. Arrastrando el paso y poniendo morros, Isobeàil se agachó para ayudar a su madre con los cubos de agua, dejando a Roger sin otra distracción que su trabajo y sus propios pensamientos.

Al menos era una distracción. Durante la mayor parte del tiempo conseguía olvidar que el *Gloriana* no tenía nada debajo excepto agua, que el barco no era la pequeña y sólida isla que parecía, sino un frágil caparazón a merced de fuerzas que podían destruirlo en un momento, lo mismo que a todos los que se encontraban en él.

¿Habría llegado a salvo el *Phillip Alonzo*? Había leído que con mucha frecuencia los barcos se hundían. Y tras sobrevivir durante los últimos tres días, le sorprendía que no se hundieran más. Lo único que podía hacer era rezar: «Por aquellos que se arriesgan en el mar, Señor, ten misericordia.»

De inmediato comprendió lo que el autor de aquella oración había querido decir.

Cuando terminó, dejó caer el cucharón en el barril y alcanzó un tablón para cubrirlo; las ratas solían caerse dentro y ahogarse. Una mujer se le acercó, lo cogió del brazo y le mostró el niño que llevaba en brazos, que estaba pataleando junto al cuello de su madre.

—Señor MacKenzie, ¿querría el capitán frotar los ojos de Gibbie con su anillo? Los tiene inflamados de estar tanto tiempo en la oscuridad.

Roger vaciló y luego se burló de sí mismo. Como el resto de la tripulación, trataba de mantenerse alejado de Bonnet, pero no había razón para negarse a la petición de la mujer; el capitán ya había empleado su anillo de oro como remedio, conocido popularmente, para los problemas en los ojos.

—Sí, claro —dijo, olvidándose de sí mismo por un momento—. Venga. —La mujer parpadeó sorprendida, pero lo siguió. El capitán se hallaba en su puesto de mando, hablando con el primer oficial. Roger le indicó que esperara un momento y ella asintió, encogiéndose modestamente detrás de él.

El capitán parecía tan cansado como los demás, y las líneas de su rostro eran muy profundas. Roger, divertido, pensó que se parecía a Lucifer después de dirigir el infierno durante una semana difícil.

—... ¿daños en las cajas de té? —le preguntaba Bonnet al oficial.

—Sólo dos, pero no están empapadas —contestó Dixon—. Podemos salvar un poco; quizá deshacernos de ellas en Cross Creek.

—Sí, son más quisquillosos en Edenton y en New Bern. Pero allí conseguiremos los mejores precios; nos desharemos de lo que podamos antes de ir a Wilmington.

Estaba hablando con su asistente cuando vio a Roger. Su expresión se endureció, pero se relajó cuando oyó lo que quería. Sin comentarios, frotó el anillo de oro que llevaba en su dedo meñique sobre los ojos cerrados del pequeño Gilbert. Una banda lisa de oro, observó Roger. Parecía un anillo de boda, y por su tamaño podía ser el de la mujer. ¿El formidable Bonnet con un símbolo de amor? Podía ser, supuso Roger; era posible que a algunas mujeres les atrajera el aire de violencia sutil del capitán.

—La criatura está enferma —advirtió Dixon. Señaló las manchas rojas que tenía debajo de las orejas y sus mejillas ardiendo de fiebre.

—No es más que la fiebre de la leche —dijo la mujer, abrazando al niño con un gesto de defensa—. Le están saliendo los dientes.

El capitán asintió con indiferencia y se dio la vuelta. Roger acompañó a la mujer hasta la cocina a buscar un pedacito de bizcocho para que el niño lo masticara y luego la mandó a la bodega con los otros.

No obstante, no eran las encías de Gilbert lo que le preocupaba; mientras subía a cubierta, pensó en la conversación que había oído. El capitán pensaba detenerse en New Bern y en Edenton antes de llegar a Wilmington. Era evidente que no tenía prisa y que buscaba los mejores precios para su carga y sus siervos. ¡Diablos, tardarían semanas en llegar a Wilmington!

No podía ser, pensó Roger. Sólo Dios sabía adónde llegaría o lo que podría pasarle a Brianna hasta entonces. El *Gloriana* había realizado una travesía rápida a pesar de la tormenta; si Dios quería, llegarían a Carolina del Norte en ocho semanas, con la ayuda del viento. No quería sacrificar el valioso tiempo que había ganado para perderlo después en los puertos de Carolina del Norte mientras daban vueltas de camino al sur.

Decidió bajar del *Gloriana* en el primer puerto al que arribaran, para después seguir hacia el sur de la mejor forma que pudiera. Es verdad que había dado su palabra de que permanecería en el barco hasta terminar de descargarlo, pero como no cobraría su salario, resultaría bastante justo.

El aire fresco de la cubierta lo ayudó a espabilarse. No obstante, aún se sentía abotargado y tenía la parte posterior de la garganta áspera a causa del salitre. Cuando todavía le quedaban tres horas más de turno, fue a buscar un poco más de agua, con la esperanza de que le ayudara a mantenerse en pie.

Dixon había dejado al capitán y caminaba entre los pasajeros, saludando a los hombres y deteniéndose a hablar con las mujeres con criaturas. Roger pensó que aquello era bastante extraño. El asistente no era un hombre sociable y mucho menos con los pasajeros, a los que consideraba una carga bastante molesta.

Algo se removió dentro de él por la mención del cargamento, algo incómodo, pero no alcanzaba a reconocerlo. Flotaba en las sombras del agotamiento, oculto a la vista, pero suficientemente cerca como para olerlo. Sí, era eso, tenía que ver con el olor. Pero ¿qué...?

—¡MacKenzie! —Uno de los marineros lo llamaba desde la popa para que ayudara a arreglar las velas desgarradas por la tormenta. Había enormes pilas de lona amontonadas como si se tratara de nieve sucia sobre madera, con las capas superiores hinchadas por el viento.

Roger gruñó y estiró sus músculos doloridos. Estaría tan contento de abandonar el barco que no le importaba lo que pudiera suceder en Carolina del Norte.

Dos noches más tarde, Roger estaba profundamente dormido cuando un grito lo despertó. Corrió por la cubierta con el corazón latiendo con fuerza, antes de que su mente comprendiera que estaba despierto. Se dirigió a la escalera y se detuvo al recibir un golpe en el pecho.

—¡Quédate donde estás, tonto! —gruñó Dixon desde arriba. Podía ver la cabeza del oficial en el cuadrado estrellado de la escotilla.

—¿Qué ocurre? ¿Qué sucede? —Roger sacudió la cabeza para deshacerse de la confusión. Había más gente en la oscuridad, ya que podía sentir los cuerpos que tropezaban mientras él se esforzaba por mantenerse en pie. Sin embargo, el ruido se centraba en la parte superior. Había un estruendo de pisadas en la cubierta y se oían unos gritos terribles.

—¡Asesinos! —gritó una mujer por encima del barullo—. ¡Malvados ase...! —La voz se cortó bruscamente, y un fuerte golpe se oyó en la cubierta de arriba.

—¿Qué sucede? —De nuevo en pie, Roger se abrió camino entre los hombres, gritando a Dixon—. ¡¿Qué pasa?! ¡¿Nos han abordado?! —Sus palabras fueron apagadas por los gritos y gemidos de mujeres y niños, interrumpidos por los aullidos y las maldiciones de los hombres.

Una luz roja brillaba. ¿El barco se incendiaba? Se abrió paso a empujones, se aferró a la escalera y pudo agarrar a Dixon por un pie.

—¡Suéltame! —El pie se liberó dándole una patada en la cabeza—. ¡Quédate quieto! ¿Es que quieres contagiarte de viruela?

—¿Viruela? ¿Qué diablos sucede aquí? —Con los ojos acostumbrados a la oscuridad, Roger le sujetó el pie y se lo torció. Al cogerlo por sorpresa, Dixon se soltó de la escalera y cayó pesadamente sobre Roger y los hombres de abajo.

Roger no hizo caso de los gritos de furia y sorpresa, y subió a cubierta. Había un grupo de hombres amontonados en la escotilla de proa, con faroles que lanzaban haces de luz roja, blanca y amarilla que iluminaban los cuchillos.

Buscó otro barco con los ojos, pero el océano estaba oscuro y vacío. No había piratas, la lucha tenía lugar cerca de la escotilla que se dirigía a la bodega. La mitad de la tripulación se había reunido allí, armada con cuchillos y palos.

¿Un motín?, pensó, y desechó la idea mientras se aproximaba. La cabeza sin sombrero de Bonnet destacaba por encima de las demás, brillando a la luz de los faroles. Roger apartó a golpes a los marineros más bajos que él.

Se oían gritos en la bodega y abajo apareció un destello de luz. Subieron un bulto, que pasaron de mano en mano, y desapareció tras la masa cambiante de extremidades y garrotes. Se oyó un fuerte chapoteo, y después otro.

—¿Qué ocurre? —gritó al oído del contramaestre, que se hallaba junto a la escotilla y llevaba un farol. El hombre se sobresaltó y lo miró con furia.

—No tienes viruela, ¿verdad? —La atención de Hutchinson volvió a centrarse en la escotilla abierta—. ¡Quédate abajo!

—Ya la tuve. ¿Qué es lo que...?

El contramaestre lo miró asombrado.

—¿La tuviste? No tienes picaduras. ¡Bueno, no importa, baja, necesitamos ayuda!

—¿Para qué? —preguntó Roger, inclinándose hacia delante para hacerse oír por encima del ruido.

—¡Viruela! —volvió a gritar el contramaestre. Hizo un gesto hacia la escotilla abierta. Uno de los marineros apareció en lo alto de la escalera con un niño pateando desesperado bajo el brazo. Unas manos tiraban de la espalda del hombre y una voz de mujer aullaba dominada por el terror.

Agarró la camisa del marinero y mientras Roger observaba, comenzó a trepar por el cuerpo del hombre, arrastrándolo hacia atrás mientras ella luchaba por alcanzar al niño, al mismo tiempo que chillaba y arañaba la espalda del marinero, y con sus manos cogía tanto la tela como la carne.

El marinero gruñó y golpeó a la mujer a modo de defensa. La escalera estaba fija, pero el marinero, sujeto con una sola mano y perdiendo el equilibrio, comenzó a balancearse. Su mirada de ira se convirtió en alarma cuando resbaló en el escalón. Roger, como en un acto reflejo, recogió al niño como si se tratara de una pelota de rugby mientras el hombre estiraba los brazos en un esfuerzo por salvarse. El hombre y la mujer, abrazados como amantes, caían por la boca de la escotilla. Se oyeron más gritos y gemidos y, de repente, un instante de silencio. A continuación, volvieron a empezar los gritos y los murmullos a su alrededor.

Roger trató de calmar al niño, intentando que dejara de gimotear con pequeñas palmaditas. Parecía curiosamente débil en sus brazos y, a través de su ropa, pudo advertir cómo ardía a causa de la fiebre. El contramaestre los iluminó y miró al niño con disgusto.

—Espero que hayas pasado la viruela, MacKenzie —dijo.

Era el pequeño Gilbert, el niño con los ojos inflamados. En dos días había cambiado tanto que Roger casi no lo reconocía. Estaba muy delgado y su cara redonda estaba tan demacrada que se le notaban los huesos del cráneo. La piel clara se había convertido en una masa de pústulas supurantes tan abundante que los ojos apenas eran grietas en su cabeza colgante.

Antes de que pudiera reaccionar alguien le arrancó el pequeño cuerpo febril. Cuando se dio cuenta del vacío en sus brazos, se oyó otro chapoteo.

Se volvió hacia la borda en un vano reflejo, con las manos convertidas en puños de sorpresa, pero se giró al oír el nuevo rugido desde la escotilla que tenía detrás.

Los pasajeros se habían recuperado de la sorpresa del ataque. Un grupo de hombres subían por la escalera armados con lo que podían y caían sobre los marineros con enloquecida furia.

Alguien chocó contra Roger e hizo que cayera rodando sobre un costado mientras la pata de un taburete golpeaba la cubierta junto a su cabeza. Trató de levantarse apoyándose con sus manos y rodillas, pero lo patearon en los costados y lo empujaron. Cuando tuvo oportunidad, se lanzó a ciegas a un par de piernas, sin saber si peleaba contra tripulación o pasajeros, y luchando tan sólo por encontrar sitio para levantarse y respirar.

El olor a enfermedad emergió de la bodega; era un olor dulce a putrefacción que ocultaba el hedor habitual de los cuerpos malolientes y las aguas residuales. Los faroles se balanceaban con el viento, y las luces y las sombras recortaban la imagen en pedazos, de manera que se veían una cara de ojos salvajes que gritaba, un brazo levantado y un pie descalzo que se desvanecían en la oscuridad para ser sustituidos de inmediato por codos, cuchillos y rodillas. La cubierta parecía repleta de cuerpos desmembrados.

Era tan grande la confusión que Roger sintió que lo despedazaban. Miró hacia abajo al sentir el brazo entumecido, casi esperando encontrarse la extremidad cortada. No obstante, seguía allí, y la levantó como en un acto reflejo, lanzando un golpe invisible que chocó contra hueso.

Alguien lo agarró del pelo, pero consiguió liberarse mientras golpeaba a otro en las costillas y golpeaba otra vez al aire. Durante un instante se encontró fuera de la pelea, jadeando para recuperar el aliento. Dos figuras estaban agachadas frente a él, en la sombra de la borda; mientras sacudía la cabeza para espabilarse, el más alto se levantó y se lanzó contra él.

Retrocedió ante el impacto mientras agarraba a su atacante. Golpearon el palo del trinquete y cayeron juntos, rodando y agrediéndose a ciegas. Atrapados en el ajetreo del ruido y los golpes, no prestó atención a las palabras sueltas que oía, jadeantes, en su oído.

Entonces le dieron una patada, y después otra. Al liberar a su oponente, dos miembros de la tripulación los soltaron. Alguien agarró al otro hombre y lo puso en pie. A la luz del farol del contramaestre, Roger vio el rostro de uno de sus atacantes: el marido de Morag MacKenzie, alto, rubio y con sus ojos verdes dominados por la furia.

MacKenzie estaba bastante maltrecho. También lo estaba Roger, como descubrió cuando se pasó una mano por el rostro y advirtió que tenía el labio partido, aunque no tenía pústulas.

—Ya es suficiente —dijo Hutchinson, y el hombre fue arrojado escotilla abajo sin ningún tipo de miramiento.

Los compañeros de Roger lo ayudaron a levantarse y luego lo dejaron mareado y tambaleándose mientras terminaban su tarea. La resistencia apenas duró, pues aunque los pasajeros iban armados con la furia de la desesperación, estaban débiles tras seis semanas encerrados en la bodega, con enfermedades y mal alimentados. Los más fuertes fueron golpeados hasta que se rindieron, los más débiles fueron obligados a retroceder, y los enfermos de viruela...

Roger miró por encima de la borda y a la estela de la luna, serena en el agua. Se agarró a la borda y vomitó, pero no pudo echar nada más que bilis, que le quemó la parte posterior de la nariz y la garganta. El agua estaba negra y vacía.

Estremecido por el agotamiento, caminó poco a poco por la cubierta. Los marineros que encontró en su camino permanecían en silencio, pero se oía un único gemido desde la escotilla, un grito interminable sin respiro y sin alivio.

Casi se cayó por la escalera al entrar en los espacios reservados a la tripulación. Llegó hasta su hamaca, ignoró las preguntas de sus compañeros y se cubrió la cabeza con la manta tratando de no oír los gemidos, de no oír nada.

Pero no había olvido en los asfixiantes pliegues de lana y se apartó la manta mientras el corazón le latía con fuerza, con una sensación tan intensa de ahogo que tragó aire una y otra vez hasta que se sintió mareado. Aun así, inspiró hondo, como si tuviera que respirar por quienes no podían hacerlo.

—Es lo mejor, muchacho —le había dicho Hutchinson con compasión mientras al pasar vio cómo vomitaba por encima de la borda—. La viruela se extiende como un incendio, no resistirían hasta llegar a tierra.

¿Era eso mejor que la muerte lenta de las pústulas y la fiebre? No para los que quedaban. Los gemidos seguían atravesando el silencio y penetraban en la madera y los corazones.

Le venían retazos de imágenes a la mente, escenas truncadas captadas por las ráfagas de luz: el rostro congestionado del marinero al caer en la bodega; la boca medio abierta del niño, con el interior lleno de pústulas, y Bonnet de pie en la palestra, con su rostro de ángel caído, observando. Y el agua oscura y hambrienta, vacía bajo la luna.

Algo los golpeó suavemente al deslizarse contra el casco y él se convirtió en una bola temblorosa, ajeno al calor abrasador de la bodega y a la queja somnolienta del hombre que se encontraba junto a él. No, no estaba vacía. Había oído cómo un marinero decía que los tiburones nunca duermen.

—Por Dios —dijo en voz alta—. ¡Dios mío! —Debería estar orando por los muertos, pero no podía.

Se volvió a dar la vuelta, retorciéndose, intentando escapar, y en el eco de la oración inútil encontró el recuerdo... de aquellas palabras frenéticas que le habían rogado al oído durante aquellos momentos de histeria precipitada.

«Por el amor de Dios, hombre —había dicho el hombre rubio—. Por el amor de Dios, ¡deja que se vaya!»

Se enderezó y se quedó rígido, bañado en sudor frío.

Dos figuras en la oscuridad y la escotilla abierta a la bodega a unos seis metros de distancia.

—Por Dios —dijo otra vez, pero esta vez sí que se trataba de una oración.

Al día siguiente, en mitad de la guardia, Roger tuvo la oportunidad de descender a la bodega. No hizo ningún esfuerzo para que no lo vieran. Al observar a sus compañeros había aprendido que, en aquellos lugares, actuar de forma furtiva llamaba más la atención.

Si alguien le preguntaba, diría que había oído un ruido y que creía que podía haber algún problema con la carga. Era una verdad a medias.

Se descolgó por la escotilla. De hecho, si no ponía la escalera, existían menos posibilidades de que lo siguieran. Se dejó caer en la oscuridad y se golpeó con fuerza. Cualquiera que estuviera allí abajo lo habría oído... y por la misma regla de tres, si alguien lo seguía, lo habría advertido.

Después de recuperarse del golpe, comenzó a desplazarse con cuidado entre los bultos oscuros del cargamento apilado. Todo parecía borroso. Pensó que no era sólo la luz tenue; todo en la bodega vibraba un poco a causa del estremecimiento del casco. Si escuchaba con detenimiento, podía oírlo: la nota más baja de la canción de un barco.

Atravesó las hileras estrechas entre las cajas y pasó junto a los toneles de agua. Inspiró. El aire olía a madera mojada y al suave aroma del té. Había susurros y crujidos, muchos ruidos extraños, pero no existía señal alguna de presencia humana. Sin embargo, estaba seguro de que allí había alguien.

«¿Por qué estás aquí, compañero?», pensó. ¿Y si alguno de los pasajeros se había refugiado allí? Si alguien estaba escondido, lo más seguro era que tuviera la viruela. Roger no iba a poder hacer nada. Entonces, ¿por qué molestarse en buscar?

Porque no podía dejar de hacerlo, era la respuesta. No podía reprocharse nada por no haber salvado a los pasajeros con viruela. Nada hubiera podido ayudarlos, y tal vez una muerte rápida había sido lo mejor, en lugar de la lenta agonía que comportaba la enfermedad. Le hubiera gustado poder creerlo.

Pero no había dormido; los sucesos de la noche anterior le producían tal sensación de horror e impotencia que no había podido descansar. Tanto si podía hacer algo como si no, tenía que intentarlo. Debía buscar.

Algo se movió en las sombras de la bodega. Una rata, pensó, y se dio la vuelta para pisarla. El movimiento lo salvó de un objeto que pasó volando cerca de su cabeza y cayó con una salpicadura en el pantoque.

Se agachó y se dirigió hacia el lugar de donde procedía el movimiento, con los hombros encorvados para evitar cualquier posible golpe. No había espacio para correr ni sitio para esconderse. Lo vio otra vez, lo embistió y agarró un trozo de tela. Tiró con fuerza y, en esta ocasión, enganchó carne. Se produjo una rápida refriega en la oscuridad, oyó un grito de alarma y apretó con fuerza un cuerpo contra un mamparo. Era la huesuda muñeca de Morag MacKenzie.

—¿Qué demonios?

Lo pateó tratando de morderlo, pero Roger ni se inmutó. La agarró del cuello, la sacó de las sombras y la arrastró hasta la tenue luz de la escotilla.

—¿Qué diablos estás haciendo aquí?

—¡Nada! ¡Déjame! ¡Déjame, por favor! ¡Te lo suplico, por favor! —Como no tenía fuerzas para luchar, suplicaba en susurros con desesperación; además, es probable que pesara la mitad que él—. ¡Por favor, te lo suplico, no puedo dejar que lo maten, por favor!

—No voy a matar a nadie. ¡Por el amor de Dios, cálmate! —exclamó, y la sacudió un poco.

En las sombras, detrás de la cadena del ancla, una criatura inquieta comenzó a llorar.

La joven jadeó y lo miró enloquecida.

—¡Lo van a oír! ¡Deja que vaya con él! —Estaba tan desesperada que consiguió soltarse y corrió hacia el lugar de donde procedía el sonido, trepando por encima de los enormes eslabones oxidados del ancla, y haciendo caso omiso a la suciedad.

La siguió poco a poco, ya que no podía huir, no tenía adónde ir. Los encontró en un rincón del casco, ocultos en el pequeño espacio que había entre el maderamen y la enorme masa de la cadena del ancla; ella no era más que una mancha más oscura en la negrura estigia.

—No voy a hacerle daño —dijo suavemente. Pareció que la sombra se encogía, pero no respondió.

Sus ojos se fueron acostumbrando a la oscuridad; incluso allí, llegaba un poco de luz de la lejana escotilla. Vio una mancha blanca, que era su pecho; estaba amamantando al niño. Podía oír los ruidos mientras se alimentaba.

—¿Qué diablos haces aquí? —preguntó, aunque lo sabía demasiado bien. Se le hizo un nudo en el estómago, y no sólo por el terrible olor del pantoque. Se arrodilló junto a ella, aunque apenas cabía en el diminuto espacio.

—Estoy escondida —respondió con furia—. ¿No te das cuenta?

—¿El niño está enfermo?

—¡No! —Protegió al bebé y trató de alejarse.

—Entonces...

—¡Es sólo un sarpullido! ¡Todas las criaturas lo tienen, mi madre me lo dijo! —Pudo detectar el miedo en su voz.

—¿Seguro? —preguntó con toda la suavidad que pudo. Estiró una mano hacia la mancha oscura que sostenía.

Morag le pinchó la mano y Roger la retiró con un quejido de dolor.

—¡Maldita seas! ¡Me has herido!

—¡Quédate ahí! Tengo el puñal de mi marido —le advirtió—. ¡No dejaré que me lo quites, te mataré, juro que lo haré!

La creyó. Se llevó la mano a la boca y sintió el sabor de su propia sangre, dulce y salada. No era más que un arañazo, pero la creyó. Lo mataría... o moriría ella, cosa mucho más probable si alguien de la tripulación la encontraba.

Pero no, pensó. Ella valía dinero. Bonnet no la mataría... sólo la arrastraría a la cubierta y la obligaría a mirar mientras le arrancaban al niño de los brazos y lo lanzaban al mar. Recordó las sombras oscuras que rodeaban el barco y se estremeció con un frío que nada tenía que ver con el húmedo entorno.

—No me lo voy a llevar. Pero si es viruela...

—¡No lo es! ¡Juro que no es viruela! —Una pequeña mano salió disparada de las sombras y lo agarró de la manga—. Es un sarpullido de la leche. Lo he visto cientos de veces. ¡Soy la mayor de nueve hermanos y sé cuándo un crío está realmente enfermo y cuándo le están saliendo los dientes!

Roger vaciló y luego, bruscamente, se decidió. Si estaba equivocada y la criatura tenía viruela, ella también estaría infectada y mandarla de vuelta a la bodega propagaría la enfermedad. Y si tenía razón, los dos sabían que aquel sarpullido condenaría a muerte a la criatura.

Podía sentir cómo temblaba, al borde de la histeria. Quería tocarla para tranquilizarla, pero se lo pensó mejor. Ella no confiaba en él, y no era de extrañar.

—No te voy a delatar —susurró Roger.

Le respondió un silencio lleno de sospechas.

—Necesitas comida, ¿no? Y agua fresca. Sin agua te quedarás sin leche muy pronto. Y entonces, ¿qué pasará con la criatura?

Podía oír cómo respiraba con dificultad. Estaba enferma, pero quizá no fuera viruela; todos los pasajeros de la bodega tosían y estornudaban. La humedad había llegado a sus pulmones.

—Quiero verlo.

—¡No! —Los ojos le brillaban de miedo; parecía una rata acorralada y levantaba un poco el labio superior para mostrar sus pequeños dientes blancos.

—Juro que no te lo quitaré, pero necesito verlo.

—¿Por qué lo juras?

Buscó un juramento celta, pero no se le ocurrió ninguno y dijo lo que tenía en la mente.

—Por la vida de mi mujer —dijo— y sobre la cabeza de mis hijos que aún no han nacido.

Pudo sentir la duda y luego cómo se aflojaba la tensión; al relajarse, movió un poco la rodilla que tenía presionada contra su pierna. Oyó un murmullo furtivo en las cadenas que había al lado. Esta vez eran ratas de verdad.

—No puedo dejarlo solo para ir a robar comida. —Vio cómo su cabeza se movía hacia el ruido—. Las ratas se lo comerían vivo. A mí me han mordido mientras dormía.

Estiró los brazos, siempre consciente de los ruidos que provenían de cubierta. No era probable que nadie bajara allí, pero ¿cuánto tiempo pasaría antes de que lo echaran de menos arriba?

Todavía vacilaba, pero al fin se llevó un dedo al pecho y liberó la boca de la criatura. El niño emitió un pequeño ruido de protesta y se retorció un poco cuando se lo entregó.

No cogía niños muy a menudo. El tacto del pequeño bulto sucio era sorprendente: inerte pero vivaz, suave pero firme.

—¡Cuidado con la cabeza!

—Ya la tengo —dijo, sosteniendo la cabecita con una mano. Dio unos pasos para poner al niño ante la tenue luz.

Las mejillas estaban llenas de pústulas rojizas con puntas blancas que parecían de viruela. Roger sintió un asco instantáneo en las palmas de sus manos. Inmune o no, hacía falta valor para tocar algo contagioso y no impresionarse.

Examinó al niño y, con cuidado, le retiró la ropa, ignorando la protesta de la madre. Deslizó una mano bajo su faldón, sintiendo primero el paño húmedo que tenía entre las piernas regordetas y después la piel suave del pecho y el estómago.

La criatura no parecía enferma; sus ojos estaban claros, y aunque tenía fiebre, no era el calor que sintió la noche anterior en el cuerpo del otro niño. El bebé gemía y se movía, pero sus patadas eran firmes, no los débiles espasmos de un moribundo.

«Los pequeños mueren con rapidez —había dicho Claire—. No sabes a qué velocidad se extiende la enfermedad cuando no tienes nada con qué combatirla.» Después de la noche anterior, él tenía una ligera idea.

—Muy bien —susurró finalmente—. Creo que tal vez tengas razón.

A pesar de que tenía la daga preparada, él sintió, más que verlo, que ella relajaba el brazo... Le devolvió al niño con una mezcla de alivio y disgusto, y la aterradora noción de la responsabilidad que había aceptado.

Morag acurrucaba al bebé y lo acunaba en su pecho mientras lo envolvía otra vez.

—Dulce Jemmy, ¡qué niño más bueno! Calla, pequeño, calla. Todo estará bien; mamá está aquí.

—¿Cuánto tiempo? —susurró Roger cogiéndola del brazo—. ¿Cuánto tiempo dura el sarpullido de la leche?

—Cuatro días o tal vez cinco —respondió—. Pero si es diferente, puede durar sólo dos. Entonces, todos se darán cuenta de que no es viruela y podré salir.

Dos días. Si era viruela, el niño moriría en dos días. Pero si no, él podría arreglarse. Y ella también tendría que hacerlo.

—¿Puedes mantenerte despierta todo ese tiempo? Las ratas...

—Sí, puedo —dijo con ferocidad—. Puedo hacer lo que tengo que hacer. ¿Me ayudarás?

Él inspiró profundamente, ignorando el hedor.

—Sí, lo haré. —Se puso en pie, le dio la mano y tras un instante de duda se la estrechó para levantarla. Era pequeña, apenas le llegaba al hombro, y su mano era del tamaño de la de un niño. En las sombras, parecía una niña acunando a su muñeca—. ¿Cuántos años tienes? —preguntó súbitamente Roger.

Él captó un brillo sorprendido en sus ojos y el destello de sus dientes.

—Ayer tenía veintidós años —respondió con sequedad—. Hoy tal vez tenga cien.

La pequeña mano se liberó de la de Roger y se retiró a la oscuridad.

39

Un hombre jugador

La bruma se acumuló durante la noche. Al amanecer, el barco parecía que estuviera navegando dentro de una nube tan espesa que desde la borda no podía verse el mar, y sólo por los crujidos del casco sabían que flotaban sobre el agua y no sobre el aire.

No había sol y soplaba poco viento. Las velas estaban fláccidas y se estremecían de vez en cuando con la brisa. Agobiados por la penumbra, los hombres recorrían la cubierta como si fueran fantasmas, y aparecían de la oscuridad de forma tan repentina que se sorprendían los unos a los otros.

Aquella situación beneficiaba a Roger; podía andar por el barco casi sin ser visto y deslizarse por la escotilla con la escasa cantidad de alimentos que reservaba de su comida y ocultaba dentro de su camisa.

La niebla había llegado también a la bodega; nubes blancas y pegajosas le tocaban la cara, flotando entre los toneles de agua y merodeando junto a sus pies. Estaba muy oscuro y había pasado de una penumbra dorada a la negrura de la madera fría y húmeda.

El bebé estaba dormido. Roger sólo vio la curva de la mejilla cubierta de pústulas rojas. Parecían inflamadas. Morag captó su mirada de duda y no dijo nada, pero le cogió la mano y la colocó en el cuello del pequeño.

El pulso latía fuerte bajo su dedo y la piel estaba caliente y húmeda. Eso le dio confianza y sonrió a la joven madre, quien le respondió con apenas un destello de sonrisa.

Un mes de viaje había hecho que adelgazara, y los últimos dos días habían grabado en su rostro las líneas permanentes del temor. Su cabello caía sin vida alrededor de su cara, sucio, grasiento y lleno de piojos. En sus ojos se veía el agotamiento, y olía a orina, a heces, a leche agria y a sudor.

Sus labios estaban tan pálidos como el resto de la cara. Roger la cogió de los hombros y la besó en la boca.

Al llegar a lo alto de la escalera se dio la vuelta y la miró. Seguía allí, mirándolo con la criatura en brazos.

La cubierta estaba silenciosa, excepto por los murmullos del timonel y el contramaestre, que eran invisibles junto al timón. Roger colocó la tapa de la escotilla de nuevo en su lugar mientras que la velocidad de los latidos de su corazón disminuía. El tacto de ella aún le calentaba las manos. Dos días. Quizá tres. Tal vez podrían lograrlo; al menos Roger estaba convencido de que tenía razón y el niño no tenía viruela. Nadie tenía necesidad de bajar a la bodega, ya que habían subido un barril de agua fresca el día anterior. Él la seguiría alimentando, si es que ella conseguía seguir despierta... El golpe de la campana del barco penetró en la neblina como un recordatorio del tiempo que ya parecía que no existiera, pues no había ningún cambio en la luz que marcara su paso.

Mientras Roger cruzaba la popa oyó un ruido, un golpe repentino muy cercano. A continuación, el barco tembló un poco bajo sus pies, cuando algo enorme lo rozó.

—¡Ballena! —llegó el grito desde arriba. Podía ver dos hombres junto al palo mayor, tenuemente delineados en la niebla. Se quedaron helados al oír el grito, y se dio cuenta de que él también estaba rígido, escuchando.

Hubo otro movimiento cerca, y otro más lejano. La tripulación del *Gloriana* quedó en silencio. Todos los hombres eran conscientes de las grandes exhalaciones, lo que señalaba un mapa invisible sobre el cual el barco flotaba entre bancos móviles, entre montañas de carne silenciosa e inteligente.

¿Cuán grande sería?, se preguntó Roger. ¿Suficientemente grande como para dañar el barco? Se esforzó por mirar, tratando, sin éxito, de ver a través de la niebla.

Se volvió a sentir un golpe tan fuerte como para que la borda se moviera, seguido de un prolongado chirrido que hizo que la madera se estremeciera. Abajo, se oyeron gritos ahogados de terror. Estaría justo al lado de la tercera clase, con poco más que los tablones del casco entre ellos y una ruptura... Un golpe súbito y el aterrador influjo del mar. Los tablones de roble de siete centímetros no parecían más sólidos que los pañuelos de papel frente a las grandes bestias que flotaban junto a ellos, respirando invisibles en la niebla.

—Percebes —dijo una voz detrás de él entre la niebla con un suave acento irlandés. Muy a su pesar, Roger dio un salto y unos dientes se materializaron en una sombra que resultó ser Bonnet. El capitán fumaba un cigarro que iluminaba sus facciones, disolutas bajo la luz roja. Volvió a sentirse un estremecimiento entre las tablas—. Se rascan para librarse de los parásitos —explicó Bonnet con un tono informal—. Para las ballenas no somos más que una piedra flotante. —Inhaló profundamente para prender el cigarro y exhaló un fragante humo mientras lanzaba el papel ardiendo por la borda. Se desvaneció en la niebla como si se tratara de una estrella fugaz.

Roger dejó escapar un suspiro algo menos ruidoso que los de las ballenas. ¿Había estado cerca Bonnet? ¿Había visto cómo salía de la bodega?

—¿No dañarán el barco? —preguntó, usando el mismo tono despreocupado del capitán.

Bonnet fumó en silencio durante un instante, concentrándose en inhalar. Sin la luz de la llama, volvía a ser una sombra, tan sólo iluminada por el resplandor de la punta.

—Nunca se sabe —dijo mientras exhalaba el humo del cigarro entre los dientes—. Cualquiera de esos animales podría hundirnos si tuviera maldad. En una ocasión vi un barco, o lo que quedó de él, destrozado por una ballena enfadada. Quedó un poco de madera y espuma flotando... todos se hundieron, doscientas almas.

—No parece preocupado por la posibilidad de que ocurra eso.

Se oyó una exhalación como un eco de los suspiros de las ballenas mientras Bonnet dejaba escapar el humo entre sus labios.

—Sería un desperdicio de fuerzas que me preocupara por eso. El sabio deja en manos de los dioses las cosas que están más allá de su poder y reza para que Danu esté con él. —El capitán volvió la cabeza hacia él—. ¿Conoces a Danu, MacKenzie?

—¿Danu? —preguntó Roger estúpidamente, y de repente recordó una vieja canción de su niñez, algo que la señora Graham le había enseñado—. Ven a mí, Danu, cambia mi suerte. Vuélveme audaz. Dame riqueza y amor.

Oyó un gruñido divertido detrás del cigarro.

—Y ni siquiera eres irlandés. Pero me di cuenta desde el principio de que eras un hombre instruido, MacKenzie.

—Conozco a Danu, la que da suerte —respondió Roger, confiando contra toda esperanza en que la diosa celta fuera una buena marinera y estuviera a su lado. Dio un paso atrás con la intención de marcharse, pero una mano le agarró la muñeca con fuerza.

—Hombre instruido —repitió Bonnet suavemente, sin ligereza en su voz—, pero no sabio. ¿Eres un hombre de oración, MacKenzie?

Roger se puso tenso, pero Bonnet lo tenía cogido por la muñeca y no lo soltaba. Sus extremidades reunieron fuerza, ya que su cuerpo sabía antes que él que la lucha había llegado.

—Dije que un hombre sabio no se preocupa por las cosas que están más allá de su poder. Pero en este barco, MacKenzie, todo está en mi poder. —Lo apretó con más fuerza—. Y todos.

Roger consiguió soltarse. Se quedó de pie, sabiendo que no había posibilidad de ayuda ni huida. No había nada más allá del barco y, dentro de él, Bonnet tenía razón: todos estaban en manos del capitán. Que él muriera no ayudaría a Morag, pero la decisión estaba tomada.

—¿Por qué? —preguntó Bonnet, con relativo interés—. La mujer no es tan guapa. Y un hombre instruido no arriesgaría mi barco y mi suerte sólo por un cuerpo caliente.

—No hay riesgo. —Las palabras sonaron roncas a través de su garganta áspera. «Ven a mí», pensó, y tensó las manos en los costados. «Ven a mí, y dame la oportunidad de llevarte conmigo»—. El niño no tiene viruela, es sólo un sarpullido.

—Disculpa que ponga mi ignorante opinión por encima de la tuya, MacKenzie, pero aquí soy el capitán. —La voz seguía siendo suave, pero el rencor era evidente.

—¡Es una criatura!

—Lo es, y sin ningún valor.

—¡Sin valor para un capitán, en todo caso!

Se hizo un momento de silencio, tan sólo interrumpido por un ruido distante en el vacío.

—¿Y qué valor puede tener? —preguntó implacable—. ¿Por qué?

«Por un cuerpo caliente.» Sí, por eso. Por un tacto de humanidad, por el recuerdo de la ternura, por el sentimiento de la vida terca frente a la muerte.

—Por piedad —respondió—. Ella es pobre y no hay nadie que la ayude.

Le llegó el intenso aroma del tabaco, narcótico, hechizante. Lo inhaló, tomando fuerzas de él.

Bonnet se movió y Roger también lo hizo mientras se preparaba. No obstante, no hubo ningún golpe; la sombra metió la mano en un bolsillo y sacó una mano fantasmal en la que captó un destello con la difusa luz del farol. El capitán había sacado un puñado de monedas y lo que podía ser el reflejo de una joya, eligió un chelín de plata y guardó el resto.

—Ah, piedad —dijo—. ¿Dirías que eres jugador, MacKenzie?

Arrojó la moneda y Roger, por reflejo, la atrapó.

—Por la vida del lactante, entonces —dijo Bonnet con tono de diversión—. Podríamos llamarla una apuesta entre caballeros. Cara, vive; cruz, muere.

La moneda estaba tibia y sólida, y resultaba extraña en aquel ambiente frío. Tenía las manos pegajosas debido al sudor y, sin embargo, su mente estaba fría y despierta, concentrada.

«Cara, vive; cruz, muere», pensó con calma, y no se refería al niño que estaba abajo. Tomó nota del cuello y la entrepierna del otro hombre; lo agarraría y embestiría, lo golpearía y lo arrojaría... la borda y el reino vacío de las ballenas se encontraban a apenas treinta centímetros de distancia.

No había lugar para el miedo. Arrojó la moneda y vio cómo caía sobre la cubierta, como si otra mano la hubiera lanzado. Sus músculos se contrajeron.

—Parece que Danu está de tu lado esta noche —dijo la suave voz de acento irlandés mientras recogía la moneda; parecía muy lejana.

Comenzó a darse cuenta de lo sucedido cuando el capitán lo cogió de los hombros e hizo que diera media vuelta.

—Camina conmigo un rato, MacKenzie.

Algo les ocurría a sus rodillas; sentía como si se fuera a hundir con cada paso y, aun así, seguía derecho, manteniendo el paso de la sombra. El barco estaba en silencio y la cubierta bajo sus pies parecía lejana, pero el mar, más allá, era algo vivo que respiraba. Sentía que la respiración de sus propios pulmones subía y bajaba con la cubierta, y tenía la impresión de que su cuerpo no tenía límites. Era incapaz de distinguir si lo que había bajo sus pies era madera o agua.

Tardó en encontrar sentido a las palabras de Bonnet. Cuando lo hizo, se dio cuenta, con una vaga sensación de asombro, de que le estaba narrando la historia de su vida de una forma directa y práctica.

Huérfano a muy temprana edad en Sligo, había aprendido con rapidez a cuidarse trabajando como grumete en barcos mercantes. Pero un invierno en que faltaron barcos encontró trabajo en Inverness, cavando los cimientos para una gran casa que iban a edificar cerca del pueblo.

—Yo tenía sólo diecisiete años —dijo—. Era el más joven del grupo de trabajadores. No sé por qué me odiaban. Eran unos desgraciados. Tal vez se debía a mi forma de ser, ya que era bastante rudo, o porque sentían celos de mi fuerza y tamaño. O porque las muchachas me sonreían. O quizá sólo porque era extranjero. Sabía que no era muy popular entre ellos, pero no lo supe bien hasta el día en que terminamos el sótano y estábamos preparándonos para hacer los cimientos.

Bonnet hizo una pausa y dio una calada a su cigarro, ya que temía que se apagara. Dejó salir nubes de humo de las comisuras de sus labios, hilos blancos que pasaban junto a su cabeza y se unían a la niebla.

—Estaban cavados los fosos —siguió, con el cigarro entre los dientes—, levantadas las paredes, y la gran piedra angular, lista. Yo había ido a buscar mi comida y, cuando regresé al lugar donde dormía, me detuvieron unos muchachos que trabajaban conmigo. Tenían una botella, se sentaron en una pared y me invitaron a beber. Tendría que haber desconfiado, porque nunca habían sido amables conmigo, pero bebí y bebí, y al poco tiempo estaba totalmente borracho por mi falta de costumbre, ya que nunca tenía dinero para tomar licores fuertes. Cuando oscureció, apenas era consciente de que me habían agarrado de los brazos y me arrastraban por el camino. Para mi sorpresa, me levantaron y me tiraron al sótano que había ayudado a construir. Todos los obreros estaban allí. También había otro hombre con ellos; uno de ellos sostenía el farol y, cuando lo levantó, vi que era Joey *el Tonto*, que no era del grupo, sino un mendigo que vivía debajo del puente, no tenía dientes y comía pescado podrido y basura del río. Apestaba. Estaba tan mareado por el whisky y la caída que apenas podía oír lo que decían, aunque me pareció que discutían. El jefe del grupo estaba enfadado con los dos que me habían llevado hasta allí. «El tonto servirá —decía—, y le hacemos un favor.» Pero los otros decían que no, que yo era mejor. Alguien podía echar de menos al mendigo. Otro rió y comentó que no tendrían que pagar mi salario. Entonces me di cuenta de que querían matarme.

»Habían hablado antes mientras trabajábamos. Un sacrificio, decían, para los cimientos, para que la tierra no tiemble y se derrumben las paredes. Pero no había prestado atención. De haberlo hecho hubiera creído que iban a enterrar a un pollo, que era lo habitual.

Mientras hablaba no miraba a Roger. Tenía los ojos clavados en la niebla como si lo que describía estuviera teniendo lugar otra vez en aquella cortina espesa. Roger tenía la ropa empapada de sudor frío y niebla, y le dolía el estómago. El hedor de tercera clase podía haber sido el de Joey *el Tonto* en el sótano.

—Siguieron discutiendo —continuó Bonnet— y el mendigo comenzó a hacer ruidos porque quería que le dieran más bebida. Hasta que el jefe dijo que no hablarían más y arrojó una moneda al aire. Sacó una moneda del bolsillo y, riendo, me preguntó: «¿Quieres cara o cruz?»

»Yo estaba demasiado borracho para hablar; el cielo estaba negro y daba vueltas, y yo seguía captando destellos de luz como estrellas fugaces. Así que él decidió por mí; cara, viviría; cruz, moriría. Lanzó el chelín al aire y cayó en el suelo junto a mí. Yo no tuve fuerzas para darme la vuelta y mirar. Se inclinó para mirar y gruñó; luego se enderezó y me ignoró. —Habían llegado a la popa en su tranquilo paseo. Bonnet se detuvo y puso las manos sobre la borda, fumando en silencio. Se sacó el cigarro de la boca—. Entonces llevaron al tonto a la pared e hicieron que se sentara en el suelo. Todavía recuerdo su cara sonriente —dijo en voz baja—. Tomó un trago y rió con ellos, con su boca abierta, floja y mojada como el coño de una puta vieja. Un momento después la piedra cayó y le aplastó la cabeza. —Gotas de humedad comenzaron a condensarse en el vello de la nuca de Roger; podía sentir cómo caían, una a una, formando un hilillo frío por su espalda—. A mí me pusieron boca abajo y me golpearon —continuó Bonnet en tono informal—. Cuando me desperté estaba en el fondo de un barco de pesca. El pescador me dejó en la costa, cerca de Peterhead, y me aconsejó que buscara un barco. Me dijo que yo no estaba hecho para la vida en tierra firme.

Sacudió el cigarro para que cayera la ceniza.

—Cuando miré tenía el chelín en el bolsillo. Eran hombres honrados.

Roger se inclinó sobre la borda, aferrándose a la única cosa sólida en un mundo de nieblas.

—¿Y regresó a tierra? —preguntó, oyendo su propia voz tranquila, como si perteneciera a otra persona.

—Quieres decir si los busqué. —Bonnet se volvió y se apoyó en la borda de cara a Roger—. Sí, sí. Años más tarde. Uno por uno los encontré a todos. —Abrió la mano en la que tenía la moneda y la sostuvo pensativo frente a él, inclinándola de un lado a otro, de manera que la plata brillaba a la luz del farol.

—Cara, vives; cruz, mueres. Una posibilidad justa, ¿no te parece, MacKenzie?

—¿Para ellos?

—Para ti.

La voz con acento irlandés era tan inexpresiva que podría haber estado hablando sobre el tiempo.

Como en un sueño, Roger sintió el peso del chelín en su mano. Oía el susurro del agua en el casco, los resoplidos de las ballenas y la respiración de Bonnet al dar una calada a su cigarro. Siete ballenas sacian a un *Cirein Croin*.

—Una posibilidad justa —dijo Bonnet—. La suerte te ha acompañado antes, MacKenzie. Veamos si Danu te ayuda otra vez... o devora tu alma.

La niebla se había cerrado sobre la cubierta. No se veía nada, excepto la punta del cigarro de Bonnet, que ardía en la niebla. Puede que el hombre fuera un demonio, con un ojo cerrado a la miseria humana y un ojo abierto a la oscuridad. Y Roger en ese momento se encontraba entre el diablo y el profundo mar azul, con su destino en la palma de su mano.

—Es mi vida, tiraré yo —contestó Roger, sorprendido al oír su propia voz tan tranquila y segura—. Cruz, elijo cruz. —Lanzó y la agarró, posando una mano sobre la otra y atrapando la moneda y su sentencia desconocida.

Cerró los ojos y pensó una vez más en Brianna. «Lo siento», dijo en silencio y levantó la mano. Sintió un aliento cálido sobre su piel, y después una punzada fría en el punto de la mano donde estaba la moneda. No abrió los ojos, ni se movió. Pero notó que Bonnet retiraba la moneda.

Tardó un rato en darse cuenta de que estaba solo.

NOVENA PARTE

Apasionadamente

40

Sacrificio virginal

Wilmington, colonia de Carolina del Norte
1 de septiembre de 1769

Tuviera lo que tuviese, era el tercer ataque de Lizzie. Pareció que se recuperaba después del primer acceso de fiebre y, tras un día de descanso, insistió en que estaba en condiciones de continuar el viaje. Pero no hicieron más que cabalgar durante un día hacia el norte de Charleston cuando la fiebre volvió de nuevo. Brianna había atado los caballos y habían acampado cerca de un arroyo. Durante la noche buscó agua en la orilla del río para dar de beber a Lizzie y lavar su cuerpo ardiente. No le daban miedo los bosques oscuros ni los animales que merodeaban, pero la idea de que Lizzie muriera allí, a kilómetros de cualquier tipo de ayuda, la aterrorizaba lo suficiente como para hacer que deseara regresar a Charleston en cuanto la chiquilla pudiera montar en un caballo.

Por la mañana, la fiebre había desaparecido y, aunque Lizzie estaba débil y pálida, podía volver a montar. Brianna vaciló, pero por último decidió que era mejor avanzar hacia Wilmington que retroceder. Ahora era urgente encontrar a su madre, tanto por ella como por la salud de la propia Lizzie.

Durante la mayor parte de su vida, Brianna había tenido que permanecer en la última fila de las fotografías de clase por su tamaño, pero a medida que crecía, había comenzado a ser consciente de las ventajas de la altura y la fuerza. Y cuanto más tiempo permanecía en aquel miserable lugar, más ventajosas le parecían.

Se apoyó en el armazón de la cama mientras sacaba la bacinilla de debajo de las nalgas blancas y frágiles de Lizzie con la otra mano. Lizzie estaba muy delgada pero, sorprendentemente, pesaba bastante y, medio inconsciente, gemía y se retorcía inquieta, hasta que, de repente, comenzó a convulsionarse.

Los temblores comenzaban a disminuir, aunque Lizzie aún apretaba los dientes con suficiente fuerza como para hacer que los huesos de sus mandíbulas sobresalieran bajo su piel.

La joven se estremecía y Brianna pensó, una vez más, que era malaria. Debía de serlo, para volver a estar así una y otra vez. Al llegar a la costa en el *Phillip Alonzo*, los mosquitos no las habían dejado en paz y la muchacha tenía marcas rosa de picaduras en el cuello. Habían desembarcado muy al sur y habían estado durante tres semanas deambulando por las aguas poco profundas de la costa hasta Charleston, con la molestia incesante de los mosquitos.

—Toma. ¿Te sientes un poco mejor?

Lizzie asintió débilmente e intentó sonreír, pero se asemejaba a un ratoncillo blanco que hubiera comido veneno.

—Agua, cariño. Bebe un poco. —Brianna sostuvo la jarra junto a la boca de Lizzie, para convencerla de que tenía que beber. Tuvo una extraña sensación de *déjà vu*, y se dio cuenta de que su propia voz era un eco de la de su madre, tanto en las palabras como en el tono. El hecho de que fuera consciente de ello le resultó reconfortante, como si, de alguna manera, su madre se encontrara detrás de ella, como si hablara a través de ella.

No obstante, si fuera su madre, lo siguiente hubiera sido ofrecerle una aspirina con sabor a naranja, una diminuta píldora para chupar y saborear, lo mismo un dulce que un medicamento que hacía que los dolores y la fiebre remitieran en cuanto la dulce píldora comenzara a disolverse en su lengua. Brianna miró de manera sombría sus alforjas, que se hallaban en una esquina. No tenía aspirinas. Jenny le había dado un fardo con lo que ella llamaba «lo básico», pero la manzanilla y la menta hacían que vomitara.

Necesitaba quinina, pero no tenía ni idea de cómo la denominaban allí, ni cómo la administraban. La malaria era una enfermedad antigua y la quinina provenía de las plantas, así que estaba convencida de que algún médico podría ayudarla.

Sólo la esperanza de encontrar ayuda médica la había impulsado a seguir durante el segundo episodio de Lizzie. Como temía que tuvieran que detenerse otra vez, había colocado a Lizzie delante de ella, acunando el cuerpo de la muchacha con el de ella misma mientras cabalgaban y guiando al caballo de Lizzie. Ésta o tenía muchísimo calor o temblaba de frío, y ambas habían llegado agotadas a Wilmington.

Pero estaban allí y todavía no había encontrado la ayuda que buscaba. Bree lanzó una mirada a la mesilla de noche con los labios apretados. Allí estaba el paño enrollado, manchado de sangre.

La mujer de la posada envió a alguien para que buscara al boticario en cuanto vio a Lizzie. Pese a lo que su madre había dicho sobre el estado primitivo de la medicina y sus practicantes, Brianna sintió un súbito alivio al ver a un joven bien vestido y con las manos razonablemente limpias. No importaba el conocimiento médico que tuviera, lo más probable era que supiera tanto como ella sobre fiebres. Más importante aún, sentía que no estaba sola a la hora de cuidar de Lizzie.

Por educación, permaneció fuera mientras el médico bajaba la sábana y examinaba a la muchacha, pero al oír un grito de angustia abrió la puerta y vio al joven boticario con una lanceta en la mano y a Lizzie con el rostro del color de la tiza y un corte en la curva del codo.

—¡Esto es para drenar los humores, señorita! —explicó el boticario, tratando de protegerse tanto a sí mismo como el cuerpo de su paciente—. ¿No comprende? ¡Hay que drenar los humores! ¡Si no lo hago, la bilis intoxicará todos sus órganos y su cuerpo, y será muy perjudicial para ella!

—Si no sales ahora mismo yo sé quién será el perjudicado —dijo Brianna, apretando los dientes—. ¡Fuera de aquí!

El fervor médico fue sustituido por la autoconservación, y el joven tomó su maletín y se marchó con toda la dignidad que pudo conservar, deteniéndose al pie de las escaleras para gritarle terribles advertencias, palabras que seguían resonando en sus oídos en sus trayectos a la cocina para llenar la palangana. La mayoría de las palabras del boticario eran fruto de la simple ignorancia (vociferaba sobre humores y mala sangre), pero la incomodaban.

—¡Si no me haces caso condenarás a tu sirvienta! —gritó, indignado, volviendo la cabeza desde la oscuridad de la escalera—. ¡No sabes cómo cuidarla!

Era verdad, ni siquiera sabía cuál era la enfermedad de Lizzie. El boticario había hablado de «fiebres» y la posadera de «aclimatación». Era común que los emigrantes enfermaran al estar expuestos a nuevos gérmenes. La mujer había añadido que esos emigrantes no solían sobrevivir a la aclimatación.

La palangana se inclinó, salpicándole agua caliente en las muñecas. Agua era lo único que tenía. No sabía si el pozo tras la posada estaba limpio o no, así que hacía que la hirvieran y dejaba que se enfriara, aunque precisara más tiempo.

Había agua fría en la jarra. Dejó caer un poco en los labios resecos de Lizzie y la volvió a acostar. Le lavó la cara y el cuello, le retiró la manta y le empapó el camisón otra vez, haciendo que los diminutos pezones se transparentaran como pequeños puntos rosa.

Con los ojos entornados, la joven le dirigió una sonrisa que pareció un suspiro y se quedó dormida, relajada como una muñeca de trapo.

Brianna sentía como si a ella le hubieran quitado su propio relleno. Se dejó caer en una banqueta que había debajo de la ventana, apoyándose en el alféizar en un vano intento de respirar aire fresco. En el camino desde Charleston la atmósfera había sido pesada y las envolvía como una gruesa manta; no era de extrañar que Lizzie hubiera enfermado.

Inquieta, se rascó una picadura que tenía en el muslo; los insectos no le picaban tanto como a Lizzie, pero también tenía algunas picaduras. La malaria no era un peligro; estaba vacunada de esa enfermedad, igual que para el tifus, el cólera y todo lo que se le ocurrió. Pero no existía ninguna vacuna para el dengue u otras tantas enfermedades que se encontraban en el lugar como si se tratara de espíritus malévolos. ¿Cuántas se transmitían por la picadura de mosquitos?

Brianna cerró los ojos y apoyó la cabeza en el marco de madera mientras se secaba los hilillos de sudor que descendían por el pecho junto a los pliegues de la camisa. No podía olerse, ¿cuánto tiempo llevaba con aquella ropa? No importaba; había estado despierta la mayor parte de los últimos dos días con sus noches, y estaba demasiado cansada para desnudarse, y mucho menos lavarse.

La fiebre de Lizzie parecía que había desaparecido... pero ¿durante cuánto tiempo? Si continuaba, era muy probable que acabara con la joven; ésta había perdido todo el peso que había ganado durante el viaje y su piel había adquirido un color amarillento.

No iba a encontrar ayuda en Wilmington. Brianna se enderezó y se estiró, y sintió que los huesos volvían a su lugar. Cansada o no, sólo podía hacer una cosa. Tenía que encontrar a su madre con la mayor celeridad posible. Debía vender los caballos y buscar un bote que las llevara río arriba. Aunque volviera la fiebre, cuidaría mejor a Lizzie en una embarcación que en aquel cuarto caliente y sucio, y mientras tanto se aproximarían a su destino.

Se levantó, se lavó la cara y se apartó el pelo mojado por el sudor de la cara. Se quitó los pantalones mientras hacía planes para el viaje.

Un barco por el río. Seguro que en el río no haría tanto calor y podrían descansar de los caballos. Le dolían los músculos después de cuatro días sobre la montura. Navegarían hasta Cross Creek, donde se encontrarían con Yocasta MacKenzie.

—Tía —murmuró, balanceándose un poco mientras estiraba la mano hacia la lámpara de aceite—. Tía abuela Yocasta. —Se imaginaba a una bondadosa anciana de cabellos blancos, que la recibiría con la misma alegría que encontró en Lallybroch. Una familia. Estaría bien tener una familia otra vez. Roger apareció en sus pensamientos, como sucedía a menudo. Lo alejó de su mente con determinación; ya tendría tiempo de pensar en él cuando terminara su misión.

Una pequeña nube de mosquitos planeaba sobre la llama, y la pared de al lado estaba llena de polillas y crisopas que se tomaban un respiro en su caza. Apagó la llama, que estaba un poco más caliente que el aire de la habitación, y se quitó la camisa en la oscuridad.

Yocasta sabría exactamente dónde estaban Jamie Fraser y su madre y la ayudaría a encontrarlos. Por primera vez desde que cruzó las piedras, pensó en Jamie Fraser sin curiosidad ni inquietud. Lo único que importaba era encontrar a su madre. Ella se ocuparía de Lizzie, como sabía hacer con todo.

Tiró una manta en el suelo y se acostó sobre ella desnuda. Se quedó dormida de inmediato y soñó con montañas y con nieve blanca y limpia.

A la tarde siguiente las cosas habían mejorado. La fiebre había desaparecido otra vez, de manera que Lizzie estaba débil pero tenía la cabeza despejada y el cuerpo tan frío como lo permitía el clima. Recuperada después de una noche de descanso, Brianna se había lavado el cabello y el cuerpo con una esponja. Se puso los calzones y una casaca y, después de pagarle a la posadera para que cuidara de Lizzie, se marchó para ocuparse de sus asuntos.

Le llevó casi todo el día (teniendo que soportar las bocas abiertas y las miradas de incredulidad, cuando los hombres se daban cuenta de que era una mujer) vender los caballos por lo que ella creía que era un precio decente. Le hablaron de un hombre llamado Viorst que llevaba pasajeros de Wilmington a Cross Creek en su canoa. Pero no pudo encontrarlo antes del atardecer, y no tenía intención de pasearse por los muelles al anochecer, con o sin calzones. Tendría tiempo suficiente por la mañana.

Cuando regresó a la posada, a la caída del sol, encontró a Lizzie comiendo, lo que le resultó muy esperanzador. La posadera la estaba mimando y le daba bocados de pudin de maíz y estofado de pollo.

—¡Estás mejor! —exclamó Brianna.

Lizzie asintió mientras tragaba.

—Estoy bien, y la señora Smoots ha sido muy amable al
dejarme lavar todas nuestras cosas. ¡Sienta tan bien sentirse limpia otra vez! —dijo con fervor, poniendo una mano pálida sobre
su pañuelo, que parecía recién planchado.

—No deberías lavar y planchar todavía —intervino Brianna,
sentándose a su lado—. Puedes cansarte y volver a recaer.

Lizzie la miró con una sonrisa.

—Bueno, no creo que le gustase encontrarse con su padre
llevando la ropa sucia. Aunque un vestido sucio sería mejor que
lo que lleva. —Los ojos de la pequeña sirvienta lanzaron una
mirada reprobadora a los pantalones de Brianna; no aprobaba el
gusto de su señora por las prendas masculinas.

—¿Encontrar a mi padre? ¿Te has enterado de algo, Lizzie?
—La invadió un rayo de esperanza.

Lizzie tenía una expresión petulante.

—Sí, cuando estaba lavando. Mi padre decía que la virtud
trae consigo un premio.

—Estoy segura de eso —respondió Brianna secamente—.
¿Qué es lo que has averiguado y cómo?

—Bueno, estaba tendiendo sus enaguas, las bonitas, las de
la cinta...

Brianna levantó un jarro con leche y lo agitó de manera amenazadora sobre la cabeza de Lizzie. La muchacha se apartó entre
risas nerviosas.

—¡Está bien! ¡Se lo cuento! ¡Se lo cuento!

Mientras lavaba, uno de los patrones salió al patio a fumar su
pipa, ya que hacía buen día, y comenzó a conversar con Lizzie
sobre sus habilidades domésticas. Entonces se enteró de que el
caballero, llamado Andrew MacNeill, no sólo había oído hablar
de James Fraser, sino que también lo conocía.

—¿Lo conoce? ¿Qué te ha dicho? ¿Está todavía aquí ese Mac
Neill?

Lizzie levantó una mano para que la dejara continuar.

—Voy lo más rápido que puedo. No, no está aquí. He tratado
de hacer que se quedara, pero debía marcharse a New Bern en
barco y no podía esperar. —Estaba casi tan excitada como Brianna. Sus mejillas estaban pálidas, pero la punta de la nariz tenía
un color rosado—. El señor MacNeill conoce a su padre y tam

bién a su tía abuela Cameron; dice que es una gran señora, muy rica, con una gran mansión, numerosos esclavos y...

—No importa eso. ¿Qué ha dicho de mi padre? ¿Ha mencionado a mi madre?

—Claire —dijo triunfalmente Lizzie—. Usted dijo que ése era el nombre de su madre, ¿no? Le he preguntado y me ha contestado que sí, que el nombre de la señora Fraser era Claire. ¿No comentó usted que su madre era una buena doctora? Pues me ha dicho que era una sorprendente sanadora y que la había visto operar los testículos de un hombre y volverlos a coser en medio de la mesa del comedor con todos los comensales mirando.

—Ésa es mi madre. —Rió y los ojos se le llenaron de lágrimas—. ¿Están bien? ¿Los ha visto últimamente?

—¡Eso es lo mejor de todo! —Los ojos de Lizzie se abrieron y se inclinó hacia delante, dada la importancia de las noticias—. ¡Él está en Cross Creek! Un hombre, conocido suyo, va a ser juzgado por una agresión y ha ido para declarar como testigo. —Se pasó el pañuelo por la sien para secarse las gotitas de sudor—. El señor MacNeill dice que el tribunal no se reúne hasta el lunes de la próxima semana porque el juez está enfermo y va a venir otro desde Edenton. El juicio no tendrá lugar hasta que llegue.

Brianna se apartó un mechón de pelo y espiró, sin poder creer su suerte.

—El lunes que viene, y hoy es sábado. Dios mío, me pregunto cuánto se tardará en llegar río arriba.

Lizzie se persignó con rapidez al oír el nombre de Dios, pero compartía el entusiasmo de su señora.

—No lo sé, pero la señora Smoots me ha dicho que su hijo hizo el viaje una vez. Podemos preguntárselo a él.

Brianna se volvió y miró a su alrededor. Con la puesta del sol habían empezado a entrar hombres y jóvenes. Se detenían a tomar un trago o a cenar de camino desde el trabajo a la cama y ahora había entre quince y veinte personas abigarradas en el reducido espacio.

—¿Quién es Smoots hijo? —preguntó, mirando a todos los hombres que comían o bebían en la posada.

—Yonder, el muchacho de los ojos castaños. ¿Puedo ir a buscarlo? —Dominada por el entusiasmo, Lizzie se levantó y se abrió paso entre la gente.

Brianna tenía la jarra de leche en las manos, pero no se sirvió. Tenía el estómago cerrado por la excitación. ¡Poco más de una semana!

• • •

Wilmington era un pequeño pueblo, pensó Roger. ¿En cuántos lugares podía estar ella? Si es que estaba allí. Pensó que existían bastantes probabilidades; las preguntas que había formulado en las tabernas del puerto de New Bern le habían proporcionado una información valiosa: el *Phillip Alonzo* había arribado a Charleston a salvo y sólo diez días antes de que el *Gloriana* llegara a Edenton.

A Brianna podía haberle llevado entre dos días y dos semanas llegar de Charleston a Wilmington... si es que iba allí.

—Está aquí —murmuró—. ¡Maldición, sé que está aquí! —Tanto si dicha convicción era resultado de la deducción, la intuición, la esperanza o la mera obstinación, se aferró a ella como si le fuera la vida en ello.

Le había resultado fácil ir desde Edenton a Wilmington. Cuando tuvo que descargar la bodega del *Gloriana,* cogió un cajón con té y lo llevó hasta un depósito del puerto. Lo dejó, caminó de regreso a la puerta y se detuvo a atarse un pañuelo empapado de sudor alrededor de la cabeza. Luego esperó a que pasaran los otros hombres, salió al puerto, torció a la derecha en lugar de hacia la izquierda y se dirigió por la estrecha calle pavimentada que conducía al pueblo. A la mañana siguiente encontró trabajo como cargador en un pequeño barco que transportaba pertrechos navales desde Edenton hasta un depósito de Wilmington, desde donde eran embarcados en un navío más grande con rumbo a Inglaterra.

Sin remordimientos, volvió a escaparse del barco en Wilmington. Tenía que encontrar a Brianna y no podía perder tiempo. Sabía que ella estaba allí. El Cerro de Fraser se encontraba en las montañas, así que necesitaría un guía, y Wilmington parecía el lugar adecuado para encontrarlo. Y si estaba allí, alguien debía de haberla visto, estaba seguro. Sólo esperaba que no la hubiera visto gente no adecuada.

En un rápido recorrido por la calle principal y el puerto pudo contar veintitrés tabernas. ¡Diablos, aquella gente bebía como esponjas! Existía la posibilidad de que hubiera buscado una habitación en una casa, pero las tabernas eran el mejor lugar para empezar la búsqueda.

Al atardecer ya había recorrido diez de las tabernas, ralentizado por la necesidad de evitar a sus antiguos compañeros. Estar en presencia de tanta bebida y sin un penique que gastar hacía que tuviera una sed terrible. Tampoco había comido en todo el día, lo que no ayudaba.

Al mismo tiempo, apenas era consciente de la incomodidad física. En la quinta encontró a un hombre que la había visto, y a una mujer en la séptima. «Un hombre pelirrojo y alto», dijo el primero. Y la segunda, con expresión escandalizada, le explicó que había visto a «una mujer recia, vestida con calzones de hombre, con la casaca en la mano y la parte trasera a la vista de todos».

Roger tenía cierta idea de lo que iba a hacer con ese trasero en cuanto lo viera. Pidió un vaso de agua a una amable posadera y se puso en marcha con una determinación renovada.

Al anochecer había recorrido otras cinco tabernas. Ahora estaban llenas, y averiguó que la joven alta y pelirroja que llevaba ropa de hombre había sido la comidilla de la gente durante casi una semana. La naturaleza de algunos de aquellos comentarios hacía que le hirviera la sangre, y sólo el temor de que lo arrestaran impedía que se enfrentara a alguien.

Con esta información, y después de un intercambio de palabras con dos borrachos, abandonó la taberna número quince. ¿Es que las mujeres no tenían sentido común? ¿Es que Brianna no sabía de qué eran capaces algunos hombres?

Se detuvo en medio de la calle secándose el sudor del rostro. Jadeó, pensando en qué hacer a continuación. Seguir, supuso, aunque si no encontraba algo que comer pronto, se iba a desplomar en la calle.

El Blue Bull, decidió. Lanzó una mirada al cobertizo que había allí. Antes, al pasar, había visto una buena bala de paja limpia. Decidió gastarse un penique o dos en la comida y tal vez el dueño lo dejara dormir en las cuadras por una mera cuestión de bondad cristiana.

Se volvió, y le llamó la atención el cartel de la casa de enfrente.

«GACETA DE WILMINGTON, JNO. GILLETTE. PROP.», decía. El diario de Wilmington, uno de los pocos de la colonia de Carolina del Norte. Aun así, en opinión de Roger, eran más que suficientes. Luchó contra la necesidad de coger una piedra y lanzarla contra la ventana de Jno. Gillete. En cambio, se quitó el pañuelo empapado de la cabeza y, esforzándose en arreglarse un poco, se volvió hacia el río y hacia el Blue Bull.

Allí estaba ella. Sentada al lado del fuego, con su cola de caballo iluminada por las llamas y conversando animadamente con un joven, cuya sonrisa Roger deseó borrar de repente. Pero en su lugar, dio un portazo y se dirigió hacia ella. Brianna se dio la vuelta y contempló a aquel hombre. Al reconocerlo se le iluminaron los ojos y una gran sonrisa apareció en su rostro.

—¡Ah! —exclamó—. Eres tú. —Entonces su expresión sufrió un cambio. Gritó. Un grito escandaloso que hizo que todos la miraran.

—¡Maldita seas! —Se lanzó por encima de la mesa y la cogió del brazo—. ¿Qué demonios crees que estás haciendo?

Su rostro palideció mortalmente y sus ojos se ensombrecieron por la impresión. Trató de liberarse.

—¡Déjame!

—¡No lo haré! ¡Tú te vienes conmigo ahora mismo!

Rodeó la mesa, la cogió del otro brazo, la levantó, hizo que se volviera y la obligó a dirigirse hacia la puerta.

—¡MacKenzie! —Maldición, era uno de los marineros del carguero. Roger fulminó al hombre con la mirada para que no se metiera. Por suerte, el hombre era más pequeño y mayor que Roger. Vaciló, pero luego se envalentonó gracias a la compañía que llevaba y alzó la barbilla, desafiante—. ¿Qué le estás haciendo a la muchacha, MacKenzie? ¡Déjala! —Se produjo un movimiento de interés entre los parroquianos, que olvidaron sus bebidas, atraídos por el ajetreo. Tenía que salir o no podría hacerlo nunca.

—¡Diles que todo está bien, diles que me conoces! —susurró en el oído de Brianna.

—Está bien —dijo ella con voz ronca, pero suficientemente alta como para que la oyeran por encima del creciente alboroto—. Está todo bien. Lo conozco. —El marinero retrocedió un poco, todavía con dudas. Una joven flacucha en el rincón de la chimenea se había puesto en pie. Aunque parecía aterrada, llevaba una botella en la mano con la intención de golpear a Roger si era necesario. Gritó con una voz chillona que resonó por encima del murmullo de voces.

—¡Señorita Bree! No se irá con ese malvado, ¿no?

Brianna emitió un sonido que pudo haber sido una risa ahogada por la histeria, y le clavó las uñas en la palma de la mano a Roger. Sorprendido por el dolor, dejó de agarrarla con fuerza y ella se soltó.

—Está bien —repitió con más firmeza a la sala—. Lo conozco. —Hizo un gesto a la muchacha—. Lizzie, vete a la cama. Yo... yo volveré más tarde.

Se dio la vuelta y caminó con rapidez hacia la puerta. Roger lanzó una mirada amenazadora a la sala para desalentar a cualquiera que pensara interferir, y la siguió.

Ella lo esperaba justo en la puerta. Le hundió los dedos en el brazo con tal ferocidad que le hubiera resultado gratificante si sólo hubiera sentido alegría de verlo. Dudaba que fuera así.

—¿Qué estás haciendo aquí? —preguntó.

Él le soltó los dedos y la agarró de la mano con firmeza.

—Aquí no —saltó él. La había agarrado del brazo y la arrastraba calle abajo hacia la sombra de un gran castaño. El cielo aún resplandecía con los restos del crepúsculo, pero las ramas casi llegaban al suelo, y estaba suficientemente oscuro como para ocultarse de cualquier alma curiosa que hubiera pensado en seguirlos.

Se volvió hacia él en cuanto llegaron a las sombras.

—¿Qué estás haciendo aquí?

—¡Buscarte! ¿Y qué estás haciendo tú? ¡Y vestida así, por todos los santos! —Lanzó una breve mirada a sus calzones y su camisa, pero fue suficiente. Después de ver durante varios meses a mujeres con faldas largas y chales, la descarada división de sus piernas, la longitud del muslo y la curva de la pantorrilla le parecían tan escandalosas que quería envolverla en una sábana—. ¡Habría sido lo mismo salir desnuda a la calle!

—¡No seas idiota! ¿Qué estás haciendo aquí?

—Ya te lo he dicho, buscarte.

La cogió por los hombros y la besó con fuerza. La furia, el enfado y el alivio por haberla encontrado se mezclaban con la intensidad de su deseo, lo que lo hizo temblar. Lo mismo le sucedía a Brianna, que se estremecía entre sus brazos.

—Bien —susurró Roger, enterrando la boca entre los cabellos de la joven—. Está bien, estoy aquí. Yo me ocuparé de ti.

Brianna se enderezó mientras se liberaba de sus brazos.

—¿Bien? —dijo con asombro—. ¿Cómo puedes decir eso? ¡Por el amor de Dios, estás aquí! —El horror de su voz era inconfundible.

La agarró del brazo.

—¿Y dónde iba a estar cuando tú te lanzas al infierno arriesgando el cuello...? ¿Por qué demonios lo hiciste?

—Estoy buscando a mis padres. ¿Qué otra cosa podía hacer aquí?

—¡Eso ya lo sé! ¡Lo que quiero decir es por qué diablos no me lo dijiste!

Ella se soltó y le dio un fuerte empujón, que no consiguió hacer que se moviera de donde se encontraba.

—¡Porque no me hubieras dejado venir, por eso! Habrías tratado de detenerme y...

667

—¡Tienes toda la razón! ¡Te hubiera encerrado en tu cuarto, atada de pies y manos! De todas las estupideces...

Brianna le dio una torta en la mejilla.

—¡Cállate!

—¡Maldita mujer! ¿Esperabas que dejase que te marcharas a... la nada y me quedara sentado en casa mientras tú enseñas el culo en la plaza del mercado? ¿Qué clase de hombre crees que soy?

Intuyó el movimiento antes de verlo y pudo sujetarle la muñeca.

—¡No estoy de humor para toqueteos, muchacha! ¡Pégame otra vez y te juro por mi santa madre que te arrepentirás!

Brianna cerró la otra mano y le dio un puñetazo en el estómago, tan rápido como el ataque de una serpiente.

Roger tuvo deseos de golpearla. La cogió del pelo y la besó con toda la fuerza que pudo.

Luchó y se retorció dejando escapar sonidos ahogados, pero Roger no se detuvo hasta que ella cedió, y los dos cayeron de rodillas. Brianna se abrazó a su cuello mientras él la recostaba en el suelo cubierto de hojas bajo el árbol y comenzó a llorar. Roger la sostenía mientras ella tosía y lloraba.

—¿Por qué? —Sollozaba—. ¿Por qué me has seguido? ¿No te das cuenta? ¿Ahora qué vamos a hacer?

—¿Hacer? ¿Hacer qué? —No sabía si lloraba de furia o de miedo. Seguramente, pensó Roger, sería por ambas cosas.

La joven lo contempló a través de los mechones despeinados de su cabello.

—¡Regresar! Debes tener a alguien, a alguien a quien quieras. Tú eres la única persona que amo. ¡O lo eras! ¿Cómo voy a regresar si tú estás aquí? ¿Y cómo vas a regresar si yo estoy aquí?

Olvidando el miedo y la ira, permaneció inmóvil, agarrándole las muñecas para evitar que lo golpeara de nuevo.

—¿Por eso? ¿Por eso no me lo querías decir? ¿Porque me amas? ¡Válgame Dios!

Le soltó las muñecas y se tiró sobre ella. Le cogió la cara entre sus manos y trató de besarla. Brianna movió repentinamente las caderas, levantó las piernas a cada lado y lo golpeó en las costillas.

Él rodó, soltándola, y ella rodó con él, hasta quedar encima de él.

—¡Por Judas! —exclamó Roger, agarrándola del cabello y aproximándola a él mientras jadeaba—. ¿Qué es esto, lucha libre?

—Suéltame. —Brianna sacudió la cabeza, tratando de liberarse—. Detesto que me tiren del pelo.

Roger la soltó y le pasó las manos por el cuello. Curvó los dedos alrededor de su esbelta nuca y dejó que el pulgar reposara sobre el pulso de su garganta. Era como un martillo pilón; igual que el de él.

—Muy bien. ¿Te gusta que te estrangulen?

—No.

—A mí tampoco. Quita el brazo de mi cuello, ¿quieres?

Con lentitud, Brianna aflojó la presión. Aún jadeaba, pero no porque lo estuviera ahogando. No quería soltarle el cuello. No por miedo a que se escapara otra vez, sino porque no podía soportar perder su contacto. Había transcurrido demasiado tiempo.

Ella se llevó la mano al cuello y le agarró la muñeca, pero no tiró de ella. Él sintió cómo tragaba.

—Bien —susurró Roger—. Dilo. Quiero oírlo.

—Te quiero —dijo entre dientes—. ¿Entiendes?

—Sí, comprendo. —Le cogió la cara con suavidad y se la acercó. Temblorosa, Brianna lo abrazó—. ¿Estás segura?

—Sí. ¿Qué vamos a hacer? —preguntó, y comenzó a llorar.

«Vamos.» Había dicho «vamos». Había dicho que estaba segura.

Roger estaba tirado al lado de un camino, sucio, magullado, muerto de hambre y con una mujer que temblaba y lloraba contra su pecho, y que de vez en cuando lo golpeaba con los puños. No se había sentido tan contento en toda su vida.

—Tranquila —susurró mientras la acunaba—. No pasa nada, conozco otra forma de regresar. No te preocupes, cuidaré de ti.

Por fin, agotada, permaneció inmóvil en el hueco de su hombro mientras sollozaba. Tenía una enorme mancha húmeda en la pechera de la camisa. Los grillos del árbol, que se habían quedado en silencio a causa del alboroto, volvieron a cantar.

Ella se soltó y se sentó, al mismo tiempo que observaba en la oscuridad.

—Tengo que sonarme la nariz. ¿Tienes un pañuelo?

Le ofreció el trapo húmedo que usaba para atarse el pelo. Después de hacer toda clase de ruidos, Brianna suspiró profundamente y abrazó con fuerza a Roger, que sonreía en la oscuridad.

—Haces el mismo ruido que un bote de espuma de afeitar.

—¿Y cuándo fue la última vez que has visto uno? —Ella se volvió a apoyar en la curva de su hombro, y estiró el brazo para tocarle la mandíbula. Se había afeitado hacía dos días. Desde entonces, no había tenido ni el tiempo ni la oportunidad.

El cabello de ella aún olía un poco a hierba, aunque ya no tenía olor a flores artificiales. Debía de ser su aroma natural.

—Lo siento —dijo—. No quería que vinieras a por mí. Pero... ¡me alegro mucho de que estés aquí!

La besó en la nuca, que estaba húmeda y salada por el sudor y las lágrimas.

—Yo también —respondió, y durante un momento todos los peligros de los últimos dos meses parecieron insignificantes. Todos salvo una cosa...

—¿Cuánto tiempo llevabas planeándolo? —preguntó. Y pensó que podía fijar el día gracias al cambio que percibió en sus cartas.

—Bueno... unos seis meses —respondió, lo que confirmó sus sospechas—. Desde que fui a Jamaica durante las vacaciones de Pascua.

—¿Sí? —Jamaica en lugar de Escocia. Ella le había pedido que se vieran allí y él se había negado, ofendido por el hecho de que no hubiera planeado ir a verlo.

Brianna suspiró profundamente y se pasó el cuello de la camisa por la piel.

—Seguía soñando —explicó—. Con mi padre. Padres. Con los dos. —Los sueños eran poco más que fragmentos, breves imágenes vívidas del rostro de Frank Randall y a veces más prolongadas, en las que veía a su madre. De vez en cuando también aparecía un hombre pelirrojo que sabía que tenía que ser el padre que nunca había visto—. Había un sueño en particular... —En el sueño era de noche, era un lugar tropical, con campos de altas plantas verdes, que podían ser caña de azúcar, y hogueras a lo lejos—. Sonaban tambores y yo sabía que había algo oculto esperando, algo horrible —dijo—. Mi madre estaba allí, tomando té con un cocodrilo. —Roger gruñó y la voz de la joven se hizo más cortante—. Era un sueño, ¿te das cuenta? Luego él salía entre las cañas. No podía ver su rostro porque estaba oscuro, pero su cabello era pelirrojo, veía reflejos cobrizos cuando movía la cabeza.

—¿Lo que estaba entre las cañas era él? —preguntó Roger.

—No. —Podía oír el sonido de su cabello al mover la cabeza. Ya había oscurecido bastante, y era poco más que un peso reconfortante sobre su pecho, una voz suave junto a él, que hablaba desde las sombras—. Estaba entre mi madre y esa cosa horrible. No podía verla, pero sabía que estaba allí, esperando. —Se estremeció de manera involuntaria y Roger la abrazó con más fuerza—. Entonces supe que mi madre se iba a levantar para dirigirse hacia aquella cosa y traté de detenerla, pero no podía oírme. Entonces le grité a él que fuera a salvarla. ¡Me vio! —La mano le apretó el brazo con fuerza—. Me vio y me oyó. Entonces me desperté.

—¿Sí? —preguntó Roger con escepticismo—. ¿Y eso hizo que te dirigieras a Jamaica?

—Hizo que pensara —respondió cortante—. Tú habías investigado. No los encontraste en Escocia después de 1766 y tampoco aparecían en las listas de emigración a las colonias. Fue entonces cuando dijiste que era mejor abandonar, que no hallaríamos nada.

Roger se alegró de que la oscuridad ocultara su culpa. Le besó rápidamente la coronilla.

—Pero el lugar donde sucedía mi sueño era tropical... ¿Era posible que estuvieran en las Antillas?

—Ya busqué —contestó Roger—. Miré las listas de pasajeros de todos los barcos que se dirigieron a cualquier parte desde Edimburgo o Londres entre 1760 y 1770. Te lo dije —añadió con impaciencia.

—Ya lo sé —respondió con la misma impaciencia—. Pero ¿y si no eran pasajeros? ¿Por qué iba la gente a las Antillas entonces? Quiero decir, ahora.

Su voz se quebró un poco al ser consciente de ello.

—La mayoría para comerciar.

—Exacto. Por eso podían haber partido en un barco de carga y no figurar en la lista de pasajeros.

—De acuerdo —dijo poco a poco—. Es cierto, no figurarían. ¿Y cómo ibas a buscarlos?

—Registros de los depósitos, libros de cuentas de las plantaciones, declaraciones en los puertos. Pasé todas las vacaciones en bibliotecas y museos. Y... y los encontré —concluyó con un pequeño deje en la voz.

«Diablos, había visto la noticia.»

—¿Sí? —quiso saber mientras luchaba por mantener la calma.

Brianna rió un poco insegura.

—El capitán de un barco llamado *Artemis,* cuyo nombre era James Fraser, vendió cinco toneladas de guano en Bahía Montego el 2 de abril del año 1767.

Roger no pudo evitar un gruñido de diversión, pero al mismo tiempo, tampoco pudo dejar de objetar.

—¿Sí? ¿Capitán de un barco? ¿Después de todo lo que dijo tu madre sobre cómo se mareaba en el mar? Y no es por desanimarte, pero deben de existir cientos de James Fraser. ¿Cómo puedes saber...?

—Puede ser, pero el uno de abril, una mujer llamada Claire Fraser compró un esclavo en el mercado de esclavos de Kingston.

—¿Que ella qué?

—No sé por qué —respondió Brianna con firmeza—, pero estoy segura de que fue por una buena razón.

—Bueno, claro, pero...

—Los papeles dicen que el nombre del esclavo era «Temeraire», y lo describen diciendo que le faltaba un brazo. Eso lo explica todo, ¿no? De todos modos busqué ese nombre en una serie de periódicos viejos, no sólo de las Antillas, sino también de las colonias del sur. Mi madre no se quedaría con un esclavo; si lo compró debió de concederle la libertad de alguna manera. Las noticias de emancipación figuraban en los periódicos locales. Pensé que tal vez lo encontraría.

—¿Y lo hallaste?

—No. —Permaneció en silencio durante un instante—. Encontré... otra cosa. La noticia de su muerte. La de mis padres.

Aun después de saber que lo había hallado, escucharlo de sus labios le seguía resultando extraño. La apretó contra él, envolviéndola con sus brazos.

—¿Dónde? —preguntó suavemente—. ¿Cómo? —Debía de haberlo sabido. La escuchaba a medias mientras se maldecía. Debió de haber sabido que era demasiado obstinada para convencerla. Todo lo que había conseguido con su estupidez fue obligarla a guardar el secreto. Y había tenido que pagarlo con meses de preocupación.

—Pero estamos a tiempo —comentó—. La noticia es de 1776, así que todavía podemos encontrarlos. —Suspiró—. Me alegro de que estés aquí. Estaba muy preocupada pensando que podías descubrirlo antes de que regresara. No sabía lo que harías en ese caso.

—Qué iba a hacer... ya lo sabes —dijo en tono despreocupado—. Tengo un amigo con un niño de dos años. Dice que nunca había aceptado que se pegara a los niños, pero que ahora lo entiende. En estos momentos siento lo mismo sobre las mujeres. Te lo aseguro

El pesado bulto sobre su pecho se sacudió un poco mientras se reía.

—¿Qué quieres decir con eso? —Soltó una leve carcajada.

Él le deslizó una mano por la espalda y le agarró una nalga. No llevaba ropa interior bajo aquellos pantalones sueltos.

—Quiero decir que si fuera un hombre de esta época, en lugar de lo que soy, nada me gustaría más que quitarme el cinturón y darte una paliza.

—¿Así que como no eres de esta época no puedes hacerlo? ¿O puedes, pero no disfrutarías? —No parecía tomarlo en serio. De hecho, le pareció que se reía.

—Disfrutaría —le aseguró—. Nada me gustaría más que darte una buena tunda.

Brianna se estaba riendo.

En un arranque de furia la apartó y se sentó.

—¿Qué pasa contigo? Creí que habías encontrado a otro hombre. Tus cartas de los últimos meses... y luego la última. Estaba seguro. ¡Por eso estoy furioso, no por mentirme o por irte sin avisarme, sino por hacerme creer que te había perdido!

Ella permaneció en silencio un instante. Extendió la mano desde la oscuridad y le tocó la cara con suavidad.

—Lo siento —dijo tras un silencio—. Nunca he querido que pensaras eso. Lo único que deseaba era evitar que lo descubrieras hasta que fuera demasiado tarde. —Lo miró, iluminada por la suave luz del camino, fuera de su refugio—. ¿Cómo te diste cuenta?

—Tus cajas. Llegaron a la universidad.

—¿Cómo? Pero ¡les dije que las enviaran a finales de mayo, cuando tú estuvieras en Escocia!

—Debería haber sido así, pero una conferencia de última hora me retuvo en Oxford. Llegaron un día antes de que me marchara.

De repente, apareció un rayo de luz y un ligero alboroto cuando se abrió la puerta de la taberna y salieron varios parroquianos a la calle. Se oyeron voces y pasos junto a su refugio, demasiado cerca. Ninguno de los dos habló hasta que cesaron los ruidos. En el nuevo silencio, se oyó el sonido de una castaña que caía del árbol y rebotaba en las hojas que se encontraban muy cerca.

La voz de Brianna parecía curiosamente ronca.

—¿Creías que había encontrado a otro... y, aun así, has venido a buscarme?

Roger suspiró; el enfado había desaparecido, y se apartó el pelo húmedo de la cara.

—Habría venido aunque te hubieras casado con el rey de Siam. Maldita mujer.

Brianna no era más que un borrón pálido en la oscuridad; vio el breve movimiento mientras se inclinaba para recoger la castaña y se sentaba para jugar con ella. Por último, suspiró poco a poco.

—Has dicho maltratar a la esposa.

Se detuvo. De nuevo, los grillos se habían cesado su canto.

—Has afirmado que estabas segura. ¿Es cierto?

Se produjo un silencio, suficiente para llenar un latido, para llenarlo todo.

—Sí —respondió suavemente.

—En Inverness te dije...

—Me dijiste que me tendrías toda o no me tendrías. Y yo te respondí que te entendía. Estoy segura.

A Brianna se le había salido la camisa de los pantalones durante la pelea y formaba una masa suelta a su alrededor en la suave y cálida brisa. Roger metió la mano bajo la camisa y le tocó la carne desnuda, lo que hizo que, junto a su tacto, se le pusiera la carne de gallina. Él la acercó y le pasó las manos por la espalda y los hombros desnudos bajo la tela.

La acarició y hundió el rostro entre sus cabellos, en su cuello, explorando, preguntando con las manos. ¿Hablaba en serio? Brianna se aferró a sus hombros y se echó hacia atrás. «Sí», le decía. Él le respondió abriéndole la blusa y dejando al descubierto sus pechos blancos y suaves.

—Por favor —dijo Brianna. Le había pasado la mano por detrás de la cabeza para que se acercara a ella—. ¡Por favor!

—Si te tomo ahora será para siempre —susurró.

Ella apenas respiraba y, en cambio, permanecía inmóvil, dejando que las manos de él la recorrieran.

—Sí —respondió.

La puerta de la taberna se abrió, lo que hizo que se sobresaltaran. Roger la soltó y se puso en pie. Le dio la mano para ayudarla a levantarse y durante un momento sostuvo su mano. Esperaron hasta que las voces se perdieron en la distancia.

—Ven —dijo Roger mientras esquivaba las ramas bajas.

A cierta distancia de la taberna había un cobertizo oscuro y tranquilo. Se detuvieron en la entrada. No oyeron nada en la parte posterior de la posada y tampoco había luz en las ventanas de la planta superior.

—Espero que Lizzie se haya ido a la cama.

—¿Sabes lo que es la unión de manos? —preguntó Roger mientras pensaba en quién sería esa Lizzie, aunque en realidad no le importaba.

A aquella distancia podía ver bien su cara, aunque la noche había borrado cualquier color de su piel. Pensó que parecía un arlequín, con las mejillas blancas manchadas por las sombras de las hojas, enmarcadas por su cabello oscuro, y los triángulos oscuros que tenía por ojos sobre aquella boca vivaz.

Roger tomó la mano de Brianna y la juntó con la suya, palma con palma.

—No exactamente. ¿Es una especie de matrimonio temporal?

—Más o menos. En las islas y en las partes más alejadas de las montañas de Escocia, donde es difícil encontrar a algún ministro, un hombre y una mujer se casan a prueba, hacen votos durante un año y un día. Al finalizar el plazo, buscan un ministro y se casan, o se separan y se van cada uno por su lado.

La joven le oprimió la mano.

—No quiero nada temporal.

—Yo tampoco. Pero no creo que encontremos un ministro por aquí. Todavía no se han construido iglesias. El más próximo debe de vivir en New Bern. —Levantó las manos—. Te dije que lo quería todo, y si tú quieres casarte conmigo...

Ella le apretó la mano con fuerza.

—Sí, quiero.

—Muy bien.

Roger respiró profundamente y comenzó.

—Yo, Roger Jeremiah, acepto a Brianna Ellen como legítima esposa. Todo lo mío será tuyo, y te adoraré con mi cuerpo... —La mano de Brianna apretó la suya y sus testículos se tensaron. Quienquiera que hubiera redactado aquel voto sabía lo que hacía—. En la salud y en la enfermedad, en la pobreza y en la riqueza, hasta que la muerte nos separe.

«Si hago estos votos, los mantendré cueste lo que cueste.» ¿Qué estaría pensando ella ahora?

Brianna bajó sus manos y habló con gran determinación.

—Yo, Brianna Ellen, te tomo a ti, Roger Jeremiah... —Su voz era apenas más alta que los latidos de su propio corazón, pero oía cada una de las palabras. Una ligera brisa desde el árbol hizo que las hojas susurraran y el pelo de Brianna revoloteara—. Mientras duren nuestras vidas.

La frase significaba bastante más para ambos, pensó Roger, que lo que hubiera significado unos meses atrás. El hecho de pasar a través de las piedras hacía pensar en la fragilidad de la vida.

Hubo un momento de silencio apenas interrumpido por el murmullo de unas voces distantes procedentes de la taberna. Roger levantó la mano de Brianna y la besó en el dedo anular, donde un día, si Dios lo permitía, tendría su anillo.

Era más un cobertizo que un granero, aunque al fondo había algún animal (un caballo o una mula) en un cubículo. El intenso olor a lúpulo era suficiente para que dominara sobre el resto de los aromas más suaves del heno y el estiércol. El Blue Bell elaboraba su propia cerveza. Roger se sentía borracho, pero no a causa del alcohol.

Como el cobertizo estaba muy oscuro, desnudarla se convirtió en una sucesión de frustraciones y deleites.

—Y yo que creía que a los ciegos les llevaba años desarrollar el sentido del tacto —murmuró.

La risa cálida de la joven le hizo cosquillas en el cuello, e hizo que se le erizara el vello de la nuca.

—¿Estás seguro de que no es como el poema de los cinco ciegos y el elefante? —preguntó ella, buscando la abertura de su camisa y deslizando la mano en su interior—. «No, la bestia es como una pared» —citó. Sus dedos se curvaron y se aplanaron mientras exploraban con curiosidad la carne sensible alrededor de su pezón—. Una pared con pelo. Por Dios, una pared con carne de gallina.

Ella rió otra vez y él bajó la cabeza. Encontró su boca a la primera, ciego y certero como un murciélago que atrapa una polilla en el aire.

—Ánfora —murmuró sobre la suave curva de sus labios, deslizando las manos por las curvas de sus caderas, tan sólidas y frescas que prometían abundancia, y que eran tan atemporales y elegantes como la cerámica antigua—. Como una vasija griega. ¡Tienes un trasero precioso!

—Culo de vasija, ¿no?

Vibraba contra él y su risa pasaba de sus labios a los de Roger como una corriente infecciosa. Su mano descendió por la cadera de Roger y sus dedos largos empezaron a soltar los cordones de sus calzones, primero vacilante y luego con más seguridad, subiendo poco a poco la camisa para desenredarla de las capas de tela.

—Bueno... es como una cuerda...

—Deja de reírte, maldita sea.

—... no, como una serpiente... tal vez como una cobra... Joder, ¿cómo llamarías a esto?

—Tenía un amigo que lo llamaba Don Contento —dijo Roger, sintiéndose algo mareado—, pero para mi gusto es un nombre demasiado frívolo. —La abrazó y la besó otra vez, lo suficiente como para acallar más comparaciones.

Brianna temblaba, pero Roger no creía que fuera de risa. Deslizó los brazos a su alrededor y la acercó más, sorprendido por el tamaño corporal de la joven, y más aún ahora que estaba desnuda y todos los complejos planos de huesos y músculos se transformaron en una inmediata sensación entre sus brazos.

Hizo una pausa para respirar. No estaba seguro de si la sensación se asemejaba más al ahogamiento o a la escalada, pero fuera lo que fuese, no quedaba mucho oxígeno entre ellos.

—Nunca he podido besar a una mujer sin inclinarme —comentó a modo de conversación mientras trataba de recuperar el aliento.

—Bueno, hombre, no queremos que se te ponga rígido el cuello. —La voz de Brianna volvía a temblar otra vez, seguramente de risa, y Roger pensó que era una mezcla de humor y nerviosismo.

—¡Ja, ja, ja! —exclamó, y la abrazó otra vez, olvidando el oxígeno. Sus pechos eran firmes y redondeados, y cada vez que los apretaba contra su pecho, le intrigaba su suavidad y su firmeza. Una de las manos de Brianna se deslizó, vacilante, entre ellos, buscando, y después la retiró.

No podía besarla y desnudarse a la vez, así que arqueó la espalda para que Brianna le bajara los calzones por las caderas. Eran suficientemente amplios como para que cayeran a su alrededor, y se liberó de ellos sin dejar de abrazarla y haciendo un pequeño ruido cuando la mano de ella volvió a deslizarse entre ellos.

Ella había cenado cebollas. La ceguera no sólo agudizaba el tacto, sino también los sentidos del gusto y el olfato. Advertía los aromas de carne asada, cerveza y pan. Y un ligero regusto que no pudo identificar y que de alguna manera le recordaba los prados verdes de hierba ondulante. ¿Lo estaba saboreando o lo olía en su cabello? No podía distinguirlo; parecía que estaba perdiendo sus sentidos a medida que cruzaba los límites que existían entre ellos, respiraba su aliento y sentía el corazón de ella como si lo tuviera en el interior de su propio pecho.

Lo estaba agarrando con demasiada fuerza y, al final, él dejó de besarla para respirar con dificultad.

—¿Podrías soltármela un momento? Sé que es una buena asa, pero tiene mejores usos.

En lugar de soltarla, Brianna se puso de rodillas. Roger se movió inquieto.

—Mujer, ¿estás realmente segura de que quieres eso?

No estaba seguro de si él lo deseaba o no. El cabello de ella le hacía cosquillas en los muslos, y su miembro temblaba de deseo. Al mismo tiempo, no quería asustarla ni que sintiera repugnancia.

—¿No quieres que lo haga? —Las manos femeninas se movían acariciando sus muslos vacilantes y haciéndole cosquillas. Roger sentía que se le ponían todos los pelos de punta, desde las rodillas hasta la cintura. Lo hacía sentir como un sátiro, con patas de cabra y apestoso.

—Bueno... sí. Pero hace días que no me baño —respondió Roger, intentando separarse.

De manera deliberada, Brianna frotó la nariz sobre el vientre del hombre y respiró hondo. A Roger se le puso la carne de gallina, pero el escalofrío nada tenía que ver con la temperatura de la estancia.

—Me embriaga este aroma —susurró—. Hueles a macho.

Él le agarró la cabeza con fuerza mientras enredaba sus dedos en su cabello abundante y sedoso.

—¿Qué quieres que le haga yo? —murmuró. La mano de ella descansaba sobre su muñeca, ligera y tibia. Su cuerpo estaba muy suave y caliente.

Sin pretenderlo, aflojó la presión. Sintió los cabellos de la joven en sus muslos y sus pensamientos abandonaron cualquier coherencia, al mismo tiempo que toda la sangre se desplazaba con rapidez de su cerebro a la parte inferior de su cuerpo.

—¿Ao'én?

—¿Qué? —Fue como despertar de un desvanecimiento.

—Te pregunto si lo hago bien —dijo Brianna, echándose el pelo hacia atrás.

—Ah... sí, creo que sí.

—¿Crees? ¿No estás seguro? —Parecía que Brianna hubiera recuperado la compostura con la misma rapidez con que Roger la había perdido al oír la risa contenida de la joven.

—Bueno... no —contestó—. Quiero decir, yo no... es decir, nadie... sí, eso creo. —Le agarró la cabeza otra vez, instándola suavemente a que siguiera.

Le pareció que emitía un ruidito desde el fondo de su garganta. No obstante, quizá fuera su propia sangre que fluía a través de sus venas distendidas, formando remolinos violentos como si se tratara del agua atrapada del océano que bulle a través de las rocas. Un minuto más y explotaría como una cañería.

Antes de que pudiera protestar, la levantó para acostarla sobre la paja donde habían tirado sus ropas.

Sus ojos se habían acostumbrado a la oscuridad, pero la luz de las estrellas a través de la ventana aún era tan suave que tan sólo podía vislumbrar formas y contornos, blancos como el mármol. Sin embargo, no eran en absoluto fríos.

Excitado, pero con cuidado, Roger hizo su parte. Ya lo había hecho en otra ocasión; entonces las secreciones femeninas le recordaron a las flores de la iglesia de su padre los domingos, algo que le resultó muy desagradable.

Pero Brianna no era esa clase de mujer higiénica. Su aroma era suficiente como para querer pasar por alto todos los preliminares y hundirse en ella, dominado, como estaba, por el deseo y la lujuria. En cambio, inspiró profundamente y besó su vello rizado.

—Maldición —dijo.

—¿Qué ocurre? —preguntó con cierta alarma—. ¿Huelo tan mal?

Cerró los ojos y respiró. La cabeza le daba vueltas, y se sentía mareado con una fusión de lujuria y risa.

—No. —Rió—. Es que hace un año que me pregunto de qué color es tu vello. —Tiró suavemente de los rizos—. Y ahora que lo tengo enfrente no puedo verlo.

Brianna lanzó una risita y la vibración hizo que su vientre se sacudiera un poco bajo su mano.

—¿Quieres que te lo diga?

—No, deja que me sorprenda por la mañana. —Inclinó la cabeza y volvió al trabajo, sorprendido por la variedad de texturas en tan breve espacio: la suavidad del cristal, una aspereza cosquilleante, una blandura gomosa y aquel punto repentinamente resbaladizo, donde se unían el almizcle y la sal.

Entonces sintió sus manos sobre su cabeza como una bendición. Esperaba que su barba no le estuviera raspando, pero no parecía que le importara. Un estremecimiento subterráneo recorrió la carne tibia de sus muslos mientras emitía un ruidito que provocó en él un temblor similar en el vientre.

—¿Lo estoy haciendo bien? —preguntó medio en broma, levantando la cabeza.

—Oh, sí —dijo suavemente—. Seguro que sí. —Se aferró a sus cabellos.

Comenzó a bajar la cabeza otra vez, pero la levantó de inmediato para mirar el pálido óvalo de su rostro por encima de los recovecos blancos de su cuerpo.

—¿Y cómo diablos lo sabes? —quiso saber. La respuesta fue una risa ahogada. Luego, sin saber cómo, se encontró encima de ella, con su boca en la suya, y con todo el peso de su cuerpo apretándola y sintiendo el calor de su piel, que ardía como si tuviera fiebre.

Ella tenía sabor a él y él a ella. Si Dios no lo ayudaba, no iba a poder aguantarse. Pero lo hizo. Brianna estaba ansiosa, pero nerviosa. Intentaba levantar las caderas hacia él y lo tocaba con demasiada rapidez. Le cogió las manos, una a una, y las colocó sobre su pecho. Las palmas estaban calientes y sus pezones se pusieron erectos.

—Siente mi corazón —le dijo con voz ronca— y dime si se detiene.

No había querido ser gracioso y le sorprendió su risa nerviosa, que desapareció justo cuando la tocaba. Sus manos se tensaron sobre el pecho de Roger y sintió cómo se relajaba y abría sus piernas para él.

—Te amo —murmuró—. Oh, Bree, te amo.

Ella no contestó, pero su mano flotó en la oscuridad y le acarició la mejilla, suave como un alga. La dejó allí mientras él la tomaba, completamente abierta mientras con la otra mano sostenía el corazón palpitante de Roger.

Él se sentía aún más ebrio que antes. No atontado ni adormilado, sino vivo. Podía oler su propio sudor y también el de ella, así como el suave aroma del miedo mezclado con su deseo.

Cerró los ojos y respiró. Le agarró los hombros con más fuerza. Presionó poco a poco. Se deslizó. Sintió la lágrima de ella y se mordió el labio con tanta fuerza que sangró un poco.

Ella le hundió las uñas en el pecho.

—¡Continúa! —susurró Brianna.

Un fuerte empujón y la poseyó.

Cerró los ojos y permaneció así, presionando con cuidado y respirando, en un momento en el que el placer era tan agudo que le causaba dolor. Se preguntó vagamente si el dolor que sentía era el de ella.

—¿Roger?

—¿Sí?

—Es... es muy grande, ¿no? —Su voz temblaba.

—Ah... —Trató de recuperarse—. Lo normal. —Un relámpago de preocupación lo sacudió—. ¿Te hago daño?

—No, no exactamente. Es... ¿Podrías quedarte quieto un minuto?

—Un minuto, una hora. Toda la vida si lo deseas. —Pensó que moriría si no se movía, pero su vida llegaría a su final con felicidad.

Las manos de ella se desplazaron poco a poco por su espalda hasta que alcanzaron las nalgas. Él se estremeció y bajó la cabeza, con los ojos cerrados mientras pintaba su rostro con decenas de pequeños besos.

—Ahora está bien —susurró Brianna en su oído y, como un autómata, comenzó a moverse lo más lentamente que pudo, guiado por la mano de ella en su espalda.

Ella se tensaba un poco y se relajaba, se tensaba y se relajaba. Sabía que le hacía daño, pero no podía detenerse. Ella se alzó para recibirlo y él dejó escapar un sonido profundo; ahora, tenía que hacerlo ahora...

Se salió y se tumbó sobre ella, sintiendo sus pechos aplastados contra él mientras se sacudía y gemía, al mismo tiempo que temblaba y jadeaba como si fuera un pez en tierra.

Después se detuvo, ya no ebrio, sino envuelto en una paz culpable, y sintió los brazos de ella a su alrededor y el aliento caliente de su susurro en el oído.

—Te amo —dijo Brianna con la voz ronca en el aire con olor a lúpulo—. Quédate conmigo.

—Toda la vida —respondió, al mismo tiempo que la abrazaba.

Descansaban de sus esfuerzos juntos y en paz, sudorosos, escuchando la respiración del otro. Por fin, Roger se movió y levantó la cabeza que tenía hundida en su pelo, con las extremidades ligeras y pesadas al mismo tiempo.

—¿Estás bien, mi amor? —murmuró—. ¿Te he hecho daño?

—Sí, pero no importa. —Le pasó la mano por la espalda e hizo que se estremeciera a pesar del calor—. ¿Ha estado bien? ¿Lo he hecho bien? —preguntó con nerviosismo.

—¡Por Dios! —Inclinó la cabeza y la besó durante un rato. Ella se tensó un poco, pero después su boca se relajó junto con la de él.

—¿Ha estado bien, entonces?

—¡Ha sido la hostia!

—Eres muy blasfemo para ser el hijo de un ministro —dijo Brianna con un tono acusador—. Tal vez esas viejas señoras de Inverness tenían razón y estás endemoniado.

—No son blasfemias —intervino. Apoyó la frente en el hombro de Brianna, e inhaló el intenso aroma de ella, de ellos dos—. Son plegarias de agradecimiento.

Brianna se echó a reír.

—Ah, entonces todo está bien —comentó con evidente alivio.

Él levantó la cabeza.

—Joder, sí —dijo, haciendo que riera otra vez—. ¿Cómo puedes pensar otra cosa?

—Bueno, no has dicho nada. Te has quedado como alguien a quien han golpeado en la cabeza. Creía que tal vez te había desilusionado.

Ahora fue Roger quien rió, con la cabeza medio hundida en los huecos suaves de su cuello.

—No —dijo, finalmente, recuperándose—. Comportarse como si te hubieran quitado la columna vertebral es una prueba de la satisfacción masculina. No muy galante, pero sí sincera.

—Oh, está bien. —Pareció satisfecha con la respuesta—. El libro no decía nada sobre eso, no se molestaron en hablar de lo que ocurría después.

—¿Qué libro es ése? —Se movió con cuidado y sus cuerpos se separaron con un sonido especial—. Perdona este desastre —Alcanzó su camisa y se la entregó.

—*El hombre sensual.* —Cogió la camisa y se limpió con meticulosidad—. Hablaba de nata montada, cubitos de hielo y otras cosas que me parecieron un poco extremas, pero me fue bien para saber cómo se hacen las felaciones y...

—¿Has aprendido eso de un libro? —Roger estaba tan escandalizado como las señoras de la parroquia de su padre.

—¿No pensarás que se lo hecho a todos los que he salido? —Ahora era ella la que estaba escandalizada.

—¡Escriben libros para decir a las mujeres lo que tienen que hacer...! ¡Eso es terrible!

—¿Qué tiene de terrible? —preguntó, un poco ofendida—. ¿De qué otra forma lo iba a aprender?

Roger se frotó la cara sin encontrar ninguna respuesta. Si le hubieran preguntado una hora antes, se habría declarado a favor de la igualdad sexual. Pero debajo de la fachada de modernidad, todavía quedaban restos del hijo del ministro presbiteriano que creía que las jóvenes debían llegar ignorantes a la noche de bodas.

Tras reprimir aquellas ideas victorianas, Roger subió una mano por las curvas suaves y blancas de la cadera y le cogió un pecho suave.

—Está bien —comentó, y acercó sus labios a los de ella—. Sólo que todavía tienes mucho que aprender. —Y le mordió con cuidado el labio inferior.

Ella se movió de repente para volver a notar todo aquel calor blanco en su piel desnuda, y él se estremeció con el contacto.

—Enséñame tú —susurró Brianna, y le mordió el lóbulo de la oreja.

Brianna se despertó con el canto de un gallo que había cerca; se sentía desorientada y suficientemente cansada a causa de la emoción y el agotamiento como para encontrarse mareada, como si flotara. Y al mismo tiempo, no quería perder ni un instante.

Roger se movió al ser consciente de que se encontraba junto a ella. La rodeó con el brazo, le dio la vuelta y se curvó para colocarse detrás de ella: rodillas con rodillas y vientre con nalgas. Se apartó los mechones de pelo de ella de la cara con pequeños resoplidos que hacían que le entraran ganas de reír.

Habían hecho el amor tres veces y se sentía feliz y escocida. Se lo había imaginado en muchísimas ocasiones y se había equivocado. No había forma de imaginarse lo que significaba sentirse así, estirada repentinamente más allá de los límites de la carne, penetrada y poseída. Tampoco hubiera podido imaginarse la sensación de poder que otorgaba.

Había creído que era algo semejante a encontrarse desamparada, a ser el objeto de deseo. En cambio, se había estremecido a causa del deseo y había controlado su fuerza por miedo a hacerle daño. Esa fuerza era suya para desatarla, para tocar y excitar, para dominar.

Tampoco había imaginado que existiera tanta ternura, como cuando él gritó y se estremeció entre sus brazos mientras presionaba su frente con fuerza contra la de ella y le confiaba ese momento en el que su fuerza se transformaba de repente en vulnerabilidad.

—Lo siento —dijo Roger con cariño.

—¿Por qué? —Le acarició el muslo sin vacilaciones. Ahora podía tocarle todas las partes y deleitarse en las texturas y los sabores de su cuerpo. No podía soportar las ganas de verlo desnudo a la luz del día.

—Por esto. —Hizo un gesto, señalando la oscuridad que los rodeaba y la paja dura que tenían debajo—. Tenía que haber esperado. Quería... lo mejor para ti.

—Ha estado muy bien —respondió con cariño. Tenía un suave hueco en un lado del muslo, donde se marcaba el músculo.

Él rió, en cierto sentido, arrepentido.

—Quería que tuvieras una noche de bodas adecuada. Con una buena cama, sábanas limpias... tu primera vez debería haber sido mejor.

—Ya he tenido buenas camas y sábanas limpias. Pero esto, no. —Se dio la vuelta, estiró el brazo y sostuvo la fascinante masa cambiante que tenía entre las piernas. Él se tensó un instante a causa de la sorpresa y luego se relajó, dejando que lo tocara como quisiera—. No ha podido ser mejor. —Lo besó, pegando su cuerpo al de él.

Él le devolvió el beso, lento y perezoso, explorando todas las profundidades y huecos de su boca, y permitiendo que ella hiciera lo mismo con la suya. Roger gimió un poco y estiró la mano para retirar la de ella.

—Dios mío, vas a matarme, Bree.

—Lo siento —dijo ella—. ¿Te he apretado demasiado? No quería hacerte daño.

Roger rió.

—No, pero dale descanso a la pobre herramienta, ¿quieres?

Con una mano firme, él le dio la vuelta otra vez y le acarició el hombro con la nariz.

—¿Roger?

—Dime.

—Creo que nunca he sido tan feliz.

—Eso está bien —parecía somnoliento.

—Aunque no regresáramos, no me importa si estamos juntos.

—Regresaremos. —Con una mano cubrió sus pechos, suave como el alga que descansa sobre una roca—. Ya te he dicho que hay otra forma de volver.

—¿Ah, sí?

—Eso creo.

Le habló sobre el grimorio, la mezcla de notas cuidadosas y locas divagaciones, y sobre el paso por las piedras de Craigh na Dun.

—La segunda vez he pensado en ti —le explicó suavemente mientras recorría sus rasgos con un dedo en la oscuridad—. He vivido y aparecido en la época correcta. Pero el diamante que Fiona me dio se derritió en mi bolsillo.

—Entonces, ¿hay una forma de dirigirlo? —Brianna no pudo ocultar un tono de esperanza en su voz.

—Es posible —vaciló—. Había un... supongo que puede llamarse poema o hechizo en el libro. —Retiró la mano mientras lo recitaba.

Alzo mi athame al norte,
hogar de mi poder.
Al oeste,
hogar de mi alma.
Al sur,
sede de la amistad y el refugio.
Al este,
donde nace el sol.

Después, dejo mi daga en el altar que he hecho.
Me siento entre tres llamas.

Tres puntos definen un plano y estoy fija.
Cuatro puntos encierran la tierra y soy plenitud.
Cinco es el número de protección; no permite que
ningún demonio me ponga trabas.
Mi mano izquierda está envuelta en oro
y tiene el poder del sol.
Mi mano derecha está enfundada en plata
y la luna reina serena.

Comienzo.
Los granates descansan alrededor de mi cuello.
Seré fiel.

Brianna lo escuchó con atención y se enderezó con los brazos apoyados en las rodillas. Permaneció en silencio durante un momento.

—Es una locura —dijo, finalmente.

—El hecho de tener un certificado de locura por desgracia no garantiza que esté equivocado —intervino Roger con sequedad. Se desperezó y se sentó con las piernas cruzadas.

—En mi opinión, no deja de ser un ritual tradicional, puesto que es una antigua tradición celta. Lo que dice sobre las cuatro direcciones son los «cuatro *airts*» y está en las antiguas leyendas celtas. Y el cuchillo, el altar y las llamas forman parte de la brujería.

—Ella atravesó el corazón de su marido y le prendió fuego.

Brianna recordó, igual que él, el olor a gasolina y carne quemada en el círculo de piedras y se estremeció, pese al calor que hacía en el cobertizo.

—Espero que no tengamos que hacer un sacrificio humano —comentó Roger, tratando de restarle importancia—. Sin embargo, el metal y las piedras preciosas... ¿Llevabas alguna joya cuando viniste?

Asintió a modo de respuesta.

—Tu pulsera —contestó suavemente—. Y tenía el collar de perlas de mi abuela en el bolsillo. Pero las perlas no se dañaron, se conservaron en perfecto estado.

—Las perlas no son piedras preciosas —le recordó—. Son orgánicas, como las personas.

Se pasó la mano por la cara; había sido un día largo y la cabeza le daba vueltas.

—No obstante, había plata y oro. Tenías la pulsera de plata y engarces de oro en el collar, además de las perlas. Y tu madre llevaba un anillo de plata y otro de oro, ¿no? Sus anillos de matrimonio.

—Ajá. Tres puntos que definen el plano, cuatro encierran a la tierra y el quinto es el número de la protección... —murmuró Brianna—. ¿Ella querría decir que hacían falta piedras preciosas para... para lo que intentaba hacer? ¿Serían los «puntos»?

—Es posible. Tenía dibujos de triángulos y pentagramas, y una lista de piedras preciosas con sus propiedades mágicas al lado. No detallaba demasiado sus teorías, algo evidente, puesto que se hablaba a sí misma, pero parece que existen líneas de fuerza, que ella denominaba «líneas ley», que recorren la Tierra, muy cerca unas de otras, y de vez en cuando se curvan en nudos. Si se llega a uno de esos nudos, se está en un lugar donde el tiempo no existe.

—Así que si uno pasa por uno, podrá hacerlo de nuevo... en cualquier momento.

—El mismo lugar en un tiempo diferente. Si las piedras preciosas tienen su propia fuerza, pueden llegar a torcer las líneas...

—¿Cualquier piedra preciosa?

—Sólo Dios lo sabe —dijo Roger—. Pero es nuestra mejor posibilidad, ¿no?

—Sí —aceptó Brianna, después de una pausa—. ¿Y de dónde sacaremos las piedras? —Hizo un gesto hacia el pueblo y el puerto—. No he visto nada similar en ningún lugar; ni en Inverness ni aquí. Creo que hay que ir a una gran ciudad; a Londres o quizá a Boston o a Filadelfia. Y después, ¿cuánto dinero tienes, Roger? Yo conseguí casi veinte libras, y todavía tengo casi todo, pero eso no sería suficiente para...

—Ése es otro tema —la interrumpió—. He estado pensando mientras dormías. Sé... creo que sé dónde encontrar una piedra. Pero... —vaciló— tengo que ir inmediatamente. El hombre que la posee se encuentra en New Bern, pero no permanecerá mucho tiempo allí. Si cojo algo de tu dinero podré partir en un bote por la mañana y estar en New Bern al día siguiente. Será mejor que tú esperes aquí. Luego...

—¡No puedo quedarme aquí!

—¿Por qué no? —Estiró el brazo, buscándola en la oscuridad—. No quiero que vengas conmigo. En realidad, sí —rectificó—, pero creo que es más seguro que te quedes aquí.

—No digo que quiera ir contigo, te digo que no puedo quedarme aquí —repitió agarrada a su mano. Casi había olvidado su descubrimiento, pero ahora volvía a recuperar toda la excitación del día anterior—. ¡Roger, lo he encontrado, he encontrado a Jamie Fraser!

—¿Fraser? ¿Cuándo? ¿Aquí? —preguntó, volviéndose hacia la puerta con asombro.

—No, está en Cross Creek y sé dónde estará el lunes. Tengo que ir, Roger. ¿No lo comprendes? Está tan cerca y yo ya he llegado tan lejos... —De repente, y de manera irracional, la idea de ver a su madre hacía que tuviera ganas de llorar.

—Sí, ya veo. —Roger parecía algo ansioso—. Pero ¿no puedes esperar unos días? Hay un día de navegación hasta New Bern y otro para regresar. En un día o dos podría estar de vuelta.

—No —respondió—. No puedo. Es por Lizzie.

—¿Quién es Lizzie?

—Mi criada... tú la has visto. Iba a golpearte con la botella. —Brianna rió ante el recuerdo—. Lizzie es muy valiente.

—Sí, ya me doy cuenta —comentó Roger secamente—. Pero eso qué...

—Está enferma —interrumpió Brianna—. ¿No has visto lo pálida que estaba? Creo que tiene malaria. Aunque la fiebre y los temblores desaparecen, vuelven a los pocos días. Tengo que encontrar a mi madre lo más rápido posible. Tengo que hacerlo.

Podía sentir cómo Roger batallaba para reprimir sus argumentos. Estiró la mano en la oscuridad y le acarició la cara.

—Tengo que hacerlo —repitió suavemente, y sintió cómo cedía.

—Muy bien —dijo—. ¡Muy bien! Volveré lo más pronto posible. Pero hazme un favor, ¿quieres? ¡Ponte un vestido!

—¿No te gustan mis calzones? —Su risa se elevó como burbujas de gas y se detuvo con brusquedad, como si algo le hubiera pasado por la cabeza—. Roger, ¿qué vas a hacer? ¿Vas a robar esas piedras?

—Sí —respondió con sencillez.

Se quedó en silencio un instante mientras frotaba la palma de Roger con su pulgar.

—No —intervino, en voz muy baja—. No lo hagas, Roger.

—No te preocupes, el hombre que las tiene —comentó, tratando de tranquilizarla— se las robó a otra persona.

—¡No me preocupo por él, sino por ti!

—No me pasará nada —le aseguró con bravuconería.

—Roger, ¡en esta época cuelgan a la gente por robar!

—No me atraparán. —Las manos de Roger buscaron las de Brianna en la oscuridad, las encontraron y las apretaron—. Estaré de vuelta antes de que te des cuenta.

—Pero y si no es así...

—Todo saldrá bien —contestó con firmeza—. He dicho que te cuidaría y lo haré.

—Pero...

Se apoyó sobre un codo e hizo que callara con un beso. Muy suavemente, acercó su mano y la presionó contra su entrepierna.

Ella tragó y, con antelación, se le erizó el vello de los brazos.

—¿Hum? —murmuró él contra su boca y, sin esperar ninguna respuesta, la recostó sobre la paja, rodó sobre ella y le separó las piernas con la rodilla.

Brianna jadeó cuando la penetraba y mordió su espalda, pero Roger no dijo nada.

—¿Sabes? —preguntó Roger medio dormido un poco después—. Creo que me he casado con mi seis veces tía abuela. Se me acaba de ocurrir.

—¿Que tú qué?

—No te preocupes, no es incesto —le aseguró.

—Ah, bueno —dijo con sarcasmo—. Ya me estaba preocupando. ¿Cómo puedo ser tu tía abuela, caramba?

—Bueno, como te dije, estaba pensando y no me había dado cuenta antes. Pero el tío de tu padre era Dougal MacKenzie, el que causó todo el problema al tener un hijo con Geillis Duncan, ¿no?

El insatisfactorio método anticonceptivo que había utilizado lo había hecho pensar en ello. Aunque le parecía mejor no mencionarlo. Ya no se podían poner ninguna de las dos camisas. Después de tener todo en cuenta, supuso que se alegraba de que Dougal MacKenzie no hubiera sido tan diligente, ya que eso hubiera impedido su propia existencia.

—Bueno, no creo que la culpa fuera toda de él. —Brianna también parecía medio dormida. Estaba a punto de amanecer, los pájaros se oían y el aire había cambiado, ya que era más fresco, gracias al viento que procedía del puerto.

—Si Dougal es mi tío abuelo, yo no soy tu tía abuela, sino una prima en sexto o séptimo grado.

—Tampoco, porque no pertenecemos a la misma generación de descendientes; tú estás mucho más arriba por el lado de tu padre.

Brianna estaba callada, intentando descifrar todo aquello. Entonces se rindió, rodó con un suave gruñido, acunando su trasero contra el hueco entre sus muslos.

—Al diablo con eso —dijo ella—. Si estás seguro de que no es incesto...

Él la apretó contra su pecho, pero su cerebro somnoliento se había aferrado a aquel tema y era incapaz de olvidarlo.

—No lo había pensado. —Se asombró—. ¿Sabes lo que significa? Yo también soy pariente de tu padre. ¡Creo que es mi único pariente vivo, además de ti! —Roger se sintió desconcertado y conmovido por el descubrimiento. Hacía tiempo que se había reconciliado con la idea de no tener familia, aunque un primo en séptimo grado no fuera cercano, pero...

—No, no es así —murmuró Brianna.

—¿Cómo?

—No es el único. Está Jenny. Y sus hijos. Y sus nietos. Mi tía Jenny es tu... hum, tal vez tengas razón. Porque si ella es mi tía... yo soy... ahh. —Bostezó y apoyó su cabeza en el hombro de Roger, cubriendo su pecho con su suave cabello—. ¿Quién les dijiste que eras?

—¿A quién?

—A Jenny y a Ian. —Se movió, estirándose—. Cuando fuiste a Lallybroch.

—No he estado allí. —Se desperezó, acercándose a su cuerpo. Posó su mano en la curva de su cintura, y volvió a sumirse en el sopor, sustituyendo las abstractas complejidades de los cálculos genealógicos por sensaciones más inmediatas.

—¿No? Pero entonces... —Su voz se quebró.

Confuso por el sueño y el agotamiento del placer, Roger no prestó atención, y sólo se acurrucó un poco más con un gemido dominado por la lujuria. Un momento después, la voz de Brianna atravesó la neblina de la confusión como si se tratara de un cuchillo.

—¿Cómo sabías que yo estaba aquí?

—¿Hum?

Se apartó de inmediato, dejándolo con los brazos vacíos y mirándolo con recelo a apenas unos centímetros de distancia.

—¿Cómo sabías dónde estaba? —repitió poco a poco con un tono gélido—. ¿Cómo sabías que había venido a las colonias?

—Ah... yo... —Se despertó para descubrir, demasiado tarde, el peligro.

—No había forma de saber que había salido de Escocia, salvo que hubieras ido a Lallybroch y ellos te lo hubieran dicho, pero si no fuiste a Lallybroch...

—Yo... —Buscó una explicación, pero no había otra que no fuera la verdad. Y por la rigidez del cuerpo de Brianna, ella había llegado a la misma conclusión.

—Lo sabías —dijo. Su voz era poco más que un suspiro, pero parecía que le estuviera gritando al oído—. Lo sabías, ¿verdad? —Se sentó, fulminándolo con la mirada—. ¡Leíste la noticia de la muerte! Lo has sabido siempre, ¿verdad?

—No —contestó, tratando de ganar tiempo—. Quiero decir, sí, pero...

—¿Desde cuándo lo sabías? ¡¿Por qué no me lo dijiste?! —gritó. Se había puesto en pie y recogía su ropa.

—Espera —suplicó—. Bree, deja que te lo explique...

—¡Sí, explícame! ¡Me gustaría oír tu explicación! —Estaba furiosa, pero dejó de buscar un momento, para escuchar.

—Mira —también se levantó—, lo descubrí en primavera. Pero yo... —Inspiró profundamente, buscando con desesperación las palabras que permitieran su comprensión— sabía que te iba a hacer daño. No quería decírtelo porque sabía que no podrías hacer nada, excepto entristecerte...

—¿Qué quieres decir con eso de que no podría hacer nada? —Se pasó una camisa por la cabeza con los ojos brillando por la furia y los puños cerrados.

—¡No puedes cambiar los hechos, Bree! ¿No te das cuenta? Tus padres lo intentaron; sabían lo de Culloden e hicieron todo lo posible para detener a Carlos Estuardo, pero no pudieron. ¡Fracasaron! Geillis Duncan trató de que un Estuardo fuera rey y falló. ¡Todos fracasaron! —Le puso una mano en el brazo. Estaba rígida como una estatua—. No puedes ayudarlos, Bree —dijo con más calma—. Es parte de la historia, del pasado. Tú no eres de este tiempo, no puedes cambiar lo que va a suceder.

—Tú no lo sabes —contestó con rigidez, pero a él le pareció que escuchaba cierto tono de duda en su voz.

—¡Lo sé! —Se secó una gota de sudor de la mandíbula—. Escucha, si hubiera pensado que existía la más mínima posibilidad... pero no hay ninguna. ¡Por Dios, Bree, no quería que sufrieras!

Ella estaba inmóvil, respirando con fuerza. Si hubiera podido elegir, Roger estaba convencido de que hubiera echado fuego y azufre por la nariz.

—No es asunto tuyo, para que decidas por mí —intervino, apretando los dientes—. No importa lo que pensaras. Es algo muy importante, Roger, ¿cómo pudiste hacerlo?

Se sentía traicionada y eso era más de lo que Roger podía soportar.

—¡Maldición, tenía miedo de que, si te lo decía, hicieras lo que has hecho! —estalló—. Me dejarías e intentarías pasar a través de las piedras. Y mira lo que has hecho... ahora los dos estamos aquí...

—¿Me culpas porque tú estás aquí? ¿No hice todo lo posible para que no me siguieras como un idiota?

De inmediato, meses de trabajo y terror, así como días de preocupación y búsqueda infructuosa invadieron a Roger.

—¿Un idiota? ¿Así me agradeces que haya venido a buscarte, arriesgando mi maldita vida para protegerte? —Se levantó y trató de agarrarla sin estar seguro de si quería agredirla o poseerla de nuevo. Pero no pudo hacer nada; un fuerte empujón en el pecho hizo que perdiera el equilibrio y cayera.

Brianna saltaba sobre un pie y maldecía de forma incoherente mientras se ponía los pantalones.

—¡Maldito arrogante... maldito seas, Roger! —Se subió de golpe los pantalones y se inclinó para recoger los zapatos y las medias—. ¡Vete! ¡Vete y que te cuelguen, si es eso lo que quieres! ¡Voy a buscar a mis padres! ¡Y los salvaré!

Se volvió y se encaminó hacia la puerta antes de que pudiera detenerla. Se quedó de pie un momento en el cuadrado pálido de la puerta, con los mechones oscuros de su cabello flotando en el viento, vivos como los mechones de la cabellera de Medusa.

—Me voy. Vengas o no, no me importa. Regresa a Escocia, pasa por las piedras, no me importa. Pero ¡no intentes detenerme!

Y se marchó.

Lizzie tenía los ojos bien abiertos cuando la puerta se abrió de golpe. No estaba durmiendo. No podía, pero había estado tumbada con los ojos cerrados. Se enderezó, peleando con las sábanas, y buscó el yesquero.

—¿Está bien, señorita Bree?

No lo parecía; Brianna iba y venía susurrando como una serpiente, deteniéndose para dar patadas al armario con un sonoro golpe. Hubo otros dos golpes seguidos. Junto a la luz titilante de la vela recién encendida, Lizzie vio que se debían a los zapatos de Brianna, que habían golpeado la pared y habían caído al suelo.

—¿Está bien? —repitió, insegura.

—¡Bien! —contestó Brianna.

De debajo de la ventana llegó una voz ronca.

—¡Brianna! ¡Volveré a buscarte! ¿Me oyes? ¡Volveré!

Brianna no respondió. Se aproximó a la ventana, agarró los postigos y los cerró con un golpe que resonó en la habitación. A continuación, se dio la vuelta como si fuera una pantera y tiró el candelabro al suelo, dejando la habitación en una sofocante oscuridad.

Lizzie se quedó inmóvil en la cama, temerosa de moverse y de hablar. Oyó cómo Brianna se quitaba la ropa en silencio mientras el susurro de su respiración enfatizaba el sonido de la ropa y las pisadas de los pies desnudos sobre el suelo de madera. A través de los postigos, oyó los roncos murmullos que llegaban desde abajo, hasta que todo quedó en silencio.

Durante un instante, había visto el rostro de Brianna a la luz: blanco como el papel y duro como la piedra, con los ojos negros. Su dulce y amable señora se había desvanecido como el humo y había sido sustituida por una *deamhan*, una mujer demonio. Lizzie era una muchacha de pueblo, que había nacido mucho después de Culloden. Nunca había visto a los salvajes miembros de los clanes de los valles, ni a un montañés de las Highlands en pleno arranque de furia... pero había oído las antiguas historias y sabía que eran verdad. Una persona con aquel aspecto podía hacer cualquier cosa.

Intentó respirar como si estuviera dormida, pero el aire le llegaba de manera entrecortada por la boca. Sin embargo, Brianna no se dio cuenta; caminó por la habitación con pasos rápidos y fuertes, vertió agua en el cuenco y se lavó la cara. A continuación, se deslizó entre las mantas y se quedó inmóvil, rígida como una tabla.

Entonces reunió el valor suficiente y se volvió hacia ella.

—¿Está... está bien, *a bann-sielbheadair*? —preguntó en voz tan baja que su señora, si lo deseaba, podría fingir que no la había oído.

Por un momento creyó que Brianna iba a ignorarla.

—Sí —llegó la respuesta, en una voz sin matices. No parecía Brianna—. Duérmete.

No lo hizo. Un cuerpo no dormía, tumbado junto a alguien que podría convertirse en un *ursiq* en cualquier momento. Sus ojos se habían acostumbrado a la oscuridad, pero tenía miedo de mirar, por si el cabello rojo que estaba en la almohada junto a ella se convertía de repente en una crin, y la delicada nariz recta se transformaba en un hocico suave y curvado, con dientes que la devorarían.

A Lizzie le llevó algunos instantes darse cuenta de que su señora estaba temblando. No lloraba, pero temblaba de una manera que estremecía la cama.

Intentó no intervenir. «¡Tonta, es tu amiga y tu señora y le ha sucedido algo terrible, y tú no haces nada!»

En un impulso, se acercó a Brianna y le cogió la mano.

—¿Bree? —dijo suavemente—. ¿Puedo ayudar en algo?

Brianna le apretó la mano con fuerza, brevemente, y luego la soltó.

—No —respondió con suavidad—. Vete a dormir, Lizzie, no pasa nada.

Lizzie lo dudaba, pero no comentó nada, y se quedó recostada boca arriba, respirando en silencio. Pasó mucho tiempo, pero el cuerpo de Brianna por fin se estremeció suavemente y se relajó hasta quedarse dormida. Lizzie no podía dormir; ahora que no tenía fiebre, estaba alerta e inquieta. La única manta que tenía encima pesaba mucho y estaba húmeda, y, con los postigos cerrados, respirar el aire de la diminuta habitación suponía respirar algo parecido a la melaza caliente.

Por último, incapaz de dormir, Lizzie se levantó. Sin dejar de escuchar cualquier ruido procedente de la cama, se acercó a la ventana y abrió los postigos.

A pesar de que el aire seguía siendo caliente y húmedo en el exterior, comenzaba a entrar la brisa del amanecer procedente del mar. Aunque el cielo todavía estaba oscuro, ya comenzaba a amanecer. Ahora podía distinguir la línea de la carretera que se encontraba debajo y que por suerte seguía vacía.

Sin saber cómo actuar, se dedicó a hacer lo que siempre hacía cuando tenía problemas: arreglar las cosas. Se movió silenciosa por la habitación, recogió la ropa que Brianna se había quitado con rapidez y fuerza y la sacudió.

Tenía manchas de hojas y suciedad, además de restos de paja, algo que era visible incluso bajo la tenue luz que entraba por la ventana. ¿Qué había hecho Brianna? ¿Revolcarse por la tierra? En aquel instante, la escena apareció en su mente; la vio tan clara que la impresión la sacudió: Brianna tirada en el suelo, luchando con el diablo negro que se la había llevado.

Era una mujer alta y fuerte, pero aquel MacKenzie era un bruto enorme, él podría... se detuvo bruscamente, no quería pensarlo. Pero fue inevitable. Su imaginación no se detenía.

Con gran disgusto se acercó la camisa y la olió. Sí, allí estaba, olor a hombre, fuerte y agrio como el de una cabra en celo. El hecho de pensar en aquella malvada criatura con su cuerpo apretado contra el de Brianna, dejando sus olores como un perro que marca su territorio, hizo que se estremeciera de asco.

Con gestos temblorosos recogió los calzones y las medias para lavarlos en la palangana. Eliminaría los rastros de aquel MacKenzie, junto con la suciedad y las manchas de hierba, y, si al día siguiente todavía estaban mojados... bueno, mucho mejor. Aún le quedaba el jabón que le dio la posadera y tenía la palangana con agua. Ella se ocuparía. Sumergió los pantalones en el agua, añadió un poco de jabón y comenzó a generar espuma mientras enjabonaba la tela.

Empezaba a entrar luz por la ventana. Lanzó una mirada furtiva a su señora por encima del hombro, pero su respiración era tranquila, todavía no se despertaría.

Volvió a ponerse manos a la obra y se quedó helada a causa de un escalofrío peor que los que sentía cuando tenía fiebre. La fina espuma que cubría sus manos estaba oscura y se formaban pequeños remolinos negros en el agua, semejantes a las manchas de tinta de una sepia.

No quiso mirar, pero no podía fingir que no lo había visto. Dio la vuelta a la tela mojada con cuidado y allí estaba, una gran mancha oscura entre las perneras que oscurecía el agua.

El sol aparecía en el cielo con un tono rojizo, que hacía que se confundiera el agua de la palangana, el aire de la habitación y el mundo que las rodeaba, junto con el color de la sangre fresca.

41

Fin de la travesía

Brianna pensó que podía comenzar a gritar, pero en su lugar le dio un golpecito en la espalda a Lizzie y habló suavemente.

—No te preocupes, todo irá bien. El señor Viorst dice que nos esperará. En cuanto te sientas mejor partiremos. Ahora no te preocupes por nada, limítate a descansar.

Lizzie asintió sin poder responder. Los dientes le castañeteaban a pesar de tener tres mantas y un ladrillo caliente en los pies.

—Te traeré algo de beber, querida. Descansa —repitió Brianna, y, después de darle otra palmada, se levantó y salió de la habitación.

No era culpa de Lizzie, por supuesto, pensó Brianna, pero no podía haber elegido peor momento para tener otro ataque de fiebre. Después de la terrible escena con Roger, Brianna había dormido hasta tarde, pero mal. Al despertar, encontró su ropa lavada y tendida para que se secara, sus zapatos lustrados, sus medias dobladas, la habitación limpia y ordenada, y a Lizzie tirada en el suelo temblando debido a la fiebre.

Por enésima vez contó los días. Faltaban ocho hasta el lunes. Si el ataque de Lizzie seguía el proceso habitual podrían partir dentro de dos días. Le quedarían seis y, según el joven Smoots y Hans Viorst, en cinco o seis días se podía llegar hasta Cross Creek en aquella época del año. ¡No podía perder a Jamie Fraser, no podía! Debía estar allí el lunes fuera como fuera. ¡Quién sabía cuánto tiempo duraría el juicio, o si se marcharía en cuanto terminara! Hubiera dado cualquier cosa por poder partir de inmediato.

La necesidad de marcharse era tan imperiosa que hacía que se olvidara del resto de los dolores de su cuerpo, incluso del de la traición de Roger, pero no podía hacer nada. No podía ir a ninguna parte hasta que Lizzie mejorara.

La taberna estaba llena. Habían llegado dos nuevos barcos al puerto y, al anochecer, las bancas estaban llenas de marineros que observaban una partida de cartas entre voces y risas en una mesa de la esquina. Brianna pasó entre las nubes azules de tabaco sin hacer caso de los silbidos y las miradas. Roger quería que llevara un vestido, ¿no? Maldita sea, con los pantalones los podía mantener a raya, pero Lizzie los había lavado, ahora estaban mojados y tenía que esperar para volver a ponérselos.

Con la mirada fulminó a un hombre que le agarró el trasero. Se detuvo al instante, sobresaltado, y ella se deslizó junto a él por la puerta que comunicaba con el pasillo de la cocina.

De regreso con una jarra humeante de hierbabuena envuelta en un trapo para evitar quemarse, se desvió a un lado de la estancia para evitar a su posible asaltante. Si la tocaba, le tiraría el agua hirviendo en la entrepierna. Aunque se lo mereciera y aliviara un poco sus sentimientos destructores, supondría desperdiciar la infusión que tanta falta le hacía a Lizzie.

Caminó poco a poco de lado, deslizándose entre los ruidosos jugadores y la pared. La mesa estaba llena de monedas y otros pequeños objetos de valor: botones de plata, chapados en oro y de peltre; una tabaquera; un cortaplumas de plata y pedazos de papel garabateados, que supuso que eran pagarés o el equivalente del siglo XVIII. Uno de los hombres se movió y, por encima de su hombro, el resplandor de un anillo llamó su atención. Bajó la vista, apartó la mirada y volvió a observar asombrada. Era un anillo de oro, más ancho de lo habitual. No obstante, no fue únicamente el oro lo que hizo que mirara. El anillo se encontraba a treinta centímetros y, aunque la luz de la taberna era muy tenue, había un candelabro en la mesa de juego que reflejaba su luz en la curva interior de la joya.

Desde donde se encontraba, Brianna no pudo leer las letras que estaban grabadas, pero se las sabía tan bien que las palabras le vinieron a la mente.

Apoyó una mano en la espalda del propietario del anillo y lo interrumpió a mitad de una broma. El hombre se volvió, frunció ligeramente el ceño y sonrió cuando la vio.

—Ah, corazón, ¿has venido a cambiar mi suerte? —Era un hombre alto, de huesos grandes y rostro apuesto, con una boca amplia, la nariz rota y un par de ojos verdes que la recorrían con rapidez, al mismo tiempo que la examinaban.

Brianna se vio obligada a sonreír.

—Eso espero. ¿Puedo tocar su anillo para que me dé suerte?

—Y sin esperar su permiso, lo cogió de la mesa y frotó el anillo en su manga. Luego lo levantó para admirarlo a la luz y poder leer la inscripción.

De F. para C. con amor. Siempre.

Cuando se lo devolvió, le temblaba la mano.

—Es muy bonito. ¿Dónde lo compró?

La miró sorprendido y luego con cautela. Brianna se apresuró a aclarar su pregunta.

—Es muy pequeño para usted. ¿No se enfadará su esposa si lo pierde?

«¿Cómo lo habrá conseguido? ¿Y qué le habrá pasado a mi madre?», pensó, desesperada.

Los labios gruesos se curvaron en una encantadora sonrisa.

—Si tuviera una esposa, querida, la dejaría por ti. —La miró con mayor detenimiento mientras dejaba caer sus largas pestañas para ocultar su mirada. Él le toco la cintura en un gesto informal de invitación—. Ahora estoy ocupado, pero más tarde... ¿eh?

Sentía los dedos fríos, a pesar de que la jarra ardía incluso con el trapo. Su corazón se había solidificado para convertirse en un pequeño bulto de terror.

—Mañana —respondió Brianna—. A la luz del día.

La observó asombrado y luego lanzó una carcajada.

—Bueno, he oído cómo algunos hombres decían que no conviene encontrarse conmigo en la oscuridad, muñeca, pero las mujeres parece que lo prefieren. —Le pasó un dedo por el antebrazo, jugueteando; con su tacto, su vello pelirrojo se erizó—. Te espero en mi barco, el *Gloriana*, cerca del embarcadero.

—¿Hacía mucho que no comías?

La señorita Viorst contempló la escudilla vacía de Brianna con alegre incredulidad. Era una corpulenta holandesa de la misma edad que Brianna que la trataba con un afecto maternal, como si fuera mayor que ella.

—Creo que desde anteayer. —Brianna aceptó una segunda ración de buñuelos y caldo y otra rebanada de pan con mantequilla fresca—. ¡Oh, muchas gracias! —La comida la ayudaba a llenar el vacío que sentía en su interior, así como a proporcionarle un poco de consuelo.

La fiebre de Lizzie había hecho acto de presencia tras dos días de navegación. Esta vez, el ataque era más largo y severo. Brianna temió que la joven no soportara el viaje por el río Cape Fear.

Se había sentado en el centro de la canoa durante todo un día y una noche mientras Viorst y su compañero remaban como posesos. Ella vertía agua sobre la cabeza de Lizzie y la envolvía con todos los abrigos y mantas de los que disponía mientras rezaba una y otra vez para ver cómo se hinchaba el pecho de la muchacha con la siguiente respiración.

—Si me muero, ¿avisará a mi padre? —había susurrado Lizzie.

—Lo haré, pero eso no sucederá, así que no molestes —había respondido Brianna con firmeza. El aviso fue útil, ya que la frágil espalda de Lizzie tembló de risa con el comentario de Brianna, y estiró una pequeña mano huesuda para alcanzar la suya. La sostuvo hasta que se durmió, momento en que la aflojó y los delgados dedos se soltaron.

Viorst, alarmado por el precario estado de la joven, las había llevado a la casa que compartía con su hermana, un poco más abajo de Cross Creek. Habían transportado el cuerpo de Lizzie envuelto en mantas por el camino polvoriento que conducía del río a una pequeña granja. La gran fuerza de voluntad de la joven se había impuesto una vez más a la enfermedad, pero tal y como se encontraba, Brianna temía que su frágil cuerpo no resistiera tantas exigencias.

Partió un buñuelo por la mitad y se lo comió lentamente, saboreando los jugos calientes del pollo y la cebolla. Estaba mugrienta, agotada por el viaje, muerta de hambre y le dolían todos los huesos de su cuerpo. No obstante, lo habían conseguido; estaba en Cross Creek un día antes del juicio. En algún lugar cerca de allí tenía que encontrarse Jamie Fraser, y junto a él estaría Claire.

Se tocó la pernera del pantalón y el bolsillo secreto que estaba cosido a la costura. Allí estaba la pequeña dureza redonda del talismán. Su madre estaba viva y eso era lo único que importaba.

Después de comer fue a ver a Lizzie. Hanneke Viorst estaba sentada al lado de la cama remendando ropa. Sonrió al ver a Brianna.

—Está bien.

Después de ver el rostro demacrado y dormido de la joven, Brianna no hubiera dicho lo mismo. No obstante, la fiebre había desaparecido. La frente de Lizzie estaba fresca y húmeda, y el cuenco medio vacío que se encontraba en la mesa de al lado indicaba que había conseguido comer un poco.

—¿También vienes a descansar? —preguntó Hanneke mientras se levantaba y hacía un gesto hacia la otra cama preparada.

Brianna lanzó una mirada de anhelo a las mantas limpias y a la almohada mullida, pero negó con la cabeza.

—Todavía no, muchas gracias. Lo que necesito es que me presten una mula si es posible.

Era imposible saber dónde estaba Jamie Fraser. Viorst le había dicho que River Run se encontraba a un buen trecho del pueblo. Jamie Fraser podía estar allí o haber permanecido en Cross Creek por comodidad. No podía alejarse tanto de Lizzie como para cabalgar hasta River Run, pero quería ir al pueblo y buscar el lugar donde tendría lugar el juicio. Como no sabía adónde tenía que dirigirse, no podía correr el riesgo de perderlo.

A pesar de que la mula era grande y vieja, no se negó a caminar por el sendero que discurría junto al río. Iba con más lentitud de lo que lo hubiera hecho ella misma, pero no le importaba, puesto que ya no tenía prisa.

Pese a su cansancio, comenzó a sentirse mejor a medida que cabalgaba; su cuerpo golpeado y rígido se fue relajando con el suave ritmo de la mula. Era un día caluroso y húmedo, pero el cielo estaba despejado y azul, y los enormes olmos y las pacanas cubrían el camino, filtrando el sol a través de las hojas frescas. Entre la enfermedad de Lizzie y sus dolorosos recuerdos casi no había prestado atención a la segunda parte de su viaje y a los cambios del paisaje. Ahora se sentía como si la hubieran transportado a un lugar diferente como por arte de magia. Dejó todo a un lado, decidida a olvidar los últimos días y todo lo que había ocurrido. Iba a encontrarse con Jamie Fraser.

Habían desaparecido los caminos arenosos, los bosques de pinos y los pantanos de la costa, y habían sido sustituidos por matorrales verdes, árboles altos de tronco grueso y un polvo naranja pálido, que se convertía en moho negro en los bordes del camino, donde se amontonaban las hojas muertas. Habían cesado los graznidos de las gaviotas y las golondrinas, y en su lugar un arrendajo parloteaba y un chotacabras cantaba en el interior del bosque.

¿Cómo sería? Se lo había preguntado cientos de veces y había imaginado mil escenas diferentes: lo que ella diría, lo que él diría... ¿Se alegraría de verla? Eso esperaba; pero aun así sería un extraño. Casi con seguridad no se parecería en absoluto al hombre que había imaginado. Con cierta dificultad, rechazó el recuerdo de la voz de Laoghaire: «Un mentiroso y un alcahuete...» Para su madre no era así.

«Mañana será otro día», murmuró para sí. Había entrado en el pueblo de Cross Creek. Las casas dispersas comenzaron a aparecer abigarradas, y el camino polvoriento se convirtió en una calle pavimentada, rodeada de tiendas y casas más grandes. Había gente por la calle, pero era la hora más calurosa de la tarde, cuando el aire permanecía inmóvil sobre el pueblo. Los que podían estaban en el interior, a la sombra.

La carretera se curvaba, siguiendo la orilla del río. Había un pequeño aserradero sobre un promontorio, y junto a él, una taberna. Decidió preguntar allí. Con el calor que hacía, agradecía algo para beber.

Dio una palmadita al bolsillo de su chaqueta, para asegurarse de que tenía dinero. En su lugar, sintió el contorno espinoso de la cáscara de una castaña y retiró la mano como si se hubiera quemado.

Pese a todo lo que había comido, volvió a sentir un vacío en el estómago.

Al llegar a la taberna ató la mula con los labios apretados y entró en el oscuro refugio. El lugar estaba vacío y el propietario dormitaba en un banco. Se levantó al verla y, después de la habitual sorpresa por su aspecto, le sirvió una cerveza y le indicó cómo llegar hasta el tribunal.

—Gracias. —Se secó el sudor de la frente con la manga de la chaqueta... Incluso en el interior, el calor era sofocante.

—¿Ha venido para el juicio? —preguntó el hombre con curiosidad.

—Sí, bueno, en realidad, no. ¿De qué juicio se trata? —preguntó, al darse cuenta de que no sabía nada.

—Oh, es el de Fergus Fraser —contestó el tabernero, como si todo el mundo conociera a Fergus—. Los cargos son asalto a un oficial de la Corona. Pero lo absolverán —dijo el hombre, de manera informal—. Jamie Fraser ha venido desde las montañas para declarar.

Brianna se atragantó con su cerveza.

—¿Conoce a Jamie Fraser? —quiso saber, nerviosa mientras limpiaba con la manga la espuma que había derramado.

El tabernero enarcó las cejas.

—Si espera un momento, usted también lo conocerá. —Hizo un gesto hacia una jarra de peltre llena de cerveza que se encontraba en la mesa de al lado. No la había visto al entrar—. Ha salido por la puerta de atrás cuando usted llegaba. ¡Eh! —Brianna se había puesto en pie de un salto, dejando caer su jarra, y el hombre dio un grito de sorpresa al ver cómo salía corriendo a toda prisa.

La luz del exterior deslumbraba después de la penumbra de la taberna. Brianna parpadeó y los ojos le lloraban debido a los rayos de sol que atravesaban el verde cambiante de una pantalla de arces. En ese momento advirtió un movimiento bajo las hojas temblorosas.

Estaba a la sombra de los arces, prácticamente de espaldas a ella, con la cabeza inclinada, absorto. Era un hombre alto. Tenía unas piernas largas y era delgado y elegante, y su camisa blanca ocultaba unos hombros anchos. Usaba un kilt verde y marrón desteñido, que levantó mientras orinaba junto a un árbol.

Cuando terminó, se bajó el kilt y volvió a la taberna. Entonces la vio de pie, mirándolo. Se tensó un poco y cerró las manos.

Jamie vio más allá de sus prendas de hombre, y su expresión de recelo se convirtió en sorpresa al darse cuenta de que era una mujer.

Brianna no tuvo ninguna duda desde el instante en que lo vio. Estaba sorprendida y, al mismo tiempo, no lo estaba. No era tan grande como lo había imaginado. Parecía más pequeño, del tamaño de un hombre, aunque tenía sus mismas facciones: nariz larga, mentón fuerte y ojos rasgados enmarcados en un hueso sólido.

Cuando se dirigió hacia ella y se alejó de la sombra de los arces, el sol iluminó su cabello cobrizo. Casi de manera inconsciente, ella levantó una mano y se retiró un mechón de pelo de la cara mientras observaba de reojo el destello cobrizo, que era idéntico al suyo.

—¿Qué quieres, muchacha? —preguntó con firmeza, pero sin ser maleducado. Su voz era más profunda de lo que esperaba y tenía un marcado acento escocés.

—A ti —dejó escapar. El corazón parecía que se le hubiera atascado en la garganta; tenía problemas para pronunciar las palabras.

Estaba suficientemente cerca como para poder captar el suave olor de su sudor y el aroma fresco a madera cortada del serrín que tenía en las mangas enrolladas de su camisa de lino. Entornó los ojos, divertido mientras la recorría con la mirada y asimilaba su vestimenta. Enarcó una ceja rojiza y movió la cabeza.

—Lo siento, muchacha —dijo con una sonrisa—. Soy un hombre casado.

Intentó pasar junto a ella, y ella emitió un pequeño ruido incoherente. Brianna estiró una mano para tratar de detenerlo, pero sin atreverse a cogerlo del brazo. Él se detuvo y la miró con mayor detenimiento.

—No, lo digo en serio. Tengo una esposa en casa y no está lejos de aquí —comentó con un deseo evidente de ser cortés—. Pero... —Se detuvo suficientemente cerca como para ver la suciedad de su ropa, el agujero en la manga de su chaqueta y los extremos raídos de su corbatín—. Ah —dijo con un tono distinto, y se llevó la mano al pequeño monedero de cuero que llevaba atado a la cintura—. ¿Tienes hambre? Tengo dinero si quieres comer.

Brianna apenas podía respirar. Los ojos de Jamie eran de color azul oscuro y estaban llenos de calidez. Ella se fijó en el cuello abierto de su camisa, de donde sobresalía el vello rizado y rubio, que contrastaba con su piel quemada por el sol.

—¿Eres... eres Jamie Fraser?

La miró con atención.

—El mismo. —La cautela apareció de nuevo en su rostro. Sus ojos se entornaron por el sol. Miró con rapidez detrás de él y hacia la taberna, pero no había nada en el umbral. Dio un paso hacia ella—. Pero ¿quién lo pregunta? —quiso saber—. ¿Tienes algún mensaje para mí?

Ella sintió el absurdo deseo de reír. ¿Que si tenía un mensaje?

—Mi nombre es Brianna —contestó.

Jamie frunció el entrecejo con inseguridad y algo iluminó sus ojos. ¡Lo sabía! Había oído ese nombre y significaba algo para él. Brianna tragó con fuerza y sintió que se le sonrojaban las mejillas como si las estuvieran quemando con la llama de una vela.

—Soy tu hija. Brianna —dijo con voz entrecortada.

Jamie permaneció inmóvil, sin inmutarse. No obstante, la había oído. Primero se puso pálido y luego su cuello y su rostro enrojecieron, como si comenzaran a arder, hasta que adquirieron el mismo tono que ella.

Brianna sintió alegría al verlo, una sensación en el vientre que hacía que resonara aquel calor de la sangre, el reconocimiento de su parentesco. ¿Lo molestaba sonrojarse tanto?, se preguntó de repente. ¿Había aprendido a permanecer inexpresivo, como le había ocurrido a ella, para ocultar aquel arrebato delator?

A pesar de que Brianna sentía el rostro rígido, intentó sonreír. Jamie parpadeó y dejó de mirar su cara para pasar a observar su aspecto y... su tamaño, con lo que a ella le pareció una expresión nueva y de horror.

—Dios mío —gruñó—. Eres enorme.

Brianna ya había recuperado el color de la piel, cuando volvió a ruborizarse de nuevo.

—¿De quién será la culpa? —preguntó, furiosa. Se enderezó y cuadró los hombros, fulminándolo con la mirada. Tan cerca y erguida, podía mirarlo directamente a los ojos, y así lo hizo.

Jamie dio un paso atrás, momento en que cambió su rostro, mostrando sorpresa. Sin su máscara inexpresiva, parecía más joven, aunque debajo había impresión, sorpresa y una ligera muestra de entusiasmo, casi doloroso.

—¡Oh, no, muchacha! —exclamó—. ¡No he querido decir eso! Es que... —se interrumpió mirándola fascinado. Alzó la mano y dibujó en el aire su mejilla, su mandíbula, su cuello y su hombro, ya que temía tocarla—. ¿Es cierto? —susurró—. ¿Tú eres Brianna? —Pronunciaba su nombre con un extraño acento, *Briná*, que la hizo estremecer.

—Soy yo —dijo con voz un poco ronca, intentando sonreír—. ¿No lo ves?

La boca de Jamie era amplia y tenía unos labios gruesos, pero no eran como los de ella; era más ancha, con una forma más llamativa que parecía que ocultara una sonrisa incluso en reposo. Ahora se retorcía, sin saber si sonreír.

—Sí, sí, puedo verlo.

Entonces le tocó suavemente la cara con los dedos, apartándole las ondas de cabello rojizo de la sien y la oreja, y recorrió la delicada línea de su barbilla. Brianna volvió a estremecerse, aunque su tacto era cálido; podía sentir el calor de su palma contra su mejilla.

—No creía que fueras tan mayor —comentó mientras dejaba caer su mano con reticencia—. He visto los retratos, pero, aun así, en mi mente eras una criatura, mi niña. No esperaba... —Su voz se fue apagando mientras la miraba con unos fascinados ojos azules rodeados de abundantes pestañas, idénticos a los de ella.

—Retratos —dijo Brianna, casi sin aliento por la felicidad—. ¿Has visto las fotos? Entonces, mamá te encontró, ¿no? Has dicho que tenías una esposa en casa...

—Claire —la interrumpió. La boca amplia había tomado una decisión; se abrió en una sonrisa que iluminó sus ojos como el sol en las hojas de los árboles. Le agarró los brazos con tanta fuerza que la sobresaltó—. ¿No la has visto? ¡Se pondrá muy contenta!

Pensar en su madre pudo con ella. Su rostro se quebró y las lágrimas que se aguantaba desde hacía días salieron todas juntas en un torrente de alivio que la ahogaba, junto con risas y sollozos.

—¡Vamos, criatura, no llores! —exclamó alarmado. Le soltó los brazos, sacó un pañuelo grande y arrugado de su manga y quiso secarle las lágrimas con un aspecto de preocupación—. No llores, *a leannan*, no te preocupes —murmuró—. Todo está bien, *m' annsachd*, todo está bien.

—Estoy bien. Todo está bien. Sólo que... soy feliz. —Brianna tomó el pañuelo, se secó los ojos y se sonó la nariz—. ¿Qué quiere decir «*a leannan*»? ¿Y lo otro que has dicho?

—¿No sabes gaélico? —preguntó Jamie, y sacudió la cabeza—. No, por supuesto, ella no iba a enseñarte —murmuró para sí.

—Aprenderé —dijo ella con firmeza, sonándose la nariz una última vez—. *A leannan*?

Una ligera sonrisa volvió a aparecer en el rostro de él mientras la miraba.

—Quiere decir «querida» —aclaró él en voz baja—. Y «*m' annsachd*», «mi bendición».

Las palabras pendían en el aire entre ellos, brillantes como las hojas. Se quedaron inmóviles, repentinamente tímidos a causa del afecto, incapaces de alejar la mirada el uno del otro, ya que no podían encontrar más palabras.

Brianna iba a llamarle padre y, de inmediato, se contuvo, dudando. ¿Cómo debía llamarlo? Papá, no: papá había sido Frank Randall durante toda su vida y no lo traicionaría diciéndoselo a otro hombre. ¿Jamie? No, eso era imposible. Aun turbado por su aparición, todavía conservaba una formidable dignidad que impedía un trato tan informal. «Padre» parecía remoto y severo... y fuera lo que fuera Jamie Fraser, para ella no era remoto ni severo.

Jamie vio que vacilaba y se ruborizaba, y entendió el problema.

—Puedes llamarme Pa —afirmó con voz ronca. Se detuvo y se aclaró la garganta—. Si quieres hacerlo —añadió, inseguro.

—Pa —dijo, y sonrió aliviada, ya sin lágrimas—. Pa. ¿Es gaélico?

Le devolvió una sonrisa temblorosa.

—No. Es... más simple.

Y, de pronto, todo fue simple. Abrió los brazos y ella se dejó abrazar y descubrió que se había equivocado. Era tan grande como había imaginado y sus brazos eran más fuertes de lo que pudiera atreverse a pensar.

Después, todo sucedió en un estado de aturdimiento. Las emociones y la fatiga hacían que Brianna fuera consciente de una serie de imágenes sin movimiento, como las fotografías.

Lizzie, con sus ojos grises parpadeando ante la repentina luz, pálida y delgada en brazos de un mozo negro con un absurdo acento escocés. Un carro lleno de madera y vidrio. Las grupas de los caballos y las sacudidas y los crujidos de las ruedas de madera. La voz de su padre, profunda y cálida mientras describía la casa que iba a construir en lo alto de la montaña y le explicaba que las ventanas eran una sorpresa para su madre.

—Pero ¡no una sorpresa como la que le vas a dar tú, muchacha! —exclamó, soltando una profunda carcajada de alegría que parecía que resonara en sus huesos.

Un largo viaje por caminos polvorientos y dormir con la cabeza sobre el hombro de su padre, con el brazo libre a su alrededor mientras cabalgaba, respirando el aroma desconocido de su piel, y con su extraño cabello largo acariciando su rostro cuando volvía la cabeza.

Luego el lujo de la gran casa: fresca y con aroma a cera de abejas y a flores. Una mujer alta con los cabellos blancos, las facciones de Brianna y unos ojos azules que miraban al vacío. Y unas manos largas que palpaban su cara y su cabello con curiosidad.

—Lizzie —dijo mientras una bella mujer negra se inclinaba para tocar su cara pálida de porcelana—. Corteza de quina —murmuró.

Manos, muchas manos. Todo parecía mágico; la pasaban de mano en mano con suaves murmullos. La desnudaron y la bañaron antes de que pudiera protestar, le vertieron agua aromática por encima y unos dedos firmes y suaves le masajearon la cabeza con jabón de lavanda. Una pequeña muchacha negra le secó los pies con toallas de lino y se los espolvoreó con talco.

Le dieron un fresco vestido de algodón y tenía la sensación de que flotaba descalza sobre suelos pulidos mientras los ojos de su padre se iluminaban al verla. Y comida: pasteles, bollos y dulces. También había té, dulce y caliente, que renovaba la sangre de sus venas.

Apareció una hermosa muchacha rubia con el rostro ceñudo. Su padre la trataba con familiaridad y la llamaba Marsali. Lizzie, bañada y envuelta en una manta, con una jarra de líquido caliente entre las manos, parecía que había revivido.

Todos conversaban. Llegaba gente y seguían hablando, pero Brianna sólo de vez en cuando entendía alguna frase.

—... Farquard Campbell tiene más sentido...

—Pa, ¿has visto a Fergus? ¿Está bien?

¿Pa?, pensó medio intrigada y también indignada porque alguien más lo llamaba así, porque... porque...

Oyó desde lejos la voz de su tía, que decía:

—Esa pobre criatura está quedándose dormida en la silla; puedo oír cómo ronca. Ulises, llévala a la cama.

Después de oír aquello, unos brazos fuertes la levantaron sin esfuerzo, pero no eran los del mayordomo, con su olor a cera de abeja, sino los de su padre, con olor a serrín y a lino, así que cedió, apoyó la cabeza en su pecho y se quedó dormida.

Aunque el nombre de Fergus Fraser sonaba a clan escocés, su aspecto era el de un noble francés. Un noble francés camino de la guillotina, se corrigió Brianna.

Era un apuesto hombre moreno, de complexión delgada y no demasiado alto. Caminó lentamente hacia el banquillo y se volvió hacia la sala, levantando un poco la nariz. La ropa desgastada, la mandíbula sin afeitar y el enorme hematoma de su ojo no acabaron con aquel aire de aristocrático desdén. Incluso el garfio metálico que llevaba como sustituto de la mano que le faltaba sólo aumentaba su glamur.

Marsali suspiró al ver a su apuesto marido y apretó los labios. Se inclinó sobre Brianna, susurrando a Jamie.

—¿Qué le han hecho esos bastardos?

—Nada importante.

Hizo un gesto para que volviera a sentarse, y ella se dejó caer en su asiento, al mismo tiempo que fulminaba con la mirada al alguacil y al *sheriff*.

Habían tenido suerte al conseguir asientos, ya que el lugar estaba atestado de gente que comentaba y murmuraba al fondo de la sala. Sólo la presencia de los casacas rojas que controlaban las puertas conseguía mantener el orden. Había otros dos soldados en la parte frontal de la sala junto al asiento del juez y un oficial de alguna clase en una esquina detrás de ellos.

Brianna vio que el oficial miraba a Jamie Fraser y sus rasgos adquirían un gesto de maligna satisfacción, casi como si se regodeara. Hizo que se le erizara el vello de la nuca, pero su padre le sostuvo la mirada y, a continuación, la retiró con indiferencia.

El juez llegó y ocupó su lugar. El juicio comenzó después de cumplir con todas las ceremonias. Era evidente que no había jurado, tan sólo el juez y sus subordinados.

Brianna no se había enterado de mucho durante la conversación de la noche anterior, pero había averiguado más detalles de la familia durante el desayuno. La joven esclava negra se llamaba Fedra, una de las esclavas de Yocasta, y el muchacho alto de sonrisa encantadora era Ian, el sobrino de Jamie; su primo, pensó, sintiendo la misma emoción que en Lallybroch. Marsali, la hermosa rubia, era la esposa de Fergus, y éste, por supuesto, era el huérfano francés que Jamie había adoptado formalmente en París antes del Alzamiento de los Estuardo.

El juez Conant, un caballero de mediana edad, se colocó la peluca, se arregló la túnica y pidió que leyeran los cargos, según los cuales, Fergus Claudel Fraser, residente de Rowan County, el 4 de agosto de este año de Nuestro Señor de 1769 había atacado con felonía a la persona de Hugh Berowne, delegado del comisario del condado, robando la propiedad de la Corona que el diputado tenía en custodia.

Cuando lo llamaron al estrado, el tal Hugh resultó que era una persona nerviosa de unos treinta años. Se retorció y tartamudeó durante su testimonio, asegurando que se había encontrado con el acusado en el camino mientras que él, Berowne, llevaba a cabo sus tareas. El francés le había insultado en su lengua y, cuando quiso marcharse, el acusado lo persiguió, lo atrapó, lo golpeó en la cara y tomó la propiedad de la Corona que estaba bajo la custodia de Berowne: un caballo ensillado. Por petición del tribunal, éste abrió la boca y enseñó un diente roto, resultado de la pelea.

El juez Conant contempló los restos del diente con interés y luego se dirigió al prisionero:

—Y ahora, señor Fraser, ¿podemos oír su versión de este infortunado suceso?

Fergus levantó la nariz mirando al juez como si fuera una cucaracha.

—Este repugnante sujeto —comenzó en tono mesurado— se...

—El prisionero debe evitar los insultos —dijo el juez con frialdad.

—El delegado —continuó Fergus sin inmutarse— se acercó a mi esposa cuando regresaba del molino con mi hijo en la silla. Ese... el delegado, la bajó del caballo sin ninguna consideración y le informó que se quedaba con él y la silla de montar como pago del impuesto. La dejó con el niño a unos kilómetros de casa y expuesta a los rayos del sol. —Lanzó una mirada furibunda hacia Berowne, que entornó los ojos como respuesta. Junto a Brianna, Marsali resopló con fuerza.

—¿Cuál era el impuesto que el delegado dice que usted no le pagó?

Fergus se ruborizó mucho.

—¡Yo no debo nada! ¡Él dice que mi tierra está sujeta a una renta anual de tres chelines, pero no es así! Mi tierra está exenta de ese impuesto en virtud de los términos en los que se hizo la entrega de tierras a James Fraser por parte del gobernador Tryon. Le dije al apestoso *salaud* que eso era así cuando fue a mi casa para cobrar el dinero.

—Yo no sé nada de esa entrega —comentó Berowne malhumorado—. Esos tipos son capaces de decir cualquier cosa para no pagar. Son todos unos holgazanes y unos tramposos.

—*Oreilles en feuille de chou!*

El juez levantó la cabeza y escrutó la sala.

—¿Está presente James Fraser?

Jamie se levantó y saludó con respeto.

—Aquí, señor.

—Que jure el testigo, Bailiff.

Jamie, una vez que le tomaron juramento, afirmó que era el propietario de los terrenos cedidos por el gobernador Tryon. En los términos de la cesión se incluía que no se pagarían impuestos a la Corona durante diez años, período que no concluía hasta dentro de nueve. Por último aseguró que Fergus Fraser tenía su casa y su granja dentro de los límites del territorio que gozaba de franquicia, con permiso de él mismo, James Alexander Malcolm MacKenzie Fraser.

La atención de Brianna se había centrado en su padre; no podía dejar de mirarlo. Era el hombre más alto de la sala y el más llamativo, con una camisa blanca y una casaca de un azul marino que hacía que resaltaran sus ojos y su cabello.

No obstante, alguien se movió en la esquina y miró al oficial que había visto antes. Ya no miraba a su padre, sino que lanzaba una mirada penetrante a Hugh Berowne. Éste asintió levemente y se sentó a escuchar el final del testimonio de Fraser.

—Parece que la declaración del señor Fraser es cierta, señor Berowne —declaró el juez con tranquilidad—. Por tanto, tendré que absolverlo del cargo...

—¡No puede probarlo! —estalló Berowne. Miró al oficial, como si buscara apoyo moral, y tensó la mandíbula—. No hay documentos que lo prueben, sólo la palabra de James Fraser.

Un estremecimiento recorrió la sala. Brianna no tuvo problemas para detectar la sorpresa y la rabia que había provocado que cuestionaran la palabra de su padre, y sintió un orgullo inesperado.

Su padre no mostró enfado alguno. Se puso en pie otra vez e hizo un gesto hacia el juez.

—Si su señoría me lo permite. —Buscó en su casaca y sacó unas hojas con un sello rojo de cera—. Su señoría conoce el sello del gobernador, estoy seguro —dijo, dejando los papeles sobre la mesa. El juez Conant enarcó una ceja y observó con cuidado el sello, luego lo abrió y leyó el documento.

—Ésta es una copia del documento original de la entrega de tierras —anunció— firmada por su excelencia, William Tryon.

—¿Cómo lo ha conseguido? —estalló Berowne—. ¡No ha tenido tiempo de ir a New Bern y regresar! —Entonces palideció. Brianna miró al oficial; su rostro rollizo parecía que había acumulado toda la sangre que había perdido Berowne.

El juez le lanzó una mirada cortante y afirmó:

—Dado que este documento constituye una prueba, encontramos que el acusado no es culpable de los cargos de robo, ya que la propiedad en cuestión es suya. Sin embargo, en el caso del ataque... —En ese punto, notó que Jamie no se había sentado, sino que seguía en pie frente al banquillo—. ¿Sí, señor Fraser? ¿Tiene algo más que decir al tribunal? —El juez Conant se secó un hilillo de sudor que se le escapaba de debajo de la peluca; con tantos cuerpos en una estancia tan pequeña era como un baño de vapor.

—Suplico al tribunal que mitigue mi curiosidad, su señoría. ¿La declaración original del señor Berowne describe con detalle el ataque del que fue objeto?

El juez levantó una ceja y buscó entre sus papeles. Le entregó uno al alguacil, señalando un punto en la hoja.

—El demandante afirma que Fergus Fraser lo golpeó en el rostro con el puño izquierdo y lo derribó; luego cogió las riendas del caballo, saltó sobre él y se alejó insultándolo en francés. El demandante...

Una fuerte tos atrajo la atención hacia el acusado, que, sonriendo de forma encantadora al juez Conant, se secó la cara con un pañuelo enganchado en el garfio de su muñón izquierdo.

—¡Vaya! —exclamó el juez, y dirigió una mirada helada al demandante, que se retorcía completamente ruborizado.

—¿Podría explicarme cómo recibió un golpe en el lado derecho de la cara, propinado con el puño izquierdo de un hombre que no lo tiene?

—Sí, *crottin* —dijo alegremente Fergus—. Explica eso.

El juez Conant consideró más adecuado recibir las explicaciones de Berowne en privado, se secó el cuello y puso fin al juicio, dejando en libertad a Fergus Fraser sin ninguna mancha en su buen nombre y honor.

—Fui yo —dijo Marsali con orgullo, colgada del brazo de su marido en la fiesta que celebraron después del juicio.

—¿Tú? —Jamie la miró divertido—. ¿Tú le diste el puñetazo al delegado?

—No, le pegué una patada —corrigió—. Cuando el malvado *salaud* trató de bajarme del caballo le di una patada en la mandíbula. Nunca habría conseguido bajarme —añadió, enfadada por el recuerdo—, pero me quitó a Germaine y tuve que bajarme para cogerlo.

Acarició la cabecita rubia del niño, que llevaba un pedazo de galleta en un puño mugriento y que se agarraba a sus faldas.

—No entiendo —intervino Brianna—. ¿El señor Berowne no quiere admitir que una mujer le pegó?

—Ah, no —dijo Jamie, sirviéndole otra jarra de cerveza y entregándosela—. Eso fue obra del sargento Murchison.

—¿El sargento Murchison? —preguntó Brianna. Tomó un sorbito de cerveza por educación—. ¿Uno que estaba en el juicio, con cara de cerdo a medio asar?

Su padre rió ante la descripción.

—Ajá, ése es el hombre. Tiene problemas conmigo —explicó— y no es la primera ni será la última vez que trata de molestarme.

—No podía pensar que ganaría con una acusación tan ridícula —se burló Yocasta. Se inclinó hacia delante, estiró una mano, y Ulises, que estaba junto a ella, le acercó un plato con pan de maíz. Certera, cogió una rebanada y dirigió sus desconcertantes ojos ciegos hacia Jamie.

—¿Era realmente necesario que rechazaras a Farquard Campbell? —preguntó con voz de censura.

—Sí, lo era. —Al ver la confusión de Brianna, le explicó—: Campbell es el juez habitual del distrito. Si no hubiera caído enfermo en un momento tan oportuno —rió con picardía—, el juicio hubiera sido la semana pasada. Ése era el plan de Murchison y Berowne. Querían presentar cargos, arrestar a Fergus y obligarme a bajar de la montaña en medio de la cosecha... y eso lo han conseguido —afirmó con lástima—. Ellos contaban con que no tendría tiempo de ir a New Bern antes del juicio y así hubiera sido si hubiera tenido lugar la semana pasada. —Sonrió a Ian y el muchacho se ruborizó de placer mientras hundía el rostro en un cuenco de ponche, ya que él había sido quien había cabalgado en busca del documento—. Farquard Campbell es un buen amigo, tía —dijo a Yocasta—, pero sabes bien que es un hombre que respeta la ley y no hubiera servido de nada que él conociera los términos de mi acuerdo tan bien como yo; si no conseguía presentar pruebas tendría que fallar en mi contra. Y si lo hubiera hecho —prosiguió, volviendo a Brianna—, me hubiera visto obligado a apelar el veredicto, lo que hubiera implicado que encerraran a Fergus en New Bern. Eso hubiera significado un nuevo juicio y el final habría sido el mismo, pero hubiera supuesto una pérdida de tiempo que Fergus y yo no podemos permitirnos, puesto que tenemos que recoger la cosecha, y me hubiera costado más en honorarios de lo que hubiera ganado con ella.

Miró a Brianna por encima del borde de su jarra, poniéndose súbitamente serio.

—Espero que no creas que soy un hombre rico.

—No había pensado nada parecido —respondió, sorprendida; Jamie le sonrió.

—Eso está bien, porque aunque tengo bastantes tierras, todavía no están cultivadas. Tenemos lo justo para sembrar los campos y alimentarnos, y un poco más para el ganado. Y aunque tu madre es una persona muy capaz —dijo, ampliando su sonrisa—, no puede ocuparse de doce hectáreas de maíz y cebada.

Dejó su jarra y se puso en pie.

—Ian, ¿quieres ocuparte del carro y llevarlo junto con Fergus y Marsali? Brianna y yo iremos por delante. —La miró a modo de pregunta—. Yocasta cuidará de tu criada. ¿No te importa que nos vayamos tan rápido?

—No —respondió, dejando la jarra y poniéndose en pie—. ¿Podemos irnos hoy?

· · ·

Saqué las botellas de la alacena una a una y destapé alguna para oler su contenido. Si no se secaban bien antes de guardarlas, las hierbas podían estropearse en el interior de las botellas y las semillas podían transformarse en extrañas formas de moho. Eso hizo que volviera a pensar en mis cultivos de penicilina. O lo que yo pensaba que serían algún día, si tenía suerte y me mostraba diligente. *Penicillium* era sólo uno de los mohos que crecían fácilmente en el pan rancio y húmedo. ¿Cuáles eran las probabilidades de que una espora de aquel precioso moho arraigara en las rebanadas de pan que ponía cada semana? ¿Cuáles eran las probabilidades de que una rebanada de pan expuesta sobreviviera lo suficiente como para que la encontrara cualquier espora? Y por último, ¿cuáles eran las probabilidades de que yo la reconociera si la veía?

Lo había intentado durante más de un año sin éxito.

Incluso esparciendo caléndula y milenrama como repelente, era imposible ahuyentar a las alimañas: ratones y ratas, hormigas y cucarachas; un día incluso encontré a un grupo de ardillas ladronas en la despensa que se peleaban por el maíz disperso y los restos roídos de la mitad de mis patatas para sembrar.

El único recurso era cerrar bajo llave todos los comestibles en un aparador enorme que había construido Jamie... eso, o mantenerlos en toneles de madera o frascos con tapa, que eran resistentes a los esfuerzos de dientes y pezuñas. Pero sellar la comida contra los ladrones de cuatro patas suponía sellar también contra el aire... y el aire era el único mensajero que podría traerme algún día un arma real contra la enfermedad.

Cada una de las plantas es un antídoto para alguna enfermedad si se sabe cuál es. Tenía una sensación de pérdida cuando pensaba en Nayawenne, y no sólo por ella, sino también por sus conocimientos. Me había enseñado sólo una parte de lo que sabía y eso me llenaba de amargura, aunque no tanto como la pérdida de una amiga.

Sin embargo, conocía algo que ella no sabía: las múltiples propiedades de ese pequeño cultivo de moho en el pan. Era difícil encontrarlo, y más aún reconocerlo y usarlo, pero nunca he dudado de que valía la pena la búsqueda del hongo de la penicilina.

Dejar el pan sin protección en la casa suponía atraer a ratones y ratas al interior. Había intentado ponerlo sobre el aparador...

Ian había consumido sin darse cuenta la mitad de mi incubadora de antibióticos, y los ratones y las hormigas se habían comido el resto mientras yo estaba fuera.

En verano, otoño o primavera era sencillamente imposible dejar el pan sin protección o permanecer en el interior para vigilarlo. Había demasiadas tareas urgentes en el exterior, muchas llamadas para atender partos o enfermedades y bastantes oportunidades para buscar comida.

Es cierto que, en invierno, las alimañas desaparecen para poner huevos para la primavera y para hibernar bajo una manta de hojas muertas, protegidas del frío. Pero el aire también era frío, demasiado como para traer esporas vivas. El pan que ponía se curvaba o se secaba, o se empapaba, dependiendo de a qué distancia se encontrara del fuego; en cualquier caso, no mostraba más que la ocasional corteza naranja o rosa: los mohos que vivían en los orificios del cuerpo humano.

Lo intentaría de nuevo en la primavera, pensé mientras olía una botella con mejorana. Se conservaba en buen estado, con un aroma a almizcle que me recordaba al incienso.

La nueva casa del cerro ya estaba en construcción: tenía los cimientos y las habitaciones estaban marcadas. Podía ver la estructura desde la puerta de la cabaña, negra comparada con el cielo despejado de septiembre en el cerro.

Para la primavera estaría terminada. Iba a tener paredes de yeso y pavimento de roble; ventanas con vidrios y marcos resistentes para que no entraran ratones ni hormigas, y un hermoso, cómodo y soleado gabinete para mis prácticas médicas.

Mis gloriosas visiones se vieron interrumpidas por un rebuzno que procedía del corral. *Clarence* anunciaba la llegada de visitas. Podía oír voces a cierta distancia, en medio de los gritos de éxtasis de *Clarence*, así que comencé a guardar mis corchos y botellas. Debía de ser Jamie que regresaba con Fergus y Marsali; al menos era lo que esperaba.

Jamie se había mostrado confiado en cuanto al resultado del juicio, pero yo estaba preocupada. Había sido educada para creer que el derecho británico era uno de los grandes logros de la civilización y había visto demasiadas aplicaciones incorrectas de él. Sin embargo, tenía bastante fe en Jamie.

Los rebuznos de *Clarence* se habían convertido en los gorgoritos que usaba para conversaciones más íntimas, pero las voces habían cesado. Era extraño. ¿Era posible que el juicio no hubiera ido bien?

Guardé la última botella en la alacena y me dirigí a la puerta. No había nadie. *Clarence* me saludó con entusiasmo, pero nada se movió. Sin embargo, alguien había llegado, ya que las gallinas se habían dispersado entre los arbustos.

Un escalofrío me recorrió la columna y me di la vuelta, intentando ver frente a mí y por encima de mi hombro a la vez. Nada. Los castaños detrás de la casa suspiraron con la brisa y un destello de sol se filtró entre sus hojas amarillentas.

Sabía, sin duda alguna, que no estaba sola. Maldita sea, ¡me había dejado el cuchillo sobre la mesa!

—Sassenach.

Mi corazón casi se detiene al oír la voz de Jamie, y me volví hacia él, pero el alivio dejó paso al enfado. ¿Qué creía que...?

Por un segundo pensé que veía doble. Estaban sentados en el banco, al lado de la puerta, uno al lado del otro, con el sol de la tarde iluminando sus cabellos.

Mis ojos se centraron en el rostro de Jamie, radiante de alegría, y luego miré a la derecha.

—Mamá.

Era la misma expresión de ansiedad, felicidad y añoranza, todo a la vez. No tuve tiempo de pensar, cuando ella ya estaba entre mis brazos levantándome en el aire.

—¡Mamá!

No podía respirar, me faltaba el aire por la impresión y el fuerte abrazo, que me estaba destrozando las costillas.

—¡Bree! —jadeé, y me dejó en el suelo sin soltarme. La miré con incredulidad. Era real. Busqué a Jamie y lo vi de pie a su lado. No dijo nada, pero la sonrisa le ocupaba toda la cara y tenía las orejas rojas de placer—. Yo... ah... no esperaba... —dije como una idiota.

Brianna me dirigió una sonrisa idéntica a la de su padre, con los ojos brillantes como estrellas y húmedos de felicidad.

—¡Nadie espera a la Inquisición española!

—¿Cómo? —preguntó Jamie, desconcertado.

DÉCIMA PARTE

Relaciones deterioradas

42

Luz de luna

Septiembre de 1769

Brianna despertó de un sueño pesado al sentir una mano sobre su hombro, y se apoyó sobresaltada en un codo, parpadeando. Apenas podía distinguir el rostro de Jamie sobre ella en la penumbra; el fuego se había ido consumiendo hasta convertirse en un pequeño resplandor, y el interior de la cabaña estaba casi completamente en penumbra.

—Me voy de caza a la montaña, ¿quieres venir conmigo, muchacha? —susurró.

Se frotó los ojos tratando de despertarse y asintió.

—Bien. Ponte los pantalones.

Y salió en silencio, dejando que, al abrir la puerta, entrara una corriente de aire helado.

Ya se había puesto los calzones y las medias cuando Jamie regresó en silencio y cargado con una brazada de leña. Le hizo una seña y se agachó para avivar el fuego. Brianna se puso el abrigo y salió en dirección al retrete.

Fuera, el mundo era oscuro e irreal. De no ser por el frío que sintió, hubiera creído que todavía seguía durmiendo. Las estrellas brillaban heladas, pero parecía que flotaban bajas, como si pudieran caer del cielo en cualquier momento y extinguirse, chisporroteando, en los árboles de los riscos, que estaban húmedos a causa del rocío.

Se preguntó qué hora sería mientras temblaba con el contacto del cuero húmedo sobre sus muslos, todavía tibios debido al sueño. Sería la madrugada; con seguridad faltaría mucho para el amanecer. Todo estaba silencioso; los insectos no zumbaban todavía en el jardín de su madre y no había susurros, ni siquiera en los tresnales amontonados en el campo.

Cuando volvió a entrar, el aire casi se podía cortar a causa del humo rancio, la comida frita y el olor de los cuerpos que dormían;

fuera, en cambio, el aire era dulce y tenue, y tenía que respirar profundamente, como a grandes tragos, para sentirse bien.

Jamie estaba listo: una bolsa de cuero colgaba de su cinturón, y de su espalda, un hacha, el cuerno de pólvora y un costal de lona. Brianna no entró. Se quedó en la puerta observando cómo se inclinaba sobre la cama y besaba a su madre en la frente.

Era evidente que él sabía que su hija estaba allí, así que no fue más que un beso suave en la frente, pero se sintió como una intrusa, una mirona, sobre todo cuando la mano larga y pálida de Claire salió de entre las mantas y acarició el rostro de su padre con una ternura que la conmovió. Claire murmuró algo que Brianna no pudo oír.

Brianna se dio la vuelta con rapidez, ruborizada a pesar del aire frío, y lo esperó al borde del claro hasta que salió. Jamie cerró la puerta detrás de él, esperando oír el sonido que indicaba que la habían trabado desde dentro. Llevaba un arma, un cacharro largo que parecía casi tan alto como ella.

Le sonrió sin hablar e inclinó la cabeza hacia el bosque. Lo siguió con facilidad por un sendero que pasaba entre grupos de abetos y castaños. Los pies de Jamie sacudían el rocío de las briznas de hierba y dejaban un sendero oscuro a través de matas brillantes del color de la plata.

El sendero zigzagueaba al mismo nivel hasta que empezó a ascender. Sintió el cambio, más que ser consciente de él. Todavía estaba oscuro, pero de inmediato el silencio desapareció. En la siguiente respiración, un pájaro cantó en el bosque y, de pronto, toda la ladera de la montaña volvió a la vida con toda clase de trinos y sonidos. Bajo la llamada había una especie de movimiento, de aleteo y rasguño, justo por debajo del umbral del oído. Jamie se detuvo para escuchar.

Brianna también se paró, mirándolo. La luz había cambiado tan poco a poco que apenas había sido consciente de ello; tras acostumbrarse a la oscuridad, podía ver con facilidad gracias a las estrellas, y se dio cuenta de que estaba amaneciendo cuando levantó la vista del suelo y vio el vívido color del cabello de su padre.

Jamie llevaba la comida en la bolsa y se sentaron en un tronco a compartir las manzanas y el pan. Luego bebió de un arroyuelo que salía de un saliente, llenándose las manos de agua fría y transparente. Al mirar atrás, ya no podía ver ningún rastro del pequeño asentamiento; las casas y los campos habían desaparecido, como si la montaña hubiera engullido los bosques.

Se secó las manos en los faldones de la chaqueta y palpó la forma de la castaña en su bolsillo. En aquellas laderas arboladas no había castaños; tan sólo uno, plantado por algún inmigrante con la esperanza de tener un recuerdo de su hogar, un vínculo vivo con otra vida. Lo tocó durante un breve instante, preguntándose si sus propios vínculos se habían cortado para siempre. Luego apartó la mano y se dio la vuelta para seguir a su padre colina arriba.

Al principio, su corazón palpitaba y le tiraban los músculos de las piernas por el esfuerzo de la subida, hasta que su cuerpo encontró el ritmo. Una vez que amaneció ya no tropezó, y llegó un momento en que sus pies pisaban un suelo tan esponjoso que parecía que iba a salir flotando a un cielo que parecía tan cercano como separado de la tierra.

Durante un instante, deseó que así fuera. Tenía lazos que la ataban a la tierra, a su madre, a su padre, a Lizzie... y a Roger. El sol de la mañana era una bola de fuego sobre las montañas. Tuvo que cerrar los ojos para que no la cegara.

Allí estaba el lugar adonde la había querido llevar; al pie de un barranco, las rocas se amontonaban cubiertas de musgo y líquenes, y los pequeños retoños sobresalían, desordenados, de las grietas de las rocas. Le hizo un gesto para que fuera tras él. Había una grieta difícil de ver a primera vista. En una de las piedras grandes advirtió cómo vacilaba y se dio la vuelta.

Brianna sonrió y señaló la roca. Había una enorme piedra caliza que se había caído y partido en dos; él estaba de pie entre los pedazos.

—Todo va bien —dijo suavemente—. Es que me hace recordar.

Él también recordó y se le erizó el vello de los brazos. Sólo para asegurarse, se detuvo a observar cómo pasaba Brianna. Pero no ocurrió nada; pasó con cuidado y se reunió con él. No obstante, Jamie sintió la necesidad de tocarla; extendió una mano y se sintió más tranquilo por el sólido tacto de sus dedos con los de Brianna.

Tenía razón. Cuando salieron al espacio abierto, en la cima de la ladera, el sol comenzaba a salir por encima del cerro más alejado. A sus pies se extendían colinas y valles, tan llenos de niebla que parecía humo que saliera de los huecos. Desde el otro lado de la montaña, la cascada se arqueaba en una delgada columna blanca y caía en la neblina.

—Aquí —comentó, y se detuvo en unas rocas dispersas y cubiertas de hierba—. Vamos a descansar un rato.

Aunque las mañanas eran frías, la caminata había hecho que entrara en calor. Se sentó sobre una roca plana, con las piernas estiradas para permitir que el aire entrara por debajo del kilt, y se quitó la capa de los hombros.

—Las sensaciones son muy diferentes aquí —afirmó Brianna, apartándole un mechón de suave cabello pelirrojo cuyas llamas lo calentaban más que el sol. Lo miró con una sonrisa—. ¿Sabes lo que quiero decir? He cabalgado desde Inverness hasta Lallybroch por el Gran Glen y todo parecía salvaje. —Se estremeció por los recuerdos—. Pero no tenía nada que ver con esto.

—No —dijo. Sabía exactamente lo que quería decir; los valles y los páramos estaban habitados de una manera distinta a la de aquellos bosques y arroyos—. Yo creo... —comenzó y se detuvo. ¿Creería que estaba loco? Pero ella lo miraba, esperando que hablara—. Los espíritus que viven allí —comentó con torpeza— son muy viejos y han visto a los hombres durante miles y miles de años; nos conocen bien y por eso no se nos aparecen. Lo que vive aquí —posó una mano sobre el tronco de un castaño que se elevaba treinta metros sobre ellos, y cuyo diámetro medía más de nueve metros— no ha visto a nadie de nuestra especie antes.

Brianna asintió sin parecer sorprendida.

—Pero algunos son curiosos, ¿no? —preguntó, y levantó la cabeza para mirar la extraña espiral de ramas—. ¿No te da la impresión de que nos observan de vez en cuando?

—De vez en cuando.

Jamie se sentó en la roca junto a ella y observó cómo se extendía la luz desde el borde de la montaña, iluminando las pendientes lejanas, de la misma manera que la leña prende con una chispa, inundando la niebla con el resplandor de las perlas y quemándola toda de una vez. Juntos vieron cómo se iluminaba la ladera de la montaña con la luz del día, y él pronunció una plegaria silenciosa de agradecimiento al espíritu del lugar. Casi podía comprender su significado, aunque no entendiera el gaélico.

Brianna estiró sus largas piernas respirando los aromas de la mañana.

—¿En realidad no te importaba? —Habló con suavidad, con la mirada fija en el valle, evitando mirarlo—. Vivir en esa cueva, cerca de Broch Mhorda.

—No —contestó él. El sol le incidía en el pecho y la cara, y le aportaba una sensación de paz—, no me importaba.

—Cuando oí hablar de eso, pensé que debió de ser terrible. Con frío, solo y sucio. —Entonces lo miró, con el cielo de la mañana en los ojos.

—Así era —indicó con una leve sonrisa.

—Ian, el tío Ian me llevó allí para enseñármelo.

—¿Hizo eso? En verano, cuando todo ha florecido, no parece tan desolado.

—No. Pero aun así... —vaciló.

—No, no me importaba. —Cerró los ojos y dejó que el sol le calentara los párpados.

Al principio creyó que la soledad iba a acabar con él, pero una vez que se dio cuenta de que no iba a ser así, incluso llegó a valorar la soledad de la montaña. Podía ver con claridad el sol, aunque tuviera los ojos cerrados; era una enorme bola roja llameante. ¿Era así como Yocasta veía con sus ojos ciegos?

Permanecieron en silencio durante mucho tiempo. Había pequeños pájaros que laboraban en una pícea cercana, en las ramas, cazando los insectos que después se comían y conversando entre ellos acerca de lo que habían encontrado.

—Roger... —dijo súbitamente Brianna y el corazón de Jamie se retorció por los celos. Fue una sensación dolorosa por lo inesperada. ¿No podía tenerla para él, aunque fuera durante poco tiempo? Abrió los ojos y se esforzó en parecer que mostraba interés.

—Una vez traté de hablarle de lo que era estar solo. Pensaba que tal vez no sería tan malo. —Suspiró con la mirada baja—. No creo que me entendiera.

Jamie dejó escapar un gruñido evasivo.

—Pensaba... —vaciló, lo miró de reojo y luego a lo lejos—. Pensaba que tal vez por eso tú y mamá... —Su piel era tan clara que Jamie podía ver cómo se acumulaba la sangre por debajo. Respiró profundamente, al mismo tiempo que apoyaba las manos en la roca—. Ella también es así. No le importa estar sola.

Jamie la miró deseando saber qué era lo que hacía que dijera eso. ¿Cómo habría sido la vida de Claire durante los años que estuvieron separados, para que Brianna pensara eso? Claire sabía lo que era la soledad. Era fría como el agua de manantial, y no todo el mundo podía beberla; para algunos no era un refresco, sino que les provocaba un escalofrío mortal. Pero ella había vivido un día tras otro con un marido. ¿Cómo había bebido suficiente soledad para saberlo?

Tal vez ella podía decírselo, aunque no se lo iba a preguntar; el último nombre que quería pronunciar en aquel lugar era el de Frank Randall.

Tosió.

—Bueno, tal vez sea verdad —aceptó con cautela—. He visto a mujeres y hombres que no soportan el sonido de sus propios pensamientos, y no hacen buena pareja con aquellos que pueden hacerlo.

—No —dijo con tristeza—. Tal vez no resulte.

Los celos habían desaparecido. ¿Así que tenía dudas de ese Wakefield? A Claire y a él les había explicado todo: su investigación, la noticia de la muerte, el viaje desde Escocia, la visita a Lallybroch, ¡maldita Laoghaire! Pero pensó que sobre ese hombre que la había seguido no les había contado todo. Ya estaba bien; él no quería oír más. Lo molestaba menos la perspectiva de una muerte lejana a causa de un incendio que una interrupción de su relación con su hija perdida.

Flexionó las rodillas y permaneció sentado en silencio. Por mucho que intentaba recuperar aquel sentimiento de tranquilidad, no podía alejar de su mente a Randall.

Aunque había ganado. Claire estaba con él, lo mismo que esta estupenda criatura; esta joven mujer, se corrigió al mirarla. Pero Randall las había tenido durante veinte años y no había duda de que habría dejado su huella sobre ellas. Pero ¿cuál sería?

—Mira —susurró Brianna, al mismo tiempo que le apretaba el brazo.

Siguió la dirección de su mirada y vio, a unos seis metros de donde se encontraban sentados, a dos antílopes a la sombra de los árboles. No se movió, sino que respiró en silencio. Podía sentir a Brianna junto a él, también inmóvil.

Los animales los vieron; levantaron sus delicadas cabezas oscuras y movieron las húmedas fosas nasales para olfatear. No obstante, un momento después, uno de ellos se marchó con delicadeza, dejando las huellas de sus pasos nerviosos sobre la hierba mojada por el rocío. El otro lo siguió con cautela y comenzaron a comer la hierba que había entre las rocas mientras se volvían de vez en cuando para levantar la cabeza y lanzar una mirada tranquila a las criaturas extrañas, pero inofensivas, que se hallaban en el saliente.

No hubiera podido acercarse tanto a un ciervo escocés que hubiera captado su presencia. Los ciervos escoceses sabían lo que era un hombre.

Siguieron comiendo con la inocencia de la idílica vida salvaje; entonces sintió la bendición del sol sobre su cabeza. Aquél era un lugar nuevo y estaba contento de poder encontrarse allí, solo con su hija.

—¿Qué vamos a cazar, Pa? —Jamie estaba de pie, inmóvil, mirando hacia el horizonte, pero ella estaba segura de que no buscaba un animal; podía hablar sin temor a espantar a los animales.

Habían visto bastantes animales durante el día: los dos ciervos al amanecer y un zorro rojo que observaba desde una roca y que se lamía las patas negras hasta que se acercaron demasiado, momento en que se desvaneció como una llama. También había muchísimas ardillas que parloteaban en las copas de los árboles, jugando al escondite entre los troncos. Incluso una bandada de pavos salvajes, con dos machos que se pavoneaban con los pechos hinchados y las colas abiertas para aumentar su harén.

Ninguno de aquellos animales fue la presa elegida, y ella se alegró. No la molestaba matar para comer, pero le hubiera dado pena que la belleza del día se viera manchada por la sangre.

—Abejas —respondió.

—¿Abejas? ¿Cómo se cazan las abejas?

Cogió su arma y le sonrió, haciendo un gesto hacia una brillante mancha amarilla que se encontraba colina abajo.

—Buscando en las flores.

Sabía que había abejas en las flores, y cerca, ya que oía cómo zumbaban. Había distintos tipos: enormes abejorros negros, otros más pequeños de color negro y amarillo y las suaves formas letales de las avispas, con los vientres puntiagudos como dagas.

—Lo que debes hacer —explicó su padre, rodeando lentamente el lugar— es observarlas y ver hacia qué dirección se dirigen. Y no dejar que te piquen.

Una docena de veces perdieron el rastro de las pequeñas mensajeras que seguían, ya que se perdían en la luz rota del arroyo, o desaparecían en un arbusto demasiado grueso como para seguirlas. Cada vez, Jamie miraba de un lado a otro, y encontraba otro arbusto de flores.

—¡Allí hay algunas! —gritó Brianna, señalando un brillo rojo a cierta distancia.

Jamie sonrió, negando con la cabeza.

—No, las rojas, no —dijo—. A los pequeños colibríes les gustan las rojas, pero a las abejas les gustan las amarillas y las blancas. Las mejores son las amarillas. —Arrancó una pequeña margarita blanca de la hierba junto a sus pies y se la entregó; los pétalos estaban manchados de polen que había caído de los delicados estambres alrededor del redondo centro amarillo de la flor. Cuando la observó de cerca, vio un diminuto escarabajo del tamaño de una cabeza de alfiler que salía del centro, con su brillante armadura negra manchada con oro.

—Los colibríes liban en las flores alargadas —explicó—. Pero las abejas no pueden entrar. Les gustan las flores anchas y planas como ésta, las que crecen en grandes matorrales. Se revuelcan en ellas hasta que se cubren de polen.

Las siguieron por la ladera de la montaña, riendo mientras esquivaban los ataques de los abejorros enfadados que buscaban terrenos amarillos y blancos. A las abejas les gustaba la kalmia, pero la mayoría de las veces era demasiado alta para ver por encima y demasiado densa para atravesarla.

Ya estaba bien entrada la tarde cuando encontraron lo que buscaban. Las abejas se habían reunido entre los restos de un árbol de buen tamaño, formando un velo alrededor. Sus ramas se habían convertido en tocones y la corteza estaba gastada, de manera que mostraba la madera plateada.

—¡Bien! —exclamó Jamie con un suspiro de satisfacción—. Algunas veces construyen la colmena entre las rocas y no se puede hacer nada. —Sacó el hacha de su cinturón e hizo un gesto a Brianna para que se sentara en una piedra cercana—. Esperaremos hasta que oscurezca —explicó— para que todo el enjambre esté en la colmena. Mientras tanto, ¿quieres que comamos algo?

Compartieron el resto de la comida y charlaron con calma mientras observaban la luz que desaparecía tras las montañas cercanas. Le enseñó a cargar el largo mosquete y dejó que disparara y lo volviera a cargar: limpiar el cañón, parchear la bala, meterla a presión, ponerle una carga de pólvora del cartucho y verter el resto de la pólvora en la llave de chispa.

—Tienes buena puntería, muchacha —dijo, sorprendido. Se inclinó, levantó un pequeño pedazo de madera y lo colocó encima de una piedra más grande a modo de diana—. Inténtalo otra vez.

Lo hizo una y otra vez, y se acostumbró al extraño peso del arma, hasta que encontró el punto de equilibrio entre su longitud y su espacio natural en la curva de su hombro. El retroceso era menor del que esperaba, ya que la pólvora negra no tenía la fuerza de los cartuchos modernos. En dos ocasiones consiguió hacer volar astillas; la tercera vez, el pedazo de madera desapareció en una lluvia de fragmentos.

—Muy bien —comentó Jamie, levantando una ceja—. ¿Dónde has aprendido a disparar?

—Mi padre tiraba al blanco. —Bajó el arma con las mejillas ruborizadas de placer—. Me enseñó a tirar con pistola y con escopeta. También con fusil de caza. —Entonces se ruborizó profundamente, al recordar—. Ah, tú no debes conocer el fusil de caza.

—No, supongo que no —respondió con un rostro inexpresivo.

—¿Cómo sacarás la colmena? —preguntó ella, para cambiar de tema.

Él se encogió de hombros.

—Bueno, una vez que las abejas se vayan a dormir, haré que entre un poco de humo para aturdirlas. Después separaré la parte del tronco que tiene el panal, y apoyado sobre una madera lisa, lo envolveré con mi capa. Una vez en casa, clavaré un trozo de madera en la base y otro en la parte superior para que hagan la cera. —Le sonrió—. Por la mañana, las abejas saldrán y buscarán flores.

—¿No se dan cuenta de que ya no están en el mismo lugar?

Jamie se encogió de hombros de nuevo.

—¿Y qué podrían hacer? No hay forma de que encuentren el camino y tampoco tienen su colmena para volver a ella. No, estarán contentas en su nuevo hogar. —Cogió el arma—. Déjame limpiarlo, ya hay poca luz para disparar.

La conversación acabó y se sentaron en silencio durante media hora mientras observaban cómo la oscuridad llenaba los huecos como una marea invisible que aumentaba constantemente, engullendo los troncos de los árboles, de manera que las copas verdes parecía que flotaran en un lago de oscuridad.

Como el silencio duraba mucho, Brianna se aclaró la garganta, ya que creía que debía decir algo.

—¿Mamá no se preocupará si llegamos tan tarde?

Él negó con la cabeza sin decir nada durante un rato; sólo se quedó sentado, con una brizna de hierba en su mano.

—Tu madre me dijo una vez que los hombres querían llegar a la luna —dijo bruscamente—. No lo habían hecho todavía, pero lo intentaban. ¿Tú sabes algo sobre eso?

Brianna asintió con los ojos fijos en la luna que surgía entre los árboles, grande y dorada, asimétrica como una lágrima.

—Lo han hecho. Lo harán. —Sonrió débilmente—. La nave que los llevó se llama *Apollo*.

Pudo ver que le sonreía como respuesta. La luna estaba suficientemente alta como para iluminar el claro. Movió la cabeza, pensativo.

—¿Sí? ¿Y qué dijeron al regresar?

—No tuvieron que decir nada, enviaron fotografías. ¿Te he hablado de la televisión?

La miró un poco sorprendido y se dio cuenta de que todo lo que le había contado sobre su época era difícil de entender como algo real, como las imágenes que hablaban y se movían, y mucho menos la idea de que se esas imágenes se pudieran enviar por el aire.

—¿Sí? —preguntó con inseguridad—. ¿Has visto esas fotos?

—Sí —respondió ella con las manos aferradas a las rodillas y mirando al globo deforme que se encontraba encima de ellos. Tenía un suave halo de luz alrededor y, en el cielo estrellado, un anillo perfecto y neblinoso, como si fuera una enorme piedra amarilla caída en un estanque negro y que se hubiera quedado helada en su lugar al formarse la primera onda.

—Mañana hará buen tiempo —dijo, mirándola.

—¿Sí? —Podía ver todo lo que les rodeaba casi con tanta claridad como a la luz del día, pero ahora el color había desaparecido; todo era negro y gris... como las imágenes que ella había descrito—. Hubo que esperar horas. Nadie sabía cuánto tiempo iban a tardar en salir con sus trajes espaciales. ¿Sabes que no hay aire en la luna?

Levantó una ceja y asintió como un alumno aplicado.

—Claire me lo dijo —murmuró.

—La cámara, el aparato que hace esas fotos, estaba colocada en un lado de la nave, de forma que pudiéramos ver la nave apoyada sobre el polvo; éste se levantaba como si unos caballos lo pisotearan. La nave alunizó en una zona plana, cubierta de polvo y unas pequeñas piedras. Entonces, la cámara se movió, o quizá otra comenzó a enviar imágenes y, a cierta distancia, era posible ver unos peñascos rocosos. Es yerma; no tiene plantas, ni agua, ni aire, pero posee una belleza misteriosa.

—Parece Escocia —comentó.

Brianna se rió por la broma, pero le pareció que ocultaba cierta nostalgia por aquellas montañas estériles.

Para distraerlo, señaló las estrellas, que comenzaban a brillar más en el cielo aterciopelado.

—Las estrellas son igual que el sol, sólo que están tan lejos que parecen diminutas. Se encuentran tan alejadas que su luz tarda muchísimos años en llegar a nosotros. De hecho, muchas de ellas ya están muertas pero todavía vemos su luz.

—Claire me lo contó hace mucho tiempo —dijo suavemente. Se quedó inmóvil un instante y después se puso en pie con decisión—. Vamos. Saquemos la colmena y volvamos a casa.

La noche era suficientemente cálida como para dejar la ventana sin protección. Las polillas y otros insectos entraban y se ahogaban en la olla, o se suicidaban en la chimenea, pero el aire fresco merecía la pena.

La primera noche, Ian había cedido con educación su cama a Brianna para irse a dormir a un jergón junto a *Rollo* en el cobertizo para las hierbas, asegurando que le gustaba la intimidad. Al salir con la manta en el brazo, había palmeado a Jamie en la espalda y le había apretado el hombro con un gesto sorprendentemente adulto de felicitación que me hizo sonreír.

Jamie también sonrió. De hecho, pasó varios días sin dejar de sonreír. Ahora, sin embargo, no lo hacía, y su rostro tenía una expresión tierna y pensativa. La luna estaba medio llena en el cielo, y entraba suficiente luz por la ventana como para verlo con claridad, tumbado boca arriba junto a mí.

Me sorprendió que todavía no durmiera. Se había levantado antes del amanecer para pasar el día con Brianna en la montaña; regresaron por la noche, con la capa cubriendo una colmena de abejas ahumadas que al día siguiente despertarían molestas al descubrir el secuestro. Anoté mentalmente que debía mantenerme lejos del fondo del jardín donde se encontraban las colmenas. Las abejas recién trasladadas solían picar primero y preguntar después.

Jamie suspiró y me acerqué a su cuerpo, curvándome para encajar en él. No hacía frío, pero usaba una camisa para dormir por deferencia a Brianna.

—¿No puedes dormir? —pregunté—. ¿Te molesta la luz de la luna?

—No —contestó, aunque la estaba mirando. Estaba alta sobre el cerro y, aunque no estaba todavía llena, un blanco luminoso inundaba el cielo—. No es la luna, es otra cosa.

Le masajeé con cuidado el estómago y dejé que mis dedos se curvaran alrededor del arco ancho de sus costillas. Él suspiró y me apretó la mano.

—Oh, no es más que una tontería, Sassenach. —Volvió la cabeza hacia la cama de Brianna, cuyo cabello se derramaba en una masa lustrosa sobre la almohada—. Me entristece que tengamos que perderla.

—Hum —dejé mi mano sobre su pecho. Sabía que llegaría ese momento (tanto el de la certidumbre como el de la misma marcha), pero no había querido romper la magia que nos unía a los tres—. No puedes perder a un hijo —dije suavemente, recorriendo con el dedo el suave hueco del centro de su pecho.

—Ella debe regresar, Sassenach, lo sabes tan bien como yo. —Se agitó inquieto, pero no se alejó de mí—. Mírala, es como el camello de Luis, ¿no?

Pese a mis propios remordimientos, sonreí ante la idea. Luis de Francia tenía una gran colección de animales en Versalles y, cuando hacía buen tiempo, los cuidadores sacaban a algunos de ellos para que hicieran ejercicio. Los guiaban por los amplios jardines para que los vieran los sorprendidos transeúntes.

Un día, estábamos paseando por los jardines y, al doblar una esquina, nos encontramos a un camello que avanzaba hacia nosotros por el sendero, espléndido y majestuoso, con su arnés dorado y plateado, levantándose con tranquilo desdén frente a una multitud de espectadores que lo observaban boquiabiertos. Era sorprendentemente exótico y estaba del todo fuera de lugar entre las formales estatuas blancas.

—Sí —dije, con un disgusto que oprimía mi corazón—. Por supuesto que debe regresar. Pertenece a otra época.

—Lo sé. —Puso su mano sobre la mía sin dejar de mirar a Brianna—. No debería lamentarme, pero lo hago.

—Lo mismo me sucede a mí. —Apoyé la frente en su hombro, aspirando su limpio aroma masculino—. Pero lo que te he dicho es verdad. No se puede perder a una hija. ¿Tú... tú recuerdas a Faith?

Mi voz tembló un poco al hacerle esa pregunta. Hacía muchos años que no hablábamos de nuestra primera hija, que había nacido muerta en Francia.

Su brazo se enroscó a mi alrededor y me acercó a él.

—Por supuesto que sí —contestó en voz baja—. ¿Crees que podría olvidarla?

—No. —A pesar de que las lágrimas descendían por mis mejillas, no estaba llorando; sólo se debía a la emoción—. Eso es lo que quiero decir. Nunca te lo dije, pero cuando fuimos a París para ver a Jared, fui al hospital des Anges y vi su tumba. Le puse un tulipán rosado.

Permaneció en silencio durante un instante.

—Yo le llevé violetas —intervino, con una voz tan baja que casi no le oí.

Me quedé inmóvil, olvidando las lágrimas.

—No me lo dijiste.

—Tú tampoco. —Sus dedos recorrieron las vértebras de mi columna, acariciando suavemente la línea de mi espalda.

—Tenía miedo de que sintieras... —Se me cortó la voz.

Había tenido miedo de que se sintiera culpable, ya que una vez ya le había culpado por ello. Nos acabábamos de encontrar y no quería arruinarlo todo.

—Yo también.

—Siento que no pudieras verla —comenté por último, y oí cómo suspiraba. Se volvió y me abrazó, rozándome la frente con los labios.

—No importa. Si es cierto lo que dices, Sassenach, siempre la tendremos. Y a Brianna. Si se va... cuando se vaya... seguirá estando con nosotros.

—Sí, no importa lo que suceda, no importa adónde vaya un hijo, ni durante cuánto tiempo. Aunque sea para siempre. Nunca lo pierdes. No puedes.

No respondió y me abrazó con fuerza mientras suspiraba una vez más. La brisa agitó el aire sobre nosotros con el sonido de las alas de los ángeles y nos fuimos quedando dormidos mientras la luna nos bañaba con su paz intemporal.

43

Whisky en la tinaja

No me gustaba Ronnie Sinclair. Nunca me había gustado. No me agradaban su rostro apuesto, su sonrisa astuta ni la manera en la que me miraba a los ojos. Lo hacía de un modo muy directo, tan honesto que sabías que escondía algo incluso cuando no lo hacía. Y, sobre todo, no me gustaba la forma en que miraba a mi hija. Me aclaré la garganta haciendo el suficiente ruido para que lo oyera.

Me sonrió, mientras jugueteaba con un aro metálico en sus manos.

—Jamie dice que para fin de mes necesitará una docena más de barriles pequeños de whisky, y yo preciso con la mayor celeridad posible un gran tonel de madera de nogal para la carne ahumada.

Asintió mientras hacía una serie de crípticas marcas en una tabla de pino que colgó en la pared. Aunque era extraño en un escocés, Sinclair no sabía escribir y utilizaba una especie de taquigrafía personal que le permitía anotar los pedidos.

—Muy bien, señora Fraser. ¿Algo más?

Hice una pausa, intentando calcular las posibles necesidades de toneles que podrían surgir antes de que empezara a nevar. Habría pescado y carne para salar, pero eran preferibles los frascos de piedra, ya que los toneles de madera dejaban un gusto a trementina. Ya tenía un buen barril reservado para manzanas y otro para calabacines; conservaría las patatas en estanterías para evitar que se pudrieran.

—No —decidí—. Eso es todo.

—De acuerdo, señoras —vaciló, dando vueltas al aro con más rapidez—. ¿Vendrá él por aquí antes de que los barriles estén listos?

—No, no tiene tiempo. Tiene que recoger la cebada, hay que preparar la carne y destilar el alcohol. Todo va con retraso por culpa del juicio. —Lo miré con una ceja levantada—. ¿Por qué me lo preguntas? ¿Tienes algún mensaje para él?

El taller del tonelero, ubicado al pie de la ensenada que se hallaba más cerca del camino, era el primer edificio con el que se encontraba la mayoría de los visitantes y, por tanto, era un punto de recepción de la mayoría de los chismes que llegaban de fuera del Cerro de Fraser.

Sinclair ladeó la cabeza, pensativo.

—Bueno, tal vez no sea nada. Pero he oído que hay un desconocido por el distrito que hace preguntas sobre Jamie Fraser.

Con el rabillo del ojo vi que Brianna se sobresaltaba, olvidando su inspección de las raederas, los mazos, las sierras y las hachas que estaban en la pared. Se volvió y su falda susurró sobre las virutas de madera que abarrotaban el taller hasta alcanzar los tobillos.

—¿Sabes el nombre del forastero? —preguntó, nerviosa—. ¿O qué aspecto tiene?

Sinclair la miró sorprendido. Las proporciones de su cuerpo eran extrañas. Tenía la espalda estrecha, pero sus brazos eran fuertes y las manos tan grandes que podían haber pertenecido a un hombre mucho más corpulento que él. La miró, y su amplio pulgar acarició de manera inconsciente el metal del aro con tranquilidad, una y otra vez.

—No puedo informar de su aspecto —comentó con amabilidad, pero por su mirada me dieron ganas de quitarle el aro y estrangularlo con él—. Dijo que su nombre era Hodgepile.

Brianna perdió la expresión de esperanza, aunque el músculo de la comisura de sus labios se curvó un poco al oír el nombre.

—No creo que sea Roger —aclaró en voz baja.

—Yo tampoco lo creo —intervine—. No tiene motivos para usar un nombre falso. —Me volví hacia Sinclair.

—No habrás oído algo sobre un hombre llamado Wakefield, ¿no? Roger Wakefield.

Sinclair negó con la cabeza con determinación.

—No, señora. Él ya me habló de eso. Si Wakefield aparece, hay que mandarlo de inmediato hacia el Cerro. Si Wakefield pone un pie en el condado se enterarán enseguida.

Brianna suspiró y se tragó la desilusión. Estábamos a mediados de octubre y, aunque no hablaba de ello, su ansiedad aumentaba día tras día. No era la única; nos había dicho lo que Roger intentaba hacer, y la idea de los diversos desastres que podían tener lugar en el intento era suficiente para que me mantuviera en vela por las noches.

—... sobre el whisky —decía Sinclair, y volví mi atención hacia él.

—¿Hodgepile preguntaba sobre Jamie y el whisky?

Sinclair asintió y bajó el aro.

—En Cross Creek, por supuesto, nadie le dijo nada. Pero quien me lo contó me comentó que parecía un soldado. —Hizo una mueca—. Aunque la mona se vista de seda, mona se queda.

—Pero no iba vestido como un soldado, ¿no?

Los soldados rasos llevaban el cabello recogido en una trenza prieta en torno a un centro de lana de oveja y empolvado con harina de arroz, que, en este clima, rápidamente se convertía en una pasta, a medida que la harina se mezclaba con el sudor. Aun así, imaginaba que Sinclair se refería más a la actitud del hombre que a su aspecto.

—No; además decía que comerciaba con pieles, pero por su forma de caminar parecía que llevara un palo en el trasero, y se podía oír cómo chirriaba la piel cuando hablaba. Eso es lo que dijo Geordie McClintock.

—Podría ser uno de los hombres de Murchison. Se lo diré a Jamie, muchas gracias.

Salimos del taller mientras Brianna me preguntaba qué problemas nos traería ese Hodgepile. Probablemente, no muchos;

sólo la distancia desde la civilización y la inaccesibilidad del Cerro ya eran suficiente protección contra la mayoría de las intrusiones. Ése era uno de los motivos por los que lo había elegido Jamie. Los múltiples inconvenientes de la lejanía se veían compensados por sus beneficios en lo que a la guerra se refería. No habría ninguna batalla en el Cerro de Fraser, estaba segura de eso.

Y no importa lo intenso que fuera el odio de Murchison, o lo buenos que fueran sus espías, ya que no me imaginaba que sus superiores le permitieran enviar una expedición armada por las montañas para terminar con una destilería ilegal de tan poca importancia que producía menos de cuatrocientos cincuenta litros al año.

Lizzie e Ian nos esperaban fuera recogiendo los pequeños troncos que Sinclair no utilizaba. El trabajo de un tonelero generaba ingentes cantidades de virutas, astillas y pedazos descartados de madera y corteza, y merecía la pena recogerlos, para evitar cortar leña a mano en casa.

—¿Puedes cargar los barriles con Ian, querida? —pregunté a Brianna—. Quiero examinar a Lizzie a la luz del sol.

Brianna asintió aún distraída y fue a ayudar a Ian a sacar media docena de barrilitos y a cargarlos en el carro. Eran pequeños, pero pesados.

Su tierra y su taller habían proporcionado a Ronnie Sinclair su destreza con aquellos barriles en particular, pese a su personalidad poco atractiva; no todos los toneleros conocían el truco de chamuscar el interior de un barril de roble para conferir el hermoso color ámbar y el intenso sabor ahumado al whisky que envejece en su interior.

—Ven aquí, querida, déjame que te mire los ojos.

Obediente, Lizzie abrió bien los ojos y me dejó que examinara la esclerótica.

Continuaba muy delgada, pero el terrible color amarillento de la ictericia se estaba desvaneciendo, y sus ojos volvían a estar casi completamente blancos otra vez. Palpé con cuidado bajo la barbilla; los ganglios sólo estaban un poco inflamados... la mejoría era notable.

—¿Te sientes bien? —quise saber. Sonrió con timidez y asintió. Era la primera vez que salía de la cabaña desde que llegó con Ian tres semanas antes. Seguía temblando como un ternero recién nacido. No obstante, las frecuentes infusiones de corteza de quina ayudaban. Ya no tenía ataques de fiebre y confiaba en que mejorara su hígado.

—¿Señora Fraser? —preguntó. Me sobresalté al oírla hablar. Era tan tímida que no nos hablaba directamente ni a Jamie ni a mí, sino que lo hacía a través de Brianna, que me transmitía el mensaje.

—¿Sí, querida?

—Yo... yo no he podido evitar oír lo que ha dicho el tonelero: que el señor Fraser le pidió que le avisara si ese hombre aparecía. Y me preguntaba... —Sus palabras se apagaron en un espasmo de timidez, y un suave rubor iluminó sus mejillas transparentes.

—¿Sí?

—¿Cree que podrá preguntar por mi padre? —Las palabras salieron atropelladas, y se ruborizó aún más.

—¡Ay, Lizzie! Lo siento. —Brianna, que ya había terminado con los barriles, se acercó y abrazó a su pequeña criada—. No lo había olvidado, pero tampoco se me había ocurrido. Espera un minuto y se lo diré al señor Sinclair. —Con un susurro de faldas, se desvaneció en la fresca penumbra del taller.

—¿Tu padre? —pregunté—. ¿Qué le ha ocurrido, lo has perdido?

La muchacha asintió, apretando los labios para evitar que le temblaran.

—Se fue como peón, pero no sé adónde; lo único que sé es que vino a las colonias del sur.

Bueno, pensé, eso no serviría de mucho, ya que tan sólo limitaba la búsqueda a varios cientos de miles de kilómetros, pero no se perdía nada por preguntar a Sinclair. Las noticias en los periódicos eran escasas en el sur. Era más sencillo que corrieran de boca en boca, en tabernas y negocios, o a través de criados y esclavos en las plantaciones.

El hecho de pensar en los periódicos me hizo recordar. Siete años parecía bastante tiempo. Además, Brianna tenía razón; si la casa debía quemarse el 21 de enero, nosotros podíamos evitar estar allí.

Brianna regresó con el rostro ruborizado y subió al carro tomando las riendas mientras nos esperaba con gesto impaciente.

Ian, al advertir el rubor, frunció el entrecejo y lanzó una mirada a la tienda del tonelero.

—¿Qué ha pasado, prima? ¿Te ha dicho algo inconveniente? —Flexionó las manos, casi tan largas como las de Sinclair.

—No —dijo brevemente—. Ni una palabra. ¿Estamos listos para partir?

Ian levantó a Lizzie y la colocó en el carro, luego me dio la mano y me ayudó a subir en el asiento delantero junto a Brianna. Observó las riendas en las manos de Brianna; le había enseñado a conducir el carro con las mulas y se mostraba orgulloso de su prima.

—Vigila al bastardo de la izquierda —le advirtió—. No transportará su parte de la carga a menos que le des una palmada en la grupa de vez en cuando.

Luego se sentó en el carro junto a Lizzie y partimos. Podía oír las historias que le contaba a la muchacha y las risitas de ella como respuesta. Al ser el menor de su propia familia, Ian estaba encantado con Lizzie, a la que trataba como a una hermana pequeña; a veces como una molestia, y otras como una mascota. Miré el taller que se iba alejando por encima del hombro, y después a Brianna.

—¿Qué ha hecho? —pregunté en voz baja.

—Nada. Lo interrumpí. —Y se ruborizó aún más.

—¿Qué diablos estaba haciendo?

—Dibujos en un pedazo de madera —dijo, mordiéndose el interior de la mejilla—. De mujeres desnudas.

Me reí, porque me hacía gracia y me impresionaba.

—Bueno, ya no tiene esposa y no creo que consiga otra. En las colonias hay pocas mujeres, y muchas menos aquí. Supongo que no se lo puede culpar.

Sentí una inesperada simpatía por Sinclair. Después de todo, llevaba mucho tiempo solo. Su esposa había muerto después de Culloden y él había pasado más de diez años en prisión, antes de que se lo llevaran a las colonias. Si había tenido vínculos allí, no habían durado mucho. Era un hombre solitario y, de repente, vi de una manera diferente su ávida búsqueda de cotilleos, su observación furtiva... incluso su uso de Brianna a modo de inspiración artística. Yo sabía lo que era sentirse solo.

Brianna se sintió mejor y comenzó a silbar, encorvada de manera informal sobre las riendas... algo de los Beatles, pensé, aunque nunca era capaz de distinguir los grupos de pop.

Una idea flotaba en mi mente; si Roger no aparecía, no la dejarían sola durante mucho tiempo; ni aquí y ahora ni cuando regresara al futuro. Pero eso era ridículo, Roger iba a venir. Y si no...

De inmediato, me vino a la mente un pensamiento que había estado intentando mantener a raya. ¿Y si había decidido no venir? Sabía que se habían peleado, pero Brianna no me había explicado el motivo. ¿Se habría enfadado tanto como para regresar sin ella?

Esa posibilidad también se le debía haber ocurrido a ella. Ya no hablaba tanto de Roger, pero percibía la ansiedad en su mirada cada vez que *Clarence* anunciaba a un visitante y la decepción al descubrir que eran colonos de Jamie o amigos indios de Ian.

—Date prisa, hombre —murmuré. Brianna lo oyó, y, con rapidez, sacudió las riendas sobre la grupa de la mula izquierda.

—¡Vamos! —gritó Brianna, y el carro avanzó más ligero por el angosto sendero que nos conducía hasta casa.

—Es muy distinto del que se destila en Leoch —dijo Jamie mientras daba golpecitos a la olla improvisada en el borde del claro—. Pero... es una especie de whisky.

Pese a su aparente humildad, Brianna era consciente de que estaba orgulloso de su primitiva destilería. Estaba a unos tres kilómetros de la cabaña, situada, le explicaba, cerca de la casa de Fergus, así Marsali podía acercarse varias veces al día para controlar los procesos. A cambio de esa ayuda, Fergus y ella tenían más cantidad de whisky que los otros granjeros, los cuales proporcionaban la cebada y ayudaban en la distribución del licor.

—No, querido, no debes comerte esa cosa tan sucia —exclamó Marsali con firmeza. Cogió a su hijo de la muñeca y le abrió los dedos para que soltara el enorme insecto que se retorcía y que, contradiciendo abiertamente a su madre, el niño pensaba meterse en la boca. Marsali tiró la cucaracha al suelo y la pisó.

Germaine, un niño regordete y estoico, no lloró por la pérdida, pero le lanzó una mirada fulminante bajo su flequillo rubio. La cucaracha, nada amedrentada por el trato brusco, se levantó y se marchó, tambaleándose un poco.

—No le habría hecho daño —dijo Ian, divertido—. Yo las he comido con los indios. Aunque son mejores las langostas, sobre todo las ahumadas.

Marsali y Brianna resoplaron por el asco, e Ian se rió con ánimo burlón. Levantó otro saco de cebada y puso otra capa gruesa en un cesto plano de junco. Otras dos cucarachas, expuestas de manera repentina a la luz del día, se escaparon con rapidez junto a la cesta, cayeron al suelo y desaparecieron bajo el borde del tosco suelo.

—¡Te he dicho que no! —Marsali sujetó al niño por el cuello de la camisa e impidió sus intentos de seguirlas—. ¿Quieres que te ponga a ahumar? —Pequeños hilillos de humo transparente se elevaban entre las grietas de la plataforma de madera, impregnando el pequeño claro con el aroma del cereal tostado. El estómago de Brianna rugió; era casi la hora de cenar.

—Quizá deberías dejarlas dentro —sugirió en broma—. Puede que las cucarachas ahumadas le den sabor al whisky.

—Dudo que lo estropeen. —Jamie se acercó, al mismo tiempo que se secaba la cara con un pañuelo. Lo miró y, antes de metérselo en la manga otra vez, hizo una pequeña mueca al ver las manchas de hollín—. ¿Todo bien, Ian?

—Sí, sólo hay un saco completamente estropeado, tío Jamie.

Ian se levantó con su bandeja de cebada cruda y pateó de manera negligente un saco roto, donde el moho verde claro y el tono negro de la podredumbre mostraban los efectos de la humedad. En el suelo, había dos sacos abiertos más a los que les habían quitado la capa superior que se había estropeado.

—Vamos a acabar de una vez —dijo—. Estoy muerto de hambre. —Ian y él llevaron a la plataforma unas bolsas de cebada fresca y las esparcieron en una capa gruesa sobre el espacio despejado de la plataforma, usando una pala lisa de madera para aplanar y voltear el cereal.

—¿Cuánto tiempo tarda? —Brianna observó cómo Marsali removía el grano fermentado en la tina. Apenas había comenzado a fermentar y el olor a alcohol era muy suave.

—Bueno, eso depende un poco del tiempo. —Marsali miró al cielo con aire de experta. Estaba anocheciendo y el cielo había comenzado a oscurecerse, adquiriendo un color azul intenso con unas cuantas nubes blancas en el horizonte—. Así como está de claro, diría que... ¡Germaine! —Sólo se veían los pies del niño, el resto había desaparecido bajo un tronco.

—Ya voy yo a buscarlo. —Brianna avanzó con rapidez por el claro y levantó al niño. Germaine dejó escapar un grito de protesta por la interferencia y comenzó a dar patadas, golpeándole las piernas con sus robustos talones.

—¡Eh! —Brianna lo dejó en el suelo frotándose la pierna y Marsali dejó escapar un sonido de exasperación, soltando el cucharón.

—¿Qué has cogido ahora? —Germaine había aprendido de su experiencia anterior y se tragó de golpe su última adquisición. De inmediato comenzó a ponerse morado y a toser.

Con un grito de alarma, Marsali cayó de rodillas y trató de abrir la boca del niño. Germaine comenzó a tener arcadas, a jadear, y se tambaleó hacia atrás, sacudiendo la cabeza con los ojos fuera de sus órbitas. Un hilo de baba le caía por la barbilla.

Brianna agarró al pequeño del brazo, lo apoyó de espaldas contra ella y, con las dos manos, le presionó el estómago. Germaine dejó escapar un gemido y algo pequeño y redondo salió de su boca. Gorjeó, jadeó, inspiró profundamente y comenzó a aullar mientras su rostro pasaba de un profundo color morado a un saludable rojo en cuestión de segundos.

—¿Está bien? —preguntó, nervioso, Jamie, mirando al niño que ahora lloraba en los brazos de su madre. Luego miró complacido a Brianna—. Has sido muy rápida, muchacha, buen trabajo.

—Gracias. Me alegro de que diera resultado.

Brianna sintió que temblaba. Segundos. Todo había durado unos segundos. De la vida a la muerte y de nuevo vuelta a la vida en un instante. Jamie le oprimió el brazo y se sintió un poco mejor.

—Lo mejor será que lleves al niño a casa —le dijo a Marsali—. Dale la comida y métalo en la cama. Ya terminaremos nosotros.

Marsali asintió, también un poco temblorosa. Se apartó un mechón rubio de los ojos, e intentó sonreír a Brianna.

—Muchas gracias, buena hermana.

Brianna sintió un sorprendente placer ante aquel título.

—Me alegro de que esté bien. —Y le sonrió.

Marsali levantó su saco del suelo y, con un gesto de asentimiento a Jamie, se volvió y bajó con cuidado por el sendero con el niño en sus brazos. Los puños regordetes de Germaine se agarraban con fuerza a su cabello.

—Has estado muy bien, prima. —Ian, después de terminar el trabajo, había saltado de la plataforma para felicitarla—. ¿De quién has aprendido a hacer eso?

—De mi madre.

Ian asintió impresionado. Jamie se inclinó buscando en el suelo.

—¿Qué se había tragado el niño?

—Esto. —Brianna descubrió el objeto medio oculto entre las hojas y lo levantó—. Parece un botón. —Era un círculo tosco de madera, sin duda un botón con agujeros para el hilo.

—Déjame ver. —Jamie extendió la mano y ella le entregó el botón.

—Tú no has perdido un botón, ¿no, Ian? —preguntó con rostro ceñudo.

Ian miró por encima del hombro de Jamie y movió la cabeza.

—¿Tal vez Fergus? —sugirió.

—Quizá, pero no lo creo. Nuestro Fergus es demasiado presumido para usar algo así. Todos los botones de su abrigo están hechos de cuerno pulido. —Meneó la cabeza, aún frunciendo el ceño, y luego se encogió de hombros. Levantó su morral y guardó el botón, antes de atárselo a la cintura—. Bueno, preguntaré por la zona. —Sonrió a Brianna y torció la cabeza hacia el sendero—. Vamos, les preguntaremos a los Lindsey camino a casa. ¿Quieres terminar de una vez, Ian? No queda mucho por hacer.

Kenny Lindsey no estaba en casa.

—Duncan Innes ha venido a buscarlo hace menos de una hora —dijo la señora Lindsey, protegiéndose los ojos del sol en el umbral de su casa—. Estoy segura de que irán a tu casa. ¿Queréis entrar, Mac Dubh? Tú y tu hija podéis tomar algo.

—Ah, no, muchas gracias, señora Lindsey. Mi esposa debe tener el almuerzo listo. Pero tal vez me puedas decir si este botón es del abrigo de Kenny.

Después de observar el botón negó con la cabeza.

—No. Acabo de coserle botones nuevos. Los que lleva se los hizo él con hueso de ciervo. Son preciosos —declaró con orgullo alabando la destreza de su marido—. Tienen una pequeña carita sonriente, ¡y todos son diferentes! —Luego miró a Brianna—. Ahora está con nosotros un hermano de Kenny que tiene buenos terrenos cerca de Cross Creek, ocho hectáreas de tabaco y un arroyo que lo atraviesa. Irá a la reunión en monte Helicon. ¿Vais a ir, Mac Dubh? Tal vez os podáis conocer allí.

Jamie meneó la cabeza sonriendo ante el intento. Había pocas mujeres en la colonia y, aunque Jamie había dicho que su hija estaba comprometida, eso no bastaba para detener los intentos de las casamenteras.

—Me temo que este año, no. Tal vez el próximo; por ahora no puedo alejarme.

Se despidieron con amabilidad y siguieron su camino a casa dejando el sol a sus espaldas y creando sombras alargadas en el sendero frente a ellos.

—¿Crees que el botón es importante? —preguntó Brianna con curiosidad.

Jamie se encogió un poco de hombros. Una ligera brisa le levantaba el cabello de la coronilla y tiraba del cordón de cuero que se lo sujetaba.

—No lo sé. Puede que no sea nada, pero también puede significar algo. Tu madre me contó lo que le dijo Ronnie Sinclair sobre aquel hombre que preguntaba por el whisky en Cross Creek.

—¿Hodgepile? —Brianna se rió por el nombre y Jamie le devolvió la sonrisa, pero luego se puso serio otra vez.

—Sí. Si el botón pertenece a alguien del lugar no hay problema, ya que todos conocen la destilería y pueden pasar a mirar sin que ocurra nada. Pero si es de un desconocido... —La miró y se encogió de hombros—. No es tan fácil pasar desapercibido por aquí, salvo que quisiera ocultarse. Un hombre que se acercara con motivos inocentes se detendría ante una casa para pedir comida y bebida, y yo me enteraría enseguida. Pero no es así. Tampoco puede pertenecer a un indio, ya que ellos no usan estas cosas.

Una ráfaga de viento sopló en el sendero, agitando las hojas marrones y amarillas, y giraron colina arriba, hacia la cabaña. Caminaron casi en silencio, influidos por la creciente quietud de los bosques. Los pájaros aún cantaban canciones del crepúsculo, pero las sombras se alargaban bajo los árboles. En la ladera norte de la montaña, al otro lado del valle, ya había oscurecido y estaba en silencio, con el sol oculto detrás.

No obstante, el claro de la colina seguía iluminado por la luz del sol, que se filtraba a través del resplandor amarillo de los castaños. Cuando llegaron, Claire estaba en el jardín con una palangana en la cadera, recogiendo judías; su delgada figura se recortaba contra el sol y sus cabellos formaban una gran aureola de rizos dorados.

—«Innisfree» —exclamó Brianna de manera involuntaria mientras se detenía al verla.

—¿«Innisfree»? —Jamie la miró desconcertado.

Brianna vaciló, pero tuvo que explicarlo.

—Es un poema, o parte de él. Lo solía recitar papá cuando llegaba a casa y se encontraba a mamá entretenida en el jardín. Decía que viviría ahí fuera si pudiera y que si mamá nos dejaba, sería porque se habría ido a buscar un lugar para vivir sola con todas sus plantas —dijo Brianna, pensando en voz alta.

—Ah. —El rostro de Jamie estaba tranquilo, y las partes anchas de él estaban rojizas bajo la luz moribunda—. ¿Qué dice el poema?

Brianna sintió una ligera opresión en el corazón al recitarlo.

Me levantaré y me pondré en marcha, y a Innisfree iré,
y una choza haré allí, de arcilla y espinos:
nueve surcos de habas tendré allí, un panal para la miel,
y viviré solo en el arrullo de los zumbidos.

Las gruesas cejas negras se fruncieron un poco, centelleando al sol.

—Un poema, ¿verdad? ¿Y dónde está Innisfree?

—En Irlanda, tal vez. Era irlandés —explicó Brianna—. El poeta. —La hilera de colmenas se encontraba en el borde del bosque.

—Ah.

Diminutas motas doradas y negras pasaban junto a ellos en el aire con olor a miel; las abejas regresaban a casa desde los campos. Su padre no se movió para avanzar, sino que permaneció en silencio junto a ella, observando cómo su madre recogía judías, con las manchas doradas y negras entre las hojas.

«Pero después de todo no está sola», pensó Brianna. No obstante, la pequeña opresión permaneció en su pecho.

Kenny Lindsey tomó un sorbo de whisky, cerró los ojos y movió la lengua como si se tratara de un catador profesional. Hizo una pausa, frunció el ceño con concentración y tragó de golpe.

—¡Vaya! —Inspiró con un estremecimiento—. Mierda —dijo con voz ronca—. ¡Despelleja las tripas!

Jamie sonrió ante el cumplido y sirvió otro poco para Duncan.

—Sí, es mejor que el último —comentó mientras lo olfateaba con cautela, antes de dejar el vaso—. No te arranca la lengua.

Lindsey se secó la boca con la mano y asintió.

—Bueno, encontrará un buen hogar. Woolam quiere un barril. Le durará un año, visto cómo lo distribuyen los cuáqueros.

—¿Os pusisteis de acuerdo en el precio?

Lindsey asintió otra vez, olfateando con gusto el plato de bizcochos y aperitivos que Lizzie puso frente a él.

—Cuatro arrobas de cebada por el barril, y otras cuatro si vas a medias con él en el whisky que saques de ahí.

—Es justo. —Jamie tomó un bizcocho y masticó ausente un rato. Entonces enarcó una ceja mirando a Duncan, que estaba sentado al otro lado de la mesa.

—¿Puedes preguntar a MacLeod, de Naylor's Creek, si quiere hacer el mismo trato? Te queda de camino, ¿no?

Duncan asintió, masticando, y Jamie levantó su vaso mirándome en un brindis silencioso de celebración. La oferta de Woolam suponía un total de ochocientas libras de cebada, obtenidas mediante el trueque y la promesa. Más que el excedente de cada campo del Cerro, la materia prima para el whisky del año siguiente.

—Un barril para cada una de las casas del Cerro, dos para Fergus —calculó Jamie, tocándose el lóbulo de la oreja, distraído—. Tal vez dos más para Nacognaweto, uno para guardarlo para que envejezca... Sí, podemos reservar una docena para la reunión, Duncan.

La llegada de Duncan había sido oportuna. Jamie se las había arreglado durante el primer año para cambiar, a los moravos de Salem, el whisky por herramientas, ropa y otras cosas que necesitaba, pero no había duda de que los ricos escoceses de las plantaciones de Cape Fear serían un mercado más satisfactorio.

Nosotros no podíamos abandonar la casa el tiempo suficiente para hacer el viaje hasta monte Helicon, pero si Duncan podía llevar el whisky y venderlo... ya estaba haciendo listas en mi cabeza. A la reunión, todos llevaban cosas para vender: lana, telas, herramientas, alimentos, animales... Yo necesitaba con urgencia una pequeña cazuela de cobre, seis pedazos de muselina para camisolas y...

—¿Creéis que debéis ofrecer alcohol a los indios? —La pregunta de Brianna me arrancó de mis sueños de codicia.

—¿Por qué no? —preguntó Lindsey con cierta desaprobación por la intrusión—. Después de todo, no se lo damos, muchacha. Tienen poca plata, pero lo pagan con cuero, y lo pagan bien.

Brianna me miró buscando apoyo, y luego a Jamie.

—Pero los indios no... he oído que no les sienta bien el alcohol.

Los tres hombres la miraron sin comprender, y Duncan bajó la vista a su jarra mientras la giraba en su mano.

—¿Sentarles bien?

Brianna torció un poco la boca.

—Quiero decir que se emborrachan con facilidad.

Lindsey examinó el interior de su jarra y luego la observó, pasándose una mano por la coronilla sin pelo.

—¿Qué quieres decir? —preguntó amablemente.

Brianna apretó los labios y luego los relajó.

—Lo que quiero decir es que me parece mal hacer beber a gente que una vez que empieza no puede dejar de hacerlo.

Me miró con un gesto de impotencia, y yo moví la cabeza.

—El alcoholismo todavía no es una enfermedad. Es sólo falta de carácter —comenté.

Jamie le lanzó una mirada burlona.

—Te diré una cosa —dijo Jamie—. He visto muchos borrachos en mi vida, pero nunca he visto que ninguna botella saliera de la mesa para meterse en la boca de nadie.

Todos gruñeron a modo de aprobación y se sirvió otra ronda para cambiar de tema.

—¿Hodgepile? No, no lo conozco, aunque creo que he oído el nombre. —Duncan apuró el resto de su bebida y dejó la jarra, resoplando suavemente—. ¿Queréis que pregunte en la reunión?

Jamie asintió y tomó otro bizcocho.

—Sí, por favor, Duncan.

Lizzie estaba inclinada sobre el fuego, dándole vueltas al guiso para la comida. Vi que se ponía tensa, pero era demasiado tímida para hablar ante tantos hombres. Brianna no tenía esas inhibiciones.

—Yo también tengo algo que pedirte, Innes. —Se inclinó sobre la mesa y lo miró a los ojos, suplicante—. ¿Podrías preguntar por un hombre llamado Roger Wakefield?

—Bueno, claro. Lo haré. —Duncan se puso rosa ante la proximidad del pecho de Brianna y, por confusión, se bebió el whisky de Kenny—. ¿Hay algo más que pueda hacer?

—Sí —dije, poniendo otra jarra para el contrariado Lindsey—. Mientras preguntas por Hodgepile y el joven de Bree, también podrías preguntar por un hombre llamado Joseph Wemyss. Debe de ser peón. —Pude ver de reojo cómo Lizzie suspiraba aliviada.

Duncan asintió, recobrando la compostura cuando Brianna se fue a la despensa a buscar mantequilla. Kenny Lindsey la miró interesado.

—¿Bree? ¿Así llamas a tu hija? —preguntó.

—Sí —contesté—. ¿Por qué?

Una sonrisa apareció en la cara del hombre. Luego miró a Jamie, tosió y ocultó la cara en la jarra.

—Es una palabra escocesa, Sassenach —aclaró Jamie, con una amplia sonrisa—. Una *bree* es una gran conmoción.

44

Una conversación con tres interlocutores

Octubre de 1769

Las vibraciones del impacto traspasaron sus brazos. Siguiendo un ritmo fruto de la larga práctica, Jamie liberó el hacha, la balanceó hacia atrás y la dejó caer de nuevo, con un golpe que hizo que la corteza se astillara y que cayeran virutas amarillas de madera. Apoyó su pie en el tronco y dio otro golpe, clavando el afilado metal a un par de centímetros de sus dedos.

Podía haberle dicho a Ian que cortara la leña e ir él a buscar la harina al pequeño molino de los Woolam, pero el muchacho se merecía la visita a las tres jóvenes solteras que trabajaban con su padre en el molino. Era una familia de cuáqueros, y aunque las muchachas se vestían con colores oscuros como los gorriones, sus rostros eran vivaces e inteligentes, mimaban a Ian y, cuando les visitaba, le ofrecían cerveza y trozos de pastel de carne. Era mejor que pasara el tiempo con aquellas jóvenes virtuosas que con indias de expresión atrevida, pensó, algo sombrío. No había olvidado lo que había dicho Myers sobre las mujeres indias que se acostaban con quienes querían.

También había enviado a la pequeña criada con Ian, pensando que el aire fresco del otoño daría un poco de color a las mejillas de la muchacha. Era tan pálida como Claire, pero su aspecto era enfermizo, del color blanco azulado de la leche descremada; no tenía el resplandor pálido de Claire, intenso e impoluto como el duramen blanco sedoso de un álamo.

El tronco ya estaba casi cortado; otro golpe y un giro de hacha y habría dos leños más, listos para el fuego, con su olor intenso y limpio a resina. Los apiló con cuidado en el creciente montón que se encontraba junto a la despensa y colocó otro medio tronco bajo su pie.

La verdad era que le gustaba cortar leña. Era muy distinto a la tarea húmeda, dolorosa y gélida de cortar turba, pero proporcionaba la misma satisfacción de ver una buena cantidad de combustible preparado; sólo aquellos que han pasado inviernos temblando con prendas finas pueden saber lo que es. La pila de madera ya casi alcanzaba el alero de la casa, con sus fragmentos secos de pino y roble, pacana y arce. Aquella visión le calentaba el corazón de la misma manera que la madera haría lo propio con su piel.

Era un día caluroso de finales de octubre y la camisa le colgaba de los hombros. Se secó la cara con la manga y examinó la mancha húmeda.

Si seguía mojándola, Brianna insistiría en lavarla, aunque él protestara diciendo que el sudor era limpio. Arrugaría la nariz como una zarigüeya y le diría «¡Uf!», para demostrar su asco. Jamie había reído tanto por la sorpresa como por diversión la primera vez que lo vio.

Su madre había muerto hacía mucho tiempo, cuando él era un niño y, aunque de vez en cuando la recordaba en sueños, había sustituido su presencia con imágenes estáticas en su mente. No obstante, recordaba ese gesto cuando aparecía todo sucio, y le vino a su mente de inmediato cuando vio que Brianna también lo hacía.

Qué misterio el de la sangre. ¿Cómo podía un pequeño gesto o un tono de voz transmitirse a través de generaciones, del mismo modo que las verdades más duras de la carne? Lo había visto una y otra vez en sus sobrinos y sobrinas cuando estaban creciendo, y había aceptado sin pensar los ecos de padres y abuelos que aparecían durante breves instantes, la sombra de un rostro que miraba atrás muchos años después y se desvanecía de nuevo para convertirse en el que era ahora.

No obstante, ahora que lo veía en Brianna... podía mirarla durante horas, pensó, y le recordaba a su hermana, inclinada sobre uno de sus hijos recién nacidos, fascinada. Creyó que tal vez ése era el motivo por el que los padres observaban a sus hijos con semejante embeleso: buscaban los diminutos vínculos entre ellos, la cadena de la vida que unía a una generación con la siguiente.

Se encogió de hombros y se quitó la camisa. Después de todo, aquélla era su tierra y nadie vería las marcas de su espalda. Tampoco le importaban a nadie. Sentía el aire frío sobre su piel húmeda, pero unos cuantos golpes con el hacha hicieron que se le calentara la sangre otra vez.

Quería muchísimo a los hijos de Jenny, en especial a Ian. La combinación de necedad y terca valentía del muchacho le recordaba mucho a sí mismo cuando tenía su edad. Después de todo eran de su sangre. Pero Brianna... Brianna era algo más, provenía de su misma carne. Una promesa no hablada para sus propios padres, su regalo para Claire y de ella para él.

Pensó en Frank Randall, aunque no era la primera vez. ¿Qué habría pensado al tener una criatura de otro hombre al que no tenía ningún motivo para apreciar?

Quizá Randall había sido un hombre mejor que él: había criado a una niña por el bien de su madre, y no por el suyo propio; había examinado su rostro y buscado la dicha sólo en su belleza, y no porque se viera reflejado en ella. Se sintió un poco avergonzado y golpeó la madera con mayor fuerza para que se alejara ese sentimiento.

Su mente se concentraba más en sus pensamientos que en sus acciones. Pero mientras tanto, el hacha formaba parte de su propio cuerpo, pasaba a ser un apéndice de los brazos que la balanceaban. Del mismo modo que una punzada en la muñeca o en el codo le hubiera advertido de inmediato del daño, una ligera vibración, un cambio sutil en el peso lo detuvo antes de golpear, de modo que la hoja suelta del hacha voló de manera inofensiva por el claro, en lugar de caer sobre su vulnerable pie.

—*Deo gratias* —susurró, con bastante menos agradecimiento que el que indicaban las palabras. Se persignó superficialmente y fue a recoger el bloque de metal. Maldito sea el clima seco. Casi no había llovido en un mes, y el mango contraído de su hacha era mucho menos preocupante que las plantas que agonizaban en el jardín de Claire junto a la casa.

Miró hacia el pozo que todavía no había tenido tiempo de terminar y encogió los hombros irritado. Tendría que esperar un poco; podían extraer agua del arroyo o derretir nieve, pero sin madera que quemar, perecerían de hambre, de frío o de ambas cosas.

Entonces se abrió la puerta y salió Claire con la capa puesta para protegerse del frío del otoño y una canasta en la mano, seguida de Brianna, y todo su enojo desapareció.

—¿Qué ha ocurrido? —preguntó Claire de inmediato. Al verlo con la hoja del hacha en la mano pensó que se había lastimado.

—Nada, estoy bien —aseguró—. Tengo que arreglar el mango. ¿Vas a buscar forraje? —Hizo un gesto hacia la cesta de Claire.

—Creo que iré por el arroyo a buscar orejas de Judas.

—No te vayas muy lejos, ¿eh? Hay indios cazando en la montaña. Los he olido esta mañana en el Cerro.

—¿Los has olido? —preguntó Brianna.

Enarcó una ceja roja a modo de pregunta. Vio que Claire lanzaba una mirada a Brianna, luego lo miraba a él, y sonreía ligeramente para sí; se trataba de uno de sus propios gestos. Levantó una ceja mientras miraba a Claire y vio que su sonrisa se ampliaba.

—Es otoño y están secando la carne de venado —explicó Claire a Brianna—. Si el viento sopla en la dirección correcta se puede oler el humo a gran distancia. No vamos a ir lejos —le aseguró Claire—. Sólo hasta el estanque de las truchas.

—Bueno, supongo que es un lugar seguro. —Sentía cierto disgusto al dejar que se marcharan solas, pero no podía obligarlas a que se quedaran en casa sólo porque había indios cerca. Los indios estaban tan ocupados como él, preparándose para el invierno.

Si supiera con seguridad que eran de la tribu de Nacognaweto, no se preocuparía, pero a menudo, las partidas de caza se alejaban, y podían ser cherokee o pertenecer a esa pequeña y extraña tribu que se llamaban a sí mismos los Perros. Quedaba una sola aldea, pero no confiaban en los extranjeros blancos y tenían buenas razones para ello.

Los ojos de Brianna se detuvieron durante un momento en su pecho desnudo y el pequeño nudo de tejido cicatrizal, pero no manifestó disgusto ni curiosidad. Tampoco lo hizo cuando le puso una mano en el hombro y le dio un beso en la mejilla como despedida, aunque él sabía que era consciente de las heridas curadas que se encontraban bajo sus dedos.

Jamie creyó que Claire debía haberle contado lo que ocurrió con Jack Randall en los días anteriores al Alzamiento. O tal vez no le explicó todo. Un leve estremecimiento que nada tenía que ver con el frío le recorrió la espalda y dio un paso atrás para separarse, pero siguió sonriendo.

—Hay pan en la alacena y un guiso en la olla para Ian, para Lizzie y para ti. No os comáis el pudin, es para la cena —dijo Claire mientras le quitaba unas ramitas del pelo.

Jamie le cogió la mano y besó suavemente sus nudillos. Lo miró sorprendido y un ligero rubor iluminó su piel. Se puso de puntillas y le besó en la boca; luego se apresuró a seguir a Brianna, que ya estaba en el borde del claro.

—¡Tened cuidado! —les gritó. Lo saludaron con la mano y desaparecieron en el bosque dejándole sus suaves besos en la cara.

—*Deo gratias* —murmuró otra vez mientras las observaba, y en esta ocasión lo dijo con una profunda gratitud. Esperó a que desapareciera el último aleteo de la capa de Brianna, antes de volver al trabajo.

Estaba sentado sobre el corte con un puñado de clavos en el suelo. Los iba colocando con cuidado de uno en uno en el mango del hacha con la ayuda de un pequeño mazo. La madera seca se partía, pero sujeta con el cierre de hierro de la cabeza del hacha, no se astillaría.

Dio la vuelta a la parte superior del hacha y, al ver que estaba firme, se levantó y la dejó caer con un fuerte golpe contra el corte, a modo de prueba. Se mantuvo firme.

Se puso la camisa, ya que como había estado quieto, tenía frío, y también tenía hambre, pero decidió que esperaría a los jóvenes, que con seguridad, pensó con cinismo, ya debían de estar hartos de comer. Casi podía oler el aroma de las tartas de Sarah Woolam. El intenso olor se mezclaba en su memoria con los aromas otoñales de las hojas muertas y la tierra húmeda. Siguió trabajando, todavía pensando en los pasteles de carne y en el invierno. Los indios decían que el invierno iba a ser duro, no como el anterior. ¿Cómo sería cazar con tanta nieve? En Escocia nevaba, naturalmente, pero la capa de nieve solía ser muy fina y las huellas del ciervo rojo se distinguían con facilidad en las laderas desnudas.

El invierno anterior había sido así. No obstante, la tierra salvaje tendía a los extremos. Había oído historias sobre nevadas de dos metros de profundidad, valles en los que un hombre se hundía hasta las axilas y el hielo de los arroyos era tan grueso que incluso un oso podía cruzarlos. Sonrió algo sombrío al pensar en los osos. Si conseguía cazar otro, un oso supondría sustento para todo el invierno, y la piel tampoco les vendría mal.

Sus pensamientos vagaban al ritmo de su trabajo. Parte de su mente estaba ocupada con una vieja nana mientras que la otra se centraba en una imagen muy vívida de la piel blanca de Claire, pálida y embriagadora como el vino del Rin, sobre todo si se comparaba con el negro lustroso de la piel de un oso.

—«Papá ha ido a buscar una piel / para envolver a su bebé» —susurró, desafinando.

Se preguntaba qué le habría contado Claire a Brianna. Era extraña, aunque agradable, la forma que tenían de comunicarse; Brianna y él se mostraban tímidos entre ellos. Las cosas más personales se las contaban a Claire, confiando ambos en que ella las transmitiría, al actuar como intérprete en aquel nuevo y torpe lenguaje del corazón.

Aunque estaba agradecido por el milagro de tener allí a su hija, deseaba poder hacer el amor con su esposa y en su propia cama. Estaba hartándose de hacerlo en el cobertizo de hierbas o en el bosque, aunque admitía que revolcarse desnudos entre enormes pilas de hojas amarillas de castaño tenía cierto encanto, aunque fuera poco digno.

—Bueno —murmuró, sonriendo un poco—, ¿y cuándo le ha preocupado a un hombre la dignidad en ese ámbito?

Pensativo, primero miró la pila de largos troncos de pino que se encontraban en el borde del claro y después el sol. Si Ian regresaba pronto, podrían dar forma y marcar alrededor de una docena antes del anochecer.

Dejó el hacha y fue hasta la casa para medir con sus pasos las dimensiones de la nueva habitación que pretendía construir hasta que tuvieran lista la casa grande. Brianna era una mujer y necesitaba un lugar privado para ella y su criada. Y si eso le devolvía la intimidad con Claire, mucho mejor.

Oyó el ruido de las hojas secas en el patio, pero no se volvió hasta que fue consciente de una débil tos, semejante al estornudo de una ardilla.

—¿Lizzie? —preguntó, todavía mirando al suelo—. ¿Has disfrutado del paseo? Espero que hayáis encontrado bien a los Woolam.

¿Dónde estaría Ian con el carro?, se preguntó. No los había oído llegar.

La muchacha no contestó, antes bien dejó escapar un ruido que lo obligó a darse la vuelta, sorprendido.

Estaba pálida y parecía un ratoncillo asustado. Pero era normal. Sabía que sentía miedo de él debido a su tamaño y a su voz profunda, por eso hablaba con amabilidad y poco a poco, como habría hecho con un perro maltratado.

—¿Habéis tenido un accidente? ¿Ha pasado algo con el carro o con los caballos?

Movió la cabeza sin poder hablar. Tenía los ojos redondos, grises como su vestido gastado, y tenía la punta de la nariz de un color rosa brillante.

—¿Ian está bien? —No quería alterarla, pero empezaba a asustarse. Algo había sucedido, de eso estaba seguro.

—Estoy bien y los caballos también. —Silencioso como los indios, Ian había aparecido por una esquina de la cabaña y se había acercado a Lizzie para calmarla. Ella le agarró del brazo como en un acto reflejo.

Jamie los miró a los dos. Ian aparentaba calma, pero su agitación interior era evidente.

—¿Qué sucede? —preguntó en un tono más cortante de lo que deseaba.

La muchacha se estremeció.

—Es mejor que se lo digas —dijo Ian—. No tenemos mucho tiempo. —Le tocó el hombro para darle valor. Lizzie pareció que recuperaba las fuerzas y se irguió, balanceando la cabeza.

—Yo... estaba... he visto a un hombre. En el molino, señor.

Intentó seguir hablando, pero había perdido el coraje; la punta de su lengua sobresalía entre sus dientes con esfuerzo, pero no podía pronunciar palabra alguna.

—Ella lo conocía, tío —comentó Ian. Parecía alterado, pero no de miedo, sino especialmente excitado—. Lo ha visto antes... con Brianna.

—¿Sí? —Trató de infundirle confianza, pero el vello de la nuca se le erizaba.

—En Wilmington —prosiguió Lizzie—. Su nombre era Mac-Kenzie; oí a un marinero que lo llamaba así.

Jamie lanzó una rápida mirada a Ian, que asintió.

—No dijo de dónde era, pero no conozco a nadie de Leoch como él. Lo ha visto y lo he oído hablar; tal vez sea de las Highlands, pero seguro que estudió en el sur. Yo diría que es un hombre educado.

—¿Y ese señor MacKenzie conoce a mi hija? —preguntó.

Lizzie asintió con el rostro ceñudo por la concentración.

—¡Sí, señor! Y ella también lo conoce... Le tenía miedo.

—¿Miedo? ¿Por qué? —Jamie hablaba con dureza, y ella palideció, pero Lizzie ya no podía dejar de hablar. Las palabras salían entrecortadas, pero seguían saliendo.

—No lo sé. Pero se puso pálida cuando lo vio y gritó. Luego enrojeció y después se puso blanca y roja otra vez. ¡Estaba muy enfadada, eso lo podía ver cualquiera!

—¿Qué hizo él?

—Bueno... nada. Se le acercó, la cogió de los brazos y le dijo que se tenía que ir con él. Todos en la taberna los miraban. Ella se soltó, blanca como mi delantal, pero me dijo que todo iba bien y que la esperara hasta que regresara. Y... y... se fue con él.

Lizzie inspiró con rapidez y se secó la nariz, que había comenzado a gotear.

—¿Y dejaste que se fuera?

La pequeña criada se encogió, acobardada.

—¡Debería haber ido con ella, lo sé! —gritó, con el rostro descompuesto por la angustia—. Pero ¡tenía miedo, que Dios me perdone!

—Bueno, está bien. —Jamie hizo un esfuerzo para calmarse y hablarle con tanta paciencia como pudo reunir—. ¿Y qué sucedió entonces?

—Subí como ella me dijo, me acosté y comencé a rezar.

—Bueno, estoy seguro de que eso debe haber ayudado mucho.

—Tío... —La voz de Ian era suave, pero firme, y sus ojos castaños lo miraban sin vacilar—. No es más que una niña, tío, lo hizo lo mejor que pudo.

Jamie se frotó la cabeza con fuerza.

—Sí —dijo—. Sí, perdona, no he querido hablarte así. Pero ¿qué más sucedió?

Las mejillas de Lizzie habían comenzado a sonrojarse.

—Ella... ella no regresó hasta el amanecer. Y... y...

A Jamie le quedaba ya muy poca paciencia y, sin duda, se le notaba en el rostro.

—Pude sentir el olor de él en su cuerpo —susurró de forma casi inaudible—. Su... semen.

La ola de furia lo cogió por sorpresa, como un ardiente rayo blanco que le atravesaba el pecho y el vientre. Sintió que se atragantaba a causa del golpe, pero lo reprimió.

—¿Se acostó con ella? ¿Estás segura?

La joven sólo pudo asentir mientras se retorcía las manos en su vestido, arrugando la falda. Su palidez fue reemplazada por un intenso sonrojo; se parecía a uno de los tomates de Claire. Lizzie, incapaz de mirarlo, centró su vista en el suelo.

—¿No lo ve? Está esperando un hijo y tiene que ser suyo. Era virgen cuando se fue con él. Vino a buscarla y ella ahora le tiene miedo.

De pronto pudo verlo todo y se estremeció. Notaba la brisa otoñal fría a través de su camisa y sobre su piel, y la furia se convirtió en mareo. Todas las pequeñas cosas que había visto y pensado superficialmente, sin permitir que pasaran por su mente, surgieron de repente creando un patrón lógico.

La mirada de Brianna, su comportamiento: lo mismo estaba animada que perdida en sus pensamientos, y estaba claro que el brillo de su cara no se debía sólo al sol. Conocía bien la expresión de las mujeres embarazadas; si la hubiera conocido antes habría notado el cambio, pero así...

Claire. Claire lo sabía. Ese pensamiento le llegó con una fría seguridad. Conocía a su hija y, además, era médica. Tenía que saberlo y no se lo había contado.

—¿Estás segura de eso? —La frialdad calmó su furia. Podía sentirla en su pecho; era un objeto peligroso y dentado que parecía que apuntaba en todas las direcciones.

Lizzie asintió y se ruborizó aún más, si es que eso era posible.

—Soy su criada —susurró con la vista baja.

—Quiere decir que Brianna no ha tenido la regla en dos meses —informó Ian con sentido práctico. El menor de una familia con varias hermanas mayores no tenía la delicadeza de Lizzie—. Está segura.

750

—Yo... yo no iba a decir nada —continuó la muchacha, desconsolada—, pero cuando vi al hombre...

—¿Crees que vendrá a reclamarla, tío? —interrumpió Ian—. Tenemos que detenerlo, ¿no? —Ahora era evidente la mirada de furia y excitación que sonrojaba las mejillas del muchacho.

Jamie inspiró profundamente al ser consciente de que había estado conteniendo la respiración.

—No lo sé —dijo, sorprendido por la calma de su voz. Apenas había tenido tiempo de asimilar las noticias, y mucho menos de sacar conclusiones, pero el muchacho tenía razón; había que enfrentarse al peligro.

Si ese tal MacKenzie lo deseaba, podía reclamar a Brianna como su esposa por derecho consuetudinario, con el hijo nonato como prueba de sus pretensiones. Un tribunal no tenía por qué forzar a una mujer a casarse con su violador, pero cualquier magistrado defendería el derecho de un hombre a su mujer y a su hijo... sin que importaran los sentimientos de ella.

Sus propios padres se habían casado así. Se fugaron y se escondieron entre las rocas de las Highlands hasta que su madre se quedó embarazada, de modo que sus hermanos se vieron forzados a aceptar el matrimonio. Un hijo era un lazo permanente entre un hombre y una mujer, y él tenía motivos para saberlo.

Lanzó una mirada al sendero que ascendía desde el bosque.

—¿No vendrá detrás de vosotros? Los Woolam le deben haber indicado el camino.

—No —contestó Ian, pensativo—. No lo creo. Le quitamos el caballo, ¿sabes? —Sonrió súbitamente a Lizzie, quien lanzó una risita.

—¿Sí? ¿Y qué lo detendrá a la hora de coger el carro o una de las mulas?

La sonrisa se agrandó en la cara de Ian.

—Dejé a *Rollo* sobre el carro —dijo—. Creo que vendrá caminando, tío Jamie.

Jamie se vio forzado a sonreír.

—Eso es actuar rápido, Ian.

El muchacho se encogió de hombros con modestia.

—Bueno, no quería que el bastardo nos pillara desprevenidos. Y aunque hace bastante que la prima Brianna no habla de ese... Wakefield, ¿no? —Hizo una pausa con cautela—. No creo que quiera ver a ese MacKenzie. En especial si...

—Yo diría que el señor Wakefield ha quedado atrás —aclaró Jamie—. En especial si... —No era raro que Brianna, una vez fuera consciente de ello, hubiera dejado de esperar la llegada de Wakefield. Después de todo, ¿cómo iba a explicar lo de su barriga a un hombre que la había dejado virgen?

Poco a poco aflojó sus puños crispados. Después, habría tiempo para eso. Ahora tenía que ocuparse de todo.

—Busca mis pistolas —le dijo a Ian—. Y tú, muchacha —intentó una sonrisa y estiró el brazo para recoger la chaqueta que había colgado en un borde de la pila de madera—, quédate aquí y espera a que vuelvan Claire y Brianna. Dile a mi esposa... que he tenido que ir a ayudar a Fergus con su chimenea. Y no les digas una palabra de esto o usaré tus tripas como ligas. —Aunque esta última amenaza no la había dicho en serio, la joven se puso pálida como si así fuera.

Lizzie se desplomó sobre el tajo con las rodillas temblorosas. Buscó el pequeño medallón que llevaba en el cuello para hallar sosiego en el frío metal. Observó cómo Jamie se alejaba tan amenazador como un gran lobo rojo. Su sombra se alargaba ante él, y el sol del final del verano hacía que su cabello pareciera fuego.

La medalla que tenía en la mano estaba helada.

—Madre querida —murmuró una y otra vez, aferrada a su medalla—. Virgen Bendita, ¿qué he hecho?

45

Mitad y mitad

Las hojas de roble estaban secas y crujían al pisarlas; las de los castaños que tenían encima caían constantemente formando una lenta lluvia amarilla sobre la tierra seca.

—¿Es cierto que los indios pueden desplazarse por el bosque sin hacer ruido, o es algo que nos decían cuando éramos niñas exploradoras? —Brianna pisó las hojas e hizo que volaran. Ataviadas con faldas anchas y enaguas que arrastraban las hojas y las ramitas, hacíamos tanto ruido como una manada de elefantes.

—Bueno, no pueden hacerlo cuando el tiempo es tan seco, salvo que salten por los árboles, como los chimpancés. Pero en la primavera, con la humedad, es diferente. Incluso yo puedo caminar sin hacer ruido, ya que la tierra es como una esponja.

Me levanté las faldas para que no se enredaran con un enorme arbusto de saúco, y me agaché para mirar la fruta. Era de color rojo oscuro, aunque aún no mostraba el matiz negro que indicaba la verdadera madurez.

—Dos días más —dije—. Si fuéramos a usarlas como medicamento, las recogeríamos ahora. Sin embargo, yo las quiero para el vino y para secar pasas. Para eso deben tener mucho azúcar, así que esperaremos hasta que estén a punto de caerse del tallo.

—De acuerdo. ¿Cuál es el punto de referencia? —Brianna miró a su alrededor y sonrió—. No, no me lo digas... esa roca enorme que se parece a una de las cabezas de la isla de Pascua.

—Muy bien —comenté con tono de aprobación—. Sí, porque no cambiará con las estaciones.

Al llegar al borde de un pequeño arroyo nos separamos para recorrer lentamente las orillas. Brianna recogería berros mientras yo buscaría orejas de Judas y otras setas comestibles entre los árboles.

No dejaba de vigilarla; tenía un ojo sobre ella y otro en el terreno. Se había metido hasta las rodillas en el arroyo con las faldas levantadas, mostrando un increíble y musculoso muslo mientras caminaba poco a poco, con la mirada fija en el agua ondulada.

Algo no iba bien, lo notaba desde hacía unos días. Al principio pensé que se debía a los nervios causados por la nueva situación en la que se encontraba. Pero durante las últimas semanas, Jamie y ella habían iniciado una relación que, aunque todavía estaba dominada por la timidez de ambos, cada día era más cálida. Disfrutaban estando juntos, y yo, viéndolos.

Sin embargo algo la preocupaba. Habían pasado tres años desde que la había dejado... cuatro desde que se había marchado ella para independizarse, y había cambiado; ahora se había convertido en toda una mujer. Ya no podía interpretar sus pensamientos con tanta facilidad como lo hacía antes. Tenía la capacidad de Jamie de ocultar los fuertes sentimientos tras una máscara de calma. Conocía bien las máscaras de ambos.

En parte había preparado esta excursión para tener la oportunidad de poder hablar con ella a solas. Con Jamie, Ian y Lizzie en casa, y el constante tráfico de colonos y visitantes, era imposible una conversación privada. Y si lo que sospechaba era cierto, ésta iba a ser una conversación que no quería que escuchara nadie.

Cuando mi canasta ya estaba casi llena de gruesas setas anaranjadas, Brianna apareció chorreando por el arroyo, con su cesta cargada de matas de berros húmedos y juncos de cola de caballo para preparar velas.

Se secó los pies con el bajo de su enagua y se unió a mí bajo uno de los enormes castaños. Le entregué la cantimplora de sidra y esperé hasta que terminó de beber.

—¿Es de Roger? —le pregunté, sin preámbulos.

Me miró sorprendida y luego vi que la tensión de su espalda se relajaba.

—Me preguntaba si todavía podías hacerlo —inquirió.

—¿Hacer qué?

—Leer mi mente. En realidad esperaba que pudieras. —Torció un poco la boca, tratando de sonreír.

—Creo que he perdido un poco de práctica —comenté—. Pero espera un tiempo. —Le aparté el cabello de la cara. Me miró, pero lo hacía más allá de mi persona, con demasiada timidez como para mirarme a los ojos. Se oyó un chotacabras en las distantes sombras verdes—. Está todo bien, nena —dije con calma—. ¿De cuánto tiempo estás?

—De dos meses —contestó, suspirando de alivio.

Nos miramos a los ojos y la noté diferente; ya la había sentido así desde su llegada. Antes, su alivio hubiera sido el de un niño, provocado por el miedo y liberado al saber que yo me encargaría del problema de alguna manera. Pero ahora era sólo la tranquilidad de compartir un secreto insoportable, ya que no esperaba que yo arreglara las cosas. El hecho de saber que yo no podía solucionar el problema no reducía mi irracional sentimiento de pérdida.

Me apretó la mano como si quisiera darme seguridad, luego se sentó con la espalda apoyada en un tronco y mientras estiraba las piernas con los pies descalzos, dijo:

—¿Lo sabías?

Me senté cerca de ella con menos elegancia.

—Eso espero, pero no sabía que lo supiera, si es que eso tiene sentido. —Al mirarla ahora todo era evidente: el tono de su piel, las alteraciones en su color y aquella expresión introspectiva. Me había dado cuenta, pero había atribuido los cambios a la novedad y al estrés... la emoción de encontrarme, de conocer a Jamie, de preocuparse por la enfermedad de Lizzie y por Roger. La última preocupación adquiría una nueva dimensión.

—¡Dios mío! ¡Roger! —Asintió, pálida por la luz amarillenta que se filtraba a través de las hojas de castaño—. Han pasado casi dos meses. Tendría que estar aquí... salvo que le haya pasado algo.

Mi mente estaba ocupada calculando.

—Dos meses, estamos casi en noviembre. —Las hojas que teníamos debajo eran suaves, amarillas y marrones, y acababan de caer de las pacanas y los castaños. Mi corazón dio un salto—. Bree... tienes que regresar.

—¿Qué? —Levantó la cabeza—. ¿Regresar adónde?

—A las piedras —dije, agitando la mano—. ¡A Escocia, y rápido!

Me contempló con las cejas arqueadas.

—¿Ahora? ¿Para qué?

Inspiré profundamente, sintiendo mil emociones que chocaban unas con otras. Preocupación por Bree, miedo por Roger, una pena terrible por Jamie, que tendría que dejar que se fuera de nuevo, tan pronto. Y por mí.

—Puedes pasar embarazada. Lo sé porque yo lo hice contigo. Pero, cariño, no puedes llevar a un recién nacido a través de... de... no puedes —concluí, con impotencia—. Tú sabes lo que es. —Habían pasado tres años y recordaba la experiencia con toda claridad.

Sus ojos se oscurecieron y su rostro se puso blanco.

—No puedes llevar a una criatura —repetí. Trataba de controlarme y de pensar con lógica—. Sería como saltar a las cataratas del Niágara con un niño en los brazos. Tienes que regresar antes de que nazca o... —Callé, para seguir con mis cálculos.

—Estamos casi en noviembre. Los barcos no navegan desde finales de noviembre hasta marzo. Y no puedes esperar tanto, ya que eso significaría hacer un viaje de dos meses por el Atlántico embarazada de seis o siete meses. Si no nace en el barco, lo cual sería una muerte segura para ti, para el niño o para los dos, todavía tendrías que cabalgar unos cincuenta kilómetros hasta el círculo, conseguir pasar y buscar ayuda al otro lado... ¡Brianna, no puedes hacerlo! Tienes que irte ahora, tan pronto como podamos arreglarlo.

—Y si me voy ahora... ¿cómo voy a estar segura de que llegaré a la época correcta?

Hablaba con calma, pero sus dedos se aferraban a la falda.

—Tú... yo creo... bueno, yo lo hice. —Mi pánico inicial comenzaba a rendirse ante un pensamiento lógico.

—Tú tenías a papá al otro lado. —Me miró con agudeza—. Quisieras o no regresar con él, tenías un fuerte lazo afectivo allí, te iba a ayudar, o mejor, nos iba a ayudar. Pero ya no está. —Su rostro se puso tenso y luego se relajó—. Roger sabía... sabe —se corrigió—. El cuaderno de Geillis Duncan dice que se pueden usar piedras preciosas para viajar, que sirven como protección y para dirigir el viaje.

—Pero ¡sólo os basáis en suposiciones! —argumenté—. ¡Lo mismo que esa maldita Geillis Duncan! Es posible que no se necesiten piedras preciosas ni ninguna otra cosa. En los antiguos cuentos de hadas, cuando la gente se mete en una montaña encantada y luego regresa, el período en el que transcurre el viaje es siempre de doscientos años. Si ésa es la medida habitual, entonces...

—¿Te arriesgarías a descubrir que puede que no sea así? Geillis Duncan viajó más de doscientos años.

Se me ocurrió, un poco tarde, que mi hija ya había pensado todo eso por sí misma. Nada de lo que yo decía la había sorprendido. Y eso significaba que ella ya había sacado sus propias conclusiones... y no pasaban por tomar un barco de regreso a Escocia.

Me froté el entrecejo, haciendo un esfuerzo por lograr la calma que mostraba ella. La mención de Geillis me había traído a la mente otro recuerdo, aunque había tratado de olvidarlo.

—Hay otra forma —dije, luchando para recuperar la calma—. Otra puerta, quiero decir. Está en Haití, ahora la llaman La Española. En la selva hay unas piedras sobre una colina. La grieta, la puerta para pasar, se encuentra bajo tierra dentro de una cueva.

—¿Has estado allí? —Se inclinó hacia delante, interesada.

—Sí. Es un lugar horrible. Pero las Antillas están mucho más cerca que Escocia, y hay barcos entre Charleston y Jamaica durante casi todo el año. —Inspiré profundamente y me sentí un poco mejor—. No es fácil cruzar la selva, pero tendrás más tiempo, el suficiente para encontrar a Roger. —Si era posible hallarlo, pensé, pero no lo dije. Ese temor en particular quedaba reservado.

A pesar de que el aire del bosque era fresco, no eran las sombras las que hacían que se le pusiera la carne de gallina. Me froté los antebrazos para acabar con esa sensación. También me hubiera encantado borrar todos los recuerdos de la cueva de Abandawe (lo había intentado), pero no era un lugar fácil de olvidar.

—¿Ese lugar funciona como el otro?

—¡No sé qué funcionamiento tiene cualquiera de ellos! Pero parece diferente. Emite un sonido de campana, en lugar del zumbido. Y es un camino, de eso estoy segura.

—Has estado allí —dijo lentamente, mirándome con las cejas levantadas—. ¿Por qué? ¿Querías regresar? ¿Después de haberte encontrado con... él? —Su voz vacilaba, ya que todavía no podía referirse a Jamie como «mi padre».

—No. Fue por Geillis Duncan. Ella lo halló.

Los ojos de Brianna se abrieron a causa de la sorpresa.

—¿Ella está aquí?

—No, falleció.

Respiré profundamente y sentí el *shock* y el hormigueo de un golpe de hacha en mi brazo. A veces pensaba en ella, y cuando estaba sola en el bosque me parecía oír su voz detrás de mí. Me daba la vuelta con rapidez, pero no veía nada más que las ramas de tsuga susurrando en el viento. Pero de vez en cuando sentía sus ojos sobre mí, verdes y brillantes como la madera en primavera.

—Bien muerta —dije con firmeza y cambié de tema—. ¿Cómo sucedió?

No había manera de fingir que no sabía de qué estaba hablando. Me miró directamente, enarcando una ceja.

—Tú eres médica. ¿Cuántas formas hay?

La miré con interés.

—¿Nunca has pensado en tomar precauciones?

Me miró enfadada, bajando las gruesas cejas.

—¡Yo no planeaba tener relaciones sexuales aquí!

Me llevé las manos a la cabeza, y hundí los dedos en el cuero cabelludo, exasperada.

—¿Tú crees que la gente lo planea? ¿Cuántas veces fui a tu colegio y os di charlas sobre...?

—¡Siempre! ¡Todos los años! ¡Mi madre, la enciclopedia sexual! ¿Tienes idea de lo mortificante que era para mí tener a mi propia madre, frente a toda la clase, dibujando penes?

Su rostro se ruborizó hasta que adquirió un tono rojo arce a causa del recuerdo.

—No lo debí hacer bien —dije ásperamente—, ya que parece que no las reconoces cuando las ves.

Me miró furiosa con los ojos rojos, pero se dio cuenta de que lo había dicho en broma, para relajar la tensión.

—Bien —intervino—. Pero parecen diferentes cuando las ves en tres dimensiones.

Me cogió por sorpresa y reí. Tras un momento, me imitó con una risita vacilante.

—Tú sabes lo que quiero decir. Te dejé las recetas antes de irme.

Me fulminó con la mirada.

—¡Sí y nunca me sentí tan cortada en mi vida! ¿Pensabas que iba a salir corriendo para acostarme con cualquiera en cuanto te fueras?

—¿Quieres decir que era mi presencia lo que te detenía? —Torció la comisura de su amplia boca.

—Bueno, no sólo eso —aceptó—. Pero tú tenías algo que ver, tú y papá. Yo no quería desilusionaros. —Le temblaba la boca y la abracé con fuerza, con su suave y brillante cabello contra mi mejilla.

—No podrías, nena —susurré, acunándola—. Nunca nos has decepcionado, nunca.

Fui consciente de que su tensión y su preocupación cedían mientras la sostenía en mis brazos. Por último, respiró profundamente y se apartó de mí.

—Tal vez a ti no, ni a papá. Pero ¿qué pasará...? —Movió la cabeza hacia la ahora invisible cabaña.

—Él no... —comencé y me detuve.

La verdad era que no sabía lo que haría Jamie. Por una parte, solía pensar que Brianna era perfecta mientras que por otra, sus opiniones en cuanto al honor sexual sólo podían describirse, por motivos evidentes, como anticuadas, y no tenía ningún problema en expresarlas.

Era un hombre de mundo, con una buena educación, tolerante y compasivo, pero eso no quería decir que compartiera y entendiera la sensibilidad moderna; sabía con seguridad que no lo hacía. Y no podía pensar que su actitud hacia Roger fuera tolerante.

—Bueno —intervine, dubitativa—. No me extrañaría que quisiera darle un puñetazo en la nariz a Roger. Pero no te preocupes —dije al ver la alarma en su mirada—. Él te quiere y no dejará de hacerlo por eso —afirmé, apartándole el cabello revuelto del rostro sonrojado.

Me puse en pie y me sacudí las hojas amarillas de la falda.

—Tenemos un poco de tiempo, pero no hay que desperdiciarlo. Jamie hará correr la voz sobre Roger río abajo. Hablando de Roger... —Vacilé mientras retiraba un trozo de helecho seco de mi manga—. Supongo que no sabe nada, ¿no?

Brianna suspiró profundamente y apretó los puños con la hoja dentro, aplastándola.

—Bueno, hay un problema. —Me miró, y otra vez fue mi pequeña niña—. No es de Roger.

—¿Cómo? —pregunté estúpidamente.

—No es de Roger. No es hijo de Roger —contestó, con los dientes apretados.

Me volví a sentar. De inmediato, la preocupación por Roger adquiría una nueva dimensión.

—¿Quién? —quise saber—. ¿Aquí o allá? —Incluso mientras hablaba, estaba calculando... tenía que ser alguien de aquí, del pasado. Si fuera un hombre de su tiempo, estaría de más de dos meses. No sólo sería del pasado, sino que habría sido en las colonias.

«No había planeado tener relaciones sexuales», me había dicho. No, por supuesto que no. No se lo había dicho a Roger por miedo a que la siguiera; él era su ancla, su llave hacia el futuro. Pero en este caso...

—Aquí —respondió, confirmando mis cálculos.

Buscó en el bolsillo de su falda y sacó algo. Me lo dio y extendí la mano de forma automática. Estaba tibio porque lo había llevado junto a su piel, pero sentí que los dedos se me helaban.

—Cristo bendito. —El anillo de oro brillaba al sol y mi mano se cerró sobre él—. ¿Bonnet? ¿Stephen Bonnet?

Su garganta se movió de manera convulsa, y tragó, asintiendo con la cabeza.

—No te lo iba a decir, no podía después de que Ian me explicara lo que había pasado en el río. Al principio no sabía qué haría Jamie, tenía miedo de que me culpara. Pero cuando lo conocí un poco mejor supe que trataría de encontrar a Bonnet. No podía dejar que lo hiciera. Tú conoces a ese hombre y sabes cómo es. —Estaba sentada al sol, pero se estremeció, y se frotó los brazos como si tuviera frío.

—Lo sé —dije. Mis labios estaban rígidos. Sus palabras resonaban en mis oídos.

«No planeaba tener relaciones sexuales. No podía decirlo... Tenía miedo de que me culpara...»

—¿Qué te hizo? —pregunté, sorprendida de que mi voz pareciera tranquila—. ¿Te hizo daño, nena?

Hizo una mueca y se llevó las rodillas al pecho, abrazándolas.

—No me llames así, ¿quieres? Ahora no.

Estiré el brazo para tocarla, pero ella se encogió aún más, y dejé caer la mano.

—¿Quieres contármelo? —No quería saberlo, prefería fingir que no había sucedido nada.

Levantó la vista y me miró con los labios rígidos formando una línea blanca.

—No —respondió—. No, no quiero. Pero creo que es mejor que lo haga.

Había subido a bordo del *Gloriana* a plena luz del día, con cuidado, pero sintiéndose segura a causa de toda la gente que había allí: estibadores, marineros, mercaderes, criados... los muelles estaban rebosantes de vida. Le había dicho a un marinero de cubierta lo que quería. Éste se perdió en las profundidades del barco y, un momento después, apareció Stephen Bonnet.

Llevaba la misma ropa que la noche anterior; a la luz del día, podía ver que eran prendas de buena calidad, pero estaban sucias y muy arrugadas. Se le había caído cera de vela en el puño de seda de la chaqueta y su chorrera estaba llena de migas.

Bonnet tenía mejor aspecto que sus prendas. Estaba recién afeitado y con los ojos verdes alerta. La examinó con interés.

—Pensaba que vendrías anoche —dijo, besando su mano—. Pero muchos piensan eso cuando fluye la bebida. Es muy raro encontrar a una mujer que sea más guapa a la luz del sol que a la de la luna.

Brianna trató de liberar su mano con una sonrisa amable.

—Muchas gracias. ¿Todavía tiene el anillo? —Le latía el corazón. Aunque lo hubiera perdido en el juego aún podía hablarle sobre él y sobre su madre, pero deseaba tenerlo entre sus manos. Trató de olvidar el temor que la había perseguido durante toda la noche: que el anillo fuera todo lo que quedaba de su madre. Era imposible si la nota del periódico era cierta, pero...

—Claro, claro. La suerte de Danu estuvo conmigo y por lo que veo sigue acompañándome. —Sonrió con encanto, sin soltarle la mano.

—Me preguntaba... si me lo vendería. —Había llevado casi todo el dinero que tenía, pero no sabía qué costaba un anillo de oro.

—¿Por qué? —La pregunta directa la desconcertó, y se apresuró a buscar una respuesta.

—Se parece a uno que tenía mi madre —respondió, incapaz de inventar algo mejor que la verdad—. ¿Dónde lo consiguió?

Aunque seguía sonriendo, algo cambió en su expresión. Hizo un gesto hacia la oscura escalerilla y encajó la mano de Brianna en el hueco de su codo. Bonnet era más alto que ella; era un hombre grande. Ella tiró del brazo con cautela, pero él le sostuvo la mano con rapidez.

—¿Así que quieres el anillo? Ven a mi camarote, querida, y veremos si llegamos a un acuerdo.

Una vez abajo le sirvió coñac. Ella apenas lo probó, pero Bonnet se tomó una copa y se sirvió otra.

—¿Dónde? —dijo con despreocupación, en respuesta a su pregunta—. Ah, bueno, un caballero no debe contar historias sobre sus damas, ¿no? —Le guiñó el ojo—. Una muestra de amor —susurró.

La sonrisa de ella era rígida y el sorbo de coñac que había tomado le ardía en el estómago.

—La dama que se lo dio, ¿está bien de salud?

La miró sorprendido, con la boca abierta.

—Lo digo por la suerte —continuó Brianna apresuradamente—. Trae mala suerte usar joyas que hayan pertenecido a alguien que... que esté muerto.

—¿Sí? —Volvió a sonreír—. No puedo decir que haya notado ese efecto en mi persona. —Dejó la copa y eructó—. De todos modos, puedo asegurarte que la dama de la que obtuve el anillo estaba sana y salva cuando la dejé.

La sensación de ardor de su estómago se suavizó un poco.

—Me alegro de oírlo. ¿Me lo venderá entonces?

Bonnet se balanceó un poco en su silla mientras la observaba con una pequeña sonrisa en los labios.

—¿Venderlo? ¿Y qué me ofreces a cambio?

—Quince libras esterlinas. —Su corazón comenzó a latir con más rapidez. ¿Aceptaría? ¿Dónde lo tendría guardado?

Él se levantó, le tomó la mano y tiró de ella para que se levantara de la silla.

—Yo ya tengo suficiente dinero, corazón —dijo—. ¿De qué color es el vello que tienes entre las piernas?

Se soltó la mano de un tirón y retrocedió tan rápido como pudo hasta golpear la pared de la cabina.

—Se está equivocando. Yo no quería...

—Tal vez no —intervino con una sonrisa que mostraba un poco sus dientes—. Pero yo sí. Y creo que quizá fuiste tú la que me confundiste, cariño.

Dio un paso hacia ella. Brianna agarró la botella y la agitó para golpearle en la cabeza, él la esquivó, se la quitó y le dio un fuerte golpe.

La joven se tambaleó cegada por el súbito dolor. La cogió de los hombros y la obligó a arrodillarse. Luego la agarró del cabello y le colocó la cabeza con fuerza entre sus piernas mientras con la otra mano se abría el calzón. Gruñó ligeramente de satisfacción y se acercó un poco, empujando las caderas.

—Saluda a Leroi —dijo.

Leroi no estaba circuncidado ni lavado y olía a orina. Brianna sintió que iba a vomitar y trató de apartar la cabeza. La respuesta fue un tirón de pelo que la hizo gritar.

—Saca esa lengua rosadita y danos un beso. —Bonnet parecía alegre y despreocupado, pero seguía sujetándola con fuerza. Ella levantó las manos hacia él como una muda protesta. Bonnet lo vio y apretó con más fuerza, haciendo que se le cayeran las lágrimas. Brianna sacó la lengua—. No está mal, no está mal. Muy bien, ahora abre la boca. —Le soltó el pelo de repente, y su cabeza salió disparada hacia atrás. Antes de que pudiera moverse, le dio un fuerte tirón en una oreja—. Muérdeme, preciosa, y te romperé la nariz, ¿de acuerdo? —Le pasó el puño cerrado por debajo de la nariz, dándole un empujoncito en la punta con un nudillo enorme. Entonces la agarró con fuerza de la oreja y le mantuvo la cabeza inmóvil entre sus enormes manos.

Brianna se concentró en el sabor de la sangre de su labio partido; en el sabor y el dolor. Con los ojos cerrados, podía ver el sabor, salado y metálico como el del cobre bruñido, que brillaba en la oscuridad de sus ojos.

Si vomitaba se ahogaría, él no se daría cuenta y la dejaría morir. Colocó las manos sobre sus muslos para sostenerse y hundió los dedos en el fuerte músculo, empujando tanto como podía para evitar que la golpeara. Él tarareaba en voz baja. Era una canción marinera llamada *Spanish Ladies*. El vello púbico le acariciaba los labios.

Entonces Leroi desapareció. La soltó dando un paso atrás. La joven perdió el equilibrio y comenzó a toser apoyada sobre las manos y las rodillas. Los hilos de saliva que caían de su boca estaban teñidos de color rosa debido a la sangre. Tosió y escupió una y otra vez, intentando limpiarse la boca. Tenía los labios hinchados y palpitaban al ritmo de su corazón,

En ese momento la levantó sin ningún esfuerzo, pasándole las manos por debajo de los brazos, y la besó, metiéndole la lengua en la boca y agarrándola de la nuca para evitar que se apartara. Tenía un fuerte sabor a coñac, con un ligero regusto a dientes podridos. La otra mano, en su cintura, descendía poco a poco mientras le tocaba el trasero.

—Hum —dijo, suspirando con placer—. Es hora de ir a la cama, ¿eh?

Brianna levantó la cabeza y lo golpeó con la frente con fuerza. El hombre dejó escapar un grito de sorpresa y la soltó. Brianna se liberó y corrió. Cuando se lanzaba hacia la oscura escalerilla, se le enganchó la falda con el pestillo y se rasgó. Los marineros estaban cenando. Había veinte hombres sentados en una mesa larga en el comedor al final de la escalerilla. Veinte caras se volvieron hacia ella con expresiones que iban de la sorpresa al interés lascivo. Fue el cocinero quien la detuvo, poniéndole la zancadilla cuando pasaba por la cocina. Sus rodillas golpearon la cubierta con fuerza.

—¿Te gustan los juegos, preciosa? —Era la voz de Bonnet en su oído, jovial como siempre.

Un par de manos la levantaron con facilidad. La giró para que lo mirara y sonrió. Brianna le había golpeado la nariz; un grueso hilillo de sangre descendía por una de sus fosas nasales. Le caía sobre el labio superior y por los huecos de su sonrisa, y las finas líneas rojas eran visibles entre sus dientes mientras las gotas oscuras caían poco a poco de su barbilla. Le apretó los brazos con fuerza, pero sus ojos verdes claros mostraban un alegre destello.

—Está bien, querida. A Leroi también le gustan los juegos. ¿Verdad, Leroi? —Miró hacia abajo y ella siguió su mirada. Se había quitado los pantalones en la cabina y estaba medio desnudo. Leroi se agitaba nervioso contra ella.

La cogió de un codo y, con una galante reverencia, hizo que entrara en el camarote. Aturdida, dio un paso tambaleante hasta que él se colocó junto a ella, enseñando las blancas nalgas a la tripulación con indiferencia.

—Después de eso... no fue tan malo. —Brianna podía oír su propia voz, sobrenaturalmente tranquila, como si perteneciera a otra persona—. Yo... ya no me resistí más.

No se molestó en desnudarla, sólo le quitó la pañoleta. Su vestido tenía el corte habitual, con un escote bajo y cuadrado. Sus pechos eran elevados y redondos; bastó un tirón para dejar los senos al descubierto. Éstos salieron disparados del borde de su corpiño como si se tratara de un par de manzanas.

Los maltrató perezosamente un rato, pellizcándole los pezones entre un enorme pulgar y el índice para hacer que se erigieran y luego la empujó a su camastro.

Las sábanas estaban manchadas con coñac y olían a perfume y vino, pero sobre todo al fuerte olor rancio de Bonnet. Le levantó las faldas y le abrió las piernas mientras tarareaba en voz baja.

En su mente, Brianna se imaginaba empujándole, saltando de la cama y corriendo hacia la puerta, volando ligera como una gaviota por la oscura escalerilla y saliendo a cubierta y a la libertad. Podía sentir los tablones de madera bajo sus pies descalzos y el destello del cálido sol estival en sus ojos cerrados. Casi. Seguía tumbada en la sombría cabina, rígida como un mascarón de proa, saboreando la sangre en su boca.

Sentía unas embestidas ciegas e insistentes entre sus muslos y se agitó asustada, cerrando las piernas. Aún tarareando, Bonnet metió una pierna musculosa entre las suyas, apartándole los muslos brutalmente. Desnudo de cintura para abajo, aún llevaba la camisa y el corbatín. Los largos faldones cayeron alrededor del pálido Leroi, cuando Bonnet se elevó sobre sus rodillas frente a ella.

Dejó de tararear para escupir en la palma de su mano. Frotando con fuerza y minuciosidad, se abrió camino y se puso manos a la obra. Agarrándole un pecho con fuerza con una mano, se guió con la otra mientras hacía un comentario jovial sobre lo apretada que estaba; luego dejó que Leroi galopara mecánicamente, y durante poco tiempo, hacia el placer.

Dos minutos, tal vez tres. Luego todo terminó y Bonnet se derrumbó sobre ella, con el sudor arrugándole el corbatín de lino y con la mano aún apretándole el pecho. Su pelo lacio caía suave contra la mejilla de Brianna, y su respiración era húmeda en el cuello de ella. Por fin había dejado de tararear.

Permaneció inmóvil durante interminables minutos, contemplando el techo, donde los reflejos del agua bailaban en las vigas pulidas. Por último, el hombre suspiró y se movió a un lado. Sonrió a Brianna mientras se rascaba una cadera desnuda y peluda.

—No ha estado mal, querida, aunque he tenido mejores montadas. La próxima vez mueve más tu trasero, ¿eh? —Se incorporó, bostezó y comenzó a vestirse.

Brianna se volvió a un lado de la cama, segura de que no iba a retenerla y se puso bruscamente de pie. Estaba mareada y le faltaba el aire, como si aún lo tuviera encima.

Con rapidez se dirigió a la puerta. Estaba cerrada. Mientras luchaba por abrirla con las manos temblorosas, le pareció que le decía algo y se dio la vuelta, sorprendida.

—¿Qué?

—Decía que el anillo está en el escritorio —afirmó, enderezándose tras recoger sus medias. Se sentó en la cama y comenzó a ponérselas, haciendo un gesto hacia el escritorio que estaba contra la pared—. También hay dinero. Coge lo que quieras.

La parte superior del escritorio estaba cubierta de tinteros, chucherías, joyas, talones de cargo, plumas raídas, monedas de plata, oro, cobre y bronce, papeles, prendas arrugadas, monedas de varias colonias y países, y botones de plata.

—¿Me está ofreciendo dinero?

La observaba con gesto burlón, enarcando las cejas rubias.

—Yo pago por mis placeres —argumentó—. ¿Creías que no lo iba a hacer?

Todo en la cabina parecía extrañamente vívido, detallado e individual, semejante a los objetos de un sueño, que desaparecen al despertar.

—No quiero pensar nada —respondió con voz clara, pero distante, como si hablara desde lejos. Recogió su pañoleta, que estaba en el suelo, junto al escritorio. Caminó hasta allí con cuidado, tratando de no pensar en la humedad pegajosa que descendía por los muslos.

—Soy un hombre honrado... para ser pirata —dijo detrás de ella, riéndose.

Golpeó el suelo una vez para meter el pie en el zapato, se acercó a la puerta y la abrió con facilidad con una mano.

—Sírvete, cariño —comentó, señalando el escritorio mientras salía—. Te lo has ganado.

Oyó sus pasos que se alejaban por las escalerillas, entre las risas de la tripulación. Se oyó un comentario ahogado cuando se encontró con alguien; luego se produjo un cambio en su voz, que de manera repentina se tornó clara y brusca mientras gritaba órdenes a alguien que se encontraba arriba. Sobre su cabeza, escuchó un ajetreo de pies que se apresuraban a obedecer. De vuelta al trabajo.

Estaba en un cuenco de cuerno de vaca, junto con una colección de botones de hueso, hilo y otros restos. Como él, pensó Brianna, con fría claridad. Lo había cogido porque sí; se había deleitado de manera insensata y salvaje al tomarlo, sin conocer el valor de lo que estaba robando.

Sorprendida, se dio cuenta de que le temblaban las manos cuando trataba de coger el anillo y no podía; entonces tomó el recipiente donde estaba guardado, lo vació en su bolsillo y salió por la oscura escalerilla sujetándoselo como si llevara un talismán.

Había marineros por todas partes, demasiado ocupados con sus tareas como para dedicarle más que una mirada especulativa. Encontró sus zapatos sobre la mesa del comedor, con los lazos tiesos bajo la luz que penetraba por el enrejado que había en el techo.

Se los puso y, con paso uniforme, subió la escalera, cruzó la cubierta y la plancha y salió al muelle. Saboreando sangre.

—Al principio, pensé que podía hacer como si no hubiera sucedido. —Respiró profundamente y me miró. Tenía las manos cruzadas sobre el estómago, como ocultándolo—. Pero supongo que eso no es posible, ¿no?

Permanecí en silencio mientras pensaba. No era momento para delicadezas.

—¿Cuánto? ¿Cuánto tiempo después de... de Roger?

—Dos días.

Levanté las cejas.

—¿Por qué estás tan segura de que no es de Roger? Es obvio que no tomaste píldoras, y apuesto mi vida a que Roger no usaba lo que aquí consideran que son condones.

Sonrió y se ruborizó.

—No. Él... hum... él... ah...

—¿*Coitus interruptus*?

Asintió.

Inspiré y espiré a través de los labios fruncidos.

—Hay una palabra —dije— para la gente que utiliza ese método de control de natalidad.

—¿Y cuál es? —preguntó, circunspecta.

—Padres —respondí.

46

Llega un forastero

Roger inclinó la cabeza para beber mientras hacía un cuenco con las manos. Fue una suerte que un rayo verde de sol que penetró entre los árboles le indicara aquel arroyo algo alejado del camino en el que se encontraba.

Un hilillo claro fluía por una grieta de la roca y le refrescaba las manos y el rostro. La misma roca era de un suave color verde negruzco, y la tierra de alrededor era pantanosa, levantada por las raíces de los árboles y cubierta por un musgo brillante como las esmeraldas bajo la luz fugaz del sol.

El hecho de saber que pronto vería a Brianna, quizá en menos de una hora, calmaba su molestia de forma tan evidente como el agua refrescaba su garganta seca. Le habían robado el caballo y su único consuelo era que ya faltaba poco y podía llegar a pie.

El caballo era viejo y no merecía la pena robarlo. Al menos había tenido el sentido común de llevar todos los objetos de valor encima, y no en las alforjas. Se palpó la costura de sus pantalones, reconfortado al sentir la pequeña dureza junto a su muslo.

Además, había perdido una pistola casi tan vieja como el caballo y mucho menos fiable, un poco de comida y una cantimplora con agua. La pérdida de la cantimplora le había preocupado en el último tramo del camino, lleno de polvo y con un calor asfixiante. Pero eso ya estaba solucionado.

Sus pies se hundieron en la tierra húmeda al levantarse y dejaron manchas oscuras en el musgo de color esmeralda. Dio un paso atrás y se limpió el barro de las suelas de los zapatos en la alfombra de hojas secas y agujas. A continuación, se sacudió el polvo de los faldones de su chaqueta lo mejor que pudo y se enderezó el sucio pañuelo que llevaba al cuello. Sus nudillos rozaron la barba incipiente de su mandíbula; su cuchilla estaba en las alforjas.

Tenía el aspecto de un maleante, pensó con pesadumbre. No era muy apropiado para presentarse ante sus suegros. Aunque la verdad era que no estaba muy preocupado por lo que pudieran pensar Claire y Jamie Fraser. Todos sus pensamientos se centraban en Brianna.

Ella había hallado a sus padres; sólo esperaba que el encuentro hubiera sido tan satisfactorio que estuviera de humor para perdonar su traición. ¡Por Dios, había sido un estúpido! Volvió al camino, hundiendo los pies en la suave capa de hojas mientras pensaba que había sido muy ingenuo al subestimar la terquedad de Brianna, al no haber sido sincero con ella, y también por haberla obligado a que actuara en secreto. Había tratado de que estuviera segura en el futuro, y eso no había sido una estupidez, pensó con una mueca al reflexionar sobre todo lo que había visto y oído durante aquellos meses.

Apartó una rama que colgaba de un pino de incienso, y luego bajó la cabeza con un grito de alarma cuando algo negro le rozó la cabeza.

Un graznido ronco anunció que su asaltante era un cuervo. Graznidos similares le advirtieron de la llegada de refuerzos desde árboles cercanos y, unos segundos después, otro misil negro pasó junto a él, a apenas unos centímetros de su oreja.

—¡Maldita sea! —exclamó mientras esquivaba a otro pájaro. Estaba claro que se encontraba junto a un nido y a los cuervos no les gustaba.

El primer cuervo lo intentó otra vez. Esta vez le tiró el sombrero al suelo. El acoso era perturbador, ya que el sentimiento de hostilidad era desproporcionado ante el tamaño de sus adversarios. Otro lo atacó, volando bajo, y le dio un golpe, a la vez que sus garras le rasgaban el hombro de la chaqueta. Roger cogió su sombrero y corrió.

A unos noventa metros de distancia, redujo el paso y miró alrededor. No había ningún pájaro, así que se había alejado del nido.

—¿Dónde está Alfred Hitchcock cuando lo necesitas? —murmuró para sí, intentando liberarse del sentimiento de peligro.

Su voz quedó amortiguada por la abundante vegetación; era como hablar con la boca apoyada en una almohada. Roger jadeaba y se sentía sonrojado. De repente, el bosque parecía muy silencioso. Sin el barullo de los cuervos, el resto de los pájaros también habían dejado de cantar. No era de extrañar que los antiguos escoceses consideraran a los cuervos una señal de mal agüero; si permanecía allí durante demasiado tiempo, todas aquellas costumbres antiguas que a él le habían parecido meras curiosidades florecerían en su mente.

Pero a pesar de lo peligroso, sucio e incómodo que era todo, tenía que admitir que le fascinaba estar allí para poder experimentar cosas sobre las que había leído y ver objetos de museo que se utilizaban en la vida diaria. Si no fuera por Brianna, no lamentaría la aventura, pese a Stephen Bonnet y las cosas que sucedieron a bordo del *Gloriana*.

Una vez más, su mano palpó el bolsillo. Había tenido más suerte de la que esperaba. Bonnet tenía dos piedras preciosas. ¿Servirían? Caminó agachado entre las ramas de los árboles hasta que se despejó el sendero. Era difícil pensar que alguien vivía allí, excepto porque alguna persona había construido aquel camino y debía conducir a alguna parte.

La joven del molino le había asegurado que no podía perderse, y ahora sabía por qué: no había otro lugar al que dirigirse.

Se protegió la vista con las manos mientras observaba el camino, pero las ramas de pino y arce lo ocultaban todo y sólo mostraban un túnel oscuro y misterioso entre los árboles. No había manera de saber cuánto quedaba hasta la cima del Cerro.

—Llegará al anochecer sin problemas —le había dicho la muchacha, y ya era media tarde. Pero eso había sido cuando tenía caballo. No quería que la noche lo cogiera en la montaña, así que aceleró el paso, buscando la luz del sol, que le indicaría la apertura del Cerro al final del camino.

Mientras caminaba, sus pensamientos seguían su curso, sacando rápidas conclusiones.

¿Cómo habría sido el encuentro entre Brianna y sus padres? ¿Qué le habría parecido Jamie Fraser? ¿Sería el hombre que había imaginado durante el último año, o sólo un pálido reflejo de la imagen que había construido a través de las historias de su madre?

Por lo menos tenía un padre a quien conocer, pensó con una extraña punzada ante el recuerdo de la víspera del solsticio de verano y el estallido de luz del paso a través de las piedras.

¡Allí estaba! Vio que el denso verdor se aclaraba más adelante, ya que el sol iluminaba las hojas otoñales creando llamaradas amarillas y naranjas.

El sol lo cegó un instante al salir del túnel de follaje. Parpadeó una vez y no se encontró con el Cerro, como esperaba, sino con un claro natural, rodeado de robles y arces. Contenía la luz del sol como si se tratara de una taza, y el bosque oscuro se extendía a los lados.

Cuando miró buscando la continuación del sendero oyó un relincho y descubrió a su caballo moviendo la cabeza frente al árbol al que estaba atado.

—¡Maldita sea! ¿Cómo diablos has llegado aquí? —preguntó, asombrado.

—De la misma forma que tú —respondió una voz. Un joven alto surgió del bosque al lado del caballo, apuntándole con una pistola que Roger reconoció como propia. Tras una sensación de ultraje y de aprensión respiró profundamente e hizo a un lado sus temores.

—Ya tienes mi caballo y mi pistola —dijo Roger con frialdad—. ¿Qué más quieres? ¿Mi sombrero? —Se quitó el maltratado tricornio a modo de invitación. El ladrón no podía saber qué otras cosas llevaba; no le había enseñado las piedras preciosas a nadie.

El joven, pese a su tamaño, no era más que un adolescente, y no sonreía, pensó Roger.

—Algo más que eso, espero. —Por primera vez, el joven apartó la vista de Roger para mirar a un lado. Al seguir la dirección de su mirada, Roger sintió como una descarga eléctrica.

No había visto al hombre que había en el borde del claro, aunque debía de haber estado allí todo el tiempo, inmóvil. Llevaba un gastado kilt de caza, cuyos marrones y verdes se mezclaban con la hierba y los arbustos, y su cabello llameante se fusionaba con las hojas brillantes. Parecía que hubiera surgido del mismo bosque.

Más que lo inesperado de su aparición fue su aspecto lo que hizo que Roger enmudeciera de asombro. Una cosa era que le hubieran dicho que Jamie Fraser se parecía a su hija y otra muy distinta era ver las facciones de Brianna en alguien tan masculino y de aspecto tan feroz.

Era como levantar la mano después de acariciar el pelaje de un hermoso gato rojizo para encontrarse con la mirada fija de un tigre. Roger apenas pudo evitar dar un paso atrás mientras pensaba que Claire no había exagerado en absoluto al describir a Jamie Fraser.

—Tú debes de ser MacKenzie —dijo. No era una pregunta. La voz era profunda y baja, y apenas se oía con más intensidad que el susurro de las hojas, pero Roger no tuvo problemas para oírlo.

—Lo soy —respondió, dando un paso adelante—. Y usted debe de ser... ah... ¿Jamie Fraser? —Extendió la mano, pero la dejó caer rápidamente. Dos pares de ojos lo contemplaban con frialdad.

—Ése soy yo —concluyó el hombre pelirrojo—. ¿Me conoces? —El tono era evidentemente agresivo.

Roger inspiró hondo mientras maldecía su propio aspecto. No sabía cómo Brianna le había descrito su persona a su padre, pero era evidente que Fraser esperaba algo bastante más agradable.

—Bueno... se parece un poco a su hija.

El joven soltó una risotada, pero Fraser no se inmutó.

—¿Y qué asuntos tienes con mi hija? —Fraser se movió por primera vez, saliendo de la sombra de los árboles. No, Claire no había exagerado. Era imponente, medía unos cinco centímetros más que Roger.

Roger sintió confusión y alarma. ¿Qué diablos le habría contado Brianna? No podía haber estado tan enfadada como para... bueno, lo averiguaría cuando la viera.

—He venido para reclamar a mi mujer —argumentó con valentía.

Algo cambió en la expresión de Fraser. Roger no supo qué era, pero hizo que decidiera tirar el sombrero y levantar las manos en un acto reflejo.

—No, no lo harás —intervino el más joven con un tono de satisfacción.

Roger lo miró y sintió miedo al ver la forma en la que los nudillos huesudos del muchacho empuñaban la pistola.

—¡Ten cuidado! No querrás que se dispare por accidente —exclamó.

El joven resopló con desprecio.

—Si se dispara, no será un accidente.

—Ian. —La voz de Fraser era tranquila y el joven bajó el arma de mala gana. El hombre corpulento dio otro paso adelante. Sus ojos, de un azul profundo e idénticos a los de Brianna, estaban fijos en los de Roger.

—Voy a preguntarte esto sólo una vez y quiero que me digas la verdad —dijo con bastante suavidad—. ¿Desvirgaste a mi hija?

Roger sintió que enrojecía desde el pecho hasta el cuero cabelludo. ¿Qué le habría contado Brianna a su padre? Y, por Dios, ¿por qué? Lo último que esperaba era encontrar a un padre ofendido por el honor de su hija.

—Es... bueno... no es lo que piensa —dejó escapar bruscamente—. Quiero decir... nosotros... eso es... nosotros queríamos...

—¿Lo hiciste o no? —El rostro de Fraser estaba a unos treinta centímetros del suyo, inexpresivo, salvo por el fuego que salía de sus ojos.

—Mire... yo... maldición, ¡sí! Ella quería...

Fraser lo golpeó justo debajo de las costillas.

Roger se dobló y se tambaleó hacia atrás, jadeando a causa del golpe. Aún no le dolía, pero lo había notado hasta en la columna. Lo que sentía sobre todo era sorpresa, mezclada con ira.

—Deténgase —dijo Roger, tratando de recuperar la respiración—. ¡Deténgase! ¡Le he dicho que yo...!

Fraser lo golpeó en la mandíbula. El golpe le dolió, ya que le arañó la piel y le palpitaba la mandíbula. Roger retrocedió mientras su temor se convertía en furia. ¡Aquel maldito desgraciado quería matarlo!

Fraser le lanzó otro golpe, pero Roger lo esquivó y rodó. Bueno, pues adiós a las buenas relaciones familiares.

Dio un paso atrás intentando quitarse la casaca. Para su sorpresa, Fraser no lo siguió, sino que lo esperó con los puños en alto.

La sangre retumbaba en los oídos de un Roger que no tenía ojos más que para Fraser. Aquel maldito quería pelear, pues tendría pelea.

Roger se agachó, con las manos levantadas y listas. Ya lo había hecho antes, pero no volvería a cogerlo por sorpresa. Aunque no era un matón, había participado en unas cuantas peleas de *pub*. Estaban equilibrados en lo que a altura se refería, y tenía más de quince años de ventaja sobre el hombre.

Vio la derecha de Fraser, la esquivó y contraatacó; sintió que su puño rozaba el costado de Fraser, y la izquierda que no había visto le dejó un ojo fuera de combate. Sentía que estrellas y rayos de luz explotaban en un lado de su cabeza, y las lágrimas le caían por la mejilla mientras se lanzaba contra Fraser con un rugido.

Aunque pegaba al hombre y sentía que sus puños golpeaban carne, Fraser no parecía notarlo. Con su ojo sano, podía ver el rostro de huesos anchos extrañamente tranquilo, como un vikingo que hubiera enloquecido. Golpeaba, desaparecía y aparecía otra vez; le pegó y rozó una oreja. Sintió un golpe en el hombro; le pegó, se recuperó y embistió con la cabeza.

—Ella es... mía —dijo Roger entre dientes. Estaba abrazado al cuerpo de Fraser y le apretaba las costillas. Iba a reventar a aquel bastardo como a una nuez—. Mía... ¿Me oye?

Fraser le dio un golpe en la nuca e hizo que aflojara la presión del brazo izquierdo y el hombro. Roger lo soltó, se agachó y empujó con el hombro contra el pecho, intentando derribar al hombre.

Fraser dio un pequeño paso atrás y lo golpeó con fuerza, pero chocó con sus costillas y no con la carne blanda de debajo. Aun así, la fuerza fue suficiente para hacer que gruñera y que se agitara, lo que lo obligó a agacharse para protegerse.

Fraser bajó la cabeza y arremetió contra él tirándolo de espaldas al suelo. Le salía sangre de la nariz y le descendía por la boca y la barbilla. Con una sensación de lejanía observó la mancha, que se extendía por su camisa.

Rodó, tratando de evitar la patada, pero no fue lo bastante rápido. Mientras giraba desesperado para el otro lado se le ocurrió, como si se tratara de otra persona, que aunque él era quince años más joven que su contrincante, Jamie Fraser debía de haber empleado todos aquellos años en combates cuerpo a cuerpo.

Consiguió separarse un instante. Jadeando, rodó hasta ponerse a cuatro patas. La sangre manaba del cartílago roto con cada respiración; podía saborearla en la parte posterior de su garganta, con un regusto metálico.

—Basta —jadeó—. No. ¡Basta!

Una mano le tiró del pelo y le torció la cabeza. Vio el brillo de los ojos azules y sintió la respiración del hombre en su cara.

—No es suficiente —dijo Fraser, y lo golpeó en la boca. Se dio la vuelta y trató de ponerse en pie. El claro se convirtió en una mancha borrosa, naranja y amarilla. Sólo el instinto le permitió levantarse y comenzar a moverse.

Estaba luchando por su vida y lo sabía. Embistió a ciegas contra la figura, agarró la camisa de Fraser y lanzó un puñetazo al vientre del hombre con todas sus fuerzas. La tela se rompió y su puño golpeó el hueso. Fraser se movió como una serpiente y puso la mano entre ambos. Le agarró los testículos y se los retorció con toda su fuerza.

Roger se quedó inmóvil y se dobló como si le hubieran cortado la espina dorsal. Durante un segundo, antes de que el dolor le hiciera perder la consciencia, tuvo un pensamiento claro y frío como el hielo. Pensó: «¡Voy a morir antes de haber nacido!»

47

Una canción de padre

Hacía un rato que había oscurecido cuando Jamie regresó. Mis nervios estaban tensos por la espera; sólo podía imaginar cómo se sentía Brianna. Habíamos cenado, aunque sería mejor decir que habíamos servido la cena, ya que ninguna de las dos teníamos apetito ni ganas de conversar. Incluso la voracidad de Lizzie se había atenuado. Esperaba que la muchacha no estuviera enferma. Estaba pálida y callada, había dicho que tenía dolor de cabeza y se había ido a dormir al cobertizo de las hierbas. Aun así, dadas las circunstancias, fue una suerte, puesto que evitó que tuviera que inventarme una excusa para deshacerme de ella cuando Jamie llegara.

Ya hacía una hora que estaban encendidas las velas cuando oí que las cabras balaban a modo de saludo. Brianna levantó la vista con el rostro pálido por la luz amarilla de las velas.

—Todo va a ir bien —dije.

La confianza de mi voz la tranquilizó y asintió. La confianza era auténtica, aunque no genuina. Aunque creía que todo saldría bien con el tiempo, Dios sabía que no iba a ser una agradable velada familiar. Conociendo a Jamie, aún había muchas circunstancias en las que no sabía cómo reaccionaría... y escuchar que su hija se había quedado embarazada de un violador era una de ellas.

En las horas que habían transcurrido desde que Brianna aclaró mis sospechas, había considerado todas las reacciones posibles de Jamie, algunas de ellas acompañadas de gritos o golpes de puño sobre objetos sólidos, una conducta que siempre he considerado molesta. Lo mismo ocurría con Bree, y yo sabía, casi mejor que ella, lo que podía llegar a hacer cuando estaba molesta.

Por el momento, Brianna mantenía un rígido autocontrol, pero sabía cuán precaria era su calma. Si Jamie pronunciaba alguna palabra dura, ella estallaría. Más allá de su cabello rojo y su altura, Brianna había heredado de Jamie su carácter y la tendencia a decir lo que pensaba.

Tan poco acostumbrados a estar juntos y con tantas ganas por complacerse el uno al otro, hasta ahora se habían comportado con educación, pero no había forma de llevar esto con delicadeza. No estaba segura de si mi papel iba a ser de abogada, de intérprete o de árbitro, así que sentí un vacío en el estómago cuando le abrí el pestillo.

Se había lavado en el arroyo. El cabello de sus sienes todavía seguía mojado, y se había secado la cara con los faldones de la camisa, a juzgar por las manchas húmedas que había en ella.

—Llegas muy tarde, ¿no? ¿Dónde has estado? —pregunté mientras me ponía de puntillas para darle un beso—. ¿Dónde está Ian?

—Fergus ha venido a pedir ayuda con las piedras de la chimenea; no podía trabajar bien él solo. Ian se ha quedado ayudándolo a terminar el trabajo.

Me dio un beso distraído en la cabeza y me palmeó en el trasero. Pensé que había estado trabajando mucho. Cuando lo toqué, advertí que estaba caliente y tenía un intenso olor a sudor, aunque, después de lavarse, la piel de su cara estaba húmeda y fresca.

—¿Marsali te ha dado de cenar? —Lo observé en la penumbra y noté algo diferente, sin poder precisar de qué se trataba.

—No. Se me ha caído una piedra y es posible que se me haya roto de nuevo el dedo. He creído que lo mejor era regresar a casa para que me lo curaras.

«Ya está —pensé— me ha palmeado con la mano izquierda en lugar de con la derecha.»

—Ven a la luz y déjame ver. —Hice que se sentara en uno de los bancos junto al fuego. Brianna estaba en otro, con las labores de costuras dispersas a su alrededor. Se levantó y se acercó para mirar.

—¡Tus pobres manos, Pa! —dijo al ver los nudillos hinchados y despellejados.

—No es gran cosa —intervino, restándole importancia—. Salvo por el maldito dedo.

Le palpé el dedo anular de la mano derecha, desde la base hasta la uña, sin preocuparme por sus gruñidos. Estaba rojo e hinchado, pero no parecía dislocado.

Siempre me alteraba examinarle la mano. Hace algún tiempo, ya le había recolocado algunos huesos rotos, antes de tener ningún conocimiento de cirugía, y no en las mejores condiciones. Me las había arreglado; había evitado que tuvieran que amputarle la mano y podía usarla bastante bien, pero era un poco torpe; de cerca, podía observar ligeras torceduras. No obstante, en este momento, agradecí la oportunidad de retrasar la situación.

Cerré los ojos y sentí el crepitar y las chispas del fuego mientras me concentraba. El dedo anular siempre estaba rígido; le habían aplastado la articulación y, al curarse, se había quedado inmóvil. Podía ver el hueso en mi mente; no la superficie pulida y seca de un espécimen de laboratorio, sino el resplandor mate ligeramente luminoso del hueso vivo, con todos sus diminutos osteoblastos bajo su matriz de cristal, y el pulso oculto de la sangre que los alimentaba.

Una vez más, recorrí su dedo con el mío y lo tomé entre mi pulgar y mi índice, justo debajo de la articulación distal. Podía sentir el lugar de la fractura y la delgada y oscura línea de dolor.

—¿Aquí? —pregunté, abriendo los ojos.

Asintió, mirándome con una leve sonrisa.

—Justo. Me gusta mirarte cuando haces esto, Sassenach.

—¿Y qué es lo que te parezco? —quise saber, algo sorprendida, al oír que me parecía a algo en concreto.

—No puedo describirlo de manera exacta —dijo, torciendo la cabeza para examinarme—. Es como...

—Madame Lazonga con su bola de cristal —comentó Brianna con un tono divertido.

Levanté la mirada, sorprendida de que Brianna estuviera mirándome, con la cabeza torcida con el mismo ángulo e idéntica mirada evaluadora. Luego miró a Jamie y le explicó:

—Una adivina que te predice el futuro.

Jamie rió.

—Sí, creo que tienes razón, *a nighean*. Aunque yo pensaba en un sacerdote cuando dice misa y, al mirar el pan, ve el cuerpo de Cristo. Pero no es que quiera comparar mi dedo con el cuerpo de Nuestro Señor —añadió con modestia mientras miraba el dedo lesionado.

Brianna rió y una sonrisa curvó la boca de Jamie, cuando la observó con ternura pese a las arrugas de cansancio que rodeaban sus ojos. Pensé que estaba cansado y que había tenido un largo día. Y tal vez aún sería más largo. Hubiera dado cualquier cosa para que continuara aquel momento fugaz de conexión entre ellos, pero ya había pasado.

—Parecéis ridículos —comenté, y le toqué con cuidado el dedo—. El hueso está roto justo debajo de la articulación. Pero no es una mala fractura; sólo es una fisura. Te pondré una tablilla por si acaso.

Me acerqué a mi caja para buscar una venda de lino y una de las tablillas largas y planas que usaba como abatelenguas. Observé a Jamie de reojo por encima de la tapa levantada. Algo raro sucedía esa noche, pero no sabía qué era.

Desde el principio había sido consciente de ello, incluso más allá de mi propia agitación, y lo había advertido aún más cuando sostuve su mano para examinarla; vibraba con una especie de energía, como si estuviera nervioso o disgustado, aunque no mostraba ninguna señal externa. Cuando quería, Jamie sabía ocultar lo que ocurría. ¿Qué diablos habría sucedido en casa de Fergus?

Brianna le dijo algo en voz baja, y sin esperar ninguna respuesta, se acercó a mí, junto a la caja.

—¿Tienes algún ungüento para sus manos? —preguntó. Y luego, inclinándose con el pretexto de rebuscar en la caja, dijo en voz más baja—: ¿Se lo digo esta noche? Está cansado y herido. ¿No es mejor dejar que descanse?

Miré a Jamie. Estaba recostado en la silla, observando las llamas con los ojos muy abiertos y las manos sobre los muslos. No obstante, no estaba relajado; fuera lo que fuera la extraña corriente que lo recorría, parecía muy tenso y preocupado.

—Descansará mejor si no lo sabe, pero tú no —respondí, también en voz baja—. Ve y díselo. Aunque deja que cene antes —añadí con sentido práctico. Creía que era mejor recibir malas noticias con el estómago lleno.

Mientras le ponía la tablilla, Brianna le frotó la otra mano con el ungüento. Su rostro estaba bastante tranquilo; nadie hubiera adivinado lo que había detrás.

—Tienes rota la camisa, déjamela después de cenar y te la remendaré. ¿Qué tal ha quedado? —pregunté mientras remataba el vendaje con un nudo.

—Muy bonito, madame Lazonga —contestó—. Voy a echarme a perder con tantas atenciones.

—Cuando te mastique la comida, podrás empezar a preocuparte —comenté ásperamente.

Rió y entregó la otra mano a Brianna para que se la curara.

Me aproximé al aparador a buscar un plato. Cuando me volví hacia el fuego, vi que la observaba con atención. Brianna tenía la cabeza gacha y la mirada fija en la mano grande y callosa que sostenía entre las suyas. Imaginaba que estaría buscando las palabras con las que empezar, y la compadecí. Pensé que tal vez debería habérselo dicho yo en privado; no tendría que dejar que se acercara a ella hasta que superara las primeras emociones y hubiera recuperado el autocontrol.

—*Ciamar a tha tu, mo chridhe?* —quiso saber súbitamente. Solía saludarla de ese modo cuando comenzaban sus clases de gaélico, pero su voz era diferente, más suave. «¿Cómo estás, querida?» Sus manos cubrieron las de ella.

—*Tha mi gle mhath, athair* —respondió con cierta sorpresa. «Estoy bien, padre.» La lección por lo general comenzaba después de la cena.

Levantó la otra mano poco a poco y la colocó en el estómago de Brianna.

An e 'n fhirinn a th'agad? —preguntó. «¿Me dirás la verdad?» Cerré los ojos y espiré, sin darme cuenta de que había estado conteniendo la respiración. Después de todo, no era necesario darle la noticia. Ahora sabía la razón de su actitud; sabía la verdad, y aunque le costara, la aceptaría y la trataría bien.

Brianna no sabía suficiente gaélico para entenderlo, pero se daba cuenta de lo que quería decirle. Lo miró helada, luego le tomó la otra mano e inclinó la cabeza sobre ella, con el cabello suelto ocultándole la cara.

—Pa —dijo muy despacio—. Lo siento.

Se quedó inmóvil, sujetándole la mano como si su vida dependiera de ello.

—Ah, vamos, *m'annsachd* —dijo suavemente—, todo irá bien.

—No —respondió con voz clara—. Nunca estará bien. Tú lo sabes.

Me lanzó una rápida mirada. Ahora no podía decirle qué hacer. Inspiró hondo, la agarró del hombro y la sacudió con cuidado.

—Todo lo que sé es que yo estoy aquí y también tu madre. Y no queremos verte avergonzada o herida. Nunca. ¿Me oyes?

Brianna no respondió y mantuvo la mirada fija en su falda, con el rostro oculto por su abundante cabello, el de una doncella, abundante y suelto. La mano de Jamie recorrió la curva brillante de su cabeza; sus dedos descendieron por su mandíbula y le levantó la barbilla para mirarla a los ojos.

—¿Lizzie tenía razón? —preguntó con amabilidad—. ¿Fue una violación?

Ella apartó la barbilla y bajó la mirada hacia sus manos con un gesto de asentimiento.

—No creía que lo supiera. No se lo dije.

—Lo adivinó. No es culpa tuya, eso no lo pienses nunca —dijo con firmeza—. Ven aquí conmigo, *a leannan*. —E hizo que se sentara en sus rodillas.

La madera de roble crujió de manera alarmante debido al peso de los dos, pero Jamie había construido con su habitual estilo robusto; aguantaría el peso de hasta seis como él. Aunque Brianna era muy alta, parecía casi pequeña entre sus brazos, con la cabeza apoyada en la curva de su hombro. Jamie le acariciaba la cabeza con cariño y le murmuraba cosas, algunas de ellas en gaélico.

—Me ocuparé de que te cases y de que tu hijo tenga un buen padre —murmuró—. Te lo juro.

—No quiero casarme con nadie —respondió, casi muda por la emoción—. Eso no estaría bien. No puedo buscar a otro cuando amo a Roger. Y ahora, Roger no me va a querer. Cuando descubra...

—No habrá ninguna diferencia para él —comentó Jamie, sujetándola con más fuerza, casi con fiereza, como si pudiera arreglar las cosas por su fuerza de voluntad—. Si es un hombre decente no le importará. Y si le importa, bueno, no te merece, y entonces lo aplastaré, lo cortaré en pedazos y luego buscarás a un hombre mejor.

Brianna soltó una carcajada que se convirtió en llanto y escondió la cabeza en el hombro de su padre. Jamie la abrazó y la calmó murmurando como si fuera una criatura con un arañazo en la rodilla.

Yo no había llorado cuando me lo contó; las madres somos fuertes. Pero ahora no me podía ver, y Jamie me había quitado aquella carga por el momento.

Ella tampoco había llorado cuando me lo contó. Sin embargo, ahora se aferraba a él y sollozaba, tanto por alivio como por dolor.

Mis ojos se encontraron con los de Jamie mientras él dejaba que llorara, al mismo tiempo que acariciaba su cabello.

Me sequé los ojos con la manga. Cuando Brianna dejó de llorar, Jamie me sonrió. Ahora, Brianna lanzaba largos suspiros, y Jamie le daba palmaditas en la espalda.

—Tengo mucha hambre, Sassenach —dijo—. No nos vendría mal beber algo, ¿no?

—Bien —comenté, y me aclaré la garganta—. Voy a buscar leche del cobertizo.

—¡No me refería a eso! —exclamó con tono de ultraje.

Lo ignoré igual que la risa de Brianna y abrí la puerta.

En el exterior, la noche era fría y brillante, y las estrellas otoñales titilaban en el cielo. Yo no estaba vestida para salir al exterior (ya comenzaba a sentir un hormigueo en la cara y en las manos), pero me quedé inmóvil mientras el viento frío me acariciaba y se llevaba la tensión del último cuarto de hora.

Fuera, todo estaba tranquilo y silencioso. Los grillos y las cigarras habían dejado de cantar mucho antes, o habían desaparecido bajo tierra con los ratones, las mofetas y las zarigüeyas, que habían abandonado su interminable búsqueda de alimento para irse a hibernar, con la grasa acumulada alrededor de sus huesos, gracias a todos sus esfuerzos. Sólo los lobos cazaban en las noches frías y estrelladas de finales del otoño, y caminaban silenciosos sobre la tierra helada.

—¿Qué vamos a hacer? —Dirigí la pregunta a las profundidades del cielo.

No oía nada, excepto el viento en los pinos; no tenía ninguna respuesta, excepto la que proporcionaba mi propia pregunta... el suave eco del «vamos» que resonaba en mis oídos. Al menos eso era cierto; pasara lo que pasara, ninguno de nosotros se enfrentaba solo a las cosas. Y supuse que, después de todo, por ahora, aquélla era la única respuesta que necesitaba.

Cuando regresé, seguían en la silla. Las dos cabezas rojas estaban juntas y el fuego creaba un halo a su alrededor. El aroma del guiso se mezclaba con el olor del pino quemado y el ungüento. Súbitamente tuve hambre.

Cerré la puerta con suavidad y eché el pestillo. Fui a avivar el fuego y a preparar la cena. Cogí una nueva hogaza de pan de la estantería y mantequilla de la alacena. Me quedé allí un momento, observando las estanterías llenas.

—Confía en Dios y reza para que te guíe. Ante la duda, come. —Un monje franciscano me había dado ese consejo y, en general, me había parecido útil.

Cogí un frasco de mermelada de grosellas y un poco de queso, y una botella de vino para acompañar la comida.

Cuando regresé con todo, Jamie hablaba en voz baja con Brianna.

Terminé mis preparativos, dejando que el tono profundo de su voz me reconfortara, igual que a Brianna.

—Cuando vivía en la cueva —decía Jamie en voz baja— pensaba en ti cuando eras pequeña. Me imaginaba que te tenía en brazos, que apoyaba tu cabeza sobre mi pecho y te cantaba mirando las estrellas.

—¿Y qué cantabas? —La voz de Brianna también era baja, apenas más audible que el crepitar del fuego. Podía ver su mano sobre el hombro de Jamie. Su dedo índice tocaba un mechón brillante de su pelo y lo acariciaba, vacilante.

—Viejas canciones. Canciones de cuna que recordaba de mi madre, las mismas que mi hermana Jenny les cantaba a sus hijos.

Brianna suspiró profundamente.

—Canta para mí, por favor, Pa.

Vaciló, pero luego volvió la cabeza hacia ella y comenzó a cantar una canción en gaélico. Jamie desentonaba y la canción iba y venía sin música, pero el ritmo de las palabras era agradable y consolador.

Comprendía la mayoría de las palabras. Era una canción de pescadores que nombraba los peces de los lagos y el mar, y le decía al niño lo que traería a casa para alimentarlo. Una canción de cazadores que mencionaba las aves y los depredadores, que proporcionan plumas por su belleza y pieles por su calor, así como carne para todo el invierno. Era una canción de padres... una suave letanía de providencia y protección.

Me moví lentamente por la habitación mientras cogía los platos de peltre y los cuencos de madera para la cena, y volvía para cortar el pan y untar mantequilla.

—¿Sabes una cosa, Pa? —preguntó Bree en voz baja.

—¿Qué? —quiso saber, ignorando su canto.

—No sabes cantar.

Se produjo un murmullo de risas y el susurro de la tela mientras él se movía para ponerse más cómodo.

—Es cierto. ¿Lo dejo entonces?

—No. —Se acercó más, apoyando la cabeza en su hombro. Siguió su desentonada canción y luego se interrumpió.

—¿Sabes algo, *a leannan*?

Brianna tenía los ojos cerrados, y sus pestañas emitían largas sombras sobre sus mejillas, pero vi una sonrisa en sus labios.

—¿Qué?

—Pesas tanto como un ciervo grande.

—¿Debo levantarme, entonces? —preguntó sin moverse.

—Por supuesto que no.

Se incorporó y le acarició la mejilla.

—*Mi gradhaich a thu, athair* —susurró. «Mi amor para ti, padre.»

Jamie la apretó contra él, inclinó la cabeza y la besó en la frente. El fuego los iluminó, de manera que sus rostros adquirieron una tonalidad negra y dorada. Las facciones de Jamie más duras y marcadas, y las de Brianna más delicadas, pero con los mismos rasgos de terquedad y fuerza. Y ambos, gracias a Dios, míos.

Brianna se quedó dormida después de comer, agotada por las emociones. Aunque yo también me sentía bastante débil, no podía dormir. Me sentía, al mismo tiempo, exhausta y nerviosa, con un terrible sentimiento de batalla, de que me hallaba en medio de acontecimientos que no podía controlar, pero con los que de todos modos tendría que lidiar.

Yo no quería pensar, sólo deseaba olvidarme por un momento del presente y el futuro, y recuperar la paz de la noche anterior. Pero los problemas estaban en casa esa noche y no había paz entre nosotros.

Quería meterme en la cama junto a Jamie y acurrucarme con él, ambos sellados frente al creciente frío de la habitación. Ver cómo las brasas se iban apagando mientras hablábamos en voz baja, pasando de los chismes y las pequeñas bromas del día al lenguaje nocturno. Dejar que nuestra charla pasara de las palabras al tacto, del aliento a los pequeños movimientos del cuerpo que eran tanto pregunta como respuesta; terminar nuestra conversación por fin con el silencio en la unidad del sueño.

Jamie se paseaba por la casa como un lobo enjaulado, cambiando las cosas de sitio. Recogí los platos de la cena mientras lo observaba de reojo. Deseaba hablar con él, pero al mismo tiempo tenía miedo. Había prometido a Brianna que no le hablaría de Bonnet, pero no sabía mentir y Jamie conocía demasiado bien mi rostro.

Llené un cubo con agua caliente de la olla grande, y me llevé los platos fuera para fregarlos. Cuando regresé, Jamie estaba ante el pequeño estante donde guardaba el papel, la tinta y las plumas. No se había desnudado para meterse en la cama y tampoco hacía ningún movimiento para coger las cosas y emprender la tarea habitual de cada noche. Pero claro, con la mano lastimada, no podía escribir.

—¿Quieres que te escriba algo? —pregunté, al ver que cogía una pluma y la dejaba.

Se volvió con un gesto de impaciencia.

—No, debo escribirle a Jenny y hay otras cosas que hacer, pero ahora no puedo quedarme sentado.

—Sé cómo te sientes —dije, comprensiva.

Me miró, sorprendido.

—Yo no sé cómo me siento, Sassenach —comentó con una extraña risa—. Si tú crees que lo sabes, dímelo.

—Cansado —contesté, y apoyé una mano en su brazo—. Enfadado. Preocupado. —Miré de reojo a Brianna, que estaba dormida en su cama—. Tal vez con el corazón destrozado —añadí suavemente.

—Todo eso y bastante más. —No llevaba corbatín, pero se aflojó el cuello de la camisa, como si le faltara el aire—. No puedo quedarme aquí —afirmó. Me miró; yo aún llevaba mi ropa de diario, es decir, falda, camisola y corpiño—. ¿Quieres acompañarme a dar una vuelta?

Fui a buscar mi capa. Fuera estaba oscuro y no iba a poder ver mi cara.

Cruzamos poco a poco el patio delantero y los cobertizos en dirección al corral y al campo que se hallaba más allá. Lo agarré del brazo, que estaba tenso y rígido.

No sabía cómo empezar ni qué decir. Pensé que tal vez lo mejor sería quedarme callada. Los dos seguíamos disgustados, aunque habíamos hecho todo lo que habíamos podido para calmar a Brianna.

Podía sentir la ira bullendo bajo su piel. Aunque era muy comprensible, ese sentimiento es tan inflamable como el queroseno, embotellado bajo presión, sin un objetivo sobre el que liberarlo. Una palabra incauta por mi parte podía ser suficiente para provocar una explosión. Y si explotaba conmigo, yo le gritaría y le saltaría al cuello... mi humor era bastante incierto.

Caminamos en silencio durante mucho tiempo a través de los árboles hasta el campo de maíz y lo rodeamos.

—Jamie —dije finalmente, cuando llegábamos al borde del campo—. ¿Qué te ha pasado en las manos?

—¿Cómo? —Se dio la vuelta, sorprendido.

—Tus manos. —Cogí una y la sostuve entre las mías—. No has podido lastimarte así con las piedras de la chimenea.

—Ah. —Permaneció inmóvil, dejando que le tocara los nudillos hinchados—. ¿Brianna... no te dijo nada sobre el hombre? ¿Te comentó su nombre?

Vacilé y perdí. Me conocía demasiado bien.

—Te lo dijo, ¿no? —Su voz tenía un tono peligroso.

—Me hizo prometer que no te lo diría —dejé escapar—. Le dije que te ibas a dar cuenta, pero, Jamie, se lo prometí. ¡No me hagas decírtelo, por favor!

Resopló otra vez, con un disgusto en cierto sentido divertido.

—Sí, es verdad, te conozco bien, Sassenach, no puedes mantener un secreto frente a nadie que te conozca. Hasta Ian puede leer en tu cara como en un libro abierto.

Hizo un gesto de indiferencia.

—No te preocupes. Deja que ella me lo diga cuando quiera. Puedo esperar. —Su mano golpeada se curvó poco a poco en su falda, y un pequeño estremecimiento me recorrió la espalda.

—Tus manos —dije otra vez.

Inspiró profundamente y las levantó frente a él, con las palmas hacia arriba. Las flexionó con lentitud.

—¿Recuerdas cuando nos conocimos, Sassenach? Dougal hizo que me enfadara hasta el punto en el que le quería agredir, y no podía hacerlo. Me comentaste «golpea algo y te sentirás mejor». —Me lanzó una sonrisa irónica—. Bueno, le he pegado a un árbol. Me ha dolido, pero tenías razón.

—¡Ah! —dejé escapar un suspiro, aliviada de que no quisiera presionar a Brianna. Que esperara entonces; dudaba mucho de que se diera cuenta de que su hija podía ser tan terca como él.

—¿Ella te contó... te contó lo que pasó? —No podía verle la cara, pero su vacilación al hablar era evidente—. Quiero decir... —Inspiró con un profundo siseo—. ¿Ese hombre, le hizo daño?

—No, no físicamente.

Vacilé, imaginando que podía ver el anillo que tenía en el bolsillo, cosa que, por supuesto, era imposible. Brianna sólo me había pedido que no dijera el nombre de Bonnet; tampoco iba a darle detalles, salvo que me los preguntara. Y no lo iba a hacer, sería lo último que querría escuchar.

No preguntó; sólo murmuró algo en gaélico y siguió caminando con la cabeza gacha.

Una vez que se rompió el silencio, me di cuenta de que no podía soportarlo más. Mejor explotar que ahogarme. Retiré la mano de su brazo.

—¿Qué estás pensando?

—Me estaba preguntando... si es algo terrible ser violada... si no existe... daño. —Movía los hombros inquieto, casi encogiéndolos, como si la chaqueta le quedara demasiado estrecha.

Sabía muy bien lo que estaba pensando. La prisión de Wentworth y las cicatrices de su espalda, una cadena de aterradores recuerdos.

—Es bastante malo, supongo —dije—. Pero espero que tengas razón. Es más fácil de soportar si no se produjeron daños físicos. Pero en este caso, hay una consecuencia física —me sentí obligada a añadir—. ¡Y algo muy apreciable!

Cerró el puño de manera involuntaria en el costado.

—Sí, claro —murmuró. Me miró inseguro; la luz de la media luna iluminaba los planos de su rostro—. Sin embargo, que no le haya hecho daño ya es algo. Si lo hubiera hecho... matarlo hubiera sido demasiado bueno para él —concluyó bruscamente.

—Existe el pequeñísimo detalle de que una no se recupera del embarazo —comenté con sarcasmo—. Si le hubiera roto un hueso, se recuperaría, pero así nunca lo olvidará, lo sabes, ¿no?

—¡Lo sé!

Me hice a un lado y Jamie se dio cuenta. Hizo un gesto de disculpa.

—No quería gritar.

Asentí a modo de reconocimiento y seguimos caminando sin tocarnos.

—Es... —comenzó, y luego se detuvo, mirándome. Hizo una mueca de impaciencia para consigo mismo—. Lo sé —dijo en voz baja—. Debes perdonarme, Sassenach. Pero yo sé mucho más que tú sobre ese asunto.

—No estaba discutiendo contigo. Pero tú no has tenido un hijo, no sabes lo que se siente. Es...

—Estás discutiendo conmigo, Sassenach. No lo hagas. —Me apretó el brazo con fuerza y lo soltó. Había cierto humor en su voz, pero en general, hablaba muy en serio—. Estoy tratando de decirte lo que sé. —Se quedó inmóvil un momento, reuniendo valor—. Había alejado de mi mente a Jack Randall —dijo por fin— y no quiero recordarlo ahora. Pero está aquí. —Se encogió de hombros y se frotó la mejilla con fuerza—. Hay un cuerpo y hay un alma, Sassenach —afirmó lentamente mientras ordenaba sus ideas—. Tú eres médica, conoces bien uno. Pero el otro es más importante.

Abrí la boca para decirle que lo sabía igual, si no mejor que él, pero al final no dije nada. No se dio cuenta; no veía el oscuro campo de maíz, ni el bosque de arces con sus hojas plateadas bajo la luz de la luna. Tenía la mirada fija en una pequeña estancia con gruesas paredes de piedra y amueblada con una mesa, taburetes y una lámpara

—Randall —continuó, con voz meditabunda—. La mayoría de las cosas que me hizo podía soportarlas. —Estiró los dedos de la mano derecha; el vendaje del dedo roto brillaba—. Podía tener miedo, podía lastimarme y podría haberlo matado por ese motivo, pero después hubiera vivido sin sentirlo en mi piel, sin sentirme sucio, si sólo hubiera querido mi cuerpo. Pero quería mi alma y la tuvo. —El vendaje blanco desapareció cuando cerró el puño—. Sí, bueno, tú conoces todo eso. —Comenzó a caminar más rápido y tuve que apresurarme para alcanzarlo—. Lo que quiero decir es... ¿Ese hombre era un extraño para ella y sólo la tomó durante un momento? Si era sólo su cuerpo lo que quería... entonces creo que se curará. —Inspiró profundamente y espiró. Durante un momento, vi la suave neblina blanca que le rodeó la cabeza: el vapor de su ira se había hecho visible—. Pero si la conocía, si a la que deseaba era a ella y no a cualquier mujer, entonces, tal vez llegó hasta su alma y le hizo daño de verdad...

—¿Tú no crees que le hizo daño de verdad? —Mi voz se volvió aguda—. Con independencia de que la conociera o no...

—Es diferente. ¡Te lo he dicho!

—No, no lo es. Sé lo que quieres decir...

—¡No lo sabes!

—¡Lo sé! Pero porque...

—Porque no es tu cuerpo lo que importa cuando estoy contigo —dijo—. Y tú sabes bien que es así, Sassenach.

Se volvió y me besó con furia, cogiéndome por sorpresa. Me aplastó los labios con los dientes y luego tomó mi boca, mordiendo, exigiendo.

Sabía lo que deseaba de mí, lo mismo que yo quería desesperadamente de él: seguridad. Pero ninguno de los dos podíamos ofrecérnosla esa noche.

Hundió los dedos en mis hombros, los deslizó hacia arriba y me agarró del cuello. Cuando me abrazó con fuerza contra él, se me erizó el vello de los brazos y luego se detuvo.

—No puedo —comentó. Me presionó el cuello con fuerza y me soltó. Su respiración era agitada—. No puedo.

Dio un paso atrás y se volvió hacia la cerca, aferrándose como si estuviera ciego. Agarró la madera con las dos manos y permaneció allí, con los ojos cerrados.

Yo temblaba y las piernas también me temblaban. Me rodeé el cuerpo con los brazos bajo la capa y me senté a sus pies. Y esperé, con los latidos de mi corazón resonando con fuerza en mis oídos. El viento nocturno se movía entre los árboles en el Cerro, murmurando a través de los pinos. En algún lugar, en las oscuras colinas, un puma gritó y pareció una mujer.

—No es que no te desee —dijo por fin, y capté el susurro de su chaqueta al volverse hacia a mí. Se quedó quieto un momento, con la cabeza gacha y su cabello recogido brillando bajo la luz de la luna. La oscuridad ocultaba su rostro. Por fin, se agachó y tomó mi mano en su mano herida para que me pusiera de pie—. Te deseo, tal vez más que nunca —afirmó con calma—. Te necesito, Claire, pero no puedo soportar el hecho de sentirme como un hombre. No puedo tocarte y pensar en lo que él... no puedo.

Le toqué el brazo.

—Lo entiendo —intervine, y así era. Me alegraba de que no me preguntara detalles, ya que yo también hubiera deseado no conocerlos. ¿Cómo hubiera sido hacer el amor con él, viendo un acto similar en sus movimientos, pero profundamente distinto en su esencia?—. Lo entiendo, Jamie —dije otra vez.

Abrió los ojos y me miró.

—Sí, ¿verdad? Eso es lo que quiero decir. —Me cogió del brazo y me acercó a él—. Podrías destruirme sin tocarme, Claire —susurró—, porque me conoces. —Me tocó un lado de la cara con los dedos. Estaban fríos y rígidos—. Y yo podría hacer lo mismo contigo.

—Sí —contesté, un poco mareada—. Pero preferiría que no lo hicieras.

Sonrió un poco, se inclinó y me besó con suavidad. Nos quedamos de pie juntos, sin tocarnos, excepto el contacto con los labios, respirando el aliento del otro.

«Sí —nos decíamos en silencio—. Sí, sigo aquí.» No era un rescate, pero como mínimo sí una pequeña cuerda salvavidas que cruzaba el golfo que se extendía entre nosotros. Sabía lo que quería decir en cuanto a la diferencia entre herir el cuerpo y el alma; lo que yo no podía explicarle era el vínculo que se creaba en el útero.

Después de un rato me aparté y lo miré.

—Bree es muy fuerte —comenté en voz baja—. Como tú.

—¿Como yo? —Dejó escapar un sonido burlón—. Entonces, que Dios la ayude.

Suspiró y comenzamos a caminar poco a poco junto a la cerca. Yo lo seguí, apresurándome un poco para alcanzarlo.

—¿Ese hombre, ese Roger del que ella habla, se quedará con ella? —preguntó con brusquedad.

Respiré profundamente y espiré con tranquilidad, sin saber qué contestar. Había estado con Roger unos meses y me gustaba, le tenía cariño. Sólo sabía de él que era muy decente y un joven honorable. Pero ¿cómo iba a saber lo que podía pensar, hacer o sentir cuando se enterara de que Brianna había sido violada? ¿Aún peor: que estaba embarazada del violador?

Incluso los mejores hombres podían ser incapaces de lidiar con aquella situación. En mis años como doctora, había visto matrimonios muy estables que se hacían añicos ante la tensión de las cosas más nimias. Y muchos que no se rompían quedaban tocados por la desconfianza... Apreté la mano en mi pierna de manera involuntaria y sentí la diminuta dureza del anillo de oro en mi bolsillo: «De F. para C. con amor. Siempre.»

—¿Tú lo harías? —pregunté por fin—. ¿Si ella fuera yo?

Me miró, abrió la boca para contestarme y la cerró. Examinó mi cara con el ceño fruncido a causa del dolor.

—Quería decir «¡Sí, desde luego!» —dijo lentamente—. Pero te prometí una vez que sería sincero contigo, ¿no?

—Lo hiciste —comenté, y me sentí culpable. ¿Cómo podía obligarlo a ser sincero si yo no podía serlo? Y, aun así, lo había preguntado.

Le dio un suave golpe a la valla con el puño.

—*Ifrinn!* Sí, maldición, lo haría. Tú serías mía aunque la criatura no lo fuera. Y si tú... sí, lo haría —repitió con firmeza—. Te aceptaría a ti y a la criatura y al diablo con el mundo.

—¿Y nunca volverías a pensar en ello? —quise saber—. ¿Nunca volvería a tu mente cuando yo estuviera en tu cama? ¿Nunca verías al padre al mirar al hijo? ¿Nunca me lo reprocharías o marcarías una diferencia entre ambos?

Abrió la boca para responder, pero la cerró sin decir ni una palabra. Entonces vi un cambio en sus rasgos y de inmediato la comprensión.

—Maldita sea —intervino—. Frank. No yo. Es a Frank a quien te refieres.

Asentí y me cogió por los hombros.

—¿Qué te hizo? —exigió—. ¿Qué? ¡Dímelo, Claire!

—Se quedó conmigo —contesté con voz temblorosa—. Traté de que me dejara, pero no quiso. Y cuando Brianna nació, la amó, Jamie. No sabía si iba a poder hacerlo, pero lo hizo. Lo siento —añadí.

Inspiró profundamente y me soltó los hombros.

—No debes sentirlo, Sassenach —dijo bruscamente—. Nunca. —Se pasó una mano por la cara y pude oír el suave sonido de su barba incipiente—. ¿Y qué hay de ti, Sassenach? ¿Qué decía cuando se metía en tu cama? Pensaba... —Se interrumpió de inmediato, dejando todas las preguntas en el aire no expresadas, pero sí formuladas.

—Puede que fuera yo... que fuera mi culpa, quiero decir. Yo no podía olvidar —comenté por último en medio del silencio—. Si yo hubiera podido, habría sido diferente. —Debí detenerme, pero no pude. Todas las palabras que había guardado durante toda la noche salieron disparadas—. Para él hubiera sido mejor, más fácil, que me hubieran violado. Eso es lo que le dijeron los médicos, que me habían violado y que tenía alucinaciones. Eso era lo que todos creían, pero yo insistía en decirle que no había sido así, en contarle la verdad. Después de un tiempo me creyó, al menos en parte. Ése era el problema, no que yo tuviera la hija de otro hombre, sino que te amaba y no podía dejar de hacerlo, no quería —añadí en voz baja—. Frank era mejor que yo. Podía dejar atrás el pasado, al menos por Bree. Pero para mí... —Se me atragantaron las palabras y no pude continuar.

Jamie se volvió y me miró durante un rato, con un gesto bastante inexpresivo y los ojos ocultos por las sombras de sus cejas.

—¿Y viviste veinte años con un hombre que no podía perdonarte por algo que no era culpa tuya? Fue culpa mía, ¿verdad? —preguntó—. Yo también lo siento, Sassenach.

Dejé escapar un suspiro que no llegaba a un sollozo.

—Has dicho que podías destruirme sin tocarme siquiera —afirmé—. Tienes razón, maldito seas.

—Lo siento —susurró otra vez, pero en esta ocasión me acercó a él y me abrazó con fuerza.

—¿Que te amara? No lamentes eso —intervine, con la voz un poco amortiguada por su camisa—. Nunca.

Jamie no respondió, sino que inclinó la cabeza y apretó su mejilla en mi cabello. Permanecimos en silencio. A pesar del viento, podía oír los latidos de su corazón. Yo tenía la piel fría; las lágrimas de mis mejillas se helaban al instante.

Por último lo solté y di un paso atrás.

—Es mejor que regresemos a casa —dije, tratando de hablar en un tono natural—. Es muy tarde.

—Sí, supongo que sí. —Me ofreció el brazo y lo tomé. Caminamos en un silencio más cómodo por el sendero hacia el borde de la garganta que había sobre el arroyo. Hacía tanto frío que se habían formado pequeños cristales de hielo entre las rocas que brillaban a la luz de las estrellas, pero el arroyo no estaba helado. Su borboteo llenaba el aire y evitaba que estuviéramos muy callados—. Ah, bueno —dijo cuando pasábamos junto a la pocilga—, espero que Roger Wakefield sea mejor hombre que nosotros dos, que Frank y que yo. —Me miró de reojo—. Y si no lo es, lo aplastaré hasta convertirlo en puré.

Muy a mi pesar, me reí.

—Eso será de gran ayuda para la situación, estoy segura —comenté riendo.

Resopló y siguió caminando. Al pie de la colina, nos volvimos sin hablar, y andamos de regreso a casa. Justo cuando llegamos al sendero de la casa hice que se detuviera.

—Jamie —dije vacilante—. ¿Crees que te amo?

Jamie volvió la cabeza y me observó un buen rato antes de responder. La luna brillaba en su cara y resaltaba sus rasgos como si estuvieran cincelados en mármol.

—Bueno, si no es así, Sassenach —intervino—, has elegido un mal momento para decírmelo.

Dejé escapar un suspiro que fue casi una risa.

—No, no es eso —le aseguré—. Pero... —Sentí que me ahogaba y tragué apresuradamente, con la necesidad de expulsar las palabras—. No lo digo a menudo. Tal vez porque no me educaron para decir ese tipo de cosas; me crió mi tío, que era cariñoso pero, bueno, no sabía cómo era la gente casada... —Me tapó la boca con una mano suave, y con una pequeña sonrisa en su rostro. Un momento después, la retiró. Yo inspiré hondo para afianzar mi voz—. Lo que quería decirte es ¿cómo sabes que te amo?

Permaneció inmóvil, mirándome, y a continuación, asintió con un gesto de reconocimiento.

—Lo sé porque estás aquí, Sassenach —afirmó con calma—. Eso es lo que quieres decir, ¿no? Que él, Roger, ha venido a buscarla. Y que entonces tal vez la ame lo suficiente.

—No es algo que uno haga por amistad sin más.

Asintió otra vez, pero yo vacilaba queriendo decirle más, para que entendiera el significado.

—No te lo comenté mucho, porque... no hay palabras para explicarlo. Pero hay una cosa que puedo decirte, Jamie. —Me estremecí de manera involuntaria—. No todos los que pasan a través de las piedras salen otra vez.

Su mirada se volvió afilada.

—¿Cómo lo sabes, Sassenach?

—Porque puedo... podía oírlos. Gritaban.

Ahora temblaba de verdad por una mezcla de frío y recuerdos. Me cogió las manos entre las suyas y me acercó a su pecho. El viento otoñal agitaba las ramas de los sauces junto al arroyo; era un sonido semejante al de los huesos secos. Me abrazó hasta que dejé de temblar y me soltó.

—Hace frío, Sassenach. Vamos dentro. —Se volvió hacia la casa, pero le puse una mano en el hombro para detenerlo otra vez.

—¿Jamie?

—¿Sí?

—¿Debo... querrías... necesitas que lo diga?

Se dio la vuelta y me miró. Detrás de él, la luz de la luna formaba un halo a su alrededor, pero sus rasgos volvían a estar oscuros.

—No lo necesito —dijo suavemente—. Pero no me importa si quieres decirlo. Ahora y cuando quieras, pero no muy a menudo, porque no quiero perder la satisfacción de la novedad al oírlo. —Podía oír la risa en su voz y yo también sonreí, lo pudiera ver o no.

—Pero de vez en cuando no vendría mal, ¿no?

—No.

Me acerqué más y apoyé las manos en sus hombros.

—Te amo.

Me miró durante un rato.

—Me alegro, Claire —comentó en voz baja, y me tocó la cara—. Estoy muy contento. Ven a la cama, yo te calentaré.

• • •

48

A lo lejos en un pesebre

El pequeño establo se encontraba en una cueva poco profunda, bajo un saliente rocoso, y la entrada estaba protegida por una empalizada de troncos de cedro hundidos a medio metro de profundidad en la tierra, lo bastante fuerte para detener al más atrevido de los osos. La luz entraba por la mitad superior de la puerta abierta y el humo rojizo y lleno de luz ascendía, brillante, por un lado del peñasco, ondeando sobre la roca como si se tratara de agua caliente.

—¿Por qué una puerta doble? —había preguntado. Le parecía un trabajo innecesario para una estructura tan rústica.

—Los animales tienen que poder mirar hacia fuera —le explicó su padre mientras le enseñaba cómo se pasaban las tiras de cuero alrededor de los maderos. Con el martillo y sin dejar de sonreír, clavaba el cuero en la madera, arrodillado frente la puerta que estaban construyendo—. Así están más contentos, ¿sabes?

Brianna no sabía si los animales estaban contentos en la cuadra, pero ella sí que lo estaba. El lugar era fresco y oscuro y tenía un intenso olor a paja cortada y a las heces de los animales alimentados con pasto. Era un refugio tranquilo durante el día, cuando sus habitantes pastaban en el prado. Cuando hacía mal tiempo o por la noche, la pequeña empalizada era un rincón acogedor, sobre todo cuando pasaba suficientemente cerca, una vez había anochecido, para ver las suaves exhalaciones de los animales que flotaban a través del hueco entre la madera y la roca, como si la misma tierra estuviera respirando a través de unos labios fruncidos, dormida en el frío otoñal.

Aquella noche hacía frío. Las estrellas brillaban en el aire frío y claro como si se tratara de cabezas de aguja. Sólo había cinco minutos de camino desde casa, pero cuando llegó a la cuadra temblaba bajo la capa. La luz que se filtraba procedía no sólo de un farol colgante, sino también del brasero del rincón, que proporcionaba calor y luz para la vigilia que tenía lugar en su interior.

Su padre estaba acostado sobre la paja y tapado con la capa, muy cerca de la pequeña vaca moteada. La vaquilla estaba apoyada sobre su pecho, con las patas recogidas a un lado, y gruñía de vez en cuando, con una expresión de ligera concentración.

Jamie levantó la cabeza con brusquedad al oír los pasos sobre la gravilla, y se llevó la mano al cinturón, bajo su tartán.

—Soy yo —dijo Brianna, y vio cómo se relajaba al verla aparecer ante la luz. Cuando entró, él puso los pies a un lado, se sentó, se frotó la cara y cerró con cuidado la puerta inferior que se hallaba detrás de ella.

—¿Tu madre todavía no ha vuelto? —Era evidente que estaba sola, pero miró por encima del hombro de la joven esperando que Claire se materializara en la oscuridad.

Brianna sacudió la cabeza. Claire se había llevado a Lizzie como acompañante para atender un parto en una de las granjas en el otro extremo de la cueva. Si el niño no nacía antes del anochecer, pasarían la noche en casa de los Lachlan.

—No. Me dijo que si no volvía te trajera yo la comida. —Se arrodilló y comenzó a sacar cosas de una pequeña canasta que había traído: rebanadas de pan con queso y tomate en conserva, una tarta de manzana y dos botellas, una de sidra y otra de caldo de verduras.

—¡Qué bien! —Sonrió cogiendo una de las botellas—. ¿Has comido ya?

—Sí —le aseguró—. Mucho. —Había comido, pero no podía dejar de mirar con ansia los bollos frescos. El malestar de los días anteriores había sido sustituido por un gran apetito.

Jamie captó su mirada y, con una sonrisa, sacó el cuchillo y cortó uno de los bollos por la mitad para darle la más grande.

Comieron con tranquilidad durante unos instantes, el uno junto al otro sobre la paja. El silencio sólo quedaba interrumpido por los suaves ruidos y gruñidos del resto de los habitantes del establo. En el fondo de la cuadra había una cerca que formaba un corral para una enorme cerda con sus crías, que casi no se veían en la oscuridad; dormían juntas sobre la paja en una hilera de cuerpos regordetes, y tenían el profético aspecto de unas salchichas.

El resto del pequeño espacio estaba dividido en tres rústicos pesebres: uno pertenecía a la vaca *Magdalena*, que rumiaba con tranquilidad sobre la paja, y a su ternero de un mes, que estaba dormido junto a su enorme pecho; el segundo estaba vacío, con paja limpia, listo para recibir a la vaca moteada y a su cría tardía, y en el tercero se encontraba la yegua de Ian, con los flancos abultados por el peso de la ingravidez.

—Parece una sala de parto —dijo Brianna, haciendo un gesto hacia *Magdalena* mientras se sacudía las migas de la falda.

Jamie sonrió y levantó las cejas como hacía caáa vez que no entendía algo de lo que se decía.

—¿Ah, sí?

—Es una parte especial de los hospitales, donde ponen a las madres con los recién nacidos —explicó—. Mamá me llevaba con ella a veces y me dejaba mirar a los niños mientras hacía su ronda.

Recordó súbitamente el olor del pasillo del hospital, un poco acre por el aroma a desinfectante y abrillantador de suelos; los niños envueltos en sus mantas rosa y azules, como lechones regordetes en sus cunas. Siempre pasaba mucho tiempo recorriendo las filas, intentando elegir el que se llevaría a casa si pudiera quedarse alguno.

¿Rosa o azul? Por primera vez se dio cuenta de que no sabía cuál era el color que le tocaría. Pensar en «él» o «ella» la alteraba, y prefirió seguir hablando.

—Ponen a los niños detrás de un vidrio, así uno los puede ver sin echarles el aliento y llenarlos de microbios —dijo, y lanzó una mirada a *Magdalena*, felizmente ajena a los hilos verdes de saliva que caían de sus plácidas mandíbulas sobre la cabeza de su ternero.

—Microbios —repitió, pensativo—. Sí, he oído hablar de ellos. Son pequeños animales muy peligrosos, ¿no?

—Pueden llegar a serlo. —Y recordó de manera muy nítida a su madre comprobando su caja de útiles médicos para visitar a los Lachlan, y rellenando con cuidado la enorme botella de cristal con alcohol destilado del barril de la despensa. Algo más distante, pero también vívido, fue el recuerdo de su madre explicándole a Roger Wakefield todos los peligros de los partos en esta época:

—El parto era muy peligroso para la mujer —había dicho Claire, frunciendo el ceño ante sus propios recuerdos—. Infección, ruptura de placenta, presentación anormal del bebé, aborto, hemorragia, fiebre puerperal... en la mayoría de los lugares, sólo un cincuenta por ciento sobrevivía al parto.

Brianna sintió los dedos fríos, a pesar de los trozos de pino que se encontraban en el brasero, y perdió su voraz apetito. Dejó el resto del bollo sobre la paja y tragó como si tuviera algo en la garganta.

La gran mano de su padre le tocó la rodilla, tibia pese a la lana de su falda.

—Tu madre no dejará que te ocurra nada —dijo bruscamente—; ya ha lidiado contra los gérmenes antes, yo la he visto. No dejó que me vencieran y lo mismo hará contigo. Es muy cabezota, ¿sabes?

Rió y desapareció la sensación de ahogo.

—Mira quién habla.

—Creo que tiene razón. —Se levantó y rodeó la vaquilla moteada; se agachó y le observó la cola. Se giró, moviendo la cabeza, y volvió a sentarse. Se acomodó y recogió el bollo que Brianna había dejado.

—¿Cómo está? —Brianna se inclinó, recogió un poco de paja y la sostuvo a modo de invitación frente al morro de la vaquilla. La vaca jadeó pesadamente, pero ignoró el gesto, girando los ojos de largas pestañas con inquietud. De vez en cuando, sus costados moteados ondeaban, y el pelaje grueso se mostraba áspero pero brillante a la luz del farol.

Jamie frunció un poco el ceño.

—Creo que irá bien, aunque sea su primera cría y sea un poco pequeña. Apenas tiene un año. No debería haberse quedado preñada tan pronto, pero... —Se encogió de hombros y se comió otro pedazo de bollo.

Brianna se secó la mano pegajosa en un pliegue de la falda. Repentinamente inquieta, se levantó y caminó hacia la pocilga.

La enorme curva del vientre de la cerda se elevaba sobre el heno como si se tratara de un globo, y la carne rosa era visible bajo el suave y escaso vello blanco. La cerda se encontraba recostada con gran dignidad, respirando de manera lenta y profunda, e ignorando los movimientos y chillidos de la prole hambrienta que se retorcía debajo. Un lechón empujó con fuerza a otro y durante un instante perdió el pezón; se oyó un agudo chillido de protesta y, con un susurro, un chorro de leche del pezón liberado salió hacia el heno.

Brianna sintió un ligero cosquilleo en sus propios pechos; de repente, parecían más pesados de lo normal sobre sus antebrazos cruzados, apoyada sobre la valla.

A pesar de que no era una imagen especialmente estética de la maternidad. No se parecía a la *Madonna con el Niño*, había algo más o menos reconfortante en el letargo despreocupado de la madre; era una especie de seguridad descuidada, una confianza ciega en los procesos naturales.

Jamie volvió a examinar a la vaca y caminó hacia Brianna, que se encontraba de pie junto a la pocilga.

—Buena chica —dijo, lanzando un gesto de aprobación a la cerda. A modo de respuesta, el animal liberó una prolongada y ruidosa ventosidad, y se movió un poco, estirándose sobre la paja con un suspiro voluptuoso.

—Bueno, parece que sabe lo que hace —afirmó Brianna, mordiéndose el labio.

—Así es. Tiene mucho carácter, pero es una buena madre. Ésta es su cuarta camada y aún no ha perdido a ninguno ni ha nacido ninguno débil. —Lanzó una mirada de aprobación a la cerda y luego se volvió hacia la vaquilla—. Espero que a la otra le vaya igual de bien.

Brianna inspiró hondo.

—¿Y si no es así?

Jamie no respondió de inmediato, sino que permaneció apoyado sobre la valla, observando a la camada, que se agitaba con tranquilidad. Entonces levantó un poco los hombros.

—Si no puede parir el ternero sola y yo no le puedo ayudar, tendré que sacrificarla —comentó en un tono informal—. Si puedo salvar al ternero, quizá *Magdalena* lo adopte.

Brianna sintió un nudo en el estómago que le revolvió lo que había comido. Es evidente que había visto la daga en su cinturón, pero al ser parte de su vestimenta habitual, no se le había ocurrido cuestionar su presencia en aquel ambiente rural. La pequeña presencia redonda en su vientre era inmóvil y pesada, como una bomba de relojería.

Jamie se agachó junto a la vaquilla moteada y le pasó la mano suavemente por el abultado vientre. Satisfecho por el momento, rascó a la vaca entre las orejas mientras murmuraba en gaélico.

¿Cómo podía murmurar palabras de cariño, sabiendo que en unas horas podía estar abriéndola en canal? Parecía sangre fría, pero ¿llamaba «muchacha» el carnicero a sus víctimas? Sintió una helada punzada de duda en su vientre, que se unía al resto de dudas que ya le pesaban.

Jamie se puso en pie estirándose y lanzó un gruñido después de que crujiera su espalda. Movió los hombros, se arregló la ropa, parpadeó y le sonrió.

—¿Te acompaño hasta casa? Esto va a tardar.

Lo contempló dudando, pero luego se decidió.

—No, me quedaré un rato contigo. No te importa, ¿no?

Ahora, decidió de manera impulsiva. Se lo preguntaría ahora. Hacía días que esperaba el momento oportuno. Pero ¿cuál era para algo como aquello? Al menos ahora estaban solos y nadie los molestaría.

—Como quieras. Me alegro de que me hagas compañía.

«No por mucho tiempo», pensó mientras se volvía para buscar algo en la cesta que había traído. Habría preferido la oscuridad del sendero que conducía a la casa, ya que le hubiera resultado mucho más fácil preguntar lo que necesitaba saber. Pero las palabras no eran suficientes, necesitaba verle la cara para preguntarle lo que quería saber.

Aceptó la jarra de sidra porque tenía la boca seca. Era fuerte, y el alcohol parecía que aligeraba un poco el peso de su vientre. Le ofreció la jarra, pero no esperó a que él bebiera, temerosa de que el efecto fortalecedor de la sidra la abandonara antes de que pudiera pronunciar las palabras.

—¿Pa?

—¿Sí? —Se estaba sirviendo más sidra, con la mirada fija en el chorro dorado.

—Necesito preguntarte algo.

—¿Hum?

Brianna inspiró profundamente y lo dijo.

—¿Mataste a Jack Randall?

Él se quedó inmóvil durante un instante, con la botella aún inclinada sobre el vaso. Después, con cuidado, enderezó la botella y la dejó en el suelo.

—¿Dónde has oído ese nombre? —preguntó, mirándola a los ojos, con la voz tan baja como la mirada—. ¿De tu padre, tal vez? ¿De Frank Randall?

—Mamá me habló de él.

Jamie hizo una pequeña mueca que indicaba su sorpresa.

—Lo hizo.

No era una pregunta, pero le contestó.

—Me dijo... me dijo lo que había sucedido. Lo que él te hizo. En Wentworth.

Su pequeño arranque de coraje se había agotado, pero no importaba; ya no podía echarse atrás. Jamie sólo se sentó y la miró, olvidando la jarra que tenía en la mano. Brianna quería quitársela y vaciarla ella misma, pero no se atrevió.

Mucho después, pensó que su padre debió de sentirse traicionado por Claire, por habérselo contado. Pero estaba muy nerviosa.

—No ha sido ahora, fue antes... de que te conociera. Ella creyó que nunca te conocería. Quiero decir... ella no quería... sé que no pensaba...

—Cállate, ¿quieres? —dijo Jamie arqueando una ceja.

Ella se alegró de dejar de hablar. No podía mirarlo, así que fijó la vista en su regazo mientras plisaba la tela de la falda con los dedos. El silencio se alargó, y sólo fue interrumpido por los movimientos y los chillidos ahogados de los lechones, y algún murmullo ocasional de *Magdalena*.

¿Por qué no había encontrado otra manera?, se preguntó, completamente avergonzada. «No descubrirás la desnudez de tu padre.» Mencionar el nombre de Jack Randall suponía recordar las imágenes de lo que había hecho... y no era algo en lo que quisiera pensar. Tendría que haber hablado con su madre, dejar que ella le preguntara... pero no. No había tenido elección. Tenía que oírlo de su boca.

Sus pensamientos quedaron interrumpidos por la voz tranquila de su padre.

—¿Por qué me lo preguntas?

Levantó la cabeza de golpe y se encontró con la mirada de su padre por encima de la sidra que no se había bebido. No parecía que estuviera molesto, y sintió que se le tensaba la columna. Apretó los puños sobre sus rodillas para calmarse y lo miró a los ojos.

—Necesito saber si eso sirve de alguna ayuda. Quiero matarlo a... él. Al hombre que... —Hizo un gesto hacia su vientre y tragó saliva—. Pero si lo hago y luego no ayuda... —No pudo continuar.

No pareció impresionado, sino más bien abstraído. Se llevó la jarra a la boca y bebió poco a poco.

—Mmfm. ¿Has matado a algún hombre antes? —Aunque lo formuló como una pregunta, ella sabía que no era su intención. Hizo una pequeña mueca de diversión, no de sorpresa, y ella sintió un ataque de ira.

—¿Tú crees que no puedo? ¡Créeme, puedo hacerlo! Y, sin embargo...

Extendió las manos anchas y fuertes con las que se agarraba las rodillas. Creía que podía hacerlo, aunque su idea de cómo era cambiante. A sangre fría, un disparo parecía lo más adecuado; quizá la única manera. Pero al intentar imaginarlo, se dio cuenta de la verdad del viejo dicho: «Dispararle es demasiado bueno para él.»

Podía ser demasiado bueno para Bonnet, pero no sería suficiente para ella. Por la noche, cuando se apartaba las mantas, incapaz de soportar su ligero peso y el recuerdo de la opresión, no sólo lo quería muerto, sino que también deseaba acabar con su vida... con sus propias manos, para recuperar mediante la carne lo que él le había quitado de esa manera.

¿Qué ganaría matándolo si aún seguiría obsesionándola?

No había forma de saberlo, salvo que su padre se lo dijera.

—¿Me lo dirás? —dejó escapar—. ¿Lo mataste? ¿Eso te ayudó?

Lo pensó mientras la miraba con detenimiento, examinándola.

—¿En qué te ayudaría cometer un asesinato? —preguntó—. Eso no sacaría la criatura de tu vientre, ni te devolvería la virginidad.

—¡Eso ya lo sé! —Sintió que se ruborizaba y se dio la vuelta, enfadada con su padre y consigo misma. Hablaban de violación y asesinato, ¿y a ella le avergonzaba que él mencionara su virginidad perdida? Se obligó a mirarlo—. Mamá me dijo que trataste de matar a Jack Randall en París, en un duelo. ¿Qué creías que ibas a recuperar?

Se frotó la barbilla con fuerza, inspiró profundamente por la nariz y espiró poco a poco, con la mirada fija en la roca manchada del techo.

—Quería recuperar mi hombría —respondió con tranquilidad—. Mi honor.

—¿Y crees que mi honor no vale la pena? ¿O crees que es igual que mi virginidad? —preguntó con tono irónico.

La miró con dureza.

—¿Es lo mismo para ti?

—No, no lo es —contestó con los dientes apretados.

—Bien —dijo él brevemente.

—Entonces, ¡respóndeme, maldición! —Dio un puñetazo sobre la paja, sin ningún resultado satisfactorio—. ¿El hecho de matarlo te devolvió el honor? ¿Te ayudó? ¡Dime la verdad!

Ella se detuvo, jadeando. Lo fulminó con la mirada y él le devolvió una mirada fría. Luego se llevó la jarra bruscamente a la boca, se bebió la sidra de golpe y dejó la jarra en el heno junto a él.

—¿La verdad? La verdad es que no sé si lo maté o no.

Brianna abrió la boca sorprendida.

—¿No sabes si lo mataste?

—Eso he dicho. —Un movimiento de sus hombros reveló su impaciencia. Se levantó de inmediato, como si no pudiera seguir sentado—. Murió en Culloden, yo estaba allí. Me desperté en el páramo, después de la batalla, con el cadáver de Randall encima de mí. Eso es lo que sé, no mucho más. —Hizo una pausa, pensativo, y luego, decidido ya, estiró una rodilla e hizo un gesto—. Mira.

Era una vieja cicatriz, todavía impresionante, en la parte interior del muslo. Medía alrededor de treinta centímetros; el extremo inferior parecía un nudo, pero el resto era una línea más clara, aunque gruesa y retorcida.

—Una bayoneta, supongo —aclaró mientras la miraba con tranquilidad. Se bajó el kilt para ocultar la cicatriz una vez más—. Recuerdo la sensación de la hoja golpeando el hueso y nada más. No sé lo que sucedió después, ni lo que había ocurrido antes.

Respiró profundamente y Brianna se dio cuenta, por primera vez, del esfuerzo que le costaba a su padre mantener la calma.

—Me pareció una bendición... no poder recordar —dijo por fin. No la miraba, sino que observaba las sombras del extremo del establo—. Allí murieron hombres valientes; hombres a los que quería. Si no sabía cómo habían muerto, si no podía recordar ni ver su muerte en mi mente... no tenía que pensar que habían fallecido. Quizá fuera cobardía, o tal vez no. Puede que decidiera no recordar ese día; o quizá no pueda aunque quiera.

Jamie la miró con más ternura, pero luego se volvió con un revoloteo de su falda, sin esperar a que respondiera.

—Después... bueno, la venganza no parecía importante entonces. Había miles de hombres muertos en el campo de batalla y pensaba que en poco tiempo yo sería uno más. Jack Randall... —Hizo un gesto extraño, de impaciencia, alejando su imagen como si se tratara de un tábano—. Él era uno de ellos. Pensé que en aquel momento podía dejárselo a Dios.

Brianna suspiró, intentando controlar sus sentimientos. La curiosidad y la simpatía luchaban contra una frustración sobrecogedora.

—¿Tú estás bien? Quiero decir... ¿a pesar de lo que te hizo?

La contempló con exasperación y con una mezcla de furia y diversión.

—No se suele morir por eso, muchacha. Yo no he muerto y tú tampoco.

—Todavía no. —De manera involuntaria puso una mano sobre su vientre. Lo miró—. Supongo que en seis meses sabremos si moriré o no por esto.

Eso lo confundió. Jamie espiró y arrugó el entrecejo.

—Todo saldrá bien —dijo secamente—. Eres más ancha de caderas que la vaquilla.

—¿Como tu madre? Todo el mundo dice que me parezco mucho a ella. Imagino que ella también era ancha de caderas, pero eso no la salvó, ¿no?

Jamie se retrajo. Fue como si le hubiera abofeteado con una ortiga. Sin ninguna lógica, hizo que sintiera pánico, en lugar de la satisfacción que esperaba.

Entonces comprendió que su promesa de protegerla era, en gran parte, una ilusión. Jamie mataría por ella, sí. O moriría de buena gana, sin duda. Si ella se lo permitía, él vengaría su honor y destruiría a sus enemigos.

—Voy a morir —comentó con una fría certeza que le invadió el vientre como si se tratara de mercurio helado. Su padre no podía defenderla de su propio hijo. Era tan incapaz de salvarla de aquella amenaza que era lo mismo que si no lo hubiera encontrado—. Sé que moriré.

—¡No será así! —La cogió de los brazos con fuerza—. ¡No lo permitiré!

Habría dado cualquier cosa por creerle. Tenía los labios entumecidos y rígidos, y la ira había dado lugar a una fría desesperación

—No me puedes ayudar —comentó con desesperación—. ¡No puedes hacer nada!

—Tu madre sí que puede —dijo, pero no muy convencido. Aflojó su mano y Brianna se liberó de él.

—No, ella no puede, necesita un hospital, con medicinas y otras cosas. Si las cosas salen mal, lo único que podrá hacer es... tratar de salvar al niño. —A su pesar, su mirada se desvió hacia su daga, que brillaba, fría, junto a la paja donde la había dejado.

Le temblaban las rodillas y tuvo que sentarse. Jamie le sirvió un poco de sidra y se la ofreció.

—Bebe —ordenó—. Bebe, muchacha, que estás muy pálida. —Con la mano sobre su nuca, Jamie la instaba a que bebiera. Tomó un sorbo, pero se atragantó y se alejó, haciéndole un gesto. Se pasó la manga por la barbilla mojada, para secarse la sidra.

—¿Sabes qué es lo peor? Tú dices que no fue culpa mía, pero sí que lo fue.

—¡No es así!

Hizo un gesto para tranquilizarlo.

—Has hablado de cobardía y yo fui cobarde, debí luchar. No debí permitirle... pero tenía miedo. ¡Si hubiera sido valiente, esto no habría sucedido, pero no lo fui, estaba asustada! Y ahora tengo todavía más miedo —comentó, con la voz entrecortada. Inspiró profundamente para calmarse y apoyó las manos en la paja—. No puedes ayudarme y tampoco mamá, yo no puedo hacer nada. Y Roger... —Se mordió el labio para evitar llorar.

—Brianna... *a leannan*... —Hizo un gesto para acercarse, pero Brianna se alejó de él con los brazos cruzados.

—No puedo dejar de pensar que podría matarlo. Es lo único que puedo hacer. Si... si tengo que morir, al menos lo llevaría conmigo, y si no, bueno, tal vez pueda olvidarlo si él está muerto.

—No lo harás. —Las palabras eran directas e inflexibles como un puñetazo en el estómago. Aún sostenía la jarra de sidra. Entonces echó la cabeza atrás y bebió deliberadamente—. Pero eso no importa —dijo, bajando la jarra con un aire de formal rotundidad—, te buscaremos un marido y una vez que nazca el niño no tendrás mucho tiempo para preocuparte.

—¿Cómo? —Brianna lo miraba boquiabierta—. ¿Qué quieres decir con buscarme un marido?

—Necesitarás uno, ¿no? —preguntó, un poco sorprendido—. La criatura necesita un padre. Y si no quieres decirme el nombre del que te lo hizo para hacer que se haga cargo de sus obligaciones, entonces...

—¿Tú crees que me casaría con el hombre que hizo esto? —Se le quebró la voz otra vez, pero en esta ocasión por la sorpresa.

La voz de Jamie se elevó un poco.

—Bueno, he estado pensando. ¿No estarás jugando un poco con la verdad, criatura? Tal vez no fue exactamente una violación, quizá después no te gustó el hombre, te escapaste e inventaste la historia. Después de todo, no estás herida. Es difícil someter a una muchacha de tu tamaño si ella no lo desea.

—¿Crees que estoy mintiendo?

Jamie levantó una ceja con cinismo. Furiosa, levantó una mano, pero él la cogió por la muñeca.

—Ah, no —dijo con tono de reproche—. No eres la primera muchacha que comete un error e intenta arreglarlo, pero... —Jamie le agarró la otra muñeca cuando intentó golpearlo, y se las juntó con fuerza—. No hace falta que armes un escándalo. ¿O querías al hombre y él te dejó? ¿Fue eso?

Trató de soltarse, usó su peso para balancearse y trató de golpearle en la entrepierna con la rodilla. Jamie se movió un poco y sólo alcanzó el muslo, no la carne vulnerable de su entrepierna que Brianna tenía como objetivo. El golpe debería haberlo lastimado, pero Jamie no la soltó. Brianna se retorció maldiciendo sus faldas. Le pateó la espinilla con fuerza al menos dos veces, pero su padre se reía, como si se estuviera divirtiendo.

—¿Es todo lo que puedes hacer, muchacha? —Entonces la soltó, pero sólo para agarrar ambas muñecas con una mano. Con la otra, le daba golpecitos juguetones en las costillas.

> *Había un hombre*
> *en el páramo de Skene.*
> *Él llevaba dagas*
> *y yo no tenía ninguna,*
> *pero caí sobre él*
> *con mis pulgares,*
> *y lo apuñalé,*
> *lo apuñalé,*
> *¿lo apuñalé?*

Con cada repetición, le hundía con fuerza un pulgar en las costillas.

—¡Maldito bastardo! —gritó.

Apoyó los pies y tiró de su brazo con todas sus fuerzas para intentar morderle. Arremetió contra su muñeca, pero antes de que pudiera morderlo estaba dando patadas en el aire. Acabó de rodillas, con un brazo retorcido con tanta fuerza en su espalda que la articulación del hombro crujió. La tensión del codo le hacía daño; se retorció mientras intentaba darse la vuelta, pero no podía. Un brazo de hierro le apretaba los hombros y la obligaba a mantener la cabeza baja. Y a bajarla más. Hundió la barbilla en el pecho; no podía respirar. Siguió obligándola a que bajara la cabeza. Abrió las rodillas, ya que la presión hacia abajo la forzaba a separar los muslos

—¡Quieto! —gruñó.

Tenía dolor al emitir sonidos a través de la tráquea comprimida. Aflojó la presión, pero sin llegar a soltarla. Lo sentía detrás de ella como una fuerza inexorable. Estiró la mano libre hacia atrás, intentando agarrar, golpear o doblar algo, pero no había nada.

—Puedo romperte el cuello —dijo con calma. El peso de su brazo abandonó sus hombros, aunque el brazo retorcido aún hacía que se inclinara hacia delante, y el cabello suelto y revuelto casi tocaba el suelo. Le puso la mano en el cuello. Sintió que el pulgar y el índice presionaban sus arterias. Apretó y aparecieron motas negras ante sus ojos—. Podría matarte.

La mano de Jamie abandonó su cuello y le tocó deliberadamente la rodilla y el hombro, la mejilla y la barbilla, lo que enfatizó su vulnerabilidad. Brianna sacudió la cabeza, sin dejar que él la tocara, que sintiera sus lágrimas de rabia. Entonces, la mano le presionó de manera repentina y con fuerza la parte baja de la espalda. Emitió un ruidito ahogado y arqueó la espalda para evitar que le rompiera el brazo, empujando las caderas hacia atrás y con las piernas abiertas para mantener el equilibrio.

Sintió que se sofocaba por la furia y la vergüenza.

—Puedo hacer lo que quiera —continuó con voz fría—. ¿Podrías detenerme, Brianna? Contéstame. —Le volvió a agarrar el cuello y apretó.

—¡No!

La dejó en libertad. Fue tan repentino que tuvo que apoyar una mano para no darse un golpe con la cara en el suelo.

Se quedó tumbada en la paja, jadeando y sollozando. Un fuerte mugido sonó junto a su cabeza; *Magdalena*, animada por el ruido, había sacado la cabeza de su casilla para observar. Con lentitud y dolor, se enderezó hasta sentarse.

Su padre la observaba con los brazos cruzados.

—¡Maldito seas! —Jadeó. Golpeó con fuerza el heno—. ¡Quiero matarte!

Permaneció inmóvil, mirándola.

—Ajá —dijo con calma—. Pero no puedes.

Lo miró sin entender nada. Y se encontró con una mirada carente de furia y de burla. Su padre esperaba.

—No puedes —repitió él, haciendo énfasis en las palabras.

Y entonces se dio cuenta de inmediato.

—No —dijo—. No puedo, no puedo. Aunque hubiera luchado con él... no hubiera podido.

De pronto comenzó a llorar y la tensión se relajó mientras la invadía un alivio que era bienvenido. No había sido su culpa. Aunque hubiera peleado con todas sus fuerzas... tal y como había hecho ahora...

—No hubiera podido detenerlo —comentó, tragando con fuerza y jadeando para poder recuperar el aliento—. Yo creía que si hubiera peleado... pero no habría servido de nada. No hubiera podido detenerlo.

Una mano grande y afectuosa le tocó la cara.

—Eres una muchacha muy valiente —susurró—. Pero no dejas de ser una niña. ¿Quieres dejar de pensar que eres cobarde por no luchar contra un león sólo con tus manos? Porque es lo mismo.

Brianna se limpió la nariz con el dorso de la mano y resopló.

Jamie le puso la mano bajo el codo y la ayudó a levantarse; su ayuda ya no era una amenaza ni una burla, sino un consuelo indescriptible. Le dolían las rodillas en los puntos en los que se las había rozado con el suelo. Le temblaban las piernas, pero consiguió llegar a una bala de heno, donde él dejó que se sentara.

—Podías habérmelo dicho antes, ¿sabes? —comentó—. Que no había sido culpa mía.

Sonrió un poco.

—Lo hubiera hecho. Pero no me habrías creído a menos que lo averiguaras por ti misma.

—Supongo. —Una profunda y pacífica debilidad la cubrió como si fuera una manta. Pero esta vez no tenía prisa por recuperarse.

Ella lo observó, demasiado débil para moverse mientras su padre le limpiaba la cara, le arreglaba las faldas y le daba de beber.

Cuando le entregó una nueva jarra de sidra, Brianna le puso una mano en el brazo. El hueso y el músculo le parecieron sólidos y tibios.

—Pudiste defenderte, pero no lo hiciste.

Le apretó la mano y luego se la soltó.

—No, no luché —dijo en voz baja—. Había dado mi palabra, por la vida de tu madre. Y no lo lamento. —Su mirada era directa; no era como el hielo ni como el zafiro, sino clara como el agua.

La cogió por los hombros y la recostó sobre el heno.

—Descansa un rato, *a leannan*.

Se acostó y estiró una mano para tocarlo.

—¿Es verdad... que no lo olvidaré?

Estaba arrodillado a su lado y esperó un momento antes de responder, con una mano sobre su cabello.

—Sí, es verdad —respondió suavemente—. Pero también es cierto que con el tiempo no te importará.

—¿No? —Estaba demasiado cansada para seguir preguntándole. Se sentía ingrávida, extrañamente lejana, como si ya no formara parte de su molesto cuerpo—. ¿Aunque no sea lo bastante fuerte como para matarlo?

Una corriente fría que entró por la puerta abierta empujó la niebla tibia del humo e hizo que todos los animales se agitaran. La vaca moteada se movió, irritada, y emitió un mugido, no tanto de aflicción como de queja.

Su padre lanzó una mirada a la vaca, antes de volverse hacia ella.

—Eres una mujer muy fuerte, *a bheanachd* —dijo por fin, en voz muy baja.

—No lo soy. Me lo acabas de demostrar, no soy...

Una mano en el hombro la detuvo.

—No es eso lo que quería decirte —afirmó pensativo mientras le acariciaba el cabello una y otra vez—. Jenny tenía diez años cuando murió nuestra madre. Y al día siguiente del funeral la encontré en la cocina, de rodillas sobre un taburete para poder mezclar el contenido del cuenco que se encontraba sobre la mesa. Llevaba el delantal de mi madre —comentó en voz baja—, y se lo había atado con dos vueltas a la cintura. Había estado llorando como yo, ya que tenía la cara manchada y los ojos rojos. Pero siguió mezclando con la mirada centrada en el cuenco y me dijo: «Ve a lavarte, Jamie, voy a hacer la comida para ti y para papá.»

Cerró los ojos y tragó con fuerza. Luego los abrió y la volvió a mirar.

—Sé lo fuertes que pueden llegar a ser las mujeres —intervino en voz baja—. Y tú eres muy fuerte para lo que hay que hacer, *m'annsachd*, créeme.

Se puso en pie y fue a ocuparse de la vaca que se había levantado y se movía inquieta en un pequeño círculo, tambaleándose y arrastrando las patas con su ronzal. La agarró por la cuerda, la calmó con caricias y palabras, y se puso detrás de ella, con el ceño fruncido por la concentración. Vio cómo volvía la cabeza y buscaba su daga, para darse la vuelta de nuevo mientras murmuraba.

No era un carnicero cariñoso, no. A su manera, era un cirujano, como su madre. Desde la lejanía, podía ver lo mucho que sus padres se parecían en un aspecto, a pesar de lo diferentes que eran en cuanto a temperamento y formas: la extraña habilidad que tenían para mezclar la compasión con la pura crueldad.

Pero incluso en eso eran diferentes, pensó. Claire podía sostener la vida y la muerte a la vez en sus manos y todavía mantener cierto desapego; un médico debía seguir viviendo por sus pacientes, si no era por sí mismo. Jamie sería tan cruel consigo mismo como lo sería con cualquier otra persona, o incluso más.

Se había quitado la capa y ahora se estaba despojando de la camisa sin prisa, pero sin pausa. Se pasó el lino pálido por la cabeza y lo dejó a un lado, volviendo a su lugar detrás de la vaquilla, listo para ayudarla.

Una prolongada onda recorrió el costado redondeado de la vaca y la luz del farol iluminó el diminuto nudo cicatrizal sobre su corazón. ¿Descubrir su desnudez? Jamie se despellejaría a sí mismo si lo considerara necesario. Y en un pensamiento mucho más incómodo, se le ocurrió que le haría lo mismo a ella sin vacilar, si tuviera que hacerlo.

Colocó una mano en la cola de la vaca y habló en gaélico para darle ánimo. Brianna entendía casi todas sus palabras.

Todo podía salir bien, o no. Pero con independencia de lo que sucediera, Jamie Fraser estaría allí, luchando. Y eso era un alivio.

Jamie se detuvo junto a la valla superior del cercado, en la elevación que había sobre la casa. Estaba cansado y era tarde, pero su mente hacía que todavía estuviera despierto. El parto había terminado y había llevado a Brianna en sus brazos hasta la cabaña, dormida como un niño. Había vuelto a salir para tranquilizarse en la soledad de la noche.

Le dolían las espinillas debido a las patadas y tenía unos hematomas enormes en los muslos, ya que era sorprendentemente fuerte para ser una mujer. De hecho, eso no le molestaba, sino que, por el contrario, sentía un curioso e inesperado orgullo. «Ella estará bien —pensó—. Seguro que sí.»

Había más esperanza que seguridad detrás de aquel sentimiento. Aun así, era su propio relato lo que le mantenía en vela, y se sintió inquieto y estúpido al darse cuenta. Creía que estaba curado, que las viejas heridas habían quedado tan atrás que podía olvidarlas. Pero estaba equivocado, y le molestaba ver cuán cerca de la superficie estaban enterrados los recuerdos.

Si quería descansar aquella noche, tendría que desenterrarlos; tendría que llamar a los fantasmas para eliminarlos. Bueno, le había dicho a la muchacha que hacía falta fuerza. Se detuvo y agarró la valla.

El susurro de los sonidos nocturnos se desvaneció poco a poco de su mente mientras esperaba escuchar la voz. Hacía años que no lo hacía, y creía que no volvería a hacerlo, pero ya había oído su eco una vez aquella noche. Había visto la llamarada del fantasma de la ira en los ojos de su hija y había sentido sus llamas chamuscando su propio corazón.

Era mejor convocarla y enfrentarse a ella directamente que dejar que le tendiera una emboscada. Si no se enfrentaba a sus propios demonios, no podría derrotar a los de Brianna. Se tocó un hematoma de su muslo y encontró cierto consuelo en el dolor.

«Nadie se muere por eso. Ni tú, ni yo», le había dicho.

Al principio, la voz no acudió. Por un instante, esperó que no lo hiciera... quizá había transcurrido suficiente tiempo... pero entonces apareció otra vez, susurrándole al oído como si nunca hubiera desaparecido. Esas insinuaciones le quemaban en su memoria como si estuvieran grabadas en su piel.

«Suave al principio. Suave. Tierno como si fueras mi hijo pequeño. Suave y prolongado hasta que olvides que hubo un tiempo en que yo no poseía tu cuerpo.»

La noche lo rodeaba, inmóvil, detenida de la misma manera en la que el tiempo se había detenido hace tanto tiempo, situada en el borde de un abismo de terror, esperando. Esperando las siguientes palabras, conocidas y esperadas, pero aun así...

«Y entonces —seguía diciendo la voz cariñosa—, entonces haré que te duela mucho. Y me darás las gracias y me pedirás más.»

Permaneció inmóvil mirando las estrellas. Rechazó la llamarada de furia que le murmuraba al oído, el latido del recuerdo en su sangre. Entonces se rindió y dejó que lo embistiera. Tembló al recordar su impotencia y apretó los dientes con furia... pero observó, sin parpadear, el brillo del cielo, invocando los nombres de las estrellas a modo de oración, abandonándose a la inmensidad mientras buscaba su propia liberación.

«Betelgeuse. Sirio. Orión. Antares. El cielo es muy grande y tú eres muy pequeño.» Dejó que las palabras, la voz y su recuerdo lo atravesaran, haciendo que su piel temblara como el tacto de un fantasma que se desvanece en la oscuridad.

«Las Pléyades. Casiopea. Tauro. El cielo es muy grande y tú eres muy pequeño.» Estaba muerto, pero a pesar de ello, seguía siendo fuerte. Estiró las manos sobre la valla; sus manos también eran fuertes, lo suficiente como para golpear a un hombre hasta la muerte, para arrebatar una vida. Pero ni la muerte era suficiente para eliminar la furia.

La soltó con mucho esfuerzo. Puso las palmas hacia arriba como un gesto de rendición. Estiró las manos hacia las estrellas, buscando. Las palabras se formaron en silencio en su mente, por hábito; lo hicieron de una manera tan silenciosa que no fue consciente de ellas hasta que resonaron en un susurro en sus labios.

—«... Perdona nuestras ofensas, igual que nosotros perdonamos a los que nos ofenden.»

Respiró una y otra vez, luchando contra los recuerdos.

—«No nos dejes caer en la tentación, mas líbranos del mal.»

Esperó en el vacío, con fe, hasta que llegó la paz. La visión necesaria para calmarlo: el recuerdo del rostro de Jack Randall en Edimburgo, destruido por la muerte de su hermano. Y una vez más, sintió el don de la piedad mientras la calma se apoderaba de su ser.

Cerró los ojos y advirtió que las heridas volvían a sangrar limpias mientras el súcubo retiraba sus zarpas y liberaba su corazón.

Suspiró y dio la vuelta a las manos, de manera que podía sentir la áspera madera, reconfortante y sólida; el demonio se había marchado. Sólo era un hombre, Jack Randall, nada más. Y ante el reconocimiento de la fragilidad compartida por los seres humanos, todo el poder del miedo y el dolor del pasado se desvanecían como el humo.

Hundió los hombros, liberados de su carga.

—Ve en paz —susurró al hombre muerto y a sí mismo—. Estás perdonado.

Los sonidos de la noche habían regresado; se oyó el maullido agudo de un gato montés y las hojas crujieron con suavidad bajo sus pies mientras recorría el camino de vuelta a la casa. El cuero engrasado que cubría la ventana brillaba en la oscuridad, debido a la vela que había dejado encendida por si Claire regresaba. Su santuario.

Pensó que tal vez debió decirle todo eso a Brianna... pero no. No hubiera podido entender lo que le había dicho, tenía que mostrárselo. ¿Cómo decirle con palabras lo que había aprendido a través del dolor y la gracia? Que sólo perdonando podría olvidar, y que el perdón no era un simple acto, sino un asunto de práctica constante.

Quizá ella podría encontrar esa gracia por sí misma. Tal vez aquel desconocido Roger Wakefield podría ser su santuario, como Claire había sido el suyo. Sus celos naturales de hombre se disolvieron por el apasionado deseo de que el tal Roger Wakefield pudiera darle a Brianna lo que él no podía. Rogaba a Dios que llegara pronto y que fuera un hombre decente.

Mientras tanto, había que lidiar con otras cosas. Bajó lentamente la colina, ajeno al viento que le agitaba el kilt alrededor de las rodillas y hacía que la camisa y la capa aumentaran de volumen. Había cosas que hacer; se acercaba el invierno y no podía dejar a sus mujeres solas con tan sólo la compañía de Ian para cazar y defenderlas. No podía marcharse a buscar a Wakefield.

Pero ¿y si Wakefield no llegaba? Bueno, habría otras maneras de proteger a Brianna y a su criatura. Al menos, su hija estaba a salvo del hombre que la había lastimado. A salvo para siempre. Se frotó la cara con una mano que todavía olía a la sangre del ternero.

«Perdona nuestras ofensas, igual que nosotros perdonamos a los que nos ofenden.» Sí, pero ¿qué ocurría con aquellos que ofenden a los que nosotros amamos? No podía perdonar en nombre de otro... y no lo haría si pudiera. Pero de lo contrario... ¿cómo podría ser perdonado?

Educado en las universidades de París, confidente de reyes y amigo de filósofos, seguía siendo un montañés de las Highlands, nacido de la sangre y el honor. El cuerpo de un guerrero y la mente de un caballero... y el alma de un bárbaro, pensó con ironía, para quien ni la ley de Dios ni la de los hombres era más sagrada que los lazos de la sangre.

Sí, el perdón existía y Brianna debía encontrar la forma de perdonar a aquel hombre por su propio bien. Pero para él, el asunto era diferente.

—«La venganza es mía, dijo el Señor» —susurró para sí mismo. Luego levantó la vista, lejos del pequeño resplandor de la chimenea y el hogar, hacia la gloria ardiente de las estrellas—. Y una mierda —dijo en voz alta, avergonzado, pero desafiante. Sabía que era desagradecido, que estaba mal, pero no tenía sentido engañarse ni mentir a Dios—. El infierno —repitió más alto—. Y si soy condenado por lo que hice... ¡Que así sea! Es mi hija.

Permaneció inmóvil un momento mientras miraba hacia el cielo, pero no recibió respuesta del firmamento. Asintió, como si le contestaran y siguió colina abajo con el viento frío dándole en la espalda.

49

Opciones

Noviembre de 1769

Abrí la caja de instrumentos del doctor Rawlings y contemplé la hilera de botellitas; los suaves colores verdes y castaños pertenecían a las raíces y a las hojas aplastadas, y el dorado claro a las destilaciones. No había nada que me resultara útil. Poco a poco, abrí la tapa que guardaba los cuchillos.

Saqué el escalpelo de hoja curva mientras sentía el frío metal en la parte posterior de mi garganta. Era un bello instrumento, bien afilado y fuerte, bien equilibrado, parte de mi mano cuando quería que lo fuera. Lo balanceé en el extremo de mi dedo, dejando que oscilara con suavidad hacia delante y hacia atrás.

Lo dejé sobre la mesa y cogí la raíz larga y gruesa. Parte del tallo seguía pegado y los restos de las hojas colgaban flácidos y amarillos. Sólo una; había buscado en el bosque durante casi dos semanas, pero el año estaba tan avanzado que las hojas de las hierbas más pequeñas habían amarilleado y se habían caído. Era imposible reconocer plantas que se habían convertido en palos marrones. Había encontrado aquélla en un rincón protegido, y algunos de sus frutos característicos aún colgaban del tallo. Raíz india, estaba segura. Pero sólo una. No era suficiente.

Las especies de hierbas no eran las mismas que las europeas. No había eléboro ni ajenjo. Tal vez podría conseguir este último, que se usaba para aromatizar la absenta, pero sería difícil.

—Pero ¿quién hace absenta en Carolina del Norte? —pregunté en voz alta, cogiendo nuevamente el escalpelo.

—Nadie que yo conozca.

Me sobresalté y la hoja penetró profundamente en mi dedo pulgar. La sangre se extendió por la mesa y me cubrí el dedo con el delantal, presionando la herida con fuerza, como en un acto reflejo.

—¡Sassenach! ¿Estás bien? No quería asustarte.

Aún no me dolía mucho, pero la sorpresa de la súbita herida hizo que me mordiera el labio. Preocupado, Jamie tomó mi muñeca y levantó el borde de la tela. La sangre desbordó la herida y descendió por mi muñeca mientras volvía a poner el paño en su lugar y lo apretaba con fuerza.

—Está bien, es sólo un corte. ¿De dónde vienes? Creía que estabas todavía en la destilería. —Tenía temblores, quizá por el susto.

—Allí estaba. Pero todavía la malta no está lista. Estás sangrando como un cerdo, Sassenach. ¿Estás segura de que estás bien? —Sangraba mucho; además de las gotas de sangre en la mesa, el extremo de mi delantal estaba empapado.

—Sí, probablemente me he seccionado una vena. Pero no una arteria, ya se detendrá. Sostenme la mano levantada, ¿quieres? —Me solté el delantal con una mano. Jamie me lo quitó de un tirón, me envolvió la mano y sujetó el bulto por encima de mi cabeza.

—¿Qué hacías con ese cuchillo? —preguntó, observando el escalpelo, que se encontraba junto a la raíz india.

—Ah... iba a cortar esa raíz —dije, haciendo un gesto débil.

Me lanzó una mirada penetrante, volvió la mirada hacia el aparador, donde mi cuchillo pelador estaba a la vista y volvió a mirarme con las cejas enarcadas.

—¿Sí? Nunca te había visto usarlos —comentó, señalando los escalpelos y los bisturíes—, salvo con la gente.

Me tembló la mano bajo la suya y me presionó el pulgar con más fuerza, haciendo que me quedara sin aliento debido al dolor. Aflojó la presión y me miró fijamente con el ceño fruncido.

—¿Qué sucede, Sassenach? Parece que te hubiera sorprendido a punto de cometer un crimen.

Sentía los labios rígidos y entumecidos. Solté mi pulgar y me senté, sosteniendo el dedo herido contra mi pecho con la otra mano.

—Estaba... decidiendo —respondí de mala gana. No sabía mentir y tarde o temprano lo iba a saber, si Bree...

—¿Decidiendo qué?

—Sobre Bree. Cuál es la mejor forma de hacerlo.

—¿Hacer qué? —Alzó las cejas. Lanzó una mirada a la caja, luego al escalpelo y una súbita comprensión le inundó el rostro—. ¿Quieres decir...?

—Si ella quiere que lo haga. —Toqué el cuchillo con la pequeña hoja manchada por mi propia sangre—. Se puede hacer con hierbas o con esto. Las hierbas tienen riesgos desagradables: convulsiones, daños cerebrales y hemorragias, pero ahora eso no importa, porque no tengo las necesarias.

—Claire, ¿lo has hecho alguna vez?

Levanté la vista y lo vi mirándome de un modo desconocido para mí... con horror. Apoyé las manos sobre la mesa, para evitar que siguieran temblando. No pude hacer lo mismo con la voz.

—¿Si lo hubiera hecho, sería diferente para ti?

Me contempló durante un momento y luego se sentó en la silla de enfrente, con tranquilidad, como si tuviera miedo de romper algo.

—No lo has hecho —dijo suavemente—. Lo sé.

—No, es cierto. —Contemplé su mano, que cubría la mía—. No, nunca lo he hecho.

Pude sentir que la tensión abandonaba su mano; se relajó y se curvó sobre la mía, envolviéndola. Pero la mía estaba flácida bajo la suya.

—Sabía que no serías capaz de matar —comentó.

—Lo soy. Y lo hice. —No levanté la vista para mirarlo, sino que hablé con la mirada fija en la mesa—. Maté a un hombre, un paciente que tenía a mi cargo. Ya te he hablado de Graham Menzies.

Permaneció en silencio un momento, pero sostuvo mi mano y la apretó con suavidad.

—Creo que no es lo mismo —afirmó finalmente—. Ayudar a un hombre que desea la muerte... a mí me parece misericordia, no asesinato. Y tal vez, también sea un deber.

—¿Deber? —Lo miré sorprendida. El *shock* había desaparecido de sus ojos, pero mantenía una expresión solemne.

—¿No recuerdas Falkirk Hill y la noche en la que Rupert murió en la capilla?

Asentí. No era algo fácil de olvidar... la fría oscuridad de la pequeña iglesia, los sonidos espeluznantes de las gaitas y la batalla en el exterior. En el interior, el aire viciado por el sudor de hombres asustados y Rupert muriendo poco a poco en el suelo a mis pies, ahogándose con su propia sangre. Había pedido a Dougal MacKenzie, como amigo y jefe, que lo acelerara... y Dougal lo había hecho.

—Creo que es el deber del médico —comentó Jamie con dulzura—. Juraste que curarías, pero si no puedes y puedes evitar que un hombre sufra...

—Sí —respiré profundamente y apreté el escalpelo—. Juré, pero esto se encuentra más allá del juramento de un médico. Jamie, ella es mi hija. Yo haría cualquier cosa por ella, incluso esto. —Lo miré con los ojos llenos de lágrimas—. ¿Crees que no lo he pensado? ¿Que no conozco los riesgos? ¡Jamie, podría matarla! —Me quité la tela del pulgar herido; aún sangraba—. Mira, no debería sangrar tanto, pero lo hace. Me he cortado una vena. Podría hacer lo mismo con Brianna y no saberlo hasta que comenzara a sangrar y... entonces no podría detener la hemorragia. Se moriría y no habría nada que yo pudiera hacer. ¡Nada!

Me miró con los ojos más oscuros por la impresión.

—¿Cómo puedes pensar en hacer eso, sabiendo lo que puede suceder? —Su tono era de incredulidad.

Inspiré temblorosa y sentí que me invadía la desesperación. No había manera de hacer que comprendiera.

—Porque sé otras cosas —dije en voz baja, sin mirarlo—. Sé lo que es criar un hijo. Sé lo que es que te cambien el cuerpo, la mente y el alma sin que uno quiera. Yo sé lo que es que ocupen un lugar que creías tuyo, que elijan por ti. Sé lo que es, ¿me oyes?

Y es algo que nadie debe hacer si no quiere. —Levanté la vista y lo miré con el puño cerrado—. Y tú sabes lo que yo no sé, sabes lo que es vivir con la violación. ¿Quieres decirme que si yo hubiera podido contarte eso, antes de Wentworth, no me hubieras dejado hacerlo pese a los riesgos? ¡Jamie, puede ser el hijo del violador!

—Sí, lo sé —contestó, y se detuvo, demasiado afectado para seguir—. Lo sé —volvió a repetir, y los músculos de su mandíbula sobresalieron al forzar las palabras—. Pero sé otra cosa: si no puedo conocer a su padre, conozco a su abuelo. ¡Claire, esa criatura tiene mi sangre!

—¿Tu sangre? —repetí. Lo contemplé comprendiendo la verdad—. ¿Deseas tanto un nieto como para sacrificar a tu hija?

—¿Sacrificar? ¡Yo no soy el que pensaba matarla a sangre fría!

—Las abortistas del hospital des Anges no te suponían ningún problema. Decías que sentías lástima por las mujeres a las que ayudaban.

—¡Aquellas mujeres no tenían elección! —Demasiado agitado para sentarse, se levantó y paseó inquieto de un lado a otro frente a mí—. No tenían a nadie que las protegiera, no tenían manera de alimentar a un niño... ¿qué otra cosa podían hacer aquellas criaturas? Pero ¡no es el caso de Brianna! Nunca dejaré que pase hambre o frío, nunca dejaré que nada le haga daño a ella o a su hijo. ¡Nunca!

—¡Eso no lo es todo!

Me miró con terquedad, sin comprender.

—Si tiene el hijo no se podrá ir —dije, vacilante—. No podrá, salvo que se separe de la criatura.

—¿Por eso quieres separarla ahora?

Me encogí, como si me hubiera golpeado.

—Tú quieres que ella se quede —comenté—. No te importa que tenga una vida en otro lugar, que quiera regresar. Si se queda y, mejor aún, si te da un nieto... no te importará lo que suceda con ella, ¿no?

Le tocó a él echarse hacia atrás, como si lo hubieran golpeado, pero entonces se volvió y me miró de frente.

—¡Claro que me importa! Eso no quiere decir que me parezca bien que la obligues a...

—¿Qué quieres decir con que la obligue? —La sangre quemaba mi rostro—. ¿Crees que quiero hacer eso? ¡No! Pero ¡tendrá la posibilidad de elegir!

Tuve que juntar las manos para que dejaran de temblar. El delantal había caído al suelo, manchado de sangre, recordándome de una manera demasiado vívida los quirófanos y los campos de batalla... así como los terribles límites de mi propia destreza. Podía sentir sus ojos fijos en mí, entornados y ardientes. Sabía que estaba tan afectado como yo. Le importaba desesperadamente lo que le pasara a Bree, pero ahora que le había dicho la verdad, los dos teníamos que asumirla: privado de su propia hija y viviendo tanto tiempo en el destierro, no había nada que deseara más que una criatura de su propia sangre.

No podía detenerme y lo sabía. No estaba acostumbrado a sentirse indefenso y no le gustaba. Se volvió con brusquedad apoyando los puños en el aparador.

Nunca me había sentido tan desolada y con tanta necesidad de que me comprendiera. ¿Es que no se daba cuenta de que la perspectiva era tan terrible para mí como para él? Peor, porque era yo la que lo tenía que hacer.

Me acerqué por detrás y le puse una mano en la espalda. Se quedó inmóvil y lo acaricié suavemente, consolándome con el mero hecho de su presencia, de su sólida fuerza.

—Jamie. —Mi pulgar dejó una pequeña mancha en el lino de su camisa—. Todo va a salir bien. Estoy segura de que será así. —Hablaba para convencerlo a él tanto como a mí. No se movió y me atreví a poner mi mano en su cintura y a apoyar mi mejilla sobre su hombro. Quería que se diera la vuelta y me abrazara, que me asegurara que, de alguna manera, estaría bien... o al menos que no me culpara de lo que ocurriera.

Se movió bruscamente y apartó mi mano.

—Confías mucho en tu poder, ¿no? —preguntó con frialdad, volviéndose para mirarme a la cara.

—¿Qué quieres decir con eso?

Me agarró la muñeca con una mano y la sujetó contra la pared sobre mi cabeza. Podía sentir el hilillo de sangre por mi muñeca, fluyendo desde el pulgar.

—¿Crees que eres la única que decide? ¿Que la vida y la muerte están en tus manos? —Sentía los pequeños huesos de mi mano chocando entre ellos, y me tensé mientras trataba de soltarme.

—¡No soy yo quien decide! Pero si ella dice que sí, entonces es mi poder. Y sí, lo voy a usar. Igual que lo haces tú cuando tienes que hacerlo. —Cerré los ojos para luchar contra el miedo. No me haría daño, ¿no? Fui consciente de que podía detenerme si me rompía la mano...

Con mucha lentitud, inclinó la cabeza y apoyó su frente sobre la mía.

—Mírame, Claire —dijo en voz muy baja.

Abrí los ojos y lo miré. Sus ojos se hallaban a apenas un centímetro; podía ver los diminutos rayos dorados junto al centro de su iris y los aros negros que lo rodeaban. Mis dedos resbalaban debido a la sangre.

Me soltó la mano para tocarme con cuidado el pecho, acunándolo un instante.

—Por favor —susurró, y luego se fue.

Me quedé inmóvil contra la pared y luego me deslicé poco a poco hasta el suelo, formando una burbuja con mis faldas mientras el corte del pulgar palpitaba con el latido de mi corazón.

Estaba tan molesta por la discusión con Jamie que no podía concentrarme en nada, así que me puse la capa y salí a caminar por el Cerro. Evité el sendero que conducía a la cabaña de Fergus y caminé hacia la carretera. No quería arriesgarme a encontrarme con nadie.

Hacía frío y estaba nublado, y, entre las ramas desnudas, caía una ligera lluvia de manera intermitente. El aire era pesado por la fría humedad; si la temperatura descendía unos grados más, nevaría. Si no era aquella noche, sería mañana... o la semana siguiente. En un mes, como máximo, el Cerro quedaría aislado de las tierras bajas.

¿Tendría que llevar a Brianna a Cross Creek? Decidiera tener a la criatura o no, ¿estaría más segura allí?

Me moví entre capas de hojas húmedas y amarillas. No. Mi impulso era pensar que la civilización tenía que ofrecer alguna ventaja, pero no era cierto en este caso. No había nada que Cross Creek pudiera ofrecer y que pudiera ser verdaderamente útil en caso de una emergencia obstétrica; de hecho, podría estar en verdadero peligro a manos de los médicos de la época.

No, decidiera lo que decidiera, estaría mejor aquí, conmigo. Me envolví en la capa y traté de calentar mis dedos, para sentir cierta seguridad en el tacto.

«Por favor», me había dicho. Por favor, ¿qué? Por favor, no le preguntes a ella, por favor, no lo hagas si te lo pide. Pero debía hacerlo. Juro por Apolo, médico... no tallaré cálculos, no administraré abortivo alguno... Había hecho un juramento, pero Hipócrates no había sido cirujano, ni mujer, ni madre. Tal y como le había dicho a Jamie, mi juramento era con algo más antiguo que Apolo, el médico... y era un juramento de sangre.

Nunca había practicado un aborto, pero había adquirido cierta experiencia en el hospital como residente, en el cuidado posterior a una pérdida. En las escasas ocasiones en las que una paciente me lo había pedido, la había enviado a un colega. No tenía una objeción absoluta. Había visto demasiadas mujeres muertas en cuerpo o espíritu a causa de hijos inoportunos. Si era matar (y lo era), se me ocurrió que no era asesinato, sino un homicidio justificable, llevado a cabo en una desesperada defensa propia.

Al mismo tiempo, me sentía incapaz de hacerlo. El sentido de cirujano que me proporcionaba el conocimiento de la carne bajo mis manos también me daba un profundo conocimiento del contenido vivo del útero. Podía tocar el vientre de una mujer embarazada y sentir el latido del segundo corazón con la punta de mis dedos; podía recorrer, sin verla, la curva de las extremidades y la cabeza, y el rizo serpenteante del cordón umbilical con su torrente de sangre, roja y azul.

Nunca pude hacerlo. Al menos hasta ahora. Y ahora tenía que pensar que iba a matar a mi propia sangre.

¿Cómo? Tendría que ser de manera quirúrgica. Era evidente que el doctor Rawlings no había llevado a cabo semejantes procedimientos; no tenía «cuchara» uterina para rascar el útero, ni ninguna barra delgada para dilatar la cérvix. No obstante, me las arreglaría. Una de las agujas de tejer, con la punta roma; el escalpelo, doblado en una ligera curva, con su filo mortal lijado para la delicada (e igualmente mortal) tarea de rascar.

¿Cuándo? Ahora. Si había que hacerlo, tenía que ser lo más pronto posible; ya habían pasado casi tres meses y, además, no podía estar con Jamie en la misma habitación hasta que se resolviera este tema. No quería sentir su angustia, añadida a la mía.

Brianna había llevado a Lizzie a casa de Fergus para que se quedara ayudando a Marsali, que tenía que ocuparse de la destilería, del pequeño Germaine y del trabajo de la granja que Fergus no podía realizar con una sola mano. Eran muchas tareas para una muchacha de dieciocho años, pero se las arreglaba con empeño y gracia. Lizzie podía ayudarla en la faena de la casa y cuidando al pequeño para que su madre descansara un poco.

Brianna regresaría a comer. Ian estaba fuera cazando con *Rollo*. Jamie... aunque no hubiera dicho nada, no regresaría pronto. Íbamos a tener tiempo para nosotras.

Pero ¿sería el momento adecuado para formular una pregunta así, después de ver el rostro angelical de Germaine? Aunque, pensándolo bien, estar en contacto con un niño de dos años tal vez era la mejor manera de advertir sobre los peligros de la maternidad, pensé con ironía.

Algo más relajada por el ligero toque de humor, me volví y me envolví con la capa para protegerme del viento cada vez más intenso. Mientras descendía por la colina, vi el caballo de Brianna en el establo. Estaba en casa. Con un nudo en el estómago, fui a plantearle la posibilidad.

—Lo pensé —dijo con un profundo suspiro—. Tan pronto como me di cuenta. Y me pregunté si podrías hacer algo aquí.

—No será fácil. Puede ser peligroso y te puede doler. Ni siquiera tengo láudano, sólo whisky. Pero sí, puedo hacerlo si tú quieres que lo haga. —Me obligué a permanecer inmóvil en mi asiento mientras observaba cómo paseaba lentamente frente a la chimenea, reflexionando con las manos en la espalda—. El procedimiento debe ser quirúrgico —confirmé, incapaz de quedarme quieta—, ya que no tengo las hierbas adecuadas, y de todos modos no son tan fiables. Al menos, la cirugía... es segura. —Había dejado el escalpelo sobre la mesa; no quería que se hiciera falsas ilusiones en cuanto a lo que le estaba sugiriendo. Asintió y siguió dando vueltas. Igual que Jamie, pensaba mejor caminando.

Me bajó un hilillo de sudor por la espalda, y me estremecí. Aunque el fuego estaba encendido, seguía teniendo los dedos helados. Por Dios, incluso si lo deseaba, ¿sería capaz de hacerlo? Comenzaron a temblarme las manos por la tensión de la espera.

Por último se volvió, y sus ojos, con sus abundantes cejas rojizas, se dirigieron hacia mí.

—¿Lo hubieras hecho? ¿Si hubieras podido?

—¿Si hubiera podido...?

—Una vez dijiste que cuando estabas embarazada me odiabas. Si hubieras podido...

—¡No a ti! —solté, horrorizada—. Nunca. —Junté las manos para ocultar el temblor que me sacudía—. No —dije, de la manera más positiva que pude—. Nunca.

—Lo dijiste —intervino, mirándome con intensidad—. Cuando me hablaste sobre Pa.

Me pasé una mano por la cara, intentando centrarme. Sí, se lo había dicho. Idiota de mí.

—Era una época terrible, nos moríamos de hambre y estábamos en guerra, el mundo se destruía. —¿El de ella no? Parecía que no había esperanzas; tenía que dejar a Jamie y el hecho de pensarlo borraba todo lo demás de mi mente. Pero había algo más —comenté.

—¿Qué?

—No eras fruto de una violación —afirmé con calma, mirándola a los ojos—. Yo amaba a tu padre.

Asintió con el rostro algo pálido.

—Sí, pero puede ser de Roger. Tú lo dijiste, ¿no?

—Sí. Puede ser. ¿La posibilidad es suficiente para ti?

Con delicadeza, puso una mano en su vientre, curvando sus largos dedos.

—Sí. Bien, no sé, pero... —Se detuvo de repente, y me miró, súbitamente avergonzada—. No sé qué te parecerá, pero... —Se encogió de hombros, alejando las dudas—. Pocos días después, por la noche, sentí un dolor rápido que me despertó, como si alguien me clavara algo muy profundo. —Sus dedos se curvaron en el lado derecho, justo encima del hueso púbico.

—Implantación —dije con tranquilidad—, cuando el cigoto echa raíces en el útero. Cuando se forma el primer lazo entre la madre y la criatura. Cuando la pequeña entidad ciega, única en su unión de óvulo y esperma, echa el ancla en el peligroso viaje inicial de su breve existencia en el cuerpo y empieza su laboriosa tarea de división, extrayendo sustento de la carne en la que se incrusta, en una conexión que no pertenece a ninguna de las partes, sino a ambas. Un vínculo que no se puede cortar si no es mediante el nacimiento o la muerte.

Asintió.

—Fue una sensación rara. Estaba medio dormida, pero de pronto supe que no estaba sola. —Curvó los labios en una pequeña sonrisa que evocaba el milagro—. Y dije —sus ojos se posaron sobre los míos, aún iluminados por la sonrisa—: «Ah, eres tú», y me volví a quedar dormida. —Puso la otra mano sobre la primera, creando una barricada sobre su vientre—. Creí que era un sueño. Fue bastante antes de saberlo. Pero lo recuerdo a la perfección. No fue un sueño, ya que lo recuerdo.

Yo también lo recordaba.

Bajé la vista y lo que vi bajo mis manos no fue la mesa de madera ni la brillante hoja, sino la piel opalina y la perfecta cara dormida de mi primer bebé, Faith, con unos ojos rasgados que nunca se abrieron.

Levanté la vista hacia los mismo ojos, ahora abiertos y llenos de conocimiento. También vi a ese bebé, mi segunda hija, llena de vida, rosa y arrugada, sonrojada por la furia ante las indignidades del nacimiento, tan diferente a la tranquila quietud de la primera e igual de magnífica en su perfección.

Había recibido dos milagros, los había llevado bajo mi corazón, habían nacido de mi cuerpo, los había sostenido en mis brazos, separados de mí y parte de mí para siempre. Sabía demasiado bien que ni la muerte, ni el tiempo, ni la distancia alteraban jamás semejante unión... porque esa unión me había cambiado a mí, esa misteriosa conexión me había hecho que fuera diferente para siempre.

—Sí, comprendo —comenté. Y luego añadí—: ¡Ay, Bree! —Esperaba saber lo que implicaría para ella su decisión.

Me observaba con un gesto de preocupación y me di cuenta de que podía creer que era yo quien lamentaba haberla traído al mundo.

Agobiada por la idea de que pudiera creer que no la había querido, o que había deseado en algún momento que no existiera, arrojé el escalpelo y me acerqué a ella.

—Bree —dije con temor al pensar en ello—. Brianna, te quiero. Sabes que te quiero, ¿no?

Asintió sin hablar y extendió una mano hacia mí. Me aferré a ella como a un salvavidas, como al cordón que una vez nos unió.

Cerró los ojos, y por primera vez vi las lágrimas que pendían de la delicada curva de sus gruesas pestañas.

—Eso lo he sabido siempre, mamá —susurró. Sus dedos apretaron mi mano mientras que con la otra se tocaba su vientre—. Desde el comienzo.

50

Cuando todo se descubre

A finales de noviembre, los días y las noches eran fríos y las nubes de lluvia comenzaban a aparecer por los cerros de las proximidades. Pero por desgracia, el tiempo no calmaba el temperamento de la gente y todos estaban inquietos por razones evidentes: no se sabía nada sobre Roger Wakefield.

Brianna todavía guardaba silencio sobre la causa de la pelea; en realidad, ya casi nunca mencionaba a Roger. Había tomado su decisión: sólo podía esperar y dejar que Roger tomara la suya si no lo había hecho ya. Sin embargo, yo podía ver en ella el miedo mezclado con la furia cuando creía que no la veían. Las dudas nos rodeaban a todos, como las nubes a las montañas.

¿Dónde estaba Roger? ¿Qué sucedería cuando (o si) finalmente apareciera?

Me tomé un respiro de la sensación de crispación que había anidado en nosotros y me dirigí a la despensa para buscar provisiones. El invierno casi había llegado. La búsqueda de comida había finalizado, habíamos recogido la cosecha y las conservas ya estaban preparadas. Las estanterías de la despensa estaban llenas de sacos de nueces, montones de calabacines, hileras de patatas, frascos de tomates secos, melocotones y albaricoques, cuencos de setas deshidratadas, queso y cestas de manzanas. Las ristras de cebollas y ajos y el pescado seco colgaban del techo, y los sacos de harina y judías, los barriles de carne y pescado salados, y los frascos de piedra con ensalada de col se encontraban en el suelo.

Hice un recuento de las provisiones como una ardilla contando nueces, y me sentí reconfortada por nuestra abundancia. No importaba lo que pasara, no nos moriríamos de hambre.

Salía de la despensa con un trozo de queso en una mano y un recipiente de judías secas en la otra cuando oí un golpe en la puerta. Antes de que pudiera contestar, la puerta se abrió y asomó la cabeza de Ian, que observó con atención.

—¿Brianna no está aquí? —preguntó. Como era evidente que no estaba, entró tratando de peinarse.

—¿Tienes un espejo, tía? —quiso saber—. ¿Y un peine?

—Sí, por supuesto —contesté. Dejé la comida, saqué mi espejito y mi peine de carey del cajón del aparador y se los entregué, levantando la vista para mirarlo.

Su rostro brillaba más de lo normal y sus esbeltas mejillas estaban sonrojadas, como si no sólo se hubiera afeitado, sino que también se hubiera frotado la piel hasta que quedara en carne viva. Su cabello, por lo general una mata abundante e indomable de un color castaño claro, ahora estaba peinado hacia atrás con alguna especie de grasa. Después de haberse aplicado la sustancia con generosidad, llevaba un descuidado tupé en la frente, que le daba el aspecto de un puercoespín trastornado.

—¿Qué llevas en el pelo, Ian? —pregunté. Lo olfateé y me eché hacia atrás.

—Grasa de oso —respondió—. Pero no olía muy bien, así que la he mezclado con un poco de jabón de incienso para que su aroma fuera más agradable. —Se observó críticamente en el espejo y se retocó un poco el pelo con el peine, que parecía poco apropiado para ese cometido.

Ian llevaba su mejor casaca, una camisa limpia y, algo extraño para un día de trabajo, una corbata limpia y almidonada alrededor del cuello, que parecía estrangularlo.

—Estás muy guapo, Ian —comenté, mordiéndome el labio para no reírme—. ¿Vas a ir a... a algún lugar especial?

—Bueno —contestó, incómodo—, como voy a declararme, pensé que debía estar decente.

¿Declararse?, pensé, intentando comprender el motivo de sus prisas. Aunque estaba muy interesado en las chicas (y había varias muchachas del distrito que le mostraban de manera abierta su interés), apenas tenía diecisiete años. Es evidente que los hombres también se casaban a aquella edad; además, Ian tenía sus propias tierras y su participación en la producción del whisky, pero no creía que sus sentimientos fueran suficientemente sólidos.

—Ya veo —dije—. ¿Y esa joven es alguien que yo conozco?

Se frotó la barbilla.

—Sí, claro. Es Brianna. —Se ruborizó un poco, sin mirarme.

—¿Cómo? —exclamé, incrédula. Dejé la rebanada de pan que sostenía y lo miré—. ¿Has dicho Brianna?

Seguía mirando al suelo, pero su mandíbula mostraba determinación.

—Brianna —repitió—. He venido a proponerle matrimonio.

—Ian, no puedes decirlo en serio.

—Sí —respondió mientras levantaba su barbilla cuadrada con determinación. Miró hacia la ventana y arrastró los pies—. ¿Crees que vendrá pronto?

Me llegó el intenso olor de su sudor nervioso, mezclado con el jabón y la grasa de oso, y vi que tenía los puños cerrados con tanta fuerza que los nudillos estaban blancos y contrastaban con su piel bronceada.

—¿Ian? —pregunté, con una mezcla de furia y ternura—. ¿Lo haces por el niño de Brianna?

La esclerótica de sus ojos centelleó al mirarme, sorprendido. Asintió, moviendo los hombros con incomodidad dentro de la rígida chaqueta.

—Sí, por supuesto —contestó, sorprendido por mi pregunta.

—Entonces, ¿no estás enamorado de ella? —Conocía la respuesta, pero era mejor hablarlo.

—Bueno... no —se expresó con dificultad, de nuevo ruborizado—. Pero no estoy comprometido con nadie —se apresuró a añadir—. Así que no pasa nada.

—No está bien —intervine con firmeza—. Ian, es un acto muy honorable por tu parte, pero...

—No es idea mía —me interrumpió, sorprendido—. El tío Jamie lo pensó.

—¿Qué? —Una voz fuerte y con un tono de incredulidad resonó a mis espaldas. Me volví y, en el umbral, vi a Brianna, que miraba fijamente a Ian y que avanzaba poco a poco con los puños en los costados mientras él retrocedía, tropezando con la mesa.

—Prima —comenzó, inclinando la cabeza; un mechón le tapó la cara y trató de peinarse, pero se escapaba y le colgaba sobre un ojo—. Yo... yo... —Al ver la expresión de Brianna cerró los ojos—. He venido a expresar mi deseo de pedir tu mano en santo matrimonio —dijo de un tirón, y emitió un jadeo audible—. Yo...

—¡Cállate!

Ian, que había abierto la boca para continuar, la cerró de inmediato. Entreabrió con cuidado un ojo, como alguien que examina una bomba que está a punto de estallar.

Bree nos miró, furiosa. Incluso en la sombría estancia, podía ver su boca apretada y el carmesí de sus mejillas. La punta de su nariz estaba roja, aunque no podía distinguir si era por el aire fresco del exterior o por el enfado.

—¿Sabías algo de esto? —me preguntó.

—¡Por supuesto que no! —exclamé—. Por el amor de Dios, Brianna... —Antes de que pudiera terminar mi frase, Brianna se volvió y salió por la puerta. Pude ver un rastro de sus faldas mientras iba a paso ligero por la ladera que conducía al establo. Me quité el delantal y lo lancé sobre una silla—. Mejor voy a buscarla —comenté.

—Yo también voy —se ofreció Ian, y no lo detuve. Podría necesitar refuerzos.

—¿Qué crees que hará? —quiso saber Ian, jadeando detrás de mí mientras yo apuraba el paso por la empinada cuesta.

—Sólo Dios lo sabe —intervine—. Pero tengo miedo de lo que podamos encontrar. —Estaba demasiado familiarizada con la expresión de furia de los Fraser. Ni Jamie ni Bree perdían el control con facilidad, pero cuando lo hacían era por completo.

—Me alegro de que no me haya golpeado —dijo Ian, agradecido—. Por un momento he pensado que lo haría.

Se apresuró con sus largas piernas y se puso a mi altura. Ya podíamos oír las voces que procedían de la portezuela abierta de la cuadra.

—¿Cómo diablos has obligado al pobre Ian a que hiciera algo así? —quería saber Brianna, indignada—. Nunca pensé que fueras tan arrogante y déspota...

—¿Pobre Ian? —preguntó Ian, evidentemente ofendido—. Pero ¿qué se cree...?

—¡Cómo! ¿Soy un déspota? —interrumpió la voz de Jamie. Parecía impaciente e irritable, pero todavía no estaba enfadado. Quizá llegaba a tiempo de impedir que el enfado aumentara. Eché un vistazo a través de la puerta del establo y los vi cara a cara, mirándose mutuamente por encima de un montón de estiércol medio seco—. ¿Y qué mejor elección tenía, quieres decirme? Deja que te diga, muchacha, que pensé en todos los solteros en más de cien kilómetros a la redonda antes de decidirme por Ian. Podría haber pensado en casarte con un hombre cruel o borracho, o un pobre, o tan viejo que podría ser tu abuelo. —Se pasó la mano por el pelo, como señal de su nerviosismo y de sus deseos de calmarse y bajó la voz tratando de tranquilizarla—. Incluso descarté a Tammas McDonald, que aunque tiene una buena parcela de tierra, tiene buen carácter y es de tu edad, es pequeño, y pensé que no te gustaría estar de pie junto a él delante de un sacerdote. Créeme, Brianna, he hecho todo lo posible para verte bien casada.

Brianna no se lo creía. A ella también se le había soltado el pelo durante su ascenso a la colina y le flotaba alrededor de la cara como las llamas de un arcángel vengador.

—¿Y qué te hace pensar que quiero casarme con alguien?

Jamie la miró con la boca abierta.

—¿Cómo? —quiso saber, incrédulo—. ¿Y qué tiene que ver lo que quieras con esto?

—¡Todo! —Dio una patada en el suelo.

—En eso estás equivocada, muchacha —le advirtió, volviéndose para recoger su horca. Hizo un gesto hacia su vientre—. Tienes una criatura que necesita un nombre. Y ya ha pasado demasiado tiempo. —Hundió la horca en el montón de estiércol y lanzó la carga a la carretilla. Luego volvió a hundirla con una ligera economía de movimientos, resultado de años de práctica—. Ian es un joven de buen carácter y muy trabajador —arguyó, con la vista centrada en su tarea—, tiene sus propias tierras y con el tiempo tendrá las mías y...

—¡No me voy a casar con nadie! —aulló Brianna enderezándose, con los puños en los costados. Uno de los pequeños murciélagos del techo se soltó y salió a la creciente penumbra del exterior, ignorado por los combatientes que tenía debajo.

—Bueno, entonces elige tú —concluyó Jamie, cortante—. ¡Y te deseo suerte!

—¡No... me... estás... escuchando! —exclamó Brianna, rechinando los dientes—. Ya he elegido. ¡He dicho que no voy a casarme con nadie! —Y dio otra patada en el suelo a modo de énfasis.

Jamie clavó la horca en el montón con un golpe. Se enderezó y miró a Brianna, frotándose la mandíbula con el puño.

—Ah, bueno. Creo recordar que tu madre dijo algo similar la noche anterior a nuestra boda. No le he vuelto a preguntar si lamentaba haberse visto forzada a casarse conmigo, pero me hago ilusiones de que no hemos sido tan desgraciados los dos juntos. ¿Por qué no hablas con ella?

—¡No es lo mismo! —ladró Brianna.

—No, no lo es —estuvo de acuerdo Jamie, conteniéndose con fuerza. El sol estaba bajo tras las colinas, e inundaba el establo con una luz dorada en la que, no obstante, el incipiente rubor de su piel era visible. Aun así, estaba intentando ser razonable—. Tu madre se casó conmigo para salvar su vida... y la mía. Lo que hizo fue muy valiente y muy generoso. Te aseguro que esto no es algo de vida o muerte, pero... ¿tienes idea de lo que es vivir marcada como una prostituta o como un bastardo sin padre?

Al ver que la expresión de su hija cambiaba un poco, Jamie aprovechó para estrecharle la mano en un gesto de bondad.

—Vamos, muchacha. ¿No lo harías por el bien de la criatura?

Su rostro se endureció de nuevo y dio un paso atrás.

—No —dijo con voz estrangulada—. No, no puedo.

Jamie dejó caer la mano. Podía verlos a los dos, pese a la tenue luz, y vi las señales de peligro con toda claridad cuando él entornó los ojos y cuadró los hombros, listo para la batalla.

—¿Así te educó Frank Randall? ¿De manera que no te importe lo que está bien y lo que está mal?

Brianna temblaba como un caballo que ha corrido demasiado.

—¡Mi padre siempre hizo lo correcto para mí! ¡Y nunca me hubiera obligado a que hiciera algo semejante! —exclamó—. ¡Nunca! ¡Él se preocupaba por mí!

Ante esa frase, Jamie perdió el control y estalló.

—¿Y yo no? —gritó—. ¿Yo no estoy tratando de hacer lo mejor para ti? Pese a que estás...

—Jamie. —Me volví hacia él, para ver sus ojos oscuros de furia, y luego hacia mi hija—. Bree... yo sé que él no ha querido... debes comprender...

—¡Es la forma de comportarse más egoísta, desconsiderada e imprudente que he visto! —arguyó Jamie.

—¡Eres un fariseo, un insensible bastardo!

—¡Bastardo! Tú me llamas a mí bastardo y tu vientre crece como una calabaza, con una criatura que está condenada a que la señalen con el dedo y la insulten durante toda su vida y...

—¡A cualquiera que señale a mi hijo le romperé todos los dedos y se los haré tragar!

—¡Eres una insensata! ¿Tienes la más mínima idea de cómo son las cosas? ¡Será un escándalo y estarás en la boca de todos! ¡Te dirán en la cara que eres una puta!

—¡Deja que lo intenten!

—¿Deja que lo intenten? ¡Y supongo que pretenderás que me quede escuchándolos!

—¡No es tu obligación defenderme!

Estaba tan furioso que su rostro se puso blanco como una sábana.

—¿No es mi obligación defenderte? ¿Y quién lo hará, mujer?

Ian me cogió del brazo e hizo que retrocediera.

—Ahora hay dos posibilidades, tía —susurró a mi oído—. Tirarles un balde de agua fría a los dos o irnos. Yo he visto al tío Jamie y a mamá peleando. Créeme, no hay que interponerse entre dos Fraser que pelean. Mi padre dice que una vez lo intentó y le quedaron cicatrices para recordarlo.

Hice un balance final de la situación y me rendí. Ian tenía razón. Estaban cara a cara, con el cabello rojo erizado y los ojos entornados como un par de gatos monteses, caminando en círculos, escupiendo y gruñendo. Aunque hubiera prendido fuego a la cuadra, ninguno de los dos lo habría notado.

El exterior parecía bastante silencioso y tranquilo. Un chotacabras cantaba en la alameda y el viento venía del este, transportando el suave sonido de la cascada. Cuando llegamos al umbral, ya no oíamos los gritos.

—No te preocupes, tía —dijo Ian para consolarme—. Tendrán hambre tarde o temprano y entonces volverán.

• • •

No fue necesario que se murieran de hambre. Jamie apareció unos minutos más tarde y, sin decir ni una palabra, cogió su caballo del prado, lo ensilló y partió al galope hacia la cabaña de Fergus. Mientras observaba cómo se iba, Brianna salió de la cuadra resoplando como una máquina de vapor y se acercó a la casa.

—¿Qué quiere decir *nighean na galladh*? —exigió que le dijera al verme en la puerta.

—No lo sé —contesté. Lo sabía, pero me pareció más prudente no decírselo—. Pero estoy segura de que no lo piensa —añadí—. Sea lo que sea lo que quiera decir.

—¡Ja! —resopló y entró en la cabaña, para salir un momento después como una exhalación con la canasta para los huevos. Sin decir ni una palabra desapareció entre los arbustos haciendo tanto ruido como si fuera un huracán.

Respiré varias veces y entré a preparar la comida, maldiciendo a Roger Wakefield.

El cansancio físico parecía que había disipado, como mínimo, parte de la energía negativa de la casa. Brianna pasó una hora en los arbustos y regresó con dieciséis huevos y un aspecto más calmado. Tenía hojas y espinas en el cabello y, por el aspecto de sus zapatos, había estado pateando árboles.

No sabía qué había estado haciendo Jamie, pero regresó a la hora de cenar, sudado pero en apariencia tranquilo. Se ignoraron abiertamente, una proeza bastante complicada para dos personas grandes confinadas en una diminuta cabaña de madera. Miré a Ian, que puso los ojos en blanco, y me ayudó a llevar el enorme cuenco a la mesa.

Durante la comida, la conversación se limitó a pedir la sal. Después, Brianna fregó los platos y se sentó a hilar entre ruidos innecesarios. Jamie le lanzó una mirada furiosa, me miró y salió. Me esperaba en el sendero que conducía al retrete cuando le seguí un momento después.

—¿Qué tengo que hacer? —quiso saber sin preámbulos.

—Disculparte —respondí.

—¿Disculparme? —Pareció que se le erizaba el pelo, aunque tal vez se debía al viento—. ¡Si yo no he hecho nada!

—¿Y cuál es la diferencia? —pregunté, irritada—. Lo querías saber y yo te he respondido.

Resopló con fuerza por la nariz, vaciló un momento y luego se volvió hacia la casa con un aspecto de mártir o de guerrero.

—Me disculpo —dijo, aproximándose a ella.

Sorprendida, casi se le escapó el hilo, pero lo atrapó con destreza.

—¡Oh! —Brianna se ruborizó. Retiró el pie del pedal y la enorme rueda crujió y redujo la velocidad.

—Estaba equivocado —concluyó, con una rápida mirada hacia mí. Asentí para darle ánimos y se aclaró la garganta—. No debía...

—Está bien —habló con rapidez, ansiosa por reconciliarse—. Tú no... quiero decir, sólo tratabas de ayudarme. —Miró el hilo, que iba cada vez más lento entre sus dedos—. También te pido disculpas, no debía enfadarme contigo.

Jamie cerró los ojos y suspiró. Al abrirlos me miró con la ceja levantada. Le sonreí y volví a mi tarea, que consistía en moler semillas de hinojo en el mortero.

Cogió un taburete y se sentó junto a ella. Brianna se volvió hacia él, poniendo una mano sobre la rueda para detenerla.

—Sé que queríais lo mejor —continuó Brianna—. Ian y tú. Pero ¿no te das cuenta? Tengo que esperar a Roger.

—Pero si le ha sucedido algo a ese hombre... si ha tenido un accidente...

—No está muerto. Lo sé. —Hablaba con el fervor de quien quiere hacer realidad sus deseos—. Vendrá. ¿Y qué pasaría si llega y me encuentra casada con Ian?

Ian levantó la vista al oír su nombre. Estaba sentado en el suelo junto al fuego, con la enorme cabeza de *Rollo* sobre su rodilla. Los ojos amarillos del lobo apenas eran unas ranuras mientras Ian le cepillaba metódicamente el pelaje y le quitaba las garrapatas y las espinas que encontraba.

Jamie se pasó los dedos por el pelo en un gesto de frustración.

—He corrido la voz desde que me lo contaste, *a nighean*. Envié a Ian a que preguntara en Cross Creek y avisara en River Run al capitán Freeman, para que se lo comentara a los otros marineros. También envié a Duncan para que preguntara por el valle de Cape Fear y por Edenton y New Bern, y en los barcos que van de Virginia a Charleston. —Me miró pidiendo comprensión—. ¿Qué más puedo hacer? Ese hombre no aparece por ningún lado. Si pensara que existe la más mínima posibilidad... —Se detuvo mordiéndose el labio.

Brianna bajó la mirada al hilo que tenía en la mano y lo cortó con un gesto rápido. Mientras dejaba que el extremo suelto oscilara en el huso, se levantó y cruzó la estancia para sentarse a la mesa, dándonos la espalda.

—Lo siento, muchacha —dijo Jamie en voz baja. Estiró la mano y la puso sobre su hombro con cuidado, como si temiera que le fuera a morder.

Ella se tensó un poco, pero no se apartó. Un momento después, le tomó la mano, se la apretó un poco y la retiró.

—Ya veo. Gracias, Pa. —Se quedó inmóvil con la mirada fija en las llamas; su aspecto era el de la más completa desolación. Puse las manos sobre sus hombros y se los froté suavemente, pero parecía un maniquí de cera bajo mis dedos... no se resistía, pero no reconocía el contacto.

Jamie la examinó con el rostro ceñudo y luego me miró a mí. Entonces, con decisión, se dirigió al estante y sacó sus utensilios de escritura y los colocó sobre la mesa.

—Hay otra posibilidad —comentó con firmeza—. Hacer una descripción, que llevaré a Gillette, en Wilmington. Él lo puede imprimir e Ian y los jóvenes Lindsey pueden distribuir las copias por la costa, desde Charleston hasta Jamestown. Tal vez haya alguien que no sepa su nombre, pero lo reconozca por su aspecto. Dime, ¿cómo es ese hombre?

Vertió tinta en polvo, elaborada con hierro y agallas de roble, en la media calabaza manchada que usaba como tintero, puso un poco de agua de la jarra y usó el mango de una pluma para remover la tinta. Sonrió a Brianna y sacó una hoja de papel del cajón.

La sugerencia devolvió un brillo de vida a la mirada de Brianna. Se enderezó y una corriente de energía le recorrió la columna hasta llegar a los dedos.

—Alto —dijo—. Casi tan alto como tú, Pa. La gente tiene que haberlo visto, puesto que siempre se fijan en ti. Tiene cabello negro y unos ojos verdes muy brillantes, es lo primero que se ve en él. ¿No es verdad, mamá?

Ian dejó escapar un extraño sonido y abandonó su tarea para levantar la vista.

—Sí —contesté, sentándome en el banco cerca de Brianna—. Pero en lugar de una descripción escrita, puedes dibujarlo. Bree tiene un talento natural para el dibujo —expliqué a Jamie—. ¿Crees que puedes dibujar a Roger?

—¡Sí! —Buscó la pluma, deseosa de intentarlo—. Sí, claro que puedo, ya lo he hecho antes.

Jamie le cedió la pluma y el papel, frunciendo un poco el entrecejo.

—¿Se puede imprimir un dibujo en tinta? —pregunté, al verlo.

—Bueno, sí, espero que sí, no es difícil si las líneas son claras. —Mientras hablaba ausente, tenía los ojos fijos en el dibujo de Brianna.

Ian empujó la cabeza de *Rollo,* que descansaba en sus rodillas y se acercó a la mesa para ver mejor por encima del hombro de Bree, con una exagerada curiosidad.

Brianna, que se mordía el labio inferior, dibujaba con claridad y precisión. Frente ancha, con un abundante mechón de pelo negro que se elevaba desde un remolino invisible y se hundía casi hasta las gruesas cejas negras. Lo dibujó de perfil: una nariz prominente, aunque no puntiaguda; una boca delicada de líneas claras y una mandíbula ancha y sesgada. Ojos con abundantes pestañas, profundos, con líneas de buen humor que creaban una cara fuerte y atractiva. Añadió una oreja plana y centró su atención en la elegante curva del cráneo, dibujando un cabello abundante y ondulado recogido en una pequeña coleta.

Entonces, Ian dejó escapar un gemido.

—¿Te ocurre algo, Ian? —Lo miré, pero no estaba mirando el dibujo, sino a Jamie con una expresión de congoja. Me di la vuelta y encontré la misma expresión en los ojos de Jamie.

—¿Qué sucede? —pregunté.

—No... nada. —Los músculos de su garganta tragaban convulsivamente. Torció un poco la boca, una y otra vez, como si no pudiera controlarlo.

—¡Y una mierda! —Alarmada, rodeé la mesa y me acerqué para tomarle el pulso—. ¿Jamie, qué pasa? ¿Te duele el pecho? ¿Te sientes mal?

—Yo sí —dijo Ian, apoyado sobre la mesa, como si fuera a vomitar en cualquier momento—. ¿Prima... me quieres decir que de verdad... éste... —y señaló el dibujo— es Roger Wakefield?

—Sí —contestó ella, mirándolo intrigada—. Ian, ¿te pasa algo? ¿Has comido algo que te ha sentado mal?

No respondió y se dejó caer en el banco junto a ella con la cabeza entre las manos, gruñendo.

Jamie me apartó con cuidado la mano. Incluso con la luz roja del fuego, estaba pálido y tenso. La mano sobre la mesa se dobló alrededor del tintero, como si buscara apoyo.

—El señor Wakefield —preguntó tranquilamente a Brianna—, ¿por casualidad... tiene otro nombre?

—Sí —dijimos las dos al mismo tiempo. Me detuve y dejé que se explicara mientras iba a buscar el coñac de la despensa.

No sabía qué estaba sucediendo, pero tenía la horrible sensación de que íbamos a necesitarlo.

—... fue adoptado. MacKenzie es el apellido de su familia —explicaba Brianna cuando yo salía con la botella en la mano. Los miraba a los dos con el ceño fruncido—. ¿Por qué? ¿Alguien ha oído hablar de Roger MacKenzie?

Ian y Jamie intercambiaron miradas y los dos carraspearon.

—¿Qué pasa? —Brianna exigió mientras se inclinaba hacia delante y los miraba nerviosa—. ¿Qué ocurre? ¿Lo habéis visto? ¿Dónde?

Vi que la mandíbula de Jamie se tensaba mientras buscaba las palabras.

—Sí —dijo Jamie con cautela—. Lo hemos visto en la montaña.

—¿Cómo? ¿Aquí? ¿En esta montaña? —Se puso en pie, echando atrás el banco. La alarma y la excitación iluminaban su rostro—. ¿Dónde está? ¿Qué ha sucedido?

—Bueno —contestó Ian a la defensiva—, después de todo, él dijo que te había desvirgado.

—¿Él dijo qué? —Brianna abrió tanto los ojos que se podía ver el borde blanco alrededor de su iris.

—Bueno, tu padre se lo preguntó para estar seguro y él lo admitió...

—¿Tú hiciste eso? —Brianna se volvió hacia Jamie con los puños apretados.

—Sí, bueno, fue un error —se disculpó Jamie. Parecía miserable.

—¡Puedes estar seguro! ¿Qué es lo que hicisteis? —Sus propias mejillas estaban pálidas, y destellos azules brillaban en sus ojos, calientes como una llama.

Jamie inspiró y la miró directamente a los ojos, cuadrando la barbilla.

—La muchacha —intervino—. Lizzie. Ella me dijo que estabas embarazada y que el que te había violado era un malvado llamado MacKenzie.

Brianna boqueó sin poder hablar.

Jamie no dejaba de mirarla.

—Tú me dijiste que te habían violado, ¿no?

Asintió balanceándose como una muñeca de trapo.

—Bueno, Ian y la muchacha estaban en el molino cuando Mackenzie llegó preguntando por ti. Vinieron a avisarme; entonces Ian y yo lo esperamos en el claro, justo encima del manantial.

Brianna, aunque con dificultad, había conseguido recuperar la voz.

—¿Qué le hicisteis? —preguntó con voz ronca—. ¿Qué pasó?

—Fue una pelea limpia —argumentó Ian, todavía a la defensiva—. Yo quería dispararle, pero el tío Jamie dijo que no, que quería ponerle las manos encima.

—¿Le pegaste?

—¡Sí, lo hice! —exclamó Jamie, recuperado—. Maldita sea, ¿qué esperabas que hiciera con el hombre que te trató de esa manera? Tú querías matarlo, ¿no?

—Además, él también le pegó al tío Jamie —intervino Ian, queriendo ayudar—. Fue una lucha limpia, te lo aseguro.

—Quédate tranquilo, Ian, eres un buen muchacho —dije; serví dos dedos de coñac para Jamie y se lo acerqué.

—Pero él no fue... —Brianna parecía a punto de estallar, hasta que golpeó la mesa con los puños.

—¡¿Qué hicisteis con él?! —gritó.

Jamie parpadeó e Ian se sobresaltó. Los dos se miraron indecisos.

Puse una mano en el brazo de Jamie apretándolo con fuerza. No pude evitar el temblor en mi voz al hacerle la pregunta.

—Jamie... ¿lo mataste?

Me miró y la tensión de su rostro se relajó un poco.

—Ah... no —contestó—. Se lo entregué a los iroqueses.

—Pero, prima, podía haber sido peor. —Ian palmeó la espalda de Brianna—. Después de todo, no lo matamos.

Brianna dejó escapar un gemido y levantó la cara. Su rostro estaba blanco y húmedo como el interior de una ostra, y tenía el cabello enredado alrededor. Aunque no había vomitado ni se había desmayado, tenía el aspecto de alguien que iba a hacer alguna de las dos cosas en cualquier momento.

—Lo íbamos a hacer —continuó Ian mientras la miraba un poco nervioso—. Tenía la pistola apuntándole a la cabeza y entonces pensé que el que tenía derecho a volarle los sesos era el tío Jamie, entonces él...

Brianna tosió otra vez; le coloqué un cubo por si quería vomitar.

—Ian, creo que no necesita oír todo eso ahora —dije, con una mirada de advertencia.

—Sí, quiero —Brianna se enderezó, agarrándose al borde de la mesa—. Tengo que oírlo. —Volvió la cabeza poco a poco hacia Jamie, como si tuviera el cuello rígido—. ¿Por qué? —preguntó—. ¿Por qué?

Estaba pálido y tenía el mismo aspecto enfermizo que ella. Se había alejado de la mesa y se había aproximado al rincón de la chimenea, como si intentara alejarse lo máximo posible del dibujo, que tenía un gran parecido con Roger MacKenzie Wakefield.

La miró como si hubiera preferido cualquier cosa antes que contestar, pero lo hizo, mirándola directamente a los ojos.

—Quería matarlo. Detuve a Ian porque matarlo me parecía demasiado fácil, una muerte demasiado rápida para lo que había hecho. —Respiró hondo y pude ver que la mano que se agarraba al estante de escritura lo hacía con tanta fuerza que tenía los nudillos blancos—. Me detuve a pensar qué debía hacer. Dejé a Ian con él y me alejé. —Tragó; podía ver los músculos moviéndose en su garganta, pero no apartó la mirada—. Me adentré un poco en el bosque y me apoyé en un árbol para dejar que mi corazón redujera su ritmo. Parecía mejor que estuviera consciente, para que lo supiera... pero no creía poder soportar oírle hablar otra vez. Ya había dicho suficiente, pero seguía oyendo lo que me había dicho una y otra vez.

—¿Qué es lo que te dijo? —Incluso sus labios estaban blancos. Igual que los de Jamie.

—Dijo... que tú le habías pedido que se acostara contigo. Que tú... —Se detuvo y se mordió el labio con fuerza.

—Dijo que lo querías... que le habías pedido que te desvirgara —comentó Ian. Habló con frialdad, con los ojos fijos en Brianna.

—Lo hice —contestó, dejando escapar un gemido.

Lancé una involuntaria mirada a Jamie. Tenía los ojos cerrados y se mordía el labio.

Ian dejó escapar un sonido de asombro y Brianna le dio un cachete.

Él dio un paso atrás, perdió el equilibrio y se desplomó sobre el banco. Se agarró al borde de la mesa y se puso en pie, tambaleándose.

—¿Cómo pudiste hacer una cosa así? —gritó, con el rostro congestionado por el enfado—. Yo le dije al tío Jamie que tú nunca habías sido una puta, nunca. Pero no fue así, ¿no?

—¿Quién te ha dado derecho a llamarme puta, maldito fariseo? —Brianna se había puesto en pie con rapidez, y sus mejillas, en un segundo, habían pasado del blanco al rojo a causa de la furia.

—¿Derecho? —Ian se quedó sin palabras—. Yo... tú... él...

Antes de que pudiera seguir, Brianna le dio un puñetazo en el estómago. Con una mirada de asombro, Ian se quedó sentado en el suelo, jadeando.

Me moví, pero Jamie fue más rápido. Menos de un segundo después, estaba junto a ella y le sujetaba el brazo. Brianna se volvió con la intención de pegarle otra vez, pero entonces se quedó helada. Su boca se movía, pero no emitía ningún sonido, y las lágrimas de horror y furia descendían por sus mejillas.

—Quédate quieta —ordenó con una voz muy fría, evitando que le pegara también a él. Vi que le hundía los dedos en la carne, y emití un pequeño sonido de protesta. Él no prestó atención, puesto que estaba demasiado concentrado en Brianna—. No quería creerle —dijo con voz helada—, pensé que lo decía para salvarse. Pero si era así... —Por fin se dio cuenta de que le estaba haciendo daño. Le soltó el brazo— no podía quitarle la vida a un hombre sin estar seguro. —Hizo una pausa y la observó.

¿Qué buscaba? ¿Tenía remordimientos, estaba arrepentido? Fuera lo que fuera lo que buscaba, todo lo que encontró fue furia. El rostro de Brianna era un reflejo del suyo, con los mismos ojos azules ardiendo de furia. Su cara cambió y apartó la vista.

—Lo lamenté —explicó en voz baja—. Cuando regresé esa noche sentí no haberlo matado y sentí vergüenza por haber dudado de la virtud de mi hija. —Bajó la mirada y pude ver la marca que habían dejado sus dientes en el labio—. Y ahora tengo el corazón encogido porque descubro que no sólo no eres pura, sino que también me mentiste.

—¿Que te mentí? —Su voz era un susurro—. ¿Mentirte?

—¡Sí, me mentiste a mí! —Con súbita violencia se volvió hacia ella—. ¡Te acostaste con un hombre por lujuria y lo acusaste de violación cuando descubriste que estabas embarazada! ¿No te das cuenta de que sólo por casualidad no tengo en mi alma el pecado del asesinato y que la culpa sería tuya?

Estaba demasiado furiosa para hablar. Vi que las palabras se atragantaban en su garganta y sabía que debía hacer algo de inmediato, antes de que cualquiera de ellos tuviera la oportunidad de decir nada más.

Yo tampoco podía hablar. A ciegas, busqué en el bolsillo de mi vestido el anillo y lo dejé caer sobre la mesa. El aro de oro resonó en la madera, rodó y se detuvo, brillando bajo la luz del fuego con la inscripción: «De F. para C. con amor. Siempre.»

Jamie lo contempló con un rostro inexpresivo. Brianna sollozó.

—Ése es tu anillo, tía —aclaró Ian. Parecía mareado y se acercó para verlo mejor, como si no pudiera creerlo—. Tu anillo de oro. El que te quitó Bonnet en el río.

—Sí —dije, y me senté porque sentía las rodillas flojas. Puse la mano sobre el anillo delator, como para retirarlo y negar su presencia.

Jamie me cogió de la muñeca. Como un hombre que sostuviera un insecto peligroso, cogió el anillo con cuidado, con el pulgar y el índice.

—¿De dónde lo has sacado? —preguntó con un tono casi informal. Me miró y me recorrió un estremecimiento de terror al ver sus ojos.

—Yo se lo traje. —Las lágrimas de Brianna se habían evaporado por la furia. Se puso detrás de mí y me agarró de los hombros—. ¡No te atrevas a mirarla de esa forma!

La miró con la misma dureza que a mí, pero Brianna no retrocedió, sólo me agarró con más fuerza, hundiendo los dedos en mis hombros.

—¿Dónde lo conseguiste? —preguntó en un susurro—. ¿Dónde?

—De Stephen Bonnet. —Su voz temblaba de furia, no de miedo—. Cuando... me... violó...

El rostro de Jamie se derrumbó como si algo hubiera estallado en su interior. Emití un sonido incoherente de angustia y estiré la mano, pero él se volvió y se quedó rígido, de espaldas a nosotros, en medio de la estancia.

Sentí que Brianna se enderezaba y que Ian repetía «¿Bonnet?». Oí el tictac del reloj en el aparador y advertí la corriente que entraba por la puerta. Aunque era consciente de todo ello, sólo tenía ojos para Jamie.

Aparté el banco y me puse en pie. Él parecía anclado al suelo, con los puños cerrados en el vientre como si le hubieran disparado e intentara evitar que las vísceras salieran al exterior.

Tendría que haber podido decir o hacer algo, hacerme cargo de ellos, cuidarlos. Pero no pude hacer nada. No podía hacer nada sin traicionarlos a los dos... ya lo había hecho. No había dicho nada buscando la seguridad de Jamie y eso había caído sobre Roger, destruyendo, al mismo tiempo, la felicidad de Bree.

No podía acudir a ninguno de los dos. Lo único que podía hacer era permanecer allí, sintiendo cómo se hacía añicos mi corazón.

Brianna se alejó, caminó alrededor de la mesa y se detuvo frente a Jamie, mirándolo a la cara, con un gesto firme y frío como el mármol de una estatua.

—¡Maldito seas! —exclamó con una voz casi inaudible—. ¡Maldito seas, maldito bastardo! Lamento haberte conocido.

UNDÉCIMA PARTE

Pas du tout

51

Traición

Octubre de 1769

Roger abrió los ojos y vomitó. El gusto a bilis que procedía de la nariz y los restos de vómito en su cabello no eran nada comparados con el dolor que sentía en la cabeza y en la ingle.

Un giro brusco lo sacudió, haciendo que viera los colores de un caleidoscopio a causa del dolor, que iba de la entrepierna al cerebro. Un olor húmedo a lino invadió su nariz. Una voz resonó cerca y el súbito pánico lo invadió de nuevo.

Lo había capturado la tripulación del *Gloriana*. Se sacudió como en un acto reflejo y sintió un impacto estremecedor en las sienes. Estaba atado en la bodega.

El pánico tomó forma en su mente. Bonnet. Lo habían atrapado y lo habían llevado a las piedras; ahora lo iban a matar.

Se sacudió otra vez, tirando de sus muñecas y apretando los dientes por el dolor. La cubierta descendió debajo de él con un bufido sobresaltado, y él cayó con fuerza.

Vomitó otra vez, pero su estómago estaba vacío. Tenía arcadas y las costillas le dolían con cada golpe contra los fardos de lino en los que estaba tumbado. No eran velas, no era una bodega. No estaba en un barco, sino sobre un caballo. Atado de pies y manos sobre un maldito caballo.

El caballo dio unos pasos más y se detuvo. Murmullo de voces, manos que lo movían y lo ponían bruscamente en pie para que se desplomara de inmediato, ya que era incapaz de sostenerse.

Se quedó doblado en el suelo, concentrado en su respiración. Sin rebotar era más fácil. Nadie lo molestaba. Poco a poco comenzó a ser consciente de lo que lo rodeaba.

La consciencia no lo ayudaba mucho. Había hojas húmedas bajo su mejilla, frescas y con un dulce olor a podrido. Entreabrió un ojo con cuidado. Veía el cielo de un intenso color entre azul y púrpura; también oía el sonido de las hojas de los árboles y de un arroyo cercano. Todo le daba vueltas lentamente. Cerró los ojos y presionó con fuerza las manos en la tierra.

«Mierda, ¿dónde estoy?» Las voces parecían informales y las palabras se perdían entre las pisadas y los relinchos de los caballos. Se concentró en lo que decían, pero no podía entender las palabras. Sintió pánico cuando fue incapaz de identificar el idioma.

Tenía un golpe debajo de una oreja y otro en la parte posterior de la cabeza. El dolor le atravesaba las sienes. Lo habían golpeado con fuerza, pero ¿cuándo? ¿Acaso los golpes le habían roto algunos vasos sanguíneos del cerebro y lo habían privado del lenguaje? Abrió los ojos y con muchísimo cuidado se dio la vuelta. Una cara cuadrada y oscura lo miró sin ningún interés especial y luego hizo lo mismo con el caballo al que estaba alimentando.

Indios. La impresión fue tan grande que olvidó, por un momento, su dolor y se sentó de golpe. Jadeando, apoyó la cara sobre las rodillas sin abrir los ojos mientras intentaba evitar desmayarse otra vez y la sangre le latía en la cabeza.

«¿Dónde estaba?» Se mordió la rodilla y la tela del pantalón con fuerza. Luchó para recuperar la memoria. Fragmentos de imágenes acudían a su mente, pero se negaban a unirse para tener sentido.

Un crujido de tablones y olor a cañería. El sol cegador a través de paneles de cristal. El rostro de Bonnet y las ballenas y el pequeño niño llamado... llamado...

Manos juntas en la oscuridad y olor a lúpulo. «Te hago mi esposa y...»

Bree. Brianna. Un sudor frío descendió por sus mejillas y le dolieron las mandíbulas de apretarlas tanto. Las imágenes flotaron en su mente. ¡El rostro de Brianna! ¡No tenía que perderlo, no podía dejar que se fuera!

Pero no era un rostro amable. Una nariz derecha y unos fríos ojos azules... no, no eran fríos...

Una mano sobre su espalda lo arrancó de la torturadora búsqueda de su memoria para conducirlo al presente. Era un indio con un cuchillo en la mano. Aturdido por la confusión, Roger se limitó a mirarlo.

El indio, un hombre de mediana edad, con un hueso en el cabello y un aspecto serio, cogió a Roger del pelo y le movió la cabeza de un lado a otro con aire crítico. La confusión se evaporó y Roger pensó que le arrancaría allí mismo el cuero cabelludo. Se echó hacia atrás y estiró las piernas, golpeando las rodillas del indio, y éste cayó con un grito de sorpresa. Roger se puso en pie y corrió para salvar su vida. Lo hacía como una araña borracha, con las piernas atadas buscando el refugio de los árboles. Sombras, refugio. Oía gritos detrás de él y el sonido de pasos entre las hojas cuando algo lo golpeó en los pies y cayó de cabeza.

Lo habían puesto de pie antes de que recuperara el aliento. No tenía sentido luchar. Eran cuatro, incluido el que Roger había tirado. Éste se acercó, todavía empuñando el cuchillo.

—¡No herirte! —exclamó enfadado. Dio una bofetada a Roger, se inclinó sobre él y lo agarró del cuero que le sujetaba las muñecas. Con un bufido, se dio la vuelta y se encaminaron hacia donde estaban los caballos.

Los dos hombres que sujetaban a Roger lo soltaron y se alejaron también, y él se tambaleó como una rama en el viento.

Roger pensó, desconcertado: «Increíble. No estoy muerto. ¿En qué maldito infierno estoy?»

No tenía respuesta. Se pasó la mano por la cara y descubrió varias heridas más. Miró alrededor.

Estaba en un pequeño claro rodeado de robles y nogales. El suelo estaba cubierto de hojas marrones y amarillas, y las ardillas habían dejado montones de cáscaras de bellotas y nueces. A juzgar por la pendiente, se encontraba en una montaña. El aire frío y el color del cielo le decían que estaba a punto de ponerse el sol.

Los indios, cuatro en total, no le hacían el menor caso y se ocupaban del campamento sin mirarlo. Con cuidado, dio un paso hacia el arroyo, que se hallaba a unos metros de distancia y que fluía sobre unas rocas cubiertas de algas.

Sus labios estaban secos y bebió, aunque el agua fría le hacía daño en los dientes. Los tenía casi todos sueltos en un lado de la boca, y había un corte muy feo en el interior de la mejilla. Se lavó la cara con cuidado, con una sensación de *déjà vu*. Poco tiempo antes se había lavado y había bebido así del agua fría que fluía en las rocas de color esmeralda.

Se sentó sobre los talones y comenzó a recordar.

El Cerro de Fraser. Brianna y Claire... y Jamie Fraser. De pronto, aparecieron las imágenes confusas que había estado buscando desesperadamente; el rostro de Brianna, con sus huesos anchos, sus ojos azules y su nariz recta. Pero la cara de Brianna se tornaba cada vez más madura y bronceada, más dura y masculina, y los ojos eran más oscuros por la furia asesina: Jamie Fraser.

—Maldito desgraciado —dijo Roger en voz baja—. Maldito asqueroso desgraciado. Has tratado de matarme.

El sentimiento inicial fue de sorpresa, pero la ira no estaba lejos.

Ahora recordaba todo: la reunión en el claro, las hojas de otoño como fuego y miel, el joven de cabello castaño (¿quién diablos sería?). La pelea (se tocó las costillas y apareció una mueca de dolor) y el final, tirado entre las hojas y convencido de que lo iban a matar.

Bueno, no lo habían hecho. Tenía un leve recuerdo de una discusión entre el hombre y el muchacho: uno quería matarlo allí mismo y el otro no. Pero no sabía cuál de los dos. Luego lo golpearon y ya no recordaba más.

Y ahora... Miró alrededor. Los indios habían encendido el fuego y colocado una olla de barro. No lo miraban, pero estaba seguro de que lo vigilaban.

Tal vez lo habían arrebatado de las manos de Fraser y el muchacho, pero ¿por qué? Lo más probable era que Fraser lo hubiera entregado a los indios. El hombre del cuchillo dijo que no querían hacerle daño. ¿Qué deseaban hacer con él?

Miró a su alrededor. Pronto anochecería; las sombras distantes bajo los robles ya estaban ganando terreno.

«¿Entonces, qué? Si bajas la ladera de noche, ¿adónde vas a ir? La única dirección que conoces es hacia abajo.» Los indios no lo vigilaban porque sabían que no tenía adónde ir.

Ignoró la desagradable verdad de esta observación y se puso en pie. Lo primero era lo primero. Era lo último que quería hacer en ese momento, pero tenía la vejiga a punto de estallar. Sus dedos eran lentos y torpes, y estaban hinchados por la sangre. Luchó para abrirse los calzones. La primera sensación fue de alivio. Le dolía, pero no era tan malo. Al tocar con cuidado, vio que no había daños internos.

Pero cuando se volvió hacia el fuego, el alivio fue superado por un estallido de furia tan intensa y cegadora que acabó con el dolor y el miedo. En su muñeca derecha tenía un manchón negro de forma ovalada, la huella de un pulgar, clara y burlona como una firma.

—¡Maldita sea! —dijo en voz muy baja. La furia ardía en su interior. Podía saborearla, amarga, en su boca. Bajó la vista hacia la ladera que tenía detrás, sin saber si se trataba del Cerro de Fraser—. Espera, desgraciado —murmuró—. Los dos, esperad a que regrese.

• • •

Al cabo de un rato, los indios seguían indiferentes, pero compartieron con él la comida, un guiso que comían con las manos a pesar de lo caliente que estaba. Trató de hablarles en inglés, francés e incluso en el poco alemán que sabía, pero no recibió respuesta alguna.

Cuando llegó la hora de dormir, le ataron los tobillos y le pusieron un nudo corredizo en el cuello, sujeto a la muñeca de uno de sus captores. Ya fuera por indiferencia o porque no tenían más, no le dieron ninguna manta y pasó la noche temblando, acurrucado lo más cerca posible del fuego sin ahogarse.

No creía que pudiera dormir, pero lo hizo, ya que estaba agotado a causa del dolor. Fue un sueño agitado, con pesadillas violentas y fragmentadas, y la constante sensación de que lo estrangulaban.

Por la mañana emprendieron el camino. Esta vez no lo montaron sobre el caballo, sino que lo hicieron caminar lo más rápido posible, con un lazo corredizo flojo alrededor de su cuello y una cuerda que le sujetaba las muñecas a la silla de uno de los caballos. Se tambaleó varias veces, pero se las arregló para continuar pese a sus músculos doloridos. Tenía la sensación de que si no lo hacía lo arrastrarían sin compasión.

Se dirigían hacia el norte. Lo supo gracias al sol. No le resultaba de gran ayuda, puesto que no sabía de dónde habían partido. A pesar de que no sabía adónde lo llevaban ni por qué, lo que tenía claro era que no podía estar tan lejos del Cerro de Fraser, ya que no podía haber estado inconsciente demasiado tiempo. Observó los cascos del caballo que tenía junto a él, intentando calcular su velocidad. No podían ser más de tres o cuatro kilómetros por hora; podía mantener el ritmo sin demasiado esfuerzo.

Tenía que buscar puntos de referencia para recordar el camino, si es que alguna vez podía regresar: un acantilado de doce metros de altura y cubierto de plantas, un caqui torcido que sobresalía de la grieta de una roca como si se tratara de una caja sorpresa, cubierto de unas bolas de color naranja brillante.

Salieron a la cresta de una montaña, donde la vista de las montañas lejanas era sobrecogedora: tres picos afilados, abigarrados frente a un cielo abrasador, y el izquierdo más alto que los otros dos. Podría recordarlo. Un arroyo (tal vez un río) que fluía por una garganta. Guiaron a los caballos a través de un vado poco profundo y Roger se mojó hasta la cintura con el agua helada.

El viaje duró días, siempre hacia el norte. Sus captores no le hablaban, y al cuarto día se dio cuenta de que estaba perdiendo la noción del tiempo y entrando en un estado de trance a causa de la fatiga y el silencio de las montañas. Sacó una larga hebra del dobladillo de su casaca y empezó a marcar los días con un nudo para tener una conexión con la realidad y poder calcular la distancia del viaje.

Iba a regresar. No importaba cómo, pero regresaría al Cerro de Fraser.

Al octavo día encontró su oportunidad. Ya habían ascendido mucho. El día anterior habían cruzado un desfiladero y habían descendido por una ladera empinada. Los caballos relinchaban y tenían que reducir la velocidad para asegurar cada paso mientras las cargas de sus monturas crujían y se movían.

Ahora ascendían de nuevo y los caballos tenían que ir a un paso más lento, puesto que el terreno era muy empinado. Roger pudo ganar un poco de espacio para ponerse a la altura del caballo y engancharse del arnés, dejando que la pequeña bestia tirara de él.

Los indios habían desmontado y caminaban dirigiendo los caballos. Roger no perdía de vista al indio de cabellera negra que llevaba el caballo al que estaba atado. Con una mano se sujetaba a la cuerda y con la otra trataba de desatarla debajo de un pedazo de tela que colgaba.

Poco a poco fue aflojando la cuerda hasta que, finalmente, quedó sujeto a un hilo. Esperó mientras el sudor descendía por sus costillas a causa del temor y el esfuerzo, dejando pasar oportunidades y temiendo que después fuera demasiado tarde, ya que si se detenían para acampar, el indio se volvería y se le ocurriría comprobar su sujeción.

Pero no se pararon y el indio no se dio la vuelta. «Ahora», pensó, y el corazón le latió con fuerza cuando vio que el primer caballo partía hacia un sendero de ciervos que se adentraba por la falda de la colina. El terreno era escarpado bajo el camino, y luego se nivelaba unos dos metros más abajo. En la parte inferior había una ladera boscosa que era ideal para ocultarse.

Un caballo, y luego otro, sortearon el angosto sendero, caminando con muchísimo cuidado. Con el tercer caballo, le tocó a Roger. Se juntó al costado del animal, oliendo su sudor dulce e intenso. Un paso, otro, y se encontraron en el estrecho sendero.

Tiró de la cuerda y saltó. Se dio un golpe y se hundió hasta las rodillas. Corrió colina abajo, perdiendo los zapatos. Cruzó un arroyo, trepó por la orilla, se puso en pie y echó a correr antes de haberse erguido completamente.

Oyó voces y luego se hizo el silencio, pero supo que lo perseguían. No tenía tiempo que perder, ya que ellos tampoco iban a perderlo.

El paisaje se deslizaba en un borrón de hojas y rocas mientras corría mirando de un lado a otro, buscando un lugar en el que esconderse. Eligió un bosquecillo de abedules y luego cruzó un prado.

Corrió por la hierba resbaladiza, tropezando con raíces y rocas. En el otro extremo, miró hacia atrás y divisó dos cabezas entre las hojas.

Entró en otra arboleda, salió otra vez y zigzagueó como un loco a través de un campo de rocas rotas, jadeando. Algo que le había hecho el maldito pasado era mejorar su respiración. No tenía tiempo para pensar... ni para nada que no fuera el instinto ciego de la huida.

Siguió corriendo entre la maleza y descendió por un barranco de seis metros, aferrándose a las plantas mientras pasaba junto a ellas, arrancando las raíces, hundiendo las manos en el barro y golpeándose los dedos con rocas invisibles. Llegó jadeante hasta el fondo.

Uno de los indios bajaba el barranco justo detrás de él. Se quitó la cuerda que tenía en el cuello y golpeó con fuerza las manos del indio. Éste resbaló y entonces Roger le pasó la cuerda por el cuello, tiró con fuerza y huyó dejándolo de rodillas, tosiendo y luchando para aflojarse la cuerda.

Árboles. Necesitaba protección. Saltó un tronco caído, tropezó y rodó, se levantó y siguió corriendo casi sin aliento. Cerca, había una arboleda de píceas. Con el corazón latiendo con fuerza, comenzó a ascender la ladera.

Se metió entre los abetos y pasó entre millones de agujas con los ojos cerrados. El terreno cedió bajo sus pies, y cayó en una masa de barro y ramas.

El golpe hizo que se doblara y que perdiera el aliento; apenas fue capaz de doblarse aún más y seguir rodando mientras golpeaba rocas y ramas y provocaba la caída de tierra y agujas, que bajaban botando.

Terminó con un golpe contra una maraña de troncos, permaneció inmóvil un instante y luego se deslizó hacia abajo, para acabar golpeándose, mareado y sangrando. A continuación, se volvió y se limpió la suciedad y la sangre del rostro.

Levantó la cabeza para buscarlos. Allí estaban. Había dos indios en la cima de la ladera que bajaban con cuidado por donde él había caído.

Para salvar su vida, se arrastró entre los tallos con las manos y las rodillas. Las ramas se torcían, los extremos afilados le pichaban y de las ramas superiores le caían cascadas de polvo, hojas muertas e insectos mientras se abría paso, creando una especie de pasillo a través de la maraña de tallos, doblándose y girando cuando encontraba alguna abertura.

«Infierno» fue su primer pensamiento coherente. Luego se dio cuenta de que era tanto una descripción como una maldición. Se encontraba en un infierno de rododendros. Al darse cuenta, ya demasiado tarde, redujo su carrera, si podía llamarse así a arrastrarse tres metros por hora.

Se metió en una especie de túnel donde no podía darse la vuelta, pero se las ingenió para mirar hacia atrás, volviendo la cabeza a un lado y estirando el cuello. No había nada, sólo tierra y oscuridad, iluminada por una tenue luz que se arremolinaba con motas de polvo. No se veía otra cosa que tallos y ramas de rododendro.

Sus miembros temblorosos no resistieron y se desplomó. Durante un momento respiró tierra y hojas podridas.

—Querías un lugar para esconderte, compañero —murmuró para sí. Todo le dolía. Tenía heridas que sangraban en varias partes del cuerpo. Incluso bajo la escasa luz, parecía que las yemas de sus dedos estaban en carne viva.

Hizo un breve inventario de los daños mientras trataba de localizar a sus perseguidores. No le sorprendió que no estuvieran. Había oído hablar del infierno de los rododendros en las tabernas de Cross Creek, historias sobre perros que mientras perseguían a una liebre se habían metido en ese laberinto y se habían perdido para siempre.

Roger esperaba que fueran exageraciones, aunque lo que veía no resultaba muy tranquilizador. La poca luz que había no tenía dirección. Mirara donde mirara, todo parecía igual. Hojas frescas y curtidas, gruesos tallos y ramas delgadas enredadas en una maraña impenetrable.

Con una sensación de pánico, se dio cuenta de que no sabía por dónde había llegado allí.

Puso la cabeza sobre las rodillas y respiró profundamente tratando de pensar. «Muy bien, lo primero es lo primero». Como sangraba debido a un profundo corte en la planta del pie derecho, usó una media para vendárselo. No parecía que necesitara otro vendaje, salvo en el profundo corte de su cuero cabelludo que todavía sangraba, y que estaba húmedo y pegajoso al tacto.

Le temblaban las manos y le resultaba difícil atar la media alrededor de la cabeza. Sin embargo, esa pequeña acción hizo que se sintiera mejor. Había escalado infinidad de munros en Escocia. Los munros eran interminables picos escarpados, y había ayudado a encontrar a más de un excursionista perdido entre las rocas y el brezo.

Si uno se perdía en un lugar así, lo habitual era esperar a que alguien lo encontrara. Pero eso no era válido en su caso, pensó, ya que las únicas personas que lo buscaban eran las que no quería que lo encontraran.

Miró hacia arriba, a través de la maraña de ramas. Podía ver pequeños retazos de cielo, pero los rododendros se elevaban casi cuatro metros sobre su cabeza. No había manera de ponerse en pie; apenas podía levantarse entre las ramas entrelazadas.

No había forma de saber qué tamaño tenía aquel infierno. En su viaje a través de las montañas había visto laderas enteras cubiertas de matorrales, valles teñidos del verde intenso del rododendro y sólo unos cuantos árboles ambiciosos que sobresalían del ondeante mar de hojas. No obstante, también se habían desviado alrededor de pequeñas marañas de no más de diez metros cuadrados. Sabía que estaba cerca de uno de los límites, pero ese conocimiento era inútil, ya que no tenía ni idea de cuál era la dirección.

Se dio cuenta de que tenía mucho frío y las manos le temblaban. *Shock*, pensó remotamente. ¿Qué se hace en esos casos? Bebidas calientes, mantas. Coñac. Sí, claro. O levantar los pies, algo que sí que podía hacer.

Se metió en una pequeña depresión, se acomodó, se tapó el pecho y los hombros con hojas húmedas y medio podridas, apoyó los talones en la división de un tallo y cerró los ojos, temblando.

No iban a perseguirlo. ¿Por qué iban a hacerlo? Era mucho mejor esperarlo si no tenían prisa. Finalmente, él saldría, si podía.

Cualquier movimiento allí abajo agitaría las hojas de encima, y mostraría sus movimientos a los observadores. Era un pensamiento frío; sabían, sin duda, dónde estaba, y sólo esperaban su siguiente movimiento. Los retazos de cielo tenían el color azul intenso de los zafiros. Aún era la tarde. Entonces, esperaría a que oscureciera para moverse.

Con las manos juntas sobre el pecho, se ordenó descansar y pensar en algo diferente a su situación actual. Brianna. Podía pensar en ella. Sin furia ni confusión, no había tiempo para eso. Intentaría pensar que todo seguía entre ellos como aquella noche, su noche. Su calor, sus manos tan francas y curiosas, ansiosas por conocer su cuerpo. La generosidad de su desnudez, su libertad, y él, con su seguridad, equivocada, de que todo iba bien en el mundo. Poco a poco dejó de temblar y se durmió.

Se despertó después de que saliera la luna. A pesar de que no podía verla, sí que era visible su brillo en el cielo. Estaba dolorido y tenía frío, hambre y muchísima sed. Bueno, si podía salir de aquella maraña, al menos encontraría agua. En las montañas había arroyos por doquier. Se sentía como una tortuga caída sobre su caparazón; se dio la vuelta lentamente.

Una dirección era tan buena como otra. Una vez más, con sus manos y rodillas, atravesó las ramas tratando de mantenerse en línea recta. Su principal temor no era encontrarse con los indios, sino perder el rumbo y dar vueltas a ciegas en aquel laberinto, atrapado para siempre. La historia de los perros ya no le parecía exagerada.

Un pequeño animal corrió sobre su mano y se lo sacudió, golpeándose la cabeza con las ramas que tenía encima. Apretó los dientes y siguió adelante, avanzando poco a poco. Los grillos cantaban a su alrededor, e innumerables susurros lo informaban de que los habitantes de aquel infierno en particular no apreciaban su intrusión. No podía ver absolutamente nada; todo era casi oscuridad. Aunque había algo positivo: el esfuerzo constante le proporcionaba calor, y el sudor descendía desde el cuero cabelludo hasta la barba.

Cada vez que se detenía para recuperar el aliento, buscaba alguna pista sobre su ubicación o sus perseguidores, pero no oía nada, excepto ocasionales pájaros y el sonido de las hojas. Se secaba el sudor y seguía arrastrándose.

Cuando encontró la roca, no sabía cuánto tiempo había transcurrido, aunque más que hallarla chocó con ella. Reculó, se agarró la cabeza y apretó los dientes para no gritar.

Ciego por el dolor, la palpó para saber contra qué se había golpeado. No era una roca. Se trataba de una piedra lisa y alta. La sólida superficie se extendía más allá de donde alcanzaba su tacto.

La rodeó a tientas. Cerca, había un grueso tronco y sus hombros se quedaron atascados en el angosto espacio, hasta que por último pudo pasar, perdió el equilibrio y cayó de bruces.

Se incorporó de nuevo apoyándose en las manos y se dio cuenta de que podía verlas. Miró alrededor con gran sorpresa.

Su cabeza y sus hombros sobresalían a un espacio abierto. Y no tan sólo estaba abierto, sino que también estaba vacío. Nervioso, se retorció para salir de la claustrofóbica prisión de los rododendros. Se puso en pie y comprobó que se encontraba en un lugar abierto frente a un risco que se levantaba a un lado del pequeño claro. Si es que era un claro, porque estaba yermo. Asombrado, se volvió poco a poco mientras respiraba el aire puro y fresco.

—Madre mía —dijo suavemente, en voz alta. El claro tenía una forma ovalada y estaba rodeado de piedras y por el risco. Las piedras se encontraban separadas por espacios idénticos, formando un círculo. Un par de ellas habían caído por la presión de las raíces. Podía ver la densa masa negra de los rododendros entre y sobre las piedras, pero no crecía ninguna otra planta.

Caminó lentamente hacia el centro del círculo, sintiendo escalofríos en todo su cuerpo. No podía ser, pero lo era. ¿Y por qué no? Si Geillis Duncan tenía razón... Se volvió para ver las marcas en la pared del barranco a la luz de la luna.

Se aproximó para mirar de cerca. Había varios petroglifos, algunos del tamaño de su mano y otros casi tan altos como él, formas en espiral y lo que podía ser un hombre inclinado, bailando o falleciendo. Un círculo casi cerrado, como una serpiente que se muerde la cola. Señales de aviso.

Se estremeció otra vez y su mano se dirigió hacia el bolsillo del calzón. Las piedras preciosas estaban allí, por ellas había arriesgado la vida. Eran, o eso esperaba, el pasaporte de seguridad para él y para Brianna.

No oía nada, ni zumbidos, ni murmullos. El aire otoñal era frío y un suave viento agitaba las hojas de los rododendros. Maldita sea, ¿en qué día estaban? No lo sabía, había perdido la cuenta. Creía que era principios de septiembre cuando había dejado a Brianna en Wilmington. Le había llevado mucho más tiempo del que pensaba hallar a Bonnet y encontrar una oportunidad para robarle las piedras. Pero debían estar a finales de octubre y la fiesta de Samhain estaría próxima. La víspera de Todos los Santos debía de estar cerca o haberse celebrado hacía muy poco.

¿Aquel círculo seguiría el mismo ritmo de fechas? Suponía que sí. Si las líneas de fuerza de la Tierra se regían por el movimiento alrededor del Sol, entonces todos los pasajes debían abrirse y cerrarse con esos cambios.

Dio un paso para acercarse al risco y vio la abertura junto a la base. Era una grieta en la roca; tal vez fuera una cueva. Un frío helado lo sobrecogió, y no se debía al viento de la noche. Sus dedos se cerraron sobre las piedras preciosas. No oía nada. ¿Estaría abierto? Si era así...

«Escapar.» Era eso. Pero ¿escapar adónde? ¿Y cómo? Las palabras de Geillis resonaban como un hechizo en su mente: «Los granates descansan alrededor de mi cuello; seré fiel.»

Fiel. Intentarlo sería abandonar a Brianna. «¿Y ella no te abandonó?»

—¡No, que me maldigan si lo hizo! —susurró. Había una razón para lo que ella había hecho, lo sabía.

Había encontrado a sus padres, estaría segura. «Por esta razón, una mujer dejará a sus padres y se unirá a su marido.» No era la seguridad lo que importaba, era el amor. Si a él le hubiera importado la seguridad nunca habría tomado ese camino.

Le sudaban las manos; podía sentir la áspera tela húmeda bajo sus dedos y las yemas le ardían y palpitaban. Dio un paso más hacia la abertura, con la mirada fija en la negrura del interior. Si no entraba en la roca... entonces le quedaban dos caminos. Volver a los rododendros o escalar el risco.

Movió la cabeza para calcular la altura y vio un rostro sin facciones que lo miraba en la oscuridad, delineado en el cielo iluminado por la luna. No tuvo tiempo de moverse ni de pensar antes de que la cuerda pasara por su cabeza y le apretara los brazos contra el cuerpo.

52

Deserción

River Run, diciembre de 1769

Había estado lloviendo y pronto lo haría de nuevo. Gotas de agua pendían de los pétalos de mármol de las rosas jacobitas de la tumba de Hector Cameron, y la pared de ladrillo se había oscurecido a causa de la humedad.

«*Semper Fidelis*», ponía debajo del nombre y la fecha. «Semper Fi.» Brianna había salido con un marine cadete que llevaba esa expresión grabada en el anillo que intentó regalarle. Siempre fiel. ¿A quién había sido fiel Hector Cameron? ¿A su esposa? ¿A su príncipe?

No había hablado con Jamie Fraser desde aquella noche. Ni él con ella. No hasta el momento final, cuando ante la furia por el miedo y el ultraje, le había gritado: «¡Mi padre nunca hubiera dicho una cosa semejante!»

Todavía podía verle la cara después de que ella le dijera eso y deseaba poder olvidarlo. Se había dado la vuelta para salir de la cabaña sin decir ni una palabra. Ian se había puesto en pie y lo había seguido; ninguno de los dos regresó aquella noche.

Claire se quedó con ella consolándola, mimándola, acariciándole el cabello y murmurándole palabras de cariño mientras lloraba y se enfurecía. Aunque su madre la había abrazado y le secaba la cara con paños húmedos, Brianna podía sentir que una parte de ella sufría por no poder ir a buscarlo; deseaba seguirlo y consolarlo, y también lo culpaba por eso.

Le dolía la cabeza por el esfuerzo de permanecer con el rostro inexpresivo. No quería relajar los músculos de la cara hasta estar segura de que se habían marchado; si lo hacía, era posible que se desmoronara.

No lo había hecho, no desde esa noche. Una vez recuperada, aseguró a su madre que ya estaba bien e insistió en que Claire se fuera a la cama. Se quedó sentada hasta el amanecer, con los ojos ardiendo tanto por la furia como por el humo de la chimenea, con el dibujo de Roger sobre la mesa.

Él había regresado al amanecer; sin mirar a Brianna, había llamado a su madre. Habían murmurado en la puerta y luego la envió, con los ojos llenos de preocupación, a que empaquetara sus cosas.

La había traído aquí, bajando por la montaña hasta River Run. Brianna había querido ir con ellos, salir de inmediato a buscar a Roger sin esperar ni un minuto. Pero él había sido inflexible, igual que su madre.

Estaban a finales de diciembre y la nieve del invierno se acumulaba en la ladera de la montaña. Estaba de más de cuatro meses y la curva de su vientre ya estaba bien redondeada. No se podía saber cuánto duraría el viaje y tuvo que aceptar, de mala gana, que no quería dar a luz en medio de la montaña. Estaba de acuerdo con su madre, pero no con la terquedad de él.

Apoyó la frente en el mármol frío del mausoleo. Aunque era un día frío y llovía un poco, tenía el rostro caliente e hinchado, como si tuviera fiebre.

No podía dejar de oírlo ni de verlo. Su rostro, deformado por la ira como una máscara diabólica. Su voz, dominada por la furia y el desprecio, reprochándole a ella (¡a ella!) la pérdida de su maldito honor.

—¿Tu honor? —le había dicho, incrédula—. ¿Tu honor? ¡Tu puto sentido del honor es lo que ha causado todos los problemas!

—¡No debes usar esa clase de lenguaje conmigo! Aunque si hablamos de putas...

—¡Diré lo que a mí me dé la maldita gana! —había gritado, dando un puñetazo en la mesa y haciendo que los platos temblaran.

Y así habían hecho ambos. Su madre intentó detenerlos (Brianna se encogió al recordar la angustia en los ojos dorados de Claire), pero ninguno de los dos le hizo caso, ya que estaban demasiado ofuscados por la sensación de la traición mutua.

Su madre le había dicho, en una ocasión, que tenía temperamento escocés, que tardaba en prender, pero se consumía poco a poco. Ahora sabía de dónde provenía, pero el hecho de saberlo no la ayudaba en absoluto.

Flexionó los brazos sobre el sepulcro, apoyó la cara en ellos y aspiró el olor a lana. Eso hizo que recordara los jerséis tejidos a mano que a su padre, su verdadero padre, pensó con una ráfaga de desolación, le gustaba usar.

—¿Por qué tuviste que morir? —susurró sobre la lana húmeda—. Pero ¿por qué? —Si Frank Randall no hubiera muerto, nada de eso habría sucedido. Claire y él estarían allí, en la casa de Boston, y su familia y su vida estarían intactas.

Pero su padre se había ido y había sido reemplazado por un violento desconocido, un hombre que tenía el rostro de ella, pero que no comprendía su corazón; un hombre que le había robado la familia y el hogar y, no contento con eso, también le había quitado el amor y la seguridad, dejándola sin nada, en una tierra dura y extraña.

Se ajustó el chal sobre los hombros y se estremeció a causa del viento que penetraba por los agujeros del tejido. Tendría que haberse puesto una capa. Había besado a su madre para despedirse y luego se dio la vuelta y corrió por el jardín sin mirarla. Esperó hasta que estuvo segura de que se habían ido, sin importarle el frío.

Oyó pasos en el sendero de ladrillo y se tensó, pero no se volvió. Tal vez era algún sirviente; o Yocasta, para convencerla de que regresara.

Pero eran pasos demasiado largos y fuertes para una mujer. Parpadeó con fuerza y apretó los dientes. No quería darse la vuelta, no debía hacerlo.

—Brianna —dijo una voz detrás de ella. No respondió, ni siquiera se movió.

Resopló. ¿Furia, impaciencia?

—Tengo algo que decirte.

—Dilo —respondió, y las palabras lastimaron su garganta, como si hubiera tragado un objeto dentado.

Había comenzado a llover otra vez, y nuevas gotas se deslizaban por el mármol que tenía frente a ella. Podía sentir el repiqueteo helado de las gotas que le caían en el pelo.

—Voy a traerlo a casa, contigo —afirmó Jamie Fraser con voz tranquila—, o no regresaré jamás.

No pudo darse la vuelta. Hubo un pequeño sonido, un *clic* en el pavimento detrás de ella, y luego oyó el ruido de los pasos que se alejaban. Ante sus ojos nublados por las lágrimas, las gotas sobre las rosas de mármol se desbordaron y comenzaron a caer.

Cuando por fin se dio la vuelta, el sendero estaba vacío. A sus pies había un papel doblado, mojado por la lluvia y sujeto por una piedra. Lo levantó y lo sostuvo en la mano con miedo de abrirlo.

Febrero de 1770

Pese a la preocupación y la furia, se adaptó muy bien a la vida cotidiana en River Run. Su tía abuela, encantada con su compañía, la animaba a buscar distracciones. Al saber que tenía facilidad para el dibujo, Yocasta le ofreció su propio equipo de pintura, insistiendo en que Brianna lo utilizara.

En comparación con la cabaña, la vida en River Run era tan lujosa que casi parecía decadente. Sin embargo, por costumbre, Brianna seguía despertándose al amanecer. Se estiraba con languidez disfrutando del placer del colchón de plumas que la abrazaba y cedía a cada uno de sus movimientos... Sin duda, existía un fuerte contraste con las mantas toscas tendidas sobre la paja fría.

El fuego ardía en el hogar y había una gran palangana de cobre sobre el lavamanos, con los lados bruñidos resplandecientes. También disponía de agua caliente para lavarse; sobre el metal, podía ver las diminutas gotas fruto de la condensación.

Aun así, hacía un poco de frío en la habitación y la luz del exterior era de color azul debido al frío invernal. El sirviente que había entrado y salido en silencio debía haberse levantado antes del amanecer para romper el hielo para el agua.

Tendría que haberse sentido culpable por dejar que la atendieran esclavos, pensó somnolienta. Más tarde lo recordaría. Había muchísimas cosas en las que no quería pensar ahora, así que una más no le haría daño.

Ahora estaba abrigada, y, a lo lejos, podía oír los ruidos de la casa, una cómoda sensación hogareña. La habitación estaba en silencio, excepto por algún crujido ocasional de la leña que ardía en la chimenea.

Rodó para ponerse boca arriba, aún medio dormida. Tenía un ritual cada mañana, algo que había comenzado a hacer de manera semiinconsciente cuando era adolescente y ahora le parecía necesario: reconocer su cuerpo y aceptar los pequeños cambios que ocurrían durante la noche para no sentirse una extraña en él.

Un extraño en su cuerpo ya era suficiente, pensó. Apartó las sábanas y recorrió la hinchazón durmiente de su vientre con las manos. Una pequeña onda le recorrió la piel cuando el habitante se estiró y se dio la vuelta poco a poco, como había hecho ella en la cama unos minutos antes.

—Hola —dijo con cariño. Sintió un leve movimiento del interior en su mano, y luego el ocupante se quedó inmóvil y volvió a sus misteriosos sueños.

Lentamente, se levantó el camisón, que pertenecía a Yocasta y era de franela suave, y sintió el músculo largo y liso en la parte superior de cada muslo, con el hueco suave curvándose hacia dentro. Luego, siguió recorriendo la piel desnuda con las palmas; las pasó por las piernas, el vientre y los pechos. Liso y suave, redondo y duro; músculo y hueso... pero no todo era su músculo y su hueso.

Aquella mañana su piel parecía diferente, como la de una serpiente que acaba de mudar la piel, tierna y reluciente. Más tarde, cuando se levantara, cuando le diera el aire, parecería más fuerte, opaca y resistente.

Se apoyó en la almohada, observando la luz que entraba en la habitación. La casa se despertaba más allá de donde se encontraba ella. Podía oír todos los ruidos y rumores de la gente que trabajaba, y se sentía reconfortada. Cuando era pequeña, en verano, se despertaba por las mañanas para oír cómo su padre segaba el césped y saludaba a los vecinos bajo su ventana. Se había sentido segura y protegida sabiendo que él estaba allí.

Hacía poco tiempo se había despertado al amanecer para oír la voz de Jamie Fraser hablando en gaélico con cariño a sus caballos y había sentido que recuperaba esos mismos sentimientos. Pero no pasaría nunca más.

Lo que su madre había dicho era verdad. Estaba cambiada y alterada, sin que lo supiera o aceptara. Apartó las mantas y se levantó. No podía quedarse en la cama lamentándose por lo que había perdido; protegerla ya no era tarea de otros. Ahora era ella la protectora.

El bebé era una presencia continua y, aunque le resultara extraño, una constante seguridad. Por primera vez se sentía bendecida y reconciliada. Su cuerpo lo había sabido antes que su mente, como su madre le había dicho a menudo: «Escucha a tu cuerpo.»

Se apoyó en el marco de la ventana mirando la nieve del jardín. Una esclava, con capa y pañuelo, estaba arrodillada en el sendero arrancando zanahorias. Olmos altos bordeaban el jardín amurallado; las montañas se encontraban en algún lugar más allá de aquellas ramas desnudas.

Permaneció inmóvil escuchando a su cuerpo. El intruso se estiró un poco y sintió las oleadas de sus movimientos siguiendo el pulso de su sangre, la de los dos. En los latidos de su corazón, Brianna pensó que podía oír el eco del otro, de ese corazón más pequeño, y en ese sonido finalmente halló el valor para pensar con claridad, con la seguridad de que, si sucedía lo peor —se apoyó con fuerza en el marco de la ventana y sintió que crujía bajo la fuerza de su urgencia—, no estaría del todo sola.

53

Culpa

Jamie casi no dijo nada desde nuestra partida del Cerro de Fraser hasta que llegamos a la aldea tuscarora de Tennago. Había hablado poco con Ian, a Yocasta le había dicho lo indispensable en Cross Creek, y a mí no me decía nada. Cabalgaba tras él sintiéndome bastante desgraciada y desgarrada entre la culpa por haber dejado sola a Brianna, el temor por Roger y el dolor ante el silencio de Jamie.

Me culpaba amargamente por no haberle contado de inmediato lo de Stephen Bonnet y, mirando al pasado, yo me culpaba a mí misma por todo lo que había sucedido después.

Se había guardado el anillo de oro que arrojé sobre la mesa y no tenía ni idea de lo que había hecho con él.

El tiempo era malo de manera intermitente; las nubes estaban tan bajas sobre las montañas que, en los cerros más altos, viajábamos durante días atravesando la gruesa y fría niebla y las gotas de agua se condensaban sobre el pelaje de los caballos, de manera que las crines iban goteando, y la humedad brillaba en sus flancos. Por la noche, dormíamos en cualquier refugio que pudiéramos encontrar, enrollados en un montón de mantas húmedas, dispersos alrededor del fuego.

Varios indios que nos conocían de Anna Ooka nos recibieron al llegar a Tennago. Los hombres miraban los barriles de whisky cuando descargábamos las mulas, pero nadie intervino. Llevábamos dos mulas cargadas de whisky, en total una docena de barriles pequeños, todos ellos de la parte que correspondía a los Fraser en el reparto anual, y un porcentaje importante de nuestros ingresos del año. Un rescate digno de un rey, que confiaba que fuera suficiente para el de un joven escocés.

Era lo mejor y lo único que teníamos para negociar, pero también era peligroso. Jamie entregó un barril al *sachem* de la aldea y desapareció con Ian para parlamentar en la casa comunal. Ian había entregado a Roger a sus amigos tuscarora, pero no sabía adónde lo habían llevado. Yo esperaba, contra toda esperanza, que hubiera sido a Tennago. Si era así, podríamos estar de regreso en River Run en un mes. Era una débil esperanza, ya que, en medio de la terrible pelea con Brianna, Jamie admitió que le había dicho a Ian que se asegurara de que Roger no volviera nunca. Tennago se encontraba a diez días de viaje desde el Cerro, demasiado cerca para un padre enfurecido.

Quería preguntar por Roger a las mujeres que me entretenían, pero ninguna de ellas hablaba francés ni inglés, y yo sólo conocía las fórmulas básicas de decoro en lengua tuscarora. Era mejor que dejara que Ian y Jamie se ocuparan de las negociaciones diplomáticas. Jamie, con su don para las lenguas, podía comunicarse en tuscarora. Ian, que pasaba la mitad de su tiempo cazando con los indios, hablaba de manera fluida.

Una de las mujeres me ofreció un plato que contenía un montón humeante de cereales cocinados con pescado. Me incliné para coger un poco con el trozo plano de madera que me habían ofrecido para tal fin y advertí que el amuleto que llevaba se balanceaba hacia delante bajo mi camisa. Su escaso peso era un recordatorio del dolor y, a su vez, lo aliviaba.

Había llevado el amuleto de Nayawenne y el ópalo que encontré bajo el cedro rojo con la intención de devolverlo, aunque no sabía a quién. Si era necesario, estos objetos aumentarían el poder de persuasión del whisky. Por la misma razón, Jamie había traído sus pertenencias más valiosas, que no eran muchas; sólo faltaba el anillo de rubí que había sido de su padre y que Brianna le había traído de Escocia. Se lo habíamos dejado a ella por si no regresábamos, una posibilidad que había que tener en cuenta. No había forma de saber si Geillis Duncan tenía o no razón sobre el uso de las piedras preciosas, pero al menos Brianna tendría una.

Cuando abandonamos River Run me abrazó y besó con fuerza. No quería irme, pero tampoco quedarme. Una vez más, me encontré atrapada entre dos sentimientos: el deseo de quedarme para cuidar de Brianna y la urgente necesidad de irme con Jamie.

—Tienes que ir —me había dicho ella con firmeza—. Estaré bien, tú lo has dicho: soy fuerte como un caballo y estarás de regreso mucho antes de que te necesite.

Había mirado de reojo a su padre, que supervisaba los caballos y las mulas en el establo. Se volvió hacia a mí, con gesto inexpresivo.

—Tienes que ir, mamá. Confío en ti para encontrar a Roger.

Y puso un incómodo énfasis en su confianza en mí, que esperé que Jamie no hubiera advertido.

—No pensarás que Jamie podría...

—No lo sé —me interrumpió—. No sé qué puede llegar a hacer. —Endureció la mandíbula en un gesto que ya conocía. Discutir era inútil, pero tenía que intentarlo.

—Bueno, yo sí que lo sé —interrumpí con firmeza—. Hará cualquier cosa por ti, Brianna. Cualquier cosa. Y aunque no fuera por ti, haría todo lo posible por traer a Roger. Su sentido del honor... —Su rostro me demostró el error que había cometido.

—Su honor —dijo—. Eso es lo que le importa. Supongo que está bien si eso hace que encuentre a Roger. —Y me dio la espalda, bajando la cabeza contra el viento.

—¡Brianna! —Pero sólo hundió los hombros y se ajustó el chal a su alrededor.

—¿Tía Claire? Ya estamos listos. —Ian apareció y nos miró, preocupado. Miré a Brianna y dudé; no quería dejarla así.

—¿Bree? —repetí.

Entonces se volvió en un revoloteo de lana para abrazarme, juntando su mejilla fría con la mía.

—¡Vuelve! —había susurrado—. ¡Mamá, vuelve sana y salva!

—¡No puedo dejarte, Bree, no puedo! —La sostuve con fuerza, toda ella hueso duro y carne tierna; la niña que había dejado, la niña que había recuperado... y la mujer que ahora se separaba de mí y se erguía sola.

—Tienes que ir —murmuró. Había dejado caer la máscara de indiferencia y tenía las mejillas húmedas. Miró hacia la entrada del establo por encima de mi hombro—. Tráelo, tú eres la única que puede traerlo.

Después de besarme con rapidez salió corriendo y sus pasos resonaron en el sendero de ladrillo.

Jamie, con rostro inexpresivo, salió del establo y observó cómo se iba corriendo bajo la tormenta.

—No puedes dejarla así —dije, secándome las lágrimas con un extremo del chal—. Jamie, por favor, ve y despídete.

Se quedó inmóvil, como si no me oyera, y luego se dio la vuelta y se alejó por el sendero. Comenzaban a caer las primeras gotas de lluvia, salpicando el ladrillo polvoriento, y el viento elevó su capa mientras caminaba.

—¿Tía? —Ian había colocado su mano bajo mi brazo y me instaba a que me fuera con él. Lo acompañé y me ayudó a montar. Un poco más tarde, Jamie había regresado y subido al caballo sin mirarme y, con una señal a Ian, había salido del establo; ni siquiera miró atrás. Yo sí que lo hice, pero ya no había señales de Brianna.

Había anochecido y Jamie seguía en la casa comunal con Nacognaweto y el *sachem* de la aldea. Yo levantaba la vista cada vez que alguien entraba, pero nunca era él. Por último, se levantó uno de los cueros de la entrada, e Ian salió acompañado de una figura baja y regordeta.

—Tengo una sorpresa para ti, tía —dijo sonriendo y, apartándose, me dejó ver la cara redonda y sonriente de la esclava Pollyanne. En realidad, la exesclava, porque allí era libre. Se sentó a mi lado sonriendo como una calabaza de Halloween y levantó la piel de ciervo que llevaba para enseñarme al niño que sostenía en sus brazos, cuyo rostro era idéntico al suyo.

Con Ian como intérprete, los escasos conocimientos que tenía de inglés y gaélico y el lenguaje de los gestos, conseguimos mantener una interesante conversación. Tal y como había dicho Myers, la habían aceptado en la tribu de los tuscarora y valoraban su capacidad para curar. Se había casado con un hombre que enviudó tras la epidemia de sarampión, y hacía unos meses que había traído a un nuevo miembro a la familia.

Me encantó ver que había encontrado la libertad y la felicidad, y le di la enhorabuena. También me tranquilicé; si los tuscarora la habían tratado tan bien, quizá Roger no estaría tan mal como temía.

Entonces me acordé y saqué el amuleto de Nayawenne del cuello de mi camisa.

—Ian... ¿quieres preguntarle si sabe a quién debo devolverle esto?

Mientras Ian le hablaba en tuscarora, ella se inclinó hacia delante y toqueteó el amuleto con curiosidad, luego movió la cabeza y respondió con su voz profunda.

—Dice que nadie lo querrá, tía —tradujo Ian—. Pertenece al chamán. Es peligroso. Tendrían que haberlo enterrado con su propietaria; nadie lo tocará por temor a atraer al fantasma del chamán.

Vacilé, sosteniendo la bolsita de cuero. No había tenido la sensación de que sostenía algo vivo desde que murió Nayawenne. Seguramente no era más que mi imaginación la que se agitaba en mi palma.

—Pregúntale: ¿qué ocurre si no se entierra al chamán? ¿Y si no se encuentra el cadáver?

El rostro redondo de Pollyanne era solemne mientras escuchaba. Sacudió la cabeza cuando Ian terminó, y respondió.

—En ese caso, el fantasma camina contigo, tía. Dice que no se lo enseñes a nadie de aquí, ya que se asustarían.

—Pero ella no tiene miedo, ¿no?

Pollyanne lo comprendió, movió la cabeza y se tocó el pecho.

—Ahora india —dijo con sencillez—. Pero no siempre. —Se volvió a Ian y le explicó que en su pueblo veneraban a los espíritus de la muerte. De hecho, no era raro que un hombre conservara la cabeza o alguna otra parte de su abuelo o algún otro ancestro para conseguir su protección o consejo. No, la idea de que un fantasma caminara conmigo no la preocupaba.

Lo que me dijo no me alteró. De hecho, encontré consoladora la posibilidad de que Nayawenne caminara conmigo, dadas las circunstancias. Volví a colocarme el amuleto bajo la camisa; su tacto era como sentir la proximidad de un amigo.

Hablamos durante un buen rato, hasta bastante después de que el resto de los indios que estaban en la casa comunal se hubieran marchado a sus propios cubículos y los ronquidos inundaran el ambiente ahumado. De hecho, nos sorprendió la llegada de Jamie, que, al entrar, dejó pasar una corriente de aire frío.

Al despedirse, Pollyanne dudó sobre si tenía que decirme algo. Miró de reojo a Jamie, se encogió de hombros y se decidió. Se acercó a Ian y, llevándose las manos a la cara, le susurró algo al oído que sonaba a la miel cuando fluye sobre las rocas; luego me abrazó y se fue.

Ian la contempló, asombrado.

—¿Qué ha dicho, Ian?

El chico se volvió hacia mí, frunciendo el ceño con preocupación.

—Dice que debería decirle a tío Jamie que la noche en que murió la mujer en el aserradero ella vio a un hombre.

—¿Qué hombre?

Negó con la cabeza, aún con el ceño fruncido.

—No lo conocía. Sólo dice que era un hombre blanco, corpulento y no tan alto como el tío Jamie o yo. Dice que salió y caminó con rapidez hacia el bosque. Ella estaba sentada en la choza y lo vio pasar; cree que él no la vio. Pasó suficientemente cerca del fuego como para verle la cara. Tenía marcas de viruela y cara de cerdo —dijo, llevándose los dedos a la cara.

—¿Murchison? —Mi corazón se sobresaltó.

—¿El hombre llevaba uniforme? —preguntó Jamie con las cejas fruncidas.

—No. Pero sintió curiosidad por saber qué hacía allí. No era uno de los propietarios de la plantación, ni ayudante, ni capataz. Así que se deslizó al interior del aserradero y, cuando fue a mirar, supo que algo horrible había sucedido. Olió la sangre y oyó voces, por eso no entró.

Había sido un asesinato que no pudimos evitar por muy poco tiempo. A pesar de que dentro de la casa comunal hacía calor, sentí el recuerdo frío del aire viciado y sanguinolento del aserradero y la dureza del pincho de cocina en mi mano.

Jamie apoyó una mano en mi hombro y, sin pensarlo, me aferré a ella. Me sentí muy bien al tocarla. Entonces me di cuenta de que hacía un mes que no nos tocábamos.

—La muchacha muerta era lavandera del ejército —dijo Jamie—. Murchison tiene a su esposa en Inglaterra; supongo que una amante embarazada le resultaría un inconveniente.

—No es raro que haya provocado tanto revuelo para atrapar al responsable y culpar a esta pobre mujer, que ni siquiera podía hablar para defenderse. —Ian estaba rojo de indignación—. Si hubiera podido hacer que la colgaran se habría sentido a salvo, el muy cerdo.

—Cuando regresemos, tal vez tenga una conversación privada con el sargento —comentó Jamie.

La idea me heló la sangre. Su voz era tranquila y uniforme, y su rostro estaba tranquilo cuando me di la vuelta para mirarlo, pero me pareció ver la superficie de un oscuro estanque escocés reflejado en sus ojos, con el agua agitada como si se acabara de hundir algo pesado.

—¿No crees que ya tienes bastantes venganzas pendientes para mantenerte ocupado?

Hablé con más dureza de la que hubiera querido, y Jamie me soltó la mano bruscamente.

—Eso espero —afirmó, sin expresión en la voz ni en el rostro, y se volvió hacia Ian—. Wakefield, MacKenzie o cualquiera que sea su nombre está en el norte. Lo vendieron a los mohawk de una pequeña aldea en la parte baja del río. Tu amigo Onakara ha aceptado llevarnos; saldremos al amanecer. —Después de decir esto se puso en pie y se alejó hacia el otro extremo de la casa.

Todos los demás se habían acostado. Había cinco fuegos en toda la casa, cada uno con su propio tiro, y la pared más lejana se encontraba dividida en cubículos, uno para cada pareja o familia, con un estante bajo y ancho para dormir y espacio debajo para el almacenaje.

Jamie se detuvo en el cubículo que nos habían asignado, donde había dejado nuestras capas y fardos. Se quitó las botas, se soltó el tartán que llevaba sobre los pantalones y la camisa, y desapareció en la oscuridad del habitáculo sin echar la vista atrás. Quise seguirlo, pero Ian me detuvo, poniéndome una mano en el brazo.

—Tía —dijo, vacilante—. ¿No lo has perdonado?

—¿Perdonarlo? —Lo contemplé asombrada—. ¿Por qué? ¿Por Roger?

Hizo una mueca.

—No, eso fue un lamentable error, que se volverá a repetir si seguimos viendo las cosas de esta forma. No... por Bonnet.

—¿Por Stephen Bonnet? ¿Cómo puede creer que lo culpo por eso? ¡Nunca le he dicho nada semejante! —Estaba demasiado ocupada creyendo que me culpaba a mí, para pensar algo así.

Ian se pasó la mano por el pelo.

—Bueno... ¿no te das cuenta, tía? Él se culpa por eso, lo hace desde que nos robó en el río, y ahora, después de lo que le ha hecho a la prima... —Se encogió de hombros un poco molesto—. Está consumido por la culpa, y al ver que estás enfadada con él...

—Pero ¡no estoy enfadada con él! Yo creía que él estaba enfadado conmigo por no decirle en su momento que había sido Bonnet.

—¡No! —Ian no sabía si reír o llorar—. Bueno, supongo que si lo hubieras hecho nos habríamos ahorrado algunos problemas, pero estoy seguro de que no está enfadado por eso, tía. Después de todo, cuando la prima Brianna se lo dijo, nosotros ya nos habíamos encontrado con MacKenzie en la ladera de la montaña y le había hecho daño.

Respiré profundamente.

—¿Crees que piensa que estoy enfadada?

—Bueno, eso lo puede ver cualquiera, tía —aseguró con sinceridad—. No lo miras y sólo le hablas cuando no tienes más remedio... y... —se aclaró la garganta con delicadeza— y no te he visto ir a su cama desde hace más de un mes.

—¡Bueno, él tampoco lo ha hecho! —exclamé, acalorada, antes de darme cuenta de que no era una conversación adecuada para un muchacho de diecisiete años.

Ian hundió los hombros y me lanzó una mirada solemne.

—Él tiene su orgullo, ¿no?

—Dios sabe que lo tiene —contesté, pasándome una mano por la cara—. Yo... mira, Ian, gracias por decírmelo.

Me dirigió una de sus raras y dulces sonrisas que transformaban su cara alargada.

—Bueno, detesto verlo sufrir. Yo quiero mucho al tío Jamie.

—Yo también —intervine, tragando para que bajara el nudo que tenía en la garganta—. Buenas noches, Ian.

Caminé poco a poco por la casa mientras pasaba junto a los cubículos en los que familias enteras dormían juntas, y el sonido de sus respiraciones mezcladas resultaba un pacífico contrapunto al latido ansioso de mi corazón. Fuera llovía, y el agua penetraba por los agujeros de las hogueras, haciendo que las brasas sisearan.

¿Por qué no había sido capaz de ver lo que Ian me decía? Era fácil responder; no era la furia, sino mi propia culpa, lo que me había cegado. Había callado lo que sabía de Bonnet, tanto por el anillo de oro, como porque Brianna me lo había pedido, pero pude tratar de convencerla, aun sabiendo que ella tenía razón: tarde o temprano hubiera ido tras Bonnet. Aunque yo tenía más confianza que Brianna en el triunfo de Jamie, no había sido el anillo lo que había hecho que guardara silencio.

¿Por qué me sentía culpable? No había una razón lógica. Había escondido el anillo por instinto, porque no quería enseñárselo a Jamie ni volver a ponérmelo en el dedo. Y, sin embargo, quería, necesitaba guardarlo.

Se me encogió el corazón al pensar en las últimas semanas, en Jamie, en la necesidad de expiar la soledad de la culpa. Después de todo, por eso había venido con él... porque temía que si iba solo, quizá no regresara. Espoleado por la culpa y la valentía, podía llegar a límites insospechados; si tenía que pensar en mí, sabía que tendría cuidado. Y siempre se había sentido solo y con el amargo reproche de la única persona que debería haberle ofrecido consuelo.

Estaba consumido.

Me detuve junto al cubículo. El estante tenía dos metros y medio de ancho, y él estaba tumbado en el fondo. Apenas podía ver más que un bulto bajo una manta confeccionada con pieles de conejo. Lo vi acostado, inmóvil, pero despierto.

Me subí a la plataforma y, a salvo en las sombras del cubículo, me quité la ropa. A pesar de que hacía bastante calor en la casa comunal, se le había puesto la carne de gallina y los pezones erectos. Mis ojos se acostumbraron a la oscuridad y puede ver que estaba de lado, vuelto hacia mí. Capté el brillo de sus ojos en la oscuridad, abiertos y sin dejar de mirarme.

Me arrodillé y me deslicé bajo la manta, con su piel suave contra mi piel y, sin pensarlo, me volví hacia él y apreté mi cuerpo desnudo contra el suyo, ocultando mi cara en su hombro.

—Jamie —susurré—. Tengo frío. Acércate y caliéntame, por favor.

• • •

Se volvió en silencio, con una ferocidad que podía haber sido deseo contenido, pero yo sabía que era desesperación. No quería placer, lo único que me satisfacía era darle consuelo. Pero al abrirme a él sentí una súbita necesidad, tan ciega y desesperada como la suya.

Permanecimos abrazados, temblando, con las cabezas hundidas en el cabello del otro, incapaces de mirarnos, pero sin poder separarnos. Poco a poco, cuando se desvanecieron los espasmos, fui consciente de lo que había fuera de nuestra pequeña espiral, y me di cuenta de que estábamos en medio de extraños, desnudos e indefensos, tan sólo protegidos por la oscuridad.

Y, no obstante, estábamos completamente solos. Teníamos la privacidad de Babel; alguien hablaba en el otro extremo de la casa, pero sus palabras no tenían significado. Era como el zumbido de las abejas.

El humo del fuego se elevaba fuera del santuario de nuestra cama, fragrante e insustancial como el incienso. El cubículo estaba tan oscuro como un confesionario; sólo podía ver la suave curva de luz que rodeaba su hombro, un brillo efímero en los mechones de su cabello.

—Jamie, lo siento —dije por último—. No fue culpa tuya.

—¿Y de quién, si no? —preguntó con tono sombrío.

—De todos. De nadie. De Stephen Bonnet. Pero no tuya.

—¿Bonnet? —quiso saber, sorprendido—. ¿Qué tiene que ver?

—Bueno... todo —respondí, confundida—. ¿No?

Se separó y apartó el pelo de su cara.

—Stephen Bonnet es una criatura perversa y lo mataré a la primera oportunidad que tenga. Pero no creo que pueda culparlo por mis faltas como hombre.

—¿De qué estás hablando? ¿Qué faltas?

No respondió de inmediato, sino que inclinó la cabeza, que no era más que una sombra agazapada en la oscuridad. Sus piernas aún estaban enredadas en las mías; podía sentir la tensión de su cuerpo en sus articulaciones, rígidas en los huecos de sus muslos.

—No creía que pudiera sentir tantos celos de un muerto —susurró por fin—. No creía que fuera posible.

—¿De un muerto? —Al darme cuenta, mi voz subió de tono a causa del asombro—. ¿De *Frank*?

Estaba inmóvil sobre mí. Vacilante, me acarició los huesos del rostro.

—¿De quién si no? Me ha perseguido estos días de viaje y puedo ver su rostro en mi mente una y otra vez. Dijiste que se parecía a Jack Randall, ¿no?

Lo abracé con fuerza y acerqué mi boca a su oído. Gracias a Dios que no le había mencionado el anillo, pero ¿me habría traicionado mi cara transparente?

—¿Cómo? —susurré, apretándolo con fuerza—. ¿Cómo has podido pensar eso?

Se liberó apoyándose en un codo y dejando que la mata de pelo rojizo cayera sobre mi cara en una masa de sombras llameantes, con el brillo dorado y carmesí del fuego centelleando a través de los mechones.

—¿Y cómo no pensarlo? —exigió—. ¡Ya la has oído, Claire, sabía lo que me decía!

—¿Brianna?

—Dijo que le gustaría verme en el infierno y que vendería su alma por recuperar a su padre, a su verdadero padre. —Oí el ruido de su garganta al tragar para hablar más alto que el murmullo de las voces lejanas—. Estuve pensando que él nunca hubiera cometido ese error, habría confiado en ella, habría sabido que ella... Pensé que Frank Randall era mejor hombre que yo. Ella lo cree. —Su mano titubeó y la posó sobre mi hombro, apretándolo con fuerza—. Y pensé que... tal vez tú considerabas lo mismo, Sassenach.

—Tonto —susurré, pero no me refería a él—. Tontito, ven aquí —dije mientras acariciaba su espalda y hundía los dedos en la firmeza de sus nalgas.

Dejó caer la cabeza y emitió en mi hombro un pequeño ruido, que bien pudo ser una risa.

—Sí, soy tonto. Pero no te importa demasiado, ¿no?

—No —contesté. Su cabello olía a humo y a pino. Aún tenía algunas agujas en el pelo, y una me pinchó los labios—. Ella no quiso decir eso.

—Sí, lo hizo —respondió, y sentí cómo se tragaba el nudo que se le había formado en la garganta—. La oí.

—Y yo os oía a los dos. —Le froté la espalda y sentí las suaves cicatrices, tanto las antiguas como las más recientes, las que se debían a las garras del oso—. Brianna es igual que tú, dice cosas que no siente cuando está enfadada. ¿O es que tú querías decirle todo lo que le dijiste?

—No. —Su cuerpo y sus articulaciones comenzaron a relajarse, hasta rendirse con reticencia frente a la persuasión de mis dedos—. No, no quise decirlo. No todo lo que dije.

Esperé un momento, acariciándolo como lo hacía con Brianna cuando era pequeña y tenía miedo.

—A ella le ha pasado lo mismo, créeme —susurré—. Os quiero a los dos.

Suspiró profundamente y permaneció inmóvil durante un instante.

—Si puedo encontrar al hombre y llevárselo, ¿crees que me perdonará algún día?

—Sí. Sé que lo hará.

Al otro lado de la división, oí los pequeños sonidos del amor: el movimiento y los suspiros, las palabras murmuradas que no tienen lengua.

Brianna me había dicho: «Tienes que ir. Eres la única que lo puede traer de vuelta.»

Por primera vez se me ocurrió que quizá no se refería a Roger.

Era un largo trayecto a través de las montañas que se complicaba aún más en invierno. Había días en los que era imposible viajar y nos pasábamos el día ocultos bajo un saliente rocoso o refugiados en una arboleda, acurrucados para protegernos del viento.

Una vez que llegamos a las montañas, el viaje resultó más fácil, aunque las temperaturas descendían a medida que nos dirigíamos al norte. Algunas noches nos alimentábamos con comida fría, ya que con la nieve y el viento éramos incapaces de mantener el fuego encendido. Pero cada noche me acostaba con Jamie y nos acurrucábamos en un único montón de pieles y mantas, compartiendo el calor.

Llevaba el cálculo de los días haciendo nudos en un cordel. Habíamos salido de River Run a principios de enero; era mediados de febrero cuando Onakara nos señaló el humo que se elevaba a lo lejos, mostrándonos la aldea mohawk, adonde él y sus compañeros habían llevado a Roger. Dijo que la aldea se llamaba «Aldea de la Serpiente».

Habían pasado seis semanas y Brianna ya estaría de seis meses. Si encontrábamos pronto a Roger (y si era capaz de viajar, pensé con ironía), quizá pudiéramos regresar antes de que naciera la criatura. Pero si Roger no estaba allí, si los mohawk lo habían vendido a otros... o si estaba muerto, decía una fría vocecita en mi cabeza, entonces podríamos regresar sin retrasos.

Onakara no aceptó acompañarnos hasta la aldea, lo que no ayudó a que aumentara mi confianza. Jamie se despidió de él entregándole uno de los caballos, un buen cuchillo y un frasco de whisky como pago por sus servicios.

Enterramos el resto del whisky a cierta distancia de la aldea.

—¿Nos entenderán? —pregunté mientras volvíamos a montar—. ¿El tuscarora es como el mohawk?

—No es lo mismo, pero se parece, tía —dijo Ian. Nevaba un poco y los copos se derretían en sus pestañas—. Como el español y el italiano. Pero Onakara dijo que el *sachem* y algunos indios saben algo de inglés, aunque no lo usan. Lucharon con los ingleses contra los franceses, así que unos cuantos tienen que saber inglés.

—Vayamos y probemos suerte —comentó Jamie; sonrió y cruzó el rifle sobre la silla de montar.

54

Cautividad I

Febrero de 1770

Había estado en la aldea mohawk unos tres meses, como pude comprobar en los nudos del hilo. Al principio no sabía quiénes eran, sólo que eran indios diferentes a sus captores y que éstos los temían.

Había estado aturdido por el cansancio mientras los hombres que lo habían traído hablaban y señalaban. Los indios nuevos eran distintos; iban vestidos con pieles y cueros para protegerse del frío y la mayoría de los hombres llevaban el rostro tatuado.

Uno de ellos lo amenazó con la punta del cuchillo y lo hizo desnudar. Lo obligaron a estar desnudo en medio de una cabaña de madera, donde varios hombres y mujeres lo golpearon y se burlaron de él. Su pie derecho estaba inflamado a causa de un profundo corte infectado. Todavía podía caminar, pero cada paso que daba le producía unos dolores intensos y la fiebre lo hacía temblar.

Lo empujaron hasta la puerta de la cabaña. Fuera se escuchaba el ruido provocado por dos hileras de salvajes formando un pasillo y que gritaban armados con palos. Alguien le pinchó la nalga con un cuchillo y sintió como descendía la sangre por su pierna. «*Cours!* —le dijeron—. Corre.»

El suelo estaba pisoteado y la nieve se había convertido en hielo sucio. Los pies le ardieron cuando un golpe en la espalda hizo que se tambaleara hacia el pandemonio.

Se mantuvo erguido durante casi todo el pasillo, dando tumbos a un lado y a otro mientras los garrotes le golpeaban y le azotaban las piernas y la espalda. No había forma de evitar los golpes. Todo lo que podía hacer era correr lo más rápido posible entre las dos hileras de indios.

Cerca del final, un palo lo golpeó en el estómago, se dobló y sintió detrás de la oreja otro golpe, que hizo que rodara sobre la nieve, casi sin sentir el frío. Sintió un latigazo en las piernas y otro debajo de los testículos. Sacudió las piernas casi en un acto reflejo y siguió rodando hasta que pudo apoyarse sobre las manos y las rodillas. La sangre que salía de su nariz y de su boca se mezclaba con el barro helado.

Llegó hasta el final de la hilera. Con los últimos golpes todavía ardiendo en su espalda, se puso en pie y, para mirarlos, se dio la vuelta apoyándose en las varas. Eso les gustó y se rieron con carcajadas que parecían ladridos. Roger hizo una inclinación de cabeza y se irguió. Rieron con más fuerza. Siempre había sabido complacer a la muchedumbre.

Entonces lo condujeron al interior y le dieron agua para que se lavara y también comida. Le devolvieron su camisa harapienta y sus calzones mugrientos, pero no la casaca y los zapatos. Dentro de la casa hacía calor, ya que tenían varias hogueras encendidas a lo largo de toda la superficie de la estructura, cada una con su agujero encima. Se arrastró hasta un rincón y se quedó dormido, con la mano sobre la costura abultada de sus pantalones.

Después del recibimiento, los mohawk lo trataron con indiferencia, pero sin crueldad. Era el esclavo de aquella vivienda comunitaria y lo podían usar todos los habitantes. Si no entendía una orden se la repetían una vez, y si se negaba o hacía que no entendía, lo golpeaban, con lo que no se volvió a negar. Le daban comida suficiente y un lugar decente para dormir en un rincón de la casa.

Como era invierno, la tarea principal era recoger leña y llevar agua, aunque, de vez en cuando, una partida de caza se lo llevaba para que les ayudara a eviscerar las piezas y a cargar con la carne. Los indios no se esforzaban mucho en comunicarse con él, pero después de escucharlos con atención, aprendió un poco su idioma.

Con gran cuidado, quiso emplear algunas palabras, y para ello eligió a una niña, ya que le pareció menos peligroso. Ella lo contempló asombrada, como si oyera hablar a un cuervo, y rió.

La pequeña llamó a sus amigas y todas rieron con la boca tapada mientras lo miraban de reojo. Dijo todas las palabras que conocía, y señaló los objetos (fuego, olla, manta, maíz), y luego hizo una señal hacia la ristra de pescado seco que tenía sobre la cabeza y enarcó las cejas.

«*Yona'kensyonk*», dijo su nueva amiga rápidamente, y rió cuando Roger lo repitió. Durante los siguientes días y semanas, las niñas le enseñaron muchas palabras. Así supo dónde estaba. O no dónde, sino en manos de quién.

Eran *Kahnyen'kehaka*, le dijeron con orgullo, sorprendidas de que no lo supiera. Eran mohawk, Guardianes de la Puerta del Este de la liga iroquesa. Él, en cambio, era algo así como un *Kakonhoaerhas*. Le llevó bastante tiempo de discusión conocer el significado exacto de aquel término; cuando una de las niñas llevó consigo a un chucho a modo de ejemplo, finalmente descubrió que significaba «cara de perro».

—Gracias —les dijo, tocando su barba crecida y enseñándoles los dientes entre gruñidos. Las niñas se rieron mucho.

Una de las madres de las niñas se interesó por él, y al ver que aún tenía el pie inflamado, le llevó un ungüento, le lavó el pie y se lo vendó con liquen y cáscaras de maíz. Las mujeres comenzaron a hablarle cuando les llevaba leños o agua.

No intentó escapar; todavía no. El invierno se cernía sobre la aldea, con nieve frecuente y un viento intenso. No llegaría lejos sin armas, herido y sin la protección del tiempo. Esperaba su momento. Y por las noches soñaba con mundos perdidos y a menudo se levantaba al amanecer con el olor de la hierba fresca y el anhelo derramado sobre su vientre.

Cuando apareció el jesuita, la orilla del río todavía estaba helada. Roger estaba fuera cuando oyó ladrar a los perros, que indicaron que se aproximaban visitantes. La gente se reunió y él se acercó con curiosidad.

Los recién llegados eran un grupo de hombres y mujeres mohawk que iban a pie, cargados con los habituales pertrechos de viaje. Resultaba extraño, ya que el resto de los visitantes que habían llegado a la aldea eran pequeñas partidas de caza. Lo más extraño era que los visitantes traían a un hombre blanco, y el pálido sol invernal brillaba sobre el cabello rubio del hombre.

Roger se acercó, ansioso por enterarse, hasta que uno de los indios de la aldea lo empujó hacia atrás. Sin embargo, pudo ver que el hombre era un sacerdote. Los restos harapientos de la larga sotana negra, que caía sobre los pantalones de piel y los mocasines, eran visibles bajo la capa de piel de oso.

No actuaba como un prisionero ni estaba atado, pero tuvo la impresión de que no iba por propia voluntad.

El sacerdote, con un gesto de preocupación, entró con varios indios en la Casa del Consejo. Roger nunca había entrado allí, pero conocía su existencia por sus conversaciones con las mujeres.

Una de las mujeres mayores de la casa comunal lo vio merodeando entre la multitud y le ordenó enseguida que llevara más leña. Se fue, y no volvió a ver al sacerdote, aunque en la aldea vio los rostros de los recién llegados, dispersos entre las casas comunales, para compartir la hospitalidad de sus hogares.

Algo sucedía en la aldea, podía sentirlo, pero no lo comprendía. Los hombres hablaban alrededor del fuego y las mujeres murmuraban entre ellas mientras trabajaban, pero la discusión superaba sus rudimentarios conocimientos del idioma mohawk. Preguntó a una de las pequeñas y sólo pudo decirle que los visitantes provenían de una aldea del norte, que desconocía el motivo y que sólo sabía que tenía algo que ver con el *Kahontsi'yatawi*, el Ropa Negra, como llamaban al jesuita.

Una semana después, Roger salió con una partida de caza. Hacía frío, pero estaba despejado, y viajaron lejos, hasta que por fin encontraron y mataron a un alce. Roger estaba sorprendido, no sólo por el tamaño del animal, sino también por su estupidez. Podía entender la actitud de los cazadores: no había honor en matar algo así; sólo era carne.

Era un montón de carne. Lo cargaron con todo, pero con el pie herido, el peso adicional le resultó difícil de transportar. Cuando partieron hacia la aldea, cojeaba tanto que no podía seguir el ritmo de la partida de caza y se quedó atrás, intentando desesperadamente no perderlos de vista, por temor a perderse en el bosque.

Cuando llegó a la aldea, lo sorprendió que varios indios lo esperaran. Lo liberaron de su carga y lo empujaron al interior de la choza. No se trataba de su propia casa comunal, sino de una pequeña choza que se hallaba en el otro extremo del claro central.

No sabía suficiente mohawk para hacer preguntas y, de todos modos, no le hubieran contestado.

Había un pequeño fuego que no le permitía ver nada, puesto que estaba deslumbrado por la luz del día.

—¿Quién es usted? —preguntó con curiosidad una voz en francés.

Roger parpadeó varias veces, hasta poder vislumbrar la figura sentada frente al fuego. Era el sacerdote.

—Roger MacKenzie. *Et vous?* —Y experimentó una inesperada alegría por el simple hecho de que pronunciara su nombre. A los indios no les importaba cómo se llamaba; le llamaban Cara de Perro cuando lo necesitaban.

—Alexandre. —El sacerdote se acercó complacido e incrédulo—. Padre Alexandre Ferigault. *Vous êtes anglais?*

—Escocés —puntualizó Roger; tuvo que sentarse porque la pierna herida no le sostenía.

—¿Un escocés? ¿Cómo ha llegado hasta aquí? ¿Es un soldado?

—Un prisionero.

El sacerdote se agachó junto a él y lo observó con curiosidad.

—¿Quiere comer conmigo? —Era un hombre bastante joven. Tendría veintitantos o treinta y pocos años, aunque su piel clara estaba agrietada y curtida por el frío. Hizo un gesto hacia una pequeña serie de cuencos de arcilla y cestos que contenían comida y agua.

El hecho de poder hablar el mismo idioma fue un alivio para ambos. Cuando terminaron de comer, ya conocían un poco el pasado del otro, aunque no habían explicado el motivo de su situación actual.

—¿Por qué me han traído aquí con usted? —preguntó Roger, limpiándose la grasa después de comer. No creía que fuera para proporcionarle compañía al sacerdote, pues la consideración no se encontraba entre las cualidades de aquellos indios.

—No lo sé. En realidad me ha sorprendido ver a otro hombre blanco.

Roger miró de reojo hacia la puerta. Había alguien fuera.

—¿Usted es un prisionero? —preguntó asombrado. El sacerdote vaciló y luego se encogió de hombros con una leve sonrisa.

—No se lo sabría decir. Con los mohawk, uno puede ser *Kahnyen'kehaka* o bien «otro». Y si eres «otro», la línea que divide al huésped del prisionero es muy tenue y puede cambiar en cualquier momento. Viví varios años con ellos, pero sigo siendo «el otro», no uno de ellos. —Tosió y cambió de tema—. Y usted, ¿cómo cayó prisionero?

Roger vaciló, sin saber cómo explicárselo.

871

—Me traicionaron —dijo al fin—. Me vendieron.

El sacerdote asintió comprensivo.

—¿Hay alguien que pueda pagar un rescate por usted? Lo mantendrán con vida si tienen esperanzas de cobrar algún rescate.

Roger negó con la cabeza, sintiéndose hueco como un tambor.

—No, no hay nadie.

La conversación cesó cuando la luz del agujero de la hoguera se atenuó; se estaban quedando a oscuras y ya no había más leña. El fuego se apagó. Parecía que hubieran abandonado la choza. Había un armazón de cama construido con varas, pero no había nada más, excepto un par de pieles raídas de ciervo y un montón de basura en una esquina.

—¿Lleva mucho tiempo en esta choza? —preguntó por último Roger para romper el silencio. Casi no podía ver al sacerdote, aunque los últimos vestigios del crepúsculo eran visibles a través del agujero.

—No. Me han traído hoy, poco antes de que usted llegara. —El sacerdote tosió, moviéndose incómodo en el suelo de tierra.

Aquello resultaba siniestro, pero Roger pensó que era mejor no decir nada. Era evidente para ambos que la línea entre huésped y prisionero ya se había cruzado. ¿Qué habría hecho aquel hombre?

—¿Usted es cristiano? —preguntó bruscamente Alexandre.

—Sí. Mi padre era ministro.

—Ah. Si me llevan, ¿puedo pedirle que rece por mí?

Roger sintió un frío que no tenía nada que ver con la temperatura del lugar.

—Sí —dijo con torpeza—. Por supuesto. Si así lo desea.

El sacerdote se puso en pie y comenzó a caminar inquieto por la choza, incapaz de quedarse quieto.

—Tal vez todo salga bien —comentó, como si quisiera convencerse—. Todavía están decidiendo.

—Decidiendo, ¿qué?

—Si viviré —arguyó, encogiéndose de hombros.

No había respuesta para eso y otra vez reinó el silencio. Roger estaba acurrucado junto a la hoguera apagada, descansando su pie herido mientras el sacerdote paseaba de un lado a otro hasta que se sentó junto a él. Sin ningún comentario, ambos se acercaron para compartir el calor; iba a ser una noche larga.

Roger dormitaba bajo una de las pieles de ciervo, cuando lo despertó un ruido en la puerta. Se incorporó, parpadeando, y vio una llama y a cuatro guerreros mohawk; uno de ellos puso leños en el fuego casi apagado para reavivarlo mientras los otros tres, sin prestar atención a Roger, levantaron al padre Ferigault y le arrancaron la ropa.

Roger se movió de manera instintiva, pero lo tiraron al suelo de un golpe. El sacerdote lo miró, implorando que no interviniera.

Uno de los guerreros acercó a la cara del sacerdote un tizón encendido y dijo algo que pareció una pregunta. Luego, al no recibir respuesta, lo pasó por su cuerpo, tan cerca que la piel blanca parecía roja.

Al pasarlo junto a los genitales, el rostro de Alexandre se cubrió de sudor, pero seguía inexpresivo. El guerrero que llevaba el tizón le dio un golpe con él y el sacerdote no pudo evitar encogerse. La choza se llenó de olor a pelo chamuscado, los indios rieron y lo hicieron otra vez. Esta vez estaba preparado y no se movió.

Cansados de esa actividad, dos de los guerreros lo arrastraron por los brazos hasta el exterior de la choza.

«Si me llevan, rece por mí.» Roger se enderezó poco a poco, con el vello erizado por el temor. Podía oír las voces de los indios conversando entre ellos mientras se alejaban. El sacerdote no emitía ningún sonido.

Las ropas del sacerdote estaban tiradas en el suelo. Roger las recogió, les sacudió el polvo y las dobló con manos temblorosas.

Trató de rezar, pero le resultaba difícil concentrarse. Por encima de su oración, oía una vocecita fría que decía: «Y cuando vengan a llevarme, ¿quién rezará por mí?»

Habían dejado el fuego encendido. Trató de convencerse de que eso significaba que no lo matarían. Conceder comodidades a un prisionero condenado tampoco era una costumbre mohawk. Un poco después, se tumbó bajo las pieles, acurrucado de lado, y observó las llamas hasta que se durmió, agotado por el terror.

El ruido de varias voces y pisadas lo despertó de golpe de un sueño inquieto. Se alejó del fuego y se agachó, buscando frenéticamente alguna herramienta de defensa.

Se abrió la puerta y el cuerpo desnudo del sacerdote cayó al suelo. El ruido de pasos se alejó mientras Alexandre se estiraba y gemía. Roger se acercó de rodillas. Podía oler la sangre fresca, aquel olor cálido a cobre que reconocía tras haber descuartizado al alce.

—¿Está herido? ¿Qué le han hecho?

Encontró la respuesta al dar la vuelta al cuerpo semiconsciente del sacerdote y ver la sangre en la cara y el cuello. Cogió la sotana y trató de limpiar la herida; le apartó el cabello rubio y descubrió que le faltaba una oreja. Le habían arrancado un pedazo de piel justo debajo de la mandíbula, llevándose la oreja y parte del cuero cabelludo.

Roger sintió un nudo en el estómago y presionó la tela con la herida abierta. Mientras tanto, arrastró el cuerpo flácido junto al fuego y colocó los restos de ropa y ambas pieles sobre el padre Ferigault.

El hombre se quejaba. Roger le mojó la cara y le dio de beber.

—Todo irá bien —murmuraba Roger una y otra vez, sin saber si le oía—. Todo va bien, no le han matado. —Se preguntó si esto terminaría aquí o era un anticipo de mayores torturas.

El fuego se había consumido y la luz rojiza hacía que la sangre adquiriera un color oscuro.

El padre Alexandre se retorcía una y otra vez entre quejidos, inquieto a causa del dolor que le provocaba la herida. No podía dormirse y Roger tampoco, casi igual de consciente de cada interminable minuto que pasaba.

Roger se maldijo por su impotencia; hubiera dado cualquier cosa por aliviar el dolor del hombre, aunque fuera un instante. No era mera compasión, y lo sabía; los pequeños sonidos del padre Alexandre impedían que la idea de la mutilación desapareciera de la mente de Roger, y mantenían el terror vivo en su sangre. Si el sacerdote se durmiera, los sonidos desaparecerían... y quizá, en la oscuridad, el horror retrocedería un poco.

Por primera vez comprendió los motivos de Claire Randall para curar heridos. Caminar por los campos de batalla y calmar el dolor y el miedo a la muerte servía para atenuar los propios temores. Para calmar su miedo habría hecho cualquier cosa.

Al final, incapaz de soportar los gemidos y los rezos, se acostó junto al sacerdote y lo cogió entre los brazos.

—Tranquilo —susurró junto a la cabeza del padre Alexandre. Esperaba que fuera el lado en el que aún tenía oreja—. Quieto. Descanse.

El cuerpo del sacerdote se agitó con los músculos agarrotados por el dolor y el frío. Roger frotó con fuerza la espalda del hombre, así como sus frías extremidades, y colocó ambas pieles sobre él.

—Se pondrá bien —afirmó Roger, y se dio cuenta de que no importaba lo que dijera, siempre que siguiera hablándole—. Todo irá bien. Vamos, vamos.

Hablaba tanto para distraer al hombre como a sí mismo; el tacto del cuerpo desnudo de Alexandre resultaba algo perturbador... porque no parecía raro y, a la vez, lo era.

El sacerdote se aferró a él, con la cabeza junto a su hombro. No dijo nada, pero Roger podía sentir en su piel la humedad de las lágrimas. Se obligó a abrazar al sacerdote con fuerza, frotando su columna abultada, y obligándose a pensar únicamente en detener el terrible temblor.

—Podría ser un perro callejero —dijo Roger en inglés— y le cuidaría igual —murmuró para sí—, no llamaría a un veterinario. —Le acarició la cabeza con cuidado de no hacerle daño, y, sin darse cuenta, se le había puesto la carne de gallina tan sólo pensar en tocar aquella herida sanguinolenta. El cabello de la nuca del sacerdote estaba lacio a causa del sudor, aunque la piel de su cuello y hombros estaba helada. El resto de su cuerpo estaba más tibio, pero no mucho más—. Nadie trata así a un perro —murmuró—, salvajes de mierda. Me quejaré a la policía y publicarán su foto en el *Times*. Remitiré mis quejas a mi primer ministro.

Una especie de risa espantosa salió de sus labios. Se aferró al cuerpo del sacerdote y lo acunó en la oscuridad.

—*Reposez-vous, mon ami. C'est bien, là, c'est bien.*

55

Cautividad II

River Run, marzo de 1770

Brianna pasó el pincel húmedo por el borde de la paleta para eliminar el exceso de pintura y disponer de una buena punta. Tomó con cuidado la mezcla de verde y cobalto, y añadió una fina sombra en el borde del río.

Se oyeron pasos por el sendero que procedía de la casa. Reconoció el doble paso sin ritmo; era el Dúo Mortal. Se tensó mientras luchaba con la necesidad de coger el lienzo húmedo y esconderlo detrás del mausoleo de Hector Cameron. No le importaba que fuera Yocasta, que a menudo la visitaba por las mañanas para hablar de técnicas de pintura y mezclas de colores. De hecho, le gustaba la compañía de su tía abuela y valoraba las historias de la mujer sobre su niñez en Escocia, junto a la abuela de Brianna y los otros MacKenzie de Leoch. Pero era algo por completo distinto cuando Yocasta aparecía con el «perro que veía por ella».

—¡Buenos días, sobrina! ¿No hace demasiado frío para ti?

Yocasta, envuelta en su capa, se detuvo y sonrió a Brianna. Si no la hubiera conocido no se habría dado cuenta de que era ciega.

—Estoy bien; la... la tumba me protege del viento. Pero por hoy ya es suficiente. —No era cierto, pero metió los pinceles en el frasco de trementina y comenzó a limpiar la paleta. No quería pintar con Ulises mientras describía cada pincelada a Yocasta.

—¿Sí? Bueno, deja tus cosas; Ulises te las llevará.

Las dejó a regañadientes, no sin antes ponerse el cuaderno de dibujo bajo el brazo y ofrecerle el otro a su tía abuela. No iba a dejarle eso al señor «todo lo ve y todo lo cuenta».

—Hoy tenemos compañía —dijo Yocasta, dirigiéndose hacia la casa—. El juez Alderdyce, de Cross Creek, y su madre. He pensado que tal vez te gustaría disponer de tiempo para cambiarte antes del almuerzo. —Brianna se mordió las mejillas para no decir nada. Más visitantes.

Dadas las circunstancias, no podía negarse a recibir a los invitados de su tía, ni a cambiarse de ropa para ellos, pero le hubiera gustado que Yocasta fuera menos sociable. Había un flujo constante de visitantes; para comer, para el té, para cenar, para pasar la noche, para desayunar, para comprar caballos, para vender vacas, para comerciar con madera, para pedir libros prestados, para traer regalos, para tocar música...Venían de las plantaciones vecinas, de Cross Creek, e incluso de Edenton y New Bern.

La vida social de Yocasta era asombrosa. Pero Brianna había advertido que últimamente los visitantes eran hombres. Hombres solteros. Fedra mientras le buscaba un vestido limpio para cambiarse, confirmó las sospechas de Brianna.

—No hay muchas mujeres solteras en la colonia —observó cuando Brianna mencionó la peculiar coincidencia de que la mayoría de los visitantes fueran hombres solteros. Fedra contempló el vientre abultado de Brianna bajo la camisola suelta de muselina—. En especial jóvenes. Y menos aún que vayan a ser propietarias de River Run.

—¿Propietaria de qué...? —preguntó Brianna. Se detuvo, con el cabello a medio recoger, y observó a la criada.

Fedra se tapó la boca y la miró con los ojos muy abiertos.

—¿No le ha dicho nada la señorita Yo? Estaba segura de que lo sabía; si no, me hubiera callado.

—Bueno, ahora que has empezado termina de contármelo. ¿Qué quieres decir con eso?

Fedra, chismosa por naturaleza, se dejó convencer con facilidad.

—En cuanto su padre y los demás se fueron, la señorita Yo mandó llamar al abogado Forbes y cambió su testamento. Cuando la señorita Yo muera, dejará cierta cantidad de dinero a su padre y algunos objetos personales al señor Farquard y a otros amigos, pero todo lo demás será para usted. La plantación, el aserradero...

—Pero ¡yo no quiero nada!

Las cejas enarcadas de Fedra expresaron una profunda duda, y luego descendieron con un gesto de indiferencia.

—Bueno, no se trata de lo que quiera. Con la señorita Yo suele ser lo que ella quiere.

Brianna bajó el cepillo de pelo poco a poco.

—Y exactamente, ¿qué es lo que quiere? —preguntó—. ¿Eso también lo sabes?

—No es ningún secreto. Quiere que River Run dure más que ella y que pertenezca a alguien de su sangre. Para mí, tiene sentido, ya que ella no tiene hijos, ni nietos. ¿Quién queda entonces?

—Bueno... está mi padre.

Fedra dejó el vestido sobre la cama y frunció el entrecejo mirándole la cintura.

—Del modo en que crece su vientre, este vestido sólo le valdrá durante un par de semanas. Oh, sí, está su padre. Ella trató de nombrarlo su heredero, pero por lo que he oído, él se negó. —Frunció los labios, divertida—. Ése sí que es un hombre cabezón. Se fue a las montañas para vivir como los indios sólo para evitar que la señorita Yo le dejara todo. El señor Ulises cree que su padre ha hecho bien, porque si se hubiera quedado, la señorita Yo no lo habría dejado tranquilo.

Brianna trató de arreglarse el otro lado del cabello, pero se le cayó la horquilla.

—Venga, déjemelo hacer a mí. —Fedra se colocó a su espalda, deshizo la chapuza y comenzó a trenzarle el cabello.

—Y todos esos visitantes, esos hombres...

—La señorita Yo elegirá el mejor —aseguró Fedra—. Usted no podría llevar River Run sola, ni siquiera ella puede. El señor Duncan es alguien que ha caído del cielo; no sé qué haría ella sin él.

El asombro iba dejando paso al ultraje.

—¿Ella está tratando de buscarme un marido? ¿Me está ofreciendo como una novia con dote?

—Ajá. —Fedra no parecía encontrar nada malo en eso. Frunció el ceño, metiendo un mechón suelto en la trenza principal con destreza.

—Pero ¡ella sabe lo de Roger... el señor Wakefield! ¿Cómo puede tratar de casarme, si...?

Fedra suspiró con simpatía.

—Para decir la verdad, ella no cree que lo vayan a encontrar. La señorita Yo conoce bastante bien a los indios; todos hemos oído al señor Myers hablando de los iroqueses.

A pesar de que hacía frío en la habitación, Brianna comenzó a sudar.

—Además —continuó Fedra, atando la trenza con una cinta de seda azul—, la señorita Yo no conoce a ese Wakefield. Podría no ser un buen administrador. Cree que sería mejor que se casara con un hombre que pudiera cuidar bien de la propiedad, tal vez añadirla a la suya y hacer que prosperara para usted.

—¡No quiero un lugar grandioso! ¡Yo no quiero este sitio! —Ahora el ultraje daba paso al pánico.

Fedra le ató la cinta alrededor de un pequeño moño.

—Bueno, como ya le he dicho, no importa lo que quiera usted, sino lo que desee la señorita Yo. Ahora, vamos a probarle el vestido.

Brianna oyó unos pasos en el pasillo y giró la página de su dibujo a carboncillo del río y los árboles a medio terminar. Pasaron de largo y se tranquilizó, y volvió de nuevo a la página.

No estaba trabajando; el dibujo estaba terminado. Sólo quería mirarlo. Lo había dibujado de perfil, con la cabeza vuelta para escuchar mientras afinaba las cuerdas de su guitarra. Sólo era un boceto, pero captaba la línea de la cabeza y el cuerpo con una exactitud confirmada por el recuerdo. Miraba el dibujo y podía verlo, tanto que casi lo podía tocar.

Había otros dibujos; algunos no eran buenos mientras que otros se aproximaban más a la realidad. Algunos eran buenos como dibujos, pero no captaban al hombre que se encontraba detrás de los trazos. Como ése había uno o dos, que podía usar para sentir consuelo en las tardes grises, cuando la luz comenzaba a desvanecerse y el fuego estaba bajo.

La luz comenzaba a difuminarse en el río y el agua empezaba a cambiar de un color plata brillante al resplandor más suave del peltre.

También tenía bocetos de Jamie Fraser, de su madre y de Ian. Los había comenzado a dibujar porque sentía nostalgia y ahora los contemplaba con miedo, confiando de todo corazón que aquellos pedazos de papel no fueran los únicos restos de la familia que había conocido durante tan poco tiempo.

«A decir verdad, no creo que la señorita Yo piense que vayan a encontrar al hombre... La señorita Yo conoce a los indios.»

Se le humedecieron las manos y el carboncillo manchó la esquina de una página. Unos suaves pasos llegaron hasta la puerta y cerró el cuaderno.

Entró Ulises con una vela encendida y comenzó a encender el gran candelabro.

—No hace falta que lo enciendas por mí —dijo Brianna tanto por el deseo de no alterar la silenciosa melancolía de la habitación, como por modestia—. No me importa estar a oscuras.

El mayordomo sonrió con amabilidad y continuó con su tarea. Tocó cada mecha con precisión y las diminutas llamas se encendieron inmediatamente, como un genio convocado por la varita de un mago.

—La señorita Yo vendrá pronto —anunció—. Ella puede ver las luces y el fuego, así sabe dónde está.

Terminó y apagó la vela; a continuación, se movió poco a poco por la estancia, arreglando el pequeño desorden que habían dejado los invitados de la tarde. Añadió leña al fuego y lo avivó.

Brianna observó los pequeños y precisos movimientos de las manos cuidadas y su absoluta concentración mientras colocaba el recipiente con whisky y los vasos. ¿Cuántas veces había arreglado aquella habitación? ¿Cuántas veces había recolocado cada mueble, cada pequeño adorno en el lugar exacto, para que su señora lo alcanzara sin tener que buscarlo? Toda una vida dedicada a las necesidades de otra persona. Ulises sabía leer y escribir en inglés y francés, sabía aritmética, cantaba y tocaba el clavicordio. Todo lo que había aprendido era utilizado sólo para entretener a una anciana autocrática que daba unas órdenes que él obedecía. Era la forma de ser de Yocasta.

Y si Yocasta conseguía lo que quería... era porque aquel hombre era de su propiedad.

El pensamiento era inadmisible. Peor, ¡era ridículo! Se movió con impaciencia en su asiento, intentando olvidarlo. Ulises captó el pequeño movimiento y se volvió con un gesto de interrogación, para ver si necesitaba algo.

—Ulises —dijo de pronto—, ¿quieres ser libre? —En el momento en que habló, se mordió la lengua y se ruborizó—. Lo siento —añadió de inmediato, y bajó la vista a sus manos, que se retorcían sobre su regazo—. Ha sido una pregunta muy grosera. Por favor, perdóname.

El alto criado no dijo nada, pero la miró intrigado. Luego se tocó un poco la peluca, como para recolocarla, y volvió a la tarea de recoger los dibujos dispersos que se encontraban sobre la mesa para colocarlos en un montón ordenado.

—Nací libre —respondió por último en voz tan baja que Brianna no estaba segura de haberlo oído. Tenía la cabeza inclinada, con la mirada fija en los largos dedos negros que recogían las fichas de marfil del juego de mesa y las metían en su caja—. Mi padre tenía una pequeña granja, no muy lejos de aquí. Cuando yo tenía seis años murió por la mordedura de una serpiente. Mi madre no podía encargarse de todo, no tenía fuerza suficiente para trabajar en la granja, así que se vendió a sí misma y entregó el dinero a un carpintero para que me tomara de aprendiz a la edad adecuada.

Puso la caja de marfil en la mesita de juego y limpió las migas del pastel que habían caído sobre el tablero de *cribbage*.

—Pero ella murió —continuó con tono práctico—. Y el carpintero, en lugar de enseñarme, dijo que yo era hijo de una esclava y que por ley también era un esclavo. Así que me vendió.

—Pero ¡no era verdad!

La miró con paciente diversión y sus ojos parecían decirle: ¿y qué tiene que ver la verdad con todo esto?

—Tuve suerte —continuó—. Me vendieron barato, porque era pequeño y flaco, a un maestro que enseñaba a los hijos de los propietarios de las plantaciones de Cape Fear. Íbamos de una casa a otra y nos quedábamos entre una semana y un mes; yo iba detrás de él, en la grupa del caballo, y me ocupaba del caballo y de otras tareas. Como los viajes eran largos, me hablaba y me enseñaba a cantar. Le gustaba mucho cantar, y tenía una voz preciosa. —A Brianna la sorprendía el aire nostálgico de aquel hombre, pero se repuso con rapidez y sacó un trapo del bolsillo para limpiar el aparador—. Él fue quien me dio el nombre de Ulises —dijo, de espaldas a ella—. Sabía griego y latín y, para entretenerse, me enseñó a leer y a escribir durante las noches en las que nos sorprendía la oscuridad y nos veíamos forzados a acampar en el camino. —Los hombros esbeltos se encogieron un poco—. Cuando murió, yo era un joven de veinte años; entonces me compró Hector Cameron y descubrió mis capacidades. No todos los señores valorarían esos conocimientos en un esclavo, pero el señor Cameron no era un hombre común. —Ulises sonrió un poco—. Me enseñó a jugar al ajedrez y apostaba por mí cuando me hacía jugar contra sus amigos. También me enseñó a tocar el clavicordio y a cantar para entretener a sus invitados. Cuando la señorita Yo comenzó a perder la vista, me entregó a ella para que fuera sus ojos.

—¿Cuál era tu nombre? ¿Tu verdadero nombre?

Hizo una pausa, pensativo, y luego sonrió, pero sólo con los labios.

—No estoy seguro de recordarlo —respondió con amabilidad mientras se retiraba.

56

Confesiones de la carne

Se despertó poco antes del amanecer. A pesar de que aún estaba muy oscuro, el aire había cambiado; las brasas se habían consumido y el aliento del bosque incidía en su cara.

Alexandre no estaba. Roger yacía bajo la piel raída, helado.

—¿Alexandre? —susurró con voz ronca—. ¿Padre Ferigault?

—Estoy aquí. —La voz del joven sacerdote era suave y lejana, aunque se hallaba a un metro de distancia.

Roger se apoyó en un codo, bizqueando. Ya más despierto, comenzó a ver de manera más nítida. Alexandre estaba sentado con las piernas cruzadas, la espalda recta y la cabeza erguida, mirando el agujero del techo.

—¿Está bien? —Un lado del cuello del sacerdote estaba manchado de sangre, aunque la parte del rostro que Roger podía ver parecía serena.

—Me van a matar pronto. Tal vez hoy.

Roger se sentó, apretando la piel contra su pecho. Ya tenía frío, pero el tono sereno del jesuita lo heló.

—No —dijo, y tuvo que toser para aclararse la garganta—. No, no lo harán.

Alexandre no se molestó en contradecirlo. No se movió. Estaba sentado desnudo, ajeno al frío de la mañana, mirando hacia arriba. Por fin bajó la cabeza y se volvió hacia Roger.

—¿Quiere oír mi confesión?

—No soy sacerdote. —Roger se puso de rodillas y se acercó con la piel de venado con la que se cubría—. Tenga, está helado. Tápese con esto.

—No tiene importancia.

Roger no sabía si se refería al frío o a que Roger no era sacerdote. Colocó una mano sobre el hombro desnudo de Alexandre. Tanto si importaba como si no, el hombre estaba helado.

Roger se sentó junto a Alexandre, tan cerca como pudo, y extendió la piel sobre ambos. Sintió que se le ponía la carne de gallina al tocar la piel helada del otro hombre, pero no le molestó; se acercó aún más para transmitir a Alexandre parte de su propio calor.

—Su padre —comentó Alexandre. Había vuelto la cabeza; su aliento tocaba el rostro de Roger, y sus ojos eran agujeros oscuros en su rostro—. Me dijo que era sacerdote.

—Ministro. Sí, pero yo no.

Más que verlo, sintió el pequeño gesto de indiferencia del otro hombre.

—En momentos de necesidad, cualquier hombre puede oficiar como sacerdote —afirmó Alexandre, y le tocó el muslo con sus dedos fríos—. ¿Quiere oír mi confesión?

—Si es lo que desea. —Se sentía torpe, pero no hacía mal, y si eso le ayudaba... La choza y la aldea que la rodeaba estaban en silencio. No se oía nada, excepto el viento entre los pinos.

Se aclaró la garganta. ¿Iba a empezar Alexandre, o tenía que decir algo antes?

Como si ese sonido hubiera sido la señal, el francés se volvió hacia él y bajó la cabeza, de manera que la tenue luz iluminó el cabello dorado de su coronilla.

—Bendígame, hermano, porque he pecado —dijo Alexandre en voz baja. Y con la cabeza inclinada y las manos juntas, se confesó.

Lo habían enviado desde Detroit con una escolta de hurones. Se había aventurado río abajo, hasta el asentamiento de Santa

Berta de Ronvalle, para sustituir al anciano sacerdote encargado de la misión, que estaba muy enfermo.

—Fui feliz allí —comentó Alexandre con la voz soñadora que usan los hombres para hablar de acontecimientos que tuvieron lugar hace muchas décadas—. Era un lugar salvaje, pero yo era muy joven y mi fe, ardiente. Agradecía las adversidades.

¿Joven? El sacerdote no podía ser mayor que Roger.

Alexandre se encogió de hombros, haciendo un gesto de indiferencia al pasado.

—Pasé dos años con los hurones y convertí a muchos. Entonces fui con un grupo a Fort Stanwix, donde había una gran reunión de tribus de la región. Allí conocí a Kennyanisi-t'ago, un jefe guerrero de los mohawk. Me oyó predicar y, por inspiración del Espíritu Santo, me invitó a que fuera con él a su aldea.

Los mohawk eran muy recelosos en cuanto a la conversión, así que le pareció una oportunidad caída del cielo. Por tanto, el padre Ferigault descendió el río en canoa junto con Kennyanisi-t'ago y sus guerreros.

—Ése fue mi primer pecado —afirmó con calma—. El orgullo. —Levantó un dedo, como si sugiriera a Roger que llevara la cuenta—. Pero Dios todavía estaba conmigo.

Los mohawk habían estado del lado de los ingleses durante la reciente guerra franco-india y sospechaban del joven sacerdote francés. Había aprendido el idioma de los mohawk para predicar en su propia lengua.

Tuvo éxito y convirtió a bastantes indios de la aldea, en especial al jefe guerrero que lo protegía. Pero por desgracia, el *sachem* se oponía a su influencia y había continuos problemas entre cristianos y no cristianos.

El sacerdote se mojó los labios secos, levantó la jarra de agua y bebió.

—Y entonces —dijo con un gran suspiro— cometí mi segundo pecado.

Se había enamorado de una de sus conversas.

—¿Había tenido alguna mujer... antes? —Roger se atragantó con la pregunta, pero Alexandre contestó con sencillez, sin vacilar.

—No, nunca —dejó escapar una risa amarga y burlona—. Creía que era inmune a esa tentación. Pero el hombre es frágil ante las tentaciones de la carne.

Había vivido en casa de la muchacha durante varios meses. Hasta que una mañana que se levantó temprano y fue al arroyo a bañarse, vio su propio reflejo en el agua.

—Se produjo un súbito movimiento en el agua y la superficie se quebró. Una enorme boca abierta salió y rompió el reflejo de mi rostro.

No era más que una trucha que saltaba para capturar una libélula, pero agitado por la experiencia, sintió que era una señal de Dios, que indicaba que corría peligro de ser engullido por la boca del infierno.

Partió de inmediato a la casa comunal y recogió sus cosas, para irse a vivir solo a una choza fuera de la aldea, pero ya había dejado embarazada a su amante.

—¿Y por eso lo han traído aquí? —preguntó Roger.

—No, ellos no consideran las cosas del matrimonio y la moralidad como nosotros —explicó Alexandre—. Las mujeres acuden a los hombres cuando quieren, se casan por acuerdo y el matrimonio dura mientras se llevan bien. La mujer puede echar al hombre o él puede irse. Los hijos, si los hay, se quedan con la madre.

—Pero entonces...

—El problema fue que, como sacerdote, siempre me negué a bautizar a niños cuyos padres no fueran cristianos y estuvieran en estado de gracia. Como ya sabrá, es necesario para criar al niño en la fe, ya que los indios suelen ver el sacramento del bautismo como otro de sus rituales paganos. —Alexandre inspiró profundamente—. Y por supuesto no pude bautizar a esa criatura. Eso ofendió al jefe, que insistía en que lo hiciera, por lo que ordenó que me torturaran. La muchacha intercedió por mí con el apoyo de su madre y de varias personas influyentes.

Como consecuencia, la aldea se dividió por la controversia y, por último, el *sachem* ordenó que llevaran al padre Alexandre a Onyarekenata para que tuviera un juicio imparcial y se decidiera lo que había que hacer para restaurar la armonía entre ellos.

Roger se rascó la barba; quizá la aversión de los indios por los peludos europeos se debía a que los asociaban a los piojos.

—Me temo que no comprendo —intervino Roger—. ¿Usted se negó a bautizar a su propio hijo porque la madre no era una buena cristiana?

Alexandre pareció sorprendido.

—¡Ah, *non*! Ella no perdió la fe, aunque tenía todos los motivos para hacerlo —añadió con tristeza y suspiró—. No, no podía bautizar a la criatura porque yo, su padre, no estaba en estado de gracia.

Roger se frotó la frente, con la esperanza de que su rostro no delatara su sorpresa.

—Ah. ¿Por eso quiere que lo escuche en confesión? Entonces recuperará el estado de gracia y podrá...

El sacerdote lo detuvo con un gesto. Permaneció inmóvil un instante, con los hombros hundidos. Debía de haberse tocado la herida sin querer, ya que el coágulo se había abierto y la sangre volvía a fluir lentamente por el cuello.

—Perdón. No he debido pedírselo. Estaba tan contento de poder hablar en mi propio idioma que no he podido resistir la tentación de aliviar mi alma. Pero no está bien, no hay absolución posible para mí.

La desesperación del hombre era tan evidente que Roger le apoyó la mano en el brazo para tranquilizarlo.

—¿Está seguro? Me ha dicho que en tiempos de necesidad...

—No es así. —Puso una mano sobre la de Roger y la apretó, como si pudiera sacar fuerzas de ese gesto. Roger no dijo nada. Un momento después, Alexandre levantó la cabeza y lo miró a la cara. La luz exterior había cambiado; había un suave resplandor, un ligero brillo en el aire. Su propia respiración era blanca como el humo que salía por el agujero que se encontraba encima de la hoguera—. Aunque me confesara, no tengo perdón. Hace falta arrepentimiento para obtener la absolución, debo rechazar mi pecado, y eso no puedo hacerlo.

Se quedó en silencio. Roger no sabía si hablar, ni qué decir. Un sacerdote hubiera dicho algo como «¿Sí, hijo mío?», pero él no podía hacerlo. En cambio, cogió la mano de Alexandre y la apretó con fuerza.

—Mi pecado fue amarla —afirmó con mucha suavidad—, y eso no puedo evitarlo.

57

Una sonrisa frustrada

—Dos Lanzas está de acuerdo. El asunto hay que tratarlo ante el Consejo y tiene que ser aceptado, pero no creo que haya problemas. —Jamie se apoyó en el pino con un gesto de agotamiento.

Hacía una semana que nos encontrábamos en la aldea. Él había estado con el *sachem* de la tribu los últimos tres días.

Casi no lo había visto y tampoco a Ian. Había estado con las mujeres, que eran amables, pero se mostraban distantes. Yo mantenía mi amuleto cuidadosamente escondido.

—Entonces ¿lo tienen? —pregunté, y sentí el nudo de ansiedad que no conseguía aflojar—. ¿Roger está aquí? —Hasta ahora, los mohawk no habían querido admitir si tenían a Roger allí o no.

—Bueno, el viejo sinvergüenza no quiere admitirlo por miedo a que lo libere. Pero lo tienen aquí o no muy lejos de la aldea. Si el Consejo aprueba el trato, intercambiaremos el whisky por el hombre en tres días y nos iremos. —Lanzó una mirada a las nubes que cubrían las distantes montañas—. Espero que eso que se aproxima sea lluvia y no nieve.

—¿Crees que hay alguna posibilidad de que el Consejo no acepte?

Suspiró profundamente y se pasó una mano por el cabello. Lo tenía suelto sobre los hombros; era evidente que la negociación había sido difícil.

—Sí, la hay. Quieren el whisky, pero son cautelosos. Algunos de los ancianos están en contra del negocio, por miedo al daño que el licor pueda causar en la tribu. En cambio, los jóvenes están todos de acuerdo. Hay otros partidarios de quedarse el whisky y, aunque no lo beban por sus efectos nocivos, utilizarlo para negociar.

—¿Todo eso te lo ha dicho Wakatihsnore? —Estaba sorprendida. El *sachem* Actos Rápidos parecía demasiado frío y taimado para tanta franqueza.

—No, ha sido Ian. —Jamie sonrió un poco—. El muchacho tiene grandes aptitudes como espía. Ha conquistado todos los corazones de la aldea y ha encontrado a una joven a la que le gusta mucho. Ella le ha explicado lo que opina el Consejo de las Madres.

Hundí los hombros y me abrigué con mi capa. Nuestra ubicación entre las rocas nos aislaba de cualquier interrupción, pero el precio de la visibilidad era la exposición al viento.

—¿Y qué es lo que dice el Consejo de las Madres? —Una semana con ellas me había proporcionado una idea de la importancia de la opinión de las mujeres en la vida de la aldea. Aunque no tomaban decisiones directas en asuntos generales, muy pocas cosas se hacían sin su aprobación.

—Quieren que ofrezca algún rescate distinto al whisky y no están seguras de querer ceder al hombre; más de una está encantada con él. No les importaría adoptarlo. —Jamie torció la boca y yo, pese a mi preocupación, no pude evitar una carcajada.

—Roger es un muchacho muy apuesto —comenté.

—Ya lo he visto —dijo, cortante—. La mayoría de los hombres piensa que es un horrible bastardo peludo. Por supuesto, creen lo mismo de mí. —Levantó la comisura de la boca de mala gana mientras se pasaba la mano por la mandíbula. Como conocía el disgusto de los indios por las barbas, se afeitaba todas las mañanas—. Y si es así, eso puede ser lo que marque la diferencia.

—¿Qué? ¿El aspecto de Roger? ¿O el tuyo?

—El hecho de que más de una dama quiera al sujeto. La amiga de Ian le ha dicho que su tía cree que podía ser peligroso quedarse con Roger, y que sería mejor devolverlo antes de que haya problemas entre las mujeres.

Me froté los labios con los nudillos enrojecidos por el frío, tratando de evitar la risa.

—¿Y los hombres del Consejo saben que hay mujeres interesadas en él?

—No lo creo. ¿Por qué?

—Porque si se enteran, te lo darán gratis.

Jamie resopló, pero me miró dubitativo.

—Sí, tal vez. Haré que Ian lo mencione entre los jóvenes. No estará de más.

—Me has dicho que las mujeres quieren que ofrezcamos otra cosa en lugar de whisky. ¿Le has mencionado el ópalo a Actos Rápidos?

Jamie se mostró interesado.

—Sí, lo he hecho. No se habría sorprendido más si hubiera sacado una serpiente del morral. Se pusieron muy nerviosos, tanto por el enfado como por el miedo. Creo que me habrían atacado si no fuera porque ya había mencionado el whisky.

Buscó en la pechera de su casaca y sacó el ópalo para dejarlo caer en mi mano.

—Mejor que lo tengas tú, Sassenach, y que no se lo enseñes a nadie.

—Qué extraño —afirmé, mirando la piedra con su petroglifo en forma de espiral—. Entonces, para ellos tiene algún significado.

—Oh, sí —exclamó—. No puedo decirte cuál, pero sí que no les gusta nada. El jefe guerrero ordenó que le dijera de dónde la había sacado y le comenté que te la habías encontrado. Eso los calmó un poco, pero estaban nerviosos.

—¿Por qué quieres que la tenga yo? —La piedra estaba caliente debido a su cuerpo y la sentía suave y cómoda en mi mano. Mi pulgar recorrió el grabado en espiral de manera instintiva.

—Como te he dicho, cuando la vieron se alteraron y se enfadaron. Un par de ellos hicieron un gesto para golpearme, pero retrocedieron. Los observé con la piedra en la mano y me di cuenta de que tenían miedo, de que no me tocarían mientras la tuviera conmigo.

Cerró mi puño sobre la piedra.

—Guárdala. Si existiera algún peligro, la sacas.

—Tú te enfrentarás a más peligros que yo —protesté, tratando de devolvérsela.

No obstante, meneó la cabeza y su cabello se elevó con el viento.

—No, ahora que saben que hay whisky no me harán daño sin saber dónde está.

—Pero ¿por qué voy a estar yo en peligro? —La idea me ponía nerviosa. Las mujeres habían tenido cautela, pero no habían sido hostiles, y los hombres de la aldea me ignoraban totalmente.

Jamie frunció el entrecejo y miró hacia la aldea. Desde donde estábamos se veía muy poco, excepto las empalizadas exteriores y las columnas de humo que se elevaban desde las invisibles casas comunales.

—No puedo decírtelo, Sassenach. Sólo que he sido cazador y también cazado. ¿Sabes lo que se siente cuando hay algo raro cerca? Los pájaros dejan de trinar y el aire permanece inmóvil. —Hizo un gesto hacia la aldea, con la mirada fija en el humo, como si fuera a emerger algo de él—. Hay algo semejante aquí. Sucede algo que no puedo ver. No creo que esté relacionado con nosotros... y, sin embargo..., me siento incómodo —dijo bruscamente—. Y he vivido demasiado para olvidarme de esa sensación.

Ian se reunió con nosotros poco después y estuvo de acuerdo con la impresión de Jamie.

—Sí, es como sostener el borde de una red que está sumergida en el agua —comentó, frunciendo el entrecejo—. Uno puede advertir los movimientos sin ver el pescado, pero sabe que está allí, aunque no dónde. —El viento despeinó su cabello castaño y los mechones sueltos de su trenza le taparon la cara. Se lo apartó con aire distraído—. Algo sucede entre la gente, algún desacuerdo. Y algo ocurrió anoche en la Casa del Consejo. Emily no me ha contestado cuando se lo he preguntado, sólo ha mirado para otro lado y me ha dicho que no tenía nada que ver con nosotros. Pero yo creo que, de alguna manera, está relacionado con nuestra presencia.

—¿Emily? —Jamie levantó una ceja e Ian sonrió.

—La llamo así porque es más corto —dijo—. Su nombre es Wakyo'teyehsnonhsa, que significa «La que trabaja con las manos». La pequeña Emily tiene habilidad para tallar. Mirad lo que ha hecho para mí.

Con orgullo, sacó del bolsillo una pequeña nutria tallada en caliza. El animal estaba alerta, con la cabeza levantada; me provocó risa.

—Muy bonito. —Jamie lo examinó con aprobación y acarició la sinuosa curva del cuerpo—. Debes de gustarle mucho a esa muchacha, Ian.

—Sí, bueno, a mí también me gusta ella, tío —contestó Ian con un tono despreocupado, pero sus mejillas se sonrojaron por otros motivos que no eran el frío. Tosió y cambió de tema—. Dice que cree que el Consejo podría inclinarse un poco a nuestro favor si les damos a probar el whisky. Si estás de acuerdo, buscaré un barril y esta noche haremos un pequeño *ceilidh*. Emily se encargará de todo.

Jamie levantó las cejas y, tras un instante, asintió.

—Voy a confiar en tu juicio, Ian —dijo—. ¿En la Casa del Consejo?

Ian negó con la cabeza.

—No. Emily dice que será mejor hacerlo en la casa comunitaria de su tía, la anciana Tewaktenyonh, la Mujer Bonita.

—¿La qué...? —pregunté, sorprendida.

—La Mujer Bonita —explicó, limpiándose la nariz con la manga— es una mujer con influencia en la aldea que tiene poder para decidir lo que se hace con los cautivos, y la llaman así tenga el aspecto que tenga. Podremos tratar de convencerla de que acepte nuestro trato.

—Supongo que el cautivo liberado la debe de ver hermosa —concluyó Jamie con ironía—. Bueno, adelante entonces. ¿Puedes ir tú solo a buscar el whisky?

Ian asintió y se volvió para marcharse.

—Espera un minuto, Ian —intervine, y le mostré el ópalo mientras se volvía hacia mí—. ¿Puedes preguntarle a Emily si sabe algo sobre esta piedra?

—Sí, tía Claire, se lo preguntaré. ¡Vamos, *Rollo*! —Silbó entre dientes y *Rollo*, que había estado olfateando entre las rocas, salió detrás de su amo. Jamie los observó con cierta preocupación.

—¿Sabes dónde pasa las noches Ian, Sassenach?

—Si te refieres a la casa, sí. Si quieres saber en qué cama, no. Pero puedo imaginármelo.

—Mmfm. —Se enderezó y movió la cabeza—. Vamos, Sassenach, te acompañaré a la aldea.

El *ceilidh* de Ian empezó poco después del anochecer. Los invitados eran los miembros más destacados del Consejo, que fueron llegando de uno en uno a la casa comunal de Tewaktenyonh para ofrecer sus respetos al *sachem* Dos Lanzas, que estaba sentado en la fogata principal con Ian y Jamie. Una joven bella y delgada, que supuse que era la Emily de Ian, estaba detrás con el barril de whisky.

Excepto Emily, las mujeres no intervenían en la cata del whisky. No obstante, me acerqué a observar y me senté ante una de las pequeñas fogatas para ayudar a dos mujeres con las cebollas mientras intercambiaba ocasionales frases amables en una mezcla de tuscarora, inglés y francés.

La mujer ante cuyo fuego me senté me ofreció cerveza y una preparación a base de harina de maíz que acepté con amabilidad, aunque mi estómago estaba cerrado a causa de los nervios.

Nos jugábamos mucho en aquella fiesta improvisada. Roger estaba allí, en algún lugar de la aldea. Eso lo sabía. Estaba vivo y esperaba que estuviera bien, al menos lo suficiente para viajar. Lancé una mirada al otro extremo de la casa, a la hoguera principal. Sólo veía la curva de la cabeza canosa de Tewaktenyonh. Me estremecí al verla y toqué el pequeño bulto del amuleto de Nayawenne, que colgaba bajo mi camisa.

Una vez que se congregaron los invitados, se formó un tosco círculo alrededor del fuego y transportaron el barril abierto de whisky al centro. Me sorprendí al ver que la muchacha también entraba en el círculo y se colocaba junto al barril, con una calabaza en la mano.

Después de que Dos Lanzas pronunciara unas palabras, comenzaron la fiesta. La muchacha medía las porciones de whisky, pero no sirviéndolo en jarras, sino tomando un trago y escupiéndolo en cada una antes de entregárselas a los hombres. Miré de reojo a Jamie, quien por un momento pareció sorprendido, pero luego aceptó y bebió sin vacilar.

Me preguntaba cuánto whisky absorbía la muchacha a través de la membrana bucal. No tanto como los hombres, aunque pensé que haría falta bastante para lubricar a Dos Lanzas, que era un viejo taciturno con cara de pasa.

No obstante, la llegada de un niño, hijo de una de mis compañeras, distrajo mi atención. Entró en silencio y se sentó junto a su madre, apoyándose en ella. La mujer lo observó con preocupación, dejó las cebollas y se levantó con una exclamación.

La luz iluminó al muchacho y pude ver la forma peculiar en la que se sentaba. Me puse rápidamente de rodillas, apartando la cesta de cebollas. Me arrastré hacia él y lo agarré de un brazo, para volverlo hacia mí. El niño tenía dislocado el hombro izquierdo y por eso se sentaba torcido y sudaba, haciendo gestos de dolor.

Le hice una seña a la madre, quien vaciló con el rostro ceñudo. El niño dejó escapar un gemido y ella tiró de él y lo abrazó. Por una inspiración repentina saqué el amuleto de Nayawenne. La mujer no podía saber de quién era, pero sí lo que era. Y así fue, porque sus ojos se abrieron al ver la bolsita de cuero.

El muchacho no emitió ningún sonido, pero pude ver el sudor que descendía por su pecho lampiño, claro bajo la luz del fuego. Solté el cordón de la bolsita de cuero y saqué la tosca piedra azul. *Pierre sans peur*, la había llamado Gabrielle. «La piedra valiente.» Tomé la mano sana del muchacho y le apreté la piedra contra la palma, cerrando sus dedos alrededor de ella.

—*Je suis une sorciere. C'est medecine, la* —dije dulcemente.

«Confía en mí —pensé—. No tengas miedo.» Le sonreí.

El niño me miró con los ojos muy abiertos por el asombro. Las mujeres intercambiaron miradas para fijarse por último en el fuego lejano, donde se sentaba la anciana.

Llegaban murmullos del *ceilidh*; alguien contaba una vieja historia, o lo que creí reconocer como tal gracias a la cadencia de sus ritmos formales. Había oído cómo los escoceses de las Highlands narraban sus historias y leyendas en gaélico de la misma manera; sonaba igual.

La madre asintió; su hermana cruzó la casa con rapidez. No me di la vuelta, pero advertí el interés mientras pasaba junto al resto de los fuegos; las cabezas se volvían para mirarnos.

Mientras seguía mirando al niño, le sonreía y le apretaba la mano con la piedra, esperando el permiso de la madre. Sentí pasos suaves de la hermana detrás de mí. Una vez que fue autorizada por la anciana, la madre me entregó al niño.

Fue muy fácil colocar de nuevo la articulación. Era pequeño y el daño no era grave. Sus huesos eran ligeros bajo mi mano. Le sonreí mientras palpaba la articulación, valorando la lesión.

A continuación, con un rápido giro del brazo, roté el codo, levanté el brazo, y ya estaba.

El muchacho parecía muy sorprendido. Era una operación muy satisfactoria, ya que el dolor se aliviaba de inmediato. Movió el hombro, me sonrió con timidez y me devolvió la piedra que le había colocado en la mano.

La sensación que provocó aquello ocupó mi atención durante un rato; las mujeres se amontonaban, tocaban y examinaban al muchacho, y llamaban a sus amigas para que contemplaran el oscuro zafiro. Mientras, la fiesta avanzaba. Ian cantaba en gaélico, desafinado mientras un par de indios le hacían los coros con el agudo «*Haihai!*» que solía oír de vez en cuando entre la gente de Nayawenne.

Como si pensar en ella la hubiera evocado, sentí una mirada en la espalda y me di la vuelta para ver que Tewaktenyonh me observaba desde su sitio junto al fuego, en el otro extremo de la casa. La miré a los ojos, asentí, y ella se inclinó para hablar con una de las jóvenes que la rodeaban. La muchacha se levantó y se acercó, esquivando con cuidado a un par de niños que jugaban bajo su cubículo familiar.

—Mi abuela pregunta si quieres ir hasta donde está ella. —Se agachó junto a mí, y me sorprendí al oírla hablar en inglés, aunque Onakara nos había dicho que algunos de los mohawk conocían esta lengua, pero que sólo lo utilizaban por necesidad y preferían hablar la suya.

Me puse en pie y la acompañé a la hoguera de Tewaktenyonh, preguntándome qué precisaría la Mujer Bonita. Yo ya tenía mis propias necesidades: pensar en Roger y Brianna.

La anciana me saludó, hizo un gesto para que me sentara y, sin quitarme los ojos de encima, habló con su nieta.

—Mi abuela pregunta si puede ver tu medicina.

—Por supuesto. —Podía ver la mirada de la anciana sobre mi amuleto, observándolo con curiosidad mientras sacaba el zafiro. Había añadido dos plumas a la del pájaro carpintero de Nayawenne; dos plumas negras del ala de un cuervo.

—¿Eres la esposa de Mataosos?

—Sí. Los tuscarora me llaman Cuervo Blanco —dije. La muchacha se sobresaltó y tradujo mis palabras rápidamente a la anciana. Ésta abrió mucho los ojos y me miró consternada. Era evidente que no era el nombre más afortunado que había oído. Le sonreí con la boca cerrada; por lo general, los indios sólo mostraban sus dientes cuando reían.

La mujer me devolvió la piedra con rapidez. Me examinó con detenimiento y luego habló con su nieta sin dejar de mirarme.

—Mi abuela ha oído que tu hombre también tiene una piedra brillante —interpretó la muchacha—. Quiere saber más sobre eso, cómo es y de dónde la has sacado.

—Puede verla —contesté, y ante los ojos sorprendidos de la muchacha, metí la mano en la bolsita que llevaba en la cintura, saqué el ópalo y se lo ofrecí a la anciana, que se inclinó y lo observó sin tocarlo.

Los brazos de Tewaktenyonh eran marrones, no tenían vello, estaban arrugados y eran suaves como la madera satinada de las Indias. No obstante, vi que se le ponía la carne de gallina y el vello incxistente se le erizaba.

«Ella lo había visto. O al menos, sabe qué es», pensé.

No necesitaba las palabras de la intérprete. La anciana me miraba directamente a los ojos y oí la pregunta con claridad, aunque todas las palabras eran extrañas.

—¿Cómo ha llegado a tus manos? —era la pregunta que la joven repitió con fidelidad.

Abrí la mano. El ópalo se ajustaba a mi palma y sus colores contradecían su peso, ya que brillaba como si se tratara de una burbuja de jabón que se hallara en mi mano.

—Me llegó en un sueño —dije, sin saber cómo explicarlo mejor.

La anciana suspiró. El miedo no abandonaba su mirada, pero había algo más. ¿Curiosidad?, tal vez. Dijo algo y otra de las mujeres se levantó y fue a buscar un canasto de debajo de la cama que había detrás. Regresó y se inclinó junto a la anciana para entregarle algo. Ésta comenzó a cantar con una voz quebrada por la edad, pero todavía fuerte. Se frotó las manos ante el fuego y de ellas cayeron unas partículas de color castaño que se convirtieron en humo que olía a tabaco.

Era una noche silenciosa; podía oír la cadencia de las voces y las risas de la hoguera lejana, donde bebían los hombres. Comprendí lo que decía Jamie... Hablaba en francés. ¿Quizá Roger estaba suficientemente cerca para oírlo también?

Inspiré hondo. El humo se elevó desde el fuego en una delgada columna blanca y el intenso aroma del tabaco se mezcló con el olor del aire frío, lo que hizo que vinieran a mi mente recuerdos incongruentes de los partidos de fútbol del instituto de Brianna, de aromas acogedores de mantas de lana y termos de cacao y del humo de cigarrillos que se elevan entre la multitud. Más lejanos, había otros recuerdos más duros de jóvenes de uniforme bajo la luz fragmentada de los aeródromos, que pisaban colillas encendidas de cigarrillos y se dirigían a la batalla, desapareciendo y dejando tan sólo el olor a humo en el aire invernal.

Tewaktenyonh habló con los ojos clavados en mí y la muchacha me tradujo sus palabras.

—Cuéntame ese sueño.

Lo que le iba a contar, ¿era en realidad un sueño o un recuerdo que revivía con el humo de un tronco ardiendo? No importaba; todos mis recuerdos eran sueños.

Le dije lo que pude. El recuerdo de la tormenta, mi refugio en las raíces del cedro, la calavera enterrada con la piedra y el sueño de la luz en la montaña y el hombre con el rostro pintado de negro. Era incapaz de distinguir entre recuerdo y sueño.

La anciana se inclinó muy asombrada, lo mismo que su nieta.

—¿Has visto al Portador del Fuego? —dejó escapar la muchacha—. ¿Has visto su rostro? —Me miró como si yo fuera peligrosa.

La anciana ordenó algo. Su sorpresa se había convertido en una penetrante mirada de interés. Le dio un empujón a la muchacha y repitió la pregunta con impaciencia.

—Mi abuela dice: «¿Puedes describir cómo era él, qué ropa llevaba?»

—Nada. Un taparrabos. E iba pintado.

—Pintado. ¿Cómo? —preguntó la muchacha en respuesta a lo que dijo su abuela.

Describí el cuerpo pintado del hombre con todo el cuidado que pude. No fue difícil; si cerraba los ojos aún podía verlo con tanta claridad como cuando se me apareció en la ladera de la montaña.

—Y su rostro era negro, desde la frente hasta la mandíbula —terminé, abriendo los ojos.

Mientras describía al hombre, mi intérprete se mostró visiblemente turbada; le temblaban los labios y nos miraba con miedo a su abuela y a mí. No obstante, la anciana escuchaba con atención, observándome, e intentaba discernir el significado de mis palabras en mi rostro, antes de que las lentas palabras de la muchacha llegaran a sus oídos. Cuando terminé, la anciana permaneció en silencio, con los ojos clavados en mí. Por último asintió, estiró la mano arrugada y cogió el collar de cuentas que le colgaba de la espalda, que era su árbol de familia, el símbolo de su función. Hablar mientras se sostenía era lo mismo que jurar sobre la Biblia. Myers me había hablado de eso.

—En la fiesta del Maíz Verde, hace muchos años —la intérprete indicó cuarenta con los dedos—, un hombre llegó desde el norte. Podíamos entenderlo, pero hablaba de forma extraña, tal vez en canienga, o quizá en onondaga, pero no nos decía cuál era su tribu o su aldea; sólo nos comentó que su clan era el de la Tortuga. Era un hombre salvaje, pero valiente. Un buen cazador y un guerrero. A todas las mujeres les gustaba, pero no se atrevían a acercarse mucho.

Tewaktenyonh se detuvo un instante, con la mirada perdida, y calculé; debía de ser ya una mujer por aquel entonces, aunque quizá todavía era muy joven y se había sentido impresionada por el aterrador e intrigante extraño.

—Los hombres no eran tan cuidadosos; ellos nunca lo son. —Lanzó una breve mirada sardónica al *ceilidh*, que iba subiendo de tono—. Hablaban, bebían cerveza de pícea, fumaban con él y lo escuchaban. Les hablaba desde el mediodía hasta la noche y luego, delante de las fogatas, mencionaba la guerra y su rostro siempre era feroz. —Suspiró, enroscando los dedos en las conchas moradas—. Siempre la guerra. No contra los comerranas de la aldea de al lado, o los que comen heces de alce, no.

»«Hay que matar a todos los *o'seronni*», decía el forastero, «desde el más mayor al más pequeño, desde la línea del tratado hasta el gran mar. Visitar a los cayuga, enviar mensajeros a los seneca, dejar que la liga iroquesa pelee unida. Hay que hacerlo antes de que sea demasiado tarde».

Levantó un frágil hombro y lo dejó caer.

—«¿Demasiado tarde para qué?», preguntaban los hombres. «¿Y para qué la guerra, si no necesitamos nada? No hay tratado de guerra.» Eso era antes de los franceses.

»«Es la última oportunidad», afirmaba él. «Puede que ya sea demasiado tarde. Nos seducirán con el metal, nos atraerán con sus cuchillos y rifles y nos destruirán. ¡Luchad, hermanos! Luchad o desapareceréis. Vuestras historias quedarán en el olvido. Matadlos ahora o ellos os comerán.»

»Mi hermano, que era el *sachem,* y mi otro hermano, que era jefe guerrero, dijeron que eran locuras.

»«¿Destruirnos con herramientas? ¿Comernos?», preguntaron.

»Los blancos no comían los corazones de sus enemigos, ni siquiera en la batalla. Los jóvenes lo escuchaban. Ellos escuchan a cualquiera que hable fuerte, pero los ancianos lo miraban con desconfianza y no decían nada. Él sabía —continuó la joven, y la anciana asintió con firmeza, hablando casi más rápido de lo que su nieta podía traducir— lo que sucedería, que los ingleses y los franceses iban a luchar entre ellos y pedir nuestra ayuda. Dijo que ése era el momento. Cuando lucharan el uno contra el otro, debíamos enfrentarnos a ambos y echarlos. Su nombre era Tawineonawira, «Dientes de Nutria».

»«Tú vives en el presente», me dijo él. «Conoces el pasado, pero no miras al futuro. Tus hombres dicen: "No necesitamos nada", y no quieren moverse. Tus mujeres piensan que es más fácil cocinar en una caldera de hierro que hacer ollas de arcilla. No se dan cuenta de nada por la codicia y la haraganería.»

»«No es verdad», le contesté. «No somos haraganes. Raspamos pieles, secamos la carne y el maíz, extraemos el aceite de los girasoles y lo vertemos en frascos. Siempre nos preparamos para la siguiente estación. Si no lo hiciéramos, moriríamos. ¿Y qué tienen que ver los calderos y las ollas?»

»Se rió de mí, pero sus ojos eran tristes. No siempre era fiero conmigo, ¿sabes? —La mirada de la joven se dirigió hacia su abuela al oír aquello, pero luego bajó la vista a su regazo.

»«Las mujeres», dijo, «os preocupáis por la comida, por la ropa. Nada de eso importa. Los hombres no pueden pensar en esas cosas».

»«¿Cómo puedes ser hodeenosaunee y pensar así?», le pregunté. «¿De dónde vienes que no te importa lo que piensen las mujeres?»

»Movió la cabeza otra vez, y comentó: «No puedes ver lo bastante lejos.»

»Le pregunté hasta dónde podía ver él y no me respondió.

Yo conocía la respuesta y, a pesar del fuego, se me puso la carne de gallina. Sabía muy bien hasta dónde podía haber visto y lo peligroso que era ese abismo en particular.

—Pero nada de lo que yo ni mis hermanos decíamos servía —prosiguió la anciana—. Dientes de Nutria se enfadaba cada vez más. Un día vino todo pintado (tenía rayas rojas en los brazos y las piernas) y bailó y cantó la danza de la guerra. Todo el mundo salió a observarlo para ver quién le seguía, y cuando hundió su *tomahawk* en el árbol de la guerra y gritó que se iba a buscar caballos y a saquear a los shawnee, muchos jóvenes lo siguieron.

»Estuvieron fuera un día y una noche, y regresaron con caballos y cabelleras blancas, y mis hermanos se enfadaron. Dijeron que atraerían a los soldados del fuerte o a partidas de las colonias de la línea del tratado, que buscarían venganza, ya que las cabelleras procedían de allí.

»Dientes de Nutria respondió con audacia que eso esperaba, puesto que así nos veríamos forzados a luchar. Y dijo claramente que seguiría llevando a cabo aquellas incursiones una y otra vez, hasta que toda la tierra se levantara y viéramos que tenía razón, que debíamos matar a los o'seronni o morir.

»Nadie podía impedirle que hiciera lo que decía, y había algunos jóvenes de sangre caliente que le seguirían, sin importar lo que propusiera. Mi hermano, el *sachem*, montó su tienda y convocó a la Gran Tortuga a Consejo. Se quedaron un día y una noche. La tienda se agitaba, se oían voces y la gente tenía miedo.

»Cuando mi hermano salió de la tienda, dijo que Dientes de Nutria debía abandonar la aldea. Que hiciera lo que tuviera que hacer, pero que no íbamos a dejar que nos trajera la destrucción. Causaba problemas entre la gente y debía marcharse. Se enfadó más que nunca. Se colocó en el centro de la aldea y gritó hasta que se quedó ronco y se le pusieron los ojos rojos por la ira. —La muchacha bajó la voz—. Gritó cosas terribles. Después se quedó muy quieto y nos asustamos. Dijo cosas que nos dejaron sin aliento. Incluso aquellos que lo habían seguido tuvieron miedo. Sin comer y sin dormir, siguió hablando durante dos días, caminando por la aldea, deteniéndose delante de las puertas de las casas y hablando hasta que la gente le pedía que se marchara. Luego se fue. Pero regresaba una y otra vez. Se iba, se escondía en el bosque y regresaba por la noche a las hogueras, delgado y hambriento, con los ojos brillantes como un zorro y siempre hablando. Su voz se oía en la aldea por las noches y no nos dejaba dormir. Comenzamos a creer que en su interior tenía un espíritu maligno; quizá fuera Atatarho, de cuya cabeza Hiawatha lanzaba serpientes. Quizá las serpientes habían entrado en aquel hombre, en busca de un hogar. Finalmente, mi hermano, el jefe guerrero, le dijo que aquello debía terminar: debía irse o lo matarían.

La anciana hizo una pausa. Sus dedos, que habían acariciado el collar una y otra vez, como si de allí sacara la fuerza para narrar su historia, ahora estaban inmóviles.

—Era un forastero —dijo en voz baja—, pero nunca lo supo. Creo que nunca lo entendió.

Al otro lado de la casa comunal, la fiesta se estaba alborotando; todos los hombres reían y se balanceaban con alegría. Tewaktenyonh volvió la mirada hacia ellos, con el ceño ligeramente fruncido.

Un escalofrío recorrió mi espalda. Un forastero. Un indio por su rostro, por su lenguaje, un lenguaje en cierto sentido extraño. Un indio con empastes en los dientes. No, él no había entendido, él creía que ellos eran su pueblo. Como sabía lo que les deparaba el futuro, había tratado de salvarlos. ¿Cómo iba a pensar que le harían daño?

Pero lo hicieron. Según Tewaktenyonh, lo desnudaron, lo ataron a un poste en el centro de la aldea y pintaron su cara con una tinta elaborada a base de hollín y agallas de roble.

—El negro es para la muerte; a los prisioneros que van a matar siempre los pintan así —comentó la muchacha mientras fruncía un poco una ceja—. ¿Sabías eso cuando te encontraste con el hombre en la montaña?

Negué con la cabeza, muda. El ópalo estaba cada vez más caliente en mi palma y estaba pegajoso por el sudor.

Le torturaron con palos afilados y con tizones encendidos, de manera que le salían ampollas, que después le reventaban, y la piel le colgaba en jirones. Lo soportó sin gritar y aquello les gustó. Como parecía que aún estaba fuerte, lo dejaron atado al poste durante toda la noche.

—Por la mañana se había ido. —El rostro de la anciana era indescifrable. Si le había gustado, aliviado o angustiado que aquel hombre escapara o no, era su secreto—. Dije que no lo siguieran, pero mi hermano afirmó que no serviría de nada, que regresaría si no finalizaban la tarea. Una partida de guerreros salió a buscarlo. No fue difícil seguir el rastro de sangre. Lo persiguieron hacia el sur. Estuvieron a punto de capturarlo varias veces, pero era fuerte y se escapaba. Lo siguieron durante cuatro días y, por último, lo atraparon en una alameda, deshojada por la nieve y con las ramas blancas como si fueran los huesos de los dedos.

Vio la pregunta en mis ojos y asintió.

—Mi hermano, el jefe guerrero, estuvo allí y me lo contó. Estaba solo y desarmado, no tenía posibilidades y lo sabía. Pero se enfrentó a ellos y les habló. Un hombre le golpeó la boca con una lanza, pero siguió hablando, sangrando y con los dientes rotos. Era un hombre valiente —afirmó, meditabunda—. No suplicó. Les dijo exactamente las mismas cosas que les había dicho antes, pero mi hermano me explicó que esta vez fue diferente. Antes había sido ardiente como el fuego; en la muerte era frío como la nieve... y como tenían tanto frío, sus palabras aterrorizaron a los guerreros.

»Incluso cuando estaba muerto en la nieve, parecía que sus palabras resonaran en los oídos de los guerreros. Se acostaban, pero les hablaba en sueños y no les dejaba dormir. Decía que seríamos olvidados, que no existiría la nación de los iroqueses y que nadie contaría nuestras historias. Que todo lo que habíamos sido se perdería. Regresaron a la aldea, pero su voz los seguía. Por la noche no podían dormir debido a las horribles palabras en sus oídos, y durante el día oían gritos y gemidos entre los árboles del sendero. Algunos decían que eran los cuervos, pero otros afirmaban que lo oían a él con claridad. Hasta que, por último, mi hermano aseguró que el hombre era un brujo.

La anciana me miró: yo había dicho que era una bruja. Tragué saliva y apreté el amuleto que llevaba en el cuello.

—Mi hermano afirmó que había que cortarle la cabeza para que no hablara más. Así que volvieron, le cortaron la cabeza y la ataron a las ramas de una pícea. No obstante, cuando se acostaron aquella noche, aún oían su voz, y se despertaron agitados. Los cuervos le habían picado los ojos, pero su cabeza aún hablaba. Un hombre valiente tenía que enterrarlo lejos. —Sonrió un poco—. Ese hombre era mi marido. Envolvió la cabeza con una piel de ciervo y corrió con ella hacia el sur. La cabeza seguía hablando bajo su brazo, así que tuvo que ponerse cera de abeja en los oídos. Finalmente, vio un enorme cedro rojo y supo que aquél era el lugar, porque ese árbol tiene un fuerte espíritu curativo.

»Enterró la cabeza bajo las raíces del cedro rojo y, cuando se quitó la cera de las orejas, ya no se oía nada más que el viento y el agua. Mi marido regresó a la aldea y nadie más nombró a Dientes de Nutria hasta el día de hoy.

La muchacha terminó, con la mirada fija en su abuela. Era evidente que era cierto; ella nunca había oído aquella historia.

Tragué saliva y traté de respirar hondo. El humo había dejado de elevarse mientras hablaba; ahora se acumulaba en una nube baja, y el aire estaba viciado con un perfume narcótico.

El círculo de bebedores se había tranquilizado. Dos hombres ya estaban medio dormidos y otro se levantó tambaleándose.

—¿Y esto? —pregunté, mostrando el ópalo—. ¿Lo había visto? ¿Era suyo?

La anciana se inclinó para tocar la piedra, pero no lo hizo.

—Hay una leyenda —contestó la muchacha sin dejar de mirar la piedra—. Las serpientes mágicas llevan piedras en sus cabezas. Si uno mata una y coge la piedra, tendrá gran poder.

—Se movió, incómoda, y no me costó imaginar el tamaño de la serpiente que debía de haber llevado una piedra como aquélla. La anciana habló súbitamente señalando la piedra. La muchacha se sobresaltó, pero repitió, obediente.

—Era suya, la llamaba *billé-bueltá*.

Miré a la intérprete y movió la cabeza.

—*Billé-bueltá* —dijo con claridad—. No es una palabra inglesa, ¿verdad?

Negué con la cabeza.

Tras concluir su historia, la anciana se acomodó entre sus pieles y me miró con aire pensativo. Sus ojos estaban fijos en el amuleto que llevaba al cuello.

—¿Por qué te habló? ¿Por qué te dio eso? —Hizo un gesto hacia mi mano, y mis dedos se cerraron sobre la curva del ópalo como en un acto reflejo.

—No lo sé —respondí; como me había cogido desprevenida, no pude disimular mi expresión.

Me lanzó una mirada penetrante. Supo que mentía, pero ¿cómo le podía decir la verdad? ¿Podía decirle acaso quién era Dientes de Nutria? ¿Que sus profecías eran verdaderas?

—Creo que tal vez era parte de mi... familia —dije por último, pensando en lo que Pollyanne me había dicho sobre los fantasmas de los antepasados de cada uno. No sabía de dónde o cuándo había venido; debía de ser un antepasado o un descendiente. Si no lo era mío, lo era de alguien como yo.

Tewaktenyonh se irguió al escuchar aquello y me miró sorprendida. Poco a poco, la expresión se desvaneció y asintió.

—Él te envió a mí para que escucharas esto. Estaba equivocado —declaró con confianza—. Mi hermano dice que no debemos hablar de él, que debemos olvidarlo. Pero un hombre no se olvida mientras queden otros dos bajo el cielo, uno para contar la historia y otro para escucharla.

Tocó mi mano, evitando tocar la piedra. El brillo húmedo de sus ojos negros podía deberse al humo del tabaco.

—Yo soy una. Tú eres la otra. Él no ha sido olvidado.

Hizo una seña a la muchacha para que fuera a buscar comida y bebida.

Cuando me levanté para regresar a la vivienda donde nos alojábamos, miré hacia la fiesta. El terreno estaba cubierto de cuerpos que roncaban y el barril estaba vacío y apartado a un lado. Dos Lanzas estaba tumbado boca arriba, con una sonrisa beatífica en su cara arrugada. Jamie, Ian y la muchacha ya no se encontraban allí.

Jamie me esperaba fuera. Su aliento era blanco en el aire nocturno y su capa olía a whisky y a tabaco.

—Parece que te has divertido —afirmé, y lo cogí del brazo—. ¿Ha habido algún progreso?

—Eso creo. —Cruzamos juntos el enorme claro central hacia la casa comunal en la que nos alojábamos—. Ha salido bien, Ian tenía razón. Dios le bendiga —concluyó mientras caminábamos—. Ahora que han visto que este pequeño *ceilidh* no ha sido perjudicial, creo que estarán dispuestos a hacer el trato.

Volví la mirada hacia la hilera de casas con sus nubes de humo y el resplandor de las hogueras en los agujeros y las puertas. ¿Estaría Roger en alguna de ellas? Conté de manera automática, como hacía cada día... siete meses. La tierra se estaba derritiendo. Si hacíamos parte del viaje por el río, quizá pudiéramos llegar en un mes... seis semanas como máximo. Sí, si nos marchábamos pronto, llegaríamos a tiempo.

—¿Y tú, Sassenach? Has estado conversando con la anciana. ¿Sabía algo sobre la piedra?

—Sí, vamos dentro y te lo contaré.

Levantó la piel que hacía las veces de puerta y entramos. Yo tenía el ópalo bien sujeto en mi mano. Ellos no sabían por qué lo llamaba *billé-bueltá*, pero yo sí. El hombre con empastes en los dientes, conocido como Dientes de Nutria, había venido a declarar la guerra para salvar a la nación. Yo sabía qué quería decir *billé-bueltá*.

Era su billete de vuelta sin usar. Mi herencia.

58

Lord John regresa

River Run, marzo de 1770

Fedra trajo un vestido de seda amarilla, con la falda muy amplia, que había sido de Yocasta.

—Esta noche la compañía es mejor que la del viejo señor Cooper o la del abogado Forbes —dijo la esclava con satisfacción—. Viene un lord de verdad. ¿Qué le parece?

Dejó un enorme montón de tela sobre la cama y comenzó a sacar retales mientras daba órdenes como si se tratara de un sargento en un entrenamiento.

—Tenga, desnúdese y póngase este corsé. Necesita algo fuerte para ocultar ese vientre. Sólo las pueblerinas van por la vida sin corsé. Si su tía no estuviera ciega como un topo, le habría tomado las medidas hace mucho tiempo. Luego póngase las medias y las ligas... ¿no le parecen preciosas? Siempre me ha gustado el par con las hojitas... Luego las ataremos a las enaguas, y...

—¿Qué lord? —Brianna cogió el dichoso corsé y enarcó las cejas—. Por Dios, ¿qué es esto? ¿Barbas de ballena?

—Ajá. Nada de hojalata barata ni hierro para la señorita Yo. —Fedra escarbaba como un perrito mientras fruncía el ceño y murmuraba para sí—. ¿Dónde está la liga?

—No necesito que me pongas todo eso para ocultar mi vientre. ¿Y quién es ese lord?

Fedra se enderezó para contemplar a Brianna entre los pliegues de seda amarilla.

—No lo precisa, ¿eh? —dijo con tono reprobador—. ¿Con una barriga de seis meses? ¿En qué está pensando, muchacha? ¿Bajar a cenar vestida de cualquier manera y que su señoría se quede mirándola como un bobo a través de su monóculo? ¿Cree que voy a dejar que se presente así?

Brianna no pudo evitar sonreír ante aquella descripción; no obstante, respondió con considerable sequedad.

—¿Y qué más da? Todo el condado sabe que voy a tener un hijo. No me sorprendería que ese tal señor Urmstone, el ministro itinerante, dijera un sermón contra mí.

Fedra dejó escapar una breve carcajada.

—Ya lo ha hecho —afirmó—. Hace dos domingos. Mickey y Drusus estaban allí y les pareció divertido, pero su tía no pensó lo mismo y envió al abogado Forbes para que lo acusara de calumnia, pero el anciano reverendo Urmstone le dijo que no podía ser calumnia lo que era verdad.

Brianna contempló a la criada.

—¿Qué es lo que ha dicho sobre mí?

Fedra negó con la cabeza y siguió rebuscando.

—No quiera saberlo —comentó, sombría—. Que todos lo sepan no es lo mismo que ande mostrando su embarazo por el comedor y que acabe con las dudas de su señoría, así que déjeme que la arregle.

Su tono autoritario no permitía que siguiera discutiendo. Brianna se puso la prenda con resentimiento y dejó que Fedra se la atara. Su cintura seguía siendo esbelta y era fácil ocultar el bulto central con la enorme falda y las enaguas.

Se miró en el espejo. La cabeza oscura de Fedra se movía junto a sus muslos mientras la criada le colocaba las medias de seda verde a su gusto. No podía respirar, y que la estrujaran así no podía ser bueno para el niño. Como el corsé se ataba delante, en cuanto Fedra saliera, se lo quitaría. Al diablo con aquel lord, quienquiera que fuese.

—¿Quién es ese lord que viene a cenar? —preguntó por tercera vez mientras se metía, obediente, en la masa de lino blanco almidonado que la criada sostenía.

—Es lord John William Grey, de la plantación de Mount Josiah, en Virginia. —Fedra pronunció las sílabas con gran ceremonia, aunque parecía un poco disgustada por los nombres por desgracia breves y sencillos del lord. Brianna sabía que, de haber podido elegir, Fedra hubiera preferido un lord FitzGerald Vanlandingham Walthamstead—. Es un amigo de su padre, o, al menos, eso es lo que dice la señorita Yo —añadió la criada, más prosaica—. Bueno, ya está. Por suerte, tiene un bonito pecho; este vestido es especial para realzarlo.

Brianna confió en que eso no significara que el vestido no le cubriría los senos que el corsé le había levantado como burbujas en el borde de una olla. Sus pezones la miraban desde el espejo, con un color oscuro similar al del vino de zarzamora. Pero no fue esa preocupación lo que la distrajo de la charla de Fedra, sino la frase: «Es un amigo de su padre.»

No era una gran multitud, ya que Yocasta nunca invitaba a mucha gente. Como dependía de sus oídos para socializar, no se arriesgaba a que se formara un alboroto. No obstante, aquella noche en la sala había más invitados que de costumbre: el abogado Forbes con su hermana soltera; el señor MacNeill y su hijo; el juez Alderdyce, su madre y un par de hijos solteros de Farquard Campbell. Ninguno era el lord del que Fedra había hablado.

Brianna sonrió para sí con amargura. «Deja que miren», pensó, enderezando la espalda. El bulto aumentó con orgullo frente a ella y brilló bajo la seda. Le dio una palmadita de aliento y susurró:

—Vamos, Osbert, socialicemos.

Su aparición fue recibida con tanta cordialidad que se avergonzó de su cinismo. Eran hombres y mujeres bondadosos, incluida Yocasta, y la situación, después de todo, no era culpa suya.

No obstante, disfrutó de la expresión que el juez trató de ocultar al ver su vientre y de la sonrisa demasiado dulce en el rostro de su madre, cuando sus pequeños ojos de loro advirtieron la presencia descarada de Osbert. Yocasta podría proponer, pero la madre del juez dispondría, de eso no cabía duda. Brianna saludó a la señora Alderdyce con una dulce sonrisa.

El señor MacNeill ocultó una mueca de diversión y la saludó con una inclinación, preguntando por su salud sin muestras de incomodidad. En cuanto al abogado Forbes, la recibió con su acostumbrada educación y discreta profesionalidad.

—¡Ah, señorita Fraser! —exclamó—. La estábamos esperando. La señora Alderdyce y yo discutíamos amistosamente sobre un tema de estética. Usted, con su instinto para la belleza, podrá darme su valiosa opinión. —La cogió del brazo y, con cuidado, la acercó a él, alejándola de MacNeill, que arqueó una ceja pero no interfirió.

La condujo hasta la chimenea. En una mesa había cuatro cajas de madera. Con mucha ceremonia, el abogado retiró la tapa de cada una de ellas y mostró cuatro piedras preciosas del tamaño de enormes judías, colocadas sobre terciopelo azul para que resaltara su brillo.

—Estoy pensando en comprar una de estas piedras —explicó Forbes— para engarzarla en un anillo. Las han enviado de Boston. —Sonrió a Brianna con evidente satisfacción al advertir, a juzgar por la mirada de MacNeill, que había ganado un punto en su lucha con él—. Dígame, querida, ¿cuál de ellas prefiere? ¿El zafiro, la esmeralda, el topacio o el diamante? —Se balanceó sobre sus talones, con el pecho hinchado ante su propio ingenio.

Por primera vez desde su embarazo, Brianna sintió náuseas. Su cabeza parecía flotar y se le adormecían los dedos.

Zafiro, esmeralda, topacio, diamante. El anillo de su padre tenía un rubí. Cinco piedras de poder, los puntos del pentagrama del viajero, la garantía de un pasaje seguro. ¿Para cuántos? Sin pensarlo, puso una mano protectora sobre su vientre.

Se dio cuenta de la trampa de Forbes. La dejaba elegir y le regalaba la piedra en público, forzándola, creía él, a aceptarlo o a rechazarlo protagonizando una desagradable escena. Gerald Forbes no sabía nada sobre mujeres, pensó Brianna.

—Ah... no quisiera aventurar una opinión sin escuchar antes la de la señora Alderdyce —dijo, obligándose a sonreír cordialmente a la madre del juez, quien la miraba entre sorprendida y agradecida por la deferencia.

Brianna sintió un nudo en el estómago y, a escondidas, se secó las manos sudorosas en la falda. Allí estaban, todas juntas y en un mismo lugar... las cuatro piedras que creía que le costaría una vida encontrar.

La señora Alderdyce extendió su dedo artrítico hacia la esmeralda y explicó los motivos de su elección, pero Brianna no prestaba atención a lo que decía la mujer. Lanzó una mirada a Forbes, cuyo rostro aún reflejaba petulancia. Un súbito impulso salvaje se apoderó de ella.

Si decía sí, ahora, esa noche mientras él todavía tenía las cuatro piedras... ¿podría engañarlo, besarlo y robárselas?

Sí, podría... Y luego, ¿qué? ¿Escapar a las montañas con las piedras? ¿Dejar a Yocasta con la deshonra y el condado alborotado, y huir como una ladrona? ¿Y cómo iba a llegar a las Antillas antes de que naciera el niño? Contó los meses mentalmente sabiendo que era una locura, pero... podía hacerlo.

Las piedras brillaban: tentación y salvación.

Todos las miraban con las cabezas inclinadas sobre la mesa entre murmullos de admiración; por el momento, se habían olvidado de ella.

Podía esconderse, pensó. Aunque no lo quisiera, el plan se desarrollaba ante sus ojos. Podía robar un caballo y dirigirse al valle del Yadkin. Pese a la proximidad del fuego, sintió un escalofrío al pensar en una huida en medio de las nieves invernales. Pero su mente no se detenía.

Podía ocultarse en las montañas y esperar a que regresaran con Roger. Si es que volvían con él. Sí, ¿y si el niño nacía antes y ella estaba en la montaña sola, sin nadie cerca, y sin nada que la ayudara, excepto unas cuantas piedras brillantes?

¿O debía cabalgar hasta Wilmington y buscar un barco que se dirigiera a las Indias? Si Yocasta tenía razón, Roger no volvería. ¿Estaría sacrificando su única posibilidad de regresar, esperando a un hombre que podía estar muerto y que, si no lo estaba, incluso podía rechazar a su hijo?

—¿Señorita Fraser?

Forbes esperaba ansioso.

Brianna inspiró profundamente y sintió un hilillo de sudor entre sus pechos, bajo el corsé flojo.

—Son todas muy hermosas —intervino, sorprendida por su propia frialdad—. Pero no puedo elegir ninguna, porque no siento una preferencia especial por las piedras preciosas. Me temo que mis gustos son muy simples.

Captó un destello de sonrisa en el rostro de MacNeill y el rubor en el de Forbes, pero dio la espalda a las piedras con decoro.

—Creo que no debemos esperar más para la cena —murmuró Yocasta en su oído—. Si se ha retrasado lord...

En aquel instante, Ulises apareció en la puerta, con su elegante librea, para anunciar la cena. Con voz meliflua, dijo:

—Lord John Grey, señora. —Y se retiró a un lado.

Yocasta suspiró con satisfacción y empujó a Brianna hacia la figura esbelta que aguardaba.

—Serás su compañera para la cena, querida.

Brianna dirigió su mirada hacia la mesa, pero las piedras preciosas ya habían desaparecido.

Lord John Grey la sorprendió. Había oído a su madre hablar de él: soldado, diplomático y noble, de manera que esperaba a un hombre alto e imponente, pero en su lugar se encontró con un hombre bastante más bajo que ella, de complexión delgada, con unos ojos grandes y bellos, y un rostro y una piel que como únicos rasgos masculinos tenían la firmeza de la boca y la mandíbula.

Pareció asombrado al verla; mucha gente se sorprendía de su altura. Luego, sin embargo, desplegó su encanto y habló sobre viajes, admiró los cuadros que Yocasta tenía en el comedor y les transmitió las noticias que tenía sobre la situación política de Virginia. Pero no mencionó a su padre y Brianna se sintió agradecida por ello.

Brianna escuchaba las descripciones de la señorita Forbes sobre la importancia de su hermano con una sonrisa ausente. Tenía la creciente sensación de que estaba ahogándose en un mar de buenas intenciones. ¿Es que no la podían dejar en paz? ¿Acaso no tendría Yocasta la decencia de esperar unos meses?

—... y luego está el pequeño aserradero que acaba de comprar al norte de Averasboro. ¡Señor, no sé cómo se las arregla!

No, pensó desesperada. No la dejarían en paz. Eran escoceses, buenos, pero prácticos, y tenían la fuerte convicción de que la razón siempre estaba de su parte... la misma convicción que había hecho que la mitad de ellos muriera o se tuviera que exiliar después de Culloden.

Yocasta la quería, pero era evidente que creía que seguir esperando era una locura. ¿Por qué sacrificar la posibilidad de un buen matrimonio sólido y respetable por la esperanza del amor? Lo más terrible era que ella también sabía que esperar era una locura. De todas las cosas en las que había intentado no pensar durante semanas, aquella era la peor... y allí estaba, en su mente como la sombra de un árbol muerto, desnudo en la nieve.

Si regresaban... si, si. SI. Si sus padres volvían, Roger no estaría con ellos. Lo sabía. Quizá no hallaran a los indios que se lo habían llevado. ¿Cómo los iban a encontrar en una tierra salvaje cubierta de nieve y barro? O lo hacían y resultaba que Roger había muerto por las torturas que le habían infligido, o por las heridas, o a causa de alguna enfermedad. O lo encontraban vivo, pero se negaba a regresar porque no deseaba volver a verla. O volvía por el absurdo sentido del honor escocés, decidido a aceptarla, pero para odiarla durante el resto de su vida. O regresaba, veía al niño y... O no volvía ninguno de ellos («Te lo traeré... o no regresaré jamás») y ella se vería obligada a vivir allí, sola para siempre, ahogada en su culpa, meciéndose en un mar de buenas intenciones, atada por un cordón umbilical podrido a causa del peso muerto de aquel niño.

—¿Señorita Fraser? Señorita Fraser, ¿se encuentra bien?

—No mucho —respondió—. Creo que me voy a desmayar.

—Y lo hizo, arrastrando porcelana y manteles en su caída.

Todo había cambiado otra vez, pensó, rodeada del afecto y la preocupación de la gente, que le ofrecía bebidas tibias y un ladrillo caliente para los pies, la arropaba en el sofá de la salita con una almohada bajo la cabeza y sales para la nariz, y le cubría las rodillas con un chal grueso. Cuando, por último, la dejaron sola, la verdad apareció en su mente. Era el momento de llorar por todas sus pérdidas: por su padre y su enamorado, por su familia y su madre, por la pérdida del tiempo y el lugar y de todo lo que debió ser y nunca sería.

Pero no podía llorar. Lo intentaba sin conseguirlo. Intentó rememorar el terror que había sentido en la sala, sola entre la multitud. Pero ahora que estaba por completo sola, paradójicamente, ya no sentía miedo. Una de las esclavas asomó la cabeza por la puerta, pero ella movió una mano para que se marchara. Bueno, ella también era medio escocesa, murmuró para sí, ahuecando la mano sobre su vientre. Y también era terca. Ellos regresarían, todos, su madre, su padre y Roger. Aunque su convicción fuera más bien débil, seguía estando convencida. Y se aferraría a aquello como a una balsa, hasta que le soltaran los dedos y dejaran que se hundiera.

La puerta de la salita se abrió y en el pasillo iluminado apareció la silueta alta y sobria de Yocasta.

—¿Brianna? —El pálido rostro ovalado se volvió de manera certera hacia el sofá; ¿había adivinado dónde la habían dejado, o podía oír cómo respiraba?

—Estoy aquí, tía.

Yocasta entró en la habitación, seguida por lord John y Ulises, con una bandeja con el té.

—¿Cómo estás, criatura? ¿Hago que llamen al doctor Fentiman? —Frunció el ceño y pasó una mano por la frente de Brianna.

—¡No! —Lo conocía y no le gustaba. Era un hombre pequeño de manos húmedas con una profunda fe en la sosa cáustica y las sanguijuelas. Sólo verlo le provocaba escalofríos—. Eh... no, gracias. Ya estoy bien. Ha sido sólo un mareo.

—Ah, bueno. —Yocasta volvió su mirada ciega hacia lord John—. Lord John se marcha mañana a Wilmington y quería despedirse, si te sientes bien.

—Sí, por supuesto. —Se sentó y apoyó los pies en el suelo. De manera que el lord no se iba a quedar. Su tía debía de estar desilusionada, pero ella no. No obstante, podía ser amable durante un rato.

Ulises dejó la bandeja y, con pasos inaudibles, salió detrás de Yocasta, dejándolos solos.

Sin esperar invitación, lord John cogió una banqueta bordada y se sentó.

—¿Está bien, señorita Fraser? No quisiera verla desplomarse entre las tazas de té. —Sonrió y Brianna se ruborizó.

—Estoy bien —dijo, cortante—. ¿Tenía algo que decirme? No le sorprendió su brusquedad.

—Sí, pero he pensado que tal vez preferiría que no lo hiciera delante de todos. Tengo entendido que está interesada en el paradero de un hombre llamado Roger Wakefield.

A pesar de que ya se encontraba mejor, volvió a marearse un poco al oír aquellas palabras.

—Sí. ¿Cómo sabe...? ¿Sabe dónde está?

—No. —Vio que el rostro de la joven cambiaba y le cogió una mano—. No, lo siento. Su padre me escribió hace unos tres meses pidiéndome ayuda para encontrar a ese hombre. Se le ocurrió que si el señor Wakefield andaba en algún puerto, quizá había sido reclutado y podía haberse embarcado en uno de los barcos de Su Majestad. Me pidió que empleara mis contactos en los círculos navales para averiguar si el señor Wakefield había corrido tal suerte.

Sintió un mareo mezclado con remordimiento al darse cuenta de todo lo que había hecho su padre para encontrar a Roger.

—No está en ningún barco.

Se sorprendió ante la seguridad de Brianna.

—No he encontrado pruebas de que estuviera entre Jamestown y Charleston. Pero mañana viajo a Wilmington para hacer averiguaciones; cabe la posibilidad de que haya subido a bordo sin que lo registraran hasta llegar a puerto.

—No es necesario que vaya. Sé dónde está. —En pocas palabras, le narró los hechos.

—¿Jamie, su padre, es decir, sus padres, fueron a rescatar a ese hombre de los iroqueses? —Algo agitado y sin preguntar, sirvió dos tazas de té y le entregó una.

Brianna sostuvo la taza en sus manos y sintió cierto consuelo con su calidez, aunque le resultaba un consuelo aún mayor poder hablar con lord John con franqueza.

—Sí, yo quería ir con ellos, pero...

—Sí, ya veo. —Miró de reojo su vientre y tosió—. Supongo que existe cierta urgencia en encontrar al señor Wakefield.

Brianna rió sin ninguna alegría.

—Puedo esperar. ¿Puede decirme algo, lord John? ¿Ha oído hablar alguna vez de la unión de manos?

Frunció las cejas un instante.

—Sí —dijo lentamente—. Una costumbre escocesa: un matrimonio temporal, ¿no es así?

—Sí. Lo que quiero saber es si aquí es legal.

Lord John se frotó la barbilla con gesto pensativo. O se acababa de afeitar, o su barba era rubia. A pesar de que era tarde, no mostraba señales de barba.

—No lo sé —respondió por último—. Nunca lo he considerado desde el punto de vista de la ley. Pero a cualquier pareja que convive como marido y mujer se la puede considerar matrimonio, según el derecho consuetudinario. Creo que el matrimonio de palabra puede ser un caso similar.

—Podría ser, salvo que nosotros, como es evidente, no vivimos juntos —afirmó, suspirando—. Yo creo que estoy casada, pero mi tía no. Sigue insistiendo en que Roger no regresará, o que aunque lo haga, no estoy legalmente unida a él. Incluso para la costumbre escocesa, no estoy ligada a él más que durante un año y un día. Quiere elegirme un marido y a fe que lo está intentando. Cuando me anunciaron su llegada, pensé que se trataba de otro candidato.

Lord John pareció divertirse con la idea.

—Ah, eso explica los invitados a la cena. Ese juez tan colorado, Alderdyce, parecía muy interesado en usted, incluso más allá de los límites normales de la galantería.

—No le servirá de mucho —contestó Brianna con desprecio—. Tendría que haber visto las miradas que me lanzaba la señora Alderdyce durante la cena. Ella no permitirá que su corderito, que debe de tener como cuarenta años, se pierda con la ramera del pueblo. En mi opinión, no le dejará volver. —Se palmeó el bulto—. Creo que ha salido bien.

Grey enarcó una ceja y sonrió burlón. Dejó la taza de té y se levantó para servirse una copa de jerez.

—¡Ah! Bueno, aunque admiro su estrategia, señorita Fraser (¿puedo llamarla «querida»?), lamento informarle de que sus tácticas no sirven para el terreno que ha elegido.

—¿Qué quiere decir con eso?

Lord John se recostó en su asiento, copa en mano, y la miró con amabilidad.

—La señora Alderdyce. Al no estar ciego, y aunque no soy tan astuto como su tía, yo también me he fijado en cómo la observaba. Pero me temo que usted ha entendido mal sus intenciones. —Movió la cabeza, observándola por encima del borde de su copa mientras bebía—. No la miraba con ultrajada respetabilidad, sino con codicia.

Brianna se enderezó en su asiento.

—¿Cómo?

—Codicia de abuelita. —Lord John se enderezó y rellenó cuidadosamente su copa con el líquido dorado—. Ya sabe, el deseo de una mujer mayor de tener un nieto en sus faldas, de mimarlo con golosinas y, en general, corromperlo. —Se llevó la copa a la nariz y olió—. ¡Qué delicia! Hacía dos años que no probaba un jerez decente.

—Entonces ¿la señora Alderdyce piensa que... que como puedo tener hijos, podré darle nietos? Pero ¡eso es ridículo! El juez puede elegir cualquier muchacha sana y de buen carácter —añadió con sorna— y estar seguro de que tendrá hijos.

Tomó un sorbo, dejando que se deslizara por su lengua, y tragó, deleitándose en el regusto final, antes de responder.

—Bueno, no. Creo que ella sabe que su hijo no puede, o no quiere, que para el caso es lo mismo. —La miró con sus ojos celestes sin pestañear—. Usted misma lo ha dicho, tiene cuarenta años y está soltero.

—¿Quiere decir...? Pero ¡es juez! —Se dio cuenta de la tontería de su exclamación y se tapó la boca con la mano, ruborizada. Lord John rió, aunque con cierta ironía.

—Es lo más probable. Usted tiene razón, podría elegir a cualquier muchacha. Pero no lo ha hecho... —Hizo una delicada pausa y levantó la copa en un brindis irónico—. Creo que la señora Alderdyce se ha dado cuenta de que casar a su hijo con usted es la mejor, y tal vez la única, posibilidad de tener el nieto que tanto desea.

—¡Maldición! —Era incapaz de acertar, pensó desesperada—. No importa lo que haga. Estoy condenada. ¡Me casarán con cualquiera, haga lo que haga!

—Permítame dudar de eso —intervino con una sonrisa—. Por lo que he visto, usted tiene la brusquedad de su madre y el sentido del honor de su padre. Y todo eso será suficiente para preservarla.

—No me hable del sentido del honor de mi padre —dijo, cortante—. ¡Él me ha metido en este lío!

Sus ojos descendieron a la línea de su cintura, francamente irónicos.

—Me impresiona —comentó con amabilidad y mucha calma.

Sintió que volvía a ruborizarse, con más fuerza que antes.

—¡Sabe perfectamente que no es eso lo que quería decir!

—Mis disculpas, señorita Fraser —añadió, ocultando una sonrisa tras su copa de jerez, con arrugas en los ojos—. Entonces, ¿qué quería decir?

Tomó un sorbo de té para ocultar su confusión y sintió el reconfortante calor que le recorría la garganta y le inundaba el pecho.

—Me refería —dijo entre dientes— a este problema en especial, a que me exhiban como si fuera un purasangre con alguna clase de defecto, a que me ofrezcan como si fuera un gatito para que alguien me recoja. Y a que me haya dejado sola aquí —concluyó, con una voz inesperadamente temblorosa.

—¿Por qué está sola aquí? —preguntó lord John, con amabilidad—. Pensé que su madre podría haber...

—Ella quería, pero no la dejé. Porque ella... lo que pasa es que él... ¡Esto es un lío! —Dejó caer la cabeza entre las manos y observó la mesa, desconsolada, a punto de llorar.

—Ya veo. —Lord John se echó hacia delante y dejó la copa vacía sobre la bandeja—. Es muy tarde y, si me perdona la observación, querida, necesita descansar. —Se levantó y le puso una mano en la espalda. Fue un gesto amistoso y no condescendiente, como lo hubiera sido de otro hombre—. Como parece que mi viaje a Wilmington es innecesario, creo que voy a aceptar la amable invitación de su tía y me quedaré aquí unos días. Volveremos a hablar y tal vez encontremos algún paliativo a su situación.

59

Chantaje

El sillón-retrete era un magnífico mueble de nogal tallado que mezclaba atractivo y utilidad, y era muy adecuado para una fría noche de lluvia como aquélla. Brianna levantó la tapa medio dormida en la oscuridad tan sólo iluminada por los destellos de los relámpagos y se sentó con un suspiro de alivio al relajar la presión de su vejiga.

Muy contento por el espacio adicional que le había proporcionado, Osbert realizó una serie de volteretas perezosas, haciendo que su vientre ondulara con ondas fantasmales bajo su camisón blanco de franela. Se levantó poco a poco, como casi todo lo que hacía aquellos días, con un agradable sentimiento de aturdimiento causado por el sueño.

Antes de volver a acostarse, se detuvo frente a la cama arrugada para contemplar la belleza de las colinas y los árboles azotados por la lluvia. Los cristales de la ventana estaban helados y las nubes negras descendían de las montañas mientras tronaba. No nevaba, pero era una noche terrible.

¿Qué harían en las montañas? ¿Habrían llegado a una aldea donde cobijarse? ¿Habrían encontrado a Roger? Se estremeció de manera involuntaria, aunque las brasas aún resplandecían en la chimenea y la habitación estaba tibia. Sintió el irresistible deseo de volver a la cama caliente y a la tentación de los sueños, gracias a los cuales podía escapar del inconveniente constante del miedo y la culpa, pero se dirigió hacia la puerta y cogió su capa del perchero. Las urgencias del embarazo hacían necesario que usara el sillón en su habitación, pero había decidido que mientras pudiera caminar, ninguna criada sacaría su bacinilla. Se abrigó con la capa, sacó el recipiente del cajón del sillón y salió en silencio al pasillo. Era muy tarde. Todas las velas estaban apagadas y el olor rancio de los fuegos consumidos flotaba en las escaleras, pero podía ver con bastante claridad mientras bajaba, gracias a los destellos de los rayos. La puerta de la cocina estaba abierta, una muestra de descuido por la que bendijo a la cocinera, ya que de ese modo no tendría que hacer ruido peleando con el pesado pestillo con una sola mano.

La lluvia helada castigó su rostro y se introdujo con rapidez por debajo de su camisón, haciéndola resoplar. Una vez pasado el primer impacto del frío comenzó a disfrutar; la violencia del viento era vivificante y era lo bastante intenso como para que se hinchara su capa y, por tanto, que se sintiera ligera por primera vez desde hacía meses. Corrió al retrete, limpió la bacinilla con el agua que bajaba de las cañerías y se quedó en el patio, dejando que el viento y la lluvia fresca le azotaran la cara. No estaba segura de si se trataba de expiación o júbilo, de la necesidad de compartir la incomodidad que podrían estar sufriendo sus padres o de algún rito más pagano. Era la exigencia de liberarse uniéndose a la ferocidad de los elementos. No importaba si era una de aquellas cosas o si se trataba de ambas; se colocó de manera deliberada debajo de la cañería y dejó que el agua le golpeara el cuero cabelludo y le empapara el cabello y los hombros. Jadeando, se sacudió el pelo mojado como si fuera un perro, hasta que un destello de luz hizo que se detuviera. No era un rayo; era un haz de luz estable que brilló un momento y después se desvaneció.

Una puerta de la cuadra de los esclavos se abrió un momento y luego se cerró. ¿Venía alguien? Sí. Pudo oír pasos sobre la grava y se ocultó entre las sombras. Lo último que quería era tener que explicar su presencia allí.

La luz del rayo lo iluminó al pasar y lo reconoció. Era lord John Grey, en mangas de camisa y sin sombrero, con el cabello rubio revuelto por el viento; sin preocuparse por el frío y la lluvia, pasó sin verla y desapareció por la entrada de la cocina. Al darse cuenta de que corría peligro de quedarse fuera, corrió tras él con torpeza, pero con rapidez. Estaba cerrando la puerta cuando ella la empujó y entró precipitadamente en la cocina. Lord John la contempló con incredulidad.

—Bonita noche para pasear —dijo Brianna sin aliento—. ¿Verdad?

Se apartó el pelo mojado, y, con un cordial saludo, pasó por delante de Grey y subió la escalera, dejando las huellas en forma de medias lunas de sus pies descalzos en el suelo de madera lustrada. Escuchó, pero no oyó pasos detrás de ella.

Ya en su dormitorio, dejó la capa y el camisón extendidos para que se secaran, se secó el cabello y la cara y se acostó desnuda en la cama. Estaba temblando, pero el tacto de las sábanas de algodón sobre su piel era maravilloso. Se estiró, moviendo los dedos de los pies, se puso de lado y se acurrucó sobre su centro de gravedad, dejando que el constante calor interior saliera al exterior y alcanzara de manera gradual su piel, formando un pequeño capullo de calor a su alrededor.

Repasó todo lo que había ocurrido en el sendero, hasta que, poco a poco, los pensamientos que flotaban en su mente durante aquellos días adquirieron una forma racional.

Lord John siempre la trataba con atención y respeto, a menudo con diversión o admiración, pero faltaba algo. No había sido capaz de reconocerlo (durante algún tiempo ni siquiera había sido consciente de ello), pero ahora, sin duda alguna, sabía lo que era.

Igual que la mayoría de las mujeres hermosas, estaba acostumbrada a la admiración abierta de los hombres, y también la recibía por parte de lord John. Sin embargo, tras aquella admiración, por lo general había una conciencia más profunda, más sutil que una mirada o un gesto, una vibración similar al repiqueteo lejano de una campana, un reconocimiento visceral de su ser como mujer. Creía haberlo sentido por parte de lord John cuando se conocieron, pero no había sido consciente de ello en los siguientes encuentros, y había concluido que se había equivocado.

Tenía que haberse dado cuenta antes, pensó. Ya se había encontrado con esa indiferencia en una ocasión, en un compañero de cuarto de un novio ocasional. Pero lord John sabía ocultarlo muy bien. Nunca lo hubiera adivinado de no haberlo visto aquella noche en el patio. No, no repicaba por ella. Pero sí lo hacía con fuerza cuando salió tan entusiasmado de las dependencias de los sirvientes.

Se preguntó si su padre lo sabría, pero rechazó tal posibilidad. Después de su experiencia en la prisión de Wentworth, no era posible que fuera amigo de lord John si sabía la verdad.

Se puso boca arriba. El algodón fino de la sábana se deslizó sobre la piel desnuda de sus pechos y muslos, acariciándola. Apenas lo notó, pero cuando el pezón se le puso erecto, se llevó la mano al pecho como en un acto reflejo y sintió en el recuerdo la enorme y cálida mano de Roger y, con ello, un súbito anhelo. A continuación, vino a su mente el repentino agarre de unas manos más ásperas que la pellizcaban y la maltrataban y el anhelo se convirtió en furia enfermiza. Se puso boca abajo, cruzó los brazos bajo los pechos, hundió la cara en la almohada, cerró las piernas y apretó los dientes a modo de una inútil defensa.

El bebé era un bulto grande e incómodo; era imposible quedarse así. Con un pequeño juramento, se dio la vuelta y salió de la cama y de las traicioneras y seductoras sábanas.

Caminó desnuda por la habitación casi en penumbra y se detuvo frente a la ventana para observar la lluvia. El cabello mojado le colgaba por la espalda y el frío atravesaba la ventana, de manera que hizo que se le pusiera la carne de gallina en los brazos, los muslos y el vientre. No se movió ni para abrigarse ni para regresar a la cama. Permaneció allí, acariciando su abultado vientre con una mano.

Pronto sería demasiado tarde. Cuando ellos se fueron, sabía que ya lo era, y su madre también. No habían querido admitirlo y fingieron que Roger llegaría a tiempo para viajar juntos hasta La Española y encontrar el paso a través de las piedras.

Colocó la otra mano sobre el cristal, que se empañó de inmediato, dibujando sus dedos. Estaban a principios de marzo. Tal vez le faltaban tres meses, quizá menos. El viaje hasta la costa les llevaría una o dos semanas. No obstante, ningún barco se arriesgaría a cruzar los peligrosos Outer Banks en marzo. Como muy pronto, tendrían que iniciar su viaje a principios de abril. ¿Y cuánto tardarían hasta las Antillas? ¿Dos semanas, tres...? Estarían a finales de abril y todavía tendrían que encontrar la cueva, lo que suponía un viaje lento a través de la selva, embarazada de más de ocho meses. Y sería peligroso, aunque eso, dadas las circunstancias, no importaba demasiado.

Eso si estuviera Roger. Pero no estaba. Quizá nunca volviera, aunque rechazaba con fuerza aquella posibilidad. Estaba convencida de que si no pensaba en las diferentes formas en que habría podido morir Roger, éste no estaría muerto. Ése era un artículo de su terca fe; los otros eran que Roger no moriría y su madre llegaría a tiempo, antes de que naciera el niño. En cuanto a su padre, la ira la invadía cada vez que pensaba en él; en él o en Bonnet; así que intentaba pensar lo menos posible en ellos.

Por supuesto, rezaba tanto como podía, pero su carácter no estaba hecho para rezar y esperar; ella deseaba la acción. Si hubiera podido ir con ellos en busca de Roger... pero no la habían dejado elegir. Tensó la mandíbula y extendió las manos en su vientre. No había podido elegir muchas cosas. Sólo había tomado una decisión, había decidido quedarse con su hijo y ahora debería vivir con las consecuencias. Se estremeció a causa del frío y se alejó de la tormenta para acercarse a la chimenea. Una pequeña llama jugueteaba en la corteza ennegrecida de un tronco y el corazón de las brasas resplandecía, dorado y blanco.

Se sentó sobre la alfombra de la chimenea, cerró los ojos y el calor del fuego reconfortó su piel fría, acariciándola como si se tratara de una mano. Esta vez mantuvo a raya cualquier pensamiento sobre Bonnet; impidió que entrara en su mente y centró su pensamiento en el recuerdo de Roger y en la ternura de sus caricias.

«... siente mi corazón y dime si se detiene...» Podía oír cómo jadeaba, casi atragantado entre la risa y la pasión.

«¿Cómo demonios sabes eso?» El contacto áspero del vello rizado bajo sus palmas, las curvas duras y suaves de sus hombros, el latido en un lado de su garganta cuando lo atrajo hacia ella y lo besó mientras deseaba morderlo, saborearlo, inspirar la sal y el polvo de su piel.

Sus rincones oscuros y secretos que sólo conocía gracias al tacto, rememorados como un peso suave y vulnerable en su palma; una complejidad de curva y profundidad que cedía de mala gana a sus curiosos dedos («Por Dios, no te detengas, pero ten cuidado, ¿eh? ¡Ah!»), la extraña seda arrugada que se estiraba y llenaba su mano, erigiéndose silenciosa e increíble como el tallo de una flor nocturna que florece mientras la observas.

(«Desearía ver tu rostro para saber qué sientes y si lo hago bien. ¿Te gusta así? Dime, Bree, háblame...») Ella también lo había acariciado, explorando su cuerpo, y lo había llevado demasiado lejos cuando se metió su pezón en la boca. Había sentido toda la fuerza del poder de Roger mientras perdía el control y la agarraba, levantándola como si no pesara nada. La colocaba de espaldas en la paja y la poseía, medio vacilante mientras él recordaba su carne recién desgarrada. Luego, respondió a la exigencia de sus uñas en su espalda y la embistió, y el temor a la penetración se transformó en aceptación y recibimiento, y finalmente en un frenesí similar al de Roger, para romper la última membrana que los separaba, uniéndolos para siempre en una corriente de sudor, almizcle, sangre y semen.

Gimió con fuerza, se estremeció y se quedó quieta, demasiado débil incluso para retirar su mano. Su corazón latía tranquilo. Su vientre estaba tenso como un tambor y el último espasmo por fin abandonó su vientre hinchado. Una mitad de su cuerpo ardía de calor mientras la otra estaba fría y oscura.

Un instante después se puso a cuatro patas y se alejó del fuego. Se levantó y se dirigió a la cama. Se dejó caer como un animal herido y se quedó allí aturdida, ajena a las corrientes de frío y calor que la acariciaban.

Por último, se tapó con una manta y se quedó mirando a la pared con las manos sobre el vientre, protegiendo al niño. Sí, era demasiado tarde. Debía dejar a un lado sensaciones y deseos, amor y furia. Debía resistir la fuerza del cuerpo y de las emociones. Tenía que tomar decisiones.

Tardó tres días en convencerse de las ventajas de su plan, sobreponerse a sus propios escrúpulos y, finalmente, encontrar el momento y el lugar para hablarle a solas. Pero era meticulosa y paciente; tenía todo el tiempo del mundo... casi tres meses.

El martes tuvo su oportunidad. Yocasta se encontraba en su estudio con Duncan Innes y los libros de cuentas; Ulises, con una mirada inescrutable hacia la puerta cerrada del estudio, se había ido a la cocina a supervisar los preparativos de otra fastuosa cena en honor de su señoría, y ella se había deshecho de Fedra al enviarla a caballo a Barra Meadows a recoger un libro que le había prometido Jenny Ban Campbell.

Llevaba un vestido azul que hacía juego con sus ojos. Con el corazón palpitante como un martillo pilón, se dirigió hacia su víctima. Lo encontró en la biblioteca, leyendo las *Meditaciones* de Marco Aurelio junto a las puertas dobles; el sol de la mañana incidía en su hombro, haciendo que su suave cabello rubio brillara.

Levantó la vista al verla entrar, dejó el libro a un lado y se acercó para saludarla. Un hipopótamo lo hubiera hecho con más gracia, pensó Brianna mientras se enganchaba la falda con una mesita debido a los nervios.

—No, gracias, no quiero sentarme. —Movió la cabeza con un gesto hacia el asiento que le ofrecía—. Me preguntaba si no querría acompañarme a dar un paseo.

La parte inferior de las puertas dobles estaba helada y una brisa fría atravesó la casa, acariciando las suaves sillas, el coñac y el fuego del interior. Pero lord John era un caballero.

—Nada me gustaría más —aseguró con galantería, y abandonó a Marco Aurelio sin vacilación.

Era un día radiante, pero muy frío. Bien abrigados con las capas se dirigieron al huerto, donde la cerca los protegía del viento. Intercambiaron pequeños comentarios sobre la luz del día, se aseguraron mutuamente que no tenían frío y atravesaron el pequeño arco que daba al herbario de muros de ladrillo. Brianna miró a su alrededor; estaban solos y podría ver a cualquiera que llegara por el sendero. Entonces, lo mejor era no perder tiempo.

—Tengo una proposición que hacerle —dijo, finalmente, Brianna.

—Estoy seguro de que, proviniendo de usted, será algo encantador —comentó, con una pequeña sonrisa.

—Bueno, no lo sé —afirmó, e inspiró profundamente—. Pero allá va. Quiero que se case conmigo.

Lord John siguió sonriendo. Era evidente que creía que se trataba de una broma.

—Lo digo en serio —arguyó Brianna.

La sonrisa no desapareció, pero se alteró. Brianna no sabía si estaba sorprendido por su falta de tacto o si sólo intentaba no reír, pero sospechó que se trataba de lo último.

—No quiero su dinero —le aseguró—. Estoy dispuesta a ponerlo por escrito y no es necesario que vivamos juntos, aunque creo que sería una buena idea que vaya a Virginia con usted, al menos durante un tiempo. En cuanto a lo que puedo hacer por usted... —Vaciló, porque sabía que ésa era la parte más débil del trato—. Soy fuerte, pero eso no significa nada para usted, porque tiene suficientes sirvientes. Soy una buena administradora, puedo llevar las cuentas y creo que puedo hacerme cargo de la propiedad que tiene en Virginia mientras usted está en Inglaterra. Y... usted tiene un hijo, ¿verdad? Yo lo cuidaría y sería una buena madre para él.

Lord John se había quedado inmóvil durante el discurso. Entonces, se apoyó con cuidado en la pared de ladrillos y levantó la vista en una oración silenciosa, buscando comprensión.

—Dios de los cielos. ¡Lo que hay que oír! —Luego bajó la cabeza y la miró directamente a los ojos—. ¿Está usted loca o es el embarazo?

—No —respondió, intentando conservar la compostura—. Es una sugerencia muy razonable.

—He oído —dijo con cautela, observando su vientre— que las mujeres encinta se alteran un poco... a causa de su estado. No obstante, le confieso que mi experiencia es muy limitada en ese... ámbito. ¿Quiere que mande llamar al doctor Fentiman?

Ella se irguió, puso una mano sobre la pared y se inclinó sobre él, mirándolo y amenazándolo con su tamaño de manera deliberada.

—No, no lo haga —añadió, comedida—. Escúcheme, lord John. No estoy loca, no soy una frívola y no quiero causarle ningún inconveniente, pero hablo muy en serio.

El frío había enrojecido la piel clara de lord John y una gota brillaba en la punta de su nariz. Se la secó con un pliegue de la capa, observándola con una mezcla de interés y terror. Por último, dejó de reír.

Se sentía mal, pero tenía que hacerlo. Hubiera deseado evitarlo, pero era imposible.

—Si no acepta casarse conmigo, me veré obligada a delatarlo.

—¿Que hará qué? —Su máscara de urbanidad había desaparecido y la miró intrigado y con cierto recelo.

Brianna llevaba guantes de lana, pero sentía los dedos helados, lo mismo que el resto del cuerpo, excepto el bulto tibio del bebé dormido.

—Sé lo que hacía la otra noche en las dependencias de los esclavos. Se lo contaré a todos: a mi tía, al señor Campbell y al comisario. Escribiré cartas —dijo, con los labios entumecidos mientras pronunciaba la ridícula amenaza— al gobernador, y al de Virginia también. Aquí llevan a los pe... pederastas al cepo, el señor Campbell me lo dijo.

Las cejas de Grey se juntaron en una sola línea; eran tan rubias que apenas se distinguían de su piel cuando incidía la luz en ellas. Le recordaban a las de Lizzie.

—Deje de amenazarme, por favor.

La agarró de la muñeca y tiró de ella con una fuerza que la sorprendió. Era pequeño, pero mucho más fuerte de lo que ella había creído y, por primera vez, sintió un poco de miedo por lo que estaba haciendo.

La cogió del codo con firmeza y la obligó a alejarse de la casa. Se le ocurrió que quizás pensaba llevarla al río, donde no pudieran verlos, e intentar ahogarla. Le parecía poco probable, pero aun así se resistió a sus tirones y se volvió hacia el sendero del jardín de la cocina.

Él no puso ninguna objeción y fue con ella, aunque supusiera caminar con el viento en contra. No habló hasta que giraron otra vez y se encontraron en un rincón protegido junto al bancal de las cebollas.

—Estoy algo tentado de aceptar su ultrajante proposición —dijo finalmente, con una mueca, aunque no sabía si era fruto de la furia o la diversión—. Con seguridad complacería a su tía. Pero ultrajaría a su madre. Y le enseñaría a usted a no jugar con fuego, eso se lo aseguro. —El brillo de los ojos de lord John hizo que dudara de sus conclusiones sobre sus preferencias. Se apartó un poco de él.

—Pues no había pensado que... que usted podía... hombres y mujeres, quiero decir.

—Estuve casado —señaló con cierto sarcasmo.

—Sí, pero pensé que había sido un matrimonio como el que le estoy proponiendo. Un arreglo formal. Eso es lo que creí cuando me di cuenta de que usted... —se interrumpió con un gesto de impaciencia—. ¿Me está diciendo que le gusta acostarse con mujeres?

Lord John levantó una ceja.

—¿Eso cambiaría sus planes?

—Bueno... —comentó, insegura—. Sí, los cambiaría. De haberlo sabido, no se lo hubiera sugerido.

—Dice «sugerido» —murmuró—. ¿Denuncias públicas? ¿El cepo? ¿Sugerido?

Estaba tan sonrojada que le sorprendía que el aire frío no se convirtiera en vapor alrededor de su cara.

—Lo siento, no lo habría hecho. Tiene que creerme. Cuando se ha reído, pensaba... bueno, no importa. No sé, pero nunca le hubiera dicho una palabra a nadie. Si quisiera acostarse conmigo no podría casarme con usted, no estaría bien.

Grey cerró los ojos con fuerza y esperó un instante. Luego abrió un ojo azul claro y la miró.

—¿Por qué no?

—Por Roger. —Y se sintió furiosa al oír que se le quebraba la voz al pronunciar su nombre. Y se enojó aún más cuando se le escapó una lágrima cálida por la mejilla—. ¡Maldita sea! ¡Maldición! ¡Ni siquiera quería pensar en él! —Se secó la lágrima con furia y apretó los dientes—. Quizá tenga razón —prosiguió—. Tal vez es porque estoy embarazada. Lloro por cualquier cosa.

—Yo no diría que esto es cualquier cosa —dijo secamente.

Respiró hondo y el aire frío le inundó el pecho. Le quedaba una última carta que jugar.

—Si a usted le gustan las mujeres... yo no puedo, no quiero acostarme con usted. Y no me importaría que lo hiciera con otros hombres o mujeres.

—Se lo agradezco —murmuró, pero Brianna lo ignoró y siguió hablando.

—Pero puede querer tener un hijo propio, y no estaría bien privarlo de ese derecho. Yo podría darle un hijo —bajó la mirada a sus brazos cruzados sobre su vientre—, todos dicen que estoy hecha para la maternidad. —Continuó con la mirada fija en sus pies—. Pero sólo hasta que me quede embarazada otra vez. Podríamos poner eso en el contrato, el señor Campbell puede hacerlo.

Lord John se frotó la frente como si le doliera la cabeza. Luego bajó la mano y la cogió del brazo.

—Venga a sentarse, criatura —dijo con calma—. Es mejor que me diga qué es lo que quiere.

Brianna inspiró profundamente para calmarse.

—No soy una criatura —arguyó.

Lord John la miró y pareció que cambiara de idea respecto a algo.

—No, no lo es, Dios nos ayude a ambos. Pero antes de que haga que Campbell tenga un ataque de apoplejía con su idea del contrato matrimonial, le ruego que se siente conmigo y pensemos juntos. —La hizo cruzar el arco hacia el jardín ornamental, donde no los ver desde la casa.

El jardín era sombrío, pero ordenado; habían arrancado todos los tallos muertos del año anterior, los habían cortado y los habían esparcido como abono sobre los parterres. Sólo en el parterre circular, alrededor de la fuente seca, había pequeñas señales de vida, puntas de azafrán que sobresalían como arietes, vívidos e intransigentes.

Se sentaron, pero Brianna no podía quedarse quieta, así que comenzaron a caminar de nuevo, uno al lado del otro, sin tocarse. A pesar de que el viento azotaba mechones rubios de pelo contra su cara, no pronunciaba ni una palabra, tan sólo escuchaba mientras ella se lo contaba casi todo.

—He estado pensando mucho —terminó, desconsolada— y no se me ha ocurrido nada. ¿Se da cuenta? Mi madre y Pa están lejos. —Hizo un gesto hacia las lejanas montañas—. Les puede ocurrir cualquier cosa, y a Roger le ha podido suceder de todo. Y yo estoy aquí, engordando cada día más. ¡Y no hay nada que pueda hacer! —Lo miró y se secó la nariz con una mano enguantada—. No estoy llorando —aseguró, aunque sí lo hacía.

—Por supuesto que no. —Le cogió la mano y la apoyó en su brazo—. Vueltas y más vueltas —murmuró, con la vista en el pavimento mientras rodeaban la fuente.

—Sí, vueltas y más vueltas alrededor de la morera —dijo—. Y ¡pop!, habrá un bebé en aproximadamente tres meses. Tengo que hacer algo —concluyó ella en un tono miserable.

—Lo crea o no, esperar es todo lo que puede hacer en su estado, aunque no se lo parezca —comentó secamente—. ¿Por qué no puede esperar hasta ver si la búsqueda de su padre tiene éxito? ¿Es su sentido del honor lo que le impide tener un hijo sin padre?

—No es mi honor. Es el suyo, el de Roger. Él me siguió, dejándolo todo, cuando vine a buscar a mi padre. Sabía que lo haría, y lo hizo. Pero cuando sepa esto —hizo una mueca, tocándose el vientre—, se querrá casar conmigo y no puedo dejar que lo haga.

—¿Por qué no?

—Porque lo amo. No quiero que se case conmigo por obligación. Y yo... —apretó los labios— no lo haré —terminó con firmeza—. Lo tengo decidido.

Lord John se ajustó la capa cuando le golpeó una ráfaga de viento que llegaba del río. Olía a hielo y a hojas muertas, pero había cierto matiz de frescura; llegaba la primavera.

—Ya veo. Bueno, estoy de acuerdo con su tía en cuanto a que necesita un marido. Pero ¿por qué yo? —Enarcó una pálida ceja—. ¿Es por mi título o por mi riqueza?

—Por ninguna de las dos cosas. Era porque estaba segura de que no le gustaban las mujeres —afirmó, con ingenuidad.

—Me gustan las mujeres —rectificó, irritado—. Las admiro y las respeto, y por varias tengo un considerable afecto, entre ellas su madre, aunque dudo que sea un sentimiento mutuo. Sin embargo, no siento placer en la cama con ellas. ¿He sido bastante claro?

—Sí —dijo, y las diminutas líneas entre sus ojos se desvanecieron como por arte de magia—. Es lo que pensé. ¿Se da cuenta de que no sería correcto casarme con MacNeill, Barton McLachlan o con cualquiera de esos hombres? Tendría que prometer algo que no puedo dar. Pero usted no lo quiere, así que no veo razón para que no pueda casarme con usted.

Él reprimió la fuerte necesidad de golpearse la cabeza contra el muro.

—Sin embargo, las hay, y bastantes.

—¿Cuáles?

Por nombrar alguna, su padre me rompería el cuello.

—¿Por qué? —quiso saber con rostro ceñudo—. Dice que usted es uno de sus mejores amigos.

—Me siento honrado por su estima —comentó brevemente—. Sin embargo, esa estima desaparecería en cuanto Jamie Fraser descubriera que su hija sirve de esposa a un degenerado sodomita.

—¿Y cómo iba a descubrirlo? —exigió—. Yo no se lo diría.

—Luego enrojeció, y se encontró con la mirada ofendida de Grey y de pronto comenzó a reír. Él no pudo menos que imitarla—. Bueno, lo siento, pero usted lo ha dicho —jadeó y se enderezó mientras se secaba los ojos con el bajo de su capa.

—Sí, claro, yo lo he dicho. —Distraído, se apartó un mechón de pelo de la boca y trató de secarse la nariz, pero no tenía pañuelo—. Maldición, ¿dónde está mi pañuelo? Lo he dicho porque es verdad. Y en cuanto a su padre, lo sabe muy bien.

—¿Lo sabe? —Pareció muy sorprendida—. Pero yo pensaba que él nunca...

Un destello de un delantal amarillo la interrumpió; una de las criadas de la cocina apareció en la huerta. Sin comentarios, lord John se puso en pie y le ofreció la mano. Ella se levantó y siguieron caminando por el terreno marrón del césped muerto, con las capas hinchadas como si fueran velas.

El banco de piedra bajo el sauce no tenía su encanto habitual en aquella época del año, pero al menos estaba protegido de las ráfagas heladas que llegaban del río. Lord John la ayudó a sentarse, se sentó y estornudó con fuerza. Ella se abrió la capa, buscó en el escote de su vestido y por fin sacó un pañuelo arrugado que le entregó con una disculpa.

Estaba tibio y olía a ella; era un olor femenino desconcertante, con aroma a clavo y lavanda.

— ¿Qué era eso de enseñarme a no jugar con fuego? ¿Qué quería decir con eso?

—Nada. —Ahora era él quien se ruborizaba.

—Nada, ¿eh? —inquirió, y le lanzó una pequeña sonrisa irónica—. Si alguna vez he oído una amenaza, ha sido ésa.

Suspiró y se secó con el pañuelo que Brianna le había ofrecido.

—Ha sido sincera conmigo, demasiado franca, así que le contestaré. Sí, supongo que era una amenaza. —Hizo un pequeño gesto de rendición—. Usted es igual que su padre, ¿no se da cuenta?

Lo miró con las cejas fruncidas, sin entender nada. Hasta que comprendió y lo contempló asombrada.

—¡Usted no... Pa no! ¡Él no!

—No —dijo con sequedad lord John—. Él no. Aunque su sorpresa no es muy halagadora. Y no puedo aprovecharme de su parecido con él, ya que la amenaza fue semejante a la que usted me ha hecho al decir que se lo contaría a todos.

—¿Dónde conoció a mi padre? —preguntó con cautela mientras sus propios problemas quedaban reemplazados por la curiosidad.

—En la prisión. ¿Sabía que estuvo en prisión después del Alzamiento?

Brianna asintió, frunciendo un poco el ceño.

—Bueno, digamos que sentí un afecto especial por Jamie Fraser durante varios años. —Movió la cabeza, suspirando—. Y usted viene con su inocente cuerpo, un reflejo de su carne, y me ofrece un hijo que mezclaría mi sangre con la de Jamie. Y todo porque su honor no la deja casarse con el hombre que ama ni amar al hombre con el que se case. —Se cogió la cabeza con las manos y continuó—: Criatura, usted haría llorar a un ángel y Dios sabe que yo no soy un ángel.

—Mi madre piensa que sí.

La contempló asombrado.

—¿Que piensa qué?

—Bueno, tal vez exagere —corrigió, todavía frunciendo el ceño—, pero dice que usted es un hombre bueno. Creo que a su pesar usted le gusta, y ahora la entiendo. Ella debe de conocer sus... sentimientos sobre... —Se ruborizó y tosió, cubriéndose con la capa.

—Diablos —murmuró—. Maldición. Nunca debería haber salido con usted. Sí, ella lo sabe. Aunque no estoy seguro de por qué me mira con suspicacia. Celos no pueden ser.

Brianna meneó la cabeza mientras se mordía el labio, meditabunda.

—Creo que es porque tiene miedo de que usted le haga daño —dijo Brianna—. Tiene miedo por él.

La observó atónito.

—¿Hacerle daño? ¿Cómo? ¿Cree que lo voy a someter y hacerle cometer depravaciones indignas?

Él hablaba con ligereza, pero un destello en los ojos de Brianna hizo que callara. Apretó su brazo con más fuerza. Ella se mordió el labio y luego soltó su mano con suavidad y la colocó sobre su rodilla.

—¿Alguna vez ha visto a mi padre sin camisa?

—¿Se refiere a las cicatrices de la espalda?

Brianna asintió.

Él tamborileó los dedos inquietos sobre su rodilla, pero no emitían ningún sonido sobre el paño fino.

—Sí, las he visto. Se las hice yo.

Ella sacudió la cabeza y lo miró con los ojos muy abiertos. La punta de su nariz estaba colorada, pero el resto de su piel estaba tan pálida que su cabello y sus cejas parecía que habían extraído toda su vida de ella.

—No todas —puntualizó él, volviendo la mirada hacia un parterre de malvarrosas muertas—. Lo habían azotado antes, lo que hacía que todo fuera peor, porque él sabía lo que hacía.

—¿Hizo... qué? —preguntó ella. Poco a poco se acomodó en el banco, flotando en sus prendas, como una nube que cambia de forma con el viento.

—Yo era el comandante de la prisión de Ardsmuir. ¿Se lo dije? No, supongo que no. —Hizo un gesto de impaciencia, apartándose los mechones rubios de la cara—. Él era un oficial, un caballero. El único oficial que había allí. Hablaba en nombre de los prisioneros jacobitas. Comíamos juntos en mi despacho. Jugábamos al ajedrez, hablábamos de libros, teníamos intereses comunes y nos hicimos amigos. Y luego... dejamos de serlo.

Se quedó en silencio.

Ella se apartó un poco de él, con cierto desagrado en los ojos.

—Quiere decir... que lo hizo azotar porque no quiso...

—¡No, maldición, no! —Él le quitó el pañuelo y se secó la nariz, enfadado. Lo dejó sobre el asiento, entre ellos, y la fulminó con la mirada—. ¿Cómo se atreve a pensar algo así?

—Pero ¡usted ha dicho que lo había hecho!

—Él lo hizo.

—Pero uno no puede azotarse a sí mismo.

Él comenzó a responder, y luego resopló. Enarcó una ceja, aún enfadado, pero recuperando el control de sus sentimientos.

—Al diablo con que no se puede. Por lo que me contó, usted lo viene haciendo desde hace meses.

—No estamos hablando de mí.

—Por supuesto que sí.

—¡No, no es así! —Ella se inclinó hacia él, frunciendo el ceño—. ¿Qué diablos quiere decir con que él lo hizo?

El viento soplaba desde detrás de ella y le golpeaba la cara. Hacía que le picaran y lagrimearan los ojos, y apartó la mirada.

—¿Qué estoy haciendo aquí? —susurró él para sí—. Debo de estar loco para hablar con usted de esto.

—No me importa si está loco o no —dijo, agarrándolo de la manga—. ¡Dígame lo que sucedió!

Apretó los labios y, por un momento, Brianna creyó que no iba a hablar. Pero él ya había hablado demasiado como para detenerse, y lo sabía. Levantó los hombros bajo su capa y los hundió, rendido.

—Éramos amigos. Entonces... descubrió lo que sentía por él y decidió que dejáramos de serlo. Pero eso no fue suficiente para él; quería cortar por lo sano. Y de manera deliberada buscó un final drástico que alterara nuestra relación de manera irrevocable e impidiera cualquier posibilidad de amistad entre nosotros. Mintió durante una requisa en la cuadra de los prisioneros: declaró que un trozo de tartán era suyo. Iba contra la ley, aún está prohibido en Escocia.

Lord John inspiró profundamente y espiró. No la miraba, sino que mantenía la mirada fija en una hilera desigual de árboles desnudos al otro lado del río, oscuros frente al pálido cielo primaveral.

—Yo era el comandante, el encargado de que se cumpliera la ley. Estaba obligado a azotarlo y él lo sabía. —Echó la cabeza hacia atrás y la apoyó en la piedra tallada del respaldo. Tenía los ojos cerrados como protección frente al viento—. Podía perdonar que no me quisiera —dijo con amargura—. Pero no podía perdonarlo por obligarme a hacerle eso. No sólo me forzó a lastimarlo, sino también a humillarlo. No se limitó a no aceptar mis sentimientos, sino que los destruyó. Era demasiado para mí.

Pedazos de basura flotaban en la riada: ramas rotas por la tormenta, el tablón roto del casco de un barco que se había roto corriente arriba... Brianna cubrió la mano que lord John tenía sobre la rodilla. Era algo más grande que la suya y estaba tibia después de haberla protegido bajo la capa.

—Había una razón. No era por usted, pero debe explicársela él. Sin embargo, usted lo perdonó —dijo en voz baja—. ¿Por qué?

Entonces se enderezó y se encogió de hombros, pero no retiró su mano.

—Tuve que hacerlo. —La miró directamente a los ojos—. Lo odié todo el tiempo que pude. Pero entonces me di cuenta de que quererlo formaba parte de mí y que además era una de mis mejores partes. No importaba que él no pudiera amarme, eso no tenía nada que ver. Pero si no lo perdonaba, no podría amarlo, y eso me hacía falta. —Sonrió un poco—. Así que ya ve, fue por egoísmo.

Le apretó la mano, se puso en pie y la ayudó a levantarse.

—Vamos, querida. Nos congelaremos si nos quedamos más tiempo aquí.

Caminaron muy juntos, agarrados del brazo y en silencio hacia la casa. Cuando llegaron al huerto, comenzó a hablar de nuevo.

—Creo que tiene razón. Vivir con alguien al que se ama, sabiendo que tolera la relación por obligación... no, yo tampoco lo haría. Pero si es un asunto de conveniencia y respeto por ambas partes, entonces sí, un matrimonio así es honorable. Siempre y cuando ambas partes sean sinceras —torció un poco la boca mientras miraba hacia el trasero de los siervos— y no haya motivo de vergüenza.

Ella lo miró y, con la mano libre, se apartó un mechón rojizo de los ojos.

—Entonces, ¿acepta mi propuesta? —En su pecho no sintió el alivio que había esperado que sentiría.

—No —dijo con rotundidad—. Pude perdonar a Jamie Fraser en el pasado, pero él nunca me perdonaría si me casara con usted. —Sonrió y le palmeó la mano que sostenía en la curva de su brazo—. Pero creo que puedo darle un respiro con sus pretendientes y con su tía. —Miró hacia la casa, cuyas cortinas estaban inmóviles en el cristal, y continuó—: ¿Cree que alguien nos está observando?

—Yo apostaría a que sí —respondió Brianna, algo sombría.

—Bien. —Se quitó el anillo de zafiro que llevaba y le cogió la mano. Luego le quitó el guante y lo colocó ceremoniosamente en el dedo meñique de la joven, el único en el que le entraba, se irguió y la besó en los labios. Sin darle tiempo a recuperarse de la sorpresa, la cogió de la mano y se volvió hacia la casa con una expresión insulsa.

—Vamos, querida —dijo—. Anunciemos a todos nuestro compromiso.

60

Juicio por el fuego

Los dejaron solos durante todo el día. El fuego se había apagado y no quedaba comida. No importaba, ninguno de los dos tenía hambre y ningún fuego podría calentar el alma helada de Roger.

Los indios regresaron al atardecer. Varios guerreros escoltaban a un anciano con una camisa de encaje y una capa de punto y con el rostro pintado de rojo y ocre; el *sachem* llevaba un recipiente de arcilla con un líquido negro.

Alexandre estaba vestido y se puso en pie cuando se le acercó el *sachem*, pero ninguno de los dos habló ni se movió. El *sachem* comenzó a cantar con voz quebrada mientras sumergía una pata de conejo en el recipiente y pintaba de negro la cara del sacerdote, desde la frente hasta la barbilla.

Los indios se retiraron y el sacerdote se sentó en el suelo con los ojos cerrados. Roger trató de hablarle, de ofrecerle agua o compañía, pero Alexandre no respondió y se quedó inmóvil como una estatua. Hasta que, por último, antes de que anocheciera, habló.

—No me queda mucho tiempo —dijo suavemente—. Antes le pedí que rezara por mí, no sabía si por mi alma o por mi cuerpo. Ahora sé que nada de eso es posible. —Roger comenzó a hablar, pero el sacerdote hizo un gesto para detenerlo—. Hay sólo una cosa que quiero pedirle. Rece por mí, hermano, para que pueda morir en paz, en silencio. —Entonces miró a Roger por primera vez, con los ojos brillantes debido a las lágrimas—. No quiero avergonzarla con mis gritos.

Poco después de anochecer, los tambores comenzaron a sonar. Roger no los había oído antes en la aldea. Era imposible decir cuántos eran; el sonido parecía que proviniera de todas partes. Lo sentía en lo más profundo de sus huesos y en las plantas de los pies.

Los mohawk regresaron. Cuando entraron, el sacerdote se puso en pie de inmediato. Se desvistió él mismo y salió, desnudo y sin mirar atrás.

Roger se quedó mirando hacia la entrada, rezando y escuchando. Sabía lo que podía hacer un tambor, él mismo lo había hecho: evocar el temor reverente y la furia con los golpes, hasta llegar a los más profundos y ocultos instintos de los que escuchaban. Sin embargo, el hecho de saber lo que sucedía no lo hacía menos terrorífico.

De pronto los tambores se detuvieron. Luego comenzaron otra vez; unos cuantos golpes y cesaron. Hubo gritos y, de repente, una cacofonía de aullidos. Roger se levantó e intentó observar a través de la puerta, pero el guardia que estaba allí levantó la lona y le hizo gestos amenazadores con la lanza.

Roger se detuvo, pero no podía volver al fuego. Se quedó de pie en la penumbra, con el sudor descendiendo por las costillas y escuchando los sonidos del exterior.

Entonces pareció como si todos los demonios del infierno estuvieran sueltos. ¿Qué sucedía? Una lucha terrible, eso era evidente. Pero ¿entre quiénes y por qué?

Después del primer griterío, bajó el nivel de los aullidos; se oían chillidos individuales y aullidos desde el claro central. También había golpes, toda clase de ruidos y gemidos que indicaban un combate violento. Algo golpeó la choza, la pared tembló y el panel se abrió. Roger miró hacia la puerta. El guardia no lo observaba, así que metió los dedos en el agujero para ensancharlo. No era suficiente; las vetas de la madera se deshacían bajo sus uñas, pero la pared no cedía. Desesperado, presionó la cara en el agujero que había hecho para poder ver lo que ocurría en el exterior.

Lo único visible era un angosto espacio en el claro central. Podía ver la casa comunal en frente, un pedazo de tierra chamuscada en medio y, encima de todo, la luz titilante de la enorme hoguera. Unas sombras rojizas y amarillentas luchaban contra otras negras como si se tratara de demonios feroces.

Algunos de los demonios eran reales; dos figuras oscuras luchaban abrazadas. Más figuras cruzaron su línea de visión corriendo hacia el fuego. Se puso rígido, presionando la cara en la madera. En medio de los incomprensibles aullidos, podía jurar que alguien había gritado en gaélico.

Sí.

«*Caisteal Dhuni!*», gritó alguien en las inmediaciones, y después oyó un grito agudo. ¡Escoceses, hombres blancos! ¡Tenía que llegar hasta ellos! Roger golpeó la pared de madera intentando abrirse paso con los puños. Volvió a oír la voz en gaélico.

«*Caisteal Dhuni!*» No, por Dios, ¡era otra voz en gaélico! Y otra. Y luego la primera, que le respondía: «*Do mi! Do mi!*» ¡A mí! ¡A mí! Luego oyó una serie de gritos de los indios y voces de mujeres, ya que eran las mujeres las que gritaban ahora. Sus voces eran más fuertes que las de los hombres.

Roger embistió la pared con el hombro; ésta crujió y se astilló un poco más, pero no cedió. Intentó romper la pared varias veces sin ningún resultado. No había nada que pudiera usar como arma, nada. En su desesperación, cogió una de las ataduras de la cama y tiró con manos y dientes, hasta que consiguió soltar parte del armazón.

Agarró el madero y lo golpeó; lo sacudió y de nuevo dio más golpes, hasta que se soltó con un crujido y comenzó a jadear, con un madero de casi dos metros con la punta afilada en las manos. Se puso la parte roma bajo el brazo y arremetió contra la puerta, con el extremo afilado apuntado hacia ella como si se tratara de una lanza.

Salió a la oscuridad y a las llamas, al aire frío y al humo, al ruido que le quemaba la sangre. Vio una figura y cargó contra ella. El hombre se apartó y levantó su garrote. Roger no podía detenerse ni volver atrás. Se aplastó contra el suelo y el palo se estrelló a escasos centímetros de su cabeza.

Rodó y agitó su madero, golpeando la cabeza del indio, que se tambaleó y cayó sobre Roger.

Whisky. El hombre olía a whisky. Sin detenerse a averiguar más cosas, se quitó al hombre de encima y logró ponerse en pie sosteniendo el madero en su mano.

Oyó un grito a su espalda y se volvió, embistiendo con todas sus fuerzas. El impacto retumbó en sus brazos y su pecho. El hombre al que había golpeado, que se sacudía y temblaba, trataba de quitarle el madero. Consiguió liberarse y el hombre volvió a caer.

Roger se tambaleó y se volvió hacia el fuego. Era una inmensa hoguera cuyas llamas escarlatas se elevaban en la oscuridad de la noche. Entre las cabezas de los observadores divisó la figura negra, atada a un poste en el centro de la pira, con los brazos abiertos en señal de bendición. El cabello largo revoloteó y los mechones en llamas le rodearon la cabeza, creando un halo dorado, como Cristo en un misal. Entonces algo golpeó su cabeza e hizo que cayera.

No perdió del todo el conocimiento. No podía ver ni moverse, pero todavía podía oír. Había voces cercanas y los gritos sonaban lejanos, como el rugido del océano.

Sintió que lo levantaban en el aire y el sonido del fuego se hizo más próximo. ¡Mierda, iban a tirarlo a la hoguera! Estiró la cabeza con esfuerzo y vio la luz del fuego tras los párpados cerrados, pero su cuerpo no se podía mover.

El ruido del fuego disminuyó, pero, paradójicamente, sintió el aire caliente en su rostro. Tras un golpe, rebotó un poco, rodó y quedó boca abajo con los brazos extendidos. Tocó la tierra fresca con los dedos. Respiró de manera mecánica y lenta mientras la sensación de mareo iba desapareciendo.

No podía oír nada excepto su propia respiración. Poco a poco abrió los ojos. La luz del fuego titilaba sobre palos y paneles de corteza, como un tenue eco del resplandor del exterior, y se dio cuenta de que estaba otra vez en la choza.

Podía escuchar sus fuertes jadeos. Trató de contener la respiración, pero no pudo. Entonces se dio cuenta de que sí que la estaba conteniendo. Oía una respiración pesada y jadeante que no era la suya. Sonaba debajo de él. Con gran esfuerzo, se puso a cuatro patas, con los ojos cerrados por el intenso dolor en la cabeza.

—Madre mía —murmuró; se pasó la mano por la cara y parpadeó, pero el hombre seguía allí, a menos de dos metros de distancia.

Jamie Fraser. Estaba echado de lado en una maraña de extremidades, envuelto en un tartán rojo, con la mitad de la cara oscurecida por la sangre, pero era inconfundible.

Roger lo miró sin alterarse. Durante meses se había imaginado un encuentro con aquel hombre. Ahora había sucedido y parecía simplemente imposible. No podía sentir otra cosa que asombro.

Se volvió a frotar la cara con más fuerza, intentando despejar la neblina que había creado el miedo y la adrenalina. ¿Qué... qué estaba haciendo Fraser allí?

Cuando sus pensamientos y sentimientos funcionaron de nuevo, lo primero que sintió no fue furia ni temor, sino un absurdo alivio.

—Ella no lo hizo —murmuró, y su voz sonó extraña a sus oídos, después de tanto tiempo sin hablar inglés—. ¡No fue ella!

Jamie Fraser estaba allí por una única razón: rescatarlo. Y si era así, era porque Brianna lo había obligado. Todos los malentendidos o la malevolencia que le había hecho pasar aquel infierno no eran obra de ella.

—No fue ella —dijo otra vez—. No fue ella. —Se estremeció, tanto por las náuseas del golpe como por el alivio.

Creía que iba a vivir para siempre con ese vacío, pero ahora había algo sólido que podía llevar en su corazón. Brianna. La tenía de nuevo.

Escuchó otra serie de gritos agudos en el exterior; aullidos interminables que se le clavaban en la piel como mil alfileres. Se sacudió y se estremeció de nuevo al ser consciente de otra cosa.

Morir sabiendo que Brianna lo amaba todavía era mejor que fallecer sin saberlo, pero no deseaba dejar de vivir. Recordó lo que había visto fuera y vomitó.

Con mano temblorosa comenzó a persignarse.

—«En nombre del Padre...» —susurró, y le fallaron las palabras—. Por favor —dijo en un suspiro—. Por favor, no permitas que haya tenido razón.

Se arrastró hasta el cuerpo de Fraser, confiando en que el hombre estuviera vivo. Y así era. Le salía sangre de una herida en la nuca, pero cuando le buscó el pulso en el cuello, pudo sentirlo.

Encontró un recipiente con agua bajo el armazón roto de la cama; por suerte, estaba intacto. Mojó el borde de la capa y comenzó a lavarle la cara. Al poco tiempo, Jamie comenzó a parpadear. Luego tosió, movió la cabeza a un lado y vomitó. Entonces abrió los ojos y, antes de que Roger pudiera hablar o moverse, se apoyó sobre una rodilla, con la mano en el cuchillo que tenía en la media.

Los ojos azules lo miraron furiosos y Roger levantó un brazo para defenderse. Entonces Fraser parpadeó, movió la cabeza, gruñó y se sentó pesadamente en el suelo.

—Ah, eres tú —dijo. Cerró los ojos y volvió a gemir. Después levantó la cabeza y abrió los ojos, pero esta vez con una mirada de alarma—. ¡Claire! —exclamó—. Mi esposa, ¿dónde está?

Roger lo miró, boquiabierto.

—¿Claire? ¿La ha traído aquí? ¿Ha traído a una mujer a esto?

Fraser lo miró con profundo disgusto, pero no gastó palabras. Tocando el cuchillo miró hacia la puerta. La lona estaba bajada y no se veía a nadie. Los ruidos se habían calmado, aunque llegaba el murmullo de voces. De vez en cuando se oía algún grito.

—Hay un guardia —intervino Roger.

Fraser lo miró de reojo y se puso en pie, con la agilidad de una pantera. La sangre todavía descendía por su cara, pero no parecía que le importara. En silencio, se pegó contra la pared, se aproximó a la puerta y, para poder ver, levantó una esquina con la punta de una diminuta daga. Hizo una mueca ante lo que veía, regresó, se sentó y guardó el cuchillo en su lugar.

—Hay una docena fuera. ¿Eso es agua? —Extendió la mano y Roger se la alcanzó. Bebió y luego se echó agua en la cara y la cabeza, se secó y miró a Roger con los ojos inyectados en sangre.

—Wakefield, ¿no?

—Ahora uso mi propio apellido, MacKenzie.

Fraser dejó escapar un resoplido burlón.

Eso me han dicho. —Tenía una boca ancha y expresiva, como la de Bree. Apretó los labios y luego los relajó—. Me equivoqué contigo, MacKenzie, como ya debes de saber. He venido para arreglar las cosas, pero tal vez no tenga la posibilidad. —Hizo un gesto hacia la puerta—. Por ahora, tienes mis disculpas. Para cualquier otra satisfacción que quieras, y supongo que así será, debo pedirte que esperemos hasta que podamos salir de aquí.

Roger lo contempló durante un momento y asintió. La satisfacción por los últimos meses de tormento e incertidumbre le parecía algo tan inverosímil como la idea de la seguridad.

—Hecho —concluyó.

Permanecieron sentados en silencio durante un rato. El fuego de la choza estaba bajo y la leña para avivarlo se encontraba en el exterior. Los guardias vigilaban cualquier cosa que se pudiera emplear como arma.

—¿Qué sucede ahí fuera? —preguntó Roger, señalando hacia la puerta.

Fraser respiró profundamente y suspiró. Por primera vez, Roger se dio cuenta de que se sostenía el codo derecho con la mano izquierda y se sujetaba el brazo contra el cuerpo.

—Maldita sea si lo sé.

—¿Han quemado al sacerdote? ¿Está muerto? —No tenía dudas después de lo que había visto, pero Roger sintió la necesidad de preguntar.

—¿Era un sacerdote? —Levantó las cejas con sorpresa—. Sí, está muerto. Y no sólo él. —El enorme escocés se estremeció de manera involuntaria.

Fraser no sabía qué iban a hacer cuando comenzaron a tocar los tambores y se reunieron alrededor de la gran hoguera. Hablaban mucho, pero su conocimiento de la lengua era insuficiente para comprenderlos, y su sobrino, que hablaba mohawk, no aparecía por ningún lado.

Los blancos no estaban invitados, pero nadie los apartó. Así fue como Claire y él se quedaron en el borde de la multitud cuando llegó el *sachem* y los miembros del Consejo. El anciano comenzó a hablar y también lo hizo otro hombre, muy enfadado.

—Entonces han llevado al hombre desnudo, lo han atado a una estaca y han comenzado a torturarlo. —Hizo una pausa y miró de reojo a Roger—. He visto a los verdugos franceses mantener con vida a un hombre que hubiera preferido estar muerto. Esto no ha sido peor, pero tampoco mejor.

Fraser, sediento, bebió otra vez y bajó la jarra.

—He tratado de alejar a Claire, porque no sabía qué harían después. —Pero la gente no los dejaba moverse y no les quedó más remedio que seguir mirando.

Roger sintió que se le secaba la boca, y estiró el brazo hacia el recipiente. No quería preguntar, pero tenía la perversa necesidad de saber, tanto por Alexandre como por él mismo.

—¿Él... él ha gritado?

Fraser lo contempló sorprendido y luego pareció que comprendía lo que quería decir.

—No —dijo poco a poco—. Ha muerto bien. ¿Lo conocías?

Roger asintió sin palabras. Era difícil creer que Alexandre se había ido. ¿Adónde se había ido? No podía ser. «No seré perdonado.» Seguramente, no.

Roger negó con la cabeza, rechazando el pensamiento. Era evidente que Fraser estaba algo distraído. No dejaba de mirar la puerta, con un gesto de ansiosa expectación en el rostro. ¿Esperaba que lo rescataran?

—¿Cuántos hombres ha traído con usted?

Los ojos azules resplandecieron de asombro.

—A mi sobrino Ian.

—¿Eso es todo? —Roger no pudo evitar que se notara su incredulidad.

—¿Esperabas al 78.º Regimiento de las Highlands? —preguntó Fraser con sarcasmo. Se puso en pie con cuidado, sosteniéndose el brazo—. He traído whisky.

—¿Whisky? ¿Está relacionado con la pelea? —Recordó el olor del hombre que había caído sobre él. Roger hizo un gesto hacia la pared de la casa comunal.

—Puede ser.

Fraser se acercó al agujero de la choza, apoyó un ojo y miró durante un rato, antes de regresar a la hoguera menguante. Fuera, las cosas se habían calmado.

El enorme escocés tenía muy mal aspecto. La cara blanca y sudorosa estaba llena de marcas de sangre seca. Roger sirvió más agua y se la dio. Pero sabía que las heridas no eran su preocupación.

—¿Cuándo la ha visto por última vez?

—Cuando ha comenzado la pelea. —Incapaz de quedarse sentado, Fraser dejó el recipiente, se puso en pie y comenzó a pasearse como un oso inquieto. Se detuvo y miró a Roger—. ¿Tienes idea de lo que sucedía?

—Puedo suponerlo. —Informó a Fraser sobre la historia del sacerdote y sintió cierto alivio al hacerlo—. No tienen por qué hacerle daño —comentó, intentando tranquilizar a Fraser tanto como a sí mismo—. No tiene nada que ver con esto.

Fraser dejó escapar un gruñido de disgusto.

—Sí. ¡Maldita mujer! —Y, con furia, dio un puñetazo en el suelo.

—Estará bien —repitió con terquedad Roger. No soportaba pensar en lo contrario, pero él también lo sabía. Si Claire Fraser estaba viva, ilesa y libre, nada le impediría estar junto a su marido. En cuanto al sobrino desconocido...—. He oído a su sobrino durante la pelea. Lo he oído cuando lo llamaba y parecía que estaba bien. —Roger sabía que esa información no era suficiente para tranquilizar a Fraser.

—Es un buen muchacho —murmuró Fraser con la cabeza inclinada sobre las rodillas—. Y tiene amigos entre los mohawk. Dios quiera que lo hayan protegido.

Roger volvió a sentir curiosidad a medida que comenzaba a desvanecerse la conmoción de la noche.

—Su esposa —intervino—. ¿Qué ha hecho? ¿Cómo ha podido intervenir en esto?

Jamie suspiró. Se pasó la mano sana por la cara y el cabello, frotándolo hasta que los mechones rojos quedaron en punta.

—No he debido decir eso. En realidad, no ha sido culpa suya. Es sólo que... No la matarán, pero si la hieren...

—No lo harán —afirmó Roger con firmeza—. ¿Qué ha sucedido?

Fraser se encogió de hombros y cerró los ojos. Echó la cabeza atrás y describió la escena como si aún la pudiera ver, grabada en el interior de sus párpados. Quizá fuera así.

—No había visto a la muchacha en medio de toda esa gente. Ni siquiera sé qué aspecto tenía; hasta el final no la vi.

Claire estaba a su lado, pálida y rígida entre los cuerpos que gritaban y se balanceaban. Cuando los indios casi habían terminado con el sacerdote, lo desataron del poste, le ataron las manos a un largo palo colgado sobre su cabeza y lo suspendieron sobre las llamas.

Fraser lo miró y se secó los labios con la mano.

—En una ocasión vi cómo arrancaban el corazón a un hombre —dijo—. Pero no que se lo comieran ante sus ojos.

Hablaba casi con timidez, como si se disculpara por ser remilgado. Impresionado, había mirado a Claire. Fue entonces cuando vio a la joven india a su lado, con la cuna entre los brazos. Con mucha calma, la muchacha se la entregó a Claire y se deslizó entre la muchedumbre.

—No ha mirado ni a derecha ni a izquierda, ha caminado directamente hacia el fuego.

—¿Cómo? —Roger sintió que se le cerraba la garganta y formulaba la pregunta con voz ronca.

Las llamas la envolvieron. Como sacaba una cabeza de altura a toda la gente que se hallaba congregada, Jamie lo había visto todo con claridad.

—Primero ha prendido la ropa y luego el cabello. A los pocos segundos era como una antorcha. —Había visto la silueta oscura con los brazos en alto para abrazar el cuerpo vacío del sacerdote. Un instante después, era imposible distinguir al hombre de la mujer, ya que se habían convertido en una única figura negra entre las llamas—. Entonces ha sido cuando todos han enloquecido.

—Los amplios hombros de Fraser se hundieron un poco y se tocó el corte de la sien—. Todo lo que sé es que una mujer ha aullado y se ha desatado el infierno, y todos han comenzado a pelear.

Trató de proteger a Claire y al bebé, y abrirse paso entre los cuerpos, pero había demasiada gente. Incapaz de escapar, empujó a Claire contra una choza y cogió un madero para defenderse mientras gritaba y llamaba a Ian y blandía el arma improvisada contra cualquier temerario que se acercara.

—Alguien ha aparecido de repente entre el humo y me ha golpeado —dijo, encogiendo un hombro—. Me he vuelto para pelear y otros tres se me han echado encima. —Algo le golpeó en la nuca y no supo nada más hasta que despertó en la choza con Roger—. Desde entonces no sé nada de Claire, ni tampoco de Ian.

El fuego se consumía y en la choza hacía frío. Jamie se soltó el broche como pudo, con una mano, se cubrió con la capa y se apoyó en la pared con cuidado. Su brazo derecho debía de estar roto. Le habían dado un golpe con una madera justo debajo del hombro, que había pasado del entumecimiento al dolor cegador sin ningún tipo de aviso. No obstante, nada de eso tenía importancia comparado con su preocupación por Claire e Ian.

Era muy tarde. Si Claire no había resultado herida estaría a salvo, se dijo. La anciana no dejaría que le hicieran daño. Y en cuanto a Ian, sintió una oleada de orgullo pese a su miedo; era un buen luchador y un honor para él, Jamie, que lo había enseñado a defenderse.

No obstante, si lo habían derrotado... eran tan salvajes; además, habían estado luchando con tanto ardor...

Se movió inquieto, intentando no pensar en cómo dar la noticia a su hermana. Por Dios, prefería que le arrancaran el corazón del pecho y se lo comieran ante sus ojos; sería más o menos lo mismo.

Se movió otra vez mientras buscaba algo que lo distrajera de sus miedos, e hizo inventario del interior oscuro de aquel lugar. Era tan austero como la casa de un espartano: una jarra de agua, una cama rota y un par de pieles raídas y arrugadas en el suelo terroso.

Roger estaba sentado frente al fuego, ajeno al frío creciente, con los brazos sobre las rodillas y la cabeza inclinada, sin ser consciente de que Jamie lo observaba.

No tuvo más remedio que admitir que el hombre tenía un buen cuerpo. Piernas largas y espaldas anchas; tendría buen alcance con la espada. Era alto como todos los MacKenzie de Leoch... «¿Y por qué no?», pensó de repente. Era descendiente de Dougal, aunque de unas cuantas generaciones posteriores.

Aquella idea le resultó perturbadora y, a su vez, extrañamente consoladora. Había matado cuando había tenido que hacerlo, y la mayoría de sus fantasmas no le quitaban el sueño. No obstante, la muerte de Dougal había sido una de las que más le habían alterado, y se despertaba sudando, con el sonido de sus últimas palabras en sus oídos, pronunciadas con sangre.

Dougal había sido su padrastro y, para ser sinceros, tenía que reconocer que una parte de él había querido a aquel hombre. Si tuvo que matarlo fue porque no le quedaba elección: era matar o que le mataran.

Sí, le proporcionaba cierto consuelo saber que quedaba una parte de Dougal. La otra parte de la herencia MacKenzie era un poco más preocupante. Lo primero que vio al recuperar el conocimiento fueron los ojos de aquel hombre, de un verde brillante e intenso que, por un momento, le hicieron pensar en Geillis Duncan.

¿Quería que su hija se uniera con el engendro de una bruja? Lo miró con disimulo. Tal vez fuera mejor que la criatura de Brianna no tuviera la sangre de aquel hombre.

—Brianna —dijo MacKenzie, levantando de un modo brusco la cabeza—. ¿Dónde está?

Jamie hizo un movimiento brusco y sintió un dolor en su brazo, como si le dieran una cuchillada.

—¿Dónde? —repitió Fraser—. En River Run, con su tía. Está a salvo. —El corazón le palpitaba. ¿Podía leer sus pensamientos? ¿Tenía poderes?

Sus ojos verdes lo miraban fijamente, y parecían oscuros en la tenue luz.

—¿Por qué ha traído a Claire y no a Brianna? ¿Por qué no ha venido con usted?

Jamie le devolvió una mirada fría. Si no podía leer su mente, lo último que quería era decirle la verdad a MacKenzie; ya tendrían tiempo cuando estuvieran a salvo, si es que llegaban a estarlo.

—También hubiera dejado a Claire de haber podido. Pero ella es muy terca y ni atándola de pies y manos lo habría conseguido.

Algo oscuro pasó por los ojos de MacKenzie. ¿Duda o pena?

—No creía que Brianna fuera la clase de muchacha que obedeciera tanto a su padre —comentó. Su voz tenía cierto tinte... sí, de dolor, y una especie de celos.

Jamie se relajó al ver que no podía leer su mente.

—¿No lo crees? Bueno, entonces tal vez no la conozcas tan bien —contestó con un tono que hubiera hecho enfurecer a cualquier otro hombre.

Pero no a MacKenzie, quien se enderezó y dejó escapar un profundo suspiro.

—La conozco bien —dijo en tono inexpresivo—. Es mi esposa.

—Y una mierda —contestó Jamie, enderezándose a su vez y apretando los dientes a causa del dolor.

MacKenzie frunció sus cejas oscuras al oír aquello.

—Unimos las manos. ¿No se lo ha dicho?

No lo había hecho, pero invadido por la furia, no le había dado tiempo de nada. Enfurecido al saber que había querido acostarse con un hombre, herido al pensar que lo había dejado por tonto, orgulloso como Lucifer y sufriendo a causa de ello, al desear que fuera perfecta, y al descubrir que era tan humana como él, no había dejado que se explicara.

—¿Cuándo? —preguntó.

—A principios de septiembre, en Wilmington. Cuando yo... justo antes de dejarla. —Lo admitió de mala gana y con una culpa que era el reflejo de la que sentía Jamie. Pero pensó que el cobarde se lo merecía. Si no hubiera abandonado a Brianna...

—No me lo ha dicho.

Con mucha claridad, vio la duda y el dolor en los ojos de MacKenzie. El hombre se preocupaba por el hecho de que no se lo hubiera dicho; de haberlo hecho estaría allí. Él sabía bien que no existía poder en la Tierra para retener a Claire si pensara que él estaba en peligro. Entonces sintió una punzada de miedo. ¿Dónde estaba Claire?

—Supongo que pensó que usted no consideraba que casarse de palabra era una forma legal de matrimonio —añadió MacKenzie.

—O tal vez era ella la que no lo consideraba así —sugirió con crueldad Jamie. Podría haber aliviado a Roger diciéndole parte de la verdad: que Brianna no había venido porque estaba embarazada, pero no se sentía caritativo.

Estaba bastante oscuro, pero aun así pudo ver cómo se ruborizaba MacKenzie y apretaba con fuerza la piel de ciervo.

—Yo opino eso —fue todo lo que dijo.

Jamie cerró los ojos y no dijo nada más. Las últimas brasas se consumieron lentamente y se quedaron a oscuras.

61

El oficio de un sacerdote

El olor a quemado invadía el aire. Pasamos cerca de la hoguera y no pude evitar mirar con el rabillo del ojo el montón de fragmentos chamuscados, de pedazos rotos cubiertos de ceniza. Aunque esperaba que se tratara de madera, no me atrevía a mirarlo directamente.

Tropecé en la tierra helada y mi escolta me agarró del brazo. Me condujo hacia una choza en la que dos hombres hacían guardia, acurrucados para combatir el viento frío que llenaba el aire de ceniza flotante.

No había dormido ni probado la comida que me habían ofrecido. Tenía los pies y las manos heladas. Se oía un lamento en una casa comunal al otro extremo de la aldea y, en voz más alta, el canto por la muerte. ¿Cantaban por la muchacha o por alguien más? Me estremecí. Los guardias me miraron de reojo y se apartaron. Levanté la tela y entré.

Estaba oscuro y el fuego se había apagado tanto dentro como fuera. La luz gris que procedía del agujero de la hoguera era suficiente para ver un montón desordenado de pieles y tela en el suelo. La mancha roja que vi en aquella capa hizo que sintiera un súbito alivio.

—¡Jamie!

El montón se sacudió y se deshizo. Jamie levantó la cabeza, alerta, pero con mal aspecto; a su lado había otra figura, la de un hombre que me resultaba curiosamente familiar. Entonces se movió hacia la luz y capté el brillo de sus ojos verdes sobre la barba.

—¡Roger! —exclamé.

Se quitó las mantas sin decir ni una palabra y me abrazó. Me apretó con tanta fuerza que no me dejaba respirar.

Estaba muy delgado; podía sentir cada una de sus costillas. No obstante, no estaba desnutrido. A pesar de que su cuerpo desprendía el olor normal de la suciedad y el sudor rancio, no emanaba los intensos efluvios de la inanición.

—Roger, ¿estás bien? —Me soltó y lo miré de arriba abajo, buscando heridas.

—Sí —dijo con voz ronca por el sueño y la emoción—. ¿Y Bree? ¿Está bien?

—Está bien —le aseguré—. ¡Dios mío! ¿Qué te ha pasado en el pie? —Sólo llevaba una camisa raída y un trapo sucio alrededor de un pie.

—Nada, es sólo un corte. ¿Dónde está Brianna? —Me apretó el brazo con ansiedad.

—En un lugar llamado River Run, con su tía abuela. ¿No te lo ha dicho Jamie? Ella...

Jamie me interrumpió cogiéndome del otro brazo.

—¿Estás bien, Sassenach?

—Sí, por supuesto. Yo... ¡Dios mío! ¿Qué te ha pasado? —Dejé de fijarme en Roger para centrarme en Jamie. Me llamó la atención, más que la herida en la nuca, la forma en que se sostenía el brazo.

—Creo que me he roto el brazo —contestó—. Me duele mucho. ¿Quieres venir a curarme?

Sin esperar ninguna respuesta, se volvió y se sentó pesadamente en la cama rota. Le di una palmada a Roger, preguntándome qué pasaba, y seguí a un Jamie que era incapaz de admitir su dolor ante Roger, aunque un hueso roto le estuviera atravesando la carne.

—¿Qué te sucede? —murmuré, arrodillándome junto a él. Le palpé el brazo con la camisa puesta. No existía ninguna fractura. La subí con cuidado para poder examinarlo mejor.

—No le he dicho nada sobre Brianna —comentó muy despacio—. Y creo que es mejor no hacerlo.

Lo miré fijamente.

—¡No podemos hacer eso! Tiene que saberlo.

—Baja la voz. Sí, quizá debamos decirle algo sobre la criatura, pero no sobre el otro, sobre Bonnet.

Me mordí el labio y toqué con cuidado la inflamación de sus bíceps. Le habían dado un terrible golpe que le había dejado un enorme hematoma, aunque estaba segura de que no había fractura. Pero no me parecía tan bien su sugerencia.

Pudo ver la duda en mis ojos porque me apretó la mano.

—Ahora no, al menos no aquí. Espera hasta que estemos a salvo.

Pensé mientras rasgaba la manga de su camisa para hacer un cabestrillo. Enterarse del embarazo de Brianna lo iba a impresionar. Tal vez Jamie tuviera razón, no podíamos saber cómo iba a reaccionar Roger al conocer la violación y faltaba bastante tiempo para poder regresar libres a casa. Mejor que se aclarara las ideas. Asentí de mala gana.

—Muy bien —dije en voz alta—. No creo que esté roto; de todas formas, llevarlo en cabestrillo te ayudará.

Dejé a Jamie y me acerqué a Roger, sintiéndome como una pelota de ping-pong.

—¿Cómo está tu pie? —Me arrodillé para quitarle los trapos sucios que cumplían la función de una venda, pero me detuvo cogiéndome del hombro.

—Brianna. Sé que algo no va bien. ¿Ella está...?

—Está embarazada.

Esa posibilidad no había pasado por su mente. Su sorpresa fue evidente. Parpadeó como si le hubieran golpeado la cabeza con un hacha.

—¿Estás segura?

—Está de siete meses, se le nota. —Jamie se había acercado tan rápido que no nos dimos cuenta. Habló con frialdad, y su gesto era aún más frío, pero Roger no tenía ánimos para sutilezas.

La excitación iluminaba sus ojos, y su rostro sorprendido se llenó de vida bajo la barba negra.

—Embarazada. Pero ¿cómo puede ser?

Jamie dejó escapar un bufido de burla y desprecio. Roger lo miró y luego apartó la vista.

—Quiero decir, que nunca pensé...

—¿Cómo? ¡Dejaste a mi hija para que pagara el precio de tu placer!

Roger levantó la cabeza y miró a Jamie con furia.

—¡No la dejé! ¡Ya le he dicho que es mi esposa!

—¿Es cierto? —pregunté, sobresaltándome mientras lo vendaba.

—Unieron las manos —intervino Jamie muy enfadado—. ¿Por qué no nos lo dijo?

Pensé que podía contestarle de más de una manera. Pero la segunda respuesta no podía decirla delante de Roger: no nos lo dijo porque creía que era de Bonnet. Al creerlo, quizá pensó que sería mejor no revelar la unión de manos. Así, le dejaba a Roger la posibilidad de escapar, si es que deseaba hacerlo.

—Seguramente porque pensó que no lo considerarías un verdadero matrimonio —contesté—. Le había hablado sobre nuestra boda y cómo habías insistido en casarte en una iglesia, con un sacerdote. No quería decirte nada que pensara que no ibas a aprobar. Deseaba tanto complacerte...

Jamie parecía avergonzado, pero Roger hizo caso omiso.

—¿Está bien? —preguntó, echándose hacia delante y agarrándome del brazo.

—Sí, está muy bien —aseguré, esperando que fuera verdad—. Quería venir con nosotros, pero no podíamos dejar que lo hiciera.

—¿Quería venir? —El alivio y la felicidad invadió su cara, evidente incluso entre todo aquel pelo y suciedad—. Entonces, ella no... —Se detuvo bruscamente y nos miró—. Cuando conocí al señor Fraser en la ladera de la montaña parecía que pensara que... me dijo...

—Un terrible malentendido —me apresuré a aclarar—. No nos había dicho nada sobre el matrimonio de palabra... y cuando nos dimos cuenta de que estaba embarazada, supusimos... —Jamie miraba a Roger con fastidio, pero se contuvo ante mi mirada severa.

—Sí —dijo de mala gana—. Un malentendido. Ya me he disculpado y le dije que haría todo lo posible por reparar el error. Pero ahora tenemos otras cosas en que pensar. ¿Has visto a Ian, Sassenach?

—No. —No me había dado cuenta de que Ian no estaba con ellos y sentí miedo. Jamie estaba muy serio.

—¿Dónde has estado toda la noche?

—He estado con... ¡Ay, Dios mío! —Me olvidé de su pregunta al ver el pie de Roger. Estaba inflamado e infectado, tenía una úlcera en la planta y, al apretarla, advertí que tenía pus bajo la piel.

—¿Qué te ha ocurrido?

—Me corté cuando trataba de escapar. Me lo vendaron y le pusieron ungüentos, pero se infectó. Al principio mejoró, pero luego... —Se encogió de hombros; su mente no se encontraba en el pie, por muy mal que estuviera. Miró a Jamie. Era evidente que había llegado a una conclusión.

»Entonces, ¿Brianna no lo envió a buscarme? ¿Ella no le pidió que... que se librara de mí?

—No —respondió Jamie, sorprendido. Sonrió con un repentino encanto—. Esa decisión fue mía.

Roger dejó escapar un suspiro y cerró los ojos.

—Gracias a Dios —dijo, y los abrió—. Pensé que ella, tal vez... tuvimos una terrible pelea justo antes de que me fuera y pensé que quizá por eso no le había dicho nada sobre el matrimonio. —Le sudaba la frente, ya fuera por las noticias o por la manipulación del pie, pero sonreía un poco—. Pero hacer que me dieran una paliza y venderme como esclavo me parecía algo excesivo, incluso para una mujer de su temperamento.

—Mmfm —intervino Jamie, algo acalorado—. Ya te he dicho que lo sentía.

—Lo sé. —Roger lo miró y decidió algo. Suspiró y, con cuidado, apartó mi mano de su pie. Se enderezó y miró a Jamie a la cara.

—Tengo algo que decirle. El motivo de la pelea. ¿Ella les ha comentado por qué ha venido hasta aquí?

—¿La noticia de nuestra muerte? Sí, nos lo dijo. ¿Crees que, de no saberlo, hubiera permitido que Claire me acompañara?

—¿Qué? —Roger lo miró, intrigado.

—No pueden ocurrir ambas cosas. Si vamos a morir en el Cerro de Fraser dentro de seis años, no podemos morir ahora, a manos de los indios, ¿no crees?

Lo contemplé. Yo no había llegado a esa impactante conclusión: una inmortalidad temporal. Pero eso significaba dar por hecho que...

—Eso significa suponer que no se puede cambiar el pasado. ¿Cree eso? —Roger se inclinó.

—Que me condenen si lo sé. ¿Tú lo crees?

—Sí —respondió Roger, inexpresivo—. Creo que el pasado no puede cambiarse. Por eso lo hice.

—¿Hiciste qué?

Se mojó los labios, pero no se detuvo.

—Encontré la noticia mucho antes que Brianna y pensé que era inútil intentar cambiar las cosas, así que se la oculté. —Nos miró—. De manera que ya lo he dicho. No quería que ella viniera; hice todo lo que pude para evitarlo. Pensaba que era demasiado peligroso. Y... tenía miedo de perderla —concluyó con sencillez.

Sorprendida, vi cómo Jamie lo miraba con súbita aprobación.

—Entonces, ¿trataste de mantenerla a salvo? ¿Para protegerla?

Roger asintió, y relajó la tensión de sus hombros con cierto alivio.

—¿Me entiende?

—Sí. Es la primera cosa que oigo que me hace tener una buena opinión de ti.

Yo no compartía esa opinión.

—¿Encontraste la noticia y no se lo dijiste? —Podía sentir cómo la sangre me invadía las mejillas.

Roger vio mi mirada y apartó la vista.

—No. Y me temo que ella piensa como tú. Cree que la traicioné y...

—¡Y lo hiciste! ¡A ella y a nosotros! Roger, ¿cómo pudiste hacer algo semejante?

—Hizo bien —afirmó Jamie—. Después de todo...

—¡No! —interrumpí con ferocidad—. Deliberadamente se lo ocultó. ¿No te das cuenta de que, si hubiera tenido éxito, nunca la habrías conocido?

—Sí, me doy cuenta. Y también de que lo que le sucedió no le habría sucedido. —Me miraba fijamente con sus ojos azules.

Tragué saliva para calmar mi furia y mi dolor, hasta que pude volver a hablar sin ahogarme.

—No creo que ella piense así —dije suavemente—. Además, es ella quien debe decirlo.

Roger intervino antes de que Jamie pudiera hablar.

—¿Ha dicho que lo que le sucedió no le habría sucedido? ¿Se refiere al embarazo? —No esperó la respuesta. Ya se había recuperado lo suficiente de la sorpresa de la noticia como para comenzar a pensar, y su mente lo llevó a la misma desagradable conclusión a la que Brianna había llegado hacía meses. Me miró con los ojos muy abiertos.

—¡Has dicho que está de siete meses! ¡Maldición! ¡No puede regresar!

—Ahora no —dije con amargura—. Hubiera podido hacerlo cuando nos encontró. Traté de que regresara a Escocia, o al menos a las Antillas, donde hay otra... puerta. Pero no quiso hacerlo. No quería irse sin saber qué te había sucedido.

—Qué me había sucedido —repitió, y miró de reojo a Jamie.

—Sí —intervino Jamie, con un gesto tenso—. Es por mi culpa y no puedo remediarlo. Está atrapada aquí y no puedo hacer nada, salvo llevarte con ella.

Me di cuenta entonces de que por eso no quería decirle nada a Roger, por miedo a que, cuando se diera cuenta de que Brianna estaba atrapada en el pasado, se negara a regresar con nosotros. Una cosa era seguirla a través del pasado y otra quedarse allí para siempre. No era únicamente la culpa de Bonnet la que había consumido a Jamie en nuestro viaje hasta allí; el muchacho hubiera reconocido un alma bondadosa al instante, pensé, mirándolo con exasperante ternura.

Roger lo observó sin encontrar palabras. Antes de que pudiera hablar, se oyeron unos pasos y entraron varios indios, uno detrás de otro.

Los miramos sorprendidos. Eran quince mohawk, hombres, mujeres y niños preparados para un viaje. Una de las ancianas llevaba la cuna. Sin vacilar, se acercó a Roger, le entregó la cuna y le dijo unas palabras en mohawk.

Roger frunció el ceño sin comprender. Jamie, súbitamente alerta, se aproximó a la mujer y le dijo unas palabras. Ésta, impaciente, se las repitió, haciendo un gesto hacia un joven.

—Usted es... sacerdote —dijo, señalando a Roger y mostrando la cuna—. Agua.

—No soy sacerdote. —Roger trató de devolverle la cuna, pero la mujer se negó a cogerla.

—Sacerdote —repitió decidida—. Bautismo.

Señaló a una de las jóvenes, que se adelantó con un cuerno lleno de agua.

—Padre Alexandre dijo usted sacerdote, hijo de sacerdote —comentó el hombre joven. Vi que Roger palidecía.

Jamie se había apartado susurrando algo en francés a un hombre que había reconocido en el grupo. Luego se volvió a abrir paso hasta nosotros.

—Son los que quedan de la congregación del sacerdote —comentó Jamie suavemente—. El Consejo les dijo que se fueran. Quieren ir a la misión hurón de Santa Berta, pero antes desean bautizar al niño, por si muere en la travesía. —Miró a Roger—. ¿Creen que eres sacerdote?

—Así es. —Roger miró al niño que tenía en brazos.

Jamie vaciló, mirando a los indios que aguardaban con expresión tranquila. Podía tratar de adivinar qué ocultaban tras ella: fuego, muerte, destierro, ¿qué más? Había huellas de dolor en la de la anciana que llevaba al bebé. El niño debía de ser su nieto, pensé.

—En caso de necesidad —dijo Jamie a Roger—, cualquier hombre puede ejercer de sacerdote.

No hubiera creído que Roger pudiera palidecer más, pero lo hizo. Se tambaleó y la anciana, alarmada, estiró una mano para sujetar la cuna.

Roger se repuso e hizo un gesto a la joven que tenía el agua.

—*Parlez-vous français?* —preguntó, y las cabezas asintieron, algunas con más certeza que otras—. *C'est bien* —dijo. Con una profunda inspiración, levantó al niño y lo enseñó a la congregación. El bebé, un niño encantador de cara redonda, con suaves rizos castaños y piel dorada, parpadeó somnoliento al cambiar de perspectiva—. Oigan las palabras de Nuestro Señor Jesucristo —afirmó en francés—. Obedeciendo esas palabras y seguros de su presencia entre nosotros, vamos a bautizar al que ha llamado para ser parte de su Iglesia.

Naturalmente, pensé mientras lo observaba. Era hijo de un sacerdote, por decirlo de alguna manera; habría visto a menudo al reverendo administrando el sacramento del bautismo. Si no recordaba el servicio completo, al menos parecía que recordaba las partes generales.

Dejó que se pasaran al niño unos a otros y luego formuló las preguntas del ritual en voz baja.

—*Qui est votre Seigneur, votre Sauveur?* «¿Quién es vuestro Señor y Salvador?»

»*Voulez-vous placer votre foi en Lui?* «¿Creéis en Él?»

»¿Prometéis enseñar a este niño la buena nueva del Evangelio y todos los mandamientos de Cristo y, con vuestro acompañamiento, reforzar sus lazos con la casa de Dios?

Todas las cabezas se inclinaban como respuesta.

—*Oui, certainement. Je le promets. Nous le ferons.* «Sí, por supuesto. Lo prometo. Lo haremos.»

Finalmente, extendió la criatura hacia Jamie.

—¿Quién es tu Señor y Salvador?

—Jesucristo —respondió sin vacilar, y me entregaron al niño.

—¿Confías en Él?

Bajé la vista hacia la inocente carita.

—Lo hago —respondí por la criatura.

Roger cogió la cuna, se la dio a la abuela y, hundiendo una rama de enebro en el agua, le mojó la cabeza.

—Yo te bautizo —comenzó, y se detuvo, mirándome de reojo.

—Es una niña —murmuré, y Roger asintió, levantando la rama de enebro otra vez.

—Yo te bautizo, Alexandra, en el nombre del Padre y del Hijo y del Espíritu Santo. Amén.

Después de que se marchara el pequeño grupo de cristianos, no tuvimos más visitantes. Un guerrero nos trajo leña para el fuego y comida, pero hizo caso omiso a las preguntas de Jamie y no dijo nada.

—¿Creéis que nos matarán? —preguntó súbitamente Roger tras un instante de silencio. Su boca se curvó en un intento de sonrisa—. En realidad, supongo que me matarán a mí. Vosotros dos estáis en principio a salvo.

No parecía preocupado. Al observar las profundas sombras y líneas en su rostro, pensé que estaba demasiado cansado para tener miedo.

—No van a matarnos —intervine mesándome el pelo. Me di cuenta de que yo también estaba exhausta. Hacía más de treinta y seis horas que no dormía—. Iba a decírtelo —dije a Jamie—. He pasado la noche en casa de Tewaktenyonh. El Consejo de las Madres se reúne allí.

No me lo habían contado todo, nunca lo hacían. Pero tras largas horas de ceremonias y discusiones, la joven que hablaba inglés me había dicho todo lo que querían que supiera antes de enviarme con Jamie.

—Algunos jóvenes encontraron el escondite del whisky —continué—. Lo trajeron a la aldea y comenzaron a beber. Las mujeres creyeron que no hacían nada deshonesto, porque el trato ya estaba hecho. Pero luego comenzaron a discutir entre ellos, justo antes de que encendieran el fuego para ejecutar al sacerdote. Y comenzaron a pelear, y una cosa llevó a la otra. —Me froté la cara, tratando de mantener mis ideas claras—. Murió un hombre en la pelea —dije mirando a Roger—. Creen que lo hiciste tú, ¿fue así?

Sacudió la cabeza y hundió los hombros, agotado.

—No lo sé. Yo... es probable. ¿Qué piensan hacer al respecto?

—Bueno, estuvieron mucho tiempo discutiendo y aún no se habían decidido. Mandaron un mensaje al Consejo, pero todavía no tenían la respuesta del *sachem*. —Inspiré profundamente—. No van a matarte porque cogieron el whisky y ése era el precio de tu vida. Y como decidieron no matarnos, a cambio de la muerte de ese hombre, lo que suelen hacer es adoptar a un enemigo en la tribu y reemplazar así al muerto.

Eso espabiló a Roger.

—¿Adoptarme a mí? ¿Quieren quedarse conmigo?

—Uno de nosotros. No creo que yo sirva porque soy una mujer. —Traté de sonreír sin conseguirlo. Todos los músculos de mi cara estaban entumecidos.

—Entonces tengo que ser yo —dijo Jamie con calma. Roger movió la cabeza, asombrado—. Tú mismo lo has dicho: si el pasado no puede cambiarse, nada podrá sucederme. Dejadme, conseguiré escapar y regresaré a casa.

Me cogió el brazo antes de que pudiera protestar.

—Ian y tú llevaréis a MacKenzie junto a Brianna. —Miró a Roger con gesto inescrutable—. Después de todo, es a vosotros dos a quienes necesita.

Roger quiso discutir, pero se lo impedí.

—¡Dios me libre de la terquedad de los escoceses! —Los miré enfadada—. Todavía no lo han decidido; sólo os he dicho la opinión del Consejo de las Madres. Así que no tiene sentido discutir hasta que no estemos seguros. Y a todo esto —dije, tratando de distraerlos—, ¿dónde está Ian?

Jamie me miró.

—No lo sé —afirmó, y vi que tragaba saliva antes de hablar—. Pero confío en que esté a salvo en la cama de esa muchacha.

No llegó nadie. La noche transcurrió con tranquilidad, aunque ninguno pudimos dormir bien. Yo dormitaba de manera irregular, pese al agotamiento, y me despertaba cada vez que se producía un sonido en el exterior. Mis sueños eran una extraña mezcla de sangre, fuego y agua.

Al mediodía oímos el sonido de voces que se aproximaban. Mi corazón dio un vuelco al reconocer a una de ellas. Jamie se había levantado antes de que abrieran la puerta.

—¿Ian? ¿Eres tú?

—Sí, tío. Soy yo.

Su voz sonaba rara, sin aliento e insegura. Entró y se acercó a la luz del agujero. Cuando lo vi, tuve la sensación de que me golpeaban el estómago, y jadeé.

Le habían cortado el pelo de los lados, dejándole una cresta y una larga cola sobre la espalda; además, le habían perforado una oreja de la que ahora colgaba un aro de plata.

Su rostro estaba tatuado. Dos líneas en forma de medias lunas realizadas con diminutos puntos oscuros que aún tenían un poco de sangre seca le recorrían las mejillas, para unirse en el puente de la nariz.

—Yo... no puedo quedarme mucho tiempo, tío —dijo Ian. Estaba pálido, algo evidente incluso con el tatuaje, pero se mantenía erguido—. Les ha dicho que debían dejar que me despidiera.

Jamie también estaba pálido.

—Ian —susurró.

—La ceremonia del nombre es esta noche —intervino Ian, tratando de no mirarnos—. Dicen que después seré indio y no podré hablar ni en inglés ni en gaélico. —Sonrió con pesar—. Y vosotros no sabéis mucho mohawk.

—¡Ian, no puedes hacerlo!

—Ya lo he hecho, tío Jamie —comentó con tranquilidad. Entonces me miró—. Tía, ¿le dirás a mi madre que nunca la olvidaré? Creo que mi padre ya lo sabe.

—¡Oh, Ian! —exclamé, abrazándolo con fuerza, y él me rodeó suavemente con sus brazos.

—Podréis iros por la mañana —informó a Jamie—. No os lo impedirán.

Cuando lo solté, se acercó a Roger, quien lo miraba asombrado. Ian le ofreció la mano.

—Lamento lo que te hicimos —se disculpó—. ¿Te encargarás de mi prima y de la criatura?

Roger le estrechó la mano y se aclaró la garganta para poder hablar.

—Lo haré —dijo—. Lo prometo.

Entonces Ian se volvió hacia Jamie.

—No, Ian —intervino—. ¡Deja que sea yo!

Ian sonrió, aunque sus ojos estaban llenos de lágrimas.

—Una vez me dijiste que mi vida no era para malgastarla. No lo haré. —Extendió los brazos—. Yo tampoco voy a olvidarte, tío Jamie.

Llevaron a Ian a la orilla del río poco antes de la puesta de sol. Se desnudó y se metió en el agua helada, acompañado por tres mujeres, que lo hundían, le daban golpes y reían mientras lo frotaban con arena. *Rollo* corría y ladraba enloquecido en el río, sumándose a lo que creía un juego divertido y, con ello, casi ahogando a Ian.

Todos los espectadores lo encontraron gracioso, salvo las tres personas blancas.

Una vez acabada la ceremonia de lavar el cuerpo para eliminar su sangre de hombre blanco, las mujeres lo secaron y lo vistieron con ropa limpia para llevarlo ante el Consejo, donde tendría lugar la ceremonia del nombre.

Todo el mundo se amontonaba en el interior. Toda la aldea se encontraba allí. Jamie, Roger y yo permanecimos en silencio en un rincón, observando al *sachem,* que cantaba y hablaba mientras los tambores sonaban y la pipa pasaba de mano en mano. La muchacha que Ian llamaba Emily permanecía a su lado y sus ojos brillaban al mirarlo. El ver cómo la miraba Ian disipó un poco mi dolor.

Lo llamaron Hermano del Lobo. Su hermano lobo estaba jadeando a los pies de Jamie, observando la ceremonia con interés.

Cuando finalizó, la multitud calló y Jamie salió del rincón. Todas las cabezas se volvieron mientras se dirigía hacia Ian, y vi que más de un guerrero desaprobaba su actitud. Se desabrochó el tartán escocés y lo colocó sobre los hombros de su sobrino.

—*Cuimhnich* —dijo suavemente, y dio un paso atrás—. «Recuerda».

A la mañana siguiente guardábamos silencio cuando enfilamos el angosto sendero que nos alejaba de la aldea. Ian se despidió de nosotros de manera formal con su nueva familia. Yo no pude mantenerme tan seria y, al ver mis lágrimas, se mordió el labio ocultando su emoción. Jamie lo abrazó, lo besó en la boca y se fue sin decir ni una palabra.

Por la noche, Jamie se ocupó de montar el campamento con su habitual eficacia, pero me daba cuenta de que su mente se hallaba en otro lugar. No era extraño; también yo dividía mis preocupaciones entre Ian y Brianna, lo que dejaba poco tiempo para las circunstancias actuales.

Roger dejó la leña delante del fuego y se sentó a mi lado.

—He estado pensando —dijo—. En Brianna.

—Yo también.

Estaba tan cansada que tenía miedo de dormirme y caer de cabeza en la hoguera antes de que el agua hirviera.

—¿Has dicho que hay otro círculo... abertura o lo que sea, en las Antillas?

—Sí. —Pensé en hablarle de Geillis Duncan y la cueva de Abandawe, pero deseché la idea. No tenía fuerzas. En otro momento, quizá; entonces me di cuenta de lo que me estaba diciendo—. ¿Otro círculo? ¿Aquí? —Miré a mi alrededor, casi esperando encontrarme un menhir amenazador detrás de mí.

—No aquí —contestó Roger—. En algún lugar entre la aldea y el Cerro de Fraser.

—Ah. —Intenté reunir mis pensamientos dispersos—. Sí, sé que existe, pero... —Entonces entendí y lo cogí del brazo—. ¿Quieres decir que sabes dónde está?

—¿Tú lo sabías? —Me contempló asombrado.

—Sí, yo... mira... —Rebusqué en la bolsita y saqué el ópalo. Lo cogió antes de que pudiera explicarle nada.

—¡Es el mismo símbolo! Está grabado en una roca del círculo. ¿De dónde diablos lo has sacado?

—Es una larga historia —comenté—. Te la contaré más tarde. Pero ¿sabes dónde está ese círculo? ¿Lo has visto?

Jamie, atraído por nuestras exclamaciones, se aproximó.

—¿Un círculo?

—Un círculo del tiempo, una abertura, una...

—Yo he estado allí —interrumpió Roger—. Lo encontré por casualidad cuando trataba de escapar.

—¿Podrías hallarlo de nuevo? ¿A qué distancia está de River Run?

Mi mente hacía cálculos frenéticos. Algo más de siete meses. Si nos llevaba seis semanas regresar, Brianna ya estaría de ocho meses y medio. ¿Podríamos llevarla a tiempo? Y si lo hacíamos, ¿qué sería más peligroso, pasar a través del túnel del tiempo a punto de dar a luz o quedarse en el pasado para siempre?

Roger rebuscó en la cintura de sus pantalones rotos y sacó el hilo con los nudos.

—Aquí —dijo, sosteniendo un nudo doble—. Habían pasado ocho días desde que me capturaron. Ocho días desde el Cerro de Fraser.

—Y una semana más desde River Run hasta el Cerro. —Respiré otra vez, aunque no sabía si de disgusto o de alivio—. No lo conseguiremos.

—Pero el tiempo está cambiando —intervino Jamie. Hizo un gesto hacia un abeto azul, cuyas agujas goteaban—. Cuando veníamos, aquel árbol estaba cubierto de hielo. —Me miró—. El viaje será más fácil si podemos hacerlo con mejor tiempo.

—O no. —Moví la cabeza de mala gana—. Sabes tan bien como yo que la primavera significa barro. Y el barro es peor que la nieve para viajar. —Sentí que el ritmo de mi corazón comenzaba a aminorar, aceptándolo—. No, es demasiado tarde, demasiado arriesgado. Ella tendrá que quedarse.

Jamie observaba a Roger, que estaba al otro lado del fuego.

—Él no lo hará.

Roger lo miró, asombrado.

—Yo... —comenzó, luego afirmó su mandíbula y comenzó de nuevo—. Lo haré. ¿No pensará que la voy a dejar? ¿A ella y a mi hijo?

Abrí la boca y sentí que Jamie se ponía rígido, intentando advertirme.

—No —dije cortándole—. No. Debemos decírselo, Brianna lo querría así. Es mejor que lo sepa ahora; si eso cambia las cosas para él, es mejor que lo sepa antes de verla.

Jamie frunció los labios, pero asintió.

—Está bien —dijo—. Díselo, entonces.

—¿Decirme qué? —Roger tenía el cabello suelto y se elevaba alrededor de su cabeza con el viento nocturno. Parecía más vivo que cuando lo habíamos encontrado, al mismo tiempo alarmado y excitado.

Hice de tripas corazón.

—Podría no ser tu hijo —argüí.

Por un momento, su expresión no cambió, y luego comprendió. Me cogió de los brazos tan súbitamente que hizo que gritara.

—¿Qué quieres decir? ¿Qué ha sucedido?

Jamie se movió como una serpiente y golpeó a Roger en la barbilla para que me soltara, lanzándolo al suelo.

—Quiere decir que cuando dejaste sola a mi hija la violaron —afirmó con brusquedad—. Dos días después de que estuvieras con ella, así que tal vez la criatura no sea tuya. —Miró furioso a Roger—. Entonces, ¿te quedarás o no?

Roger movió la cabeza tratando de aclarar sus ideas y se levantó.

—Violada. ¿Quién? ¿Dónde?

—Fue en Wilmington. Un hombre llamado Stephen Bonnet. El...

—¿Bonnet? —Por la expresión de Roger era evidente que el nombre le resultaba familiar. Nos miró—. ¿Stephen Bonnet violó a Brianna?

—Es lo que he dicho.

De inmediato, toda la furia de Jamie se liberó. Cogió a Roger del cuello y lo tiró contra un tronco.

—¿Y dónde estabas tú cuando sucedía eso, cobarde? ¿Ella estaba enfadada contigo y la dejaste sola? Si tenías que irte, ¿por qué no la dejaste a salvo conmigo?

Agarré a Jamie del brazo.

—¡Suéltalo!

Lo hizo y se apartó jadeando. Roger, tan furioso como Jamie, se sacudió la ropa arrugada.

—¡No la dejé porque discutiéramos! ¡La dejé para ir en busca de esto! —Hurgó en el bolsillo de su calzón y sacó algo que brilló en la palma de su mano—. ¡Arriesgué mi vida para conseguirlas, para que pudiera pasar segura a través de las piedras! ¿Sabe adónde fui y a quién se las quité? ¡A Stephen Bonnet! Por eso tardé tanto en llegar al Cerro de Fraser, ¡maldita sea! Bonnet no estaba donde yo creía y tuve que recorrer toda la costa para encontrarlo.

Jamie se quedó helado al ver las piedras preciosas. Lo mismo me sucedió a mí.

—Viajé con Bonnet desde Escocia. —Roger iba recuperando la calma—. Él es... es...

—Ya sé lo que es. —Jamie salió de su trance—. Y también puede ser el padre de la criatura que espera mi hija. —Miró a Roger con frialdad—. Así que te lo pregunto de nuevo, MacKenzie, ¿regresarás y vivirás con ellos sabiendo que tal vez sea el hijo de Bonnet? Si no lo vas a hacer, dilo ahora. Porque te juro que si la tratas mal... te mataré sin pensarlo dos veces.

—¡Por todos los santos! —estallé—. ¡Dale un minuto para pensar, Jamie! ¿No te das cuenta de que todavía no lo ha asimilado?

Roger cerró y abrió los puños dejando caer las piedras. Podía oír cómo jadeaba.

—No lo sé —contestó—. ¡No lo sé!

Jamie se acercó, recogió las piedras y se las tiró a los pies.

—¡Entonces, vete! —ordenó—. Coge tus piedras y busca ese maldito círculo. ¡Vete, porque mi hija no necesita a un cobarde a su lado!

No había desensillado los caballos, así que cogió sus alforjas y las pasó sobre el lomo del caballo. Desató los nuestros y montó de un salto.

—Ven —me dijo.

Miré a Roger con desconsuelo; él miraba a Jamie con los ojos brillantes como esmeraldas.

—Ve —ordenó suavemente Roger sin dejar de mirar a Jamie—. Si puedo... iré.

Parecía que mis manos y mis pies se movieran por su cuenta; lo hacían suavemente, sin que yo los guiara. Me llevaron hasta el caballo, puse el pie en el estribo y monté. Cuando miré atrás, había desaparecido incluso la luz del fuego. Sólo había oscuridad.

62

Tres tercios de un fantasma

River Run, abril de 1770

—Han capturado a Stephen Bonnet.

Brianna dejó caer la caja del ajedrez y las piezas de marfil rodaron por el suelo, bajo los muebles. Sin decir ni una palabra se quedó mirando a lord John, que dejó su copa de coñac y se acercó con rapidez a ella.

—¿Estás bien? ¿Quieres sentarte? Lo siento de todo corazón. No debía...

—Sí, debías. No, en el sofá no, o nunca podré levantarme. —Rechazó su mano y se dirigió hasta una silla de madera, cerca de la ventana. Una vez sentada, lo miró de manera airada.

—¿Cuándo? —quiso saber—. ¿Cómo?

Lord John no se molestó en preguntar si debía pedir que trajeran sales; era evidente que no se iba a desmayar.

Puso un taburete junto a ella, pero después se lo pensó mejor, se dirigió a la puerta y miró el oscuro pasillo; como era de esperar, una de las criadas aguardaba dormida en la escalera por si necesitaban algo. La mujer se sobresaltó y abrió los ojos en la penumbra.

—Vete a la cama —dijo—. No vamos a necesitar nada más esta noche.

La esclava asintió y se marchó arrastrando los pies, aliviada; estaba despierta desde el amanecer y era cerca de medianoche. Él también estaba agotado después de la larga cabalgada desde Edenton, pero las noticias no podían esperar. Había llegado al anochecer y todavía no había tenido oportunidad de estar a solas con Brianna.

Cerró las puertas y, detrás de éstas, colocó un reposapiés para evitar interrupciones.

—Lo apresaron aquí, en Cross Creek —comentó sin preámbulos mientras se sentaba a su lado—. En cuanto a cómo, no lo sé. La acusación era de contrabando, pero una vez que descubrieron su identidad, se sumaron otros delitos.

—¿Contrabando de qué?

—Té y coñac. Al menos, esta vez. —Se frotó la nuca, intentando aliviar la rigidez provocada por las horas que había cabalgado—. Me enteré en Edenton; es evidente que se trata de un hombre muy conocido, su reputación se extiende de Charleston a Jamestown. —La observó de cerca; estaba pálida, pero no demacrada—. Lo han condenado —continuó—. Lo colgarán la semana próxima en Wilmington. He pensado que querrías saberlo.

Brianna respiró profundamente y dejó salir el aire sin decir nada. Él la miró de reojo, sin querer mirarla con detenimiento, pero asombrado por su tamaño; Brianna estaba enorme. Sólo hacía dos meses desde su compromiso y había engordado bastante.

Un costado de su enorme abdomen sobresalió de repente y se sobresaltó. Se preguntó si había sido buena idea decírselo; nunca se perdonaría si la conmoción de la noticia le provocaba un parto prematuro. Jamie tampoco lo haría.

Brianna miraba a la nada, concentrada y con el ceño fruncido. Había visto yeguas de cría preñadas con ese aspecto; profundamente absortas en lo que ocurría en su interior. Había sido un error despedir a la criada. Se puso de pie con la intención de ir a buscar ayuda, pero el movimiento hizo que saliera de su trance.

—Muchas gracias —dijo, aún con el ceño fruncido, aunque ya sin la mirada distante; Brianna lo miraba con firmeza, más aún por resultarle tan familiar—. ¿Cuándo lo colgarán? —Se inclinó un poco hacia delante, con la mano en su costado. Otra ola le recorrió el vientre en aparente respuesta a la presión.

Él se reclinó, observando su estómago con incomodidad.

—El viernes que viene.

—¿Está en Wilmington?

Ya más tranquilo por su calma, fue a buscar su copa y tomó un trago. Movió la cabeza al sentir cómo se extendía por su pecho el calor del licor.

—No. Todavía está aquí, no hace falta juicio, porque ya había sido condenado antes.

—Entonces, ¿lo llevarán a Wilmington para la ejecución? ¿Cuándo?

—No tengo ni idea. —La mirada de Brianna, otra vez distante, tenía algo que reconoció: no era abstracción, sino cálculo.

—Quiero verlo.

Con determinación, se tomó el resto del coñac.

—No —contestó tajante, y dejó la copa—. Aunque tu estado te permitiera viajar a Wilmington, que con toda seguridad no es así —añadió, mirando el abultado vientre—, asistir a una ejecución no sería bueno para tu hijo. Ahora bien, yo simpatizo del todo con tus sentimientos, querida, pero...

—No, no me entiendes, no tienes ni idea de cuáles son mis sentimientos —respondió sin ira, pero con total convicción.

La contempló, se puso en pie y fue a buscar el botellón.

Brianna observó el líquido color ámbar y esperó a que le sirviera antes de seguir hablando.

—No quiero verlo morir.

—Gracias a Dios —murmuró Grey, bebiendo de su copa.

—Quiero hablar con él.

El trago se le fue por el otro lado, se atragantó y tosió escupiendo el coñac en la chorrera de su camisa.

—Tal vez deberías sentarte —intervino Brianna, mirándolo—. No tienes buen aspecto.

—No sé por qué lo dices. —No obstante, se sentó y se secó la cara.

—Sé lo que me vas a decir —afirmó Brianna con firmeza—, así que no te molestes. ¿Puedes conseguir que lo vea antes de que lo trasladen a Wilmington? Y antes de decir no, claro que no, pregúntate qué es lo que haré si me contestas eso.

Tenía la boca abierta para decir «no», pero la cerró mientras la contemplaba en silencio.

—Supongo que no intentarás amenazarme otra vez, ¿no? —preguntó en tono informal—. Porque si lo haces...

—Por supuesto que no. —Tuvo la delicadeza de ruborizarse.

—Bueno, entonces, confieso que no sé qué piensas...

—Le diré a mi tía que Stephen Bonnet es el padre de mi hijo. Y también a Farquard Campbell, a Gerald Forbes, al juez Alderdyce, y luego iré a la guarnición y se lo diré al sargento Murchison, y si no me deja entrar, le pediré al señor Campbell una orden para verlo. Tengo derecho.

La observó y se dio cuenta de que no era una amenaza ociosa. Estaba allí, firme y sólida como una estatua, imposible de convencer.

—¿No te importa provocar un escándalo? —Era una pregunta retórica; sólo quería ganar tiempo para pensar.

—No —respondió con calma—. ¿Qué tengo que perder? —Enarcó una ceja con cierta diversión—. Supongo que tendremos que romper nuestro compromiso. Pero si todo el condado sabe quién es el padre del niño tendrá el mismo efecto que el compromiso: evitar que otros hombres quieran casarse conmigo.

—Tu reputación... —comenzó, sabiendo que era inútil.

—No pasa nada. ¿Será peor que sepan que estoy embarazada porque me violó un pirata que por haber sido licenciosa, como señaló encantadoramente mi padre? —Había una nota de amargura que le impidió a lord John decir nada.

—De todos modos, la tía Yocasta no me echará por el escándalo. No moriré de hambre y el niño tampoco. Y tengo que decir que no me importa que mujeres como la señorita MacNeill no me visiten.

Lord John volvió a beber; esta vez lo hizo con cuidado, con la mirada fija en ella, para evitar futuros sustos. Sentía curiosidad por lo que había ocurrido entre la joven y su padre, pero no quería hablar de ello ahora. En cambio, dejó el vaso y le preguntó:

—¿Por qué?

—¿Por qué?

—¿Por qué? ¿Por qué quieres hablar con Bonnet? Has dicho que no conocía tus sentimientos, lo cual es verdad. —Dejó que una leve ironía tiñera su voz—. Pero deben de ser exigentes para hacer que quieras emprender tan drástica expedición.

Una sonrisa le iluminó la cara de Brianna.

—Realmente me gusta tu forma de hablar.

—Me siento muy halagado. Sin embargo, si quisieras responder a mi pregunta...

Brianna suspiró con tanta fuerza que la vela tembló. Se puso en pie con dificultad y rebuscó en la costura de su vestido. Era evidente que tenía un bolsillo cosido en el interior, ya que sacó un papel doblado y gastado después de haberlo leído una y otra vez.

—Lee esto —dijo entregándoselo. Luego se volvió y se dirigió al otro extremo de la habitación, donde tenía sus pinturas y su caballete, en una esquina junto a la chimenea.

La letra le resultó familiar. Había visto la letra de Jamie Fraser en otra ocasión y eso era suficiente, era inconfundible.

Hija:

No sé si volveré a verte. Mi ferviente esperanza es poder hacerlo y que todo se arregle entre nosotros, pero eso está en manos de Dios. Te escribo ahora por si Él dispone de otra manera.

Una vez me preguntaste si estaba bien matar como venganza por el gran mal que te hicieron. Te dije que no debías hacerlo. Por el bien de tu alma, por el bien de tu propia vida, debes encontrar la gracia del perdón. La libertad es difícil de conseguir, pero nunca es fruto del asesinato.

No tengas miedo de que él escape a la venganza. Un hombre así lleva la semilla de su propia destrucción. Si no muere por mi mano será por la de otro. Pero no debe ser tu mano la que lo castigue.

Escúchame, por el Amor que te tengo.

Abajo había escrito: *Tu más afectuoso y amante padre, Jamie Fraser.* Y luego, sencillamente, *Pa.*

—No me despedí de él.

Lord John levantó la vista, sorprendido. Brianna estaba de espaldas a él, contemplando, como si estuviera mirando por la ventana, el lienzo de un paisaje a medio pintar.

Cruzó la alfombra para acercarse a ella. El fuego se había consumido en la chimenea y empezaba a hacer frío en la estancia. Brianna se volvió para mirarlo a la cara, con los brazos cruzados para protegerse del frío.

—Quiero ser libre —dijo con calma—. Tanto si regresa Roger como si no. No importa lo que suceda.

La criatura estaba inquieta. Podía ver los movimientos en su vientre como si se tratara de un gato que se encontrara en el interior de una bolsa. Lord John inspiró profundamente; sentía frío y aprensión.

—¿Estás segura de que tienes que ver a Bonnet?

Ella le lanzó otra de sus largas miradas azules.

—Pa dice que he de encontrar una manera de perdonarlo. Lo intento desde que ellos se fueron, pero no puedo hacerlo. Tal vez si lo veo pueda conseguirlo. Tengo que intentarlo.

—Muy bien. —Espiró con un largo suspiro y bajó los hombros en señal de rendición.

Una luz iluminó los ojos de Brianna. ¿Alivio? Grey trató de sonreír.

—¿Lo harás?

—Sí. Dios sabe cómo, pero lo haré.

Apagó todas las velas, salvo una para iluminar el camino. Le ofreció el brazo y caminaron por el pasillo vacío, cuyo silencio los llenó de paz. Se detuvo al pie de la escalera para dejar que fuera delante.

—Brianna.

Se volvió, intrigada, un escalón más arriba que él. Grey vaciló, no sabía cómo pedirle lo que súbitamente deseaba tanto. Levantó la mano.

—¿Puedo...?

Sin hablar, Brianna le cogió la mano y la apoyó en su vientre. Estaba tibio y muy firme. Se quedaron inmóviles un instante, con la mano de ella sobre la de él. Entonces sintió un fuerte empujón en su mano que lo estremeció de emoción.

—Madre mía —dijo, encantado—. Es de verdad.

Lo contempló risueña.

—Sí —intervino—. Ya lo sé.

Hacía mucho que había oscurecido cuando se detuvieron ante la guarnición. Era un edificio pequeño e insustancial que el depósito de atrás empequeñecía aún más. Brianna lo observó con recelo.

—¿Lo tienen ahí? —Sentía frío en las manos, pese a que las tenía metidas en la capa.

—No. —Lord John miró alrededor mientras ataba los caballos. Una luz brillaba en la ventana, pero el pequeño patio estaba vacío y la calle estrecha estaba en silencio y desierta. No había casas ni tiendas en las proximidades, y hacía tiempo que los trabajadores de los almacenes se habían marchado a rato y a dormir.

La ayudó a que bajara del carro sosteniéndola con las dos manos. Bajar de un carro era más fácil que hacerlo de un carruaje, pero seguía siendo una tarea complicada.

—Está en el sótano, debajo del depósito —respondió en voz baja—. He sobornado al soldado de guardia para que nos dejara entrar.

—Nos dejará, ¿no? —preguntó, también en voz baja, pero con firmeza—. A mí. Quiero verlo a solas.

Apretó los labios durante un momento y luego asintió.

—El soldado Hodgepile me ha asegurado que está encadenado. De otra forma no hubiera aceptado. —Se encogió de hombros, un poco enfadado, y la tomó del brazo para guiarla por el suelo lleno de baches.

—¿Hodgepile?

—El soldado Arvin Hodgepile. ¿Por qué? ¿Lo conoces?

Brianna negó con la cabeza y se recogió las faldas con la mano libre.

—No. He oído el nombre, pero...

Se abrió la puerta e iluminó la entrada.

—¿Es usted, señor? —El soldado lo miró con cautela. Hodgepile era pequeño y tenía la cara estrecha, semejante a la de una marioneta. Se sorprendió al ver a Brianna—. No me había dado cuenta...

—No es necesario. —La voz de lord John era fría—. Muéstrenos el camino, por favor.

Tras mirar con preocupación el vientre abultado de Brianna, los hizo pasar por una pequeña puerta que conducía al depósito.

Hodgepile era tan bajo como delgado, pero se mantenía más erguido de lo normal para compensarlo. «Camina con un palo metido por el culo.» Sí, pensó, observándolo con interés mientras iba delante de ellos. Tenía que ser el hombre que Ronnie Sinclair había descrito a su madre. Después de todo, ¿cuántos Hodgepile podía haber? Quizá podría hablar con él cuando terminara con... sus pensamientos se detuvieron de manera abrupta cuando Hodgepile abrió la puerta del almacén.

Las noches de abril eran frías, pero allí el aire era pesado y olía a trementina. Brianna se sentía sofocada. Casi podía sentir las diminutas moléculas de resina flotando en el aire y pegándosele en la piel. La súbita ilusión de quedar atrapada en un bloque de ámbar solidificado era tan opresiva que se movió de inmediato hacia delante, casi arrastrando a lord John con ella.

El depósito estaba casi lleno de formas abultadas. Barriles de alquitrán que chorreaban en los rincones más lejanos y estantes de madera junto a las puertas dobles que sostenían barriles de coñac y ron, listos para rodar por las rampas que conducían al muelle donde aguardaban las barcazas.

La sombra del soldado Hodgepile se estrechaba y encogía a medida que pasaba entre las enormes hileras de barriles y cajas. Sus pasos quedaban amortiguados por una gruesa capa de serrín en el suelo.

—... deben tener cuidado con el fuego de la lámpara... —Su voz aguda flotaba hasta alcanzarla, y vio que su mano pálida hacía un gesto—. Aunque no hay peligro aquí abajo...

El depósito estaba construido frente al río para facilitar la carga. El pavimento de la parte anterior era de madera. Sin embargo, en la parte posterior había sido sustituido por ladrillo. Brianna sintió el cambio del eco de los pasos al cruzar el límite.

—No tardarán mucho, ¿verdad, señor?

—Sólo lo necesario —respondió lord John. Cogió la lámpara y esperó a que el soldado levantara la trampilla. El corazón de Brianna latía con fuerza; podía sentir cada latido como un golpe en el pecho.

Ante ellos apareció una escalera de ladrillo. Hodgepile sacó unas llaves, las contó bajo la luz del farol y se aseguró de que tenía la correcta antes de descender. Observó dubitativamente a Brianna, y luego les hizo un gesto para que lo siguieran.

—Es una suerte que las hayan hecho lo bastante anchas para que pasen los barriles —murmuró Brianna, apoyándose en el brazo de lord John para descender.

Se dio cuenta de por qué el guardia no se preocupaba por el fuego en aquella parte. El aire era tan húmedo que no le hubiera extrañado ver hongos por las paredes. Podía oír el sonido del agua goteando y la luz del farol brillaba al reflejarse sobre los ladrillos húmedos. Las cucarachas huían de la luz y el aire olía a moho.

Le vino a la mente el laboratorio de penicilina de su madre y, al pensar en ella, sintió un nudo en la garganta. Pero allí estaban, y no podía distraerse de lo que estaba haciendo.

Mientras el guardia luchaba con la llave, Brianna sintió una ola de pánico. No tenía ni idea de qué decir o hacer. ¿Qué estaba haciendo allí?, se preguntaba.

Cuando finalmente la puerta se abrió, lord John le apretó el brazo para infundirle valor. Respiró hondo, inclinó la cabeza y entró.

Estaba sentado en un banco en el otro extremo de la celda, con los ojos fijos en la puerta. Era evidente que esperaba a alguien, ya que había oído los pasos en el exterior, pero no a ella. Se agitó sorprendido y el verde de sus ojos brilló al entrar en contacto con la luz.

Oyó un ruido metálico y recordó que estaba encadenado, lo que le proporcionó cierta confianza. Brianna cogió el farol que le entregaba el soldado y cerró tras de sí. Se apoyó en la puerta de madera, examinándolo en silencio. Parecía menos corpulento. Tal vez fuera porque ahora ella estaba enorme.

—¿Sabe quién soy? —Era una celda diminuta de techo bajo, sin eco. Su voz sonaba baja, pero clara.

Movió la cabeza y la recorrió con la mirada.

—No creo que lo sepa aunque me digas tu nombre, cariño.

—¡No me llame así! —La ráfaga de furia que sintió la cogió por sorpresa, y la reprimió, cerrando los puños detrás de ella. Había ido con la intención de perdonarlo, y ése no era un buen comienzo.

—Como quieras —dijo, con frialdad, pero sin enfado—. No, no sé quién eres. Conozco tu rostro... y otras cosas —sus dientes brillaron sobre su rubia barba—, pero no tu nombre. Supongo que me lo dirás, ¿no?

—¿Me reconoce?

Inspiró profundamente y espiró con los labios fruncidos, observándola con detenimiento. Tenía mal aspecto, pero aquello no le restaba ni un ápice de seguridad.

—Claro que sí. —Parecía divertido y tuvo ganas de cruzar la celda para abofetearlo. En su lugar, respiró profundamente. Fue un error, porque aspirar el olor del hombre le provocó una arcada súbita y violenta. No se había descompuesto antes, pero el olor de Bonnet le trajo a la memoria todos los recuerdos. Se dio la vuelta y vomitó bilis y comida sin digerir sobre el suelo húmedo de ladrillo.

Apoyó la frente en la pared, con escalofríos. Por último, se secó la boca y se dio la vuelta.

Seguía sentado, observándola. Brianna había dejado el farol en el suelo. Emitía un destello amarillo hacia arriba y trazaba su rostro sobre las sombras que había detrás de él. Parecía un animal encadenado en su jaula. Sus ojos, de un verde pálido, sólo mostraban cautela.

—Mi nombre es Brianna Fraser.

Asintió repitiéndolo.

—Brianna Fraser. Un bonito nombre. —Le lanzó una pequeña sonrisa con los labios apretados—. ¿Y?

—Mis padres son James y Claire Fraser. Le salvaron la vida y usted les robó.

—Sí.

Lo dijo con total naturalidad y ella lo observó. Él le devolvió la mirada.

Sintió una imperiosa necesidad de reír, tan inesperada como las náuseas. ¿Qué esperaba? ¿Remordimientos? ¿Disculpas de un hombre que tomaba las cosas porque las deseaba?

—Si vienes con la esperanza de recuperar las joyas, me temo que llegas tarde —dijo con amabilidad—. Vendí una para comprar un barco y las otras dos me las robaron. Tal vez creas que fue justo.

Ella tragó y sintió el sabor a bilis.

—¿Robadas? ¿Cuándo?

Roger le había dicho: «No te preocupes por el hombre que las tiene, seguro que se las robó a otro.»

Bonnet se movió en el banco de madera y se encogió de hombros.

—Hace unos cuatro meses. ¿Por qué?

—Por nada. —Si había sido Roger, eran las piedras que les hubieran permitido cruzar a salvo. Un pobre consuelo.

—También había un anillo, ¿no? Pero ése te lo llevaste tú. —Sonrió mostrando los dientes.

—Pagué por ese anillo. —Una mano se movió de manera inconsciente a su vientre, redondo y tenso como un balón de baloncesto bajo su capa.

—¿Qué negocios hay entre nosotros entonces, cariño? —La miró con curiosidad.

Esta vez respiró hondo por la boca.

—Me han dicho que le van a colgar.

—Me han anunciado lo mismo. —Se movió de nuevo en el banco de madera. Estiró la cabeza hacia un lado para aliviar los músculos del cuello y la miró de reojo—. No habrás venido por lástima. No, no lo creo.

—No —dijo, mirándolo pensativa—. Para ser sincera, le diré que voy a descansar mucho más tranquila una vez que esté muerto.

La contempló durante un instante y empezó a reírse a carcajadas mientras las lágrimas descendían por las mejillas. Se las secó con indiferencia, inclinando la cabeza para frotarse la cara con el hombro; luego se enderezó, todavía con una sonrisa en la cara.

—¿Qué quieres de mí entonces?

Abrió la boca para responder y, de pronto, la unión entre ellos desapareció. Ella no se había movido, pero era como si hubiera dado un paso, cruzando un abismo. Ahora estaba a salvo y sola, en una bendita soledad. Ya no podía llegar hasta ella.

—Nada —dijo con voz clara—. No quiero nada de usted. He venido para darle algo.

Se abrió la capa y se pasó las manos por el vientre. El pequeño habitante se estiró y giró, acariciando a ciegas la mano y el útero, de una manera íntima y abstracta.

—Es suyo.

Bonnet pasó la vista por el vientre y luego la miró a ella.

—Ya ha habido otras prostitutas que han tratado de que cargara con sus hijos —anunció sin maldad, pero su mirada era distinta.

—¿Cree que soy una prostituta? —No le importaba si lo creía o no, aunque dudaba de que lo creyera—. No tengo motivos para mentir. Ya se lo he dicho, no quiero nada de usted.

Cerró la capa en un gesto de protección. Entonces se irguió y sintió que el dolor de su espalda se aliviaba con el movimiento. Ya lo había hecho. Podía irse.

—Va a morir. —Le sorprendió descubrir que sentía cierta piedad por aquel hombre—. Si le resulta más fácil saber que deja a alguien en la Tierra, le gustará saberlo. Yo ya he terminado con usted.

Al volverse para coger el farol le sorprendió ver la puerta entornada. No tuvo tiempo de enfadarse con lord John por espiarla, porque la puerta se abrió del todo.

—Bueno, ha sido un bonito discurso —dijo el sargento Murchison. Luego sonrió, levantando la culata del mosquete a la altura de su vientre—. Pero yo no puedo decir que haya terminado contigo.

Brianna dio un paso atrás y agitó el farol ante la cabeza del hombre, en un gesto de defensa. El sargento agachó la cabeza con un grito de alarma y la agarró de la muñeca, antes de que lo pudiera golpear con el farol.

—¡Diablos, ha estado cerca! Eres rápida, muchacha, aunque no tanto como un buen sargento. —Murchinson cogió la lámpara y le soltó la muñeca.

—No estaba encadenado —dijo estúpidamente Brianna. Se dio cuenta de lo que ocurría y se dio la vuelta para tratar de alcanzar la puerta. Murchison la amenazó con el mosquete cerrándole el camino, pero no antes de que pudiera ver el pasillo, en el que había una figura tirada boca abajo sobre los ladrillos—. Lo ha matado —susurró. Sus labios estaban entumecidos por la conmoción y se estremeció por el terror—. Mierda, lo ha matado.

—¿A quién han matado? —Bonnet levantó la lámpara para poder ver una cabeza rubia manchada de sangre—. ¿Quién diablos es ése?

—Un entrometido —contestó Murchinson bruscamente—. ¡Vamos! No hay tiempo que perder. Ya me he encargado del guardia y las mechas están encendidas.

—¡Espera! —Bonnet miraba al sargento y a Brianna con el rostro pensativo.

—No hay tiempo. —El sargento levantó su arma—. No te preocupes, nadie los encontrará.

Brianna podía oler el azufre de la pólvora en el arma. El sargento se llevó el arma al hombro y se volvió hacia ella, pero no había espacio para apuntar a causa del vientre de Brianna. Gruñó irritado y levantó el mosquete para pegarle con la culata. Brianna aferró el cañón sin darse cuenta de lo que hacía. Pareció que todo se movía con lentitud. Murchison y Bonnet permanecieron petrificados y ella sintió como si viera la escena desde fuera.

Le arrebató el mosquete a Murchison como si fuera un palo de escoba, lo levantó y lo dejó caer. El impacto vibró en sus brazos y hasta en su cuerpo; todo él vibró como si alguien hubiera encendido un interruptor y enviara una corriente a través de ella.

Ante sus ojos vio cómo cambiaba el rostro de aquel hombre, pasando de una expresión de asombro a otra de horror y, por último, a la de inconsciencia, tan poco a poco que pudo contemplar de manera vívida los cambios de su cara. Un diente amarillo mordía un labio grueso, casi en un gesto de burla, y las manchas de sangre iban apareciendo en su sien, como nenúfares japoneses que florecían en un campo azul.

Estaba totalmente tranquila. No era más que un resto de la antigua ferocidad que los hombres llaman maternidad, que confunden su ternura con la debilidad. Se miró las manos y sintió el poder que recorría su cuerpo, desde las piernas y la espalda, hasta las muñecas, los brazos y los hombros. Se dio la vuelta lentamente y, aunque el hombre todavía no había alcanzado el suelo, lo golpeó otra vez.

Una voz repetía una y otra vez su nombre.

—¡Detente! ¡Mujer... Brianna... detente!

Unas manos la agarraron por los hombros sacudiéndola. Se liberó de ellas todavía con el arma en la mano.

—¡No me toque! —dijo.

El hombre retrocedió mirándola con sorpresa, y tal vez con miedo. ¿Miedo de ella? ¿Por qué iba a tener miedo de ella? Le estaba hablando, podía ver cómo movía los labios, pero no oía las palabras. La corriente se estaba apagando y estaba mareada.

Entonces, el tiempo comenzó a avanzar de nuevo. Le temblaban los músculos, ya que todas sus fibras se habían tornado de gelatina. Apoyó el cañón para sujetarse.

—¿Qué ha dicho?

—¡He dicho que no podemos perder el tiempo! ¿No has oído que decía que las mechas estaban encendidas? —preguntó con impaciencia.

—¿Qué mechas? ¿Por qué? —Vio que su mirada se dirigía a la puerta que se encontraba detrás de ella. Antes de que él pudiera moverse, se colocó ante la puerta levantando el extremo del arma. El hombre dio un paso atrás y chocó con el banco. Se desplomó y golpeo las cadenas sujetas a la pared; los grilletes vacíos repiquetearon en contacto con el ladrillo.

Comenzaba a sentir la conmoción, pero el recuerdo de la corriente eléctrica aún le recorría la columna y hacía que permaneciera erguida.

—¿No pensarás matarme? —Trató de sonreír, pero el pánico asomó a sus ojos. Ella había dicho que descansaría más tranquila después de su muerte.

«La libertad es difícil de conseguir, pero nunca es fruto del asesinato.» Ahora tenía la libertad en sus manos y no iba a perderla por él.

—No —contestó, con la culata firmemente apoyada en su hombro—. Pero le dispararé en las rodillas y lo dejaré aquí si no me dice ahora mismo qué diablos ocurre.

Bonnet se movió mientras sus ojos claros la examinaban. Brianna bloqueaba la puerta, ya que la ocupaba del todo. Observó la duda en su postura y el movimiento de sus hombros, como si pensara esquivarla, y amartilló el arma con un sonoro *clic*.

Estaba a dos metros de la boca del arma, demasiado lejos como para arrebatársela. Un movimiento y apretaría el gatillo. Él sabía que no fallaría. Se encogió de hombros.

—El depósito de arriba está lleno de pólvora —dijo, hablando con rapidez para acabar cuanto antes—. No sé cuándo, pero estallará. ¡Salgamos de aquí!

—¿Por qué? —Le sudaban las manos, pero sujetaba el arma con fuerza. El niño se movía para recordarle que ella tampoco tenía mucho tiempo. Pero podía arriesgar un minuto para saber la verdad, por la memoria de John Grey, que estaba tirado en el pasillo—. ¡Han matado a un buen hombre y quiero saber por qué!

Bonnet hizo un gesto de frustración.

—¡Contrabando! El sargento y yo éramos socios. Yo le traía productos de contrabando mucho más baratos y él les ponía el sello de la Corona. Él robaba los productos legales, yo los vendía a buen precio y lo repartía con él. —Casi bailaba de impaciencia.

—Sigue hablando.

—Un soldado, Hodgepile, estaba haciendo demasiadas preguntas. Murchison no sabía si se lo había contado a alguien, pero no era prudente esperar, y menos aún después de que me capturaran. El sargento sacó los barriles de licor y los sustituyó por otros de trementina. Al incendiarse, nadie podrá decir que no era coñac. No hay pruebas del robo. Eso es todo. ¡Ahora, déjame salir!

—Muy bien. —Bajó el arma un poco sin dejar de apuntarle—. ¿Y qué pasa con él? —Hizo un gesto hacia el sargento Murchison, que comenzaba a despertarse.

—¿Qué pasa con él? —La miró inexpresivo.

—¿No lo va a llevar con usted?

—No. —Avanzó de manera furtiva, buscando la manera de huir—. Mujer, déjame ir y vente tú también. Hay media tonelada de alquitrán y trementina arriba. ¡Va a estallar todo!

—Pero ¡está vivo! ¡No podemos dejarlo aquí!

Bonnet la miró con exasperación, cruzó la estancia en dos zancadas, se inclinó, sacó la daga del cinturón del sargento y le cortó la garganta, justo por encima del corbatín. El chorro de sangre empapó la camisa de Bonnet y salpicó la pared.

—Ya está —dijo, enderezándose—. Ya está muerto. Déjalo.

Dejó caer la daga, la hizo a un lado y salió al pasillo. Brianna comenzó a temblar a causa de la conmoción. Oía cómo se alejaban los pasos de Bonnet mientras contemplaba el cuerpo de John Grey. Estremecida por la aflicción, su vientre se contrajo y su abdomen sobresalió como si se hubiera tragado una pelota de baloncesto. Se quedó sin respiración, incapaz de moverse.

«No —pensó en el niño que tenía en su interior—. No puedo dar a luz. Estoy convencida de que no estoy dando a luz. Quédate ahí. Ahora no tengo tiempo.»

Dio unos pasos por el pasillo y se detuvo. No, debía estar segura. Se volvió y se arrodilló ante el cuerpo de Grey. Estaba inmóvil y, desde el primer momento en el que había visto su cuerpo allí tendido, parecía muerto.

Se inclinó hacia delante, pero no podía alcanzarlo debido al bulto de su vientre. En cambio, lo agarró del brazo y trató de darle la vuelta. Era un hombre pequeño y de huesos finos, pero resultaba demasiado pesado. Movió su cuerpo, que rodó flácido hacia ella con la cabeza colgando, y se le cayó el alma a los pies otra vez al ver sus ojos medio cerrados y la boca floja. No obstante, buscó el pulso en la garganta. ¿Dónde diablos estaba? Había visto cómo su madre lo hacía en urgencias; era más fácil de encontrar que en la muñeca, decía, pero no podía hallarlo. ¿Cuánto tiempo faltaría para que todo aquello estallara?

Se pasó un pliegue de la capa por su rostro pegajoso, intentando pensar. Miró atrás, tratando de calcular la distancia que había hasta las escaleras. ¿Podría intentarlo, incluso sola? La idea de llegar al almacén de arriba mientras todo estallaba...

Lanzó una mirada hacia arriba, volvió a su tarea y lo intentó una vez más, echándole la cabeza atrás. ¡Allí estaba! Podía ver la maldita vena bajo su piel... Era allí donde debía estar el pulso, ¿no?

Por un instante, no estuvo segura de sentirlo; quizá sólo fuera el martilleo de su propio corazón, que latía bajo sus dedos. Pero no, encontró un débil latido. Podía estar muriéndose, pero todavía vivía.

—Casi —murmuró—, pero aún no.

Estaba demasiado asustada para sentir alivio. Ahora tenía que sacarlo también a él. Se puso en pie y se agachó para agarrarlo de los brazos y arrastrarlo.

Entonces recordó lo que había visto justo antes de que le entrara el pánico.

Se volvió y se apresuró pesadamente a la celda. Evitando mirar el montón rojo del suelo, cogió el farol y lo sacó de nuevo al pasillo. Lo levantó para que iluminara el techo de ladrillo. Sí, tal vez tuviera razón.

El techo era de ladrillos que, desde el suelo, formaban arcos a ambos lados del pasillo. Nichos de almacenamiento y celdas. No obstante, sobre los arcos había robustas vigas de veinte centímetros construidas a base de pino. Encima, había unas planchas gruesas y, sobre éstas, una capa de ladrillos que constituía el suelo del almacén.

Bonnet había dicho que estallaría... pero ¿era cierto? La trementina ardía y, si estaba bajo presión, podía estallar, pero no como una bomba. Mechas. Mechas en plural. Mechas largas que iban hasta la pólvora, que era el único explosivo que tendría Murchison, pero no de gran potencia.

Ésta podía estallar en varios lugares e incendiar los barriles cercanos, que arderían despacio. Había visto a Sinclair hacer barriles como aquéllos. Las duelas eran gruesas y herméticas. Recordó el olor mientras caminaban por el almacén; sí, probablemente, Murchison había abierto algunos barriles y había dejado que saliera la trementina para que prendiera con el fuego.

Los barriles se quemarían, pero sin explotar, y, si lo hacían, no sería al mismo tiempo. Su respiración se tranquilizó y comenzó a hacer cálculos. No era una bomba, sino, tal vez, una ristra de petardos.

Respiró hondo, tanto como pudo, incluso con Osbert en su interior, y se puso las manos sobre el vientre mientras sentía que su ritmo cardíaco comenzaba a reducirse.

Aunque explotaran algunos barriles, la fuerza de la detonación sería hacia arriba y hacia el exterior, contra las finas paredes de madera y el techo. Muy poca fuerza se dirigiría hacia abajo. Estiró una mano y empujó una viga, tranquilizándose al ver su fuerza.

Luego se sentó en el suelo, con las faldas hinchadas a su alrededor.

—Creo que toda irá bien —susurró, no demasiado segura de si le hablaba a John, al niño o a ella misma.

Se acurrucó, temblando por el alivio, y luego se puso de rodillas para atender a Grey. Aún estaba intentando rasgar parte de sus enaguas, cuando oyó pasos. Eran rápidos, casi como si alguien corriera, pero no procedían de la escalera, sino del otro lado. Tras ella apareció Stephen Bonnet en la oscuridad.

—¡Corre! —gritó—. ¿Por qué no sales?

—Aquí es más seguro. —Había dejado el mosquete en el suelo, junto al cuerpo de Grey; se agachó, lo levantó y se lo apoyó en el hombro—. Váyase.

La contempló, boquiabierto.

—¿Seguro? ¡Mujer, estás loca! ¿No has oído lo que ha dicho...?

—Sí, pero estaba equivocado. No explotará y, si sucede, aquí estaremos más seguros.

—¡Al diablo! Aunque no se caiga el sótano, ¿qué pasará cuando el fuego incendie el techo?

—No puede, es de ladrillo. —Lo miró con la barbilla erguida, sin alejar la mirada de él.

—Aquí sí, pero en la parte delantera es de madera. Se quemará y luego se desplomará. No sostendrá el techo. ¿Y qué ocurrirá cuando entre el humo?

Sintió una fuerte náusea.

—¿No está abierto? ¿El sótano está cerrado? ¿El otro extremo del pasillo no está abierto? —Ya sabía la respuesta. Él había corrido hacia aquel lado, no hacia las escaleras.

—¡Sí! ¡Ahora ven! —Trató de cogerla del brazo, pero se apartó apuntándolo con el arma.

—No me voy sin él. —Se mojó los labios, haciendo un gesto hacia el suelo.

—¡Ese hombre está muerto!

—¡No! ¡Levántelo!

Una mezcla de furia y asombro pasaron por el rostro de Bonnet.

—¡Levántelo! —repitió con furia.

Bonnet se quedó inmóvil, mirándola. Muy poco a poco, Bonnet se agachó, levantó a John Grey y lo cargó sobre los hombros.

—Vamos, entonces. —Y sin decir nada, avanzó por la oscuridad. Brianna vaciló un momento, luego cogió el farol y lo siguió.

Olió el humo a quince metros. El pasillo de ladrillos no era recto; se bifurcaba, giraba y abarcaba las diversas divisiones de la bodega. No obstante, se inclinaba constantemente hacia abajo, hacia la orilla del río. El olor a humo aumentaba a medida que descendía; una capa de niebla acre circulaba con pereza a su alrededor, visible a la luz del farol.

Brianna contuvo la respiración, intentando no inspirar el humo. Bonnet se movía más rápido que ella pese al peso de Grey; casi no podía seguirlo, con el peso del mosquete y el farol. No obstante, tampoco iba a dejarlos. Su vientre se tensó otra vez, y la dejó sin aliento.

—¡He dicho que todavía no! —murmuró con los dientes apretados.

Tuvo que detenerse un instante; Bonnet había desaparecido en la niebla. Sin embargo, era evidente que se había dado cuenta de que no había luz, ya que lo oyó gritar más adelante.

—¡Mujer! ¡Brianna!

—¡Ya voy! —contestó, y se apresuró tambaleando, sin pretender mantener la elegancia. El humo era mucho más denso y podía oír un suave crujido a lo lejos... ¿Arriba? ¿Delante de ellos?

Jadeaba pese al humo. Inspiró un poco y olió el agua. Humedad y barro, hojas muertas y aire fresco que cortaban el humo como un cuchillo.

Se veía un suave resplandor, que aumentaba a medida que se aproximaban, lo que minimizaba la luz del farol. Entonces vio un cuadrado oscuro delante. Bonnet se volvió y la agarró del brazo, sacándola al exterior.

Estaban debajo del muelle, pensó Brianna al ver cómo el agua brillaba sobre sus cabezas. El brillo procedía de arriba, igual que el crujido de la llama. Bonnet no se detuvo ni la soltó, la empujó hacia la hierba y el barro de la orilla. La soltó un poco después, pero ella lo siguió, jadeando, resbalando y tropezando con los bajos húmedos de sus faldas.

Por fin se paró bajo unos árboles. Se inclinó, deslizó el cuerpo de Grey en la tierra y permaneció en aquella posición hasta que recuperó el aliento.

Brianna se dio cuenta de que podía ver con claridad a los dos hombres; era capaz de ver hasta el último retoño de cada rama del árbol. Se dio la vuelta y vio cómo el depósito ardía como una calabaza de Halloween y las llamas ascendían por las paredes. Las enormes puertas estaban entornadas; mientras observaba, un golpe de aire caliente abrió por completo una de ellas, y pequeñas lenguas de fuego comenzaron a extenderse por el muelle, engañosamente pequeñas y juguetonas.

Sintió una mano en el hombro; al darse la vuelta se encontró con la cara de Bonnet.

—Tengo un barco esperándome río arriba. ¿Quieres venir conmigo?

Brianna negó con la cabeza. Todavía tenía el arma, pero ya no la necesitaba. Él ya no era una amenaza para ella.

Aun así, no se marchó, sino que se quedó mirándola, con el ceño un poco fruncido. Tenía la cara demacrada, vacía y en penumbra debido al fuego lejano. La superficie del río estaba en llamas y las pequeñas lenguas de fuego titilaban en el agua oscura sobre una mancha de trementina.

—¿Es verdad? —preguntó con brusquedad Bonnet. Sin pedir permiso, puso las manos sobre su vientre. Se tensó bajo su mano, redondeándose en otro apretón indoloro, y un gesto de sorpresa cruzó su cara.

Brianna se hizo a un lado y se cubrió con la capa. Asintió sin poder hablar.

Le levantó la barbilla y la miró a la cara. Quizá para asegurarse de su sinceridad. Entonces la soltó y se metió un dedo en la boca para buscar algo.

Le cogió la mano y le dejó algo húmedo y duro sobre la palma.

—Para que lo mantengas —dijo, y sonrió burlón—. ¡Cuídalo, cariño! —Y desapareció por la orilla, como un demonio en medio del fuego. La trementina que fluía en el agua había prendido y las fuertes llamaradas escarlatas se disparaban hacia arriba, como columnas flotantes de fuego que iluminaban la orilla como si fuera de día.

Levantó el mosquete con el dedo en el gatillo. No estaba a más de veinte metros, un blanco perfecto. «No por tu mano.» Bajó el arma y dejó que se marchara.

El depósito estaba en llamas y el calor le sonrojaba las mejillas y le rizaba el cabello.

«Tengo un barco esperándome río arriba», había dicho. Lanzó una mirada al resplandor. El fuego ocupaba casi todo el río de orilla a orilla, en un jardín ardiente de llamas. Nada atravesaría aquella pared cegadora de luz.

Todavía tenía el puño cerrado con el objeto que le había dado. Abrió la mano y miró el húmedo diamante negro que el fuego iluminaba, haciendo que sus facetas brillaran con tonos rojizos.

DUODÉCIMA PARTE

Je t'aime

63

Perdón

River Run, mayo de 1770

—¡Es la mujer más testaruda que he conocido en mi vida!
—Brianna entró en la habitación como un barco a toda vela y se
dejó caer en el sofá, al lado de la cama.

Lord John Grey abrió un ojo bajo el turbante de vendajes.

—¿Tu tía?

—¿Quién, si no?

—Tienes un espejo en tu dormitorio, ¿no? —Su boca se curvó formando una sonrisa y ella acabó imitándolo.

—Es por su maldito testamento. Le he dicho que no quería
River Run, que no voy a ser la propietaria de ningún esclavo,
pero ella no quiere cambiarlo. Simplemente sonríe como si yo
fuera una niña de seis años que tuviera un berrinche, y luego me
dice que con el tiempo me alegraré. ¡Alegrarme! —Resopló y se
acomodó en el sillón—. ¿Qué puedo hacer?

—Nada.

—¿Nada? —Pagó su disgusto con él—. ¿Cómo no voy a hacer nada?

—Para empezar, me sorprendería mucho que tu tía no fuera
inmortal. Muchos miembros de esa particular raza de escoceses
parecen serlo. Sin embargo —agitó la mano para descartar la
idea—, si no lo es y ella persiste en su idea de que puedes ser una
buena dueña de River Run...

—¿Qué te hace pensar que no puedo serlo? —preguntó con
su orgullo herido.

—No puedes dirigir una plantación de este tamaño sin esclavos y no quieres tenerlos por cuestiones de conciencia, o eso
es lo que me has dado a entender. Aunque nunca he visto una
cuáquera más extraña. —Entornó su ojo abierto, haciendo un
gesto hacia el enorme vestido de muselina a rayas moradas que
la cubría—. Volviendo al tema, si eres la propietaria de los

esclavos, siempre podrás hacer algún tipo de arreglo para liberarlos.

—No en Carolina del Norte. La Asamblea...

—No, no en Carolina del Norte —intervino, y continuó con paciencia—. Pero si surge la ocasión y te encuentras en posesión de los esclavos, puedes vendérmelos a mí.

—Pero eso...

—Yo los llevaría a Virginia, donde la emancipación está mucho menos controlada. Cuando sean libres, me devuelves el dinero. Por entonces no te quedará nada, lo que parece que es tu principal deseo, además de evitar cualquier posibilidad de ser feliz, al esforzarte por no casarte con el hombre que amas, por ejemplo.

Agarró un puñado de muselina, frunciendo el ceño al ver el enorme zafiro que brillaba en su mano.

—Prometí que primero lo escucharía. —Miró a lord John—. Aunque sigo diciendo que es un chantaje sentimental.

—Mucho más efectivo que otros. Casi vale la pena romperse la cabeza para poder dominar a una Fraser.

Brianna pasó por alto el comentario.

—Sólo he dicho que escucharía a Roger. Todavía pienso que cuando lo sepa todo no querrá... no podrá. —Puso una mano sobre su enorme vientre—. Tú no podrías, ¿no? Me refiero a hacerte cargo de un hijo que no es tuyo.

Lord John hizo una mueca y se acomodó en la cama.

—¿Por el bien de sus padres? Supongo que sí. —Abrió los ojos y la miró sonriendo—. En realidad, es lo que he estado haciendo.

Ella se quedó inexpresiva durante un instante, antes de que una oleada de rubor la recorriera desde el escote de su corpiño. Era encantadora cuando se sonrojaba.

—¿Te refieres a mí? Bueno, sí, pero... quiero decir... yo no soy una niña y no tienes que reclamarme como propia. —Le lanzó una mirada directa que contrastaba con el rubor de sus mejillas—. Y espero que no lo hagas, sobre todo por mi padre.

Se quedó inmóvil un instante y le apretó la mano.

—No, no es eso. —Y dejó escapar un gruñido.

—¿Te encuentras mal? —preguntó nerviosa—. ¿Quieres que te traiga algo? ¿Té? ¿Una cataplasma?

—No, es el maldito dolor de cabeza. La luz me molesta.

Cerró los ojos de nuevo.

—Dime —prosiguió, con los ojos cerrados—. ¿Por qué estás tan convencida de que un hombre no puede querer a un niño salvo que sea de su sangre? Cuando he dicho que lo había hecho, no me refería a ti. Mi hijo, mi hijastro, es el hijo de la hermana de mi difunta esposa. Por un trágico accidente, sus padres murieron con un día de diferencia. Mi esposa Isobel y sus padres lo criaron desde que nació. Yo me casé con Isobel cuando Willie tenía seis años. Como ves, no existen lazos de sangre entre nosotros y, sin embargo, nadie puede dudar de mi afecto hacia él, ni decir que no es mi hijo, porque le pediría cuentas por ello.

—Ya veo —dijo un momento después—. No lo sabía. —Lord John abrió un párpado; Brianna, pensativa, jugaba con su anillo—. Creo... —comenzó, y le lanzó una mirada— creo que no estoy tan preocupada por Roger y el niño. Para ser sincera...

—No podría ser de otra manera —murmuró.

—Para ser sincera —continuó, fulminándolo con la mirada—, creo que me preocupa más lo que ocurra entre nosotros, entre Roger y yo. —Vaciló y siguió hablando—. Yo no sabía que Jamie Fraser era mi padre; de hecho, no lo supe hasta que fui mayor. Después del Alzamiento, mis padres se separaron, cada uno pensó que el otro había muerto y por eso mi madre se casó de nuevo. Creía que Frank Randall era mi padre y no descubrí la verdad hasta después de su muerte.

—¡Ah! —La observó con creciente interés—. ¿Y ese Randall fue cruel contigo?

—¡No! Él fue... maravilloso. —Se le quebró la voz y tosió—. No, fue el mejor padre que pude haber tenido. Pensaba que mis padres eran un matrimonio feliz. Se preocupaban el uno por el otro y se respetaban; bueno, yo creía que todo iba bien.

Lord John se rascó los vendajes. El médico le había rasurado la cabeza, lo cual, además de herir su vanidad, le producía picores.

—No veo la diferencia con tu situación actual.

Brianna suspiró.

—Entonces mi padre murió y... descubrimos que Jamie Fraser todavía vivía. Mi madre vino a reunirse con él y tras ella llegué yo. Y... era diferente, lo noté cuando vi cómo se miraban el uno al otro. Nunca había visto una mirada así entre Frank Randall y ella.

—Ah, sí.

Lo invadió una ligera desolación. Él había visto aquella mirada un par de veces. La primera vez deseó con desesperación clavar un cuchillo en el corazón de Claire.

—¿Sabes lo raro que es? —preguntó Grey—. ¿Esa pasión mutua? —La pasión procedente de una sola de las partes era bastante habitual.

—Sí. —Se había girado un poco, con el brazo extendido sobre el respaldo del sofá, y miraba más allá de las puertas que daban al jardín, a los florecientes parterres de flores primaverales—. Lo que pasa es que... creo que la sentí —dijo, en voz muy baja—. Por muy poco tiempo, demasiado poco. —Volvió la cabeza y lo miró, dejando que viera a través de sus ojos—. Si la perdí, quiere decir que la tuve. Podré vivir con ella o sin ella. Pero no voy a vivir con una imitación. No lo podría soportar.

—Puede que de todas formas me consigas. —Brianna le colocó la bandeja del desayuno y se desplomó en el sillón, haciendo que sus articulaciones gimieran.

—No juegues con un hombre enfermo —dijo, levantando una tostada—. ¿A qué te refieres?

—Drusus ha llegado corriendo a la cocina avisando de la llegada de dos jinetes a los campos de Campbell. Dice que uno es mi padre: un hombre grande con el pelo rojizo. Dios sabe que no hay muchos como él.

—No, no muchos. —Grey sonrió, recorriéndola con la mirada—. ¿Así que dos jinetes?

—Tienen que ser Pa y mi madre. No encontrarían a Roger. O lo hicieron y no quiso venir —dijo jugando con el zafiro de su dedo—. ¡Qué suerte que tengo este refugio!

Lord John parpadeó y trató de tragar el bocado de tostada.

—Si con esa extraordinaria metáfora quieres decir que intentas casarte conmigo, te aseguro que...

—No. —Le dirigió una sonrisa de indiferencia—. Era una broma.

—Ah, bueno. —Tomó un sorbo de té, cerrando los ojos para disfrutar mejor el aroma—. Dos jinetes. ¿No fue con ellos tu primo?

—Sí —dijo lentamente—. Espero que no le haya sucedido nada a Ian.

—Pueden haber ocurrido muchas cosas que obligaran a tu madre y a tu primo a emprender el viaje después que tu padre y MacKenzie. O para que tu primo y MacKenzie vengan detrás de tus padres.

Hizo un gesto que indicaba innumerables posibilidades.

—Supongo que tienes razón.

Aún parecía algo aturdida, y Lord John sospechaba que tenía motivos. Las posibilidades tranquilizadoras estaban muy bien a corto plazo, pero a la larga, solían prevalecer las probabilidades más frías... y quienquiera que acompañara a Jamie Fraser llegaría pronto con respuestas a todas las preguntas.

Grey apartó la bandeja y se recostó sobre las almohadas.

—¿Dime... hasta dónde llegan tus remordimientos por haber provocado el incidente que casi me cuesta la vida?

—¿Qué quieres decir? —Se ruborizó incómoda.

—Si te pido que hagas algo que no deseas hacer... ¿tu sentido de culpa y obligación te empujará a hacerlo?

—Un chantaje. ¿De qué se trata? —preguntó cautelosa.

—Perdona a tu padre. No importa lo que haya sucedido.

Gracias al embarazo, su complexión era mucho más delicada y las emociones se hacían patentes en su piel. Tan sólo tocarla dejaría un hematoma.

Grey estiró la mano y le acarició la mejilla.

—Tanto por tu bien como por el de él.

—Ya lo he hecho. —Bajó la mirada, con las manos inmóviles en el regazo y el zafiro brillando en su dedo.

El sonido de los cascos de los caballos llegó desde el exterior, repiqueteando sobre la entrada de gravilla.

—Entonces, creo que será mejor que vayas y se lo digas, querida.

Se mordió los labios y asintió. Sin decir una palabra más, se puso en pie y desapareció como una nube de tormenta en el horizonte.

—Cuando oímos que venían dos jinetes y uno de ellos era Jamie, temimos que le hubiera pasado algo a su sobrino o a MacKenzie. De alguna manera, a ninguno se nos ocurrió que le hubiera podido suceder algo a usted.

—Soy inmortal —murmuró Claire, mirando una y otra vez a sus ojos—. ¿No lo sabía? —Aflojó la presión de sus pulgares sobre los párpados de Grey, quien parpadeó, todavía sintiendo su tacto—. Tiene un ligero alargamiento de una pupila, pero es muy pequeño. Oprima mis dedos lo más fuerte que pueda. —Extendió los índices y él obedeció, asombrado de su escasa fuerza.

—¿Encontraron a MacKenzie? —Le molestaba no poder controlar su curiosidad.

Ella le lanzó una mirada rápida con sus ojos de color del jerez y volvió a fijar su atención en las manos de lord John.

—Sí. Ya vendrá. Un poco más tarde.

—¿Ah, sí? —Captó el tono de la pregunta y vaciló, luego lo miró directamente.

—¿Qué es lo que sabe?

—Todo —respondió, y tuvo la momentánea satisfacción de ver que estaba asombrada. Entonces, curvó la boca.

—¿Todo?

—Lo suficiente —corrigió con sarcasmo—. Lo suficiente para preguntar si la afirmación de que MacKenzie regresará es algo que sabe o sólo su deseo de que ocurra.

—Llámelo fe. —Sin tan siquiera pedir permiso, le abrió la camisa de dormir, dejándole el pecho al descubierto. Enrolló una hoja de papel y apoyó un extremo del tubo en el pecho y colocó el oído en el otro extremo.

—¡Por favor, señora!

—Calle, no puedo oír —dijo haciendo gestos con una mano. Fue colocando el tubo en diferentes partes y le palpó el hígado—. ¿Ha hecho de vientre hoy? —preguntó, tocándole con familiaridad el abdomen.

—Me niego a contestar —respondió, y se cerró la camisa con dignidad.

Parecía más extravagante de lo habitual. La mujer de Jamie debía de tener más de cuarenta años, pero no mostraba signos de envejecimiento, salvo unas pequeñas arrugas junto a los ojos y mechones plateados en esa ridícula mata de pelo.

Estaba más delgada de lo que recordaba, aunque era difícil juzgar su figura vestida con la camisa y los calzones de cuero. Se notaba que había estado expuesta al sol, ya que tanto su rostro como sus manos estaban bronceados. Eso hacía que sus grandes ojos dorados parecieran más asombrosos cuando miraban del modo en que lo hacía ahora.

—Brianna me ha dicho que el doctor Fentiman le trepanó el cráneo.

Lord John se movió incómodo bajo las sábanas.

—Eso me han dicho. Entonces no era consciente de ello.

Claire le lanzó una pequeña sonrisa.

—Mejor. ¿Le importa que lo examine? Es por curiosidad —preguntó con una delicadeza desacostumbrada—. No es una necesidad médica. Nunca he visto una trepanación.

Lord John cerró los ojos en señal de rendición.

—Dejando a un lado el estado de mis tripas, no tengo secretos para usted, señora. —Torció la cabeza, indicando la ubicación del orificio bajo las vendas, y sintió sus dedos fríos bajo la venda, levantando la gasa y permitiendo que una corriente de aire le refrescara la cabeza caliente.

—¿Brianna está con su padre? —preguntó, todavía con los ojos cerrados.

—Sí. —Su voz se suavizó—. Me ha contado... nos ha contado... algunas de las cosas que hizo por ella. Muchas gracias.

Sus dedos abandonaron su piel y él abrió los ojos.

—Fue un placer estar a su servicio. Incluso con el cráneo perforado.

Sonrió un poco.

—Jamie vendrá a verlo después. Ahora está hablando con Brianna en el jardín.

—¿Están... de acuerdo? —preguntó con cierta ansiedad.

—Usted mismo lo puede comprobar. —Le pasó un brazo por la espalda y, con una fuerza sorprendente para una mujer de su tamaño, lo enderezó. Más allá de la balaustrada, vio a las dos figuras al fondo del jardín, con las cabezas juntas. Mientras observaban, se abrazaron y se separaron, riendo a causa del obstáculo que les suponía la figura de Brianna.

—Creo que hemos llegado justo a tiempo —murmuró Claire, observando a su hija con ojo experto—. No le falta mucho.

—Confieso que me alegro de su llegada —afirmó, dejando que lo volviera a acostar sobre la almohada—. Apenas sobreviví a la experiencia de ser la niñera de su hija, y me temo que tener que hacer de partera hubiera terminado conmigo.

—Casi me olvido. —Claire buscó en el bolsito de cuero de aspecto repugnante que le colgaba del cuello—. Brianna me ha dicho que se lo devolviera... ya no lo necesitará.

Levantó la mano y el brillante azul cayó sobre su palma.

—¡Me ha dado calabazas! —dijo con una sonrisa burlona.

64

El final del noveno mes

—Es como en el béisbol —le aseguré—. Largos períodos de aburrimiento, seguidos de tiempos cortos de intensa actividad.

Brianna rió y luego se detuvo bruscamente.

—Ah. Intensos. Sí, ah... —Le lanzó una sonrisa torcida—. Al menos en los partidos de béisbol puedes beber cerveza y comer perritos calientes cuando te aburres.

Jamie intervino, tan sólo haciendo caso a la parte de la conversación que era capaz de entender.

—Hay cerveza fresca en la despensa. ¿Quieres que te traiga un poco? —Miró ansioso a Brianna.

—No —contesté—, a menos que te la vayas a tomar tú. El alcohol no es bueno para el niño.

—Ah. ¿Y el perro caliente? —Se puso en pie y flexionó las manos; era evidente que iba a salir a cazar uno.

—Es una especie de salchicha que se mete en el pan —dije, frotándome el labio superior y haciendo esfuerzos para no reírme. Miré a Brianna—. No creo que quiera comer ahora. —Le habían aparecido pequeñas perlas de sudor en la frente y estaba pálida.

—Qué asco —contestó débilmente.

Tras interpretar correctamente el comentario, Jamie corrió a limpiarle el sudor de la cara y del cuello.

—Coloca la cabeza entre las rodillas.

Brianna lo miró indignada.

—No puedo poner... la cabeza... entre las rodillas —dijo con los dientes apretados. El espasmo cesó y el color volvió a sus mejillas.

Jamie nos miraba mientras fruncía las cejas con preocupación. Dio un paso hacia la puerta.

—Creo que será mejor que me vaya, así...

—¡No me dejes!

—Pero es que... quiero decir, tienes a tu madre y...

—¡No me dejes! —repitió. Agitada, se inclinó y lo agarró del brazo, sacudiéndolo con desesperación—. ¡No puedes hacerlo! Dijiste que no morirías. —Lo miraba fijamente—. Si te quedas estaré bien y no moriré. —Hablaba con tal fuerza que sentí un repentino espasmo de miedo en mi interior, similar a una contracción.

Era una chica fuerte y saludable. No tendría problemas para dar a luz. Pero yo también era bastante grande y saludable y, veinticinco años antes, había perdido a un hijo y casi muero por culpa de la fiebre. Sentí miedo. Yo podía protegerla de la fiebre, pero ante una hemorragia no tenía defensas, salvo tratar de salvar a la criatura con una cesárea. Evité dirigir la vista hacia mi caja, en la que tenía esterilizado mi bisturí, por si acaso.

—No morirás, Bree —dije, con la voz más agradable y tranquila que pude.

Con calma, puse una mano sobre su hombro, pero debió de sentir mi temor tras mi aspecto de profesional. Torció la cara y me agarró la mano con tanta fuerza que me crujieron los huesos. Cerró los ojos y respiró por la nariz, pero no gritó.

Abrió los ojos y me miró directamente con las pupilas dilatadas, de manera que parecía que mirara a través de mí, a un futuro que sólo ella podía ver.

—Si lo hago... —intervino, poniendo una mano sobre su vientre hinchado. Movía la boca, pero fuera lo que fuera lo que quería decir, no podía pronunciarlo. Luchó por ponerse en pie—. Pa, no me dejes —repitió, apoyándose en Jamie y hundiendo la cara en su hombro.

—No tengas miedo, no te dejaré, *a leannan*. Me quedo aquí.
—La sostuvo con un brazo y me miró desesperado.

—Camina con ella —le dije, al ver su inquietud—. Como si fuera un caballo con un cólico —añadí.

Eso hizo que Brianna riera. Con la cautela de un hombre que se acerca a una bomba, le rodeó la cintura y la acompañó poco a poco por la habitación. Dados sus respectivos tamaños, también parecía a alguien que guiara a un caballo.

—¿Estás bien? —preguntó, nervioso, tras dar varias vueltas por la estancia.

—Ya te lo diré cuando no lo esté —aseguró.

Era un día cálido de mediados de mayo; abrí del todo las ventanas y entró el aroma del polemonio y la aguileña, mezclado con el aire fresco y húmedo del río.

En la casa había un ambiente de expectación, o, lo que es lo mismo, ansiedad, junto con un poco de miedo. Yocasta caminaba por la terraza, demasiado nerviosa para permanecer inactiva. Betty asomaba la cabeza a menudo para preguntar si necesitábamos algo. Fedra subió de la despensa con una jarra de suero de leche fresca, por si acaso. Brianna, con los ojos cerrados, se limitó a negar con la cabeza. Yo tomé un trago mientras repasaba mentalmente los preparativos.

No hacían falta demasiados útiles para un parto normal, y no había mucho que hacer si no lo era. Habían quitado las sábanas y habían puesto mantas viejas para proteger el colchón. Había un montón de paños limpios a mano y una jarra de agua caliente que se renovaba cada media hora con agua del caldero de la cocina. También agua fresca para beber y mojarle la frente, un pequeño vial de aceite para masajear y un kit de sutura a mano, por si acaso... y a partir de ahí, el resto dependía de Brianna.

Después de casi una hora de paseos, Brianna se detuvo en medio de la habitación, agarrando el brazo de Jamie y respirando como un caballo después de una carrera.

—Quiero acostarme —dijo.

Fedra y yo le quitamos el vestido y la acostamos con su camisola. Puse las manos sobre el enorme bulto de su vientre y me maravillé ante la imposibilidad de lo que ya había ocurrido y lo que estaba a punto de suceder.

Sentí, después de una contracción, los movimientos de la criatura bajo el envoltorio elástico de piel y músculo. Podía notar que era grande, y estaba bien colocado, de cabeza.

Por lo general, los bebés que están a punto de nacer suelen estar bastante quietos, intimidados por la agitación que los rodea. Sin embargo, éste se movía. Sentí un golpe contra mi mano cuando sobresalió un codo.

—¡Padre! —Brianna estiró la mano a ciegas, sacudiéndose cuando una contracción la cogió desprevenida. Jamie se echó hacia delante, le agarró la mano y se la apretó.

—Estoy aquí, *a bheanachd,* estoy aquí.

Respiró con dificultad, completamente roja, se relajó y tragó.

—¿Cuánto falta? —preguntó. Había vuelto la cara hacia mí, pero no me miraba; no miraba nada.

—No lo sé. Pero creo que no demasiado. —Las contracciones tenían lugar cada cinco minutos más o menos, y eso podía durar o terminar de inmediato. No había manera de saberlo.

A pesar de que entraba una ligera brisa por la ventana, Brianna estaba sudando. Le sequé la cara y el cuello otra vez, y le froté los hombros.

—Lo estás haciendo bien, cariño —murmuré—. Muy bien. —Miré a Jamie y sonreí—. Tú también.

Intentó devolverme la sonrisa. Él también sudaba, pero en lugar de rojo, estaba pálido.

—Háblame, Pa —dijo súbitamente Brianna.

—¿Eh? —Me miró desesperado—. ¿Qué debo decir?

—No importa. Cuéntale historias, algo que distraiga su mente.

—Bueno. ¿Has oído hablar de Habetrot la solterona?

Brianna contestó con un gruñido. Aunque Jamie estaba nervioso, comenzó su historia.

—Pues resulta que en una antigua granja, cerca del río, vivía una mujer llamada Maisie, con pelo rojizo y ojos azules. Era la muchacha más bonita del valle. No tenía marido... —Se detuvo y lo miré a modo de aviso. Jamie tosió y siguió hablando, sin saber qué hacer—. Porque, en aquella época, los hombres eran sensatos y, en lugar de buscar muchachas bonitas como esposas, buscaban muchachas que pudieran cocinar y tejer, mujeres que pudieran ser fantásticas amas de casa. Pero Maisie...

Brianna dejó escapar un gemido terrible. Jamie apretó los dientes, le sujetó las manos y siguió hablando.

—Pero a Maisie le encantaba la luz de los campos y las aves del llave...

La luz se fue desvaneciendo y el olor de las flores calentadas por el sol fue sustituido por el aroma húmedo de los sauces que estaban junto al río y el suave olor a humo de la cocina.

La camisola de Brianna estaba empapada y pegada a su piel. Le hundí los pulgares en la espalda, justo encima de las caderas, y se retorció con fuerza contra mí, intentando aliviar el dolor. Jamie estaba sentado con la cabeza gacha, aferrándose con tenacidad a sus manos mientras hablaba con cariño y narraba historias de *silkies* y cazadores de focas, de gaiteros y elfos, de los gigantes de la gruta de Fingal y del caballo negro del diablo, que cruza el aire más rápido que el pensamiento entre un hombre y una mujer.

Las contracciones eran muy seguidas. Hice un gesto a Fedra, que salió corriendo y volvió con una vela encendida para iluminar los candelabros.

La habitación estaba fresca y sombría, y las paredes estaban iluminadas con sombras titilantes. La voz de Jamie estaba ronca; Brianna casi no tenía voz.

De pronto, Brianna se incorporó soltando a Jamie y agarrándose las rodillas con el rostro congestionado por el esfuerzo.

—Ahora, vamos —dije. Le puse almohadas detrás, hice que se apoyara en la cabecera de la cama y llamé a Fedra para que me iluminara con el candelabro.

Me unté los dedos con aceite y toqué aquella carne que no tocaba desde que Brianna era una niña. Froté poco a poco, con cuidado, mientras hablaba, aun sabiendo que no importaba lo que decía.

Sentí fuerza, un súbito cambio bajo mis dedos. Relajación, luego otra contracción y el líquido amniótico que se derramaba por la cama y goteaba en el suelo, llenando la habitación de un olor a ríos fecundos. Froté y paré, rezando para que no llegara muy rápido y no la lastimara.

El anillo de carne se abrió de inmediato y mis dedos tocaron algo húmedo y duro. Se relajó y volvió atrás, dejando un cosquilleo en las yemas de mis dedos al saber que había tocado a una nueva persona. Una vez más, mucha presión, tensión y vuelta atrás. Retiré el borde de la camisola y, con el siguiente empujón, el anillo se estiró hasta alcanzar un tamaño imposible y, de pronto, apareció una cabecita como la de una gárgola china, manchada de sangre y líquido amniótico.

Me encontré frente a frente con una cabeza blanca y una cara arrugada como un puño que hacía muecas de furia.

—¿Qué es? ¿Un niño? —preguntó Jamie con voz ronca.

—Eso espero —dije, limpiándole con rapidez la mucosidad de la nariz y la boca—. Es la cosa más horrible que he visto. Que Dios la ayude si es una niña.

Brianna dejó escapar un ruido que podía ser una risa, pero se convirtió en un enorme gruñido de esfuerzo. Casi no tuve tiempo de meter los dedos y girar un poco los hombros para ayudar. Se oyó un *pop* y la larga forma mojada se deslizó sobre la manta empapada, retorciéndose como una trucha fuera del agua.

Lo envolví en una toalla de lino: era un niño, con el escroto redondo y púrpura entre sus gordos muslos; controlé los signos de Apgar: respiración, color, actividad... todo normal. Hacía ruiditos de enfado, resoplaba sin llorar y golpeaba el aire con sus puños.

Lo apoyé en la cama mientras me ocupaba de Brianna. Sus muslos estaban manchados de sangre, pero no había señales de hemorragia y el cordón latía; era la conexión entre ellos.

Brianna jadeaba en la cama, apoyada sobre las almohadas, con el pelo pegado por el sudor y una enorme sonrisa de alivio y triunfo en su rostro. Le puse una mano en el vientre, repentinamente flácido. Dentro, sentí que la placenta cedía mientras su cuerpo entregaba su último vínculo físico con su hijo.

—Una vez más, querida —dije con tranquilidad. La última contracción tembló en su vientre, expulsó la placenta y entonces corté el cordón y coloqué al niño en sus brazos.

—Es precioso —susurré. Lo dejé con ella y me dediqué a lo que me quedaba por hacer. Le presioné el abdomen con el puño, con el fin de que el útero se contrajera y dejara de sangrar. Podía oír la ráfaga de excitación que invadía la casa tras los pasos de Fedra, que corría dando la noticia. Levanté la mirada una vez, y vi que Brianna resplandecía, con una sonrisa de oreja a oreja.

Jamie también sonreía detrás de ella, con las mejillas húmedas a causa de las lágrimas. Dijo algo a Brianna en gaélico y, después de apartarle el cabello del cuello, la besó detrás de la oreja.

—¿Tendrá hambre? —La voz de Brianna era ronca, e intentó aclararse la garganta—. ¿Debo darle de mamar?

—Prueba. Algunas veces están dormidos, pero otras quieren comer.

Se abrió el camisón, dejando al descubierto su abultado pecho. La criatura hizo unos ruiditos mientras se volvía torpemente hacia ella, y Brianna abrió los ojos, sorprendida, cuando su boca se sujetó a su pezón con ferocidad.

—Es fuerte, ¿eh? —dije, y me di cuenta de que estaba llorando cuando noté el sabor salado de mis lágrimas en la comisura de los labios.

Más tarde, después de dejar a Brianna y al niño, llevar algo de comer y beber a la madre y hacerles un último control para asegurarme de que todo seguía bien, salí a las sombras de la galería superior. Me sentía agradablemente desconectada de la realidad, como si estuviera flotando.

Jamie había ido a explicárselo a John y me esperaba al pie de la escalera. Me cogió entre sus brazos y me besó. Mientras me soltaba, vi las profundas medias lunas de las uñas de Brianna marcadas en sus manos, aún presentes.

—Tú también lo has hecho muy bien —susurró. Luego, sus ojos brillaron de alegría y sonrió—. ¡Abuelita!

—¿Es blanco o moreno? —preguntó súbitamente Jamie, apoyando un codo en la cama—. He contado sus dedos, pero no he prestado atención a nada más.

—No se puede saber todavía —dije somnolienta. Yo había contado sus dedos y también lo pensé—. Por ahora es rojizo y está cubierto por el vérnix, ese líquido blanco. Es probable que pase un día o dos antes de que su piel tenga el color natural. Tiene un poco de pelo oscuro, pero caerá. —Me estiré, disfrutando del agradable dolor en las piernas y la espalda; el parto era duro incluso para la partera—. Además, el color de su piel no probará nada, ya que Brianna es blanca de piel.

—Sí... pero, si fuera moreno, en ese caso tendríamos la seguridad.

—Tal vez no. Tu padre tenía la piel oscura, como el mío. Pueden ser genes recesivos y...

—¿Pueden ser qué?

Traté, sin éxito, de pensar si Gregor Mendel había empezado ya a trabajar con sus guisantes, pero estaba demasiado cansada para tanto esfuerzo. Tanto si había empezado como si no, era evidente que Jamie no había oído hablar de él.

—Puede ser de cualquier color y nunca tendremos la seguridad —dije bostezando—. No lo sabremos hasta que sea lo bastante mayor para encontrarle algún parecido. Pero ¿importa quién sea su padre? A fin de cuentas, no va a tener ninguno.

Jamie se volvió hacia mí y me abrazó. Dormía desnudo y sentí el vello de su cuerpo contra mi piel. Me besó suavemente en el cuello y suspiró. Su aliento cálido me hacía cosquillas en la oreja.

Estaba amodorrada, demasiado contenta como para dormirme del todo. Procedentes de algún lugar cercano, oí un pequeño graznido sofocado y unos murmullos.

—Ah, bueno —dijo poco después con tono desafiante—. Aunque no conozca a su padre, al menos estoy seguro de quién es su abuelo.

Estiré la pierna hacia atrás y le di una patada.

—Yo también. Ahora, duérmete, abuelo. Ya hemos tenido suficiente por un día.

Resopló, pero sus brazos se relajaron alrededor de mí, con una mano curvada sobre mi pecho. Al instante estaba dormido.

Me quedé con los ojos bien abiertos contemplando las estrellas a través de la ventana. ¿Por qué había dicho eso? Era la frase favorita de Frank, la que utilizaba cuando Brianna o yo nos preocupábamos por algo: «Ha sido suficiente por un día.»

El aire de la habitación tenía vida, movía las cortinas y acariciaba mis mejillas.

—¿Sabes? —susurré, sin emitir ningún sonido—. ¿Sabes que ya tiene un hijo?

No hubo respuesta, pero la paz se apoderó poco a poco de mí en la quietud de la noche, hasta que por último apareció el sueño.

65

Regreso al Cerro de Fraser

Yocasta se mostraba poco dispuesta a separarse de su nuevo pariente, pero la siembra de primavera ya iba con retraso y teníamos nuestro hogar abandonado; necesitábamos regresar al Cerro cuanto antes y Brianna no quería ni oír hablar de quedarse, lo que nos facilitó las cosas, porque hubiéramos necesitado dinamita para separar a Jamie de su nieto.

Lord John ya estaba en condiciones de viajar y vino con nosotros hasta la ruta de Great Buffalo, donde besó a Brianna y al niño, abrazó a Jamie y, para mi sorpresa, a mí también, y se dirigió hacia el norte, hacia Virginia y Willie.

—Confío en que te ocuparás de ellos —me dijo, tuteándome con cariño, señalando el carro donde dos cabezas rojizas se inclinaban, absortas, hacia el niño, que estaba tranquila en el regazo de Brianna.

—Lo haré —contesté mientras estrechaba su mano—. Yo también confío en ti. —Llevó mi mano hasta sus labios y me sonrió. Se alejó sin mirar atrás.

Una semana más tarde llegamos al camino donde crecían las fresas silvestres: verde, blanco y rojo juntos, constancia y valor, dulzura y amargura, mezcladas a la sombra de los árboles.

La cabaña estaba terriblemente sucia y descuidada. Los cobertizos estaban vacíos y llenos de hojas muertas, el jardín era una maraña de viejos tallos secos y brotes, y el prado era un mero cascarón vacío. La estructura de la nueva casa se asemejaba a un esqueleto negro. El lugar apenas era habitable; parecía que estaba en ruinas.

Nunca sentí tanta alegría al llegar a casa. Nunca.

«Nombre», escribí y me detuve. «Quién sabe», pensé. Su apellido estaba abierto a discusión y su nombre de pila todavía no había sido decidido. Yo lo llamaba «tesoro» o «querido»; Lizzie, «querido muchacho», y Jamie le hablaba en gaélico, diciéndole «nieto» o *a Ruaidh*, «el Rojo», ya que su pelusa negra y su piel oscura se habían convertido en una especie de incendio sobre su piel blanca, lo que dejaba bien claro quién era su abuelo, al margen de quién fuera su padre.

Brianna no necesitaba llamarlo de ninguna manera. Siempre lo tenía con ella y lo vigilaba con una feroz concentración que iba más allá de las palabras. Todavía no quería ponerle un nombre.

—¿Cuándo? —había preguntado Lizzie, pero Brianna no respondió. Yo sabía cuándo, cuando regresara Roger.

—¿Y si no viene? —me dijo Jamie en privado—. La pobre criatura no puede vivir sin nombre. ¡Esa muchacha es muy terca!

—Ella confía en Roger —afirmé con imparcialidad—. Tú deberías intentar hacer lo mismo. —Me miró de forma cortante.

—Hay una diferencia entre confianza y esperanza, Sassenach, y tú lo sabes tan bien como yo.

—Entonces, ¿por qué no tienes esperanza? —Salté, y le di la espalda mientras mojaba la pluma y la escurría con cuidado.

Nuestro pequeño signo de interrogación tenía un sarpullido en el trasero que le había tenido, tanto a él como a todos nosotros, despiertos durante toda la noche. Yo estaba cansada y enfadada, y no estaba dispuesta a tolerar ninguna muestra de mala fe.

Jamie me rodeó y se sentó frente a mí, apoyando la barbilla sobre sus brazos cruzados, de manera que estaba obligada a mirarlo.

—Lo haré —dijo con una chispa de humor en sus ojos—. Si puedo decidir entre si tengo esperanza de que venga o de que no venga.

Sonreí y le pasé la pluma por la nariz como símbolo de perdón, antes de volver a mi tarea. Arrugó la nariz y estornudó; a continuación, se enderezó y miró el papel.

—¿Qué estás haciendo, Sassenach?

—Hago un certificado de nacimiento, lo mejor que puedo, para nuestro pequeño Gizmo —añadí.

—¿Gizmo? —preguntó, dudando—. ¿Es el nombre de un santo?

—No lo creo, pero nunca se sabe con gente que se llama Pantaleón y Onofre. O Ferreol.

—¿Ferreol? Creo que no lo conozco. —Se echó hacia atrás, con las manos alrededor de su rodilla.

—Es uno de mis favoritos —comenté mientras anotaba con cuidado la fecha y la hora del nacimiento, aunque era estimativo, pobrecillo. Sólo había dos informaciones exactas en mi certificado, la fecha y el nombre del médico—. Ferreol —pronuncié con cierta diversión— es el santo patrón de las aves domésticas enfermas. Un mártir cristiano. Era un tribuno romano y cristiano en secreto. Cuando lo descubrieron, lo encadenaron en las cloacas de la prisión a la espera de un juicio. Imagino que las celdas estaban llenas. Parece bastante temerario; se soltó las cadenas y escapó por las alcantarillas. No obstante, lo atraparon, lo arrastraron y lo decapitaron.

Jamie se quedó inexpresivo.

—¿Qué tiene eso que ver con las gallinas?

—No tengo ni idea. Pregúntaselo al Vaticano —le aconsejé.

—Mmfm. Bueno, a mí siempre me ha gustado san Winwaleo —Vi el destello de sus ojos, pero no pude resistirme.

—¿Y por qué se venera?

—Se invoca contra la impotencia. —El destello aumentó—. Vi una estatua de él en Breste; decían que llevaba mil años allí. Era una estatua milagrosa; tenía un pene enorme y...

—¿Y qué?

—Bueno, lo milagroso no era el tamaño —contestó, haciendo que callara—. O no tanto. La gente del pueblo decía que, durante mil años, las personas le habían ido quitando pedazos como reliquias y, no obstante, el pene seguía siendo igual de grande —me sonrió—. Dicen que un hombre con un pedazo de san Winwaleo en el bolsillo puede aguantar un día y una noche sin cansarse.

—Imagino que no con la misma mujer —dije secamente—. ¿No hace que te preguntes qué hizo para merecer la santidad?

Rió.

—Cualquier hombre que haya recibido respuesta a sus plegarias te lo puede decir, Sassenach.

Jamie se dio la vuelta en el banco, mirando a través de la puerta abierta. Brianna y Lizzie estaban sentadas en el prado, con las faldas hinchadas, observando al niño desnudo, boca abajo sobre un chal y con las nalgas coloradas como un mono.

«*Brianna Ellen*», escribí y me detuve.

—Brianna Ellen Randall, ¿te parece bien? —pregunté—. ¿O Fraser? ¿O ambos?

Jamie no se volvió, pero se encogió ligeramente de hombros.

—¿Importa eso?

—Puede. —Soplé la hoja y observé cómo se secaban las brillantes letras negras—. Si Roger regresa, se quede o no, si decide reconocer al pequeño Anónimo, supongo que su apellido será MacKenzie. Si no lo hace o no quiere, entonces me imagino que el niño tendrá el apellido de la madre.

Permaneció en silencio, mirando a las dos muchachas. Se habían lavado el pelo en el arroyo aquella mañana. Lizzie estaba cepillando la melena de Brianna y los largos mechones brillaban como seda roja bajo el sol estival.

—Ella se hace llamar Fraser —contestó con tranquilidad—. O así lo hacía.

Bajé la pluma y extendí la mano sobre la mesa para tocarle el brazo.

—Te ha perdonado —intervine—. Sabes que lo ha hecho.

Movió los hombros. No los encogió, pero parecía que intentaba aliviar cierta tensión interior.

—Por ahora. Pero ¿y si ese hombre no viene?

Vacilé. Tenía razón. Brianna lo había perdonado por la equivocación anterior. Pero si Roger no aparecía, pronto culparía a Jamie, y no sin razón, debía admitirlo.

—Pon los dos —dijo bruscamente—. Deja que ella elija.

—No creía que se refiriera a los apellidos.

—Él volverá —añadí con firmeza— y todo irá bien. —Levanté la pluma y añadí en un murmullo—: Confío en que sea así.

Se agachó para beber del agua que salpicaba la oscura roca verde. Era un día caluroso de primavera y, aunque ya no era otoño, el musgo del suelo seguía siendo de color verde esmeralda.

Su recuerdo de una navaja de afeitar era muy lejano. Su barba era espesa y sus cabellos caían por debajo de los hombros. La noche anterior se había bañado en un arroyo y había lavado su ropa, pero no se hacía ilusiones sobre su aspecto. Tampoco le importaba. Su aspecto no tenía importancia.

Fue cojeando hasta donde había dejado su caballo. Le dolía el pie, pero eso tampoco tenía importancia.

Montó y recorrió poco a poco el claro donde encontró por primera vez a Jamie Fraser. Ahora las hojas eran nuevas y verdes, y, en la distancia, por día oír los escandalosos graznidos de los cuervos. Nada se movía entre los árboles, excepto la hierba silvestre. Inspiró profundamente y sintió la punzada del recuerdo, un vestigio roto de una vida pasada, una esquirla afilada como el cristal.

Condujo su caballo hacia la cima del Cerro, apurándolo con su pie sano. Pronto. No tenía ni idea de cómo lo recibirían, pero eso era lo de menos.

Nada importaba, salvo el hecho de que se encontraba allí.

66

Hijo de mi sangre

Los conejos habían estado de nuevo en la huerta. Un conejo voraz era capaz de comerse una col hasta la raíz, y a juzgar por cómo estaba todo, había traído a sus amigos. Suspiré y me agaché para reparar los daños, introduciendo rocas y tierra en el agujero. La pérdida de Ian suponía un pesar constante y, en momentos como éste, también echaba de menos a aquel horrible perro.

Había traído brotes y semillas desde River Run y, a pesar de haber estado tanto tiempo sin cuidados, la mayoría habían sobrevivido. Estábamos a mediados de junio, así que aún teníamos tiempo para sembrar zanahorias. La pequeña parcela de patatas estaba bien, y también los cacahuetes; los conejos no se acercarían allí y tampoco les gustaban las hierbas aromáticas, excepto el hinojo, que devoraban como si se tratara de regaliz.

No obstante, yo quería col para conservarla como *chucrut*. A mediados de invierno querríamos comida que supiera a algo, y también un poco de vitamina C. Aún me quedaban bastantes semillas y podía conseguir un par de cosechas decentes antes de que empezara el frío, si conseguía alejar a los dichosos conejos.

Estaba pensando en la forma de ahuyentar a los conejos mientras mis dedos tamborileaban sobre el asa de mi cesta. Los indios esparcían mechones de su pelo en los bordes de los campos, pero aquello era mejor protección contra los ciervos que contra los conejos.

Nayawenne me había dicho que el olor de la orina de los carnívoros los ahuyentaba, y un hombre que comía carne sería tan útil como un león, además de ser más dócil. Decidí que Jamie sería el mejor repelente. Sí, serviría. Había matado a un ciervo un par de días antes, y aún estaba colgado. Sin embargo, debería preparar más cerveza de pícea para el asado de venado...

Mientras deambulaba por el cobertizo de las hierbas para ver si tenía un poco de maracuyá para aromatizar, advertí un movimiento en el límite del claro. Como creía que era él, me di la vuelta para informarlo de su nueva tarea, pero me detuve cuando vi de quién se trataba.

Estaba peor que la última vez que lo había visto, y era mucho decir. No llevaba sombrero y el cabello y la barba se unían formando una mata oscura. Su ropa se había convertido en harapos. Iba descalzo, con un pie envuelto en trapos, y cojeaba.

Me vio inmediatamente y se detuvo mientras yo me aproximaba.

—Me alegro de que seas tú —dijo—. Me preguntaba a quién vería primero. —Su voz era suave y un poco ronca, y me pregunté si había hablado con alguien desde que lo dejamos en las montañas.

—Tu pie, Roger...

—No importa. —Me cogió del brazo—. ¿Están bien? ¿El niño y Brianna?

—Están muy bien. Todos en la casa están bien. —Su cabeza se volvió hacia la cabaña—. Tienes un hijo.

Me miró asombrado, con los ojos verdes muy abiertos.

—¿Es mío? ¿Tengo un hijo?

—Supongo que así es. Estás aquí, ¿verdad?

La esperanza y el asombro se atenuaron. Me miró a los ojos y vio cómo me sentía, ya que sonrió. Era una sonrisa incómoda, apenas un breve movimiento de la comisura de los labios, pero sonrió.

—Estoy aquí —añadió, y se volvió hacia el umbral de la cabaña.

Jamie estaba arremangado y sentado frente a la mesa junto a Brianna, haciendo dibujos de planos de la casa mientras ella anotaba cosas con la pluma. Ambos estaban cubiertos de tinta, ya que se entusiasmaban cuando hablaban de arquitectura. El niño dormía con placidez en su cuna y Brianna lo acunaba con un pie. Lizzie hilaba junto a la ventana, tarareando suavemente una canción mientras la enorme rueda giraba.

—Una escena muy hogareña —dijo Roger, deteniéndose en la entrada—. Me parece una vergüenza alterarlos.

—¿Puedes elegir?

—Sí —respondió—. Ya lo he hecho. —Y entró, decidido, por la puerta abierta.

Jamie reaccionó ante el desconocido apartando a Brianna y cogiendo la pistola de la pared. Ya estaba apuntándolo cuando se dio cuenta de quién era y bajó el arma con una exclamación de disgusto.

—Eres tú —afirmó.

El niño, sobresaltado por el ruido del banco volcado, se despertó y gritó. Brianna lo sacó de la cuna y lo apretó contra su pecho, mirando con los ojos muy abiertos lo que para ella era una aparición.

Me había olvidado de que no lo veía desde hacía mucho tiempo; debía haber cambiado mucho desde que la había dejado en Wilmington un año antes. Roger dio un paso hacia ella; de manera instintiva, Brianna retrocedió. Roger permaneció inmóvil, mirando al niño, y Brianna se sentó para darle de mamar, soltándose el corpiño e inclinándose sobre el bebé. Se tapó los pechos con el chal, le ofreció uno al niño, y éste dejó de llorar al instante.

Vi cómo los ojos de Roger iban del niño a Jamie, quien permanecía al lado de Brianna con esa rigidez que tanto me asustaba. Estaba erguido e inmóvil como un cartucho de dinamita, con una cerilla encendida a un centímetro de la mecha.

La llama del cabello de Brianna se movió ligeramente, mirándolos a ambos, y pude ver lo que ella vio: el reflejo de la peligrosa inmovilidad de Jamie en Roger. Era inesperado y sorprendente. Nunca había encontrado parecido entre ellos. Ahora eran como el día y la noche, imágenes de fuego y oscuridad.

«MacKenzie», pensé de inmediato: animales, vikingos, grandes y sanguinarios. Y vi el tercer eco de esa herencia brillando en los ojos de Brianna.

Quería decir o hacer algo para romper la tensión, pero tenía la boca seca; además, en cualquier caso, era inútil decir nada.

Roger extendió su mano hacia Jamie con la palma hacia arriba. El gesto no era de súplica.

—No creo que yo te guste más de lo que tú me gustas a mí —dijo con su voz ronca—, pero eres mi pariente más cercano: hazme un corte. He venido para hacer un juramento con nuestra sangre compartida.

No sé si Jamie vaciló o no. El tiempo se había detenido y el aire se había cristalizado. Entonces, el cuchillo de Jamie se alzó en el aire, el borde afilado cortó la delgada y morena muñeca de Roger y la sangre brotó.

Para mi sorpresa, Roger no miraba a Brianna, ni tan siquiera cogió su mano. Se pasó el pulgar por el corte de la muñeca y dio un paso hacia el niño. Brianna lo apartó instintivamente, pero Jamie le puso una mano en el hombro.

Ella se quedó inmóvil al instante al sentir su peso, que era una promesa de control y protección. No obstante, apretó al niño contra su pecho. Roger se arrodilló, apartó el chal y trazó una cruz con el pulgar manchado de sangre en la frente de la criatura.

—Tú eres sangre de mi sangre —dijo suavemente— y carne de mi carne. Te considero mi hijo ante todos los hombres, desde hoy y para siempre. —Miró desafiante a Jamie, quien, después de un largo instante, hizo un leve gesto de asentimiento y retrocedió, apartando su mano del hombro de Brianna.

Roger la miró.

—¿Cómo lo habéis llamado?

—Todavía... nada. —Lo miró, inquisitiva. Era evidente que el hombre que había regresado no era el mismo que la había dejado.

Tenía los ojos clavados en los de ella. Cuando se puso en pie, la sangre le chorreaba por la muñeca. Con cierta impresión, me di cuenta de que ella estaba tan cambiada para él como él para ella.

—Es mi hijo —anunció Roger, señalando al niño—. ¿Tú eres mi esposa?

Brianna palideció.

—No lo sé.

—Este hombre dice que unisteis las manos. —Jamie dio un paso adelante—. ¿Es cierto?

—Nosotros... lo hicimos.

—Todavía estamos casados. —Roger respiró profundamente y me di cuenta de que iba a desplomarse, ya fuera por el hambre, el agotamiento o la conmoción del corte. Lo cogí del brazo y lo ayudé a sentarse; después mandé a Lizzie a por leche mientras le curaba la muñeca.

Aquella apariencia de normalidad había relajado un poco la tensión. Para que siguiera así, serví un poco de coñac de River Run a Jamie y se lo mezclé con la leche a Roger. Jamie me lanzó una mirada irónica, pero se relajó en el banco y bebió de su jarra.

—Muy bien —intervino Jamie, llamando al orden—. Si unisteis las manos, Brianna, es tu marido.

Brianna se ruborizó, pero miraba a Roger, no a Jamie.

—Dijiste que el matrimonio de palabra duraba un año y un día.

—Y tú que no querías nada temporal.

Brianna vaciló, pero luego juntó los labios con firmeza.

—Y no lo quiero, pero no sé qué pasará. —Nos miró a todos—. ¿Te dijeron... que el niño no es tuyo?

Roger levantó las cejas.

—Pero es mío, ¿no?

Levantó la muñeca vendada para probarlo.

Brianna ya no estaba pálida, sino que comenzaba a sonrojarse.

—Sabes lo que quiero decir.

La miró a los ojos.

—Sé lo que quieres decir —afirmó suavemente—. Y lo siento.

—No fue culpa tuya.

Roger miró de reojo a Jamie.

—Sí, lo fue. Debí quedarme contigo, asegurarme de que estabas a salvo.

Brianna frunció el ceño.

—Te dije que te fueras y era en serio. —Brianna movió los hombros con impaciencia—. Pero eso no importa ahora. —Apretó al niño con más fuerza y se irguió—. Quiero saber una cosa —dijo con voz un poco temblorosa—. Me gustaría saber por qué has regresado.

Dejó su jarra sobre la mesa.

—¿No querías que volviera?

—No importa lo que yo quisiera. Lo que me gustaría saber ahora es si has regresado porque quieres o porque piensas que debes hacerlo.

La miró durante un rato. Luego bajó las manos, que aún se encontraban alrededor de la jarra.

—Tal vez por ambas cosas. O quizá por ninguna. No lo sé —añadió en voz muy baja—. Tal es la verdad ante Dios: que no lo sé.

—¿Fuiste al círculo de piedras? —preguntó.

Asintió sin mirarla y sacó el gran ópalo de su bolsillo.

—Estuve allí. Por eso tardé en volver. Me llevó tiempo encontrar el círculo de nuevo.

Ella permaneció en silencio un instante y luego asintió.

—No te fuiste. Pero pudiste hacerlo. Tal vez debiste marcharte. —Lo miró con firmeza, con la misma expresión de su padre—. No quiero vivir contigo si lo haces por obligación —arguyó. Luego me miró, con dolor en los ojos—. He visto un matrimonio por obligación y uno por amor. Si no hubiera visto ambos... —Se detuvo, tragó y siguió, mirando a Roger— habría podido vivir con el primero. Pero los he visto y no quiero.

Sentí como si me golpearan: estaba hablando de mi matrimonio. Miré a Jamie y vi en su rostro la misma expresión que debía de tener el mío.

Jamie tosió para romper el silencio, se aclaró la garganta y se dirigió a Roger.

—¿Cuándo os casasteis?

—El dos de septiembre —respondió Roger con rapidez.

—Y ahora estamos a mediados de junio. —Los miró a los dos con el ceño fruncido—. Bueno, si uniste las manos con este hombre, entonces estás unida a él, no hay discusión. —Se volvió hacia Roger—. Vivirás aquí como su marido. Y el tres de septiembre ella elegirá si os casa un sacerdote o si debes dejarla y no molestarla nunca más. Tienes ese tiempo para averiguar por qué estás aquí y convencerla a ella.

Roger y Brianna iban a protestar, pero Jamie los detuvo, levantando la daga que había dejado sobre la mesa. Bajó suavemente la hoja, hasta que tocó la tela sobre el pecho de Roger.

—He dicho que vivirás aquí como su marido. Pero si la tocas sin que ella quiera, te arrancaré el corazón y se lo daré a los cerdos. ¿Me entiendes?

Roger observó la brillante hoja durante un instante, inexpresivo bajo la abundante barba, y luego lo miró fijamente a él.

—¿Cree que me aprovecharía de una mujer que no me quisiera?

Una pregunta inconveniente, teniendo en cuenta que Jamie casi lo mató por suponer que lo había hecho.

Roger empujó la mano de Jamie y lanzó la daga sobre la mesa. Apartó el taburete, se levantó y salió bruscamente.

Jamie se levantó y fue tras él mientras envainaba su daga.

Brianna me miró con un gesto de impotencia.

—¿Qué crees que...?

La interrumpieron una serie de ruidos y gruñidos, así como un fuerte golpe contra la pared.

—Trátala mal y te arrancaré las pelotas y te las haré tragar.

Jamie hablaba en gaélico. Miré a Brianna y vi que entendía lo suficiente. Se quedó con la boca abierta, pero sin poder hablar.

Se oyó una rápida refriega en el exterior, que acabó con un golpe más intenso, como el de una cabeza golpeando un tronco.

Roger no tenía el mismo aire amenazador de Jamie, pero su voz parecía sincera.

—Vuelva a ponerme las manos encima —amenazó Roger—, y le meteré la cabeza en el culo, que es de donde proviene.

Se produjo un silencio y luego un ruido de pasos que se alejaban. Un momento después, Jamie emitió un gruñido escocés y también se movió.

Brianna me miraba fijamente con los ojos muy abiertos.

—Exceso de testosterona —le dije, y me encogí de hombros.

—¿No puedes hacer algo? —Torcía la comisura de la boca, y no sabía si quería reírse o estaba histérica.

Me pasé una mano por el pelo, pensando.

—Bueno —argüí finalmente—, sólo hay dos cosas que pueden hacer, una es matarse el uno al otro.

Brianna se frotó la nariz.

—¡Ah! Y la otra... —Nuestros ojos se encontraron con perfecto entendimiento.

—Yo me ocupo de tu padre. Pero Roger es asunto tuyo.

• • •

La vida en la montaña transcurría con mucha tensión, debido a la conducta de Brianna y de Roger, que se comportaban como animales atrapados. Jamie los miraba con desaprobación durante la cena. Lizzie trataba de hacerse perdonar por todos y el niño había decidido tener cólicos nocturnos.

Tal vez fueron los cólicos los que impulsaron a Jamie a terminar la nueva casa. Fergus y otros vecinos habían sembrado nuestras tierras y, aunque no tendríamos trigo para vender, al menos podríamos comer. Sin la necesidad de atender más cultivos, Jamie pasaba cada momento libre en el Cerro, dando golpes de martillo y serrando.

Roger hacía lo que podía para ayudar en las tareas de la granja, pero el pie lo molestaba. Rechazaba mi ofrecimiento de curarlo, pero no quise esperar más, así que hice mis preparativos y lo informé de que lo curaría al día siguiente.

Cuando llegó el momento, hice que se tumbara y le quité las vendas. El olor dulce de la infección me hizo cosquillas en la nariz, pero agradecí no ver las marcas de la septicemia, ni el color negro de una gangrena incipiente. No obstante, estaba bastante mal.

—Tienes abscesos crónicos muy profundos. —Presioné con fuerza con los pulgares. Sentía que las bolsas de pus cedían y, al apretar con más fuerza, las heridas medio curadas se abrieron y salió un desagradable fluido amarillento de la grieta inflamada en el borde de la planta del pie.

A pesar de que estaba bronceado, era evidente que Roger había palidecido. Se asió a los barrotes de la cama y no dijo nada.

—Tienes suerte —concluí mientras manipulaba su pie y flexionaba las pequeñas articulaciones de los dedos—, los abscesos se han estado abriendo y drenando bien al caminar. Se vuelven a formar, claro, pero el movimiento ha evitado que se te infecte el hueso y ha permitido que tu pie todavía pueda flexionarse.

—Bueno —dijo débilmente.

—Bree, necesito tu ayuda —comenté, dirigiéndome hacia donde las dos muchachas se turnaban para estar con el niño e hilar.

—Ya voy yo —afirmó Lizzie, deseosa de ayudar.

Sus remordimientos por su parte de culpa en las desgracias de Roger la impulsaban a ofrecerle su ayuda, a llevarle comida y a ocuparse de su ropa. En general, lo estaba volviendo loco con sus expresiones de remordimiento.

Le sonreí.

—Sí, puedes ayudar. Coge al niño, así Brianna podrá venir aquí. ¿Por qué no lo llevas fuera, para que tome el aire?

Con un gesto de duda, Lizzie obedeció, tomó al pequeño Gizmo en brazos y le murmuró palabras de cariño mientras salían. Brianna se colocó a mi lado evitando mirar a Roger.

—Voy a abrir esto, a limpiarlo y a drenarlo lo mejor que pueda —les expliqué, señalando el feo corte—. Luego tengo que retirar el tejido muerto, desinfectar y rezar para que sane.

—¿Y qué implica exactamente «retirar el tejido muerto»? —preguntó Roger. Le solté el pie y su cuerpo se relajó un poco.

—Supone limpiar la herida, eliminando de manera quirúrgica y no quirúrgica el tejido y el hueso muerto —dije. Le toqué el pie—. No te preocupes, creo que por suerte el hueso no está infectado, aunque puede que el cartílago entre los metacarpos esté un poco dañado. —Le palmeé la pierna—. Arrancar el tejido muerto es indoloro.

—¿No duele?

—No. Lo que duele es el drenaje y la desinfección. —Miré a Brianna—. Por favor, sujétalo por las manos.

Vaciló un instante, fue hasta la cabecera y le agarró las manos. Él las apretó sin quitarle los ojos de encima. Era la primera vez que se tocaban en casi un año.

—Agarraos con fuerza —les indiqué—. Ésta es la peor parte.

Trabajé rápido y sin levantar la vista, abriendo las heridas a medio curar con un escalpelo y sacando tanto pus y materia muerta como podía. Era capaz de sentir la tensión en los músculos de su pierna y el ligero arco de su cuerpo cuando le hacía daño, pero no dijo ni una palabra.

—¿Quieres morder algo, Roger? —pregunté, sacando mi botellita de alcohol diluido para desinfectar—. Te quemará un poco.

Brianna respondió por él.

—Está bien —dijo con voz uniforme—. Continúa.

Roger emitió un ruido amortiguado cuando comencé a limpiarle las heridas y se puso de lado mientras su pierna se convulsionaba. Le sujeté el pie con fuerza y terminé el trabajo lo más rápido que pude. Cuando lo solté y tapé la botella, levanté la vista hacia la cabecera de la cama. Brianna estaba sentada en la cama con sus brazos alrededor de la espalda de Roger, que tenía la cara en la falda de ella y se aferraba a su cintura.

—¿Has terminado? —Brianna tenía el rostro pálido, pero me sonrió.

—La peor parte. Sólo me queda un poco —aseguré. Había hecho mis preparativos dos días antes. En esa época del año no había dificultad. Salí al cobertizo de ahumado. El venado colgaba en la sombra, bañado en nubes de fragante humo de pacana. No obstante, mi objetivo era carne menos conservada. Bien, había estado suficiente tiempo fuera. Cogí la pequeña fuente y la metí en casa.

—¡*Puf*! —Brianna frunció la nariz—. ¿Qué es eso? Huele a carne podrida.

—Lo es. —Para ser exactos, los restos de un conejo que recogí del borde del jardín y que dejé allí a la espera de visitantes. Brianna todavía le sostenía las manos. Sonreí para mí y volví a mi lugar. Cogí el pie herido y estiré el brazo para tomar mis fórceps alargados.

—¡Mamá! ¿Qué estás haciendo?

—No le dolerá —aclaré. Presioné un poco el pie, estirando una de mis incisiones quirúrgicas. Saqué un gusano blanco de la carne podrida y lo coloqué en una de las incisiones que había hecho.

Roger tenía los ojos cerrados y la frente llena de sudor.

—¿Qué? —Levantó la cabeza en un esfuerzo por ver lo que sucedía—. ¿Qué estás haciendo?

—Poniéndote unos gusanos en la herida —dije, concentrada en mi tarea—. Lo aprendí de una anciana india que conocí.

Me llegaron los sonidos de asco y náuseas, pero agarré el pie con fuerza y seguí trabajando.

—Funciona —concluí, frunciendo un poco el ceño mientras abría otra incisión y depositaba tres larvas blancas—. Mucho mejor que los métodos tradicionales. De lo contrario, tendría que abrirte el pie mucho más y rascar tanto tejido muerto como pudiera... cosa que no sólo te dolería muchísimo, sino que tal vez te dejara lisiado de manera permanente. Nuestros pequeños amigos se van a comer el tejido muerto y accederán a lugares a los que yo no puedo llegar. Harán un buen trabajo.

—Nuestros amigos los gusanos —murmuró Brianna—. Pero ¡mamá!

—¿Qué los detendrá para que no se coman toda mi pierna? —preguntó Roger, tratando de mostrar indiferencia—. Ellos... van avanzando, ¿no?

—¡No! —aseguré con alegría—. Son larvas y no crían. No comen tejido sano, sólo el muerto. Si hay mucho alimento como para alcanzar el ciclo de pupa, se convierten en pequeñas moscas y vuelan; de lo contrario, cuando se acaba el sustento, parten en busca de más.

Sus caras se habían puesto verdes. Terminé mi trabajo, vendé el pie flojo y di una palmada a Roger.

—Ya está. No te preocupes, ya lo he visto antes. Un guerrero indio me dijo que no dolía, sólo picaba un poco.

Levanté el plato y lo saqué fuera para lavarlo. Al salir, me encontré con Jamie, que venía de la nueva casa con el niño en brazos.

—Ésta es la abuelita —informó a la criatura, sacándole el pulgar de la boca y secándose la saliva en el kilt—. ¿No es una mujer muy guapa?

—*Ga* —dijo el niño, y trató de chupar el botón de la camisa de su abuelo, meditabundo.

—No dejes que chupe eso —dije, besando primero a Jamie y luego al niño—. ¿Dónde está Lizzie?

—La he encontrado sentada llorando —dijo—. Por eso me he traído al niño y le he dicho que se fuera a pasear un poco.

—¿Estaba llorando? ¿Qué le pasa?

Una sombra cruzó la cara de Jamie.

—Debe de estar triste por Ian, ¿no crees? —Dejando su propia pena a un lado, me cogió del brazo y se volvió hacia el sendero que daba al Cerro—. Ven conmigo, Sassenach, verás lo que he hecho hoy. He terminado el suelo de tu gabinete; todo lo que se necesita ahora es un techo provisional y ya se podrá dormir allí. —Volvió la vista hacia la cabaña—. Estaba pensando que, por ahora, podría ir MacKenzie.

—Buena idea.

Aun con la pequeña habitación que había construido en la cabaña para Brianna y Lizzie, estábamos muy apretados. Y si Roger iba a tener que quedarse en cama varios días, era mejor no tenerlo allí en medio.

—¿Cómo andan? —preguntó, pretendiendo demostrar cierta despreocupación.

—¿Quiénes? ¿Te refieres a Brianna y Roger?

—¿A qué otros, si no? —dijo, dejando a un lado sus pretensiones—. ¿Va todo bien entre ellos?

—Creo que sí. Se están acostumbrando de nuevo el uno al otro.

—¿Ah, sí?

—Sí —contesté, mirando de reojo a la cabaña—. Roger acaba de vomitar en la falda de Brianna.

67
Arrojar una moneda al aire

Roger se dio la vuelta y se sentó. Todavía no había cristales en las ventanas, pero no eran necesarios mientras el tiempo fuera veraniego. El gabinete se encontraba en la parte delantera de la casa, mirando a la ladera. Si giraba la cabeza podía ver a Brianna en el camino de regreso a la cabaña, antes de que el nogal la ocultara.

Un último destello rojizo, y desapareció. Esa noche había ido sin el niño, pero no sabía si interpretarlo como un avance o no. Habían podido hablar sin las interrupciones ocasionadas por los cambios de pañales, los chillidos, la alimentación, los lloros y los eructos, lo que podía interpretarse como un lujo inesperado.

Pero Brianna no se había quedado tanto tiempo como era costumbre en ella. El niño la reclamaba como si se tratara de una cinta de goma que tirara de ella. No es que no le gustara aquel pequeño bribón, se dijo, pero se sentía relegado.

Todavía no había comido; no había querido desperdiciar esos momentos en que podía estar a solas con ella. Destapó la canasta y aspiró el delicioso aroma del guiso y del pan con mantequilla, a los que seguiría la tarta de manzana.

El pie todavía le dolía y tenía que hacer esfuerzos para no pensar en los gusanos, pero había recuperado el apetito. Comió poco a poco, saboreando tanto la comida como el tranquilo crepúsculo que se cernía sobre la ladera.

Fraser sabía lo que hacía cuando eligió el lugar para la casa. Dominaba toda la ladera, con una vista que alcanzaba el río lejano y más allá, con valles llenos de niebla a lo lejos y picos oscuros que tocaban el cielo estrellado. Era uno de los lugares más solitarios, magníficos y románticos que había visto. Y Brianna se dedicaba a alimentar a un pequeño parásito pelado mientras él estaba allí, solo con los suyos.

Dejó el cesto vacío en el suelo, saltó hasta la bacinilla de la esquina y de allí a su cama solitaria sobre la nueva mesa del gabinete.

¿Por qué diablos le había dicho que no sabía el motivo cuando le preguntó por qué había regresado? Bueno, porque entonces no lo sabía. Llevaba casi un año sin verla... un año en el que había ido y vuelto del infierno. Tras varios meses de hambre, soledad y dolor, se había sentado a pensar durante tres días, sin comer ni beber, en el círculo de piedras para tomar una decisión. Finalmente, se levantó y comenzó a andar, sabiendo que era su única elección posible.

¿Obligación? ¿Amor? ¿Cómo diablos se podía amar sin obligaciones?

Se giró, inquieto, dando la espalda a la estupenda noche de viento fragante y tibio. El problema de recuperar la salud era que ciertas partes de su cuerpo estaban demasiado sanas, pese a que sus posibilidades de ejercitarlas eran del todo nulas. No podía ni sugerírselo a Brianna. En primer lugar iba a creer que había venido sólo por eso. Y, en segundo, aquel maldito gigante escocés no bromeaba con lo del cerdo.

Ahora ya sabía la respuesta; había vuelto porque no podría vivir en el otro lado. Quizá fuera por la culpa de abandonarlos... o tan sólo porque sabía que moriría sin ella... o ambas cosas. Sabía todo lo que dejaba y nada de eso le importaba, tenía que estar allí, eso era todo.

Se puso boca arriba, observando la tenue palidez de las tablas de madera que cubrían su refugio. Golpes y carreras le anunciaron la visita nocturna de las ardillas de la pacana cercana, a las que les parecía un conveniente atajo.

¿Cómo podría decírselo para que le creyera? Se ponía tan nerviosa que casi no dejaba que la tocara. Un roce de labios, un ligero toque de manos, y ella se marchaba. Salvo el día en que lo sostuvo mientras Claire torturaba su pie. Entonces estuvo realmente con él, con toda su fuerza. Todavía podía sentir sus brazos, y el recuerdo le creó una ligera sensación de satisfacción en la boca del estómago.

Eso lo hizo pensar un poco. Era cierto que la cura había sido muy dolorosa, pero nada que no hubiera podido resistir rechinando un poco los dientes, y Claire, con su experiencia en el campo de batalla, debía saberlo.

¿Claire lo había hecho a propósito? ¿Le había dado a Bree la posibilidad de tocarlo sin sentir presiones? ¿Y a él, la ocasión de recordar lo fuerte que era la unión entre ellos? Se colocó otra vez boca abajo, y apoyó la barbilla sobre los brazos cruzados, mirando a la oscuridad del exterior.

Se sentía dispuesto a dejarse cortar el otro pie si Brianna iba a estar a su lado.

• • •

Claire lo veía una o dos veces al día, pero esperó al fin de semana, cuando fue a quitarle los vendajes. En principio, los gusanos ya habían hecho el trabajo sucio, y esperaba que se hubieran marchado.

—Precioso —dijo, palpándole el pie con el deleite macabro de un cirujano—. Casi no hay inflamación y la cicatrización es perfecta.

—Estupendo. ¿Ya se han ido?

—¿Los gusanos? Sí —le aseguró—. Se convierten en pupa en unos días. Han hecho un buen trabajo. —Le pasó un dedo con cuidado por el lado del pie y le hizo cosquillas.

—Acepto tu palabra. ¿Ya puedo empezar a andar? —Flexionó el pie a modo de prueba. Le dolía un poco, pero nada en comparación con lo que le dolía antes.

—Sí. No te pongas el zapato durante unos días. Y, por el amor de Dios, no pises nada afilado.

Claire comenzó a reunir sus cosas, tarareando. Estaba contenta, pero cansada. Tenía ojeras.

—¿El niño todavía llora por la noche? —preguntó.

—Sí, pobrecito. ¿Puedes oírlo desde aquí?

—No. Es que pareces cansada.

—No me sorprende. Nadie ha dormido bien en toda la semana, en especial la pobre Bree. Es la única que puede alimentarlo. —Bostezó y meneó la cabeza—. Jamie quiere que nos trasladamos aquí tan pronto como esté listo el suelo. Bree y el niño tendrán más espacio y nosotros, un poco de paz y tranquilidad.

—Buena idea. Ah... hablando de Bree...

—¿Hum?

—Mira. —No tenía sentido retrasarlo; era mejor decirlo directamente—. Estoy intentándolo todo. La amo y quiero demostrárselo, pero se me escapa. Viene y charlamos y entonces todo es estupendo, pero cuando voy a pasarle el brazo por los hombros o a besarla, ella, de repente, se va al otro extremo a toda velocidad. ¿Hay algo que no va bien, algo que yo deba saber?

Le dirigió una de sus miradas desconcertantes, directa como la de un halcón.

—Tú fuiste el primero, ¿no? El primero en acostarse con ella.

Roger sintió que la sangre llenaba sus mejillas.

—Yo... ah... sí.

—Bueno, entonces su experiencia de lo que podemos llamar las delicias del sexo consiste en ser desflorada. Y por muy considerado que hayas sido, suele doler. Dos días más tarde la violaron y luego dio a luz al niño. ¿Crees que todo eso hará que caiga en tus brazos cuando pretendas reclamar tus derechos matrimoniales?

«Tú te lo has buscado —pensó—, y ahí lo tienes. Sin piedad.» Las mejillas le ardían.

—Nunca lo he interpretado así —murmuró.

—Claro —dijo Claire con un tono que mezclaba la exasperación y la risa—. Eres un hombre. Por eso te lo estoy diciendo.

Roger respiró hondo y de mala gana la miró a la cara.

—Exactamente, ¿qué es lo que me estás diciendo?

—Que ella tiene miedo —intervino. Inclinó la cabeza mientras lo examinaba—. Aunque no es de ti de quien tiene miedo.

—¿No?

—No —contestó con brusquedad—. Puede haberse convencido de que tiene que saber el motivo de tu regreso, pero no es eso; un regimiento de ciegos podría verlo. Su temor es el de no ser capaz de... mmfm. —Levantó una ceja para marcar la poco delicada sugerencia.

—Ya veo —dijo con un suspiro—. ¿Y qué me sugieres que haga?

Claire levantó su canasta y se la colocó en el brazo.

—No lo sé —afirmó, mirándolo fijamente con sus ojos dorados—. Pero creo que debes ser muy cuidadoso.

Había terminado de recuperar su ecuanimidad después de su inquietante consulta, cuando llegó otro inesperado visitante, Jamie Fraser, que le traía algunos presentes.

—Te he traído una navaja —afirmó Fraser, mirándolo con ojo crítico—. Y un poco de agua caliente.

Claire le había recortado la barba con sus tijeras de cirujano pocos días antes, pero se había sentido demasiado débil para intentar afeitarse con eso que llamaban navaja «cortagargantas», por razones obvias.

—Gracias.

Fraser le había llevado un pequeño espejo y un recipiente con jabón para afeitarse. ¡Qué considerado! Habría preferido que se marchara en lugar de quedarse apoyado en la puerta, observándolo con frialdad, pero en aquellas circunstancias, Roger no podía pedirle que lo dejara solo. A pesar del indeseado espectador, la sensación de alivio que sintió al quitarse la barba fue maravillosa. Le picaba y no había visto su propio rostro desde hacía meses.

—¿El trabajo va bien? —Trató de darle conversación mientras se afeitaba—. Esta mañana he oído cómo trabajaba con el martillo.

—Sí. —Fraser seguía sus movimientos con interés... midiéndolo, pensó—. Ya tengo el suelo acabado y una parte del techo. Creo que Claire y yo ya podremos dormir allí esta noche.

—¡Ah! —Roger torció la cabeza para seguir con la curva de la mandíbula—. Claire me ha dicho que ya puedo empezar a andar, así que dígame de qué me puedo encargar.

Jamie asintió con los brazos cruzados sobre el pecho.

—¿Sabes utilizar herramientas?

—No tengo mucha experiencia en la construcción —admitió. Sospechó que una casa para pájaros que hizo en el colegio no debía de contar.

—Supongo que no sabrás qué hacer con un arado o con una piara de cerdos. —Había un evidente brillo de diversión en los ojos de Fraser.

Roger levantó la barbilla para quitarse los restos de jabón del cuello. En los últimos días había estado pensando en eso. En una granja del siglo XVIII, sus dotes de historiador o cantante folclórico no le serían muy útiles.

—No —dijo con tranquilidad, dejando la navaja—. Ni tampoco sé ordeñar una vaca, ni construir una chimenea, ni cortar leña, ni guiar caballos, ni matar osos, ni descuartizar ciervos o atravesar a alguien con una espada.

—¿No? —La diversión fue evidente.

Roger se echó agua en la cara, se secó y luego se volvió hacia Fraser.

—No. Sólo tengo la espalda fuerte. ¿Eso sirve?

—¡Sí! No podría pedir más. —Fraser sonrió un poco—. Eres capaz de distinguir en una pala un extremo del otro, ¿no?

—Eso sí.

—Entonces lo harás bien. —Fraser se alejó de la puerta—. La huerta de Claire necesita que le aireen la tierra; hay que dar la vuelta a la cebada en la destilería, y hay mucho abono en la cuadra. Después te enseñaré a ordeñar una vaca.

—Gracias. —Limpió la navaja, la guardó en la bolsa y se la entregó.

—Claire y yo vamos a ir esta noche a casa de Fergus —dijo Fraser con indiferencia mientras le entregaba la caja—. Lizzy vendrá con nosotros para ayudar a Marsali.

—¿Ah? Bueno... que lo paséis bien.

—Espero que así sea. —Fraser se detuvo en la puerta—. Brianna ha decidido quedarse; la criatura está un poco mejor y no quiere que le resulte pesada la caminata.

Roger miró fijamente al otro hombre. Se podía leer todo, o nada, en sus ojos azules.

—¿Sí? Entonces, ¿me está diciendo que se quedarán solos? Cuidaré de ellos.

Levantó una ceja roja.

—Estoy seguro de que lo harás. —Fraser abrió la mano sobre el recipiente vacío. Se produjo un ruido metálico y una chispa roja que brilló contra el peltre—. Ya te lo dije, MacKenzie, mi hija no necesita un cobarde.

Antes de que pudiera contestar, Fraser bajó la ceja y lo miró con calma.

—Por ti perdí a un sobrino al que quiero mucho y no estoy muy predispuesto a que me gustes. —Miró el pie de Roger y levantó la vista—. Pero tal vez tú has perdido más que eso. Consideraré que estamos en paz, o no, según lo que digas.

Atónito, Roger asintió antes de poder hablar.

—De acuerdo.

Fraser también asintió y se fue tan rápido como había llegado, dejando a Roger mirando la puerta vacía.

Intentó abrir la puerta de la cabaña, pero tenía el cerrojo echado. Después de desestimar la idea de despertar con un beso a la Bella Durmiente, levantó el puño para golpear y se detuvo. Princesa incorrecta. La auténtica Bella Durmiente no tenía a un enanito irascible en su cama, listo para aullar ante cualquier molestia.

Dio la vuelta a la pequeña cabaña, controlando las ventanas mientras los nombres de los siete enanitos aparecían en su mente. ¿Cómo llamaría a éste? ¿Ruidoso? ¿Oloroso?

La casa estaba cerrada por todas partes. Los cueros engrasados de las ventanas estaban clavados a los marcos. Podía romper uno, pero lo último que quería hacer era asustarla entrando a la fuerza.

Volvió a dar la vuelta poco a poco. Lo más razonable sería regresar a su habitación y esperar a la mañana siguiente. Entonces podría hablar con ella. Era mejor eso que despertarla de un sueño profundo, y con ella al pequeño.

Sí, eso era lo que tenía que hacer. Claire se haría cargo del pequeño bas... del niño, si se lo pedía. Podrían hablar con calma, sin miedo a interrupciones, caminar por el bosque y aclarar las cosas entre ellos. Bien, eso es lo que haría.

Diez minutos más tarde, después de su décima vuelta a la casa, se quedó mirando un débil brillo que procedía de una ventana.

—¿Quién diablos te crees que eres? —murmuró para sí mismo—. ¿Una maldita polilla?

Un ruido le impidió responderse. Se volvió y vio una figura blanca, como un fantasma, que se dirigía al retrete.

—¿Brianna?

La figura soltó un pequeño grito debido al susto.

—Soy yo —dijo, y vio que se llevaba una mano al pecho sobre el camisón blanco.

—¿Qué haces espiándome así? —preguntó, furiosa.

—Quiero hablar contigo.

No respondió, se dio la vuelta y siguió su camino.

—He dicho que quiero hablar contigo —repitió más alto, siguiéndola.

—Y yo quiero ir al baño —respondió—. Vete. —Cerró la puerta del retrete con un gesto decidido.

Se retiró a cierta distancia y esperó a que saliera. Cuando salió, se detuvo al verlo, ya que no había manera de esquivarlo sin pisar la hierba mojada.

—No deberías caminar con ese pie —afirmó.

—El pie ya está bien.

—Deberías irte a la cama.

—Muy bien —dijo, colocándose frente a ella en medio del sendero—. ¿A cuál?

—¿A cuál? —Se quedó inmóvil, pero no fingió que no le había entendido.

—¿Arriba? —Señaló hacia el Cerro—. ¿O aquí?

—Yo... ah...

Su madre le había dicho: «Debes ser cuidadoso.» Y su padre le había recordado: «Mi hija no necesita un cobarde.» Podía tirar una moneda al aire, pero por ahora aceptaría el consejo de Jamie Fraser.

—Dijiste que conociste un matrimonio por obligación y otro por amor. ¿Crees que uno elimina al otro? Mira, pasé tres días en ese círculo, pensando. Y por Dios que lo pensé. Pensé en quedarme y también en marcharme. Y me quedé.

—Pero nunca sabrás lo que dejas si te quedas para siempre.

—¡Sí lo sé! Y aunque no lo supiera, sabría muy bien lo que pierdo si me voy. —La cogió del hombro y sintió la ligera gasa de su camisón, que estaba áspera en su mano. Su piel estaba caliente—. No puedo irme y vivir pensando que dejé a un niño que podría ser mío, que es mío. —Se le quebró la voz—. Ni puedo irme y vivir sin ti.

Brianna vaciló y retrocedió, intentando soltarse.

—Mi padre... mis padres...

—¡Mira, yo no soy ninguno de tus malditos padres! ¡Al menos júzgame por mis propios pecados!

—¡Tú no has cometido ningún pecado! —exclamó un poco sofocada.

—No, ni tú tampoco.

Lo miró y captó el brillo oscuro de sus ojos.

—Si yo no hubiera... —comenzó.

—Y si yo no hubiera... —la interrumpió con brusquedad—. Déjalo ya, ¿quieres? No importa lo que hiciste o lo que hice. He dicho que no soy ninguno de tus padres y es así. Pero has conocido bien a los dos, mucho mejor que yo. ¿Frank Randall no te quiso como si fueras su hija? Te tomó como la hija de su corazón, sabiendo que eras de la sangre de otro hombre, de uno que tenía buenas razones para odiar.

La cogió del otro hombro y la sacudió levemente.

—¿Y ese bastardo pelirrojo no quiere a tu madre más que a su vida? ¿Y no te quiso tanto como para sacrificar ese amor por salvarte?

Brianna dejó escapar un gemido y Roger sintió su dolor, pero no la soltó.

—Si crees en ellos —afirmó, casi en un susurro—, entonces debes creer en mí. Porque yo soy un hombre como ellos. ¡Te juro por lo más sagrado que te quiero!

Brianna levantó la cabeza con lentitud y Roger sintió su aliento cálido en el rostro.

—Tenemos tiempo —dijo suavemente y, en ese momento, supo por qué había sido tan importante hablar ahora, allí, en la oscuridad. Cogió su mano y la apoyó sobre su pecho.

—¿Lo sientes? ¿Puedes sentir los latidos de mi corazón?

—Sí —susurró Brianna, y, con suavidad, le cogió las manos y las apoyó sobre su propio pecho, presionando la palma de Roger contra la fina gasa blanca.

—Éste es nuestro tiempo —comentó—. Hasta que dejen de latir, uno de ellos, o los dos, es nuestro tiempo. Ahora. ¿Vas a desperdiciarlo, Brianna, porque tienes miedo?

—No —respondió con voz ronca, pero clara—. No lo haré.

Oyeron un suave llanto que procedía de la cabaña, y sintió un sorprendente chorro caliente en su mano.

—Tengo que ir —intervino, apartándose. Dio dos pasos y se volvió—. Ven —dijo corriendo por el sendero, veloz y blanca como el fantasma de un ciervo.

Cuando llegó a la puerta, Brianna había cogido al niño y le estaba dando de mamar. Había estado en la cama; la manta estaba retirada y se notaba la forma de su cuerpo sobre la cama de plumas. Un poco cohibida, lo esquivó y se recostó.

—Por la noche le doy de mamar en la cama —explicó—. Duerme más si lo tengo al lado.

Roger susurró una especie de aceptación y arrastró la mecedora junto al fuego. Hacía mucho calor en la habitación y olía a pañales usados, a comida y a Brianna. Aunque aquellos días tenía un nuevo matiz, un olor a hierba silvestre mezclada con otro aroma dulce que seguramente procedía de la leche.

Tenía la cabeza inclinada, el pelo rojizo suelto en una cascada brillante que caía sobre sus hombros y el camisón abierto hasta la cintura, con la cabeza del niño apoyada en su pecho redondeado, ocultando el pezón. Se oía un suave ruido de succión. Como si sintiera su mirada, Brianna levantó la cabeza.

—Lo siento —dijo Roger suavemente, para no molestarlos—. No puedo pretender decir que no estaba mirando.

No sabía si se había ruborizado; el fuego emitía un resplandor rojo sobre su cara y sus pechos. No obstante, ella bajó la cabeza, como si estuviera avergonzada.

—Sigue —añadió—. No hay mucho que mirar.

Sin decir ni una palabra, Roger se levantó y comenzó a desnudarse.

—¿Qué estás haciendo? —Su voz era baja, pero estaba asombrada.

—No es justo que me quede sentado, mirándote, ¿no? Tampoco hay mucho que valga la pena mirar, pero... —Luchó con el nudo del lazo de los calzones—. Pero al menos, no creerás que te estás exhibiendo.

—¡Ah!

No la miró, pero le pareció que había sonreído. Se enderezó y dejó caer los calzones antes de quitárselos del todo.

—¿Es un espectáculo de *striptease*? —Brianna se contuvo para no dejar escapar una carcajada, moviendo al bebé.

—No me decido a quedarme de frente o de espaldas. ¿Tienes alguna preferencia?

—Quédate de espaldas —anunció suavemente—. Por ahora.

Lo hizo, y se quitó del todo los calzones sin caerse al fuego.

—Quédate así un minuto —le rogó—. Por favor. Me gusta mirarte.

Permaneció erguido e inmóvil, mirando el fuego. El calor hizo que recordara al padre Alexandre y dio un paso atrás. ¿Por qué recordaba eso ahora?

—Tienes marcas en la espalda, Roger —comentó ella con voz muy suave—. ¿Quién te las ha hecho?

—Los indios. No tiene importancia. Ya no. —No se había recogido ni cortado el pelo, que le caía sobre los hombros y le hacía cosquillas en la espalda. Podía sentir la mirada de Brianna recorriendo su cuerpo y descendiendo por la espalda, el trasero, los muslos y las pantorrillas.

—Voy a darme la vuelta. ¿Vale?

—No me voy a impresionar —le aseguró—. He visto fotos.

Era igual que su padre; podían mantener la misma expresión cuando lo deseaban. Era incapaz de interpretar aquella boca suave y ancha, ni la mirada felina. ¿Estaba asustada, impresionada o divertida? ¿Y por qué tenía que ser así? Había tocado y acariciado todo lo que ahora veía a la luz. Lo había acariciado y manipulado con tal intimidad que se había perdido en sus manos, se había rendido a ella sin reservas... y ella a él. Pero había pasado toda una vida desde entonces. Ahora estaba desnudo por primera vez delante de ella bajo la luz, y ella tenía un niño en sus brazos. ¿Cuál de los dos había cambiado más desde su noche de bodas?

Ella lo observaba con detenimiento, con la cabeza torcida. Luego sonrió, mirándolo a los ojos. Se enderezó y cambió al niño de pecho, dejando el camisón abierto y un pecho desnudo.

No podía permanecer así durante mucho tiempo; el fuego le estaba chamuscando el vello del trasero. Caminó a un lado de la chimenea y se sentó mientras la observaba.

—¿Qué se siente? —preguntó, en parte por curiosidad y en parte por romper el silencio.

—Es agradable —respondió en voz baja, inclinando la cabeza sobre el niño—. Son como pequeños tirones. Hace cosquillas. Cuando empieza a succionar sucede algo, como si todo partiera de mí hacia él.

—¿No es como si te vaciaran? ¿Como si te sacaran algo tuyo?

—No, nada de eso. Mira. —Puso un dedo en la boca del niño y lo apartó con un pequeño *pop*. Bajó un momento el pequeño cuerpo, y Roger vio el pezón y la leche que salía con una fuerza increíble. Brianna colocó de nuevo al niño, antes de que comenzara a llorar, pero no antes de que Roger sintiera las diminutas gotas tibias y súbitamente frescas contra la piel de su pecho.

—Dios mío —dijo, asombrado—. ¡No sabía que fuera así!

—Yo tampoco. —Sonrió, cubriendo la pequeña cabeza con una mano—. Hay muchísimas cosas que no hubiera imaginado.

—Y su sonrisa se apagó.

—Bree. —Se inclinó hacia ella, olvidando su desnudez ante la necesidad de tocarla—. Bree, sé que estás asustada. Yo también, y no quiero que tengas miedo de mí, pero... Bree, te deseo.

Dejó las manos apoyadas sobre las rodillas de Bree y ella, al poco rato, apoyó su mano libre sobre las suyas con suavidad.

—Yo también te deseo —susurró. Permanecieron así lo que les pareció mucho tiempo. Roger no sabía qué haría después, pero sí que no se apresuraría, que no la asustaría. «Sé cuidadoso.»

Los pequeños ruiditos de succión habían cesado y el bulto estaba flácido e inmóvil en su brazo.

—Está dormido —susurró Brianna.

Lo levantó con el cuidado de quien lleva una carga de nitroglicerina. Se movió hacia el borde de la cama y se puso de pie.

Iba a poner al niño en la cuna, pero Roger levantó los brazos de manera instintiva. Ella vaciló un segundo y se lo entregó. Sus pechos estaban llenos y pesados en la sombra de su camisón abierto, y, cuando lo rozó, advirtió el intenso aroma del almizcle de su cuerpo.

El niño pesaba muchísimo para su tamaño, y estaba muy caliente, más incluso que el cuerpo de su madre. Roger se lo acercó con cuidado y lo acunó. Sus pequeñas nalgas le cabían en la palma de la mano. Después de todo, no estaba completamente pelado, ya que tenía una pelusa rojiza por toda la cabeza. Las orejas eran pequeñas, casi transparentes. La que podía ver estaba roja y arrugada, puesto que era la que estaba en contacto con el brazo de su madre.

—No puedes saberlo sólo con mirarlo. Yo lo intenté. —La voz de Brianna lo sacó de su contemplación. Se encontraba al otro lado de la habitación, con un cajón del aparador abierto. A Roger le pareció ver arrepentimiento en su rostro, pero estaba muy oscuro para distinguirlo.

—No es eso lo que estaba buscando. —Bajó al niño con cuidado a su regazo—. Es que... es la primera vez que puedo mirar con tranquilidad a mi hijo. —Las palabras le parecían extrañas pronunciadas en su boca. No obstante, se relajó un poco.

—Ah, bueno. —Había un pequeño tinte de orgullo que le llegó al corazón, y lo miró con detenimiento. Los pequeños puños estaban cerrados como si se tratara del caparazón de un caracol. Le cogió el puño y se lo abrió con cuidado con el pulgar hasta poder introducir su dedo índice. El pequeño puño se cerró otra vez, con una fuerza asombrosa.

Pudo oír un rítmico sonido y se dio cuenta de que ella se estaba cepillando el cabello. Le hubiera gustado mirarla, pero estaba demasiado fascinado con su hijo.

Los pies del cuerpecito parecían los de una rana; eran anchos en los dedos y estrechos en el talón. Roger recorrió uno con un dedo y sonrió cuando los deditos se separaron. Al menos no los tenía pegados.

«Mi hijo», pensó, y no supo bien qué sentía. Tendría que transcurrir un tiempo hasta que se acostumbrara.

«Pero puede serlo», fue el siguiente pensamiento. No sólo el hijo de Brianna, sino también el fruto de su propia carne. Ese pensamiento era incluso más remoto. Aunque trató de alejarlo de su mente, volvía de nuevo a ella.

¿Aquella unión en la oscuridad, aquella mezcla agridulce de dolor y gozo, habría sido el comienzo de esto?

Aunque no deseaba pensarlo, esperaba sobre todas las cosas que así fuera.

El niño llevaba un largo camisón de gasa blanca; lo levantó y vio el pañal debajo y el óvalo perfecto del diminuto ombligo justo encima. Con curiosidad, le abrió el pañal para mirar.

—Ya te he dicho que lo tiene todo. —Brianna estaba a su lado.

—Bueno, sí —dijo, dubitativo—. Pero ¿no es... un poco pequeño?

—Crecerá —aseguró riendo—. Por ahora, parece que no necesita más.

Su propio pene caía flácido entre sus muslos; sin embargo, se sacudió un poco.

—¿Quieres dármelo? —Estiró las manos para cogerlo, pero Roger negó con la cabeza y lo levantó otra vez.

—Todavía no. Huele a leche y a algo dulcemente podrido, ¿no? —Era otra cosa, algo indefinible que él no había olido antes.

—Mamá lo llama colonia de bebé. —Se sentó sobre la cama, con una pequeña sonrisa—. Dice que es un olor protector que los recién nacidos usan para impedir que sus padres los maten.

—¿Matarlo? Pero si es una criatura preciosa —protestó Roger.

Brianna enarcó una ceja burlona.

—No has estado viviendo con él este último mes. Es la primera noche en tres semanas que no tiene cólicos. Si no fuera mío, lo habría abandonado en la ladera de la montaña.

«Si no fuera mío.» Esa seguridad, suponía, era el premio de las madres. Siempre lo había sabido, siempre lo sabría. Durante un instante la envidió.

El niño se agitó y emitió un débil sonido junto a su cuello. Antes de que pudiera moverse, Brianna se levantó, lo cogió y le palmeó la espalda. Un suave eructo y se quedó dormido de nuevo.

Brianna lo colocó en la cuna, boca abajo, con mucho cuidado, como si fuera dinamita. Roger podía ver el suave contorno de su cuerpo a través de la gasa, resaltado por el fuego que se hallaba detrás de ella. Cuando se volvió, Roger estaba preparado.

—Pudiste regresar cuando te enteraste. Tuviste tiempo. —Le sostuvo la mirada, sin dejar que mirara hacia otro lado—. Así que ahora me toca a mí preguntar: ¿qué hizo que me esperaras? ¿Amor u obligación?

—Ambos —contestó con los ojos oscurecidos—. Ninguno de los dos. Yo... no podía irme sin ti.

Respiró, sintiendo que lo abandonaba la última duda.

—Entonces lo sabes.

—Sí. —Levantó los hombros y dejó que su camisón cayera, quedándose tan desnuda como él.

Dios bendito, era rojo, y más que rojo, oro y ámbar, marfil y bermellón. La deseaba con un ansia que iba más allá de la carne.

—Dijiste que me amabas por todo lo que consideras sagrado —susurró—. ¿Qué es sagrado para ti, Roger?

La abrazó con cuidado y la mantuvo junto a su corazón mientras recordaba la apestosa bodega y a aquella joven delgada del *Gloriana* que olía a leche. También le venía a la mente el fuego, los tambores, la sangre y una huérfana bautizada con el nombre del padre, que se había sacrificado a sí mismo por temor al poder del amor.

—Tú —dijo, junto a su pelo—. Él. Nosotros. No hay nada más, ¿verdad?

68

Felicidad doméstica

Agosto de 1770

Era una mañana tranquila. El niño había dormido toda la noche, lo que merecía la aprobación general; dos gallinas habían puesto sus huevos en el gallinero en lugar de en cualquier sitio, lo que no me había obligado a buscarlos entre los arbustos de zarzamora para preparar el desayuno; el pan había levado bien en su cuenco, y después Lizzie lo había moldeado en hogazas y, compartiendo la actitud general de cooperación, el nuevo horno lo había cocido bien hasta liberar una delicada fragancia que se distribuía por toda la casa. El jamón y el pavo especiados chisporroteaban en la plancha y liberaban deliciosos aromas que se mezclaban con los suaves olores matutinos de la hierba húmeda y las flores estivales que entraban por la ventana abierta.

Todas esas cosas ayudaban, pero la atmósfera general de bienestar se debía más a la noche anterior que a los acontecimientos de la mañana.

Fue una noche perfecta. Jamie había apagado la vela, y cuando se dirigía a cerrar la puerta, decidió quedarse apoyado en el umbral, observando el valle.

—¿Qué ocurre? —pregunté.

—Nada —dijo suavemente—. Ven y mira.

Todo parecía flotar de manera superficial en una luz misteriosa. En la lejanía, las cascadas parecían congeladas, como suspendidas en el aire, excepto por el viento que nos traía el sonido del agua que caía. El aire de la noche, que procedía de la cima de las montañas, olía a hierba, a agua y a pino. Como iba en camisón, me estremecí y me acerqué a él para que me diera calor. Los faldones de su camisa estaban abiertos en los lados, casi hasta la cintura. Metí la mano por la abertura más cercana y le cogí una nalga redonda y tibia. Los músculos se tensaron bajo mi mano y luego los flexionó al volverse.

No se había apartado; sólo había dado un paso atrás para quitarse la camisa. Jamie estaba desnudo a mi lado y extendió la mano. Su piel era plateada y la luz de la luna tallaba su cuerpo en la noche. Podía ver hasta el más mínimo detalle, desde los dedos largos de los pies hasta el cabello flotante, con tanta claridad como los tallos negros de los arbustos de zarzamora que se hallaban al fondo del patio. Aun así, no tenía dimensión; podía haber estado al alcance de la mano o a un kilómetro de distancia.

Dejé caer mi camisón en un charco junto a la puerta y lo seguí, cogiéndome de su mano. Sin decir ni una palabra, flotamos sobre la hierba, caminamos hacia el bosque con las piernas mojadas y la piel fresca, nos volvimos hacia el calor del otro y nos adentramos juntos en el aire vacío más allá del Cerro.

Nos despertamos en la oscuridad después de que la luna se ocultara entre las hojas y las ramas, picados por los mosquitos y rígidos por el frío. No nos dirigimos la palabra, pero nos reímos y regresamos tambaleantes, tropezando con raíces y piedras y ayudándonos a través del bosque sin luna hasta llegar a nuestra cama para dormir una hora antes de que amaneciera.

Para desayunar le serví un cuenco de cereales y le limpié un rastro de avena de la oreja. Lo dejé en la mesa junto a su cuenco.

Volvió la cabeza. Con una sonrisa y brillo en sus ojos, me cogió la mano y la besó. Me soltó y volvió a sus gachas. Le toqué la nuca y vi cómo sonreía.

Levanté la vista con una sonrisa y me encontré con la mirada de Brianna. Sonreía un poco y sus ojos eran cálidos y comprensivos. Luego vi que estaba mirando a Roger, quien comía abstraído, con la mirada clavada en ella.

La escena de felicidad doméstica fue alterada por los escandalosos avisos de *Clarence,* que anunciaron una visita. Mientras me dirigía a la puerta para mirar, pensé que echaba de menos a *Rollo.* En fin, al menos *Clarence* no saltaba sobre los visitantes ni los tiraba al suelo.

El visitante era Duncan Innes. Traía una invitación.

—Tu tía pregunta si vais a asistir a la reunión de monte Helicon en otoño. Dice que le diste tu palabra hace dos años.

Jamie puso un plato con huevos ante Duncan.

—Todavía no lo he pensado —dijo, frunciendo ligeramente el ceño—. Hay mucho que hacer y tengo que terminar el techo antes de que empiece a nevar. —Hizo un gesto hacia arriba con la barbilla, indicando los listones y las ramas que nos protegían de los caprichos del tiempo de manera provisional.

—Vendrá un sacerdote de Baltimore —comentó Duncan, evitando mirar a Roger y a Brianna—. La señorita Yo piensa que tal vez queráis bautizar a la criatura.

—¡Aaah! —Jamie se echó hacia atrás, pensativo—. Sí, tal vez deberíamos ir, Duncan.

—Eso está bien, tu tía estará muy contenta. —Algo pasó en la garganta de Duncan que hizo que enrojeciera. Jamie lo miró y le pasó la jarra de sidra.

—¿Tienes algo en la garganta?

—Ah... no. —Todos dejaron de comer, mirando con cierta fascinación los cambios en la cara de Duncan. Cuando consiguió pronunciar las siguientes palabras, había adquirido un color morado.

—Yo... eh... deseo pedir tu consentimiento, *an fhearr* Mac Dubh, para el matrimonio de la señora Yocasta Cameron con... con...

—¿Con quién? —preguntó Jamie, torciendo la boca—. ¿Con el gobernador de la colonia?

—¡Conmigo! —Duncan levantó la jarra y enterró la cara en ella, con el alivio del hombre que se está ahogando y ve llegar un barco.

Jamie lanzó una carcajada, lo que no pareció calmar la incomodidad de Duncan.

—¿Mi consentimiento? ¿No te parece que mi tía ya tiene edad para decidir? ¿O tú?

Duncan respiraba mejor, aunque todavía tenía las mejillas sonrosadas.

—Me parece lo adecuado —afirmó con cierta ceremonia— considerando que eres su pariente más próximo. —Tragó antes de seguir hablando—. Y... y no me parece correcto, Mac Dubh, que yo coja lo que debería ser tuyo.

Jamie sonrió y movió la cabeza.

—Yo no voy a reclamar ninguna de las propiedades de mi tía, Duncan, no las cogí cuando me las ofreció. ¿Os casaréis durante el encuentro? Entonces, dile que iremos y bailaremos en la boda.

69

Jeremiah

Octubre de 1770

Roger cabalgaba con Claire y Fergus cerca del carro. Jamie no confiaba en Brianna como conductora de un vehículo si iba su nieto en él y había insistido en llevarlo él, con Lizzie y Marsali detrás y Brianna a su lado. Desde la montura, Roger oía parte de la discusión que había comenzado desde su llegada.

—John, seguro —decía Brianna, mirando ceñuda a su hijo, que se retorcía vigorosamente envuelto en el chal—. Pero no sé si debería ser su primer nombre. Y si lo fuera... ¿No debería ser Ian? Es John en gaélico y me gustaría llamarlo así. Pero ¿no dará lugar a confusiones con el tío Ian y nuestro Ian?

—Como ninguno de los dos está aquí, no creo que haya problemas —señaló Marsali, mirando a su padrastro—. ¿No has dicho que querías ponerle uno de los nombres de Pa?

—Sí, pero ¿cuál? —Brianna dio media vuelta para hablar con Marsali—. James no, eso sí que daría lugar a confusiones. Y Malcolm no me gusta mucho. Ya tiene el MacKenzie, por supuesto, así que tal vez... —Vio la mirada de Roger y le sonrió.

—¿Qué te parece Jeremiah?

—John Jeremiah Alexander Fraser MacKenzie. —Marsali frunció el ceño y pronunció los nombres para probarlos.

—A mí me gusta Jeremiah —intervino Claire—. Es del Antiguo Testamento. Es uno de tus nombres, ¿verdad, Roger? —Le sonrió y se acercó más al carro, inclinándose para hablar con Brianna.

—Por otra parte, si Jeremiah te parece muy formal puedes llamarlo Jemmy —dijo—. Aunque se parece mucho a Jamie, ¿no?

Roger sintió un escalofrío al recordar de repente a otro niño al que su madre llamaba Jemmy, un niño cuyo padre tenía el cabello rubio y los ojos tan verdes como los de Roger.

Esperó que Brianna estuviera ocupada buscando pañales en la bolsa y le entregara el niño inquieto a Lizzie. Se acercó a la yegua que montaba Claire.

—¿Recuerdas la primera vez que fuiste a Inverness con Brianna? —preguntó en voz baja—. Tú ya conocías mi árbol genealógico.

—¿Sí?

—Hace tiempo y tal vez no lo hayas notado... —Vaciló, pero tenía que saberlo, si es que se podía—. Señalaste el lugar del árbol donde se hizo la sustitución, cuando el hijo de Geillis Duncan y Dougal fue adoptado en lugar de uno que había muerto y le dieron su nombre.

—William Buccleigh MacKenzie —dijo con rapidez, y sonrió ante su sorpresa—. He leído muchas veces tu árbol genealógico; es probable que pudiera decirte todos los nombres.

Respiró profundamente, con inseguridad.

—¿Ah, sí? Lo que quisiera saber... ¿Sabes el nombre de la esposa de la criatura suplantada, mi seis veces bisabuela? Su nombre no figura en mi árbol familiar; sólo figura William Buccleigh.

Claire bajó las suaves pestañas sobre sus ojos dorados mientras pensaba, frunciendo los labios.

—Sí —concluyó y lo miró—. Morag. Su nombre era Morag Gunn. ¿Por qué?

Movió la cabeza, demasiado impresionado para contestar. Miró hacia Brianna. Tenía al niño semidesnudo en las rodillas y el pañal sucio en el asiento de al lado. Entonces recordó la ropa empapada del niño llamado Jemmy.

—El nombre de su hijo era Jeremiah —dijo al fin, tan despacio que Claire tuvo que inclinarse para oírlo.

—Sí. —Lo observó con curiosidad, y después miró el camino que se perdía entre los oscuros pinos.

—Pregunté a Geillis —intervino Claire súbitamente—. Le pregunté por qué. ¿Por qué podíamos hacerlo?

—¿Y tenía una respuesta? —Roger observaba un tábano sobre su muñeca, sin verlo.

—Ella dijo: «Para cambiar cosas.» —Sonrió con una mueca de ironía—. No sé si es una respuesta o no.

70

El encuentro

Habían transcurrido casi treinta años desde el último encuentro al que había asistido. Había sido en Leoch, cuando el clan MacKenzie hizo su juramento. Colum MacKenzie y su hermano Dougal habían muerto, y con ellos el resto de los clanes.

Leoch estaba en ruinas y no habría más encuentros en Escocia.

Pero aquí estaban las capas y las gaitas, llevadas por los que quedaban de aquellos hombres de las Highlands, que reclamaban con orgullo esas nuevas montañas. MacNeill y Campbell, Buchanan y Lindsey, MacLeod y MacDonald; familias, esclavos y sirvientes, trabajadores no abonados y terratenientes.

Trataba de encontrar a Jamie entre el tumulto de campamentos, cuando descubrí una figura que me resultaba familiar y que caminaba de manera desgarbada entre la multitud. Me puse en pie y le hice gestos mientras lo llamaba.

—¡Myers! ¡Señor Myers!

John Quincy Myers me vio y se acercó a nuestro campamento sonriendo.

—¡Señora Claire! —exclamó, quitándose el horrible sombrero e inclinándose para saludarme con su habitual elegancia—. Me alegro mucho de volver a verla.

—El sentimiento es mutuo —aseguré sonriendo—. No esperaba verlo aquí.

—Bueno, trato de venir siempre —dijo, irguiéndose y sonriendo—, si puedo bajar de las montañas a tiempo. Es un buen lugar para vender mis pieles y librarme de todo lo que me sobra. Hablando de eso... —Comenzó a rebuscar poco a poco en su enorme bolsa de ante.

—¿Ha estado en el norte, señor Myers?

—Sí, he estado allí, señora Claire. He estado en el río Mohawk, en un lugar que llaman Upper Castle.

—¿El Mohawk? —Mi corazón latió con fuerza.

—Hum. —Sacó algo, lo miró, lo dejó de nuevo y siguió buscando en su bolsa—. Imagine mi sorpresa, señora Claire, cuando me detuve en la aldea mohawk y vi un rostro conocido.

—¡Ian! ¿Ha visto a Ian? ¿Está bien? —Estaba tan excitada que lo cogí del brazo.

—¡Sí! —aseguró—. Es un chico muy simpático, aunque me costó reconocerlo convertido en todo un guerrero de rostro oscuro, pero cuando me llamó por mi nombre...

Al fin encontró lo que buscaba. Me entregó un pequeño paquete envuelto en cuero, atado con una tira y con una pluma de pájaro carpintero en el nudo.

—Me confió esto para que se lo entregara a usted y a su esposo. —Sonrió con bondad—. Estoy seguro de que quiere leer ahora la carta, así que me retiro, ya la veré después, señora Claire. —Hizo una solemne reverencia y se alejó, saludando a los conocidos con los que se encontraba.

No iba a leerla sin Jamie. Por suerte, apareció enseguida. La carta estaba escrita en lo que parecía ser la hoja suelta de un libro y la tinta era del color marrón pálido de las agallas de roble, pero aun así era legible. La nota empezaba: «*Ian salutat avunculus Jacobus.*» Jamie sonrió.

Ave! Con esto terminan mis recuerdos de la lengua latina, por lo que continúo en lengua inglesa, cuyo recuerdo tengo más fresco. Estoy bien, tío, y contento, créeme. Me casé según las costumbres de los mohawk y vivo en la casa de mi esposa. Recordarás a Emily, la que hacía aquellas tallas de madera tan bonitas. *Rollo* es padre de muchos cachorros y la aldea está llena de pequeñas réplicas del lobo.

No puedo decir que mi descendencia haya proliferado de la misma forma, pero espero que le escribas a mi madre para decirle que podrá añadir un nieto a su lista. Nacerá en primavera, os avisaré tan pronto como pueda. Mientras, recordadme en Lallybroch, en River Run y en el Cerro de Fraser. Yo os recuerdo a todos con afecto y lo haré mientras viva. Mi cariño para la tía Claire, para la prima Brianna y también para ti.

Tu más afectuoso sobrino, Ian Murray.

Vale, avunculus.

Jamie parpadeó un par de veces, dobló con cuidado la carta y la guardó en su zurrón.

—Es *avuncule*, pequeño idiota —dijo con cariño—. Con el saludo se usa el vocativo.

Al observar las hogueras aquella noche, hubiera jurado que habían asistido al evento todas las familias escocesas que vivían entre Filadelfia y Charleston. No obstante, al amanecer de la mañana siguiente habían llegado aún más, y todavía seguían acudiendo.

El segundo día mientras Lizzie, Brianna y yo comparábamos niños con dos de las hijas de Farquard Campbell, Jamie se abrió paso, con una amplia sonrisa en el rostro, entre la masa de mujeres y niños.

—Lizzie —dijo—. Tengo una pequeña sorpresa para ti. ¡Fergus!

Fergus, igual de contento, apareció acompañado de un hombre de fino cabello rubio.

—¡Papá! —gritó Lizzie, corriendo a sus brazos.

Jamie se metió un dedo en el oído con aire burlón.

—Creí que nunca la oiría gritar así —comentó. Me sonrió y me dio dos trozos de una hoja que originalmente había sido un documento.

—Es el contrato de trabajo del señor Wemyss —explicó—. Guárdalo, lo quemaremos esta noche en la hoguera.

Y volvió a perderse entre la muchedumbre, donde todos le saludaban gritando «¡Mac Dubh!».

El tercer día de la reunión, había escuchado tantas noticias, chismes y conversaciones que me pitaban los oídos por el sonido del gaélico. Los que no hablaban, cantaban. Roger se encontraba en su elemento, deambulando por el lugar y escuchando. Estaba ronco ya por todo lo que había cantado. Había estado despierto casi toda la noche, rasgando una guitarra prestada y cantando a una multitud de oyentes hechizados mientras Brianna permanecía sentada a sus pies, con aspecto petulante.

—¿Lo hace bien? —me había preguntado Jamie, mirando con dudas a su yerno putativo.

—Mejor que bien —aseguré.

Levantó una ceja encogiéndose de hombros y luego me pidió al niño.

—Bueno, acepto tu palabra. Creo que el pequeño Ruaidh y yo vamos a jugar a los dados.

—¿Vas a llevarte al niño a jugar a los dados?

—Por supuesto —dijo, sonriéndome burlón—. Nunca se es demasiado joven para aprender una ocupación honrada. Le irá bien en caso de que no pueda ganarse el sustento cantando como su padre.

—Cuando prepares puré de nabos —intervine—, asegúrate de hervir las hojas junto con los tubérculos. Luego reserva el caldo y dáselo a los niños. Toma un poco tú también; es bueno para la leche.

Maisri Buchanan apretó al más pequeño de sus hijos contra su pecho y asintió, memorizando mi consejo. No podía convencer a la mayoría de los nuevos inmigrantes de que comieran verduras frescas o se las dieran a sus familias, pero de vez en cuando encontraba una oportunidad de introducir un poco de vitamina C a escondidas en su dieta habitual, que consistía sobre todo en gachas y venado.

Había intentado el recurso de hacer que Jamie comiera un plato de tomates a la vista de todos, con la esperanza de que si lo veían acabaría con algunos de los miedos de los nuevos inmigrantes. No había tenido éxito; la mayoría lo miraba con un asombro casi supersticioso, y me dieron a entender que él podía sobrevivir de manera natural comiendo cosas que matarían al instante a cualquier persona normal.

Despedí a Maisri y recibí a la siguiente visita en mi clínica improvisada. Se trataba de una mujer con dos niños cubiertos de ampollas. Al principio pensé que se trataba de un déficit nutricional, pero luego fui consciente de que estaban causadas por la hiedra venenosa.

Me di cuenta de que ocurría algo entre la gente, hice una pausa y salí para comprobarlo. Los reflejos del sol sobre el metal eran evidentes en el borde del claro. Jamie no fue el único que buscó su arma o su cuchillo.

Aparecieron desfilando, pero sus tambores sonaban amortiguados y sólo se oía un suave ¡*tap, tap!* a modo de guía. Los mosquetes apuntaban hacia el cielo y los sables se movían como colas de escorpión mientras salían de la arboleda de dos en dos, como si se tratara de manchas escarlatas, con los kilts verdes ondulando sobre sus rodillas.

Cuatro, seis, ocho, diez... Contaba en silencio, como todos los demás. Entraron cuarenta hombres, mirando al frente bajo sus sombreros de piel de oso, sin más sonido que el movimiento de pies y el golpeteo de su tambor.

Al otro lado del claro vi a MacNeill de Barra, que se levantaba de su asiento y se erguía; hubo un sutil movimiento a su alrededor, unos cuantos pasos de hombres que se pusieron de pie junto a él. No necesitaba mirar para advertir que detrás de mí estaba ocurriendo lo mismo. Más que ver, sentí pequeños remolinos similares al pie de la montaña. Todos los grupos vigilaban a los intrusos y miraban a sus jefes esperando instrucciones.

Busqué a Brianna y me sorprendió encontrarla detrás de mí con el niño en brazos, observando por encima de mi hombro.

—¿Quiénes son? —preguntó en voz baja, y sentí que el eco de su pregunta recorría la reunión como ondas en el agua.

—Un regimiento de las Highlands —dije.

—Eso ya lo veo —comentó ásperamente—. ¿Amigo o enemigo?

De hecho, ésa era la cuestión. ¿Estaban allí como escoceses o como soldados? A juzgar por los murmullos de la multitud, ni yo ni nadie teníamos respuesta. Se habían producido incidentes de tropas que habían acudido a dispersar grupos rebeldes, pero nos encontrábamos en una reunión pacífica, sin ningún tipo de propósito político.

No obstante, la simple presencia de muchos escoceses juntos había sido siempre una declaración política. Muchos de los presentes recordaban aquellos tiempos. Los murmullos se hicieron más fuertes y el gaélico resonaba con vehemencia en toda la montaña como el viento antes de una tormenta.

Eran cuarenta soldados con mosquetes y espadas, y allí habría unos doscientos escoceses, la mayoría armados y muchos con esclavos y sirvientes. Pero también con sus mujeres e hijos.

Pensé en los días posteriores a Culloden y, sin mirar alrededor, me volví hacia Brianna.

—Si pasa algo —dije—, cualquier cosa, lleva al niño hacia las rocas.

Roger apareció de repente frente a mí con la atención centrada en los soldados. No miró a Jamie, pero se pegó a él formando una pared protectora frente a nosotras. Lo mismo sucedía en todo el claro. Las mujeres no retrocedieron ni un ápice, pero sus hombres se colocaron delante de ellas. Cualquiera que entrara en el claro hubiera pensado que las mujeres se habían vuelto invisibles, dejando una implacable falange de escoceses mirando al valle.

Entonces aparecieron dos hombres entre los árboles: un oficial a caballo y, junto a él, su asistente, ondeando el estandarte del regimiento. Espolearon a sus caballos y pasaron junto a la columna de soldados hasta el borde de la multitud. Vi que el asistente se inclinaba sobre su caballo para hacer una pregunta, y la cabeza del oficial se volvía hacia nosotros, a modo de respuesta.

Entonces el oficial dio una orden y los soldados pasaron a la posición de descanso, bajando sus mosquetes al suelo y separando las piernas. El oficial dirigió el caballo hacia la multitud y se abrió paso entre la gente, que retrocedía de mala gana.

Venía hacia nosotros. Sus ojos estaban fijos en Jamie, que destacaba entre los demás por su altura y su cabello brillante como las hojas rojas de un arce.

El hombre se puso frente a nosotros y se quitó el casco con plumas, bajó del caballo, dio dos pasos hacia él y lo saludó con una rígida inclinación de cabeza. Era un hombre bajo pero robusto, tenía alrededor de treinta años y sus ojos brillaban como el gorjal que llevaba al cuello. Al verlo de cerca, distinguí algo que no había visto antes, un broche maltrecho de metal deslustrado que estaba sujeto al hombro de su abrigo rojo.

—Mi nombre es Airchie Hayes —dijo en gaélico, con los ojos fijos en Jamie y llenos de esperanza—. Dicen que usted conocía a mi padre.

71

Se cierra el círculo

—Tengo algo que decir —afirmó Roger.

Había estado esperando la oportunidad de encontrarse a solas con Jamie Fraser. Todos querían hablar con él, pero en aquel momento estaba solo, sentado en el tronco donde charlaba con todos. Miró a Roger con las cejas enarcadas, pero hizo un gesto para que se sentara con él.

Roger se sentó con el niño en brazos. Brianna y Lizzie estaban preparando la comida y Claire había ido a visitar a los Cameron de Isle Fleur, cuya hoguera estaba cerca. El aire nocturno era denso a causa del humo de madera, que sustituía al de turba, pero por lo demás, pensó que podría ser Escocia.

La mirada de Jamie se iluminó al ver la curva del cráneo del pequeño Jemmy, cubierta de una pelusa de color cobre que brillaba a la luz del fuego. Levantó los brazos y, con sólo una pequeña vacilación, Roger le entregó al niño dormido.

—*Balach Boidheach* —susurró Jamie mientras el niño se retorcía contra él—. Vamos, vamos. —Luego miró a Roger—. Has dicho que tenías algo que decirme.

Roger asintió.

—Sí, y aunque el mensaje no es mío, debo transmitirlo. —Jamie alzó una ceja inquisitiva en un gesto que Roger le recordó tanto a Brianna que se sobresaltó. Tosió para que no se notara—. Cuando Brianna partió entre las piedras de Craigh na Dun, me vi obligado a esperar unas semanas antes de poder seguirla.

—¿Sí?

Jamie lo miró con cautela, como cada vez que mencionaba las piedras.

—Fui a Inverness —continuó Roger sin dejar de mirarlo—. Me quedé en la casa donde había vivido con mi padre y estuve revisando sus papeles. Guardaba muchas cartas y cosas viejas.

Jamie asintió, sin saber adónde quería llegar, pero su educación le impedía interrumpirlo.

—Encontré una carta —Roger inspiró profundamente, sintiendo que el corazón le latía con fuerza en el pecho— y me la aprendí de memoria pensando en el momento en que encontrara a Claire. Pero ahora —se encogió de hombros— no estoy seguro de si debo decírselo a ella o a Brianna.

—¿Y me preguntas a mí si debes decírselo? —Lo miró, intrigado, enarcando las gruesas cejas rojas.

—Tal vez. Aunque pensándolo bien, creo que la carta hace más referencia a ti que a ellas. —En ese momento, Roger sintió simpatía por Fraser—. ¿Sabías que mi padre era ministro? La carta era para él. Supongo que fue escrita a modo de confesión, pero me imagino que la muerte anula ese secreto.

Roger respiró hondo y cerró los ojos con fuerza para rememorar las letras negras que cruzaban la página con una escritura angular. La había leído cientos de veces; estaba seguro de cada palabra.

La carta decía:

Querido Reg:

Algo le sucede a mi corazón, aparte de la presencia de Claire (dicho con ironía). El médico dice que puedo vivir durante años con cuidados, pero que puede pasar cualquier cosa. Las monjas del colegio de Bree asustaban a los chicos con el terrible destino que esperaba a los que morían con pecados sin confesar y sin perdonar. Que me condenen (perdona la expresión) si tengo miedo de lo que me pasará después, si es que pasa algo. Todo puede ser, ¿no?

No le puedo explicar nada de todo esto al cura de mi parroquia por razones obvias. A pesar de que no creo que viera ningún tipo de pecado en esto, casi con seguridad llamaría a un psiquiatra para pedirle ayuda.

Tú eres sacerdote, Reg, aunque no seas católico y, lo más importante, eres mi amigo. No necesitas contestarme ni creo que te sea posible hacerlo. Pero puedes escucharme. Uno de tus grandes dones es saber escuchar. ¿Te lo había dicho antes?

Me estoy yendo por las ramas y no sé por qué. Mejor empiezo.

¿Recuerdas el favor que te pedí hace unos años sobre las lápidas en St. Kilda? Como buen amigo que eres, nunca me preguntaste nada, pero es el momento de explicártelo.

Dios sabrá por qué el viejo Jack Randall fue enterrado en una colina de Escocia y no en Sussex. Tal vez a nadie le importaba lo bastante para trasladarlo a casa. Algo triste; espero que no fuera así.

No obstante, allí está. Si alguna vez Bree se interesa por su historia (por la mía), buscará y lo encontrará allí. La ubicación de su tumba se menciona en los documentos de la familia. Por eso te pedí que pusieras cerca la otra lápida. Destacará, ya que el resto se está deteriorando a causa del tiempo. Claire la llevará a Escocia algún día. Estoy seguro. Si va a St. Kilda la verá; nadie va a un viejo cementerio sin dar una vuelta por las tumbas. Si lo hace, si la encuentra y le pregunta a Claire... yo no puedo hacer más. Ya he hecho mi parte; lo que suceda lo dejo para cuando yo no esté.

Tú conoces todas las locuras que Claire contaba a su regreso. Hice todo lo que pude para que lo olvidara, pero no quiso. ¡Qué mujer más terca!

Tal vez no creas esto, pero cuando fui a visitarte, alquilé un coche y fui a esa maldita colina, a Craigh na Dun. Te conté lo de las brujas que bailaban en el círculo poco antes de que Claire desapareciera. Con aquella inquietante visión en la mente, cuando estuve allí entre las piedras al amanecer, casi la creí. Toqué una piedra y, por supuesto, no sucedió nada.

Y, sin embargo, investigué. Busqué al hombre, a Fraser. Y tal vez lo encontré. Como mínimo, hallé a una persona con ese nombre y lo que pude averiguar coincidía con lo que Claire me había explicado. Ya sea porque dijera la verdad, o porque convirtiera una ilusión en una experiencia real... bueno, había un hombre. ¡De eso estoy seguro!

No podrás creerlo, pero estuve allí y puse la mano sobre la maldita lápida, deseando que se abriera para ver cara a cara a ese James Fraser. Sea quien fuere y esté donde esté, no deseo en la vida más que tenerlo delante para matarlo.

A pesar de que nunca lo he visto y no sé si existe, odio a ese hombre como nunca he odiado a nadie. Si lo que Claire dice y lo que yo descubrí es cierto, entonces se la quité y la tuve conmigo gracias a una mentira. Tal vez una mentira por omisión, pero mentira al fin y al cabo. Supongo que puedo llamarlo venganza.

Los sacerdotes y los poetas dicen que la venganza es una espada de doble filo, y el otro filo es que nunca sabré qué hubiera hecho si hubiera podido elegir. ¿Se habría quedado conmigo si le hubiera dicho que Jamie había sobrevivido a Culloden o habría salido hacia Escocia como una flecha?

No puedo pensar que Claire dejara a su hija. Confío en que no me deje a mí tampoco... pero... si tuviera la seguridad, juro que se lo hubiera dicho, pero no lo hice y ésa es la verdad.

Fraser. ¿Debo maldecirlo por robarme a mi esposa, o bendecirlo por darme a mi hija? Pienso esas cosas y luego me detengo, asustado por creer en esa teoría absurda. Y sin embargo... tengo una extraña sensación sobre James Fraser, casi un recuerdo, como si lo hubiera visto en alguna parte. Aunque eso es el producto de los celos y la imaginación. Yo sé muy bien cómo es ese bastardo, veo su rostro en mi hija todos los días.

Ésta es la parte extraña, un sentido de la obligación. No sólo hacia Bree, aunque creo que tiene derecho a saberlo... más adelante. ¿Te dije que lo había sentido? Lo curioso es que es un sentimiento que ha permanecido conmigo. Algunas veces, casi puedo sentir al bastardo mirando por encima de mi hombro en la habitación.

No lo había pensado antes. ¿Crees que me encontraré con él alguna vez? Es gracioso. ¿Nos encontraremos como amigos, me pregunto, con los pecados de la carne detrás de nosotros? ¿O terminaremos encerrados para siempre en algún infierno céltico, con las manos atadas a la garganta del otro?

Yo traté mal a Claire... o por lo menos dependiendo de cómo se mire. No voy a entrar en detalles sórdidos, digamos que lo siento.

Así que es así, Reg. Odio, celos, mentiras, robos, infidelidad, todo completo. Salvo el amor, no hay mucho para equilibrar. La amo... las amo. Son mis mujeres. Tal vez no sea la forma correcta de amar, o no sea suficiente. Pero es todo lo que tengo.

No quiero morir sin confesarme y confío en ti para una absolución condicional. Eduqué a Bree como católica, ¿crees que habrá alguna esperanza de que ella rece por mí?

—Estaba firmada «Frank», por supuesto —dijo Roger.

—Por supuesto —repitió Jamie. Permaneció inmóvil, con el rostro inescrutable.

Roger no necesitaba leer su rostro; conocía bien los pensamientos que pasaban por su mente. Los mismos que también él había tenido durante las semanas que habían transcurrido entre Beltane y la víspera del solsticio de verano, durante la búsqueda de Brianna por el océano, durante su cautividad y al final en el círculo de piedras y en el infierno de rododendros, oyendo la canción que procedía de las piedras.

Si Frank Randall hubiera decidido mantener en secreto lo que había descubierto y nunca hubiera hecho colocar esa lápida en St. Kilda... ¿Claire habría sabido la verdad? Tal vez sí, tal vez no. Pero había sido esa lápida la que hizo que Claire contara a su hija la historia de James Fraser y la que puso a Roger en el camino del descubrimiento que los condujo hasta ese lugar, hasta ese tiempo.

Fue la lápida la que envió a Claire de regreso a los brazos de su amante escocés y le dio la posibilidad de poder morir en ellos. La que le había dado a la hija de Frank Randall la oportunidad de volver con su otro padre y, al mismo tiempo, la condenaba a vivir en un tiempo que no era el suyo; como resultado, el nacimiento de un niño pelirrojo, que representaba la continuación de la sangre de Jamie Fraser. «¿Los intereses de la deuda?», pensó Roger.

Y luego estaban los pensamientos privados de Roger, otro niño que pudo no ser, salvado por la críptica lápida que había dejado Frank Randall para obtener el perdón. Morag y William MacKenzie no estaban en el encuentro; Roger no sabía si se sentía desilusionado o aliviado.

Al fin, Jamie Fraser se movió, aunque seguía mirando al fuego.

—Inglés —dijo suavemente, como un conjuro. Roger sintió que se le erizaba el vello de la nuca y creyó ver algo que se movía entre las llamas.

Jamie extendió sus grandes manos acunando a su nieto. Tenía una expresión distante, y las llamas hacían que brillaran su cabello y sus cejas.

—Inglés —repitió, hablando a lo que fuera que veía entre las llamas—. Podría desear que nos encontráramos algún día, pero espero que no lo hagamos.

Roger esperó con las manos sobre sus rodillas. Los ojos de Fraser estaban sombríos y su rostro permanecía oculto por los destellos del fuego. Al fin, algo sacudió el fuego; Fraser movió la cabeza para espabilarse y pareció que entonces se diera cuenta de que Roger estaba allí.

—¿Se lo digo a ella? ¿A Claire? —preguntó Roger.

El enorme escocés le lanzó una mirada afilada.

—¿Se lo has dicho a Brianna?

—Todavía no, pero lo haré —dijo mirando fijamente a Fraser—. Ella es mi esposa.

—Por ahora.

—Para siempre... si así lo quiere.

Fraser miró hacia la hoguera de los Cameron. La pequeña silueta de Claire se recortaba oscura contra el fuego.

—Yo le prometí sinceridad —comentó por fin muy despacio—. Sí, díselo.

Al cuarto día, las laderas de las montañas estaban llenas de más escoceses que iban llegando. Antes del crepúsculo, los hombres comenzaron a llevar madera y a apilarla en el espacio quemado al pie de la montaña. Cada familia tenía su hoguera, pero estaba el gran fuego alrededor del cual se reunían cada noche para ver quién había llegado durante el día.

Con la oscuridad, las hogueras florecieron en la ladera, entre pequeños salientes y huecos arenosos. Durante un instante, tuve la visión de la insignia del clan de los MacKenzie, «una montaña ardiendo», y de pronto me di cuenta de lo que significaba. No se refería a un volcán, como había pensado. No, era una imagen como la de ahora: las fogatas familiares brillando en la oscuridad, una señal de que cada clan estaba presente y unido. Por primera vez entendí el lema que acompañaba a la imagen: *«Luceo non uro», «Brillo, no quemo».*

Muy pronto las laderas parecían vivas a causa de las hogueras. Se veían llamas más pequeñas que se movían a medida que el cabeza de cada familia o plantación encendía una antorcha en su hoguera y descendía por la colina para añadirla a la enorme pira que se hallaba al pie de la montaña. Desde nuestra ubicación elevada en la ladera, las figuras de los hombres se veían pequeñas y oscuras comparadas con la enorme hoguera.

Una docena de familias se había presentado antes de que Jamie terminara su conversación con Gerald Forbes y se levantara. Me entregó al niño, que dormía profundamente pese al alboroto que había alrededor, y encendió un tizón con nuestro fuego. Los gritos llegaban desde lejos, pero eran audibles en el claro aire otoñal.

—¡Los MacNeill de Barra están aquí!

—¡Los Lachlan de Glen Linnhe están aquí!

Y, al cabo de un rato, la voz de Jamie, fuerte y clara:

—¡Los Fraser del Cerro están aquí! —Hubo un breve aplauso a nuestro alrededor, y gritos y vivas de los arrendatarios que habían venido con nosotros, tal y como habían hecho los seguidores del resto de las familias.

Permanecí inmóvil, disfrutando del pequeño cuerpo dormido en mis brazos. Dormía con el abandono de la plena confianza, con la boquita rosa medio abierta y el aliento cálido y húmedo en la pendiente de mi pecho.

Jamie regresó oliendo a humo y a whisky y se sentó en el tronco, detrás de mí. Me cogió de los hombros y me apoyé en él, disfrutando de la sensación de tenerlo detrás de mí. Al otro lado del fuego, Brianna y Roger hablaban serios con las cabezas juntas. Sus rostros brillaban por el fuego, cada uno reflejándose en el otro.

—No pensarás que van a cambiar su nombre de nuevo, ¿no? —preguntó Jamie, mirándolos con las cejas fruncidas.

—No lo creo —respondí—. Los ministros hacen otras cosas además de bautizar, tú lo sabes.

—¿Ah, sí?

—Ya ha pasado el 3 de septiembre —dije, volviendo la cabeza para mirarlo—. Tú le anunciaste que en ese momento tendría que elegir.

—Eso dije. —La luna flotaba baja en el cielo, reflejando una suave luz sobre su rostro. Se inclinó y me besó en la frente.

Luego puso mi mano en la suya.

—Y tú, ¿quieres elegir? —preguntó suavemente. Me abrió la mano y vi el brillo del oro—. ¿Lo quieres de nuevo?

Me detuve y lo observé, buscando dudas en su mirada, pero no las encontré. No obstante, había algo más: curiosidad por lo que iba a decir.

—Fue hace mucho tiempo —contesté.

—Un largo tiempo. Soy un hombre celoso, pero no vengativo. Te alejé de su lado, pero no voy a alejarlo de ti. —Hizo una pausa con el anillo brillando en su mano—. Fue tu vida, ¿no? —Y preguntó otra vez—. ¿Lo quieres de nuevo?

En respuesta, extendí la mano y me deslizó el anillo en el dedo, tibio por el calor de su cuerpo.

De F. para C. con amor. Siempre.

—¿Qué has dicho? —pregunté. Había susurrado algo en gaélico, demasiado bajo como para entenderlo.

—He dicho: «Ve en paz» —respondió—. Pero no estaba hablando contigo, Sassenach.

Al otro lado del fuego, algo rojo centelleó. Miré a tiempo para ver que Roger se llevaba la mano de Brianna a los labios; el rubí de Jamie brillaba en su dedo, atrapando la luz del fuego y de la luna.

—Creo que ella ya ha elegido —dijo suavemente Jamie.

Brianna sonrió con los ojos fijos en el rostro de Roger y se inclinó para besarlo. Entonces se puso en pie, se limpió la falda y fue a encender un tizón. Se lo entregó hablando en voz alta para que la oyéramos.

—Ve —dijo— y diles que los MacKenzie están aquí.

Agradecimientos

Quisiera dar las gracias a:

Mi editora Jackie Cantor, que cuando le dijeron que acababa de escribir otro volumen de esta serie, comentó: «Me lo imaginaba.»

Susan Schwartz y sus leales secuaces (correctores, tipógrafos y maquetistas), sin los cuales este libro no existiría; espero que con el tiempo se recuperen de la experiencia.

Mi marido, Doug Watkins, que dijo: «No sé cómo sigues saliéndote con la tuya, no sabes nada sobre los hombres.»

Mi hija Laura, que con generosidad me permitió que tomara dos líneas de un trabajo de octavo curso para ponerlas en el prólogo; mi hijo Samuel, que me preguntó: «¿Nunca vas a terminar de escribir ese libro? —Y (sin hacer una pausa para respirar)—: Como sigues ocupada escribiendo, ¿podemos comer hamburguesas otra vez?»; mi hija Jennifer, que comentó: «Supongo que te cambiarás de ropa para dar la charla en mi clase. No te preocupes, mamá. Ya te he elegido un conjunto.»

Un alumno de sexto curso que, al devolverme una copia de un capítulo que había entregado durante una charla en su colegio, me dijo: «Es un poco asqueroso, pero interesante. Aunque la gente no hace esas cosas, ¿verdad?»

Iain MacKinnon Taylor y su hermano Hamish, por las traducciones del gaélico, los modismos y las exclamaciones pintorescas. Nancy Bushey, por las grabaciones en gaélico. Karl Hagen, por sus consejos sobre gramática latina. Susan Martin y Reid Snider, por sus epigramas griegos y serpientes podridas. Sylvia Petter, Elise Skidmore, Janet Kieffer Kelly y Karen Pershing, por ayudarme con el francés.

Janet McConnaughey y Keith Sheppard, por la poesía latina romántica, el latín macarrónico y la letra original de *To Anacreon in Heaven*.

Mary Campbell Toerner y Ruby Vincent, por prestarme un manuscrito histórico sobre los *highlanders* de Cape Fear. Claire

Nelson, por dejarme la *Enciclopedia Británica* de 1771. Esther y Bill Schindler, por prestarme libros sobre los bosques del Este. Ron Wodaski, Karl Hagen, Bruce Woods, Rich Hamper, Eldon Garlock, Dean Quarrel y otros miembros masculinos del CompuServe Writers Forum, por sus expertas opiniones sobre lo que siente un hombre al recibir un puntapié en los testículos. Marte Brengle, por sus detalladas descripciones sobre ritos indios y sus sugerencias sobre coches deportivos. Merrill Cornish, por su asombrosa descripción del ciclamor en flor. Arlene y Joe McCrea, por los nombres de santos y la descripción de lo que es arar con una mula. Ken Brown, por los detalles del rito bautismal presbiteriano (muy abreviado en el texto). David Stanley, el próximo gran escritor escocés, por sus consejos en cuanto a anoraks, chaquetas y las diferencias entre ellos.

Barbara Schnell, por las traducciones y las correcciones del alemán.

La doctora Ellen Mandell, por sus opiniones sobre medicina y sus útiles sugerencias para tratar las hernias, los abortos y algunos traumatismos.

La doctora Rosina Lippi-Green, por los detalles sobre la vida y costumbres de los mohawk y los apuntes sobre filología escocesa y gramática alemana.

Mac Beckett, por su conocimiento de los espíritus, tanto nuevos como antiguos.

Jack Whyte, por los recuerdos de la época en que fue cantante folclórico escocés, incluidas las réplicas a las bromas sobre los kilt.

Susan Davis, por su amistad, su entusiasmo sin límites, sus docenas de libros, las peleas con sus hijos y las fresas silvestres.

Walt Hawn y a Gordon Fenwick, por explicarme cuánto mide un estadio.

John Ravenscroft y otros miembros del UKForum, por una amena charla sobre los calzoncillos de la RAF en la Segunda Guerra Mundial. A Eve Ackerman y a los amables miembros del Foro SFLIT de CompuServe, por las fechas de publicación de *Conan, el Bárbaro*.

Barbara Raisbeck y Mary M. Robbins, por sus referencias prácticas sobre hierbas y medicinas primitivas.

Mi amigo anónimo de la biblioteca, por las innumerables referencias útiles.

Arnold Wagner y Steven Lopata, por las discusiones sobre explosivos de alto y bajo poder, y por sus consejos generales para hacer estallar las cosas.

Margaret Campbell y otros habitantes *on line* de Carolina del Norte, por toda clase de descripciones de ese hermoso estado.

John L. Myers, tanto por hablarme sobre sus fantasmas como por permitirme incorporar ciertos elementos de su persona y su mente al gigantesco John Quincy Myers (la hernia es ficticia).

Como siempre, también doy las gracias a los numerosos miembros de los foros Literario y de Escritores de CompuServe, cuyos nombres no recuerdo, por sus útiles sugerencias y joviales charlas.

Un especial agradecimiento a Rosana Madrid Gatti, por crear y mantener la premiada página web oficial de Diana Gabaldon.

Y gracias a Lori Musser, Dawn Van Winkle, Kaera Hallahan, Virginia Clough, Elaine Faxon, Ellen Stanton, Elaine Smith, Cathy Kravitz, Hanneke (cuyo apellido desgraciadamente es ilegible), Judith MacDonald, Susan Hunt y su hermana Holly, el grupo Boise y muchos otros, por sus amables regalos de vino, rosas, chocolate, dibujos, jabón, estatuillas, brezo prensado de Culloden, pañuelos con erizos dibujados, lápices maoríes, té inglés, herramientas para el jardín y muchas otras cosas destinadas a levantar mi ánimo y permitirme escribir más allá del agotamiento. Ha funcionado.

Y, por último, a mi madre.

Sobre la autora

Diana Gabaldon nació en Arizona, en cuya universidad se licenció en Zoología. Antes de dedicarse a la literatura, fue profesora de biología marina y zoología en la Universidad del Norte de Arizona. Este trabajo le permitió tener a su alcance una vasta biblioteca, donde descubrió su afición por la literatura. Tras varios años escribiendo artículos científicos y cuentos para Walt Disney, Diana comenzó a publicar en internet los capítulos iniciales de su primera novela, *Forastera*. En poco tiempo, el libro se convirtió en un gran éxito de ventas; un éxito que no hizo más que aumentar con las demás novelas de la saga: *Atrapada en el tiempo*, *Viajera*, *Tambores de otoño*, *La cruz ardiente*, *Viento y ceniza*, *Ecos del pasado* y *Escrito con la sangre de mi corazón*.